Ludwig Bechstein

Sämtliche Märchen

Märchen.

LUDWIG BECHSTEIN

Sämtliche Märchen

Mit den Illustrationen von
Ludwig Richter

Anaconda

Texte und Bilder dieses Bandes folgen der Ausgabe
Ludwig Bechstein: *Sämtliche Märchen.* München: Winkler 1965.
[Texte dort nach der Ausgabe letzter Hand unter Berücksichtigung der Erstdrucke.]
Umstellung auf neue deutsche Rechtschreibung unter Wahrung von Lautstand und grammatischen Eigenheiten durch den Verlag.

Dieser Band ist Teil der Sonderausgabe
Der Märchenschatz. Sämtliche Märchen von Bechstein, Grimm und Hauff
(drei Bände in Kassette)

Die Deutsche Nationalbibliothek verzeichnet diese Publikation in der Deutschen Nationalbibliografie; detaillierte bibliografische Daten sind im Internet unter http://dnb.d-nb.de abrufbar.

Umschlagmotiv: The History of Tom Thumb (England, 19. Jh.),
Private Collection/© Look and Learn / Bridgeman Images
Umschlaggestaltung: www.katjaholst.de
Satz und Layout: Roland Poferl Print-Design, Köln
Printed in Czech Republic 2014
ISBN 978-3-7306-0154-9
www.anacondaverlag.de
info@anacondaverlag.de

INHALT

DEUTSCHES MÄRCHENBUCH

1857

Vom tapfern Schneiderlein

Es war einmal ein Schneiderlein, das saß in einer Stadt, die hieß Romadia; das hatte auf eine Zeit, da es arbeitete, einen Apfel neben sich liegen, darauf setzten sich viele Fliegen, wie das Sommerszeiten so gewöhnlich, die angelockt waren von dem süßen Geruch des Apfels. Darob erzürnte sich das Schneiderlein, nahm einen Tuchlappen, den es eben wollte in die Hölle fallen lassen, schlug auf den Apfel und befand im Hinsehn, dass damit sieben Fliegen erschlagen waren. Ei, dachte bei sich das Schneiderlein, bist du solch ein Held?! Ließ sich stracklich einen blanken Harnisch machen und auf das Brustschild mit goldnen Buchstaben schreiben: Sieben auf einen Streich. Darauf zog das Schneiderlein mit seinem Harnisch angetan umher auf Gassen und Straßen, und die es sahen, vermeinten, der Held habe sieben Männer auf *einen* Streich gefällt, und fürchteten sich.
Nun war in demselben Lande ein König, dessen Lob weit und breit erschallte, zu dem begab sich der faule Schneider, der gleich nach seiner Heldentat Nadel, Schere und Bügeleisen an den Nagel gehangen, trat in den Hof des Königspalastes, legte sich alldort in das Gras und entschlief. Die Hofdiener, so aus- und eingingen, den Schneider in dem reichen Harnisch sahen und die Goldschrift lasen, verwunderten sich sehr, was doch jetzt, zu Friedenszeiten, dieser streitbare Mann an des Königs Hof tun wolle? Er deuchte sie ohne Zweifel ein großer Herr zu sein.
Des Königs Räte, so den schlafenden Schneider gleichfalls gesehen, taten solches Sr. Majestät, ihrem allergnädigsten König, zu wissen, mit dem untertänigsten Bemerken, dass, so sich kriegerischer Zwiespalt erhebe, dieser Held ein sehr nützlicher Mann werden und dem Lande gute Dienste leisten könne. Dem König gefiel diese Rede wohl, sandte alsbald nach dem geharnischten Schneider, und ließ ihn fragen, ob er Dienste begehre? Der Schneider antwortete, ebendeshalb sei er herge-

kommen, und bäte die Königliche Majestät, wo höchstdieselbe ihn zu brauchen gedächte, ihm allergnädigst Dienste zu verleihen. Der König sagte dem Schneiderlein Dienste zu, verordnete ihm ein stattliches Losament und Zimmer, und gab ihm eine gute Besoldung, von der es, ohne etwas zu tun, herrlich und in Freuden leben konnte.
Da währete es nicht lange Zeit, so wurden die Ritter des Königs, die nur eine karge Löhnung hatten, dem guten Schneider gram, und hätten gern gewollt, dass er beim Teufel wäre, fürchteten zumal, wenn sie mit ihm uneins würden, möchten sie ihm nicht sattsam Widerstand leisten, da er ihrer sieben allwege auf *einen* Streich totschlagen würde, sonsten hätten sie ihn gern ausgebissen, und so sannen sie täglich und stündlich darauf, wie sie doch von dem freislichen Kriegsmann kom-

men möchten. Da aber ihr Witz und Scharfsinn etwas kurz zugeschnitten war, wie ihre Röcklein, so fanden sie keine List, den Helden vom Hofe zu entfernen, und zuletzt wurden sie Rates miteinander, alle zugleich vor den König zu treten, und um Urlaub und Entlassung zu bitten, und das taten sie auch.
Als der gute König sah, dass alle seine treuen Diener um eines einzigen Mannes willen ihn verlassen wollten, ward er traurig wie nie zuvor und wünschte, dass er den Helden doch nie möge gesehen haben; scheute sich aber doch, ihn hinwegzuschicken, weil er fürchten musste, dass er samt all seinem Volk von ihm möchte erschlagen und hernach sein Königreich von dem stracklichen Krieger möchte besessen werden. Da nun der König in dieser schweren Sache Rat suchte, was doch zu tun sein möge, um alles gütlich abzutun und zum Besten zu lenken, so ersann er letztlich eine List, mit welcher er vermeinte, des Kriegsmannes (den niemand für einen Schneider schätzte) ledig zu werden und abzukommen. Er sandte sogleich nach dem Helden und sprach zu ihm, wie er (der König) wohl vernommen, dass ein gewaltigerer und stärkerer Kampfheld auf Erden nimmer zu finden sei, denn er (der Schneider). Nun hauseten im nahen Walde zwei Riesen, die täten ihm aus der Maßen großen Schaden mit Rauben, Morden, Sengen und Brennen im Lande umher, und man könne ihnen weder mit Waffen noch sonst wie beikommen, denn sie erschlügen alles, und so er sich's nun unterfangen wolle, die Riesen umzubringen, und brächte sie wirklich um, so solle er des Königs Tochter zur ehelichen Gemahlin und das halbe Königreich zur Aussteuer erhalten, auch wolle der König ihm hundert Reiter zur Hülfe gegen die Riesen mitgeben.
Auf diese Rede des Königs ward dem Schneiderlein ganz wohl zu Mute und deuchte ihm schön, dass es sollte eines Königs Tochtermann werden und ein halbes Königreich zur Aussteuer empfangen; sprach daher kecklich: er wolle gern dem König, seinem allergnädigsten Herrn, zu Diensten stehen und die Riesen umbringen und sie wohl ohne Hülfe der hundert Reiter zu töten wissen. Darauf verfügte er sich in den Wald, hieß die hundert Reiter, die ihm auf des Königs Befehl dennoch folgen

mussten, vor dem Walde warten, trat in das Dickicht und lugte umher, ob er die Riesen irgendwo sehen möchte. Und endlich nach langem Suchen fand er sie beide unter einem Baume schlafend und also schnarchend, dass die Äste an den Bäumen, wie vom Sturmwind gebogen, hin und her rauschten.

Der Schneider aber besann sich nicht lange, las schnell seinen Busen voll Steine, stieg auf den Baum, darunter die Riesen lagen, und begann den einen mit einem derben Steine auf die Brust zu werfen, davon der Riese alsbald erwachte, über seinen Mitgesellen zornig ward und fragte, warum er ihn schlüge? Der andere Riese entschuldigte sich bestens, so gut er's vermochte, dass er mit Wissen nicht geschlagen, es müsse denn im Schlafe geschehen sein; da sie nun wieder entschliefen, fasste der Schneider wieder einen Stein und warf den andern Riesen, der nun auffahrend über seinen Kameraden sich erzürnte und fragte, warum er ihn werfe? Der aber nun auch nichts davon wissen wollte. Als beiden Riesen nun die Augen nach einigem Zanken vom Schlafe wieder zugegangen waren, warf der Schneider abermals gar heftig auf den andern, dass er es nun nicht länger ertragen mochte, und auf seinen Gesellen, von dem er sich geschlagen vermeinte, heftig losschlug; das wollte denn der andere Riese auch nicht leiden, sprangen beide auf, rissen Bäume aus der Erde, ließen aber doch zu allem Glück den Baum stehen, darauf der Schneider saß, und schlugen mit den Bäumen so heftig aufeinander los, bis sie einander gegenseitig totschlugen.

Als der Schneider von seinem Baume sahe, dass die beiden Riesen einander totgeschlagen hatten, ward ihm besser zu Mute, als ihm jemals gewesen, stieg fröhlich vom Baume, hieb mit seinem Schwerte jeglichem Riesen eine Wunde oder etliche, und ging aus dem Walde hervor zu den Reitern. Die fragten ihn, ob er die Riesen entdeckt oder ob er sie nirgends gesehen habe? »Ja«, sagte der Schneider, »entdeckt und gesehen und alle zwei totgeschlagen – habe ich, und sie liegen lassen unter einem Baume.« Das war den Reitern verwunderlich zu hören, konnten und wollten's nicht glauben, dass der eine Mann so unverletzt von den Riesen sollte gekommen sein, und sie noch dazu totgeschlagen haben, ritten nun selbst in den Wald, dies Wunder zu beschauen und fanden es also, wie der Schneiderheld gesagt hatte. Darob verwunderten sich die Reiter gar sehr, und empfanden einen grauslichen Schrecken, ward ihnen auch noch übler zu Mute, denn vorher, da sie fürchteten, der Sieger werde sie alle umbringen, wenn er ihnen Feind würde; ritten heim und sagten dem König an, was geschehen.

Da nun der Schneider zum Könige kam, seine Tat selbst anzeigte, und die Königstochter samt dem halben Königreich begehrte, gereute den König sein Versprechen, das er dem unbekannten Kriegsmann gegeben, gar übel, denn die Riesen waren nun erwürgt und konnten keinen Schaden mehr tun; dachte darüber nach, wie er des Helden mit Fug abkommen möchte, und war nicht im Mindesten gesonnen, ihm die Tochter zu geben. Sprach daher zum Schneider, wie er in einem andern Walde leider noch ein Einhorn habe, das ihm sehr großen Schaden tue an Fischen und Leuten; dasselbe solle er doch auch noch fangen, und so er dieses vollbringe, wolle der König ihm die Tochter geben. Der gute Schneider war auch das zufrieden, nahm einen Strick, ging hin zu jenem Walde, allwo das wilde Einhorn hauste, und befahl seinen Zugeordneten, draußen vor dem Walde zu warten, er wolle allein hineingehen und allein die Tat bestehen, wie er die gegen die zwei Riesen auch allein und ohne andere Hülfe bestanden. Als der Schneider eine Weile im Walde umher spaziert war, ersieht er das Einhorn, das gegen ihn daher rennt mit vorgestrecktem Horn und will ihn umbringen. Er aber war nicht unbehände, wartete, bis das Einhorn gar nahe an ihn herankam, und als es nahe bei ihm war, schlüpfte er rasch hinter den Baum, neben dem er zu allernächst stand, und da lief das Einhorn, das im vollen Rennen war und sich nicht mehr wenden konnte, mit aller Hast gegen den Baum, dass es ihn mit seinem spitzen Horn fast durch und durch stieß, und das Horn unverwandt darin stecken blieb. Da trat der Schneider, als er das Einhorn am Baume fest zappeln sah, hervor, schlang ihm den mitgenommenen Strick um den Hals, band es an den Baum vollends fest, ging heraus zu seinen Jagdgesellen, und zeigte ihnen seinen Sieg über das wilde Einhorn an. Darauf ging das Schneiderlein zum König, tat demütiglich Meldung von der glücklichen Erfüllung des königlichen Wunsches, und erinnerte bescheidentlich an das königliche zweimalige Versprechen. Darob ward der König über die Maßen traurig, wusste nicht was zu tun sei, da der Schneider der Tochter begehrte, die er doch nicht haben sollte. Und begehrte noch eins an den Kriegsmann. Dieser solle nämlich auch das grausame Wildschwein, das in einem dritten Walde liefe und alles verwüste, einfahen, und so er auch dieses vollbringe, dann wolle der König ihm die Tochter ohne allen Verzug geben, wolle ihm auch seine ganze Jägerei zur Hülfe beiordnen.

Der Schneider zog, nicht sonderlich erbaut von des Königs abermaligem Begehren, mit seinen Gesellen zum Walde hinaus und befahl ihnen, als der Forst erreicht war, draußen zu bleiben. Des waren die Jäger gar herzlich froh und zufrieden, denn das Wildschwein hatte sie schon öfter dermaßen empfangen, dass ihrer viele das Wiederkommen auf immer vergessen hatten, und sie alle nicht mehr begehrten, ihm nachzustellen, dankten daher dem Schneider sehr aufrichtig, dass er sich allein in die Fahrnis wage und sie in Numero sicher dahinten lasse. Der Schneider war noch nicht lange in den Wald getreten, so wurde das Wildschwein seiner ansichtig und stürzte auf ihn zu mit schäumendem Rachen und wetzenden Hauern und wollte ihn gleich zu Boden rennen, sodass sein Herz erzitterte und er sich schnell nach Rettung umsah. Da stand zum Glück eine alte verfallene Kapelle in dem Walde, darin man vor Zeiten Ablass geholt, und da der Schneider nahe dabei stand, und die Kapelle ersah, sprang er mit einem Satz hinein, aber auch der Türe gegenüber mit einem Luftsprung durch ein Fenster, darin keine Scheiben mehr waren, wieder heraus, und alsbald folgte ihm die Wildsau, die nun in der Kapelle rumorte, der Schneider aber lief flugs um das Häuslein herum, wischte vor an die Türe, warf sie eilends zu und versperrte so das grausame Gewild in das Kirchlein, ging dann hin zu den Jagdgesellen, zeigte ihnen seine Tat an, die kamen hin, befanden die Sache also wahr und richtig, und ritten heim mit großer Verwunderung, dem König Bericht erstattend. Ob nun die Nachricht vom abermaligen glückhaften Sieg des heldenhaften Kriegsmannes den König mehr froh oder mehr traurig gemacht, das mag ein jeglicher, selbst mit geringem Verstand, leichtlich ermessen, denn der König musste nun dem Schneider die Tochter geben, oder fürchten, dass dieser seine Heldenkraft, davon er drei so erstaunliche Proben gegeben, gegen ihn selber wenden dürfte. Doch ist wohl zweifelsohne, hätte der König vollends gewusst, dass der Held ein Schneider wäre, so hätte er ihm lieber einen Strick zum Aufhenken, denn seine Tochter geschenkt. Ob nun aber der König einem Manne ohne Herkunft und ohne Geburt, außer der von seiner Mutter, seine Tochter mit kleiner oder mit großer Bekümmernis, gern oder ungern gebe, danach fragte Schneiderlein gar wenig oder gar nicht, genug er war stolz und froh, des Königs Tochtermann geworden zu sein. Also wurde die Hochzeit nicht mit allzu großer Freudigkeit von königlicher Seite begangen, und aus einem Schneider war ein Königseidam geworden, ja ein König.

Als eine kleine Zeit vergangen war, hörte die junge Königin, wie ihr Herr und Gemahl im Schlafe redete, und vernahm deutlich die Worte: »Knecht, mache mir das Wams, flicke mir die Hosen – spute dich – oder ich – schlage dir das Ellenmaß über die Ohren!« Das kam der jungen Königsgemahlin sehr verwunderlich vor, merkte schier, dass ihr

Gemahl ein Schneider sei, zeigte das ihrem Herrn und Vater an und bat ihn, er möge ihr doch von diesem Manne helfen. Solche Rede durchschnitt des Königs Herz, dass er habe seine einzige Tochter einem Schneider antrauen müssen, tröstete sie auf das Beste, und sagte, sie solle nur in der künftigen Nacht die Schlafkammer öffnen, so sollten vor der Türe etliche Diener stehen, und wenn sie wieder solche Worte vernahmen, sollten diese Diener hineingehen und den Mann geradezu umbringen. Das ließ sich die junge Frau gefallen und verhieß also zu tun. Nun hatte der König aber einen Waffenträger am Hofe, der war dem Schneider hold und hatte des Königs untreue Rede gehört, verfügte sich daher eilend zu dem jungen König und eröffnete ihm das schwere Urteil, das über ihn soeben jetzt ergangen und gefällt war, und bat ihn, er möge seines Leibes sich nach besten Kräften wehren. Dem sagte der Schneider-König ob seines Warnens großen Dank, und er wisse wohl, was in dieser Sache zu tun sei. Wie nun die Nacht gekommen war, begab sich zu gewohnter Zeit der junge König mit seiner Gemahlin zur Ruhe und tat bald, als ob er schliefe. Da stand die Frau heimlich auf und öffnete die Tür, worauf sie sich wieder ganz still niederlegte. Nach einer Weile begann der junge König wie im Schlafe zu reden, aber mit heller Stimme, dass die draußen vor der Kammer es wohl hören konnten: »Knecht, mache mir die Hosen – bletze mir – das Wams, oder ich will dir das Ellenmaß über die Ohren schlagen. Ich – hab sieben auf *einen* Streich – totgeschlagen – zwei Riesen hab ich – totgeschlagen – das Einhorn hab ich gefangen – die Wildsau hab ich auch gefangen – sollt ich die fürchten – die draußen vor der Kammer stehen?«

Als die vor der Kammer solche Worte vernahmen, so flohen sie nicht anders, als jagten sie tausend Teufel, und keiner wollte der sein, der sich an den Schneider wagte. Und so war und blieb das tapfere Schneiderlein ein König all sein Lebetag und bis an sein Ende.

Das Märchen von den sieben Schwaben

Es waren einmal sieben Schwaben, die wollten große Helden sein und auf Abenteuer wandern durch die ganze Welt. Damit sie aber ein gut Gewaffen hätten, zogen sie zunächst in die weltberühmte Stadt Augsburg und gingen sogleich zu dem geschicktesten Meister allda, um sich mit Wehr und Waffen zu versehen. Denn sie hatten nichts Geringeres im Sinne, als das gewaltige Ungetüm zu erlegen, das zur selben Zeit in der Gegend des Bodensees gar übel hausete. Der Meister staunte schier, als er die sieben sah, öffnete aber flugs seine Waffenkammer, die für die wackeren Gesellen eine treffliche Auswahl bot. »Bygott!«, rief der Allgäuer, »send des au Spieß? So oaner wär mer grad reacht zume Zahnstochrer. For mi ischt e Spieß von siebe Mannslengen noh net lang gnueg.« – Drob schaute ihn der Meister wiederum an mit einem Blick, der den Allgäuer beinahe verdross. Denn dieser lugte zurück mit grimmigen Augen, und bei einem Haar hätt's etwas gegeben, wenn der Blitzschwab nicht just zur rechten Zeit sich ins Mittel gelegt. »Hotz Blitz!«, rief er, »du hoscht Reacht und i merk doin Maining: *Wie älle siebe for oin, so for alle siebe noh oin Spieß.*« Dem Allgäuer war dies nicht ganz klar, aber weil's den andern just eben recht, so sagte er: »Joh.« Und der Meister fertigte in weniger als einer Stunde den Spieß, der sieben Mannslängen maß. Ehe sie aber die Werkstatt verließen, kaufte sich jeder noch etwas Apartes, der Knöpflesschwab einen Bratspieß, der Allgäuer einen Sturmhut mit einer Feder drauf, der Gelbfüßler aber Sporen für seine Stiefel, indem er bemerkte: solche seien nicht nur gut zum Reiten, sondern auch zum Hintenausschlagen. Als der Seehaas sich endlich einen Harnisch gewählt, pflichtete ihm der Spiegelschwab in solcher Vorsicht vollkommen bei, meinte aber, es sei besser, den Harnisch hinten als vorn anzulegen. Und kaufte sich ein altes Barbierbecken aus der Rumpelkammer des Meisters, groß genug, um seine untere Kehrseite zu bedecken. »Merk's: han i Curasche und gang i voran, noh brauch i koan Harnisch, goht's aber hintersche und fällt mer d'Curasche anderswohnah, noh ischt der Harnisch an seinn reachte Blatz.« Und nachdem die sieben Schwaben wie ehrliche Leute alles richtig bis auf Heller und Pfennig bezahlt, auch als gute Christen bei St. Ulrich eine Messe gehört und zuletzt noch beim Metzger am Göppinger Tore gute Augsburger Würste eingekauft hatten, so zogen sie zum Tor hinaus ihres Weges weiter. Den Spieß aber hielten sie alle sieben und gingen in einer Reihe hintereinander, dass sie schier aussahen, wie angespießte Lerchen. Voran ging der Herr Schulz, der Allgäuer, als der mannlichste unter ihnen, dann kam der Jockele, genannt der Seehaas, hierauf der Marle, genannt der Nestelschwab, dem folgte der Jerkle, war der Blitzschwab geheißen, hernach ging der Michel, Spiegelschwab zubenamset, dann kam der Hans, Knöpflesschwab, und zuletzt kam Veitle, das war der Gelbfüßler. Der Herr Schulz wurde der Allgäuer geheißen, weil er aus Allgäu gebürtig war; der Seehaas hatte am Bodensee gesessen; der Nestelschwab führte darum seinen Namen, weil er statt der Knöpfe Nesteln hatte, er musste aber bei den Hosen fast immer mit der Hand nachhelfen und halten, dieweil die Nesteln oftmalen abgerissen waren. Der Blitzschwab hieß also, weil er sich die Redensart »Hotz Blitz!« angewöhnt hatte. Der Spiegelschwab hatte die Gewohnheit, seine Nase allezeit an dem Vorderteil seiner Jacke abzuputzen, die davon einen gewissen Spiegelglanz annahm; das schaffte jenem den saubern Namen. Knöpflesschwab war ein Mann, der verstand gute Knöpfle oder Spätzle zu kochen, das ist im baierischen Deutsch Knötel, und im sächsischen Deutsch Klöße. Der Gelbfüßler endlich war aus der Bopfinger Landschaft, deren Einwohner die Umwohner Gehlfießler schimpfen. Darum, dass sie einstmals einen Wagen voll Eier, den sie ihrem Herzog als Abgabe bringen müssen, recht voll stampfen wollen, und die Eier mit den Füßen festgetreten, davon denn die Eier etwas weniges zerbrochen, und die Füße der Bopfinger gegilbt hätten.

Zogen nun die Sieben allesamt guten Mutes mit ihrem Spieß dahin, kamen eines Heumondtages in der späten Dämmerung über eine grüne Wiese, da hob sich eine Horniss nicht weit von ihnen mit feindlichem Gebrummel hinter einer Dornhecke hervor, und flog vorüber. Darob erschrak der Schulz, Allgäuer, mächtiglich, und begann Angstschweiß zu schwitzen, und schrie seinen Kriegsgesellen zu: »Horchet! Der Feind drommelt schoh!« Da schmeckte der Jockele, der dicht hinter dem Schulzen ging, einen übeln Geruch und rief: »Wohl! Wohl! 's ist ebbes in der Näche! I schmeck schaun 's Pulver!« Da nahm der Herr Schulz Reißaus, ließ den Spieß fahren und sprang über einen Zaun, kam aber gerade auf die Zinken eines Rechens zu springen, und da fuhr ihm der Stiel ins Gesicht und gab ihm einen ungewaschnen Schlag. Der Schulz vermeinte, der Feind haue auf ihn ein, und schrie: »Gieb Bardohn! I ergeb me.« Die andern sechs waren nachgesprungen über den Zaun, und da sie ihren Anführer also schreien hörten, so schrien sie alle: »Ergibscht du de, noh ergeb i me au! Ergibscht du de, noh ergeb i me au!« Aber es war niemand vorhanden, der die sieben Schwaben gefangen nehmen wollte; und da sie das merkten, schämten sie sich ihrer wenigen Herzhaftigkeit und verschwuren sich, diese ihre erste Heldentat nicht weiterzuerzählen.

Weiter so kamen die sieben Schwaben auf ihrem Zuge in einen Hohlweg, und wie sie so tapfer darauf losmarschierten, merkten sie nicht, dass ein großmächtiger Bär im Wege lag, bis der Allgäuer fast mit der Nase an ihn stieß. Als er ihn nun sah, war er hin vor Schreck, stolperte und stieß mit dem Spieße geradezu auf den Bären los, wozu er aber nichts konnte, und schrie dazu gottsjämmerlich: »E Bär! E Bär!« Vermeinte, sein letztes Brot wäre gebacken und bereits verzehrt. Doch rührte sich der Bär nicht, dieweil er maustot war. Des war der Allgäuer hoch erfreut, schaute nun nach seinen Brüdern und sah mit neuem Schreck, dass alle mäusleinstill für tot auf dem Boden lagen, meinte, er habe sie gar mit dem Spieße hinterrücks erstochen, und erhub ein Wehegeschrei. Als die am Boden Liegenden vermerkten, dass der Bär den Allgäuer nicht aufgefressen, denn sie waren nur vor Schreck dahin gepurzelt, lugten sie vorsichtig in die Höh, und wie sie sahen, dass der Bär tot war, erhoben sie sich frisch und gesund, traten um den Bären herum und auf ihn, und untersuchten, wie tief wohl die Wunde sei, die der Spieß ihm beigebracht, fanden aber keine, und der Blitzschwab sagte: »Hotz Blitz! Der Bär ischt verreckt und schoh lang tot!« – »Joh Joh«, sprach der Jockele, »mer schmeckt de Brohde.« Wurden eins, dem Bär das Fell abzuziehen und als Siegeszeichen mit sich zu führen, das Aas

aber liegen zu lassen. »Jetzt kennet d'Schoof de Bäre fresse, wie er d'Schoof gfresse hod!«, sprach einer unter ihnen, und so zogen sie fürbass mit ihrem Bärenfell und ihrem Spieß.

Kamen nun just in einen Wald und gerieten tiefer und tiefer in die Stauden hinein, bis sie darin stecken blieben. Die Bäume standen zuletzt so dicht, dass des Fortkommens kein Gedanke war, bis der Allgäuer endlich vor einem derben Stamme stehen blieb, den Spieß erhob und wie ein Löw brüllte: »Bygott! Durch muss e«, sprach's und rannte den Spieß mit solcher Gewalt zur Seite des Baums in den Boden, dass der Knöpflesschwab zwischen Baum und Spieß eingeklemmt wurde, wie ein Treibkeil, und sich weder rühren noch regen konnte. Und das war eben kein Kinderspiel, denn jetzt stockte der Zug vollends, konnte keiner vor- noch rückwärts. Zwar machten die Gesellen einige mächtige Versuche, den Knöpflesschwab aus der Klemme herauszuziehen, aber es war eitel Mühen: der Hans saß fest und wankte nicht. Da war es plötzlich, als ob dem Allgäuer ein großer Gedanke durch das Hirn dämmerte; er lugte um sich und rief: »Bygott! I mießt 's Teufels sei, wenn mer Gott et helfe tät!« Und er sagte: »Hui Ochs!«, und packte den Baum mit gewaltiger Faust und riss ihn heraus samt Wurzel, Stumpf und Stiel. Der Knöpflesschwab, mehr tot als lebendig, schnellte heraus just wie der Ball beim Pritschenschlagen, flog sechs Klafter himmelanwärts und plumpte hernieder, dass die Erde drob wackelte. Die fünf andern aber schauten gar ehrerbietig zu dem Allgäuer empor, denn erst jetzt ging ihnen ein Licht auf, welchen Fund sie an dem Herrn Schulz getan.

Um ein weniges weiter, zeigte sich's abermals, dass der Allgäuer das Herz nicht im Sprungriemen trug, denn als die sieben sich aus den Stauden herausgefunden, kam ein Brauer aus München des Wegs, der trieb ein Rudel Borstenvieh vor sich her und man konnt's ihm auf hundert Schritt ansehen, wes Landes Kind er war. Blieb groß und breit stehen, als er die sieben mit dem Spieß erblickte und zog ein Gesicht, als wollt er die wackern Leut auslachen. Gleich war der Blitzschwab vor ihn her und fragte protzig: »Was luegscht Gsell? Hoscht du noh koan Schwohbe gseah?« – »O genug«, gab jener zurück, »bei mir daheim auf der Malzdarre laufen sie zu Tausenden herum.« Meinte spottweise die schwarzen Käfer, also geheißen, weiß keine Menschenseele warum. Das war genug, um dem Blitzschwab, der zu Zeiten giftig war, wie ein Maifrosch, die Laus über den Grind laufen zu lassen. Machte sich an den Baier heran und gab ihm flugs eine Watschel, dass jenem die Augen hell aufblitzten und die Ohren summten just ebenso, wie die große Horniss. Der Baier, nicht faul, langte mit den Armen weitmächtig aus, um dem Schwäblein auch eine zu versetzen; und es wär auch eine gewesen, an die er sein Lebtag gedacht hätte. Nun war aber der Blitzschwab ein putziges Kerlchen, drehte sich auf einem Beine siebenmal herum und hatte sein Lebtag nichts besser gelernt, als das Ausreißen. So kam es, dass der Baier gar mächtiglich in die Luft schlug, sich um und um drehte wie ein Kreisel, stolperte und zu Boden stürzte wie ein Wiesbaum. Das half ihm zum Garaus; der Blitzschwab stürzte über ihn

her wie ein Queckenhamster und packte ihn an der Gurgel, während die andern Hände und Füße hielten und lustig darauf lostrommelten. Er wäre ihrer aber doch letztlich noch Herr geworden, weil er ein großer starker Kerl war, wäre nicht auch der Allgäuer über ihn hergefallen, wie ein Maltersack. Da musste er Abbitte tun, wohl oder übel, denn das Häufein ließ nicht eher locker und ledig.

Und es geschah, dass die guten Gesellen auf ihrer Weiterreise an einen weiten blauen See kamen, so dünkete es ihnen, denn es war alleweil etwas dämmerig geworden, der schlug Wellen im Wind, und droben an seinem Abhang standen die sieben Schwaben und lugten hinunter, wie sie wohl am geschwindesten über diesen See kommen möchten. Es war aber kein Wasser da drunten, sondern ein Feld voll Flachses, der so recht in seiner schönsten, blauen Blüte stand.

»Hotz Blitz!«, rief der Blitzschwab. »Was ischt doh z' tuan? Über des wild Wasser müsset mer nüber.«

»Allgäuer, trag du es nüber, wie der hoilich Krischdof ed Pilgersleut«, sagte der Seehaas. – »Bygott!«, antwortete der Allgäuer. »Ins Wasser gieng i wohl, wenn's net tiefer gieng als an de Hals.« Der Nestelschwab griff mit der Hand an seinen Hosenbund, das edle Kleidungsstück fest zu halten, dass es ihm nicht entfalle, während er mit der andern Hand schwimmen täte; dem Knöpflesschwab war das Ding gar nicht einerlei, er lugte scharf, ob kein Haifisch, Walfisch oder Krokodil im Wasser brause; und so standen auch die andern ganz verlegen da, bis der Blitzschwab sich hinter ihnen herumdrückte und ein Paar hinunterstieß, indem er ausrief: »Frisch gwohgt ischt halb gschwomme.« Da die nicht untersanken, fasste sich auch der Gelbfüßler ein Herz und tat einen Hupf hinunter; ihm folgte der Blitzschwab und der Nestelschwab mit besserem Vertrauen, und zuletzt ritt der Allgäuer auf dem Spieße hinab, und plumpte drunten einer auf den andern, bis sie merkten, dass sie mit der Nase ins Feld gefallen waren, und allgemach mit etwas gequetschten Rippen sich wieder aufmachten, den Spieß auffischten und an ihm wiederum fürbass schritten.

Bis zur Stunde hatten die sieben einträchtig an dem Spieße gehalten, war weder Unrecht noch Unfried zwischen ihnen vorgekommen. Da kam der böse Feind und säete Zwietracht zwischen dem Blitzschwab und dem Spiegelschwab mitten hinein. Das trug sich folgendermaßen zu. Als die Schar ein gut Stück weiter kam, war es schon Nacht und der Mond ging eben auf. Da wurde es dem Spiegelschwab wunderlich zu Mute, just wie daheim und meinte: »Jetzt hent mers gwonne, Memmenge ischt nemme weit.« Lugt ihn der Blitzschwab verwundert an und fragt, wie er das wissen könne. Der Spiegelschwab lachte pfiffig: »Werd joh doch de Memmenger Mond kenne.« Drob lachte jener, dass ihm das Wasser aus den Augen rannte, und schrie: »Hotz Blitz! Gsell, wie bischt du so blitzdumm!« Nun vertrug zwar der Spiegelschwab einen derben Puff, hatten ihn oft schon kurz und lang geheißen, aber für dumm gelten wollte er nicht. Das war so eben seine empfindliche Seite. Dies kaum gesagt, hatte der Blitzschwab daher auch schon seine Dachtel. Fuhren nun zusammen die beiden, gerade wie ein paar Metzgerhunde und draschen sich schier um die Wette, den andern zur Kurzweil, bis endlich der Seehaas den Allgäuer bat, Frieden zu stiften. Der ließ sich nicht lange bitten, sondern packte sogleich den Blitzschwaben am Hosenbündel und hielt ihn in der Luft, wie einen Frosch; er mochte zappeln, wie er wollte. Inzwischen ließ der Spiegelschwab nicht nach, den Blitzschwaben aufs Brett zu klopfen; daher ergriff der Allgäuer auch diesen und hielt ihn am Leibe unter der Gurgel so steif und fest, dass er bockstarr da stand und nicht mucksen konnte. »Bygott!«, rief der Herr Schulz. »I will euch Mores lehre, ihr donnderschlechtige Strohlkerle.« Schüttelte den einen und drosselte den andern immer ärger und ärger, bis sie endlich einander das Wort gegeben, dass sie wieder gut Freund sein wollten, was sie denn auch geblieben von der Zeit an bis an ihren Tod.

Es wies sich auch bald aus, dass der Spiegelschwab gar nicht so dumm gewesen, wie der Blitzschwab allermeist geglaubt, denn als sie zwei Viertelstunden Weges gegangen, kamen sie richtig nach Memmingen, wie jener aus dem Monde prophezeit. Aber als ob just dieses Städtlein dem Spiegelschwaben heut nur Unglück bringen sollte, so geschah es

alsbald wieder, dass es dem Armen zu Haut und Haaren ging. »Durch Memmenge ganget mer net«, hatte er gesagt und als man ihn ob der Ursache gefragt, hatte er den Kopf geschüttelt und gemeint, er wisse das selbst am besten! Gingen deshalb rings um die Stadtmauer, die sieben, um just am andern Ende wieder die Heerstraße zu gewinnen. Aber da hat sich's denn wiederum augenfällig gezeigt, dass der Mensch seinem Schicksal nicht entgehen könne. Denn ehe sich's der Spiegelschwab versehen, sprang aus einem Hopfengarten ein Weib auf ihn zu, eine rechte Runkunkel, und schrie in einem Ton, der durch Mark und Bein ging: »Bischt endlich wieder doh, du Schlingel? Wo bischt so lang rumkalfaktert, du Galgenstrick?« Dem Spiegelschwab wurde es grün und gelb vor den Augen und vermeinte, sein Ende sei gekommen, denn die Alte war niemand anders, als seine liebwerte Ehehälfte, die er mir nichts dir nichts sitzen gelassen, als er hinausgezogen war mit den andern Gesellen auf die Wanderschaft. Hier galt's, nicht lange zu überlegen, war daher flugs mit einem Satze hinüber in die Hopfengärten zum großen Jubel der andern, die schier bersten wollten vor Lachen. Aber die Alte, schnell wie eine Bachstelze auf den spindeldürren Füßen, war hurtig hinterdrein und es hätte wohl einen argen Strauß gegeben zwischen den beiden, wenn dem Spiegelschwaben nicht gerade zu guter Stunde ein Schelmenstückchen eingefallen wäre. Er hatte nichts zu tragen, weil er nichts hatte als das Bärenfell; das tat ihm nun guten Dienst. Eilig warf er es über den Kopf, schlüpfte behend in die Tatzen und lief nun auf allen vieren, nicht anders als ein leibhaftiger Bär, rannte brummend auf das Weib zu, umfing sie mit den scharfen Krallen und drückte und herzte sie, dass ihr Hören und Sehen verging. Die Alte war froh, als sie dem Schalk entronnen, der nun freudig mit den andern von dannen zog. Von Stund an aber schreibt sich der Brauch, dass böse Männer von ihren Ehehälften gar häufig Brummbären genannt werden.
»Uf Leid folgt Freid!«, rief der Allgäuer und zeigte nach dem Leutkircher Tor, wo ein Wirtshaus stand, über dessen Tür zu lesen war: »Hier schenkt man Märzenbier aus!« War keiner unter den sieben, der nicht gern einen Trunk Bier geschenkt genommen hätte, richteten da-

her im Nu ihre Schritte nach dem Wirtshaus und langten mit dem Spieße in der Hausflur an, in demselben Augenblick, als der dicke Brauer vor die Tür trat, nach dem Wetter auszulugen. Als der die Schar erblickte mit dem furchtbaren Spieß, wurde es ihm eben nicht warm ums Herz, zog aber schnell sein Käppchen und fragte höflich nach ihrem Begehr. »Se wellet e bissle sei Bier brobiere«, sagte der Allgäuer und schritt schnurstracks mit den Gesellen in die Zechstube. Da ward's dem Wirt klar, dass die Gesandtschaft mit dem Spieße abgeschickt sei von der schwäbischen Kreisregierung, wie wohl zu Zeiten geschieht, um das Bier zu kosten und zu prüfen, ob es preiswürdig sei. Rannte daher spornstreichs in den Keller und holte ein Körble vom Besten herauf, wie er nur für sich und seine Leute gebraut. Das Körble war leer im Umsehen, das zweite in noch kürzerer Zeit, und als die sieben in weniger als zwei Stunden nahe an einen halben Eimer getrunken, meinte der Wirt, er sehe, dass es ihnen schmecke. Der Blitzschwab aber, der immer das Maul vorweg hatte, sagte: »'s kennt besser sei, wenn net z'wenig Malz und Hopfe drin wär.« - »Das ist nicht wahr«, versetzte der Wirt, der ein Schalk war, »Hopfen und Malz ist nicht zu wenig darin, aber zu viel Wasser.« Da merkte der Blitzschwab, dass er seinen Mann gefunden, trank noch ein Mäßle und sagte den Spruch, der ihm einfiel:

»In Langesalz, in Langesalz
(kennt au Memmenge hoiße, sagte er)
Braut mer drui Bier aus oinem Malz,
Es Erschte hoißet se de Kern,
Des drinker d' Burgemoischter gern,
Es andre hoisst es Mittelbier,
Des setzt mer de gmoane Leud fir;
Es Dritt des hoist Covent,
Drink di potz Sapperment!«

Zogen dann allesamt fürbass und der Wirt in Memmingen schwört heute noch Stein und Bein, dass das Häuflein nichts anders gewesen, als des Memminger Kreises Oberbierbeschauer.
»Uf Leid folgt Freid!«, hatte der Allgäuer gesagt, ohne zu bedenken, dass das weise Sprüchlein umgekehrt sich noch bei Weitem häufiger bewahrheitet. Es sollte nun einmal Regen und Sonnenschein auf der abenteuerlichen Fahrt der sieben Gesellen fast immer abwechseln, drum war's eben kein Wunder, dass das arme Häuflein gar bald wieder in die Tinte geriet. Noch drehte und wirbelte es in ihren Köpfen von dem überreichlich genossenen Märzenbier, da harrte ihrer schon wieder das tückische Geschick. Zogen eben bei Kronburg vorüber, da lauschte der gestrenge Herr Junker aus dem Fenster. Mochte ihm nicht recht geheuer vorkommen mit der lustigen Schar, die auch dem Äußern nach nicht

eben allzu reputierlich einherzog. Er rief deshalb seinen Schergen und sagte: »Lug einmal nach den Landstreichern da drüben – scheint mir eine saubere Sippschaft zu sein.« Der Scherg nahm sieben Bullenbeißer mit sich, jeder groß genug, um zur Not mit einem Bären kämpfen zu können, und stieg hinab, Jagd auf die unglücklichen Schwaben zu machen. Hatte sie bald ereilt und da der Blitzschwab schnippisch war, wie immer, machte der Haltmichfest kurze Sache und nahm das Häuflein mit sich. Zwar wollte der Allgäuer nicht so ohne Weiteres mitgehen, als aber die Hunde gar grimmig knurrten, da senkte er den Spieß mit den Ohren zugleich und trabte hinterdrein. Wurden nun sämtlich vor den Junker von Kronburg geführt, der ein strenges Verhör begann. Der Seehaas machte den Sprecher für alle und erzählte getreulich: Wie in der Gegend am Bodensee ein schreckliches Tier hause, und da hätten sie sich denn als brave Landsleute und biedere Männer zusammengetan aus allen schwäbischen Gauen, um das Land vom Ungeheuer zu befreien. Das aber glaubte der Junker nicht, sondern blieb bei seiner Meinung, sie seien Strolche und Diebsgesindel, und ließ sie in das Häusle, das ist, ins Gefängnis stecken.

»So geht's in Schnitzlebutz Heusle,
Doh singet und tanzet die Meusle
Und bellet die Schnecken im Heusle –«

hat der Blitzschwab im Häusle gesungen, aber ganz still, wie ein Mäusle. Es hatte aber der Junker erst tags zuvor, da ihn das Zipperlein plagte, den löblichen Entschluss gefasst, ein Zuchthaus zu stiften zum Schrecken aller Gauner und Tagediebe, zu Nutz und Frommen der Bürgerschaft und zur Aufklärung des gemeinen Volkes. Da kamen ihm die sieben Schwaben eben recht. Sonst war er ein gar frommer und milder Herr, der sogar seinen eigenen Bauern nicht mehr Wolle abschor, als er eben nötig hatte, um sich selbst warm zu kleiden. Befahl daher auch, dass man den Gefangenen Nahrung reichen solle, so weit sie des bedürften. Der Spiegelschwab aber, der ihn wohl kannte und wusste, dass

Schmalhans in dessen Küche und Keller hauste, legte seinen Plan darauf an, welchen er den Gesellen mitteilte. Wie also der Scherg mittags eine große Pfanne voll kleiner Klöße, die sie Milchspätzle nennen, brachte, sprach der Blitzschwab zum Knöpflesschwaben: »Die ghairet wohl for di?« Der Scherg meinte, das sei wohl für alle genug. Der Knöpflesschwab aber sagte, er wolle lugen, ob's für ihn lange, setzte sich und aß die Pfanne allein aus, sodass kein Krümchen noch Bröckchen übrig blieb. Der Scherg erschrak und lief zum Junker, meinend, man müsse für die Landstreicher eine ganze Braupfanne voll Spätzle auf einmal kochen, und das sei, dünke ihm, noch nicht genug. Da ging der Junker von und auf Kronburg in sich und meinte, er sei dem schwäbischen Kreis und der Menschheit kein so großes Opfer schuldig, dass er sich aushungern lassen sollte in seinem Schloss um einiger wenigen Strolche willen. Stracks wurden die sieben in Freiheit gesetzt, nur dass ihnen der Junker noch einen Steckbrief mit auf den Weg gab, um andere Behörden und Kerkerknechte pflichtschuldigst vor des Knöpflesschwaben großer Fresssucht zu warnen.

Nach mehr als einem andern Abenteuer, das zu viel wäre zu erzählen, gelangten die Schwaben an einen großen See, und da sagte der Seehaas, der ihn gleich erkannte: »Des ischt der Bodesee.« An dessen Ufer sollte, wie die Sage ging, das gefährliche Ungeheuer hausen, welches zu bekämpfen und zu erlegen die sieben Schwaben sich bekanntlich fest vorgenommen hatten. Da sie nun des Sees ansichtig geworden und zugleich des Waldes, in dem das Ungeheuer sich aufhielt, man wusste nicht, war es ein gräulicher Lindwurm, oder ein feuerspeiender Drache, so fiel ihnen zumeist das Herz in die Hosen, sie machten Halt und zündeten ein Feuerlein an, auf dass der Knöpflesschwab noch zu guter Letzt (denn wer konnte wissen, ob das Untier sie nicht allesamt mit Haut und Haar verschlingen werde, mit oder ohne Spieß), eine Mahlzeit Knöpfle oder Spätzle bereite, und stellten während dem Essen Todesbetrachtungen an. »Joh«, sagte der Allgäuer und seufzte recht von unten 'rauf, »'s ischt e Sach, wenn mer bei sich so recht bedenkt, dass mer zum letzten Mohl in seim Leben z'Mittag isst.« Und wieder seufzte er und sagte: »'s ischt e Sach!«, und der Knöpflesschwab fing an still vor sich hin zu flennen, wobei er jedoch des Essens nicht vergaß. Als aber der Allgäuer zum dritten Mal ganz erschrecklich tief seufzte und sagte: »'s ischt e Sach!«, da fingen sie alle an so erbärmlich zu flennen und zu heulen, dass es einen wilden Heiden hätte erbarmen können. Der Nestelschwab allein ließ sich das Sterben nicht zu Herzen gehen; denn, sagte er, mein Mutter hat mir oft gesagt, dass mein Stündlein gar niemals kommen würde. Heulte aber dennoch aus gutem Willen zur Gesellschaft mit. Als sie aber endlich nicht mehr konnten, fiel's ihnen doch ein, dass es Zeit sei, ihre Schlachtordnung herzurichten; dabei gab es aber allerlei Span und Zwietracht. Der Allgäuer sagte, er sei bislang emmer der Vorderscht gwe, 's wär jetzt Zeit, dass er au emohl der Henterscht sei, und es soll der Blitzschwob voran. Der meinte aber: »Curasche han i gnueg em Leib, aber net Leib gnueg for d' Curasche und dehs Bescht von Ongheuer.« Der Spiegelschwab wischte sich die Nase am Ärmel und tat den Vorschlag, es solle doch wohl besser sein, wenn einer für alle sterbe, und meinte, der Knöpflesschwab könne ihnen diesen kleinen Gefallen tun; der aber schrie Zetermordio, als habe ihn das Ungeheuer schon am Schlafittich. Und so sprachen und stritten sie noch eine Weile hin und her, bis sie sich friedsam einigten und hurtiglich mit ihrem Spieße vorwärts schritten, gerade auf den Wald zu, wo das Untier hausen sollte. Ehe sie den erreichten, kamen sie an einen Rain davor, da saß ein Has und machte ein Männlein, und streckte die langen Löffel in die Höh; das war den Schwaben grauentlich anzuschauen, hemmten darum ihren Schritt, hielten Rat und besannen sich, ob sie vorwärtsrücken und aufs Untier einrücken sollten mit lang vorgestrecktem Spieß, oder ob sie sich zur Flucht wenden sollten; doch hielt jeder fest am Spieß. Da nun der Veitle hinten am meisten in Numero sicher war, schwoll ihm der Kamm und er schrie dem Schulzen zu, der vorne stand:

»Stoßt zue in äller Schwobe Name,
Sonscht wünscht ih, dass ihr möcht erlahme!«

Der Hans, des Veitle Gehlfießlers Vordermann, Knöpflesschwab, spottete der Curasche des Veitle, indem er sagte:

»Beim Element, du hoscht guat schwätze,
Du bischt der letscht beim Drachahetze!«

Dem Michel sträubte die Herzhaftigkeit das Haar empor, er blickte gar nicht hin nach dem Ungeheuer, sondern sprach mit abgewandtem Gesicht, indem er den Ärmel seinem Gesicht näherte:

»Es wird net fehle um a Hoar,
So ist es wohl der Teufel gar!«

Jergle lugte dem Michel ins Gesicht, und schauete auch gar nicht hin nach dem Bescht von Ungeheuer, indem er zaghaft beistimmte:

»Blitz! Ischt er's net, so ischt's sei Mueder,
Oder's Teufels sei Stiefbrueder!«

Dem Marle Nestelschwab, der sich schon ziemlich weit vorn am Spieß befand, daran die Schwaben gingen, gefiel sein Platz nicht, und er hatte einen guten Einfall; er kehrte sich auch um, da er nicht für nötig fand, das Ungeheuer anzusehen, und rief dem Veit zu:

»Gang, Veitle, gang, gang du vorahn,
I will dohente for di stahn!«

Veitle drückte aber seine Ohren auf und tat, als hörte er nicht, worauf der Marle zu Jockele sagte:

»Gang, Jockele, gang, gang du vorahn
Du hoscht Sporn und Stiefel ahn,
Dass di der Drach net beiße kahn!«

Aber Jockele fand seinen Trost darinnen, dass der Allgäuer an der Spitze des Spießes der sieben Schwaben und des zu bestehenden Abenteuers stand, und sagte:

»Der Schulz, der mueß der Erschte sei,
Denn ehm gebiehrt die Ehr allei.«

Schulz Allgäuer fasste sich ein Herz und sprach mutig, da es nun einmal in die unvermeidliche Gefahr ging:

»So zieht denn herzhaft in de Streit,
Dohran erkennt mer tapfre Leut.«

Und so ging es in Gottes Namen und im Sturmschritt auf das Ungeheuer los, und als dem Schulzen das Herz pfupferte, konnte er sich seiner Angst nicht erwehren und schrie: »Hau huelhau! Hau, hauhau!« Da erschrak der Has und gab spornstreichs Fersengeld querfeldein, und lief, was er laufen konnte. Jetzt rief Schulz Allgäuer freudiglich:

»Potz Veitle, luag, luag, was ischt das?
Es Ohngeheuer ischt noh e Haas!«

»Hoschts gsehe? Hoschts gsehe?«, fragten sich nun die andern untereinander. »Hotz Blitz! E Ding wie ne Kalb!«, rief der Blitzschwab. Der Nestelschwab tat seinen größten Fluch: »Mit Verlaub! Dass dih es Meusle beiß'! E Tier wie ne Mastochs!« – »Oho!«, rief der Knöpfleschwab: »En Elefant ischt noh e Katz gegen des Ohntier.« – »Bygott!«, erwiderte der Allgäuer. »Wenn des koa Haas gweh ischt, noh woiß i de Dreimänner-Wei vom Racheputzer net z' unterschaide!«
»Noh, Noh!«, vermittelte der Seehaas. »Haas her! Haas hen! E Seehaas ischt halt greßer und gremmiger, als alle Haase im heilige remische Reich.« – »Wie der Seewei seurer und herber als alle Wei im heilige remische Reich«, sagte hinten der Gehlfüßler, und über diese Anzüglich-

keit hätte ihm der Seehaas fast ein Paar Watscheln gegeben, denn es kränkte ihn schwer, dass der Veitle über den Seewein spottete, der ihm von Kindesbeinen an geschmeckt. Mit den Seeweinen verhält es sich aber also: es gibt ihrer drei Arten, zum ersten der Sauerampfer, schmeckt nur ein weniges besser als Essig und verzieht das Maul nur ein bisschen, zumal wenn man sich daran gewöhnt hat. Die zweite Gattung ist Dreimännerwein geheißen, steht im Geschmack nach 10 Grad unter Essig und wurde so getauft, weil man behauptet, dass derjenige, so ihn zu trinken verurteilt, von zweien gehalten werden muss, während ihn ein Dritter eingießt. Die dritte Sorte ist der Rachenputzer, hat die rühmliche Eigenschaft, dass er Schleim und alles andere abführt, tut aber dabei not, dass wer sich mit dem Wein im Leib schlafen legt, in der Nacht sich wecken lasse, damit er sich umkehren möge, sonst möchte ihm der Rachenputzer ein Loch in den Magen fressen.

Da nun das Abenteuer mit dem Ungeheuer von den sieben Schwaben so glückhaft bestanden war, so wurden sie eins nunmehr von ihren Taten auszuruhen und wieder friedlich heimzuziehen. Zuvor aber tat not,

ein Siegeszeichen zu errichten, das der Mit- und Nachwelt ihren Triumph auf ewige Zeiten vermelde. Da nun unmöglich war, wie vor Zeiten tapfere Ritter getan, die Drachenhaut in einer Kirche aufzuhängen, dieweil kein Drache sein Fell zu Markte getragen und der Has in seinem Balg wohlbehalten entkommen war, so wurden die guten Gesellen dahin eins, ihr Bärenfell und ihren Spieß als eine Trophäe in die nächstgelegene Kapelle zu stiften, die hieß man hernach die Kapell zum schwäbischen Heiland. Dort wird wohl der Spieß noch hängen, das Bärenfell aber haben die Motten verzehrt, und die Sperlinge haben die Haare in ihre Nester getragen.

Vom Schwaben, der das Leberlein gefressen

Als unser lieber Herr und Heiland noch auf Erden wandelte, von einer Stadt zur andern, das Evangelium predigte und viele Zeichen tat, kam zu ihm auf eine Zeit ein guter einfältiger Schwab, und fragte ihn: »Mein Leiden-Gesell, wo willt du hin?« Da antwortete ihm unser Herrgott: »Ich ziehe um und mache die Leute selig.« So sagte der Schwab: »Willt du mich mit dir lassen?« – »Ja«, antwortete unser Herrgott, »wenn du fromm sein willt und weidlich beten.« Das sagte der Schwab zu. Als sie nun miteinander gingen, kamen sie zwischen zwei Dörfer, darinnen läutete man. Der Schwab, der gern schwatzte, fragte unsern Herrgott: »Mein Leiden-Gesell, was läutet man da?« Unser Heiland, dem alle Dinge wissend waren, antwortete: »In dem einen

Dorfe läutet man zu einer Hochzeit, in dem andern zum Begängnis eines Toten.« – »Gang du zum Toten!«, sprach der Schwab. »So will ich zur Hochzeit gehn.«
Darauf ging unser Herrgott in das Dorf und machte den Toten wieder lebendig, da schenkte man ihm hundert Gulden. Der Schwab tät sich auf der Hochzeit um, half einschenken, einem Gast um den andern, und auch sich selbst, und als die Hochzeit zu Ende war, da schenkte man ihm einen Kreuzer. Das war der Schwab wohl zufrieden, machte sich auf den Weg und kam wieder zu unserm Herrgott. Alsbald, wie der Schwab diesen von Weitem sahe, hub er sein Kreuzerlein in die Höhe und schrie: »Lug, mein Leiden-Gesell! Ich hab Geld; was hast denn du?«, trieb also viel Prahlens mit seinem Kreuzerlein. Unser Herrgott lachet seiner, und sprach: »Ach, ich hab wohl mehr als du!«, tät den Sack auf und ließ den Schwaben die hundert Gulden sehen. Der aber war nicht unbehänd, warf geschwind sein armes Kreuzerlein unter die hundert Gulden, und rief: »Gemein, gemein! Wir wollen alles gemein miteinander haben!« Das ließ unser Herrgott gut sein.

Nun als sie weiter miteinander gingen, begab es sich, dass sie zu einer Herde Schafe kamen, da sagte unser Herrgott zum Schwaben: »Gehe, Schwab, zu dem Hirten, heiße ihm uns ein Lämmlein zu geben, und koche uns das Gehänge oder Geräusch zu einem Mahle.« – »Ja!«, sagte der Schwab, tat, wie ihm der Herr geheißen, ging zum Hirten, ließ sich ein Lämmlein geben, zog's ab und bereitete das Gehänge zum Essen. Und im Sieden da schwamm das Leberlein stets empor; der Schwab drückt's mit dem Löffel unter, aber es wollte nicht unten bleiben, das verdross den Schwaben über alle Maßen. Nahm deshalb ein Messer, schnitt das Leberlein, dieweil es gar war, voneinander und aß es. Und als nun das Essen auf den Tisch kam, da fragte unser Herrgott, wo denn das Leberlein hingekommen wär? Der Schwab aber war gleich mit der Antwort bei der Hand, das Lämmlein habe keines gehabt. »Ei!«, sagte unser Herrgott, »wie wollte es denn gelebt haben, ohne ein Leberlein?« Da verschwur sich der Schwab hoch und teuer: »Es hat bei Gott und allen Gottes-Heiligen keines gehabt!« Was wollte unser Herrgott tun? Wollte er haben, dass der Schwab still schwieg, musst er wohl zufrieden sein.

Nun begab es sich, dass sie wiederum miteinander spazierten, und da läutete es abermals in zwei Dörfern. Der Schwab fragte: »Lieber, was läutet man da?« – »In dem Dorf läutet man zu einem Toten, in dem andern zur Hochzeit«, sagte unser Herrgott. »Wohl!«, sprach der Schwab. »Jetzt gang du zur Hochzeit, so will ich zum Toten!« (vermeinte, er wolle auch hundert Gulden verdienen).

Fragte den Herrn weiter: »Lieber, wie hast du getan, dass du den Toten auferwecket hast?« – »Ja«, antwortete der Herr, »ich sprach zu ihm, steh auf im Namen des Vaters, Sohnes und Heiligen Geistes! Da stand er auf.« – »Schon gut, schon gut!«, rief der Schwab: »Nun weiß ich's wohl zu tun!«, und zog zum Dorfe, wo man ihm den Toten entgegentrug. Als der Schwab das sahe, rief er mir heller Stimme: »Halt da! Halt da! Ich will ihn lebendig machen, und wenn ich ihn nit lebendig mache, so henkt mich ohne Urteil und Recht.«

Die guten Leute waren froh, verhießen dem Schwaben hundert Gulden, und setzten die Bahre, darauf der Tote lag, nieder. Der Schwab tat den Sarg auf, und fing an zu sprechen: »Steh auf im Namen der Heiligen Dreifaltigkeit!« Der Tote aber wollte nicht aufstehen. Dem Schwaben ward angst, er sprach seinen Segen zum andern und zum dritten Mal, als aber jener Tote sich nicht erhob, so rief er voll Zorn: »Ei so bleib liegen in tausend Teufel Namen!« Als die Leute diese gottlose Rede hörten und sahen, dass sie von dem Gecken betrogen waren, ließen sie den Sarg stehen, fassten den Schwaben und eileten demnächst mit ihm dem Galgen zu, warfen die Leiter an und führten den Schwaben hinauf.

Unser Herrgott zog fein gemachsam seine Straße heran, da er wohl wusste, wie es dem Schwaben ergehen werde, wollte doch sehen, wie er sich stellen würde, kam nun zum Gericht, und rief: »O guter Gesell, was hast du doch getan? In welcher Gestalt erblick ich dich?« Der Schwab war blitzwild und begann zu schelten, der Herr hätte ihm den Segen nicht recht gelehrt. »Ich habe dich recht belehrt«, sprach der Herr. »Du aber hast es nicht recht gelernt und getan, doch dem sei, wie ihm wolle. Willt du mir sagen, wo das Leberlein hinkommen ist, so will ich dich erledigen!« – »Ach!«, sagte der Schwab. »Das Lämmlein hat wahrlich kein Leberlein gehabt! Wes zeihest du mich?« – »Ei du willst's nur nicht sagen!«, sprach der Herr. »Wohlan, bekenn es, so will ich den Toten lebendig machen!« Der Schwab aber fing an zu schreien: »Henket mich, henket mich! So komm ich der Marter ab. Der will mich zwingen mit dem Leberlein, und hört doch wohl, dass das Lämmlein kein Leberlein gehabt hat! Henket mich nur stracks und flugs!«

Wie solches unser Herrgott hörte, dass sich der Schwab eher wollt henken lassen, als die Wahrheit gestehen, befahl er, ihn herabzulassen, und machte nun selbst den Toten lebendig.

Als sie nun miteinander wieder von dannen zogen, sprach unser Herrgott zum Schwaben: »Komm her, wir wollen miteinander das gewonnene Geld teilen, und dann voneinander scheiden, denn wenn ich dich allewege und überall sollte vom Galgen erledigen, würde mir das zu viel.« Nahm also die zweihundert Gulden und teilte sie in drei Teile. Als solches der Schwab sahe, fragte er: »Ei Lieber, warum machst du drei Teile, so doch unsrer nur zween sind?« – »Ja«, antwortete unser lieber Herrgott, »der eine Teil, der ist mein; der andere Teil, der ist dein, und der dritte Teil, der ist dessen, der das Leberlein gefressen hat!« Als der Schwab solches hörte, rief er fröhlich aus. »So hab ich's bei Gott und allen lieben Gottes-Heiligen doch gefressen!«, sprach's und strich auch den dritten Teil ein, und nahm also Urlaub von unserm lieben Herrgott.

Die Probestücke des Meisterdiebes

Es wohnten in einem Dorfe ein Paar sehr arme alte Leute mutterseelenallein in einem geringen Häuslein, das ganz weit draußen stand, und hörte gerade mit diesem Häuslein das Dorf auf. Die beiden Alten waren brav und fleißig, aber sie hatten keine Kinder. Einen Sohn, einen einzigen, hatten sie gehabt, aber der war ein ungeratener Bube gewesen, und heimlich auf und davon gegangen, hatte auch sein Lebetag nichts wieder von sich hören und sehen lassen, und so glaubten die beiden Alten, ihr Einziger sei lange tot und bei Gott gut aufgehoben.
Nun saßen einstmals die beiden Alten vor ihrer Haustür, an einem Feiertage, da fuhr zum Dorfe herein ein stattlicher Wagen, den zogen sechs schöne Rosse, und darin saß ein einzelner Herr, hintenauf stand ein Bedienter, dessen Hut und Rock von Gold und Silber nur so starrte. Der Wagen fuhr durch das ganze Dorf, und die Bäuerlein, die gerade aus der

Kirche kamen, meinten schier, es fahre ein Herzog oder gar ein König vorbei, denn solche Pracht konnte der Edelmann, der droben im alten Schloss wohnte, nicht aufwenden. Da hielt mit einem Male der Wagen vor dem letzten Häuslein still, der Bediente sprang vom Bocke und öffnete dem darin sitzenden Herrn den Schlag, welcher ausstieg, und auf die beiden Alten zueilte, die sich ganz bestürzt von ihrer Bank erhoben hatten. Er bot ihnen freundlich guten Tag und Handschlag und fragte, ob er nicht ein Gericht Kartoffelhütes (Klöße) mir ihnen essen könne? Darüber verwunderte sich am meisten das Mütterlein, aber der junge hübsche und sehr vornehm gekleidete Herr stillte alsbald ihr Staunen, indem er sagte, dass ihm noch kein Koch diese Hütes habe recht machen können, er wolle sie einmal von Landleuten zubereitet essen, wie in seiner Jugend. Da luden die Alten den edlen Junker, für den sie den Fremdling hielten, freundlich in ihre Hütte, und er ließ den Wagen mit Kutscher und Bedienten einstweilen in das Wirtshaus fahren. Das Mütterlein holte eilends Kartoffeln aus dem kleinen Keller des Häusleins herauf, schälte, rieb und presste sie, ließ Wasser sieden, tat die geballten Klöße, zu denen sie etwas Schmalz getan, hinein, und segnete dieses Essen mit dem frommen Spruch: »Gott behüt es«, davon denn auch die Klöße an vielen Orten Südthüringens Hütes heißen. In dieser Zeit, dass die Alte ihr Mahl bereitete, war ihr Mann mit dem Fremdling in das Hausgärtchen gegangen, wo er an kurz zuvor gepflanzten jungen Bäumen sich eine kleine Beschäftigung machte, und nachsah, ob die Pfähle, an welche die Stämmchen mit Weide gebunden waren, noch fest hielten, und der Wind keine Weide losgerissen hatte, und wo dies geschehen war, da band der Alte jedes Stämmchen wieder fest, Da hub der junge Fremde an zu fragen: »Warum bindet ihr dieses kleine Stämmchen dreimal an?« – »Ja!«, sprach der Alte. »Da hat es drei Krümmen, darum bind ich's fest, dass es gerade wächst.« – »Das ist recht, Alter!«, sprach der Fremde. »Aber dort habt ihr ja einen alten krummen Knorz von Baum! Warum bindet ihr den nicht auch an einen Pfahl auf, dass er gerade wird?« – »Hoho!«, lachte der Alte. »Alte Bäume, wenn sie krumm sind, werden nicht wieder gerad. Wenn man sie gerade haben will, muss man sie jung gut ziehen.« – »Habt ihr auch Kinder?«, fragte der Fremde weiter. »O lieber Gott, Euer Gnaden!«, antwortete der Mann. »Gehabt hab ich einen Jungen, war ein erzer Nichtsnutzer, hat wilde böse Streiche gemacht, und ist mir zuletzt davongelaufen, und sein Lebtag nicht wiedergekommen. Wer weiß, wo ihn der liebe Gott hingeführt hat, oder der Böse.« – »Warum habt ihr denn euern Sohn nicht beizeiten gerad gezogen, wie diese da, eure Bäumchen!«, sprach betrübt und vorwurfsvoll der Fremde. »Wenn er nun ein ungeratner krummer Knorz und Wildling worden, so ist's eure Schuld. Aber wenn er euch nun wieder unter die Augen käme, würdet ihr ihn wohl erkennen?« – »Weiß auch nicht, lieber Herr!«, erwiderte der Bauer. »Er wird wohl in die Höhe geschossen sein, wenn er noch lebt, doch hatte er ein Muttermal am Leibe, daran allenfalls könnt ich ihn kennen. Der kommt aber doch erst am Nimmermehrstag wieder heim.« Da zog der Fremde seinen Rock aus und zeigte dem Alten ein Muttermal; der schlug die Hände übern Kopf zusammen, und schrie: »Herr Jes's! Du bist mein Sohn – aber nein – du bist so schrecklich fürnehm. Bist du denn ein Graf geworden, oder gar ein Herzog?« – »Das nicht, Vater«, sprach der Sohn leise, »aber etwas anders, ein Spitzbub bin ich geworden, weil ihr mich nicht gerade gezogen habt, doch lasst's gut sein, ich hab meine Kunst tüchtig studiert, bin nicht etwa so ein miserabler Pfuscher, wie's ihrer viele gibt.«

Der alte Mann war ganz stumm vor Schreck und vor Freude, führte den Sohn an der Hand ins Haus, und zur Mutter, die justement die Klöße fertig hatte und auftrug, und sagte ihr alles. Da fiel das Mütterlein ihrem Sohn an das Herz und um den Hals, küsste ihn und weinte und sagte: »Dieb hin, Dieb her! Du bist doch mein lieber Sohn, den ich unterm Herzen getragen habe, und mir hüpft das Herz hoch in der Brust, dass ich dich in meinen alten Tagen wieder gesehen! Ach, was wird dein Herr Pate sagen, droben auf dem Schloss der Edelmann!« – »Ja!«, sprach dazwischen der Vater, während alle drei nun miteinander tapfer in die Klöße einhieben: »Dein Herr Pate wird nichts von dir wissen wollen, bei so bewandten Umständen, wie es mit dir steht; er wird dich

am Ende an dem lichten Galgen zappeln lassen.« – »Nun, besuchen will ich ihn doch, den Herrn Paten!«, antwortete der Sohn, ließ seinen Wagen anspannen und fuhr aufs Schloss hinauf.
Der Edelmann war sehr erfreut, seinen Paten, den er als armes Kind aus Gnaden zur Taufe gehoben, so stattlich wieder vor sich treten zu sehen, als dieser sich ihm zu erkennen gab. Aber darüber freute er sich nicht im Mindesten, als auf Befragen, was er denn in der Welt geworden sei, der junge Pate zur Antwort gab, er wäre ein ausgelernter Spitzbube geworden. Sann alsobald darüber nach, wie er mit guter Art einen so gefährlichen Menschen in Zeiten loswerden möchte.
»Wohlan!«, sprach der Edelmann zu seinem Paten. »Wir wollen sehen, ob du das Deinige ordentlich gelernt hast, und ein so großer Dieb geworden bist, den man mit Ehren laufen lassen kann, oder nur so ein kleiner, den man an den ersten besten Galgen henkt. Letzteres werde ich in meinem Gerichtsbann mit dir unfehlbar tun, wenn du nicht die drei Proben bestehst, die ich dir auferlegen werde!« – »Nur her damit, gestrenger Herr Pate! Ich fürchte mich vor keiner Arbeit.«
Der Edelmann sann eine kleine Weile nach, dann sprach er: »Hör an! Dieses sind die drei Proben. Zum ersten: stiehl mir mein Leibpferd aus

dem Stalle, den ich wohl bewachen lasse von Soldaten und Stallleuten, die jeden totschlagen, der Miene macht, in den Stall zu dringen. Zum andern stiehl mir, wenn ich mit meiner Frau im Bette liege, das Betttuch unterm Leibe weg, und meiner Frau den Trauring vom Finger, doch wisse, dass ich geladene Pistolen zur Hand habe. Zum dritten und letzten – und merke, das ist das schwerste Stück: stiehl mir Pfarrer und Schulmeister aus der Kirche und hänge sie beide lebend in einem Sack in meinen Schornstein. Tor und Türen im Schlosse sollen dir dazu offen stehen.«

Der Meisterdieb bedankte sich freundlich bei seinem Herrn Paten, dass er ihm so leichte Stücklein aufgegeben, und ging seiner Wege, um in nächster Nacht gleich das erste Stück auszuführen. Der Edelmann traf alle Anstalten, sein Leibross gut bewachen zu lassen. Sein erster Reitknecht musste sich darauf setzen, ein anderer Diener musste den Zaum fassen, ein dritter den Schwanz, und vor die Türe ordnete der Herr eine Soldatenwache. Die wachten und wachten, froren und fluchten, denn es war kalt, und alle waren durstig; da zeigte sich ein altes müdes Mütterlein, das trug ein Fässlein auf einem Korbe, hüstelte schwer und keuchte zum Schlosshof hinein. Das Fässlein weckte in der Seele der Soldaten ganz besonders anziehende Gedanken, nämlich die, dass möglicherweise Branntwein darin sein könne, und dass Branntwein ein Spezifikum gegen den Nachtfrost sei und gegen die bösen Nebel. Riefen daher das alte Mütterlein zum Feuer, dass sich's wärme, und forschten nach dem Inhalt des Fässleins. Richtig geahnet! Branntwein war darin, und noch dazu veredelter, Doppelpomeranzen, Spanischbitter oder so eine Sorte. Auch war das Fässlein nicht tückischerweise verpicht und verspundet, sondern es war ein Hähnlein daran, und die Frau hatte, das war das Beste, den Branntwein zu verkaufen. Da kauften die Soldaten ein Becherlein ums andere, riefen's auch den Wächtern im Stalle zu, dass draußen im Hofe der Weizen blühe, und das alte Frauchen hatte alle Hände voll zu tun mit Einschenken, sodass ihr Fässlein schier leer war. Die alte Frau war aber kein anderer Mensch als der Erzdieb, der sich gut verkleidet und in den Schnaps einen barbarischen

Schlaftrunk gemischt hatte. Es währte gar nicht lange, so fiel ein Soldat nach dem andern in Schlaf und den Wächtern im Stalle fielen auch die Augen zu, und es war gut, dass der Dieb schon im Stalle bei dem Pferde stand, so konnte er den Reitknecht in seinen Armen auffangen, als dieser gerade vom Pferde fiel, und ihn sanft rittlings auf die Schranke setzen und was weniges anbinden, damit der gute Mensch nicht etwa auch da herunterfalle und Schaden leide. Dem Leibkutscher, der den Zaum hielt, und in der Ecke schnarchte, lieh der Dieb einen Strick in die Hand, und dem Stallknecht statt des Rossschweifes ein Strohseil. Dann nahm er eine Pferdedecke, schnitt sie in Stücke, wickelte sie um des Rosses Füße, schwang sich in den Sattel, und heidi, hast du nicht gesehen – zum Stall und zum offen gebliebenen Schlosstor hinaus.
Als es heller Tag geworden, sah der Edelmann zum Fenster hinaus, und sah einen stattlichen Reiter daher galoppiert kommen, auf einem nicht minder stattlichen Ross, das ihm so bekannt vorkam. Der Reiter hielt an und bot guten Morgen hinauf zum Schlossfenster. »Guten Morgen, Herr Pate! Euer Pferd ist Goldes wert!« – »Ei dass dich alle Teufel!«, rief der Edelmann, wie er sah, dass das Pferd seine Schecke war. »Du bist ein Gaudieb! Nu, nu – nur zu! Lass deine Kunst weiter sehen!« Der

Edelmann nahm seine Reitpeitsche und ging nach dem Stalle voller Zorn; als er aber die wunderlichen Gruppen der noch immer schlafenden Wächter sah, musste er laut auflachen; gedachte aber bald in seinem Herzen: wenn der Gauner diese Nacht kommt, mir das Betttuch zu stehlen, will ich ihm eine Kugel durch den Kopf schießen, denn solch einen gefährlichen Kerl möchte ich nicht in meiner Nähe wissen.
Da nun die Nacht herbeigekommen war, legte sich der Edelmann mit seiner Frau zu Bette, und neben sich legte er eine geladene Pistole und unterschiedliche andere Wehr und Waffen, schlief auch nicht ein, sondern blieb wachsam, horchte und lauschte, ob sich nichts regte. Lange blieb alles still, jetzt endlich, es war schon ziemlich dunkel, war es, als würde eine lange Leiter angelehnt, und bald darauf wurde draußen am Fenster die Gestalt eines Menschen sichtbar, der hereinsteigen wollte. »Erschrick nicht, Frau!«, rief leise der Edelmann, nahm die Pistole, zielte gut, drückte los, und schoss den Räuber mitten durch den Kopf, dieser wankte und gleich darauf hörte man unten einen schweren Fall. »Der steht nicht wieder auf«, sprach der Edelmann, »doch möcht ich Aufsehen vermeiden, ich will deshalb geschwind die Leiter hinuntersteigen, dass im Hause kein Lärm wird, und den Erschossenen beisei-

teschaffen.« Das war der Edelfrau recht, und ihr Mann tat, wie er gesagt. Bald darauf kam er wieder herauf und sprach zur Frau: »Der ist mausetot, ich will dem armen Teufel aber doch, ehe ich ihn in die Grube werfe, in einen Leinlacken hüllen, und da er um deines Ringes willen sein Leben hat lassen müssen, so wollen wir ihm diesen anstecken; gib mir den Ring und auch das Betttuch.« Die Frau gab beides her, und jener stieg eilend wieder hinunter. Es war aber nicht der Edelmann, sondern der Meisterdieb, der, um sein Stücklein auszuführen, vom ersten besten Galgen (damals gab es in Deutschland noch alle Wege viele Galgen), einen frisch Gehenkten abgeschnitten und ihn dann auf seine Schultern geladen hatte, als er die Leiter emporstieg. Wie drinnen der Schuss fiel, ließ er den Leichnam hinunterstürzen, stieg eilend die Leiter herab und versteckte sich. Und wie nun der Edelmann herunterkam, und sich mit dem vermeintlich Erschossenen zu schaffen machte, wischte er rasch hinauf ins Zimmer der Frau, ahmte des Paten Stimme nach und forderte Ring und Betttuch.

Am andern Morgen sah der Edelmann wieder nach seiner Gewohnheit zum Fenster hinaus, da ging drunten ein Mann auf und ab, der hatte, wie es schien, Leinwand zu verkaufen, mindestens trug er ein zusammengeschlagenes Bündel über der Schulter, und ließ einen schönen Ring in der Morgensonne blitzen und funkeln. Mit einem Male rief der Mann hinauf: »Schönsten guten Morgen, Herr Pate! Ich wünsche Ihnen und der Frau Patin recht wohl geruht zu haben!« – Der Edelmann war wie vom Donner gerührt, als er seinen Paten, den er die vorige Nacht mit eigner Hand erschossen und mit derselben Hand in eine Grube geworfen, leibhaftig stehen sah, und fragte hastig seine Frau nach Ring und Tuch. »Nun, du hast mir's ja diese Nacht abverlangt!«, erwiderte die Dame. »Der Satan! Aber ich nicht!«, tobte der Edelmann – doch gab er sich bald wieder, in Erwägung, dass der kühne Dieb noch mehr hätte nehmen können. Er machte dem Paten eine Faust zum Fenster hinaus und rief: »Erzgauner! Das Dritte! Das Dritte bringt dich sicherlich an den Galgen!«

In der nächsten Nacht darauf begab sich etwas Seltsames auf dem Gottesacker. Der Schulmeister, der diesem zunächst wohnte, wurde es zuerst gewahr und meldete es dem Herrn Pfarrer. Über den Gräbern wandelten kleine brennende Lichtlein in unsteter Bewegung umher. »Das sind die armen Seelen, Schulmeister!«, flüsterte der Pfarrer mit Grausen. Plötzlich erschien eine große schwarze Gestalt auf den Stufen der Kirchtüre, die rief mit hohlem Tone:

»Kommt all zu mir, kommt all zu mir,
Der Jüngste Tag ist vor der Tür!
O Menschenkinder, betet still!
Die Toten sammeln schon ihr Gebein!
Wer mit mir in den Himmel will,
Der kreuch in diesen Sack hinein!«

»Wollen wir?«, fragte der Schulmeister den Pfarrer mit Zähneklappern. »Zeit wär's, vorm Torschluss. Der heilige Apostel Petrus ruft uns, das ist keine Frage. Aber Reisegeld?« – »Ich habe mir zwanzig Kronen erdarbt«, wisperte das Schulmeisterlein. »Ich habe hundert Dicketonnen (Laubthaler) für den Notfall zurückgelegt!«, sprach der Pfarrer. »Holen wir's und nehmen's mit!«, riefen beide und taten also, dann näherten sie sich der schwarzen Gestalt mit Furcht und Zittern. Diese war der Meisterdieb; er hatte Krebse gekauft und ihnen brennende Wachslich-

terlein auf den Rücken geklebt, das waren die armen Seelen, hatte einen Mönchsbart und eine Mönchskutte, und einen Hopfensack, in den er die beiden Schwarzröcke aufnahm, nachdem er ihnen ihr Erspartes abgenommen. Jetzt schnürte er den Sack zu und schleifte ihn hinter sich her durch das Dorf und durch einen Tümpfel, wobei er rief: »Jetzt geht's durch das Rote Meer!«, dann durch den Bach: »Jetzt geht's durch den Bach Kidron«, dann durch die Schlossflur, allwo es kühl war: »Jetzt geht's durch das Tal Josaphat«, dann zur Treppe hinauf: »Dieses ist schon die Himmelsleiter«, endlich hing er den Sack im Schornstein auf an einen Haken, daran man die Schinken räuchert, machte darunter einen ziemlichen Qualm und rief mit schrecklicher Stimme: »Dieses ist das Fegefeuer! Dieses dauert etwelche Jahre!«, und machte sich fort. Da schrien Pfarrer und Schulmeister Zeter Mordio, dass das ganze Hausgesinde zusammenlief. Der Meisterdieb aber trat kecklich zum Edelmann: »Herr Pate, meine dritte Probe ist auch gelöst. Pfarrer und Schulmeister hängen im Schornstein, und so es Euch gefällig, könnt Ihr sie selber zappeln sehen und schreien hören!« – »O du Erzschalk und Erzgauner, du Erzbösewicht und Meisterdieb aller Meisterdiebe!«, rief der Edelmann und gab gleich Befehl, jene aus dem Fegefeuer zu erlösen. »Du hast mich überwunden, hebe dich von dannen! Hier hast du ein Goldstück. Hebe dich von dannen, komme mir nicht wieder vor Augen, und lass dich für dein Geld henken, wo es dir gefällig ist.«
»Danke zum allerschönsten, gestrenger Herr Pate, und will so tun!«, antwortete der Spitzbub. »Aber wollt Ihr nicht die Pfänder auslösen, die ich redlich erworben habe? Euer Leibross mit zweihundert Kronen, Eurer Gemahlin Trauring und das Tuch mit hundert Kronen, des Pfarrers und Schulmeisters Geld mit hundertundzwanzig Kronen! Wo nicht, so fahr ich damit von dannen.« Den Edelmann rührte fast der Schlag; er sprach: »Lieber Pate, das war ja alles nur ein Spaß, du wirst diese Güter nicht an dir behalten wollen; ich schenke dir ja das Leben.« – »Nun, so will ich gehen, und Euch die Sachen alle herbringen!«, sprach der Meisterdieb; ging und ließ seinen Wagen anspannen, seinen alten Vater und seine Mutter hineinsetzen, setzte sich selbst auf des Edelmanns Ross, steckte

den prächtigen Ring an den Finger und schickte dem Edelmann nur das Betttuch mit einem Brieflein, darin stand:

»Gebt dem Pfarrer und dem Schulmeister ihr Geld zurück, sonst stiehlt Euch Eure Frau

Dero untertäniger Pate und Meisterdieb.«

Da bekam der Edelmann große Furcht, trug den Schaden und wollte nichts mehr von seinem Paten wissen, erfuhr auch nichts mehr von ihm, denn der war mit seinen Eltern in ein fernes Land gezogen und ein ehrlicher und angesehener Mann geworden.

Die verzauberte Prinzessin

Es war einmal ein armer Handwerksmann, der hatte zwei Söhne, einen guten, der hieß Hans, und einen bösen, der hieß Helmerich. Wie das aber wohl geht in der Welt, der Vater hatte den bösen mehr lieb als den guten.

Nun begab es sich, dass das Jahr einmal ein mehr als gewöhnlich teures war und dem Meister der Beutel leer ward. Ei! dachte er, man muss zu leben wissen. Sind die Kunden doch so oft zu dir gekommen, nun ist es an dir höflich zu sein und dich zu ihnen zu bemühen. Gesagt getan. Früh morgens zog er aus und klopfte an mancher stattlichen Tür; aber wie es sich denn so trifft, dass die stattlichsten Herren nicht die besten Zahler sind, die Rechnung zu bezahlen hatte niemand Lust. So kam der Handwerksmann müde und matt des Abends in seine Heimat und trübselig setzte er sich vor die Türe der Schenke ganz allein, denn er hatte weder das Herz mit den Zechgästen zu plaudern, noch freute er sich sehr auf

das lange Gesicht seines Weibes. Aber wie er da saß in Gedanken versunken, konnte er doch nicht lassen hinzuhören auf das Gespräch, das drinnen geführt ward. Ein Fremder, der eben aus der Hauptstadt angelangt war, erzählte, dass die schöne Königstochter von einem bösen Zauberer gefangen gesetzt sei und müsse im Kerker bleiben ihr lebelang, wenn nicht jemand sich fände der die drei Proben löste, welche der Zauberer gesetzt hatte. Fände sich aber einer, so wäre die Prinzess sein und ihr ganzes herrliches Schloss mit all seinen Schätzen. Das hörte der Meister an zuerst mir halbem Ohr, dann mit dem ganzen und zuletzt mit allen beiden, denn er dachte: Mein Sohn Helmerich ist ein aufgeweckter Kopf, der wohl den Ziegenbock barbieren möchte, so dass einer von ihm heischte; was gilt's, er löst die Proben und wird der Gemahl der schönen Prinzess und Herr über Land und Leute. Denn also hatte der König, ihr Vater, verkündigen lassen. – Schleunig kehrte er nach Haus und vergaß seine Schulden und Kunden über der neuen Mär, die er eilig seiner Frau hinterbrachte. Des andern Morgens schon sprach er zum Helmerich, dass er ihn mit Ross und Wehr ausrüsten wolle zu der Fahrt, und wie schnell machte der sich auf die Reise Als er Abschied nahm, versprach er seinen Eltern, er wolle sie samt dem dummen Bruder Hans gleich holen lassen in einem sechsspännigen Wagen; denn er meinte schon, er wäre König. Übermütig wie er dahinzog, ließ er seinen Mutwillen aus an allem, was ihm in den Weg kam. Die Vögel, die auf den Zweigen saßen und den Herrgott lobten mit Gesang wie sie es verstan-

den, scheuchte er mit der Gerte von den Ästen und kein Getier kam ihm in den Weg, daran er nicht seinen Schabernack ausgelassen hätte. Und zum Ersten begegnete er einem Ameisenhaufen; den ließ er sein Ross zertreten, und die Ameisen, die erzürnt an sein Ross und an ihn selbst krochen und Pferd und Mann bissen, erschlug und erdrückte er alle. Weiter kam er an einen klaren Teich, in dem schwammen zwölf Enten. Helmerich lockte sie ans Ufer und tötete deren elf, nur die zwölfte entkam. Endlich traf er auch einen schönen Bienenstock; da machte er es den Bienen, wie er es den Ameisen gemacht. Und so war seine Freude die unschuldige Kreatur nicht sich zum Nutzen, sondern aus bloßer Tücke zu plagen und zu zerstören.

Als Helmerich nun bei sinkender Sonne das prächtige Schloss erreicht hatte, darin die Prinzessin verzaubert war, klopfte er gewaltig an die geschlossene Pforte. Alles war still; immer heftiger pochte der Reiter. Endlich tat sich ein Schiebefenster auf und hervor sah ein altes Mütterlein mit spinnewebfarbigem Gesichte, die fragte verdrießlich, was er begehre. »Die Prinzess will ich erlösen«, rief Helmerich, »geschwind macht mir auf.« – »Eile mit Weile, mein Sohn«, sprach die Alte; »morgen ist auch ein Tag, um neun Uhr werde ich dich hier erwarten.« Damit schloss sie den Schalter.

Am andern Morgen um neun Uhr, als Helmerich wieder erschien, stand das Mütterchen schon seiner gewärtig mit einem Fässchen voll Leinsamen, den sie ausstreute auf eine schöne Wiese. »Lies die Körner zusammen«, sprach sie zu dem Reiter, »in einer Stunde komme ich wieder, da muss die Arbeit getan sein.« – Helmerich aber dachte, das sei ein alberner Spaß und lohne es nicht sich darum zu bücken; er ging derweil spazieren und als die Alte wiederkam, war das Fässchen so leer wie vorher. »Das ist nicht gut«, sagte sie. Darauf nahm sie zwölf goldene Schlüsselchen aus der Tasche und warf sie einzeln in den tiefen dunklen Schlossteich. »Hole die Schlüssel herauf«, sprach sie, »in einer Stunde komme ich wieder, da muss die Arbeit getan sein.« Helmerich lachte und tat wie vorher. – Als die Alte wiederkam und auch diese Aufgabe nicht gelöst war, da rief sie zweimal: »Nicht gut! Nicht gut!« Doch nahm sie ihn bei der Hand und führte ihn die Treppe hinauf in den großen Saal des Schlosses; da saßen drei Frauenbilder, alle drei in dichte Schleier verhüllt. »Wähle, mein Sohn«, sprach die Alte, »aber sieh dich vor, dass du recht wählst. In einer Stunde komme ich wieder.« Helmerich war nicht klüger, da sie wiederkam als da sie wegging; übermütig aber rief er aufs Geratewohle: »Die zur Rechten wähl ich.« – Da warfen alle drei die Schleier zurück; in der Mitte saß die holdselige Prinzess, rechts und links zwei scheußliche Drachen, und der zur Rechten packte den Helmerich in seine Krallen und warf ihn durch das Fenster in den tiefen Abgrund.

Ein Jahr war verflossen seit Helmerich ausgezogen die Prinzess zu erlösen und noch immer war bei den Eltern kein sechsspänniger Wagen angelangt. »Ach!«, sprach der Vater. »Wäre nur der ungeschickte Hans ausgezogen statt unsres besten Buben, da wäre das Unglück doch geringer.« – »Vater«, sagte Hans, »lass mich hinziehn, ich will's auch probieren.« Aber der Vater wollte nicht, denn was dem Klugen misslingt, wie führte das der Ungeschickte zu Ende? Da der Vater ihm Ross und Wehr versagte, machte Hans sich heimlich auf und wanderte wohl drei Tage denselben Weg zu Fuß, den der Bruder an einem geritten war. Aber er fürchtete sich nicht, und schlief des Nachts auf dem weichen Moos unter den grünen Zweigen so sanft wie unter dem Dach seiner Eltern; die Vögel des Waldes scheuten sich nicht vor ihm, sondern sangen ihn in Schlaf mit ihren besten Weisen. Als er nun an die Ameisen kam, die beschäftigt waren ihren neuen Bau zu vollenden, störte er sie nicht, sondern wollte ihnen helfen, und die Tierchen, die an ihm hinaufkrochen, las er ab, ohne sie zu töten, wenn sie ihn auch bissen. Die Enten lockte er auch ans Ufer, aber um sie mit Brosamen zu füttern; den Bienen warf er die frischen Blumen hin, die er am Wege gepflückt hat-

te. So kam er fröhlich an das Königsschloss und pochte bescheiden am Schalter. Gleich tat die Türe sich auf und die Alte fragte nach seinem Begehr. »Wenn ich nicht zu gering bin, möchte ich es auch versuchen die schöne Prinzess zu erlösen«, sagte er. »Versuche es, mein Sohn«, sagte die Alte, »aber wenn du die drei Proben nicht bestehst, kostet es dein Leben.« – »Wohlan, Mütterlein«, sprach Hans, »sage, was ich tun soll.« Jetzt gab die Alte ihm die Probe mit dem Leinsamen. Hans war nicht faul sich zu bücken, doch schon schlug es drei Viertel und das Fässchen war noch nicht halb voll. Da wollte er schier verzagen; aber auf einmal kamen schwarze Ameisen mehr als genug und in wenigen Minuten lag kein Körnlein mehr auf der Wiese. Als die Alte kam, sagte sie: »Das ist gut!«, und warf die zwölf Schlüssel in den Teich, die sollte er in einer Stunde herausholen. Aber Hans brachte keinen Schlüssel aus der Tiefe; so tief er auch tauchte, er kam nicht an den Grund. Verzweifelnd setzte er sich ans Ufer; da kamen die zwölf Entchen herangeschwommen, jede mit einem goldenen Schlüsselchen im Schnabel, die warfen sie ins feuchte Gras. So war auch diese Probe gelöst, als die Alte wiederkam, um ihn nun in den Saal zu führen, wo die dritte und schwerste Probe seiner harrte. Verzagend sah Hans auf die drei gleichen Schleiergestalten; wer sollte ihm hier helfen? Da kam ein Bienenschwarm durchs offene Fenster geflogen, die kreisten durch den Saal und summten um den Mund der drei Verhüllten. Aber von rechts und links flogen sie schnell wieder zurück, denn die Drachen rochen nach Pech und Schwefel, wovon sie leben; die Gestalt in der Mitte umkreisten sie alle und surrten und schwirrten leise: »Die Mittle, die Mittle.« Denn da duftete ihnen der Geruch ihres eigenen Honigs entgegen, den die Königstochter so gern aß. Also, da die Alte wiederkam nach einer Stunde, sprach Hans ganz getrost: »Ich wähle die Mittle.« Und da fuhren die bösen Drachen zum Fenster hinaus, die schöne Königstochter aber warf ihren Schleier ab und freute sich der Erlösung und ihres schönen Bräutigams. Und Hans sandte dem Vater der Prinzess den schnellsten Boten und zu seinen Eltern einen goldenen Wagen mit sechs Pferden bespannt und sie alle lebten herrlich und in Freuden, und wenn sie nicht gestorben sind, leben sie heute noch.

Der Teufel ist los

oder das Märlein, wie der Teufel den Branntwein erfand

Es hatten einmal zwei Landesherren einen Grenzstreit; da waren auf jeder Seite Zeugen, die das Recht behaupteten, und darunter zwei, die hatten vom Teufel die Schwarzkunst erlernt und ihm dafür ihre Seelen verschrieben. Diese beiden haben einmal ein jeder in der Nacht wollen falsche Grenzsteine setzen, so, wie jeder von ihnen die Grenze behauptete, und haben die Steine mit schwarzer Kunst wollen machen, dass sie aussahen, als ob sie schon viele, viele Jahre da gestanden hatten. Da sind sie alle zwei, als feurige Männer, hinauf auf die Höhe gegangen. Und wie der eine hinaufkommt, da ist der andere schon da. Aber keiner hat etwas von dem andern gewusst, dass dieser denselben Gedanken hatte. Da fragte der eine den andern: »Was machst du da?«

»Was hast du danach zu fragen? Sage mir zuvor, was du da machen willst?«

»Grenzsteine will ich setzen, und will den Grenzzug machen, wie dieser eigentlich sein muss.«

»Das habe ich selbst schon getan, und da stehen die Steine, und so geht der Grenzzug.«

»Das ist nicht richtig, und so geht der Grenzzug. Mein Herr hat gesagt, ich hatte recht, und ich solle nicht nachgeben.«

»Wer ist denn dein Herr? Das wird auch ein schöner Musjö sein!«

»Der Teufel ist mein Herr! Hast du nun Respekt?«

»Das ist nicht wahr, das ist *mein* Herr, und mein Herr hat mir gesagt, ich habe recht und solle nicht nachgeben. Packe dich den Augenblick, oder es geht dir schlecht!«

Und so kamen die zwei hintereinander, und zuletzt da gab der eine feurige Mann dem andern eine Maulschelle, dass ihm der Kopf herabflog und kullerte den ganzen Berg hinab. Und der feurige Mann ohne Kopf rannte hinter seinem feurigen Kopfe her und wollte ihn haschen und ihn sich wieder aufsetzen. Aber er konnte ihn nicht einholen bis ganz drunten im Graben.

Wie nun der eine dem andern die Maulschelle gegeben hatte, und jener hinter seinem Kopfe herlief, da kam auf einmal ein dritter feuriger Mann dazu, und fragte den, der oben blieb: »Was hast du da gemacht?«

»Was geht es dich an und was hast du mir zu befehlen? Den Augenblick packe dich deiner Wege, oder ich mache es dir gerade so wie jenem.«

»Halunke! Hast du nicht mehr Respekt vor mir? Weißt du nicht, dass ich dein Herr, der Teufel, bin?«

»Und wenn du zehnmal der Teufel selbst bist, so liegt mir daran gar nichts; du kannst mich meinetwegen recht schön rein machen!«

»Diesen Gefallen will ich dir tun, du sollst aber dein Lebtag daran gedenken!«
Und da fing der Teufel an und machte ihn rein, dass die Feuerputzen auf dem ganzen Bergrücken herumflogen.
Aber wie er ihn so rein machte, da ersah mein feuriger Mann den günstigen Augenblick, und griff hin und erwischte den Teufel im Nacken, hielt ihn fest und sagte ihm:
»Nun bist du in meiner Gewalt; nun sollst du sehen, dass du in der Menschen Händen bist! Du hast dein Leben lang genug armen Leuten den Hals herumgedreht, nun sollst du auch selbst einmal erfahren, wie es tut, wenn einem der Hals umgedreht wird!«
Und fing an, und wollte dem Teufel den Hals umdrehen. Wie der Teufel sah, dass der feurige Mann Ernst mit ihm machte, legte er sich aufs Bitten und gab ihm die himmelbesten Worte, er solle ihn doch gehen lassen und solle ihm den Hals nicht herumdrehen; er wolle ihm auch alles tun, was er nur von ihm verlangte. Da sagte ihm der: »Weil du also erbärmlich tust, so will ich dich nur gehen lassen; aber zuvor musst du mir meine Verschreibung wieder geben, in welcher ich dir meine Seele verschrieben habe, und musst mir auch versprechen, ja du musst mir das bei deiner Großmutter beschwören, dass du kein Teil mehr an mir haben willst, auch all dein Lebetage von keinem Menschen dir wieder die Seele verschreiben lassen.«
Wollte der Teufel wohl oder übel, einmal stak er in der Klemme, und wenn er loskommen wollte und wollte nicht den Hals herumgedreht haben, so musste er in einen sauern Apfel beißen, und gab ihm seine Verschreibung wieder und versprach's ihm und verschwur sich bei seiner Großmutter, dass er keinen Teil mehr an ihm haben wolle, und wolle auch alle sein Lebetag von keinem Menschen sich wieder lassen die Seele verschreiben. Wie er das alles getan hatte, ließ jener den Teufel los.
Wie aber der Teufel wieder ledig war, da tat er einen Sprung zurück, dass ihn jener nicht etwa unversehens noch einmal erwische, und stellte sich hin und sagte: »So, nun bin ich wieder ledig; wenn ich dir, du

Schalksnarr, nun auch deine Verschreibung wieder gegeben habe und habe dir versprochen und beschworen, dass ich kein Teil mehr an dir haben wolle, so habe ich dir doch nicht versprochen, dass ich den Hals dir nicht auch umdrehen wolle, so ich wieder ledig wäre. Und auf dem Flecke da sollst du alleweil sterben, dafür, dass du mich gegurgelt hast, und hast mir wollen den Hals umdrehen!«
Und damit fuhr der Teufel auf ihn hinein, und wollte ihm den Garaus machen, der aber riss aus und lief zum Wald hinein. Und der Teufel immer hinter ihm her. Endlich ersah es jener, und kam an eine alte Buche, die war hohl und hatte unten ein Loch. Da kroch er geschwind hinein und wollte sich verstecken vor dem Teufel. Aber er war nicht weit genug hineingekrochen, und die Fußzehe guckte ihm noch heraus. Und weil er über und über feurig war, da leuchtete die Zehe durch die Nacht, und der Teufel wurde es gewahr, wo jener sich hin versteckt hatte, und kam und wollte ihn an der Fußzehe erwischen.
Aber der in seinem Baume hörte es, wie der Teufel getappt kam, wie er nach ihm greifen und ihn erwischen wollte; da zog er sich vollends hinein und machte sich weiter im Baume hinauf. Da kroch der Teufel auch hinein, und jener machte immer weiter im Baume hinauf und der Teufel immer hinter ihm her. Endlich da hatte der Baum oben in der Höhe ein weites Astloch, da kam jener dran und kroch heraus. Und wie er draußen war, da nahm er etwas und verkeilte das Astloch, wo er herausgekrochen war, und stieg geschwind herab und verkeilte auch das untere Loch, und machte es mit schwarzer Kunst so fest, dass es der Teufel selbst und seine Großmutter und die ganze Hölle nicht wieder aufbringen konnten. Darnach ging er seiner Wege.
Und da steckte nun der Teufel in der alten Buche, und konnte nicht herauskommen, und half ihm alles nichts, er musste drin stecken bleiben. Und da hat er lange Zeit darin gesteckt, und vielmal zu jener Zeit, wenn Leute des Wegs über jenen Berg gegangen sind, da haben sie ihn darin hören blöken und grunzen in seiner Buche. Endlich aber, wie der Holzschlag dort hinaufgekommen ist, da ist die Buche abgehauen worden. Da ist er endlich wieder herausgekommen und ist wieder frei gewor-

den, der Teufel. Wie er nun wieder los war, da machte er sich auf und ging heim in die Hölle und wollte sehen, wie es aussähe? Aber da war alles leer darin, wie es in der Kirche in der Woche ist, und war keine Seele mehr zu hören noch zu sehen. Seit der Teufel damals fortgegangen und nicht wieder gekommen war, und auch kein Mensch nicht gewusst hatte, wo er hingekommen war, da war nicht eine einzige Seele wieder in die Hölle gekommen. Und da war seine Großmutter aus Herzeleid gestorben, und wie die tot war, da packten alle die armen Seelen, die dazumal in der Hölle waren, auf, und machten sich auf und davon und gingen alle miteinander in den Himmel. Und da stand er, Maus-Mutter-Stern-allein in der Hölle, und wusste seines Leides keinen Rat, wie er's wohl anfinge, dass er wieder arme Seelen bekäme, weil er es nicht mehr tun durfte, und hatte es damals bei seiner Großmutter verschwören müssen, dass er von keinem Menschen sich wieder wollte die Seele verschreiben lassen, und auf andere Weise bekam er damals keine Menschen in die Hölle. Und da stand er und wusste seines Herzeleids kein Ende, und wollte sich die Hörner aus dem Kopfe raufen vor lauter Herzeleid und Jammer. – Da fiel ihm auf einmal etwas ein. Wie er in der alten Buche gesteckt hatte und nicht herausgekonnt, da war ihm zuletzt die Zeit lang geworden, und da hatte er über allerlei nachsimuliert und den Branntwein erdacht und erfunden. Das fiel ihm alleweil mitten in seinem Herzeleide wieder ein, und da dachte er sich, das müsse ein Mittelchen sein, wie er doch wieder arme Seelen in die Hölle bekommen könne. Und da packte er auf der Stelle auf und ließ die Hölle

Hölle sein, und ging nach Nordhausen und wurde ein Schnapsbrenner und machte Branntwein drein und drauf und schenkte ihn in die Welt hinein. Und er zeigte auch den Nordhäusern allen miteinander, wie der Schnaps gemacht wird, und versprach ihnen viel Geld und Gut, wenn sie's lernten und Branntwein brennten. Und die Nordhäuser ließen sich's auch nicht zweimal sagen, und wurden alle Schnapsbrenner, und machten Branntwein, und schenkten ihn in die Welt hinein. Seit dieser Zeit schreibt sich's her, dass bis auf den heutigen Tag so viel Branntwein in Nordhausen gebrennt wird, wie an keinem andern Orte in der ganzen Welt.

Aber wie sich's der Teufel gedacht hatte, also ging es auch. Wenn die Leute erst ein wenig Branntwein im Leibe hatten, da fingen sie an zu fluchen und zu schwören, und fluchten und schwuren ihre Seele zum Teufel, dass sie der Teufel bekam, wenn sie gestorben waren, und brauchte ihnen darum nicht zu dienen, wie er sonst hatte tun müssen, wenn er eine arme Seele hatte haben wollen. Und wenn sie sich den Kopf erst richtig vollgesoffen hatten im Branntwein, da fingen sie auch an und zankten sich und prügelten sich und brachen sich selber die Hälse, dass sich der Teufel nicht erst brauchte die Mühe zu geben und brauchte sie ihnen herumzudrehen. Und wenn der Teufel sonst mit aller Mühe und Not hatte alle Wochen einmal eine arme Seele in die Hölle bekommen können, da kamen sie jetzt dutzend- und schockweise alle Tage hinein, und es dauerte kein Jahr, da war die Hölle zu klein geworden und konnte der Teufel die Seelen nicht mehr unterbringen und musste ein ganz neues Stück lassen anbauen an die Hölle.

Und kurz und gut, seit der Teufel aus der alten Buche jenes Mal wieder losgekommen ist, seit der Zeit ist der Branntwein aufgekommen, und seit der Branntwein in der Welt ist, da kann man erst recht eigentlich sagen: »Der Teufel ist los!«

Der Schmied von Jüterbogk

Im Städtlein Jüterbogk hat einmal ein Schmied gelebt, von dem erzählen sich Kinder und Alte ein wundersames Märlein. Es war dieser Schmied erst ein junger Bursche, der einen sehr strengen Vater hatte, aber treulich Gottes Gebote hielt. Er tat große Reisen und erlebte viele Abenteuer, dabei war er in seiner Kunst über alle Maßen geschickt und tüchtig. Er hatte eine Stahltinktur, die jeden Harnisch und Panzer undurchdringlich machte, welcher damit bestrichen wurde, und gesellte sich dem Heere Kaiser Friedrichs II. zu, wo er kaiserlicher Rüstmeister wurde und den Kriegszug nach Mailand und Apulien mitmachte. Dort eroberte er den Heer- und Bannerwagen der Stadt und kehrte endlich, nachdem der Kaiser gestorben war, mit vielem Reichtum in seine Heimat zurück. Er sah gute Tage, dann wieder böse, und wurde über hundert Jahre alt. Einst saß er in seinem Garten unter einem alten Birnbaum, da kam ein graues Männlein auf einem Esel geritten, das sich schon mehrmals als des Schmiedes Schutzgeist bewie-

sen hatte. Dieses Männchen herbergte bei dem Schmied und ließ den Esel beschlagen, was jener gern tat, ohne Lohn zu heischen. Darauf sagte das Männlein zu Peter, er solle drei Wünsche tun, aber dabei das Beste nicht vergessen. Da wünschte der Schmied, weil die Diebe ihm oft die Birnen gestohlen, es solle keiner, der auf den Birnbaum gestiegen, ohne seinen Willen wieder herunter können – und weil er auch in der Stube öfters bestohlen worden war, so wünschte er, es solle niemand ohne seine Erlaubnis in die Stube kommen können, es wäre denn durch das Schlüsselloch. Bei jedem dieser törichten Wünsche warnte das Männlein: »Vergiss das Beste nicht!«, und da tat der Schmied den dritten Wunsch, sagend: »Das Beste ist ein guter Schnaps, so wünsche ich, dass diese Bulle niemals leer werde!« – »Deine Wünsche sind gewährt«, sprach das Männchen, strich noch über einige Stangen Eisen, die in der Schmiede lagen, mit der Hand, setzte sich auf seinen Esel und ritt von dannen. Das Eisen war in blankes Silber verwandelt. Der vorher arm gewordene Schmied war wieder reich und lebte fort und fort bei gutem Wohlsein, denn die nie versiegenden Magentropfen in der Bulle waren, ohne dass er es wusste, ein Lebenselixier.

Endlich klopfte der Tod an, der ihn so lange vergessen zu haben schien; der Schmied war scheinbar auch gern bereitwillig, mit ihm zu gehen, und bat nur, ihm ein kleines Labsal zu vergönnen und ein paar Birnen von dem Baum zu holen, den er nicht selbst mehr besteigen könne aus großer Altersschwäche. Der Tod stieg auf den Baum, und der Schmied sprach: »Bleib droben!«, denn er hatte Lust, noch länger zu leben. Der Tod fraß alle Birnen vom Baum, dann gingen seine Fasten an, und vor Hunger verzehrte er sich selbst mit Haut und Haar, daher er jetzt nur noch so ein scheußlich dürres Gerippe ist. Auf Erden aber starb niemand mehr, weder Mensch noch Tier, darüber entstand viel Unheil, und endlich ging der Schmied hin zu dem klappernden Tod und akkordierte mit ihm, dass er ihn fürder in Ruhe lasse, dann ließ er ihn los. Wütend floh der Tod von dannen und begann nun auf Erden aufzuräumen. Da er sich an dem Schmied nicht rächen konnte, so hetzte er ihm den Teufel auf den Hals, dass dieser ihn hole. Dieser machte sich flugs auf den Weg, aber der pfiffige Schmied roch den Schwefel voraus, schloss seine Türe zu, hielt mit den Gesellen einen ledernen Sack an das Schlüsselloch, und wie Herr Urian hindurchfuhr, da er nicht anders in die Schmiede konnte, wurde der Sack zugebunden, zum Amboss getragen, und nun ganz unbarmherziglich mit den schwersten Hämmern auf den Teufel losgepocht, dass ihm Hören und Sehen verging, er ganz mürbe wurde und das Wiederkommen auf immer verschwur. Nun lebte der Schmied noch gar lange Zeit in Ruhe, bis er, wie alle Freunde und Bekannte ihm gestorben waren, des Erdenlebens satt und müde wurde. Machte sich deshalb auf den Weg und ging nach dem Himmel, wo er bescheidentlich am Tore anklopfte. Da schaute der heilige Petrus herfür, und Peter der Schmied erkannte in ihm seinen Schutzpatron und Schutzgeist, der ihn oft aus Not und Gefahr sichtbarlich errettet und ihm zuletzt die drei Wünsche gewährt hatte. Jetzt aber sprach Petrus: »Hebe dich weg, der Himmel bleibt dir verschlos-

sen; du hast das Beste zu erbitten vergessen: die Seligkeit!« – Auf diesen Bescheid wandte sich Peter, und gedachte sein Heil in der Hölle zu versuchen, und wanderte wieder abwärts, fand auch bald den rechten, breiten und vielbegangenen Weg. Wie aber der Teufel erfuhr, dass der Schmied von Jüterbogk im Anzuge sei, schlug er das Höllentor ihm vor der Nase zu und setzte die Hölle gegen ihn in Verteidigungsstand. Da nun der Schmied von Jüterbogk weder im Himmel noch in der Hölle seine Zuflucht fand, und auf Erden es ihm nimmer gefallen wollte, so ist er hinab in den Kiffhäuser gegangen zu Kaiser Friedrichen, dem er einst gedient. Der alte Kaiser, sein Herr, freute sich, als er seinen Rüstmeister Peter kommen sah und fragte ihn gleich, ob die Raben noch um den Turm der Burgruine Kiffhausen flögen? Und als Peter das bejahte, so seufzte der Rotbart. Der Schmied aber blieb im Berge, wo er des Kaisers Handpferd und die Pferde der Prinzessin und die der reitenden Fräulein beschlägt, bis des Kaisers Erlösungsstunde auch ihm schlagen wird. – Und das wird geschehen nach dem Munde der Sage, wenn dereinst die Raben nicht mehr um den Berg fliegen, und auf dem Rathsfeld nahe dem Kiffhäuser ein alter dürrer abgestorbener Birnbaum wieder ausschlägt, grünt und blüht. Dann tritt der Kaiser hervor mit all seinen Wappnern, schlägt die große Schlacht der Befreiung und hängt seinen Schild an den wieder grünen Baum. Hierauf geht er ein mit seinem Gesinde zu der ewigen Ruhe.

Hänsel und Gretel

Es war einmal ein armer Holzhauer, der lebte mit seiner Frau und zwei Kindern in einer dürftigen Waldhütte. Die Kinder hießen Hänsel und Gretel, und wie sie so heranwuchsen, gebrach es immer mehr den armen Leuten an Brot. Auch wurde die Zeit immer schwerer und alle

Nahrung teurer, das machte den beiden Eltern große Sorge. Eines Abends als sie ihr hartes Lager gesucht hatten, seufzte der Mann: »Ach Frau, wie wollen wir nur die Kinder durchbringen, da der Winter herankommt, und wir für uns selbst nichts haben!« Und da erwiderte die Mutter: »Keinen andern Rat weiß ich, als dass du sie in den Wald führst je eher je lieber, gibst jedem noch ein Stücklein Brot, machst ihnen ein Feuer an, befiehlst sie dem lieben Gott, und gehst hinweg.«

»O lieber Gott! Wie soll ich das vollbringen an meinen eigenen Kindern, Frau?«, fragte der Holzhauer bekümmert. »Nun wohl, so lass es bleiben!«, fuhr die Frau böse heraus. »So kannst du eine Totenlade für uns alle viere zimmern, und die Kinder hungers sterben sehen!«

Die zwei Kinder, welche der Hunger in ihrem Moosbettchen noch wach erhielt, hörten mit an, was die Mutter und der Vater miteinander sprachen, und das Schwesterlein begann zu weinen, Hänsel aber tröstete es und sprach: »Weine nicht, Gretel, ich helfe uns schon«; wartete, bis die Alten schliefen, wischte aus der Hütte, suchte im Mondschein weiße Steinchen, verbarg sie wohl, und schlich wieder herein, worauf er und das Schwesterlein bald entschlummerten.

Am Morgen geschah nun, was die Eltern vorher besprochen. Die Mutter reichte jedem Kind ein Stück Brot und sagte: »Das ist für heute alles; haltet's zu Rate.« Gretel trug das Brot, Hänsel trug heimlich seine Steinchen, der Vater hatte seine Holzaxt im Arm, die Mutter schloss das Haus zu und folgte mit einem Wasserkruge nach. Hänsel machte sich hinter die Mutter, sodass er der Letzte war auf dem Wege, guckte oft zurück nach dem Häuschen, und wie er es nicht sah, ließ er gleich ein weißes Steinchen fallen, und nach ein paar Schritten wieder eins, und so immer fort.

Nun waren alle mitten in dem tiefen Walde, und da machte der Vater ein Feuer an, wozu die Kinder des Reisigs viel herbeitrugen und die Mutter sagte zu den Kindern: »Ihr seid wohl müde, jetzt legt euch an das Feuer und schlaft, indes wir Holz fällen, nachher kommen wir wieder, und holen euch ab.«

Die Kinder schlummerten ein wenig und als sie erwachten, stand die Sonne hoch im Mittag, das Feuer war abgebrannt, und da Hänsel und Gretel Hunger hatten, verzehrten sie ihr Stücklein Brot. Wer nicht kam, das waren die Eltern. Und nachher sind die Kinder wieder eingeschlafen, bis es dunkel wurde, da waren sie noch immer allein, und Gretel fing an zu weinen und sich zu fürchten. Hänsel tröstete sie aber und sagte: »Fürchte dich nicht, Schwester, der liebe Gott ist ja bei uns, und bald geht der Mond auf, da gehen wir heim.«
Und wirklich ging bald darauf der Mond in voller Pracht auf und leuchtete den Kindern auf den Heimweg und beglänzte die silberweißen Kieselsteine. Hänsel fasste Gretel bei der Hand und so gingen die Kinder miteinander fort ohne Furcht und ohne Unfall, und wie der frühe Morgen graute, da sahen sie des Vaters Dach durch die Büsche schimmern, kamen an das Waldhäuslein und klopften an. Wie die Mutter die Tür öffnete, erschrak sie ordentlich, als sie die Kinder sah, wusste nicht, ob sie schelten oder sich freuen sollte, der Vater aber freute sich, und so wurden die beiden Kinder wieder mit Gottwillkommen in das Häuslein eingelassen.

Es währte aber gar nicht lang, so wurde die Sorge aufs Neue laut und jenes Gespräch und der Beschluss, die Kinder in den Wald zu führen und sie dort allein und in des Himmels Fürsorge zu lassen, wiederholten sich. Wieder hörten die Kinder das traurige Gespräch mit an, bekümmerten Herzens, und der kluge Hänsel machte sich vom Lager auf, wollte wieder blanke Steine suchen, aber da war die Türe des Waldhäusleins fest verschlossen, denn die Mutter hatte es gemerkt und darum die Türe zugemacht. Doch tröstete Hänsel abermals das weinende Schwesterlein und sagte: »Weine nicht, lieb Gretel, der liebe Gott weiß alle Wege, wird uns schon den rechten führen.«

Am andern Morgen in der Frühe mussten alle aufstehen, wieder in den Wald zu wandern, und da empfingen die Kinder wieder Brot, noch kleinere Stücklein wie zuvor, und der Weg ging noch tiefer in den Wald hinein; Hänslein aber zerbröckelte heimlich sein Brot in der Tasche, und streute, statt jener Steine, Krümlein auf den Weg, meinte, danach sich mit dem Schwesterchen wohl zurückzufinden. Und nun geschah alles, wie zuvor auch; ein großes Feuer wurde entzündet, und die Kinder mussten wieder schlafen, und wie sie aufwachten, waren sie allein, und die Eltern kamen nimmer wieder. Und der Mittag kam, und Gretel teilte ihr Stückchen Brot mit Hänsel, weil der seines verstreut in lauter Bröselein auf dem Weg, und dann schliefen sie wieder ein und erwachten abends verlassen und einsam. Gretel weinte, Hänsel aber war gottgetrost, meinte den Weg durch die Brotbröselein wohl zu finden, wartete, bis der Mond aufgegangen war, nahm dann die Gretel bei der Hand und sprach zu ihr: »Komm, Schwester, nun gehen wir heim.«

Aber wie Hänsel die Krümlein suchte, war ihrer keines mehr da, denn die Waldvögelein hatten alle, alle aufgepickt und sie sich wohl schmecken lassen. Und da wanderten die Kinder die ganze Nacht durch den Wald, kamen bald vom Wege ab, verirrten sich und waren sehr traurig. Endlich schliefen sie ein auf weichem Moos, und erwachten hungrig, wie der Morgen graute, denn sie hatten keinen Bissen Brot mehr, und mussten ihren Durst und Hunger nur mit den schönen Waldbeeren stillen, die da und dort standen. Und wie sie so im Walde herumirrten, ohne Weg und Steg zu finden, siehe, da kam ein schneeweißes Vöglein geflogen, das flog immer vor ihnen her, als wenn es den Kindern den Weg zeigen wollte, und sie gingen dem Vöglein fröhlich nach. Mit einem Male sahen sie ein kleines Häuschen, auf dessen Dach das Vöglein flog; es pickte darauf, und wie die Kinder ganz nahe daran waren, konnten sie sich nicht genug freuen und wundern, denn das Häuschen bestand aus Brot, davon waren die Wände, das Dach war mit Eierkuchen gedeckt, und die Fenster waren von durchsichtigen Kandiszuckertafeln. Das war den Kindern recht, sie aßen vom Häusleindach und von einer zerbrochenen Fensterscheibe. Da ließ sich plötzlich drinnen eine Stimme vernehmen, die rief:

»Knusper, knusper, kneischen!
Wer knuspert mir am Häuschen?«

Darauf antworteten die Kinder:

»Der Wind, der Wind,
Das himmlische Kind!«,

und aßen weiter, denn sie waren sehr hungrig gewesen, und schmeckte ihnen ganz vortrefflich.

Da ging die Tür des Häusleins auf, und trat ein steinaltes, krummgebücktes, triefäugiges Mütterlein heraus von nicht geringer Hässlichkeit, Gesicht und Stirne voll Runzeln und inmitten eine große, große Nase. Hatte auch grasgrüne Augen. Die Kinder erschraken nicht wenig, die Alte

aber tat ganz freundlich und sagte: »Ei, traute Kindlein, kommt doch herein ins Häuschen, kommt doch herein! Da gibt's noch viel bessern Kuchen!«
Die Kinder folgten der Alten gerne, und drinnen trug die Alte auch auf, dass es eine Lust war. Da gab es Herz was magst du? Biskuit und Marzipan, Zucker und Milch, Äpfel und Nüsse, und köstlichen Kuchen. Und während die Kinder immerfort aßen und fröhlich waren, richtete die Alte zwei Bettchen zu von feinen Dunenkissen und lilienweißen Linnen, da hinein brachte sie die Kinder zur Ruhe, die meinten im Himmel zu sein, beteten einen frommen Abendsegen und entschliefen alsbald.
Es hatte aber mit der Alten ein gar schlimmes Bewenden. Sie war eine böse und garstige Hexe, welche die Kinder fraß, die sie durch ihr Brot und Kuchenhäuslein anlockte, nachdem sie sie erst recht fett gefüttert. Dies hatte sie auch mit Hänsel und Gretel im Sinne. In aller Frühe stand die Alte schon vor dem Bette der noch süß schlafenden Kinder, freute sich über ihren Fang, riss Hänsel aus dem Bette, und trug ihn nach dem eng vergitterten Gänsestall, verstopfte ihm auch, damit er nicht schreie, den Mund. Dann weckte sie die arme Gretel mit Heftigkeit und schrie sie mit rauer Stimme an: »Steh auf, faule Dirne! Dein Bruder steckt im Stall, wir müssen ihm ein gutes Essen kochen, auf dass er fett wird, und für mich einen guten Braten gibt!«
Da erschrak die Gretel zum Tode, weinte und schrie, half aber nichts, sie musste gehorchen und aufstehn, Essen kochen helfen, und durfte es selbst nach dem Stalle tragen, und mit ihrem eingesperrten Bruder weinen. Sie selbst ward von der Hexe gar gering gehalten. Das dauerte so eine Zeit, während welcher die Alte öfters nach dem Stalle

schlich und Hänsel befahl, einen Finger durch das Gitter zu stecken, damit sie fühle, ob er fett werde. Hänsel aber steckte immer ein dürres Knöchelchen heraus, und sie verwunderte sich, dass der Junge trotz dem guten Essen so mager blieb. Endlich war sie das müde und sprach zur Gretel: »Kurz und gut, heute wird er gebraten«, und machte ein mächtiges Feuer in den Backofen, der neben dem Häuschen stand, da schob sie hernach Brot hinein, damit sie Frischbackenes zum Braten habe. Das Gretel wusste seines Herzens keinen Rat, und endlich hieß ihm die alte Hexe sich auf die Schiebeschaufel zu setzen und in den Backofen zu lugen, die Alte wollte sie nur ein bissel in den Ofen schieben, damit die Gretel sehe, ob das Brot braun sei, eigentlich aber wollte sie das arme Mägdlein gleich zuerst darin braten.

Da kam aber das schneeweiße Vögelein geflogen und sang: »Hüt dich, hüt dich, sieh dich für!« Und da gingen der Gretel die Augen auf, dass sie der Alten böse List durchschaute und sagte: »Zeiget mir's zuvor, wie ich's machen muss, dann will ich's tun.« Gleich setzte sich die Alte auf das Ofenbrett, und die Gretel schob am Stiel, und schob sie so weit in den Backofen, als der Stiel lang war, und dann klapp, schlug sie das eiserne Türlein vor dem Ofen zu, schob den Riegel vor, und da der Ofen noch erstaunlich heiß war, musste die alte Hexe drinnen brickeln und braten und elendiglich umkommen zum Lohn ihrer Übeltaten. Gretel aber lief zum Hänsel, ließ den aus dem Gänsestall, und der kam heraus und fiel vor Freude dem treuen Schwesterchen um den Hals, küssten sich und weinten vor Freude und dankten Gott.

Und da war das weiße Vöglein wieder da, und auch viele, viele andre Waldvöglein, die flogen auf das Kuchendach des Häusleins, darauf war ein Nest, und daraus nahm jedes Vöglein ein buntes Steinchen oder eine Perle, und trugen sie hin zu den Kindern, und Gretel hielt sein Schürzchen auf, dass es alle die vielen Steinchen fasse. Das schneeweiße Vöglein sang:

»Perlen und Edelstein,
Für die Brotbröselein.«

Da merkten die Kinder, dass die Vöglein dankbar dafür waren, dass Hänsel Brotkrumen auf den Weg gestreut hatte, und nun flog das weiße Vöglein wieder vor ihnen her, dass es ihnen den Weg aus dem Walde zeige. Bald kamen sie an ein mächtiges Wasser, da standen sie ratlos, und konnten nicht weiter und nicht darüber. Plötzlich aber kam ein großer schöner Schwan geschwommen, dem riefen die Kinder zu: »O schöner Schwan, sei unser Kahn!« Und der Schwan neigte seinen Kopf und ruderte zum Ufer, und trug die Kinder, eines nach dem andern, hinüber ans andre Ufer. Das weiße Vöglein aber war schon hinübergeflattert, und flog immer vor den Kindern her, bis sie endlich aus dem Walde kamen, wieder an der Eltern kleines Haus.

Der alte Holzhauer und seine Frau saßen traurig und still in dem engen Stüblein und hatten großen Kummer um die Kinder, bereueten auch viele tausendmal, dass sie dieselben fortgelassen, und seufzten: »Ach, wenn doch der Hänsel und die Gretel nur noch ein allereinziges Mal wiederkämen, ach, da wollten wir sie nimmermehr wieder allein im Walde lassen« – da ging gerade die Türe auf, ohne dass erst angeklopft worden wäre, und Hänsel und Gretel traten leibhaftig herein! Das war eine Freude! Und als nun vollends erst die kostbaren Perlen und Edelsteine zum Vorschein kamen, welche die Kinder mitbrachten, da war Freude in allen Ecken und alle Not und Sorge hatte fortan ein Ende.

Das Rotkäppchen

Es war einmal ein gar allerliebstes, niedliches Ding von einem Mädchen, das hatte eine Mutter und eine Großmutter, die waren gar gut und hatten das kleine Ding so lieb. Die Großmutter absonderlich, die wusste gar nicht, wie gut sie's mit dem Enkelchen meinen sollte, schenkt' ihm immer dies und das und hatte ihm auch ein feines Käppchen von rotem Sammet geschenkt, das stand dem Kind so überaus hübsch, und das wusste auch das kleine Mädchen und wollte nichts andres mehr tragen, und darum hieß es bei Alt und Jung nur das Rotkäppchen. Mutter und Großmutter wohnten aber nicht beisammen in einem Häuschen, sondern eine halbe Stunde voneinander, und zwischen den beiden Häusern lag ein Wald. Da sprach eines Morgens die Mutter zum Rotkäppchen: »Liebes Rotkäppchen, Großmutter ist schwach und krank geworden, und kann nicht zu uns kommen. Ich habe Kuchen gebacken, geh und bringe Großmutter von dem Kuchen und auch eine Flasche Wein, und grüße sie recht schön von mir, und sei recht vorsichtig, dass du nicht fällst, und etwa die Flasche zerbrichst, sonst hätte die kranke Großmutter nichts. Laufe nicht im Walde herum, bleibe hübsch auf dem Wege, und bleibe auch nicht zu lange aus.«
»Das will ich alles so machen, wie du befiehlst, liebe Mutter«, antwortete Rotkäppchen, band ihr Schürzchen um, nahm einen leichten Korb, in den es die Flasche und den Kuchen von der Mutter legen ließ, und ging fröhlichen Schrittes in den Wald hinein. Wie es so völlig arglos dahin-

wandelte, kam ein Wolf daher. Das gute Kind kannte noch keine Wölfe und hatte keine Furcht. Als der Wolf näher kam, sagte er: »Guten Tag Rotkäppchen!« – »Schönen Dank, Herr Graubart!« – »Wo soll es denn hingehen so in aller Frühe, mein liebes Rotkäppchen?«, fragte der Wolf. »Zur alten Großmutter, die nicht wohl ist!«, antwortete Rotkäppchen. »Was willst du denn dort machen? Du willst ihr wohl was bringen?« – »Ei freilich, wir haben Kuchen gebacken, und Mutter hat mir auch Wein mitgegeben, den soll sie trinken, damit sie wieder stark wird.«
»Sage mir doch noch, mein liebes charmantes Rotkäppchen, wo wohnt denn deine Großmutter? Ich möchte wohl einmal, wenn ich an ihrem Hause vorbeikomme, ihr meine Hochachtung an den Tag legen«, fragte der Wolf.
»Ei gar nicht weit von hier, ein Viertelstündchen, da steht ja das Häuschen gleich am Walde, Ihr müsst ja daran vorbeigekommen sein. Es stehen Eichenbäume dahinter, und im Gartenzaun wachsen Haselnüsse!«, plauderte das Rotkäppchen.
O du allerliebstes, appetitliches Haselnüsschen du – dachte bei sich der falsche böse Wolf. Dich muss ich knacken, das ist einmal ein süßer Kern. – Und tat als wolle er Rotkäppchen noch ein Stückchen begleiten, und sagte zu ihm: »Sieh nur, wie da drüben und dort drüben so schöne Blumen stehen, und horch nur, wie allerliebst die Vögel singen! Ja es ist sehr schön im Walde, sehr schön, und wachsen so gute Kräuter hierinne, Heilkräuter, mein liebes Rotkäppchen.«

»Ihr seid gewiss ein Doktor, werter grauer Herr?«, fragte Rotkäppchen. »Weil Ihr die Heilkräuter kennt. Da könntet Ihr mir ja auch ein Heilkraut für meine kranke Großmutter zeigen!«
»Du bist ein ebenso gutes als kluges Kind!«, lobte der Wolf. »Ei freilich bin ich ein Doktor und kenne alle Kräuter, siehst du! Hier steht gleich eins, der Wolfsbast, dort im Schatten wachsen die Wolfsbeeren, und hier am sonnigen Rain blüht die Wolfsmilch, dort drüben findet man die Wolfswurz.«
»Heißen denn *alle* Kräuter nach dem Wolf?«, fragte Rotkäppchen.
»Die besten, *nur* die besten, mein liebes, frommes Kind!«, sprach der Wolf mit rechtem Hohn. Denn alle die er genannt, waren *Giftkräuter*. Rotkäppchen aber wollte in ihrer Unschuld der Großmutter solche Kräuter als Heilkräuter pflücken und mitbringen, und der Wolf sagte: »Lebewohl, mein gutes Rotkäppchen, ich habe mich gefreut, deine Bekanntschaft zu machen; ich habe Eile, muss eine alte schwache Kranke besuchen!«
Und damit eilte der Wolf von dannen, und spornstreichs nach dem Hause der Großmutter, während das Rotkäppchen sich schöne Waldblumen zum Strauße pflückte und die vermeintlichen Heilkräuter sammelte.
Als der Wolf an das Häuschen der Großmutter des Rotkäppchens kam, fand er es verschlossen, und klopfte an. Die Alte konnte nicht vom Bette aufstehen und nachsehen, wer da sei, und rief: »Wer ist draußen?«
»Das Rotkäppchen!«, rief der Wolf mit verstellter Stimme. »Die Mutter schickt der guten Großmutter Wein und auch Kuchen! Wir haben gebacken!«
»Greife unten durch das Loch in der Türe, da liegt der Schlüssel!«, rief die Alte, und der Wolf tat also, öffnete die Türe, trat in das Häuschen, in das Stübchen, und verschlang die Großmutter ohne Weiteres – zog ihre Kleider an, legte sich in ihr Bett, und zog die Decke über sich her, und die Bettvorhänge zu. Nach einer Weile kam das Rotkäppchen; es war sehr verwundert, alles so offen zu finden, da doch sonst die Großmutter sich selbst gern unter Schloss und Riegel hielt, und wurd ihm schier bänglich um das junge Herzchen.

GERINGSWALD sc

Wie das Rotkäppchen nun an das Bett trat, da lag die alte Großmutter, hatte eine große Schlafhaube auf, und war nur wenig von ihr zu sehen, und das wenige sah gar schrecklich aus. »Ach Großmutter, was hast du so große Ohren?«, rief das Rotkäppchen. – »Dass ich dich damit gut hören kann!«, war die Antwort. – »Ach Großmutter! Was hast du für große Augen!« – »Dass ich dich damit gut sehen kann!« – »Ei Großmutter, was hast du für haarige große Hände!« – »Dass ich dich damit gut fassen und halten kann!« – »Ach Großmutter, was hast du für ein so großes Maul und so lange Zähne!« – »Dass ich dich damit gut fressen kann!« Und damit fuhr der ganze Wolf grimmig aus dem Bette heraus, und fraß das arme Rotkäppchen. Weg war's.

Jetzt war der Wolf satt, und es gefiel ihm sehr im Stübchen der Alten und in dem weichen Bett, und legte sich wieder hin und schlief ein und schnarchte, dass es klang, als schnarre ein Räderwerk in einer Mühle.

Zufällig kam ein Jäger vorbei, der hörte das seltsame Geräusch, und dachte: Ei, ei, die arme alte Frau da drinnen hat einen bösen Schnarcher am Leib, sie röchelt wohl gar und liegt im Sterben! Du musst hinein, und nachsehen, was mit ihr ist. – Gedacht, getan; der Jäger ging in das Häus-

chen, da fand er den Herrn Isegrimm im Bette der Alten liegen, und die Alte war nirgends zu erblicken. »Bist du da?«, sprach der Jäger und riss die Kugelbüchse von der Schulter. »Komm du her, du bist mir oft genug entlaufen!« – Schon legte er an – da fiel ihm ein: halt – die Alte ist nicht da, am Ende hat der Unhold sie mit Haut und Haar verschlungen, war ohnedies nur ein kleines dürres Weiblein. Und da schoss der Jäger nicht, sondern er zog seinen scharfen Hirschfänger und schlitzte ganz sanft dem fest schlafenden Wolf den Bauch auf, da guckte ein rotes Käppchen heraus, und unter dem Käppchen war ein Köpfchen, und da kam das niedliche allerliebste Rotkäppchen heraus, und sagte: »Guten Morgen! Ach was war das für ein dunkles Kämmerchen da drinnen!« – Und hinter dem Rotkäppchen zappelte die alte Großmutter, die war auch noch lebendig, vielen Platz hatten sie aber nicht gehabt im Wolfsbauch. Der Wolf schlief noch immer steinfest, und da nahmen sie Steine, gerade wie die alte Geiß im Märchen von den sieben Geißlein, füllten sie den Wolf in den Bauch und nähten den Ranzen zu, hernach versteckten sie sich, und der Jäger trat hinter einen Baum, zu sehen, was der Wolf endlich anfangen werde. Jetzt wachte der Wolf auf, machte sich aus dem Bett heraus, aus dem Stübchen, aus dem Häuschen, und humpelte zum Brunnen, denn er hatte großen Durst. Unterwegs sagte er: »Ich weiß gar nicht, ich weiß gar nicht, in meinem Bauch wackelt's hin und her, hin und her, wie Wackelstein – sollte das die Großmutter und Rotkäppchen sein?« – Und wie er an den Brunnen kam und trinken wollte, da zogen ihn die Steine und er bekam das Übergewicht und fiel hinein und ertrank. So sparte der Jäger seine Kugel; er zog den Wolf aus dem Brunnen und zog ihm den Pelz ab, und alle drei, der Jäger, die Großmutter und das Rotkäppchen, tranken den Wein und aßen den Kuchen und waren seelenvergnügt, und die Großmutter wurde wieder frisch und gesund, und Rotkäppchen ging mit ihrem leeren Körbchen nach Hause, und dachte: du willst niemals wieder vom Wege ab und in den Wald gehen, wenn es dir die Mutter verboten hat.

Der alte Zauberer und seine Kinder

Es lebte einmal ein böser Zauberer, der hatte vorlängst zwei zarte Kinder geraubt, einen Knaben und ein Mägdlein, mit denen er in einer Höhle ganz einsam und einsiedlerisch hauste. Diese Kinder hatte er, Gott sei's geklagt, dem Bösen zugeschworen, und seine schlimme Kunst übte er aus einem Zauberbuche, das er als seinen besten Schatz verwahrte.

Wenn es nun aber geschah, dass der alte Zauberer sich aus seiner Höhle entfernte, und die Kinder allein in derselben zurückblieben, so las der Knabe, welcher den Ort erspäht hatte, wohin der Alte das Zauberbuch verbarg, in dem Buche, und lernte daraus gar manchen Spruch und manche Formel der Schwarzkunst, und lernte selbst ganz trefflich zaubern. Weil nun der Alte die Kinder nur selten aus der Höhle ließ, und sie gefangen halten wollte bis zu dem Tage, wo sie dem Bösen zum Opfer fallen sollten, so sehnten sie sich umso mehr von dannen, berieten miteinander, wie sie heimlich entfliehen wollten, und eines Tages, als der Zauberer die Höhle sehr zeitig verlassen hatte, sprach der Knabe zur Schwester: »Jetzt ist es Zeit, Schwesterlein! Der böse Mann, der uns so hart gefangen hält, ist fort, so wollen wir uns jetzt aufmachen und von dannen gehen, soweit uns unsere Füße tragen!« Dies taten die Kinder, gingen fort und wanderten den ganzen Tag.

Als es nun gegen den Nachmittag kam, war der Zauberer nach Hause zurückgekehrt und hatte sogleich die Kinder vermisst. Alsobald schlug er sein Zauberbuch auf und las darin, nach welcher Gegend die Kinder gegangen waren, da hatte er sie wirklich fast eingeholt; die Kinder vernahmen schon seine zornig brüllende Stimme, und die Schwester war voller Angst und Entsetzen und rief: »Bruder, Bruder! Nun sind wir verloren; der böse Mann ist schon ganz nahe!« Da wandte der Knabe seine Zauberkunst an, die er gelernt hatte aus dem Buche; er sprach einen Spruch, und alsbald wurde seine Schwester zu einem Fisch, und er selbst wurde ein großer Teich, in welchem das Fischlein munter herumschwamm.

Wie der Alte an den Teich kam, merkte er wohl, dass er betrogen war, brummte ärgerlich: »Wartet nur, wartet nur, euch fange ich doch!«, und lief spornstreichs nach seiner Höhle zurück, Netze zu holen, und den Fisch darin zu fangen. Wie er aber von hinnen war, wurden aus dem Teich und Fisch wieder Bruder und Schwester, die bargen sich gut und schliefen aus, und am andern Morgen wanderten sie weiter, und wanderten wieder einen ganzen Tag.

Als der böse Zauberer mit seinen Netzen an die Stelle kam, die er sich wohl gemerkt hatte, war kein Teich mehr zu sehen, sondern es lag eine grüne Wiese da, in der es wohl Frösche, aber keine Fische zu fangen gab; da wurde er noch zorniger wie zuvor, warf seine Netze hin und verfolgte weiter die Spur der Kinder, die ihm nicht entging, denn er trug eine Zaubergerte in der Hand, welche ihm den richtigen Weg zeigte.

Und als es Abend war, hatte er die wandernden Kinder beinahe wieder eingeholt; sie hörten ihn schon schnauben und brüllen, und die Schwester rief wieder: »Bruder, lieber Bruder! Jetzt sind wir verloren, der böse Feind ist dicht hinter uns!«

Da sprach der Knabe wiederum einen Zauberspruch, den er aus dem Buche gelernt, und da ward aus ihm eine Kapelle am Weg, und aus dem Mägdlein ein schönes Altarbild in der Kapelle.

Wie nun der Zauberer an die Kapelle kam, merkte er wohl, dass er abermals geäfft war, und lief fürchterlich brüllend um dieselbe herum; er durfte sie aber nicht betreten, weil das immer im Pakt der Zauberer mit dem Bösen stand, dass sie niemals eine Kirche oder eine Kapelle betreten durften.

»Darf ich dich auch nicht betreten, so will ich dich doch mit Feuer anstoßen und auch zu Asche brennen!«, schrie der Zauberer und rannte fort, sich aus seiner Höhle Feuer zu holen.

Während er nun fast die ganze Nacht hindurch rannte, wurden aus der Kapelle und dem schönen Altarbild wieder Bruder und Schwester; sie bargen sich und schliefen, und am dritten Morgen wanderten sie weiter und wanderten den ganzen Tag, während der Zauberer, der einen weiten Weg hatte, ihnen aufs Neue nachsetzte. Als er mit seinem Feuer dahin kam, wo die Kapelle gestanden, stieß er mit der Nase an einen großen Steinfelsen, der sich nicht mit Feuer anstoßen und zu Asche verbrennen ließ, und dann rannte er mit wütenden Sprüngen auf der Spur der Kinder weiter fort.

Gegen Abend war er ihnen nun ganz nahe, und zum dritten Mal zagte die Schwester und gab sich verloren; aber der Knabe sprach wieder einen Zauberspruch, den er aus dem Buche gelernt, da ward er eine harte Tenne, darauf die Leute dreschen, und sein Schwesterlein war in ein Körnlein verwandelt, das wie verloren auf der Tenne lag.

Als der böse Zauberer herankam, sah er wohl, dass er zum dritten Mal geäfft war, besann sich aber diesmal nicht lange, lief auch nicht erst wieder nach Hause, sondern sprach auch einen Spruch, den er aus dem Zauberbuche gelernt hatte; da ward er in einen schwarzen Hahn verwandelt, der schnell auf das Gerstenkorn zulief, um es aufzupicken; aber der Knabe sprach noch einmal einen Zauberspruch, den er aus dem Buche gelernt, da wurde er schnell ein Fuchs, packte den schwarzen Hahn, ehe er noch das Gerstenkorn aufgepickt hatte, und biss ihm den Kopf ab, da hatte der Zauberer, wie dies Märlein, gleich ein Ende.

Die Goldmaria und die Pechmaria

Es war einmal eine Witwe, die hatte zwei Töchter, eine rechte Tochter und eine Stieftochter; beide hießen Maria. Die rechte Tochter war nicht gut und fromm, dagegen war die Stieftochter ein bescheidenes, sittiges Mädchen, das aber gar viele Kränkungen und Zurücksetzungen von Mutter und Schwester erdulden musste. Doch sie war stets freundlich, tat die Küchenarbeiten unverdrossen und weinte nur manchmal heimlich in ihrem Schlafkämmerlein, wenn sie von Mutter und Schwester so viel Unbilliges zu leiden hatte. Aber bald war sie dann allemal wieder heiter und frischen Mutes und sprach zu sich selbst: »Sei ruhig, der liebe Gott wird dir schon helfen.« Dann tat sie fleißig ihre Arbeit und machte alles nett und sauber. Ihrer Mutter arbeitete sie immer nicht genug; eines Tages sagte diese sogar: »Maria, ich kann dich nicht länger zu Hause behalten, du arbeitest wenig und issest viel, und deine Mutter hat dir kein Vermögen hinterlassen, auch dein Vater nicht, es ist alles mein, und ich kann und mag dich nicht länger ernähren, daher du ausgehen musst, dir einen Dienst bei einer Herrschaft zu suchen.« Und sie buk von Asche und Milch einen Kuchen, füllte ein Krüglein mit Wasser, gab beides der armen Maria und schickte sie aus dem Hause.

Maria war sehr betrübt ob dieser Härte; doch schritt sie mutig durch die Felder und Wiesen und dachte: es wird dich schon jemand als Magd aufnehmen, und vielleicht sind fremde Menschen gütiger als die eigene Mutter. Als sie Hunger fühlte, setzte sie sich ins Gras nieder, zog ihren Aschenkuchen hervor und trank aus ihrem Krüglein, und viele Vöglein flatterten herbei, pickten an ihrem Kuchen, und sie goss Wasser in ihre Hand und ließ die munteren Vöglein trinken. Und da verwandelte sich unvermerkt ihr Aschenkuchen in eine Torte, ihr Wasser in köstlichen Wein. Gestärkt und freudig zog die arme Maria weiter und kam, als es dunkel wurde, an ein seltsam gebautes Haus, davor waren zwei Tore, eins sah pechschwarz aus, das andere glänzte von purem Gold. Bescheiden ging Maria durch das minder schöne Tor in den Hof und klopfte an die Haustüre. Ein Mann von schreckbar wildem Ansehen tat die Türe auf und fragte barsch nach ihrem Begehren. Sie sprach zitternd: »Ich wollte nur fragen, ob Ihr nicht so gütig sein möchtet, mich über Nacht zu beherbergen?«, und der Mann brummte: »Komm herein!« Sie folgte ihm, und bebte noch mehr zusammen, als sie drinnen im Zimmer nichts weiter sah und hörte als Hunde und Katzen, und deren abscheuliches Geheul. Es war außer dem wilden Thürschemann (so hieß dieser Mensch) niemand weiter in dem ganzen Hause.

Nun brummte der Thürschemann der Maria zu: »Bei wem willst du schlafen, bei mir oder bei Hunden und Katzen?« Maria sprach: »Bei Hunden und Katzen.« Da musste sie aber gerade neben ihm schlafen, und er gab ihr ein schönes weiches Bette, dass Maria ganz herrlich und ruhig schlief. Am Morgen brummte Thürschemann: »Mit wem willst du frühstücken, mit mir oder mit Hunden und Katzen?« Sie sprach: »Mit Hunden und Katzen.« Da musste sie mit ihm trinken, Kaffee und süßen Rahm. Wie Maria fortgehen wollte, brummte Thürschemann abermals. »Zu welchem Tor willst du hinaus, zum Goldtor oder zum Pechtor?«, und sie sprach: »Zum Pechtor.« Da musste sie durchs goldene gehen, und wie sie durchging, saß Thürschemann oben darauf und schüttelte so derb, dass das Tor erzitterte und dass Maria ganz von Gold überdeckt war, das von dem Goldtore auf sie herabfiel.

Nun ging sie wieder heim, und ins elterliche Haus eintretend kamen ihre Hühner, die sie sonst immer gefüttert, ihr freudig entgegengeflogen und gelaufen, und der Hahn schrie: »Kikiriki, da kommt die Goldmarie! Kikiriki!« Und ihre Mutter kam die Treppe herunter und knickste so ehrfurchtsvoll vor der goldenen Dame, als wenn es eine Prinzessin wäre, die ihr die Ehre ihres Besuches schenkte. Aber Maria sprach: »Liebe Mutter, kennst du mich denn nicht mehr? Ich bin ja die Maria.«

Jetzt kam auch die Schwester ganz erstaunt und verwundert, wie die Mutter, und beide voll Neides, und Maria musste erzählen, wie wunderbar es ihr ergangen, und wie sie zu dem Golde gekommen war.

Nun nahm sie ihre Mutter wohl auf, und hielt sie auch besser wie zuvor, und Maria wurde von jedermann geehrt und geliebt; bald fand sich auch ein braver junger Mann, der Marien als Gattin heimführte und glücklich mit ihr lebte.

Der andern Maria aber wuchs der Neid im Herzen, und sie beschloss, auch fortzugehen und übergoldet wiederzukommen. Ihre Mutter gab ihr süßen Kuchen und Wein mit auf die Reise, und wie Maria davon aß und Vöglein geflogen kamen, um auch mit zu schmausen, jagte sie dieselben ärgerlich fort. Ihr Kuchen aber verwandelte sich unvermerkt in Asche und ihr Wein in mattes Wasser. Am Abend kam Maria ebenfalls an Thürschemanns Tore; sie ging stolz zu dem goldenen hinein und klopfte dann an die Haustüre. Wie Thürschemann auftat und nach ihrem Begehren fragte, sagte sie schnippisch: »Nun, ich will hier übernachten.« Und er brummte: »Komm herein!« Dann fragte er auch sie: »Bei wem willst du schlafen, bei mir oder bei Hunden und Katzen?« Sie sagte schnell: »Bei Euch, Herr Thürschemann!« Aber er führte sie in die Stube, wo Hunde und Katzen schliefen und schloss sie hinein. Am Morgen war Mariens Angesicht hässlich zerkratzt und zerbissen. Thürschemann brummte wieder: »Mit wem willst du Kaffee trinken, mit mir oder mit Hunden und Katzen?« – »Ei, mit Euch«, sagte sie, und musste nun gerade wieder mit Katzen und Hunden trinken. Nun wollte sie fort. Thürschemann brummte abermals: »Zu welchem Tor willst du hinaus, zum Goldtor oder

zum Pechtor?«, und sie sagte: »Zum Goldtor, das versteht sich!« Aber dieses wurde sogleich verschlossen und sie musste zum Pechtor hinaus, und Thürschemann saß obendrauf, rüttelte und schüttelte, dass das Tor wackelte und da fiel so viel Pech auf Marien herunter, dass sie über und über voll wurde.

Als nun Maria voll Wut ob ihres hässlichen Ansehens nach Hause kam, krähte der Gluckhahn ihr entgegen: »Kikiriki, da kommt die Pechmarie! Kikiriki!« Und ihre Mutter wandte sich voll Abscheu von ihr und konnte nun ihre hässliche Tochter nicht vor Leuten sehen lassen, die hart gestraft blieb, darum, dass sie so auf Gold erpicht gewesen.

Gevatter Tod

Es lebte einmal ein sehr armer Mann, hieß Klaus, dem hatte Gott eine Fülle Reichtum beschert, der ihm große Sorge machte, nämlich zwölf Kinder, und über ein Kleines so kam noch ein Kleines, das war das dreizehnte Kind. Da wusste der arme Mann seiner Sorge keinen Rat, wo er doch einen Paten hernehmen sollte, denn seine ganze Sipp- und Magschaft hatte ihm schon Kinder aus der Taufe gehoben, und er durfte nicht hoffen, noch unter seinen Freunden eine mitleidige Seele zu finden, die ihm sein jüngstgebornes Kindlein hebe. Gedachte also an den ersten besten wildfremden Menschen sich zu wenden, zumal manche seiner Bekannten ihn in ähnlichen Fällen schon mit vieler Hartherzigkeit abschläglich beschieden hatten.

Der arme Kindesvater ging also auf die Landstraße hinaus, willens, dem ersten ihm Begegnenden die Patenstelle seines Kindleins anzutragen. Und siehe, ihm begegnete bald ein gar freundlicher Mann, stattlichen Aussehens, wohlgestaltet, nicht alt nicht jung, mild und gütig von Angesicht, und da kam es dem Armen vor, als neigten sich vor jenem Manne die Bäume und Blümlein und alle Gras und Getreidehalme. Da dünkte dem Klaus, das müsse der liebe Gott sein, nahm seine schlechte Mütze ab, faltete die Hände und betete ein Vaterunser. Und es war auch der liebe Gott, der wusste, was Klaus wollte, ehe er noch bat, und sprach: »Du suchst einen Paten für dein Kindlein! Wohlan, ich will es dir heben, ich, der liebe Gott«

»Du bist allzu gütig, lieber Gott!«, antwortete Klaus verzagt. »Aber ich danke dir; du gibst denen, welche haben, einem Güter, dem andern Kinder, so fehlt es oft beiden am Besten, und der Reiche schwelgt, der Arme hungert!« Auf diese Rede wandte sich der Herr und ward nicht mehr gesehen. Klaus ging weiter, und wie er eine Strecke gegangen war, kam ein Kerl auf ihn zu, der sah nicht nur aus wie der Teufel, sondern war's auch, und fragte Klaus, wen er suche? – Er suche einen Paten für sein Kindlein. – »Ei da nimm mich, ich mach es reich!« – »Wer bist du!«, fragte Klaus. »Ich bin der Teufel!« – »Das wär der Teufel!«, rief Klaus und maß den Mann vom Horn bis zum Pferdefuß. Dann sagte er: »Mit Verlaub, geh heim zu dir und zu deiner Großmutter; dich mag ich nicht zum Gevatter, du bist der Allerböseste! Gott sei bei uns!«

Da drehte sich der Teufel herum, zeigte dem Klaus eine abscheuliche Fratze, füllte die Luft mit Schwefelgestank und fuhr von dannen. Hierauf begegnete dem Kindesvater abermals ein Mann, der war spindeldürr, wie eine Hopfenstange, so dürr, dass er klapperte; der fragte auch: »Wen suchst du?«, und bot sich zum Paten des Kindes an. »Wer bist du?«, fragte Klaus. »Ich bin der Tod!«, sprach jener mit ganz heiserer Stimme. – Da war der Klaus zum Tod erschrocken, doch fasste er sich Mut, dachte: bei dem wär mein dreizehntes Söhnlein am besten aufgehoben, und sprach: »Du bist der Rechte! Arm oder reich, du machst es

gleich. Topp! Du sollst mein Gevattersmann sein! Stell dich nur ein zu rechter Zeit, am Sonntag soll die Taufe sein.«

Und am Sonntag kam richtig der Tod, und ward ein ordentlicher Dot, das ist Taufpat des Kleinen, und der Junge wuchs und gedieh ganz fröhlich. Als er nun zu den Jahren gekommen war, wo der Mensch etwas erlernen muss, dass er künftighin sein Brot erwerbe, kam zu der Zeit der Pate und hieß ihn mit sich gehen in einen finsteren Wald. Da standen allerlei Kräuter, und der Tod sprach: »Jetzt, mein Pat, sollt du dein Patengeschenk von mir empfahen. Du sollt ein Doktor über alle Doktoren werden durch das rechte wahre Heilkraut, das ich dir jetzt in die Hand gebe. Doch merke, was ich dir sage. Wenn man dich zu einem Kranken beruft, so wirst du meine Gestalt jedes Mal erblicken.

Stehe ich zu Häupten des Kranken, so darfst du versichern, dass du ihn gesund machen wollest, und ihm von dem Kraute eingeben; wenn er aber Erde kauen muss, so stehe ich zu des Kranken Füßen; dann sage nur: Hier kann kein Arzt der Welt helfen und auch ich nicht. Und brauche ja nicht das Heilkraut gegen meinen mächtigen Willen, so würde es dir übel ergehen!«

Damit ging der Tod von hinnen und der junge Mensch auf die Wanderung, und es dauerte gar nicht lange, so ging der Ruf vor ihm her und der Ruhm, dieser sei der größte Arzt auf Erden, denn er sahe es gleich den Kranken an, ob sie leben oder sterben würden. Und so war es auch. Wenn dieser Arzt den Tod zu des Kranken Füßen erblickte, so seufzte er, und sprach ein Gebet für die Seele des Abscheidenden; erblickte er aber des Todes Gestalt zu Häupten, so gab er ihm einige Tropfen, die er aus dem Heilkraut presste, und die Kranken genasen. Da mehrte sich sein Ruhm von Tage zu Tage.

Nun geschah es, dass der Wunderarzt in ein Land kam, dessen König schwer erkrankt darnieder lag, und die Hofärzte gaben keine Hoffnung mehr seines Aufkommens. Weil aber die Könige am wenigsten gern sterben, so hoffte der alte König noch ein Wunder zu erleben, nämlich dass der Wunderdoktor ihn gesund mache, ließ diesen berufen und versprach ihm den höchsten Lohn. Der König hatte aber eine Tochter, die war so schön und so gut, wie ein Engel.

Als der Arzt in das Gemach des Königs kam, sah er zwei Gestalten an dessen Lager stehen, zu Häupten die schöne weinende Königstochter und zu Füßen den kalten Tod. Und die Königstochter flehte ihn so rührend an, den geliebten Vater zu retten, aber die Gestalt des finstern Paten wich und wankte nicht. Da sann der Doktor auf eine List. Er ließ von

raschen Dienern das Bette des Königs schnell umdrehen, und gab ihm geschwind einen Tropfen vom Heilkraut, alsodass der Tod betrogen war, und der König gerettet. Der Tod wich erzürnt von hinnen, erhob aber drohend den langen knöchernen Zeigefinger gegen seinen Paten.
Dieser war in Liebe entbrannt gegen die reizende Königstochter, und sie schenkte ihm ihr Herz aus inniger Dankbarkeit. Aber bald darauf erkrankte sie schwer und heftig, und der König, der sie über alles liebte, ließ bekannt machen, welcher Arzt sie gesund mache, der solle ihr Gemahl und hernach König werden. Da flammte eine hohe Hoffnung durch des Jünglings Herz, und er eilte zu der Kranken, aber zu ihren Füßen stand der Tod. Vergebens warf der Arzt seinem Paten flehende Blicke zu, dass er seine Stelle verändern und ein wenig weiter hinauf, wo möglich bis zu Häupten der Kranken treten möge. Der Tod wich nicht von der Stelle, und die Kranke schien im Verscheiden, doch sah sie den Jüngling um ihr Leben flehend an. Da übte des Todes Pate noch einmal seine List, ließ das Lager der Königstochter schnell umdrehen und gab ihr geschwind einige Tropfen vom Heilkraut, sodass sie wieder auflebte und den Geliebten dankbar anlächelte. Aber der Tod warf seinen tödlichen Hass auf den Jüngling, fasste ihn an mit eiserner eiskalter Hand und führte ihn von dannen, in eine weite unterirdische Höhle. In der Höhle da brannten viele tausend Kerzen, große und halbgroße und kleine und ganz kleine; viele verloschen und andere entzündeten sich, und der Tod sprach zu seinem Paten: »Siehe, hier brennt eines jeden Menschen Lebenslicht; die großen sind den Kindern, die halbgroßen sind den Leuten, die in den besten Jahren stehen, die kleinen den Alten und Greisen, aber auch Kinder und Junge haben oft nur ein kleines bald verlöschendes Lebenslicht.«
»Zeige mir doch das meine!«, bat der Arzt den Tod, da zeigte dieser auf ein ganz kleines Stümpchen, das bald zu erlöschen drohte. »Ach liebster Pate!«, bat der Jüngling. »Wolle mir es doch erneuen, damit ich meine schöne Braut, die Königstochter, freien, ihr Gemahl und König werden kann!« – »Das geht nicht«, versetzte kalt der Tod. »Erst muss eins ganz ausbrennen, ehe ein neues auf und angesteckt wird.«

»So setze doch gleich das alte auf ein neues!«, sprach der Arzt – und der Tod sprach: »Ich will so tun!« Nahm ein langes Licht, tat als wollte er es aufstecken, versah es aber absichtlich und stieß das kleine um, dass es erlosch. In demselben Augenblick sank der Arzt um und war tot. Wider den Tod kein Kraut gewachsen ist.

Hirsedieb

In einer Stadt wohnte ein sehr reicher Kaufmann, der hatte am Haus einen großen und prächtigen Garten, in dem auch ein Stück Land mit Hirse besäet war. Da nun dieser Kaufmann einmal in seinem Garten herumspazierte – es war zur Frühjahrszeit, und der Same stand frisch und kräftig – so sah er zu seinem größten Ärger und Verdruss, dass verwichene Nacht von frecher Diebeshand ein Teil von seinem Hirsesamen abgegrast worden war, und gerade dieses Gartenäckerlein, darauf er alle Jahre Hirse hinsäete, war ihm ganz besonders lieb, wie manchmal die Menschen eine ausschließliche Vorliebe für eine Sache haben. Er beschloss, den Dieb zu fangen und dann nachdrücklich zu strafen, oder dem Gericht zu übergeben. Daher er seine drei Söhne, Michel, Georg und Johannes zu sich rief und sprach: »Heute Nacht war ein Dieb in unserm Garten und hat mir einen Teil Hirsesamen abgegrast, was mich höchlich ärgert. Dieser Frevler muss gefangen werden, und soll mir büßen! Ihr, meine Söhne, mögt nun wachen die Nächte hindurch, einer um den andern, und welcher den Dieb fängt, soll von mir eine stattliche Belohnung bekommen.« Der Älteste, Michel, wachte die erste Nacht; er nahm sich etliche geladene Pistolen und einen scharfen Säbel, auch zu essen und zu trinken mit, hüllte sich in einen warmen Mantel und setzte sich hinter einen blühenden Holunderbusch, hinter dem er bald hart und fest einschlief. Wie er am hellen

Morgen erwachte, war ein noch größeres Stück Hirsesamen abgegrast, als in voriger Nacht. Und wie nun der Kaufmann in den Garten kam und das sahe und merkte, dass sein Sohn, anstatt zu wachen und den Dieb zu fangen, geschlafen hatte, ward er noch ärgerlicher und schalt und höhnte ihn als einen braven Wächter, der ihm samt seinen Pistolen und Säbel selbst gestohlen werden könne!

Die andre Nacht wachte Georg; dieser nahm sich nebst den Waffen, die sein Bruder vorige Nacht bei sich geführt, auch noch einen Knittel und starke Stricke mit. Aber der gute Wächter Georg schlief ebenfalls ein und fand am Morgen, dass der Hirsedieb wieder tüchtig gegraset hatte. Der Vater ward ganz wild und sagte: »Wenn der dritte Wächter ausgeschlafen hat, wird die Hirsesaat vollends zum Kuckuck sein, und es wird dann keines Wächters mehr bedürfen!«

Die dritte Nacht kam nun an Johannes die Reihe. Dieser nahm trotz allem Zureden keine Waffen mit; doch hatte er sich im Geheimen mit recht probaten Waffen gegen den Schlaf versehen; er hatte sich Disteln und Dornen gesucht, und diese, als er sich abends in den Garten an seinen Wächterplatz verfügt, vor sich aufgebaut. Wenn er nun einnicken wollte, stieß er allemal mit der Nase an die Stacheln, und wurde gleich wieder munter. Als die Mitternacht herbeikam, hörte er ein Getrappel, es kam näher und näher, machte sich in den Hirsesamen und da hörte Johannes ein recht fleißiges Abraufen. Halt, dachte er, da hab ich dich! und er zog einen Strick aus der Tasche, schob leise die Dornen zurück und schlich dem Dieb vorsichtig näher. Als er hinzukam – wer hatte sich das vermutet? – war der Dieb – ein allerliebstes kleines Pferdchen. Johannes war innerlich erfreut; hatte auch mit dem Einfangen gar keine Mühe; das Tierchen folgte ihm willig zum Stall, den Johannes fest verschloss. Und nun konnte er noch ganz gemach in seinem Bette ausschlafen. Früh, als seine Brüder aufstiegen und hinunter in den Garten gehen wollten, sahen sie mit Staunen, dass Johannes in seinem Bette lag und schlief. Da weckten sie ihn, und höhnten ihn mit allerlei Neckreden, dass er der beste Wächter sei, da er sogar nicht einmal die Nacht ausgehalten habe auf seiner Wache. Aber Johannes sagte: »Seid ihr nur ganz stille, ich will euch den Hirsedieb schon zeigen.« Und sein Vater und seine Brüder mussten ihm zum Stalle folgen, wo das wunderseltsame Pferdlein stand, von dem niemand zu sagen wusste, woher es gekommen und wem es zugehöre. Es war allerliebst anzusehen, von zartem und schlankem Bau, und dazu ganz silberweiß. Da hatte der Kaufmann eine große Freude und schenkte seinem wackern Johannes das Pferdchen als Belohnung, der nahm es freudig an und nannte es Hirsedieb.

Bald vernahmen die Brüder, dass eine schöne Prinzessin verzaubert wäre im Schloss, das auf dem gläsernen Berge stehe, zu welchem niemand wegen der großen Glätte emporklimmen könne. Wer aber glücklich hinauf und dreimal um das Schloss herumreite, der erlöse die schöne Prinzessin und bekomme sie zur Gemahlin. Gar unendlich viele hätten schon den Bergritt probiert, waren aber alle wieder herabgestürzt und lägen tot umher.

Diese Wundermär erscholl durchs ganze Land, und auch die drei Brüder bekamen Lust, ihr Glück zu versuchen, nach dem gläsernen Berg zu reiten, und – wo möglich die schöne Prinzessin zu gewinnen. Michel und Georg kauften sich junge, starke Pferde, deren Hufeisen sie tüchtig schärfen ließen, und Johannes sattelte seinen kleinen Hirsedieb, und so ging es aus zum Glücksritt. Bald erreichten sie den gläsernen Berg, der Älteste ritt zuerst, aber ach – sein Ross glitt aus, stürzte mit ihm nieder und beide, Ross und Mann, vergaßen das Wiederaufstehen. Der Zweite ritt, aber ach – sein Ross glitt aus, stürzte mit ihm nieder, und beide, Mann und Ross, vergaßen auch das Aufstehen. Nun ritt Johannes, und es ging trapp trapp trapp trapp trapp – droben waren sie, und wieder trapp trapp trapp trapp trapp und sie waren dreimal ums Schloss herum, als wenn Hirsedieb schon hundertmal diesen gefährlichen Weg gelaufen wäre. Nun standen sie vor der Schlosstüre; diese ging auf, und es trat die reizendschöne Prinzessin heraus; sie war ganz in Seide und Gold gekleidet und breitete freudig die Arme gegen Johannes aus. Und derselbe stieg schnell vom Pferdlein und eilte die holde Prinzessin, und somit sein ganzes überaus großes Glück zu umfangen.

Und die Prinzessin wandte sich zum Pferdlein, liebkosete dasselbe und sprach: »Ei, du kleiner Schelm, warum warst du mir denn entlaufen, dass ich nicht mehr die einzige Nachtstunde, die mir vergönnet war, unten auf der grünen Erde zu weilen, genießen konnte, da du mich nicht mehr den gläsernen Berg hinunter und wieder herauftrugst? Nun darfst du uns nimmermehr verlassen.« – Und da ward Johannes gewahr, dass sein Hirsediebchen das Zauberpferdlein seiner himmelschönen Prinzessin war. Seine Brüder kamen wieder auf von ihrem Fall, Johannes aber sahen sie nicht wieder, denn der lebte glücklich und allen Erdensorgen entrückt, mit seinem Engel im Zauberschloss auf dem gläsernen Berge, aber auch zu diesem Berge fand kein Menschenkind mehr den Weg, weil der Zauber gelöst und die Prinzessin von ihrem Bann befreit worden war, durch ihr kluges Rösslein, das den rechten Befreier und Gemahl ihr zugetragen.

Der goldne Rehbock

Es waren einmal zwei arme Geschwister, ein Knabe und ein Mädchen, das Mädchen hieß Margarete, der Knabe hieß Hans. Ihre Eltern waren gestorben, hatten ihnen auch gar kein Eigentum hinterlassen, daher sie ausgehen mussten, um durch Betteln sich fortzubringen. Zur Arbeit waren beide noch zu schwach und klein; denn Hänschen zählte erst zwölf Jahre und Gretchen war noch jünger. Des Abends gingen sie vors erste beste Haus, klopften an und baten um ein Nachtquartier, und vielmal waren sie schon von guten mildtätigen Menschen aufgenommen, gespeiset und getränket worden; auch hatte mancher und manche Barmherzige ihnen ein Kleidungsstückchen zugeworfen.

So kamen sie einmal des Abends vor ein Häuschen, welches einzeln stand; da klopften sie ans Fenster, und als gleich darauf eine alte Frau heraussah, fragten sie diese, ob sie hier nicht über Nacht bleiben dürften? Die Antwort war: »Meinetwegen, kommt nur herein!« Aber wie sie eintraten, sprach die Frau: »Ich will euch wohl über Nacht behalten, aber wenn es mein Mann gewahr wird, so seid ihr verloren; denn er isset gern einen jungen Menschenbraten, daher er alle Kinder schlachtet, die ihm vor die Hand kommen!« Da wurde den Kindern sehr angst; doch konnten sie nunmehr nicht weiter, es war schon ganz dunkle Nacht geworden. So

ließen sie sich gutwillig von der Frau in ein Fass verstecken und verhielten sich ruhig. Einschlafen konnten sie aber lange nicht, zumal, da sie nach einer Stunde die schweren Tritte eines Mannes vernahmen, der wahrscheinlich der Menschenfresser war. Des wurden sie bald gewiss, denn jetzt fing er an mit brüllender Stimme auf seine Frau zu zanken, dass sie keinen Menschenbraten für ihn zugerichtet. Am Morgen verließ er das Haus wieder, und tappte so laut, dass die Kinder, die endlich doch eingeschlummert waren, darüber erwachten.

Als sie von der Frau etwas zu frühstücken bekommen hatten, sagte diese, »Ihr Kinder müsst nun auch etwas tun, da habt ihr zwei Besen, geht oben hinauf und kehrt mir meine Stuben aus, deren sind zwölf, aber ihr kehret davon nur elf, die zwölfte dürft ihr ums Himmelswillen nicht aufmachen. Ich will derzeit einen Ausgang tun. Seid fleißig, dass ihr fertig seid, wenn ich wiederkomme.« Die Kinder kehrten sehr emsig, und bald waren sie fertig. Nun mochte Gretchen doch gar zu gerne wissen, was in der zwölften Stube wäre, das sie nicht sehen sollten, weil ihnen verboten war, die Stube zu öffnen. Sie guckte ein wenig durchs Schlüsselloch, und sah da einen herrlichen kleinen goldenen Wagen, mit einem goldenen Rehbock bespannt. Geschwind rief sie Hänschen herbei, dass er auch hineingucken sollte. Und als sie sich erst tüchtig umgesehen, ob die Frau nicht heimkehre, und da von dieser nichts zu sehen war, schlossen sie schnell die Türe auf, zogen den Wagen samt Rehbock heraus, setzten drunten sich hinein in den Wagen und fuhren auf und davon. Aber nicht lange, so sahen sie von Weitem die alte Frau und auch den Menschenfresser sich entgegenkommen, gerade des Wegs, den sie mit dem geraubten Wagen eingeschlagen hatten. Hänslein sprach: »Ach, Schwester, was machen wir? Wenn uns die beiden Alten entdecken, sind wir verloren.« – »Still!«, sprach Gretchen. »Ich weiß ein kräftiges Zaubersprüchlein, welches ich noch von unsrer Großmutter gelernt habe:

Rosenrote Rose sticht;
Siehst du mich, so sieh mich nicht!«,

und alsbald waren sie verwandelt in einen Rosenstrauch. Gretchen wurde zur Rose, Hänslein zu Dornen, der Rehbock zum Stiele, der Wagen zu Blättern.
Nun kamen beide, der Menschenfresser und seine Frau, daher gegangen und Letztere wollte sich die schöne Rose abbrechen, aber sie stach sich so sehr, dass ihre Finger bluteten, und sie ärgerlich davonging. Wie die Alten fort waren, machten sich die Kinder eilig auf und fuhren weiter und kamen bald an einen Backofen, der voll Brot stund. Da hörten sie aus demselben eine hohle Stimme rufen: »Rückt mir mein Brot, rückt mir mein Brot.« Schnell rückte Gretchen das Brot und tat es in ihren Wagen, worauf sie weiterfuhren. Da kamen sie an einen großen Birnbaum, der voll reifer schöner Früchte hing, aus diesem tönte es wieder: »Schüttelt mir meine Birnen, schüttelt mir meine Birnen!« Gretchen schüttelte sogleich, und Hänschen half gar fleißig auflesen und die Birnen in den goldenen Wagen schütten. Und wieder kamen sie an einen Weinstock, der rief mit angenehmer Stimme: »Pflückt mir meine Trauben, pflückt mir meine Trauben!« Gretchen pflückte auch diese und packte sie in ihren Wagen.
Unterdessen aber waren der Menschenfresser und seine Frau daheim angelangt, und hatten mit Ingrimm wahrgenommen, dass die Kinder ihren goldenen Wagen samt Rehbock gestohlen, gerade wie diese beiden ebenfalls vor langen Jahren Wagen und Rehbock gestohlen, und noch dazu bei dem Diebstahl auch einen Mord begangen hatten, nämlich den rechtmäßigen Eigentümer erschlagen. Der mit dem Rehbock bespannte Wagen war nicht nur an und für sich von großem Wert, sondern er besaß auch noch die vortreffliche Eigenschaft, dass, wo er hinkam, von allen Seiten Gaben gespendet wurden, von Baum und Beerstrauch, von Backofen und Weinstock. So hatten denn die Leute, der Menschenfresser und seine Frau, lange Jahre den Wagen, wenn auch auf unrechtmäßige Weise, besessen, hatten sich gute Esswaren spenden lassen, und dabei herrlich und in Freuden gelebt. Da sie nun sahen, dass sie ihres Wagens beraubt waren, machten sie sich flugs auf, den Kindern nachzueilen und ihnen die köstliche Beute wieder abzujagen. Dabei

wässerte dem Menschenfresser schon der Mund nach Menschenbraten; denn die Kinder wollte er sogleich fangen und schlachten. Mit weiten Schritten eilten die beiden Alten den Kindern nach und wurden dieselben bald von ferne ansichtig, weil sie vorausfuhren. Die Kinder kamen jetzt an einen großen Teich und konnten nicht weiter, auch war weder eine Fähre noch eine Brücke da, dass sie hinüber hätten flüchten können. Nur viele Enten waren darauf zu sehen, die lustig umher schwammen. Gretchen lockte diese ans Ufer, warf ihnen Futter hin und sprach:

»Ihr Entchen, ihr Entchen, schwimmt zusammen,
Macht mir ein Brückchen, dass ich hinüber kann kommen!«

Da schwammen die Enten einträchtiglich zusammen, bildeten eine Brücke, und die Kinder samt Rehbock und Wagen kamen glücklich ans andere Ufer. Aber flugs hinterdrein kam auch der Menschenfresser und brummte mit hässlicher Stimme:

»Ihr Entchen, ihr Entchen, schwimmt zusammen,
Macht mir ein Brückchen, dass ich hinüber kann kommen!«

Schnell schwammen die Entchen zusammen und trugen die beiden Alten hinüber – meint ihr? Nein! In der Mitte des Teiches, da das Wasser am tiefsten war, schwammen die Entchen auseinander, und der böse Menschenfresser nebst seiner Alten plumpten in die Tiefe und kamen um. Und Hänschen und Gretchen wurden sehr wohlhabende Leute, aber sie spendeten auch von ihrem Segen den Armen viel und taten viel Gutes, weil sie immer daran dachten, wie bitter es gewesen, da sie noch arm waren und betteln gehen mussten.

Vom Zornbraten

Es war einmal ein Ritter, der hatte neben vielem Geld und Gut ein böses Weib, das wusste er nimmer zu bemeistern, und war schier auf Erden kein ärger Weib zu finden. Er aber war ehrenhaft und sanften Muts. Beide hatten eine einzige Tochter, und die erzog die Mutter also in ihren eignen bösen Sitten und nach ihrem Schlag, dass sie arg und karg, mückisch und tückisch wurde. Gleichwohl hatte Gott das Maidlein zu einer schönen Jungfrau gebildet, dass wer sie schaute, dem deuchte sie ein Bild voll minniglicher Güte, wer aber näher mit ihr bekannt wurde, der nahm bald ihre Argheit wahr und mied sie gänzlich. Nun war die Jungfrau achtzehn Jahre alt und hätte gern einen Mann genommen, aber keiner kam, der ihrer begehrt hätte.

Das bekümmerte den Vater mächtiglich, und eines Tages sprach er zu ihr: »Tochter, deiner Mutter Sitten und ihr übler Rat machen, dass du ohne Mann bleibest, oder aber, so einer dich nimmt, der nicht Lust hat, wie ich, böse Weibertücken geduldig zu tragen, so wirst du öfter geschlagen, als das Jahr Tage zählt, und wird dich noch bass gereuen, dass du so in allen Stücken deiner Mutter gefolgt bist und gefolgt hast.«

Das hörte die Tochter des frommen Ritters sehr ungern, und sprach zorniglich: »Ei, Herr Vater! Ihr könnt viel reden, ehe mir eurer Worte auch nur eins gefällt! Ihr habt meiner Mutter auch immer viel zu viel gute Lehren gegeben, die sie Euch nicht danket. Wisst Ihr was? Tut was Euch gut dünket, und lasset mich gewähren. Denn wenn auch schon morgen ein Freier käme, der mein begehrte, so wollte ich doch allezeit in der Ehe das längere Messer tragen.«

»O meine Tochter!«, antwortete der Rittersmann. »Das dünkt mich nicht gut, dass du solche Gedanken hast. Du solltest doch darauf denken, besser zu sein, wie deine arge Mutter, sonst könnte es wohl kommen, dass du einen Mann bekämest, der so biderb und fromm ist, dass er dich bezwingt, und du hernach mit Scham, mit Schimpf und Schande nachgeben musst.«

»Ei ja wohl!«, antwortete die Tochter. »Eh der Markt aus ist, gibt es noch mehr selben Kofents zu kaufen!«, und solche hässliche Spottreden mehr, die sie dem Vater gab, sodass er zornig ausrief: »O du böse Chriemhilt! So du deinem Vater nicht folgen willt, so soll dir dein Rücken satt von Schlägen werden! Wer immer dein begehre, er sei Ritter oder sei Knecht, der soll dich haben, und soll dich ziehen nach seinem Willen!«
»Oder ich ihn nach dem meinen!«, erwiderte trotzig die Tochter, und andere Reden mehr, bis dieser Wortwechsel endete.
Nun saß etwa drei Meilen weit von der Burg dieses guten Ritters ein anderer Rittersmann, der war reich an Geld und Gut und hatte Freiersgedanken, war auch hübsch vom Angesicht und höflich von Sitten, der vernahm auf Fragen und Sagen, wie schön und wie hässlich zugleich jenes Nachbarn Tochter sei, und dachte: ich wag es frei, und wende ihr Gemüt zur Tugend, und mache sie gut, wo nicht, so will ich sie doch um ihrer Schöne wohl oder übel nehmen. Ritt darauf mit seinen Gefreunden zum Vater der Maid und bat ihn um seine Tochter. Dieser Rittersmann offenbarte dem jungen Werber wie seine Tochter gesittet sei, und jener sprach: »Ich hab es wohl vernommen, aber gebt Ihr mir sie nur zum Weibe! Will Gott, dass wir nur ein Jahr miteinander leben, so sollt Ihr sehen, wie gut sie wird!« – Darauf antwortete der künftige Schwäher: »Gott soll Euch behüten vor ihrem Übelmut! Hütet Euch, denn wenn sie auf ihrer Mutter Spur kommt, so lebt Ihr bei ihr, wie lang sie lebe, nimmer einen guten Tag.« Der Freier beharrte aber bei seinem Entschluss, und es ward ein Übereinkommen getroffen und eine Eheberedung, dass der junge Ritter, sobald er wieder käme, die Maid mit sich nehmen und heimführen solle.
Die Mutter wusste von dieser Verhandlung weder viel noch wenig, sondern gar nicht, dass die Tochter einem Mann verlobt war, und als sie's nun erfuhr, ward sie überaus zornig, rief die Tochter und sprach: »Tochter, wisse, dass mein Fluch dich trifft, wenn du nicht deinem Manne so widerstehst, wie deinem Vater ich mit Krieg und harter Rede allezeit und an jedem Ort. Höre, was ich dir ansage: Ich war ein kleines Mäg-

delein, als ich zu deinem Vater kam, viel geringer als du, denn du bist vollgewachsen. Drei Wochen lang schlug mich alle Tage dein Vater, dass ich krank wurde, und gab mir Wasser zur Labe, und doch hab ich meinen Streit gewonnen und mein Recht bis da immer behauptet!«

»Mutter!«, antwortete das feine Töchterlein. »Ich sage Euch, und sollt ich tausend Jahre leben, so mache ich meinen Mann zum Affen.«

Inzwischen kam nun der Tag der Heimführung; da kam der Ritter heran auf einem schönen Ross von hohem Preis, führte auch mit sich ein schlankes Windspiel und trug auf der Hand einen wohlgetanen Falken, nahm die Maid in Empfang ohne Weiteres und setzte sie hinter sich auf sein Ross, entsandte seine Diener alle, dass ihrer keiner mit den zweien ritt, und nahm gleich Urlaub vom Vater seiner Braut. Der sprach zum Abschied ein bewegliches Wort: »Gottes Güte sei mit dir, o Tochter! Er gebe dir Ruhe im Glück und ein friedlicheres Herz, als ich an meiner Frau erfunden habe!«

Kaum war diese Rede gesprochen, so schlug die Mutter einen Lärmen auf und schrie der Tochter nach: »Vernimm auch mein Wort! Du sollst alle deine Lebetage deinem Mann untertan sein, so, wie ich dich gelehret habe!«, und die Tochter rief zurück: »Wohl, meine Mutter, so soll es geschehen nach deiner Lehre.«

So ritten nun die beiden ganz allein miteinander hin, aber der Ritter vermied die Straße, um der Braut Argheit willen, und ritt einen unbequemen, steilen und engen Seitenweg, wohl einer Meile lang, doch ritt er rasch, dass er in kurzer Zeit eine halbe Meile zurücklegte auf dem rauen, ungebahnten Steinpfad. Da kamen sie an einen umbuschten Werder und der Falke begann nach seiner Art mit den Flügeln zu schlagen und von der Hand zu begehren, weil er auf Reiher stoßen wollte. Sprach der Ritter: »Mit deinem Federschlagen lass es gut sein, oder ich reiße dir den Kopf ab.« Bald darauf sah der Falke eine Krähe fliegen, der wollte er nach; da sprach wiederum der Ritter: »Du bist betrogen, wenn du nach Ungemach strebst und nicht gern in Ruhe dich hältst, und so will ich dir gleich dein Recht tun. Stirb, da du nicht meinen Willen halten willst!« Und er erwürgte den Falken, wie ein Huhn. Die Maid erschrak ob dieser Rede und der tätlichen Tat und begann den Ritter zu fürchten. Nun wurde der Pfad immer enger, steiniger und dorniger, und dem Windspiel schmerzten die Füße, und es vermochte nicht mehr, sich wie vor an des Pferdes Seite zu halten. Der Ritter, der es an einem Riemen führte, musste es immer nachziehen, das war dem Ritter ungelegen, und er schalt das Windspiel: »Du böser Hofwart, hab Acht, es kommt dir zum Unheil, dass du mir den Arm so zerziehst!« Der arme Hund vermochte aber nicht zu folgen, und da zog der Ritter sein Schwert und hieb ihn tot.

Die Maid unterdrückte einen Schrei des Unwillens, aber das Herz in der Brust erschrak ihr, es ward ihr weh zu Mute, und sie dachte: Herr Gott, welch ein Wüterich ist dieser Mann! Brachte mich denn der Teufel zu ihm! – Der Ritter aber behielt das Schwert blank in der Hand und begann nun mit seinem Ross zu schelten: »Was schnaubst du? Warum gehst du nicht Pass oder Trab? Du willst wohl nur auf ebnem Plan gehen? Du musst sterben!« Da nun das arme Ross nicht Pass traben konnte, welcher Gang ihm nie gelehrt worden war, so sprach der Ritter: »Frau, steiget ab!« Sie sprach: »Ich tue, was Ihr mich heißt.« Darauf stieg der Ritter auch ab, und hieb dem Pferd das Haupt vom Rumpfe, sprechend: »Wärest du nach meinem Sinn gegangen, so wäre dir nicht der Tod geworden. Frau, dies ist geschehen, wie Ihr seht. Mir war das Pferd gar unlieb geworden, wie auch Windspiel und Falke. Nun aber ist mir ein ungewohnt und beschwerlich Ding, zu Fuße zu gehn, und ich habe des keine Übung. Ich werde nun *Euch* reiten!«, und damit begann er, ihr Riemen und Bande anzulegen und auch den Sattel wollte er ihr aufschnallen. Sie sprach: »Herr, ich trüge schon genug an Euch, lasset den Sattel und die Seile, viel herzlieber Herre mein, ich trage Euch ja sanfter und besser ohne ihn.«

»Ei, Frau, wie stände mir das an, dass ich Euch ritte ohne Sattel und Zeug?«, fragte der Ritter heftig. »Ihr habt böse Sitte, dass Ihr gegen meinen Willen zu reden Euch erkühnet!« Und da ließ sie sich gefallen, dass er zur Stund sie sattelte und aufzäumte, wie ein Ross, und ihr Zaum und Gebiss in den Mund legte, und gab ihr die Steigbügel in die Hände, die stramm zu halten, saß dann auf, und ritt sie so eine kleine Weile, etwa dreier Speerlängen weit, bis ihr die Ohnmacht zuging von der schweren Last.

Da stieg der Ritter von ihr ab und sprach: »Frau, schnappt Ihr nach Luft?« – »O nein, Herr!«, antwortete sie. Weiter sprach er: »Das ist ein schönes Feld, da könnt Ihr nun im Zelt (Schritt) gehen.« Sie sprach, indem sie auf Händen und Füßen weiter kroch: »Ich will es gern tun. Auf meines Vaters Hofe laufen viele Pferde, denen hab ich Zeltgang abgelernt.«

»So wollt Ihr alles tun, was ich will?«, fragte der Ritter, und sie gegenredete: »Und wenn ich tausend Jahre leben sollte, so wollte ich tun, was Euch lieb ist!« Da hieß er sie aufstehn und nahm sie schön an der Hand und führte sie sittsamlich heim in sein Schloss, wo seine Freunde versammelt waren, die grüßten sie ehrfurchtsvoll und geleiteten sie in ihr Zimmer. Das geschah mit großen Freuden, und die Frau war das aller-

liebste Weib, ehrbar und wohlgezogen, ohne List und Trug, treu, ruhig, mild, keine Tugend fehlte ihr. Ihre Gäste empfing sie freundlich und fröhlich, und ohne Hass und Unwillen erfüllte sie, wie ein biederes Weib tun soll, die Wünsche ihres Eheherrn.
Als nun sechs Wochen vergangen waren, fuhren der jungen Frau Vater und Mutter zu ihrer Tochter hin, zu sehn, wie es ihr ergehe und wie sie sich gehabe. Bald genug erfuhr die Mutter, was geschehen war, und wie ihre Tochter ihrem Manne gehorsamte, als sie diese zornig schalt und ihr zurief: »O über dich unseliges Weib! Was ich sehen und hören muss, lässt mich zweifeln, dass du mein Kind bist. Was? Du lässest deinen Mann deinen Meister sein?« Und dabei schlug die böse Mutter die Tochter ins Gesicht und wo sie sonst hinkam, und fiel ihr in die Haare und raufte sie, schlug und schalt und trieb einen schrecklichen Unfug. Die junge Frau weinte und schrie: »Seid Ihr hergekommen zu schelten, so wartet doch, bis Ihr des Ursach findet! Ich habe den allerbesten Mann, und er ist gut und bieder, wer aber seinen Willen nicht tut, dem geht er in seinem Zorn gleich ans Leben. Darum, Mutter, habt weisen Sinn und hütet Euch, Arges wider ihn zu sprechen, denn er ist so zornmütig, dass er alles, was seinem Willen entgegen ist, im Zorn richtet und vernichtet.«
»Hoho! Morgen ist auch noch ein Tag!«, höhnte die Mutter. »Wie schlimm dein Mann sei, das macht mir den geringsten Kummer! Nicht ein Haar stark acht ich seiner! Du alberne Trine! Dir muss der Teufel durchs Hirn fahren, dass du wagst, mir, deiner Mutter, mit deinem Mann zu dräuen!«
»Mutter, ich dräue Euch ja nicht!«, verteidigte die Tochter sich. »Ich sage Euch ja nur die Wahrheit; ich darf Euch doch wohl raten, meinen Mann bass zu grüßen, denn wolltet Ihr ihm tun, wie meinem Vater, so zerbläut er Euch den Rücken, und obschon Ihr nicht viel Haares mehr habt, ist's dessen noch genug, dass er's Euch ausreißt!«
»Das wäre ein Hauptwerk!«, erwiderte böse die Mutter. »Ich fürcht ihn nicht, und wenn er so groß wie ein Berg wäre; nicht mehr und nicht weniger fürcht ich ihn, wie deinen Vater! Was hat der ausgerichtet mit mir

nun die zwanzig Jahre? Noch heute geb ich ihm um kein Haar breit nach!«

Während dieser Schalkrede der ältern Frau standen der Schwäher und der Tochtermann an einer heimlichen Stelle, wo sie jedes Wort hörten, und der Alte sprach leise zu seinem Schwiegersohn: »Ich bin inniglich froh, dass Ihr meiner Tochter starren Sinn bezwungen, und gern hinterlasse ich Euch und ihr mein Hab und Gut, wenn ich dahinfahre.«

Der Schwiegersohn bedankte sich für die freundliche Gesinnung des Schwähers, der dann wieder zu ihm sprach: »Ratet mir doch, wie ich Eurer Schwieger tue, die mir allezeit widerstrebt und mir mein Leben so bitterlich vergällt! Wär es nur zu machen, dass sie etwa ein Jahr vor ihrem Tode wenigstens von ihrer Härte ließe, so hätte ich die sonderste Freude und all mein Leid ein Ende!«

Darauf verhieß der Schwiegersohn die Schwiegermutter gut zu machen auf seine Weise, wenn der Schwiegervater ihm das nicht wehren wolle. Der sprach: »Ich will Euch nichts verwehren, siedet oder bratet sie, so will ich noch Holz dazu tragen.«

Der Ritter nahm alsbald heimlich vier flinke starke Knechte, vermaß sich großen Zorns, und ging nach der Kemnate, wo noch die Alte saß, und immerfort auf ihn und ihre Tochter schalt. Als sie ihn kommen sah, grüßte sie ihn spöttisch: »Seid Gott willkommen, Herr Engelhart!« – »Schönsten Dank, Frau Schlechthart!«, klang sein Gegengruß, und dabei trat er fest an sie heran und sprach: »Frau, lasst Eure Unart, das bitt ich Euch, gegen Euern und meinen Herrn. Er sollte Euch ungezählte Schläge auf Euern Rücken mit einer eichenen Elle zumessen, bis Euch so weh würde, dass Ihr ein gut Weib würdet.«

»Ei!«, sprach sie: »Ich höre wohl, dass Ihr viele so erschlagen habt, lieber Herr Guguguk! Ich habe aber doch bisher noch Haut und Haar behalten, hoff es auch noch länger zu tragen! Was hab ich aber Euch getan?«

»Ihr scheltet täglich meinen Herrn, Euern Mann, und verleidet ihm sein eignes Haus!«, antwortete der junge Ritter; sie war aber gleich mit der Gegenrede zur Hand: »In meinem Hause heiße ich Kratzmaus! Ich kann darin sein Meister sein, wie mein eigner, und es soll ihm Gott, so lang ich lebe, nun keinen einzigen guten Tag mehr geben!«

»Und gibt Gott mir Glück«, sprach der Schwiegersohn, »so acht ich, dass Ihr noch, ehe wir voneinander gehen, Eure bösen Ränke und Schwänke lasst.«

»Dass es Euch nur nicht missglücke!«, rief sie. »Sonst habt Ihr, so mir der große Gott von Schaafhausen, nur Schande und Spott davon!«

»Ich weiß, was Euch so irr und wirr und böse macht«, nahm der Ritter wieder das Wort. »Ihr habt zwei Zornbraten hier an jeder Hüfte, davon kommt's, dass Ihr so üble Sitte habt, wenn Euch die jemand ausschnitte, das wär vortrefflich gut, denn Ihr würdet fröhlicher als jemals eine Frau, und für Euern Mann wär's nicht minder gut.«

»Ach! Ich freue mich, dass Ihr so ein guter Arzt seid, lehrt doch Eure Kunst meiner Tochter!«, war ihre Antwort. »Habt Ihr auch Bertram feil und Nieswurz? Ihr mischt wohl Beifuß zum Tranke?«

»He! Euer Spott ist groß!«, rief der Ritter. »Aber er wird Euch gleich versalzen werden; sobald wir Eure Zornnieren und Zornbraten haben, so werdet Ihr besser und frommer als ein Kind werden!«

»Genug mit Eurem Klaffen, Klaffer!«, schalt die Frau. Da griffen aber die Knechte auf des Ritters Wink sie an, warfen sie nieder, und der Tochtermann wetzte ein großes scharfes Messer, das setzte er ihr an ih-

re Hüfte und schnitt ihr durch Gewand und Hemde eine lange tiefe Wunde, dass ihr Hohnlachen ihr ganz verging; dann sprach er, indem er ein Stück Fleisch in ein Gefäß warf: »Seht, Frau, Ihr seid manches Jahr ein schlimmes Weib gewesen, daran waren Eure Zornbraten schuld, die kann ich Euch nicht länger lassen.« Sie aber lag traurig und schreiend: »Das wusst ich an mir selbst nicht, aber ich weiß, welcher Teufel Ihr mich beraten habt!«

»Ja, Ihr habt noch einen Zornbraten«, sprach der Ritter, »an Euerm andern Bein, der muss noch heraus!«

»Ach«, klagte sie fast weinend, »der ist ganz klein, der schadet mir nicht zu viel! Helfe mir Gott! Der, den Ihr schon ausgeschnitten habt, der war an allem Schaden Schuld. Ich bin alles Zornes ledig, und will still sein, lasst nur den andern ungeschnitten.«

Da sprach die Tochter heiter zu ihrem Gatten: »Bedenket wohl, was Ihr tut; ich fürchte, wenn auch der andere Zornbraten nicht herfürkömmt, so ist die große Arbeit an dem einen verloren, und am Ende bekommt der andere Zornbraten Junge, so Ihr den nicht auch ausschneidet.«

»Nein, nein, liebe Tochter!«, rief die Mutter. »Sprich ihm doch zu, dass er mich unversehrt lasse, ich will ja gut sein!«

»Frau Mutter«, antwortete die junge Frau, »Ihr gabt mir den Rat, wider meinen Mann zu streiten, ihm nicht untertan zu sein; darum, und dass sie meinem Vater so übel mitgespielt, schneidet nur ihren Zornbraten aus!« Und da griff der Ritter zum andern an, jene aber schrie: »Nein, nein! Es ist mehr als genug! Tochter, denke, dass ich dich unterm Herzen getragen, und gewinne mir Frieden von deinem Manne! Ich will beschwören, dass ich gütevoll leben will, und der milde und gerechte Gott behüte mich vor Zorn. Den großen Zorn hat mir der Ritter schon genommen, und der kleine ist keines Eies wert zu achten!«

»Wohl«, sprach der Ritter, »begehrt sie Friedens, so lasse ich ab von ihr, doch gelobe sie zur Hand, dass wenn sie den Zorn nicht meidet, sie sich aber will schneiden lassen.« Hierauf ward sie aufgehoben und ihre Wunde verbunden.

Und die Frau warf allen Krieg und Hader unter die Füße, wurde ein gut sittig Weib, ließ ab von ihrer bösen Heftigkeit, und als der andere Tag kam, nahm sie Urlaub mit ihrem Mann von dem Schwiegersohn, und er wünschte ihr, dass Gott sie bewahren möge vor allem Übel.
Wenn sie nun nach der Hand dennoch noch manchmal etwa ein Wörtlein oder mehr zu ihrem Manne sprach, das ihm leid und unlieb war, so durfte er nur sagen: »Ich kann mir nicht helfen, ich muss nach unserm Tochtermann senden«, so wurde sie rot vor Furcht und sprach: »Es ist nicht not darum, sein Kommen wäre mir nicht zum Heile. Ich habe ja Mut und Sinn, zu tun, was Euch lieb ist, und rate auch allen Frauen, dass sie ihren Männern das entbieten, was ich jetzt dem meinen, so sie nämlich in Frieden bestehen wollen.«
Damit hat diese Mär ein Ende, und kann davon eine beliebige Nutzanwendung jeder Mann und jede Frau sich selbst machen. Der alte Dichter aber, der diese Mär erzählt, gibt noch folgenden Rat:

Wenn wer ein übel Weib hat,
Der tu sich ihr'r in Zeit ab,
Empfehl sie dem Ritter,
Und leg sie auf ein'n Schlitten,
Und kauf ihr ein Bärtchen,

Und henk sie an ein Ästchen.
Und henk dabei
Zwei Wölf oder drei.
Wer sah dann ein'n Galgen
Mit böseren Balgen?
Es sei denn, dass wer den Teufel fing,
Und ihn auch dazwischen hing.

Das Nusszweiglein

Es war einmal ein reicher Kaufmann, der musste in seinen Geschäften in fremde Länder reisen. Da er nun Abschied nahm, sprach er zu seinen drei Töchtern: »Liebe Töchter, ich möchte euch gerne bei meiner Rückkehr eine Freude bereiten, sagt mir daher, was ich euch mitbringen soll?« Die Älteste sprach: »Lieber Vater, mir eine schöne Perlenhalskette!« Die andere sprach: »Ich wünschte mir einen Fingerring mit einem Demantstein.« Die Jüngste schmiegte sich an des Vaters Herz und flüsterte: »Mir ein schönes, grünes Nusszweiglein, Väterchen.« – »Gut, meine lieben Töchter!«, sprach der Kaufmann. »Ich will mir's aufmerken und dann lebet wohl.«
Weit fort reisete der Kaufmann und machte große Einkäufe, gedachte aber auch treulich der Wünsche seiner Töchter. Eine kostbare Perlenhalskette hatte er bereits in seinen Reisekoffer gepackt, um seine Älteste damit zu erfreuen, und einen gleich wertvollen Demantring hatte er für die mittlere Tochter eingekauft. Einen grünen Nusszweig aber konnte er nirgends gewahren, wie er sich auch darum bemühte. Auf der Heimreise ging er deshalb große Strecken zu Fuß, und hoffte, da sein Weg ihn vielfach durch Wälder führte, endlich einen Nussbaum anzutreffen; doch dies war lange vergeblich, und der gute Vater fing an be-

trübt zu werden, dass er die harmlose Bitte seines jüngsten und liebsten Kindes nicht zu erfüllen vermochte.

Endlich, als er so betrübt seines Weges dahinzog, der ihn just durch einen dunkeln Wald, und an dichtem Gebüsch vorüberführte, stieß er mit seinem Hut an einen Zweig, und es raschelte, als fielen Schlossen darauf; wie er aufsah, war's ein schöner, grüner Nusszweig, daran eine Traube goldner Nüsse hing. Da war der Mann sehr erfreut, langte mit der Hand empor und brach den herrlichen Zweig ab. Aber in demselben Augenblicke schoss ein wilder Bär aus dem Dickicht und stellte sich grimmig brummend auf die Hintertatzen, als wollte er den Kaufmann gleich zerreißen. Und mit furchtbarer Stimme brüllte er: »Warum hast du meinen Nusszweig abgebrochen, du? Warum? Ich werde dich auffressen.« Bebend vor Schreck und zitternd sprach der Kaufmann: »O lieber Bär, friss mich nicht, und lass mich mit dem Nusszweiglein meines Weges ziehen, ich will dir auch einen großen Schinken und viele Würste dafür geben!« Aber der Bär brüllte wieder: »Behalte deinen Schinken und deine Würste! Nur wenn du mir versprichst, mir dasjenige zu geben, was dir zu Hause am ersten begegnet, so will ich dich nicht fressen.« Dies ging der Kaufmann gerne ein, denn

er gedachte, wie sein Pudel gewöhnlich ihm entgegenlaufe, und diesen wollte er, um sich das Leben zu retten, gerne opfern. Nach derbem Handschlag tappte der Bär ruhig ins Dickicht zurück; und der Kaufmann schritt, aufatmend, rasch und fröhlich von dannen.
Der goldene Nusszweig prangte herrlich am Hut des Kaufmanns, als er seiner Heimat zueilte. Freudig hüpfte das jüngste Mägdlein ihrem lieben Vater entgegen; mit tollen Sprüngen kam der Pudel hinterdrein, und die ältesten Töchter und die Mutter schritten etwas weniger schnell aus der Haustüre, um den Ankommenden zu begrüßen. Wie erschrak nun der Kaufmann, als seine jüngste Tochter die Erste war, die ihm entgegenflog! Bekümmert und betrübt entzog er sich der Umarmung des glücklichen Kindes und teilte nach den ersten Grüßen den Seinigen mit, was ihm mit dem Nusszweig widerfahren. Da weinten nun alle und wurden betrübt, doch zeigte die jüngste Tochter den meisten Mut und nahm sich vor, des Vaters Versprechen zu erfüllen. Auch ersann die Mutter bald einen guten Rat und sprach: »Ängstigen wir uns nicht, meine Lieben, sollte ja der Bär kommen und dich, mein lieber Mann, an dein Versprechen erinnern, so geben wir ihm, anstatt unsrer Jüngsten, die Hirtentochter, mit dieser wird er auch zufrieden sein.« Dieser Vorschlag galt und die Töchter waren wieder fröhlich und freuten sich recht über diese schönen Geschenke. Die Jüngste trug ihren Nusszweig immer bei sich; sie gedachte bald gar nicht mehr an den Bären und an das Versprechen ihres Vaters.
Aber eines Tages rasselte ein dunkler Wagen durch die Straße vor das Haus des Kaufmanns, und der hässliche Bär stieg heraus und trat brummend in das Haus und vor den erschrockenen Mann, die Erfüllung seines Versprechens begehrend. Schnell und heimlich wurde die Hirtentochter, die sehr hässlich war, herbeigeholt, schön geputzt und in den Wagen des Bären gesetzt. Und die Reise ging fort. Draußen legte der Bär sein wildes zotteliches Haupt auf den Schoß der Hirtin und brummte:

»Graue mich, grabble mich,
Hinter den Ohren zart und fein,
Oder ich fress dich mit Haut und Bein!«

Und das Mädchen fing an zu grabbeln; aber sie machte es dem Bären nicht recht, und er merkte, dass er betrogen wurde; da wollte er die geputzte Hirtin fressen, doch diese sprang rasch in ihrer Todesangst aus dem Wagen.
Darauf fuhr der Bär abermals vor das Haus des Kaufmanns und forderte furchtbar drohend die rechte Braut. So musste denn das liebliche Mägdlein herbei, um nach schwerem bittern Abschied mit dem hässlichen Bräutigam fortzufahren. Draußen brummte er wieder, seinen rauen Kopf auf des Mädchens Schoß legend:

»Graue mich, grabble mich,
Hinter den Ohren zart und fein,
Oder ich fress dich mit Haut und Bein!«

Und das Mädchen grabbelte, und so sanft, dass es ihm behagte, und dass sein furchtbarer Bärenblick freundlich wurde, sodass allmählig die arme Bärenbraut einiges Vertrauen zu ihm gewann. Die Reise dauerte nicht gar lange, denn der Wagen fuhr ungeheuer schnell, als brause ein Sturmwind durch die Luft. Bald kamen sie in einen sehr dunkeln Wald, und dort hielt plötzlich der Wagen vor einer finstergähnenden Höhle. Diese war die Wohnung des Bären. O wie zitterte das Mädchen! Und zumal da der Bär sie mit seinen furchtbaren Klauen-Armen umschlang und zu ihr freundlich brummend sprach: »Hier sollst du wohnen, Bräutchen, und glücklich sein, so du drinnen dich brav benimmst, dass mein wildes Getier dich nicht zerreißt.« Und er schloss, als beide in der dunkeln Höhle einige Schritte getan, eine eiserne Türe auf, und trat mit der Braut in ein Zimmer, das voll von giftigem Gewürm angefüllt war, welches ihnen gierig entgegenzüngelte. Und der Bär brummte seinem Bräutchen ins Ohr:

»Seh dich nicht um!
Nicht rechts, nicht links;
Gerade zu, so hast du Ruh!«

Da ging auch das Mädchen, ohne sich umzublicken, durch das Zimmer und es regte und bewegte sich so lange kein Wurm. Und so ging es noch durch zehn Zimmer, und das letzte war von den scheußlichsten Kreaturen angefüllt, Drachen und Schlangen, giftgeschwollenen Kröten, Basilisken und Lindwürmern. Und der Bär brummte in jedem Zimmer:

»Seh dich nicht um!
Nicht rechts, nicht links;
Gerade zu, so hast du Ruh!«

Das Mädchen zitterte und bebte vor Angst und Bangigkeit, wie ein Espenlaub, doch blieb sie standhaft, sah sich nicht um, nicht rechts, nicht links. Als sich aber das zwölfte Zimmer öffnete, strahlte beiden ein glänzender Lichtschimmer entgegen, es erschallte drinnen eine liebliche Musik und es jauchzte überall wie Freudengeschrei, wie Jubel. Ehe sich die Braut nur ein wenig besinnen konnte, noch zitternd vom Schauen des Entsetzlichen, und nun wieder dieser überraschenden Lieblichkeit – tat es einen furchtbaren Donnerschlag, alsodass sie dachte, es breche Erde und Himmel zusammen. Aber bald ward es wieder ruhig. Der Wald, die Höhle, die Gifttiere, der Bär – waren verschwunden; ein prächtiges Schloss, mit goldgeschmückten Zimmern und schön gekleideter Dienerschaft stand dafür da, und der Bär war ein schöner junger Mann geworden, war der Fürst des herrlichen Schlosses, der nun sein liebes Bräutchen an das Herz drückte, und ihr tausendmal dankte, dass sie ihn und seine Diener, das Getier, so liebreich aus seiner Verzauberung erlöset.

Die nun so hohe, reiche Fürstin trug aber noch immer ihren schönen Nusszweig am Busen, der die Eigenschaft hatte, nie zu verwelken, und trug ihn jetzt nur noch so umso lieber, da er der Schlüssel ihres holden Glückes geworden. Bald wurden ihre Eltern und ihre Geschwister von diesem freundlichen Geschick benachrichtigt, und wurden für immer, zu einem herrlichen Wohlleben, von dem Bärenfürsten auf das Schloss genommen.

Der Mann ohne Herz

Es sind einmal sieben Brüder gewesen, waren arme Waisen, hatten keine Schwester, mussten alles im Hause selbst tun, das gefiel ihnen nicht, wurden Rates untereinander, sie wollten heiraten. Nun gab es aber da, wo sie wohnten, keine Bräute für sie, da sagten die Älteren, sie wollten in die Fremde ziehen, sich Bräute suchen und ihr Jüngster sollte das Haus hüten, und dem wollten sie eine recht schöne Braut mitbringen. Das war der Jüngste gar wohl zufrieden und die sechse machten sich fröhlich und wohlgemut auf den Weg. Unterwegs kamen sie an ein kleines Häuschen, das stand ganz einsam in einem Walde, und vor dem Häuschen stand ein alter, alter Mann, der rief die Brüder an und fragte: »Heda! Ihr jungen Gieke in die Welt! Wohin denn so lustig und so geschwind?« – »Ei, wir wollen uns jeder eine hübsche Braut holen, und unsern jüngsten Bruder daheim auch eine!«, antworteten die Brüder.
»O liebe Jungen!«, sprach da der Alte. »Ich lebe hier so mutterseelensternallein, bringt mir doch auch eine Braut mit, aber eine junge hübsche muss es sein!«
Die Brüder gingen von dannen und dachten: Hm, was will so ein alter eisgrauer Hozelmann mit einer jungen hübschen Braut anfangen?
Da nun die Brüder in eine Stadt gekommen waren, so fanden sie dort sieben Schwestern, so jung und so hübsch als sie sie nur wünschen konnten, die nahmen sie und die Jüngste nahmen sie für ihren Bruder

mit. Der Weg führte sie wieder durch den Wald, und der Alte stand wieder vor seinem Häuschen, als wartete er auf sie, und sagte: »Ei ihr braven Jungen! Das lob ich, dass ihr mir so eine junge hübsche Braut mitgebracht habt!« – »Nein!«, sagten die Brüder. »Die ist nicht für dich, die ist für unsern Bruder zu Hause, dem haben wir sie versprochen!« »So?«, sagte der Alte. »Versprochen? Ei dass dich! Ich will euch auch versprechen!«, und nahm ein weißes Stäbchen und murmelte ein paar Zauberworte, und rührte die Brüder und die Bräute mit dem Stäbchen an – bis auf die Jüngste – da wurden sie alle in graue Steine verwandelt. Die Jüngste aber von den Schwestern führte der Mann in das Haus, und das musste sie nun beschicken und in Ordnung halten, tat das auch gern, aber sie hatte immer Angst, der Alte könne bald sterben, und dann werde sie in dem einsamen Häuschen im wilden öden Walde auch so mutterseelensternallein sein, wie der Alte zuvor gewesen war. Das sagte sie ihm und er antwortete: »Hab kein Bangen, fürchte nicht und hoffe nicht, dass ich sterbe. Sieh, ich habe kein Herz in der Brust! Stürbe ich aber dennoch, so findest du über der Türe mein weißes Zauberstäbchen, und rührst damit an die grauen Steine, so sind deine Schwestern und ihre Freier befreit und du hast Gesellschaft genug.«

»Wo aber in aller Welt hast du denn dein Herz, wenn du es nicht in der Brust hast?«, fragte die junge Braut. »Musst du alles wissen?«, fragte der Alte. »Nun wenn du es denn wissen musst, in der Bettdecke steckt mein Herz.«

Da nähte und stickte die junge Braut, wenn der Alte fort und seinen Geschäften nachging, in ihrer Einsamkeit gar schöne Blumen auf seine Bettdecke, damit sein Herz eine Freude haben sollte. Der Alte aber lächelte darüber und sagte: »Du gutes Kind, es war ja nur mein Scherz; mein Herz das steckt – das steckt –« – »Nun wo steckt es denn lieber Vater?« – »Das steckt in der Stubentür!«

Da hat die junge Frau am andern Tage, als der Alte fort war, die Stubentüre gar schön geschmückt mit bunten Federn und frischen Blumen und hat Kränze daran gehangen. Fragte der Alte, als er heimkam, was das bedeuten solle, sagte sie: »Das tat ich, deinem Herzen was zuliebe zu tun.« Da lächelte wieder der Alte und sagte: »Gutes Kind, ganz woanders als in der Stubentüre ist mein Herz.« Da wurde die junge Braut sehr betrübt und sprach: »Ach Vater, so hast du doch ein Herz, und kannst sterben und ich werde dann so allein sein.« Da wiederholte der Alte alles, was er ihr schon zweimal gesagt, und sie drang aufs Neue in ihn, ihr zu sagen, wo doch eigentlich sein Herz sei? Da sprach der Alte: »Weit, weit von hier liegt in tiefer Einsamkeit eine große uralte Kirche, die ist fest verwahrt mit eisernen Türen, um sie ist ein tiefer Wallgraben gezogen, über den führt keine Brücke, und in der Kirche da fliegt ein

Vogel wohl ab und auf, der isst nicht und trinkt nicht und stirbt nicht, und niemand vermag ihn zu fangen und so lange der Vogel lebt, so lange lebe auch ich, denn in dem Vogel ist mein Herz.«
Da wurde die Braut traurig, dass sie dem Herzen ihres Alten nichts zuliebe tun konnte, und die Zeit wurde ihr lang, wenn sie so allein saß, denn der Alte war fast den ganzen Tag auswärts.
Da kam einmal ein junger Wandergesell am Häuschen vorüber, der grüßte sie und sie grüßte ihn und sie gefiel ihm und er kam näher und sie fragte ihn, wohin er reise, woher er komme? – »Ach!«, seufzte der junge Gesell: »Ich bin gar traurig. Ich hatte noch sechs Brüder, die sind von dannen gezogen sich Bräute zu holen und mir, dem Jüngsten, wollten sie auch eine mitbringen, sind aber nimmer wieder gekommen, und da bin ich nun auch fort vom Hause, und will meine Brüder suchen.«
»Ach lieber Gesell!«, rief die Braut. »Da brauchst du nicht weiterzugehen! Erst setze dich und iss und trinke etwas, und dann lass dir erzählen!« Und gab ihm zu essen und zu trinken und erzählte ihm, wie seine Brüder in die Stadt gekommen, und wie sie ihre Schwestern und sie selbst als Bräute mit sich nach Hause hätten führen wollen, und dass sie für ihn, ihren Gast, bestimmt gewesen, und wie der Alte sie bei sich behalten und die andern in graue Steine verwandelt habe. Das alles erzählte sie ihm aufrichtig und weinte dazu, und auch dass der Alte kein Herz in der Brust habe und dass es weit, weit weg sei in einer festen Kirche und in einem unsterblichen Vogel. Da sagte der Bräutigam: »Ich will fort, ich will den Vogel suchen, vielleicht hilft mir Gott, dass ich ihn fange.« – »Ja das tue, daran wirst du wohl tun, dann werden deine Brüder und meine Schwestern wieder Menschen werden!«, und versteckte den Bräutigam, denn es wurde schon Abend, und als am andern Morgen der Alte wieder fort war, da packte sie dem Wandergesellen viel zu essen und zu trinken ein, und gab es ihm mit, und wünschte ihm alles Glück und Gottes Segen auf seiner Fahrt.
Als nun der Gesell eine tüchtige Strecke gegangen war, deuchte ihm, es sei wohl Zeit zu frühstücken, packte seine Reisetasche aus, freute sich der

vielen Gaben und rief: »Holla! Nun wollen wir schmausen! Herbei, wer mein Gast sein will!«

Da rief es hinter dem Gesellen: »Muh!«, und wie er sich umsah, stand ein großer roter Ochse da und sprach: »Du hast eingeladen, ich möchte wohl dein Gast sein!« – »Sei willkommen und lange zu, so gut ich's habe!« Da legte sich der Ochse gemächlich an den Boden und ließ sich's schmecken und leckte sich dann mit der Zunge sein Maul recht schön ab, und als er satt war, sagte er: »Habe du großen Dank und wenn du einmal jemand brauchst, dir in Not und Gefahr zu helfen, so rufe nur in Gedanken nach mir, deinem Gast.« Und erhob sich und verschwand im Gebüsch. Der Gesell packte seine Tafelreste zusammen und pilgerte weiter; wieder eine tüchtige Strecke, da deuchte ihm nach dem kurzen Schatten den er warf, es müsse Mittag sein, und seinem Magen deuchte das nämliche. Da setzte er sich an den Boden hin, breitete sein Tafeltuch aus, setzte seine Speisen und Getränke darauf, und rief: »Wohlan! Mittagmahlzeit! Jetzt melde sich, was mittafeln will!« Da rauschte es ganz stark in den Büschen, und es brach ein wildes Schwein heraus, das grunzte: »Oui oui oui«, und sagte: »Es hat hier jemand zum Essen gerufen! Ich weiß nicht, ob du es warst, und ob ich gemeint bin?«

»Immerhin, lange nur zu, was da ist!«, sprach der Wandersmann und da aßen sie beide wohlgemut miteinander und schmeckte beiden gut. Darauf erhob sich das wilde Schwein und sagte: »Habe Dank, bedarfst du mein, so rufe dem Schwein!«, und damit trollte es in die Büsche. Nun wanderte der Gesell gar eine lange Strecke, und war schon gar weit gewandert, da wurde es gegen Abend, und er fühlte wieder Hunger und hatte auch noch Vorrat, und da dachte er: wie wär es mit dem Vespern? Zeit wär es dächt ich; und breitete wieder sein Tuch aus

und legte seine Speisen darauf, hatte auch noch etwas zu trinken, und rief: »Wer Lust hat mit zu essen, der soll eingeladen sein. Es ist nicht, als wenn nichts da wäre!« Da rauschte über ihm ein schwerer Flügelschlag und wurde dunkel auf dem Boden, wie vom Schatten einer Wolke, und es ließ sich ein großer Vogel Greif sehen, der rief: »Ich hörte jemand hier unten zur Tafel einladen! Für mich wird wohl nichts abfallen?«
»Warum denn nicht? Lasse dich nieder und nimm vorlieb, viel wird's nicht mehr sein!«, rief der Jüngling, und da ließ sich der Vogel Greif nieder und aß zur Genüge und dann sagte er: »Brauchst du mich, so rufe mich!«, hob sich in die Lüfte und verschwand. Ei, dachte der Geselle: der hat's recht eilig; er hätte mir wohl den Weg nach der Kirche zeigen können, denn so finde ich sie wohl nimmer und raffte seine Sachen zusammen, und wollte vor dem Schlafengehen noch ein Stückchen wandern. Und wie er gar nicht lange gegangen war, so sah er mit einem Male die Kirche vor sich liegen und war bald bei ihr, das heißt, am breiten und tiefen Graben, der sie rings ohne Brücke umzog. Da suchte er sich ein hübsches Ruheplätzchen, denn er war müde von dem weiten Weg und schlief, und am andern Morgen da wünschte er sich über den Graben und dachte: Schau, wenn der rote Ochse da wär und hätte rechten Durst, so könnte der den Graben aussaufen und ich käme trocken hinüber. Kaum war dieser Wunsch getan, so stand der Ochse schon da und begann den Graben auszusaufen. Nun stand der Gesell an der Kirchenmauer, die war gar dick und die Türme waren von Eisen, da dachte er so in seinen Gedanken: ach, wer doch einen Mauerbrecher hätte! Das starke wilde Schwein könnte vielleicht hier eher etwas ausrichten als ich. Und siehe, gleich kam das wilde Schwein daher gerannt und stieß heftig an die Mauer und wühlte mit seinen Hauern einen Stein los, und wie erst einer los war, so wühlte es immer mehr und immer mehr Steine aus der Mauer, bis ein großes tiefes Loch gewühlt war, durch das man in die Kirche einsteigen konnte. Da stieg nun der Jüngling hinein und sah den Vogel darin herumfliegen, vermochte aber nicht ihn zu ergreifen. Da sprach er:

»Wenn jetzt der Vogel Greif da wäre, der würde dich schon greifen, dafür ist er ja der Vogel Greif!« Und gleich war der Greif da und gleich griff er den Vogel, in dem des alten Mannes Herz war, und der junge Gesell verwahrte selbigen Vogel sehr gut, der Vogel Greif aber flog davon.

Nun eilte der Jüngling so sehr er konnte zur jungen Braut, kam noch vor Abends an und erzählte ihr alles, und sie gab ihm wieder zu essen und zu trinken und hieß ihn unter die Bettstelle kriechen mitsamt seinem Vogel, damit ihn der Alte nicht sähe. Dies tat er alsbald, nachdem er gegessen und getrunken hatte; der Alte kam nach Hause und klagte, dass er sich krank fühle, dass es nicht mehr mit ihm fortwolle – das mache, weil sein Herzvogel gefangen war. Das hörte der Bräutigam unter dem Bette und dachte, der Alte hat dir zwar nichts Böses getan, aber er hat deine Brüder und ihre Bräute verzaubert, und deine Braut hat er für sich behalten, das ist des Bösen nicht zu wenig, und da kneipte er den Vogel, und da wimmerte der Alte: »Ach, es kneipt mich! Ach, der Tod kneipt mich, Kind – ich sterbe!« Und fiel vom Stuhl und war ohnmächtig, und ehe sich's der Jüngling versah, hatte er den Vogel totgekneipt, und da war es aus mit dem Alten. Nun kroch er hervor, und die Braut nahm den weißen Stab, wie ihr der Alte gelehrt hatte, und schlug damit an die zwölf grauen Steine, siehe, da wurden sie wieder die sechs Brüder und die sechs Schwestern, das war eine Freude und ein Umarmen und Herzen und Küssen, und der alte Mann war tot und blieb tot, konnt ihn keine Meisterwurz wieder lebendig machen, wenn sie ihn auch hätten wieder lebendig haben wollen. Da zogen sie alle miteinander fort, und hielten Hochzeit miteinander und lebten gut und glücklich miteinander lange Jahre.

Der Richter und der Teufel

In einer Stadt saß ein Mann, der hatte alle Kisten voll Geld und Gut, er selbst aber war voll aller Laster, so schlimm war er, dass es die Leute schier Wunders dünkte, dass ihn die Erde nicht verschlang. Dieser Mann war noch dazu ein Richter, das heißt, ein Richter, der aller Ungerechtigkeit voll war. An einem Markttage ritt er des Morgens aus, seinen schönen Weingarten zu sehen, da trat der Teufel auf dem Heimweg ihn an, in reichen Kleidern und wie ein gar vornehmer Herr gestaltet. Da der Richter nicht wusste, wer dieser Fremdling war, und solches doch gern wissen mochte, so fragte er ihn nicht eben höflich, wer und von wannen er sei? Der Teufel antwortete: »Euch ist besser, wenn Ihr's nicht wisset, wer und woher ich bin!« – »Hoho!«, fuhr der Richter heraus. »Seid wer Ihr wollt, so muss ich's wissen, oder Ihr seid verloren, denn ich bin der Mann, der hier Gewalt hat, und wenn ich Euch dies und das zu Leide tue, so ist niemand, der es mir wehren wird und kann. Ich nehm Euch Leib und Gut, wenn Ihr mir nicht auf meine Frage Bescheid gebt!« – »Steht es so schlimm«, antwortete der Arge, »so muss ich Euch wohl meinen Namen und mein Gekommen offenbaren; ich bin der Teufel.«

»Hm!«, brummte der Richter. »Und was ist hier deines Gewerbes, das will ich auch wissen?« – »Schau, Herr Richter«, antwortete der Böse, »mir ist Macht gegeben, heute in diese Stadt zu gehen, und das zu nehmen, was mir in vollem Ernst gegeben wird.«

»Wohlan!«, versetzte der Richter. »Tue also, aber lass mich dessen Zeuge sein, dass ich sehe, was man dir geben wird!«

»Fordre das nicht, dabei zu sein, wenn ich nehme, was mir beschieden wird«, widerriet der Teufel dem Richter; dieser aber hub an, den Fürsten der Hölle mit mächtigen Bannworten zu beschwören, und sprach: »Ich gebiete und befehle dir bei Gott und allen Gottes Geboten, bei Gottes Gewalt und Gottes Zorn, und bei allem, was dich und deine Genossen bindet, und bei dem ewigen Gerichte Gottes, dass du vor meinem Angesicht, und anders nicht, nehmest was man dir ernstlich geben wird.«

Der Teufel erschrak, dass er zitterte bei diesen fürchterlichen Worten, und machte ein ganz verdrießlich Gesicht, sprach auch: »Ei so wollte ich, dass ich das Leben nicht hätte! Du bindest mich mit einem so starken Band, dass ich kaum jemals in größerer Klemme war. Ich gebe dir aber mein Wort als Fürst der Hölle, das ich als solcher niemals breche, dass es dir nicht zum Frommen dient, wenn du auf deinen Sinn bestehst. Stehe ab davon!«

»Nein, ich stehe nicht ab davon!«, rief der Richter. »Was mir auch darum geschehe, das muss ich über mich ergehen lassen; ich will jenes nun einmal sehen! Und sollt es mir an das Leben gehn!«

Nun gingen beide, der Richter und der Teufel, miteinander auf den Markt, wo gerade Markttag war, daher viel Volks versammelt, und überall bot man dem Richter und seinem Begleiter, von dem niemand wusste, wer er sei, volle Becher und hieß sie Bescheid tun. Der Richter tat das auch nach seiner Gewohnheit, und reichte auch dem Teufel eine Kanne, dieser aber nahm den Trunk nicht an, weil er wohl wusste, dass es des Richters Ernst nicht war.

Nun geschah es von ungefähr, dass ein Weib ein Schwein daher trieb, welches nicht nach ihrem Willen ging, sondern die Kreuz die Quere, da schrie das zornige Weib im höchsten Ärger dem Schwein zu: »Ei so geh zum Teufel, dass dich der mit Haut und Haar hole!«

»Hörst du, Geselle?«, rief der Richter dem Teufel zu. »Jetzt greife hin und nimm das Schwein.« Aber der Teufel antwortete: »Es ist leider der Frau nicht Ernst mit ihrem Wort. Sie würde ein ganzes Jahr lang trauern und sich grämen, nähme ich ihr Schwein. Nur was mir im Ernste gegeben wird, das darf ich nehmen.«

Ähnliches geschah bald hernach mit einem Weib und einem Kind. Das Letztere ging auch nicht so, wie die Frau es lenken wollte, sodass sie auch zu schreien begann: »Hole dich der Teufel, und drehe dir den Hals um!« – »Hörst du, Geselle?«, fragte da wieder der Richter. »Das Kind ist dein, hörst du nicht, dass man es dir ernstlich gibt?«

»O nein, es ist auch nicht ihr Ernst!«, antwortete der Teufel. »Sie würde bitterlich wehklagen, nähme ich sie beim Wort, und das Kind nicht fahren lassen.«
Jetzt sahen beide ein Weib, das hatte viel mit einem Kinde zu schaffen, welches heftig schrie und sich sehr unartig gebärdete, sodass die Frau voll Unwillens war und ausrief: »Willst du mir nicht folgen, so nehme dich der böse Feind, du Balg!«
»Nun? Nimmst du auch nicht das Kind?«, fragte der Richter ganz verwundert, und der Teufel antwortete: »Ich habe des keine Macht, das Kindlein zu nehmen. Dieses Weib nähme nicht zehn, nicht hundert und nicht tausend Pfund, und gönnte mir im Ernst das Kind; wie gern

ich's auch nähme, darf ich doch nicht, denn es ist nicht des Weibes rechter Ernst.«

Nun kamen die beiden recht mitten auf den Markt, wo das dichteste Volksgedränge war, da mussten sie ein wenig stille stehen, und konnten nicht durch das Gewimmel und Getümmel schreiten. Da wurde ein Weib des Richters ansichtig, das war arm und alt und krank und trug ein großes Ungemach; sie begann laut zu weinen und zu schreien, und ließ vor allem Volk folgende heftige Rede vernehmen: »Weh über dich, Richter! Weh über dich, dass du so reich bist und ich so arm bin; du hast mir ohne Schuld, göttliche und menschliche Barmherzigkeit verleugnend, mein einziges Kühlein genommen, das mich ernährte, von dem ich meinen ganzen Unterhalt hatte. Weh über dich, der du es mir genommen hast! Ich flehe und schreie zu Gott, dass er durch seinen Tod und bitteres Leiden, die er für die Menschheit und für uns arme Sünder trug, meine Bitte gewähre, und die ist, dass deinen Leib und deine Seele der Teufel zur Hölle führe!« Auf diese Rede tat der Richter weder Sage noch Frage, aber der Teufel fuhr ihn höhnisch an und sprach: »Siehst du, Richter, *das* ist Ernst, und den sollst du gleich gewahr werden!« Damit streckte der Teufel seine Krallen aus, nahm den Richter beim Schopf, und fuhr mit ihm durch die Lüfte von dannen, wie der Geier mit einem Huhn. Alles Volk erschrak und staunte, und weise Männer sprachen die Lehre aus:

»Es ist ein unweiser Rat,
Der mit dem Teufel umgaht.
Wer gern mit ihm umfährt,
Dem wird ein böser Lohn beschert.«

Star und Badewännlein

Vor einem Wirtshaus im Walde hielt ein junger stattlicher Reitersmann, da trat eine feine Maid aus der Türe, grüßte ihn züchtig, und fragte, was er begehre. Da heischte er einen Becher kühlen Weins, den brachte ihm die Jungfrau. Der Reitersmann trank aber nicht eher, bis die Maid mit ihren roten Lippen von dem Weine genippt und den Trunk ihm kredenzt hatte. Während er nun trank, trat die Wirtin aus der Türe, ein hässliches Weib von brauner Gesichtsfarbe und widrigem Ansehen. Die fragte der Reitersmann: »Holla, Frau Wirtin! Ihr habt fürwahr ein feines Töchterlein! Nicht also?« – »Nein, Herr!«, antworte-

te die Wirtin. »Diese Dirne da ist nicht meine Tochter, sie ist nur meine angenommene Magd, hat nicht Eltern und Heimat mehr. Habe sie angenommen aus Barmherzigkeit.«
Der Reitersmann fühlte Liebe zu der schönen Maid, stieg ab vom Ross, begehrte ein Nachtquartier, und dass ihm die Magd ein Fußbad rüste, weil er gern mit ihr reden wollte. Die Wirtin gebot der Magd in den Garten zu gehen, und Rosmarin, Thymian und Majoran für das Bad zu pflücken. Dies tat sie gern und freudig, ging und brach die Kräuter, da flog ein Star auf ein Sträuchelein neben ihr und sang und sprach: »O weh du Braut! Du sollst dem Junker die Füße zwagen in dem Badewännelein, darin du hierher getragen worden! Dein Vater ist vor Herzeleid gestorben, und deine Mutter hat sich schier um dich zu Tode gegrämt!

O weh du Braut, du Findelkind!
Weißt nicht, wer dein Vater und Mutter sind!«

Da erschrak die fromme Maid und grämte sich, rüstete das Bad unter Tränen in dem kleinen Wännelein, und trug's hinauf in die Stube, wo der junge Ritter ihrer harrte. Als der sie weinen sah, fragte er: »Warum weinest du, Schönste? Willst du nicht lieber mit mir fröhlich sein?«

»Wie kann ich mit Euch fröhlich sein?«, fragte sie weinend zurück. »Ich weine über das, was mir der Star sang, da ich drunten im Garten die Kräuter pflückte in Euer Bad. Der Star, der sang: »O weh du Braut! Du sollst dem Junker die Füße zwagen in dem Badewännelein, darin du hergetragen bist. Dein Vater ist vor Herzeleid gestorben, und deine Mutter hat sich schier um dich zu Tode gegrämt!

O weh du Braut, du Findelkind!
Weißt nicht, wer dein Vater und Mutter sind!«

Da betrachtete der Herr das Badewännelein und sah daran das Wappen des Königs am Rhein, verwunderte sich über alle Maßen und rief:

»Das ist meines Vaters Wappenschild! Wie kommt dies Wännelein in dies schlechte Wirtshaus?«
Da schlug ein Vogel draußen an das Fenster, das war wieder der Star, der sang: »In dem Badewännelein ist sie hergetragen!

O weh du Braut, du Findelkind!
Weißt nicht, wer dein Vater und Mutter sind!«

Jetzt sah der junge Herr am Hals der Maid ein Muttermal und rief freudig aus: »Grüß dich Gott, du Schönste! Du bist meine liebe Schwester! Dein Vater war der König am Rhein! Christine heißt deine Mutter! Konrad heiße ich, dein Zwillingsbruder bin ich. Darum empfand mein Herz nach dir, gleich als ich dich zum ersten sah, solch ein heftiges Verlangen!« Da fielen sie einander um den Hals und weinten beide, knieten nieder und dankten Gott, und sprachen liebreich miteinander die ganze Nacht. Wie nun der Morgen graute rief die Wirtin vor der Tür mit lauter Stimme und voll Hohn: »Steh auf, steh auf, du junge Braut und kehre deiner Frauen die Stube aus!« Da antwortete aber die Stimme Herrn Konrads: »Weder ist sie eine junge Braut noch kehrt sie der Wirtin ihre Stube aus! Bringet uns nur selbst den Morgenwein!« Als die Wirtin mit dem Morgenwein hereingetreten war, fragte sie Herr Konrad: »Von wem und von wannen habt Ihr diese edle Jungfrau? Sie ist eines Königs Tochter und meine Schwester!«
Die Wirtin ward weiß wie eine Wand und fiel zitternd auf ihre Knie, brachte aber kein Wort hervor, des es auch nicht bedurfte, denn der Star war schon wieder am Fenster und verriet der Wirtin böse Tat, indem er sang: »In einem Lustgarten im grünen Gras, saß ein zartes Kind in einem Badewännelein, und wie die Wärterin nur einen Augenblick zur Seite gegangen war, da kam die böse Zigeunerin und trug das Kind samt dem Wännelein vondannen!«
Darüber wurde Herr Konrad so entrüstet, dass er das Schwert zückte, und es der Wirtin durch die Ohren spießte, zu einem hinein, zum andern heraus. Dann küsste er züchtiglich seine allerschönste Schwester,

nahm das Badewännelein, führte sie an ihrer schneeweißen Hand aus dem Hause, hob sie auf den Sattel und sie musste das Badewännelein vor sich auf dem Schoß tragen. Auf ihre Schulter setzte sich der Star. So ritten sie vor das Königsschloss am Rhein, darin die Mutter, die Königin, herrschte, und als sie in das Tor einritten, kam ihnen die Mutter gerade entgegengegangen. Die fragte verwundert: »Ach, mein liebster Sohn! Was für eine Dirne bringst du da herein! Sie führt ja ein Badewännelein mit sich, als ob sie mit einem Kinde ginge!«
»Oh, meine liebste Mutter!«, antwortete der junge Königssohn. »Sie ist drum keine Dirne, sondern ist eure Tochter Gertraud, die in diesem Wännelein Euch geraubt wurde!« Und da stieg die Prinzessin aus dem Sattel, die Königin aber fiel vor Freuden in eine Ohnmacht, aus der sie in den Armen ihrer Kinder wieder erwachte. Der Star sang: »Heut sind es gerade achtzehn Jahre, seit die Königstochter geraubt und in dem Wännelein über den Rhein getragen worden ist!« Das sang der Star, und auch noch dies:

»Der Zigeunerin tun die Ohren so weh,
Sie wird keine Kinder stehlen mehr!«

Die Prinzessin aber ließ einen Goldschmied berufen, der musste ein goldnes Gitterlein vor das Badewännelein schmieden, da hinein tat sie den Star und pflegte sein, bis an sein Ende.

Die beiden kugelrunden Müller

Es war einmal ein Müller, der war schon an sich sehr stark und dick, wollte aber auch fest sein gegen Hieb und Stich, gegen Bolz und Pfeil, darum steckte er sich in eine wunderliche Kleidung. Er ließ sich zuvörderst ein Wams machen, das fütterte er mit Kalk und Sand, und ließ, um das zu verbinden, geschmolznes Pech hineinfließen, hinten machte er ein Futter von mehreren Körben und vorn beblechte er es mit alten Reibeisen und eisernen Hafendeckeln, da wurde das Wams schwerer als der schwerste Brust- und Rückenharnisch, den jemals ein streithafter Ritter trug.
Darüber zog dieser Müller nun drei Hemden, und unter das Wams legte er einen wirklichen Panzer an, über die Hemden auch einen Panzer, und darüber zog er neun lodene Röcke, wie sie die Wollenweber im Schwabenlande noch heute fertigen. Wenn nun der Müller sich mit diesem stattlichen Kleiderbollwerk angetan, wobei er die Beine mit mehr als vier alten übereinander gezogenen Lederhosen verwahrt, so war er ein so stattliches kugelrundes Kerlchen, dass er ebenso breit war als hoch, wie eine rechte Kugel sein muss, und konnte schier nicht ohne Gezwang durch ein Stadttor aus- und eingehen, konnte sich auch kaum rühren und regen, und musste denn seine Freundschaft mit ihm gehen, ihn führen und geleiten. Da er nun alljährlich zu St. Oswalds Kirchtag ging und sich auch sehen lassen wollte vor den Leuten, so fuhr er einher auf einem Karren in seiner Rüstung und so gewappnet, wie jedermänniglich noch nie gesehen hatte. Den Wagen zogen vier starke Ochsen, und hinterdrein gingen alle Bauern seines Orts mit ihren Weibern und Kindern, die steckten sich, wenn sich ein Feind zeigte, hinter ihres Müllers Karren, wie hinter eine Feste und Schirmhut. Er war gewaffnet mir zween Spießen und einer Armbrust, an seiner Seite hing ein Schwert einer Mannslänge lang, ein Zweihander; und neben ihm lag noch ein Bogen nebst einem Pfeilkocher.

Wenn nun der kugelrunde Müller mit seinem Karren und seinen vier Ochsen an einen gewissen Berg kam, über welchen der Weg führte, so harreten seiner dort ein paar Neffen mit Weib und Kindern, die halfen den Wagen in die Höhe hinaufschieben, während vorn noch sechs Ochsen als Vorspann zogen, und so brachten sie ihn denn endlich hinauf mit Ach und Krach und Vergießung vieler Schweißtropfen. Ging es nun auf der andern Seite des Berges wieder abwärts, so musste eingehemmt werden so viel als nur möglich, dass es nicht mit dem Kugelrunden kopfüber kopfunter ging. Wenn seine Sippschaft ihn nun endlich am Ziele hatte, so wurde er mit Leitern und Hebebäumen vom Wagen herabgeschrotet, wie ein großes volles Weinfass, und dann scharten sie sich um ihn her, und zumeist hinter ihm wie die Philister hinter ihrem Goliath.

Dabei war der runde Mehlsack von großer Stärke und Unerschrockenheit und es ging von ihm die Rede, dass er einst in einem Schimpfspiel, wo ein Kämpfer einen Apfel, der andre eine Birne an der Spitze seiner Klinge geführt, und sich ein großer Lärm erhob, dermaßen in den Haufen mitten hineingeschlagen, wie ein Hagelschauer in das Getreide, sodass er vielen Bauern viel Leids gebracht. Aber da war ihm ein Gegner entgegengetreten, stark und kräftig, der führte einen Hauptstreich nach dem Müller, dass seine Blechhaube gleich zu Boden fiel, und meinten alle, die das sahen, der Kopf wäre mit vom Rumpfe geflogen; der kugelrunde Kämpe hatte aber, wie sein Gegner ausholte, seinen Kopf aus der Haube schnell heraus und unter die hohe Halsberge gezogen, und jetzt tat er einen Streich nach dem Gegner, der ihm so tief in den Hals schnitt, wie die Sense des Mähers in das Gras. Da fürchteten sich alle vor dem gewaltigen Mann, dem die Taten, die man von Recken las, nur ein Spaß schienen.

Nun war aber ein andrer Müller in der Nachbarschaft, der war ebenso stark und groß, ebenso kugelrund und trug auch so ein wohlausgefüttertes und geblechtes Wams, und keiner mochte den andern leiden, weil keiner dem andern nachstand. Und hassten und bekriegten einander schon zehn Jahre. Auf jedem Kirchweihtag, wo sie hinkamen, gerieten sie aneinander, und fochten gegeneinander mit Worten und Waffen; es konnte aber ihrer keiner dem andern etwas anhaben, und waren zwei gar sehr gefürchtete Kampfhelden. Der eine Müller hatte einen Sohn, der andre eine Tochter, welche beide einander so sehr liebten, als die Väter einander hassten, darüber wurde der Zwiespalt noch größer, bis endlich gute und einsichtsvolle Freunde sich ins Mittel schlugen und beiden Müllern rieten, gute Freunde zu werden und ihre Kinder miteinander zu verheiraten.

Wie das Gerücht vom Bündnis der beiden Müller ins Land erscholl, und dass sie sogar ihre Kinder miteinander verheiraten wollten, da erhob sich große Unruhe und Besorgnis, denn jedermänniglich konnte sich nun an den Fingern abzählen, dass die beiden Kugelrunden sein würden wie zwei Mühlsteine, zwischen denen alles, was ihnen zu nahe käme, würde aufgerieben werden. Und wer jetzt dem einen Müller zu nahe trat, der hatte es gleich mit beiden zu tun, und konnte kein Fürst beide Wämser überwinden, denn die Müller glichen runden Burgen, waren auch nicht auszuhungern durch eine Belagerung, denn sie hatten auch in ihren Wämsern manche Metze gefasst, von der sie zehren konnten lange Zeit. Da aber nun die beiden unüberwindlichen Helden also mannhaft waren, dass selbst der Kaiser große Mühe gehabt haben würde, sie zu überwältigen, so musste man nur froh sein, dass sie ihre große Macht gegen die Feinde des Reiches kehrten, und begehrten gar keinen Sold und Lohn, sondern nur die Ehre fechten und streiten zu dürfen. Und war das nur ihre einzige Klage, dass so mancher Tag verging, an dem sie keines Gegners ansichtig wurden, weil ihr Ruf so weit und breit genannt war, dass sich alles vor ihnen fürchtete.

Viele tapfre Taten vollführten die beiden kugelrunden Müller, seit sie miteinander verbunden waren, und wenn man diese Taten und die Abenteuer, welche durch sie bestanden wurden, niedergeschrieben hätte, so wäre das ein Buch geworden, zweimal so stark wie die Bibel und die Weltchronik. Auch taten sie mehr Wundertaten, als alle die Recken, von denen die alten Lieder und Geschichten sagen. Endlich schlugen sie ihre Wohnung in einer Wüste hinten an der Welt Ende auf, und wenn sie nicht gestorben sind, so leben sie heute noch.

Die drei Federn

Einem Mann wurde ein Söhnlein geboren, und da der Vater ausging, einen Paten zu suchen, der das Kind aus der Taufe hebe, so fand er einen jungen wunderschönen Knaben, gegen den sein Herz gleich ganz voll Liebe wurde. Und als er ihm nun seine Bitte vortrug, war der schöne Knabe gern bereit mitzugehen, und das Kind zu heben, und hinterließ ein junges weißes Ross als Patengeschenk. Dieser Knabe ist aber niemand anders gewesen als Jesus Christus, unser Herr. Der junge Knabe, welcher in der Taufe den Namen Heinrich empfangen hatte, wuchs zu seines Vaters und seiner Mutter Freude, und wie er die Jünglingsjahre erreicht hatte, da hielt es ihn nicht mehr daheim, sondern es zog ihn in die Ferne, nach Taten und Abenteuern. Nahm daher Urlaub von seinen Eltern, setzte sich auf sein gesatteltes Rösslein, das ihm der unbekannte Knabe zum Patengeschenk gegeben, obschon er nicht wusste, wie viel dieses Rösslein wert war, und ritt frisch und fröhlich darauf in die Welt hinein. Da ritt er eines Tages durch einen Wald, und siehe, da lag hart am Wege eine Feder aus dem Rad eines Pfauen, und die Sonne schien auf die Feder, dass ihre bunten Farben in ihrem Glanze prächtig leuchteten. Der junge Knabe hielt sein Rösslein an und wollte absteigen, um die Feder aufzuheben und sie an seinen Hut zu stecken. Da tat das Rösslein sein Maul auf und sprach: »Ach lass die Feder auf dem Grunde liegen!« Des verwunderte sich der junge Reiter, dass das Rösslein sprechen konnte, und es kam ihm ein Schauer an; blieb im Sattel, stieg nicht ab, hob die Feder nicht auf, ritt weiter. Nach einer Zeit geschah es, dass der Knabe am Ufer eines Bächleins hinritt, siehe, da lag eine bunte, viel schönere Feder auf dem grünen Gras, als jene war, die im Walde gelegen hatte, und des Knaben Herz verlangte nach ihr, seinen Hut damit zu schmücken; denn dergleichen Pracht von einer Feder hatte er all sein Lebtag noch nicht gesehen. Aber wie er absteigen wollte, sprach das Rösslein abermals: »Ach lass die Feder auf dem Grunde!« Und wieder verwunderte sich der Knabe über alle Maßen, dass das Rösslein sprach, während es doch sonst nicht redete, folgte auch dieses Mal, blieb im Sattel, stieg nicht ab, hob die Feder nicht auf, ritt weiter.

Nun währte es nur eine kleine Zeit, da kam der Knabe an einen hohen Berg, wollte da hinaufreiten, da lag an seinem Fuße im Wiesengrunde wieder eine Feder, das war nach seinem Vermeinen aber die allerschönste in der ganzen weiten Welt, und die musste er haben. Sie glänzte und funkelte wie lauter blaue und grüne Edelgesteine, oder wie die hellen Tautropfen in der Morgensonne. Aber wiederum sprach das Rösslein: »Ach lass die Feder auf dem Grunde!« Dieses Mal vermochte der Jüngling dem Rösslein nicht zu gehorchen, und wollte seinen Rat nicht hören, denn es gelüstete ihm allzu sehr nach dem lieblichen und stattlichen Schmuck. Er stieg ab, hob die Feder vom Grunde und steckte sie auf seinen Hut. Da sprach das Rösslein: »O weh, das tust du dir zum Schaden? Es wird wohl noch reuen!« Weiter sprach es nichts. Wie der Jüngling weiterritt, so kam er an eine stattliche und wohlgebaute Stadt, da sah er viel geschmückte Bürgersleute, und es kam ihm ein feiner Zug entgegen mit Pfeifern, Paukern und Trompetern, und vielen wehenden Fahnen, und das war prächtig anzusehen. Und in dem Zuge gingen Jungfrauen, die streuten Blumen, und die vier schönsten trugen auf einem Kissen eine Königskrone. Und die Ältesten der Stadt reichten die Krone dem Jüngling und sprachen: »Heil dir, du uns von Gott gesandter edler Jüngling! Du sollst unser König sein! Gelobt sei Gott der Herr in alle Ewigkeit!« Und alles Volk schrie: »Heil unserm König!« Der Jüngling wusste nicht wie ihm geschehen, als er auf seinem Haupt die Königskrone fühlte, kniete nieder und lobte Gott und den Heiland. Hätte er die erste Feder aufgehoben, so wäre er ein Graf geworden; die zweite: ein Herzog, und hätte er die dritte Feder nicht aufgehoben, so hätte er auf dem Bergesgipfel eine vierte gefunden, und das Rösslein hätte dann gesprochen: »Diese Feder nimm vom Grunde.«

Dann wär er ein mächtiger Kaiser geworden über viele Reiche der Welt, und die Sonne wäre nicht untergegangen in seinen Landen. Doch war er auch so zufrieden und ward ein gütiger, weiser, gerechter und frommer König.

Hans im Glücke

Es war einmal ein Bauernknabe, hieß Hans, ein ehrlich Blut, dünkte sich nicht auf den Kopf gefallen, der diente treu und ehrlich einem großen, reichen Herrn eine Reihe von Jahren. Zuletzt aber bekam Hans das Heimweh, wollte gern bei seiner Mutter sein und sprach seinen Herrn um den verdienten Lohn an. Der gab Hansen ein Stück Gold, das war so groß, wie Hansens Kopf, und Hansens Kopf gehörte nicht zu den dünnen und kleinsten. Der war zufrieden, packte den schweren Goldklumpen in ein Tüchlein, und machte sich auf die Spazierhölzer. Das Gehen wurde ihm aber blutsauer, er schwitzte, dass er troff, denn der Goldklumpen war schrecklich schwer, er mochte ihn tragen wie er wollte, auf dem Kopf oder auf den Schultern.
Da trottelte ein Reiter leicht und wohlgemut an Hans vorbei, saß auf einem spiegelglatten Pferd. »Ei!«, rief Hans, »Reiten ist eine schöne Kunst, wer sie kann und ein Pferd hat!« Der Reiter hielt sein Rösslein an, weil er Hansens Rede in seine Ohren hinein gehört hatte, und fragte ihn, womit er sich denn da so mühselig schleppe?
»Ach! Es ist Gold, pures schweres Gold! Der Mensch ist ein geplagtes Tier!«, sagte Hans, indem er den Klumpen ächzend zur Erde warf.
»Ei!«, sprach der Reiter. »Wenn du gern reiten willst, so lass uns einen Tausch machen. Gibst mir deinen Lastklumpen und nimmst mein Pferd dafür!« Das ließ sich Hans nicht zweimal bieten, er rief fröhlich: »Topp! Schlagt ein!«, und der Handel war geschlossen. Der Reiter

nahm das Gold und machte, dass er damit Hansen aus dem Gesicht kam, dachte, der Handel könnte jenen reuen. Hans aber kletterte auf den Gaul und ritt davon, dass es stäubte, aber nicht gar lange, da tat das Pferd einen Satz, dass Hans, der nicht reiten konnte, herunterfiel, wie ein Nusssack. Konnte kaum ein Glied regen. Ein Bauer, der mit einer Kuh des Weges zog, fing das ledige Pferd, und führt's dahin, wo Hans lag. Der weinte und rieb sich die Knochen. »Nimmermehr reiten, tut nicht gut! Wer doch so ein sanftes Kühchen hätte, wie Ihr dort, guter Freund! Da könnte man tagtäglich Milch essen und Butter und Käse und wird nicht heruntergeworfen.«
»Ei«, sagte der pfiffige Bauer, »wenn Euch die Kuh so wohlgefällt, so gefällt mir nun gerade auch Euer mutiges Pferd, geb Euch die Kuh für das Pferd!«
»Das ist ein guter Tausch, den lob ich mir«, sprach Hans, nahm die Kuh und trieb sie vor sich her, während der Bauer sich auf das Ross setzte, und heidi, hast du nicht gesehen, davonritt.
Als Hans in ein Wirtshaus kam, verzehrte er seine letzten paar Heller, denn er meinte nun, da er die Kuh habe, brauche er kein Geld, und marschierte weiter. Es war aber den Tag sehr heiß und noch eine weite Strecke zum Dorfe, wo Hans her war und wo seine Mutter wohnte, und es durstete Hansen. Da schickte er sich an, die Kuh zu melken, aber so ungeschickt, dass keine Milch kam, und dass ihm zuletzt die Kuh einen

Tritt gab, davon ihm Hören und Sehen verging, und er nicht wusste, ob er ein Bub oder ein Mädchen war. Da trieb just ein Metzger des Weges mit einem jungen Schwein, der fragte mitleidvoll den geschlagenen Hans, was ihm fehle, und bot ihm einmal aus seiner Flasche zu trinken. Hans erzählte sein Abenteuer und der Metzger machte ihm bemerklich, dass von einer so alten Kuh keine Milch zu erwarten sei, die müsse man schlachten. »Hm!«, meinte Hans, »wird auch keinen sonderlichen Braten geben, altes Kuhfleisch! Ja, wer so ein nettes fettes Schweinchen hätte, das schmeckt, und gibt Fetzenwürstel!«

»Guter Freund«, sagte der Metzger, »wenn Euch das Schweinchen so gefällt, so lasst uns einen Tausch treffen, gerade auf, Ihr das Schwein, ich die Kuh! Ist's recht?« – »Ist schon recht!«, sagte Hans, von Herzen innerlich froh über sein Glück. Zog heiter seine Straße und dachte: »Bist doch ein rechtes Glückskind, Hans! Immer wird der Schade wieder ersetzt. O wie soll dieser Schweinebraten schmecken!«

Bald kam ein Bursche desselben Wegs und holte den Hans ein, der trug eine fette, schwere, weiße Gans im Arm, grüßte Hans, und da sie miteinander ins Gespräch kamen, erzählte er ihm, dass die Gans zu einem

Kindtaufsbraten bestimmt sei. Das müsste ein Braten werden, der seinesgleichen suche. Dabei ließ er die Gans den Hans wiegen und unter den Flügeln die Fettklumpen befühlen.

»Die Gans ist gut, mein Schweinchen da ist aber auch kein Hund!«, sagte Hans. »Wo hast du denn das Schwein her?«, fragte der Bursche, und Hans erzählte, dass er es vor Kurzem erst erhandelt. Da sah sich jener bedenklich um und sprach: »Höre, ein Wort im Vertrauen! Da hinten im letzten Dorfe ist dem Schulzen alleweil ein junges Schwein gestohlen worden. Der Dieb hat's an dich verpascht, und wenn jetzt der Flurschütz uns nachkommt (mich deucht, ich sehe seinen Spieß schon dort über den Kornähren blinken), so fasst er dich für den Dieb, und du kommst, statt mit dem Schwein in die Küche deiner Mutter, in des Teufels Küche!«

»Ach du mein lieber Herr Gott! Was bin ich für ein Unglücksvogel!«, schrie Hans. »Hilf mir doch um Gottes willen, guter, liebster Freund!«

»Weißt du was«, sprach der Bursche, »geschwind gib mir das Schwein und nimm du meine Gans! Ich weiß hier herum die Schleichwege, und ich will mich schon unsichtbar machen!«

Gesagt, getan, Handel geschlossen, und in zwei Augenblicken waren Bursch und Schwein dem Hans aus den Augen. »Bin doch ein Glücksvogel!«, lachte Hans innerlich und trug die Gans eine gute Strecke. Vom Flurschütz oder sonst einem Nachsetzenden war nichts zu sehen. Hans berechnete den guten Braten, das Fett, die Federn, die Freude seiner Mutter; und so kam er in das letzte Dorf vor dem seinigen. Da stand ein Scherenschleifer an seinem Karren, der sah ganz fröhlich aus, schliff und pfiff, und pfiff und schliff, dass es nur so schnurrte, dann sang er einen lustigen Gassenhauer:

»Es kam ein junger Schleifer her,
Schliff die Messer und die Scher!
Hat's gern getan,
Tut's noch einmal,
Was geht's dich an?
Was hast denn du davon?«

Hans blieb ganz verwundert stehen mit seiner Gans und hatte seine Verwunderung über des Schleifers Lustigkeit, dann bot er ihm guten Tag und fragte: »Euch geht's gewiss recht gut, dass Ihr so lustig und fröhlich seid? Wer's doch auch so hätte!«

»O ja, mein guter Kamerad«, sprach der Scherenschleifer, »bin alldieweil lustig, immer Geld in der Tasche, kannst's auch so haben mit deiner Gans. Woher hast du die Gans?«

»Hab sie gekriegt für ein Schwein!«, berichtete Hans. »Und das Schwein?« – »Für eine Kuh gekriegt!« – »Und die Kuh?« – »Für ein Pferd eingehandelt.« – »Und das Pferd?« – »Einen Klumpen Gold hingegeben, so groß wie mein Kopf.« – »O du Schlaukopf! Und woher das Gold?« – »Sieben Jahre gedient, Lohn bekommen!« – »Pfiffikus, dir fehlt nichts, als dass du ein Schleifer würdest, wie ich, dann klingt dir das Geld in allen Taschen. Dazu braucht es nur eines guten Hirnschleifsteins; hier hab ich noch einen liegen, ist zwar schon etwas abgenutzt, geht aber doch mit (wenn du ihn trägst)! Den geb ich dir für deine Gans. Willst du?«

»Ob ich will? Freilich!«, rief Hans ganz erfreut. »Geld in allen Taschen ist eine schöne Profession.«

Der lose Schleifer gab dem guten Hans einen alten Wetzstein und einen Kiesel, der am Wege lag und Hans zog fürbass, ganz glücklich, dass sich alles so schön getroffen, meinte, er müsse in einer Glückshaut geboren sein.

Aber die Sonne schien und brannte heiß, Hans hatte Hunger und Durst, war matt und müde, und die Steine waren schwer, fast so schwer, wie der Goldklumpen gewesen war, und er dachte: o wenn ich mich doch nicht mit diesen Schleifsteinen schleppen müsste. Da war ein Brünnlein am Wege, daraus wollte Hans seinen Durst löschen, bückte sich, und beim Bücken fielen die Steine in den Brunnen hinab. Wer war froher wie Hans im Glücke, dass er so mit einem Male ohne sein Zutun die schweren Steine losgeworden! Freudig sprang er auf, los und ledig aller Sorgen, aller Lasten, pries sich als den glücklichsten Menschen, und langte guten Mutes bei seiner Mutter an – Hans im Glücke.

Die schöne junge Braut

Es ging einmal ein hübsches Landmädchen in den Wald, um Futter für ihre Kuh zu holen; wie sie nun in Gottes Namen grasete und an gar nichts Arges dachte, so kamen auf einmal vier Räuber, umringten sie und führten sie mit sich fort, ohne Gnad und Barmherzigkeit, sie mochte schreien und zappeln, bitten und betteln so viel sie wollte. Weit ab von des Mädchens Heimat in einem finstern Walde hatten die Räuber ein Haus, worin sie sich aufhielten, wenigstens blieben immer einige daheim, wenn die andern auf Raub auszogen. Dem Mädchen taten aber die Räuber weiter nichts zu Leide, als dass sie sie eben aus ihrer Heimat fortführten, und sie in dem Hause gleichsam gefangen hielten; sie musste den Haushalt besorgen, kochen, backen und waschen, sonst hatte sie es gut, wurde aber immer scharf bewacht. Dabei hatten ihr die Räuber den Namen gegeben: Schöne junge Braut.

So war nun das Mädchen schon einige Jahre in der Räuberherberge, als es sich einmal traf, dass ein Hauptraub ausgeführt werden sollte, an dem, wenn er gelingen sollte, die ganze helle Bande teilnehmen musste.

Da das Mädchen sich an das Leben in der Räuberhöhle gewöhnt zu haben schien, auch noch keinen Versuch gemacht hatte, zu entfliehen, wohl auch durch den wilden Wald schwerlich die Wege würde finden können – so dachte der Hauptmann – so blieb sie dieses Mal allein und unbewacht im Waldhause zurück. Aber die Räuber waren kaum fort, so sann die schöne Braut darauf, wie sie unerkannt entfliehen könne. Sie machte geschwind eine Gestalt von Stroh, zog derselben ihre Kleider an, setzte ihr ihre Haube auf, sich selbst aber bestrich sie von Kopf bis zu den Füßen mit Honig, wälzte sich darauf über und über in Federn, sodass sie ganz unkennbar wurde, und aussah, wie ein seltsamer Vogel. Die Gestalt in ihren Kleidern lehnte sie an ein Fenster über der Haustür, und ließ sie hinaussehen, doch mit verdecktem Gesicht, und dann eilte sie von dannen.

Mochte es aber nun sein, dass dem Hauptmann eine Ahnung von des Mädchens beabsichtigter Flucht kam, oder dass etwas vergessen worden war, genug, er sandte einige seiner Räuber nach dem Hause zurück, und gerade musste es sich treffen, dass ihnen auf ihrem Wege das fiedrige Käuzlein aufstieß. Sie dachten aber es wäre einer ihrer Kumpane, der sich unkenntlich gemacht hätte, und riefen die Gestalt lachend und fragend an:

»Wohin, wohin, Herr Federsack?
Was macht die schöne junge Braut?«

Diese, die es selbst war, war zwar sehr erschrocken, doch fasste sie sich ein Herz und antwortete mit verstellter Stimme:

»Sie fegt und säubert unser Haus
Und schaut wohl auch zum Fenster heraus!«

Damit machte sie, dass sie den Räubern aus dem Gesichte kam, kam auch glücklich aus dem Walde, erreichte ein Dorf, kaufte sich Kleider, badete sich und erlangte glücklich und wohlbehalten, obschon nach langer Wanderung, ihre Heimat wieder, und da sie nicht gerade das Beste in der Räuberherberge zurückgelassen hatte, sondern für ihren Jahrlohn mitgehen heißen, so hatte sie auch wohl zu leben und heiratete einen wackern Burschen.
Jene Räuber, wie die nun des Hauses ansichtig wurden, sahen die Gestalt der schönen jungen Braut am Fenster und grüßten schon von Weitem, indem sie riefen:

»Grüß Gott, o schöne junge Braut,
Die freundlich uns entgegenschaut.«

Da aber der Gruß unerwidert blieb, so verwunderten sich die Räuber, und als sie näher kamen, vermeinten sie, die schöne junge Braut sei eingeschlafen. Vergebens riefen sie, sie ermunterte sich nicht; vergebens geboten sie ihr, zu öffnen, alle ihr Pochen und Schreien, Rufen und Schelten war erfolglos, und wütend traten sie zuletzt die Türe in Trümmern, stürmten die Treppe hinauf und fassten die Gestalt der schönen jungen Braut hart an, da fiel ihnen die Strohpuppe in die Arme. Da riefen die Räuber:

»Fahr wohl, du schöne junge Braut!
Ein Tor ist, wer auf Weiber baut!«

Die sieben Raben

Wie in der Welt gar viele wunderliche Dinge geschehen, so trug sich's auch einmal zu, dass eine arme Frau sieben Knäblein auf einmal gebar; und diese lebten alle und gediehen alle. Nach etlichen Jahren bekam sie auch noch ein Töchterchen. Ihr Mann war gar fleißig und tüchtig in seiner Arbeit, deshalb ihn auch die Leute, welche Handarbeiter bedurften, gerne in Dienst nahmen, wodurch er nicht nur seine zahlreiche Familie auf ehrliche Weise ernähren konnte, sondern so viel erwarb, dass auch noch bei genauer Einrichtung seine brave Hausfrau einen Notpfennig zurücklegen konnte. Doch dieser treue Vater starb in seinen besten Jahren, und die arme Witwe geriet bald in Not, denn sie konnte nicht so viel erschaffen, um ihre acht Kinder zu ernähren und zu kleiden. Dazu wurden die sieben Knaben immer größer, und brauchten immer mehr, und wurden aber auch zur größten Betrübnis ihrer Mutter immer unartiger, ja sie wurden sogar wild und böse. Die arme Frau vermochte kaum zu ertragen, was sie alles bekümmerte und drückte. Sie wollte doch ihre Kinder gut und fromm erziehen, und ihre Strenge und Milde fruchtete nichts, der Knaben Herzen waren und blieben verstockt. Darum sprach sie eines Tages, als ihre Geduld ganz zu Ende war: »O, ihr bösen Raben-Jungen, ich wollte, ihr wäret sieben schwarze Raben und flöget fort, dass ich euch nimmer wieder sähe.« Und alsbald wurden die sieben Knaben zu Rabenvögeln, fuhren zum Fenster hinaus und verschwanden.

Nun lebte die Mutter mit ihrem einzigen Töchterlein recht stille und zufrieden, sie verdienten sich mehr noch als sie brauchten. Und die Tochter wurde ein hübsches gutes und sittsames Mädchen. Doch nach etlichen Jahren bekamen beide, Mutter und Tochter, gar herzliche Sehnsucht nach den sieben Brüdern, und sprachen oft von ihnen und weinten: wenn doch die Brüder wieder kämen und brave Bursche wären, wie könnten wir durch unsere Arbeit uns so gut stehen und untereinander so viele Freude haben. Und weil die Sehnsucht nach ihren

Brüdern im Herzen des Mägdleins immer heftiger wurde, sprach sie einst zur Mutter: »Liebe Mutter, lass mich fortwandern und die Brüder aufsuchen, dass ich sie umlenke von ihrem bösen Wesen, und sie dir zuführe zur Ehre und Freude deines Alters.« Die Mutter antwortete: »Du gute Tochter, ich kann und will dich nicht abhalten, die fromme Tat zu vollführen, wandre fort, und Gott geleite dich!« Gab ihr darauf ein kleines goldnes Ringelein, das sie schon als kleines Kind am Finger getragen, wie die Brüder in Raben verwandelt wurden.

Da machte sich das Mädchen sogleich auf und wanderte fort, gar weit, weit fort, und fand lange keine Spur von ihren Brüdern; aber einmal kam sie an einen sehr hohen Berg, auf dessen Höhe ein kleines Häuschen stand, da hatte sie sich drunten niedergesetzt um auszuruhen und blickte sinnend immer hinauf nach dem Häuschen. Dasselbe kam ihr bald vor wie ein Vogelnest, denn es sah grau aus, als ob es von Steinchen und Kot zusammengefügt wäre, bald kam es ihr vor wie eine menschliche Wohnung. Sie dachte: ob nicht da droben deine Brüder wohnen? Und als sie endlich sieben schwarze Raben aus dem Häuschen fliegen sah, bestätigte sich ihre Vermutung noch mehr. Sie machte sich freudig auf, um den Berg zu ersteigen; doch der Weg, der hinaufführte, war mit so seltsamen, spiegelglatten Steinen gepflastert, dass sie allemal, wenn sie mit großer Mühe eine Strecke hinan war, ausglitt und wieder herunterfiel. Da wurde sie betrübt und wusste nicht, wie sie nur hinaufkommen könnte. Da sah sie eine schöne weiße Gans, und dachte: wenn ich nur deine Flügel hätte, so wollte ich bald droben sein. Dann dachte sie wieder: kann ich mir denn ihre Flügel nicht abschneiden? Ei, dann wäre mir ja geholfen! Und sie fing rasch die schöne Gans, schnitt ihr die Flügel ab, und auch die Beine, und nähte sich dieselben an. Und siehe, wie sie das Fliegen probierte, ging es so schön, so leicht und gut, und wenn sie müde war vom Fliegen, lief sie ein wenig mit den Gänsefüßen, und glitt nicht einmal wieder aus. So kam sie schnell und gut an das lang ersehnte Ziel. Droben ging sie hinein in das Häuschen, doch war es sehr klein; drinnen standen sieben winzig kleine Tischchen, sieben Stühlchen, sieben Bettchen, und in der Stube waren auch sieben Fensterchen, und in dem Ofen standen sieben Schüsselchen, darauf lagen gebratene Vögelchen und gesottene Vogeleier. Die gute Schwester war von der weiten Reise müde geworden, und freute sich nun, einmal ordentlich ausruhen zu können; auch fühlte sie Hunger. Da nahm sie die sieben Schüsselchen aus dem Ofen, und aß von einem jeden ein wenig, und setzte sich auf jedes Stühlchen ein wenig, und legte sich in jedes Bettchen ein wenig, und in dem letzten Bettchen schlief sie ein, und blieb darinnen liegen, bis die sieben Brüder zurückkamen. Diese flogen durch die sieben Fenster herein in die Stube, nahmen ihre Schüsseln aus dem Ofen und wollten essen, merkten aber, dass schon davon gegessen war. Nun wollten sie sich schlafen legen, und fanden ihre Bettchen verrückt, und einer der Brüder tat einen lauten Schrei und sprach: »O was liegt für ein Mägdlein in meinem Bett!« Die andern Brüder liefen schnell herbei und sahen erstaunt das schlafende Mädchen liegen. Da sprach einer um den andern: »Wenn es doch unser Schwesterchen wäre!«, und wieder rief einer um den andern voll Freude: »Ja, das ist unser Schwesterchen, ja, das ist es! Solche Haare hatte es, und solch ein Mündlein hatte es, und solch ein Ringlein trug es damals an seinem größten Finger, wie es jetzt am kleinsten eins trägt!« Und sie jauchzten alle und küssten das Schwesterchen alle; aber dieses schlief so fest, dass es lange nicht erwachte.

Endlich schlug das Mädchen die Äuglein auf, und sah die sieben schwarzen Brüder um ihr Bett sitzen. Da sagte sie: »Oh, seid herzlich gegrüßt, meine lieben Brüder, Gott sei gedankt, dass ich euch endlich gefunden habe; ich habe euretwegen eine lange, mühevolle Reise gemacht, um euch wieder aus eurer Verbannung zurückzuholen, wenn ihr nämlich einen bessern Sinn in euern Herzen gefasst habt, dass ihr eure gute Mutter nie mehr ärgern wollet, dass ihr fleißig mit uns arbeitet,

und die Ehre und Freude eurer alten Mutter werden wollet.« Während dieser Rede hatten die Brüder bitterlich geweint und sprachen nun: »Ja, herzige Schwester, wir wollen gut sein, und nie wieder die Mutter beleidigen, ach, als Raben haben wir ein elendigliches Leben, und ehe wir uns dieses Häuschen erbaut, sind wir oft vor Hunger und Elend bald umgekommen. Dazu kam die Reue, die uns Tag und Nacht folterte: denn wir mussten die Leichname von den armen gerichteten Sündern fressen, und wurden dadurch stets an des Sünders schauerliches Ende erinnert.«

Die Schwester weinte Freudentränen, dass ihre Brüder sich bekehrt hatten, und so voll frommen Sinnes sprachen. »Oh!«, rief sie aus. »Nun ist alles gut, wenn ihr nach Hause kommt, und die Mutter vernimmt, dass ihr besser worden seid, wird sie euch herzlich verzeihen, und euch wieder zu Menschen machen.«

Als nun die Brüder mit dem Schwesterchen heim reisen wollten, sprachen sie erst, indem sie ein hölzernes Kästchen öffneten: »Liebe Schwester, nimm hier diese schönen goldenen Ringe und blitzenden Steinchen, die wir draußen so nach und nach fanden, in dein Schürzchen und trage es mit nach Hause, denn dadurch können wir als Menschen reich werden. Als Raben trugen wir sie nur um des schönen Glanzes willen zusammen.«

Das Schwesterchen tat so, wie die Brüder wollten, und hatte selbst Freude an dem schönen Schmuck. Auf der Heimreise trugen die Rabenbrüder einer um den andern das Schwesterchen auf ihren Flügeln, bis sie an die Wohnung ihrer Mutter kamen; da flogen sie zum Fenster hinein und baten ihre Mutter um Verzeihung und gelobten, fortan stets gute Kinder

zu sein. Auch die Schwester half bitten und flehen, und die Mutter war voll Freude und Liebe und verzieh ihren sieben Söhnen. Da wurden sie wieder Menschen und gar schöne blühende Jünglinge, einer so groß und so anmutvoll wie der andre. Dankend herzten und küssten sie die gute Mutter und die liebevolle Schwester. Und bald darauf nahmen alle sieben Brüder sich junge sittsame Frauen, bauten sich ein großes schönes Haus, denn sie hatten für ihre Kleinodien sehr vieles Geld bekommen. Und des neuen Hauses erste Weihe war der Brüder siebenfache Hochzeit.
Dann nahm auch die Schwester einen braven Mann, musste aber auf der Brüder Flehen und Bitten bei ihnen wohnen bleiben.
So hatte die gute Mutter noch viele Freude an ihren Kindern, und wurde von denselben bis in ihr spätes Alter liebevoll gepflegt und kindlich verehrt.

Die drei Hochzeitsgäste

Es waren einmal in einem Dorfe drei Hofhunde, die hielten gute Nachbarschaft miteinander, und da sollte eine große Bauernhochzeit sein; zu derselbigen war Alt und Jung geladen, und wurde gekocht und gebacken, gesotten und gebraten, dass der Geruch durchs ganze Dorf zog. Die drei Hunde waren auch beisammen und rochen den feinen Dunst und ratschlagten, wie sie auch hin zur Hochzeit gehen wollten und sehen, ob nichts für sie abfallen werde? Aber um unnützes Aufsehen zu vermeiden beschlossen sie, nicht zugleich, alle drei auf einmal, hinzulaufen, sondern einzeln, einer nach dem andern.
Der Erste ging, machte sich in das Schlachthaus, erschnappte jählings ein großes Stück Fleisch und wollte damit seiner Wege gehen, allein er wurde erwischt und empfing eine fürchterliche Tracht Prügel, nächstdem, dass man ihm das Stück Fleisch aus den Zähnen riss.

So kam er hungrig und übel geschlagen zurück auf den Hof zu seinen Nachbargesellen, die hungerten schon nach guter Nachricht, und fragten: »Nun, wie hat es dir ergangen und gefallen?« Nun schämte sich aber der Hund, die Wahrheit zu gestehen, dass sein Hochzeitmahl in einer scharf gesalzenen Prügelsuppe bestanden, sprach deshalb: »Ganz wohl! Aber es geht dort scharf her, und muss einer hart und weich vertragen können!«

Die Kameraden, als sie das hörten, vermeinten, es werde über alle Maßen gegessen und getrunken auf der Hochzeit, und es fallen viele gute Bröcklein ab, harte und weiche, Fleisch und Bein, und alsbald rannte der zweite Hund in vollen Sprüngen nach dem Hochzeithaus, gerade in die Küche, und nahm was er fand – aber ehe er noch den Rückweg fand, war er schon bemerkt, und ward ihm ein Topf voll siedend heißes Wasser über den Rücken gegossen, dass es nur so dampfte, als er von dannen schoss, wie ein Pudel, der aus dem Wasser kommt; doch ob's ihn auch schrecklich brannte, er verbiss seinen Schmerz. Als er nun auf den Hof kam, wo die beiden Kameraden seiner harrten, fragten die gleich: »Nun, wie hat es dir gefallen?« – »Ganz wohl!«, antwortete der Hund. »Aber es geht dort heiß her, und muss einer kalt und warm vertragen können!«

Da dachte der dritte Hund: Die Hochzeitgäste sind beim Schmaus in voller Arbeit, und kalte und warme Speisen wechseln ab, wollte daher nichts versäumen, und wenigstens zum Nachtisch da sein, wenn der

mürbe Kuchen aufgetragen wird. Eilte sich was er konnte. Kaum aber war er im Hause, so erwischte ihn einer, klemmte ihm den Schwanz zwischen die Stubentür, gerbte ihm das Fell windelweich, und klemmte so lange, bis die Haut vom Schwanze sich abstreifte und der Hund verschändet entsprang.
»Nun, wie hat es dir auf der Hochzeit gefallen?«, fragten die Freunde, jeder mit etwas Spott im Herzen. Der Übelzugerichtete zog seinen geschundenen Schwanz, so gut es gehen wollte, zwischen die Beine, dass man diesen nicht sah, und sprach: »Ganz wohl, es ging recht toll her, und gab viel Mürbes, aber Haare lassen muss einer können.«
Und da dachten die drei Hunde noch lange daran, wie wohl ihnen die Hochzeitsuppe, die Hochzeitbrühe und der Hochzeitkuchen geschmeckt hatte, und vom Braten hat jeder genug gerochen.

Das Tränenkrüglein

Es war einmal eine Mutter und ein Kind, und die Mutter hatte das Kind, ihr einziges, lieb von ganzem Herzen, und konnte ohne das Kind nicht leben und nicht sein. Aber da sandte der Herr eine große Krankheit, die wütete unter den Kindern und erfasste auch jenes Kind, dass es auf sein Lager sank und zum Tod erkrankte. Drei Tage und drei Nächte wachte, weinte und betete die Mutter bei ihrem geliebten Kinde, aber es starb. Da erfasste die Mutter, die nun allein war auf der ganzen Gotteserde, ein gewaltiger und namenloser Schmerz, und sie aß nicht und trank nicht und weinte, weinte wieder drei Tage lang und drei Nächte lang ohne Aufhören, und rief nach ihrem Kinde. Wie sie nun so voll tiefen Leides in der dritten Nacht saß, an der Stelle, wo ihr Kind gestorben war, tränenmüde und schmerzensmatt bis zur Ohnmacht, da ging leise die Türe auf, und die Mutter schrak zusammen, denn vor ihr stand ihr gestorbenes Kind. Das war ein seliges Engelein geworden und lächelte süß wie die Unschuld und schön wie in Verklärung. Es trug aber in seinen Händchen ein Krüglein, das war schier übervoll. Und das Kind sprach: »O lieb Mütterlein, weine nicht mehr um mich! Siehe, in diesem Krüglein sind deine Tränen, die du um mich vergossen hast; der Engel der Trauer hat sie in dieses Gefäß gesammelt. Wenn du nur

noch eine Träne um mich weinest, so wird das Krüglein überfließen, und ich werde dann keine Ruhe haben im Grabe und keine Seligkeit im Himmel. Darum, o lieb Mütterlein, weine nicht mehr um dein Kind, denn dein Kind ist wohlaufgehoben, ist glücklich, und Engel sind seine Gespielen.« Damit verschwand das tote Kind und die Mutter weinte hinfort keine Träne mehr, um des Kindes Grabesruhe und Himmelsfrieden nicht zu stören.

Vom Hühnchen und Hähnchen

Es war einmal ein Hühnchen und ein Hähnchen, die gingen miteinander auf den Nussberg und suchten sich Nüsschen. Das Hähnchen sprach zum Hühnchen: »Wenn du ein Nüsschen findest, iss es ja nicht allein, gib mir die Hälfte davon, sonst erwürgst du.« Aber das Hühnchen hatte ein Nüsschen gefunden und es allein gegessen, und der Kern war in seinem Hälschen stecken geblieben, dass es im Erwürgen war und ängstlich rief: »Hähnchen, Hähnchen, hol mir geschwind ein wenig Brunnen, ich erwürge sonst!« Da lief das Hähnchen flugs zum Brunnen und sprach: »Brunn, Brunn, gib mir Brunn, dass ich den Brunn meinem Hühnchen geb, es liegt oben auf dem Nussberg und will ersticken.« Und der Brunnen sprach: »Erst geh hin zur Braut und hole mir den Kranz!« Da lief das Hähnchen hin zur Braut und sprach: »Braut, Braut, gib mir den Kranz, dass ich den Kranz dem Brunnen geb, dass mir der Brunnen Brunnen gibt, dass ich den Brunnen meinem Hühnchen geb, es liegt oben auf dem Nussberge und will erwürgen.« Aber die Braut sprach: »Erst geh hin zum Schuster und hole mir meine Schuhe.« Und wie das Hähnchen zum Schuster kam, sprach dieser: »Erst geh hin zur Sau und hole mir Schmer.« Und die Sau sprach: »Erst geh hin zur Kuh und hole mir Milch.« Und die Kuh sprach: »Erst geh hin zur Wiese und hole mir Gras!« – Wie nun das Hähnchen zur Wiese kam, und sie um Gras bat, war diese gütig, und gab ihm viele Blumen und Gras, dieses gab geschwinde das Hähnchen der Kuh und erhielt Milch dafür, und für die Milch tat auch das Schwein von seinem Fette her, und damit schmierte der Schuster sein Leder und machte flugs die Schuhe der Braut, und gegen die Schuhe tat freundlich die Braut den Kranz her, und das Hähnchen reichte denselben dem Brunnen, und dieser sprudelte sogleich sein klares Wasser heraus und in das Gefäßchen, welches das Hähnchen unterhielt. Im schnellen Lauf kehrte nun das Hähnchen zurück zum Nussberg; aber wie es zum Hühnchen kam, war dasselbe unterdessen erwürgt. Da kikirikite das Hähnchen vor Schmerz hell auf, das hörten alle Tiere in der Nachbarschaft, die liefen herbei und weinten um das Hühnchen. Und da bauten sechs Mäuselein einen Trauerwagen, darauf legten sie das tote Hühnchen und spannten sich davor und zogen den Wagen fort. Wie sie nun, das Hähnchen, das tote Hühnchen, die Mäuslein und der Trauerwagen, so auf dem Wege waren, da kam der Fuchs hinterdrein und fragte: »Wo willst du hin, Hähnchen?« – »Ich will mein Hühnchen begraben!« – »Das will ich tun, du Narr!«, rief der Fuchs, fraß das Hühnchen, weil es noch nicht lange tot war, und begrub's in seinem Magen. Da trauerte

das Hähnchen und rief: »So wünsch ich mir den Tod, um bei meinem Hühnchen zu sein.« – »So soll es sein!«, sprach der Fuchs und fraß das Hähnchen, dass es zu seinem Hühnchen kam. Da weinten die Mäuselein um das Hähnchen, und da dachte der Fuchs, sie wollten auch tot sein, und schlang sie hinter. Weil aber die Mäuselein an den Wagen gespannt waren, so schlang er auch den Wagen mit hinunter, und da stieß ihm die Deichsel das Herz ab, dass er Länge lang hinfiel und alle viere von sich streckte. Da flog ein Vöglein auf einen Lindenzweig und sang: »Fuchs ist mausetot! Fuchs ist mausetot!«

Die Kornähren

Es war einmal eine Zeit, aber das ist schon undenklich lange her, da trugen alle Kornhalme, und auch die von anderem Getreide, volle goldgelbe Ähren herab bis auf den Boden; da gab es keine Armut und keine Hungersnot, niemals, und das war die goldene Zeit. Da konnten sich alle Menschen mit Wonne sättigen, und auch die Vögel, die gerne Körner fressen, Hühner und Tauben und andere Vögel, fanden Futter vollauf. Aber da waren unter den Menschen welche, die waren undankbar und gottvergessen, und achteten die schöne werte Gottesgabe, das liebe Ge-

treide, für gar nichts. Da gab es Frauen, die nahmen, wenn ihre kleinen Kinder sich verunreinigt hatten, die vollen Ährenbüschel und reinigten damit ihre Kinder, und warfen die Ähren auf den Mist; und die Mägde scheuerten mit den vollen Ähren, und die Buben und kleine Mädchen jagten sich durch das liebe Korn, spielten Verstecken darin, wälzten sich darauf herum und zertraten es. Das jammerte den lieben Gott, der das Getreide den Menschen zur Nahrung gegeben hatte und dem Vieh zum Futter, und nicht zum Verurzen* und dachte bei sich, wir wollen es anders machen und die goldne Zeit soll ein Ende haben.
Und da schuf der liebe Gott, dass hinfort jeder Halm nur eine einzige Ähre trug, einmal für die Menschen, damit sie das liebe Getreide besser schonen lernten, und einmal für die unschuldigen Tiere, damit sie doch noch ihr Futter haben sollten, wenn auch die Menschen nicht einmal die eine Ähre wert wären.
Von da an ist Hunger und Teuerung und Armut in die Welt gekommen. Nur zuweilen und selten lässt der liebe Gott da oder dort einen Wunderhalm mit vielen, vielen Ähren emporschießen, und zeigt so

* Mutwillig verderben.

dem Menschen, wie es einst beschaffen war um das Getreide, und was Er kann. Und es geht eine alte Prophezeiung unter dem Volke, dass einmal nach langen Jahren, wenn das Engelwort sich erfüllt haben wird: Ehre sei Gott in der Höhe, Friede auf Erden und unter allen Menschen Wohlwollen, Segnung und Liebe, dass dann der Boden auch wieder von Gott erweckt werden solle, solche Halme zu tragen, die bis zur Wurzel voll Ähren sind. Unser keiner aber wird das erleben.

Der Hase und der Fuchs

Ein Hase und ein Fuchs reisten beide miteinander. Es war Winterszeit, grünte kein Kraut, und auf dem Felde kroch weder Maus noch Laus. »Das ist ein hungriges Wetter«, sprach der Fuchs zum Hasen, »mir schnurren alle Gedärme zusammen.« – »Ja wohl«, antwortete der Hase. »Es ist überall Dürrhof, und ich möchte meine eignen Löffel fressen, wenn ich damit ins Maul langen könnte.«

So hungrig trabten sie miteinander fort. Da sahen sie von Weitem ein Bauernmädchen kommen, das trug einen Handkorb, und aus dem Korb kam dem Fuchs und dem Hasen ein angenehmer Geruch entgegen, der Geruch von frischen Semmeln. »Weißt du was!«, sprach der Fuchs: »Lege dich hin der Länge lang, und stelle dich tot. Das Mädchen wird seinen Korb hinstellen, und dich aufheben wollen, um deinen armen Balg zu gewinnen, denn Hasenbälge geben Handschuhe; derweilen erwische ich den Semmelkorb, uns zum Troste.«

Der Hase tat nach des Fuchsen Rat, fiel hin und stellte sich tot, und der Fuchs duckte sich hinter eine Windwehe von Schnee. Das Mädchen kam, sah den frischen Hasen, der alle viere von sich streckte, stellte richtig den Korb hin und bückte sich nach dem Hasen. Jetzt wischte der Fuchs hervor, erschnappte den Korb und strich damit querfeldein,

gleich war der Hase lebendig und folgte eilend seinem Begleiter. Dieser aber stand gar nicht still und machte keine Miene, die Semmeln zu teilen, sondern ließ merken, dass er sie allein fressen wollte. Das vermerkte der Hase sehr übel. Als sie nun in die Nähe eines kleinen Weihers kamen, sprach der Hase zum Fuchs: »Wie wäre es, wenn wir uns eine Mahlzeit Fische verschafften? Wir haben dann Fische und Weißbrot, wie die großen Herren! Hänge deinen Schwanz ein wenig ins Wasser, so werden die Fische, die jetzt auch nicht viel zu beißen haben, sich daran hängen. Eile aber, ehe der Weiher zufriert.«
Das leuchtete dem Fuchs ein, er ging hin an den Weiher, der eben zufrieren wollte, und hing seinen Schwanz hinein, und eine kleine Weile, so war der Schwanz des Fuchses fest angefroren. Da nahm der Hase den Semmelkorb, fraß die Semmeln vor des Fuchses Augen ganz gemächlich, eine nach der andern, und sagte zum Fuchs: »Warte nur, bis es auftaut, warte nur bis ins Frühjahr, warte nur bis es auftaut!«, und lief davon, und der Fuchs bellte ihm nach, wie ein böser Hund an der Kette.

Der beherzte Flötenspieler

Es war einmal ein lustiger Musikant, der die Flöte meisterhaft spielte; er reiste daher in der Welt herum, spielte auf seiner Flöte in Dörfern und in Städten und erwarb sich dadurch seinen Unterhalt. So kam er auch eines Abends auf einen Pachtershof und übernachtete da, weil er das nächste Dorf vor einbrechender Nacht nicht erreichen konnte. Er wurde von dem Pachter freundlich aufgenommen, musste mit ihm speisen und nach geendigter Mahlzeit einige Stücklein auf seiner Flöte vorspielen. Als dieses der Musikant getan hatte, schaute er zum Fenster hinaus und gewahrte in kurzer Entfernung bei dem Scheine des Mondes eine alte Burg, die teilweise in Trümmern zu liegen schien. »Was ist das für ein altes Schloss?«, fragte er den Pachter. »Und wem hat es gehört?« Der Pachter erzählte, dass vor vielen, vielen Jahren ein Graf da gewohnt hätte, der sehr reich, aber auch sehr geizig gewesen wäre. Er hätte seine Untertanen sehr geplagt, keinem armen Menschen ein Almosen gegeben und sei endlich ohne Erben (weil er aus Geiz sich nicht einmal verheiratet habe) gestorben. Darauf hätten seine nächsten Anverwandten die Erbschaft in Besitz nehmen wollen, hätten aber nicht das geringste Geld gefunden. Man behaupte daher, er müsse den Schatz vergraben haben und dieser möge heute noch in dem alten Schloss verborgen liegen. Schon viele Menschen wären des Schatzes wegen in die alte Burg gegangen, aber keiner wäre wieder zum Vorschein gekommen. Daher habe die Obrigkeit den Eintritt in dies alte Schloss untersagt und alle Menschen im ganzen Lande ernstlich davor gewarnt. – Der Musikant hatte aufmerksam zugehört und als der Pachter seinen Bericht geendigt hatte, äußerte er, dass er großes Verlangen habe, auch einmal hineinzugehen, denn er sei beherzt und kenne keine Furcht. Der Pachter bat ihn aufs Dringendste und endlich schier fußfällig, doch ja sein junges Leben zu schonen und nicht in das Schloss zu gehen. Aber es half kein Bitten und Flehen, der Musikant war unerschütterlich.

Zwei Knechte des Pachters mussten ein Paar Laternen anzünden und den beherzten Musikanten bis an das alte schaurige Schloss begleiten. Dann schickte er sie mit einer Laterne wieder zurück, er aber nahm die zweite in die Hand und stieg mutig eine hohe Treppe hinan. Als er diese erstiegen hatte, kam er in einen großen Saal, um den ringsherum Türen waren. Er öffnete die erste und ging hinein, setzte sich an einen darin befindlichen altväterischen Tisch, stellte sein Licht darauf und spielte die Flöte. Der Pachter aber konnte die ganze Nacht vor lauter Sorgen nicht schlafen und sah öfters zum Fenster hinaus. Er freute sich jedes Mal unaussprechlich, wenn er drüben den Gast noch musizieren hörte. Doch als seine Wanduhr elf schlug und das Flötenspiel verstummte, erschrak er heftig und glaubte nun nicht anders, als der Geist oder der Teufel, oder wer sonst in diesem Schlosse hauste, habe dem schönen Burschen nun ganz gewiss den Hals umgedreht. Doch der

Musikant hatte ohne Furcht sein Flötenspiel abgewartet und gepflegt; als aber sich endlich Hunger bei ihm regte, weil er nicht viel bei dem Pachter gegessen hatte, so ging er in dem Zimmer auf und nieder und sah sich um. Da erblickte er einen Topf voll ungekochter Linsen stehen, auf einem andern Tische stand ein Gefäß voll Wasser, eines voll Salz und eine Flasche Wein. Er goss geschwind Wasser über die Linsen, tat Salz daran, machte Feuer in dem Ofen an, weil auch Holz dabei lag, und kochte sich eine Linsensuppe. Während die Linsen kochten, trank er die Flasche Wein leer und dann spielte er wieder Flöte. Als die Linsen gekocht waren, rückte er sie vom Feuer, schüttete sie in die auf dem Tische schon bereitstehende Schüssel und aß frisch darauf los. Jetzt sah er nach seiner Uhr und es war um die zwölfte Stunde. Da ging plötzlich die Türe auf, zwei lange schwarze Männer traten herein und trugen eine Totenbahre, auf der ein Sarg stand. Diesen stellten sie, ohne ein Wort zu sagen, vor den Musikanten, der sich keineswegs im Essen stören ließ, und gingen ebenso lautlos, wie sie gekommen waren, wieder zur Türe hinaus. Als sie sich nun entfernt hatten, stand der Musikant hastig auf und öffnete den Sarg. Ein altes Männchen, klein und verhutzelt, mit grauen Haaren und grauem Barte lag darinnen; aber der Bursche fürchtete sich nicht, nahm es heraus, setzte es an den Ofen und kaum schien es erwärmt zu sein, als sich schon Leben in ihm regte. Er gab ihm hierauf Linsen zu essen und war ganz mit dem Männchen beschäftigt, ja fütterte es wie eine Mutter ihr Kind. Da wurde das Männchen ganz lebhaft und sprach zu ihm: »Folge mir!« Das Männchen ging voraus, der Bursche aber nahm seine Laterne und folgte ihm sonder Zagen. Es führte ihn nun eine hohe verfallene Treppe hinab und so gelangten endlich beide in ein tiefes schauerliches Gewölbe.

Hier lag ein großer Haufen Geld. Da gebot das Männchen dem Burschen: »Diesen Haufen teile mir in zwei ganz gleiche Teile, aber dass nichts übrig bleibt, sonst bringe ich dich ums Leben!« Der Bursche lächelte bloß, fing sogleich an zu zählen auf zwei große Tische herüber und hinüber und brachte so das Geld in kurzer Zeit in zwei gleiche Teile, doch zuletzt – war noch ein Kreuzer übrig. Der Musikant aber besann

sich kurz, nahm sein Taschenmesser heraus, setzte es auf den Kreuzer mit der Schneide und schlug ihn mit einem dabei liegenden Hammer entzwei. Als er nun die eine Hälfte auf diesen, die andere auf jenen Haufen warf, wurde das Männchen ganz heiter und sprach: »Du himmlischer Mann, du hast mich erlöst! Schon hundert Jahre muss ich meinen Schatz bewachen, den ich aus Geiz zusammengescharrt habe, bis es einem gelingen würde, das Geld in zwei gleiche Teile zu teilen. Noch nie ist es einem gelungen und ich habe sie alle erwürgen müssen. Der eine Haufe Geld ist nun dein, den andern aber teile unter die Armen. Göttlicher Mensch, du hast mich erlöst!« Darauf verschwand das Männchen. Der Bursche aber stieg die Treppe hinan und spielte in seinem vorigen Zimmer lustige Stücklein auf seiner Flöte.
Da freute sich der Pachter, dass er ihn wieder spielen hörte und mit dem frühesten Morgen ging er auf das Schloss (denn am Tage durfte jedermann hinein) und empfing den Burschen voller Freude. Dieser erzählte ihm die Geschichte, dann ging er hinunter zu seinem Schatz, tat wie ihm das Männchen befohlen hatte und verteilte die eine Hälfte unter die Armen. Das alte Schloss aber ließ er niederreißen und bald stand an der vorigen Stelle ein neues, wo nun der Musikant als reicher Mann wohnte.

Der Hasenhüter und die Königstochter

Es hatte ein reicher König eine sehr schöne Tochter; als diese sich verheiraten wollte, mussten sich alle Freier, die sich eingefunden hatten, auf einer großen grünen Wiese versammeln, da warf sie nun einen goldenen Apfel mehrmals in die Luft und wer ihn auffing und sich unterstand, drei Bund oder drei Aufgaben, die sie selbst aufgab, zu lösen, der sollte sie dann zur Gemahlin haben. Da hatten nun viele den Apfel aufgefangen, zuletzt auch ein schöner muntrer Schäfersbursch, aber von allen war keiner im Stande, die drei Aufgaben zu lösen. Da kam nun die Reihe an den Schäfersburschen, als an den Letzten und Geringsten unter den Freiern. Die erste Aufgabe war die: Der König hatte in einem Stalle hundert Hasen, wer die auf die Weide trieb, hütete und am Abend alle wieder zurückbrachte, der hatte die erste Aufgabe erledigt. Als das der Schäfersbursche vernahm, sprach er, er wollte sich erst noch einen Tag darüber besinnen, am andern Tage aber ganz gewiss bestimmen, ob er sich getraue, die Sache zu unternehmen oder nicht. Nun lief aber der Schäfersbursche auf den Bergen umher und war traurig, denn er scheute sich vor den gewagten Unternehmen. Da begegnete ihm ein altes Mütterchen und fragte ihn nach der Ursache seiner Traurigkeit; er aber sagte: »Ach, mir kann niemand helfen.« Da sprach das graue Mütterchen: »Urteile nicht so vorlaut; sage dein Anliegen, vielleicht kann ich dir helfen.« Und da erzählte er denn die Aufgabe. Da gab ihm das Mütterchen ein Pfeifchen und sagte: »Hebe es wohl auf, es wird dir nützen!«, und ehe noch der Bursche sich bedankt hatte, war das Mütterchen verschwunden. Nun ging er fröhlich hin zum König und sprach: »Ich will die Hasen hüten!« Und da wurden sie aus dem Stalle herausgelassen. Als aber der letzte heraus war, sah man den ersten schon nicht mehr, der war schon über alle Berge. Der Bursche aber

ging hinaus aufs Feld und setzte sich auf einen grünen Hügel und dachte: Was fang ich an? Da fiel ihm sein Pfeifchen ein; er tat es schnell heraus und pfiff, da kamen die hundert Hasen alle wieder gesprungen und weideten lustig um ihn herum an dem grünen Hügel.
Dem König und der schönen Prinzessin aber war gar nichts daran gelegen, dass der Schäfer die Aufgabe löse und die Prinzessin sich gewinne, weil er ein so geringer Schlucker war und nicht hochgeboren, und sie sannen auf Listen, wie sie machen wollten, dass der Hasenhüter seine Herde nicht vollzählig heimbringe.
Da kam die Königstochter daher gegangen und hatte sich verkleidet und ihr Gesicht verändert, dass er sie nicht kennen sollte, aber er kannte sie doch. Als sie nun die Hasen noch alle erblickte, fragte sie: »Kann man hier nicht einen von den Hasen kaufen?« Da sagte der Bursche: »Zu verkaufen gibt's keinen, aber abzuverdienen!« Da fragte sie weiter: »Wie ist das zu verstehen?« Da sprach der Bursche: »Wenn Ihr Euch mir zum Liebchen gebet und eine süße Schäferstunde mit mir haltet!« Sie wollte aber nicht. Da sie aber doch gern einen Hasen wollte und er keinen anders hergab, so bequemte sie sich endlich doch dazu. Da er sie nun genugsam geherzt und geküsst hatte, fing er ihr einen Hasen und steckte ihn in ihr Handkörbchen, und sie ging fort. Als sie nun wohl eine Viertelstunde weit von ihm weg war, pfiff er auf seinem Pfeifchen, und geschwind drückte der Hase den Deckel des Körbchens auf, sprang heraus und kam wieder gesprungen.
Nicht lange währte es, da kam der alte König und hatte sich auch vermummt, aber der Bursche kannte ihn doch. Der König kam auf einem Esel geritten und hatte hüben und drüben einen Korb hängen. Der König fragte: »Wird kein Hase verkauft?« – »Nein, verkauft nicht, aber abverdient kann einer werden!«, antwortete ihm dreist der Bursche. »Wie ist das zu verstehen?«, fragte der König. »Wenn Ihr den Esel hier unter den Schwanz küsst«, begann der Bursche, »sollt Ihr einen haben!« Das wollte der König aber nicht tun; und er bot ihm schweres Geld, wenn er einen verkaufen wollte; der Bursche aber tat es nicht. Da nun der König sah, dass er keinen Hasen zu kaufen kriegte, bequemte er sich end-

lich dazu und gab dem Esel einen tüchtigen Schmatz unter den Schwanz; dann wurde ein Hase gefangen, in den einen Korb am Esel gesteckt und der König zog fort. Er war aber noch nicht weit, da pfiff der Bursche, und der Hase hüpfte aus dem Korbe heraus und kam wieder. Darauf kam der König nach Hause und sagte: »Es ist ein loser Bursche, ich konnte keinen Hasen bekommen!« Was er getan hatte, sagte er nicht. »Ja!«, erwiderte die Prinzessin. »So ging mir es auch!« Was sie aber getrieben hatte, gestand sie auch nicht. Als es Abend war, kam der Bursche mit seinen Hasen und zählte dem Könige sie vor, alle hundert zum Stall hinein.

Nun begann der König: »Die erste Aufgabe ist gelöst und nun geht es an die zweite! Merk auf! Hundert Maß Erbsen und hundert Maß Linsen liegen auf meinem Boden, diese habe ich untereinander schütten und wohl durchmengen lassen, wenn du diese in einer Nacht ohne Licht auseinander sonderst, dann hast du die zweite Aufgabe vollbracht.« Der Bursche sprach: »Ich kann es!« Und da wurde er auf den Boden gesperrt und es wurde die Türe fest verschlossen. Da nun alles im Schlosse ruhig war, pfiff er auf seinem Pfeifchen; da kamen gekrochen viele tausend Ameisen und wimmelten und kribbelten so lange, bis die Erbsen wieder auf einem besonderen Haufen waren und die Linsen auch. Als nun früh der König nachsah, war die Aufgabe gelöst, die Ameisen aber sah er nicht, die waren wieder fort. Der König wunderte sich und wusste nicht, wie es der Bursche machte. Darauf sprach er: »Ich will dir nun auch die dritte Aufgabe sagen. Wenn du in künftiger Nacht dich durch eine große Kammer voll Brot hindurchissest, dass nichts übrig bleibt, dann hast du die dritte Aufgabe vollbracht und dann sollst du meine Tochter haben!«

Als es nun dunkel war, wurde der Bursche in eine Brotkammer gesteckt, die war so voll, dass bei der Türe nur ein Plätzchen leer war, wo er hintrat. Wie aber alles ruhig im Schlosse war, pfiff er wieder auf seinem Pfeifchen; da kamen daher so viele Mäuse, dass es ihm schier unheimlich wurde; und als es tagte, war das Brot alles aufgefressen, dass kein Krümchen mehr übrig war! Er aber polterte an der Türe und schrie: »Macht auf! Ich habe Hunger!« Da war nun auch die dritte Aufgabe gelöst.

Der König aber sagte: »Sage uns zum Spaß noch einen Sack voll Lügen, dann sollst du meine Tochter bekommen!« Da fing der Bursche an und sagte schreckliche Lügen einen halben Tag lang, aber der Sack wollte immer nicht voll werden. Da erzählte er endlich: »Ich habe mit der allerliebsten Prinzessin, meiner Braut, auch schon ein Schäferstündchen gehalten!« Bei diesen Worten wurde sie feuerrot, der König sah sie an und ob es gleich Lügen sein sollten, so glaubte er's doch, und bildete sich schon ein, wie und wo es geschehen sei. »Der Sack ist aber noch nicht voll!«, rief er. Da begann der Bursche: »Der Herr König hat auch den Esel« – »Er ist voll, er ist voll! Strickt zu!«, rief der König, denn er schämte sich und wollte es nicht wissen lassen, welche Ehre dem Esel durch seinen königlichen Mund zuteilgeworden war, da sein ganzer Hofstaat im Kreise herumstand. Und wurde die Hochzeit des Schäferburschen mit der Königstochter gefeiert, vierzehn Tage lang, und da ging es so hoch her und lustig zu, dass der es erzählt hat, wünscht, er wäre auch ein Gast dabei gewesen.

Das Märchen vom Mann im Monde

Vor uralten Zeiten ging einmal ein Mann am lieben Sonntagmorgen in den Wald, haute sich Holz ab, eine großmächtige Welle, band sie, steckte einen Staffelstock hinein, huckte die Welle auf und trug sie nach Hause zu.

Da begegnete ihm unterwegs ein hübscher Mann in Sonntagskleidern, der wollte wohl in die Kirche gehen, blieb stehen, redete den Wellenträger an und sagte: »Weißt du nicht, dass auf Erden Sonntag ist, an welchem Tage der liebe Gott ruhte, als er die Welt und alle Tiere und Menschen geschaffen? Weiß du nicht, dass geschrieben steht im dritten Gebot, du sollst den Feiertag heiligen?« Der Fragende aber war der liebe Gott selbst; jener Holzhauer jedoch war ganz verstockt und antwortete: »Sonntag auf Erden oder Mondtag im Himmel, was geht das mich an, und was geht es dich an?«

»So sollst du deine Reisigwelle tragen ewiglich!«, sprach der liebe Gott. »Und weil der Sonntag auf Erden dir so gar unwert ist, so sollst du fürder ewigen Mondtag haben und im Mond stehen, ein Warnungsbild für die, welche den Sonntag mit Arbeit schänden!«

Von der Zeit an steht im Mond immer noch der Mann mit dem Holzbündel, und wird wohl auch so stehen bleiben bis in alle Ewigkeit.

Der König im Bade

Es war einmal ein König, dem waren viele Lande deutscher und welscher Zunge untertan, darob wurde sein Herz übermütig, und er glaubte, es gäbe in der Welt keinen mächtigen Herrn, außer ihm allein. Nun geschah es, dass er eines Abends in die Vesper ging und hörte den Priester die Worte lesen: DEPOSUIT POTENTES DE SEDE, ET EXALTAVIT HUMILES. Da fragte er, weil er kein Latein verstand, die gelehrten Männer, die um ihn waren, was diese Worte bedeuteten? Und da wurde ihm die Deutung: Gott der Herr wirft die Mächtigen vom Throne und erhöhet die Niedrigen. Der König erschrak über diesen Spruch und wurde zornig und gab ein Gebot, dass dieser Ausspruch des Evangelisten Lukas fürder nicht mehr solle gelesen werden, auch solle niemand ihn hören und er solle ganz und gar vertilgt werden aus den heiligen Büchern. Das Gebot trugen des Königs Sendboten in alle Lande und zu allen Geistlichen und in alle Klöster. Die Bücher aber, darin diese Schriftstelle stehen blieb, die sollten verbrannt werden. Also wurden jene Worte vielfach zerstört und ausgetilgt, und wurden öffentlich in den Kirchen nicht mehr gelesen oder gesungen.

Nun geschah es zu einer Zeit, dass der König in ein Bad ging; da sandte Gott, auf dass er büße für den Frevel am heiligen Wort des Evangeliums, einen Engel, der nahm des Königs Gestalt an und schlug die Augen aller mit Blindheit, dass sie ihn für den König hielten, den König selbst aber nicht als solchen, der er war, erkannten. Als der König aus dem Bade trat, setzte er sich auf eine Bank, auf welcher der Engel schon saß. Da hieß ihn der Bader aufstehen und sich anderswo hinsetzen. »Bist du trunken, Bader«, fragte der König, »dass du also schmachvoll zu mir redest? Ich bin's, der König, dein Gebieter!« – »Ein Narr mögt Ihr sein!«, antwortete der Bader. »Mein Herr, der König sitzt ja hier; wessen König seid Ihr denn? Und wo ist das Reich Eurer Majestät? Wohl Narragonia?«

»Bösewicht!«, schrie der König voller Zorn, nahm einen Kübel und warf

den an des Baders Kopf, da hörte das Badegesinde den Lärm, eilte herzu, und salbte den König mit Faustöl, bis der Engel als König dazwischentrat, und ihn aus den Händen des Gesindes befreite. Dann aber verließ er ihn, trat aus der Badestube, und da legten ihm des Königs Diener, die den Engel für ihren Herrn halten mussten, jenes köstliche Gewand an, und geleiteten ihn auf stolzen Rossen in allem Glanze nach der Hofburg. Den König aber warfen der Bader und seine Gesellen nackt und bloß aus dem Hause, und da stand er vor der Türe und wusste nicht, wie ihm geschehen war. Und das Volk sammelte sich um ihn und spottete über ihn, dazu sein eignes Gesinde, denn es kannte ihn keiner mehr. Und er eilte nackend, wie er war und mit großer Scham von den Leuten hinweg, die ihm aber nachliefen, wie einem Toren, zum Hause seines Schenken und viel treuen Rates.

Es war nach der Zeit des Mittagsimbisses, und der Schenk saß und pflegte der Mittagsrast, als der König am Tore schellte und Einlass begehrte. Der Pförtner fragte, wer er sei und was er begehre, und jener sagte. »Ich, der König!«

»Ei pfui dich!«, rief der Pförtner. »So schandbar hab ich noch keinen König gesehen. Du kommst mitnichten herein!« Da schrie und lärmte der König ungetümlich, dass der Schenk es hörte, und fragte, was es gebe. Der Pförtner sprach: »Herr, es stehet ein Mann draußen, der ist nackt und bloß, und sagt, er sei dein Herr und König, und das Volk ist hinter ihm, und hat seinen Narren an dem Affen.«

»Lasst ihn herein!«, sprach mitleidvoll der Schenk. »Und reicht ihm ein notdürftig Gewand, auf dass er seine Blöße bedecke.« Dies geschah,

und dann trat der König herein zu dem Schenken, der ihn auch nicht als seinen Herrn zu erkennen vermochte, und sprach: »O mein Freund, du wirst und musst mich erkennen, dass ich dein König bin, obschon mich heut ein wunderlich Verhängnis heimsucht, und von Ehren und Gute mich vertreibt. Denke der Reden, die wir gestern früh vertraulich miteinander pflogen, als ich euch, meinen Räten, einen Befehl gab, den ich erfüllt sehen wollte, und ihr mir es ausredetet, als eines Fürsten nicht würdig.« Und solcher Heimlichkeiten sagte der König zum Schenken noch mehr, der aber begann zu lachen und sprach: »Die Wahrheit sagt Ihr ja, aber Euch muss sie der Teufel ins Ohr geblasen haben!« Und der König sprach: »Womit ich auch das Unglück verdient, das mich schlägt, mein Herz sagt mir, dass ich ein gerechter und wahrhafter König bin.«
Der Schenke mochte nicht widersprechen, weil das die Narren aufzubringen pflegt, und bei Klugen auch nicht für ein Zeichen von guter Lebensart gilt, aber er gebot, dem Fremden Speise aufzutragen, und dachte bei sich: ich will diesen seltnen Fall doch dem König als Neuigkeit hinterbringen. Er, der Schenke, galt bei Hof so viel durch seine weisen Ratschläge, dass er zu jeder Zeit freien Zutritt hatte, und so machte er sich gleich auf zur Königsburg, trat vor den Engel und verkündete ihm die Mär von seinem wunderlichen Gast. Der gebot ihm, den König zu Hofe zu führen, und es sammelte sich in einem großen Saale der ganze Hofstaat, und das Gesinde erfüllte alle Treppen und Galerien. Wie nun der Schenk den gedemütigten König brachte, schrie alles spöttisch: »Grüß Gott, Herr König ohne Land!«
Der Engel saß in reicher Pracht neben der schönen Königin auf dem Throne, und grüßte seinen Doppelgänger, dessen Herz in Hass aufwallte, als er den vermeinten Feind bei seiner eignen Gemahlin sitzen sah. Der Engel sprach: »Sagt an, ist das wahr, seid Ihr hier König?«, und der König antwortete: »Wohl sah ich den Tag, da ich hier gewaltig war, wo meine Gemahlin noch *mich* empfing als ihren König und Herrn, deren gütlichen Gruß ich nun ganz entbehre, der mir doch sonst nie versagt ward, bis heute an diesem Tag meiner Schmach und meines Lei-

des. O wie freundlich schied ich noch heute morgen aus ihren minniglichen Armen!«

Die Königin ward ob dieser Rede ganz schamrot, dass sie sollte den fremden Mann umfangen haben und sprach zum Engel: »Mein königlicher Herr und Gemahl, dieser Mann ist wohl unsinnig!«, und ein alter Hofritter rief: »Schweige, Bösewicht! Dich müsse man auf einer Kuhhaut zum Galgen schleifen!«, und die jungen Lecker am Hofe wollten schon sich Gunst machen und ihren Heldenmut sehen lassen, und griffen nach dem König, hätten ihm auch übel genug mitgespielt, aber der Engel wehrte sie ab, und führte den König mit sich hinweg in ein schönes einsames Gemach. Dort sprach er zu ihm: »Sag an, glaubst du oder glaubst du nicht, dass Gott Gewalt habe über alle Geschöpfe? Siehe, wie seine allmächtige Kraft dich in den Staub tritt! Was hilft dir dein mächtiges Kriegsheer? Wer gehorcht deinem Rufe und Gebote? Noch lebt die Wahrheit: deposuit potentes de sede, und du und deinesgleichen werdet sie ewig nicht unterdrücken!«

So sprach der Engel zum König, und dieser fragte erbebend: »Mann, wer seid Ihr? Seid Ihr Gott der Allmächtige, von dem Ihr redet, so erbarme sich Eure Gnade über mich armen, betörten Mann!«

»Ich bin nicht Gott!«, sprach darauf der Engel. »Aber seiner Boten einer bin ich, und des wahren Christus Diener. Der sandte mich, und dir sandte er die Strafe deiner Hoffart. Gott erhöhet und erniedrigt, wen er will! Warum verfolgst du diese Wahrheit?«

Da fiel der König hin zu des Engels Füßen und bat um Gottes Huld und

Verzeihung. Der Engel hieß ihn aufstehen und sprach: »Du musst Glauben haben an das Wort der Schrift aus der Priester Munde! Du musst barmherzig sein, gegen die, so dir ihren Kummer klagen! Du musst gerecht sein gegen die Kleinen wie gegen den Großen! Willst du das, so sollst du wieder einnehmen den Stuhl deiner Macht und deiner Ehren.«

Da demütigte sich aufs Neue der König vor dem Boten des Herrn, neigete sich, kniete nieder und sprach: »Ich folge dir gerne, gewähre mir durch Gott Gnade!« Da bot ihm der Engel seine Hand, und reichte ihm die Königsgewande und verlieh ihm die Königsgestalt wieder, und der König legte das dürftige Röcklein ab, das der Schenk ihm geben ließ. Der Engel aber verschwand vor den Augen des Königs und flog wieder auf gen Himmel, in die Heimat der Seelen, in das Reich des ewigen Vaters.

Der König sprach: »Gelobt sei der süße Christ, der Gewaltige. Was der Engel mir sagte, das ist die rechte Wahrheit.« Und ging hervor aus dem Gemach wie einer, dem nie ein Leid widerfahren. Da fragten ihn die Dienstmannen ehrfurchtsvoll: »Herr, wo ist der Narr geblieben?« Er aber berief die Königin und alle die Seinen um sich her, und erzählte ihnen alles, wie es sich begeben und was er erlitten; seinen Streit mit dem Bader, und alles andere, und zeigte ihnen das dürftige Röcklein. Des erschraken die Schranzen und schämten sich, dass sie den Herrn also gekränkt und misskannt, und meinten ihrer viele, es werde ihnen nunmehr an Leib und Gut gehen. Selbst die Königin bat den Gemahl um Huld und Gnade, und versicherte heilig und teuer, dass sie ihn nicht erkannt habe. Er schloss sanft ihre Hände in seine Hand und sprach: »Frau, schweiget stille! Gott hat es so gewollt! Kannte ich doch zuletzt mich selbst nicht mehr.«

Dann hieß er den Spruch deposuit wieder in alle Bücher schreiben, wo es ausgelöscht worden, und ließ ihn wieder in den Kirchen lesen, und ward gar ein demütiger Herrscher. Und wer diese Mär lieset, der demütige sein Herz vor Gott, und bitte, dass er ihn vor Hoffart und Übermut gnädiglich bewahren wolle.

Der kleine Däumling

Es war einmal ein armer Korbmacher, der hatte mit seiner Frau sieben Jungen, da war immer einer kleiner als der andere, und der Jüngste war bei seiner Geburt nicht viel über Fingers Länge, daher nannte man ihn Däumling. Zwar ist er hernach noch in etwas gewachsen, doch nicht gar zu sehr, und den Namen Däumling hat er behalten. Doch war es ein gar kluger und pfiffiger kleiner Knirps, der an Gewandtheit und Schlauheit seine Brüder alle in den Sack steckte.

Den Eltern ging es erst gar übel, denn Korbmachen und Strohflechten ist keine so nahrhafte Profession wie Semmelbacken und Kälberschlachten, und als vollends eine teure Zeit kam, wurde dem armen Korbmacher und seiner Frau himmelangst, wie sie ihre sieben Würmer satt machen sollten, die alle mit äußerst gutem Appetit gesegnet waren. Da beratschlagten eines Abends, als die Kinder zu Bette waren, die beiden Eltern miteinander, was sie anfangen wollten, und wurden Rates, die Kinder mit in den Wald zu nehmen, wo die Weiden wachsen, aus denen man Körbe flicht, und sie heimlich zu verlassen. Das alles hörte der Däumling an, der nicht schlief wie seine Brüder, und schrieb sich der Eltern übeln Ratschlag hinter die Ohren. Simulierte auch die ganze Nacht, da er vor Sorge doch kein Auge zutun konnte, wie er es machen sollte, sich und seinen Brüdern zu helfen.

Früh morgens lief der Däumling an den Bach, suchte die kleinen Taschen voll weiße Kiesel, und ging wieder heim. Seinen Brüdern sagte er von dem, was er erhorcht hatte, kein Sterbenswörtchen. Nun machten sich die Eltern auf in den Wald, hießen die Kinder folgen, und der Däumling ließ ein Kieselsteinchen nach dem andern auf den Weg fallen, das sah niemand, weil er, als der Jüngste, Kleinste und Schwächste, stets hintennach trottelte. Das wussten die Alten schon nicht anders.

Im Wald machten sich die Alten unvermerkt von den Kindern fort, und auf einmal waren sie weg. Als das die Kinder merkten, erhoben sie allzumal, Däumling ausgenommen, ein Zetergeschrei. Däumling lachte und sprach zu seinen Brüdern: »Heult und schreit nicht so jämmerlich! Wollen den Weg schon allein finden.« Und nun ging Däumling voran und nicht hinterdrein und richtete sich genau nach den weißen Kieselsteinchen, fand auch den Weg ohne alle Mühe.

Als die Eltern heimkamen, bescherte ihnen Gott Geld ins Haus; eine alte Schuld, auf die sie nicht mehr gehofft hatten, wurde von einem Nachbarn an sie abbezahlt, und nun wurden Esswaren gekauft, dass sich der Tisch bog. Aber nun kam auch das Reuelein, dass die Kinder verstoßen worden waren, und die Frau begann erbärmlich zu lamentieren: »Ach du lieber, allerlieber Gott! Wenn wir doch die Kinder nicht im Wald gelassen hätten! Ach, jetzt könnten sie sich dicksatt essen, und so haben die Wölfe sie vielleicht schon im Magen! Ach, wären nur unsre liebsten Kinder da!« – »Mutter, da sind wir ja!«, sprach ganz geruhig der kleine Däumling, der bereits mit seinen Brüdern vor der Türe angelangt war und die Wehklage gehört hatte; öffnete die Türe und herein trippelten die kleinen Korbmacher – eins, zwei, drei, vier, fünf, sechs, sieben. Ihren guten Appetit hatten sie wieder mitgebracht, und dass der Tisch so reichlich gedeckt war, war ihnen ein gefundenes Essen. Die Herrlichkeit war groß, dass die Kinder wieder da waren, und es wurde, so lange das Geld reichte, in Freuden gelebt, dies ist armer Handarbeiter Gewohnheit.

Nicht gar lange währte es, so war in des Korbmachers Hütte Schmalhans wieder Küchenmeister und ein Kellermeister mangelte ohnehin, und es erwachte aufs Neue der Vorsatz, die Kinder im Walde ihrem Schicksal zu überlassen. Da der Plan wieder zwischen Vater und Mutter als

lautes Abendgespräch verhandelt wurde, so hörte auch der kleine Däumling alles, das ganze Gespräch, Wort für Wort und nahm sich's zu Herzen.
Am andern Morgen wollte Däumling abermals aus dem Häuschen schlüpfen, Kieselsteine aufzulesen, aber o weh, da war's verriegelt, und Däumling war viel zu klein, als dass er den Riegel hätte erreichen können, da gedachte er sich anders zu helfen. Wie es fortging zum Walde, steckte Däumling Brot ein und streute davon Krümchen auf den Weg, meinte, ihn dadurch wieder zu finden.
Alles begab sich wie das erste Mal, nur mit dem Unterschied, dass Däumling den Heimweg nicht fand, dieweil die Vögel alle Krümchen rein aufgefressen hatten. Nun war guter Rat teuer, und die Brüder machten ein Geheul in dem Walde, dass es zum Steinerbarmen war. Dabei tappten sie durch den Wald, bis es ganz finster wurde, und fürchteten sich über die Maßen, bis auf Däumling, der schrie nicht und fürchtete sich nicht. Unter dem schirmenden Laubdach eines Baumes auf weichem Moos schliefen die sieben Brüder, und als es Tag war, stieg Däumling auf einen Baum, die Gegend zu erkunden. Erst sah er nichts als eitel Waldbäume, dann aber entdeckte er das Dach eines kleinen Häuschens, merkte sich die Richtung, rutschte vom Baume herab und ging seinen Brüdern tapfer voran. Nach manchem Kampf mit Dickicht, Dornen und Disteln sahen alle das Häuschen durch die Büsche blicken, und schritten gutes Mutes darauf los, klopften auch ganz bescheidentlich an der Türe an. Da trat eine Frau heraus, und Däumling bat gar schön, sie doch einzulassen, sie hätten sich verirrt und wüssten nicht wohin? Die Frau sagte: »Ach, ihr armen Kinder!«, und ließ den Däumling mit seinen Brüdern eintreten, sagte ihnen aber auch gleich, dass sie im Hause des Menschenfressers wären, der besonders gern die kleinen Kinder fräße. Das war eine schöne Zuversicht! Die Kinder zitterten wie Espenlaub, als sie dieses hörten, hätten gern lieber selbst etwas zu essen gehabt, und sollten nun stattdessen gegessen werden. Doch die Frau war gut und mitleidig, verbarg die Kinder und gab ihnen auch etwas zu essen. Bald darauf hörte man Tritte und es klopfte

stark an der Türe; das war kein andrer als der heimkehrende Menschenfresser. Dieser setzte sich an den Tisch zur Mahlzeit, ließ Wein auftragen, und schnüffelte, als wenn er etwas röche, dann rief er seiner Frau zu: »Ich wittre Menschenfleisch!« Die Frau wollte es ihm ausreden, aber er ging seinem Geruch nach und fand die Kinder. Die waren ganz hin vor Entsetzen. Schon wetzte er sein langes Messer, die Kinder zu schlachten, und nur allmählich gab er den Bitten seiner Frau nach, sie noch ein wenig am Leben zu lassen und aufzufüttern, weil sie doch gar zu dürr seien, besonders der kleine Däumling. So ließ der böse Mann und Kinderfresser sich endlich beschwichtigen. Die Kinder wurden zu Bette gebracht, und zwar in derselben Kammer, wo ebenfalls in einem großen Bette Menschenfressers sieben Töchter schliefen, die so alt waren, wie die sieben Brüder. Sie waren von Angesicht sehr hässlich, jede hatte aber ein goldenes Krönlein auf dem Haupte. Das alles war der Däumling gewahr worden, machte sich ganz still aus dem Bette, nahm seine und seiner Brüder Nachtmützen, setzte diese Menschenfressers Töchtern auf, und deren Krönlein sich und seinen Brüdern.
Der Menschenfresser trank vielen Wein, und da kam ihm seine böse Lust wieder an, die Kinder zu morden, nahm sein Messer und schlich sich in die Schlafkammer, wo sie schliefen, willens, ihnen die Hälse abzuschneiden. Es war aber stockdunkel in der Kammer, und der Menschenfresser tappte blind umher, bis er an ein Bett stieß, und fühlte nach den Köpfen der darin Schlafenden. Da fühlte er die Krönchen und sprach: »Halt da! Das sind deine Töchter. Bald hättest du betrunkenes Schaf einen Eselsstreich gemacht!«
Nun tappelte er nach dem andern Bette, fühlte da die Nachtmützen, und schnitt seinen sieben Töchtern die Hälse ab, einer nach der andern. Dann legte er sich nieder und schlief seinen Rausch aus. Wie der Däumling ihn schnarchen hörte, weckte er seine Brüder, schlich sich mit ihnen aus dem Hause, und suchte das Weite. Aber wie sehr sie auch eilten, so wussten sie doch weder Weg noch Steg, und liefen in der Irre herum voll Angst und Sorge, nach wie vor.
Als der Morgen kam, erwachte der Menschenfresser und sprach zu sei-

ner Frau: »Geh und richte die Krabben zu, die gestrigen!« Sie meinte, sie sollte die Kinder nun wecken, und ging voll Angst um sie hinauf in die Kammer. Welch ein Schrecken für die Frau, als sie nun sah, was geschehen war; sie fiel gleich in Ohnmacht, über diesen schrecklichen Anblick, den sie da hatte. Als sie nun dem Menschenfresser zu lange blieb, ging er selbst hinauf, und da sah er, was er angerichtet. Seine Wut, in die er geriet, ist nicht zu beschreiben. Jetzt zog er die Siebenmeilenstiefel an, die er hatte, das waren Stiefel, wenn man damit sieben Schritte tat, so war man eine Meile gegangen, das war nichts Kleines. Nicht lange, so sahen die sieben Brüder ihn von Weitem über Berg und Täler schreiten und waren sehr in Sorgen, doch Däumling versteckte sich mit ihnen in die Höhlung eines großen Felsens. Als der Menschenfresser an diesen Felsen kam, setzte er sich darauf, um ein wenig zu ruhen, weil er müde geworden war, und bald schlief er ein, und schnarchte, dass es war, als brause ein Sturmwind. Wie der Menschenfresser so schlief und schnarchte, schlich sich Däumling hervor wie ein Mäuschen aus seinem Loch und zog ihm die Meilenstiefel aus, und zog sie selber an.

Zum Glück hatten diese Stiefel die Eigenschaft, an jeden Fuß zu passen, wie angemessen und angegossen. Nun nahm er an jede Hand einen seiner Brüder, diese fassten wieder einander an den Händen, und so ging es, hast du nicht gesehen, mit Siebenmeilenstiefelschritten nach Hause. Da waren sie alle willkommen, Däumling empfahl seinen Eltern ein sorglich Auge auf die Brüder zu haben, er wolle nun mit Hülfe der Stiefel schon selbst für sein Fortkommen sorgen, und als er das kaum gesagt, so tat er einen Schritt und er war schon weit fort, noch einen und er stand über eine halbe Stunde auf einem Berg, noch einen, und er war den Eltern und Brüdern aus den Augen.

Nach der Hand hat der Däumling mit seinen Stiefeln sein Glück gemacht, und viele große und weite Reisen, hat vielen Herren gedient, und wenn es ihm wo nicht gefallen hat, ist er spornstreichs weitergegangen. Kein Verfolger zu Fuß noch zu Pferd konnte ihn einholen, und seine Abenteuer, die er mit Hülfe seiner Stiefel bestand, sind nicht zu beschreiben.

Der Zauber-Wettkampf

Einstmals ging ein junger Buchbindergeselle in die Fremde und wanderte, bis kein Kreuzerlein mehr in seiner Tasche klimperte. Da endlich nötigte ihn sein gespanntes Verhältnis mit dem schlaff gewordenen Geldbeutel ernstlich der Arbeit nachzufragen, und bald ward er auch von einem Meister angenommen und bekam es sehr, sehr gut. Sein Meister sprach zu ihm: »Gesell, du wirst es gut bei mir haben; die Arbeit, die du täglich zu tun hast, ist ganz geringe. Du kehrst nur die Bücher hier alle Tage recht säuberlich ab und stellst sie dann nach der

Ordnung wieder auf. Aber dieses eine Büchlein, welches hier apart steht, darfst du nicht anrühren, viel weniger hineinsehen, sonst ergeht dir's schlimm, Bursche, merk dir's. Dagegen kannst du in den andern Büchern lesen, so viel du nur magst.«

Der Geselle beherzigte die Worte seines Meisters sehr wohl und hatte zwei Jahre lang die besten Tage, indem er täglich nur die Bücher säuberte, dann in manchem derselben las, und dabei die vortrefflichste Kost hatte – jenes verbotene Büchlein ließ er gänzlich unangerührt. Dadurch erwarb er sich das volle Vertrauen seines Herrn, sodass dieser öfters tagelang vom Hause entfernt blieb, und auch zuweilen eine Reise unternahm. Aber wie stets dem Menschen nach Verbotenem gelüstet, so regte sich einstmals, als der Meister auf mehrere Tage verreist war, in dem Gesellen eine mächtige Begierde, endlich doch zu wissen, was in dem Büchlein stehe, das immer ganz heilig an seinem bestimmten Orte lag. – Denn alle andern Bücher hatte er bereits durchgelesen. Zwar sträubte sich sein Gewissen, das Verbotene zu tun, aber die Neugierde war mächtiger; er nahm das Büchlein, schlug es auf und fing an darinnen zu lesen. In dem Büchlein standen die größten kostbarsten Geheimnisse, die größten Zauberformeln waren darinnen enthalten, und es stellte sich dem staunenden, höchst verwunderten Gesellen nach und nach alles so sonnenklar heraus, dass er schon anfing, Versuche im Zaubern zu machen. Alles gelang. Sprach der Bursche ein kräftiges Zaubersprüchlein aus diesem Büchlein, so lag im Nu das Gewünschte vor ihm da. Auch lehrte das Büchlein jede menschliche Gestalt in eine andere zu verwandeln. Nun probierte er mehr und mehr, und zuletzt machte er sich zu einer Schwalbe, nahm das Büchlein und flog im schnellsten Fluge seiner Heimat zu. Sein Vater war nicht wenig erstaunt, als eine Schwalbe zu seinem Fenster einflog, und plötzlich dann aus ihr sein Sohn wurde, den er zwei Jahre lang nicht gesehen. Der Bursche aber drückte den Alten herzlich an seine Brust und sprach: »Vater, nun sind wir glücklich und geborgen, ich bringe ein Zauberbüchlein mit, durch welches wir die reichsten Leute werden können.« Das gefiel dem Alten wohl, denn er lebte sehr dürftig. Bald darauf machte sich der junge Zauberer zu einem überaus großen, fetten Ochsen und sprach zu seinem Vater: »Nun führet mich zum Markt und verkauft mich, aber fordert ja viel, recht viel, man wird mich teuer bezahlen, und vergesset ja nicht das kleine Stricklein, welches um meinen linken Hinterfuß gebunden ist, abzulösen, und wieder mit heim zu nehmen, sonst bin ich verloren.«

Das machte der Vater alles so; er verkaufte den Ochsen für ein schweres Geld, denn als er nun mit ihm auf dem Markte erschien, versammelte sich gleich ein Haufen Volkes um ihn, alles bewunderte den Raritäts-Ochsen und Christen und Juden schlugen sich darum, ihn zu kaufen. Der Käufer aber, der das höchste Gebot tat und bezahlte, und den Ochsen im Triumph von dannen führte, hatte am andern Morgen statt des herrlichen Ochsens ein Bündlein Stroh in seinem Stalle liegen. Und der Buchbindergeselle – der war wohlgemut wieder daheim bei seinem Vater, und lebte mit ihm herrlich und in Freuden von dem Gelde. Manch einer macht sich auch zu einem großen fetten Ochsen, aber keiner kauft ihn teuer.

Bald darauf verzauberte der Bursch sich wieder in einen prächtigen Rappen, und ließ sich von seinem Vater auf den Rossmarkt führen und verkaufen. Da lief wieder das Volk zusammen, um das wunderschöne glänzend schwarze Ross zu sehen. – Jener Meister Buchbinder aber, als er nach Hause zurückgekehrt war, hatte gleich gesehen, was vorgegangen, und da er eigentlich kein Buchbinder, sondern ein mächtiger Zauberer war, der nur zum Schein diese Beschäftigung trieb, so wusste er auch gleich, wie viel es geschlagen hatte, und setzte dem Entflohenen nach. Auf jenem Rossmarkt nun war der Meister unter den Käufern, und da er alle Stücklein des Zauberbüchelchens kannte, so merkte er alsobald, was es für eine Bewandtnis mit dem Pferd habe, und dachte: Halt, jetzt will ich dich fangen. Und so suchte er für jeden Preis das Pferd zu kaufen, was ihm auch ohne große Mühe gelang, weil er es gleich um den ersten Kaufpreis annahm. Der Vater kannte den Käufer nicht, aber das Pferd fing an heftig zu zittern und zu schwitzen, und gebärdete sich äußerst scheu und ängstlich, doch es konnte der Vater die nun so gefährliche Lage seines Sohnes nicht ahnen. Als das Pferd des neuen Eigentümers eingeführt und an den für dasselbe bestimmten Platz gestellt war, wollte der Vater wieder das Stricklein ablösen; aber der Käufer ließ dieses durchaus nicht zu, da er sehr wohl wusste, dass es dann um seinen Fang geschehen wäre. So musste denn der Vater ohne Stricklein abziehen, und dachte in seinem Sinn: er wird sich schon selbst helfen, kann er so viel, dass er sich zu einem Pferde macht, kann er sich gewiss auch wieder durch seine Zauberkunst dort in dem Stall losmachen und heimkommen.

In jenem Pferdestall aber war ein mächtiges Gedränge von Menschen; Groß und Klein, Alt und Jung – alles wollte das ausgezeichnet schöne Ross beschauen. Ein kecker Knabe wagte sogar das Pferd zu streicheln und liebkosend zu klopfen, und es ließ sich dieses, wie es schien, gar gerne gefallen, und als dieser Knabe sich immer vertraulicher näherte und das Pferd am Kopf und am Hals streichelte, da flüsterte es dem Knaben ganz leise zu: »Liebster Junge, hast du kein Messerchen einstecken?« Und der froh verwunderte Knabe antwortete: »O ja, ich habe ein recht scharfes.« Da sprach der Rappe wieder ganz leise: »Schneide einmal das Stricklein an meinem linken Hinterfuß ab«, und schnell schnitt es der Knabe entzwei. Und in diesem Augenblicke fiel das schöne Ross vor aller Augen zusammen und ward ein Bündlein Stroh, und daraus flog eine Schwalbe hervor, und aus dem Stall empor in die hohen blauen Lüfte. Der Meister hatte das Ross nur einen Augenblick außer Acht gelassen, jetzt war keine Zeit zu verlieren. Er brauchte seine Kunst, verwandelte sich rasch in einen Geier, und schoss der flüchtigen Schwalbe nach. Es bedurfte nur noch einer kleinen Weile, so hatte der Geier die Schwalbe in seinen Klauen, aber das Schwälblein merkte den Feind, blickte nieder auf die Erde, und sah da gerade unter sich ein schönes Schloss und vor dem Schloss saß eine Prinzessin und flugs verwandelte sich das Schwälblein in einen goldenen Fingerreif, fiel nieder, und gerade der holden Prinzessin auf den Schoß. Die wusste nicht, wie ihr geschah, und steckte das Ringlein an den Finger. Aber die scharfen Augen des Geiers hatten alles gesehen, und rasch verwandelte sich der Zaubermeister aus einem Geier in einen schmucken Junker und trat heran zur Prinzessin und bat sie höflichst und untertänigst, dieses Ringlein, mit welchem er soeben ein Kunststück gemacht habe, ihm wieder einzuhändigen. Die schöne Prinzessin lächelte errötend, zog das Ringlein vom Finger, und wollte es dem Künstler überreichen, doch siehe, da entfiel es ihren zarten Fingern und rollte als ein winziges Hirsekörnlein in eine Steinritze. Im Augenblicke verwandelte sich der Junker und wurde ein stolzer Gückelhahn, der mit seinem Schnabel emsig in der Steinritze nach dem Hirsekörnlein pickte, aber gleich darauf wurde aus dem Hirsekörnlein ein Fuchs, und dieser biss dem Gückel den Kopf ab. Und somit war der Zaubermeister besiegt. Jetzt aber nahm der junge Geselle wieder seine Gestalt an, sank der Prinzessin zu Füßen, und pries sie dankend, dass sie ihn an ihrem Finger getragen und sich so mit ihm verlobt habe. Die Prinzessin war über alles, was vorgegangen war, mächtig erschrocken, denn sie war noch sehr jung und unerfahren und schenkte ihm ihr Herz und ihre Hand, doch unter der Bedingung, dass er fortan aller Verwandlung entsage, und ihr unwandelbar treu bleibe. Dies gelobte der Jüngling und opferte sein Zauberbüchlein den Flammen, woran er indes sehr übel tat, denn er hätte es ja dir, lieber Leser, oder mir schenken und vermachen können; in Ochsen hätten wir zwei uns gewisslich nicht verwandelt.

Oda und die Schlange

Es war einmal ein Mann, der hatte drei Töchter, von denen hieß die jüngste Oda. Nun wollte der Vater dieser drei einmal zu Markte fahren und fragte seine Töchter, was er ihnen mitbringen sollte. Da bat die Älteste um ein goldnes Spinnrad, die Zweite um eine goldne Weife, Oda aber sagte: »Bringe mir das mit, was unter deinem Wagen wegläuft, wenn du auf dem Rückweg bist.« Da kaufte denn nun der Vater auf dem Markt ein, was sich die älteren Mädchen gewünscht, und fuhr heim, und siehe, da lief eine Schlange unter den Wagen, die fing der Mann und brachte sie Oda mit. Er warf sie untenhin in den Wagen und nachher vor die Haustür, wo er sie liegen ließ. Wie nun Oda herauskam, da fing die Schlange an zu sprechen: »Oda! Liebe Oda! Soll ich nicht hinein auf die Diele?« (In die Hausflur). – »Was?«, sagte Oda: »Mein Vater hat dich bis an unsere Türe mitgenommen, und du willst auch herein auf die Diele?« Aber sie ließ sie doch ein. Da nun Oda nach ihrer Kammer ging, so rief die Schlange wieder: »Oda, liebe Oda! Soll ich nicht vor deiner Kammertüre liegen?« – »Ei seht doch!«, sagte Oda, »Mein Vater hat dich bis an die Haustür gebracht, ich habe dich hereingelassen auf die Diele, und nun willst du auch noch vor meiner Kammertür liegen? Doch es mag drum sein!« – Wie nun Oda in ihre Schlafkammer eingehen wollte und die Kammertür öffnete, da rief die Schlange wieder: »Ach Oda, liebe Oda! Soll ich nicht in deine Kammer?« – »Wie?«, rief Oda. »Hat dich mein Vater nicht bis an die Haustür mitgenommen? Hab ich dich nicht auf die Diele gelassen und vor meine Kammertür? Und nun willst du auch noch mit in die Kammer? – Aber, wenn du nun zufrieden sein willst, so komm nur herein, liege aber stille, das sag ich dir!« Damit ließ Oda die Schlange ein, und fing an sich auszukleiden. Wie sie nun ihr Bettchen besteigen wollte, so rief die Schlange doch wieder: »Ach Oda, liebste Oda! Soll ich denn nicht mit in dein Bette?« – »Nun wird es aber zu toll!«, rief Oda zornig aus. »Mein Vater hat dich bis an die Haustür mitgenommen; ich

habe dich auf die Diele gelassen, nachher vor die Kammertür, nachher herein in die Kammer – und nun willst du gar noch bei mich ins Bett? Aber du bist wohl erfroren? Nun, so komm mit herein und wärme dich, du armer Wurm!« Und da streckte die gute Oda selbst ihre weiche warme Hand aus und hob die kalte Schlange zu sich herauf in ihr Bette. Da mit einem Male verwandelte sich die Schlange, die eine lange Zeit verzaubert gewesen war, und die nur erlöst werden konnte, wenn alles das geschah, was mit ihr sich zugetragen hatte – in einen jungen und schönen Prinzen, der alsobald die gute Oda zu seiner Frau nahm.

Das Kätzchen und die Stricknadeln

Es war einmal eine arme Frau, die in den Wald ging, um Holz zu lesen. Als sie mit ihrer Bürde auf dem Rückwege war, sah sie ein krankes Kätzchen hinter einem Zaun liegen, das kläglich schrie. Die arme Frau nahm es mitleidig in ihre Schürze und trug es nach Hause zu. Auf dem Wege kamen ihre beiden Kinder ihr entgegen und wie sie sahen, dass die Mutter etwas trug, fragten sie: »Mutter, was trägst du?«, und wollten gleich das Kätzchen haben; aber die mitleidige Frau gab den Kindern das Kätzchen nicht, aus Sorge, sie möchten es quälen, sondern sie legte es zu Hause auf alte weiche Kleider und gab ihm Milch zu trinken. Als das Kätzchen sich gelabt hatte und wieder gesund war, war es mit einem Male fort und verschwunden. Nach einiger Zeit ging die arme Frau wieder in den Wald, und als sie mit ihrer Bürde Holz auf dem Rückwege wieder an die Stelle kam, wo das kranke Kätzchen gelegen hatte, da stand eine ganz vornehme Dame dort, winkte die arme Frau zu sich und warf ihr fünf Stricknadeln in die Schürze. Die Frau wusste nicht recht, was sie denken sollte, und dünkte diese absonderliche Gabe ihr gar zu gering; doch nahm sie die fünf Stricknadeln des Abends auf den Tisch. Aber als die Frau des andern Morgens ihr Lager verließ, da lag ein Paar neue fertig gestrickte Strümpfe auf dem Tisch. Das wunderte die arme Frau über alle Maßen und am nächsten Abend legte sie die Nadeln wieder auf den Tisch, und am Morgen darauf lagen neue Strümpfe da. Jetzt merkte sie, dass zum Lohn ihres Mitleids mit dem kranken Kätzchen ihr diese fleißigen Nadeln beschert waren, und ließ dieselben nun jede Nacht stricken, bis sie und die Kinder genug hatten. Dann verkaufte sie auch Strümpfe und hatte genug, bis an ihr seliges Ende.

Tischlein deck dich, Esel streck dich, Knüppel aus dem Sack

In einem kleinen Städtchen lebte ein ehrlicher Schneider mit seiner Familie, die fünf Häupter zählte: Vater, Mutter und drei Söhne. Letztere wurden sowohl von den Eltern als auch von sämtlichen Einwohnern des Städtchens nicht nach ihren Taufnamen genannt, sondern schlechtweg nur der Lange, der Dicke, der Dumme. So folgten sie der Älte nach aufeinander. Der Lange wurde ein Schreiner, der Dicke ein Müller, der Dumme ein Drechsler. Als nun der Lange aus der Lehre kam, wurde sein Bündel geschnürt, und er in die Fremde geschickt, und er zog wohlgemut mit langen Schritten zum Tore des heimatlichen Städtchens hinaus. Lange Zeit wanderte der Bursche von Ort zu Ort und konnte keine Arbeit bekommen; da nun sein ohnehin knappes Reisegeld sehr zu Ende ging, und er keine frohe Aussicht hatte zu Arbeit und Verdienst, so wurde er traurig und ging kopfhängerig und sachte auf seinem Wege weiter. Dieser führte just durch einen stillen, schönen Wald, und wie der Bursche so eine Strecke hinein war, begegnete ihm ein kleiner, etwas wohlbeleibter Mann, der ihn gar freundlich grüßte, stehen blieb und fragte: »Na, Bürschlein, wo hinaus denn? Siehst ja gar traurig aus, was fehlt dir denn?« – »Mir fehlt Arbeit«, sprach der Bursche treuherzig. »Das ist meine ganze Trau-

er – bin schon lange gewandert – hab kein Geld mehr.« – »Was kannst du denn für ein Handwerk?«, forschte das Männlein weiter. – »Ich bin ein Schreiner.« – »O so komm doch mit mir«, rief der Kleine fröhlich aus, »ich will dir Arbeit geben! Sieh ich wohne hier in diesem Wald – ja ja, komm nur mit, du wirst's gleich sehen.« Und kaum hundert Schritte weiter lag ein schönes Haus, und rings herum war ein dichter frischgrüner Tannenzaun, anzusehen wie eine Schutzmauer, und vorne am Eingang standen zwei hohe Tannen, gleich wie riesige Schildwachen. Da hinein führte das Männlein den Schreinergesellen, der nun alsbald seine Traurigkeit fahren ließ, und mit vergnügten Mienen in das trauliche Zimmer des einsamen Meisters einschritt. »Willkommen!«, rief da aus der Ecke hinterm Ofen ein ältliches Mütterlein und trippelte auf den Burschen zu, um ihn seines Felleisens entledigen zu helfen. Der Meister plauderte den Abend noch gar lange mit dem Burschen, und das Mütterlein trug Speisen auf und stellte auch ein Krüglein auf den Tisch, worin etwas weit Besseres war, als Wasser oder Kovent.

Dem jungen Schreiner gefiel es ganz wohl bei seinem Meister; er bekam nicht allzu viel zu tun, arbeitete fleißig und hielt sich auch sonst brav und ordentlich, sodass keine Klage über ihn geführt wurde. Doch nach etlichen Monaten sprach das alte Männlein: »Lieber Gesell, ich kann dich nun nicht länger brauchen, sondern muss dir Feierabend geben. Und mit Geld kann ich dir deine Arbeiten, die du mir getan, auch nicht belohnen; aber ich will dir ein schönes Andenken geben, das dir mehr helfen wird, als Gold und Silber.« Dabei reichte er ihm ein allerliebstes kleines Tischchen und sprach weiter: »So oft du dieses ›Tischlein deck dich‹ hinstellen wirst und dreimal sprechen: ›Tischlein decke dich‹, so oft wird es dir diejenigen Speisen und Getränke zum Mahle darbieten, die du nur wünschen magst. Und nun lebe wohl und gedenke fein deines alten Meisters.« Ungern verließ der Geselle seine bisherige Werkstätte, er nahm betrübt und froh zugleich das wundertätige Tischlein aus den Händen des Gebers, und zog, noch vielmals dankend, ab und lenkte seine Schritte der lieben Heimat wieder zu. Unterwegs bot ihm das Tischlein, so oft der Bursche die Zauberformel nur sprach, seine reichen Genüsse, da standen im Nu die feinsten Gerichte, die edelsten Weine darauf und alle Gefäße waren von Silber, und darunter glänzte das feinste schneeweiße Tischgedeck. Natürlich hielt der Geselle sein Tischlein decke dich sehr hehr; auf seiner letzten Herberge, ehe er heimkam, gab er es noch seinem Wirt aufzuheben. Da er aber vorher nichts im Wirtshaus gezehrt, sondern sich mit dem Tischchen eingeschlossen hatte, so hatte der Wirt ihn belauscht durch eine Klinse in der Brettertür, und hatte des Tischleins Geheimnis entdeckt. Daher war er über alle Maßen froh, dass er das Tischlein in seine Verwahrung bekam, freute sich mächtig über die herrliche Eigenschaft desselben. Er ließ sich's ganz trefflich behagen vor der kleinen Tafel und sann dabei nach, wie er sich auf die beste Weise das Tischchen aneignen möchte. Da fiel ihm bei, dass er ein ganz ähnliches Tischchen, obschon kein Tischchen decke dich besitze. Der schlaue Wirt versteckte daher das echte Tischlein und stellte das andere, unechte, am andern Morgen dem Gesellen zu, der sich ohne Bedenken damit belud und nun fröhlich seiner Heimat zueilte. Mit Freude grüßte der lange Schreiner daheim die Seinen und entdeckte sogleich seinem Vater die köstliche Bewandtnis, die es mit dem Tischchen habe. Der Vater zweifelte stark, der Sohn aber stellte es vor sich hin, sprach dreimal: »Tischlein decke dich« – aber es deckte sich nicht, und der ehrliche Schneidermeister sprach zu seinem Sohne: »Du dummer Hans, bist du darum in der Fremde gewesen, deinen alten Vater zu huzen? Geh, lass dich nicht auslachen!« Der lange Schreiner wusste in der Welt keinen Rat, wie es nun so einmal mit dem Tischchen die Quere gehe? Er probierte noch allerlei; aber es deckte sich nicht wieder, und der Lange musste wieder zum Hobel greifen und arbeiten, dass die Schwarte knackte. Unterdessen war der dicke Müller auch aus der Lehre gekommen und wanderte fort in die Fremde. Und es fügte sich, dass dieser ebenfalls denselben Weg nahm, auch das nämliche kleine Männlein fand, und von ihm in Arbeit genommen wurde. Das Waldhaus war aber jetzt eine Mühle. Als der junge Mühlknappe eine Zeit lang brav, treu und flei-

ßig in Arbeit gestanden hatte, schenkte ihm sein Meister zum Andenken einen schönen Müllerlöwen und sprach: »Nimm zum Abschied noch eine kleine Gabe, die dir, obgleich ich dir deine Arbeiten nicht mit Geld belohnen kann, doch mehr nützen wird, als Gold und Silber. So oft du zu diesem Eselein sprechen wirst: ›Eselein strecke dich!‹, so oft wird es dir Dukaten – niesen.«

Fast öfter als der Lange unterwegs gesprochen hatte: »Tischlein decke dich«, sprach jetzt der Dicke: »Eselein strecke dich«, und da streckte sich's, und ließ Dukaten fallen, dass es rasselte und prasselte. Es war eine allerliebste Sache – die blanken Goldstücke.– Aber auch der Müllergeselle kam mit seinem Esel in die Herberge des betrüglichen und schlauen Wirtes, ließ auftafeln, bewirtete, wer nur bewirtet sein wollte,

und als der Wirt die Zeche forderte, sprach er: »Haltet ein wenig, ich will nur erst Geld holen.« Nahm das Tischtuch mit, ging in den Stall, breitete es über das Stroh, darauf der Esel stand, und sprach: »Eselein strecke dich!« – da streckte sich der Esel und nieste und es klingelten Dukaten auf dem Tuche, draußen aber stand der Wirt, sah durch ein Astloch in der Türe und merkte sich die Sache. Am andern Morgen stand zwar ein Esel da, aber nicht der rechte, und der Dicke, keinen Betrug ahnend, setzte sich heiter auf und ritt fort. Als er zu seinem Vater kam, verkündete er ihm auch sein Glück, und sprach, als alle die Seinen froh verwundert den Esel umstanden: »Nun habt Achtung!«, und zum Esel sich wendend: »Eselein strecke dich!« Das fremde Eselein streckte sich zwar auch, aber was selbiges fallen ließ, das waren nichts weniger als Goldstücke. Der Dicke wurde von allen, denen er die Kunst hatte wollen sehen lassen, fürchterlich ausgelacht; er schlug den Esel windelweich, schlug ihm dennoch keine Dukaten aus der Haut und musste fortan wieder arbeiten, und im Schweiß seines Angesichts sein Brot essen.

Es war nun wieder ein Jahr verflossen und auch der Dumme hatte seine Lehrzeit überstanden und zog als ein wackrer Drechsler in die Fremde. Recht mit Fleiß nahm er denselben Lauf wie seine Brüder und wünschte sehr, bei jenem kleinen Männlein auch in Arbeit zu kommen, da dasselbe, wie die Brüder erzählt hatten, in allen Fächern bewandert war, in Handwerken wie in Gelehrtheit und Weisheit, und so schöne Sachen zu verschenken hatte. Richtig gelangte auch der Drechslergeselle in den gewissen Wald, fand die einsame Wohnung des Männleins, und auch ihn nahm es als einen fleißigen Burschen gerne in Arbeit.

Nach etlichen Monaten hieß es jedoch wieder: »Lieber Gesell, ich kann dich nun nicht langer behalten, du hast Feierabend.« Zum Abschied sprach das Männlein: »Ich schenkte dir gerne auch, wie deinen Brüdern, ein schönes Andenken, aber was würde dir das helfen, da sie dich den Dummen nennen? Dein langer Bruder und dein dicker Bruder sind durch ihre Dummheit um die Gaben gekommen, was würde es erst bei dir werden? Doch nimm dieses schlichte Säcklein; es kann dir sehr nützlich werden. So oft du zu ihm sagen wirst: ›Knüppel aus dem Sack!‹ – so oft wird ein darin steckender wohlgedrehter Prügel herausfahren zu deinem Schutz, deiner Wehr und Hülfe, und dieser wird so lange ausprügeln, bis du gebieten wirst: ›Knüppel in den Sack!‹«
Der Drechsler bedankte sich schön und zog mit seinem Säcklein heimwärts; er bedurfte jedoch auf seiner Reise der Schutzwehr erst lange nicht, denn jedermann ließ ihn, der leicht und lustig seine Straße zog, ungehindert fürbass wandern. Nur manchmal einem gestrengen Herrn Bettelvogt gab er einiges aus dem Säcklein zu kosten, oder den Dorfhunden, die aus allen Höfen herausfahren und den Wanderer an- und nachbellen. So kam er denn endlich bis an jene Herberge, wo der arge Wirt seine Brüder um das Ihrige betrogen hatte, und jetzt herrlich und in Freuden lebte, aber dennoch immer ein Gelüst hatte, sich vom Gut der Reisenden etwas anzueignen. Beim Schlafengehen gab der Drechsler dem Wirt den Sack in Verwahrung und warnte ihn, er möge ja nicht zu diesem Säcklein sagen: »Knüppel aus dem Sack!«, denn damit habe es eine besondere Bewandtnis, und könne einer, wenn er das sage, wohl etwas davontragen. Jedoch dem Wirt gefiel sein Tischlein und Eselein zu wohl, als dass er nicht noch ein drittes wundertuendes Gegenständlein hätte so heimlich wegfangen mögen; er konnte kaum die Zeit erwarten, bis der Gast sich zur Ruhe gelegt hatte, um zu sprechen: »Knüppel aus dem Sack!« Und im Nu fuhr der Knüppel heraus und wirbelte wie ein Trommelschlä-

ger auf des Wirtes Rücken, prügelte fort und fort, und prügelte den Wirt dermaßen braun und blau, dass dieser ein jämmerliches Geschrei erhub und heulend den Drechslergesellen munter rief. Dieser sagte: »Wirt, das geschieht dir recht! Ich warnte dich ja.

Du hast meinen Brüdern das Tischlein decke dich, und das Eselein strecke dich gestohlen.« Der Wirt kreischte: »Ach helft mir nur um Gottes willen! Ich werde umgebracht!« (Denn der Knüppel arbeitete noch immer rastlos auf des Wirts Rücken.) »Ich will alles wieder herausgeben, das Tischlein und das Eselein! Ach, ich falle um und bin tot!«

Jetzt gebot der Geselle: »Knüppel in den Sack!«, und da kroch das Prügelein im Nu wieder in den Sack. Und der Wirt war nur froh, dass er sein Leben davon gebracht, und gab willig das Tischlein und das Eselein wieder heraus. Da packte der Drechsler seinen Kram zusammen, lud sein Bündel, und sich selbst auf den Esel und trabte dem Heimatstädtlein zu. Da war keine geringe Freude bei den Brüdern, als sie die überaus wertvollen Geschenke und Andenken wieder gewonnen sahen,

die jetzt gerade noch so herrlich ihre Wunder taten wie ehemals – wieder gewonnen durch den, den sie immer den Dummen gescholten hatten, und der doch klüger war wie sie. Und die Brüder blieben zusammen bei den Eltern, und brauchten nicht mehr zu arbeiten, um vom Verdienst das tägliche Brot zu schaffen, denn sie hatten von nun an von allem, was das menschliche Leben bedarf, die Hülle und die Fülle.

Siebenschön

Es waren einmal in einem Dorfe ein paar arme Leute, die hatten ein kleines Häuschen und nur eine einzige Tochter, die war wunderschön und gut über alle Maßen. Sie arbeitete, fegte, wusch, spann und nähte für sieben, und war so schön wie sieben zusammen, darum ward sie Siebenschön geheißen. Aber weil sie ob ihrer Schönheit immer von den Leuten angestaunt wurde, schämte sie sich und nahm sonntags, wenn sie in die Kirche ging – denn Siebenschön war auch frömmer wie sieben andre, und das war ihre größte Schönheit – einen Schleier vor ihr Gesicht. So sah sie einstens der Königssohn und hatte seine Freude über ihre edle Gestalt, ihren herrlichen Wuchs, so schlank wie eine junge Tanne, aber es war ihm leid, dass er vor dem Schleier nicht auch ihr Gesicht sah, und fragte seiner Diener einen: »Wie kommt es, dass wir Siebenschöns Gesicht nicht sehen?« – »Das kommt daher«, antwortete der Diener, »weil Siebenschön so sittsam ist.« Darauf sagte der Königssohn: »Ist Siebenschön so sittsam zu ihrer Schönheit, so will ich sie lieben mein Leben lang und will sie heiraten. Gehe du hin und bringe ihr diesen goldnen Ring von mir und sage ihr, ich habe mit ihr zu reden, sie solle abends zu der großen Eiche kommen.« Der Diener tat wie ihm befohlen war, und Siebenschön glaubte, der Königssohn wolle ein Stück Arbeit bei ihr bestellen, ging daher zur großen Eiche und da sagte ihr der Prinz, dass er sie lieb habe um ihrer großen Sittsamkeit und Tugend willen, und sie zur Frau nehmen wolle; Siebenschön aber sagte: »Ich bin ein armes Mädchen und du bist ein reicher Prinz, dein Vater würde sehr böse werden, wenn du mich wolltest zur Frau nehmen.« Der Prinz drang aber noch mehr in sie, und da sagte sie endlich, sie wolle sich's bedenken, er solle ihr ein paar Tage Bedenkzeit gönnen. Der Königssohn konnte aber unmöglich ein paar Tage warten, er schickte schon am folgenden Tage Siebenschön ein Paar silberne Schuhe und ließ sie bitten, noch einmal unter die große Eiche zu kommen. Da sie nun kam, so fragte er schon, ob sie sich besonnen habe?, sie aber sagte, sie habe noch keine Zeit gehabt sich zu besinnen, es gebe im Haushalt gar viel zu tun, und sie sei ja doch ein armes Mädchen und er ein reicher Prinz, und sein Vater werde sehr böse werden, wenn er, der Prinz, sie zur Frau nehmen wolle. Aber der Prinz bat von Neuem und immermehr, bis Siebenschön versprach, sich gewiss zu bedenken und ihren Eltern zu sagen, was der Prinz im Willen habe. Als der folgende Tag kam, da schickte der Königssohn ihr ein Kleid, das war ganz von Goldstoff, und ließ sie abermals zu der Eiche bitten. Aber als nun Siebenschön dahin kam und der Prinz wieder fragte, da musste sie wieder sagen und klagen, dass sie abermals gar zu viel und den ganzen Tag zu tun gehabt, und keine Zeit zum Bedenken, und dass sie mit ihren Eltern von dieser Sache auch noch nicht habe reden können, und wiederholte auch noch einmal, was sie dem Prinzen schon zweimal gesagt hatte, dass sie arm, er aber reich sei, und dass er seinen Vater nur erzürnen werde. Aber der Prinz sagte ihr, das alles habe nichts auf sich, sie solle nur seine Frau werden, so werde sie später auch Königin, und da sie sah, wie aufrichtig der Prinz es mit ihr meinte, so sagte sie endlich ja, und kam nun jeden Abend zu der Eiche und zu dem Königssohne – auch sollte der König noch nichts davon erfahren. Aber da war am Hofe eine alte hässliche Hofmeisterin, die lauerte dem Königssohn auf, kam hinter sein Geheimnis und sagte es dem Könige an. Der König ergrimmte, sandte Diener aus und ließ das Häuschen, worin Siebenschöns Eltern wohnten, in Brand stecken, damit sie darin anbrenne. Sie tat dies aber nicht, sie sprang, als sie das Feuer merkte, heraus und alsbald in einen leeren Brunnen hinein, ihre Eltern aber, die armen alten Leute verbrannten in dem Häuschen.

Da saß nun Siebenschön drunten im Brunnen und grämte sich und weinte sehr, konnt's aber zuletzt doch nicht auf die Länge drunten im Brunnen aushalten, krabbelte herauf, fand im Schutt des Häuschens noch etwas Brauchbares, machte es zu Geld und kaufte dafür Mannskleider, ging als ein frischer Bub an des Königs Hof und bot sich zu einem Bedienten an. Der König fragte den jungen Diener nach dem Namen, da erhielt er die Antwort: »Unglück!«, und dem König gefiel der junge Diener also wohl, dass er ihn gleich annahm, und auch bald vor allen andern Dienern gut leiden konnte.

Als der Königssohn erfuhr, dass Siebenschöns Häuschen verbrannt war, wurde er sehr traurig, glaubte nicht anders, als Siebenschön sei mit verbrannt, und der König glaubte das auch, und wollte haben, dass sein

Sohn nun endlich eine Prinzessin heirate, und musste dieser nun eines benachbarten Königs Tochter freien. Da musste auch der ganze Hof und die ganze Dienerschaft mit zur Hochzeit ziehen, und für Unglück war das am traurigsten, es lag ihm wie ein Stein auf dem Herzen. Er ritt auch mit hintennach der Letzte im Zuge, und sang wehklagend mit klarer Stimme:

»*Siebenschön* war ich genannt,
Unglück ist mir jetzt bekannt.«

Das hörte der Prinz von Weitem, und fiel ihm auf und hielt und fragte: »Ei wer singt doch da so schön?« – »Es wird wohl mein Bedienter, der Unglück sein«, antwortete der König, »den ich zum Diener angenommen habe.« Da hörten sie noch einmal den Gesang:

»*Siebenschön* war ich genannt,
Unglück ist mir jetzt bekannt.«

Da fragte der Prinz noch einmal, ob das wirklich niemand anders sei, als des Königs Diener, und der König sagte, er wisse es nicht anders. Als nun der Zug ganz nahe an das Schloss der neuen Braut kam, erklang noch einmal die schöne klare Stimme:

»*Siebenschön* war ich genannt,
Unglück ist mir jetzt bekannt.«

Jetzt wartete der Prinz keinen Augenblick länger, er spornte sein Pferd und ritt wie ein Offizier längs des ganzen Zugs in gestrecktem Galopp hin, bis er an Unglück kam, und Siebenschön erkannte. Da nickte er ihr freundlich zu und jagte wieder an die Spitze des Zuges, und zog in das Schloss ein. Da nun alle Gäste und alles Gefolge im großen Saal versammelt war und die Verlobung vor sich gehen sollte, so sagte der Prinz zu seinem künftigen Schwiegervater: »Herr König, ehe ich mit Eurer

Prinzessin Tochter mich feierlich verlobe, wollet mir erst ein kleines Rätsel lösen. Ich besitze einen schönen Schrank, dazu verlor ich vor einiger Zeit den Schlüssel, kaufte mir also einen neuen; bald darauf fand ich den alten wieder, jetzt saget mir Herr König, wessen Schlüssel ich mich bedienen soll?« – »Ei natürlich des alten wieder!«, antwortete der König. »Das Alte soll man in Ehren halten, und es über Neuem nicht hintansetzen.« – »Ganz wohl Herr König«, antwortete nun der Prinz, »so zürnt mir nicht, wenn ich Eure Prinzessin Tochter nicht freien kann, sie ist der neue Schlüssel, und dort steht der alte.« Und nahm Siebenschön an der Hand und führte sie zu seinem Vater, indem er sagte: »Siehe Vater, das ist meine Braut.« Aber der alte König rief ganz erstaunt und erschrocken aus: »Ach lieber Sohn, das ist ja Unglück, mein Diener!« – Und viele Hofleute schrien: »Herr Gott, das ist ja ein Unglück!« – »Nein!«, sagte der Königssohn. »Hier ist gar kein Unglück, sondern hier ist Siebenschön, meine liebe Braut.« Und nahm Urlaub von der Versammlung und führte Siebenschön als Herrin und Frau auf sein schönstes Schloss.

Die drei Musikanten

Es zogen einmal drei junge Musikanten aus ihrer Heimat in die Fremde; sie hatten alle drei bei einem Meister die Musik gelernt, und wollten nun auch vereint bleiben und ihr Glück in fremden Landen versuchen. Von Ort zu Ort wanderten sie fröhlich dahin, spielten auf zu Kirmes- und Festtagtänzen, und gewannen durch ihre lustigen Musikstücklein gar manchen schweren Batzen, neben dem stillen und lauten Beifall. So kamen sie denn auch einmal in ein Städtchen und belustigten am Abend die Gesellschaft mit schöner Musik. Endlich hörten sie auf aufzuspielen, sondern tranken eines, taten manchem Bescheid und gaben auch zum Gespräch der Gäste ihren Teil. Da ward mancherlei Verwunderliches durcheinander geplaudert und erzählt. Zunächst ging die Rede von einem Zauberschloss, welches sich in der Nähe des Städtchens befände, und von welchem ebenso viel Wunderschönes als Wunderbares erzählt wurde. Bald hieß es: ja, dort sind ungeheure Schätze,

dort ist stets Überfluss an den köstlichsten Lebensmitteln, obgleich keine Menschenseele darinnen wohnt – bald hieß es wieder: aber dort ist ein schrecklicher Gespensterspuk. Wer seinen Buckel weiß hinein trägt, bringt ihn braun und blau gefärbt wieder heraus, ohne die Schätze gehoben oder den Zauber gelöst zu haben. Dies und vieles andere wurde hin und her geredet über das verzauberte Schloss. Die drei Musikanten waren nicht sobald allein in ihrem Schlafkämmerlein, als sie sich lange unterredeten und zugleich den Gedanken erfassten, das rätselhafte Schloss sich näher zu besehen, ja, sogar sich hineinzuwagen, um möglicherweise die dort verborgenen und verzauberten Schätze zu heben. Nun wurden sie einig unter sich, dass ein jeder einzeln, einer nach dem andern, sich hineinwagen sollte, je nach der Älte, und dass einem jeden ein ganzer Tag dazu vergönnt sein sollte, sein Abenteuer zu bestehen. Der erste Glücksversuch fiel dem Geiger zu. Der machte sich mutvoll und ohne Säumen auf das Schloss und fand, als er dort anlangte, die Eingangspforten schon offen, als ob man seiner geharrt hätte; doch als er über die Schwelle geschritten war, schlug hinter ihm die schwere Türe zu, und es sprang ein riesiger Eisenriegel vor, obgleich kein lebendes Wesen zu erblicken war, doch als wenn ein strenger Pförtner hier sein Amt verrichte und Wache halte und dem Geiger kam ein Grausen an, sodass sein Haar sich auf dem Wirbel sträubte. Aber er konnte weder umkehren noch verweilen und es kräftigte ihn wieder der Gedanke an das zu hoffende Glück, an Gold und Schätze. Treppe auf Treppe ab wanderte der Jüngling, durch herrliche Zimmer, kostbare Säle, trauliche Kabinettchen – alles prachtvoll ausgestattet, und in der schönsten Sauberkeit erhalten. Aber überall war eine Totenstille, auch nicht das kleinste Mückchen lebte und wohnte hier. Doch dem Jüngling wuchs der Mut aufs Neue, zumal als er den untern Räumen, Küche und Gewölben, sich zuwandte, wo in Fülle die seltensten und köstlichsten Speisevorräte vorhanden waren, in den Gewölben die Weinflaschen hoch aufgespeichert lagen, und alle Sorten süßer eingemachter Früchte in großen Gläsern nach der Reihe standen. In der schönen blanken Küche knisterte vertraulich ein helles Feuerlein und darüber ward von unsichtbarer Hand ein Bratrost gesetzt, und ein ausgesuchtes Wildpretfleisch tanzte aus dem Gewölbe herein in die Küche und auf den Rost; und viele andre Speisen, feine Gemüse und Pasteten und köstliches Backwerk wurde ebenso schnell als kostbar von unsichtbaren Händen zubereitet und dann in eins der schönsten Zimmer, wohin sich der Jüngling begeben hatte, ihm nachgetragen und auf einer gedeckten Tafel vor ihm ausgesetzt. Der Jüngling ergriff zuerst sein Instrument und ließ klangvoll seine schönen Melodien durch die stillen Räume schallen, worauf er sich dann ohne Zaudern zur einladenden Tafel setzte und zu schmausen anfing. Doch nicht lange, so öffnete sich die Türe und es trat ein Männlein herein, etwa drei Ellenbogen hoch, mit einem Scharlachröcklein angetan, mit verwelktem Gesichtlein und einem grauen Bart, der bis auf die großen silbernen Schuhschnallen reichte. Und das Männlein setzte sich schweigend neben den Geiger und schmausete mit. Als nun die Reihe an den schönen Wildpretbraten kam, nahm der Geiger die Schüssel und nickte dem Männlein zu, doch zuerst zuzulangen, und dieses spießte lächelnd ein Stück Fleisch an die Gabel und nickte wieder und ließ dabei das Bratenstückchen unter den Tisch fallen. Gefällig bückte sich da gleich der gute Geiger, um es wieder aufzuheben; aber im Nu saß ihm schon das Bartmännlein auf dem Rücken und bläute so unbarmherzig auf ihn los, als ob es ihm das Lebenslicht ausblasen wolle. Und auch des Geigers Mund wurde zugehalten, bis unter unaufhörlichen Prügeln derselbe endlich zur großen Eingangspforte hinausgeschoben ward. Draußen schöpfte der halbtote Geiger frischen Odem und schlich dann ächzend dem Gasthof zu, wo die Kameraden geblieben waren. Es war schon Nacht, als er ihn erreichte und jene beiden schliefen bereits. Am andern Morgen sahen sie ganz erstaunt den Geiger ebenfalls im Bette liegen und bestürmten ihn bald mit vielen Fragen; doch er kraute sich Kopf und Rücken, gab sehr kurze Antworten und sprach: »Gehet hin und sehet selber zu! Es ist eine kitzliche Sache.«

Der zweite Musiker, ein Trompeter, trat nun den Gang nach dem Zauberschloss an, fand alles ebenso wie das gebläute Geigerlein, und wurde auch ebenso bewirtet mit Pasteten und Prügeln, sodass er am folgenden Morgen ebenfalls wie ein geprellter Fuchs auf seinem Lager lag und klagte, es sei ihm absonderlich aufgespielt worden, aus grober Tonart. Dennoch hatte der Dritte, ein *Flötenbläser*, noch Mut genug, um sein Heil im Zauberschloss zu versuchen. Er war der pfiffigste. Furchtlos durchwanderte er das ganze Schloss, es deuchte ihm recht angenehm, diese schönen Räume für immer zu besitzen; in Küche und Keller war ja Vorrat an Lebensmitteln die Hülle und Fülle. Bald ward auch für ihn eine kostbare Tafel gedeckt, und als er lange genug fröhlich singend und flöteblasend herumgewandert war, nahm er Platz und ließ es sich behagen. Da trat wieder das Bartmännlein herein und setzte sich neben den Gast. Und der unerschrockene Musikant ließ sich mit ihm in ein Gespräch ein, und tat gerade, als ob er ihn schon hundertmal hier getroffen, doch war das Männlein nicht sehr redselig. Endlich kam es wieder an den Braten, und das Männlein ließ wieder mit Absicht sein Stück fallen; gutmütig war eben der Flötenbläser im Begriff es aufzunehmen, als er gewahrte, dass das Zwerglein flugs auf seinen Rücken springen wollte. Da wandte er sich alsbald rasch um, riss es von sich, und packte und schüttelte das Männlein an seinem Bart so derb, bis er denselben zuletzt ganz herausriss und der kleine Alte ächzend niederstürzte. Aber so wie der Jüngling den Bart in seinen Händen hatte, überkam ihn eine außerordentliche Kraft, und er erschaute im Schloss noch viel wunderbarere Dinge wie vorher; dagegen hatte das Männlein fast alles Leben verloren; es winselte und flehte: »Gib, o gib mir meinen Bart wieder, so will ich dir allen Zauber, der dieses Schloss umfasst, kundtun, und dir dazu verhelfen, den Zauber zu lösen, sodass du dadurch reich und ewig glücklich werden wirst.« Der kluge Flötenbläser aber sprach: »Deinen Bart sollst du wieder haben, doch musst du mir *zuvor* alles dies kundtun, sonst bist du ein Schalk. Und eher gebe ich den Bart nicht aus meinen Händen.« Da musste der Alte sich bequemen, erst sein Versprechen zu erfüllen, ob er es gleich nicht willens gewesen war, sondern nur mit List seinen Bart wieder an sich bringen wollte. Der Jüngling musste ihm nun folgen, durch dunkle geheime

Gänge, unterirdische Gewölbe und grauliche Felsklüfte, bis sie endlich auf ein freies Gefilde kamen, das gänzlich aussah wie eine viel schönere Welt als die unsrige. Und an einen Strom kamen sie, der brausete wild; doch das Männlein zog einen kleinen Stab hervor und schlug ins Wasser, worauf alsobald die Flut auseinandertrat und stille stand, bis beide trockenen Fußes hinüber waren. Drüben war es eine Pracht! – Da ging es weiter durch grüne, herrliche Laubgänge, überall Blumen, Vöglein mit Silber- und Goldfedern, die sangen wundersam, und glänzende Käfer und Schmetterlinge gaukelten und tanzten herum, und andere niedliche Tiere schäkerten in Büschen und Hecken; und der Himmel über ihnen sah nicht blau, sondern wie pure Goldstrahlen, und die Sterne waren viel größer und kreiseten wie in verschlungenen Tänzen durcheinander.

Der Jüngling staunte; und staunte noch mehr, als er von dem grauen Zwerglein in ein noch weit prachtvolleres Gebäude als das Wunderschloss geführt wurde. Auch hier herrschte neben aller Herrlichkeit die tiefste Stille in den Gemächern und als sie deren viele durchwandert, kamen sie in eins, welches ganz mit Schleiern behangen war, wo in der Mitte des Zimmers ein dicht verhülltes Bette stand, darüber ein schöner Vogelbauer hing mit einem Vöglein, welches gar helle Lieder durch die einsame Stille schmetterte. Das graue Männlein hub die Schleier und Hüllen vom Bette und führte den Jüngling näher; dieser sah hier auf weichen seidenen Kissen, die reich mit Goldtroddeln behangen waren, ein gar liebliches Mädchen schlafend daliegen, das war so schön wie ein Engel, hatte ein weißes Kleidchen an und über ihre Brust und Schultern wallten die goldnen Locken herab, und auf dem Haupte blitzte eine demantne Krone; aber ein tiefer totenähnlicher Schlaf hielt die sanften Züge gefangen und kein Geräusch vermochte die holde Schläferin zu erwecken. Da sprach das Männlein zu dem verwunderten Jüngling: »Siehe hier dieses schlafende Kind! Es ist eine hohe Prinzessin. Dieses schöne Schloss und dieses gesegnete Land ist ihr Erbgut, wann sie erlöset ist; aber seit Jahrhunderten schläft sie den festen Zauberschlaf, und auch seit Jahrhunderten fand noch keine menschliche Seele den Weg, der hierher führt, den nur ich täglich zurücklegte, um dort im Schloss, welches meine Wohnung ist, zu speisen, und etwa die goldbegierigen Menschen, die sich einfanden, mit einem Gericht Prügel zu bedienen. Ich bin der Wächter über diese Schläferin

und musste sorgfältig verhüten, dass kein Fremder hier eindringe, und dazu ward mir mein Bart, in welchem solche übermäßige Kräfte wohnen, dass auch ich ebenfalls seit Jahrhunderten diesen Zauber zu üben vermag. Doch nun, wo mir der Bart entrissen, bin ich kraftlos, und muss dieses überschwängliche Glück lassen, welches mit der holden Prinzessin erwacht, dir entdecken und überlassen. Und so schicke dich rasch zur Ausführung des Erlösungswunders. Nimm diesen Vogel, der über der Prinzessin hängt, und der sie einst in den Zauberschlummer gesungen hat, und seitdem jene Melodien auch immerfort singen musste - nimm ihn, schlachte ihn, und schneide ihm das kleine Herz aus, brenne es dann zu Pulver und gib dieses der Prinzessin in den Mund, alsobald wird sie davon erwachen und wird dich beglücken mit Hand und Herz, mit Land und Schloss und allen ihren Schätzen.« Das Männlein schwieg erschöpft und der Jüngling säumte nicht an das Werk der Erlösung zu gehen. Schnell und gut wurde alles getreu nach der Angabe des kleinen Alten ausgeführt und das Pülverlein bereitet. Nach wenigen Minuten, als es der Prinzessin gegeben war, schlug sie frisch und lächelnd die Augen auf, und hob sich vom Lager empor und sank dem glücklichen Jüngling an die Brust, liebkosete und dankte ihm und nahm ihn zu ihrem Gemahl an. Und in demselben Moment zog ein Donnern und Krachen durch das Schloss, auf allen Treppen wurde es laut, und in allen Zimmern wurde es geräuschvoll. Und endlich kam eine Schar Diener und Dienerinnen mit freundlichen Gesichtern in das Zimmer getreten, in welchem das glückliche Paar weilte und alle freuten sich, und flogen dann flink und froh in die Küchen und Kellerräume, in Zimmer und Säle und Gänge an ihre Arbeit, und waren alle wie neugeboren.

Das graue Zwerglein aber heischte nun streng seinen Bart von dem Jüngling und gedachte immer noch in seinem boshaften Herzen dem Glücklichen einen Possen zu spielen. Denn, wenn ihm der Bart erst wieder am Kinn saß, hatte er Macht, alle Sterbliche zu überwältigen. Allein der kluge Flötenbläser gebrauchte noch immer Vorsicht mit dem tückischen Männlein, er sprach: »Oh, deinen Bart sollst du wieder haben, sei nicht bange, ich will ihn dir zum Abschied überreichen, aber erlaube, dass wir beide, meine holde Braut und ich, dich eine kleine Strecke begleiten dürfen.« Das konnte das Männlein nicht verweigern. Sie gingen nun weit durch schöne Laubgänge und Blumenbeete mit dem Zwerg und kamen endlich an das ungeheuer tiefe, rauschende Wasser, welches viele, viele Meilen weit in der Runde um das Land der Prinzessin strömte und gleichsam die Grenzscheidung bildete. Keine Brücke und kein Nachen war rings vorhanden, worauf Menschen das jenseitige Ufer erreichen konnten; auch kein kühner Schwimmer hätte es errungen, denn die Wellenflut war zu tosend und wild. Da sprach der Jüngling zu dem Männlein: »Gib mir deinen Stab, auf dass ich dir diesmal noch zur Ehre das Wasser auseinander scheide.« Und das Männlein musste gehorchen, weil es seine Bartkräfte noch nicht wieder hatte, und dachte auch im Stillen noch in hämischer Freude: wenn er mir drüben über dem Wasser, den Bart überreicht, so bekomme ich ihn doch in meine Gewalt, nehme ihn dann den Stab wieder ab, und beide können ihr wunderschönes Land nie betreten. Aber nicht also gingen des Zwerges boshafte Gedanken aus. Der kluge, glückliche Jüngling schlug mit dem Stab ins Wasser, es teilte sich behände und stand stille, und der Zwerg ging voran und ging hinüber, und schnell hinter ihm brausete die Flut zusammen; aber der Jüngling war mit seiner lieben Braut am andern Ufer zurückgeblieben, er behielt den Zauberstab und schleuderte nur den Bart übers Wasser hinüber, sodass ihn der Zwerg drüben auffing, und sich ihn wieder ansetzte; und so ward der Alte doch um seinen Zauberstab betrogen und durfte hinfort nimmer wieder das herrliche Gebiet betreten. Und der glückliche Jüngling kehrte zurück ins Schloss mit seiner Holden, zu steter Freude und Glückseligkeit; und keine Sehnsucht kam ihn in sein Herz, je wieder zu seinen Kameraden zurückzukehren. Die saßen lange im Wirtshaus und als jener nicht wieder kam, sprachen sie: »Der ist flöten gegangen« – und das ist hernach zum Sprichwort geworden, wenn einer oder eine Sache abhanden und nicht wieder kommt.

Der Müller und die Nixe

Es war einmal ein Müller, der war reich an Geld und Gut und führte mit seiner Frau ein vergnügtes Leben. Aber Unglück kommt über Nacht; der Müller wurde arm und konnte zuletzt kaum noch die Mühle, in der er saß, sein Eigen nennen. Da ging er am Tage voll Kummer umher und wenn er abends sich niederlegte, fand er keine Ruhe, sondern verwachte die ganze Nacht in traurigen Gedanken. Eines Morgens stand er früh vor Tage auf und ging ins Freie; er dachte es sollte ihm leichter ums Herz werden. Als er nun auf dem Damme an seinem Mühlteiche sorgenvoll auf und nieder ging, hörte er es auf einmal in dem Weiher rauschen, und als er hinsah, da stieg eine weiße Frau daraus empor. Da erkannte er, dass es die Nixe des Weihers sein müsse und vor großer Furcht wusste er nicht, ob er davongehen oder stehen bleiben sollte. Indem er so zauderte, erhob die Nixe ihre Stimme, nannte ihn bei Namen und fragte ihn, warum er so traurig wäre? Als der

Müller die freundlichen Worte hörte, fasste er sich ein Herz und erzählte ihr, wie er sonst so reich und glückselig gewesen wäre und jetzt sei er so arm, dass er sich vor Not und Sorgen nicht zu raten wisse. Da redete ihm die Nixe mit tröstlichen Worten zu und versprach ihm, sie wolle ihn noch reicher machen, als er je gewesen sei, wenn er ihr dagegen das gebe, was eben in seinem Hause jung geworden sei. Der Müller dachte, sie wolle ein Junges von seinem Hunde oder seiner Katze haben, sagte ihr also zu, was sie verlangte und eilte guten Mutes nach der Mühle. Aus der Haustür trat ihm seine Magd mit freudiger Gebärde entgegen und rief ihm zu, seine Frau habe soeben einen Knaben geboren. Da stand nun der Müller und konnte sich über die Geburt seines Kindes, die er nicht sobald erwartet hatte, nicht freuen. Traurig ging er ins Haus und erzählte seiner Frau und seinen Verwandten, die herbeikamen, was er der Nixe gelobet hatte. »Mag doch alles Glück, das sie mir versprochen hat, verfliegen«, sprach er, »wenn ich nur mein Kind retten kann.« Aber niemand wusste andern Rat, als dass man das Kind sorgfältig in Acht nehmen müsse, damit es niemals dem Weiher zu nahe käme.

Der Knabe wuchs fröhlich auf und unterdessen kam der Müller nach und nach zu Geld und Gut, und es dauerte nicht lange, so war er reicher als er je gewesen war. Aber er konnte sich seines Glückes nicht recht freuen, da er immer seines Gelübdes gedachte und fürchtete, die Nixe werde über kurz oder lang auf die Erfüllung dringen. Aber Jahr auf Jahr verging, der Knabe wurde groß und lernte die Jägerei, und weil er ein schmucker Jäger war, nahm ihn der Herr des Dorfes in seinen Dienst, und der Jäger freite sich ein junges Weib und lebte friedlich und in Freuden.

Einstmals verfolgte er auf der Jagd einen Hasen, der endlich auf das freie Feld ausbog. Der Jäger setzte ihm eifrig nach und streckte ihn mit einem Schusse nieder. Sogleich machte er sich ans Ausweiden und achtete nicht darauf, dass er sich in der Nähe des Weihers befand, vor dem er sich von Kind auf hatte hüten müssen. Mit dem Ausweiden war er bald fertig und ging nun an das Wasser, um seine blutigen Hände zu waschen. Kaum hatte er sie in den Weiher getaucht, als die Nixe emporstieg, ihn mit nassen Armen umfing und ihn mit sich hinabzog, dass die Wellen über ihm zusammenschlugen.

Als der Jäger nicht heimkehrte, geriet seine Frau in große Angst, und als man nach ihm suchte und am Mühlteiche seine Jagdtasche liegen fand, da zweifelte sie nicht mehr daran, wie es ihm ergangen sei. Ohne Rast und Ruhe irrte sie an dem Weiher umher und rief wehklagend Tag und Nacht ihren Mann. Endlich fiel sie vor Müdigkeit in einen Schlaf, darinnen es ihr träumte, wie sie durch eine blühende Flur zu einer Hütte wanderte, worin eine Zauberin wohnte, die ihr ihren Mann wieder zu schaffen versprach. Als sie am Morgen erwachte, beschloss sie der Eingebung zu folgen und die Zauberin aufzusuchen. So wanderte sie aus und kam bald zur blühenden Flur und dann zu der Hütte, worin die Zauberin wohnte. Sie erzählte ihren Kummer und dass ein Traum ihr Rat und Hülfe von ihr versprochen habe. Die Zauberin gab ihr zum Bescheid: sie solle beim Vollmond an den Weiher gehen und dort mit

einem goldnen Kamme ihre schwarzen Haare strählen und dann den Kamm ans Ufer legen. Die junge Jägersfrau beschenkte die Zauberin reichlich und begab sich auf den Heimweg.
Die Zeit bis zum Vollmonde verging ihr langsam; als es aber endlich Vollmond war, ging sie zum Weiher und strählte sich mit einem goldnen Kamme ihre schwarzen Haare und als sie fertig war, legte sie den goldnen Kamm am Ufer nieder und sah dann ungeduldig in das Wasser. Da rauschte es und brauste es aus der Tiefe und eine Welle spülte den goldnen Kamm vom Ufer und es dauerte nicht lange, so erhob ihr Mann den Kopf aus dem Wasser und sah sie traurig an.
Aber bald kam wiederum eine Welle gerauscht und der Kopf versank, ohne ein Wort gesprochen zu haben. Der Weiher lag wieder ruhig wie zuvor und glänzte im Mondscheine und die Jägersfrau war um nichts besser daran als vorher.
Trostlos durchwachte sie Tage und Nächte, bis sie wieder ermüdet in Schlaf sank, und derselbe Traum, der sie an die Zauberin gewiesen hatte, wieder über sie kam. Abermals ging sie am Morgen nach der blühenden Flur und nach der Hütte und klagte der Zauberin ihren Kummer. Die Alte gab ihr zum Bescheid: sie solle beim Vollmond an den Weiher gehen, auf einer goldnen Flöte blasen und dann die Flöte an das Ufer legen.
Als es Vollmond geworden war, ging die Jägersfrau zum Weiher, blies auf einer goldnen Flöte und legte sie dann ans Ufer. Da rauschte es und brauste es aus der Tiefe und eine Welle spülte die Flöte vom Ufer und bald erhob der Jäger den Kopf über das Wasser und tauchte immer höher empor, bis über die Brust, und breitete seine Arme nach seiner Frau aus. Da kam wieder eine rauschende Welle und zog ihn in die Tiefe zurück. Die Jägersfrau hatte voller Freude und Hoffnung am Ufer gestanden und versank in tiefen Gram, als sie ihren Mann in dem Wasser verschwinden sah.
Aber zum Troste erschien ihr wiederum der Traum, der sie zu der blühenden Flur und zu der Hütte der Zauberin verwies. Die Alte gab diesmal den Bescheid: sie solle, sobald es Vollmond sein werde, an den Weiher gehen, dort auf einem goldnen Rädchen spinnen und dann das

Rädchen ans Ufer stellen. Als der Vollmond kam, befolgte die Jägersfrau das Geheiß, ging an den Weiher, setzte sich nieder und spann auf einem goldenen Rädchen und stellte dann das Rädchen ans Ufer. Da rauschte es und brauste es aus der Tiefe und eine Welle spülte das goldne Rad vom Ufer, und bald erhob der Jäger den Kopf über das Wasser und tauchte immer höher empor, bis er endlich an das Ufer stieg und seiner Frau um den Hals fiel. Da fing das Wasser an zu rauschen und brausen und überschwemmte das Ufer weit und breit und riss beide, wie sie sich umfasst hielten, mit sich hinab. In ihrer Herzensangst rief die Jägerin den Beistand der Alten an und auf einmal war die Jägerin in eine Kröte und der Jäger in einen Frosch verwandelt. Aber sie konnten nicht beisammen bleiben, das Wasser riss sie nach verschiedenen Seiten hin, und als die Überschwemmung vergangen war, da waren zwar beide wieder zu Menschen geworden, aber der Jäger und die Jägerin waren jedes in einer fremden Gegend und sie wussten nichts voneinander.
Der Jäger entschloss sich als Schäfer zu leben, und auch die Jägerin ward eine Schäferin. So hüteten sie lange Jahre ihre Herden, eines vom andern entfernt.

Einstmals aber trug es sich zu, dass der Schäfer dahin kam, wo die Schäferin lebte. Die Gegend gefiel ihm und er sah, dass sie recht fruchtbar gelegen sei zur Weide seiner Herde. Er brachte also seine Schafe dorthin und hütete sie wie zuvor. Schäfer und Schäferin wurden gute Freunde, aber sie erkannten einander nicht.
An einem Abende aber saßen sie im Vollmond beieinander, ließen ihre Herden grasen und der Schäfer blies auf seiner Flöte. Da gedachte die Schäferin jenes Abends, wo sie am Weiher bei Vollmond auf der goldenen Flöte geblasen; sie konnte sich nicht länger halten und brach in lautes Weinen aus. Der Schäfer fragte sie, was sie so weine und klage? – bis sie ihm erzählte, was ihr alles widerfahren sei. Da fiel es wie Schuppen von den Augen des Schäfers, er erkannte seine Jägerin und gab sich ihr zu erkennen. Nun kehrten sie fröhlich in ihre Heimat zurück und lebten zusammen ungestört und in Frieden.

Goldener

Vor langen Jahren hat einmal in einem dichten Wald ein armer Hirte gelebt, der hatte sich ein bretternes Häuschen mitten im Wald erbaut, darin wohnte er mit seinem Weib und sechs Kindern, die waren alle Knaben. An dem Hause war ein Ziehbrunnen und Gärtlein, und wenn der Vater das Vieh fütterte, so gingen die Kinder hinaus und brachten ihm zu Mittag oder zu Abend einen kühlen Trunk aus dem Brunnen oder ein Gericht aus dem Gärtlein.
Den jüngsten Knaben riefen die Eltern nur: »Goldener«, denn seine Haare waren wie Gold, und obgleich der Jüngste, so war er doch der Stärkste von allen und auch der Größte. So oft die Kinder hinaus in die Flur gingen, so ging Goldener mit einem Baumzweige voran, anders wollte keins gehen, denn jedes fürchtete sich, zuerst auf ein Abenteuer

zu stoßen; ging aber Goldener voran, so folgten sie freudig eines hinter dem andern nach, durch das dunkelste Dickicht, und wenn auch schon der Mond über dem Gebirge stand. Eines Abends ergötzten sich die Knaben auf dem Rückwege vom Vater mit Spielen im Walde, und Goldener hatte sich vor allen so sehr im Spiele ereifert, dass er so hell aussah, wie das Abendrot. »Lasst uns zurückgehen!«, sprach der Älteste – »es scheint dunkel zu werden.« – »Seht, dort ist der Mond!«, sprach der Zweite. Da kam es auf einmal licht zwischen den dunklen Tannen hervor und eine Frauengestalt, leuchtend wie der Mond, setzte sich auf einen der moosigen Steine, spann mit einer krystallenen Spindel einen lichten Faden in die Nacht hinaus, nickte mit dem Haupte gegen Goldener und sang:

»Der weiße Fink, die goldne Ros,
Die Königin im Meeresschoß!«

Sie hatte wohl noch weitergesungen, da brach ihr der Faden und sie erlosch wie ein Licht. Nun war es ganz Nacht, die Kinder fasste ein Grausen, sie sprangen mit kläglichem Geschrei, das eine dahin, das andere dorthin, über Felsen und Klüfte, und verlor eins das andere.
Wohl viele Tage und Nächte irrte auch Goldener in dem dicken Wald umher, fand aber weder einen seiner Brüder noch die Hütte seines Va-

ters, noch sonst die Spur eines Menschen, denn es war der Wald gar dicht verwachsen, ein Berg über den andern gestellt und eine Kluft unter die andere.

Die Brombeeren, welche überall herumrankten, stillten seinen Hunger und Durst, sonst wär er gar jämmerlich gestorben. Endlich am dritten Tage – andere sagen gar erst am sechsten oder siebenten Tage – wurde der Wald hell und immer heller, und da kam Goldener zuletzt hinaus auf eine schöne grüne Wiese.

Da war es ihm so leicht um das Herz und er atmete mit vollen Zügen die freie Luft ein.

Auf derselben Wiese waren Garne ausgelegt, denn da wohnte ein Vogelsteller, der fing Vögel, die aus dem Wald flogen, und trug sie in die Stadt zum Kaufe.

»Solch ein Bursche ist mir gerade vonnöten«, dachte der Vogelsteller, als er Goldener erblickte, der auf der grünen Wiese nah an den Garnen stand und in den weiten blauen Himmel hineinsah und sich nicht satt sehen konnte.

Der Vogelsteller wollte sich einen Spaß machen, er zog seine Garne und husch! war Goldener gefangen und lag unter dem Garne ganz erstaunt, denn er wusste nicht, wie das geschehen war. »So fängt man die Vögel, die aus dem Walde kommen«, sprach der Vogelsteller laut lachend - »deine roten Federn sind mir eben recht. Du bist wohl ein verschlagener Fuchs? Bleibe bei mir, ich lehre dich auch die Vögel fangen!«

Goldener war gleich dabei, ihm deuchte unter den Vögeln ein gar lustig Leben, zumal er ganz die Hoffnung aufgegeben hatte, die Hütte seines Vaters wieder zu finden.

»Lass erproben, was du gelernt hast«, sprach der Vogelsteller nach einigen Tagen zu ihm. Goldener zog die Garne und bei dem ersten Zuge fing er einen schneeweißen Finken.

»Packe dich mit diesem weißen Finken!«, schrie der Vogelsteller. – »Du hast es mit dem Bösen zu tun!«, und so stieß er ihn gar unsanft von der Wiese, indem er den weißen Finken, den ihm Goldener gereicht hatte, unter vielen Verwünschungen mit den Füßen zertrat.

Goldener konnte die Worte des Vogelstellers nicht begreifen, er ging traurig, doch getrost, wieder in den Wald zurück und nahm sich noch einmal vor, die Hütte seines Vaters zu suchen. Tag und Nacht lief er über Felsensteine und alte gefallene Baumstämme, fiel auch gar oft über die schwarzen Wurzeln, die aus dem Boden überall hervorragten. Am dritten Tage aber wurde der Wald endlich wieder heller und da kam er hinaus in einen schönen lichten Garten, der war voll der lieblichsten Blumen, und weil Goldener dergleichen noch keine erblickt, blieb er voll Bewunderung stehen. Der Gärtner im Garten erblickte ihn nicht sobald – denn Goldener stand unter den Sonnenblumen und seine Haare glänzten im Sonnenschein nicht anders, als so eine Blume – als er sprach: »Ha! Solch einen Burschen hab ich gerade vonnöten!«, und das Tor des Gartens schloss. Goldener ließ es sich gefallen, denn ihm deuchte unter den Blumen ein gar buntes Leben, zumal da er ganz die Hoffnung aufgegeben hatte, die Hütte seines Vaters wieder zu finden.

»Fort in den Wald!«, sprach der Gärtner eines Morgens zu Goldener. »Hol mir einen wilden Rosenstock, damit ich zahme Rosen darauf pflanze!« Goldener ging und kam mit einem Stock der schönsten goldfarbenen Rosen zurück, die waren auch nicht anders, als hätte sie der geschickteste Goldschmied für die Tafel eines Königs geschmiedet.

»Packe dich mit diesen goldnen Rosen!«, schrie der Gärtner. – »Du hast es mit dem Bösen zu tun«, und so stieß er ihn gar unsanft aus dem Garten, indem er die goldenen Rosen unter vielen Verwünschungen in die Erde trat.

Goldener konnte die Worte des Gärtners nicht begreifen, doch ging er getrost wieder in den Wald zurück und nahm sich nochmals vor, die Hütte seines Vaters zu suchen.

Er lief Tag und Nacht, von Baum zu Baum, von Fels zu Fels. Am dritten Tage endlich wurde der Wald hell und immer heller, und da kam Goldener hinaus in das blaue Meer; das lag in einer unermesslichen Weite vor ihm, die Sonne spiegelte sich eben in der krystallhellen Fläche, da war es wie fließendes Gold, darauf schwammen schön geschmückte Schiffe mit langen fliegenden Wimpeln. Einige Fischer hielten in einer zierlichen Barke am Ufer, in die trat Goldener und sah mit Erstaunen in die Helle hinaus.

»Ein solcher Bursch ist uns gerade vonnöten«, sprachen die Fischer und husch stießen sie vom Lande. Goldener ließ es sich gefallen, denn ihm deuchte bei den Wellen ein goldenes Leben, zumal er ganz die Hoffnung aufgegeben hatte, seines Vaters Hütte wieder zu finden. Die Fischer warfen ihre Netze aus und fingen nichts. »Lass sehen, ob du glücklicher bist!«, sprach ein alter Fischer mit silbernen Haaren zu Goldener. Mit ungeschickten Händen senkte Goldener das Netz in die Tiefe, zog und fischte – eine Krone von hellem Golde.

»Triumph!«, rief der alte Fischer und fiel Goldener zu Füßen. – »Ich begrüße dich als unsern König! Vor hundert Jahren versenkte der alte König, welcher keine Erben hatte, sterbend seine Krone in das Meer, und so lange, bis irgendeinem Glücklichen das Schicksal bestimmt hätte, die Krone wieder aus der Tiefe zu ziehen, sollte der Thron ohne Nachfolger in Trauer gehüllt bleiben.«

»Heil unserm König!«, riefen die Fischer und setzten Goldenern die Krone auf. Die Kunde von Goldener und der wiedergefundenen Königskrone erscholl bald von Schiff zu Schiff und über das Meer weit in das Land hinein. Da war die goldene Fläche bald mit bunten Nachen besetzt und mit Schiffen, die mit Blumen und Laubwerk geziert waren; diese begrüßten mit lautem Jubel alle das Schiff, auf welchem König Goldener stand. Er stand, die helle Krone auf dem Haupte, am Vorderteile des Schiffs und sah ruhig der Sonne zu, wie sie im Meer erlosch. Im Abendwinde wehten seine goldnen Locken.

Des kleinen Hirten Glückstraum

Es war einmal ein sehr armer Bauersmann, der war in einem Dörflein Hirte, und das schon seit vielen Jahren. Seine Familie war klein, er hatte ein Weib und nur ein einziges Kind, einen Knaben. Doch diesen hatte er sehr frühzeitig mit hinaus auf die Weide genommen und ihm die Pflichten eines treuen Hirten eingeprägt, und so konnte er, als nur einigermaßen der Knabe herangewachsen war, sich ganz auf denselben verlassen, konnte ihm die Herde allein anvertrauen, und konnte unterdessen daheim noch einige Dreier mit Körbeflechten verdienen. Der kleine Hirte trieb seine Herde munter hinaus auf die Triften und Raine; er pfiff oder sang manch helles Liedlein, und ließ dazwischen gar laut seine Hirtenpeitsche knallen; dabei wurde ihm keine Zeit lang. Des Mittags lagerte er sich gemächlich neben seine Herde, aß sein Brot und trank aus der Quelle dazu, und dann schlief er auch wohl ein Weilchen, bis es Zeit war weiterzutreiben. Eines Tages hatte sich der kleine Hirte unter einen schattigen Baum zur Mittagsruhe gelagert, schlief ein und träumte einen gar wunderlichen Traum: Er reise fort, gar unendlich weit fort – ein lautes Klingen, wie wenn unaufhörlich eine Masse Münzen zu Boden fielen – ein Donnern, wie wenn unaufhörliche Schüsse knallten – eine endlose Schar Soldaten, mit Waffen und in blitzenden Rüstungen – das alles umkreisete, umschwirrte, umtosete ihn. Dabei wanderte er immerzu und stieg immer bergan, bis er endlich oben auf der Höhe war, wo ein Thron aufgebaut war, darauf er sich setzte, und neben ihm war noch ein Platz, auf dem ein schönes Weib, welches plötzlich erschien, sich niederließ. Nun richtete sich im Traum der kleine Hirte empor und sprach ganz ernst und feierlich: »Ich bin König von Spanien.« Aber in demselben Augenblick wachte er auf. Nachdenklich über seinen sonderbaren Traum trieb der Kleine seine Herde weiter, und des Abends erzählte er daheim seinen Eltern, die vor der Türe saßen und Weiden schnitzten, und wo er ihnen auch half – seinen wunderlichen Traum und sprach zum Schluss: »Wahrlich, wenn ich noch einmal träume, so gehe ich fort nach Spanien, und will doch einmal sehen, ob ich nicht König werde!« – »Dummer Junge«, murmelte der alte Vater, »dich macht man zum König, lass dich nicht auslachen!« Und seine Mutter kicherte weidlich und klatschte in die Hände und wiederholte ganz verwundert: »König von Spanien, König von Spanien!« Am andern Tag zu Mittag lag der kleine Hirte zeitig unter jenem Baume, und o Wunder!, derselbe Traum umfing wieder seine Sinne. Kaum hielt es ihn bis zum Abend auf der Hut, er wäre gern nach Hause gelaufen, und wäre aufgebrochen zur Reise nach Spanien. Als er endlich heimtrieb, verkündete er seinen abermaligen Traum und sprach: »Wenn mich aber noch einmal so träumt, so gehe ich auf der Stelle fort, gleich auf der Stelle.« – Am dritten Tage lagerte er sich denn wieder unter jenen Baum und ganz derselbe Traum kam zum dritten Male wieder. Der Knabe richtete sich im Traume empor und sprach: »Ich bin König von Spanien«, und darüber erwachte er wieder, raffte aber auch sogleich Hut und Peitsche und Brotsäcklein von dem Lager auf, trieb die Herde zusammen und geraden Wegs nach dem Dorfe zu. Da fingen die Leute an mit ihm zu zanken, dass er sobald und so lange vor der Vesperzeit eintreibe, aber der Knabe war so begeistert, dass er nicht auf das Schelten der Nachbarn und der eignen Eltern hörte, sondern seine wenigen Kleidungsstücke, die er des Sonntags trug, in einen Bündel schnürte, denselben an ein Nussholzstöcklein hing, über die Achsel nahm und so mir nichts dir nichts fortwanderte. Gar flüchtig war der Knabe auf den Beinen; er lief

so rasch, als sollte er noch vor nachts in Spanien eintreffen. Doch erreichte er nur an diesem Tage einen Wald, nirgends war ein Dorf oder ein einzelnes Haus; und er beschloss, in diesem Wald in einem dichten Busch sein Nachtlager zu suchen. Kaum hatte er aber zur Ruhe sich niedergelegt und war entschlummert, als ein Geräusch ihn wieder erweckte: es zog eine Schar Männer in lautem Gespräch an dem Busch vorüber, in welchen er sich gebettet. Leise machte der Knabe sich hervor und ging den Männern in einer kleinen Entfernung nach, und dachte, vielleicht findest du doch noch eine Herberge; wo diese Männer heute schlafen, kannst du gewiss auch schlafen. – Gar nicht lange waren sie weitergewandert, als ein ziemlich ansehnliches Haus vor ihnen stand, aber so recht mitten im dunkeln Wald. Die Männer klopften an, es wurde aufgetan und neben den Männern schlüpfte auch der Hirtenknabe mit hinein in das Haus. Drinnen öffnete sich wieder eine Türe, und alle traten in ein großes, sehr spärlich erhelltes Zimmer, wo auf dem Fußboden umher viele Strohbunde, Betten und Deckbetten lagen, die zum Nachtlager der Männer bereitgehalten schienen. Der kleine Hirtenbub verkroch sich schnell unter einem Strohhaufen, welcher nahe an der Türe aufgeschichtet war, und lauschte nun auf alles, was er nur aus seinem Versteck hören und wahrnehmen konnte. Bald kam er dahinter, denn er war ohnehin klug und aufgeweckt, dass diese Männerschar eine Räuberbande sei, deren Hauptmann der Herr dieses Hauses war. Dieser bestieg, als die neu angelangten Mitglieder der Bande sich hingelagert hatten, einen etwas erhöhten Sitz und sprach mit tiefer Bassstimme: »Meine braven Genossen, tut mir Bericht von eurem heutigen Tagewerk, wo ihr eingesprochen seid, und was ihr erbeutet habt!« Da richtete sich zuerst ein langer Mann mit kohlschwarzem Bart empor, und antwortete: »Mein lieber Hauptmann, ich habe heute früh einen reichen Edelmann seiner ledernen Hose beraubt, diese hat zwei Taschen, und so oft man sie unterst oberst kehrt und tüchtig schüttelt, so oft fällt ein Häuflein Dukaten heraus auf den Boden.« – »Das klingt sehr gut!«, sprach der Hauptmann. Ein anderer der Männer trat auf und berichtete: »Ich habe heute einem

General seinen dreieckigen Hut gestohlen; dieser Hut hat die Eigenschaft, wenn man ihn auf dem Kopf dreht, dass unaufhörlich aus den drei Ecken Schüsse knallen.« – »Das lässt sich hören!«, sprach der Hauptmann wieder. Und ein Dritter richtete sich auf und sprach: »Ich habe einen Ritter seines Schwertes beraubt; so man dasselbe mit der Spitze in die Erde stößt, ersteht augenblicklich ein Regiment Soldaten.« – »Eine tapfere Tat!«, belobte der Hauptmann. Ein vierter Räuber erhob sich nun und begann: »Ich habe einem schlafenden Reisenden seine Stiefel abgezogen, und wenn man diese anzieht, legt man mit jedem Schritt sieben Meilen zurück.« – »Rasche Tat lobe ich!«, sprach der Hauptmann zufrieden. »Hänget eure Beute an die Wand, und dann esset und trinket und schlafet wohl.« Somit verließ er das Schlafzimmer der Räuber; diese zechten noch weidlich und fielen dann in festen Schlaf. Als alles stille und ruhig war, und die Männer allesamt schliefen, machte sich der kleine Hirte hervor, zog die ledernen Hosen an, setzte den Hut auf, gürtete das Schwert um, fuhr in die Stiefel und schlich dann leise aus dem Haus. Draußen aber zeigten die Stiefel zur Freude des Kleinen schon ihre Wunderkraft, und es währte gar nicht lange, so schritt das Bürschchen zur großen Residenzstadt Spaniens hinein; sie heißt Madrid.

Hier fragte er den ersten Besten, der ihm aufstieß, nach dem größten Gasthof, aber er erhielt zur Antwort: »Kleiner Wicht, geh du hin, wo deinesgleichen einkehrt, und nicht wo reiche Herren speisen.« Doch ein blankes Goldstück machte jenen gleich höflicher, sodass er nun gerne der Führer des kleinen Hirten wurde, und ihm den besten Gasthof zeigte. Dort angelangt, mietete der Jüngling sogleich die schönsten Zimmer, und fragte freundlich seinen Wirt: »Nun, wie steht es in eurer Stadt? Was gibt es hier Neues?« Der Wirt zog ein langes Gesicht und antwortete: »Herrlein, Ihr seid hier zu Land wohl fremd? Wie es scheint, habt Ihr noch nicht gehört, dass unser König, Majestät, sich rüstet mit einem Heer von zwanzigtausend Mann? Seht wir haben Feinde; o es ist gar eine schlimme Zeit! Herrlein, wollt Ihr auch etwa unters Militär gehen?« – »Freilich, freilich«, sprach der zarte Jüngling und sein Gesicht glänzte vor Freude. Als der Wirt sich entfernt hatte, zog er flugs seine ledernen Hosen aus, schüttelte sich ein Häuflein Goldstücke, und kaufte sich kostbare Kleider und Waffen und Schmuck, tat alles an und ließ beim König um eine Audienz bitten. Und wie er in das Schloss kam, und von zwei Kammerherren durch einen großen herrlichen Saal geführt wurde, begegnete ihnen eine wunderliebliche junge Dame, die sich anmutig vor dem schönen Jüngling, der in der Mitte der Herren ging und sie zierlich grüßte, verneigte, und die Herren flüsterten: »Das ist die Prinzessin Tochter des Königs.« Der junge Mann war nicht wenig von der Schönheit der Königstochter entzückt, und seine Entzückung und Begeisterung ließen ihn keck und mutvoll vor dem Könige reden. Er sprach: »Königliche Majestät! Ich biete hiermit untertänigst meine Dienste als Krieger an. Mein Heer, das ich Euch zuführe, soll Euch den Sieg erfechten, mein Heer soll alles erobern, was mein König zu erobern befiehlt. Aber eine Belohnung bitte ich mir aus, dass ich, wofern ich den Sieg davontrage, Eure holde Tochter als Gemahlin heimführen dürfe. Wollt Ihr das, mein gnädigster König?« Und der König erstaunte ob der kühnen Rede des Jünglings und sprach: »Wohl, ich gehe in deine Forderung ein; kehrst du heim als Sieger, so will ich dich als meinen Nachfolger einsetzen und dir meine Tochter zur Gemahlin geben.«

Jetzt begab sich der ehemalige Hirte ganz allein hinaus auf das freie Feld und begann sein Schwert drauf und drein in die Erde zu stoßen, und in wenigen Minuten standen viele Tausende kampfgerüsteter Streiter auf dem Platz, und der Jüngling saß als Feldherr kostbar bewaffnet und geschmückt auf einem herrlichen Ross, welches mit goldgewirkten Decken behangen war; der Zaum blitzte von Edelsteinen, und der junge Feldherr zog aus, und dem Feind entgegen, da gab es eine große blutige Schlacht; aus dem Hut des Feldherrn donnerten unaufhörlich tödliche Schüsse, und das Schwert desselben rief ein Regiment nach dem andern aus der Erde hervor, sodass in wenigen Stunden der Feind geschlagen und zerstreut war, und die Siegesfahnen wehten. Der Sieger aber folgte nach und nahm dem Feinde auch noch den besten Teil seines Landes hinweg. Siegreich und glorreich kehrte er dann zurück nach Spanien, wo ihn das holdeste Glück noch erwartete. Die schöne Königstochter war nicht minder entzückt von dem schmucken Jüngling gewesen, wie sie ihm im Saale begegnet war, als er von ihr; und der gnädigste König wusste die sehr großen Verdienste des tapfern Jünglings auch gebührend zu schätzen, hielt sein Wort, gab ihm seine Tochter zur Gemahlin und machte ihn zu seinem Nachfolger und Thronerben.

Die Hochzeit wurde prunkvoll und glänzend vollzogen, und der ehemalige Hirte saß ganz im Glück. Bald nach der Hochzeit legte der alte König Krone und Zepter in die Hände seines Schwiegersohns, der saß stolz auf dem Thron und neben ihm seine holde Gemahlin, und es wurde ihm, als dem neuen König, von seinem Volke Huldigung gebracht. Da gedachte er seines so schön erfüllten Traumes, und gedachte seiner armen Eltern, und sprach, als er wieder allein bei seiner Gemahlin war: »Meine Liebe, sieh, ich habe noch Eltern, aber sie sind sehr arm, mein Vater ist Dorfhirte, weit von hier, und ich selbst habe als Knabe das Vieh gehütet, bis mir durch einen wunderbaren Traum offenbart wurde, dass ich noch König von Spanien werde. Und das Glück war mir hold, sieh, ich bin nun König, aber meine Eltern möcht ich auch gern noch glücklich sehen, daher ich mit deiner gütigen Zustimmung nach Hause reisen und die Eltern holen will.« Die Königin war's gerne zufrieden und ließ ihren Gemahl ziehen, der sehr schnell zog, weil er die Siebenmeilenstiefel anhatte. Unterwegs stellte der junge König die Wunderdinge, die er den Räubern abgenommen, ihren rechtmäßigen Eigentümern wieder zu, bis auf die Stiefel, holte seine armen Eltern, die vor Freude ganz außer sich waren, und dem Eigentümer der Stiefel gab er für dieselben ein Herzogtum. Dann lebte er glücklich und würdiglich als König von Spanien bis an sein Ende.

Des Königs Münster

Es war einmal ein König, der erbaute ein prachtvolles Münster zur Ehre und zum Lobe Gottes und durfte niemand zu diesem Bau einen Heller beisteuern, nach des Königs ausdrücklichem Gebot, sondern er wollte es ganz aus dem eignen Schatz erbauen. Und so geschah es auch und das Münster war vollendet, schön und würdig, mit aller Pracht und aller Zier. Und da ließ der König eine große marmorne Tafel zurichten, in diese ließ er mit goldnen Buchstaben eine Schrift graben, dass er, der König, allein den Dom erbaut habe, und niemand habe dazu beigesteuert. Aber als die Tafel einen Tag und eine Nacht lang aufgerichtet war, so war in der Nacht die Schrift verändert, und statt des Königs Namen stand ein anderer Name darauf, und zwar der Name einer armen Frau, sodass es nun lautete, als habe *sie* das ganze prächtige Münster erbaut. Das verdross den König mächtig; er ließ den Namen austilgen, und den seinigen wieder einschreiben. Aber über Nacht stand wieder der Name jener armen Frau auf der Tafel und jedermann las, dass *sie* des Münsters Stifterin sei. Und zum dritten Male ward des Königs Name auf die Tafel geschrieben, und zum dritten Male verschwand er, und jener kam zum Vorschein. Da merkte der König, dass hier Gottes Finger schreibe, demütigte sich, und ließ nach der Frau forschen und sie vor seinen Thron heischen. Voll Angst und erschrocken trat sie vor den König, der sprach zu ihr: »Frau, es geben sich wunderliche Dinge, sage mir bei Gott und deinem Leben die Wahrheit! Hast du am Ende mein Gebot nicht ver-

nommen, dass niemand zu dem Münster geben solle? Oder hast du doch dazu gegeben?«
Da fiel das Weib dem Könige zu Füßen und sprach: »Gnade, mein Herr und König! Ich will alles auf deine Gnade bekennen! Ich bin ein ganz armes Weib; ich muss mich kümmerlich mit Spinnen ernähren, dass mich der Hunger nicht ertötet, und da hatte ich doch ein Hellerlein erübrigt, das mocht ich gar zu gerne darbringen zu deinem Tempelbau und Gott zu Ehren, aber ich fürchtete, o Herr, deinen Bann und deine harte Bedräuung, und da kaufte ich um das Hellerlein ein Bündelein Heu, das streute ich auf die Straße den Ochsen hin, welche die Steine zu deinem Münster zogen, und sie fraßen es. So tat ich nach meinem Willen und ohne dein Gebot zu verletzen.«
Da ward der König mächtiglich bewegt von der Frauen Rede und sah, wie Gott der Herr ihren reinen Sinn gewürdigt und ihn als höheres Opfer angenommen, wie des Königs reichen Schatz. Und der König begabte die arme Frau reichlich und nahm sich die Strafe seiner Eitelkeit wohl zu Herzen.

Die Hexe und die Königskinder

Mitten in einem Walde wohnte eine alte schlimme Hexe ganz allein mit ihrer Tochter, welche Letztere ein gutes, mildes Kind war, und bei der das Sprüchwort: der Apfel fällt nicht weit vom Stamme, nicht zutraf. Der Stamm nämlich war über alle Maßen knorrig, stachlich und hässlich; wer die Alte sah, ging ihr aus dem Wege, und dachte: Weit davon ist gut vorm Schuss. Die Alte trug beständig eine grüne Brille, und über ihrem Zottelhaar, das ungekämmt ihr vom Kopfe weit herunterhing, einen roten Tuchlappen, und ging gern in kurzen Ärmeln, dass ihre dürren wettergebräunten Arme weit aus dem sie umschlotternden

Gewand hervorragten. Auf dem Rücken trug sie für gewöhnlich einen Sack mit Zauberkräutern, die sie im Walde sammelte, und in der Hand einen großen Topf, darin sie dieselben kochte, und damit Ungewitter, Hagel und Schlossen, Reif und Frost zu Wege brachte, so oft es ihr beliebte.

Am Finger trug sie einen Hexenreif von Golde mit einem glühroten Karfunkelstein, mit dem sie Menschen und Tiere bezaubern konnte. Dieser Ring machte die Alte riesenstark und lebenskräftig, und machte sie, wenn sie wollte, auch ganz und gar unsichtbar; da konnte sie hingehen wohin sie wollte, und nehmen was sie wollte – und das tat sie auch, und im Walde suchte sie die Hirschkühe auf, und wenn die Tiere den Ring sahen und sahen den Stein funkeln, da mussten sie an eine Stelle gebannt stehen bleiben, und dann ging die Alte zu den Hirschkühen und molk deren Milch in ihren Topf und trank sie mit ihrer Tochter. Diese Tochter hieß Käthchen und hatte es nicht gut bei ihrer bösen Mutter, doch trug sie geduldig alles Leid. Am schmerzlichsten war ihr, dass ihre Mutter manches Mal Kinder mitbrachte, mit denen Käthchen gern gespielt hätte, allein die Alte nahm immer den Kindern ihre Kleider, sperrte die Kinder ein und fütterte sie mit Hirschmilch, dass sie fett wurden, und was sie dann mit ihnen vornahm, ist gruselig zu erzählen; sie verwandelte sie nämlich in Hirschkälbchen und verkaufte diese an Jäger. Die Jäger aber schossen die armen verwandelten und verkauften Hirschkälbchen tot und lieferten sie in die Stadt, wo die Leute das junge Wildpret gar gern essen. So schlimm und böse war die hässliche Alte, und da sie den ganzen Tag nichts tat, als zaubern und böse Ränke ersinnen, und dabei oft und viel laut vor sich hin murmelte, so lernte ihre Tochter Käthchen ihr unvermerkt einige Zauberstücklein ab, die sie ganz im Stillen für sich behielt.

Da brachte eines Abends die Alte wieder zwei wunderschöne Kinder geführt, einen Knaben und ein Mädchen, denen sah man an, dass es Geschwister waren, und reicher Leute Kinder; beide hatten sich im Walde verirrt, waren von der Alten gefunden, und nach ihrem Hause mitgenommen worden, und sie hatte ihnen gesagt, sie wolle sie zurück zu den Eltern bringen. Die Kinder sahen sich schrecklich getäuscht, als die Alte ihnen ihre schönen Kleider auszog, ihnen dafür Lumpen anlegte, und sie in ein dunkles Kämmerchen einsperrte. Doch bekamen sie einen ganzen Topf voll Hirschmilch zu essen, welche gut schmeckte, und ein Stück schwarzes Brot dazu, welches weniger gut schmeckte, aber endlich doch auch verzehrt wurde.

Am andern Morgen humpelte die Alte schon frühzeitig in den Wald und winkte den Hirschkühen. Da war eine Hirschfamilie, welche die Alte besonders gut kannte und schätzte, bestehend aus dem Herrn Hirsch, der Frau Hirschin und zwei jungen Kälbchen, die hielten sich immer treulich im Walde zusammen, waren aber doch in steter Furcht vor der bösen Alten, welche machen konnte, dass sie alle still stehen mussten, und mussten sich von der bösen Hexe die Muttermilch nehmen lassen, sodass die Kälbchen sich nicht satt trinken und nicht fett werden konnten. Könnt ich dir nur einmal mein Geweih durch den dürren Leib rennen! dachte oft der Hirsch, und die Hirschin hatte auch keine guten Wünsche für die Alte – es half aber ihr Wünschen allen beiden nichts. Während die Alte im Walde war, schlich Käthchen zu dem Kämmerlein, und sah durch eine Ritze in der Tür die armen gefangenen Kinder, welche seufzten und weinten, in großem Herzeleid. Da fragte Käthchen: »Wer seid ihr denn, ihr armen Kinder?« – »Wir sind eines Königs Kinder! O mache uns frei, mein Vater wird es dir lohnen!«, sprach der Königsprinz. »Und meine Mutter auch«, sagte die kleine Prinzessin, indem sie hinzufügte: »Du sollst auch unsre gute Schwester sein, und sollst bei mir im seidnen Bettchen schlafen, und ich will dir gar schöne goldne Kleider geben, hilf uns, hilf uns nur!« – Da sagte Käthchen: »Seid nur geduldig, liebe Königskinder; ich will schon zusehen und darauf sinnen, dass ich euch befreie.«

Am andern Morgen in aller Frühe machte das gute Käthchen ein Zauberstück. Sie verließ eilig ihr Lager, hauchte hinein, und sagte leise:

»Liebes Bettchen, sprich für mich,
Bin ich weg, sei du mein Ich!«

So auch hauchte sie auf ihre Lade, auf die Treppe, und auf den Herd in der Küche, und sprach das nämliche Sprüchlein. Darauf ging sie an das wohlverwahrte Kämmerlein der Königskinder, hielt eine Springwurzel, welche die Alte auf dem Kannrück liegen hatte, an das Schloss und sagte:

»Riegel, Riegel, Riegelein,
Öffne dich, lass aus und ein!«

Da sprangen gleich Schloss und Riegel auf und Käthchen führte alsbald die Königskinder hinweg und in den Wald hinein.

Als die Alte aufwachte, rief sie: »Käthchen, stehe auf und schüre Feuer an!« – da rief es aus dem Bettchen:

»Ich bin schon auf und munter!
Ich komme gleich in die Küche hinunter!«

Die Alte blieb nun noch liegen, doch da sie nach einer Weile nichts hörte, rief sie wieder: »Käthchen! Wo bleibt denn das faule Ding?« – »Gleich!«, rief es von der Lade:

»Ich sitze auf der Lade
Und binde das Strumpfband über die Wade!«

Da nun wieder eine Weile verging und sich im Hause nichts rührte noch regte, so ward die Alte böse und schrie: »Käthe! Balg! Wo bleibst du denn?« Da scholl eine Stimme von der Treppe:

»Ich komme schon, ich fliege!
Ich bin ja schon leibhaftig auf der Stiege!«

Die Alte beruhigte sich noch einmal – aber nicht gar lange, denn da wieder alles still blieb, so fuhr sie auf und schalt und fluchte. Da rief es vom Herde her:

»Wozu die bösen Flüche?
Ich bin ja schon am Herd und in der Küche!«

Gleichwohl blieb es in der Küche und im ganzen Hause totenstill. Jetzt riss der Alten völlig der Geduldsfaden, sie sprang aus ihrem Bett, fuhr in die Kleider und nahm einen Besenstiel, willens Käthchen unbarmherzig durchzuprügeln. Aber wie sie hinauskam, war kein Käthchen da, nicht zu sehen, nicht zu hören, und was das Schönste, für die Alte aber das Schlimmste war, auch die Königskinder waren fort. Jetzt hättet ihr sollen die Hexensprünge sehen, welche das zornige böse alte Weib machte. Ihr Ring zeigte ihr sogleich die Richtung an, nach welcher Käthchen mit den Kindern geflohen war, und sie raste nun wild hinter ihnen her. Die Kinder aber, als sie in den Wald gekommen waren, hatten dort den Herrn von Edelhirsch nebst Gemahlin, Sohn und Tochter, angetroffen, und dieser Familie in aller Eile ihr Unglück und ihre

Flucht erzählt und ihre edlen Herzen mächtig gerührt, sodass sie sich bereit zeigten, ihnen alle mögliche Hülfe angedeihen zu lassen. Die gute Dame Hirsch bot den Kindern ihren Rücken dar, sie alle drei nach dem Königsschlosse zu tragen, das jenseits des Waldes lag, und der Gemahl befahl seinen Kindern, sich in das Dickicht zurückzuziehen, er selbst stellte sich hinter dichtes Laubgebüsch nahe am Weg, willens die Alte, wenn sie vorbeirenne, und er ihren Ring nicht sehe, über den Haufen zu stoßen.

Es währte auch gar nicht lange, so kam die Alte in großen Sprüngen gesetzt; in ihrem Zorn und Eifer vergaß sie ganz, unsichtbar sein zu wollen, hielt auch den Finger mit dem Ring nicht empor, und so geschah es, dass plötzlich ein großes und stattliches Hirschgeweih mit ihr in eine sehr verwickelte Berührung kam, bei welcher eines der Enden des Geweihes mit Gewalt den Finger der Alten so streifte, dass der Zauberring vom Finger herabging und sich auf dem Ende feststeckte, und ehe sich's einer versah, so hatte der Hirsch die alte Hexe aufgegabelt, die nun durch des Ringes Kraft selbst starr und steif wurde, und trug sie in gestrecktem Lauf der Fährte nach, welche die gute Hinde, seine Gemahlin, im tauigen Grase zurückgelassen. Diese war indes mit den drei Kindern bereits im Königsschloss angekommen, und von dem König und der Königin waren die verlorenen Kinder und das gute Käthchen, das sie gerettet, mit großer Freude empfangen worden – als sie plötzlich alle mit großer Verwunderung die Alte auf dem Geweih des stattlichen Edelhirsches sitzend und getragen daher schweben sahen. Der Hirsch aber sprang ohne Säumen in den Schlossteich und tauchte mit dem Kopfe unter. Als er wieder auftauchte, war sein Geweih frei von der Last. Aber auch der Zauberring blieb im Grunde. Hirsch und Hirschin kehrten zu ihrem Walde und zu ihren Kindern zurück, und waren sehr froh, dass ihnen nun niemand mehr ihre Milch nahm; Käthchen aber blieb bei den Königskindern und schlief in einem seidnen Bettchen und trug goldne Kleidchen und wurde selbst gehalten wie ein Königskind.

Der Mönch und das Vögelein

Es war in einem Kloster ein junger Mönch, des Namens Urbanus, gar fromm und fleißig, dem war der Schlüssel zur Bücherei des Klosters anvertraut, und er hütete sorglich diesen Schatz, schrieb selbst manches schöne Buch und studierte viel in den andern Büchern und in der heiligen Schrift. Da fand er auch einen Spruch des Apostels Petrus, der lautet: *Vor Gott sind tausend Jahre wie ein Tag und wie eine Nachtwache.* Das dünkte dem jungen Mönch schier unmöglich, mocht und konnte es nicht glauben, und quälte sich darob mit schweren Zweifeln. Da geschah es eines Morgens, dass der Mönch herunterging aus dem dumpfen Bücherzimmer in den hellen schönen Klostergarten, da saß ein kleines buntes Waldvögelein im Garten, das suchte Körnlein, flog auf einen Ast und sang schön wie eine Nachtigall. Es war auch dieses Vögelein gar nicht scheu, sondern ließ den Mönch nahe an sich herankommen, und er hätte es gern gehascht, doch entfloh es, von einem Ast zum andern, und der Mönch folgte ihm eine gute Weile nach, dann sang es wieder mit lauter und heller Stimme, aber es ließ sich nicht fangen, obschon der junge Mönch das Vögelein aus dem Klostergarten heraus in den Wald noch eine gute Weile verfolgte. Endlich ließ er ab und kehrte zurück nach dem Kloster, aber ein anderes dünkte ihm alles, was er sah. Alles war weiter, größer und schöner geworden, die Gebäude, der Garten, und statt des niedern alten Klosterkirchleins stand jetzt ein stolzes Münster

da, mit drei Türmen. Das dünkte dem Mönch sehr seltsam, ja zauberhaft. Und als er an das Klostertor kam und mit Zagen die Schelle zog, da trat ihm ein gänzlich unbekannter Pförtner entgegen, der wich bestürzt zurück vor ihm. Nun wandelte der Mönch über den Klosterkirchhof, auf dem waren so viele, viele Denksteine, die er gesehen zu haben sich nicht erinnern konnte. Und als er nun zu den Brüdern trat, wichen sie alle vor ihm aus, ganz entsetzt. Nur der Abt, aber nicht sein Abt, sondern ein andrer, junger, hielt ihm stand, streckte ihm aber auch gleich ein Kruzifix entgegen und rief: »Im Namen des Gekreuzigten, Gespenst, wer bist du? Und was suchst du, der den Höhlen der Toten entflohen, bei uns, den Lebenden?«

Da schauerte der Mönch zusammen und wankte, wie ein Greis wankt, und senkte den Blick zur Erden. Siehe, da hatte er einen langen silberweißen Bart bis über den Gürtel herab, an dem noch der Schlüsselbund hing zu den vergitterten Bücherschreinen. Den Mönchen dünkte der Mann ein wunderbarer Fremdling, und sie leiteten ihn mit scheuer Ehrfurcht zum Sessel des Abtes. Dort gab er einem jungen Mönch die Schlüssel zu dem Büchersaal, der schloss auf, und brachte ein Chronikbuch getragen, darin stand zu lesen, dass vor dreihundert Jahren der Mönch Urban spurlos verschwunden, niemand wisse, ob entflohen oder verunglückt. »O Waldvögelein, war das dein Lied?«, fragte der Fremdling mit einem Seufzer. »Kaum drei Minuten lang folgte ich dir und horchte deinem Gesang, und drei Jahrhunderte vergingen seitdem! Du hast mir das Lied von der Ewigkeit gesungen, die ich nicht fassen konnte! Nun fasse ich sie und bete Gott an im Staube, selbst ein Staub!« Sprach's und neigte sein Haupt, und sein Leib zerfiel in ein Häuflein Asche.

Die sieben Geißlein

Es ist einmal eine alte Geiß gewesen, die hatte sieben junge Zicklein, und wie sie einmal fort in den Wald wollte, hat sie gesagt: »Ihr lieben Zicklein, nehmt euch in Acht vor dem Wolf und lasst ihn nicht herein, sonst seid ihr alle verloren.« Darnach ist sie fortgegangen.
In einer Weile rappelt was wieder an der Haustüre und ruft: »Macht auf, macht auf, liebe Kinder! Euer Mütterlein ist aus dem Wald gekommen!« Aber die sieben Geißlein erkannten's gleich an der groben Stimme, dass das ihr Mütterlein nicht war, und haben gerufen: »Unser Mütterlein hat keine so grobe Stimme!« Und haben nicht aufgemacht.
Nach einer Weile rappelt's wieder an der Türe und ruft ganz fein und leise: »Macht auf, macht auf, ihr lieben Kinder! Euer Mütterlein ist aus dem Walde kommen!«
Aber die jungen Geißlein guckten durch die Türspalte, und haben ein Paar schwarze Füße gesehen, und gerufen: »Unser Mütterlein hat keine so schwarzen Füße!« Und haben nicht aufgemacht.
Wie das der Wolf, denn er war es, gehört hat, ist er geschwind hin in die Mühle gelaufen und hat die Füße ins Mehl gesteckt, dass sie ganz weiß worden sind. Danach ist er wieder vor die Türe gekommen, hat die Füße zur Spalte hineingesteckt, und hat wiederum leise gerufen: »Macht auf, macht auf ihr lieben Kinder! Euer Mütterlein ist aus dem Walde kommen!«
Und wie die Geiß-

lein die weißen Füße gesehen haben, und die leise Stimme gehört, da haben sie ja gemeint, ihr Mütterlein sei's, und haben geschwind aufgemacht. Aber kaum haben sie aufgemacht gehabt, so ist der Wolf hereingesprungen. Ach wie sind da die armen Geißlein erschrocken und haben sich verstecken wollen! Eins ist unters Bett, eins unter den Tisch, eins hinter den Ofen, eins hinter einen Stuhl, eins hinter einen großen Milchtopf, und eins in den Uhrkasten gesprungen. Aber der Wolf hat sie alle gefunden und zusammengebracht. Hernach ist er fortgegangen, hat sich in den Garten unter einen Baum gelegt, und hat angefangen zu schlafen.

Wie hernach die alte Geiß aus dem Walde zurückgekommen ist, hat sie das Haus offen gefunden, und die Stube leer, da hat sie gleich gedacht, jetzt ist's nicht geheuer, und hat angefangen ihre lieben Zicklein zu suchen, sie hat sie aber nicht finden können, wo sie auch gesucht hat, und so laut sie auch gerufen hat, es hat keins Antwort gegeben. Endlich ist sie in den Garten gegangen, da hat der Wolf noch gelegen unterm Baum und hat geschlafen, und hat geschnarcht, dass alle Äste gezittert haben; und wie sie näher zu ihm gekommen ist, hat sie gesehen, dass etwas in seinem Bauch gezappelt hat. Da hatte sie eine Freude und dachte, ihre Geißlein leben wohl noch. Jetzt ist sie geschwind hinein ins Häuslein gesprungen, hat eine Schere geholt und hat dem Wolf den Bauch aufgeschnitten, da sind ihre sieben Geißlein eins nach dem andern herausgesprungen, und haben alle noch gelebt. Darnach hat die Alte geschwind sieben Wackelsteine* geholt, hat sie in den Wolf seinen Bauch gesteckt, und hat den wieder zugenäht.

Wie der Wolf munter wurde, hatte er Durst und ist an den Brunnen gegangen, um zu trinken, aber wie er einen Schritt gegangen ist, da haben die Wackelsteine in seinem Bauch angefangen, zusammen zu schlagen, und da hat er gesagt:

* Wackelsteine, oder Wackersteine, rundliche Basalttrümmer.

»Was rumpelt,
Was pumpelt
In meinem Bauch?
Ich hab gemeint, ich hab junge Geißlein drein,
Und jetzt sind's nichts als Wackelstein'!«

Und wie nun der Wolf an den Brunnen gekommen ist, und hat trinken wollen, so haben ihn die Wackelsteine hineingezogen, und er ist ersoffen. Und die alte Geiß ist mit ihren Zicklein vor Freude um den Brunnen herumgetanzt.

Des Hundes Not

Es war ein Hund, der lag hungrig und kummervoll auf dem Felde, da sang über ihm eine Lerche ihr wonnigliches Liedlein mit süßem Ton. Als der Hund das hörte, da sprach er: »O du glückliches Vögelein, wie froh du bist, wie süß du singest, wie hoch du dich aufschwingst! Aber ich – wie soll ich mich freuen? Mich hat mein Herr verstoßen, seine Türe hinter mir gesperrt, ich bin lahm, bin krank, kann kein Essen erjagen, und muss hier hungers sterben!«
Wie die Lerche den hungrigen Hund also klagen hörte, flog sie nahe zu ihm und sprach: »O du armer Hund! Mich bewegt dein Leiden, wirst

du mir es auch Dank wissen, wenn ich dir helfe, dass du satt wirst?« »Womit, Frau Lerche?«, fragte der Hund mit matter Stimme, und die Lerche antwortete: »Sieh, dort kommt ein Kind gegangen, das trägt Speise zu jenem Ackersmann; ich will machen, dass es die Speise niederlegt und mir nachläuft, indes gehst du hinzu und issest den Käse und das Brot, und stillest deinen Hunger!«

Der Hund bedankte sich dieses freundlichen Anerbietens, und die Lerche flog nun dem Kind entgegen, und begann es zu äffen. Bald lief sie vor ihm, bald flatterte sie auf dieser, bald auf jener Seite, bis das Kind dachte: die Lerche muss ich fangen, und zumal stellte die Lerche sich flügellahm, und ließ einen ihrer kleinen Fittige hängen wie gebrochen. Das Kind griff oft nach ihr, aber es haschte vergebens mit der einen Hand, und da legte es sein Tüchlein nieder, darin es das Essen trug, und lief der Lerche nach, die immer voran in einen Grund flog; indessen erhob sich der Hund, hinkte nach dem Tuche und schnüffelte hinein, da lag ein Stück Brot, ein Quarkkäse und vier gute Eier, die fraß er ungesotten und ungeschält, und den Käse untranchiert, und das Brot nahm er mit von dannen, als er fortkroch und sich in das Korn versteckte. Die Lerche, als sie merkte, dass der Hund sein Teil hatte, flog in die Lüfte und sang lustig; das geäffte Kind aber verwünschte sie, und noch viel mehr, als es sein Tüchlein dann leer fand. Weinend ging es zurück zu seiner Mutter, und ob es Schläge bekommen hat, weiß ich nicht; es wird aber wohl etwas dergleichen abgefallen sein.

Die Lerche flog zum Hunde hin und fragte ihn, wie er sich jetzt befinde? Er sagte ihr schönen Dank, und nie sei ihm wohler gewesen. »Nur eine Bitte, herzliebe Frau Lerche, habe ich noch auf dem Herzen«, sprach er, »wer satt ist, der ist gern froh. O bitte, erzählet mir noch etwas, davon ich ein wenig lachen und lustig werden mag.«

»Wohlan!«, sprach die Lerche. »Folge mir.« Und da flog die Lerche voran und der Hund folgte ihr zu einer Scheuer, auf deren Dachboden man von der Erde leicht gelangen konnte; da hinauf hieß die Lerche den Hund steigen und hinuntersehen, denn der Boden war schadhaft und durchgebrochen. Unten auf der Tenne standen zwei Kahlköpfe die draschen; da setzte sich flugs die Lerche dem einen auf die Glatze, und flugs klappste der andre mit der Hand drauf, vermeinend die Lerche zu fangen; das kluge Vöglein war aber schneller als er, und flog zur Seite. »Nun, Geselle, was soll das? Was schlägst du mich?«, fragte der erste Kahlkopf den andern. Der entschuldigte sich, dass ein Vöglein sich jenem auf den Kopf gesetzt, dieses habe er erhaschen wollen; habe der Klaps wehgetan, sei es ihm leid. Indem setzte sich die Lerche auf die Glatze dessen, der eben sprach, und da schlug gleich der andre hin mit einem so harten Schmitz, dass der Kopf gewiss zersprungen, wenn er von Glas gewesen wäre, wenigstens brummte er dem Geschlagenen tüchtig

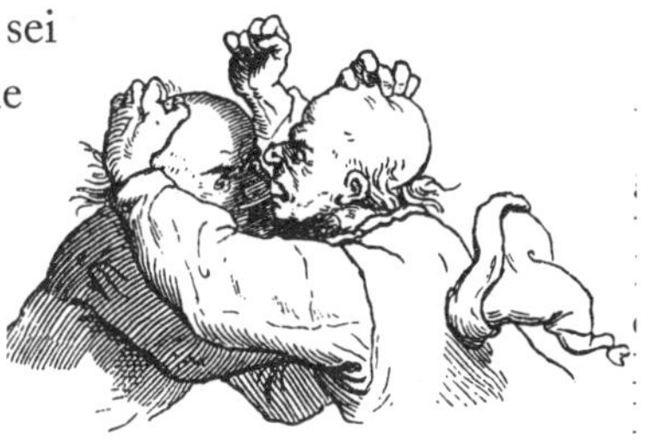

und nun ging gleich das Schelten los, und beide Drescher warfen ihre Flegel hin und wollten einander in die Haare. Weil sie nun keine Haare hatten, so konnte keiner dem andern welche ausraufen, und so kratzten sie einander auf die Glatzen, statt des Raufens, dass das Blut danach lief, und stießen sich hart; da ging es Glatz wider Glatz und Kratz wider Kratz, auch zerrten sie sich an den Ohren, und darüber musste der Hund so unbändig lachen, dass ihm ganz weh ward, und er weder liegen noch stehen konnte, und da purzelte er vor Lachen von dem Boden hoch herunter, den Dreschern gerade auf die Kahlköpfe, dass sie stutzten, denn der Hund war schwer und diese Art, Haare auf den Kopf zu bekommen, kam ihnen spanisch vor. Sie wandten ihren Zorn gleich vereint gegen den Hund, und da sie Drescher waren, so draschen sie ihn so lange, bis er mit Ach und Krach durch ein Loch in der Scheuerwand und durch den Zaun fuhr, wobei ihm nicht nur das Lachen, sondern schier Hören und Sehen verging. Ganz mürb und marode legte er sich in das Gras hinter den Zaun, und da kam die Lerche geflogen und fragte: »Edler Herr, wie befinden Sie sich?«

»Ei, Frau Lerche«, ächzte der Hund, »ich habe vollauf genug. Ich bin ein ganz geschlagener Mann! Ich glaube meiner Treu, ich habe gar keinen Rücken mehr, die Drescher haben mir das Fell bei lebendigem Leibe abgeschunden und gegerbt. Ach, soll ich länger leben, so muss ich einen Wundarzt haben!« – »Wohl und getrost! Ich hole dir auch den, so es irgend möglich ist«, sprach die Lerche und flog von dannen. Bald fand sie einen Wolf, den redete sie an: »Herr Wolf? Ihr habt wohl gar keinen Appetit?«

»Ach, Frau Lerche«, ward ihr zur Antwort, »was das betrifft, so kann ich mit Wolfshunger dienen.«

»Nun, wenn Ihr mir es danken wollt«, sprach die Lerche weiter, »so wollte ich Euch wohl weisen, wo ein feister Hund liegt, der Euch kaum entrinnen wird!«

»O meine edle Königin, wie gnädig Ihr seid!«, schmeichelte und schmunzelte der Wolf, und leckte sich die Zähne. Die Lerche flog vor ihm her, und er folgte ihr, und wie sie zu dem Hund kam, redete sie ihn an: »Nun Geselle? Schläfst du? Willst du nicht den Arzt sehen? Richte dich auf, dort kommt der Doktor?«

»Wo? Frau Lerche, wo?«, fragte der Hund ganz müde; aber als er den Wolf sah, da schrie er: »Nein, Frau Lerche, nein! Diesen Doktor nicht! Haltet ihn zurück! Ich bin gesund!« Und mit *einem* Satze war der Hund auf den Beinen und fort, als flögen wir davon, dass ihm kein Zaun zu hoch und kein Graben zu breit war.

Die drei Hunde

Ein Schäfer hinterließ seinen beiden Kindern, einem Sohn und einer Tochter, nichts als drei Schafe und ein Häuschen, und sprach auf seinem Totenbette: »Teilt euch geschwisterlich darein, dass nicht Hader und Zank zwischen euch entstehe.« Als der Schäfer nun gestorben war, fragte der Bruder die Schwester, welches sie lieber wolle, die Schafe oder das Häuschen? Und als sie das Häuschen wählte, sagte er: »So nehm ich die Schafe und gehe in die weite Welt: es hat schon mancher sein Glück gefunden und ich bin ein Sonntagskind.« Er ging darauf mit seinem Erbteil fort; das Glück wollte ihm jedoch lange nicht begegnen. Einst saß er recht verdrießlich an einem Kreuzweg, ungewiss, wohin er sich wenden wollte; auf einmal sah er einen Mann neben sich, der hatte drei schwarze Hunde, von denen der eine immer größer als der andre war. »Ei, junger Gesell«, sagte der Mann, »Ihr habt da drei schöne Schafe. Wisst Ihr was, gebt mir die Schafe, ich will Euch meine Hunde dafür geben.« Trotz seiner Traurigkeit musste jener lachen. »Was soll ich mit Euren Hunden tun?«, fragte er; »meine Schafe ernähren sich selbst, die Hunde aber wollen gefüttert sein.« – »Meine Hunde sind von absonderlicher Art«, antwortete der Fremde; »sie ernähren Euch, statt Ihr sie und werden Euer Glück machen. Der Kleinere da heißt: ›Bring Speisen‹, der Zweite ›Zerreiß'n‹ und der große Starke ›Brich Stahl und Eisen‹.« Der Schäfer ließ sich endlich beschwatzen und gab seine Schafe hin. Um die Eigenschaft seiner Hunde zu prüfen,

sprach er: »Bring Speisen!«, und alsbald lief der eine Hund fort und kam zurück mit einem großen Korb voll der herrlichsten Speisen. Den Schäfer gereuete nun der Tausch nicht; er ließ sich's wohl sein und zog lange im Lande umher.

Einst begegnete ihm ein Wagen mit zwei Pferden bespannt und ganz mit schwarzen Decken bekleidet und auch der Kutscher war schwarz angetan. In dem Wagen saß ein wunderschönes Mädchen in einem schwarzen Gewande, das weinte bitterlich. Die Pferde trabten traurig und langsam und hingen die Köpfe. »Kutscher, was bedeutet das?«, fragte der Schäfer. Der Kutscher antwortete unwirsch, jener aber ließ nicht nach zu fragen, bis der Kutscher erzählte, es hause ein großer Drache in der Gegend, dem habe man, um sich vor seinen Verwüstungen zu sichern, eine Jungfrau als jährlichen Tribut versprechen müssen, die er mit Haut und Haar verschlinge. Das Los entscheide allemal unter den vierzehnjährigen Jungfrauen und diesmal habe es die Königstochter betroffen. Darüber sei der König und das ganze Land in tiefster Betrübnis und doch müsse der Drache sein Opfer erhalten. Der Schäfer fühlte Mitleid mit dem schönen jungen Mädchen und folgte dem Wagen. Dieser hielt endlich an einem hohen Berge. Die Jungfrau stieg aus und schritt langsam ihrem schrecklichen Schicksal entgegen. Der Kutscher sah nun, dass der fremde Mann ihr folgen wollte, und warnte ihn, der Schäfer ließ sich jedoch nicht abwendig machen. Als sie die Hälfte des Berges erstiegen hatten, kam vom Gipfel herab ein schreckliches Untier mit einem Schuppenleib, Flügeln und ungeheuren Krallen an den Füßen; aus seinem Rachen loderte ein glühender Schwefelstrom und schon wollte es sich auf seine Beute stürzen, da rief der Schäfer: »Zerreiß'n!«, und der Zweite seiner Hunde stürzte sich auf den Drachen, biss sich in der Weiche desselben fest, und setzte ihm so zu, dass das Ungeheuer endlich niedersank und sein giftiges Leben aushauchte, der Hund aber fraß ihn völlig auf, dass nichts übrig blieb als ein Paar Zähne, die steckte der Schäfer zu sich. Die Königstochter war ganz ohnmächtig vor Schreck und vor Freude, der Schäfer erweckte sie wieder zum Leben und nun sank sie ihrem Retter zu Füßen und bat ihn flehentlich, mit zu ihrem Vater zu

kommen, der ihn reich belohnen werde. Der Jüngling antwortete, er wolle sich erst in der Welt umsehen, nach drei Jahren aber wieder kommen. Und bei diesem Entschluss blieb er. Die Jungfrau setzte sich wieder in den Wagen und der Schäfer ging eines andern Weges fort.
Der Kutscher aber war auf böse Gedanken gekommen. Als sie über eine Brücke fuhren, unter der ein großer Strom floss, hielt er still, wand-

te sich zur Königstochter und sprach: »Euer Retter ist fort und begehrt Eures Dankes nicht. Es wäre schön von Euch, wenn Ihr einen armen Menschen glücklich machtet. Saget deshalb Eurem Vater, dass ich den Drachen umgebracht habe; wollt Ihr aber das nicht, so werf ich Euch hier in den Strom und niemand wird nach Euch fragen, denn es heißt, der Drache habe Euch verschlungen.« Die Jungfrau wehklagte und flehte, aber vergeblich; sie musste endlich schwören, den Kutscher für ihren Retter auszugeben und keiner Seele das Geheimnis zu verraten. So fuhren sie in die Stadt zurück, wo alles außer sich vor Entzücken war; die schwarzen Fahnen wurden von den Türmen genommen und bunte darauf gesteckt, und der König umarmte mit Freudentränen seine Tochter und ihren vermeintlichen Retter. »Du hast nicht nur mein Kind, sondern das ganze Land von einer großen Plage errettet«, sprach er. »Darum ist es auch billig, dass ich dich belohne. Meine Tochter soll deine Gemahlin werden; da sie aber noch allzu jung ist, so soll die Hochzeit erst in einem Jahre sein.« Der Kutscher dankte, ward prächtig gekleidet, zum Edelmanne gemacht und in allen feinen Sitten, die sein nunmehriger Stand erforderte, unterwiesen. Die Königstochter aber erschrak heftig und weinte bitterlich, als sie dies vernahm, und wagte doch nicht, ihren Schwur zu brechen. Als das Jahr um war, konnte sie nichts erreichen, als die Frist noch eines Jahres. Auch dies ging zu Ende und sie warf sich dem Vater zu Füßen und bat um noch ein Jahr, denn sie dachte an das Versprechen ihres wirklichen Erretters. Der König konnte ihrem Flehen nicht widerstehen und gewährte ihr die Bitte, mit dem Zusatz jedoch, dass dies die letzte Frist sei, die er ihr gestatte. Wie schnell verrann die Zeit! Der Trauungstag war nun festgesetzt, auf den Türmen wehten rote Fahnen und das ganze Volk war im Jubel.

An demselben geschah es, dass ein Fremder mit drei Hunden in die Stadt kam. Der fragte nach der Ursache der allgemeinen Freude und erfuhr, dass die Königstochter eben mit dem Manne vermählt werde, der den schrecklichen Drachen erschlagen. Der Fremde schalt diesen Mann einen Betrüger, der sich mit fremden Federn schmücke. Aber er wurde von der Wache ergriffen und in ein enges Gefängnis mit eisernen Türen geworfen. Als er nun so auf seinem Strohbündel lag und sein trauriges Geschick überdachte, glaubte er plötzlich draußen das Winseln seiner Hunde zu hören; da dämmerte ein lichter Gedanke in ihm auf. »Brich Stahl und Eisen!«, rief er so laut er konnte und alsbald sah er die Tatzen seines größten Hundes an dem Gitterfenster, durch welches das Tageslicht spärlich in seine Zelle fiel. Das Gitter brach und der Hund sprang in die Zelle und zerbiss die Ketten, mit denen sein Herr gefesselt war; darauf sprang er wieder hinaus und sein Herr folgte ihm. Nun war er zwar frei, aber der Gedanke schmerzte ihn sehr, dass ein anderer seinen Lohn ernten solle. Es hungerte ihn auch und er rief seinen Hund an: »Bring Speisen!« Bald darauf kam der Hund mit einer Serviette voll köstlicher Speisen zurück; in die Serviette war eine Königskrone gestickt.

Der König hatte eben mit seinem ganzen Hofstaat an der Tafel gesessen, als der Hund erschienen war und der bräutlichen Jungfrau bittend die Hand geleckt hatte. Mit freudigem Schreck hatte sie den Hund erkannt und ihm die eigne Serviette umgebunden. Sie sah dies als einen Wink des Himmels an, bat den Vater um einige Worte und vertraute ihm das ganze Geheimnis. Der König sandte einen Boten dem Hunde nach, der bald darauf den Fremden in des Königs Kabinett brachte. Der König führte ihn an der Hand in den Saal; der ehemalige Kutscher erblasste bei seinem Anblick und bat kniend um Gnade. Die Königstochter erkannte den Fremdling als ihren Retter, der sich noch überdies durch die Drachenzähne, die er noch bei sich trug, auswies. Der Kutscher ward in einen tiefen Kerker geworfen und der Schäfer nahm seine Stelle an der Seite der Königstochter ein. Diesmal bat sie nicht um Aufschub der Trauung.

Das junge Ehepaar lebte schon eine geraume Zeit in wonniglichem Glück, da gedachte der ehemalige Schäfer seiner armen Schwester und sprach den Wunsch aus, ihr von seinem Glück mitzuteilen. Er sandte auch einen Wagen fort sie zu holen und es dauerte nicht lange, so lag sie an der Brust ihres Bruders. Da begann einer der Hunde zu sprechen und sagte: »Unsere Zeit ist nun um; du bedarfst unser nicht mehr. Wir blieben nur so lange bei dir, um zu sehen, ob du auch im Glück deine Schwester nicht vergessen würdest.« Darauf verwandelten sich die Hunde in drei Vögel und verschwanden in den Lüften.

Das Märchen vom Schlaraffenland

Hört zu, ich will euch von einem guten Lande sagen, dahin würde mancher auswandern, wüsste er, wo selbes läge und eine gute Schiffsgelegenheit. Aber der Weg dahin ist weit für die Jungen und für die Alten, denen es im Winter zu heiß ist und zu kalt im Sommer. Diese schöne Gegend heißt Schlaraffenland, auf Welsch Cucagna, da sind die Häuser gedeckt mit Eierfladen, und Türen und Wände sind von Lebzelten, und die Balken von Schweinebraten. Was man bei uns für einen Dukaten kauft, kostet dort nur einen Pfennig. Um jedes Haus steht ein Zaun, der ist von Bratwürsten geflochten und von bayerischen Würsteln, die sind teils auf dem Rost gebraten, teils frisch gesotten, je nachdem sie einer so oder so gern isst. Alle Brunnen sind voll Malvasier und andre süße Weine, auch Champagner, die rinnen einem nur so in das Maul hinein, wenn er es an die Röhren hält. Wer also gern solche Weine trinkt, der beeile sich, dass er in das Schlaraffenland hineinkomme. Auf den Birken und Weiden da wachsen die

Semmeln frischbacken, und unter den Bäumen flie-
ßen Milchbäche; in diese fallen die Semmeln
hinein und weichen sich selbst ein für die,
so sie gern einbrocken; das ist etwas für
Weiber und für Kinder, für Knechte
und Mägde! Holla Grethel, holla
Steffel! Wollt ihr nicht auswan-
dern? Macht euch herbei zum
Semmelbach, und vergesst auch
ja nicht, einen großen Milchlöffel
mitzubringen.

Die Fische schwimmen in dem Schlaraffenlan-
de obendrauf auf dem Wasser, sind auch schon gebacken oder gesotten,
und schwimmen ganz nahe am Gestade; wenn aber einer gar zu faul ist
und ein echter Schlaraff, der darf nur rufen bst! bst! – so kommen die
Fische auch heraus aufs Land spaziert und hüpfen dem guten Schla-
raffen in die Hand, dass er sich nicht zu bücken braucht.

Das könnt ihr glauben, dass die Vögel dort gebraten in der Luft he-
rumfliegen, Gänse und Truthähne, Tauben und Kapaunen, Lerchen
und Krammetsvögel, und wenn es zu viel Mühe macht, die Hand dar-
nach auszustrecken, dem fliegen sie schnurstracks ins Maul hinein. Die
Spanferkel geraten dort alle Jahr überaus trefflich; sie laufen gebraten
umher und jedes trägt ein Transchiermesser im Rücken, damit,
wer da will, sich ein frisches saftiges Stück ab-
schneiden kann.

Die Käse wachsen in dem Schla-
raffenlande so wie die Stei-
ne, groß und klein; die
Steine selbst sind lauter
Taubenkröpfe mit Ge-
fülltem, oder auch kleine
Fleischpastetchen. Im Win-
ter, wenn es regnet, so regnet

es lauter Honig in süßen Tropfen, da kann einer lecken und schlecken, dass es eine Lust ist, und wenn es schneit, so schneit es klaren Zucker, und wenn es hagelt, so hagelt es Würfelzucker, untermischt mit Feigen, Rosinen und Mandeln.
Im Schlaraffenland legen die Rosse keine Rossäpfel, sondern Eier, große, ganze Körbe voll, und ganze Haufen, sodass man tausend um einen Pfennig kauft. Und das Geld kann man von den Bäumen schütteln, wie Kästen (gute Kastanien). Jeder mag sich das Beste herunterschütteln und das minder Werte liegen lassen.
In dem Lande hat es auch große Wälder, da wachsen im Buschwerk und auf Bäumen die schönsten Kleider: Röcke, Mäntel, Schauben, Hosen und Wämser von allen Farben, schwarz, grün, gelb, (für die Postillons) blau oder rot, und wer ein neues Gewand braucht, der geht in den Wald, und wirft es mit einem Stein herunter, oder schießt mit dem Bolzen hinauf. In der Heide wachsen schöne Damenkleider von Sammet, Atlas, Gros de Naples, Barège, Madras, Taft, Nanking und so weiter. Das Gras besteht aus Bändern von allen Farben, auch ombriert. Die Wachholderstöcke tragen Brochen und goldne Chemisett- und Mantelettnadeln und ihre Beeren sind nicht schwarz, sondern echte Perlen. An den Tannen hängen Damenuhren und Chatelaines sehr künstlich. Auf den Stauden wachsen Stiefel und Schuhe, auch Herren und Damenhüte, Reisstrohhüte und Marabouts und allerlei Kopfputz mit Paradiesvögeln, Kolibris, Brillantkäfern, Perlen, Schmelz und Goldborten verziert.
Dieses edle Land hat auch zwei große Messen und Märkte mit schönen Freiheiten. Wer eine alte Frau hat und mag sie nicht mehr, weil sie ihm nicht mehr jung genug und hübsch ist, der kann sie dort gegen eine junge und schöne vertauschen und bekommt noch ein Draufgeld. Die Alten und Garstigen (denn ein Sprüchwort sagt: wenn man alt wird, wird man garstig) kommen in ein Jungbad, damit das Land begnadigt ist, das ist von großen Kräften; darin baden die alten Weiber etwa drei Tage oder höchstens vier, da werden schmucke Dirnlein daraus von siebzehn oder achtzehn Jahren.

Auch viel und mancherlei Kurzweil gibt es in dem Schlaraffenlande. Wer hier zu Lande gar kein Glück hat, der hat es dort im Spiel und Lustschießen, wie im Gesellenstechen. Mancher schießt hier alle sein Lebtag nebenaus und weit vom Ziel, dort aber trifft er, und wenn er der Allerweiteste davon wäre, doch das Beste. Auch für die Schlafsäcke und Schlafpelze, die hier von ihrer Faulheit arm werden, dass sie Bankrott machen und betteln gehen müssen, ist jenes Land vortrefflich. Jede Stunde Schlafens bringt dort einen Gulden ein, und jedes Mal Gähnen einen Doppeltaler. Wer im Spiel verliert, dem fällt sein Geld wieder in die Tasche. Die Trinker haben den besten Wein umsonst, und von jedem Trunk und Schlunk drei Batzen Lohn, sowohl Frauen als Männer. Wer die Leute am besten necken und aufziehen kann, bekommt jeweil einen Gulden. Keiner darf etwas umsonst tun, und wer die größte Lüge macht, der hat allemal eine Krone dafür.

Hier zu Lande lügt so mancher drauf und drein und hat nichts für diese seine Mühe; dort aber hält man Lügen für die beste Kunst, daher lügen sich wohl in das Land allerlei Prokura-, Dok- und andre toren, Rosstäuscher und die ***r Handwerksleute, die ihren Kunden stets aufreden und nimmer Wort halten.

Wer dort ein gelehrter Mann sein will, muss auf einen Grobian studiert haben. Solcher Studenten gibt's auch bei uns zu Lande, haben aber keinen Dank davon und keine Ehren. Auch muss er dabei faul und gefräßig sein, das sind drei schöne Künste. Ich kenne einen, der kann alle Tage Professor werden.

Wer gern arbeitet, Gutes tut und Böses lässt, dem ist jedermann dort abhold, und er wird Schlaraffenlandes verwiesen. Aber wer tölpisch ist, gar nichts kann, und dabei doch voll dummen Dünkels, der ist dort als ein Edelmann angesehen. Wer nichts kann als schlafen, essen, trinken, tanzen und spielen, der wird zum Grafen ernannt. Dem aber, wel-

chen das allgemeine Stimmrecht als den Faulsten und zu allem Guten Untauglichsten erkannt, der wird König über das ganze Land und hat ein großes Einkommen.
Nun wisst ihr des Schlaraffenlandes Art und Eigenschaft. Wer sich also auftun und dorthin eine Reise machen will, aber den Weg nicht weiß, der frage einen Blinden; aber auch ein Stummer ist gut dazu, denn der sagt ihm gewiss keinen falschen Weg.

Um das ganze Land herum ist aber eine berghohe Mauer von Reisbrei. Wer hinein- oder herauswill, muss sich da erst überzwerg durchfressen.

Schneeweißchen

Es war einmal eine Königin, die hatte keine Kinder und wünschte sich eins, weil sie so ganz einsam war. Da sie nun eines Tages an einer Stickerei saß und den Rahmen von schwarzem Ebenholz betrachtete, während es schneite und Schneeflocken vom Himmel fielen, war sie in so tiefen Gedanken, dass sie sich heftig in die Finger stach, sodass drei Blutstropfen auf den weißen Schnee fielen; und da musste sie wieder daran denken, dass sie kein Kind hatte. »Ach!«, seufzte die Königin. »Hätte ich doch ein Kind, so rot wie Blut, so weiß wie Schnee, so schwarz wie Ebenholz!«
Und nach einer Zeit bekam diese Königin ein Kind, ein Mägdlein. Das

war so weiß wie Schnee an seinem Leibe und seine Wangen blüheten wie blutrote Röselein und seine Haare waren so schwarz wie Ebenholz. Die Königin freute sich, nannte das Kind Schneeweißchen, und bald darauf starb sie. Da der König nun ein Witwer geworden war und kein Witwer bleiben wollte, so nahm er sich eine andre Gemahlin, das war zwar ein stattliches Weib voll hoher Schönheit, aber auch voll unsaglichen Stolzes, und auch so eitel, dass sie sich für die schönste Frau in der ganzen Welt hielt. Dazu war sie zumal durch einen Zauberspiegel verleitet, der sagte ihr immer, wenn sie hineinsah und fragte:

»Spieglein, Spieglein an der Wand
Wer ist die Schönste im ganzen Land?«,
»Ihr, Frau Königin, seid die Schönst im Land.«

Und der Spiegel schmeichelte doch nicht, sondern sagte die Wahrheit wie jeder Spiegel.

Das kleine Schneeweißchen, der Königin Stieftochter, wuchs heran und wurde die schönste Prinzessin, die es nur geben konnte, und wurde noch viel schöner wie die schöne Königin. Diese fragte, als das Schneeweißchen sieben Jahre alt war, einmal wieder ihren treuen Spiegel:

»Spieglein, Spieglein an der Wand,
Wer ist die Schönste im ganzen Land?«,

aber da antwortete der Spiegel nicht wie sonst, sondern er antwortete:

»Frau Königin, Ihr seid die Schönste hier,
Aber Schneeweißchen ist tausendmal schöner als Ihr.«

Darüber erschrak die Königin zum Tode und war ihr, als kehre sich ihr ein Messer im Busen um, und da kehrte sich auch ihr Herz um gegen das unschuldige Schneeweißchen, das nichts zu seiner übergroßen

Schönheit konnte. Und weil sie weder Tag noch Nacht Ruhe hatte vor ihrem bösen neidischen Herzen, so berief sie ihren Jäger zu sich und sprach: »Dieses Kind, das Schneeweißchen, sollst du in den dichten Wald führen und es dort töten. Bringe mir Lunge und Leber zum Wahrzeichen, dass du mein Gebot vollzogen!«

Und da musste das arme Schneeweißchen dem Jäger in den wilden Wald folgen, und im tiefsten Dickicht zog er seine Wehr und wollte das Kind durchstoßen. Das Schneeweißchen weinte jämmerlich und flehte, es doch leben zu lassen, es habe ja nichts verbrochen, und die Tränen und der Jammer des unschuldigen Kindes rührten den Jäger auf das Innigste, sodass er bei sich dachte: Warum soll ich mein Gewissen beladen und dies schöne unschuldige Kind ermorden? Nein, ich will es lieber laufen lassen! Fressen es die wilden Tiere, wie sie wohl tun werden, so mag das die Frau Königin vor Gott verantworten. Und da ließ er Schneeweißchen laufen, wohin es wollte, fing ein junges Wild, stach es ab, und weidete es aus, und brachte Lunge und Leber der bösen Königin. Die nahm beides und briet es in Salz und Schmalz und verzehrte es, und war froh, dass sie, wie sie vermeinte, nun wieder allein die Schönste sei im ganzen Lande. Schneeweißchen im Walde wurde bald angst und bange, wie es so mutterseelenallein durch das Dickicht schritt, und wie es zum ersten Male die harten spitzen Steine fühlte, wie die Dornen ihm das Kleid zerrissen, und vollends, als es zum ersten Male wilde Tiere sah. Aber die wilden Tiere ta-

ten ihm gar nichts zu Leide; sie sahen Schneeweißchen an und fuhren in die Büsche. Und das Mägdlein ging den ganzen Tag und ging über sieben Berge.
Des Abends kam Schneeweißchen an ein kleines Häuschen mitten im Walde, da ging es hinein, sich auszuruhen, denn es war sehr müde, war auch sehr hungrig und sehr durstig. Darinnen in dem kleinen kleinen Häuschen war alles gar zu niedlich und zierlich und dabei sehr sauber. Es stand ein kleines Tischlein in der Stube, das war schneeweiß gedeckt, und darauf standen und lagen sieben Tellerchen, auf jedem ein wenig Gemüse und Brot, sieben Löffelchen, sieben Paar Messerchen und Gäbelchen, sieben Becherchen. Und an der Wand standen sieben Bettchen, alle blütenweiß überzogen. Da aß nun das hungrige Schneeweißchen von den sieben Tellerchen, nur ein Kleinwenig von jedem, und trank aus jedem Becherchen ein Tröpflein Wein. Dann legte es sich in eins der sieben Bettchen, um zu ruhen, aber das Bettchen war zu klein, und sie musste es in einem andern probieren, doch wollte keins recht passen, bis zuletzt das siebente, das passte, da hinein schlüpfte Schneeweißchen, deckte sich zu, betete zu Gott und schlief ein, tief und fest wie fromme Kinder, die gebetet haben, schlafen.
Derweil wurde es Nacht, und da kamen die Häuschensherren, sieben kleine Bergmännerchen, jedes mit einem brennenden Grubenlichtchen vorn am Gürtel, und da sahen sie gleich, dass eins da gewesen war. Der Erste fing an zu fragen: »Wer hat auf meinem Stühlchen gesessen?« Der Zweite fragte: »Wer hat von meinem Tellerchen gegessen?« Der Dritte fragte: »Wer hat von meinem Brötchen gebrochen?« Der Vierte: »Wer hat von meinem Gemüslein geleckt?« Der Fünfte: »Wer hat mit meinem Messerchen geschnitten?« Der Sechste: »Wer hat mit meinem Gäbelchen gestochen?«, und der Siebente fragte: »Wer hat aus meinem Becherchen getrunken?« Wie die Zwerglein also gefragt hatten, sahen sie sich nach ihren Bettchen um, und fragten: »Wer hat in unsern Bettchen gelegen?«, bis auf den Siebenten, der fragte nicht so, sondern: »Wer liegt in meinem Bettchen?«, denn da lag das Schneeweißchen darin. Da leuchteten die Bergmännerchen mit ihren Lämp-

chen alle hin und sahen mit Staunen das schöne Kind, und störten es nicht, sondern sie ließen den Siebenten in ihren Bettchen liegen, in jedem ein Stündchen, bis die Nacht herum war. Da nun der Morgen mit seinen frühen Strahlen in das kleine kleine Häuschen der Zwerglein schien, wachte Schneeweißchen auf und fürchtete sich vor den Zwergen. Die waren aber ganz gut und freundlich und sagten, es solle sich nicht fürchten, und fragten, wie es heiße? Da sagte und erzählte nun Schneeweißchen alles, wie es ihm ergangen sei. Darauf sagten die Zwergmännchen: »Du kannst bei uns in unserm Häuschen bleiben, Schneeweißchen, und kannst uns unsern Haushalt führen, kannst uns unser Essen kochen, unsre Wäsche waschen, und alles hübsch rein und sauber halten, auch unsre Bettchen machen.« Das war Schneeweißchen recht und es hielt den Zwergen Haus. Die taten am Tage ihre Arbeit in den Bergen, tief unter der Erde, wo sie Gold und Edelsteine suchten, und abends kamen sie und aßen und legten sich in ihre sieben Bettchen.

Unterdessen war die böse Königin froh geworden in ihrem argen Herzen, dass sie nun wieder die Schönste war, wie sie meinte, und versuchte den Spiegel wieder und fragte ihn:

»Spieglein, Spieglein an der Wand,
Wer ist die Schönste im ganzen Land?«

Da antwortete ihr der Spiegel:

»Frau Königin! Ihr seid die Schönste hier,
Aber Schneeweißchen über den sieben Bergen,
Bei den sieben guten Zwergen
Das ist noch tausendmal schöner als Ihr!«

Das war wiederum ein Dolchstich in das eitle Herz der Frau Königin, und sie sann nun Tag und Nacht darauf, wie sie dem Schneeweißchen ans Leben käme, und endlich fiel ihr ein, sich verkleidet selbst zu

Schneeweißchen aufzumachen, und sie verstellte ihr Gesicht, und zog geringe Kleider an, nahm auch einen Allerhandkram, und ging über die sieben Berge, bis sie an das kleine kleine Häuschen der Zwerge kam. Da klopfte sie an die Türe und rief: »Holla! Holla! Kauft schöne Waren!« Die Zwerge hatten aber dem Schneeweißchen gesagt, es solle sich vor fremden Leuten in Acht nehmen, vornehmlich vor der bösen Königin. Deshalb sah das Mägdlein vorsichtig heraus, da sah sie den schönen Tand, den die Frau zu Markte trug, die schönen Halsketten und Schnüre und allerlei Putz. Da dachte Schneeweißchen nichts Arges und ließ die Krämerin herein und kaufte ihr eine Halsschnur ab, und die Frau wollte ihr zeigen, wie diese Schnur umgetan würde, und schnürte ihm von hinten den Hals so zu, dass Schneeweißchen gleich der Odem ausging und es tot hinsank. »Da hast du den Lohn für deine übergroße Schönheit!«, sprach die böse Königin und hob sich von dannen.

Bald darauf kamen die sieben Zwerglein dann nach Hause, und fanden dort ihr schönes liebes Schneeweißchen tot und sahen, dass es mit der Schnur erdrosselt war. Ganz geschwinde schnitten sie die Schnur entzwei, und träufelten einige Tropfen von der Goldtinktur auf Schneeweißchens blasse Lippen, da begann es leise zu atmen und wurde allmählich wieder lebendig. Als es nun erzählen konnte, erzählte es, wie die alte Krämersfrau ihr den Hals böslich zugeschnürt, und die Zwerge riefen: »Das war kein anderes Weib als die falsche Königin! Hüte dich und lasse gar keine Seele in das kleine Häuschen, wenn wir nicht da sind.«

Die Königin trat, als sie von ihrem schlimmen Gange wieder nach Hause kam, gleich vor ihren Spiegel und fragte ihn:

»Spieglein, Spieglein an der Wand,
Wer ist die Schönste im ganzen Land?«,

und der Spiegel antwortete:

»Frau Königin! Ihr seid die Schönste allhier,
Aber Schneeweißchen über den sieben Bergen,
Bei den sieben guten Zwergen,
Das ist noch tausendmal schöner als Ihr.«

Da schwoll der Königin das Herz vor Zorn, wie einer Kröte der Bauch, und sie sann wieder Tag und Nacht auf Schneeweißchens Verderben. Bald nahm sie wieder die falsche Gestalt einer andern Frau an, durch Verstellung ihres Gesichts und fremdländische Kleidung, machte einen vergifteten Kamm, den tat sie zu anderm Kram, und ging über die sieben Berge, an das kleine kleine Zwergenhäuslein. Dort klopfte sie wieder an die Türe, rief: »Holla! Holla! Kauft schöne Waren! Holla!« Schneeweißchen sah zum Fenster heraus und sagte: »Ich darf niemand hereinlassen!« Das Kramweib aber rief: »Schade um die schönen Kämme!« Und dabei zeigte sie den giftigen, der ganz golden blitzte. Da wünschte sich Schneeweißchen von Herzen einen goldenen Kamm, dachte nichts Arges, öffnete die Türe und ließ die Krämerin herein, und kaufte den Kamm.
»Nun will ich dir auch zeigen, mein allerschönstes Kind, wie der Kamm durch die Haare gezogen und wie er gesteckt wird«, sprach die falsche Krämerin und strich dem Schneeweißchen damit durchs Haar; da wirkte gleich das Gift, dass das arme Kind umfiel und tot war. »So, nun wirst du wohl das Wiederaufstehen vergessen«, sprach die böse Königin und entfloh aus dem Häuschen.
Bald darauf – und das war ein Glück – wurde es Abend, und da kamen

die sieben Zwerge dann wieder nach Hause, glaubten das arme Schneeweißchen wäre tot, und fanden in seinem schönen Haar den giftigen Kamm. Diesen zogen sie geschwind aus dem Haar und da kam es bald wieder zu sich. Und die Zwerglein verwarnten es aufs Neue gar sehr, doch ja niemand ins Häuschen zu lassen.
Daheim trat die böse Königin wieder vor ihren Spiegel und fragte ihn:

»Spieglein, Spieglein an der Wand,
Wer ist die Schönste im ganzen Land?«

Und der Spiegel antwortete:

»Frau Königin! Ihr seid die Schönste allhier,
Aber über den sieben Bergen,
Bei den sieben guten Zwergen
Ist Schneeweißchen – tausendmal schöner als Ihr.«

Da wusste sich die Königin vor giftiger Wut darüber, dass alle ihre bösen Ränke gegen Schneeweißchen nichts fruchteten, gar nicht zu lassen und zu fassen, und tat einen schweren Fluch, Schneeweißchen müsse sterben, und solle es ihr, der Königin, selbst das Leben kosten. Und darauf machte sie heimlich einen schönen Apfel giftig, aber nur auf einer Seite, wo er am schönsten war, nahm dazu noch einen Korb voll gewöhnlicher Äpfel, verstellte ihr Gesicht, kleidete sich wie eine Bäuerin, ging abermals über die sieben Berge und klopfte am Zwergenhäuslein an, indem sie rief: »Holla! Schöne Äpfel kauft! Kauft!«

Schneeweißchen sah zum Fenster heraus und sagte: »Geht fort, Frau! Ich darf nicht öffnen und auch nichts kaufen!«
»Auch gut, liebes Kind!«, sprach die falsche Bäuerin. »Ich werde auch ohne dich meine schönen Äpfel noch alle los! Da hast du einen umsonst!«
»Nein, ich danke schön, ich darf nichts annehmen!«, rief Schneeweißchen. »Denkst wohl gar, der Apfel wäre vergiftet? Siehst du, da beiße ich selber hinein! Das schmeckt einmal gut! So hast du in deinem ganzen Leben keinen Apfel gegessen.« Dabei biss das trügerische Weib in die Seite des Apfels, die nicht vergiftet war, und da wurde Schneeweißchen lüstern und griff nach dem Apfel hinaus, und die Bäuerin reichte ihn hin und blieb stehen. Kaum hatte Schneeweißchen den Apfel auf der andern Seite angebissen, wo er ein schönes rotes Bäckchen hatte, so wurden Schneeweißchens rote Bäckchen ganz blass und es fiel um und war tot.
»Nun bist du aufgehoben, Ding!«, sprach die Königin und ging fort, und zu Hause trat sie wieder vor den Spiegel und fragte wieder:

»Spieglein, Spieglein an der Wand,
Wer ist die Schönste im ganzen Land?«,

und der Spiegel antwortete dieses Mal:

»Ihr, Frau Königin, seid allein die Schönste im Land!«

Nun war das Herz der bösen Königin zufrieden, so weit ein Herz voll Bosheit und Tücke und Mordschuld zufrieden sein kann.
Aber wie erschraken die sieben guten Zwerge, als sie abends nach Hause kamen, und ihr Schneeweißchen ganz tot fanden. Vergebens suchten sie nach einer Ursache, und vergebens versuchten sie die Wunderkraft ihrer Goldtinktur, Schneeweißchen war und blieb jetzt tot.
Da legten die betrübten Zwerglein das liebe Kind auf eine Bahre, und setzten sich darum herum, und weinten drei Tage lang, hernach woll-

ten sie es begraben. Aber da Schneeweißchen noch nicht wie tot aussah, sondern noch frisch wie ein Mägdlein, das schläft, so wollten sie es nicht allein in die Erde senken, sondern sie machten einen schönen Sarg von Glas, da hinein legten sie es, und schrieben darauf: *Schneeweißchen, eine Königstochter* – und setzten dann den Sarg auf einen von den sieben Bergen, und hielt immer einer von ihnen Wache bei dem Sarge. Da kamen auch die Tiere aus dem Walde und weinten über Schneeweißchen, die Eule, der Rabe und das Täubelein.

Und so lag Schneeweißchen lange Jahre in dem Sarge, ohne dass es verweste, vielmehr sah es noch so frisch und so weiß aus wie frischgefallener Schnee, und hatte wieder rote Wängelein, wie frische Blutröschen, und die schwarzen ebenholzfarbenen Haare. Da kam ein junger schöner Königssohn zu dem kleinen Zwergenhäuslein, der sich verirrt hatte in den sieben Bergen, und sah den gläsernen Sarg stehen und las die Schrift darauf: *Schneeweißchen, eine Königstochter* – und bat die Zwerge, ihm doch den Sarg mit Schneeweißchen zu überlassen, er wolle denselben ihnen abkaufen. Die Zwerge aber sprachen: »Wir haben Goldes die Fülle und brauchen deines nicht! Und um alles Gold in der Welt geben wir den Sarg nicht her.« – »So schenkt ihn mir!«, bat der Königssohn. »Ich kann nicht sein ohne Schneeweißchen, ich will es aufs Höchste ehren und heilig halten, und es soll in meinem schönsten Zimmer stehen; ich bitte euch darum!«

Da wurden die Zwerglein von Mitleid bewegt, und schenkten ihm Schneeweißchen im gläsernen Sarge. Den gab er seinen Dienern, dass sie ihn vorsichtig forttrügen, und er folgte sinnend nach. Da stolperte der eine Diener über eine Baumwurzel, dass der Sarg schütterte, und hätten ihn beinahe fallen lassen, und durch das Schüttern fuhr das giftige Stückchen Apfel, das Schneeweißchen noch im Munde hatte (weil es umgefallen war, ehe es den Bissen verschluckt), heraus, und da war es mit einem Male wieder lebendig.

Geschwind ließ es der Königssohn niedersetzen, öffnete den Sarg und hob es mit seinen Armen heraus, und erzählte ihm alles, und gewann es nun erst recht lieb, und nahm es zu seiner Gemahlin, führte es auch

gleich in seines Vaters Schloss, und wurde zur Hochzeit zugerüstet mit großer Pracht, auch viele hohe Gäste wurden geladen, darunter auch die böse Königin. Die putzte sich auf das Allerschönste, trat vor ihren Spiegel, und fragte wieder:

»Spieglein, Spieglein an der Wand,
Wer ist die Schönste im ganzen Land?«,

darauf antwortete der Spiegel:

»Frau Königin, Ihr seid die Schonst allhier,
Aber die junge Königin ist noch tausendmal schöner als Ihr!«

Da wusste die Königin nicht, was sie vor Neid und Scheelsucht sagen und anfangen sollte, und es wurde ihr ganz bange ums Herz, und wollte erst gar nicht auf die Hochzeit gehen; dann wollte sie aber doch die sehen, die schöner sei als sie, und fuhr hin. Und wie sie in den Saal kam, trat ihr Schneeweißchen als die allerschönste Königsbraut entgegen, die es jemals gegeben, und da mochte sie vor Schrecken in die Erde sinken.

Schneeweißchen aber war nicht allein die Allerschönste, sondern sie hatte auch ein großes edles Herz, das die Untaten, die die falsche Frau an ihr verübt, nicht selbst rächte. Es kam aber ein giftiger Wurm, der fraß der bösen Königin das Herz ab, und dieser Wurm war der Neid.

Das Dornröschen

Es war einmal ein König und eine Königin, die hatten keine Kinder, wünschten sich aber tagtäglich ein Kind. Zu einer Zeit geschah es, dass die Königin badete, und seufzete, als sie so allein war: »Ach hätte ich doch ein Kind!« Da hüpfte ein Frosch aus dem Wasser und sprach: »Was du wünschest, soll dir werden!« Und darauf hat die Königin ein Töchterlein bekommen, das war schön über alle Maßen, und der König hatte darüber die größte Freude, dass sein liebster Wunsch erfüllt war, und stellte ein großes Fest an, zu dem er alle seine Freunde einlud. Nun lebten in dem Lande auch weise Frauen, die waren begabt mit Zauber und Wundermacht und genossen große Ehrfurcht vor allem Volke; die lud der König auch ein, und sollten auf goldnen Tellern essen. Damals hatten aber die Könige nicht so viele Schüsseln und Teller wie jetzt, und dieser König hatte nur ein Dutzend, das sind zwölf, und der weisen Frauen waren dreizehn, da konnte er auch nur zwölf einladen, und die dreizehnte blieb uneingeladen, was sie aber übel nahm.

Die weisen Frauen begabten das Königskind mit gar köstlichen Gütern, nicht mit Schönheit, denn die besaß es schon, sondern mit Liebenswürdigkeit, Heiterkeit, Anmut, Sanftmut, Bescheidenheit, Frömmigkeit, Sittsamkeit, Tugend, Aufrichtigkeit, Verstand und Reichtum, und eben wollte die zwölfte weise Frau auch noch ihren Wunsch aussprechen, als die dreizehnte in das Zimmer trat, die nicht eingeladen worden war, und zornig ausrief: »In fünfzehn Jahren soll die Königstochter sich in eine Spindel stechen und tot hinfallen!« Mit diesen Worten war die böse Alrune wieder verschwunden und die andern standen starr vor Schrecken, denn die weisen Frauen machten keine vergeblichen Worte. Ein Glück, dass die zwölfte weise Frau ihren Wunsch noch nicht ausgesprochen hatte. Sie konnte zwar das, was einmal eine weise Frau gedroht hatte, nicht abändern, aber ihm doch eine mildernde Wendung geben, und rief: »Die Königstochter soll nur in einen tiefen Schlaf fallen, der soll hundert Jahre dauern und nicht länger.« Der König ließ sogleich ein Regierungsmandat im ganzen Lande ergehen, kraft dessen alle Spindeln überall abgeschafft und dafür die Spinnräder eingeführt wurden; indes erwuchs die schöne Königstochter zu einem Fräulein, das an Schönheit, Holdseligkeit, Freundlichkeit, Milde, Demut, Züchtigkeit, Herzensgüte, Tugend und Verstand seinesgleichen suchte, und so kam es zu seinem fünfzehnten Jahre, von allen, die es kannten, geliebt, ja angebetet. Und da bekam die Prinzessin gerade Lust, sich im Schloss ein bisschen umzusehen, ging durch mehre Gemächer und kam an eine Treppe, die zu einem alten Turm führte; diese stieg es hinan und kam an ein niedrig Kammertürlein, da steckte ein alter verrosteter Schlüssel daran, und neugierig, wie die ganz jungen Mädchen sind, drehte die Prinzessin an dem Schlüssel, und die Türe ging gleich auf. Da saß ein uraltes Spinneweiblein und spann emsig mit einer Spindel; es mochte wohl des Königs Gesetz nicht gehört oder gelesen, oder es längst vergessen haben. Die umhertanzende, auf und nieder wirbelnde Spindel machte der jungen Königs-

tochter viel Freude, sie haschte nach der Spindel, wollte auch spinnen und stach sich damit, denn es war gerade der Tag, an welchem die Prophezeiung der erzürnten weisen Frau in Erfüllung gehen sollte. Und die Königstochter fiel nieder in einen Schlaf. Und da überkam derselbe Schlaf auch den König und die Königin und das ganze Schloss. Da mag es schön langweilig gewesen sein! Der ganze Hofstaat schlief ein, vom Hofmarschall bis zum Küchenjungen, den der Koch wegen eines Versehens gerade an den Haaren zauste, und ihm eine Ohrfeige geben wollte, und Koch und Kellner, Kammerfrau und Kammerjungfer, Kind und Kegel, Hund und Katze, ja die Tauben und Sperlinge auf dem Dache, die Pfauen und Papageien und selbst die Fliegen an der Wand, die schliefen alle. Und das Feuer auf dem Herd legte sich und schlief ein, und der Wind legte sich auch, und wurde alles piepstill, dass man kein Mäuschen im ganzen Schloss mehr knuspern hörte, dieweil die Mäuslein auch schliefen. Und da kam kein Mensch mehr in das verzauberte Schlummerschloss, um welches rund herum eine mächtige Dornenhecke emporwuchs, jedes Jahr einige Schuh höher, bis sie den höchsten Turm überwachsen hatte, dass man nicht einmal die Fahne und den Wetterhahn mehr sah, und so dicht, dass kein menschliches Wesen eindringen konnte. Und da wurde das Schloss allmählich ganz vergessen, und es ging nur die Sage, hinter den Dornen stehe ein Schloss, darin schlafe das *Dornröschen*, die verzauberte Prinzessin, wie lange schon und wie lange noch, wisse niemand. Zwar kamen von Zeit zu Zeit Königssöhne, die wollten hindurchdringen durch die Hecke, allein dieselbe war allzu dicht und konnten es nicht erlangen, blieben wohl gar in den Dornen verstrickt und kamen elendiglich darin um.

Und so waren nun hundert Jahre vergangen, und die Zeit war da, dass das Dornröschen wieder erwachen sollte, es wusste dies aber niemand genau, und da kam auch ein Königssohn, der hörte die Mär von dem schlafenden Dornröschen aus dem Mund eines Alten, der sie ihm gewiss versicherte, denn sein Vater und Urgroßvater hätten ihm oft davon erzählt, und der Alte musste den Königssohn hin an die verrufene Dornhecke führen. Und das geschah just am hundertsten Jahrestag, seit das Dornröschen in seinen Zauberschlaf gefallen war. Und die Dornhecke stand über und über voll Rosenblumen, das war seit Menschengedenken nicht der Fall gewesen, auch konnte der Königssohn frei durch die Dornhecke gehen, kein Dorn berührte sein Gewand, aber gleich hinter ihm schloss sich die Hecke wieder. Und da fand er alles unversehrt; kein Wind hatte geweht und kein Regen genässt, das Jahrhundert war über den Häuptern der Schlummernden so leise hinweggeflogen wie ein Schwan über einen stillen See voll träumender Wasserlilien. Da schliefen noch alle Fliegen und alle Mäuschen, da schliefen Huhn und Hahn, Katz und Hund, Magd und Zofe, Kammerherr und Kammerknecht, und auch König und Königin. Das alles sah der Königssohn mit großer Verwunderung, ging nun hinauf in den Turm, und kam in die Kammer, wo das süße Dornröschen lag, und so sanft schlief, hehr umflossen vom Heiligenschein seiner Unschuld und vom Glanze seiner Schönheit. Da beugte der Prinz sich nieder und küsste das Dornröschen, und alsbald schlug es die Augen auf. Der Königssohn sagte ihm, wie alles sich zugetragen, und führte es herab in das Schloss. Da erwachte alles, König und Königin, Zwerg und Zofe, Hunde und Pferde, Feuer und Wasser, Wind und Wetterhahn, und der Koch gab dem Küchenjungen die Ohrfeige, die er ihm vor hundert Jahren schuldig geblieben war, und alles ging wieder seinen Gang, und wurde eine stattliche Hochzeit ausgerichtet, nämlich des Dornröschens mit dem Königssohn, der es aus dem Schlummer erlöst, und lebten glücklich und zufrieden miteinander bis an ihr Ende.

Schwan, kleb an

Es waren einmal drei Brüder, von denen hieß der Älteste Jacob, der Zweite Friedrich und der Dritte und Jüngste Gottfried. Dieser Jüngste war das Stichblatt aller Neckerein seiner Brüder und der gewöhnliche Ablenker ihres Unmuts. Wenn ihnen etwas quer über den Weg lief, so musste Gottfried es entgehen und er musste sich das alles gefallen lassen, weil er von schwächlichem Körperbau war und sich gegen seine stärkeren Brüder nicht wehren konnte. Dadurch wurde ihm das Leben sauer gemacht und er sann Tag und Nacht darauf, sein Schicksal erträglicher zu machen. Als er einst im Walde war, um Holz zu sammeln, und bitterlich weinte, trat ein altes Weiblein zu ihm, das fragte ihn um seine Not und er vertraute ihr all seinen Kummer. »Ei, mein Junge«, sagte das Weiblein darauf, »ist die Welt nicht groß? Warum versuchst du nicht anderswo dein Glück?« Das nahm sich Gottfried zu Herzen und verließ eines Morgens frühe das väterliche Haus und machte sich auf den Weg in die weite Welt, um, wie das Weiblein gesagt hatte, sein Glück zu suchen. Aber der Abschied von dem Ort, wo er geboren worden war und wenigstens eine glückliche Kindheit verlebt hatte, ging

ihm doch nahe und er setzte sich auf einen Hügel nieder, um noch einmal recht das heimatliche Dorf zu betrachten. Siehe, da stand das Weiblein hinter ihm, schlug ihn auf die Schulter und sprach: »Das hast du einmal gut gemacht, mein Junge! Aber was willst du nun anfangen?« Gottfried dachte jetzt erst daran, was er beginnen solle? Er hatte bis jetzt geglaubt, das Glück müsse ihm wie eine gebratne Taube in den Mund fliegen. Das Weiblein mochte seine Gedanken erraten, lächelte grinsend und sagte: »Ich will dir sagen, was du anfangen sollst. Warum? Weil ich dich lieb habe, und weil ich glaube, dass du auch mich nicht vergessen wirst, wenn du dem Glücke im Schoß sitzest.« Gottfried versprach dies mit Hand und Mund; die Alte fuhr fort: »Heute Abend, wenn die Sonne untergeht, gehe an den großen Birnbaum, der dort am Kreuzweg steht. Darunter wird ein Mann liegen und schlafen, an den Baum aber wird ein großer schöner Schwan angebunden sein; den Mann hütest du dich aufzuwecken und du musst deswegen gerade mit Sonnenuntergang kommen, den Schwan aber knüpfst du los und führst ihn mit dir fort. Die Leute werden in seine schönen Federn vernarrt sein und du magst ihnen erlauben, davon eine auszurupfen. Wenn aber der Schwan berührt wird, so wird er schreien und wenn du dann sagst: Schwan, kleb an! so wird dem, der ihn berührt, die Hand fest ankleben und nicht eher wieder loswerden, bis du sie mit diesem Stöcklein antippst, das ich dir hiermit zum Geschenk mache. Wenn du nun so einen weidlichen Zug Menschenvögel gefangen hast, so führe sie nur immer grad aus. Da wirst du an eine große Stadt kommen, da wohnt eine Königstochter, die noch nie gelacht hat. Bringst du sie zum Lachen, so ist dein Glück gemacht; aber dann vergiss auch mich nicht, mein Junge!« Gottfried gab nochmals das Versprechen und war mit Sonnenuntergang richtig an dem bezeichneten Baum. Der Mann lag da und schlief und ein großer schöner Schwan war mit einem Bande an den Baum gebunden. Gottfried knüpfte den Vogel beherzt los und führte ihn davon, ohne dass der Mann erwachte.

Nun traf es sich, dass Gottfried mit seinem Schwan an einer Baustätte vorüberkam, wo einige Männer mit aufgestreiften Beinkleidern

Lehm kneteten; die bewunderten die schönen Federn des Vogels und ein vorwitziger Junge, der über und über voll Lehm war, sagte laut: »Ach wenn ich doch nur eine solche Feder hätte.« – »Zieh dir eine aus!«, sprach Gottfried freundlich; der Junge griff nach dem Schweife des Vogels, der Schwan schrie; »Schwan, kleb an!«, sprach Gottfried und der Junge konnte nicht wieder loskommen, er mochte anfangen was er wollte. Die andern lachten, je mehr der Junge schrie, bis vom nahen Bache eine Magd herzugelaufen kam, die mit hoch aufgeschürztem Rocke dort gewaschen hatte. Die fühlte Mitleid mit dem Jungen und reichte ihm die Hand, um ihn loszumachen. Der Schwan schrie; »Schwan, kleb an!«, sprach Gottfried, und die Magd war ebenfalls gefangen. Als Gottfried mit seiner Beute eine Strecke gegangen war, begegnete ihm ein Schornsteinfeger, der lachte über das sonderbare Gespann und fragte die Magd, was sie denn da triebe? »Ach herzliebster

Hans«, antwortete die Magd kläglich, »gib mir doch deine Hand und mach mich von dem verteufelten Jungen los.« – »Wenn's weiter nichts ist!«, lachte der Schornsteinfeger und gab der Magd die Hand, der Vogel schrie; »Schwan, kleb an!«, sprach Gottfried und der schwarze Mensch war ebenfalls behext. Sie kamen nun in ein Dorf, wo eben Kirchweih war; eine Seiltänzergesellschaft gab dort Vorstellungen und der Bajazzo machte eben seine Narreteidinge. Der riss Mund und Nase auf, als er das seltsame Kleeblatt sah, das an dem Schweife des Schwans festhing. »Bist du ein Narr geworden, Schwarzer?«, lachte er. »Da ist gar nichts zu lachen!«, antwortete der Schornsteinfeger. »Das Weibsbild hält mich so fest, dass meine Hand wie angenagelt ist. Mach mich los, Bajazzo; ich tu dir einmal einen andern Liebesdienst.« Der Bajazzo fasste die ausgestreckte Hand des Schwarzen, der Vogel schrie; »Schwan, kleb an!«, sprach Gottfried und der Bajazzo war der Vierte im Bunde. Nun stand in der vordersten Reihe der Zuschauer der stattlich wohlbeleibte Amtmann des Dorfes, der machte ein gar ernsthaftes Gesicht dazu und er ärgerte sich gar höchlich über das Blendwerk, das nicht mit rechten Dingen zugehen könne. Sein Eifer ging so weit, dass er den Bajazzo an der ledigen Hand fasste und ihn losreißen wollte, um ihn dem Büttel zu übergeben; da schrie der Vogel, und »Schwan, kleb an!«, sprach Gottfried und der Amtmann teilte das Schicksal der Vorgänger. Die Frau Amtmännin, eine lange dürre Spindel, entsetzte sich über das Missgeschick ihres Eheherrn und riss mit Leibeskräften an dem freien Arm desselben, der Vogel schrie; »Schwan, kleb an!«, sprach Gottfried und die arme Frau Amtmännin musste trotz ihres Geschreis folgen. Hinfort hatte Niemand mehr Lust, die Gesellschaft zu vergrößern.

Gottfried sah schon die Türme der Hauptstadt vor sich; da kam ihm eine wunderschöne Equipage entgegen, in der eine schöne junge, aber ernste Dame saß. Als diese den bunten Zug erblickte, brach sie jedoch in lautes Gelächter aus und ihre Dienerschaft lachte mit. »Die Königstochter hat gelacht!«, rief alles vor Freuden. Sie stieg aus, betrachtete sich die Sache noch genauer und lachte immer mehr bei den Kaprio-

len, welche die Festgebannten machten. Der Wagen musste umwenden und fuhr langsam neben Gottfried nach der Stadt zurück. Als der König die Kunde vernahm, dass seine Tochter gelacht habe, war er voll Entzücken und nahm selbst Gottfried, seinen Schwan und dessen wunderliches Gefolge in Augenschein, wobei er selbst lachen musste, dass ihm die Tränen in den Augen standen. »Du närrischer Gesell«, sprach er zu Gottfried, »weißt du, was ich dem versprochen habe, der meine Tochter zum Lachen bringt?« – »Nein«, sagte Gottfried. – »So will ich dir's sagen«, antwortete der König. »Tausend Goldgulden oder ein schönes Gut. Wähle dir zwischen den beiden.« Gottfried entschied sich für das Gut. Dann berührte er den Buben, die Magd, den Schornsteinfeger, den Bajazzo, den Amtmann und die Amtmännin mit seinem Stäbchen und alle fühlten sich frei und liefen davon, als brenne die Hölle hinter ihnen her, was neues unauslöschliches Gelächter verursachte. Da wurde die Königstochter bewegt, den schönen Schwan zu streicheln und sein Gefieder zu bewundern. Der Vogel schrie; »Schwan, kleb an!«, sprach Gottfried, und so gewann er die Königstochter. Der Schwan aber erhob sich in die Lüfte und verschwand in den blauen Horizont. Gottfried erhielt nun ein Herzogtum zum Geschenk; er erinnerte sich aber auch des alten Weibleins, das Schuld an seinem Glücke war und berief sie als seine und seiner auserwählten Braut Haushofmeisterin in sein stattliches Residenzschloss.

Die sieben Schwanen

In einem Lande war ein junger Rittersmann, der war reich und schön, und hatte eine prächtige Burg. Zu einer Zeit ritt er mit seinen Hunden in den Wald, um zu jagen, da sah er eine Hindin (Hirschkuh), die war weißer als der Schnee, und floh vor ihm auf und davon in das Gebirge zwischen die wilden hohen Gesträuche. Der Rittersmann aber folgte ihr gar eilig nach und kam zuletzt in ein wildes finstres Tal, da verlor er durch die Hunde die Hindin aus dem Gesicht, ritt hin und her und rief die Hunde wieder zusammen. So gelangte er an einen Fluss, an dem sah er eine schöne Jungfrau stehen, die wusch sich und trug in ihrer Hand eine feine güldene Kette. Und da ihm diese Jungfrau sehr wohl gefiel, so stieg er sacht vom Ross, schlich sich ihr unversehens nah und nahm ihr die goldne Kette aus der Hand. In dieser Kette aber war sonderliche Kraft und Planetenzauber, und die Jungfrau war ein Wünschelweiblein, und von sol-

cher Schönheit, dass er darob die Hindin samt seinen Hunden vergaß, und gedachte die Jungfrau heimzuführen als seine Gemahlin. Und also tat er auch und führte sie heim auf seine Burg.

Nun hatte der junge Rittersmann noch eine Mutter, der kam die Schnur ungelegen, denn sie hatte bisher das Regiment ganz allein geführt, und besorgte sich nun, dass sie Gewalt und Ansehen auf dem Schloss verlieren werde. Und wurde der Schnur gram und hasste sie, und ermahnte oft ihren Sohn, jene nicht allzu lieb zu haben, und hätte gar zu gern Unfrieden und Zwietracht zwischen beiden angestiftet. Aber sie konnte das nicht zuwege bringen, denn ihr Sohn wollte ihre Worte nicht hören und war dann jedes Mal ungehalten auf sie. Als sie nun das wahrnahm, da stellte sie sich in allem willfährig und dienstgefällig gegen ihren Sohn und die junge Frau, aber es kam bei ihr alles aus einem falschen Herzen, darin sie zumal eine grausame Bosheit erdacht hatte gegen die junge Frau, obschon sie sie äußerlich gar sehr zu ehren schien. Darüber kam die Zeit, dass die junge Frau in das Kindbett kam, und genas von sechs Söhnen und einer Tochter, die trugen alle goldne Ringe um ihre Hälse. Sofort kam das alte böse Weib, die Mutter des jungen Herrn, und nahm die sieben Kinderchen, während die Mutter schlief, trug sie hinweg, und legte sieben junge Hündlein, die in derselben Nacht geworfen worden, an deren Stelle. Nun hatte dieses falsche und ungetreue Weib einen vertrauten Knecht, dem überantwortete sie die sieben Kinder, und verpflichtete ihn bei Treuen und Eide, dass er sie in den wilden Wald tragen, sie töten und begraben sollte in der Erde oder im Wasser ertränken. Das gelobte der Knecht zu tun, trug die Kindlein in den Wald, legte sie unter einen Baum und bereitete sich, sie zu erwürgen. Da kam ihn aber ein Grauen an vor dem Mord, und er schauderte zurück vor solch ungetreuer Tat, und ließ die Kindlein leben, ging und sagte der Frau, dass er ihr Gebot vollbracht habe.

Aber der Schöpfer aller Wesen, der alle Dinge zum Besten lenkt, erbarmte sich der Kindlein und sandte ihnen einen Nährvater, das war ein alter weiser Meister, der in dem Walde wohnte, Weisheit zu pflegen, der nahm die Kindlein in seine Klause und nährte sie mit der

Milch der Hirschkühe, die zu ihm zu kommen gewohnt waren, sieben Jahre lang.

Als jenes böse Weib die Kinder weggebracht hatte von der Mutter, führte sie ihren Sohn zu der jungen Frau, zeigte ihm die Hündlein und sprach: »Siehe Sohn, die Kinder, die deine Frau dir geboren, es sind junge Hunde.« Das tat sie ihrem Sohn aus Rache an, weil er die junge Frau so lieb hatte. Als er das sah, glaubte er seiner Mutter und warf einen Hass auf die junge Frau, die er vorher so lieb gehabt, wollte auch kein Wort einer Entschuldigung hören, sondern er ließ sie auf dem Hofe vor dem Palas seiner Burg in die Erde eingraben bis an die Brust, und über ihr Haupt ließ er ein Waschbecken mit Wasser setzen, und gebot allem seinem Gesinde, sich über ihrem Haupt zu waschen und ihre Hände an ihrem schönen Haar zu trocknen. Auch sollte sie keine andere Nahrung bekommen, wie die Hunde.

Und so musste das arme Weib stehen bleiben in der Grube in Nöten und Ängsten sieben ganzer Jahre, und durfte sich ihrer keine Seele erbarmen. Darüber verzehrte sich ihr schöner Leib, ihre Kleider vermoderten und es blieb nur die Haut über ihren Gebeinen.

Indessen lernten die jungen Kinder im Walde Wild und Vögel schießen, und sich von deren Fleisch nähren, und da geschah es, dass der Ritter, ihr Vater, wieder einmal jagen ging in dem Walde. Da ward er der Kinder gewahr, die in dem Holze spielend hin und her liefen, und hatten alle güldne Kettlein am Halse. Und sein Herz ward von Neigung zu den Kindern bewegt; hätte gern eins oder das andere ergriffen, aber sie ließen sich nicht fangen, sondern verschwanden im Walde. Daheim erzählte er seiner Mutter und anderen Herren und Freunden, dass er im Walde kleine Kinder gesehen mit Goldkettchen an den Hälsen. Darüber erschrak seine Mutter innerlich, nahm den Knecht vor und fragte ihn: »Hast du damals die Kinder getötet, oder hast du sie leben lassen?« Da bekannte der Knecht, dass er sie nicht mit eigner Hand zu töten vermocht habe, doch habe er sie unter einen Baum gelegt, und da wären sie gewiss bald gestorben. Hierauf gebot sie dem Knecht, schleunigst in den Wald zu reiten, die Kinder zu suchen, die mitnichten gestorben seien, und ihnen die goldnen Ketten zu nehmen, sonst würden sie beide zu Schanden werden. Der Knecht gehorchte voll Angst, suchte drei Tage die Kinder im Walde und fand sie nicht; erst am vierten Tage fand er sie, sie hatten die Kettchen abgelegt, und waren nun in Schwäne verwandelt, und spielten auf dem Wasser. Aber das Mädchen hatte noch seine menschliche Gestalt und sah den Schwänen zu, wie sie auf dem Wasser spielten. Da ging der Knecht heimlich hinzu und nahm die sechs goldnen Kettchen weg; aber das Mädchen entlief ihm, dass er es nicht erreichen konnte.

Wie der Knecht die Ketten der Alten darbrachte, sandte sie zu einem Goldschmied und hieß ihn von denselben einen Becher machen. Als der Goldschmied nun von den Ketten einen Becher gießen wollte, befand er, dass das Gold also edel und rein war, dass es weder mit dem Hammer verarbeitet noch im Feuer fließend gemacht werden konnte, bis auf ein Kettchen, das zerschlug er und machte einen Ring davon; die andern wog er auf seiner Waage, legte sie beiseit und gab dafür an Gewicht so viel anderes Gold und machte einen Becher davon, den gab er der Frau und auch den Ring, die schloss beides fest in ihren Kasten.

Jene Schwäne aber, die nun ihre menschliche Gestalt nicht wieder erlangen konnten, wurden betrübt und sangen mit süßer kläglicher Stimme wehmutvollen Gesang, der klang wie Weinen kleiner Kinder. Zuletzt erhoben sie sich auf ihrem Gefieder hoch empor, zu sehen, wo sie sich hinwenden möchten? Da gewahrten sie einen großen spiegelklaren See, auf dem ließen sie sich nieder. Der See aber umschloss einen hohen Berg, an dem hing ein großer Felsen und auf diesem lag eine schöne Burg. Der Felsen war also steil, und das Wasser stand so dicht am Berge, dass außer einem ganz schmalen Steig keinerlei Zugang zur Burg war. Und das war gerade die Burg des jungen Ritters, welcher der Vater jener Kinder war, und die Fenster des Speisesaales der Burg standen nach dem Wasser gekehrt, sodass der Herr bald der Schwanen gewahr ward, und wunderte sich, denn er hatte so schöne Vögel noch niemals gesehen. Darum warf er ihnen Brot und andere Speisen hinunter, und gebot allem seinem Gesinde, dass sie niemand solle verjagen oder vertreiben, sondern sie sollten allezeit Brot hinunterwerfen, so lange, bis dass die Schwäne sich dort beständig heimisch hielten. Diesem Gebot ward fleißig nachgelebt, und die Schwäne gewöhnten sich dahin und wurden so zahm, dass sie stets zur Essenszeit kamen und ihr Futter empfingen.

Das arme verlassene Mädchen aber, ihre Schwester, hatte nun zwar ihre menschliche Gestalt behalten, war aber hülflos, und ging betteln hinauf auf die Burg ihres Vaters. Da gab man ihr den Abfall vom Tische, und sie teilte diesen mit der armen Frau in der Grube, denn so oft sie diese sah, musste sie bitterlich weinen. Doch kannte eins das andere nicht. Auch brachte das Mägdlein noch einige übrig gebliebene Brosamen herunter unter die Burg an das Wasser, und gab die den Schwanen, ihren Brüdern. Allezeit, wann sie nahete, so kamen die Schwanen herbei, fliegend und flatternd und kitternd, und aßen ihre Speise aus der Schürze des Mägdleins. Das kosete sie freundlich und nahm sie oft in ihre Arme, und ging

dann stets gegen Abend wieder auf die Burg, und schlief alle Nacht vor der Frau, die in der Erde stand, ohne dass sie wusste, dass diese ihre Mutter war.

Alle Bewohner der Burg sahen das alles mit großer Verwunderung, und dass sie immer weinte, wenn sie bei der Frau stand, und auch, dass sie dieser sehr ähnlich sah. Und da ward auch des Ritters Herz bewegt, dass er das Mägdlein näher betrachtete, und sah die Ähnlichkeit mit seiner Frau, und sah auch an ihrem Hals das güldne Kettlein. Und ließ das Dirnlein vor sich treten und fragte es: »Mein liebes Kind, sage mir, von wannen bist du und von wannen kommst du her? Wer sind deine Eltern und wie hast du die Schwanen so gezähmt, dass sie aus deinem Schoße essen?«

Da erseufzte das arme Kind aus tiefstem Herzensgrund und sprach: »Lieber Herr! Die Eltern, die ich hatte, habe ich nie gekannt. Ich weiß auch nicht, ob ich sie gesehen habe. Wenn du aber nach den Schwanen fragst, das sind meine Brüder, die mit mir ernährt wurden von der Milch der Hindinnen im Walde. Zu einer Zeit geschah es, dass meine Brüder ihre goldenen Ketten ablegten, weil sie baden wollten, da wurden sie in Schwäne verwandelt; und weil die Ketten geraubt wurden, konnten sie die Menschengestalt nicht wieder erlangen, und mussten Schwäne bleiben.«

Diese Rede vernahmen das falsche untreue Weib und der Knecht, ihr Helfershelfer, und erschraken heftiglich und wurden beide bleich im Bewusstsein ihrer Schuld. Der Ritter nahm das wahr, und dachte darüber nach, indem er von der Burg herab spazieren ging. Die Alte aber hetzte den Knecht auf, er sollte das Mägdlein töten. Und er nahm ein blankes Schwert und folgte dem Mägdlein, als es nach seiner Gewohnheit herabging zu den Schwanen. Allein der Herr gewahrte seiner, trat herzu, und wie der Knecht die Missetat begehen wollte, schlug er ihm das Schwert aus der Hand. Da fiel der Knecht auf seine Knie nieder und bekannte alles. Darauf trat der Ritter zu seiner Mutter und zwang sie mit Drohungen zum Geständnis; da schloss sie ihren Kasten auf und gab dem Sohn jenen Becher, der von den Kettchen gefertigt sein sollte. Sogleich sandte der Ritter nach dem Goldschmied und fragte ihn ernst-

lich wegen des Bechers. Da sich dieser nun auch der Strafe besorgte, so bekannte er die Wahrheit, dass er die Ketten noch ganz habe, bis auf eine, aus der er einen Ring gefertigt. Der Ritter hieß ihm die Ketten bringen und gab sie der Jungfrau; die legte sie den Schwanen, jeglichem eine, um den Hals. Da erhielten sie alle die menschliche Gestalt wieder, bis auf einen – der musste ein Schwan bleiben. Von diesem Schwan findet man in manchem Buche viel sonderliche Abenteuer beschrieben. Nun ließ der Ritter gar eilig die arme Frau aus der Erde nehmen, ließ sie mit edler Spezerei und kostbaren Würzen wieder erquicken, dass sie wieder ein schönes Weib wurde. Seine falsche Mutter ließ er in das nämliche Loch setzen, darin seine unschuldige Frau sieben lange Jahre geschmachtet und gelitten hatte durch jener Bosheit. So geschah ihr nach dem Prophetenspruch: *In die Grube fällt, wer andern sie gegraben.*

Mann und Frau im Essigkrug

Es war einmal ein Mann und eine Frau, die haben lange lange miteinander in einem Essigkruge gewohnt. Am Ende sind sie's überdrüssig geworden, und der Mann hat zu der Frau gesagt: »Du bist schuld daran, dass wir in dem sauern Essigkrug leben müssen, wären wir nur nicht da!« Die Frau hat aber gesagt: »Nein, du bist schuld daran.« Und da haben sie angefangen, miteinander zu kippeln und zu zanken, und ist eins dem andern in dem Essigkrug nachgelaufen. Da ist gerade ein goldiges Vögelein an den Essigkrug gekommen, dies hat gesagt: »Was habt ihr denn nur so miteinander?« – »Ei«, hat die Frau gesagt, »wir sind's Essigkrügel überdrüssig und möchten auch einmal wohnen wie andere Leute, hernach wollen wir gern zufrieden sein.« Da hat sie das goldene Vögelein aus dem Essigkrug herausgelassen, hat sie an ein neues Häuschen geführt, wo hinten ein zierliches Gärtchen gewesen ist, und hat zu ihnen gesagt: »Dies ist jetzt euer! Lebt jetzt einig und zufrieden untereinander, und wenn ihr mich braucht, so dürft ihr nur dreimal in die Hände klatschen und rufen:

›Goldvögelein im Sonnenstrahl!
Goldvögelein im Demantsaal!
Goldvögelein überall!‹,

so bin ich da.«

Damit flog das Goldvögelein fort und der Mann und die Frau waren froh, dass sie nicht mehr in dem sauern Essigkrug wohnten, und freuten sich über ihr nettes Häuschen und grünes Gärtchen. Das dauerte aber nur eine Weile, denn wie sie nun ein paar Wochen in dem Häuschen ge-

wohnt hatten, und in der Nachbarschaft herumgekommen waren, da hatten sie die großen stattlichen Bauernhöfe gesehen, mit großen Stallungen, Gärten, Äckern, vielem Gesinde und Vieh. Und da hat es ihnen schon wieder nicht mehr gefallen in ihrem winzigen Häuslein und sind's ganz überdrüssig geworden, und an einem schönen Morgen haben sie alle zwei fast zu gleicher Zeit in die Hände geklatscht und haben gerufen:

»Goldvögelein im Sonnenstrahl!
Goldvögelein im Demantsaal!
Goldvögelein überall!«

Witsch, da ist das goldige Vöglein zum Fenster hereingeflogen gekommen und hat sie gefragt, was sie denn schon wieder wollten?
»Ach«, haben sie gesagt, »das Häuslein ist doch gar zu klein, wenn wir nur auch so einen großen prächtigen Bauernhof hätten, hernach wollten wir zufrieden sein.« Das goldige Vöglein blinzte ein wenig mit seinen Guckäugelein, sagte aber nichts, und führte den Mann und die Frau an einen großen prächtigen Bauernhof, wo viele Äcker daran waren, und Stallungen mit Vieh, und Knechten und Mägden, und hat ihnen alles geschenkt.
Der Mann und die Frau sprangen deckenhoch und konnten sich vor Freuden gar nicht lassen. Und jetzt sind sie ein ganzes Jahr lang zufrieden und fröhlich gewesen und haben sich gar nichts Besseres denken können. Aber länger hat's auch nicht gedauert, keinen Tag, denn weil sie jetzt manchmal in die Stadt gefahren sind, haben sie die schönen großen Häuser und die schöngeputzten Herren und Madamen sehen spazieren gehn, da haben sie gedacht: Ei, in der Stadt muss es aber herrlich sein, und da braucht man nicht viel zu tun und zu arbeiten; und die Frau hat sich gar nicht können satt sehen an dem Staat und dem Wohlleben und hat zu ihrem Mann gesagt: »Wir wollen auch in die Stadt, ruf du dem goldigen Vöglein! Wir sind nun schon lange genug auf dem Bauernhof.« Der Mann hat aber gesagt: »Frau, ruf du ihm!« – Endlich hat die Frau dreimal in die Hände geklatscht und hat gerufen:

»Goldvögelein im Sonnenstrahl!
Goldvögelein im Demantsaal!
Goldvögelein überall!«

Da ist das goldene Vöglein wieder zum Fenster hereingeflogen und hat gesagt: »Was wollet ihr nur von mir?« – »Ach«, hat die Frau gesagt, »wir sind das Bauernleben müde, wir möchten auch gern Stadtleute sein, und schöne Kleider haben, und in so einem großen prächtigen Haus wohnen, hernach wollen wir zufrieden sein.« Das goldne Vöglein hat wieder mit seinen Guckäugelein geblinzt, hat aber nichts gesagt, und hat sie in das schönste Haus in der Stadt geführt, da war alles raritätisch aufgeputzt, und waren Schränke darin und Kommoden, da hingen und lagen Kleider drinnen nach der neuesten Mode. Jetzt haben der Mann und die Frau gemeint, es gibt auf der Welt nichts Besseres und Schöneres, und waren vor lauter Freude außer sich. Das hat aber leider wieder nicht lange gedauert, so hatten sie es wieder satt, und sprachen zueinander: »Wenn wir's nur so hätten wie die Edelleute! Die wohnen in herrlichen Palästen und Schlössern und haben Kutschen und Pferde, und Bedienten mit goldbordierten Röcken stehen auf den Kutschen. Ja das wär erst etwas Rechtes; so ist's doch nur eine armselige Lumperei.« Und die Frau hat gesagt: »Jetzt ist's an dir, dem goldigen Vögelein zu rufen.« Der Mann hat doch wieder lange nicht gewollt, endlich, wie die Frau gar nicht nachgelassen hat mit Dringen und Drängen, hat er dreimal in die Hände geklatscht und gerufen:

»Goldvögelein im Sonnenstrahl!
Goldvögelein im Demantsaal!
Goldvögelein überall!«

Da ist das goldene Vöglein wieder zum Fenster hereingeflogen und hat gefragt: »Was wollt ihr nur von mir?« Da sagte der Mann: »Wir möchten gern Edelleute werden, hernach wollen wir zufrieden sein.« Da hat aber das goldene Vöglein gar arg mit den Äuglein geblinzelt, und hat gesagt:

»Ihr unzufriednen Leute! Werdet ihr denn nicht einmal genug haben? Ich will euch auch zu Edelleuten machen, es ist euch aber nichts nutz!«, und hat ihnen gleich ein schönes und stattliches Schloss geschenkt, Kutschen und Pferde und eine zahlreiche Bedienung. – Jetzt sind sie nun Edelleute gewesen und sind alle Tage spazieren gefahren, und haben an nichts mehr gedacht, als wie sie die Tage herumbringen wollten in Freuden und mit Nichtstun, außer dass sie die Zeitungen gelesen haben. Einmal sind sie in die Hauptstadt gefahren, ein großes Fest zu sehen. Da sind der König und die Königin in ihrer ganz vergoldeten Kutsche gesessen, in goldgestickten Kleidern, und vorn und hinten und auf beiden Seiten sind Marschälle, Hofleute, Edelknaben und Soldaten geritten, und alle Leute haben die Hüte und Taschentücher geschwenkt, wo der König und die Königin vorbeigefahren sind. Ach wie hat da dem Manne und der Frau vor Ungeduld das Herz geklopft! Kaum waren sie wieder nach Hause, so sprachen sie: »Jetzt wollen wir noch König und Königin werden, hernach wollen wir aber einhalten.« Und da haben sie wieder alle zwei miteinander in die Hände geklatscht und haben gerufen, was sie nur rufen konnten:

»Goldvögelein im Sonnenstrahl!
Goldvögelein im Demantsaal!
Goldvögelein überall!«

Da ist das goldne Vöglein wieder zum Fenster hereingeflogen und hat gefragt: »Was wollt ihr nur von mir?« Da haben sie beide geantwortet:

»Wir möchten gern König und Königin sein.« Da hat aber das Vöglein ganz schrecklich mit den Augen geblinzelt, hat alle Federchen gesträubt, hat mit den Flügeln geschlagen und hat gesagt: »Ihr wüsten Leute, wann werdet ihr denn einmal genug haben? Ich will euch auch noch zum König und zur Königin machen, aber dabei wird's doch nicht bleiben sollen, denn ihr habt nimmermehr genug!«

Jetzt sind sie nun König und Königin gewesen, und haben übers ganze Land zu gebieten gehabt, haben sich einen großen Hofstaat gehalten und ihre Minister und Hofleute haben müssen auf die Knie niederfallen, wenn sie eines von ihnen ansichtig wurden. Auch haben sie nach und nach alle Beamten im ganzen Lande vor sich kommen lassen und ihnen vom Thron herab ihre strengsten Befehle erteilt. Und was es nur Teures und Prächtiges in aller Herren Ländern gab, das musste herbeigeschafft werden, dass ein Glanz und ein Reichtum sie umgab, der unbeschreiblich ist. Und doch sind sie jetzt noch nicht zufrieden gewesen und sagten immer: »Wir müssen noch etwas mehr werden!« Da sprach die Frau: »Werden wir Kaiser und Kaiserin.« – »Nein!«, sagte der Mann. »Wir wollen Papst werden!« – »Hoho! Das ist alles nicht genug!«, schrie die Frau in ihrem Eifer. »Wir wollen lieber Herrgott sein!« Kaum aber hatte sie dies Wort ausgeredet, so ist ein mächtiger Sturmwind gekommen, und ein großer schwarzer Vogel mit funkelnden Augen, die wie Feuerräder rollten, ist zum Fenster hereingeflogen, und hat gerufen, dass alles erzitterte: *»Dass ihr versauern müsst im Essigkrug!«* Pautz, und da war alle Herrlichkeit zum Kuckuck, und da saßen sie alle beide, der Mann und die Frau, wieder in ihrem engen Essigkrug drin; da sitzen sie noch und können drinbleiben bis an den Jüngsten Tag. Das ist eine Lehre für solche, die nie genug bekommen können.

Das Mäuslein Sambar
oder die treue Freundschaft der Tiere

In einem weiten Walde war des Wildes viel, und stand darin ein großer Baum mit vielen Ästen, auf dem hatte ein Rabe sein Nest. Da sah er zu einer Zeit den Vogelsteller kommen und ein Garn unter den Baum spannen, erschrak und bedachte sich und dachte: Spannt dieser Weidmann sein Jagdzeug deinetwegen oder wegen andrer Tiere? Das wollen wir doch sehen! Indem so streute der Vogelsteller Samen auf die Erde, richtete sein Garn und stellte sich auf die Lauer. Bald darauf kam eine Taube mit einer ganzen Schar andrer Tauben, deren Führerin sie war, und da sie den Samen sahen und des Garns nicht Acht hatten, so fielen sie darauf und das Netz schlug zusammen und bedeckte sie alle. Des freute sich der Vogler, und die Tauben flatterten unruhig hin und her. Da sprach die Taube, welche die Führerin war, zu den andern Tauben: »Verlasse sich keine auf sich allein und habe keine sich selbst lieber als die andern, sondern lasset uns alle zugleich aufschwingen, vielleicht, dass wir das Garn mit in die Höhe nehmen, so erledigt eine jegliche sich selbst und die andern mit ihr.« Diesem Rate folgten die Tauben, flogen zugleich auf und hoben das Garn mit in die Lüfte. Der Vogelsteller hatte das Nachsehen und das Nachlaufen, um zu gewahren, wo sein Netz wieder herab zur Erde fallen werde; der Rabe aber dachte bei sich: du willst doch auch nachfolgen und sehen, was aus diesem Wunder werden will?
Als die kluge Führerin der Tauben sah, dass der Jäger ihrem Fluge nachlief, sprach sie zu ihren Gefährtinnen: »Sehet, der Weidmann folgt uns nach; beharren wir auf der Richtung über dem Wege, so bleiben wir ihm im Gesicht, und werden ihm nicht entgehen, fliegen wir aber über Berge und Täler, so vermag er uns nicht im Auge zu behalten, und muss von seiner Verfolgung abstehen, da er daran verzweifeln wird, uns wieder zu finden. Nicht weit von hier ist eine Schlucht, da wohnt eine

Maus, meine Freundin, ich weiß, dass wenn wir zu ihr kommen, sie uns das Netz zernagt und uns erlöst.«
Die Tauben folgten dem Rat ihrer Führerin und kamen dem Vogler aus dem Gesicht. Der Rabe aber flog langsam hinter ihnen her, um zu sehen, was aus dieser Geschichte werden würde, und auf welche Weise sich wohl die Tauben von dem Netz erledigen würden, und ob er nicht lernen werde, in eigener Gefahr ihr Rettungsmittel zu gebrauchen?
Indessen erreichten die Tauben jene Schlucht, wo das Mäuschen wohnte, ließen sich nieder und sahen, dass die Maus wohl hundert Löcher und Aus- und Eingänge zu ihrer unterirdischen Wohnung hatte, um an vielen Enden bei drohender Gefahr sich verbergen zu können. Die Maus hieß Sambar, und die kluge Taube rief nun der Freundin: »Sambar, komm heraus!« – Da rief das Mäuslein inwendig: »Wer bist du?«, und da rief die Taube: »Ich bin es, die Taube, deine Freundin!« Und da kam das Mäuslein, guckte aus einem der Löcher vorsichtig und fragte: »O liebe Gesellin, wer hat dich so überstrickt?« Da sprach die Taube: »O liebe Freundin! Weißt du nicht, dass keiner lebt, dem Gott nicht ein widerwärtiges Verhängnis schickt? Und der Betrügerinnen arglistigste ist die Zeit! Sie streute mir süße Weizenkörner, und verbarg meinen Augen das trugvolle Netz, sodass ich mit meinen Freundinnen hineinfiel. Niemand verwahret sich der Schickung, die von oben kommt, ja Mond und Sonne leiden auch Verfinsterung, und aus des Sees grundloser Tiefe lockt der Menschen Trug den Fisch, wie er den Vogel aus der Lüfte Meer herab in seine falschen Schlingen zieht.«
Als die Taube dies mit vieler Beredsamkeit gesprochen, begann die Maus das Netz zu zernagen, und zwar an dem Ende, wo ihre Gespielin, die Taube, lag, diese aber sprach: »Fange an bei den andern, meinen Schwestern, und wenn du sie alle erledigt hast, dann erledige auch mich.« Aber die Maus folgte ihr nicht, ob sie gleich wiederholt bat, und wie sie noch einmal die Maus darum ansprach, so fragte diese: »Was sagst du mir dies so oft, als ob du nicht auch wünschtest frei zu sein?« Darauf antwortete die Taube: »Lass meine Bitte dir nicht missfallen; diese meine Schwestern haben mir vertraut als ihrer Führerin; sie folg-

ten willig mir und voll Vertrauen und durch meine Unvorsichtigkeit gerieten sie unter das Netz, darum ist es billig, dass ich auf ihre Erlösung eher denke als auf die meinige, zumal es nur durch ihre gemeinsame Hülfe gelang, auch mich zu erheben samt des Voglers Garn. Auch möchtest du ermüden bei den andern, weißt du aber mich, deine liebste Freundin, noch im Netz, so wirst du mich nicht verlassen.«
Darauf sprach das Mäuslein: »O liebe gute Taube, Taubenherz; viele Ehre macht dir diese Gesinnung und muss die Liebe stärken zwischen dir und deinen Gesellinnen.« Und sie zernagte das Netz allenthalben, und die Tauben flogen frei und fröhlich ihren Weg, die Maus aber schlüpfte wieder in ihr Löchlein.
Das alles hatte der Rabe, der in der Nähe sich auf einen Baum niedergelassen hatte, gesehen und mit angehört, und hielt hierauf ein Selbstgespräch: »Wer weiß«, sprach er, »ob ich nicht auch in gleiche Lage und Gefahr komme, wie diese Tauben? Dann ist es doch gar herrlich, edle Freunde zu haben, die uns aus der Not helfen. Mit dieser Maus möchte mir Freundschaft allewege frommen!«
Und da flog er von seinem Baum und hüpfte zu der Schlucht und rief: »Sambar, komm heraus!« Und drinnen rief das Mäuselein: »Wer bist du?« Da sprach er: »Ich bin der Rabe und habe gesehen, was deiner lieben Freundin, der Taube begegnet ist, und wie Gott sie erledigt hat durch deine Treue, deshalb komme ich, auch deine Freundschaft zu suchen.« Da sprach Sambar, das kluge Mäuslein, ohne dass es hervorkam: »Es kann nicht Freundschaft sein zwischen dir und mir; ein Weiser

strebt nur zu erlangen das was möglich ist, und für unweise gilt, der das Unmögliche erringen will. So führe einer Schiffe übers Land und Karren übers Meer. Wie könnte zwischen uns Gesellschaft sein, da ich dein Fraß bin und der Fresser du?« Da sprach der Rabe: »Mäuselein, versteh mich wohl, und sinn meiner Rede nach. Was frommte mir, fräße ich dich auf, dein Tod! Dein Leben soll mir hülfreich sein, und deine Freundschaft so beständig wie Ambra, der lieblich duftet, ob man auch verhüllt ihn trägt.« Darauf sprach die Maus: »Wisse, Rabe, der Hass der Begierde ist der größte Hass. Löwe und Elefant hassen einander ihrer Stärke halber, das ist ein edler und gleicher Hass des Mutes und des Streites; aber der eingefleischte Hass des Starken gegen den Schwachen, das ist ein unedler und ungleicher Hass; so hasst der Habicht das Rebhuhn, die Katze die Ratte, der Hund den Hasen, und du – mich. Erhitze Wasser am Feuer, dass es gleich dem Feuer dicht brennt, es wird darum doch kein Feuer sein, auch nie des Feuers Freund, sondern es wird, in das Feuer geschüttet, dieses dennoch dämpfen. Die Weisen sagen: Wer seinem Feind anhängt, gleicht dem, der eine giftige Schlange in seine Hand nimmt; er weiß nicht, wann sie ihn beißen wird. Der Kluge traut seinem Feinde niemals, sondern er hält sich fern von ihm, sonst geschieht ihm, wie einst dem Manne mit der Schlange geschah.« Der Rabe fragte: »Wie geschah dem?«, und da erzählte ihm die Maus folgendes Märchen:

Der Mann und die Schlange

Es war einmal ein Mann, in dessen Hause wohnte eine Schlange, die wurde von dem Weibe dieses Mannes wohl gehalten, und bekam täglich ihre Nahrung. Sie hatte ihre Wohnung ganz nahe bei dem Herde, wo es immer hübsch warm war, in einem Mauerloch. Der Mann und das Weib bildeten sich ein, nach dem herrschenden Aberglauben, dass es Glück bringe, wenn eine Schlange im Hause sei! Nun geschah es an einem Sonntag, dass dem Hausherrn das Haupt schmerzte, deshalb blieb er früh in seinem Bette liegen, und hieß die Frau und das Gesinde in die Kirche gehen. Da gingen sie alle aus, und es war nun ganz still im Hause und jetzt schlüpfte die Schlange leise aus ihrem Loch und sahe sich allenthalben sehr um. Das sahe der Mann, dessen Kammer offen stand, und wunderte sich im Stillen, dass sich die Schlange, gegen ihre sonstige Gewohnheit so sehr umsah. Sie durchkroch alle Winkel und kam auch in die Kammer und guckte hinein, sah aber niemand, denn der Hausherr hatte sich verborgen. Und nun kroch sie auf den Herd, wo ein Topf mit der Suppe am Feuer stand, hing ihren Kopf darüber und spie ihr Gift in den Topf, darauf verbarg sie sich wieder in ihre Höhle. Der Hausherr stieg alsbald auf, nahm den Topf und grub ihn mit Speise und Gift in die Erde. Wie nun die Zeit da war, dass man essen wollte, wo auch die Schlange gewöhnlich hervorzukommen pflegte, stellte sich der Mann mit einer Axt vor das Loch, willens, sobald sie herausschlüpfen werde, ihr den Kopf vom Rumpfe zu hauen. Aber die Schlange steckte ganz vorsichtig ihren Kopf erst nur ein klein wenig aus dem Loch, und wie der Mann zuschlug, fuhr sie blitzschnell zurück, und zeigte, dass sie kein gutes Gewissen hatte. Nach einigen Tagen redete die Frau ihrem Manne zu, er solle mit der Schlange Frieden schließen, sie würde wohl nicht wieder so Böses tun; der Hauswirt war gutwillig und rief einen Nachbarn, der sollte Zeuge sein des Friedensbundes mit der Schlange und einen Vertrag mit ihr aufrichten, dass eins sicher sein sollte vor dem andern. Hierauf riefen sie der Schlange

und machten ihr den Antrag; die Schlange aber sagte: »Nein! – Unsre Gesellschaft kann fürder in Treuen nicht mehr bestehen, denn, wenn du daran denkst, was ich dir in deinen Topf getan, und wenn ich bedenke wie du mir mit scharfer Axt nach meinem Kopf gehauen hast, so möchte wohl keiner von uns dem andern trauen. Darum gehören wir nicht zusammen; gib du mir frei Geleit, das ist alles, was ich von dir begehre, und lass mich meine Straße ziehen, je weiter von dir, desto besser, und du bleibe ruhig in deinem Hause.« Und also geschahe es.

Der Rabe, als er diese Erzählung aus dem Mund des Mäusleins Sambar vernommen hatte, nahm wieder das Wort und sprach: »Ich fasse wohl die Lehre, die dein Märlein in sich hält, allein bedenke deine Natur und meine Aufrichtigkeit, sei minder streng und weigere mir nicht deine Genossenschaft. Es ist ein Unterschied zwischen edel und unedel; der Becher aus Gold währet länger als der aus Glas, und wenn der Glaspokal zerbricht, so ist er hin, leidet aber der Goldpokal, so ist der Wert noch nicht verloren. Die Freundschaft der bösen und unedeln Gemüter ist gar keine Freundschaft, du aber hast ein edles Gemüt, das hab ich wohl erkannt, und so sehnt sich mein Herz nach deiner Freundschaft, und bedarf ihrer, und ich werde nicht weichen vom Eingang deiner Wohnung, und nicht eher essen noch trinken, bis du meiner Bitte Gehör gegeben!«
Darauf sprach das kluge Mäuslein Sambar: »Ich nehme jetzt deine Gesellschaft an, denn ich habe noch nie eine billige Bitte ungewährt gelassen. Du magst aber wohl erwägen, dass ich mich nicht zu dir ge-

drängt, auch dass ich in meiner Wohnung sicher vor dir bin, aber ich begehre nützlich zu sein allen, die meiner Hülfe begehren, darum rühme dich nicht etwa: Haha, ich habe eine unvorsichtige und unvernünftige Maus gefunden! – damit es dir nicht gehe, wie dem Hahn mit dem Fuchs.«

»Wie war das?«, fragte der Rabe, und da erzählte das Mäuslein ein Gleichnis:

Der Hahn und der Fuchs

In einer kalten Winternacht kroch ein hungeriger Fuchs aus seinem Bau und ging dem Fange nach. Da hörte er auf einem Meierhofe einen Hahn fort und fort krähen, der saß auf einem Kirschbaum und hatte schon die ganze Nacht gekräht. Jetzt strich der Fuchs hin nach dem Baum und fragte: »Herr Hahn, was singst du in dieser kalten und finstern Nacht?« Der Hahn sprach: »Ich verkünde den Tag, dessen Kommen meine Natur mich erkennen lehrt.« Darauf versetzte der Fuchs: »O Hahn, so hast du etwas Göttliches in dir, dass du zukünftig kommende Dinge weißt!«, und alsbald begann der Fuchs zu tanzen. Jetzt fragte der Hahn: »Herr Fuchs, warum tanzest du?« Ihm antwortete der Fuchs: »So du singest, o weiser Meister, so ist billig, dass ich tanze, denn es ziemet, sich zu freuen mit den Fröhlichen. O Hahn, du edler Fürst aller Vögel, du bist nicht allein begabt zu fliegen in den Lüften, nein, auch hohe Prophetengaben lieh dir die Natur! O wie bevorzugte sie dich vor allen andern Tieren! Wie glücklich wär ich, gönntest du mir deine Gunst! Wie gerne küsst ich dein weisheitdurchdrungenes verehrtes Haupt! O wie beneidenswert, wenn ich dann künden könnte meinen Freunden: ich war der Glückliche, dem ein Prophet sein Haupt zum Kusse hingeneigt!« Der alberne Hahn glaubte dem Schmeichelreden des Fuchses, flog vom Baum und hielt ihm seinen Kopf zum Küssen hin. Mit einem Schnapper war er abgebissen und lachend sprach der Fuchs: »Ich habe diesen Propheten ganz ohne alle Vernunft befunden.«

Als nun das Mäuslein die Fabel geendigt hatte, fuhr es fort zum Raben zu sprechen: »Ich habe dir dies nicht gesagt, weil ich glaube, dass ich der Hahn sei und du der Fuchs, ich die Speise und du der Fresser, vielmehr will ich glauben, dass deine Worte nicht mit zweigespaltener Schlangenzunge gesprochen sind.« Und darauf ging die Maus in die Öffnung ihres Türloches. Der Rabe fragte: »Warum stellst du dich unter die Türe? Was macht dich so zaghaft, zu mir herauszugehen? Hegst du immer noch Furcht vor mir?« Darauf antwortete das Mäuslein: »Ich habe meinen Glauben und mein Vertrauen auf dich gesetzt, denn du gefällst mir, und nicht Furcht vor deiner Unredlichkeit hält mich ab, hervorzukommen. Aber du hast viele Gesellen deiner Art, doch vielleicht nicht deines Gemütes, und deren Freundschaft ist nicht mit mir, wie deine. Sieht mich einer, so muss ich fürchten, dass er mich frisst.« Dagegen sprach der Rabe: »Zu treuer Genossenschaft gehört doch vor allem, dass einer sei seines Genossen treuer Freund, und Feind seines Feindes; sei gewiss, o Freundin Sambar, dass mir kein Freund lebt, der nicht ebenso treuer Freund dir sein soll, wie ich selbst. Auch habe ich Macht und Kraft genug, dich zu schützen und zu schirmen.« Nun endlich ging das Mäuslein Sambar hervor aus seinem Löchlein, und verschwur sich mit dem Raben zu einem unverbrüchlichen Freundschaftsbündnis, und als das

geschehen war, wohnten sie bei- und nebeneinander friedsam und freundlich, und erzählten einander alle Tage schöne Märchen.
Endlich aber zu einer Zeit sprach der Rabe zur Maus: »Höre, meine liebe Freundin Sambar, deine Wohnung ist doch gar lautbar und zu nahe am Weg; ich besorge, es kommt einmal einer, der dich oder mich schießt oder schädigt, auch fällt es mir schwer, hier meine Nahrung zu finden. Aber ich weiß einen lustigen und nützlicheren Aufenthalt, da gibt es Wasser und Wiesen, Früchte und Futter, und dort in dem Wasser wohnt auch noch eine alte Freundin von mir, gar eine treue Genossin; ich wünschte, du zögest mit mir an jenen Ort.«
»Das will ich dir gern zuliebe tun«, sprach die Maus, »denn ich bin hier selbst scheu und halte mich nicht recht sicher, deshalb siehst du auch die vielen Ein- und Ausgänge meiner Wohnung. Glaube nur, lieber Freund, mir sind schon gar mancherlei Fährlichkeiten begegnet, davon ich dir erzählen will, wenn wir an den neuen Aufenthalt kommen.«
Darauf nahmen beide Abschied von ihrem alten Wohnort, und der Rabe fasste die Maus am Schwänzlein in seinen Schnabel, und flog mit ihr dahin an den Ort, den er meinte. Da guckte ein Tier mit dem Kopf aus dem Wasser, das erschrak vor der Maus, denn es erkannte sie nicht, wie der Rabe sie aus dem Schnabel ließ, und tauchte schnell unter. Der Rabe flog auf einen Baum und rufte: »Korax, Korax!« Da kam das Tier aus dem Wasser hervor, das war seine Freundin, eine Schildkröte, die freute sich, den Raben wieder zu sehen und fragte ihn, was ihn zu seinem langen Außenbleiben bewogen? Da erzählte ihr der Rabe die Geschichte von der Taube und der Maus, und stellte seine Freundinnen einander vor, und die Schildkröte verwunderte sich über die hohe Vernunft der Maus, kroch zu ihr, gab ihr die Hand, und freute sich sehr, ihre Bekanntschaft zu machen. Hernach bat der Rabe die Maus, ihm und seiner alten Freundin doch ihre Lebensgeschichte zu erzählen, und sie ließ sich dazu gern bereit und willig finden, und erzählte, wie folgt:

Die Lebensgeschichte der Maus Sambar

»Ich bin geboren in dem Hause eines frommen Einsiedels; es waren unsrer viele Geschwister und außer meinen lieben verstorbenen Eltern lebten auch deren Geschwister, Vettern und Muhmen, und deren Kinder allzumal in diesem Hause. Es fehlte uns niemals an Nahrungsmitteln aller Art, denn die guttätigen Leute in der Nachbarschaft trugen dem Einsiedel alle Tage Brot, Mehl, Käse, Eier, Butter, Früchte und

Gemüse zu, viel mehr als er brauchte, darum, dass er für sie beten solle. Ob er für sie gebetet, und ob das ihnen etwas geholfen hat, weiß ich nicht. Nun gönnte der Einsiedel mir und meinen Verwandten doch nicht alles, und hing deshalb einen Korb mitten in seine Küche, wo wir nicht dazu konnten. Da ich mich aber schon als junges Mäuslein durch Mut, gepaart mit List und Vorsicht, vorteilhaft auszeichnete, so sprang ich von der nahen Wand dennoch in den Korb, aß, so viel mir nur schmeckte, und warf das übrige meinen Verwandten herunter, die an jenem Tag einen wahren Festtag feierten. Als der Einsiedel hereinkam und sah, was geschehen war, traf er Anstalt, den Korb noch höher zu hängen. Da besuchte ihn ein Wallbruder, den bewirtete er nach seinem Vermögen, und als sie miteinander gegessen und getrunken hatten, tat der Einsiedel die Speisereste in den Korb und hing ihn an den neuen Ort, und gedachte, Acht zu haben, ob das Mäuslein auch da hineinkommen möchte? Indes begann der Gast zu reden und zu erzählen von seinen Fahrten zu Land und zu Meer, und seinen Abenteuern, die er erlebt und bestanden, aber er nahm wahr, dass der Gastfreund immer nur mit halbem Ohr auf ihn hörte, und immer dem Korbe mit Leib und Blicken halb zugewendet blieb. Da ward der Waller unwillig und sprach: ›Ich erzähle dir die schönsten Abenteuer, und du achtest nicht darauf, und scheinst keine Lust daran zu haben.‹ – ›Mitnichten‹, erwiderte der Einsiedel: ›ich höre gar gern deine Reden, aber ich muss Acht haben, ob die Mäuse wieder in den Speisekorb kommen, denn dieses Ungeziefer frisst mir alles weg, dass kaum etwas für mich übrig bleibt, und besonders ist eine, die springt in den Korb für alle andern.‹ Damit meinte er mich, die kleine Sambar. Darauf sagte der Wallbruder: ›Bei deiner Rede machst du mich der Fabel eingedenk von einer Frau, die zu ihrer Freundin sprach: ›Diese Frau gibt nicht ohne Ursache den ausgeschwungenen Weizen für den unausgeschwungenen.‹ – ›Wieso? Wie war das?‹, fragte der Einsiedel, und der Waller sagte: ›Lass dir erzählen.

Einstmals auf meiner Wanderschaft herbergte ich bei einem ehrenwerten Manne, den hörte ich des Nachts, da ich nebenan schlief, zu seiner Frau sprechen: ›Frau, morgen will ich etliche Freunde zu Gaste laden.‹ Dem antwortete das Weib: ›Du vermagst nicht alle Tage Gäste zu haben und Wirtschaft zu machen; damit vertust du, was wir haben, und zuletzt bleibt uns im Haus und Hof gar nichts mehr.‹ Da sprach der Mann: ›Hausfrau, lass dir das nicht missfallen, was mein Wille ist, besonders in solchen Sachen! Ich sage dir, wer allewege karg ist, und immer einnehmen und zusammenscharren, aber niemals wieder ausgeben will, und dessen, was er hat, nicht recht froh wird, der nimmt ein Ende, wie der Wolf.‹

›Wie war denn das Ende von dem Wolf?‹, fragte die Frau, und ihr Mann erzählte: ›Es war einmal, so sagt man, ein Jäger, der ging nach dem Walde mit seinem Schießzeug, Pfeil und Armbrust, da begegnete ihm ein Rehbock, den schoss er und lud sich denselben auf, ihn heimzutragen.

Darauf aber begegnete ihm ein Bär, der eilte auf ihn zu, und der Jäger, sich seiner zu erwehren, spannte in Eile die Armbrust, legte den Pfeilbogen darauf, aber er vermochte nicht anzulegen, weil ihn der Rehbock hinderte, und legte geschwind die Armbrust nieder, zückte sein Weidmesser und begann den Kampf mit dem Bären, und er rannte ihm das Messer durch den Leib in dem Augenblick, wo der Bär ihn umfasste und ihn tot drückte. Wie der Bär die schwere Wunde fühlte, brüllte er und riss sie aus Wut noch weiter auf, sodass er sich bald verblutete. Abends ging ein Wolf des Wegs, der fand nun einen toten Rehbock, einen toten Bären und einen toten Jäger. Darüber ward er herzlich froh und sprach in seinem Herzen: Das alles was ich hier finde, das soll alles *mein* bleiben, davon kann ich mich lange nähren. Meine Brüder sollen nichts davon bekommen. Vorrat ist Herr, sagt das Sprichwort. Heute will ich sparen und nichts davon anrühren, dass der Schatz lange dauert, obschon mich sehr hungert. Da liegt aber eine Armbrust, deren Sehne könnte ich abnagen. Und da machte sich der Wolf mit der gespannten Armbrust zu schaffen, die schnappte los, und der aufgelegte

Stahl oder Bogenpfeil fuhr ihm mitten durchs Herz! – ›Siehe, Frau‹, so fuhr der Mann fort, dem ich zuhörte, sprach der Wallbruder zu dem Einsiedel, von welchem das Mäuslein Sambar ihren Freunden, dem Raben und der Schildkröte erzählte: ›Siehe, Frau, da hast du ein Beispiel, dass es nicht immer gut sei, zu sammeln, und das Gesammelte treue Freunde nicht mit genießen lassen zu wollen.‹ Darauf sprach die Frau: ›Du magst recht haben.‹ Als nun der Morgen kam, stand sie auf, nahm ausgehülsten Weizen, wusch ihn, breitete den aus, dass er trockne, und setzte ihr Kind dazu, ihn zu hüten, und dann ging sie weiter zur Besorgung ihrer übrigen Geschäfte. Aber das Kind tat, wie Kinder tun, es spielte und hatte nicht Acht auf den Weizen, und da kam die Sau, fraß davon, und verunreinigte den übrigen Weizen, den sie nicht fraß. Als die Frau hernach kam und das sah, ekelte ihr vor dem übrigen Weizen, nahm ihn und ging auf den Markt, und bot ihn feil gegen ungehülsten zu gleichem Maß. Da hörte ich eine Nachbarsfrau jener, die gesehen hatte, was vorgegangen war, spöttisch zu einer dritten sagen: ›Schau, wie gibt die Frau so wohlfeil gehülsten Weizen gegen den ungehülsten! Es hat alles seine Ursache.‹ – So ist's auch mit der Maus, von der du sagst, sie springe in den Korb für die andern Mäuse alle zusammen, und das muss wohl seine Ursache haben. Gib mir eine Haue, so will ich dem Mausloch nachgraben und die Ursache wohl finden.‹ – Diese Rede hörte ich«, so erzählte Sambar weiter, »im Löchlein einer meiner Gespielinnen; in meiner Höhle aber lagen tausend Goldgülden verborgen, ohne dass ich noch der Einsiedel wussten, wer sie hineingelegt, mit denen spielte ich täglich und hatte damit meine Kurzweil. Der Waller grub und fand bald das Gold, nahm es und sprach: ›Siehe, die Kraft des Goldes hat der Maus solche Stärke verliehen, so kecklich in den hohen Korb zu springen. Sie wird es nun nicht mehr vermögen.‹ Diese Worte vernahm ich mit Bekümmernis und leider befand ich sie bald wahr. Als es Morgen wurde, kamen die andern Mäuse alle zu mir, dass ich sie, wie gewohnt, wieder füttere, und waren hungriger als je; ich aber vermochte nicht, wie ich sonst gekonnt und getan, in den Korb zu springen, denn die Kraft war von mir gewichen, und alsbald sah ich

mich von den Mäusen, meinen nächsten Freunden und Verwandten, ganz schnöd behandelt; ja sie besorgten sich, am Ende mir etwas geben und mich ernähren zu müssen, deshalb ging eine jede ihres Wegs und keine sah mich mehr an, als ob ich sie auf das bitterste beleidigt hätte. Da sprach ich zu mir traurig in meinem Gemüte diese Worte: ›Gute Freunde in der Not, gehn fünfundzwanzig auf *ein Lot*; soll es aber ein harter Stand sein, so gehen fünf auf *ein* Quäntlein. Wer keine Habe hat, hat auch keine Brüder; wer keine Brüder hat, hat keine Verwandtschaft; wer keine Verwandtschaft hat, hat auch keine Freundschaft, und wer keine Freundschaft hat, der wird vergessen. Armut ist ein harter Stand; Armut macht das Leben krank. Keine Wunde brennt so heftig, als Armut. Vieles Lob wird dem Reichen, wenn aber der Reiche arm wird, dann wird ihm doppelter und dreifacher Tadel; war er mild und gastfrei, so ist er ein Verschwender gewesen; war er edel und freisinnig, so heißt er nun stolz und streitsüchtig; ist er still und verschlossen, so heißt er tiefsinnig; ist er gesprächig, so heißt er ein Schwätzer. Tod ist minder hart als Armut. Dem armen Mann ist eher geholfen, wenn er seine Hand in den offenen Rachen einer giftigen Schlange steckt, als wenn er Hülfe begehrt von einem Geizhals.‹
Weiter sah ich nun, dass der Waller und der Einsiedel die gefundenen Goldgülden zu gleichen Hälften unter sich teilten, und fröhlich voneinander schieden; und der Einsiedel legte sein Geld unter das Kopfkissen, darauf er schlief. Ich aber gedachte, mir etwas davon anzueignen, um meine verlorne Kraft wieder zu ersetzen, aber der Einsiedel erwachte von meinem leisen Geräusch und gab mir einen Schlag, dass ich nicht wusste, wo mir der Kopf stand, und wie ich in mein Loch kam. Dennoch hatte ich keine Ruhe vor meiner Gier nach dem Gold, und machte einen zweiten Versuch; da traf mich der Einsiedel abermals so hart, dass ich blutete und totwund in meine Höhle entrann. Da hatte ich genug und dachte nur mit Schrecken an Gold und Geld, und sagte mir vier Sprüche vor in meinen Schmerzen und in meiner Traurigkeit: Keine Vernunft ist besser, als die, seine eignen Sachen wohl betrachten und nicht nach fremden streben. Niemand ist edel ohne gute Sitten. Kein

besserer Reichtum als Genügsamkeit. Weise ist der, welcher nicht nach dem strebt, was ihm unerreichbar ist. So beschloss ich, in Armut und edlem Sinn zu beharren, verließ des Einsiedels Haus und wanderte in die Einöde. Dort richtete ich mir ein wohnlich Wesen ein, und lernte die friedsame Taube kennen, die ihre Hülfe bei mir suchte, dadurch auch du,

Freund Rabe, dich zu mir gesellt hast, der mir von seiner Freundschaft zu dir, Schildkröte Korax, viel erzählte, sodass ich gern Verlangen trug, dich kennen zu lernen, denn es ist auf der Welt nichts Schöneres, als Gesellschaft treuer Freunde und kein größeres Betrübnis gibt's, als einsam und freundlos sein.«

Damit endete das kluge Mäuslein Sambar seine Lebensgeschichte, und die Schildkröte nahm das Wort und sprach gar mild und freundlich: »Ich sage dir besten Dank für deine so lehrreiche Geschichte; viel hast du erfahren und dein Schatz ist Weisheit geworden, die mehr ist als Gold. Nun vergiss hier bei uns dein Leiden und deinen Verlust, und denke, dass das edle Gemüt man ehrt, auch wenn am irdischen Besitz es Mangel hat. Der Löwe, ob er schlafe, ob er wache, bleibt gefürchtet, und seine Stärke geht mit ihm, wohin er geht. Der Weise aber wechselt gern den Aufenthalt, auf dass er kennen lerne fremde Landesart, und zur Begleiterin erwählt er Gold nicht, nein – Vernunft.«

Wie der Rabe diese Worte hörte, freute er sich herzinnig über die Einigung seiner Freundinnen, und sprach zu ihnen freundliche Worte; indem so kam ein Hirsch gelaufen, und als die treuen Tiere ihn hörten, so flohen sie, die Schildkröte in das Wasser, die Maus in ein Löchlein, der Rabe auf einen Baum. Und wie der Hirsch an das Wasser kam, erhob sich der Rabe in die Luft, zu sehen, ob vielleicht ein Jäger den Hirsch verfolge, da er aber niemand sah, so rief er seinen Freundinnen, und da kamen sie wieder hervor. Die Schildkröte sah den Hirsch am Wasser stehen mit ausgestrecktem Hals, als scheue er sich zu trinken, und rief ihm zu: »Edler Herr, wenn dich dürstet, so trinke; du hast hier niemand zu fürchten!« Da neigte der Hirsch sein Haupt und grüßte die Schildkröte und näherte sich ihr, und sie fragte, von wannen er käme? Er antwortete: »Ich bin lange im wilden Walde gewesen, da habe ich gesehen, dass die Schlangen von einem Ende an das andere wandelten, und habe Furcht gefasst, es möchten Jäger den Wald einkreisen und bin hierher gewichen.« Die Schildkröte sprach: »Hierher kam noch nie ein Jäger, darum fürchte dich nicht. Und willst du hier wohnen, so kannst du von unsrer Gesellschaft sein; es ist hier rings gute Weide.« Das hörte der Hirsch gern und blieb auch da, und die Tiere erkoren einen Platz unter den Ästen eines schattenreichen Baumes, da kamen sie alle zusammen und erzählten einander von dem Laufe der Welt und auch schöne Märchen.

So kamen eines Tages die treu befreundeten Tiere auch zusammen, der Rabe, die Maus und die Schildkröte, aber der Hirsch blieb aus und fehlte. Da besorgten sie sich seiner, ob ihn etwa von einem Jäger etwas begegnet wäre, und der Rabe ward ausgesandt, nach ihm zu spähen und Botschaft zu bringen. Da sah er ihn nach einer Weile im Walde, nicht allzu fern von ihrem Aufenthalt, in einem Netz gefangen liegen, kam wieder und sagte das seinen lieben Gesellen an. Sobald die Maus das vernahm, bat sie den Raben, sie zum Hirsch zu tragen, und dort sprach sie zu ihm: »Bruder, wer doch hat dich also überwältigt? Man rühmet doch als der verständigsten Tiere eines dich!« Darauf seufzte der Hirsch und sprach: »O liebe Schwester! Verstand schirmt nicht gegen den Urteilsspruch, der uns von oben kommt. Des Läufers Schnelle und des Starken Kraft zerreißt das Netz nicht, das Verhängnis heißt.«

Wie diese zwei noch redeten, kam die Schildkröte daher, sie war gekrochen, so schnell sie konnte; da wandte der Hirsch sich zu ihr und sprach: »O liebe Schwester, warum kommst du zu uns her? Und welchen Nutzen bringt uns deine Gegenwart? Die Maus allein vermag mich zu erledigen, und naht der Jäger, so entfliehe ich gar leicht, der Rabe fliegt von dannen und die Maus entschlüpft. Dir aber, die Natur gemachsam schuf, nicht schnellen Schritts, auch fluchtgewandt nicht, dir droht schmähliche Gefangenschaft.« Darauf antwortete die Schildkröte: »Ein treuer Freund, der auch Vernunft hat, wird sich nicht wert des Lebens dünken, wenn er um seine Freunde kam. Und wenn ihm nicht vergönnt ist, dass er helfe, so mag er trösten doch nach seinen Kräften. Das Herz aus seinem Busen zieht ein treuer Freund und reicht es seinem treuen Freunde dar.« Als die Schildkröte noch sprach, während die Maus bereits das Netz eifrig zernagt hatte, hörten die Tiere den Jäger nahen, da entrann der Hirsch, der Rabe entflog, die Maus entschlüpfte. Der Jäger fand sein Netz zernagt, erschrak, sah sich um und fand niemand als die Schildkröte. Die nahm er, dass es Rabe und Maus mit Bedauern sahen, und band sie fest in einen Fetzen von dem Netz. Die Maus rief dem Raben zu: »O wehe! weh! Wenn einem Glück kommt, harret er des folgenden, und kommt ein Unglück, überfällt auch gleich ein zweites ihn. Trug ich nicht Leids genug an meines Goldes Verlust, und nun bin ich der lieb gewordenen Schwester bar, sie, die mein Herz vor allem lieb gewonnen hat. Weh mir, weh meinem Leib, der aus einem Trübsalsnetz ins andre rennt, und dem nichts anderes beschert ist als nur Widerwärtigkeit.«

Da sprachen Rabe und Hirsch zur Maus: »O kluge Freundin, klage nicht so sehr, denn Klagen ist nicht, was der Freundin frommt und deine und unsre Trauer macht sie nicht von Banden frei. Ersinne Listen, wie wir sie befreien!«

Da sann das kluge Mäuslein Sambar eine Weile, dann sprach's: »Ich hab's. Du, Hirsch, gewinne schnell die Straße des Jägers, und falle nahe dabei hin, wie halb tot, und du, Rabe, steh auf ihm, als ob du von ihm äßest. Wenn das der Jäger sieht, so wird er, was er trägt, aus den Händen legen, dann schleppst du, Freund Hirsch, dich gemachsam etwas tiefer in den Wald, damit er dich verfolgt, indes zernage ich das Netz, und mache unsre liebe Schwester frei.«

Dieser Ratschlag ward schnell ausgeführt. Der Hirsch und der Rabe eilten auf einem Umweg dem Jäger voraus, und taten wie die Maus geraten. Der Jäger war gierig, den Hirsch zu erreichen, und warf alles was er trug von sich, der Hirsch kroch ins Dickicht, der Rabe flog nach, und der Jäger lief nach, und die Maus zernagte das Netz der Schildkröte und ging mit ihr nach Hause, dort fanden sie schon den Raben und den Hirsch, die schnell dem Jäger aus den Augen gekommen waren. Wie dieser nun zurückkehrte an den Ort, wo er seine Sachen hingeworfen hatte, die er noch dazu eine gute Länge suchen musste, so fand er das Netz zernagt, und konnte sich nicht genug wundern. »Das muss der böse Teufel getan haben, und kein guter Geist!«, fluchte er und dachte, dass böse Geister und Zauberer diese Gegend innehaben müssten, welche die Jäger in Tiergestalten äfften, ging furchtsam nach Hause, und jagte nie mehr in diesem Walde. Und da wohnten nun die befreundeten Tiere miteinander in Ruhe, Eintracht und Glückseligkeit, und von Zeit zu Zeit kam auch die Taube in diese schöne Einsamkeit und besuchte die kluge Maus Sambar, ihre liebe Freundin, und brachte Neuigkeiten aus der Welt und allerlei schöne Geschichten, daran alle ihre Freude hatten.

Der Wettlauf zwischen dem Hasen und dem Igel

Diese Geschichte ist ganz lügenhaft zu erzählen, Jungens, aber wahr ist sie doch, denn mein Großvater, von dem ich sie habe, pflegte immer wenn er sie erzählte, dabei zu sagen: »Wahr muss sie doch sein, meine Söhne, denn sonst könnte man sie ja nicht erzählen.« Die Geschichte aber hat sich so zugetragen:
Es war einmal an einem Sonntagmorgen in der Herbstzeit, just als der Buchweizen blühte. Die Sonne war goldig am Himmel aufgegangen, der Morgenwind ging frisch über die Stoppeln, die Lerchen sangen in der Luft, die Bienen summten in dem Buchweizen und die Leute gingen in ihren Sonntagskleidern nach der Kirche, kurz, alle Kreatur war vergnügt und der Swinegel auch.

Der Swinegel aber stand vor seiner Türe, hatte beide Arme übereinandergeschlagen, kuckte dabei in den Morgenwind hinaus und trällerte ein Liedchen vor sich hin, so gut und so schlecht als es nun eben am lieben Sonntagmorgen ein Swinegel zu singen vermag. Indem er nun noch so halbleise vor sich hinsang, fiel ihm auf einmal ein, er könne wohl, während seine Frau die Kinder wüsche und anzöge, ein bisschen im Felde spazieren und dabei sich umsehn, wie seine Steckrüben stünden. Die Steckrüben waren das Nächste bei seinem Hause und er pflegte mit seiner Familie davon zu essen und deshalb sah er sie denn auch als die seinigen an. Der Swinegel machte die Haustüre hinter sich zu und schlug den Weg nach dem Felde ein. Er war noch nicht sehr weit vom Hause und wollte just um den Schlehenbusch, der da vor dem Felde liegt, hinaufschlendern, als ihm der Hase begegnete, der in ähnlichen Geschäften ausgegangen war, nämlich um seinen Kohl zu besehen. Als der Swinegel des Hasen ansichtig wurde, bot er ihm einen freundlichen guten Morgen. Der Hase aber, der nach seiner Weise ein gar vornehmer Herr war und grausam hochfahrig dazu, antwortete nichts auf des

Swinegels Gruß, sondern sagte zu ihm, wobei er eine gewaltig höhnische Miene annahm: »Wie kommt es denn, dass du schon bei so frühem Morgen im Felde rumläufst?« – »Ich gehe spazieren«, sagte der Swinegel. »Spazieren?«, lachte der Hase. »Mir deucht, du könntest die Beine auch wohl zu besseren Dingen gebrauchen.« Diese Antwort verdross den Swinegel über alle Maßen, denn alles kann er vertragen, aber auf seine Beine lässt er nichts kommen, eben weil sie von Natur schief sind. »Du bildest dir wohl ein«, sagte nun der Swinegel, »dass du mit deinen Beinen mehr ausrichten kannst?« – »Das denk ich«, sagte der Hase. »Nun es käme auf einen Versuch an«, meinte der Swinegel, »ich pariere, wenn wir wettlaufen, ich laufe dir vorbei.« – »Das ist zum Lachen, du mit deinen schiefen Beinen!«, sagte der Hase. »Aber meinetwegen mag es sein, wenn du so übergroße Lust hast. Was gilt die Wette?« – »Einen goldnen Lujedor und eine Buttelje Schnaps«, sagte der Swinegel. »Angenommen«, sprach der Hase, »schlag ein und dann kann's gleich losgehen.« – »Nein, so große Eile hat es nicht«, meinte der Swinegel, »ich bin noch ganz nüchtern; erst will ich zu Hause gehn und ein bisschen frühstücken. In einer halben Stunde bin ich auf dem Platze.« Darauf ging der Swinegel, denn der Hase war es zufrieden.

Unterwegs dachte der Swinegel bei sich: »Der Hase verlässt sich auf seine langen Beine, aber ich will ihn schon kriegen. Er dünkt sich zwar ein vornehmer Herr zu sein, ist aber doch ein dummer Kerl und bezahlen muss er doch.« Als nun der Swinegel zu Hause ankam, sagte er zu seiner Frau: »Frau, zieh dich eilig an, du musst mit ins Feld hinaus.« – »Was gibt es denn?«, sagte die Frau. »Ich habe mit dem Hasen um einen goldenen Lujedor und eine Buttelje Schnaps gewettet, ich will mit ihm um die Wette laufen und da sollst du dabei sein.« – »O mein Gott, Mann!«, schrie dem Swinegel seine Frau. »Bist du nicht klug, hast du den Verstand verloren? Wie kannst du mit dem Hasen um die Wette laufen wol-

len?« – »Halt das Maul, Weib«, sagte der Swinegel, »das ist meine Sache. Räsonniere nicht in Männergeschäfte. Marsch, zieh dich an und dann komm mit.« Was sollte dem Swinegel seine Frau machen? Sie musste wohl folgen, sie mochte wollen oder nicht.

Als sie nun miteinander unterwegs waren, sprach der Swinegel zu seiner Frau also: »Nun pass auf, was ich dir sagen werde. Sieh, auf dem langen Acker, dort wollen wir unsern Wettlauf machen. Der Hase läuft nämlich in der einen Furche und ich in der andern, und von oben fangen wir an zu laufen. Nun hast du weiter nichts zu tun, als du stellst dich hier unten in die Furche und wenn der Hase auf der andern Seite ankommt, so rufst du ihm entgegen: ›Ich bin schon da.‹« Damit waren sie beim Acker angelangt, der Swinegel wies seiner Frau ihren Platz an und ging nun den Acker hinauf. Als er oben ankam war der Hase schon da. »Kann es losgehen?«, sagte der Hase. »Ja wohl«, erwiderte der Swinegel. »Dann man zu!«, und damit stellte sich jeder in seine Furche. Der Hase zählte: »Eins, zwei, drei!«, und los ging er wie ein Sturmwind den Acker hinunter. Der Swinegel aber lief nur ungefähr drei Schritte, dann duckte er sich in die Furche nieder und blieb ruhig sitzen.

Als nun der Hase im vollen Laufe unten ankam, rief ihm dem Swinegel seine Frau entgegen: »Ich bin schon da!« Der Hase stutzte und verwunderte sich nicht wenig. Er meinte nicht anders, es wäre der Swinegel selbst, der ihm das zurufe, denn bekanntlich sieht dem Swinegel seine Frau geradeso aus wie ihr Mann.

Der Hase aber meinte: »Das geht nicht mit rechten Dingen zu.« Er rief: »Noch einmal gelaufen, wieder herum!« Und fort ging es wieder wie der Sturmwind, sodass ihm die Ohren am Kopfe flogen. Dem Swinegel seine Frau aber blieb ruhig auf ihrem Platze. Als nun der Hase oben ankam, rief ihm der Swinegel entgegen: »Ich bin schon da!« Der Hase aber

ganz außer sich vor Eifer schrie: »Nochmal gelaufen, wieder herum!« – »Ist mir recht«, antwortete der Swinegel, »meinetwegen so oft als du Lust hast.« So lief der Hase dreiundsiebzigmal und der Swinegel hielt es immer mit ihm aus. Jedes Mal, wenn der Hase unten oder oben ankam, sagte der Swinegel oder seine Frau: »Ich bin schon da.«

Zum vierundsiebzigstenmal aber kam der Hase nicht mehr zu Ende. Mitten auf dem Acker stürzte er zur Erde, das Blut floss ihm aus dem Halse und er blieb tot auf dem Platze. Der Swinegel aber nahm seinen gewonnenen Louisdor und die Flasche Branntwein, rief seine Frau aus der Furche ab und beide gingen vergnügt nach Hause, und wenn sie nicht gestorben sind, leben sie noch.

So begab es sich, dass auf der Buxtehuder Heide der Swinegel den Hasen zu Tode gelaufen hat, und seit jener Zeit hat es sich kein Hase wieder einfallen lassen, mit dem Buxtehuder Swinegel um die Wette zu laufen.

Die Lehre aber aus dieser Geschichte ist erstens, dass keiner, und wenn er sich auch noch so vornehm dünkt, sich soll beikommen lassen, über den geringen Mann sich lustig zu machen, und wäre es auch nur ein Swinegel. Und zweitens, dass es geraten ist, wenn einer freiet, dass er sich eine Frau aus seinem Stande nimmt, die just so aussieht, als er selbst. Wer also ein Swinegel ist, der muss darauf sehen, dass seine Frau auch ein Swinegel sei.

Zitterinchen

Es war einmal ein armer Taglöhner, der hatte zwei Kinder, einen Sohn mit Namen Abraham und eine Tochter, die hieß Christinchen. Beide Kinder waren noch sehr jung, als der Vater starb und gute Menschen mussten sich ihrer annehmen, sonst wären sie umgekommen, so arm waren sie. Das Mädchen wurde eine herrlich aufblühende Schönheit, die nicht ihres Gleichen hatte weit und breit. Abraham ward ein kräftiger Jüngling und kam durch Vermittelung eines Gönners als Bedienter zu einem reichen Grafen. Ehe er aber von seiner Schwester schied, ließ er sich von einem guten Freunde ihr Porträt malen, und nahm es mit sich, denn er hatte sie sehr lieb. Der Graf war mit Abraham sehr wohl zufrieden, bemerkte jedoch öfters, dass er ein Porträt aus dem Busen zog und küsste; er verwunderte sich darüber, da Abraham still und sittsam war und kaum aus dem Hause kam; er fragte ihn deshalb, ob das Porträt seine Geliebte vorstelle und betrachtete sich's genauer, als Abraham sagte, es sei seine Schwester. »Ist deine Schwester so schön«, sagte der Graf, »so wäre sie wohl wert, eines Edelmanns Weib zu sein!« – »Sie ist noch weit schöner!«, entgegnete Abraham. Der Graf war entzückt und sandte heimlich seine Amme nach dem Orte, wo sich Christinchen befand, um sie nach seinem Schlosse zu holen.

Die Amme fuhr mit einem vierspännigen Wagen vor das Haus von Christinchens Pflegeeltern, grüßte sie von ihrem Bruder und sie solle mit ihr nach dem gräflichen Schloss fahren. Christinchen sehnte sich sehr, ihren Bruder wieder zu sehen und war bereit zu folgen; sie besaß aber ein Hündchen, das sie einst aus dem Wasser gerettet hatte, das hieß Zitterinchen und

hegte große Anhänglichkeit an sie. Das Hündchen sprang mit Christinchen in den Wagen. Die Amme hatte jedoch einen schlimmen Plan gefasst. Als sie am steilen Ufer eines großen Flusses hinfuhren, machte sie Christinchen auf die Goldfische aufmerksam, die in den blauen Wellen spielten und da Christinchen unbefangen aus dem Kutschenschlag hinaussah, stürzte sie sie in den Fluss, während der Wagen weiterfuhr. Die Amme hatte eine Base, die schon eine alte Jungfer war; mit dieser hatte sie bereits verabredet, an einem gewissen Ort zu warten und als der Kutscher seine Pferde tränkte, stieg sie heimlich in den Wagen. Sie trug einen dichten Schleier und die Amme unterwies sie, dem Grafen zu sagen, sie habe ein Gelübde getan, ihren Schleier innerhalb eines halben Jahres nicht zu lüften.
Die verhüllte Dame ward vor den Grafen geführt, der sie inständig bat, den Schleier zurückzuschlagen, sie verweigerte es jedoch standhaft und der Graf ward umso begieriger. Er vertraute der Redlichkeit seines Abraham, der die Schwester ihm noch viel schöner geschildert hatte, als das Porträt war. Er erbot sich daher, sie zu seiner Gemahlin zu erheben. Der Priester ward gerufen und die Trauung vollzogen. Nach dieser Feierlichkeit weigerte sich die Dame nicht länger, den Schleier zu lüften, doch wie erschrak der Graf, als er statt eines jugendlich frischen ein abgeblühtes Gesicht sah! Er geriet in den höchsten Zorn und ließ Abraham in ein Gefängnis werfen, trotz seiner Beteuerungen, dass diese Dame seine Schwester nicht sei; das betrügerische Bildnis ließ er in den Rauchfang hängen.
Eines Tages hatte der Bediente, der in des Grafen Vorzimmer schlief, eine seltsame Erscheinung. Eine weiße Gestalt stand vor seinem Bette und rasselte mit Ketten; und sprach in leisem, wehklagendem Ton: »Zitterinchen, Zitterinchen!« Darauf kroch das Hündchen, das bisher im Schlosse geduldet worden war, unter dem Bette hervor, wo es geschlafen, und antwortete. »Mein allerliebstes Christinchen!« – »Wo ist mein Bruder Abraham?«, fragte die Gestalt weiter. »Er liegt gar hart gefangen in Ketten und Banden!«, versetzte das Hündchen. »Wo ist mein Bild?« – »Es hängt im Rauch.« – »Wo ist die alte Kammerfrau?« – »Sie

liegt in des Grafen Arm.« – »Dass's Gott erbarm! Nun komm ich zweimal noch und werd ich nicht erlöst, so bin ich verloren für dieses Leben.« Die Gestalt zerfloss darauf wie ein Nebel. Der Bediente glaubte geträumt zu haben und sagte seinem Herrn nichts von der Erscheinung. Aber in der folgenden Nacht ward dieselbe Szene vor seinem Bett aufgeführt, doch rasselte die Gestalt mit ihren Ketten mehr als das vorige Mal und sagte, sie werde nun noch einmal kommen. Diesmal war der Bediente seiner Sache gewiss; er entdeckte den Vorgang seinem Herrn; dieser ward nachdenklich und entschloss sich die Erscheinung zu belauschen. Er stand um die zwölfte Stunde hinter der angelehnten Türe des Schlafzimmers und lauschte. Endlich sah er die weiße Gestalt plötzlich in dem Dunkel des Vorzimmers auftauchen, hörte sie mit ihren Ketten rasseln und sprechen: »Zitterinchen, Zitterinchen!«, und das Hündchen antwortete: »Mein allerliebstes Christinchen!« – »Wo ist mein Bruder Abraham?« – »Er ist gar hart gefangen und liegt in Ketten und Banden.« – »Wo ist mein Bild?« – »Es hängt im Rauch.« – »Wo ist die alte Kammerfrau?« – »Sie liegt in des Grafen Armen.« – »Dass's Gott erbarm!« Da öffnete der Graf rasch die Türe, griff nach der Erscheinung und hielt eine schwere Kette in der Hand, die in dem Augenblick sich von der Gestalt abstreifte. Die gespenstische Erscheinung war zu einem holden Frauenbild geworden, das ihn anlächelte und das wohl Ähnlichkeit mit jenem Bilde hatte, aber es an Schönheit noch weit übertraf. Der Graf war entzückt und bat um Enträtselung des Geheimnisses. Nun erzählte Christinchen, wie die alte Amme sie arglistig ins Wasser gestürzt, die Nixen aber hatten sie mit ihren grünen Schleiern aufgefangen und sie in ihren unterirdischen Palast geführt. Sie

habe eine der ihrigen werden sollen, habe sich jedoch geweigert und die Nixen hätten ihr endlich erlaubt, in drei Nächten in des Grafen Vorgemach zu erscheinen. Würden zu diesen dreien Malen ihre Ketten nicht gelöst, so sei sie unwiderruflich verbunden, eine Nixe zu werden.
Der Graf war über diesen Bericht ebenso erfreut als erstaunt. Abraham wurde seiner Haft entlassen und in die Gunst des Grafen erhoben, in denselben Kerker aber ward die böse Amme geworfen und ihre Base aus dem Schlosse gepeitscht; Christinchens Bild wurde aus dem Rauchfang genommen und der Graf trug es auf seinem Herzen, Christinchen selbst aber ward seine Gemahlin. Zitterinchen leckte schmeichelnd die Hand der Herrin, als sie ihm aber liebkosend versprach, dass es nun gute Tage bei ihr haben sollte, verwandelte sich's in eine schöne Prinzessin, die dem verwunderten Christinchen ihr Schicksal erzählte. Sie war von einer bösen Zauberfrau verwünscht gewesen und war durch Christinchens Erlösung selbst erlöst worden.

Aschenbrödel

Ein Mann und eine Frau hatten zwei Töchter, und war auch noch eine Stieftochter da, des Mannes erstes liebes Kind, gar fromm und gut, aber nicht gern gesehen von ihrer Stiefmutter und Stiefschwestern, deshalb wurde es auch schlecht behandelt. Es musste in der Küche den ganzen Tag über wohnen, alle Küchenarbeit tun, früh aufstehen, kochen, waschen und scheuern, und nachts musste es in der Bodenkammer schlafen. Da kroch es bisweilen lieber in die Asche am Küchenherd und wärmte sich, und da es davon nicht sauber aussehen konnte, so wurde es von der Mutter und den Schwestern noch obendrein Aschenbrödelchen genannt, aus Spott und Bosheit.
Einst war der Vater zur Messe gereist, und hatte die Mädchen gefragt,

was er ihnen mitbringen solle; da hatte die eine schöne Kleider, die andere Perlen und Edelgesteine gewünscht, Aschenbrödel aber nur ein grünes Haselreis. Diese Wünsche hatte der Vater auch erfüllt. Die Schwestern putzten und schmückten sich, Aschenbrödel aber pflanzte das Reis auf das Grab ihrer Mutter, und begoss es alle Tage mit ihren Tränen. Da wuchs das Reis sehr schnell, und wurde ein schönes Bäumlein, und wenn Aschenbrödel auf dem Grab ihrer Mutter weinte, so kam allemal ein Vöglein geflogen, das sah sie mitleidig an.
Da begab sich's, dass der König ein Fest anstellte, und dazu alle Jungfrauen des Landes einladen ließ, denn sein Sohn sollte sich aus ihnen eine Braut wählen. Und da schmückten sich die Schwestern überaus reizend, und Aschenbrödel musste ihnen die Haare kämmen und schöne Zöpfe flechten, und dass sie auch gern zum Tanz mitgehen mochte, das fiel gar niemand ein. Als sie endlich es wagte, um Erlaubnis zu bitten, ward sie schrecklich ausgelacht, dass sie sich einfallen ließ; zum Tanz gehen zu wollen, da sie doch keine schönen Kleider habe, und nicht einmal Schuhe. Die böse Stiefmutter nahm geschwind eine

Schüssel voll Linsen, warf diese in die Asche, und sagte: »So, so Aschenbrödel, mache dir etwas zu tun, lies erst die Linsen; dann sollst du mitgehen, musst aber in zwei Stunden fertig sein.«

Das arme Kind ging aber in den Garten und rief dem Vöglein auf dem Haselnussbaum, und auch den Täubchen zu, dass sie lesen sollten die guten ins Töpfchen, die schlechten ins Kröpfchen, und bald wimmelte es von Tauben und andern Vögeln, da währte es gar nicht lange, so war die Schüssel voll Linsen ganz rein gelesen. Aber wie das gute Mädchen voller Freude die Linsen brachte, ärgerte sich die Stiefmutter und schüttete jetzt zwei Schüsseln voll Linsen in die Asche und die sollte es nun auch noch in zwei Stunden lesen. Aschenbrödel weinte, rief aber die Vöglein wieder, und bald war auch diese Arbeit getan. Es wurde ihr aber dennoch nicht Wort gehalten, sondern sie wurde ausgelacht, denn sie habe ja keine Kleider und keine Schuhe, und wie sie sei, könnte sie sich nimmermehr sehen lassen, auch müsse der Königssohn und jeder andre einen schlechten Geschmack haben, der mit ihr tanze, und da gingen jene Stolzen fort und ließen Aschenbrödel tief betrübt zurück. Die ging zu ihrem Bäumchen und weinte bitterlich, da kam das Vöglein geflogen, und rief:

»Mein liebes Kind, o sage mir,
Was du wünschest, schenk ich dir!«

Da rief Aschenbrödel, indem sie das Bäumchen anfasste:

»O liebes Bäumchen, rüttle dich!
O liebes Bäumchen, schüttle dich!
Wirf schöne Kleider über mich!«

Da flog ein schönes Kleid herunter und kostbare Strümpfe und Schuhe, das zog Aschenbrödel geschwind an, und ging auf den Ball, und das Mädchen war so schön, ach, so schön, dass es gar niemand kannte, auch nicht einmal seine Mutter und seine Schwestern, und der Königssohn tanzte nur mit ihm, und mit keiner andern Jungfrau, und als es abends nach Hause ging, wollte er ihm folgen, es entwich ihm aber, zog geschwind Kleid und Schuhe aus auf dem Grabe, unter dem Bäumchen, und legte sich in seine Asche. Kleider und Schuhe verschwanden augenblicklich.
So ging es noch zweimal, immer kam Aschenbrödel unerkannt und in stets schönern Kleidern zum Tanze, immer tanzte der König nur mit ihm, und immer folgte dieser, und beim dritten Mal verlor es von ungefähr den einen kleinen goldnen Schuh; der Königssohn hob ihn auf, bewunderte seine Zierlichkeit und sprach es laut, ließ es auch durch die Herolde kundtun, nur die Jungfrau, an deren Fuß der kleine Schuh passe, solle seine Gemahlin werden, und ritt von Haus zu Haus, die Probe zu machen.
Vergebens probierten die beiden Schwestern den kleinen Schuh; es war als ob ihre Füße ordentlich größer würden, da fragte der Königssohn, ob nicht drei Töchter da wären? Und der Mann sagte: »Ja, Herr Prinz! Noch ein kleines Aschenbrödelchen!«, und die Mutter setzte gleich hinzu, »die sich nicht sehen lassen kann.« Der Königssohn wollte sie aber doch sehen; Aschenbrödel wusch sich fein und rein, und trat ein, auch in ihrem aschgrauen Kittelchen durch ihre Schönheit die Schwestern überstrahlend. Und wie es den goldnen Schuh anzog, so passte er prächtig, wie angegossen. Und der Königssohn erkannte sie nun auch gleich wieder, und rief: »Das ist meine holde Tänzerin, meine liebe

Braut!«, nahm sie, führte sie aufs Schloss und befahl, ein stattliches Hochzeitsfest zuzurüsten.
Beim Kirchgang hatte Aschenbrödel ein ganz goldenes Kleid an und ein goldnes Krönlein auf dem Kopf; ihre Schwestern gingen ihr voll Neid zur Rechten und zur Linken. Da kam das Vöglein vom Haselbäumchen und pickte jeder ins Auge, dass dies erblindete. Als nun die Braut aus der Kirche ging, kam wieder das Vöglein und pickte wieder jeder das andere Auge aus, und so waren sie für ihren Neid und Bosheit mit Blindheit geschlagen ihr Lebelang.

Die drei Gaben

Es war einmal ein armer Leinweber, zu dem kamen drei reiche Studenten, und da sie sahen, dass der Mann sehr arm war, so schenkten sie ihm in seine Wirtschaft hundert Taler. Der Leinweber freute sich sehr über diese Gabe, gedachte sie gut anzuwenden, wollte aber noch eine Zeit lang seine Augen an den blanken Talern weiden, sagte daher seiner Frau, die nicht zu Hause gewesen war, nichts von seinem Glück, und versteckte das Geld dahin, wo niemand Geld sucht, nämlich in die Lumpen.
Als er einmal auswärts war, kam ein Lumpensammler, und verkaufte die Frau ihm den ganzen Vorrat für einige Kreuzer. Da war groß Herzeleid, wie der Leinweber heimkam, und seine Frau ihm erfreut das für die Lumpen gelöste wenige Geld zeigte.
Über ein Jahr so kamen die drei Studenten wieder, hofften den Leinweber nun in guten Umständen zu treffen, fanden ihn aber noch ärmer wie zuvor, da er ihnen sein Missgeschick klagte. Mit der Ermahnung, vorsichtiger zu sein, schenkten ihm die Studenten abermals hundert Taler; nun wollte er's recht klug machen, sagte seiner Frau wieder nichts

und steckte das Geld in den Aschentopf. Und da ging's gerade wieder so wie das vorige Mal; die Frau vertauschte die Asche an einen Aschensammler gegen ein paar Stückchen Seife, als gerade ihr Mann wieder abwesend war, irgendeinem Kunden bestellte Leinwand abzuliefern. Als er wieder kam und den Aschenhandel erfuhr, wurde er so böse, dass er seine Frau mit ungebrannter Asche laugte.

Über ein Jahr kamen die Studenten zum dritten Male, fanden den Leinweber fast als Lumpen, und sagten ihm, indem sie ihm ein Stück Blei vor die Füße warfen: »Was nutzt der Kuh Muskate? Dir Tropf Geld zu schenken, wäre dümmer als du selbst bist. Zu dir kommen wir auch nicht wieder.« Damit gingen sie ganz ärgerlich fort und der Leinweber hob das Stück Blei vom Boden auf und legte es aufs Fensterbrett. Bald darauf kam sein Nachbar herein, der war ein Fischer, bot guten Tag und sprach: »Lieber Nachbar, habt Ihr nicht etwa ein Stückchen Blei oder sonst was Schweres, das ich an mein Netz brauchen könnte? Ich habe nichts mehr von dergleichen.« Da gab ihm der Leinweber das Stückchen Blei und der Nachbar bedankte sich gar schön und sagte: »Den ersten großen Fisch, den ich fange, den sollt Ihr zum Lohne haben!« – »Schon gut, es ist nicht darum«, sprach der zufriedene Leinweber.

Bald darauf brachte der Nachbar wirklich einen hübschen Fisch von ein Pfunder vier bis fünfe, und der Leinweber musste ihn annehmen. Dieser schlachtete alsbald den Fisch, da hatte derselbe einen großen Stein im Magen. Den Stein legte der Leinweber auch auf das Fensterbrett. Abends, als es dunkel wurde, fing der Stein an zu glänzen, und je dunkler es wurde, je heller leuchtete der Stein, wie ein Licht. »Das ist eine wohlfeile Lampe«, sagte der Leinweber zu seiner Frau. »Willst du sie nicht vermöbelieren, wie du die zweihundert Taler vermöbeliert hast?« Und legte den Stein so, dass er die ganze Stube erhellte.

Am folgenden Abend ritt ein Herr am Hause vorbei, erblickte den Glanzstein, stieg ab und trat in die Stube, besah den Stein und bot zehn Taler dafür. Der Weber sagte: »Dieser Stein ist mir nicht feil!« –»Auch nicht für zwanzig Taler?«, fragte der Herr. »Auch nicht«, antwortete der Leinweber. Jener aber fuhr fort zu bieten und zu bieten, bis er tausend Taler bot, denn der Stein war ein kostbarer Diamant, und noch viel mehr wert. Jetzt schlug der Weber ein und war der reichste Mann im Dorfe. Nun hatte die Frau das letzte Wort und sagte: »Siehst du, Mann! Wenn ich das Geld nicht zweimal mit fortgegeben hätte! Das hast du doch nur mir zu danken!«

Gott Überall

Es waren ein Paar Geschwister, hießen Görgel und Lieschen, seelengute Kinder, die blieben einmal ganz allein zu Hause; ihre Eltern waren über Feld gegangen und trugen Körbe, die sie von Weiden geflochten hatten, zum Verkauf in die Stadt. Zwar hatten die guten Eltern ihren Kindern, Görgeln und Lieschen, jedem ein ziemliches Stück Brot gegeben, davon sie sich diesen Tag über nähren sollten, allein bald hatte Görgel seines aufgezehrt und verspürte noch Esslust, hatte aber nichts mehr zu brocken und nichts mehr zu beißen. Lieschen gab ihm noch ein wenig von ihrem Brot, doch auch dieses sättigte den Jungen nicht ganz, und er fing an mit schelmischen Schmeichelworten zu seinem jüngern Schwesterchen zu reden: »Komm, lieb Lieschen, wir wollen ein wenig von dem süßen Rübensaft naschen, den die Mutter draußen im Schrank aufbewahrt, es ist ein großer Topf voll, sie merkt es gewiss nicht daran, und es sieht's ja auch gar niemand.« Aber Lieschen sprach: »Ei, du bist sehr böse, Görgel, wenn du das tust; siehst du nicht die Sonnenstrahlen dort am Schrank? Die lässt der liebe Gott hinanscheinen, und der sieht's auch wenn wir naschen.« Da sprach Görgel: »So wollen wir auf den Dachboden gehen, wo die Mutter schöne Birnen liegen hat, davon wollen wir essen, dort ist kein Fenster, kann die Sonne nicht hineinscheinen, und dort sieht uns also der liebe Gott auch nicht.«

Lieschen weigerte sich anfangs, endlich gingen die Kinder doch nach dem Dachboden; aber hier fielen die gebrochenen Sonnenstrahlen reichlich durch die Lücken der Dachziegel und flimmerten ganz eigentümlich über den Birnen, als wenn sie darauf tanzten, und Lieschen sprach wieder: »O Görgel, auch hier sieht uns der liebe Gott, hier dürfen wir nicht naschen.« Sie gingen wieder herunter, und auf der Treppe fiel dem Görgel etwas bei, was er gleich aussprach: »Ei, im Keller hat die Mutter ein Töpfchen voll Rahm (Sahne) stehen, und drunten ist's ganz dunkel, da kann unmöglich der liebe Gott hineinsehen; komm, lass uns hinuntergehen, Lieschen, komm geschwind, geschwind!« Görgel fasste sein zögerndes Schwesterchen fest an der Hand und zog es schnell mit sich fort, hinunter in den Keller, wo er sorgfältig die Türe von innen zumachte, dass kein Tag hineinscheine, und es der liebe Gott nicht sähe, wenn sie von dem Rahm naschten. Aber nach einigen Minuten wurde es ein wenig Licht im Keller, Lieschen sah, dass durch eine Mauerspalte die liebe Sonne hereinschien, und gerade auf das Rahmtöpfchen, da erschrak das gute Lieschen und ging eilig wieder hinauf in die Stube. Görgel aber blieb, verstopfte ärgerlich die Spalte mit Moos, und fing an, von dem Rahm zu essen. Doch wie er im besten Lecken und Schlecken war, rollte ein mächtiger Donner über ihn, und der Blitz zuckte durch die Mauerspalte, dass es ganz hell und feurig im Keller war, und ein schwarzer Mann stieg aus einer Ecke des Kellers, schritt auf Görgeln zu, und setzte sich ihm gerade gegenüber; er hatte zwei feurige Augen, mit denen er fort und fort nach dem Rahmtöpfchen hinfunkelte, sodass der Görgel vor Angst keinen Finger regen konnte und dass er ganz still sitzen bleiben musste.

Indessen war zum Lieschen droben in der Stube ein gar holdes Engelein gekommen, hatte ihm, nebst vielen schönen Spielsachen und Kleidern, auch Zuckerküchlein und süße Milch gebracht, und hatte so lange mit Lieschen gespielt, bis dessen Eltern zurückkamen, die mit großer Freude die schönen Sachen betrachteten. Als dieselben nach dem Görgel fragten, erschrak Lieschen, denn sie hatte über die schönen Geschenke von dem Engelskindlein ganz vergessen, dass ihr Bruder im Keller geblieben war, und rief nun: »Ach, du lieber Gott, der ist ja noch im Keller, wir wollen ihn geschwinde holen, vielleicht kann er die Türe nicht wieder aufbringen.« Alle gingen schnell hinunter, machten die Kellertüre auf, und siehe, da saß Görgel noch ganz starr, und hielt den Rahmtopf in der

Hand. Und wie er das Geräusch hörte und seine Mutter sahe, erschrak er heftig und fuhr zusammen und weinte. Und die Mutter nahm ihm den halbgeleerten Rahmtopf aus den Händen, führte ihn heraus aus dem Keller und gab ihm seinen wohlverdienten Plätzer.
Der Görgel hat aber in seinem ganzen Leben nicht wieder genascht, und wenn später manchmal andre ihn zu etwas Bösem verleiten wollten und zu Taten, die das Licht scheuen, so sagte er immer: »Ich tu's nicht, ich gehe nicht mit, der Gott Überall sieht's, Gott behüte mich!« – Und ist ein durchaus rechtlicher und braver Mann geworden.

Die Knaben mit den goldnen Sternlein

Es war einmal ein junger Graf, der kannte, so schön er auch war, die Liebe noch nicht und hatte daher den Vorstellungen seiner Mutter und seiner Freunde, sich zu verehelichen, noch nicht Raum gegeben. Er fand aber Vergnügen daran, bei Nacht im Dorfe herumzuschleichen und die jungen Burschen und Mädchen zu belauschen, was sie in ihren Spinnstuben trieben, sangen und sagten. Einst nun hörte er ein Gespräch, von dem er selbst der Gegenstand war. »O wenn sich unser guter Graf ein Weib nähme«, sagte das eine der Mädchen, »so wollte ich, wenn ich's würde, ihm die leckersten Speisen kochen.« – »Und ich«, fiel eine Zweite ein, »wollte ihm seine Kinder recht gut warten und pfle-

gen.« – »Ich aber«, sprach die Dritte, »wollte ihm zwei Knäblein bringen, wenn er mich zum Weibe nähme, die sollten goldne Sternlein auf der Brust tragen.« Die andern lachten, der Graf aber hatte allerlei Gedanken und ging auf sein Schloss.
Am andern Tage ließ er die drei Mädchen rufen und sie mussten ihm alles noch einmal sagen, was sie gestern miteinander über ihn gesprochen, wenn er ein Weib nähme. Die Letzte weigerte sich lange, denn sie schämte sich; als sie aber endlich ihren kühnen Wunsch bekannt, nahm sie der Graf freundlich bei der Hand und sprach: »Du sollst mein Weib sein, wenn du mir zwei Knäblein gebierst, so wie du gesagt hast; wo aber nicht, so will ich dich mit Schmach aus meinem Schlosse jagen.« Das Mädchen willigte ein, denn sie war freudigen Mutes und trug verborgene Lieben zu dem Grafen in ihrem Herzen. Die Hochzeit ward demnach begangen, obgleich die alte Gräfin sehr sauer dazu sah. Als nun einige Monde vergangen waren und die junge Gräfin sich guter Hoffnung fühlte, begab sich's, dass der Graf in ferne Lande ziehen musste, und er bat seine Mutter, die gegen ihre Schnur alle Freundlichkeit erheuchelte, ihm alsbald zu schreiben, wenn seine Gemahlin geboren haben würde.
Die schwere Zeit rückte heran und die junge Frau genas zweier holder Knäblein, die trugen goldne Sternlein auf der Brust, sie war aber so erschöpft, dass sie lange in Ohnmacht lag; als sie nun erwachte und nach den Kindlein fragte, sagte man ihr, sie habe zwei ungestalte Katzen geboren, die man ersäuft habe. Darüber jammerte sie sehr, mehr als über das Unglück, das nun folgte. Schmachvoll ward sie aus dem Hause gewiesen, wie eine Bettlerin, und niemand erbarmte sich ihrer als ein Diener; der vertraute ihr heimlich, dass sie zwei schöne Knäblein mit goldnen Sternlein auf der Brust geboren habe; sie seien ihm in einem Korb mit dem Befehl übergeben worden, sie ins Wasser zu werfen, da es Katzen seien; er habe aber den Korb geöffnet, und da ihn die unschuldigen Würmlein gedauert, habe er sie einer Muhme zur Erziehung übergeben. Darüber freute sich die Verstoßene in ihrem Schmerze sehr, dankte dem mitleidigen Menschen viel tausendmal, eilte zu ihren Kindern und lebte mehrere Jahre in verborgener Einsamkeit mit ihnen.

Die Knäblein wuchsen heran und wurden immer schöne; die arme Frau dachte wieder an ihren Gemahl, wenn er die Knäblein sähe, würde er alles gut machen, was seine böse Mutter an ihr verschuldet. Da träumte ihr, sie solle unter einen großen Lindenbaum am Kreuzweg gehen, dort werde sie einen Haufen Leinknotten finden, mit denen solle sie sich die Tasche füllen, aber ja nicht mehr nehmen und dann nach *Portugal* gehen, wo ihr Gemahl in den Liebesnetzen einer Zauberin oder Fee verstrickt sei. Die Frau ging an den Baum, fand die Leinknotten und füllte sich die Taschen damit an. In einem Walde wurde sie von Räubern überfallen und ganz ausgeplündert, sodass sie keinen Pfennig behielt; sie musste sich durch Betteln weiterhelfen, ihre Füße waren blutig gerissen und noch war ihres Wegs kein Ende. Da tröstete sie abermals ein Traum in ihrem Elend und verhieß ihr endliches Gelingen. Einst bettelte sie an der Pforte eines schönen Schlosses; die Edelfrau sah ihre Knaben und war von ihrer Schönheit aufs Höchste überrascht. Sie bat die arme Frau um einen ihrer Knaben und versprach ihr dafür jede Bitte zu erfüllen. Der Armen ging es schwer an, eines ihrer Kinder zu missen, aber sie willigte endlich doch ein und bat dagegen um das goldne Spinnrädchen, das die Edelfrau eben vor sich stehen hatte. Diese wunderte sich über das Verlangen, gab jedoch das Rädchen hin und einer der beiden Knaben blieb bei ihr zurück. Die arme Frau war weiter und weiter gegangen und musste sich endlich auch noch von ihrem zweiten Knaben trennen, für den sie ein

goldnes Weiflein erhielt. Diese beiden Kleinodien verwahrte sie sehr sorgfältig und setzte ihre beschwerliche Wanderschaft fort.
Nach unendlichen Mühseligkeiten kam sie denn doch in Portugal an und kam an das Schloss, wo ihr Gemahl wohnte. Die Diener erzählten ihr, ihr Herr sei verheiratet, aber noch niemand habe das Antlitz seiner Gemahlin gesehen, da sie nur des Nachts im Schlosse sei und des Tags wisse niemand, wohin sie gekommen. Als nun die Sonne untergegangen war, schlich sie sich in den Schlossgarten, setzte sich unter das Fenster der Gräfin und drehte ihr Spinnrädlein, dass es wie ein Stern durch die Nacht leuchtete. Dies sah aber die Zauberin, welche die Gemahlin des Grafen war, und trat zu der Frau und fragte sie nach dem seltsamen Spielzeug. Die Frau bot es ihr zum Geschenk an, wenn sie ihr dafür eine Bitte gewähre, sie bitte nämlich, eine Nacht bei ihrem Gemahl bleiben zu dürfen. Die Frau wunderte sich darüber sehr, willigte jedoch ein; heimlich aber gab sie dem Grafen einen Schlaftrunk, sodass er die ganze Nacht nicht erwachte und die verzweifelte Frau an seiner Seite den Morgen heranbrechen sah, wo die Zauberin sie abholte. Den nächsten Abend aber saß sie wieder vor dem Schloss und drehte ihr goldnes Weiflein; die Zauberin kam wieder und musste ihr dieselbe Bitte gewähren. Diesmal hatte sie's versehen und ihrem Manne den Schlaftrunk nicht stark genug gemischt; ehe der Morgen anbrach erwachte er daher, wunderte sich, die abgemagerte, verkümmerte Frau neben sich zu finden, die nun vor ihm ihr ganzes Herz ausschüttete. Da ergriff den Grafen eine namenlose Sehnsucht nach seinen Kindern und er versprach ihr, sie wieder als seine Gattin anzuerkennen. Dann stellte er sich schlafend, als die Fee kam und die Frau von dannen führte. Der Fee aber erzählte er, er habe einen sonderbaren Traum gehabt. Ein Mann habe irrtümlich seine Gattin verstoßen und eine andere gefreit; die erste aber habe ihn aufgesucht mit Aufopferung ihres Leibes und ihrer Schönheit. Was der Gatte nun tun solle, wenn sie ihn gefunden? »Dann muss er sich von der Zweiten scheiden und zu der Treuen zurückkehren!«, sprach die Fee. – »Du hast dein Urteil gesprochen«, antwortete der Graf und erzählte ihr alles, was geschehen war. Da trennte die Fee sich schmerzlich von ihm.

Der Graf aber kehrte mit der treuen Gattin in die Heimat zurück, nachdem er seine Knäblein ausgelöst. Die böse Mutter durfte ihm nicht wieder vors Antlitz kommen; die Gattin dagegen hielt er lieb und wert; den mitleidigen Bedienten belohnte er reich. Die Knaben mit den goldnen Sternlein wuchsen heran zu der Eltern Freude und wurden später wackere Kriegshelden, die viele Schlachten schlugen und gewannen.

Der Wachholderbaum

Es ist nun schon lange her – wohl zweitausend Jahre –, da war einmal ein reicher Mann, der hatte eine schöne, fromme Frau und die hatten sich beide recht lieb; aber sie hatten keine Kinder, sie wünschten sich aber gar sehr welche und die Frau betete oft darum Tag und Nacht, aber sie kriegten keine und kriegten keine. Vor ihrem Hause war ein Hof, auf dem stand ein Wachholderbaum; unter diesem stand eines Tages im Winter die Frau und schälte sich einen Apfel und als sie sich den Apfel so schälte, so schnitt sie sich in den Finger und das Blut floss in den Schnee. »Ach«, sagte die Frau und seufzte so recht dabei auf, sah das Blut vor sich an und war tief wehmütig, »hätte ich doch ein Kind, so rot als Blut und so weiß wie Schnee.« Und als sie das sagte, so wurde ihr wieder fröhlich zu Mute, es war ihr, als sollte das wahr werden. Da ging sie wieder ins Haus und als ein Monat vorbei war, da war der Schnee

vergangen, und zwei Monat, da war es grün, und drei Monat, da kamen die Blumen aus der Erde, und vier Monat, da drängten sich alle Bäume in dem Holze und die grünen Zweige waren alle ineinander gewachsen. Dort sangen die Vöglein, dass das ganze Holz erschallte und die Blüten fielen von den Bäumen. Da war der fünfte Monat vorbei, und die Frau stand wieder unter dem Wachholderbaum, dort sprang ihr das Herz vor Freude und sie fiel auf die Knie und wusste sich gar nicht zu lassen. Und als der sechste Monat vorbei war, da wurden die Früchte dick und stark, und sie wurde ganz still, und im siebenten Monat, da griff sie nach den Beeren und aß sich recht satt; da wurde sie traurig und krank. Der achte Monat ging hin und sie rief ihren Mann und weinte und sagte: »Wenn ich sterbe, so begrabet mich unter dem Wachholderbaume.« Da war sie ganz getrost und freute sich, bis der neunte Monat vorbei war; da kriegte sie ein Kind, so weiß wie Schnee und so rot wie Blut, und als sie das sah, da freute sie sich so, dass sie starb.
Da begrub ihr Mann sie unter dem Wachholderbaum, und er fing an gar sehr zu weinen. Eine Zeit lang und das ließ nach, und da er noch ein wenig geweint hatte, da wurde er wieder heitrer und noch eine Zeit, da nahm er wieder eine Frau. Mit der zweiten Frau kriegte er eine Tochter, das Kind aber von der ersten Frau war ein kleiner Junge; der war so rot wie Blut, und so weiß wie Schnee. Wenn die Frau ihre Tochter ansah, so hatte sie sie gar sehr lieb, aber wenn sie dann den kleinen Jungen ansah, da ging es ihr immer durchs Herz und es deuchte ihr, als stünde er ihr überall im Wege, und sie dachte dann immer, wie sie ihrer Tochter all das Vermögen zuwenden wollte. Das aber hatte ihr der Böse eingegeben. Sie wurde nun dem kleinen Jungen ganz gram, stieß ihn herum von einer Ecke in die andere, puffte ihn hier und knuffte ihn dort, sodass das arme Kind immer in Angst war. Wenn es aus der Schule kam, hatte es nicht wo es ruhig sitzen konnte.
Einmal war die Frau in die Kammer gegangen, da kam das kleine Töchterchen auch herauf und sagte: »Mutter, gib mir einen Apfel.« – »Ja, mein Kind«, sagte die Frau und gab ihr einen schönen Apfel aus der Kiste; die Kiste aber hatte einen großen, schweren Deckel mit einem

großen scharfen eisernen Schlosse. »Mutter«, sagte das Töchterchen, »soll Brüderchen nicht auch einen haben?« Das verdross die Frau, doch ließ sie's nicht merken und sagte: »Ja, wenn er aus der Schule kommt.« Und als sie ihn durch das Fenster gewahr wurde, so war ihr doch gerade so, als wenn der Böse über sie käme. Schnell nahm sie ihrer Tochter den Apfel wieder weg und sagte: »Du sollst nicht eher einen haben als Bruder.« Darauf warf sie den Apfel in die Kiste und machte sie zu. Als nun der kleine Junge in die Türe trat, da sagte sie ganz freundlich zu ihm: »Mein Sohn, willst du einen Apfel haben?«, und sah ihn dabei ganz böse an. »Mutter«, sagte der kleine Junge, »was siehst du mich so gräsig an! Ja, gib mit einen Apfel.« – »Komm mit mir«, sagte sie und machte den Deckel auf. »Hol dir einen Apfel heraus.« Und als sich der kleine Junge hineinbückt – da rät ihr der Böse. – Bratsch! schlug sie den Deckel zu, dass der Kopf des kleinen Jungen abflog und unter die roten Äpfel fiel. Da überfiel es sie, und sie dachte in großer Angst: Wie kann ich das wohl von mir abbringen! Da ging sie hinunter in die Stube und holte aus der untersten Schublade der Kommode ein weißes Tuch; nun setzte sie den Kopf auf den Leib und band das Halstuch so um, dass man nichts sehen konnte, dann setzte sie ihn vor die Türe auf einen Stuhl und gab ihm den Apfel in die Hand.

Bald darauf kam Marlenchen zu ihrer Mutter in die Küche; die stand beim Feuer und rührte immer in einem Topfe. »Mutter«, sagte Marlenchen, »Bruder sitzt vor der Tür und sieht ganz weiß aus; er hat einen Apfel in der Hand; ich habe ihn gebeten, er soll mir den Apfel geben, aber er antwortet nicht und da wurde mir ganz graulich.« – »Geh noch einmal hin«, sagte die Mutter, »und wenn er wieder nicht antworten will, so gib ihm eins hinter die Ohren.« Da ging Marlenchen hin und sagte: »Bruder, gib mir den Apfel.« Aber er schwieg still, da gab sie ihm eins an die Ohren, und da fiel der Kopf herunter; darüber nun erschrak sie sich und fing an gar sehr zu weinen; sie lief zur Mutter und sagte: »Ach Mutter, ich hab meinen Bruder den Kopf abgeschlagen«, und weinte und weinte und wollte sich nicht zufriedengeben. »Marlenchen«, sagte die Mutter, »was hast du getan! Aber sei nur still, dass es kein Mensch merkt, das ist nun doch einmal nicht zu ändern; wir wollen ihn in Essig kochen.« Da nahm die Mutter den kleinen Jungen, hackte ihn in Stücken, tat sie in einen Topf und kochte ihn im Essig. Marlenchen aber stand dabei und weinte und weinte und die Tränen fielen alle in den Topf, sodass sie gar kein Salz brauchten.

Da kam der Vater nach Haus, setzte sich zu Tisch und sagte: »Wo ist denn mein Sohn?« Da trug die Mutter eine große, große Schüssel auf mit Schwarzsauer und Marlenchen weinte und konnte sich gar nicht halten. Da sagte der Vater wieder: »Wo ist denn mein Sohn?« – »Ach«, sagte die Mutter, »er ist über Land gegangen zum Großohm, er will dort eine Zeit lang bleiben.« – »Was tut er denn dort? Er hat nicht einmal Adieu zu mir gesagt.« – »Er wollte gern hin und fragte mich, ob er wohl sechs Wochen bleiben könnte; er ist ja dort gut aufgehoben.« – »Ach!«,

sagte der Mann, »ich bin recht traurig, und es ist doch nicht recht, er hätte mir doch Adieu sagen sollen.« Damit fing er an zu essen und sagte: »Marlenchen, was weinst du? Bruder wird wohl wieder kommen.« – »Ach, Frau«, sagte er dann, »was schmeckt mir das Essen gut, gib mir mehr!« Und je mehr er aß, je mehr wollte er haben, und er sagte immer: »Gebt mir mehr, ihr sollt nichts davon haben, das ist, als wenn das alles mein wäre.« Und er aß und aß, und die Knochen warf er alle unter den Tisch, bis alles alle war. Marlenchen aber ging hin zu ihrer Kommode und nahm aus der untersten Schublade ihr bestes seidenes Tuch; holte alle die Knochen unter dem Tische hervor, band sie in das seidene Tuch und trug sie vor die Tür und weinte ihre blutigen Tränen. Dort legte sie sie unter den Wachholderbaum in das grüne Gras und als sie sie dort hingelegt hatte, da war ihr mit einem Male so recht leicht und sie weinte nicht mehr. Da fing der Wachholderbaum an sich zu bewegen, und die Zweige taten sich immer voneinander und dann wieder zusammen, so als wenn sich einer recht freut, und mit den Händen so tut. Damit ging durch den Baum ein Nebel und durch den Nebel brannte ein Feuer, und aus dem Feuer flog ein schöner Vogel heraus, der sang so herrlich und flog hoch in die Luft, und als er weg war, da war der Wachholderbaum, wie er vorher gewesen war, aber das Tuch mit den Knochen war weg. Marlenchen aber war recht vergnügt, als ob der Bruder noch lebte. Da ging sie wieder ganz lustig in das Haus, setzte sich zu Tisch und aß.

Der Vogel aber flog weg, setzte sich auf eines Goldschmidts Haus und fing nun an zu singen:

»Meine Mutter, die mich g'schlacht',
Mein Vater, der mich aß,
Meine Schwester das Marlenichen,
Sucht alle meine Beenichen,
Bind' sie in ein seiden Tuch,
Legt's unter den Wachholderbaum.
Kiwit, Kiwit,
Was für ein schöner Vogel bin ich.«

Der Goldschmidt saß in seiner Werkstatt und machte gerade eine goldene Kette, da hörte er den Vogel, der auf seinem Dache saß und sang, und das deuchte ihm gar zu schön. Da stand er auf und als er über den Flur ging, da verlor er einen Pantoffel. Er ging aber so recht mitten in die Straße hin, und hatte nur einen Pantoffel und einen Socken an. Er hatte sein Schurzfell vor, und in der einen Hand die goldene Kette und in der andern Hand die Zange; die Sonne schien so hell auf die Straße. Da stellte er sich so, dass er den Vogel gut sehen konnte. »Vogel«, sagte er, »wie schön kannst du singen! Sing mir das Stück nochmal.« – »Nein«, sagte der Vogel, »zweimal singe ich nicht umsonst. Gib mir die goldene Kette, so will ich es nochmals singen.« – »Da«, sagte der Goldschmidt, »hast du die goldene Kette, nun singe es mir nochmal.« Da kam der Vogel, nahm die goldene Kette ins rechte Pfötchen, setzte sich vor den Goldschmidt hin und sang:

»Meine Mutter, die mich g'schlacht',
Mein Vater, der mich aß,
Meine Schwester das Marlenichen,
Sucht alle meine Beenichen,
Bind' sie in ein seiden Tuch,
Legt's unter den Wachholderbaum.
Kiwit, Kiwit,
Was für ein schöner Vogel bin ich.«

Da flog der Vogel weg und setzte sich auf das Dach eines Schusters und sang:

»Meine Mutter, die mich g'schlacht',
Mein Vater, der mich aß,
Meine Schwester das Marlenichen,
Sucht alle meine Beenichen,
Bind' sie in ein seiden Tuch,
Legt's unter den Wachholderbaum.

Kiwit, Kiwit,
Was für ein schöner Vogel bin ich.«

Als der Schuster das hörte, lief er in Hemdsärmeln vor seine Türe, sah nach seinem Dache, und musste die Hand vor die Augen halten, damit ihn die Sonne nicht blende. »Vogel«, sagte er, »was kannst du schön singen!« Da rief er in seine Türe hinein: »Frau, komm mal heraus, da ist ein Vogel, der kann mal schön singen.« Dann rief er auch seine Tochter, seine Kinder und Gesellen, die Lehrjungen und die Magd, und sie kamen alle auf die Straße und sahen den Vogel an, und wie schön er war; er hatte so schöne rote und grüne Federn, und um den Hals war es

wie lauter Gold und die Augen blinkten ihm im Kopfe wie Sterne. »Vogel«, sagte der Schuster, »nun sing mir das Stück nochmal.« – »Nein«, sagte der Vogel, »zweimal singe ich nicht umsonst, du musst mir was schenken.« – »Frau«, sagte der Mann, »gehe in den Laden, auf dem obersten Brett, da stehen ein Paar rote Schuh, die bring heraus.« Da ging die Frau hin und holte die Schuh. »Da Vogel«, sagte der Mann, »nun sing mir das Stück nochmal.« Da kam der Vogel, nahm die Schuhe mit dem linken Pfötchen, flog wieder auf das Dach, und sang:

»Meine Mutter, die mich g'schlacht',
Mein Vater, der mich aß,
Meine Schwester das Marlenichen,
Sucht alle meine Beenichen,
Bind' sie in ein seiden Tuch,
Legt's unter den Wachholderbaum.
Kiwit, Kiwit,
Was für ein schöner Vogel bin ich.«

Als er ausgesungen hatte, flog er fort. Die Kette hatte er in dem rechten und die Schuhe in dem linken Pfötchen, und er flog weit weg nach einer Mühle, und die Mühle ging klip klap, klip klap, klip klap. In der Mühle saßen zwanzig Knappen, die behauten einen Stein und hackten hick hack, hick hack, hick hack, und die Mühle ging klip klap, klip klap, klip klap. Da setzte sich der Vogel auf einen Lindenbaum, der vor der Mühle stand, und sang:

»Meine Mutter, die mich g'schlacht',«,

da hörte ein Knappe auf,

»Mein Vater, der mich aß«,

da hörten noch zwei auf und hörten zu,

»Meine Schwester das Marlenichen«,

da hörten wieder viere auf,

»Sucht alle meine Beenichen«,

nun hauten nur noch dreizehn,

»Bind' sie in ein seiden Tuch«,

jetzt nur noch sieben,

»Legt's unter«

jetzt nur fünf,

»den Wachholderbaum.«

Nur noch einer,

»Kiwit, Kiwit,
Was für ein schöner Vogel bin ich.«

Da hielt der Letzte auch inne und hatte das letzte noch gehört. »Vogel«, sagte er, »was singst du schön! Lass mich das auch hören, singe das nochmal.« – »Nein«, sagte der Vogel, »zweimal singe ich nicht umsonst; gib mir den Mühlstein, so will ich es nochmal singen.« – »Ja«, sagte er, »wenn er mir allein gehörte, so solltest du ihn haben.« Da sagten die andern:« Wenn er nochmal singt, so soll er ihn haben.« Da kam der Vogel herunter und alle zwanzig Knappen fassten an und hoben mit Hebebäumen den Stein auf. Da steckte der Vogel den Hals durch das Loch und nahm ihn um, als ob es ein Kragen wäre, flog wieder auf den Baum und sang:

»Meine Mutter, die mich g'schlacht',
Mein Vater, der mich aß,
Meine Schwester das Marlenichen,
Sucht alle meine Beenichen,
Bind' sie in ein seiden Tuch,
Legt's unter den Wachholderbaum.
Kiwit, Kiwit,
Was für ein schöner Vogel bin ich.«

Als er ausgesungen hatte, da tat er die Flügel auseinander, und hatte in dem rechten Pfötchen die Kette, in dem linken die Schuh und um den Hals den Mühlstein und flog fort damit nach seines Vaters Hause. In der Stube saß der Vater, die Mutter und Marlenchen bei Tisch und der Vater sagte: »Ach wie wird mir so leicht und wohl zu Mute.« – »Ach nein«, sagte die Mutter, »mir ist es angst, als wenn ein schweres Gewitter käme.« Marlenchen aber saß und weinte und weinte, da kam der Vogel angeflogen und als er sich auf das Dach setzte, sagte der Vater: »Mir ist so recht freudig ums Herz, und die Sonne scheint draußen so schön, mir ist gerade, als sollte ich einen alten Bekannten wieder sehen.« – »Ach nein«, sagte die Frau, »mir ist so angst, die Zähne klappern mir, mir ist, als hätte ich Feuer in den Adern.« Aber Marlenchen saß in der Ecke und weinte, und hatte ein Tuch vor den Augen, und weinte das Tuch ganz nass. Da setzte sich der Vogel auf den Wachholderbaum und sang:

»Meine Mutter, die mich g'schlacht,«

Da hielt die Mutter die Ohren zu und kniff die Augen zusammen, denn sie wollte nicht sehen noch hören; aber das brauste ihr in den Ohren, wie der stärkste Sturm, und die Augen brannten und zuckten ihr wie Blitze.

»Mein Vater, der mich aß«,

»Ach Mutter«, sagte der Mann, »das ist ein schöner Vogel, der singt so herrlich, die Sonne scheint so warm, und das riecht wie lauter Maiblumen.«

»Meine Schwester, das Marlenichen«,

Da legte Marlenchen den Kopf auf die Knie und weinte immerfort, der Mann aber sagte: »Ich gehe hinaus, ich muss den Vogel in der Nähe sehen.« – »Ach geh nicht«, sagte die Frau, »mir ist, als bebte das ganze Haus und stände in Flammen.« Aber der Mann ging hinaus und sah den Vogel an.

»Sucht alle meine Beenichen,
Bind' sie in ein seiden Tuch,
Legt's unter den Wachholderbaum.
Kiwit, Kiwit,
Was für ein schöner Vogel bin ich.«

Dabei ließ der Vogel die goldene Kette fallen, und sie fiel dem Manne just um den Hals, gerade so, dass sie ihm so recht schön passte. Da ging er hinein und sagte: »Sieh, was ist das für ein guter Vogel; er hat mir diese schöne Kette geschenkt und er sieht so prächtig aus.« Der Frau aber wurde so angst, dass sie niederstürzte, wobei ihr die Mütze vom Kopfe fiel. Da sang der Vogel wieder:

»Meine Mutter, die mich g'schlacht,«

»Ach, dass ich tausend Klafter unter der Erde wäre, damit ich das nicht hören müsste.«

»Mein Vater, der mich aß«,

Da fiel die Frau für tot nieder.

»Meine Schwester, das Marlenichen«,

»Ach«, sagte Marlenchen, »ich will auch hinausgehen und sehen, ob mir der Vogel was schenkt.« Und da ging sie hinaus.

»Sucht alle meine Beenichen,
Bind' sie in ein seiden Tuch«,

Da warf er ihr die Schuhe herunter.

»Legt's unter den Wachholderbaum.
Kiwit, Kiwit,
Was für ein schöner Vogel bin ich.«

Da wurde sie ganz vergnügt und fröhlich; sie zog die neuen roten Schuhe an, tanzte und sprang hinein. »Ach«, sagte sie, »ich war so traurig, als ich hinausging und nun bin ich lustig; das ist mal ein herrlicher Vogel; hat mir ein Paar Schuhe geschenkt.« – »Nein«, sagte die Frau und sprang auf, und die Haare standen ihr zu Berge wie Feuerflammen, »mir ist als sollte die Welt untergehen! Ich will auch hinaus, vielleicht wird es mir auch leichter.« Und als sie aus der Türe kam, bratsch! warf ihr der Vogel den Mühlstein auf den Kopf, dass sie ganz zerquetscht wurde. Als der Vater und Marlenchen das hörten, gingen sie hinaus, da sahen sie Dampf, Flammen und Feuer auf der Stelle, und als das verloschen war, da stand der kleine Bruder da, der nahm den Vater und Marlenchen bei der Hand. Alle drei waren nun recht vergnügt und gingen in das Haus, setzten sich zu Tische und aßen.

Der weiße Wolf

Ein König ritt jagen in einem großen Walde, darinnen er sich verirrte, und musste manchen Tag wandern und manche Nacht, fand immer nicht den rechten Weg und musste Hunger und Durst leiden. Endlich begegnete ihm ein kleines schwarzes Männlein, das fragte der König nach dem rechten Weg. »Ich will dich wohl führen und geleiten«, sagte das Männlein, »aber du musst mir auch etwas dafür geben, du musst mir das geben, was dir aus deinem Hause zuerst entgegenkommt.« Der König war froh und sprach unterwegs: »Du bist recht brav, Männchen; wahrlich und wenn mein bester Hund mir entgegenlief, so wollt ich dir ihn doch gern zum Lohne geben.« Das Männlein aber erwiderte: »Deinen besten Hund, den mag ich nicht, mir ist was andres lieb.« Wie sie nun beim Schlosse ankamen, so sah des Königs jüngste Tochter durchs

Fenster ihren Vater geritten kommen und sprang ihm fröhlich entgegen. Da sie ihn aber in ihre Arme schloss, sprach er: »Ei wollt ich doch, dass lieber mein bester Hund mir entgegengekommen wäre!« Über diese Rede erschrak die Königstochter gar sehr und weinte und rief: »Wie das, mein Vater? Ist dir dein Hund lieber denn ich, und sollte er dich froher willkommen heißen?«, aber der König tröstete sie und sagte: »O liebe Tochter, so war es ja nicht gemeint!«, und erzählte ihr alles. Sie aber blieb ganz standhaft und sagte: »Es ist besser so, als dass mein lieber Vater umgekommen wäre im wilden Walde«, und das Männchen sagte: »Nach acht Tagen hole ich dich.«

Und nach acht Tagen richtig, da kam ein weißer Wolf in das Königsschloss, und die Königstochter musste sich auf seinen Rücken setzen, und heisa, da ging's durch dick und dünn, bergauf und ab, und die Königstochter konnte das Reiten auf dem Wolf nicht aushalten, und fragte: »Ist's noch weit?« – »Schweig! Weit weit ist's noch zum gläsernen Berge – schweigst du nicht, so werf ich dich herunter!« Nun ging es wieder so fort, bis die arme Königstochter wieder zagte und klagte und fragte, ob es noch weit sei? Und da sagte ihr der Wolf die nämlichen drohenden Worte und rannte immer fort, immer weiter, bis sie zum dritten Male die Frage wagte, da warf er sie auf der Stelle von seinem Rücken herunter und rannte davon.

Nun war die arme Prinzessin ganz allein in dem finstern Walde und ging und ging und dachte, endlich werde ich doch einmal zu Leuten kommen. Und endlich kam sie an eine Hütte, da brannte ein Feuerchen und da saß ein altes Waldmütterchen, das hatte ein Töpfchen am Feuer. Und da fragte die Königstochter: »Mütterchen, hast du den weißen Wolf nicht gesehen?« – »Nein, da musst du den Wind fragen, der fragt überall herum, aber bleibe erst noch ein wenig hier, und iss mit mir. Ich koche hier ein Hühnersüppchen.« Das tat die Prinzessin, und als sie gegessen hatten, sagte die Alte: »Nimm die Hühnerknöchelchen mit dir, du wirst sie gut gebrauchen können.« Dann zeigte ihr die Alte den rechten Weg nach dem Winde.

Als die Königstochter bei dem Winde ankam, fand sie ihn auch am

Feuer sitzen und sich eine Hühnersuppe kochen, aber auf ihre Frage nach dem weißen Wolf antwortete er ihr: »Liebes Kind, ich habe ihn nicht gesehen, ich bin heute einmal nicht gegangen, und wollte mich einmal hübsch ausruhen. Frage die Sonne, die geht alle Tage auf und unter, aber erst mache es wie ich, ruhe dich aus, und iss mit mir, kannst hernach auch alle die Hühnerknöchlein mit dir nehmen, wirst sie wohl gut brauchen können.«

Als dies geschehen war, ging die Kleine nach der Sonne zu, und es ging da gerade wieder wie beim Winde, die Sonne kochte sich gerade eine Hühnersuppe an sich selbst, daher es damit sehr geschwind ging, hatte auch den weißen Wolf nicht gesehen, und lud die Prinzessin zum Mitessen ein. »Du musst den Mond fragen, denn wahrscheinlich läuft der weiße Wolf nur des Nachts, und da sieht der Mond alles.« Als nun die Königstochter mit der Sonne gegessen und die Knöchlein aufgesammelt hatte, ging sie weiter und fragte den Mond. Auch er kochte Hühnersuppe und sagte: »Es ist fatal, ich habe jetzt nicht geschienen, oder bin zu spät aufgegangen, ich weiß gar nichts von dem weißen Wolf.« Da weinte das Mädchen und rief: »O Himmel, wen soll ich nun fragen?« – »Nun nur Geduld mein Kind«, sagte der Mond. – »Vor Essen wird kein Tanz, setze dich und iss erst die Hühnersuppe mit mir und nimm auch die Knöchelchen mit, du wirst sie wohl brauchen. Etwas Neues weiß ich doch; im gläsernen Berge das schwarze Männchen das hält heute Hochzeit, der Mann im Mond ist auch dazu eingeladen.« – »Ach der gläserne Berg, der gläserne Berg! Dahin wollte ich ja eben, dahin hat mich ja der weiße Wolf tragen sollen!«, rief die Königstochter. »Nun bis dorthin kann ich dir schon leuchten und den Weg zeigen«, sagte der Mond, »sonst könntest du dich

leichtlich irren, denn ich zum Beispiel bestehe ganz und gar aus lauter gläsernen Bergen. Nimm immer deine Knöchlein hübsch alle mit.« Das tat die Prinzessin, aber in der Eile vergaß sie doch ein Knöchlein.
Bald stand sie an dem gläsernen Berge, aber der war ganz glatt und glitschig, da war nicht hinaufzukommen, aber da nahm die Königstochter alle Hühnerknöchlein von der alten Waldmutter, von dem Wind, von der Sonne und von dem Monde, und machte sich daraus eine Leiter, die wurde sehr lang, aber o weh, zuletzt fehlte noch eine einzige Sprosse, noch ein Glied. Da schnitt sich die Prinzessin das oberste Gelenk von ihrem kleinen Finger ab, und so tat es gut, und sie konnte nun rasch zum Gipfel des gläsernen Berges klimmen. Oben war eine große Öffnung, da führte eine schöne Treppe hinunter, und war alles voll Glanz und Pracht, und war ein Saal da voll Hochzeitgäste und viele Musikanten und reichbesetzte Tafeln. Und da saß das schwarze Männlein und an seiner Seite saß eine Dame, die war seine Braut, das schwarze Männlein aber schien traurig. Und der Königstochter tat es auch so weh, so weh, dass sie nun zu spät kam, und dass das schwarze Männlein so traurig war, und dachte bei sich, ich will ein Lied vom weißen Wolf singen, vielleicht kennt er mich dann – denn er hatte sie noch gar nicht angesehen, folglich auch nicht wieder erkannt. Und da stand eine Harfe an der Wand, welche die Prinzessin gut spielte, die nahm sie nun und sang

»Deinen besten Hund, den mag ich nicht,
Mir ist was andres lieb!
Die jüngste Königstochter.
Der weiße Wolf, der lief davon,
Sie weiß nicht, wo er blieb;
Die jüngste Königstochter.«

Da horchte das schwarze Männlein hoch auf, aber die Prinzessin fuhr fort zu spielen und zu singen.

»Sie ist dem Wolfe nachgereist,
Schnitt ab ihr Fingerglied,
Die jüngste Königstochter.
Nun ist sie da – du kennst sie nicht,
Traurig singt dir dies Lied
Die jüngste Königstochter.«

Da sprang das schwarze Männlein von seinem Sitze auf und war plötzlich ein ganz schöner junger Prinz und eilte auf sie zu und schloss sie in seine Arme.

Alles war Zauber gewesen. Der Prinz war in das alte Männlein und in den weißen Wolf und in den gläsernen Berg hinein verzaubert so lange bis eine Prinzessin, um zu ihm zu gelangen, sich's ein Glied von ihrem kleinen Finger kosten lassen würde, wenn das aber bis zu einer gewissen Zeit nicht geschähe, so müsse er eine andre freien und ein schwarzes Männlein bleiben all sein Leben lang. Nun war der Zauber gelöst, die andre Braut verschwand, der entzauberte Prinz heiratete die Königstochter, reiste darauf mit ihr zu ihrem Vater, der sich herzlich freute, sie wieder zu sehen, und lebten alle glücklich miteinander bis an ihr Ende. Sollte dieses aber nicht erfolgt sein, so ist es einigermaßen wahrscheinlich, dass sie noch heute leben.

Bruder Sparer und Bruder Vertuer

Es war einmal ein Bauer, der hatte zwei Söhne, die ließ er Handwerke lernen, »denn«, sprach er: »Handwerk hat einen goldnen Boden.« Der eine Sohn wurde ein Schuhmacher, der andere ein Schneider, und wie ihre Lehrzeit beendigt war, gingen sie auf die Wanderschaft. Sie waren beide ein Paar lustige Brüder, aber der Schuhmacher vertat alle sein

Geld in Rauchtabak, Schnupftabak und Schnaps, der Schneider aber rauchte nicht, schnupfte und schnapste nicht. Bisweilen riet er seinem Bruder, doch haushälterisch mit dem Gelde umzugehen, aber der Schuster lachte ihn aus, und sagte: »Wozu soll ich denn sparen? Du sparst ja! Sparer muss einen Vertuer haben – sagt das Sprichwort.«

So wanderten die guten Gesellen ein ganzes Jahr lang miteinander. Der Schneider hielt sich einen besondern Geldbeutel, da hinein legte er jedes Mal, wenn sein Bruder Geld für unnütze Dinge ausgab, ebenso viel aus der gemeinschaftlichen Kasse, die niemals reich war, zu einem Notpfennig, und so tat er das ganze Jahr hindurch und hatte seine Freude daran, wie das Bäuchlein des Beutelchens immer stärker wurde.

Nun kamen sie einmal miteinander in Wortwechsel, wieder über Sparen und Vertuen; der Schneider rühmte sich des ersparten Schatzes, wo der Schuster sagte: »Es wird ein rechter Bettel sein, was du erspart hast.« Darüber gelangten sie auf eine Brücke, die hatte schöne, breite und glatte Steine auf ihrer Einfassungsmauer, und da wollte der Schneider seinen Bruder überzeugen, dass Sparen ein gut Ding sei, denn das Sprichwort sagt: Spare in der Zeit, so hast du in der Not, und: Junges Blut, spar dein Gut! Darben im Alter wehe tut. Sie legten ihre Ränzel ab, und der Schneider zog sein Beutelchen und zählte die schönen Silbergroschen und Sechser, die vom langen Tragen ganz rötlich

geworden waren, auf einem Brückenstein; es war ein hübsches Sümmchen und er freute sich königlich darüber. Der Schuhmacher sah es ganz gleichgültig, stopfte sich eine Pfeife und schlug eben Feuer, als plötzlich ein so heftiger Windstoß daher kam, dass das Schneiderlein gleich in den Fluss geweht worden wäre, wenn die Brücke keine Einfassung gehabt hätte, aber das Geld, das wehte der Wind alles hinunter ins Wasser. Der Schneider stand starr vor Schrecken, der Schuhmacher aber legte den brennenden Schwamm auf die Pfeife, und fragte mit dem ruhigsten Gesicht von der Welt: »Na, Bruder Sparer, wie viel hast du nun?« Da heulte der Schneider, dass ihn der Bock stieß »So viel wie Duhuhuhuhu! So viel wie Duhuhuhuhu!«

Goldhähnchen

Es lebte einmal ein alter Mann in einem Waldhäuschen, der besaß außer mehrern Kindern auch ein *Goldhähnchen*, das ist der Kleinste unter den europäischen Vögeln und gehört in das Geschlecht der Zaunkönige. Dieses allerliebste Vögelchen hatte der Alte sehr lieb, und die Kinder hatten es nicht minder lieb, und wie der Alte starb, so sagte er zu den Kindern: »Verkauft nur ja das Goldhähnchen nicht, denn das ist ein Glücksvögelchen.« Aber wie der Alte gestorben war, kehrte Not und Mangel in das Häuschen der Kinder ein. Nun legte Goldhähnchen jede Woche ein Ei so groß wie eine Erbse, und von erbsengelber Farbe. Diese Eier hatte der Vater immer fortgetragen, und war mit Geld und Lebensmitteln zurückgekehrt. Da nun die Lebensmittel ausgegangen waren, entschloss sich der älteste Sohn, die indes gelegten Eier zu nehmen, und sie feil zu bieten. Wo er die Goldhähncheneier aber anbot, wurde er ausgelacht, und endlich gab ihm ein Mann, den der arme hungernde Knabe dauerte, aus Mitleid ein paar Pfennige dafür. Als diese verzehrt waren, und der Hunger stärker als zuvor war, so machte sich der Knabe wieder auf den Weg, diesmal nur mit einem einzigen Ei, und da war er glücklicher. Er fand den Mann, dem der Vater immer die Eier verkauft hatte, und der ihren Wert wohl kannte, denn sie waren von purem Gold. Wie der Mann aber merkte, dass der Junge nichts von dem Geheimnis wusste, so sagte er: »Was soll ich mit dem Ei? Verkaufe mir den Vogel, ich will dir ihn sehr gut bezahlen.« Und ging auch gleich mit in das Waldhäuschen. Die andern Kinder weinten und klagten, als ihr ältester Bruder das Goldhähnchen an den Mann verkaufte, der einige blanke Taler dafür auf den Tisch legte. Das Vöglein flatterte unruhig im Käfig hin und her, und den Kindern war es, als wenn es schrie: »Verkauf mich nicht, verkauf mich nicht!« Aber es wurde doch verkauft.

Und wie das Vöglein fort war, da war es vollends aus mit dem Glück in dem Waldhäuschen; die Kinder konnten dasselbe nicht erhalten und mussten betteln gehen, und kamen weit voneinander.

Um diese Zeit geschah es, dass der König des Landes starb, und seine junge schöne Witwe ließ nach der Trauerzeit bekannt machen, sie werde demjenigen ihre Hand reichen und den Thron mit ihm teilen, der mit verbundenen Augen die aufgehängte Krone mit einer Lanze herabstechen werde. Das Goldhähnchen sang damals immerfort: »Wer mich isst, wird König! Wer mich isst, wird König!« Das gefiel dem Mann, der es gekauft hatte, und obgleich er nun auf die goldnen Eier verzichten musste, wenn er es verspeiste, so tötete er es doch, ließ es rupfen und mit bunter Seide bezeichnen, um es, gebraten, wieder zu erkennen, und gab der Köchin strengen Befehl, ja recht darauf Acht zu haben. Er hatte viele Freunde zu einem festlichen Mahle geladen, damit ihm gleich gehuldigt werde, wenn er den Vogel gegessen, und plötzlich König werde.

Während nun zu dem Festmahl alle möglichen Zurüstungen geschahen, kam der junge Mensch, der das Goldhähnchen verkauft hatte, als ein armer müßiger Bettler vor das Haus, und sprach die Köchin um ein Almosen oder ein Stück Brot an, und diese sagte: »Haben sollst du etwas, musst aber auch etwas tun!«, und dazu war jener gern bereit. Er holte Wasser, spaltete Holz zum Herdfeuer, drehte den Bratenwender und hatte Acht auf die Vögel, die in der Pfanne brieten, und darunter das Goldhähnchen auch war. Von ungefähr stieß er mit einem Stück Holz an die Pfanne, und da fiel das Goldhähnchen heraus in die glühenden Kohlen.

Schad um das Vögelein! dachte der Jüngling, obschon er sehr erschrocken war, und schob es in den Mund und verspeiste es, obschon er sich tüchtig verbrannte. Er wusste es aber nicht, dass es sein ehemaliges Goldhähnchen gewesen. Als die Köchin in die Küche kam, zählte sie die Vögel, sah, dass eins fehlte, und jagte den neuen ungetreuen Küchenbuben mit Schimpfen und Schelten von dannen, zeichnete aber geschwind einen andern kleinen Vogel und trug das Gericht ihrem Herrn auf. Dieser aß das gezeichnete Vöglein, und sitzt heute noch, und wartet, bis er König wird, und ärgert sich, dass er seine Freunde traktiert hat.

Der Fortgejagte schlich trübselig durch die Straßen und bettelte vor der Türe eines Müllers. Dieser brauchte just einen Eseltreiber und verlieh diese Stelle dem armen Burschen; er durfte bei den Eseln im Stalle schlafen. Und siehe, am andern Morgen fand der Müller, als er anderes Stroh streute und das alte wegräumte, goldne Eier in dem Stroh, darauf sein Eseltreiber geschlafen hatte. Das gefiel ihm und er dachte: Den Burschen musst du lange behalten, das ist ein Goldfink, während der vorige ein Mistfink war.

Jetzt kam der Tag des Kronenstechens, und da meinte der Eseltreiber, wenn jedermann stechen und sein Glück versuchen dürfte, möcht er's auch wagen, bat den Müller um einen Speer und um ein Pferd. Der Müller lachte aus vollem Halse, doch dachte er, das gibt einen Hauptspaß, gab ihm eine alte lahme und spindeldürre Mähre, und einen alten Speer, und sandte ihn hin zum Stechen um die Königskrone.

Alles lachte, wie der wunderliche Ritter von der traurigen Gestalt daher getrabt kam, und die Königin schaute unwillig drein, dass so ein armseliger Bursche sich zu dem Kronenstechen drängte, zu welchem

sich so viele vornehme Ritter und Herren eingefunden; allein da sie das Kronenstechen einmal gänzlich freigegeben hatte, so durfte sie dasselbe nun nicht ausschließlich machen.

Das Kampfspiel begann damit, dass ein Graf und ein Ritter nach dem andern nach der Krone mit verbundenen Augen stach, und keiner dieselbe erlangte; und es endete damit, dass der Eseltreiber so glücklich war, die Krone zu treffen, und herab zu stechen. Der Königin war das gar unlieb, allein sie musste des Eseltreibers Gemahlin werden, weil sie das einmal beschworen hatte, und so wurde derselbe König, und jener

Müller, sein Herr, fand fürder keine Goldeier mehr im Stroh seines Stalles, sondern nur solche, wie sie die Esel legen.
Da die Königin ihren Gemahl nicht liebte, wegen seiner geringen Herkunft, so sann sie Tag und Nacht darauf, sich seiner zu entledigen. Sie nahm deshalb ihre nächste Zuflucht zu einer alten mächtigen Zauberin, und die gab ihr ein Kraut, das die Kraft hatte, die menschliche Gestalt in eine tierische zu verwandeln. Dieses Kraut mischte die böse Königin ihrem Gemahl und Herrn unter die Speise, und siehe, als der König die Speise genossen hatte, so begann er sich zu verwandeln, und wurde ein leibhaftiger Esel aus ihm, der vorher ein sehr schöner junger Mensch gewesen war. Dieserhalb wurde er mit Schimpf und Schande aus dem Hofe gejagt, und nun wurde ein andrer zum König gewählt, dessen Wahl man klugerweise nicht wieder dem Glück und dem blinden Zufall überließ, weil man fürchtete, abermals einen Esel zur höchsten Stelle gelangen zu sehen.
Der arme gewesene Eseltreiber, jetzt selbst Esel, hatte alle Mühseligkeit seines neuen Standes zu empfinden. Er hatte seinen Weg nach der Mühle genommen, wo er einst zufrieden die Esel getrieben und auf Stroh geschlafen hatte. Der Müller, als er ihn kommen sah, vermochte nicht, ihn von den andern Eseln zu unterscheiden, obgleich in seinen Augen etwas Menschliches war. Und da wurde er in der Mühle zu den andern Eseln gestellt, musste Säcke mit Getreide und Mehl tragen jahraus jahrein, und hatte es um kein Haar besser oder schlimmer, als die übrigen Esel auch.
Nun hatte dieser arme Esel, als er weiland noch ein Mensch gewesen war, eine Schwester gehabt, die war auch damals von ihm gekommen und hatte gebettelt, und da hatte sie auch in einem Kloster Brot geheischt, und man hatte sie als junges kräftiges Ding zu Mägdediensten angenommen. Sie war treu und fleißig, wurde endlich selbst eine Nonne, und man vertraute ihr das Amt der Pförtnerin. Dieses Kloster

ließ nun just in derselben Mühle mahlen, in welcher der gewisse Esel sich befand, und wie er zum ersten Male mit seinen Säcken an die Klosterpforte kam, erkannte er gleich in der Pförtnerin seine Schwester, denn er hatte noch menschliche Gedanken und menschliche Erinnerungen. Da iahte er hellauf und gab seine Freude zu erkennen, und auch im Busen der Pförtnerin erwachte eine gewisse Sympathie für diesen Esel; das war die Stimme der Natur. Nun war die Pförtnerin kundig aller Kräuter, und baute die besten und kräftigsten in dem Klostergarten selbst. Da ging sie hin, pflückte ein Zauberkraut, das die Kraft besaß, die tierische Gestalt, wenn sie durch Zauberei verliehen war, wieder in menschliche zu verwandeln, und gab es dem Esel zu fressen. Da wurde er wieder Mensch, wie zuvor, und bedankte sich bei seiner guten Schwester mit vielen Küssen und Tränen. Er hatte aber sieben Jahre Säcke und Prügel genug getragen und verlangte nicht wieder zu den Menschen. In der Nähe des Klosters, wo er seine gute fromme Schwester wieder gefunden, erbaute er sich eine Hütte von Baumzweigen und wurde ein frommer Einsiedel und Waldbruder. Da lebte er von Wurzeln und Kräutern, und hatte seine Lust an dem lieblichen Gesang der Waldvögel, und fütterte und pflegte sie, mit Ausnahme der Goldhähnchen, die konnte er nicht leiden, und verwünschte sie, weil das eine ihm nur Unglück gebracht hatte, und fing sie und tötete sie, wo er nur eins habhaft werden konnte.

Das Märchen vom Ritter Blaubart

Es war einmal ein gewaltiger Rittersmann, der hatte viel Geld und Gut, und lebte auf seinem Schlosse herrlich und in Freuden. Er hatte einen blauen Bart, davon man ihn nur Ritter Blaubart nannte, obschon er eigentlich anders hieß, aber sein wahrer Name ist verloren gegangen. Die-

ser Ritter hatte sich schon mehr als einmal verheiratet, allein man hatte gehört, dass alle seine Frauen schnell nacheinander gestorben seien, ohne dass man eigentlich ihre Krankheit erfahren hatte. Nun ging Ritter Blaubart abermals auf Freiersfüßen, und da war eine Edeldame in seiner Nachbarschaft, die hatte zwei schöne Töchter und einige ritterliche Söhne, und diese Geschwister liebten einander sehr zärtlich. Als nun Ritter Blaubart die eine dieser Töchter heiraten wollte, hatte keine von beiden rechte Lust, denn sie fürchteten sich vor des Ritters blauem Bart, und mochten sich auch nicht gern voneinander trennen. Aber der Ritter lud die Mutter, die Töchter und die Brüder samt und sonders auf sein großes schönes Schloss zu Gaste, und verschaffte ihnen dort so viel angenehmen Zeitvertreib und so viel Vergnügen durch Jagden, Tafeln, Tänze, Spiele und sonstige Freudenfeste, dass sich endlich die Jüngste der Schwestern ein Herz fasste, und sich entschloss, Ritter Blaubarts Frau zu werden. Bald darauf wurde auch die Hochzeit mit vieler Pracht gefeiert.
Nach einer Zeit sagte der Ritter Blaubart zu seiner jungen Frau: »Ich muss verreisen, und übergebe dir die Obhut über das ganze Schloss, Haus und Hof; mit allem, was dazu gehört. Hier sind auch die Schlüssel zu allen Zimmern und Gemächern, in alle diese kannst du zu jeder Zeit eintreten. Aber dieser kleine goldne Schlüssel schließt das hinterste Kabinett am Ende der großen Zimmerreihe. In dieses, meine Teure, muss ich dir verbieten zu gehen, so lieb dir meine Liebe und dein Leben ist. Würdest du dieses Kabinett öffnen, so erwartet dich die schrecklichste Strafe der Neugier. Ich müsste dir dann mit eigner Hand das Haupt vom Rumpfe trennen!« – Die Frau wollte auf diese Rede den kleinen goldnen Schlüssel nicht annehmen, indes musste sie dies tun, um ihn sicher aufzubewahren, und so schied sie von ihrem Mann mit dem Versprechen, dass es ihr nie einfallen werde, jenes Kabinett aufzuschließen und es zu betreten.
Als der Ritter fort war, erhielt die junge Frau Besuch von ihrer Schwester und ihren Brüdern, die gerne auf die Jagd gingen; und nun wurden mit Lust alle Tage die Herrlichkeiten in den vielen vielen Zimmern des Schlosses durchmustert, und so kamen die Schwestern auch endlich an

das Kabinett. Die Frau wollte, obschon sie selbst große Neugierde trug, durchaus nicht öffnen, aber die Schwester lachte ob ihrer Bedenklichkeit, und meinte, dass Ritter Blaubart darin doch nur aus Eigensinn das Kostbarste und Wertvollste von seinen Schätzen verborgen halte. Und so wurde der Schlüssel mit einigem Zagen in das Schloss gesteckt, und da flog auch gleich mit dumpfem Geräusch die Türe auf; und in dem sparsam erhellten Zimmer zeigten sich – ein entsetzlicher Anblick! – die blutigen Häupter aller früheren Frauen Ritter Blaubarts, die ebenso wenig, wie die jetzige, dem Drang der Neugier hatten widerstehen können, und die der böse Mann alle mit eigner Hand enthauptet hatte. Vom Tod geschüttelt, wichen jetzt die Frauen und ihre Schwester zurück; vor Schreck war der Frau der Schlüssel entfallen, und als sie ihn aufhob, waren Blutflecke daran, die sich nicht abreiben ließen, und ebenso wenig gelang es, die Türe wieder zuzumachen, denn das Schloss war bezaubert, und indem verkündeten Hörner die Ankunft Berittner vor dem Tore der Burg. Die Frau atmete auf und glaubte, es seien ihre Brüder, die sie von der Jagd zurückerwartete, aber es war Ritter Blaubart selbst, der nichts Eiligeres zu tun hatte, als nach seiner Frau zu fragen, und als diese ihm bleich, zitternd und bestürzt entgegentrat, so fragte er nach dem Schlüssel; sie wollte den Schlüssel holen und er folgte ihr auf dem Fuße, und als er die Flecken am Schlüssel sah, so verwandelten sich alle seine Gebärden, und er schrie: »Weib, du musst nun von meinen Händen sterben! Alle Gewalt habe ich dir gelassen! Alles war dein! Reich und schön war dein Leben! Und so gering war deine Liebe zu mir, du schlechte Magd, dass du meine einzige geringe Bitte, meinen ernsten Befehl nicht beachtet hast? Bereite dich zum Tode! Es ist aus mit dir!«
Voll Entsetzen und Todesangst eilte die Frau zu ihrer Schwester, und bat sie, geschwind auf die Turmzinne zu steigen und nach ihren Brüdern zu spähen, und diesen, sobald sie sie erblicke, ein Notzeichen zu geben, während sie sich auf den Boden warf, und zu Gott um ihr Leben flehte. Und dazwischen rief sie: »Schwester! Siehst du noch niemand!« – »Niemand!«, klang die trostlose Antwort. – »Weib! Komm herunter!«, schrie Ritter Blaubart. »Deine Frist ist aus!«

»Schwester! Siehst du niemand?«, schrie die Zitternde. »Eine Staubwolke – aber ach, es sind Schafe!«, antwortete die Schwester. – »Weib! Komm herunter, oder ich hole dich!«, schrie Ritter Blaubart.

»Erbarmen! Ich komme ja sogleich! Schwester! Siehst du niemand?« – »Zwei Ritter kommen zu Ross daher, sie sahen mein Zeichen, sie reiten wie der Wind.«

»Weib Jetzt hole ich dich!«, donnerte Blaubarts Stimme, und da kam er die Treppe herauf. Aber die Frau gewann Mut, warf ihre Zimmertüre ins Schloss, und hielt sie fest, und dabei schrie sie samt ihrer Schwester so laut um Hülfe, wie sie beide nur konnten. Indessen eilten die Brüder wie der Blitz herbei, stürmten die Treppe hinauf und kamen eben dazu, wie Ritter Blaubart die Türe sprengte und mit gezücktem Schwert in das Zimmer drang. Ein kurzes Gefecht und Ritter Blaubart lag tot am Boden. Die Frau war erlöst, konnte aber die Folgen ihrer Neugier lange nicht verwinden.

Die drei dummen Teufel

In der Hölle war einmal ein großes Wunder, dass nur lauter Männer und keine Weiber in die Hölle kämen und von Herzen hätten sie doch auch gerne Weiber darinne gehabt. Da warf sich ein ganz junger Teufel auf und sprach: »Was gilt's, ich schaffe eine her!« Die andern Teufel freuen

sich zwar, aber sie glauben dem, was jener spricht, doch nicht recht. Der Teufel fährt sofort ab und die andern wünschen ihm großes Glück. Er kömmt also auf die Erde und trifft eine junge Dirne; zu dieser spricht er: »He, Jungfer! Hat sie nicht Lust zu heiraten?« – »Warum nicht«, sagte sie. »Meinetwegen kann morgen die Hochzeit sein.« – »Mir schon recht«, sagt der Teufel. Wie's also morgen war, geht er zum Pfarrer und lässt sich die Dirne zur Frau geben. Eh aber der Küssmond vorüber, verlangt die junge Frau Geld, Kleider und das aber schöne, und der Teufel kann kaum das Brot verdienen, muss oft über seinem Maul sparen und es seiner Frau lassen und dadurch wird er dürr und mager und ist lange nicht mehr so guten Mutes als zuvor. Die Frau hatte sich mehr von diesem Galan versprochen – viel Geld und schöne Kleider. Sie fängt daher an und wird kalt gegen ihren Teufel. Er gibt gute Worte; – er brummt. – Sie zankt aber arg und drohet ihm mit Schlägen. Das lächert dem Teufel und er denkt: ich werde dich doch zwingen können. Zankt er aber ein Wort, so zankt sie zehne, und das geht ein und alle Tage so fort. Was geschieht? Der Teufel bekommt zuletzt derbe Schläge. Da denkt der Teufel: ei, was sollst du dich mit der Frau plagen? Gehe doch hübsch heim, und – da ging er heim. Wie er in die Hölle kömmt und bringt *kein* Weib mit, da lachen ihn die Teufel tüchtig aus, und überall rufen sie: »Dummer Teufel! Dummer Teufel!« Er aber antwortet: »Ich will keine wieder und wenn ich die ganze Hölle geschenkt kriegte. Seid froh, dass ich sie nicht mitgebracht habe, die hätte uns allen die Hölle erst recht heiß gemacht!« Da spricht ein andrer etwas älterer Teufel: »Nun will ich fort, ich will schon eine herschaffen!« Er reiset ebenfalls ab, kömmt auf einen Erbsenacker, dort trifft er eine alte Jungfer. Da denkt er: warte, diese ist nicht so ein junger Lecker, die

willst du nehmen. Er spricht also zu ihr: »He da, Jungfer! Hat sie nicht Lust zu heiraten?« – »O ja! Wenn er Geld und Brot für mich hat?« – »O ja!«, spricht der Teufel. Als nun die beiden Hochzeit gemacht hatten, da merkte es die Frau, dass der Teufel gelogen hatte, denn er war ein armer blutarmer Teufel und hatte nichts und konnte nichts. Das kam ihm heim, denn er war an einen Geizdrachen geraten, der sparte das Salz an den Kartoffeln, und tat sonntags einen Knopf in den Klingelbeutel statt des Hellers. Die gibt dem Teufel zu tun genug und zu beißen wenig, aber Schelte konnte er haben so viel er wollte, und Streiche waren auch nicht rar. Und wenn ihm vor Hunger gleich der Bauch grimmt und ihm die Zunge ellenlang zum Halse heraushängt, so erbarmt sie sich seiner doch nicht. Will der Teufel etwas essen, so muss er fort und muss Kartoffeln stopfeln. Kämmt er abends und hat kein großes Säckchen voll, so kriegt er auch noch Schläge, und das geht so einen und alle Tage. Endlich wird das der arme Teufel doch müde und spricht zu sich: »Ei was, sollst du dich mit der Frau plagen? Ich gehe fort, das ist ja ein bitterböses Tier!« Er geht und kömmt in die Holle zurück. Hier wird er gleich gefragt, wo er seine Frau habe? – »Ja, Frau! Hat sich was! Ich will keine! Ich will in meinem Leben an die, die ich droben hatte, gedenken! Die nimmt man auch noch mit in die Hölle! Bin froh, dass ich sie wieder los bin.« Da hieß es nun überall: »Dummer Teufel! Dummer Teufel!«
Nun spricht aber ein ganz alter Teufel: »Jetzt will ich fort; ich will's den Weibern wohl anstreichen!« – Der alte Teufel reiset ab und kömmt auf die Erde; da geht er durch einen jungen Birkenwald, und sieht von Weitem ein Frauenzimmer. Das war eine Witwe, die noch ganz stattlich sah. Er sieht sie sich an, und sie sieht ihn an, und mit höflichen Reden und artigen Widerreden werden sie handelseinig und der Pfarrer nagelt und nietet sie zusammen, so fest wie das Herz nur begehrt. Aber nach der Hochzeit, da sah der Teufel wohl, dass man die Katz nicht im Sack kaufen muss, und die Witwen nicht freien auf der Landstraße. Die kannte schon den Rummel, da der heilige Ehestand ihr nicht neu war, schmale Kost und Brunnenwasser war das Wenigste, da war offner Laden für jedermann, und der Mann musste nur so zusehen, und ward's ihm zu arg,

wie denn solches Zusehen kein Teufel vertragen kann, so hängte sie ihn an die Wand und ging mit ihren Liebsten zu Biere. Als sie dann zurückkam, nimmt sie ihn herunter und da soll er das Mausen lernen, dass man die Katz sparen kann. Aber da wird's dem Teufel zu arg, er läuft fort in den Wald – denn in die Hölle zu gehen schämt er sich – und will sich Beeren suchen, die sind immer noch besser als Mäuse.

Wie er nun so in den Beeren ist, begegnet er einem Köhler, diesem klagte er seine Not und bat um etwas zu essen. Da sprach der Köhler: »Ja, lieber Alter, ich habe selbsten sieben Kinder und oft keinen Bissen Brot.« – »Du Köhler, schwarzer Kerl, gib mir einen Rat, wie ich das böse Weib bändige. Ich bitte dich um alles in der Welt, hilf mir!« Der Köhler antwortete darauf:

»Ein böses Weib, eine herbe Buß'
Und weh dem, der ein' haben muss.«

Der Teufel denkt: Ach wenn das Ding so klingt, so gehst du lieber wieder heim. Wäre ich doch vom Anfang an zu Hause geblieben! – Er sinnt auf Rache gegen die Weiber und spricht: »He! Bruder! Du bist auch arm, ich will dich reich machen, du musst mir aber folgen.« Der Köhler spricht: »O ja, reich wäre ich gerne und ich will tun, was du nur haben willst.« Da spricht der Teufel: »Höre, Bruder Köhler, ich weiß einen König, der hat drei Prinzessinnen, da will ich in die eine fahren und du sollst der Doktor sein. Wenn ich in die Prinzessin gefahren bin, so wird der König einen Aufruf ergehen lassen nach einem Doktor, der

Knall und Fall austreiben kann. Da gehst du nun hin zu diesem König und sprichst: ›Herr König, ich will der Prinzessin helfen, aber ich muss mit ihr in einer Stube ganz allein sein, versteht sich in allen Ehren.‹ Wenn du dann bei der Prinzessin eingelassen wirst, so sprichst du zu mir: ›Donner und Teufel, fahr aus!‹ – öffnest ein Fenster und ich hebe mich von dannen. Das darfst du aber nur zweimal tun, wenn du es dreimal tust, muss ich dir den Hals brechen!« – Der Köhler fragte: »Auch wenn ich dir eine schöne gute Frau zeige?« – Darauf erwiderte der Teufel: »Wir wollen sehen.« Er dachte aber, das kann ich ihm gern versprechen, damit hat es keine Not. Wir Teufel kennen die Frauen. – An einem Abende kam der Köhler aus dem Walde, da sagte ihm seine Frau: »Du Mann, der reiche König hat ausgeschrieben, dass seine Prinzessin totsterbenskrank ist, ja sehr krank; wer ihr hilft, der soll das halbe Königreich von ihm bekommen oder so viel Gold, als wie der Doktor und der König beide schwer sind. Wenn du nur, Alter! ein gutes Hausmittel wüsstest und könntest der Prinzessin helfen, dass wir auch einmal aus unsrer Armut kämen!« – Hierauf sagte der Köhler zu seiner Frau: »Ich will einmal eine Probe machen, vielleicht bin ich glücklich« – und reisete ab. Als er zum König kam, so fragte dieser: »Alter, getrauest du dir meine Prinzessin gesund zu machen?« –»O ja, Herr König!«, antwortete der Köhler. »Ich muss erst etliche Species aus der Apotheke haben und die muss ich selber holen und dann muss ich ganz allein bei der Prinzessin sein.« Darauf sprach der König: »Alter! Wie du es verlangst, so soll es geschehen. Machst du meine Prinzessin gesund, so bekommst du mein halbes Königreich oder so viel Gold, als ich und du schwer sind.« – Der Köhler tat nun, wie ihm der Teufel anbefohlen hatte, und die schöne Prinzessin war auf der Stelle gesund. Der König stellte dem Köhler die Wahl frei: Gold oder Land, und der Köhler nahm das Gold.

Binnen Kurzem wurde nun die andere Prinzessin von dem Teufel besessen. Der König lässt den Köhler wieder kommen und spricht zu ihm: »Alter, du hast meine erste kranke Tochter gesund gemacht, hilf auch dieser!« – Der Köhler sagte: »Ich will's versuchen, Herr König!« Und

siehe, er half der zweiten Prinzessin auch wieder und der König gab dem Köhler wieder ebenso viel Gold.
Der Köhler war nun sehr reich, grämte sich aber dennoch, weil er den Teufel nun nicht wieder austreiben durfte, der sich vorgenommen hatte, die Frauenzimmer recht zu plagen, und gewiss davon noch nicht abließ. Die zwei ersten Male war es ausgemacht, das dritte Mal musste er den Teufel in der Prinzessin lassen, sonst wollte ihm der Teufel den Hals brechen; und konnte er den Teufel nicht das dritte Mal austreiben, so musste er es wagen, dass ihn der König ums Leben bringen ließ; er sann nach, ob nicht beim dritten Mal es ihm gelingen werde, den Teufel anzuführen?
Nun wurde auch die dritte Prinzessin krank, weil der Teufel in sie gefahren war. Wiederum ließ der König den alten Köhler kommen und sprach zu ihm: »Du, Alter, hilfst du meiner Prinzessin nicht, so lass ich dich aufhenken!« Darauf antwortete der Köhler: »Mein allergnädigster Herr König! ich will eine Probe machen, aber dazu ist nötig, dass alle guten schönen Mädchen in der ganzen Stadt morgen früh in weißen Kleidern, mit roten Schärpen und in Haarlocken, auch alle eure Geistlichen sich versammeln, vor dem Schlosse stehen und unter Gesang der Jungfrauen und Geistlichen ich neben der Prinzessin den Berg hinaufgeleitet werde. Da darf aber beileibe keine darunter sein von den landläufischen Dirnen, oder von den alten Jungfern, die noch zu freien lüstert, oder den Witwen, die ihren Ehrenstuhl verrücken möchten; und das müsst ihr euren Priestern streng befehlen. Wenn wir dann auf der höchsten Höhe sind, dann will ich eine Probe machen.« Der König ließ schleunigst alle Anstalten treffen, dass diese Bedingung erfüllt werde. Den kommenden Morgen war die große Versammlung vor dem Schloss. Der Zug bewegte sich bergan, und auf der höchsten Höhe sprach der Köhler:

»Donner und Teufel, fahr aus!«

Da fuhr der Teufel zwar aus, rief aber dem Köhler zu:

»Spitzbube, hältst du so dein Wort! Warte, nun breche ich dir den Hals!« Der Köhler aber verantwortete sich und sagte: »Halt! Unser Pakt hat einen Vorbehalt; du darfst mir nichts tun, wenn ich dir eine schöne gute Frau zeige. Da sieh dich nur um, sieh dir diese an.« Da sah sich der Teufel um und sah eine nach der andern an und erkannte wohl, dass er über diese keine Macht habe. Und da schämte er sich auf der Erde zu bleiben und fürchtete sich auch vor seinem Drachen, und so machte er ein Geprassel und einen Gestank und zog ab wie er gekommen war.

Und da ist der Teufel wieder heim in die Hölle gegangen und wie er kam, fragten ihn alle seine Kameraden, ob er kein Weib mitbrächte? Und wie er sagte: er bringe keine mit, da hieß es wieder: »Dummer Teufel, dummer Teufel!«, und da war ein Höllenspaß und Spektakel und Teufelsgelächter, dass es krachte und prasselte, und die ganze Hölle wie eine alte Wand wackelte und platzte. Und sind noch immer keine Weiber in der Hölle drin, ausgenommen den Teufel seine alte Großmutter – darum, weil die Weiber so gar gut sind.

Die dankbaren Tiere

Es reiste einst ein Pilger über Land, der kam auf seinem Wege durch den Wald an eine Wolfsgrube, und nahm wahr, dass etwas Lebendiges darin sei. Und wie er hinunterblickte, so sah er darin einen Menschen, der war ein Goldschmied, und bei ihm war ein Affe, eine Schlange und eine Ringelnatter; die waren alle drei unversehens in die Grube gefallen. Da gedachte der Pilger bei sich: Übe Barmherzigkeit mit den Elenden, und hilf den Menschen von seinen Feinden. Da warf er ein

Seil in die Grube, und hielt das eine Ende fest in der Hand, willens, den Goldschmied heraufzuziehen, schnell sprang aber der Affe zu, kletterte herauf und sprang aus der Grube. Zum andern Mal warf der Waller das Seil hinab, da ringelte sich die Natter daran empor. Und zum dritten Mal erfasste die Schlange das Seil und kam auch zu Tage. Diese drei Tiere dankten dem Waller für seine Güte und sprachen zu ihm: »Was du uns Gutes getan, das wollen wir dir wieder zu vergelten suchen, und wann dich dein Weg in unsre Nähe trägt, so magst du auf uns rechnen, dass wir nach Kräften dir zu Diensten sind; sei aber treulich gewarnt vor dem Menschen da drunten, denn nichts, was da lebt, ist so undankbar, wie er. Dieses haben wir erfahren und sagen es dir an, dass du wissest, dich zu verhalten.«

Damit schieden die drei Tiere von dem Pilger, dieser aber gedachte an seine Pflicht, dass dem Menschen zieme dem Menschen zu helfen, und warf das Seil wiederum in die Grube; und zog den Goldschmied heraus. Dieser bedankte sich mit vielen Worten für die Gnade und Barmherzigkeit, die der Pilger an ihm getan, und bat, ihn ja in der Königsresidenz, wo er wohne, zu besuchen, und verließ ihn.

Auf seinem Weiterwege kam der Waller in die Nähe der Residenz und an den Ort, wo der Affe, die Natter und die Schlange wohnten. Die freuten sich, und der Affe brachte dem Waller, der sehr ermattet war, Obst und süße Feigen, die Natter zeigte ihm eine kühle, angenehme Grotte, wo er ruhen und rasten konnte, und legte sich davor, und bewachte seinen Schlaf, denn niemand wagte sich dorthin, wo die große Natter lag. Die Schlange aber schlüpfte in die Königsburg und stahl dort einige güldne Kleinode, die gab sie dem Waller zur Verehrung, sagte ihm aber nicht, woher sie dieselben hatte. Als dieser von den Tieren aufbrach, ging er in die Königsstadt und suchte den Goldschmied auf; dem zeigte er die Kleinode und bot sie ihm zum Kaufe an. Der Goldschmied sahe, dass sie des Königs Eigentum waren, schwieg still, ging zum König und zeigte an, dass er den Dieb dieser Kleinode in seinem Hause gefangen habe. Dafür empfing er eine stattliche Belohnung, und der König sandte seine Häscher, die fingen den Waller, schlugen ihn, führten ihn durch die Straßen und hinaus zum Galgen, um ihn zu henken. Da gedachte der alte Mann auf dem Wege an die Warnung der Tiere und seufzete laut: »O hätte ich euren Rat befolgt, ihr getreuen Tiere, so wäre diese Trübsal mir nicht beschieden worden!« Nun hatte die Schlange just ihre Wohnung an dem Weg, der zum Hochgericht führte, und hörte die Klagerede des unschuldigen Mannes, an dessen Unglück sie mit schuld war, und betrübte sich und dachte darauf, wie sie ihm helfe. Da nun der Königssohn, ein junger Knabe, auch des Weges geführt ward, damit er des Diebes Strafe zusehe, kroch sie hin und biss ihn in das Bein, dass es bald aufschwoll. Da blieb alles Volk erschrocken stehen, und man sandte eiligst nach Ärzten und nach Astrologen, wo möglich zu helfen. Die Ärzte brachten Theriak herbei, eine Arznei, die gepriesen war gegen den Schlangenbiss, er half jedoch nichts. Die Astrologen aber lasen in den Sternen, dass der zum Tode geführte Waller unschuldig war, und der Königsknabe rief selbst mit heller Stimme: »Bringt mir den Pilger her, dass dieser seine Hand auf meine Wunde und meine Geschwulst lege, so werde ich heil sein!«

Da wurde der Pilger vor den König geführt, der fragte nach seinen Schicksalen, und der Pilger erzählte dem König alles treulich, von den guten dankbaren Tieren und des Goldschmieds, den er vom Tod errettet, schändlichem Undank. Und dann hob er Hände und Augen zum Himmel und flehte: »O allmächtiger Gott, so wahr es ist, dass ich unschuldig bin an dem Diebstahl, so wahr wird meine Hand diesen Menschen heilen!« – Und da wurde von Stund an der Königssohn gesund. Als das der König sah, ward sein Herz froh und freudevoll, und er ehrte den Pilger mit köstlichen Gaben, ließ ihm auch alle Kleinode, um derentwillen der Pilger Todesangst ausgestanden hatte, und ließ zur Stelle den Goldschmied henken, zur Strafe seines großen und schwarzen Undanks.

Die vier klugen Gesellen

Es waren einmal vier Reisegesellen, die wanderten miteinander und hatten sich ganz zufällig auf dem Wege getroffen. Der eine von ihnen war ein Königssohn, der Zweite ein Edelmann, der Dritte ein Kaufmann, der Vierte ein Handarbeiter. Allen vieren war die Barschaft ausgegangen, wie das bisweilen Reichen und Armen auf Reisen zu gehen pflegt, und sie hatten nichts, als die Kleider, die sie auf dem Leibe trugen; ihre Säckel waren leer. Wie sie sich nun einer großen königlichen Residenz näherten und mächtigen Hunger verspürten, so warfen sie die Frage auf, woher sie Geld und Nahrung bekommen würden? Und da sprach der Königssohn: »Wir mögen ratschlagen, wie wir wollen, so geht es doch allein den Weg, den Gott geordnet hat, und wer an Gott hangt mit getreuer Hoffnung, der wird nicht verlassen.« Da sprach der Kaufmann: »Vorsichtigkeit mit Vernunft gepaart geht über alles!« Und der Edelmann: »Eine kräftige wohlgestalte Jugend ist noch mehr wert.« Darauf bemerkte der Wandergesell, der ein Handarbeiter war: »Nach meinem geringen Verstand halte ich dafür: Sorgsamkeit mit Übung sei das Beste.«

Wie unter solchen Gesprächen die vier Reisegefährten gegen Abend in die Nähe jener Stadt gekommen waren, ruheten sie vor dem Tore aus, und da sprachen die drei andern zu dem vierten, dem Wandergesellen: »Du rühmst vor allen Sorgsamkeit, ei so gehe du hin und trage Sorge, dass wir alle diese Nacht unsre Speisen bestreiten!« – »Das will ich tun«, antwortete der Arbeiter, »wenn ein jeder hernach auch tun will nach seiner Lehre, dass es uns allen frommt.« Das verhießen ihm die Gefährten, und so ging jener in die Stadt hinein und befragte sich, was wohl ein Mann tun müsse, um so viel zu verdienen, dass vier Männer sich einen Tag lang sättigen könnten? Da beschied man ihn, nichts sei einträglicher, als Holz zu tragen, denn Holz sei teuer, der Wald weit und die Stadtleute seien bequem. Da ging der Mann eilend in den Wald, band sich eine tüchtige schwere Bürde Holz zusammen, trug es in die Stadt, empfing dafür zwei Silberpfennige, wofür er für sich und seine Gesellen Speise und Trank bestreiten konnte, und schrieb überaus freudig mit Kreide an das Tor der Herberge, worin sie übernachteten: Die Sorgsamkeit des Redlichen hat durch Übung seiner Kraft an einem Tage zwei Silberpfennige gewonnen.
Am andern Morgen sprachen die drei Gesellen zum vierten, dem Edelmann: »Nun schaue und siehe zu, dass *du* uns heute mit Speise versorgst, und nimm deine Schönheit und Jugendkraft, und was du sonst weißt, dabei zu Hülfe.« Der ging auf die Stadt zu und dachte bei sich: Arbeiten kannst und magst du nicht, und weißt auch sonst nichts anzufangen. Und doch wäre es dir eine Schande, mit leerer Hand zu deinen Gefährten zurückzukehren. Und stellte sich in trüben Gedanken an die Säule eines Hauses, willens, sich mit Kummer von seinen Wandergesellen zu scheiden. Da ging eine junge, schöne und reiche Witwe vorüber, sah die jugendliche Wohlgestalt des Edelmanns, und wünschte zu erfahren, von wannen er sein möge? Sie sandte ihre Dienerin, ließ ihn zu Gaste bitten, erfuhr seine Umstände, und befreundete sich so mit ihm, dass sie ihm, als er von ihr schied, hundert Goldpfennige verehrte. Da kehrte er mit reicher Zehrung zu den Kameraden in die geringe Herberge vor dem Tore zurück, und schrieb an

die Pforte: Mit frischer Jugend gewann einer eines Tages einhundert güldner Pfennige.
Nun am dritten Tage sprachen die drei zu dem Kaufmann: »Heute ziehe du hin und gewinne mit deiner Vorsichtigkeit, die mit Vernunft gepaart ist, uns auch einen guten Tag und erwünschte Zehrung.« Da ging der Kaufmann fort und durch die Stadt, welche am Meere lag, hinab nach dem Hafen; da legte sich eben ein Kauffahrer im Hafen vor Anker, und die Kaufleute begrüßten den Patron des Schiffes, fragten nach seinen Waren, und wollten mit ihm handeln, aber dieser forderte ihnen allen zu viel, und sie konnten sich nicht mit ihm einigen. Da sprachen sie untereinander: »Wir wollen ihm jetzt nichts weiter bieten; in kurzer Frist gereut ihn seine hohe Forderung, und wenn auch seine Waren so viel wert sind, so ist doch außer uns keiner, der Belieben trägt, sie zu kaufen.« Und da gingen jene Kaufleute von dem Patron hinweg. Der arme Kaufmann aber, welcher der Sohn eines reichen Kaufmanns war, ging zu dem Patron hin, entdeckte sich ihm, nannte ihm den Namen seines Vaters, und kaufte ihm die ganze Schiffsladung um fünfzigtausend Gulden ab. Bald kehrten die Kaufleute noch einmal zurück, und weil sie die Waren brauchten, so bezahlten sie dem Käufer fünftausend Gulden Gewinn, und bezahlten die Kaufsumme für die Waren. Da ging der junge Kaufmann fröhlich zu seinen Gesellen, und schrieb an das Tor, wo die Schrift der Gefährten schon stand: Durch Vorsicht und Vernunft hat ein Mann eines Tages fünftausend Gulden gewonnen. Und hielt nun mit seinen Gesellen ein stattliches Freudenmahl.
Am folgenden Morgen sprachen nun die drei zu dem Königssohn, dessen Herkunft sie nicht kannten: »Gesell, es ist an dir, dass du hingehest und uns mit Speise und Trank versorgst. Siehe zu, was Gott dir und deiner getreuen Hoffnung beschert, und möge es reichlich ausfallen!«
Da machte sich der Königssohn auf den Weg in die Stadt und dachte: Was sollst du tun und beginnen? Du hast keine Arbeit gelernt, hast keine Jugend-Schönheit, hast keinen reichen Kaufmann zum Vater, und bist nicht klug und nicht vorsichtig. Du hast nur dein Vertrauen auf

Gott, und Gott wird dir helfen. Da setzte sich der Königssohn an die Straße auf einen Stein und versank in tieftrübe Gedanken.
Es war aber in dieser Königsstadt der König abermals gestorben, und man führte an diesem Tage seine Leiche aus der Stadt in ein nahes Kloster, und alles Volk folgte dem Zuge. Der Königssohn aber saß so vertieft in Nachdenken über das widerwärtige Schicksal, welches er erfahren hatte, dass ihn nichts kümmerte, was außer ihm vorging, und so versäumte er aufzustehen, als der Zug mit der königlichen Bahre vorüberging. Da trat ein Gewaltiger hinzu, der ergrimmte über diese Unschicklichkeit, gab dem Königssohn einen Backenstreich und sprach, indem er ihn von dem Stein stieß, auf dem er saß: »Du verwünschter Bösewicht! Trägst du keine Trauer im Herzen über des Königs Tod, den alle beweinen? Hinweg mit dir!«
Der Königssohn ließ schweigend den Zug vorübergehen, und als dieser zurückkam, da saß er wieder auf dem Stein, traurig und in gedankenvollem Sinnen. Da trat jener Gewaltige ihm wieder zornig nahe und fuhr ihn mit harter Rede an: »Sagte ich dir nicht vorhin, du solltest dich hier nicht mehr finden lassen?« Und er winkte den Schergen und ließ ihn in einen Kerker führen. Dort saß er, doch mit voller Hoffnung zu Gott, dass dieser ihn erlösen werde. Und als darauf das Volk zusammentrat, einen neuen König zu wählen, weil der vorige ohne Erben verstorben war, so sprach jener Gewaltige, dass er einen Mann im Kerker habe, der ein Verräter scheine, und man solle ihn öffentlich verhören und Recht über ihn sprechen. So wurde der Gefangene über alles Volk gestellt und gefragt, wie und warum er in dieses Land gekommen sei? Und er sprach: »Wisset, dass ich eines Königs Sohn bin«, (und nannte den Namen seines Vaters) »und da mein Vater starb, so fiel an mich das Reich; aber mein jüngerer Bruder hatte mehr Anhang, darum drängte er mich vom Throne, und weil ich besorgen musste, dass er mich töte, so bin ich entwichen aus meinem Erbe, und in dieses Land gekommen.«
Unter dem Volke, welches dies hörte, waren viele Männer, die hatten des Königssohnes Vater gekannt, und hatten auch in jenem Reiche ge-

wandelt. Die sagten aus, dass jener König ein gerechter und frommer Mann gewesen, und dass sein älterer Sohn auch fromm und tüchtig sei, und einige schrien: »Vivat! Es lebe der König!« Und da schrien die andern auch so: »Vivat! Es lebe der König!«, und wählten den Königssohn zu ihrem Herrn. Da wurde er erhoben und im Triumph durch die Stadt geführt, nach des Landes Brauch und Sitte, und auch um die Stadt, und da kam er mit der Menge an die nahe Herberge, wo er mit seinen Wandergesellen gehaust, und an deren Pforte die drei Denksprüche seiner Gefährten standen, und sah sie an, und befahl dazu zu schreiben: Fleißige Sorge, kräftige Jugend, vorsichtige Vernunft und was dem Menschen Gutes und Böses begegnet, das kommt alles von Gott, wie es die Menschen verdienen.
Da wunderten sich alle über den Sinn des neuen Königs, freuten sich ihrer Wahl, und erkannten, dass Gott ihnen diesen Herrscher gesendet habe. Als nun der König in den Thronsaal geführt ward und auf dem Stuhle des Königtums saß, da sandte er nach seinen Wandergesellen, und sammelte um sich alle Edeln des Reichs, alle Weisen und alles Volk, so viel der Saal fassen konnte, und sprach: »Gepriesen sei Gott, der König der Könige, und Dank seinem heiligen Namen! Meine lieben Gefährten glaubten nicht, dass Gott unsre Schritte lenkt, nun müssen sie aber das an mir erkennen, denn weder die Kraft des Leibes, verbunden mit tätiger Sorgfalt, noch die Jugendkraft und Wohlgestalt, noch Handelwitz und Weisheit hat mir zum Throne verholfen. Nie hoffte ich von dem Tage an, als ich durch meinen Bruder aus dem Reich verstoßen wurde, solcher Ehren und Würde wieder teilhaft zu werden; arm und im Pilgerkleid kam ich hierher, aber Gottes Hand war es, die mich führte, Gott war es, der mich erhöhte, an dem mein Herz mit treuer Hoffnung gehangen!«
Auf diese Rede erhob sich ein Mann aus dem Volke und sprach: »Nun hören wir erst, wie würdig du, o König, dieses Reiches bist, da Gott dir so viel Weisheit und Vernunft verliehen hat. Wir werden mit dir, als einem weisen König, wohl beraten sein, denn seine Treue führte dich nicht ohne Ursache zu jener Gesellschaft. Ihm sei Lob und Dank!« Da

stimmte das Volk freudig bei, und der König nahm wieder das Wort und redete: »Als ich vertrieben war, diente ich unerkannt eine Zeit lang einem Edelmann, allein ich fand mich bewogen, den Dienst zu verlassen, und als ich meinen Lohn empfing, so blieben mir nach dem, was ich für meine Kleider zu bestreiten hatte, nur zwei Pfennige. Da dachte ich in meinem Sinn: Einen Pfennig willst du Gott opfern, und einen zu deiner Notdurft verwenden. Da begegnete ich einem Vogelhändler, der trug ein Turteltauben-Paar zu Markt, und ich dachte: Nicht besser kann der Mensch Gott dienen, als wenn er ein Geschöpf vom Tod erlöst, und da feilschte ich um die beiden Tauben, und da der Vogler mir beide nicht um einen Pfennig geben wollte, so dachte ich bei mir selbst: Lässt du die eine gefangen, so sind sie voneinander getrennt, und das ist ihnen der schlimmste Dienst. Da gab ich meine beiden Pfennige hin um die zwei Tauben, trug sie auf einen weiten Acker, und ließ sie hinfliegen. Da flogen sie auf den Ast eines wilden Birnbaumes, unter dem ich stand, und wie ich wieder von dannen gehen wollte, so hörte ich, dass die eine Taube zu ihrer Freundin sprach: ›Dieser Mann hat uns vom Tod erlöst, und uns unser Leben um alle sein Gut, so viel er hatte, erkauft. Wir sind ihm Dank und Wiedervergeltung schuldig.‹ Und da riefen mir die Tauben und sagten: ›Du hast an uns große Barmherzigkeit geübt, und es ist unsere Pflicht, dass wir dir wieder vergelten. Unter dieses Baumes Wurzeln liegt ein großer Schatz, grabe nach, so wirst du ihn finden.‹ Ich grub und fand den Schatz und bewahrte ihn, lobte Gott und bat ihn, die guten Tauben in seinen Schutz zu nehmen, und sie vor allem Übel zu bewahren, dann aber sprach ich zu ihnen: ›Wenn doch eure Vernunft und Weisheit so groß ist, und da ihr sogar zu fliegen vermögt, wie kam es denn, dass ihr in die Haft des Mannes geraten seid, aus

dessen Händen ich euch kaufte!‹ Darauf antworteten die beiden Turteltauben: ›O du weiser Frager! Weißt du nicht, dass der Flug der Vögel, die Schnelle der Rehe, die Stärke der Stiere nichts vermag, gegen das Verhängnis oder die göttliche Anordnung! Dagegen vermag sich keine Kreatur zu schützen, und so wenig wie ein Geschöpf unsrer Art, so wenig kann auch der Mensch auf Erden göttlicher Schickung entrinnen.‹«

Als der König den Edeln und dem Volke ausgelegt hatte, wie er zu einem ruhevollen Gottvertrauen gelangt sei, wurde er aufs Neue gepriesen, und er bestellte, dass seine Wandergesellen in der Nähe blieben. Den Edelmann machte er zu einem Herrn am Hofe, den Kaufmann setzte er über die Einkünfte des Reiches, und den Handarbeiter machte er zum Oberaufseher der Gewerbe, und so war durch Verstand, Vernunft, Klugheit und Gottvertrauen ihrer aller Glück begründet.

Rupert der Bärenhäuter

Es war einmal ein Bursch von stämmigem Bau, der schaute trutziglich in die Welt, und hatte Mut, mit aller Welt anzubinden, ging dieserhalb unter die Soldaten und schlug sich wacker und tapfer mit dem Feind herum, bis man Frieden machte, und den Soldaten ihren Abschied gab, dass sie hingehen konnten, woher sie gekommen waren, oder wohin sie sonst wollten. Da dachte Rupert; ich will zu meinen Brüdern gehen – denn Eltern hatte er nicht mehr – und wollte bei ihnen bleiben, bis wieder Krieg wäre. Die Brüder aber sagten: »So einer fehlte uns eben, der auf den Krieg wartet – ei warte du! Wir wollen nichts wissen von Krieg und von Kriegern, wir wollen Ruhe haben! Hast du dich im Kriege durchgeschlagen, so schlage dich auch im Frieden durch; vor der Türe ist *dein*, dass du es weißt!« – Da gab der Soldat Rupert seinen Brüdern

kein einziges gutes Wort, nahm seinen Schießprügel und ging wieder fort in die Welt und kam in einen großen Wald und sprach zu sich: Es ist schändlich, einen tapfern Burschen und Kriegsmann so fortzuschicken mitten in den Frieden hinein, mit dem unser einer doch auf der Gottes-Welt nichts anzufangen weiß. Ich muss Krieg haben! Wenn nur einer käme, mit dem ich anbinden könnte, und wenn's der Teufel selber wär! – und wie Rupert das dachte, lud er sein Gewehr, und tat einen starken Schuss hinein mit doppelter Ladung und auch zwei Kugeln. Da kam ein großer Mann durch den Wald auf Rupert zu, hatte einen schwarzen Schlapphut auf, mit roter Hahnenfeder darauf, eine krumme Habichtnase, einen fuchsfeuerroten Bart, und einen grünen Jägerrock an, und fragte: »Wo hinaus, Gesell?« – »Was habt Ihr danach zu fragen?«, fragte Rupert grob zurück, weil er gern anbinden wollte mit dem ersten Besten, oder auch mit dem ersten Schlimmsten. – »Hoho! Nur nicht so patzig!«, rief der Grüne mit dem Schlapphut und der roten Hahnenfeder. »Fehlt dir was, so kann ich helfen!« – »Mir fehlt es bloß am besten, am Geld!«, antwortete Rupert. – »Solltest Geld die Fülle haben, wenn du Mut hättest!« – »Mut? Sappernunditjö! Herr, wer sagt Ihm, dass ich keinen Mut habe? Ich ein Soldat, und keinen Mut?

Mut wie der Teufel!« – »Schau um dich!«, sprach der Grüne – und da schaute Rupert um, da stand ein Bär hinter ihm, schier so groß wie ein Nashorn, und sperrte den Rachen auf und brüllte, und kam auf den Hinterbeinen gehend auf Rupert zu – der aber nahm sein Gewehr, legte an, und sagte: »Willst du eine Prise Schnupftabak? Da hast du eine Prise!« – und schoss dem Bär die doppelte Ladung in seine Nase hinein, in jedes Loch eine Kugel, die bis ins Hirn drang – und da tat der Bär einen mächtigen Satz und einen lauten Brüll, fiel um und war hin. – »Schau, schau, Mut hast du, wie ich merke!«, sagte der Grüne im Schlapphut mit der roten Hahnenfeder. »Und so sollst du auch Geld von mir haben, so viel du nur willst, doch unter *einer* Bedingung!«

»Die möcht ich hören!«, sprach Rupert, der längst gemerkt hatte, mit wem er's zu tun, denn zu dem einen Stiefel hatte der Schuster, wie es schien, ein absonderliches Maß genommen, gerade als wenn er einem Pferde einen Stiefel gemacht. – »Soll's etwa die Seligkeit sein – so dank ich schönstens!«, fuhr Rupert fort.

»Dummer Kerl!«, entgegnete der Waldjäger. »Was habe ich von deiner Seligkeit? Die kannst du für dich behalten, an der liegt mir gar nichts. Nein, *das* ist meine Bedingung, dass du in den nächsten sieben Jahren dich nicht wäschst, nicht kämmst, dir nicht den Bart scherst, die Nägel nicht schneidest, in keinem Bette schläfst, und kein Vaterunser betest, was ohnehin nicht deines Kriegshandwerks Sache ist. Dafür gebe ich dir Rock und Mantel, die du aber auch einzig und allein in diesen sieben Jahren tragen musst. Stirbst du innerhalb dieser Zeit, so bist du mein; bleibst du am Leben, so habe ich kein Teil an dir, du aber hast Geld nach wie vor, und kannst damit anfangen, was du willst, und ich putze dich wieder sauber, und sollt es mit meiner Zunge sein.«

»So – und das alles nennst du *eine* Bedingung?«, fragte Rupert. »Mich dünkt, es wären ihrer schier ein Dutzend, doch, es sei darum, ich will es probieren, probiert geht über studiert!« – »Topp!«, sagte der Teufel und zog den grünen Rock aus und zog auch sehr geschwind dem toten Bären das Fell ab, und fuhr fort: »Hier ist dein Rock, hier ist dein Mantel und deine Bettdecke. In die Rocktasche brauchst du nur zu greifen, so findest du Geld, und die Bärenhaut, mit der deckst du dich, du *Bärenhäuter* du; das ist der schönste Faulpelz, den einer sich nur wünschen kann, der die Taschen voll Geld hat, und daher nicht nötig, etwas zu tun?«

Als Rupert den grünen Rock angezogen hatte, griff er vor allen Dingen in die Tasche, um zu sehen, ob es auch wahr sei mit dem Gelde, denn er traute dem Teufel nicht, dieweil dieser ein Vater der Lügen genannt wird. Da aber die Tasche sich als ein nimmerleerer Fortunatussäckel erwies, so hing Rupert seine Bärenhaut um, und ging ohne Adieu vom Teufel hinweg, denn dieser war indes verschwunden.

Rupert lebte nun in den Tag hinein, ließ den lieben Gott einen guten Mann sein und den Teufel auch einen guten Mann, ließ seinen Bart stattlich wachsen, dass er ganz wahlfähig in irgendeinem deutschen oder polnischen Reichstag erschien, denn die Kraft steckt im Haar, das lehrt bereits die Geschichte Simsons, und brachte es dahin, dass er schon im zweiten Jahre aussah, wie ein Schubut und Waldschratt, zumal auch seine Fingernägel außerordentlich aristokratisch vornehm noch über das chinesische Maß hinaus gewachsen waren. Die Leute wichen ihm aus, wenn sie ihn von Weitem sahen oder rochen, denn obwohl er keinen Tabak rauchte, so roch er doch schon von Weitem viel ärger als ein Wiedehopf, der überhaupt mit Unrecht als Stinkhahn verschrien ist, denn der Wiedehopf selbst stinkt gar nicht, nur seine Unreinlichkeit und das, womit er umgeht, bringen ihn in so schlimmen Ruf.

Nun gab aber der Bärenhäuter den Armen immer viel Geld, damit sie beten sollten, dass er die sieben Jahre überdaure, und die Armen nahmen gern das Geld und versprachen recht fleißig zu beten. Ob sie's getan haben, weiß ich nicht, und die Wirte nahmen ihn auch gern auf, da er viel aufgehen ließ, und überhaupt steht baumfest, dass wenn einer nur Geld hat und es aufgehen lässt, da darf er ungescheut der ärgste Bärenhäuter sein, er findet stets Anhang und Anklang und Anerkennung, aber *Geld* gehört ein für allemal dazu.

Nun ging die Bärenhäuterei schon in das vierte Jahr, und der Bärenhäuter hatte sie satt, denn er gefiel sich selbst nicht mehr, geschweige andern; im Gesicht schleppte er einen sehr belebten Urwald von Haarmoos herum, an den Fingern waren ihm Mistgabeln gewachsen, und sonderlichen Spaß hatte er auch nicht, trotz allen Geldes. In den Wirtshäusern gab man ihm stets die hintersten und höchsten Zimmer, drei, vier, fünf Treppen hoch und immer nahe bei den Retiraden. Einst saß er nun so ganz verdrießlich in seinem Zimmerchen, sann über sein Schicksal nach, und wünschte sehnlichst seine Zeit herum, wo er einen neuen Menschen an und den Schweinigelsbart samt den Galgennägeln an den Fingern ablegen wollte, da hörte er nebenan jemand ächzen und krächzen zum Steinerbarmen. Gleich ging er hinüber, dem Nachbar beizustehen, denn der Bärenhäuter hatte von Natur ein mildes und gutes Herz. Da saß ein wehklagender und jammernder alter Mann, der dachte, als der Bärenhäuter kam, der Böse sei es, und wolle ihn holen, denn der Bärenhäuter sah dem Teufel viel ähnlicher, als sonst einem Geschöpf Gottes, doch ließ er sich endlich besänftigen und bewegen, seine Not zu klagen. Diese Not war nun gerade dieselbe, die des Bärenhäuters Not auch gewesen war, nämlich die bekannte *Geldnot*. Der gute Alte hatte drei Töchter und viele Schulden, und sollte eben ein sehr eingezogenes Leben führen, weil er den Wirt, der ihn ausgezogen hatte, nicht bezahlen konnte. Der Bärenhäuter lachte darüber; der freilich hatte gut lachen, wie jeder, dem ein Goldborn in der Tasche quillt. Er bezahlte des alten Mannes Schulden bei Heller und Pfennig, und dieser lud ihn ein, mit ihm zu gehen und seine Töchter zu sehen, die nicht wenig schön seien, und eine davon solle ihn aus Dankbarkeit heiraten. Das war dem Bärenhäuter recht, denn er hatte viele Zeit übrig, und ward ihm die Zeit oft lang auf seiner Bärenhaut, und ging auf Eroberungen aus, wie ein tapfrer Soldat immer tun soll, nur war es schade, dass er sich nicht nett und niedlich machen durfte, kein Stutz- und Spitzbärtchen, schwarz gewichst, und keine frisierten Löckchen und schlanke Flanken und glatte Nägel und kein kölnisches Wasser und keine Havannah-Zigarre erster Sorte. Das alles durfte er nicht, sondern musste ganz Bärenhäuter bleiben, und hingehen und Sturm laufen wie er leibte und lebte, war, stand, ging und roch. Die beiden ältesten Töch-

ter des geretteten Mannes entsetzten sich vor dem Ungetüm, das die Perücke mit unterschiedlichen Zöpfen übers Gesicht trug, statt auf dem Hinterkopf, das Patschhändchen gab wie der Vogel Greif, und das seine Wäsche bereits vier Jahr trug, davon selbige ganz isabellfarbig geworden war, und roch, wie ein altes leeres Essigfass im Kellergewölbe, nichts weniger als appetitlich. Nur die jüngste Tochter und zugleich die schönste, hielt stand, indem sie nicht davonlief. Sie behielt im Auge, dass dieser Bärenhäuter ihren Vater gerettet hatte und dadurch sie selbst mit von Schimpf und Schande; sie besaß die schöne Tugend der Dankbarkeit, die so viele nicht besitzen. Da nun der Bärenhäuter wahrnahm, dass dieses schöne Kind nicht vor seiner hässlichen und abschreckenden Gestalt zurückbebte, ja dass es des Vaters Wort bei ihm erfüllen wollte – so bot er ihr einen schönen Ring, doch nur zur Hälfte – als Wahrzeichen, dass er sich mit ihr verlobe, und bat sie, recht fleißig für ihn zu beten, dass er noch drei Jahre und womöglich auch etwas darüber, am Leben bliebe, und nahm auf drei Jahre Abschied, um sich in dieser Zeit zu entbärenhäutern und nach deren Ablauf als ein wohlgelecktes Herrchen wieder zu kommen. Dies Kunststück kann auch nicht jeder machen; mancher geht als leidlich guter und zahmer Junge vom Elternhause fort, und kommt waldteufelähnlich zurück als der größte Bärenhäuter, den es nur geben kann. Die junge Schönste und schönste Junge, die sich dem Bärenhäuter verlobt hatte, kleidete sich schwarz und hatte von ihren Schwestern ob ihres zotteligen Bräutigams gar viel auszustehen. Diese spöttelten, bald die eine, bald die andre: »Gib Acht, wenn du ihm die Hand reichst, dass er sie dir nicht abbeißt, denn er hat dich fresslieb!« – »Nimm dich in Acht, mein süßes Kind, dass er dich nicht aufleckt, Bären lieben den Honig!« – »Tue ihm ja allen Willen, sonst brummt er, dein zukünftiger Zottelbär!« – »Ei, was wird das für eine lustige Hochzeit werden, wenn erst der Bärentanz losgeht!« –

Doch die junge Braut schwieg zu allem still und ließ ihre älteren Schwestern spötteln und witzeln, so viel sie wollten, unterdessen setzte ihr Verlobter sein Leben fort, doch ohne des Guten und Schlimmen zu viel zu tun, lebte sich glücklich durch das letzte der sieben Jahre hindurch, und suchte am letzten Tage das Plätzchen wieder auf, wo ihm vor sieben Jahren der Teufel erschienen war. Dieser erschien auch richtig wieder, doch mit einiger Verstimmung, denn er merkte, dass der Bärenhäuter der Bärenhäuterei längst überdrüssig war, und mit ihm brechen wollte, wollte daher das Geschäft klug machen, und die Röcke wieder umtauschen, aber der Bärenhäuter sagte: »So geschwind geht es nicht, erst leckst du mich und putzest mich rein, wie du zugesagt, damit ich wieder einem hübschen Menschen gleich sehe, und nicht einem Waldschratt oder dir, du unsaubrer Geist!« Da musste der Teufel den Bärenhäuter hübsch renovieren, ihm die Haare kämmen

mit seinen Fingern, und mit seiner Zung, die wie ein Reibeisen kratzte, ihm die Haut rein ablecken, ihm auch die Nägel schneiden, und musste ihn waschen, und wieder ganz schön machen. Das kam ihm sauer an, und war ein schwer Stück Arbeit, denn man hat gesehen in der Welt, was das mit einjährigen Bärenhäutern schon für eine Hauptmühe kostet, geschweige nun, wenn einer *sieben* Jahre in der Bärenhäuterei verharrte. Dann bekam der Teufel von dem weiland Bärenhäuter, nunmehrigen Herrn Rupert, einen rechten Tritt zum Valet, und der Letztere kleidete sich sehr schön, und reiste mit Extrapost und Dampf nach dem Wohnort seiner Verlobten, wo ihn aber niemand kannte. Er gebärdete sich als ein reicher Freier, und ließ verlauten, dass er eine der drei Schönen heiraten wolle, davon eine bereits seine Verlobte war. Diese eine hatte gar keine Acht auf ihn, aber ihre Schwestern, die hätten ihn gar zu gern gemocht, und putzten sich wie die Pfauen, und zankten sich, welche ihn nehmen sollte. Rupert aber erbat von seiner Braut einen Becher Weines, trank und bat sie, ihm Bescheid zu tun; wie sie das tat, erblickte sie die Hälfte ihres Verlobungsringes in dem Becher, und war ganz hin vor Erstaunen und süßer Freude. Er aber umfing sie und küsste sie; da kamen ihre Schwestern geputzt und furchtbar aufgedonnert dazu, und wurden grün und gelb im Gesicht aus Neid und Ärger über ihrer Schwester Glück – und rannten davon. Eine stürzte sich voll Groll und Grimm in den Ziehbrunnen, die andre henkte sich voll Gift und Galle auf dem Boden auf, und da war auch gleich der Teufel bei der Hand, fing beider Seelen auf und sagte: »Eine Seele musst ich haben – und nun habe ich zwei. Wünsche Glück zur Hochzeit!« – Damit fuhr er ab, und Rupert heiratete nach der Austrauer seine liebholde schönste Jüngste und ist niemals mehr wieder ein Bärenhäuter geworden.

Vogel Holgott und Vogel Mosam

In einen See strömten lustige Bäche, und er war voll Fische, und war gelegen in einsamer Gegend, dahin weder Menschen kamen noch Fischreiher und andere Fische fressende Vögel vom Meere her. Diesen See entdeckte ein bejahrter Vogel, der hieß Holgott, und war vom Geschlecht der Fischadler, und es gefiel ihm die angenehme Lage, die friedsame Stille rings um den See und die Reichlichkeit der Nahrung. Da gedachte er bei sich selbst: hierher willst du ziehen mit deinem Weib und allen den Deinen, denn hier finden wir genug an allem, was wir bedürfen, hier ist niemand mir widerwärtig und entgegen, und meine Kinder mögen dies Gebiet, wenn wir tot sind, als ein schönes Erbe innehaben. Nun hatte Vogel Holgott ein Weib, die saß daheim im Nest auf ihren Eiern, die nahe daran waren ausgebrütet zu sein, und dieses Weibchen hatte einen lieben Freund, auch einen Vogel, der hieß Mosam. Dieser Freund war ihr so lieb, dass ihr nicht Trank und nicht Speise schmeckte, wenn er nicht um sie war, und ohne ihn hatte sie kein Vergnügen oder Kurzweile.

Als nun ihr Mann seinen Ratschlag und Beschluss entdeckte, in jene schöne Gegend zu ziehen, aber ihr hart verbot, dem Freund Mosam davon zu sagen, so war das ihr außerordentlich leid, und sie sann auf Fünde und Ränke, wie sie diesem ihres Mannes Vorhaben heimlich stecken könne, ohne dass dieser es merke. Und da sagte sie zu ihrem Manne: »Siehe, mein teurer Holgott, nun werden unsre Jungen bald ausschlüpfen, und da ist mir eine Arznei verraten worden, sie für die Jungen zu brauchen, wenn sie auskriechen, dass ihnen ihr Gefieder stark und fest wächst: auch behütet diese Arznei sie lebenslänglich vor bösen Zufällen. Diese Arznei nun möchte ich gern holen, so du mir das gestattest, und es dir gefällig wäre!«
»Was ist das für ein Arcanum?«, fragte Vogel Holgott, und die Frau erwiderte: »Das ist ein Fisch in einem See, der um eine Insel fließt, den niemand weiß, als ich und der, welcher es mir verraten. Darum rate und bitte ich dich, setze dich an meiner Statt auf die Eier und brüte, so will ich indes den Fisch holen oder zwei, und wir wollen sie dann mitnehmen in den neuen Aufenthalt, den du uns erwählt hast.«
Darauf entgegnete der Mann: »Nicht ziemt es den Vernünftigen, alles zu versuchen, was der erste beste Arzt ihm rät; denn manche raten Dinge uns an, die zu erlangen unmöglich sind. Was frommt das Unschlitt des Löwen wohl dem Kranken, oder der Nattern Gift? Soll einer darum den Löwen bestehen, und die Nattern in ihrer Höhle besuchen, und in die Gefahr selbsteigenen Todes sich wagen, auf eines Arztes

Rat? Lass ab, o Frau, von deinem törichten Vorhaben, und lass uns an jenen Ort ziehen, während unsre Jungen hier bleiben; dort findest du Fische mancherlei Art, vielleicht auch jene heilsamen, und die weiß niemand dann, außer uns. Wer an besorglicher gefahrvoller Stätte sein Heilkraut sucht, dem möcht es ergehen, wie es dem alten Affen erging.« – »Wie erging es diesem?«, fragte das Vogelweibchen, und Vogel Holgott erzählte:

Von zwei Affen

»Ein alter Affe lebte an einem fruchtbaren Ort, wo Bäume und Früchte, Wasser und Weiden im Überfluss vorhanden waren. Da er nur immer im Wohlleben war, so bekam er in seinem Alter die Raute, und war damit sehr geplagt, wurde mager und kraftlos, sodass er seine Speise nicht mehr erlangen konnte. Da kam ein andrer Affe zu ihm und fragte ihn verwundert: ›Ei, wie kommt es, dass ich dich so krank und abgezehrt sehen muss?‹ – ›Ach!‹, seufzte der alte Affe, ›ich weiß keine andere Ursache, als den Willen Gottes, dem niemand zu entfliehen vermag.‹ Darauf sprach jener: ›Ich kannte einen Freund, der trug dasselbe Siechtum, und es half ihm nichts, als das Haupt einer schwarzen Natter. Als er das aß, so genas er, das solltest du auch tun!‹ – Ihm entgegnete der alte Affe: ›Aber wer gibt mir ein solches Natterhaupt, da ich so schwach bin, kaum ei-

ne Frucht von dem Baume zu erlangen?‹ Darauf versetzte jener: ›Vor zwei Tagen sah ich vor einer Höhle in einem Felsen einen Mann stehen, der lauerte auf die schwarze Natter, die in der Höhle lag, und wollte ihr die Zunge ausziehen, weil er einer solchen bedürftig war; da will ich dich hinbringen. Hat der Mann die Natter getötet, so nimmst du das Haupt und isst es.‹ – Der alte Affe sprach: ›Ich bin siech und krank, werde ich gesund und stark, so will ich dir gern deinen Dienst vergelten.‹ Da führte jener Affe den alten in die Felsenhöhle, darin er einen Drachen wohnen wusste. Vor der Höhle waren große Fußtritte, wie die eines Menschen, der alte Affe dachte, die habe der Mann zurückgelassen, der die Natter getötet, kroch hinein und suchte das Haupt. Da zuckte der Drache hervor und erwürgte ihn und fraß ihn. Der Junge aber freute sich, dass er seinen Gesellen verlockt und betrogen hatte, und nun im alleinigen Besitz der schönen Fruchtbäume war.«

Als Vogel Holgott seinem Weibchen dies erzählt hatte, fügte er noch hinzu: »Dies sage ich der Lehre halber, die darinnen liegt: Es soll kein Vernünftiger sein Leben wagen auf einen törichten und betrüglichen Rat hin.« Aber das Weibchen sprach: »Ich habe dich recht wohl verstanden, allein hier ist es doch ein ganz andrer Fall, denn die Fische, die ich meine, sind ohne Gefahr zu holen, und werden unsern Jungen sehr dienlich sein.«

Als Vogel Holgott sahe, dass verständige Überredung bei seiner Frau nicht anschlage, so gab er nach: »Kannst du es nicht lassen, so hole die Fische; bewahre dich aber, dass du niemanden weder das eine noch das andere Geheimnis vertrauest, denn also lehren die Weisen: Löblich ist jeder Vernunft Übung, aber die größte Vernunft beweist der, der sein Geheimnis begräbt, alsodass es keiner zu finden vermag.«

Darauf flog das Weibchen fort und auf der Stelle zu ihrem lieben Freund Mosam, und teilte ihm alles mit, was ihr Mann im Sinn hatte, und dass er an einen lustigen Ort ziehen wolle, wo weder von Tieren noch von Menschen etwas zu fürchten sei. Und sprach: »Möchtest du, o Freund, einen Fund finden, dass auch du dorthin kommen könntest, doch mit Wissen und Willen meines Mannes, denn soll mir etwas Gutes widerfahren, so hab ich keine Freude ohne dich.« Darauf erwiderte der Vogel Mosam: »Warum sollte ich gezwungen sein, nur mit Bewilligung deines Mannes dort zu weilen? Wer gibt ihm solche Gewalt an die Hand über mich und andre? Wer verbietet mir, auch dorthin zu ziehen? Zur Stunde will ich hinfliegen und dort mein Nest bauen, da es so eine genügliche Stätte ist. Und wird dein Mann kommen und mich vertreiben wollen, so werde ich ihm das wohl zu wehren wissen, und ihm sagen, dass weder er noch seine Vorfahren dort sesshaft waren und er also nicht mehr Recht an jener Gegend hat als ich und andere.« Da erwiderte das Weibchen: »Du hast nicht unrecht, aber ich wünschte doch deine Gegenwart dort in der Voraussetzung, dass allewege Friede und Eintracht unter uns sei. Gehst du gegen meines Mannes Willen dorthin, so haben wir üble Nachrede zu gewärtigen, und unsre Freundschaft wird sich in Trauer verkehren. Mein Rat ist dieser: Du gehst zu meinem Manne, lässt ihn nicht wissen, dass wir uns gesprochen, und sagst zu ihm (ehe ich zurück bin), du habest jene sehr schöne Gegend gefunden, und dir vorgenommen, dorthin zu ziehen, so wird er dir erwidern, dass er auch zuvor schon diese Stätte entdeckt habe, und entschlossen sei, hinzuziehen; dann sprichst du: ›O Freund Holgott, so bist du der Erste, und jener Stätte würdiger denn ich, aber ich bitte dich, lass mich bei dir wohnen, so will ich dir dort ein treuer Freund und Gefährte sein.‹«

Diesen Rat befolgte Vogel Mosam und flog eiligst zu Vogel Holgott hin, während das Weibchen an den ersten besten Teich flog und zwei Fische fing, und heim trug, als seien es die heilsamen Wunderfische, und Vogel Holgott erwiderte auf den Antrag, dass ihm Mosams Gesellschaft wohlgefällig sei. Das Weibchen aber stellte sich, als wäre ihr ihres Mannes Nachgiebigkeit gegen ihren Freund nicht lieb, damit er ihre Verräterei nicht merke und sagte: »Wir haben doch jene Stätte für uns allein erwählt, und ich besorge, wird Vogel Mosam mit uns ziehen, so folgen seine vielen Freunde auch nach, und zuletzt müssen wir weichen vor ihrer Überzahl.« Darauf entgegnete ihr Mann: »Du hast

recht; aber ich vertraue Mosam, und hoffe, mit seinem Beistand werden wir uns der Zudringlinge erwehren, darum ist es vielleicht gut, dass dieser Freund bei uns wohne. Niemand vertraue allzu viel der eignen Kraft und der eigenen Macht. Wir sind zwar mit die Stärksten unter den Vögeln, aber Hülfe dienet dem Schwachen, zu überwinden den Starken, wie die Katzen den Wolf überwanden.«
»Wie war das?«, fragte Holgotts Weibchen, und dieser erzählte ihr:

Von dem Wolf und den Maushunden

»Am Meeresgestade war eine Schar Wölfe, darunter war einer besonders blutdürstig, der wollte zu einer Zeit sich einen besondern Ruhm unter seinen Gesellen erwerben, und ging in ein Gebirge, wo viele und mancherlei Tiere sich aufhielten, da zu jagen. Aber dieses Gebirge war umfriedet, und die Tiere waren da sicher vor andern Tieren und wohnten in Eintracht beieinander; darunter war auch eine Schar Maushunde oder Katzen, die hatten einen König. Nun war der Wolf mit List durch das Gehege gekommen, verbarg sich, und fing sich jeden Tag eine Katze und fraß sie. Das war den Katzen sehr leid, und sie sammelten sich zur Beratung unter ihrem König; und da waren insonderheit drei weise, einsichtsvolle Kater, die berief der König in seinen Rat, und fragte den Ersten um sein Votum gegen den schädlichen Wolf. Der erste Kater sprach: ›Ich weiß keinen Rat gegen dieses große Ungeheuer, als uns in Gottes Gnade zu befehlen, denn wie möchten wir dem Wolf Widerstand tun?‹ Der König fragte den zweiten Kater und dieser sprach: ›Ich rate, dass wir gemeinschaftlich diesen Ort verlassen und uns eine andere ruhigere Stätte suchen, da wir hier in großer Trübsal, Leibes- und Lebensgefahr verweilen müssen.‹ Der dritte Kater aber sprach auf des Königs Befragung: ›Mein Rat ist, hier zu bleiben und des Wolfs hal-

ber nicht auszuwandern. Auch wüsste ich einen Rat, ihn zu überwinden.‹ ›Sage ihn‹, gebot der König, und der Kater sprach weiter: ›Wir müssen Acht darauf haben, wenn der Wolf sich neuer Beute bemächtigt hat, und wohin er sie trägt und verzehrt, dann musst du, o König, ich und unsre Stärksten, ihm nahen, als wollten wir das essen, was er übrig lässt, so wird er sich für ganz sicher halten, und von uns sich nichts befürchten. Dann will ich auf ihn springen und ihm die Augen auskratzen, und dann müssen alle andere über ihn herfallen, sodass er sich unsrer nicht mehr erwehren kann, und es darf uns dabei nicht irren, dass einer oder der andre von uns das Leben einbüßt oder Wunden davonträgt; denn wir erlösen dadurch uns und unsre Kinder von dem Feind, und ein Weiser scheidet nicht feig und furchtsam von seinem Vatererbe; nein, er verteidigt es mit Leibes- und Lebensgefahr.‹ Diesen Rat hieß der König gut. Darauf geschah es, dass der Wolf einen guten Fang getan hatte, den er auf einen Felsen schleppte, und da führten die Katzen ihre Tat aus, die der tapfere weise Kater angeraten; und der Wolf musste schämlich unter ihren Krallen und zahllosen Bissen sein Leben enden.«

»Dieses Beispiel«, fuhr Vogel Holgott fort, »sage ich dir, liebes Weib, damit du begreifst, dass treue Freundschaft hülfreich ist, und darum nehme ich gern Vogel Mosam zu meinem Freund und Gefährten mit.« Als dieses das Weibchen hörte, jubilierte sie innerlich, dass ihr Anschlag so unverdächtig und nach ihres Herzens Wunsch ausging. Und da erhoben sich die drei Vögel nach jener lustigen Stätte; ließen im alten Nest die indes ausgebrüteten Jungen zurück, bauten dort Nester und wohnten dort friedsam und freundlich bei reichlicher Nahrung eine Zeit miteinander. Und Vogel Holgott, der alt und schwach wurde, und sein Weib hatten den Vogel Mosam viel lieber in ihren Herzen, als er sie, wie sich gleich zeigen wird.

Es kam eine dürre heiße Zeit, dass alles verdorrte, und der See austrocknete, und die Fische starben; da sprach Vogel Mosam zu sich selbst: »Es ist ein schönes Ding um treue Kameradschaft, und es ist löblich, wenn Freunde zusammenhalten. Aber ein jeder ist doch sich selbst der Nächste. Wer sich selbst nichts nütze ist, wie soll der andern nützlich sein? Wer künftigen Schaden nicht voraussieht und ihn meidet, der wird ihm nicht entgehen, wenn er da ist. Nun sehe ich voraus, wie mir die Gesellschaft dieser Vögel Schaden und Abbruch tun wird, da von Tag zu Tag die Nahrung sich mindert; und zuletzt werden sie mich verjagen. Mir aber gefällt es hier wohl, und ich könnte auch allein, ohne jener Gesellschaft hier wohnen; da wäre es wohl gut, wenn ich ihnen zuvorkäme, und mich ihrer entledigte, und zwar zuerst des Mannes, denn das Weib vertraut mir ganz, die zwinge ich dann ungleich leichter. Sie kann sogar den Mann töten helfen.«

Mit solchen argen und schändlichen Gedanken flog Vogel Mosam zu dem Weibchen und nahte ihr ganz traurig und niedergeschlagen. Die fragte ihn: »Warum sehe ich dich so traurig, mein Freund?«, und er antwortete: »Ich traure über die schwere Zeit, und sehe schreckvoll daher schreiten des Hungers Gespenst. Und zumeist deinetwegen trauert mein Herz. Eines nur wüsst ich, das dir frommte, wenn mein Rat nicht unweise dir dünkt.« – »Welcher ist das?«, fragte das Weibchen, und Mosam sprach: »Bande der Freundschaft sind mehr wert als Bande der Blutsverwandtschaft, denn diese ist oft schädlicher als Gift. Ein Sprichwort sagt: Wer eines Bruders mangelt, der hat einen Feind weniger, und wer keine Verwandten hat, der hat keine Neider. Ich will dir etwas ansinnen, das dir nützlich sein wird, liebe Freundin, obschon es dir hart ankommen wird, es zu vollbringen, und du wirst es mir als ein Unrecht auslegen, dass ich es dir offenbare, wenn auch es in meinen Augen geringfügig erscheint.« Da sprach das Weibchen: »Deine Rede erschreckt mich, ich kann mir nicht denken, was du meinst, und glaube nicht, dass du mir Übels raten wirst. Doch wäre mir ein leichtes, den Tod zu erleiden um deinetwillen; darum so sprich! Denn wer nicht sein Leben einsetzt für einen treuen Freund, der ist sehr töricht, denn ein

Freund ist immer nützlicher wie ein Bruder oder wie Kinder.« Jetzt sprach Mosam mit Arglist: »Mein Rat ist, dass du suchtest, deines alten schwachen Mannes los und ledig zu werden, für den du so mühevoll sorgen musst; da wird dir Glück und Heil zureifen, und mir mit dir! Und frage nicht nach der Ursache dieses Rates, bis du ihn vollzogen hast, denn hatte ich nicht guten Grund dazu, so glaube mir, würde ich dir solches nicht anraten. Ich schaffe dir schon einen bessern und jüngern Mann, der dich immer lieben und beschützen wird. Und tust du nicht nach meinem Rat, so wird es dir gehen wie jener Maus, die auch guten Rat verachtete.«

Da fragte das Vogelweib: »Wie war das mit jener Maus?«, und Mosam erzählte:

Die Katze und die Maus

»Es war einmal ein Mann, dem taten die Mäuse in seiner Speisekammer vielen Schaden, da nahm er eine Katze an, damit sie die Mäuse vertreibe und vertilge. Nun war unter den Mäusen eine recht große und war auch stärker wie die andern, und wie sie wahrnahm, was geschehen war, da suchte sie eine Gelegenheit, wo sie von einem sichern Ort aus mit der Katze sprechen konnte, und sagte zu dieser: ›Ich weiß, dass dein Herr dich bestellt hat, mich und meine Freunde zu vertreiben und zu töten. Nun freut es mich, deine Bekanntschaft zu machen, und ich möchte mich deiner Gunst empfehlen und guten Frieden mit dir halten.‹ Sprach die Katze: ›Es freut mich ausnehmend, dich kennen zu lernen, und es wird mir äußerst schätzbar sein, wenn du mich mit deiner Freundschaft beehren willst. Auch ware dein Umgang mir der erwünschteste, allein ich darf dir nichts versprechen, was ich dir nicht zu halten vermag. Siehe, verehrteste Maus, mein Herr hat mich zum Bewahrer seines Hauses gesetzt, dass du und deine Sippschaft ihm nicht länger Schaden zufügst, schonte ich nun deiner, so würde es heißen: das ist eine schlechte Katze! Darum meide entweder, meinen Herrn zu schaden, oder meide das Haus, und suche dir einen andern dir genehmen Aufenthalt, außerdem gib mir keine Schuld, wenn du Schaden hast.‹ Die Maus sprach: ›Ich habe dich höflich gebeten, und so bitte ich nur noch, verzeihe mir meine Freiheit, und schenke mir deine Freundschaft.‹ ›Ja‹, sprach die Katze, ›du bist mir lieb und wert, wie soll ich aber die Freundschaft zu dir vereinigen mit meiner Pflicht bei dem Schaden, den deine Gesellen meinem Herrn zufügen? Lasse ich euch leben, so tötet er mich, das ist billig. Darum, so gewähre ich dir drei Tage Frist, in welcher Zeit du dich nach einer andern Wohnung umtun magst.‹ Die Maus erwiderte: ›Sehr schwer und ungern trenne ich mich von dieser Wohnung; ich werde mich hüten, dir zu nahe zu kommen, und hier bleiben, solange es mir gefällt.‹ Die Katze schonte die Maus, ihrem Wort getreu, drei Tage lang, da wurde diese ganz sicher, und tat nun gar nicht mehr, als sei eine Katze im Hause vorhanden; als die drei Tage herum waren, und die Maus wieder ganz unbesorgt aus ihrem Löchlein lief, da lag die Katze im Winkel der Speisekammer und lauerte, sprang zu und fing und fraß die Maus mit Haut und Haaren.«

»Das ist ein Gleichnis«, fuhr Vogel Mosam fort, »an dem du sehen kannst, dass nicht ziemt dem Verständigen, zu verachten der treuen Freunde Rat. Und das Sprichwort sagt, dass der Freunde Rat oft gleiche bittrer Arznei, die doch heilsam ist und das Siechtum bannt.«
Das Vogelweib bedachte sich lange und schwankte, was sie tun solle, und wie es zu vollbringen sei, dass auch kein Schein böser Tat auf sie

fiele. Da riet der falsche Freund, sie solle einen Fisch nehmen, durch den die Fischer zur Lockung großer Fische eine spitze Angel gesteckt, und den dem Mann unter die andern Fische, die er speise, legen, so werde er daran erwürgen. Das tat das Weib, und weil Vogel Holgott alt war, und nicht selbst mehr Fische fing, und sein Weib ihn bisweilen Hunger leiden ließ, so schluckte er gierig den Fisch mit dem Angelhaken in sich hinein und erwürgte daran, und wie das geschah, so verfluchte er die, die ihn so schmählich dem Tod geweiht. Als das geschehen war, lebte der Vogel Mosam noch eine kurze Zeit mit dem ungetreuen Weibe, aber weil die Nahrung immer seltener wurde, so begann er ihrer sehr überdrüssig zu werden, und stürzte sich auf sie, sie zu töten. Da flogen gerade ihre Söhne daher, die kamen, um ihre lieben Eltern zu besuchen, und fielen herab auf den Vogel Mosam, als schon ihre Mutter im Sterben lag, die ihnen alles bekannte und verschied. Da hackten sie mit ihren spitzigen Schnäbeln dem Vogel Mosam die Augen aus, und ließen ihn elendiglich verhungern, und rächten so den Doppelfrevel, der von ihm an ihren Eltern begangen worden war.

Das Rebhuhn

Es war ein reicher Jude, der reiste durch ein Königreich und trug mit sich einen großen Schatz an Geld und Gute. Da ihn nun sein Weg durch einen großen Wald führen sollte, fürchtete er sich, dass er um seines Geldes willen darin etwa sein Leben lassen müsse, und ging daher zu dem Könige des Landes, reichte ihm ein Geschenk dar und bat, dass der König ihm einen sichern Mann mitgebe zum Geleite durch den Wald und durch sein ganzes Reich. Da gebot der König seinem Schenken, dem Juden das Geleit zu geben, und dieser tat, was ihm geboten war, und geleitete den Juden.

Als nun diese beiden in den Wald gekommen waren, da gelüstete dem Schenken nach dem Schatz des Juden, und er stand still auf dem Weg und sprach zu ihm: »Gehe voran!« Der Jude erschrak, ahnete des Schenken böse Absicht und wollte nicht vorangehen. Der Schenke zog alsbald sein Schwert aus der Scheide und rief: »Jud, so musst du hier von meiner Hand sterben!« – »O lieber Schenke, tut das nicht!«, rief der Jude, »solche Mordtat an mir würde nicht verborgen bleiben! Und ob heimlicher Mord von allen Menschen ungesehen vollzogen wird, so werden ihn die Vögel offenbaren, die unter dem Himmel fliegen!«

Wie der Jude das noch sprach, flog eben ein Rebhuhn im Walde auf, und über ihnen beiden hin. Da hohnlachte der Schenke und sprach spöttisch: »Hab Acht, Jud, das Rebhuhn wird's dem Könige sicherlich ansagen, dass ich dich hier ermordet.« Und so ermordete der Schenke den Juden im Walde, nahm ihm alle sein Geld und seinen Schatz, den er bei sich trug, begrub ihn heimlich und ging wieder zu Hofe.

Und es verging ein ganzes Jahr nach des Schenken ungetreuer Tat, da geschah es, dass dem Könige Rebhühner geschenkt wurden, die gab der Schenke dem Koch, ließ sie wohl bereiten, und brachte sie zur Tafel. Und wie er die Rebhühner vor den König hin auf den Tisch stellte, dachte er an den Juden, den er ermordet hatte, und an dessen letzte Rede von den Vögeln und musste lachen. Der König sahe es und fragte, worüber er lache? Der Schenk aber gab dem Könige eine falsche Ursache seines Lachens an.

Nachher über vier Wochen geschah es, dass der König seinen Amtleuten und Dienern ein Gastmahl gab, dabei war auch der Schenke, und der König selbst war sehr fröhlich und heiter, scherzhaft und lustig, und ließ so viel Wein und edle Getränke auftragen, dass etliche seiner Diener trunken wurden. Und da alle so lustig waren, sprach der König zum Schenken: »Lieber Schenk, jetzt sage mir die freie Wahrheit, worüber hast du gelacht unlängst, da du mir die Rebhühner auftrugst, denn du hast mich damals nicht mit wahren Worten berichtet!« Der Schenk war trunkenen Mutes, denn wenn der Wein eingeht, geht die Weisheit aus, und sprach: »Ei, mein Herr König, als der Jude schrie, die Vögel würden seinen heimlichen Mord offenbaren, die unter dem Himmel fliegen, da flog eben ein Rebhuhn in die Höhe, dessen musste ich gedenken und darüber lachen.«

Der König schwieg auf diese Rede still, ließ sich nichts merken, und tat, als sei er nicht in seiner Fröhlichkeit gestört. Aber des andern Tages ging er zu Rate mit seinen heimlichen Räten und sprach also zu ihnen: »Was hat der verschuldet, der von des Königs wegen einen durch das Reich sicher geleiten sollte, und hat denselben selbst ermordet und beraubet?« Darauf antworteten die Räte einstimmig: »Der hat den Galgen verdient!« Darauf saß der König öffentlich zu Gericht, bestellte einen Kläger, der den Schenken anklagte, und da er seine Tat vor Zeugen im Rausche erzählt, so musste er sie auch vor Gericht bekennen und wurde zum Galgen verurteilt. So ward der heimliche Mord durch die Rebhühner kund und offenbar.

Das Gruseln

Es waren einmal zwei Brüder, von denen war der eine, der Älteste, nicht auf den Kopf gefallen, vielmehr anstellig und pfiffig über alle Maßen; der Jüngere aber hatte, wie man so sagt, ein Brett vor dem Kopf. Das machte dem Vater große Sorge, ihm aber keine, denn er lebte ganz sorglos und arglos in die Welt hinein, wie die Dummen leben, und er mochte wohl, ohne dass er's wusste, das Sprüchlein im Kopfe haben: Hänschen lerne nicht zu viel, du musst sonst zu viel tun. Wenn der Vater etwas verrichtet haben wollte, so musste er's allemal dem Ältern, dem Matthes sagen, denn der andre, das Hänschen, richtete alles verkehrt aus, zerbrach den Ölkrug und die Branntweinflasche, oder blieb eine Ewigkeit aus. Matthes dagegen machte alles gut, nur einen Fehler hatte er, er war furchtsamer Natur, es gruselte ihn gar zu sehr. Wenn er abends am Kirchhof vorbeiging, so gruselte ihn, und wenn er eine Gespenstergeschichte erzählen hörte, so bekam er vom eitel Gruseln eine Gänsehaut wie ein Reibeisen, und klagte: »Ach ach ach es gruselt mich gar zu sehr.« Sein Bruder aber, das dumme Hänschen, lachte ihn oft deshalb aus, und sagte: »Hä, hä, wie kann es einen nur gruseln? Die Kunst möcht ich können, mich gruselt's all mein Lebtage nicht – möchte wahrlich das Gruseln lernen!«

»Du siehst aus, wie einer, der was lernen möcht!«, schalt der Vater auf Hänschen. »Zeit wär's freilich, du wirst ein großer starker Lümmel – aber mit dem Gruselnlernen, du Hans Dampf, da ist's nichts, das ist keine Kunst, damit verdienst du kein Körnlein Salz zum lieben Brote. Und weißt du denn auch, wie man das Gruseln lernt? Was gilt die Wette, dass du auch dazu zu dumm bist?«

Während der Vater und der Bruder noch das dumme Hänschen auslachten, kam der Nachbar Küster und Schulmeister herüber zum Besuch, und hörte noch, wie das Hänschen verlacht wurde, und bekam erzählt, dass der Bube gern das Gruseln lernen wolle. »Das kann er bei mir prächtig lernen!«, sprach der Küster. »Mein Schulhaus ist das allerelendeste Nest von einem Hause im ganzen Orte, mich gruselt's den ganzen Tag, dass mir's über dem Kopf zusammenfällt, und einmal die hoffnungsvollen Rangen miteinander erschlägt. Gebt mir das Hänschen herüber, ich muss ja so manchem Dummbart Wissenschaften beibringen, werd ihm doch wohl auch das Gruseln anlehren können!« Der Vater war den Vorschlag zufrieden und das Hänschen folgte dem Küster hinüber in das alte wackelige Schulhaus. Ihn gruselte das aber mitnichten, es war ihm gerade so einerlei, dass das Haus den Einsturz drohte, wie es dem Schulzen und der ehrsamen Gemeinde einerlei war.

Nun sann der Küster auf ein andres Stücklein, das dem Hänschen auf alle Fälle das Gruseln beibringen sollte. Er hieß ihn die Abendglocke läuten, schlüpfte aber noch vor ihm heimlich hinauf in die Glockenstube, und als Hänschen zur Treppe hinauf war und den Strang zur Abendglocke fasste, hörte er von der Treppe her einen dumpfen stöhnenden Laut. Wie er sich umsah, stand dort eine große weiße Schleiergestalt starr und unbeweglich. »Wer bist du? Was willst du?«, fragte Hänschen, ohne dass ihn nur im Mindesten gegruselt hätte. Keine Antwort. »Ich frage dich, wer du bist?«, rief Hänschen mit stärkerer Stimme. Keine Antwort. »Hast du kein Maul, Schneemann? Noch einmal: was willst du?« Keine Antwort. – Mein Hänschen nicht faul, springt mit einem Satz auf die Gestalt los, wie der Kasper im Puppenspiel auf den Teufel und rennt sie, die sich solcher Herzhaftigkeit nicht versah, pardauz! über den Haufen, dass sie ein ganz Stück die Stiegen hinunterkollert, und was für Stiegen? Stiegen von so einziger Art, wie sie nur auf alten Dorfkirchtürmen anzutreffen sind, ausgetreten, verrottet, eng, voll jahrhundertalten Staubes. Drunten lag das Gespenst und ächzte und krächzte, Hänschen aber läutete zum Abendgebet, und schwang gar wacker den Glockenstrang, als wäre eben nichts vorgefallen; dann kletterte er wohlgemut die Stiege hinab, und ging aus dem Turme, dessen Türe er hinter sich zuschloss. Die Küsterin wusste gar nicht, wo ihr Mann blieb. »Wo ist denn Er?«, fragte sie Hänschen. »Wer?«, fragte Hänschen. »Er!«, sagte die Küsterin. »Er ist ja vor dir hinüber auf den Turm.« – »So!«, sagte Hänschen, »ist *er* das gewesen? Es stand ein weißer Labutzel an der Treppe, der wollte mir nicht Red und Antwort geben, da hab ich ihn die Treppe hinabgestoßen, er liegt noch drüben und krächzt.« – »Galgenstrick!«, schrie die Küsterin, riss Hänschen den Schlüssel aus der Hand, und sprang auf den Turm, da lag ihr Mann in seinem Betttuch, und hatte ein Bein gebrochen.

Jetzt erging es Hänschen gar nicht gut; die Küsterin verklagte ihn bei seinem Vater, und der wurde ganz wild und schrie: »Ein Taugenichts ist der Junge, aus den Augen soll er mir! Fort marsch! Hier ist Geld – geh, lass dich henken wo du willst – mir kommst du nimmermehr vor die Augen. Schimpf und Schande und Schaden hat man von dir, du Nichtsnutz!«

»Geh mit Gott, Hänschen!«, spottete Matthes. »Sorge fein, dass du das Gruseln lernest, das Gruseln soll jetzt Mode sein, und den Menschen draußen in der Welt gruselt's vor allerhand, da wirst du schon vom Gruseln auch deinen Teil bekommen!«

Hänschen ging, er hatte Geld, und wenn einer Geld hat, braucht's ihn erst recht nicht zu gruseln. Unterwegs sprach er öfter vor sich hin: »Wenn mich doch nur gruselte, wenn mich doch nur gruselte!« Das hörte ein Mann, der hinter Hänschen kam, und sprach zu ihm: »Schau dorthin – dort steht der Dreibein, da hängt eine schöne Gesellschaft dran gerade ihrer sieben, was man so sagt: ein Galgen voll. Dort nimm unter den sieben dein Nachtlager, da lernst du das Gruseln.«

»Wenn das wahr wäre«, sprach Hänschen, »so wollt ich dir morgen früh all mein Geld geben. Kannst zu mir kommen und es holen, oder du kannst ja auch gleich bei mir bleiben!«

»Dass ich ein Narr wäre und unterm lichten Galgen bei dir bliebe!«, antwortete jener. »Nein, mein guter Gesell, das Gruseln lernt sich viel besser, wenn einer allein, als wenn er zu zweien ist. *Gute* Nacht! – auf Wiedersehen morgen in der Frühe!« – Hänschen setzte sich unter den Galgen, machte sich, weil es kalt war, ein Feuerchen an, das schien hübsch hell hinauf zu den Gehenkten, und der scharfe Nachtwind bewegte ihre schlotternden Körper hin und her, hin und her.

»Ei ihr gar armen Teufel!«, rief Hänschen hinauf. »Euch friert ja, dass ihr schnappert und klappert. Wartet, ich will euch herunterholen, sollt euch wärmen an meinem Feuer.« Und Hänschen nicht faul, fand eine Galgenleiter, stieg hinauf, knüpfte die Gehenkten los und setzte sie an sein Feuer, das er nun stärker und größer machte. Jene aber schauten gottserbärmlich aus, grün, gelb und jämmerlich, blitzblau, abscheulich, wie das Sprichwort sagt, und regten und rührten sich nicht; das Feuer fraß um sich, und begann die Lumpen und Fetzen anzukohlen, welche um die toten Leichname herum hingen. »Na?«, sagte Hänschen, »lasst ihr ja eure Kleider verbrennen! Da heißt's recht bei euch: gleiche Lumpen, gleiche Lappen! Wartet – ich will euch helfen so unachtsam sein!« Nahm sie, einen nach dem andern und hing sie wieder hinauf, hüllte sich in seinen Mantel, streckte sich an sein Feuer und schlief ein. So fand ihn der Mann, mit dem er gestern gegangen, und der heute kam, das Geld zu holen. Da er aber Hänschen so ruhig schlafen sah, wuchs ihm wenig Hoffnung, dass es das Gruseln über Nacht gelernt haben möchte, und als Hänschen nun aufwachte, und ihm erzählte, was er vorgenommen habe, da wandte sich der Mann zum Gehen und sprach: »Dein Geld hab ich dasmal nicht verdient, du lernst das Gruseln nimmermehr.«

Wie Hänschen nun auch weiter und seines Weges ging, sprach er vor sich hin: »'s ist doch alleweil schade, dass ich das Gruseln nicht erlernen kann, muss wohl zu dumm dazu sein. Ei ei – wenn ich doch nur das Gruseln könnte.«

Das hörte ein Fuhrmann, der desselben Weges daher schritt, der sprach zu Hänschen: »Ei, kannst du das Gruseln nicht? Da kehre nur dort in dem Wirtshaus am Weg ein, wenn du nämlich Geld hast, der Wirt macht hautschaudrige Zechen, mich hat's noch jedes Mal überlaufen, wenn ich hab in dessen Haus einkehren müssen.« – »Das wollen wir sehen!«, sprach Hänschen, dankte dem Fuhrmann und schritt auf dasselbige Wirtshaus zu.

»Was schaffens?«, fragte der Wirt. »Möcht's Gruseln lernen«, antwortete Hänschen. »Die Leute auf der Landstraße sagen, bei Euch wär's leicht zu lernen, Ihr machtet so grusliche Rechnungen und führt eine so grusliche Kreide!« – Warte Lecker! dachte der Wirt, dir will ich wohl was lehren, dass dich das Gruseln ankommt, und zu Hänschen sprach er: »Mein lieber Wandergesell, Ihr seid mit Unwahrheit berichtet worden; in meinem Hause kann man das Gruseln keineswegs lernen, und ich bediene meine Gäste nicht so, wie Euch irgendein Schalksnarr erzählt und vorgelogen hat. Ist's Euch um Gruseln zu tun, so geht dort hinauf auf das alte verwünschte Schloss da droben und seht zu, dass Ihr die Königstochter zur Frau bekommt, die ihr Vater dem versprochen hat, der das Schloss von seinen Poltergeistern befreit; da gibt's was zu gruseln und reich zu werden.«

»Ich will so tun, wie Ihr mir ratet«, sagte Hänschen, und der Wirt sprach wieder: »Damit, dass Ihr hinaufgeht, ist's noch nicht getan. Erst müsst Ihr beim König um Erlaubnis bitten, und müsst drei Nächte lang droben bleiben. Kommt Ihr mit dem Leben davon, so ist die Prinzessin Eure Frau.«

»Und wenn ich nicht mit dem Leben davonkomme, was dann?«, fragte Hänschen – und der Wirt lachte ihm ins Gesicht und sprach: »Ich merke schon, Ihr seid ein Schlaukopf, Ihr hättet sicher das Pulver erfunden, wenn's noch nicht erfunden wär!«

Und Hänschen ging eilend zu dem König, bat um die Erlaubnis und erhielt sie, auch sprach der König: »Mein Sohn, du darfst dir auch dreierlei mitnehmen, aber nur nichts Lebendiges.« Nun hatte Hänschen schon in seiner Jugend immer gar zu gern Feuer angemacht, an der Schnitzelbank gesessen und auch bisweilen an der Drehbank, und verstand mit solchen Dingen umzugehen. Darum begehrte er weiter nichts mit auf das Schloss zu nehmen, als ein gutes Feuerzeug, eine Schnitzelbank und eine Drehbank, »damit mich nicht friert«, sagte er, »und ich mir die Zeit vertreiben kann.« Das ward dem Hänschen gern gegeben, und er schlug seinen Sitz in einem hübschen Zimmer mit großem Kamin im alten Schloss auf. Als es Nacht wurde, machte Hänschen ein helles Feuer an, das wärmte und leuchtete sehr schön. Auf einmal kamen zwei kohlschwarze Katzen, die hatten Augen wie von grünem Feuer, und schrien: »Miau, miau, uns friert!« – »Ei wenn euch friert, so wärmt euch doch; hier ist ein Feuer!«, sprach Hänschen. Das taten die Katzen auch, dann sagten sie, »die Zeit wird uns zu lang, wir wollen zu dritt Karte spielen, Dreiblatt oder Pochens.« – »Meinetwegen Pochens«, sagte Hänschen, »wenn ihr Karten mitgebracht habt.« Die Katzen hatten wirklich ein Kartenspiel und zeigten es Hänschen, und da sah Hänschen, dass sie fürchterliche Krallen an ihren schwarzen Pfoten hatten, und sagte: »Mit Verlaub, eure Frau Mutter hat euch die Nägel recht lange nicht geschnitten, schämt euch was, kommt, ich will sie euch putzen!«, und packte die Katzen und klemmte ihnen die Pfoten in die Drehbank. Da bissen sie nach ihm und so nahm er sein Schnitzmesser und schnitzte ihnen die Köpfe ab, und warf Katzenköpfe und Leiber aus dem Fenster in den Schlossgraben. Als er wieder zum Feuer kam, saß ein großer Hund dort und bleckte ihm die Zähne und hatte eine feurige Zunge armslang zum Halse heraushängen. Dies gefiel Hänschen wieder nicht, er nahm abermals sein Schnitzmesser und hieb damit dem Hund gerade zwischen die Zähne in den Rachen, da fiel die Zunge herunter und der obere Kopf nahm Abschied von seinem Unterteil. Nun meinte Hänschen Ruhe zu haben und wollte sie auch genießen; in der Ecke stand ein Bett, da legte er sich hinein und deckte sich zu. Er war aber noch nicht eingeschlafen, da fing das Bett an zu fahren wie ein Dampfwagen, und fuhr im ganzen Schloss herum, treppauf, treppab, durch Säle und Zimmer – aber Hänschen sagte: »Schau, nun spür ich doch, wie's tut, wenn die großen Herren fahren. Fahre du also nur immer zu.« – Endlich moch-

te das Bett des Fahrens müde sein, es rollte wieder in Hänschens Zimmer, wo das Feuer noch lustig brannte, da stand es still, und Hänschen schlief ein und schlief wie ein Toter.

Am andern Morgen stand der König an seinem Bett und sagte: »Na das heiß ich einen gesunden Schlaf, wenn ich den hätte! So gut schläft kein König. Freut mich, dass der Junge noch lebt und schnarcht. Heda! Hänschen!« – »Schön guten Morgen Herr König! Schon so frühe?«, fragte Hänschen. »Wünsche wohl geruht zu haben«, sprach der König. »Danke, gleichfalls!«, sprach Hänschen. »Kannst auf meine Rechnung drunten beim Wirt frühstücken und zu Mittag essen, aber abends bist du wieder hier oben, magst du?«, sprach und fragte der König. »Ei freilich wohl«, sagte Hänschen; »drei Nächte müssen's sein.«

Wie Hänschen zum Wirte kam, wunderte der sich sehr und fragte: »Nun? Noch lebendig? – Aber das Gruseln wird man doch gelernt haben in heutiger Nacht?« – »Nicht rühran!«, erwiderte Hänschen. Da fing es dem Wirt selber an, vor Hänschen über und über zu gruseln. Hänschen ließ sich's wohl sein auf des Königs Rechnung und sorgte sich nicht um diese, und als es Abend wurde, war er schon wieder oben im Spukschloss, und machte sich sein Feuer an. Auf einmal prasselte es droben im Schornstein, als breche alles in tausend Trümmer, und da kam ein Kerl heruntergefahren, der war aber nur halb. »Na«, sagte Hänschen, »was soll denn das sein? Da fehlt ja noch eine Halbschied, anderthalb Mann sind doch noch keine Gesellschaft.« Kaum hatte Hänschen das gesagt, bautz! kam die andre Hälfte nachgefallen, mitten in das Feuer. Hänschen nahm die beiden Hälften, warf sie aus dem Kamin in die Stube, und brachte sein Feuer wieder in Ordnung. Wie er damit zu Stande war und umschaute, war aus den beiden Hälften ein einziger Kerl geworden, aber kein schöner, der saß auf Hänschens Stuhl.

»Platz da!«, schrie Hänschen. »Hier sitze ich, marsch, oder ich halbier dich mit dem Schnitzelmesser!«

Auf einmal polterte es wieder im Schornstein, Totenbeine und Schädel prasselten herab, und noch einige Männer vom gräulichsten Aussehen.

»Guten Abend, meine Herren!«, sagte Hänschen. »Sie sind doch *ganze* Männer, das lass ich mir gefallen. Gehören vielleicht in die Familie Schön? Ach wie schade, dass kein Spiegel im Zimmer hängt. Womit könnt ich Ihnen denn eigentlich dienen?« – Die Männer sahen Hänschen mit furchtbaren Blicken an, einer nahm die Totenbeine, es waren gerade neun, und stellte sie als Kegel auf, die andern nahmen die Schädel und rollten sie nach den Kegeln.

»Kegelschieben tu ich für mein Leben gern!«, sagte Hänschen. »Erlauben Sie nicht, dass ich auch mitspiele? Spielen Sie Brettspiel oder Partens? Ums Partiegeld? Wie?«

»Hast du Geld?«, fragten die Männer grimmig.

»Oui!«, sagte Hänschen und fuhr in die Tasche und klimperte.

»Nun so schieb an!«, schrie einer der Männer und reichte ihm einen Totenschädel dar.

»Mit Verlaub, das ist eine eckige Kugel. Gebt her, da hab ich eine Drehbank stehen, wollen sie hübsch rund drehen, damit wir gut alle neun treffen«, sprach's und setzte sich, und drehte die Schädel rund. Dann ging das Spiel an, Hänschen schob gut, aber die Männer schoben noch besser, Hänschen verlor etwas, und das Spiel fing wieder an, Hänschen schob und rief freudig: »Alle neun!« – »Nein, zwölf!«, riefen die Männer mit dumpfem Ton und verschwanden mit Knochen und Schädeln, und die alte Uhr auf dem Schlossturm schlug zwölf. »Nun so was!«, rief Hänschen. »Ist das auch eine Manier? Erst locken sie mir mein bisschen Geld ab, und nun ich gut schiebe, machen sie sich aus dem Staube.« Darauf legte er sich wieder in das Bett, das heute ganz ruhig blieb, und schlief bis an den hellen Morgen.

»Heute wird er wohl nicht mehr am Leben sein«, sprach der König, als er auf Hänschens Zimmer zuging, »ich höre ihn nicht wie gestern schnarchen, wird wohl aus sein mit ihm.« Aber Hänschen ermunterte sich sehr schnell und sprach: »Wünsche wohl geruht zu haben, Majestät!« – »Gleichfalls, danke schön!«, antwortete der König. »Wie ging es diese Nacht?« – »Recht hübsch, danke der gütigen Nachfrage, Herr König!«, antwortete Hänschen. »Es war eine Sorte Schlotfeger da, sie kamen zum Schornstein heruntergefahren und wir haben mit Totenbeinen gekegelt.« Dem König schauerte die Haut und er sagte: »Aber das ist ja ganz gruselig!« – »Was denn, Herr König?«, fragte Hänschen. »Das – eben!«, erwiderte der König. »Nun Glück zu, zur dritten Nacht!«

»'s ist doch recht fatal, dass ich nimmermehr das Gruseln lerne!«, sprach Hänschen zu sich selbst, als die dritte Nacht herbeikam. Auf einmal entstand ein großer Rumor, sechs Männer traten in das Zimmer, die trugen eine Totenlade auf der Bahre, stellten sie vor Hänschen hin und verschwanden. Hänschen dachte: Wer mag da drinnen liegen? und öffnete den Sarg. Da lag einer drin, der war steif und eiskalt. – »Ach den friert, er ist ganz steif vor Frost«, sagte Hänschen, »den muss ich wärmen!«, hob den Toten aus dem Sarge und trug ihn an sein Feuer, aber er blieb kalt. »Der muss ins Bette, da wird er schon erwarmen« – und nahm ihn und legte ihn ins Bette, und sich dazu. Nach einer Weile wurde der Tote warm und wachte auf und machte sich breit und sagte: »Wer hat dir geheißen mich in meiner Ruhe stören? Jetzt sollst du sterben!« – »Ist das eilig?«, fragte Hänschen, packte jenen rasch an, warf ihn in die Totenlade, den Deckel darauf, und schraubte denselben schnell zu. Da kamen gleich die sechs Männer wieder, die hoben den Sargkasten auf und trugen ihn fort.

Bald darauf trat ein gräulicher Riese herein, mit großem langem Bart, der schrie: »Wurm! Jetzt musst du sterben! Du musst mit mir!« – »Ich gehe nicht mit dir!«, sagte Hänschen. »Es pressiert mir nicht; ich habe noch zu tun, wie du siehst!«, und setzte sich an die Drehbank, und trat das Rad, und drehte die Spindel, und hielt den Meißel an das Werkholz. Der Riese bog sich über das Rad her, und wollte Hänschen fassen. Mit einem Male schrie er aber laut: »Au! Au! Mein Bart, mein Bart!« Es war das Ende des Bartes zwischen die Darmsaite, die das Rad umschwingen half, gekommen, und hatte sich durch das schnelle Drehen fest gewickelt, und zog nun den ganzen Kopf nach sich, und Hänschen trat frisch darauf los, und sagte: »Kerl, hab Acht, jetzt drehe ich dir deine große Nase ab, und drehe dir die Augen aus, und drehe aus deinem dicken

Kopf eine Kegelkugel, so wahr ich Hänschen heiße!« Da gab der Riese die besten Worte, Hänschen solle ihn gehen lassen, er wolle ihm auch die drei Kisten voll Gold zeigen, eine sei dem König, die zweite sei den Armen bestimmt, die dritte wolle er ihm schenken. »Nun wohl«, sagte Hänschen, »gib das Ding her, aber bis ich's habe, bleibst du in den Bock gespannt, und trägst die Drehbank auf den Schultern.«

Das war ein sehr unbequemes Tragen, die Bank auf den Schultern, und den Bart ins Rad verflochten, das zog. Der Riese ging nun in ein anderes Zimmer voran und zeigte Hänschen die Kisten voll Gold. Indem schlug es zwölfe, und da verschwand er, und die Drehbank stand ohne Träger. Hänschen war es, als ob die Kisten auch Miene machten zu verschwinden, da rief er: »Halt, halt!«, und fasste sie und hielt sie fest und zog sie hinüber in sein Zimmer, worauf er sich schlafen legte, wieder ohne Gruseln.

Am andern Morgen kam der König und fragte: »Nun, *diese* Nacht war dir's doch ganz gewiss recht gruselig?«

»Wieso denn, Herr König?«, fragte Hänschen. »Ich habe eine Kiste voll Gold geschenkt bekommen, auch eine für Euch, und eine für die Armen. Muss es einem gruselig werden, wenn man Gold geschenkt bekommt?«

»Du hast Großes vollbracht!«, sprach der König. »Durch deine Furchtlosigkeit hast du das Schloss von den Poltergeistern befreit, und den verzauberten Schatz an das Licht gezwungen. Du sollst auch deinen Lohn haben, und meine Tochter heiraten!«

»Obligiert, Herr König!«, sagte Hänschen, »es ist aber doch schade, dass ich heiraten soll, und bin noch so dumm, dass ich noch nicht das Gruseln gelernt habe.«

»O mein lieber Sohn und Schwiegersohn!«, erwiderte der König. »Heirate du nur, da wird sich alles finden. Es hat schon mancher das auch nicht gekonnt, und hat geheiratet, und da ist er außerordentlich gruselig geworden, und hat die Gänsehaut nicht wieder los werden können.«
»Selbige Hoffnung freut mich, Herr König!«, rief Hänschen vergnügt aus.
Bald war herrliche Hochzeit, Hänschen war sehr glücklich, sehr reich, und hatte eine wunderschöne Frau, doch sagte er: »Weiß nicht, wie lange es noch dauern soll, bis ich's Gruseln lerne.«
Nun warte Hänschen! Dich soll es doch noch gruseln, sprach zu sich selbst die junge Königin, Hänschens Gemahlin, ließ einen Eimer Wasser mit kleinen Gründlingen und Elritzen herbeischaffen, und da Hänschen schlief, nahm sie ihm die Bettdecke weg, und schüttete den Eimer voll Wasser und Fischlein über Hänschen her. »Brrr!«, fuhr er auf und schnapperte vor Kälte. »Mir träumte, ich wäre in den Fischteich gefallen – Brrr! Es gruselt mich, es gruselt mich! Hab eine Gänsehaut wie ein Reibeisen! Siehst du, liebe Frau? Endlich nun – nun kann ich das Gruseln, nun kann ich das Gruseln.«

DEUTSCHES MÄRCHENBUCH

1845

Vorwort

Die Wenigsten halten den Unterschied zwischen Sage, Märchen und Mythe in Gedanken fest, die meisten verwechseln beide Erstern oft, und halten sie für gleichbedeutend, manche auch für gleich unbedeutend.

Ich möchte versuchen, hier mit wenigen Worten darzulegen, wie Märchen und Sage unterschieden werden müssen.

Märe ist freilich nach dem alten Wortbegriff: Kunde, Nachricht, Erzählung, Fabel, Abenteuer und sonach ihr Gebiet das weiteste; wie sich aber der Begriff des *Märchens* später ausgebildet und abgegrenzt hat, müssen wir ihn festhalten, ihn von Sage und Mythe trennen.

Sage und Mythe können der Geschichtsforschung noch als Quelle dienen, wenn auch als zweifelhafte, trübe; das Märchen kann dies nie, es wäre denn in Bezug auf Kulturgeschichte.

Die Sage haftet am Örtlichen, an Geschlechtern, Namen, Denkmalen, Kirchen, Schlössern, Burgen; an bestimmten Stellen der Wälder, Haine, Wiesen und Wege, Brücken und Stege; das Märchen aber ist der ruhe- und heimatlos schwebende Paradiesvogel kindlicher Tradition. Ist es ja an Örtliches gebunden, so verschmilzt es mit der Sage. Ein Beispiel davon gibt diese Sammlung im Märchen: Der Schmied von Jüterbogk.

Das Märchen ist dem Kindesalter der Menschheit vergleichbar; ihm sind alle Wunder möglich, es zieht Mond und Sterne vom Himmel und versetzt Berge. Für das Märchen gibt es keine Nähe und keine Ferne, keine Jahrzahl und kein Datum, nur allenfalls Namen, und dann entweder sehr gewöhnliche oder sehr sonderbare, wie sie Kinder erfinden.

Die Sage ist dem Jugendalter zu vergleichen; in ihr ist schon ein Sinnendes, Ahnungsvolles, ihr Horizont ist enger, aber klarer, wie der des Märchens. Sie deutet bisweilen schon an, *wann* und *wo* dieses und jenes geschehen sei, in welchen Zeitperioden, in welchen Kriegen, sei diese Andeutung auch noch so unbestimmt und unhistorisch; sie strebt in gewissen Zügen doch schon dem Alter der Reife, der *Geschichte*, zu.

Auch was Mythe ist, nennen viele Märchen. Mythe ist schon inniger mit der Sage verschmolzen, häufig aber selbstständig. Es ist das große weite Reich der *Geisterwelt.* Die orientalischen Märchen zwar, dies könnte entgegnet werden, haben häufigst solche Maschinerie, allein wir begegnen in ihnen keinem ausgebildeten Mythus. In Deutschland ist es anders. Wir haben Götter, blieb auch von ihnen nur da und dort ein leiser Nachhall in halbverklungenen Mythen; wir haben eine reiche Dämonenwelt von Elfen, guten und bösen, Kobolden, Berg- und Wassergeistern, wir haben *mythische Personen* in Menge, und von allen diesen eine Fülle anziehender Geschichten. In dieses Gebiet gehört alles, was von Wuotansheer, Frau Holle, Berchta, Hackelberg, Rübezahl, von Hütchen und Hinzelmann etc. erzählt wird, alles dieses habe ich aus dem vorliegenden Märchenbuche ausgeschlossen, um es in einem deutschen Mythenbuche zusammenzustellen. In dieses Gebiet gehören auch die Kyffhäusergeschichten. Nur der *Teufel* ist überall zu Hause, in Mythen, Märchen, Sagen und Legenden.

Selbst das Wort *Legende* halten noch immer viele, auch Gebildete, für ganz einerlei mit Sage und Märchen, und so begegnet zum Beispiel die Lächerlichkeit des Ausdrucks: Legenden vom Rübezahl.

Legende ist Geschichte der Heiligen und Märtyrer, ihres Wandels und ihrer Wunder, sie umfasst ausschließlich den christlichen Mythus, und in ihm einen großen Poesieschatz.

Wir haben an guten echten Märchensammlungen in dem vorgezeichneten strengen Sinne keinen Überfluss. Dass die vielen und mancherlei Märchen, welche einzelne Dichter erfunden haben, wenn dieselben auch schön und poetisch sind, nicht hierhergehören, versteht sich von selbst; ich meine nur Märchen, die aus dem Volksmund überliefert, meist noch in ihm lebendig, oft auch Nachhall alter Dichtungen sind. Meist sind jene neuerfundenen sogenannten Märchen an eine mythische oder sagenhafte Überlieferung angeknüpft und novellistisch versponnen. In diesem Sinne dichtete Musäus seine mit Recht beliebten, für viele anziehenden Erzählungen, die er Volksmärchen der Deutschen nannte; ebenso wenig sind die Volksmärchen der Benedicte Naubert echte deutsche Märchen, und welche Unzahl von Nachahmern fanden nicht Musäus und die Naubert!

Die anerkannt beste echte Märchensammlung bilden die »Kinder und Hausmärchen der *Gebrüder Grimm*«, man könnte fast sagen, sie machten jede andere überflüssig. Fast alle Märchen darin sind dem Volksmund entnommen. Doch laufen viele derselben in andern Ländern vielfach verändert um, wie auch die Sagen sich mannigfach wiederholen, kreuzen und es geht ein Märchen oft ganz in ein andres über. So finden sich die selbstständigen Züge des Märchens vom Schwaben, der das Leberlein gefressen, alle im »Bruder Lustig« der Grimmschen Sammlung I, 81, wieder, in welchem aber zugleich auch jene des Märchens vom Schmied von Jüterbogk vereinigt sind*. Ebenso ist: Das *Tränenkrüglein* in dieser Sammlung nahe verwandt mit: *Das Totenhemdchen* in Grimms Sammlung II, 109.

Albert Ludwig *Grimm* gibt in seinen Märchenbüchern neben vielem Fremdländischen auch viel Selbsterfundenes, sodass ich Benutzung seiner Bücher mit Absicht ganz vermieden habe.

Was nun meine Auswahl betrifft, so habe ich unter den Überschriften meine Quellen angegeben, und das meiste teils nach alten Schriften, teils nach mündlicher Überlieferung niedergeschrieben. Nur die erste Nummer: »Des Märchens Geburt«, ist einleitende Dichtung. Der verschiedene Ton in der Erzählung ist von selbst bedingt durch die Stoffe; auch die Märchenblumen müssen verschiedene Farben haben. Hülfreiche Hand boten im Niederschreiben volkstümlicher Märchen meiner Heimat eine junge talentvolle Dichterin: Fräulein *Wilhelmine Mylus* in Themar (Rosenkönigin, Goldmarie und Pechmarie, Hirsedieb, goldne Rehbock, Nusszweiglein, Zauberer und seine Kinder,

* Wo in den Anmerkungen unter den Überschriften Grimm's Sammlung angezogen ist, ist immer die große Ausgabe »der Kinder- und Hausmärchen« Göttingen, 1840. 2 Bände, gemeint.

Hänschen und Gretchen, Hühnchen und Hähnchen, das goldene Ei u. a.), dann der Dichter und Novellist *Ludwig Köhler* aus Meiningen (Schwan, kleb an, die drei Hunde, Zitterinchen, Besenstielchen, Knabe mit den goldnen Sternlein u. a.), und der Dichter und Sprachforscher *Friedrich Stertzing* in Neubrunn, der auch das aus M. Haupts Zeitschrift für deutsches Alterthum entlehnte Märchen: Die drei Proben, mir aus meiner eignen Jugend noch gar wohl erinnerlich, zuerst erzählte (des Teufels Pate, Hasenhüter, die drei Musikanten), und so wurden mir auch anderorts her noch einige echte Märchen oder Märchenstoffe mitgeteilt, wofür ich allen Gebern freundlichsten Dank sage.

Eigentümlich ist dem Thüringerwaldgebiet das Räubermärchen, oft mehr nur schlichte Erzählung von schlimmen Taten und wunderbarer Errettung, oder kecker Überlistung, als eigentliches Märchen, doch habe ich einige dieser weit verbreiteten Stoffe aufgenommen.

Dass ich auch etliche Tiermärchen aufnahm, halte ich für wohlgerechtfertigt, da sie keine gewöhnlichen sind. Auch die Grimmsche Sammlung enthält mehrere solcher Stoffe, die an die Fabel angrenzen.

In den Schachten mittelhochdeutscher Poesie liegen noch reiche Märchenschätze, die einem größeren Publikum zugänglich zu machen, verstattet bleiben muss. Wir sehen da recht, wie reich wir sind, und dass wir weder die Feereien Frankreichs noch die Scheherazaden des Orients bedürfen, um nationelle Märchenbände zu füllen.

Damit auch freundliche Kunst dies Buch verschöne, stellt ihm der Verleger ein Bild voran, das der Künstler Herr L. Richter in Dresden, sinnig selbst deutet, indem er sagt: »Ein altes Märchenmütterchen sitzt unter dem Holunderbusch, von einem Kranze Kinderchen umgeben, die alle aufmerksam zuhören. Selbst der Mops verhält sich schweigsam (vielleicht interessiert ihn die Geschichte von den drei Hochzeitgästen). In den träumerischen Duft der Holunderblüten hat sich eine Schar Vöglein versenkt, denen irgendein neckischer Däumling ein Liedchen vorpfeift, während ein anderer seines Gelichters an einem

Rocken den goldnen Märchenfaden weiterspinnt, und ein Dritter einen Knaben äfft, dem darüber ein Gruseln ankommt.«
Möchte diese Sammlung bei den Kennern Nachsicht und bei ihrem Publikum Teilnahme finden!

Meiningen, im August 1844.

Ludwig Bechstein.

Des Märchens Geburt

Es war einmal eine Zeit, da es noch keine Märchen gab, und die war betrübend für die Kinder, denn es fehlte in ihrem Jugendparadiese der schönste Schmetterling. Und da waren auch zwei Königskinder, die spielten miteinander in dem prächtigen Garten ihres Vaters. Der Garten war voll herrlicher Blumen, seine Pfade waren mit bunten Steinen und Goldkies bestreut, und glänzten wetteifernd mit dem Taugefunkel auf den Blumenbeeten. Es gab in dem Garten kühle Grotten mit plätschernden Quellen, hoch zum Himmel aufrauschende Fontänen, schöne Marmorbildsäulen, liebliche Ruhebänke. In den Wasserbecken schwammen Gold- und Silberfische; in goldenen großen Vogelhäusern flatterten die schönsten Vögel, und andere Vögel hüpften und flogen frei umher, und sangen mit lieblichen Stimmen ihre Lieder. Die beiden Königskinder aber hatten und sahen das alle Tage, und so waren sie müde des Glanzes der Steine, des Duftes der Blumen, der Springbrunnen und der Fische, welche so stumm waren, und der Vögel, deren Lieder sie nicht verstanden. Die Kinder saßen still beisammen und waren traurig; sie hatten alles, was nur ein Kind sich wünschen mag, gute Eltern, die kostbarsten Spielsachen, die schönsten Kleider, wohlschmeckende Speisen und Getränke, und durften tagtäglich in dem schönen Garten spielen – sie waren traurig, obschon sie nicht wussten, warum? und nicht wussten, was ihnen fehle.

Da trat zu ihnen ihre Mutter, die Königin, eine schöne hohe Frau mit mildfreundlichen Zügen, und sie bekümmerte sich darüber, dass ihre Kinder so traurig waren und sie nur wehmütig anlächelten, statt mit Jauchzen ihr entgegenzufliegen; sie betrübte sich, dass ihre Kinder nicht glücklich waren, wie doch Kinder sein sollen und sein können, weil sie noch keine Sorgen kennen, und weil der Himmel der Jugend meist ein wolkenloser ist.

Die Königin setzte sich zu ihren beiden Kindern, die ein Knabe und ein Mädchen waren, und schlang um jedes derselben einen ihrer vollen

weißen Arme, welche goldne Spangen schmückten, und fragte gar mütterlich und liebreich:
»Was fehlt euch, meine lieben Kinder?«
»Wir wissen es nicht, teure Mutter!«, sprach der Knabe. »Wir sind so traurig!«, sprach das Mädchen.
»Es ist so schön hier in diesem Garten, und ihr habt alles, was euch Freude machen kann; macht es euch denn keine Freude?«, fragte die Königin, und eine Träne trat in ihr Auge, aus dem eine Seele voll Güte lächelte.
»Nicht genug Freude macht uns, was wir haben«, antwortete dieser Frage das Mädchen. »Wir wünschen uns was, und wissen nicht, was!«, setzte der Knabe hinzu.
Die Mutter schwieg bekümmert und sann nach, was wohl die Kinder wünschen möchten, das sie mehr erfreue als die Pracht des Gartens, der Schmuck der Kleider, die Menge der Spielsachen, der Genuss edler Speisen und Getränke, aber sie fand nicht, was ihre Gedanken suchten.
»O wäre ich nur selbst wieder ein Kind!«, sprach die Königin still zu sich, mit einem leisen Seufzer. »Dann fiele mir wohl bei, was Kinder froh macht. Um Kindeswünsche zu begreifen, muss man selbst ein Kind sein. Aber ich bin schon zu weit gewandert aus dem Jugendlande, wo die goldnen Vögel durch die Bäume des Paradieses fliegen, jene Vögel, die keine Füße haben, weil die Nimmermüden irdischer Ruhe nicht bedürfen. O käme doch ein solcher Vogel her und brächte meinen teuern Kindern, was sie glücklich macht!«
Siehe, wie die Königin also wünschte, da wiegte sich plötzlich über ihr in den blauen Lüften ein wunderherrlicher Vogel, von dem ein Glanz ausging, wie Goldflammen und Edelsteinblitze, der schwebte tiefer und tiefer, und es sah ihn die Königin, es sahen ihn die Kinder. Diese riefen nur: »Ah! ah!«, und Staunen ließ sie keine anderen Worte finden. Der Vogel war überaus herrlich anzusehen, wie er, immer tiefer schwebend, sich niedersenkte, so schimmernd, so glänzend, im Regenbogenfarbengefunkel, fast das Auge blendend, und doch immer wieder das Auge fesselnd. Er war so schön, dass die Königin und die Kinder vor

Freude leise schauerten, zumal sie jetzt das Wehen seiner Flügel fühlten. Und ehe sie es ahneten, so hatte sich der Wundervogel niedergelassen in den Schoß der Königin, der Mutter, und sah aus Augen, die wie freundliche Kinderaugen gestaltet waren, die Kinder an, und doch war etwas in diesen Augen, das die Kinder nicht begriffen, etwas Fremdartiges, Schauerhaftes, und sie wagten darum nicht, den Vogel zu berühren, auch sahen sie jetzt, dass der seltsame, überirdisch schöne Vogel unter seinen glänzendbunten Federn auch einige tiefschwarze Federn hatte, die man aber von Weitem nicht gewahrte. Indes blieb den Kindern zu näherer Betrachtung des schönen Wundervogels kaum so lange Zeit, als nötig war, dies zu erwähnen, denn alsbald hob sich der Vogel wieder empor, der Paradiesvogel ohne Füße, schwebte, schimmerte, flog immer höher, bis er nur eine im Äther schwimmende bunte Feder schien, dann nur noch ein goldner Streif, und dann entschwand – so lange aber, bis das geschah, sahen ihm auch die Königin und die Kinder mit Staunen nach. Aber o Wunder! Als Mutter und Kinder wieder niederblickten, wie staunten sie da aufs Neue! Auf dem Schoße der Mutter lag ein goldnes Ei, das hatte der Vogel gelegt, o und das schimmerte auch so grüngolden und goldblau wie der köstlichste Labradorstein und die schönste Perlenmuschel der Meerestiefen. Und die Königskinder riefen aus *einem* Munde: »Ei! das schöne Ei!« Die Mutter aber lächelte selig, und ahnete voll Dankgefühl, das müsse der Edelstein sein, der noch zum Glück ihrer Kinder fehle, das Ei müsse in seiner zauberfarbig schillernden Schale ein Gut enthalten, das den Kindern gewähre, was dem Alter versagt ist, *Zufriedenheit*, und das ihre Sehnsucht, ihre kindische Trauer stille.

Die Kinder aber konnten sich nicht satt sehen an dem prächtigen Ei und vergaßen bald über dem Ei den Vogel, der es brachte; erst wagten sie nicht, es zu berühren, endlich aber legte das Mägdlein doch eines seiner rosigen Fingerchen daran und rief plötzlich, indem sein unschuldvolles Gesichtchen sich mit Purpur übergoss: »Das Ei ist warm!« Nun tippte auch der Königsknabe vorsichtig und leise an das Ei, um zu fühlen, ob die Schwester wahr gesprochen. Endlich legte auch die

Mutter ihre zarte weiße Hand auf das köstliche Ei, und siehe, was begab sich da? Die Schale fiel in zwei Hälften auseinander, und aus dem Ei kam ein Wesen hervor, wunderbar anzusehen. Es hatte Flügel und war nicht Vogel, nicht Schmetterling, Biene nicht und nicht Libelle, und doch von allen diesen etwas, aber nicht zu beschreiben; mit einem Wort, es war das buntgeflügelte, farbenschillernde Kinderglück, selbst ein Kind, nämlich das des Wundervogels *Fantasie*, das *Märchen*. Und nun sah die Mutter ihre Kinder nicht mehr traurig, denn das Märchen blieb fortan immer bei den Kindern, und sie wurden seiner nicht müde, so lange sie Kinder blieben, und seit sie das Märchen hatten, wurden ihnen Garten und Blumen, Lauben und Grotten, Wälder und Haine erst recht lieb, denn das Märchen belebte alles zur Lust der Kinder; das Märchen lieh selbst den Kindern seine Flügel, da flogen sie weit umher in der unermesslichen Welt, und waren doch immer gleich wieder daheim, sobald sie nur wollten. Jene Königskinder – das waren die Menschen in ihrem Jugendparadiese, und die Natur war ihre schöne mildfreundliche Mutter. Sie wünschte den Wundervogel Fantasie vom Himmel nieder, der so prächtige Goldfedern und auch einige tiefdunkle hat, und er legte in ihren Schoß das goldne Märchenei.
Und wie die Kinder das Märchen innig lieb gewannen, das ihre Kindheitstage verschönte, in tausenderlei Gestaltungen und Verwandlungen sie ergötzte, und über alle Häuser und Hütten, über alle Schlösser und Paläste flog, so war des Märchens Art auch diese, dass es selbst den Erwachsenen gefiel und sie sich seiner freuten, wenn sie nur etwas aus dem Garten der Kindheit mit herübergetragen in das reifere Alter, nämlich die *Kindlichkeit des Herzens*.

Die Rosenkönigin

(Mündlich)

Es war einmal ein König, der lebte sehr glücklich mit seiner schönen, tugendsamen Gemahlin; ein einziges Söhnlein war ihnen vom Himmel geschenkt, und dieses war die Lust der Eltern. Doch nicht nur in des Königs hoher Familie war es so friedsam, sondern in seinem ganzen Lande; überall, auch in dem kleinsten Dörflein war Verdienst und Wohlstand, und das Volk war zufrieden und freundlich. Einer weisen, milden Regierung entblüht Ordnung; Ordnung aber bringt Wohlstand, Wohlstand Zufriedenheit, Freundlichkeit.

Der gute König musste jedoch ein gar herbes Schicksal erfahren; seine liebe Gemahlin starb und ließ ihn einsam zurück, mit dem nun mutterlosen Prinzen. Tief trauerte der König und das ganze Land mit ihm. Auch das kleine fromme Kindesherz des Prinzen war sehr betrübt, denn es hatte mit aller kindlichen Liebe an seiner Mutter gehangen. Auf dem Sterbebette hatte sie ihn gesegnet, und ihn noch scheidend zu allem Guten ermahnt, zum treuen Glauben an Gott, zur Liebe und Milde gegen alle Menschen.

»Und wenn du ein Jüngling worden bist«, waren ihre letzten Worte, »so wähle dir nur ein Mägdlein frommen, guten Herzens zu deiner Gemahlin, und ehre das Andenken deiner Mutter und ihrer letzten Worte.« Dieses hatte einen tiefen Eindruck in das weiche Herz des Knaben gemacht, immerdar gedachte der Prinz seiner sterbenden Mutter, und es kam ihm oft vor, als umschwebe sie ihn und lächle ihm selig zu. So wuchs der Prinz in frommer Sitte empor, und wurde ein schöner, blühender Jüngling.

Doch das königliche Vaterauge war verblendet worden von einer fürstlichen, listigen Dame, die den Herrscher gar bald mit ihren erkünstelten Reizen also schlau zu fesseln wusste, dass er ihr nachgab und sie ihn völlig beherrschte. Bald fand das glänzende Hochzeitgelag statt. Der bejahrte König, sonst so gut und milde, war zum alten Toren geworden, und hatte sein Leben an ein listiges, böses Schlangenherz gekettet; nur zu bald musste er die bittere Frucht seiner Torheit kosten; das böse Weib stiftete allenthalben Unheil an, erregte den Vater wider den Sohn, und den Sohn wider den Vater und die Herrschaft wider die Diener, und übte ihre frevle Verblendungskunst immer fort, sodass sie die Herzen alter und junger Männer für sich entflammte. Eine kurze Zeit, und das reuevolle Leben des Königs hatte geendet. Der Prinz wurde König und beherrschte das Volk mit der Klugheit und Milde, die überall zum wahren Wohle des Landes dient. Aber an ihm übte die arge Stiefmutter ihre Künste vergebens, er verachtete sie im Stillen und suchte sich immer in heilsamer Entfernung von ihr zu halten.

Da wünschte das Land, dass der jugendliche König sich vermähle; auch er in seinem Innern trug das stille Verlangen, sein Glück mit einem würdigen Frauenbilde zu teilen, aber nicht Stand und Reichtum oder eine Krone sollten diejenige schmücken, die er sich wählen wollte, sondern ein gutes, frommes Herz, wie es seine sterbende Mutter gewünscht. Und ein solches hatte er gefunden, zwar nur das eines armen, schlichten Gärtnermädchens, das aber voll war von reiner Liebe und frommen Glauben. Diese Jungfrau war dem Königssohn bald so innig befreundet, dass der Jüngling ihr zu Füßen sank und ihr ewige Liebe und Treue schwur. Zärtlich und in Tränen schmiegte sich das liebliche Mädchen an die Brust des Jünglings und lispelte: »Ach, du darfst mich ja nicht zur Gemahlin nehmen, siehe ich bin ja arm, bin keine Prinzessin.« – »Sei ruhig, lieb Herz«, sprach der Jüngling, »du sollst meine Gemahlin, meine Königin werden, du und keine andere.«

Der Wunsch nach der Vermählung des Königs wurde lauter und dringender; von allen Seiten her begannen die Väter fürstlicher Töchter dem Könige Vorschläge zu machen. Die böse Stiefmutter wähnte den so jungen König gänzlich unter ihrer Herrschaft, dass sie sich anmaßte, eine Gemahlin für ihn zu wählen. Sie ordnete glänzende Festlichkeiten an, wozu viele Prinzessinnen geladen waren, die reich geschmückt und voll Hoffnung zur Schau kamen. Acht Tage hatten die Feste schon gewährt und der König hatte noch keine Prinzessin zur

Braut erwählt, und hatte auch alle Vorschläge seiner Stiefmutter unbeachtet gelassen. Am neunten und letzten Festtag sollte sich's entscheiden, so hatte der König selbst verheißen. Die Stiefmutter glaubte voll Zuversicht, dass der König in ihre Wahl eingehen werde, denn sie hatte eine hohe Prinzessin, zwar hässlich von Gesicht und Gestalt, aber unsäglich reich an Gut und Geld für ihn auserwählt. Ein glänzender Ball sollte die Feste beschließen, und diesmal waren alle Prinzessinnen doppelt mit Juwelen und Schmuck beladen, da eine jede glaubte, den Sieg davonzutragen. Doch wie alle in gespanntester Erwartung dem König entgegen harrten, tat sich die Flügeltüre auf, und der König trat lächelnd mit seinem lieblichen Gärtnermädchen herein, die so sittig und bescheiden in einem weißen Kleidchen und völlig ohne Schmuck erschien. Da sprühten manche Augen im Kreise der Prinzessinnen voll Ärger und Wut, doch die der Stiefmutter rollten am wildesten und schleuderten grimme Blitze nach dem glücklichen Liebespaar. Jetzt nahten sich diese beiden der königlichen Stiefmutter, die in der Mitte des Saales, von boshaft lächelnden Prinzessinnen umgeben, weilte; und der König sprach mild und freundlich: »Hohe, verehrte Mutter, hier bringe ich Euch meine liebe, fromme Braut und bitte mit ihr um Euren Segen.« Aber die Dame sprach voll Zorn und Wut: »König, solltet Ihr also Eurer Ehre vergessen und eine gemeine Dirne freien? O schämet Euch, mich so tief zu kränken, und um meinen Segen für eine schlechte Magd zu bitten.« Und sie wandte ihm den Rücken und schritt voll Grimm und Bosheit einem Nebengemach zu. Aber der König folgte ihr nach und sprach mit einem strengen, drohenden Ernst: »Weib, das Wort soll Euch schwer wiegen. Wahrlich, ich will Euch zeigen, dass dieses arme Mädchen würdiger ist, Königin zu heißen, als Ihr und alle eitlen Prinzessinnen. Eine Kunst habe ich einstmals von einem alten Einsiedler erlernt: die Menschen zu verzaubern, ihre Herzen zu prüfen, ob sie gut oder böse sind. Schwört, hohe Frau, mir dann die Schönste zu wählen, wenn alle hier anwesenden Jungfrauen verzaubert, in Gestalt einer Blume stehen, so will ich Euch gehorsam sein. Aber trifft Eure Wahl dann mein armes Gärtnermädchen, so falle der Zau-

ber auf Euch, dass Ihr ewig darinnen verstrickt bleibet.« – Der König schwieg; und die stolze Dame grinste voll Zuversicht ob ihres Sieges. »Ach mein hoher Künstler«, entgegnete sie, »verzaubert immerhin alle anwesenden Jungfrauen, ich will Euch die Schönste wählen, und bin gewiss, dass ich nicht Eurer Drohung teilhaftig werde. Euere seltsame Laune soll mir ein ergötzlicher Scherz sein.«
Und sie ließ sich auf einem samtenen Sessel nieder und harrte der Dinge, die da kommen sollten.
Da breitete der königliche Jüngling ein großes weißes Tuch aus, führte schweigend eine Prinzessin um die andere in das Nebengemach und verhüllte sie damit, wo sie alle sobald einschlummerten. Dann schnitt er einer jeglichen das Herz aus, zuletzt auch seinem lieben Gärtnermädchen. Der Ballsaal verwandelte sich in eine grünende Gartenflur, von einem goldenen Zaun umschlossen, von singenden Vögeln durchflattert. Da vergrub der Jüngling die Herzen und sprach bei einem jeglichen:

»Blühe, blühe, blühe
Aus der Erde auf!
Bist du rein
Wirst du hold gedeihn.
Aber treibe wilde Dornen
Wenn du bös wirst sein.«

Bald keimten und sprossten Zweiglein und Blättlein empor. Wilde Dornsträuche wuchsen rasch aus der Erde; nur hie und da erschloss sich eine farbige Blüte.
Aber in des Gartens Mitte stand ein Blütenstängel, dessen zartem Kelch entfaltete sich eine herrliche Rose, eine *Rosenkönigin*. Glänzender Tau träufte auf sie nieder, und das grüne Laub schmiegte sich zärtlich an die Blüten. Jetzt kam eine Schar Nachtigallen geflogen, die die Rosenkönigin umkreiseten und sangen:

»Holde Rose, holde Rose,
Hehre Blumenkönigin!
Du die Schönste unter allen,
Du die Reinste unter allen
Sollst die ganze Welt bezwingen
Mit der frommen Liebe Sinn.
Hehre Rosenkönigin!«

Aber um die Dornensträuche flogen schwarze Raben und krächzten auch ihr Lied:

»Wilde Dornen, wilde Dornen,
Schwarz wie unser Nachtgewand.
Sollt am besten uns gefallen
Mit den tausendfachen Krallen.
Sollet dienen in der Höllen,
In der ewgen Pein, zum Brand.
Schwarze Dornen, Nachtgewand.«

Da führte der König die stolze Dame herein in den Garten, auf dass sie die Schönste der Blüten für ihn wähle, und als sie die zauberschöne Rose sah und die Nachtigallen singen hörte, die über ihr im Kreise flattерten, als sie das liebliche Liedlein vernahm – da stand sie so beschämt, und war von der Rose zaubervoller Macht ergriffen und gerührt, ihr war, als fühle sie eine warme Liebe, und sie gedachte in diesem Augenblick reuevoll an ihre verübten Bosheiten und Ränke. Und als sie nun die Dornensträuche sah, darüber die schwarzen Raben ein Höllenlied krächzten, da überlief sie eine Angst, ein Todesgrauen; und sie sprach: »Mein Königssohn, ich muss Euch die holde Rose wählen, sie ist die Schönste.« Nun bewegten sich alsbald der Rose Zweige und Blätter und Blüten, und verschmolzen sanft zum Körper eines lieblichen Mädchens, das keine andere war als das fromme Gärtnermädchen. Und es schien noch schöner und bescheidener als zuvor.

Aus den andern Blumen und Dornensträuchen bildeten sich wieder Prinzessinnen, die wie aus einem schweren Traum erwachten. Aber des Königs Stiefmutter war vor Scham und Reue niedergesunken und lag in Betäubung. Und die schwarzen Rabenvögel hackten ihr das Herz aus, und sie wurde zu Stein, von wilden Dornen umstarrt. Die Prinzessinnen eilten scheu davon, wurden aber besser und demütiger in ihren Herzen.
Und der König lebte glücklich und fromm mit seiner Gemahlin, dem Gärtnermädchen, und des Himmels Segen war mit ihnen.

Des Teufels Pate

(Nach mündlicher Überlieferung)

Nicht weit von einem Städtchen wohnte ein armer, aber redlicher Fischer in einer elenden Hütte, der sich und die Seinen, eine Frau mit neun Kindern, kümmerlich nährte. Es war der erste Mai, ein schöner heiterer Tag, als der Fischer auf die helle See hinausfuhr: kein Wölkchen trübte die lichte Bläue des Himmels, an dem Seegestade sangen die Nachtigall und noch andere kleine Vögelein, die sich des Frühlings freuten, in den schöngesprossten Weiden- und Erlenhecken. Ruhig fischte der Mann, bis der Abend herzu ging und die glühende Sonne hinter die den See umgebenden Berge sank; dann ruderte er heimwärts und trat eben aus dem Kahn, als der Abendstern an dem blauen Gewölbe des Himmels emporstieg. Als er nun in die niedrige Hütte eintrat, fand er seine Frau mit dem zehnten Kinde, welches ein Sohn war, niedergekommen. Der Fischer hatte eine ungemein große Freude darüber und nur eine kleine Besorgnis trübte seine heitere Seele. Er sprach: »Liebe Frau, sage mir doch, wen wollen wir zu Gevatter bitten? Unsere Freundschaft ist klein; schwer war es, für die neun früheren Kinder Paten zu finden und wie wird es nun mit dem zehnten werden? Wer wird Patenstelle an einem so armen Fischerkinde vertreten wollen?« Als er hin und her gesonnen hatte, sagte er: »Ich will morgen früh bald auf die große Landstraße gehen und die erste männliche Person, die mir begegnen wird, will ich bitten, Gevatter zu stehn.«

Mit diesem Entschlusse legte er sich ruhig nieder, und sobald der Tag graute, lief er hinaus auf die Landstraße, die vor seiner Hütte vorbeiführte, und wanderte auf derselben munter dahin. Er war aber noch nicht weit gegangen, als ein reichgeschmückter Reiter auf einem schwarzen Pferde daher und ihm entgegentrabte; diesem getraute er aber doch nicht seinen Antrag zu machen, daher lief er immer neben dem Reiter her und sah ihn bittend an. Da sprach endlich der Reiter: »Lieber Mann, ich sehe es Ihm an, Er mag gern mit mir sprechen: was will Er? Rede Er doch frei von der Leber weg.« Da sprach der Fischer: »Wenn Ihr es doch befehlt, so will ich es Euch sagen: meine Frau ist gestern mir einem Sohne niedergekommen und ich entschloss mich zuletzt, da ich nicht wusste, wem ich die Gevatterschaft antragen sollte, den Ersten, welcher mir auf der Landstraße begegnen würde, als Paten für mein Söhnlein anzusprechen; nun sah ich Euch, mein lieber Herr, getraute mir aber nicht, es zu sagen.« Als der Mann ausgeredet hatte, sprach der Herr: »Da soll Er gleich meine Antwort hören. Notwendiger Geschäfte halber kann ich zwar nicht selbst kommen und Euern Sohn aus der Taufe heben; bestellt aber einen Stellvertreter, dann wird es ebenso gut sein, als hätte ich es selbst getan, und das Kind wird mein Pate sein und bleiben. Am Abend des Tauftags aber werde ich bei Ihm einsprechen. Doch wann wird es getauft?« Der Fischer antwortete: »Morgen! Aber erlaubt, ich bin ein armer Fischer und werde nicht die Bewirtung geben können, die Euch gebührt.« – »Habe Er nur gar keine Sorge«, antwortete der Reiter, »ich werde alles besorgen und die ganze Mahlzeit ausrichten.« Da sich nun der Fischer sehr vielmal bedankt hatte, so kehrte er fröhlich nach Hause: er war aber noch nicht weit gegangen, so kam der Reiter wieder auf ihn zu-

gejagt und rief: »Noch habe ich was vergessen, das Kind soll in der Taufe den Namen Hans bekommen!« Nun kehrte er linksum und ritt im flüchtigen Galopp davon. Der Fischer freute sich unaussprechlich, stand noch eine Weile da und blickte ihm noch so lange nach, bis er ihn aus den Augen verlor und nur die Staubwolke noch sah, welche die flüchtigen Hufe des Rosses erregten. Als er nun nach Hause kam, erzählte er den Vorfall seiner Frau: diese aber schüttelte den Kopf und sprach ängstlich: »Ach Mann, was für albernes Zeug wirst du gemacht haben! Du kennst doch wohl den Förster, der drüben im Holze wohnt, dem hat dieser Herr auch einen Sohn aus der Taufe gehoben; nachher ist dem Förster aber das Licht aufgegangen und er hat wahrgenommen, dass es der Teufel gewesen ist; und dem Sohn hat er den Namen Hans geben lassen.« Der Mann aber tröstete sie und sprach: »Sei nur nicht so bänglich und erwarte die Zeit, es kann dieser ja auch ein anderer Herr sein.«
Das Kind wurde nun am andern Tage getauft und alles so getan, wie der fremde Herr befohlen hatte. Als nun der Abend kam, an dem sich dieser einstellen wollte, war es den Eltern doch nicht wohl zu Mute. Auf einmal aber öffnete sich die Türe und der nämliche Herr, der dem Fischer begegnet war, trat herein, begleitet von zwei Dienern, die die kostbarsten Speisen auftrugen, ohne dass man sah, wo sie solche hernahmen. Doch als sie später auch in blitzenden Bechern den edelsten Wein herbeibrachten, da wurden die Eltern endlich doch fröhlich, die Mutter aber nur zum Schein. Sie hatte nach den Füßen des Herrn gesehen und hatte wahrgenommen, dass unter seinem langen Beinkleid zuweilen ein Pferdefuß hervorkam, und da war ihr alle Freude und Hoffnung verschwunden. Als nun die Glocke in dem nahen Städtchen elf schlug und die dumpfen Schläge durch die rabenschwarze Nacht hallten, da sprach der Herr: »Bald, lieben Leute, muss ich von euch scheiden; erzieht also euern Sohn, wie es guten Eltern zukommt und behaltet ihn bis ins vierzehnte Jahr, dann werde ich kommen, um ihn zu mir zu nehmen, werde ihn etwas, worauf er sich gut nähren kann, lernen lassen und ferner für ihn sorgen.« Kaum schlug es zwölfe, so rief

der Fremde dem ehrlichen Fischer noch ein Lebewohl zu, schwang sich auf seinen Rappen und jagte im sausenden Galopp davon und die heulenden Sturmwinde brausten neben ihm her. Dem Fischer aber und seiner Frau standen die Haare zu Berge und die Frau rief weinend: »Ach, wenn uns doch nur Gott beschützte! Unser geliebtes Kind ist in Teufels Klauen: wenn es klein ist, haben wir nur Mühe und Plage von ihm; wenn es dann groß ist, dass wir Freude an ihm haben sollten, dann holt es der Teufel und wir sehen es vielleicht in unserm Leben nicht wieder.« Sie lebten nun ferner so miteinander wie vorher, der Vater trieb sein Fischerhandwerk und die Mutter verrichtete ihre häuslichen Geschäfte. Indessen wuchs der Sohn heran zur Freude und zum Wohlgefallen der Eltern. Diese schickten ihn in die Schule, wo er sehr fleißig lernte und einen großen Verstand zeigte. Als er aber nun das dreizehnte Jahr zurückgelegt hatte, sagte er eines Tages zu seinem Vater (es war eben der Tag, wo er aus der Schule entlassen worden war): »Vater, ich bin nun groß genug und will nun auch etwas lernen, worauf ich mein ferneres ehrliches Fortkommen gründen kann.« – »Wozu hast du denn eigentlich Lust?«, fragte da der Vater. »Wenn ich die Wahrheit sagen soll«, erwiderte der Sohn, »zu einem Jäger.« Der Vater bewilligte es durch seine Zustimmung und brachte ihn zu jenem Förster, der nicht weit von seiner Hütte in einem Walde wohnte. Bei diesem wurde er denn ein so geschickter Schütze, dass ihm kein Wild, weder Hirsch noch Hase, entrinnen konnte. Bald hatte er das vierzehnte Jahr zurückgelegt. Da besuchte er einstmals seine Eltern, und diese entdeckten ihm nun alles, was am Tage seiner Geburt und Taufe vorgefallen war und was sie ihm zeither aus gewissen Ursachen verheimlicht hatten. Der Sohn aber erschrak nicht darüber und auf seinem Gesichte glänzte Mut, daher sprach er: »Wenn es weiter nichts ist, liebe Eltern, so will ich die Sache schon abmachen! Wenn mein Geburtstag herbeikommt, wo mich der Teufel holen will, da komme ich zu dir, Vater, fahre dann mit dir hinaus auf den See und da werde ich ihn erwarten.«

Als nun der erste Mai kam, ging der junge Jäger früh, ehe der Morgen graute, zu seinem Vater und fuhr mit ihm auf den See. Es war noch dunkel, bald aber strahlte die Sonne im hellen Glanze hervor und rötete die Gewässer. Dieser Tag war wieder gerade ein so schöner Tag wie der, an welchem der Fischer den ganzen Tag gefischt und am Abend in der Hütte den neugebornen Sohn angetroffen hatte. Nichts hatte sich um den See herum geändert, die Vögel sangen wieder so anmutig wie damals und die Weidenhecken standen wieder wie damals mit neuem Leben um den See herum. Nur in dem Gemüte des Fischers war eine große Veränderung vorgegangen, denn vor vierzehn Jahren war er heiter und unbesorgt gewesen, jetzt aber war er schwermütig und besorgt um das Leben seines Sohnes. Als sie nun eine Weile auf dem See hin und her gefahren waren, ließ sich der Herr mit dem schwarzen Pferde am Ufer sehen und winkte dem Fischer mit der Hand. Schnell entriss da der Jäger seinem Vater die Ruderstange und ruderte, so sehr sich auch dieser weigerte, auf den Herrn zu. Als er nun fast das Ufer erreicht hatte, hielt er seinen Kahn an. Da sprach der Herr: »Wie geht es dir denn, mein Sohn?« Der Jäger aber antwortete: »Darnach hast du nichts zu fragen!« Darauf sprach der Herr wieder: »Hast du denn auch was gelernt?« Der Jäger erwiderte: »Ich bin ein Jäger! Aber warum fragst du?« Der Herr sprach: »Komm mit mir, ich will dir ein besseres Weidwerk lehren!« – »Ich gehe nicht mit dir!«, sprach der Jäger. Darauf sprach der Herr: »Warum duzest du mich? Ich bin ja dein Pate, komm doch einmal näher!« Nun ruderte der Jäger auf ihn zu und als er beinahe das Ufer erreicht hatte, hieb er mit seiner Ruderstange den Teufel so auf den Kopf, dass dieser augenblicklich betäubt ins Wasser fiel und darin herumschwamm. Der Jäger lenkte nun den Kahn mitten auf den See, der Teufel aber, der einsah, dass er besiegt war, zerrte sich an dem Ufer empor, schwang sich auf seinen Rappen und galoppierte davon: er dachte aber darüber nach, wie er den losen Buben bestrafen wollte und bald fiel es ihm ein. Als der Jäger dem Teufel noch nachsah, erfasste ihn auf einmal ein so starker Wirbelwind, dass er sich nicht mehr im Kahn erhalten konnte, sondern in die Höhe getrieben und so lange fortgejagt wurde, bis er endlich, wohl nach einer Stunde, auf einem Berge niederfiel.

Er ging nun hin und her, um den Ort zu untersuchen, und wurde gewahr, dass der Berg ganz steil wie ein Fels war. Wie komme ich hier hinab, dachte er: doch ehe er noch auf ein Rettungsmittel sinnen konnte, erfasste ihn der Wind von Neuem und trieb ihn wieder weit fort, bis er endlich, über eine hohe Mauer geworfen, in einen sehr schönen Garten niederfiel. Da lag er nun, durch die schnellen Luftreisen müde gemacht, und fiel in einen tiefen Schlaf. Als er erquickt und völlig gestärkt von diesem erwachte, ging er in dem Garten umher, um sich umzusehen. Das war aber ein herrlicher Garten. Er ging durch die zierlichsten Laubengänge, Blumenbeete und Gebüsche, um ihn und über ihm sangen wunderschöne Vögel, wie er noch keine gesehen und gehört hatte, und alle waren so kirre, dass sie ihm fast auf die Hände flogen. Blumen von unvergleichlicher Schönheit und dem süßesten Geruche standen umher, die Luft würzend, und glashelle Brünnlein und Bächlein rieselten kühl durch den Garten: kurz, der Jüngling glaubte im Paradiese zu sein. Unaufhörlich wandelte er darin umher, bis er endlich in eine große, schöne, blühende Laube kam; darin fand er ein Tischchen, mit den wohlschmeckendsten Speisen und Getränken reichlich besetzt, und weil er Hunger hatte, so setzte er sich daran und aß sich satt. Als es Abend geworden war, legte er sich auf die in der Laube befindliche Ruhebank von Rasen und sank in einen tiefen Schlummer. Früh, als die Sonne kaum aufging, weckten ihn schon der Vögel wunderbare Lieder, er stand auf und wandelte wieder durch den Garten. Da hörte er auf einmal ein furchtbar Gerassel und bald sah er, was es zu bedeuten hatte. Die dicke hohe Mauer schob sich auseinander und eine prächtige Kutsche, mit vier Apfelschimmeln bespannt, rollte herein und im Nu stand ein herrliches Schloss da; die Mauer schob sich wieder zu, und ein Herr und ein schönes Frauenzimmer stiegen vor dem Schlosse aus jener Kutsche. Der Jäger wollte nicht bemerkt sein und sich geschwind hinter einen Busch verkriechen, aber der Herr hatte ihn schon bemerkt. »Wie bist du in meinen Garten gekommen?«, fragte er ihn; und der Jäger erzählte umständlich seine Geschichte. Darauf sprach der Herr: »Nun, wenn du ein Jäger bist, so

sollst du bei mir bleiben! Außerhalb dieses Gartens ist ein Berg, der mir gehört, da wird sich sehr zahlreiches Wild finden und da sollst du mir täglich meinen Braten schießen«, der Jäger blieb nun bei ihm und musste mit dem Herrn an einem Tisch essen.
Täglich ging er mit ihm in den Garten; der Herr trat dann jedes Mal vor die Mauer und sogleich schob sie sich auseinander und sie gingen hindurch; doch jedes Mal begleitete ihn der Herr und half ihm durch Auseinanderschiebung der Mauer auch wieder herein. Der Jäger hatte aber besondere Fähigkeiten, gleichsam als wären sie vom Teufel eingegeben worden; denn als ihn der Herr auf die Probe stellen wollte, machte dieser einen schwarzen Punkt an einen Baum, der Jäger schoss und traf den Punkt glücklich. Dann lief ein Hase vorbei; der Herr sprach: »Schieß diesen Hasen!« Er aber sprach: »Wir wollen ihn noch ein wenig laufen lassen!« Als der Hase nun so weit war, dass man ihn kaum noch sehen konnte, schoss der Jäger zu und der Hase wälzte sich in seinem Blute, oder vielmehr Schweiße, wie die Weidmänner sagen. Da sprach der Herr: »Solch ein Bursche fehlte mir schon lange, du bist mir eben recht!« So verlebte denn der Jäger hier die besten Tage und seine ganze Arbeit bestand darin, dass er täglich seinem Herrn einige Hasen oder sonstiges Wild verschaffte. Bald wurde ihm dieser Aufenthalt noch angenehmer, denn die schöne Tochter seines Herrn gefiel ihm über alle Maßen und auch sie hatte ihr heimlich Wohlgefallen an dem jungen Jäger. So kam es denn endlich zwischen beiden zum Geständnis und zum treuen Angeloben ihrer Liebe. Eines Tages lustwandelten sie beide im Garten, da erlaubte ihm sogar die Prinzessin, dass er zu ihrem Vater gehe und um sie werben dürfe. Der Mittag war dazu bestimmt, und als die Mahlzeit vorüber war, brachte der Jäger sein Wort vor. Da sprach der Herr: »Mein lieber Sohn, ich liebe dich von ganzem Herzen und diese Liebe wird dir auch meine einzige Tochter nicht versagen und absprechen.« Der Jäger war außer Fassung vor Freude über diese Zusage. Die Hochzeit wurde auf die nächsten Tage festgesetzt, nur bat der Jäger noch um die Erlaubnis, zuvor mit seiner Braut zu seinen Eltern fahren zu dürfen, um sie mit seinem Glücke zu

überraschen. Der Herr erlaubte ihm dieses. Schon den nächsten Tag fuhr der freudige Jäger mit seiner schönen Braut in einem glänzenden Wagen, mit vier Apfelschimmeln bespannt, durch die Mauer, die sich bei der Annäherung sogleich öffnete und hinter dem Wagen sogleich wieder schloss. Unterwegs gab die Braut dem entzückten Bräutigam einen Ring und sprach: »So oft du diesen Ring an deinem Finger drehst, öffnet sich dir die Mauer von selbst.« Sie fuhren nun lange auf das Geratewohl durch die Länder; doch endlich kamen sie, wie von unsichtbaren Mächten geleitet, auf den Weg, der zu seiner Heimat führte. Bald gelangten sie in das kleine Dörfchen, das nur Fischer und arme Leute bewohnten. Doch wie erstaunte die Braut, als er vor einer ärmlichen Hütte Halt! rief. Er stieg aus. Sie aber sprach: »Also soll ich die Gattin eines ganz armen Menschen werden? Ich fahre nach dem Wirtshaus.« Er jedoch trat ungestört in die Hütte seiner Eltern und die Freude des Wiedersehens war groß. Als er aber die Geschichte seines Glückes ihnen erzählt hatte, begab er sich nach dem Wirtshause, um mit der geliebten Braut, die ihn zwar durch ihren Stolz gekränkt hatte, wieder zurück an den Ort seines Glücks zu fahren. Doch wie erstaunte er, als er hörte, die schöne Prinzessin sei gar nicht ausgestiegen, sie hätte sich nur durch einen kühlenden Trunk erquickt und sei dann in aller Eile fortgefahren. Da stand er wie niedergedonnert. Traurig schlich er fort, ohne zu wissen wohin, bis er endlich den Berg vor sich liegen sah, wo ihn der Wirbelwind des Teufels schon einmal hinversetzt hatte. Da regte sich die Hoffnung in dem verzagten Herzen wieder. »Vielleicht wird dir dein Pate Teufel auch diesmal helfen!«, dachte er und stieg freudigen Schrittes den Berg hinan. Bald war er auf der kahlen Stelle, wo ihn ehedem der Wirbelwind so unsanft niedergesetzt hatte, aber noch fand seine Hoffnung keine Hülfe. Unter ihm brauste ein fürchterlicher Tannenwald. »Dort wird sich Rettung finden!«, rief er und ging mutigen Schrittes hinein. Da sah er unter einer großen Tanne drei wilde Männer stehen, die ihm Räuber zu sein schienen, denn sie zankten und stritten heftig miteinander und schon sollte zugeschlagen werden, als er unter sie trat und sprach: »Sagt mir, weswegen ihr euch streitet? Vielleicht kann ich euch Rat erteilen oder wohl gar den Streit schlichten!« Die Räuber antworteten: »Wir haben einen Zauberer beraubt und diesem einen Mantel abgenommen, der die Eigenschaft hat, unsichtbar zu machen, wenn man ihn umtut; dann einen Wünschhut; wenn man diesen auf den Kopf setzt, wie er sitzen muss, und dazu spricht, ich wünsche, dass ich da oder dort wäre und einen Ort nennt, welcher es auch sein mag, so ist man sogleich dahin versetzt, dreht man aber dann den Hut herum und setzt ihn verkehrt auf, indem man sich an den vorigen Ort zurück wünscht, so ist man sogleich auch wieder dort; und endlich haben wir noch genommen ein Schwert, wenn man damit nur jemandem den Kopf berührt, so liegt dieser sogleich zu den Füßen, richtet man aber das Schwert mit der Spitze gegen den Himmel und steckt es dann in die Scheide, so steht der Kopf wieder an seinem alten Ort. Über die Teilung dieser kostbaren Sachen sind wir nun streitig. Jeder will den Hut, den Mantel, das Schwert, und ist es doch nicht zulässig, dass einer diese drei Stücke erhält und die andern nichts.« So sprachen die Räuber, forderten von ihm einen Ausspruch über die Teilung, dem sie sich willig unterwerfen wollten, und übergaben ihm sogar, unverständig genug, diese drei Sachen zur Probe. Er tat den Mantel um, und keiner der Räuber sah ihn mehr, dann nahm er das Schwert und schlug allen dreien die Häupter ab und endlich setzte er den Hut auf, wie es sein musste, und sprach: »Ich wünsche wieder in dem Schlosse zu sein, wo ich ehemals war!« Und im Augenblick, ohne dass er wusste wie es zuging, war er vor der Schlossmauer. Er tat seinen Mantel ab, drehte den Fingerring und im Augenblick schob sich die Mauer auseinander und er ging ins Schloss. Er erstaunte, da er dort alles aufs Herrlichste geschmückt fand; aus der Küche kam ihm der Geruch von köstlichen Speisen entgegen und darinnen herrschte rege Beweglichkeit und geschäftiges Getümmel. Da ging er hinein und fragte, was dies alles zu bedeuten habe? Darauf erhielt er zur Antwort, dass der holdseligen Prinzessin Hochzeit gefeiert werde, denn sie hätte sich von ihrer Reise einen schönen jungen Grafen, ihren Bräutigam, mitgebracht und sich geäußert, sie werde nie sich dem Sohne eines armen Fischers vermählen. Schrecklich erstaunt über das all Gehörte warf des Teufels Pate seinen Mantel über und um sich und machte sich unsichtbar. Dann ging er in die Stube, wo die Hochzeitgäste versammelt waren, und sah den neuen Bräutigam bei seiner Braut sitzen. Voller Ärger setzte er sich zwischen beide, aber sie sahen ihn nicht. Sie hatten soeben einen Teller voll Suppe vor sich stehen; den ergriff er und schüttete ihn aus. Ganz erstaunt sahen sich die Verlobten an und wussten nicht, durch welche unsichtbare Macht sich der Teller hob und die Speisen abwarf. Nun ergriff der Bräutigam ein Stück Fleisch und wollte es zum Munde führen, aber schwapp da lag es unterm Tische. Nun versuchte es die Braut, aber samt der Gabel flog der Bissen in eine Ecke. Alle Hochzeitgäste waren erstaunt und es wandelte sie Grausen und heimliche Furcht an, sodass allen die Haare zu Berge standen. Da warf der Jäger seinen Mantel ab und wie erstaunte die Braut, als sie ihn zwischen sich und dem Bräutigam sitzen sah. Er sprang auf und sprach zu dem Bräutigam: »Wer gibt dir die Erlaubnis, mir die Braut zu entführen?«, und im Augenblick lag sein Kopf zu Boden. Die Braut aber fiel dem Jäger um den Hals, herzte und küsste ihn. »Ach, bester Schatz«, sprach sie, »wie sehr habe ich dich beleidigt, da ich deine reine Liebe aufgab gegen Hoheit und Würde! Noch ist der Bräutigam nicht durch Priesterhand mit mir verbunden; ach, vergib mir meinen Fehltritt, ich liebe dich noch so innig als zuvor, und nimm mich wieder als deine Braut an!« Darauf antwortete er: »Ich vergebe dir und will sogleich die Feier dieses Tages zu unserer Vermählung benutzen; dein zweiter Bräutigam aber, der mir weder als ein böser noch als ein guter Mensch bekannt ist, wird so gut sein und zurücktreten!« Sogleich ergriff er sein Schwert, richtete es mit der Spitze gegen den Himmel und steckte es in die Scheide, da stand im Nu der Kopf des Grafen wieder auf dem Halse. Alles erstaunte. Der Graf aber sank ihm gerührt zu Füßen und dankte ihm, dass er ihn wieder ins Leben zurückgerufen habe. Er erklärte, dass er freiwillig zurücktreten wolle und der Jäger möge nur immer die früher verlobte Braut behalten, nur solle er die Kopfabschlagung nicht wieder mit ihm vornehmen. Dann reiste der Graf ab. Es wurde nun ein Geistlicher herbeigeholt, der das fröhliche Paar zur heiligen Ehe einsegnen sollte. Als dies geschehen war, dachte der Jäger an die drei Räuber, die Lenker seines Glücks, und es dünkte ihm unrecht, sie dem Tode auf ewig zu überlassen. Denn noch lagen die Köpfe zu ihren Füßen und er beschloss, sie wieder an den alten Ort zu stellen. Da richtete er das Schwert gegen den Himmel und stieß es in die Scheide, und war dadurch fest überzeugt, dass die Räuber wieder belebt waren, aber auch, dass sie sich nun nicht mehr über die Teilung zu streiten brauchten. Der Jäger aber lebte im ungestörten Glücke mit seiner Gattin bis an sein Ende.

Die Jagd des Lebens

(Altdeutsche Mär, nach Laßbergs Liedersaal. I.)

Es war einmal ein Jäger, der ging zu Wald in eine öde Wildnis, dort zu jagen. Da kam er einem Tiere auf die Fährte, als er dieses aber endlich entdeckte, wünschte er es nimmermehr gesehen zu haben, denn es war ein mächtiges Einhorn, welches sich gegen ihn stellte. Eilig wandte er sich zur Flucht, und stets verfolgte ihn das Einhorn, bis er auf eine steile Felswand kam, deren schroffen Abhang tief unten die Wellen eines dunklen Sees bespülten. In dem See schwamm ein ungeheurer Drache, der den Rachen gähnend aufriss, und plötzlich glitt der Jäger aus und wäre gerade hinab in den See und in des Drachen Schlund gestürzt, wenn er nicht an einem einer Felsritze entsprossten Strauch sich festgehalten hätte. Da war nun des Jägers Lage eine todängstliche. Droben stand wie ein Wächter das schreckliche Einhorn, drunten lauerte auf seinen Hinabsturz der gräuliche Seedrache. In dieser Not ward seine Angst und Qual aber noch vermehrt, denn mir einem Male erblickte er zwei Mäuse, eine weiße Maus und eine schwarze Maus; die begannen an den Wurzeln der Staude zu nagen, und der Jäger vermochte nicht, sie hinwegzuscheuchen, weil er sich mit beiden Händen anhalten musste. So musste er jeden Augenblick gewärtig sein, dass die Wurzeln des Strauchs diesen nicht mehr halten würden. Über ihm stand ein Baum, von dem träufelte süßer Honig nieder, und gar zu gern hätte der Jäger diesen Baum erlangt, denn damit meinte er aller Qual erledigt zu sein, und über den Baum vergaß er aller ihm drohenden Gefahr. Wir wissen nicht, ob es ihm gelungen, aus seiner dreifachen Qual erlöst zu werden, oder ob die Mäuse des Strauches Wurzeln ganz abgenagt.

Der alte Dichter dieser Märe gibt ihr eine allegorische Deutung, indem er sagt: Der Jäger, das ist der Mensch, und das Einhorn, das ist der Tod, der ihm begegnet, ehe er es vermeint und ihn immerdar verfolgt. Die steile Felswand ist die Erde und der Strauch ist das Leben, daran der Mensch nur mit schwachen Banden hängt. Die weiße und die schwarze Maus, welche das Leben an der Wurzel benagen, ist Tag und Nacht, oder die rastlose Zeit, die an unserm Leben zehrt. Der dunkle See ist die Hölle, und sein Drache der Teufel, die darauf lauern, dass der Mensch falle und in ihren Rachen stürze. Der Honigbaum aber ist die Liebe, die das Leben versüßende, welcher der Mensch zustrebt und sie zu erlangen hofft zwischen Not und Tod, zwischen Qual und Pein, keiner Gefahr achtend, und in deren Erringung er seine irdische Seligkeit findet. Doch soll der Mensch sich täglich hüten, da die Mäuse ihn an der Lebenswurzel zehren, dass er nicht in den See des Verderbens falle.

Vom Hänschen und Gretchen, die in die roten Beeren gingen

(Mündlich)

Hänschen und Gretchen waren noch kleine Kinder, als sie einmal miteinander hinaus in den Wald gingen, um rote Beeren zu suchen. Jedes hatte ein Töpfchen. Ehe sie den Wald erreichten, kamen sie an einen Teich, darinnen gar schöne Fischchen herumschwammen, die aussahen wie das blanke Silber. Davon fingen sich die Kinder einige und taten sie in ihre Töpfchen; dann pflückten sie im Wald noch gar viele rote Beeren und taten sie hinein zu den Fischen, bis das Töpfchen ganz voll war. Dann fanden sie zwei schöne Messerchen, und die legten sie oben darauf. Aber, als sie eine kleine Strecke durch den Wald gegangen waren, sahen sie einen großen Bären entgegenkommen; da fürchteten sie sich sehr und versteckten sich, und ließen in der Eile ihre Töpfchen zurück, die der Bär, als er herbeikam, mitsamt den Fischen und Beeren auffraß. Und auch die Messerchen verschluckte er. Dann tappte er wieder fort. Die Kinder, als sie sich wieder hervorwagten aus ihrem Versteck und sahen, dass ihre Fische und Beeren und Töpfe und Messer gefressen waren, fingen sie sehr an zu weinen und gingen nach Hause und sagten es ihrem Vater. Der machte sich schnell auf, nahm ein langes Messer mit, ging hinaus in den Wald, und schnitt dem Bären den Leib auf, und tat alles wieder heraus: die Beeren, die Fischchen, die Töpfchen und Messerchen und gab es seinem Hänschen und Gretchen wieder. Da waren die Kinder voll Fröhlichkeit und trugen ihre Töpfchen heim, und aßen die rote Beeren, und aßen ihre Fischchen, und spielten mit den schönen Messerchen.

Der Schäfer und die Schlange

(Mündlich)

Es war einmal ein armer Schäferknabe in einem friedlichen, anmutig gelegenen Dörfchen; bei dem Dörfchen war ein Tal und ein gar trautes Örtlein, an welches der Schäferknabe immer seine Herde hintrieb, und es schien, als habe der Schäfer diesen stillen Ort sich zum Lieblingsplätzchen erwählt. Er aß nicht eher sein Mittagsbrot und suchte nicht eher die kühle Ruhe, bis er an das traute Plätzchen kam. Dorthin zog ihn immer eine unerklärliche Sehnsucht.

Das Plätzchen selbst war ganz einfach: ein roher Stein lag nur da, unter welchem eine Quelle murmelte, und ein wilder Birnbaum stand dabei, der den Stein überschattete mit seinen dichtbelaubten Zweigen. Doch der Knabe fühlte sich immer so froh, wenn er an diesem Stein aß, aus der Quelle trank, und wenn der Stein sein Ruhekissen war, und es war ihm dann, als höre er ein geheimnisvolles Singen und Seufzen unter dem Stein; dann lauschte er, entschlummerte dann und träumte. Immer war ihm, als umschwebe seine Seele ein geheimes, überirdisches Glück. War er fortgetrieben mit der Herde, und war er abends heimgetrieben, so bemächtigte sich seiner wieder diese unerklärliche Sehnsucht; er mochte unter der Schar der muntern Dorf-Bursche und Mädchen nicht lustig singend und schäkernd mit umherziehen, wenn es Feierabend war, vielmehr ging er still und allein, und wurde sogar traurig. Doch brach der neue schöne Morgen wieder an, und zog er mit seiner Lämmerherde wieder hinaus auf Flur und Raine, so wurde sein Sinn heiter und immer heiterer, bis er den lieben Stein, den Schatten des trauten Birnbaums erreicht hatte. Oft auch, wenn er dort rastete und auf seiner Flöte blies, begab es sich, dass eine silberweiße Schlange unter dem Stein hervorkam, die sich erst vertraulich an seine Füße schmiegte, sich dann emporwand und den Schäfer anblickte, bis zwei große Tränen aus ihren Augen quollen, und sie dann leise wieder unter den Stein schlüpfte. Da wurde dem Schäfer allemal so eigentümlich, so wunderbar zu Mute. Sein Herz war froh, und doch unaussprechlich wehmütig.

Zuletzt ging der Schäfer gar nicht mehr unter die muntere Zahl der Bursche und Mädchen, das helle lustige Getöse war ihm ganz zuwider, dagegen tat ihm die einsame Stille so wohl und wurde ihm immer lieber.

An einem schönen Frühlingssonntag, dem Sonntage Trinitatis, den die Landleute den »goldenen Sonntag« nennen, und besonders hoch halten und festlich feiern, wo unter der Dorflinde ein lustiger Tanz gehalten werden sollte, lenkte der stille Schäferknabe, von jener unaussprechlichen Sehnsucht getrieben, in der Mittagsstunde seine Schritte dem einsamen Tal zu, wo der Stein und der Birnbaum war. Er grüßte heiter das traute Plätzchen, setzte sich stilldenkend nieder und lauschte dem Flüstern der Baumblätter und dem geheimnisvollen Geplauder unter dem Steine. Da wurde es mit einem Mal so licht vor seinen Blicken, ein Bangen durchzitterte sein Herz, er blickte auf und sah eine holde Gestalt in weißem Kleide, gleich einem Engel, vor sich stehen, mit sanftem Blick und gefalteten Händen; und trunkenen Sinnes hörte der Schäfer eine süße Stimme ihm zuflüstern: »O Jüngling, sei nicht bange, o höre das Flehen eines unglücklichen Mädchens, und stoße mich nicht von dir, und entfliehe nicht vor meinem Jammer. Ich bin eine edle Prinzessin, bin unermesslich reich an Perlen- und Goldschätzen; aber ich schmachte schon viele Jahrhunderte verzaubert und verbannt hier unter diesem Stein, und muss in einem Schlangenleib umherschleichen. So erschaute ich dich hier oft und gewann die Hoffnung, du könntest mich erlösen, du seiest noch rein im Herzen wie ein Kind. Und diese jetzige Stunde, als am goldnen Sonntag um die Mittagsstunde, diese allein im ganzen Jahr ist mir vergönnt in meiner wahren Gestalt auf der Erde zu wandeln; und fände ich da einen Jüngling reinen Herzens, so dürfe ich ihn um meine Erlösung ansprechen. Befreie mich, du Teurer, befreie mich, um alles Heiles willen flehe ich dich an.« Da sank das Mädchen nieder vor die Füße des Schäfers, und umfasste sie fest, und blickte in Tränen zu ihm empor. Dem Jüngling aber bebte das Herz vor Entzücken, und er hub das Engelmägdlein auf und stammelte: »O sage nur, was soll ich tun, wie soll ich dich befreien, du schöne Liebe?« Sie sprach: »Komm morgen um dieselbe Stunde wieder hierher, und wenn ich da in meinem Schlangenleib dir erscheine, und dich umwinde und dich dreimal küsse, so erschrick nur nicht, o so erschrick nur nicht, sonst muss ich abermal auf hundert Jahre hier verzaubert schmachten.« Sie verschwand in diesem Augenblick; und es tönte wieder ein leises Singen und Seufzen unter dem Stein hervor.

Am folgenden Tage um die Mittagsstunde harrte der Schäfer, nicht ohne Bangen an jenem Ort, er flehte zum Himmel um Stärke und Standhaftigkeit in dem grauenvollen Augenblick des Schlangenkusses. Und schon wand sich die Schlange silberweiß unter dem Stein hervor, und schlich dem Jüngling zu, und ringelte sich um seinen Leib und hob das Schlangenhaupt mit den hellen Augen empor zum Kusse; aber der Jüngling blieb stark und duldete die drei Küsse. Da geschah ein mächtiger Schlag, da rollten furchtbare Donner um den ohnmächtig hingesunkenen Jüngling, und eine Zauberverwandlung ging rings um ihn vor, und wie er wieder erwachte, lag er auf weichen, seidenen Kissen, in einem wundervoll geschmückten Zimmer, und das holde Mädchen kniete vor seinem Lager und hielt seine Hand an ihr Herz. »Oh, sei gedankt, Himmel!«, rief sie, als er die Augen aufschlug, »o habe Dank, Herzensjüngling, für meine Rettung, und nimm zum Lohn mein schönes Land, und dieses schöne Schloss mit allen kostbaren Schätzen, und nimm mich als dein treues Weib an. Du sollst nun glücklich sein und sollst Freuden die Fülle haben.«

Und dieser Schäfer wurde glücklich und froh; jene Sehnsucht seines Herzens, die ihn so oft hin nach dem Stein, zur stillen Einsamkeit, getrieben – ward herrlich befriedigt. Er lebte, der Welt entrückt, im Schoße des Glücks, mit seiner schönen Gemahlin; und er sehnte sich nicht auf die Erde, nicht zu seinen Lämmern zurück. Aber in jenem Dorfe war ein großes Leid um den so plötzlich verschwundenen Schäfer, die Leute suchten ihn im Tal, bei dem Stein unterm Birnbaum, wo er zuletzt hingegangen war, doch weder der Schäfer noch der Stein, noch die Quelle, noch der Birnbaum waren mehr zu finden, und kein Auge sah von diesem allem je das Mindeste wieder.

Die drei Nüsse

(Mündlich, im Saaltale. An das Märchen von der verzauberten Prinzessin anklingend, nicht minder an das vom alten Zauberer und seinen Kindern, und mit Letzterm an »Fundevogel«, Grimms Sammlung I., 55. erinnernd.)

Es war einmal ein Prinz, der war ein großer Jagdliebhaber, und obgleich seine Eltern ihm das Jagen strenge verboten hatten, so ging er doch eines Tages wieder in den Wald. Hier verfolgte er anhaltend einen Hirsch, bis dieser sich in ein großes schönes Haus flüchtete, das plötzlich vor dem überraschten Jäger stand, der aber auch in dieses Asyl dem Hirsch nachfolgte. Es war aber dieses Haus ein bezaubertes Schloss, und darinnen lebten drei schöne Prinzessinnen unter strenger Obhut ihrer Eltern, welche böse Zauberer waren. Kaum war der Jüngling eingetreten, so fiel hinter ihm ein starkes Gattertor, und er sah sich gefangen. Der alte Zauberer legte ihm gleich eine Arbeit auf, mit der er sich selbst lösen sollte.

Er sollte mit einem hölzernen Beile und mit einer hölzernen Säge eine große Menge Holz zerkleinen, wenn er dies nicht vollbringe, ward gedroht, würde er sein Leben verlieren. Als der Prinz sehr traurig über die Unmöglichkeit dieser schweren Aufgabe nachdachte und sich schon auf den unvermeidlichen Tod vorbereitete, trat die eine Prinzessin zu ihm und sagte mitleidig und freundlich: »Ruhe du jetzt, müder Jüngling, ich will dich von deiner Sorge befreien und diese dir unmögliche Arbeit für dich vollbringen.« Bald fiel der Prinz in Schlummer, da er von der Verfolgung des Hirsches sehr ermattet war, und als er erwachte, war die schwere Aufgabe gelöst. Er dankte der liebreichen Jungfrau, wobei es geschah, dass ihre Schönheit und Liebenswürdigkeit sein ganzes Herz bezauberte. Heimlich trug er ihr Herz und Hand an, und die holde Jungfrau lächelte ihm Gewährung, sagte ihm aber auch schmerzlich, dass es ihm und ihr noch schwere Kämpfe kosten werde, ehe sie zum Ziel gelangen würden. »Denn«, so sagte sie, »meine Eltern werden einen Tag festsetzen, wo ich mit meinen zwei Schwestern ganz überein angekleidet, vor dir erscheinen werde, dazu mit bedecktem Gesicht, sodass es dir wegen der großen Ähnlichkeit unserer Gestalten schwer werden wird, mich von ihnen zu unterscheiden; wählest du aber im Irrtum eine meiner Schwestern, so kostet es dir das Leben – vielleicht auch mir, zur Strafe, dass ich Mitleid mit dir hatte. Doch will ich, Teurer, dir ein Zeichen geben, mich zu erkennen; sieh hier an meinem Halse eine blaue Ader, welche dir das bange Klopfen meines Herzens verkünden wird; diese haben meine Schwestern nicht so sichtbar.« Der ängstliche Tag der schweren Wahl kam heran. Die sich ganz ähnlichen Schwestern saßen, überein gekleidet, mit ihren Eltern in einem Zimmer, in welches der Prinz geführt wurde. Lange sah er zweifelnd und ängstlich die drei Mädchengestalten an, doch plötzlich gewahrte er die klopfende Ader an dem Halse seiner auserwählten Braut, die ihm nun von den Eltern zugesagt wurde. Aber diese hegten beide Zorn und Tücke gegen die jüngste Prinzessin, denn das war des Prinzen Geliebte, und hätten das Glück gern einer ältern Tochter gegönnt. Dieses wusste die kluge Braut aber recht gut, und da sie auch etwas von der Zauberkunst verstand, so gab sie irgendeinem Gegenstande im Palaste eine geheime Kraft, dass, wenn die Mutter aus feindlicher Absicht fragen würde, ob sie und der Prinz schliefen, eine Stimme immer nein antwortete. Des Nachts kam wirklich auch die Mutter und fragte ein Mal um das andere: »Schlaft ihr?« Dreimal ertönte es: Nein! Doch beim vierten Mal schwieg es. Jetzt glaubte die Mutter nun, sie seien eingeschlafen und rief dem Vater ganz laut zu: »Jetzt ist die Zeit, jetzt kannst du den Prinzen töten!« Dieses entging den lauschenden Ohren des Prinzen und der Prinzessin nicht; sie flüchteten sich eilend, und als der Vater mit einem Speer in das Schlafgemach trat, fand er es leer. Als das Brautpaar eine Strecke geflohen war, sagte die Braut: »Sieh dich um, es brennt mich heiß auf dem Rücken.« Der Prinz tat es, sah sich um und gewahrte hinter sich einen großen Raben. Als er dies der Prinzessin sagte, denn sie selbst durfte sich nicht umdrehen, sprach sie erschrocken: »Der schwarze Rabe, das ist meine Mutter, welche sich in diese Gestalt verwandelt hat, ich will mich schnell in einen Garten verwandeln und dich in einen Gärtner, aber behüte die Blumen sorgfältig, dass sie keine abpflücke.« Sogleich erfolgte die Verwandlung und der Rabe umschwärmte kreischend den blühenden Garten, indessen der Gärtner wohl auf seiner Hut war, dass ihm keine Blume entwendet würde, und wehrte den Raben kräftig ab. Nach langem vergeblichen Streben, eine Blume nehmen zu können, flog der Vogel zuletzt mit hässlichem Gekreisch davon. Die Prinzessin und der Prinz nahmen nun wieder ihre natürliche Gestalt an und eilten weiter. Nach einiger Zeit sagte die Braut wieder: »Sieh dich um, es brennt mich heiß auf meinem Rücken.« Der Prinz sah sich wieder um und gewahrte einen großen Stoßvogel. Als er es seiner Braut sagte, verwandelte sie sich in einen Teich und ihren Geliebten in eine Ente. Schnell stürzte sich der Vogel herab und trank das Wasser so rein aus, dass nicht ein Tröpfchen mehr darin blieb, dann flog er in die Höhe und ließ drei Nüsse fallen mit dem Zuruf: »Damit, meine Tochter, wirst du dein Glück machen!« Dieser Vogel war der verwandelte Vater der Prinzessin. Das Brautpaar nahm nun wieder seine natürliche Gestalt an, und erreichte nicht lange darauf eine Mühle. Der Prinz war aber der Zaubereien und Verwandlungen schon müde; er gedachte an seine Eltern, die nicht wussten, was aus ihm geworden, und sprach zu seiner Begleiterin: »Meine Teure, verbirg dich jetzt in dieser Mühle, und erhole dich; ich will erst einmal in meine Heimat gehen, meine alten Eltern vergehen sonst vor Gram, wenn ich nicht wieder zurückkehre, dann will ich dich festlich von hier abholen und heimführen.« Traurig ging die Prinzessin hinein in die Mühle und da sie unerkannt bleiben wollte, so verdingte sie sich als Magd hinein und diente da. Der Prinz ging fort nach seiner Heimat. Und bald vergaß er die gute Braut, die ihn doch befreit und errettet, und verlobte sich mit einer andern Prinzessin. Dieses hörte die Verlassene in der Mühle, nahm dort Abschied und ging traurig nach dem Schloss des Ungetreuen. Hier öffnete sie eine der drei Nüsse, es entfaltete sich ein herrliches Gewand daraus. Darauf ging die Prinzessin mit dem kostbaren Kleid zu der neuen Braut des Prinzen, und ließ ihr das Kleid zeigen. Das gefiel der Braut über alle Maßen wohl, und sie ließ gleich die Besitzerin kommen und fragen, was sie dafür verlange? Da verlangte jene ohne Beisein eines Menschen in das Gemach des Prinzen gelassen zu werden. Dies sagte die Braut zu, und bestimmte die Stunde, in welcher die Prinzessin dem Prinzen nahen durfte. Aber als nun die Unterredung stattfinden sollte, und die Prinzessin in das Gemach des Prinzen trat, fand sie ihn schlafend, denn die arge Braut hatte ihm einen Schlaftrunk eingegeben, sodass er nicht mit der reden konnte, die ihn zu sprechen begehrte. Da diese Arme nun so überlistet war, ging sie weinend fort und öffnete ihre zweite Nuss. Aus der quoll noch ein schönres Kleid, und damit tat die Prinzessin, wie sie mit dem ersten getan. Die habgierige Braut wollte wohl auch dieses Kleid haben, deshalb sagte sie auch der Prinzessin zu, dass sie ohne Beisein eines Menschen mit dem Prinzen reden sollte, aber sie hatte einen abgerichteten großen Hund, den ließ sie in das Gemach des Prinzen kurz vorher, ehe die Prinzessin eintrat, und der bellte nun so laut und fürchterlich, dass sie erschrak und kein Wort sprechen konnte, und weinend fortgehen musste, denn er ließ sich von dem Prinzen nicht beschwichtigen. Jetzt nahm sie zur dritten Nuss ihre Zuflucht, öffnete sie und das allerköstlichste Gewand, schöner als je eins auf Erden war, kam heraus. Dies trug sie abermals der Prinzessin hin, ließ sich aber diesmal das Wort geben, dass ihr vergönnt sein müsse, mit dem Prinzen zu *reden*, außerdem würde sie das Kleid nicht lassen. Da siegte die Pracht des Kleides und der Braut Putzsucht und Eitelkeit über ihre Eifersucht und Tücke, und sie gewährte die erbetene Unterredung.

Als aber nun die Prinzessin zu dem Prinzen trat, gab sie sich ihm zu erkennen, und hielt ihm sein Unrecht sanft vor, sagte ihm auch, wie hartnäckig und arglistig ihr die Unterredung zweimal vereitelt worden sei. Da schwand alle Neigung zu der Braut aus des Prinzen Herz und kehrte sich wieder zu der sanften und duldenden Prinzessin. Er führte sie zu seinen Eltern und gab jener andern Braut wiederum den Abschied, doch die Kleider durfte sie behalten. Als sie sich aber damit schmücken wollte, fiel eins nach dem andern in eitel Fetzen ihr vom Leibe herab.

Fippchen Fäppchen

(Mündlich; erinnert an das Märchen von der Goldmaria und der Pechmaria.)

Eine Mutter hatte zwei Töchter, eine rechte Tochter und eine Stieftochter. Die Letztere wurde von der Frau sehr schlecht behandelt, sodass sie es nicht aushalten konnte. Eines Tages nahm sie sich ein Töpfchen, etwas Mehl und einen Löffel in ihr Körbchen und ging davon. Sie kam in einen finstern Wald, darin lief sie lange herum, bis sie vor Hunger und Müdigkeit nicht weitergehen konnte. Hier ruhete sie aus, schürte ein Feuerchen an, und kochte sich einen Brei. Als sie im besten Kochen war, kam plötzlich ein kleines, graues Männlein und fragte: »Was kochst du da?« – »Einen Brei«, sagte sie. »Ach lass mich deinen Löffel ablecken«, bettelte das graue Männlein. Sie sprach freundlich: »Du kannst auch ordentlich mit mir essen.« Da hüpfte das Männlein vor Freude um das Feuer herum, bis der Brei fertig war; darauf aßen die beide miteinander und ließen sich's gut schmecken. »Weiß du, wie ich heiße?«, sprach das Männlein. »Ich heiße Fippchen Fäppchen, und nun gehe mit mir, du sollst es gut bei mir haben!« Da gingen sie beide zusammen weit, weit fort im Walde und kamen endlich an ein Schloss;

die Tore öffneten sich und beide spazierten hinein. Da war alles prachtvoll ausgeschmückt, und war alles zu haben, was man nur wünschen mochte, und es war ein Zauberschloss, das Fippchen Fäppchen gehörte. Die Stiefmutter des davongegangenen Mädchens aber hatte sich aufgemacht mit einem tüchtigen Prügel, nach der entflohenen Tochter zu suchen, und wollte sie totschlagen, wenn sie sie fände, oder doch wenigstens windelweich. Und nach einigen Tagen kam sie an die Türe des Zauberschlosses und klopfte an. Wie erstaunt war die Stieftochter, als sie ihre Mutter kommen sah, und wie erstaunt war die Stiefmutter, ihre von ihr so schlecht behandelte Tochter in so prachtvoller Umgebung und in den schönsten Kleidern wieder zu finden. Vor Schreck fiel ihr der Prügel aus der Hand. Die Stieftochter nahm ihre Mutter sehr freundlich auf, bewirtete sie gut und nach einem kurzen Aufenthalt kehrte die Mutter wieder heim und pries zu Hause ihre Stieftochter über die Maßen glücklich. Das nahm sich die rechte Tochter zu Ohren und zu Herzen, und da die Stiefschwester der Mutter erzählt hatte, wie sie zu dem Glück gekommen, so lief sie nun auch davon, kam in denselben Wald, ruhete aus und fing an, auch einen Brei zu kochen. Da kam das graue Männlein auch und fragte: »Was kochst du?« – »Einen Brei«, sagte sie. Darauf sprach das Männlein: »Lass mich deinen Löffel ablecken.« – »Nein«, sagte das Mädchen trotzig und missmutig, »ich kann ihn selbst ablecken.« Dann setzte sich das Mädchen hin und aß den Brei allein, und das Männlein sah zu, und als das Mädchen fertig war, da nahm das Männlein das Mädchen und zerriss es in tausend Stücke und hing sie an die Bäume. Nach dem suchte die Mutter ihre rechte Tochter und meinte, der müsse auch ein so großes Glück begegnet sein, als ihrer Stieftochter. Als sie in die Nähe kam, wo ihre Tochter in Fetzen hing, dachte sie, die Tochter habe dort Wäsche aufgehangen, wie groß aber war ihr Schrecken und ihr Jammer, als sie näher kam und sah, was geschehen war. Sie fiel ohnmächtig zur Erde, und ich weiß nicht, ob sie wieder nach Hause gekommen ist.

Der Fuchs und der Krebs

(Nach einer altdeutschen Dichtung, mitgeteilt von Maßmann aus einer Wiener Handschrift, in Haupts Zeitschrift für deutsches Alterthum I.)

Ein Krebs kroch aus seinem Bache hervor auf das grüne Gras einer Wiese, allda er sich gütlich tat. Da kam ein Fuchs daher, sah den Krebs langsam kriechen, und sprach spöttisch zu ihm: »Herr Krebs, wie geht Ihr doch so gemächlich? Wer nahm Euch Eure Schnelligkeit? Oder wann gedenkt Ihr über die Wiese zu kommen? Aus Euerm Gange merke ich wohl, dass Ihr besser hinterrücks als vorwärts gehen könnt!« Der Krebs war nicht dumm, er antwortete alsobald dem Fuchs: »Herr Fuchs, Ihr kennt meine Natur nicht. Ich bin edel und wert, ich bin schneller und leichter, und laufe rascher als Ihr und Eure Art, und wer mir das nicht gönnt, den möge der Teufel riffeln. Herr Fuchs, wollt Ihr mit mir eine Wette laufen? Ich setze gleich ein Pfund zum Pfande!«
»Nichts wäre mir lieber«, sprach der Fuchs. »Wollt Ihr von Bern nach Basel laufen, oder von Bremen nach Brabant?«
»O nein«, sprach der Krebs, »das Ziel wäre zu fern! Ich dachte, wir liefen eine halbe oder eine ganze Meile miteinander, das wird uns beiden nicht zu viel sein!«
»Eine Meile, eine Meile!«, schrie der Fuchs eifrig, und der Krebs begann wieder: »Ich gebe Euch auch eine hübsche Vorgabe, ohne dass Ihr die annehmt, mag ich gar nicht laufen.«
»Und wie soll die Vorgabe beschaffen sein?«, fragte der Fuchs neugierig. Der Krebs antwortete: »Gerade eine Fuchslänge soll sie beschaffen sein. Ihr tretet vor mich, und ich trete hinter Euch, dass Eure Hinterfüße an meinen Kopf stoßen, und wenn ich sage: Nun wohl hin! – so heben wir an zu laufen.«
Dem Fuchs gefiel die Rede wohl; er sagte: »Ich gehorche Euch in allen Stücken.« Und da kehrte er dem Krebs sein Hinterteil zu, mit dem

großen und starken haarigen Schwanze, in den schlug der Krebs seine Scheren, ohne dass der Fuchs es merkte, und rief: »Nun wohl hin!« Und da lief der Fuchs, wie er in seinem Leben noch nicht gelaufen war, dass ihm die Füße schmerzten, und als das Ziel erreicht war, so drehte er sich geschwind herum, und schrie: »Wo ist nun der dumme Krebs? Wo seid Ihr? Ihr säumt gar zu lange!« Der Krebs aber, der dem Ziele jetzt näher stand als der Fuchs, rief hinter ihm: »Herr Fuchs! Was will diese Rede sagen? Warum seid Ihr so langsam? Ich stehe schon eine hübsche Weile hier und warte auf Euch! Warum kommt Ihr so saumselig?«
Der Fuchs erschrak ordentlich und sprach: »Euch muss der Teufel aus der Hölle hergebracht haben!«, zahlte seine Wette, zog den Schwanz ein und strich von dannen.

Das Märchen vom wahren Lügner

(Nach einem mitteldeutschen und einem spätern Gedicht, die beide als Lügenmärchen mitgeteilt sind von W. Wackernagel in M. Haupts vorhin angeführter Zeitschrift.)

Der wahre Lügner ist so lügenhaft beschaffen, dass er allezeit lügt, und dass es ihm nur im Lügen wohl ist. Er lügt nachts und lügt am Tage; er lügt was er nur lügen kann, er lügt seinen Vater an wie seine Mutter, er lügt seiner Schwester vor und noch besser seinem Bruder. Stets und immerdar steht sein Maul nach Lügen, er lügt hier und lügt dort, er lügt heimlich und öffentlich; er lügt jahraus und lügt jahrein. Ihr könnt den wahren Lügner lügen hören, dass eine Treppe hinauf in den Himmel führe, und dass ein Mücklein einen Bach pisse, der vier Mühlräder treibe. Der wahre Lügner wird des Lügens nimmer satt. Er lügt auch, dass eine Ameise das Meer austrinke, und dass er mit seinem Hauch einen

Bären über den Haufen blase. Ach, je mehr er lügt, je wohler wird ihm zu Mute. Da lügt er, dass die Berge fliegen, schneller wie die Falken; er walkt und filzt alles zu einem Lügensack zusammen. Er lügt, dass die Milz einer Milbe größer als die eines Hausen sei; er lügt, dass er mit einer Maus einen Walfisch fange, den er auf seinen Tisch legt, und ihn drei Weglängen lang lügt.

Der Lügenmeister lügt drauf und drein; er lügt, dass er vierzig Maurer in einer Nussschale beschlossen mitten auf das Meer führte, und dass er die hieß mauern zwei Türme auf ein Lindenblatt und bat sie mit allem Fleiß, ja dazu rote Marmorsteine zu nehmen, sonst könne er daheim Verdruss haben. Der wahre Lügner macht euch aus Eis ein gut brennend Feuer; er lügt, dass dies Eis prasselt und kracht und brennt wie dürres Holz.

Derselbe Lügenbeutel lügt: er sähe auf den Wolken einen Schlitten fahren, so schnell, als flöge er; er lügt, dass ein Esel den Schlitten ziehe, und auf dem Schlitten reiten sieben Frauen in vollem Putze, die tragen alle Kronen; und neben ihnen laufen zwölf junge Pagen, die blasen Posaunen, die man weit hallen hört. Am Schlitten hängen genug goldne Schellen, die machen hellen Klang. Hinterdrein reiten tausend Ritter auf ebenso vielen Saumrossen. Der Lügner sorgt dafür, dass die Ritter hinter dem Schlitten her auf den Wolken reiten und nicht herunterfallen, und damit über das Meer ziehen. Der wahre Lügner lügt, er habe auf einer Wiese gesehen, wie einen halben Tag lang ein Zwerg und ein Riese miteinander gefochten haben; da nahm der Zwerg einen Sack, stieß den Riesen hinein, lief mit ihm dahin, sieben lange Weglängen, und band den Sack an einen Baumast, wohl tausend Klafter hoch. Dann ging der Zwerg seiner Wege und ließ den Riesen baumeln, und so lügt der Lügner fort ohne Aufhören, und erzählt euch ferner: Ehe ich auf Erden geboren war und aus meiner Mutter Schoße kam, da hörte ich, wie ein Esel und eine Kuh aufeinander stichelten. Einem alten Schüsselkorb waren Weib und Kinder gestorben, der klagte sich, ein Heuhaufe, der brachte ihm Geld und Kornzinsen. Der Schüsselkorb wollte ins Kindbett kommen, da wurde in aller Eile das

Töpfenbrett zu Gevatter gebeten, und da gebar er einen Stall voll guter fetter Schafe. Da freuten sich eine leere Tasche, ein Bettelsack, ein Bierkrug und eine Ofengabel in der Asche, die kamen alle zusammen mit ihren Gespielen gelaufen. Diese waren ein Dreifuß und ein Rost, ein Kesselring, eine Hechel, eine Armbrust und eine Krambude. Mit ihnen lief auch noch ein Sauerkrautfass neben bei, und ein Spatz, der vor Schreck einen jungen Hund heckte, wie er ein Storchennest sah, das in einer Mönchskutte auch mit herzusprang. Sie alle befragten sich bei einem alten Karren um Rat, wie sie allezeit in Freuden verharren sollten? Eine Kunkel und eine Haspel wurden da Gevatter und alle saßen um das Feuer. Zu dieser Gesellschaft kam eine leere Scheuer zu Gaste, und diese zu bewirten, molk ein Kübel an einem dürren Lattenzaun.

Ich stand nicht weit davon, da sah ich, wie ein lahmer Mann drei Hasen nachlief, und sie alle drei fing; aber da kam ein ganz nackender Mann, der nahm dem Lahmen die Hasen, und steckte sie behände in seinen Busen. Das sah ein blinder Stummer, der sagte es allen Leuten. Und ein Igel stach einen Bären, und eine Katze fing Mäuse in einem Bach, und ein Kuchen schlug den Koch um die Ohren. Darob freuten sich Töpfe, Kessel und Pfannen; vor Freuden tanzte eine alte Futterbank; eine Kuh ging auf einem Seil über dem Graben, ein Esel sprang vor Freuden deckenhoch; dort tanzte ein großer Rappe einher, und ein Kalb das blies die Rohrflöte. Man sollte nicht meinen, dass ein Mann das gesehen und gehört hätte! So lügt der Lügner, dass sich die Balken biegen und manche alte Wand wackelt. Er lügt das Blaue vom Himmel und das Schwarze von der Erde, er lügt wie gedruckt. Zeitungen sind auch gedruckt.

Die Perlenkönigin

(Mündlich, in Franken.)

Nicht weit von einem friedsamen Dörflein welches am Seegestade lag und meist von Fischern bewohnt war, ließ sich alle Jahre zu etlichen bestimmten Malen eine überirdisch schöne Jungfrau am Ufer sehen; dieselbe kam allemal in einem wunderschönen Schifflein, welches gerade aussah wie von puren hellfarbigen Perlen zusammengefügt, daher gesegelt, und niemand wusste woher sie kam, oder wohin sie wieder zurückkehrte, wenn sie verschwand. Die treuherzigen Fischersleute hatten sie aber gar lieb, zumal die Kinder, denen sie jedes Mal schöne Perlen die Menge ans Ufer streute und ihnen zuwinkte, dieselben aufzulesen. Da waren die Kleinen dann geschäftig und lasen die Perlen auf, und erfreuten sich an deren Farbenglanz. Und dann kamen die Fischer und Fischerinnen und trugen der guten schönen Perlenkönigin eine Mahlzeit zusammen: Fische und Brot und guten Wein, und die holde Jungfrau war gegen alle freundlich, und aß einige Bissen, und trank ein wenig Wein.

Oft auch zur Zeit, da die schöne Unbekannte dort am Ufer zu landen pflegte, kamen aus andern fremden Ländern Prinzen und viele Edle herbei, um die schöne Jungfrau zu sehen und vielleicht zu freien; denn es ging von ihr weit und breit die Rede, dass sie ebenso reich an Erdenschätzen wie an Leibesschönheit sei. Aber alle mussten auch wieder unbefriedigt von dannen ziehen. Die hohe Jungfrau verlangte von jedem, der um sie warb, dass er zuvor drei Proben bestehe, die sie ihm aufgegeben. Und diese waren bisher für alle zu schwer und hoch. Keiner vermochte sie zu lösen, und so mussten die hohen Bewerber dann zurückstehen und ein wenig beschämt und verstimmt wieder abziehen. Das Erste war, was die Jungfrau aufgab, zu erraten, was für Haare sie habe; denn sie trug stets das Haupt ganz dicht verschleiert; das hatte noch keiner erraten, wiewohl schon alle Farben schwarz, rot, blond, braun, weiß, grün, grau, blau geraten worden war. Das Zweite war, die

Halskette der Jungfrau umzuhängen. Wurden dann die glänzend hellen Perlen davon trübe, so war's ein böses Zeichen, dann weinte die schöne Dame allemal, und ihre Tränen wurden eine ebenso helle Perle wie die an der Kette und fügten sich derselben an. Und so wie die Perlenschnur wieder am Halse der Jungfrau hing, glänzte sie auch wieder hell und wundersam. Das Dritte war, zu erraten, was die Jungfrau auf der Brust trage. Und dies erriet keiner. Und so gewann auch keiner, und wäre er auch der reichste Fürst gewesen, die Gunst der Jungfrau, also dass sie ihm Hand und Herz schenke. Sie blieb geheimnisvoll. Alle List, um etwas Näheres über sie selbst und über ihre Heimat zu erfahren, blieb fruchtlos; denn allzu schnell war das Perlenschifflein allemal vor den Blicken der Menschen auf dem Gewässer verschwunden. Doch zur bestimmten Zeit kam sie wieder, so freundlich und liebreich wie zuvor, und streute Perlen aus am Ufer.

Und da war ein Knäblein, das hatte sie unter allen Kindern am liebsten, das nahm sie allemal in ihre Arme und drückte es herzlich, und der Knabe hatte die schöne gütige Dame auch gar sehr lieb; doch als er größer wurde, wurde er verschämt und schüchtern, und wagte zuletzt gar nicht mehr Perlen aufzulesen, musste auch meist mit seinem Vater auf die See fahren und fischen.

So war die Jungfrau schon mehrere Male dort ans Ufer gestiegen und hatte ihren lieben Fischerknaben nicht gesehen; da wurde sie betrübt, denn ach, ihr Herz hatte sich gerade diesen Jüngling auserwählt, und sie wünschte nichts mehr, als dass einst dieser schöne Fischer im Stande sein möge, die drei Aufgaben zu lösen, und ihr dann auf immer nach der schönen Perlen-Insel, ihrer Heimat, zu folgen. Sie beschloss im Stillen, als sie wieder einmal, ohne den geliebten Fischerjüngling gesehen zu haben, mit ihrem Schifflein vom Ufer abstieß, am selbigen Abend wieder zu kommen, um dem Teuren unsichtbar nahe zu treten. Und ja, als der goldne Mond aufgegangen war, und sich auf den Wassern spiegelte, fuhr das Perlenschifflein wieder durch die Wellen dem befreundeten Ufer zu, wo dort in der kleinen Fischerhütte der Geliebte längst entschlummert ruhte. Die holde Jungfrau trat ein in das kleine Gemach und beugte sich sanft zu dem Schläfer, dem nur Moos zum Lager diente. Und sie lösete ihre Perlenschnur vom Hals und hing sie dem Jüngling um, und die Perlen blieben so hell und klar wie zuvor, o welche Freude durchströmte da ihr liebendes Herz! Sie küsste den Teuren segnend und schied, und kehrte alle Abende wieder und hing allemal die Perlen um des Jünglings Hals, und die Perlen blieben allemal hell und glänzend. Der Jüngling war aber in seinem Herzen ebenfalls in Liebe zur schönen Perlenkönigin entbrannt und war dabei fromm und gut, nur war er allzu schüchtern und verzagt, um ihr öffentlich zu nahen.

Als sie nun wieder einmal des Nachts an des Jünglings Lager weilte, erwachte derselbe, blieb aber ruhig, sodass sie wähnte, er schlafe. Da nahm sie wieder die Perlenschnur vom Hals und hing sie ihm um, und weinte warme Tränen auf seine Wangen, und warf den Schleier zurück und nahm ihre Haare und trocknete die Tränen damit ab. Da sah der Jüngling, dass ihre Haare *golden* waren. Dann schlug sie das Busentuch zurück, da glänzte ein heller Spiegel auf ihrer Brust, aus welchem des Jünglings Bild sanft und schön herausblickte. Doch wann sie schied, wurde sie allemal betrübt und traurig; denn sobald die helle Perlenschnur nur ein einziges Mal trüb werden mochte am Halse ihres geliebten Fischers, hätte sie nimmer wieder ihm nahen dürfen.

So kam die bestimmte Zeit, wo die schöne Perlenkönigin wieder nahe dem Fischerdörflein ans Ufer stieg und nach ihrer gewohnten Weise für die frohen Kinder Perlen ausstreute; und dieses Mal waren viele edle Fürsten und Herren gekommen, um die reiche schöne Prinzessin zu erwerben; auch der Fischerjüngling stand von ferne, und fasste Mut, der Angebeteten zu nahen. Doch es kam erst zuletzt an ihn, als alle andern wieder beschämt von ihr gewichen waren. Da trat er bescheiden hin und bat um die drei Aufgaben, und die Jungfrau glühte vor Freude und gab sie ihm, und sandte heimlich flehende Blicke gen Himmel, dass doch ihr geliebter Jüngling die Proben bestehen möge. Kein anderer konnte sie ja lösen. Der schöne Fischer beugte sich sittsam vor der Holden und sprach, »Oh, deine Haare müssen golden sein.« Und im Augenblick fiel der Schleier herab und ihre goldnen Locken wallten hernieder. Dann hing die freudige Jungfrau die Perlenschnur um den Hals des Jünglings und sie blieb rein und glänzend. Und wieder sprach der Fischer: »Und deine Brust muss ein reiner schöner Spiegel sein, holde Jungfrau!« Und auch das Busentuch rauschte im Augenblick zur Erde, und der klare Spiegel auf der Brust der Jungfrau zeigte ein sanftes schönes Bild, das Bild des Jünglings. Da erscholl vom Perlenschifflein ein heller Jubel und freudetönendc Musik, und ein Kreis von schönen Frauen und blühenden Männern erhob sich freudevoll vom Schifflein und nahm das holde Paar auf, und der kleine schöne Perlennachen glitt auf der spiegelhellen Wasserfläche dahin, nach der wunderlieblichen Perleninsel, als der Heimat der lieben Braut des Fischerjünglings, um nimmer, nimmer wiederzukehren.

Vom Knäblein, vom Mägdlein, und der bösen Stiefmutter

(Mündlich; metrisch von August Stöber.)

Es waren einmal zwei Kinder, die hatten eine böse Stiefmutter, die ihnen nicht das Leben gönnte. Eines Tages saß die Frau und spann, kam der Knabe herein und bat: »Frau Mutter, gib mir ein Äpfelchen.« Da ersann die Frau eine arge Tücke und sagte: »Geh in die Kammer, du weißt, da steht die Truhe, wo die Äpfel darin sind, und nimm dir einen.« Wie der Knabe in die Kammer geht, ist die böse Mutter hinter ihm her, und wie er den schweren Deckel vom Äpfelkasten aufhebt und nach einem rotbackigen Äpfelchen greift, stößt die Stiefmutter den armen Knaben in die Kiste, und schlägt den Deckel zu, dass er darin ersticken und sterben muss.

Bald darauf kam das Mädchen, und bat auch wie sein Bruder: »Mutter, gib mir ein Äpfelchen.« Da spann die Frau den Faden ihrer Bosheit weiter und sagte: »Geh in die Kammer, du weißt, da steht die Truhe, wo die Äpfel darin sind, und nimm dir einen.« Wie das Mägdlein in die Kammer geht, ist die Stiefmutter hinter ihm her, und wie es den schweren Deckel vom Äpfelkasten aufhebt und nach einem schönen Äpfelchen greift, stößt die Stiefmutter das arme Mädchen in den Kasten und schlägt den Deckel zu, dass es darin ersticken und sterben muss. Dann setzte sie sich wieder an ihr Spinnrad. Spät am Abend kam der Vater und fragte: »Wo sind meine lieben Kindlein?« – »Sie schlafen, die Rangen«, sprach die Stiefmutter. Da raschelte, da pickte etwas ans Fenster. Verwundert sieht der Vater hin, da sind zwei schlossschleierweiße Vöglein am Fenster, die singen:

»Stiefmutter hat uns totgeschlagen,
Hat Äpfelkasten zugeschlagen.«

Da gibt's der Frau einen Stich ins Herz, dass sie mit einem einzigen Ächzer vom Stuhl fällt und hin ist. Augenblicks wurde sie in einen schwarzen Vogel verwandelt, der schoss wild in der Kammer umher, und endlich fuhr er durchs Fenster, als wenn er die weißen Vögel verfolgen wolle.

Dem Vater flirrt' es im Gehirn, und es brach ihm das Herz um seine lieben Kinder.

Der Garten im Brunnen

(Mündlich in Franken, der Eingang erinnert an das Märchen von Hänsel und Gretel, das Ende an die Goldmaria und die Pechmaria, wie an Frau Holle in Grimm's Sammlung, so wie es einen Zug mit Aschenbuttel in Grimm's Sammlung gemein hat.)

Ein Bauer hatte nach dem Tod seiner ersten Frau, die ihm ein Mädchen und einen Knaben geboren hatte, eine zweite geheiratet und bekam von dieser noch einen Sohn, der hieß Kasperle. Sie war aber gegen jene zwei Kinder eine böse Stiefmutter, behandelte sie übel, ließ sie zerlumpt umhergehen und gab ihnen kaum satt zu essen, während sie Kasperle alles zu Willen tat, ihn in den besten Kleidern einhergehen ließ und ihn in allen Stücken vorzog. Der Vater durfte darüber nichts sagen, so oft ihm auch die armen Kinder ihr Leid klagten, denn er ward nachgerade kränklich und musste selbst von seiner Frau alles gebrannte Herzeleid erdulden. Die böse Stiefmutter kam endlich sogar auf den Gedanken, die beiden Kinder aus dem Wege zu räumen, und ihrem Sprössling das Erbe allein zuzuwenden. Sie nahm deshalb einmal die Kinder mit tief hinein in den Wald, um Erdbeeren zu suchen; der Abend kam heran und als sich die Kinder umsahen, war die Mutter verschwunden. Das Mädchen weinte sehr, denn sie glaubte schon im Walde umkommen zu müssen; aber der Knabe tröstete sie und sprach: »Wir kommen schon nach Hause, denn ich habe an dem Wege Reiser von den Hecken und Bäumen geknickt.« Und die Kinder kamen wirklich nach Hause zurück, zum Ärger der Stiefmutter. Sie dachte es nun klüger anzufangen und führte sie noch tiefer in den Wald, aber der Knabe hatte Erbsen auf den Weg gestreut, und die Kinder kamen wiederum aus der gräulichen finstern Wildnis.

Die böse Stiefmutter ergrimmte aber über dies Fehlschlagen ihrer Pläne immer mehr und als der Knabe einst aus dem tiefen Ziehbrunnen im Garten seines Vaters Wasser schöpfte, warf sie ihn hinein. Statt in das Wasser zu fallen, kam aber der Knabe in einen wunderschönen

Garten, der voll Blumen und Bäume stand. Er konnte sich nicht satt sehen und lief immer zu; endlich aber erkannte er, dass er vom Schauen wirklich nicht satt geworden war; denn es hungerte ihn sehr; da sah er ein Bäumchen voll schöner roter Äpfel und sprach voll Sehnsucht:

»Du liebes Bäumchen, schüttle dich und rüttle dich,
Und wirf deine Äpfel über mich!«

Und das Bäumchen schüttelte sich und eine Menge der schönen rotfarbigen Äpfel lagen im Gras. Der Knabe aß sich satt und ging weiter. Da sah er ein Bäumchen stehen, das hing über und über voll Gold. Das blitzte dem Knaben gar sehr in die Augen und er sprach:

»Liebes Bäumchen, schüttle dich und rüttle dich
Und wirf Goldblättlein über mich.«

Kaum hatte er ausgesprochen, da flimmerten seine Kleider von dem feinsten Golde. Nun kam aber die Sehnsucht nach dem Vater und der Schwester in sein Herz und er seufzte: »Ach, wenn ich doch bei meinem Vater wäre!« Siehe, da stand ein graues Männlein vor ihm, zeigte ihm einen Weg und sprach: »Gehe nur immer gradaus, bis du an die Stelle kommst, wo du hergekommen bist; deine Schwester wird Wasser schöpfen, da hänge dich an den Eimer.« Der Knabe tat also und es geschah alles, was das Männchen gesagt hatte. Die Schwester verwunderte sich sehr, als sie den goldbedeckten Bruder am Eimer hängen sah. Sie freute sich gar sehr darüber und ließ sich von dem Bruder auch in den Brunnen hinablassen, nachdem er ihr alles erzählt hatte. Dem Mädchen widerfuhr dasselbe und sie wurde ebenso wieder herausgezogen. Nun gingen die beiden Kinder zum Vater und sagten: »Freue dich, nun haben wir Reichtum genug und wollen glücklich sein!«
Die böse Stiefmutter ärgerte sich gewaltig darüber, tat sich's aber nicht aus, sondern ließ sich alles von den Kindern genau erzählen. Dann unterrichtete sie ihren Sohn Kasperle und warf ihn auch in den Brunnen.

Kasperle kam ebenfalls in den schönen Garten. Als ihn hungerte, sah auch er ein Bäumchen voll Äpfel. Da sprach er:

»Liebes Bäumchen, schüttle dich und rüttle dich,
Wirf deine Äpfel über mich!«

Da schüttelte sich das Bäumchen und die Äpfel fielen dem Kasperle gar hart auf den Kopf. Er griff hastig nach dem Ersten und biss hinein, musste aber den Mund verziehen, so sauer schmeckte der Apfel, und war ein garstiger Wurm darin. Der Hunger zwang ihn indes, doch davon zu essen. Bald darauf sah er ein Bäumchen das glänzte wie Gold, und er sagte:

»Liebes Bäumchen, schüttle dich und rüttle dich
Wirf deine Blütlein über mich!«

Da troff es von dem Bäumchen herab und er war alsbald mit einer dicken Pechkruste überzogen. Er weinte und schrie und verlangte nach seiner Mutter, damit sie ihn aus der unbequemen Haut erlöse. Und das graue Männchen stand vor ihm und sagte: »Gehe dahin und hänge dich an den Eimer, mit dem deine Mutter Wasser schöpfen wird.«
Die Stiefmutter hatte am Brunnen gewartet und zog hastig vor Begierde den Eimer herauf, als sie eine schwere Last sich dran hängen fühlte. Sie hoffte nichts gewisser, als dass Kasperle mit Gold bedeckt zurückkehren werde. Wie erboste sie sich daher, als sie den armen Jungen in solchem Zustande fand. Sie schalt und schlug sogar nach ihm. Das Pech ließ sich gar nicht ablösen und sie kam auf den Gedanken, ihn in den warmen Backofen zu stecken, da sie eben Brot gebacken; da werde das Pech schon abfließen, meinte sie. Sie tat es, vergaß aber den Jungen und als sie den Ofen endlich öffnete, floss ihr das Pech entgegen, das Kasperle aber war erstickt und verbrannt.
Die Stiefmutter starb bald darauf vor Ärger und Betrübnis, der Vater aber lebte mit seinen glücklichen Kindern herrlich und in Freuden.

Besenstielchen

(Mündlich in Franken; Variante vom Märchen das Nusszweigelein, doch mit selbstständiger Färbung.)

Es lebte einmal ein Kaufmann, der hatte drei Töchter, von denen waren die beiden älteren stolz und hoffärtig, die Jüngere aber, wenn sie auch ihre Schwestern an Schönheit bei Weitem übertraf, bescheiden und sittsam. Sie kleidete sich einfach und hob so unbewusst ihre Schönheit mehr hervor, als jene durch den kostbarsten Putz vermochten. Nettchen, so hieß die jüngste Tochter des Kaufmanns, hatte eine einzige Herzensfreundin, die war sehr arm, aber ebenso schön als tugendhaft; es war die Tochter eines Besenbinders und wurde daher von Jung und Alt nur das Besenstielchen genannt. Beide Mädchen waren ein Herz und eine Seele, sie vertrauten sich ihre kleinen Geheimnisse und aller Rangunterschied war zwischen ihnen gefallen. Darüber erzürnten sich die beiden andern Schwestern zwar sehr, Nettchen jedoch ließ sie schelten und liebte ihr Besenstielchen darum nicht weniger.

Einst wollte der Kaufmann eine große Reise unternehmen, obgleich die Jahreszeit schon sehr vorgerückt war. Er fragte seine Töchter, ob sie einen Wunsch hegten, was er ihnen mitbringen sollte? Da sagte die Älteste: »Bringe mir ein goldenes Halsgeschmeide mit!«, die Zweite: »Bringe mir ein Paar Ohrgehänge mit, die so schön sind, dass mich alle Frauen darum beneiden!« Die Jüngste sagte, sie habe keinen Wunsch, da die Güte des Vaters sie bereits versorgt habe; als aber der Kaufmann in sie drang, so antwortete sie lächelnd: »Ei, so bringe mir denn drei Rosen mit, die an einem Stiel gewachsen sind.« Sie war überzeugt, dass diese der Vater mitten im Winter nicht finden würde. Er küsste sie ihrer Bescheidenheit wegen und trat seine Reise an.

Er war schon wieder auf dem Nachhauseweg, als ihm die Geschenke einfielen, die er seinen Töchtern mitbringen wollte. Ein goldenes Halsgeschmeide und ein Paar prächtige Ohrgehänge waren bald gefunden, nicht aber so die drei Rosen für Nettchen. Der Vater war schon entschlossen, irgendein anderes reiches Geschenk für seinen Liebling zu kaufen, als er sich plötzlich mit Erstaunen vor einer grünen Umhegung sah und als er durch eine breite Torfahrt trat, stand er in einem großen blühenden Garten, der sich an ein prächtiges Schloss lehnte. Draußen lag der Schnee, aber im Garten blühten die Bäume, Nachtigallen schlugen in den Büschen und endlich sah er sogar einen blühenden Rosenstrauch und daran an einem Zweig drei der schönsten halbaufgebrochenen Knospen. Mit Freuden dachte der Kaufmann daran, dass er nun Nettchens Wunsch erfüllen könne und brach den Zweig ab. Kaum war das geschehen, als ein ungeheures Tier mit langem hässlichen Rüssel, herabhängenden Ohren, zottigem Fell und Schweif vor ihm stand und die mit langen scharfen Krallen bewaffneten Tatzen auf seine Schulter legte. Der Kaufmann war zum Tod erschrocken, noch mehr aber, als das Tier zu sprechen begann und ihn für seinen Frevel mit dem Tod bedrohte. Der Kaufmann bat und erzählte, zu welchem Zweck er die Rosen bestimmt habe; darauf antwortete das Tier: »Deine jüngste Tochter muss eine wahre Perle ihres Geschlechtes sein; wohlan, wenn du mir versprichst, sie mir in sieben Monaten zur Frau zu geben, so sollst du lebendig zu den Deinigen zurückkehren.« So sehr der Kaufmann über dies Ansinnen erschrak, so versprach er doch alles in der Angst seines Herzens, indem er jedoch daran dachte, das Untier zu hintergehen.

Der Kaufmann kehrte zu den Seinigen zurück und teilte die Geschenke aus, aber er war traurig und trübsinnig und man merkte ihm an, dass er einen schweren Kummer auf dem Herzen trug. Nettchen lag ihm mit Bitten an, ihr sein Herzeleid zu entdecken, aber er half sich mit Ausflüchten; nur den beiden ältern Töchtern hatte er das Geheimnis entdeckt, die sich in ihrem argen Sinn darüber freuten. Nettchen durfte fast das Haus nicht verlassen, damit sie der Vater immer unter den Augen habe. Nur das Besenstielchen besuchte sie zuweilen.

Einst, der siebente Monat war eben verflossen, befand sie sich auch wieder mit Besenstielchen zusammen, als eine Equipage vor dem Hau-

se hielt, und ein Bedienter mit stummer Gebärde dem Kaufmann einen Zettel überreichte, worauf nichts geschrieben stand, als die Worte: Erfülle dein Versprechen! Der Kaufmann erschrak, fasste sich jedoch und ließ das Besenstielchen zu sich entbieten. Das Mädchen kam, nichts Arges ahnend, da deutete der Kaufmann auf sie, sie wurde in den Wagen gehoben und fort ging es in sausendem Galopp.
Das Untier wusste aber den Betrug wohl, als Besenstielchen ihm vorgestellt wurde; es befahl, das Mädchen sogleich zurückzuführen und die Rechte mitzubringen. Der Wagen hielt wieder vor dem Hause des Kaufmanns und als das Besenstielchen ausstieg, flog ihr Nettchen um den Hals, die Freundin herzlich zu begrüßen. Sogleich wurde sie jedoch gepackt und in den Wagen geschoben, der pfeilschnell mit seiner Beute davonfuhr.
Nettchen war wohl sehr erschrocken, aber sie fasste sich bald wieder und als sie in dem fremden schönen Schlosse ehrerbietig, obwohl mit stummer Gebärde empfangen wurde, ließ sie ihre Bekümmernis fahren. Stumme Diener brachten ihr die köstlichsten Speisen und wiesen ihr ein Schlafgemach an, wo ein blendend weißes Himmelbett sie zur Ruhe einlud. Sie überließ sich bald den Armen des Schlafs, nachdem sie ihr Gebet verrichtet; als sie jedoch erwachte, sah sie mit Schrecken, dass ein abscheuliches zottiges Untier neben ihr lag; da es aber stille und ruhig war, ließ sie es gewähren; es entfernte sich und Nettchen hatte Zeit über ihr Abenteuer nachzudenken. Das hässliche Tier war nun allmählich ihr Schlafgesell, aber sie fürchtete sich immer weniger vor ihm; es schmiegte sich vertraulich an sie, Nettchen streichelte sein zottiges Fell und duldete es selbst, als es mit seinem langen kalten Rüssel ihre Lippen berührte. Dies dauerte vier Wochen lang, als das Tier in einer Nacht nicht kam. Nettchen konnte nicht schlafen vor Sorge und Betrübnis, was aus dem Tier, das sie lieb gewonnen hatte, geworden sein mochte. Als sie am Morgen im Garten spazieren ging, sah sie am Ufer des Bassins, das als Bad diente, das Tier ausgestreckt liegen; es rührte kein Glied und trug alle Spuren des Todes an sich. Da zuckte ein so bittrer Schmerz durch ihre Brust, dass sie um den Tod

des armen Tieres weinte. Kaum aber waren ihre Tränen geflossen, als das Untier sich in einen wunderschönen Jüngling verwandelte, der sich vor ihr erhob, ihre Hand an seine Brust drückte und sprach: »Du hast mich aus einem furchtbaren Zauber erlöst. Ich sollte nach dem Willen meines Vaters eine Gattin freien, die ich nicht liebte; ich weigerte mich standhaft und im Zorn ließ mein Vater mich durch eine Zauberin in ein Ungeheuer verwandeln, das ich so lange bleiben sollte, bis eine reine Jungfrau mich trotz meiner hässlichen Gestalt lieben und Tränen um mich weinen werde. Du mit deinem Engelsherzen hast es getan, ich kann dir nicht genügend dafür danken; willst du aber meine Gattin werden, so will ich durch Liebe vergelten, was du an mir getan hast.« Nettchen reichte ihm die Hand und er ließ sich mit ihr trauen; nun erwachte das totenstille Schloss zu regem Leben. Es war Freude überall und die jungen Gatten lebten in seligem Glück. Dem jungen Weibe war aber die Bedingung gestellt worden, binnen Jahresfrist sich nicht nach dem väterlichen Hause zurückzusehnen; doch erhielt sie einen Spiegel, in dem sie alles sehen konnte, was im Kreise der Ihrigen vorging. Nettchen sah fleißig in den Spiegel und sah den Vater in Bekümmernis, die Schwestern hingegen heiter und guter Dinge. Auch das Besenstielchen sah sie, wie es Leid trug um die verlorne Freundin. Endlich aber versäumte sie es eine Zeit lang in den Spiegel zu sehen, und als sie wieder hineinblickte, sah sie den Vater auf dem Sterbelager, und die Schwestern im Nebenzimmer in einer fröhlichen Gesellschaft. Da war die gute Tochter traurig und vertraute ihr Leid ihrem Gatten, der aber tröstete sie und sprach: »Dein Vater wird nicht sterben; in meinem Garten wächst eine Pflanze, deren Saft ruft die entfliehenden Lebensgeister zurück. Bald ist das Jahr zu Ende, dann holen wir deinen Vater und du sollst dich nicht mehr von ihm trennen.«

Darüber freute sich Nettchen und als das Jahr um war, fuhren die Gatten mit glänzendem Gefolge nach Nettchens Vaterstadt. Die beiden ältern Schwestern zerplatzten schier vor Neid und Ärger, der Vater aber ward schon vor Entzücken gesund, dass das Böse sich zum Guten gewendet hatte. Der bewusste Saft machte ihn vollends kräftig und genesen. Auch das Besenstielchen freute sich sehr und Nettchen war gegen sie die alte Freundin. Sie und der Kaufmann begleiteten sie nach dem Schlosse des Prinzen.

Nettchen war versöhnlichen Herzens und so sehr sie auch von den Schwestern gekränkt worden war, so wollte sie doch auch mit ihnen ihr Glück teilen. Sie ließ sie daher kommen und zeigte ihnen all ihren Reichtum. Die Schwestern erbosten sich über all die Pracht noch mehr und beschlossen den Tod der Glücklichen. Als sie einst im Bade waren, tauchten sie Nettchen unter die Wellen, dass sie ertrank. Kaum jedoch war dies geschehen, als sich eine hohe Frauengestalt vor ihnen erhob, die sie mit zornigen Augen anblitzte. Sie berührte die Tote mit einem Stäbchen und sie ward lebendig. »Ich bin die Zauberin, die einst den Prinzen verzaubert hatte«, sprach die hohe Gestalt, »ich habe dein treffliches Herz erkannt und dich in meinen Schutz genommen. Diese Elenden töteten dich, nun bestimme du ihr Los!« Nettchen bat um Gnade für sie, die Zauberin aber schüttelte den Kopf und sprach: »Sterben müssen sie, denn du bist nimmer sicher vor ihrer Arglist und meine Macht ist zu Ende, wenn sie bestraft sind.« – »So mache mit ihnen, was du willst!«, seufzte Nettchen. »So sollen sie in Säulen verwandelt werden und es so lange bleiben, bis ein Mann sich in sie verliebt und das wird nimmer geschehen.« Sie berührte die Schwestern mit ihrer Hand und alsbald verwandelten sie sich in zwei Steinsäulen, die bis auf den heutigen Tag in dem Garten des prächtigen Schlosses stehen, denn es ist noch keinem Manne eingefallen, sich in kalte herzlose Steine zu verlieben.

Das gute Besenstielchen blieb Nettchens treuste Freundin, und teilt ihr Glück noch immer, wenn sie nicht unterdessen alle beide gestorben sind.

Helene

(Mündlich in der Oberlausitz, hier nach Haupts Mitteilung in dessen Zeitschrift für deutsches Alterthum. II.)

Es war einmal ein schönes Mädchen, das hieß Helene. Ihre Mutter war früh gestorben, und die Stiefmutter, die sie bekommen hatte, tat ihr alles gebrannte Herzeleid an. Helene gab sich alle Mühe, ihre Liebe zu gewinnen, sie verrichtete die schweren Arbeiten, die ihr auferlegt wurden fleißig und unverdrossen, aber die böse Stiefmutter blieb in ihrem harten Herzen ungerührt und verlangte immer mehr von ihr. Denn weil Helene so emsig und unermüdlich war, dass sie immer beizeiten mit ihrer Arbeit fertig wurde, so glaubte sie, was sie ihr auferlegt habe, sei noch zu leicht und zu gering gewesen, und sann auf neue schwere Beschäftigungen. Eines Tages verlangte die Alte von Helene, diese solle zwölf Pfund Federn in *einem* Tage abschleißen, und drohte ihr mit harten Strafen, wenn sie abends nach Hause zurückkäme, und die Arbeit sei nicht von Helene getan.

Das arme gequälte Mädchen setzte sich mit Angst und Tränen zu ihrer Arbeit und konnte vor Kummer kaum einen Anfang machen. Wenn sie aber endlich ein Häufchen geschlissener Federn vor sich liegen hatte, da musste sie wieder an ihre Not denken und bitterlich weinen, und dann stoben die Federn von ihrem Seufzen auseinander. So ging es ihr immer wieder und ihre Angst stieg auf das Höchste. Sie bedeckte ihr Gesicht mit beiden Händen, bückte sich über den Tisch, und rief weinend aus: »Ach! Ist denn niemand auf Gottes Erdboden, der sich meiner erbarme?« Da antwortete auf einmal eine sanfte Stimme: »Tröste dich, mein Kind, ich bin gekommen dir zu helfen.« Erschrocken sah Helene auf und erblickte eine Fee, die freundlich fragte: »Was weinst du so?« Helene hatte lange kein freundliches Wort gehört, sie fasste Vertrauen zu der Erscheinung und erzählte, was ihr für eine Arbeit aufgegeben sei und dass sie damit unmöglich zur bestimmten Zeit fertig werden könne. »Sei ohne Sorgen, mein Kind!«, sprach die freundliche Fee, »lege dich ruhig schlafen; unterdessen will ich deine Arbeit verrichten.« Helene legte sich zur Ruhe und unter den Händen der Fee flogen die Federn selbst von den Kielen, sodass die Arbeit lange vor der gesetzten Frist fertig war. Darauf weckte die Fee Helene, die allen Kummer verschlafen hatte, und verschwand, als diese ihr danken wollte. Am Abend kam die böse Stiefmutter nach Hause. Wie erstaunte sie, als sie Helenen neben der fertigen Arbeit ruhig sitzend fand. Sie lobte zwar ihren Fleiß, dachte aber bei sich auf neue und schwerere Arbeiten.

Am andern Tage befahl sie Helenen, einen großen Teich, der in der Nähe lag, mit einem Löffel auszuschöpfen, und der Löffel, den sie ihr dazu gab, war durchlöchert. Helene machte sich an ihre Arbeit, aber bald sah sie ein, dass es unmöglich war, das Gebot ihrer bösen und tückischen Stiefmutter zu erfüllen. Voll tiefer Kümmernis und Angst wollte sie schon den Löffel von sich werfen, als plötzlich die gute Fee vor ihr stand und sie freundlich fragte, warum sie so betrübt sei? Als Helene ihr von dem Gebote der Stiefmutter erzählt hatte, sprach sie: »Verlass dich auf mich; ich will deine Arbeit für dich verrichten. Lege dich unterdessen ruhig schlafen.« Helene war getröstet und legte sich zur Ruhe, aber bald ward sie von der Fee leise geweckt und erblickte das vollbrachte Werk. Voller Freuden eilte sie zu ihrer Stiefmutter und hoffte, ihr Herz würde sich endlich erweichen. Aber diese ärgerte sich darüber, dass ihre Tücke so wunderbar vereitelt worden war und sann auf noch schwierigere Aufgaben.

Als es Morgen geworden war, befahl sie Helenen, bis zum Abende ein schönes Schloss zu bauen, das sogleich bezogen werden könne und an dem nichts fehlen dürfe, weder Küche noch Keller noch irgendetwas. Helene setzte sich niedergeschlagen auf den Felsen, der ihr zum Bau angewiesen war und tröstete sich nur mit der Hoffnung, dass ihr die gute Fee auch diesmal aus ihrer Not helfen werde. So geschah es auch. Die Fee erschien, versprach das Schloss zu bauen und schickte Helenen wieder zur Ruhe. Auf das Wort der Fee erhoben sich Felsen und Steine und fügten sich ineinander, sodass bald ein prächtiges Schloss da

stand. Vor Abend war auch inwendig alles fertig und in vollem Glanze. Wie dankbar und freudig war Helene, als sie die schwere Aufgabe ohne ihr Zutun erfüllt sah. Aber die Stiefmutter freute sich nicht, sondern ging schnüffelnd und spürend durch das Schloss von oben bis unten, ob sie nicht irgendeinen Fehler fände, wegen dessen sie Helenen ausschelten und strafen könnte. Endlich wollte sie auch den Keller betrachten, aber in dem Augenblicke, wo sie die Falltüre erhoben hatte und hinabsteigen wollte, schlug die schwere Türe plötzlich zurück, sodass die böse Stiefmutter die Treppe hinabstürzte und sich zu Tode fiel.
Nun war Helene selber Herrin des Schlosses und lebte in Ruhe und Frieden. Bald kamen viele Freier, die von ihrer großen Schönheit gehört hatten. Unter ihnen war auch ein Königssohn mit Namen Lassmann, und dieser erwarb sich die Liebe der schönen Helene. Eines Tages saßen beide vertraulich vor dem Schlosse unter einer hohen Linde beisammen und Lassmann sagte Helenen, dass er von ihr zu seinen Eltern reisen müsse, um ihre Einwilligung zu seiner Heirat sich zu holen, und bat sie unter der Linde seiner zu warten. Er schwor ihr, sobald als möglich zu ihr zurückzukehren. Helene küsste ihn beim Abschiede auf den linken Backen und bat ihn, so lange er von ihr entfernt sein werde, sich von niemand anderem auf diesen Backen küssen zu lassen. Unter der Linde wolle sie ihn erwarten.
Helene baute felsenfest auf Lassmanns Treue und saß ganzer drei Tage lang vom Morgen bis zum Abende unter der Linde. Als aber ihr Bräutigam immer noch nicht kam, geriet sie in schwere Sorge und beschloss sich auf den Weg zu machen und ihn zu suchen. Sie nahm von ihrem Schmucke so viel sie konnte, auch von ihren Kleidern nahm sie drei der schönsten, eins mit Sternen, das andere mit Monden, das dritte mit lauter Sonnen von reinem Goldc gestickt. Weit und breit wanderte sie durch die Welt, aber nirgend geriet sie auf eine Spur ihres Bräutigams. Am Ende verzweifelte sie ganz daran, ihn zu finden und gab ihr Suchen auf, aber nach ihrem Schlosse wollte sie doch nicht heimkehren, weil ihr dort ohne ihren Bräutigam alles öde und verlassen vorkommen musste; lieber wollte sie in der Fremde bleiben. Sie vermietete sich bei

einem Bauern als Hirtin und vergrub ihren Schmuck und ihre schönen Kleider an einem verborgenen Orte.
So lebte sie nun als Hirtin und hütete ihre Herde, indem sie an ihren Bräutigam dachte. Sie gewöhnte ein Kälbchen von der Herde an sich und hatte an ihm ihre Freude, fütterte es aus ihrer Hand und richtete es ab, vor ihr niederzuknien wenn sie zu ihm sprach:

»Kälbchen, knie nieder
Und vergiss deiner Ehre nicht, wie der
Prinz Lassmann die arme Helene vergaß,
Als sie unter der grünen Linde saß.«

Nach einigen Jahren, die sie so verlebte, hörte sie, die Tochter des Königs in dem Lande, wo sie jetzt wohnte, werde einen Königssohn mit Namen Lassmann heiraten. Darüber freuten sich alle Leute, aber Helenen überfiel ein noch viel größerer Schmerz, als sie bisher erlitten hatte, denn sie hatte immer noch auf Lassmanns Treue vertraut. Nun traf es sich, dass der Weg zur Königsstadt nicht weit von dem Dorfe vorbeiging, wo Helene sich als Hirtin verdingt hatte, und so geschah es oftmals, wenn sie ihre Herde hütete, dass Lassmann an ihr vorüber ritt, ohne sie zu beachten, indem er ganz in Gedanken an seine Braut versunken war. Da fiel es Helenen ein, sein Herz auf die Probe zu stellen und zu versuchen, ob es nicht möglich sei, ihn wieder an sie zu erinnern. Nicht lange darauf kam Lassmann wieder einmal vorüber; da sprach Helene zu ihrem Kälbchen:

»Kälbchen, knie nieder
Und vergiss deiner Ehre nicht, wie der
Prinz Lassmann die arme Helene vergaß,
Als sie unter der grünen Linde saß.«

Als Lassmann Helenens Stimme hörte, da war es ihm, als solle er sich auf etwas besinnen, aber hell wurde ihm nichts, und deutlich hatte er auch nicht die Worte vernommen, da Helene nur leise und mit zitternder Stimme geredet hatte. So war auch ihr Herz viel zu bewegt gewesen, als dass sie hätte Acht geben können, welchen Eindruck ihre Worte machten, und als sie sich fasste, war Lassmann schon wieder weit von ihr fort. Doch sah sie noch, wie er langsam und nachdenklich ritt, und deshalb gab sie sich noch nicht ganz verloren.

In diesen Tagen sollte in der Königsstadt mehrere Nächte hindurch ein großes Fest gegeben werden. Darauf setzte sie ihre Hoffnung und beschloss, dort ihren Bräutigam aufzusuchen. Als es Abend war, machte sie sich heimlich auf; ging zu ihrem Verstecke und legte das Kleid, das mit goldenen Sonnen geziert war und ihr Geschmeide an, und ihre schönen Haare, die sie bisher unter einem Tuche verborgen hatte, ließ sie fessellos rollen. So geschmückt ging sie in die Stadt zum Feste. Als sie sich zeigte, da wandten sich aller Augen auf sie, alles verwunderte sich über ihre Schönheit, aber niemand wusste, wer sie war. Auch Lassmann war von ihrer Schönheit wie verzaubert, ohne zu ahnen, dass er einst mit diesem Mädchen ein Herz und eine Seele gewesen war. Bis zum Morgen wich er nicht von ihrer Seite und nur mit Mühe konnte sie in dem Gedränge ihm entkommen, als es Zeit war heimzukehren. Lassmann suchte sie überall und erwartete sehnlich die nächste Nacht, wo sie versprochen hatte, sich wieder einzufinden. Am andern Abende begab sich die schöne Helene wiederum so zeitig als sie konnte auf den Weg. Diesmal hatte sie das Gewand an, das mit lauter silbernen Monden geziert war und einen silbernen Halbmond trug sie über ihrer Stirne. Lassmann war froh sie wieder zu sehen, sie schien ihm noch viel schöner zu sein als gestern und die ganze Nacht tanzte er allein mit ihr. Als er sie aber nach ihrem Namen fragte, antwortete sie, sie dürfe ihn nicht nennen, wenn er nicht erschrecken solle. Darauf bat er sie inständig den nächsten Abend wieder zu kommen, und dies versprach sie ihm. Am dritten Abend war Lassmann vor Ungeduld frühzeitig in dem Saale und verwandte kein Auge von der Tür. Endlich kam Helene in einem Gewande, das mit lauter goldenen und silbernen Sternen gestickt war und von einem Sternengürtel festgehalten wurde; ein Sternenband hatte sie um ihre Haare geschlungen. Lassmann war noch mehr als vorher von ihr entzückt und drang in sie mit Bitten, sich ihm endlich zu erkennen zu geben. Da küsste Helene ihn schweigend auf den linken Backen, und nun erkannte Lassmann sie auf einmal wieder und bat voll Reue um ihre Verzeihung; und Helene, froh ihn wieder gewonnen zu haben, ließ ihn nicht lange darauf warten.

Die Nonne, der Bergmann und der Schmied

(Aus der Oberlausira, nach M. Haupt, in dessen Zeitschrift für deutsches Alterthum. II.)

Eine Nonne, ein Bergmann und ein Schmied wanderten miteinander durch die Welt. Einmal hatten sie sich in einem großen finstern Walde verirrt, sodass sie froh sein mussten, als sie endlich in der Ferne ein Gemäuer erblickten, darin sie Obdach zu finden dachten. Sie gingen also darauf zu und sahen, dass es ein altes, wüstes Schloss war, schon halb verfallen, doch noch so weit erhalten, dass man allenfalls und zur Not noch darin wohnen konnte. Darum beschlossen sie darin zu bleiben und hielten Rat, wie sie sich einrichten wollten. Bald wurden sie einig, dass immer eins von ihnen daheim bleiben und die Wirtschaft bestellen sollte, während die beiden andern aus wären, um Nahrungsmittel herbeizuschaffen.

Das Los zu Hause zu bleiben, traf zuerst die Nonne. Als nun der Bergmann und der Schmied in den Wald gegangen waren, so besorgte die Nonne die Küche, und als ihre Gefährten zur Mittagszeit nicht heimkamen, verzehrte sie einstweilen ihren Teil von der Mahlzeit. Da trat auf einmal ein graues Männchen zur Tür herein, schüttelte sich und sprach: »O wie friert mich!« Die Nonne antwortete: »Setze dich zum

Ofen und wärme dich.« Das Männchen tat, wie ihm die Nonne gebot, aber bald rief es: »O wie hungert mich!« Die Nonne sagte: »Auf dem Ofen steht Essen, so iss.« Da machte sich das Männchen über das Essen und aß in Geschwindigkeit alles auf, was da war. Darüber wurde die Nonne zornig und schalt es, dass es für ihre Gefährten gar nichts übrig gelassen hätte. Da geriet auch das Männchen in einen großen Zorn, nahm die Nonne, schlug sie und warf sie von einer Wand zur andern. Darauf ließ das böse Männchen die Nonne liegen und ging seines Weges. Am Abend kamen die beiden Gefährten der Nonne nach Hause, und als sie hungrig ihr Essen verlangten und nichts mehr fanden, so machten sie der Nonne heftige Vorwürfe und wollten ihr nicht glauben, als sie ihnen erzählte, was ihr widerfahren wäre.

Den folgenden Tag erbot sich der Bergmann das Haus zu hüten und versprach, er werde schon dafür sorgen, dass niemand hungrig zu Bette gehen müsse. So gingen nun die beiden andern in den Wald und der Bergmann besorgte das Essen, verzehrte seinen Teil und setzte dann das übrige auf den Ofen. Da trat das Männchen herein, aber wie erschrak der Bergmann, als er sah, dass es dasmal zwei Köpfe hatte. Es schüttelte sich und sprach: »O wie friert mich!« Ganz voller Furcht verwies es der Bergmann zum Ofen. Bald darauf fing es an zu klagen: »O wie hungert mich!« – »Auf dem Ofen steht Essen, so iss!«, antwortete der Bergmann. Da fiel das Männchen mit seinen beiden Köpfen über das Essen her und bald war alles aufgezehrt und die ganze Schüssel wie ausgeleckt. Als der Bergmann das Männchen deswegen ausschalt, erging es ihm wie es der Nonne ergangen war – das Männchen schlug ihn braun und blau, warf ihn gegen alle Wände, dass es krachte, und ihm Hören und Sehen verging, ließ ihn dann liegen und ging davon. Als nun am Abend der Schmied mit der Nonne heimkam und nichts für beider Hunger fand, geriet er mit dem Bergmann in Streit und vermaß sich hoch und teuer, morgen, wo an ihm die Reihe sei, das Haus zu hüten, da solle es keinem an Essen fehlen.

Als am andern Tage das Essen fertig war, kam das Männchen wieder, und diesmal hatte es drei Köpfe. Es klagte über Frost und der Schmied hieß es sich an den Ofen setzen. Als es darauf über Hunger klagte, teilte der Schmied von dem Essen etwas ab und setzte es ihm hin. Damit war das Männchen geschwind fertig; es sah sich mit seinen sechs Augen begierig um und verlangte mehr, und als der Schmied sich weigerte, ihm mehr zu reichen, wollte es ihm mitspielen wie der Nonne und dem Bergmann. Der Schmied aber war nicht faul, nahm seinen großen Schmiedehammer, ging auf das Männchen los und schlug ihm zwei von seinen Köpfen ab, sodass das Männchen seinen dritten Kopf zwischen die Ohren nahm und eilig die Flucht ergriff. Der Schmied lief ihm durch viele Gänge nach, bis es bei einer eisernen Tür plötzlich vor ihm verschwand. Nun musste der Schmied es aufgeben, das Männchen weiter zu verfolgen, nahm sich aber vor, nicht eher zu ruhen, als bis er mit seinen beiden Gefährten alles glücklich bestanden hätte. Indessen waren der Bergmann und die Nonne nach Hause gekommen. Der Schmied brachte ihnen, wie er versprochen hatte, ihr Essen und erzählte ihnen sein Abenteuer und zeigte ihnen die beiden abgehauenen Köpfe, die sie mit verdrehten Augen anstarrten. Darauf beschlossen alle drei, sich von dem grauen Männchen, wenn es möglich wäre, ganz zu befreien, und gleich am folgenden Tage gingen sie ans Werk. Sie mussten lange suchen, ehe sie die eiserne Tür fanden, bei der das Männchen gestern verschwunden war und es kostete große Mühe, ehe sie sie aufzusprengen vermochten. Da tat sich ein weites Gewölbe vor ihnen auf; darin saß ein schönes junges Mädchen an einem Tische und arbeitete. Sie sprang auf und fiel ihnen zu Füßen, indem sie ihnen für ihre Befreiung dankte und erzählte, sie sei eine Königstochter und von einem mächtigen Zauberer hierher gebannt worden; gestern Mittag habe sie auf einmal empfunden, dass der Zauber gelöst sei und seitdem habe sie jede Stunde auf Befreiung gehofft. Aber außer ihr sei noch eine andre Königstochter in dieses Schloss gebannt. Darauf gingen jene und suchten auch diese andre Königstochter auf und befreiten sie. In großen Freuden dankte sie ihnen ebenfalls und sagte, dass auch sie gestern zu Mittag es gefühlt habe, wie ihre Verzauberung gelöst sei. Nun erzählten die beiden Königstöchter ihren Befreiern, in verborgenen Kellern des Schlosses sei ein großer Schatz, den ein schrecklicher Hund bewache. Sie gingen nun darnach und fanden endlich den Hund, und der Schmied erschlug ihn mit seinem schweren Hammer, wie er sich auch zur Wehr setzen mochte. Der Schatz aber war Gold und Silber, ganze Pfannen voll, und dabei saß als Hüter ein schöner Jüngling. Der ging ihnen entgegen und dankte ihnen, dass sie ihn erlöst hätten. Er sei der Sohn eines Königs, aber von einem Zauberer in dieses Schloss gebannt und in das dreiköpfige Männchen verwandelt worden. Als er zwei von seinen Köpfen verloren, da sei die Verzauberung der beiden Königstöchter gehoben worden, und als der Schmied den grässlichen Hund erschlagen, da sei auch er erlöst gewesen. Dafür sollten sie nun den ganzen Schatz zum Lohne haben. Darauf ward der Schatz geteilt und ehe sie damit fertig wurden, hatten sie lange zu tun; die beiden Königstöchter aber heirateten aus Dankbarkeit für ihre Erlösung die eine den Schmied und die andere den Bergmann, und der schöne Königssohn heiratete die Nonne. So lebten sie in Frieden und Freude zusammen bis an ihr Ende.

Die drei Bräute

(Mündlich in Thüringen und Franken, vielleicht Nachhall, vielleicht auch selbstständiger Urstoff des Märchens vom Ritter Blaubart.)

Es war einmal ein Müller, der hatte drei schöne Töchter von aufgeweckter Gemütsart; die Jüngste aber war die Verständigste unter ihnen. Einst waren sie in der Stadt gewesen und kehrten nun zu ihrer Mühle zurück. Unterwegs plauderten sie dies und das, und die eine sprach: »Wenn wir nur nicht so streng gehalten würden, so hätten wir auch Liebhaber und der meinige hätte mir gewiss auch ein so schönes seidnes Halstuch gekauft, wie die Margarethe von ihrem Liebsten geschenkt bekam.« – »Ja«, sagte die andere darauf, »und der meinige hätte mich gewiss zu Tanze geführt, wie es die Mädchen alle von ihren Burschen wurden.« Die Dritte sprach nichts; das Leid ihrer Schwestern schien ihr wenig zu Herzen zu gehen. Ehe sie sich's aber versahen, war ein hübscher Mann bei ihnen, der sprach sie freundlich an und kramte allerlei kleine Geschenke aus, die er unter sie verteilte; die Mädchen nahmen sie errötend an und nachdem er ihnen noch versprochen, sie bei ihrem Vater wieder zu sehen, ging er seines Wegs. Die Mädchen tauschten nun ihre Bemerkungen und Mutmaßungen über ihn aus, darin aber waren alle einig, dass er ein hübscher liebenswerter Mann sei. Der Müller schüttelte den Kopf, als sie ihm ihr Abenteuer erzählten, aber noch mehr erstaunte er, als der Fremde eines Tags in der Mühle erschien, den Müller beiseitenahm und ihn um die Hand einer seiner Töchter bat. Die beiden Männer hielten eine lange Zwiesprache, deren Resultat war, dass der Müller dem Freier die Wahl unter seinen Töchtern freistellte. Der Fremde wählte sich die Älteste; Kisten und Kasten wurden gepackt und die junge Braut zog mit dem Bräutigam nach dessen weit entlegenem Schlosse. Hier war alles aufs Beste eingerichtet und der jungen Braut blieb kein Wunsch unerfüllt. Da sprach er eines Tages zu ihr: »Du sollst Herrin meines Schlosses sein, wenn ich dich in allen Stücken gehorsam erfunden habe. Dieses weiße Tuch binde um deinen Leib, es ist ein Ei darin; und hier hast du die Schlüssel zu allen Gemächern meines Schlosses, du darfst in alle gehen, nur in das eine nicht, zu dem dieser große Schlüssel passt. Ich verreise; wenn ich zurückkomme und finde, dass du gehorsam gewesen bist, so will ich dich als mein treues Weib auf den Händen tragen, wo nicht, so wirst du einen schlimmen Mann an mir finden.« Als er abgereist war, ging die junge Frau mit der Serviette, dem Ei und den Schlüsseln im Hause umher, schloss alle Türen auf und sah sich in den Zimmern um; endlich in einem abgelegenen Teil des Schlosses kam sie an eine Tür, zu welcher der große Schlüssel passte. Sie dachte an das Verbot ihres Mannes, aber die Neugier siegte, schon hatte sie den Schlüssel im Schloss umgedreht,

die Tür knarrte, sie trat über die Schwelle, ließ aber das Ei vor Schreck aus der Serviette fallen und floh. Als der Mann zurück kam, sah er denn gleich was geschehen war und gab der Ungehorsamen trotz ihres Flehens den Tod. Darauf ging er zum Müller, klagte ihm, dass ihm seine Frau an einer kurzen, aber unheilbaren Krankheit gestorben, und bat ihn um die Hand seiner zweiten Tochter. Der Müller versagte ihm diese nicht und so zog der Fremde abermals mit einem jungen Weibe auf sein Schloss. Aber es begab sich mit dieser nicht anders als mit der Ersten und der Fremde erschien wieder beim Müller und sagte, die junge Frau sei mit einem seiner Bedienten davongelaufen, und bat ihn um die dritte Tochter. Der Müller war zwar sehr betrübt, dass er all seine Kinder verlieren sollte, willigte aber endlich doch ein. Als sie mit ihrem Manne nun aufs Schloss gekommen, gab er ihr dieselbe Prüfung auf wie ihren Schwestern. Sie war aber klüger als diese und dachte: Ei, was sollst du dich mit dem Ei schleppen? Sie ließ das Ei und die Serviette deshalb in ihrer Kammer zurück und besichtigte das Schloss. Auch sie konnte der Versuchung nicht widerstehen, die verbotene Tür zu öffnen und als sie über die Schwelle trat, sah sie mit Entsetzen, eine Reihe von Leichen und die letzten waren ihre beiden Schwestern. Sogleich dachte sie daran, den Bösewicht zur Strafe zu ziehen, aber sie wusste auch, dass sie es listig anzufangen habe. Sie nahm den abgeschnittenen Kopf ihrer zuletzt ermordeten Schwester, schloss sorgfältig die Tür wieder zu, verbarg den Kopf in einer Blumenscherbe, schüttete Erde darauf und pflanzte eine Hyazinthe hinein. Ihren zurückkehrenden Mann empfing sie freundlich und als er sah, dass das Ei unverletzt war, war er zärtlich gegen sie und pries ihren Gehorsam.
So war einige Zeit vergangen, da bat sie ihn, er möge sie doch zu ihrem Vater begleiten, der unruhig über ihr Schicksal sein werde. Er konnte ihr diesen Wunsch nicht abschlagen und so fuhren sie in einem prächtigen Wagen nach der Mühle; die herrlich aufgeblühte Hyazinthe hatte sie mitgenommen. Der Müller freute sich sehr, als er seine Tochter wohlbehalten und anscheinend glücklich wieder sah, diese aber konnte keinen Augenblick gewinnen, mit dem Vater allein zu sein; überall

bewachte sie ihr Mann, sei es zufällig oder weil ihm das böse Gewissen eine Ahnung eingab. Da schrieb sie ein kleines Briefchen, um es dem Vater zuzustecken und als sie eben nachsann, auf welche Weise, flog ein Rabe auf ihre Schulter, der sang ihr ins Ohr:

»Gib, gib, gib! Wir fangen den Dieb!«

Der Rabe nahm das Briefchen in seinen Schnabel und flog zum Müller; dieser las es mit Entsetzen und sandte in die nahe Stadt nach den Dienern der Gerechtigkeit und ehe eines Morgens der Fremde sich noch den Schlaf aus den Augen gerieben, sah er sich ergriffen und gefesselt. Sein Leugnen half nichts; als man die Hyazinthe aus dem Topfe riss, sah man das halbvermoderte Haupt der gemordeten Müllerstochter, das der Müller noch an seinen schönen braunen Flechten erkannte. Das Raubschloss wurde zerstört und der Mörder zur Strafe für seine Verbrechen hingerichtet.

Der Hingerichtete hatte aber noch Spießgesellen, die den Tod ihres Hauptmanns zu rächen beschlossen. Als einst die unglückliche junge Witwe zufällig unter ihr Bett griff, fühlte sie einen behaarten Gegenstand; sie erschrak, denn sie wusste wohl, dass es der Kopf eines Mannes war, tat aber, als hielt sie ihn für die Katze, indem sie rief: »Bist du wieder da, Katze? Nun heute magst du noch da bleiben; dass du mir aber deine Jungen nicht aufs Bette trägst!« Sie machte sich noch eine Weile zu schaffen, ging dann zur Tür hinaus und entdeckte das Geheimnis ihrem Vater; der rief die Mühlknappen zusammen; das Haus ward durchsucht und man fand die Spießgesellen des hingerichteten Räubers in verschiedenen Räumen des Hauses versteckt. Sie wurden alle dem Gericht überliefert. Die junge Frau hatte nun zwar fürder Ruhe, aber sie konnte den Mann nicht vergessen, der ein Mörder gewesen war und den sie doch geliebt hatte. Sie trauerte bis an ihr Lebensende und der greise Vater sah sie noch vor sich zur Grube sinken.

Die hoffärtige Braut

(Mündlich im Werratale, wie auch im Saaltale.)

Ein Pfarrer hatte eine schöne Tochter, die war über die Maßen eitel und hoffärtig, also dass sie jeden jungen Burschen, der sich in ihr hübsches Lärvchen vergaffte, über die Achsel ansah, denn sie trug das Näschen so hoch, dass sie sich einbildete, irgendein reicher Graf oder gar ein Prinz müsse kommen und sie heimführen. Der Pfarrer war darüber sehr betrübt, weil er sie gern an einen braven Mann, am liebsten an einen Amtsbruder verheiratet hätte. Wollte man aber glauben, die schöne Pfarrerstochter habe gar nicht nach den Männern sich umgesehen, so würde man sehr irren; jeden schönen jungen Mann, wenn er nur vornehm gekleidet war, musterte sie mit verstohlenen Blicken, ob sie nicht aus irgendeiner Falte den verkappten Prinzen herausfinde. Das kränkte den Vater noch mehr, und er hatte gar nicht Augen genug, sie zu hüten. Einst musste er eine notwendige Reise unternehmen und die Tochter unter der Obhut der alten Magd zurücklassen. Er schärfte ihr aufs Strengste ein, fein sittsam zu Hause zu bleiben, ja nicht einmal zum Fenster hinauszusehen; aber es ist eine bekannte Sache, dass man manchen Weibern nur verbieten darf, was sie tun sollen, so tun sie es gewiss. Der Vater hatte kaum den Rücken gewendet, als die gehorsame Tochter schon zum Fenster hinaussah und siehe da, der Zufall wollte es, dass ein junger schöner Herr auf einem stolz sich bäumenden Rosse die Straße daher sprengte; sie konnte sich nicht satt an ihm sehen und auch er hatte sie bemerkt, denn er wandte mehrmals den Kopf nach ihr um. Es war ihr auf einmal so sonderlich zu Sinn, als sei es ihr angetan; sie hatte keine Ruhe und Rast und hätte vor Freude laut aufjubeln mögen, als ein zierlich gefaltetes Briefchen an sie kam, worin sie gebeten wurde, sich zu der und der Stunde an einem bestimmten Orte einzufinden. – Die Glocke hatte noch nicht geschlagen, als sie aufs Beste geschmückt, sich auf den Weg machte; die alte Magd wurde durch eine Notlüge begütigt und so stand die Pfarrerstochter bald vor dem

jungen schönen Manne, den sie ins Herz geschlossen. Dieser war denn auch nicht blöde, gestand ihr, dass er sie liebe, Küsse und Schwüre wurden ausgetauscht und der Fremde, der sich für einen Baron ausgab, versprach ihr, in den nächsten Tagen wieder zu kommen und sie auf sein Schloss, das er ihr nannte, heimzuführen.
Die Pfarrerstochter schwamm von nun an in Lust und Wonne; Baronin zu werden erreichte zwar nicht das Ziel ihrer Wünsche, aber der Baron war so schön und fein, wie wohl mancher Fürst nicht. Aber Tag um Tag verging und er kam nicht, sie abzuholen, auch der Vater war noch nicht von seiner Reise zurückgekehrt. Darüber wurde die schöne junge Braut ungeduldig und entschloss sich kurz, den Baron selbst heimzusuchen. Sie schmückte sich deshalb mit ihren besten Gewändern und all ihrem Geschmeide, steckte ein großes Stück Schinken zu sich und machte sich zur Nachtzeit auf den Weg. Vor der Tür lag aber ein großer Kettenhund, der fing an zu knurren, als sie sich behutsam davonschleichen wollte und murrte:

»Bleibst du da, so bist du klug!
Gehst du fort, so siehst du Trug!«

Aber sie hörte nicht darauf und schnitt ein Stück von ihrem Schinken ab, warf es dem Wächter hin und während dieser danach schnappte und daran kaute, eilte sie davon. Sie musste lange lange gehn, bis sie das Schloss ihres Geliebten vor sich aufsteigen sah; mit klopfendem Herzen stieg sie den Berg hinan und trat ungehindert in das Tor, das offen stand und nur von einem großen mächtigen Hund bewacht wurde, der sie mit feurigen Augen ansah und murrte:

»Kehrst du um, so ist es gut,
Bleibst du da, so siehst du Blut!«

Aber sie warf auch ihm ein Stück Schinken vor und er ließ sie eintreten. Alles im Schloss war aber so wunderbar ruhig, dass ihr fast graute.

Sie stieg die Wendeltreppe hinan, trat in das erste beste Gemach, wo verschiedene männliche Kleidungsstücke unordentlich umherlagen, von dieses in ein zweites, das mit allerlei Waffen angefüllt war, darauf in ein drittes, das noch die Spuren eines wüsten Zechgelages an sich trug und endlich in ein viertes, in dem an beiden Seiten große Fässer standen. Sie wollte eben in das folgende treten, als sie Stimmen hörte; rasch verbarg sie sich hinter ein Fass und sah bald den Baron und mehrere wild aussehende Gesellen hereintreten, die ein junges, schön geschmücktes Frauenzimmer mit sich schleppten. Das Frauenzimmer wimmerte leise und rang flehend die Hände, als der Baron mit rauer Stimme zu ihr sagte: »Bereite dich zum Tode!« Sie beschwur ihn bei seiner Liebe, sie zu schonen; er möge all ihren Schmuck nehmen und sie wolle ihm schwören, nichts zu verraten, nur möge er sie zu ihrem armen Vater heimkehren lassen. Der Baron sagte kalt: »Du musst sterben! Und du wirst bald Gesellschaft bekommen, die Tochter eines Pfarrers, auch so ein hoffärtiges Ding, als du, wird dir folgen!« Da gerann der Versteckten freilich das Blut zu Eis, aber sie hatte noch so viel Besinnung, sich mit keinem Atemzug zu verraten. Und bald hörte sie das Röcheln der Sterbenden, deren Blut über die Dielen floss bis in ihr Versteck, und sie musste sehn, wie die wilden Gesellen der Armen ihren Schmuck abnahmen und ihr die Ringe von den Fingern ziehen wollten; die Finger waren aber geschwollen, deshalb griffen die Mörder nach einem Beile und hackten sie ab. O Entsetzen! Einer davon sprang auf den Schoß der Pfarrerstochter. Sie hätte laut aufgeschrien, wenn der Schreck ihr nicht die Zunge gelähmt hätte. Die Räuber suchten nach den Fingern und vermissten den einen. Wehe, wenn sie sorgfältig danach suchten, und das schienen sie wirklich tun zu wollen und einer näherte sich schon dem Fasse, hinter dem die Pfarrerstochter verborgen war. Diese betete in ihrer Angst gar inbrünstig zum Himmel und tat das Gelübde, alle Hoffart abzulegen, wenn sie nur diesmal aus der Mörderhöhle befreit würde. Da sprach der Baron: »Genug für heute; morgen ist auch ein Tag; ich bin schläfrig und müde.« Die Gesellen ließen ab vom Suchen und begaben sich an das anstoßende Gemach, durch welches die Pfarrerstochter gekommen war. Bald hörte sie ein tiefes Schnarchen und dachte nun daran, das Schloss wieder heimlich zu verlassen. Sie schlich auf den Zehen aus ihrem Versteck, aber, o wehe! die Schläfer lagen knapp an der Schwelle und so dicht aneinander, dass sie nicht über sie hinwegschreiten konnte, ohne sie zu berühren. Sie fasste sich jedoch ein Herz, indem sie dachte: Bleibst du hier, so bist du gewiss verloren, wagst du jetzt zu entfliehen, so gelingt dir's vielleicht! – Mit Gott und keck schritt sie über die Schläfer hinweg. Da regten sich diese, stießen sich an und einer sprach zum andern: »Was stößest du mich denn?« – »Der Satan vergelte dir's, du hast mich gestoßen!«, antwortete der andere, und sie gerieten darüber fast in Streit, schliefen aber wieder ein, während das Mädchen sich niedergeduckt hatte. Als sie fest schliefen, eilte das Mädchen durch die andern Gemächer, die Wendeltreppe hinab, warf dem Hunde den Rest ihres Schinkens vor und flog davon, so schnell sie konnte. Zum Tod erschöpft kam sie an ihres Vaters Hause an. Er war zurückgekehrt und sie fand ihn in großer Sorge um sie. Sie gestand ihm alles mit Tränen, zeigte ihm den Finger, den sie mitgenommen und er dankte Gott für ihre Rettung und nahm sich vor, den Bösewicht zu entlarven.

Einige Tage vergingen, als der schöne junge Baron wieder durch das Dorf ritt und die Pfarrerstochter zu sich berief. Der Pfarrer gab ihr Anweisung, was sie tun solle und schön geschmückt ging sie nach dem Platz des Stelldicheins. Er sagte, er sei gekommen, sie mit auf sein Schloss zu nehmen; sie aber tat ängstlich und sagte, sie habe einen bösen Traum gehabt. Als er in sie drang, ihm den Traum zu erzählen, da schilderte sie alles, was ihr wirklich begegnet war, dass der Baron sie betroffen ansah, jedoch sie mit den Worten zu beruhigen suchte: »Träume sind Schäume, liebes Kind!« – »Aber der Traum war gar zu natürlich«, antwortete sie, »so natürlich, dass ich selbst den Finger noch habe, der mir auf den Schoß flog.« Dabei zog sie den Finger aus der Tasche. Als den der Baron sah, zog er einen Dolch und wollte sie niederstoßen; er hatte jedoch nicht Zeit dazu, denn er sah sich von Häschern umringt und festgehalten. Man durchsuchte das Schloss, fing die ganze Bande des Räubers und fand eine Menge geraubter Kostbarkeiten. Die Fässer aber waren alle voll Menschenfleisch. Dem Baron und seinen Gesellen wurde ihr Recht angetan, die Pfarrerstochter war ganz von ihrer Hoffart geheilt und ist später die brave Hausfrau eines Landgeistlichen geworden.

Das goldene Ei

(Mündlich in Franken; Variante vom Blaubartmärchen und von dem: »Die drei Bräute«.)

Es war einmal in einer Stadt ein sehr reicher Kaufmann, der hatte drei erwachsene Töchter, diese waren an Leibesgestalt eine wie die andere sehr schön, und waren auch gut und bescheiden; während andere in so glücklichen Verhältnissen manchmal gar hochmütig und berückt sind. Dass sich frühzeitig schmucke Freier um die schönen reichen Mädchen bemühten, war natürlich; doch waren diese schüchtern zurückhaltend und so kam in der Kürze keine Heirat zum Stand. Aber einmal, als die reiche Kaufmannsfrau mit ihren drei schönen Töchtern einem großen Festball beiwohnte, machte sich einer unter den anwesenden jungen Herren, der sich sehr fein und anmutig zeigte, besonders um die älteste Kaufmannstochter, tanzte gar oft mit ihr, sagte ihr viel schöne Worte und war so glücklich, ihre Liebe zu gewinnen. Beim Abschied war er überaus gefällig und liebenswürdig gegen Mutter und Töchter und erhielt gerne die Erlaubnis, am andern Morgen einen Besuch bei ihnen machen zu dürfen. Als der Morgen kam, kleidete sich der junge Mann noch zierlicher als am vorigen Abend und kam ins Haus des Kaufmanns, wo er freundlich empfangen wurde. Und es währte nicht gar lange, so war er der Bräutigam der ältesten Tochter, und auch die Hochzeit ward nicht lange hinausgeschoben, denn der Bräutigam eilte sehr zurück nach seiner Heimat, die nach seiner Aussage gar sehr weit entfernt läge. Als nun das große freudige Hochzeitsfest beendet war, sagte der neue Eidam zu seinem Schwiegervater: »Es tut mir von Herzen leid, dass ich meine liebe Frau von ihren teuren Eltern und von ihrer lieben Heimat so gar weit hinwegführen muss, doch lässt es sich nicht ändern, ich muss in mein Land zurückkehren, aber ich will gewiss so viel wie möglich Sorge tragen, dass es ihr dort wohlgefallen möge, dass die neue Heimat ihr lieb und angenehm werde.« Die Eltern fügten sich in die Notwendigkeit, und der Vater sprach zur Mutter: »Was dünket dir, liebes Weib, wenn wir nun unsrer Tochter ihr ganzes Erbe mitgäben, denn die Entfernung ist zu groß, als dass wir Hoffnung haben könnten, sie sobald wieder zu sehen.« Die Mutter sprach: »Du hast recht, lieber Mann, ich merke, dass unser Schwiegersohn sehr reich ist und so wird unsere Tochter dann das Gleichgewicht mit ihm halten; denn immer passt Gleiches zu Gleichem am besten. Geht die Frau nicht leer ein, so wird sie desto freundlicher von ihrem Mann dann behandelt.«

Als die Reise vor sich ging, sandten die guten Eltern ihrer Tochter sechs Wagen voll Gut und Geld und schöne Kleider und Geräte mit. Die Fahrt währte lange, die Gegend wurde immer rauer, die Wälder immer größer und dunkler; da endlich mitten im schaurigen Wald vor einem großen düstern Gebäude befahl der junge Ehemann stille zu halten; das war seine Heimat, und die neue Heimat der schönen jungen Frau, die fast ein wenig darüber betreten war, dass es hier ringsum so gar düster aussah, doch wusste der Gemahl sein liebes Weibchen gar bald wieder zu erheitern, und als sie nun erst im Haus war und die Treppe hinangestiegen, wurde sie auch mit Freuden gewahr, dass das Haus von innen gar nicht düster, sondern recht anmutig war, recht reich und schön ausgeschmückt. Sie schritt von einem Zimmer in das andere und fand alles schön und gut; doch eine Zimmertüre, die schwer von Gold war und wo darüber auf dem Gesimse ein großer goldener Schlüssel lag, wurde ihr trotz allen Bitten von ihrem Gemahl nicht aufgetan, er sagte: »Dahinein kann ich dich nicht führen, meine Liebe, ich habe etwas darinnen, das dir zu sehen nicht frommt, auch würde es dich nicht im Geringsten interessieren, wenn ich dir's zeigen wollte.« Da ließ sie zwar ab von ihren Bitten, heimlich war sie aber doch neugierig zu wissen, was wohl in diesem Zimmer sein möge, das sie durchaus nicht sehen dürfe.

Nun fügte sich's einmal, als etliche Wochen vorüber waren, dass der junge Ehemann auf die Jagd ging, und da sagte er beim Abschied: »Liebes Weibchen, ich will dir ein Spielzeug geben, dass du dir die Zeit damit angenehm vertreibest, aber du darfst ja keinen Flecken hinan bringen«, und da gab er ihr ein kleines goldenes Ei, worüber sie eine große Freude hatte. Als der Jägersmann fort war und die einsame Frau ein Weilchen mit dem Ei gespielt hatte, dachte sie jedoch: Ei, wie wär's, jetzt bin ich allein, ich will doch einmal sehen, was in jenem Zimmer verborgen ist, und sie nahm ihr Ei, und ging schnell hin nach jener goldenen Türe, nahm den goldenen Schlüssel vom Gesimse herunter und wollte aufschließen, aber in diesem Augenblick kam ein großer Papagei unter der Türschwelle hervor, stellte sich vor sie und sprach mit hohlem Ton:

»Bewahr, o bewahr das Eilein gut,
Sonst musst du's bezahlen mit deinem Blut.«

Die junge neugierige Frau aber stieß den warnenden Vogel zur Seite und sprach: »Dummes Tier, was willst denn du?«, und schloss die Türe auf. Aber welch ein Schrecken! Hier stand ein großer Kessel mir Blut angefüllt, daneben ein Block und ein Beil und zur Seite war eine lange Tafel, darauf standen lauter weibliche Totenköpfe; und o weh, da hatte die Frau vor Schrecken ihr goldenes Ei in das Blut fallen lassen. Sie zog es schnell wieder heraus, schloss die Türe zu und eilte entsetzt davon; in ihrem Zimmer wischte sie dann ihr Ei sorgfältig ab, auf dass ihr Gemahl, wenn er zurückkehre, keine Blutflecken sehen möge, allein mit dem Blut ging auch das Gold ab, und so war das Ei zum großen Jammer der Frau doch verdorben und verriet sogleich, als der Gemahl von

der Jagd nach Hause kam, was unterdessen geschehen war. Da aber zog der Jägersmann die Augenbraunen wild zusammen, packte die zitternde Frau, schleppte sie nach jenem grausigen Zimmer und sprach, indem er das Beil ergriff: »Hat es dich gelüstet, törichtes Weib, zu schauen, was ich dir verbot: so magst du büßen«, und da hieb er ihr den Kopf ab und stellte ihn neben die andern Köpfe auf die Tafel.
Nach kurzer Zeit machte sich der grausame Mann auf, reisete wieder hin in jene Stadt, wo seine reichen Schwiegereltern wohnten, und als er dort ankam, hub er ein Jammergeschrei an: sein teures Weib wäre ihm gestorben und er sei untröstlich. Den Eltern und Geschwistern war dies ein großes Leid: und nach etlichen Wochen beruhigten sie sich wieder, und der böse junge Mann heiratete die andere Schwester. Dieser ging es eben nicht besser als der Ersten. Sie schloss vor Neugierde jene Türe auf; hörte nicht auf den warnenden Papageivogel; befleckte das goldene Ei mit Blut und wurde dann von dem unmenschlichen Gemahl ebenso getötet wie ihre Schwester, und wie schon viele andere auf diese Weise ihren Tod gefunden hatten, was man an der Zahl jener aufgestellten Totenköpfe ersah.
Abermals kam der Schwiegersohn in tiefer Trauer bei den Schwiegereltern an und meldete den Tod der zweiten Frau und stellte sich wie verzweifelt. Aber nach etlichen Wochen beruhigte er sich auch wieder über dieses herbe Schicksal und sprach zu seinen Schwiegereltern: »Meine teuern Eltern, ich bin von Herzen betrübt ob meines schmachvollen Geschickes und mir würde wohl nimmer wieder eine Freude auf Erden blühen, wenn ich einsam und ferne von Euch meine Tage verleben sollte, gebet mir Euren letzten Segen und gebet mir Eure jüngste Tochter, meine liebe Schwägerin, zur Frau, dass sie der Trostengel sei in meinem Leiden.« Und auch diesmal willigten die Eltern ein und die Hochzeit war bald vollzogen, und wieder folgte ein stattliches Heiratsgut den beiden Neuvermählten in die weite Ferne. Dort angelangt führte der Gemahl sein junges Weibchen wieder durch die Zimmerräume seines Schlosses, und als sie vor die goldene Tür kamen, sprach er wieder: »Liebes Weib, dieses Zimmer kann ich

dir nicht öffnen, ich habe etwas darinnen, das zu sehen dir nicht frommt, lass uns zurückkehren.« Da war sie klug und dachte: erfahren muss ich schon was darinnen ist, aber vorsichtig muss ich sein und auf meiner Hut. Als nun der Gemahl einmal auf die Jagd gegangen war und ihr zuvor zum Spielzeug und Zeitvertreib ein goldenes Ei gegeben hatte, dachte sie, als sie ein Weilchen mit dem Ei gespielt hatte: Ei, jetzt bin ich allein, ich will sehen, was in jenem Zimmer verborgen ist, und da eilte sie hin mit ihrem goldenen Ei, nahm den Schlüssel vom Gesimse herunter und wollte aufschließen; und indem schoss der Papagei wieder unter der Schwelle hervor und hub an mit hohlem Ton zu warnen:

»Bewahr, o bewahr das Eilein gut,
Sonst musst du's bezahlen mit deinem Blut.«

Da ward die junge Frau aufmerksam, nahm ein Leinentüchlein und wickelte das Ei hinein und legte es vor die Türe, dann schloss sie auf und schaute mit Schreck und Graus, was hier verborgen war. Sie erkannte sogleich die Köpfe ihrer beiden Schwestern und ein großer Jammer schnitt ihr durchs Herz; doch, dachte sie, schnell und klug musst du handeln, wenn du diesem Bösewicht aus den Klauen entrinnen, seine bösen Taten ans Licht bringen willst – und sie nahm rasch die beiden Köpfe ihrer Schwestern und eilte hinweg und bewahrte sie heimlich auf. Dann holte sie ihr goldenes Ei und sagte zu dem Papageivogel, der daneben sitzen geblieben war: »Bester Vogel, habe Dank für deine Warnung, ich werde Sorge tragen, dass dir stets Futter und Trank gereicht werde, und du sollst von nun an nicht mehr unter dieser düstern Schwelle, sondern in meinem freundlichen Zimmer wohnen.« Aber der Vogel schüttelte den schweren Kopf und antwortete: »Ich bedarf keines Futters und keiner anderen Wohnung, denn mein Leben ist längst gelebt, und nur der goldene Schein dieses Eies vermochte mich ans Licht zu erwecken, auf dass ich als Warner den Unglücklichen erschiene. Nun aber wird diese Zeit vorüber sein. Du wirst dem Bösewicht seinen Lohn bereiten und damit zugleich auch meine Rache ausführen, die ich ihm schwur, als er mir das erste geliebte Ei stahl, worüber ich vor Kummer gestorben bin. Doch meine Seele fand im Tode keine Ruhe, und so blieb ich unter dieser Schwelle und erwachte jedes Mal, wann der goldene Schein meines Eies mich beleuchtete. Aber eine Bitte kannst du mir zum Dank erfüllen: verhilf mir zu diesem meinem geliebten Ei, dass ich's ausbrüte, dann werde ich meinen Todesschlaf schlafen können.« Die junge Frau sprach: »Das soll geschehen, du sollst dein Ei bekommen, bester Vogel, und deine Rache soll gestillt werden.« Dann ging sie in ihr Zimmer, und wie ihr Gemahl von der Jagd nach Hause kam, fand er sein Weibchen mit dem schönen goldenen Ei spielend. Da ahnte der böse Mann nicht, dass er entdeckt sei; und als später seine liebe Frau wünschte, eine Reise zu ihren Eltern zu machen, willigte er ein und bekümmerte sich nicht um jenes grausenhafte Zimmer. Ehe die Reise fortging, bat die Frau ihren Mann um das goldene Ei, und er gab es ihr zum Geschenk, und die Frau gab es dem Papagei, dass er es ausbrüte und dann Ruhe finden möge.

Nun reiseten sie fort und gelangten bald in die liebe Heimat; dort war große Freude; am nächsten Tag wurde ein Fest veranstaltet und dazu viele Freunde eingeladen, und wie die Gäste wieder fröhlich heimgezogen waren und der Schwiegersohn vom Wein berauscht in einen festen Schlaf verfallen war, winkte die Tochter den Eltern, führte dieselben in ihr Zimmer, wo sie ihre Päckereien ausgelegt hatte und zeigte ihnen die beiden Köpfe ihrer Schwestern und entdeckte ihnen die Taten des bösen grausamen Mannes, der sie so sehr überlistet und betrogen hatte. Das war ein großer Schmerz für die alten Eltern! »Doch rasch gehandelt!«, sprach die Tochter, schickte eilend nach den Gerichtsdienern und ließ den trunkenen Mann ins Gefängnis bringen.

Die kluge Frau hatte vorsichtig alles Gut und Geld ihrer beiden Schwestern, wie auch das ihrige wieder mit in ihre Heimat genommen und blieb nun bei ihren alten Eltern, die vom großen Leid um ihre unglücklichen Töchter erfüllt waren.

Der böse Mann im Gefängnis dachte jedoch seinem Schicksal zu entrinnen, er ergriff die Flucht und eilte scheu und auf irren Wegen nach seinem Raubschlosse zurück, und wähnte sich dort geborgen. Doch als er ruhelos in seinen Zimmern umherwandelte und endlich auch einmal jenes grausige Zimmer besuchen wollte, saß der Papagei mit breiten Flügeln auf der Schwelle, und als er den Vogel mit dem Fuß hinwegstieß und hinein ins Zimmer schritt, rollte das goldene Ei ihm nach, zerborst, und gebar eine mächtige Schlange, die sich im Augenblick um den Leib des Bösewichtes schlang und sich mit ihm tief tief hinein in den Blutkessel versenkte. Der Papagei aber schwebte leicht empor, wie aus schweren Fesseln erlöset.

Das Märchen von den sieben Schwaben

(Volksbuch und altes Bild.)

Es waren einmal sieben Schwaben, die wollten große Helden sein, und auf Abenteuer wandern durch die ganze Welt. Damit sie aber ein gut Gewaffen hätten, ließen sie sich einen Spieß machen, sieben Mannslängen lang, den fassten sie zu siebent an, und gingen in einer Reihe hintereinander. Voran ging der Herr Schulz, der Allgäuer, als der Mannlichste unter ihnen; dann kam der Jackli, genannt der Seehaas, hierauf der Marli, genannt der Nestelschwab, dem folgte der Jergli, war der Blitzschwab geheißen; hernach ging der Michel, Spiegelschwab zubenamset, dann kam der Hans, Knöpfleschwab, und zuletzt kam Veitli, das war der Gelbfüßler. Diese Beinamen hatten alle ihre gute Ursach. Der Herr Schulz wurde der Allgäuer geheißen, weil er aus dem Allgau gebürtig war; der Seehaas hatte am Bodensee gesessen; der Nestelschwab führte darum seinen Namen, weil er statt der Knöpfe Nesteln an den Hosen hatte, und Letztere fast immer mit der Hand in die

Höhe hielt, dieweil die Nesteln oftmalen abgerissen waren. Der Blitzschwab hieß also, weil er sich die Redensart: Potz Blitz! angewöhnt hatte. Der Spiegelschwab hatte die Gewohnheit, seine Nase allezeit an den Vorderärmel seines Jankers* abzuputzen, der davon einen gewissen Spiegelglanz annahm, das schaffte jenem den saubern Namen. Knöpfleschwab war ein Mann, der verstand, gute Knöpfle oder Spätzle zu kochen, das ist im bairischen Deutsch Knötel, und im sächsischen Deutsch Klöse. Der Gelbfüßler endlich war aus der Bopfinger Landschaft, deren Einwohner die Umwohner Gelbfüßler schimpfen, darum, dass sie einstmals einen Wagen voll Eier, den sie ihrem Herzog als Abgabe bringen müssen, recht voll stampfen wollen, und die Eier mit den Füßen fest getreten, davon denn die Eier etwas wenigs zerbrochen, und die Füße der Bopfinger gegilbt hätten.

Zogen nun die sieben allesamt guten Mutes mit ihrem Spieß dahin, kamen eines Heumondtages in der späten Dämmerung über eine grüne Wiese, da hob sich eine Hurnauspe nicht weit von ihnen mit feindlichem Gebrummel hinter einer Dornhecke hervor, und flog vorüber. Darob erschrak der Schulz, Allgäuer, mächtiglich, und begann Angstschweiß zu schwitzen, konnte auch kaum noch den Spieß halten, und schrie seinen Kriegsgesellen zu: »Horcht! Horcht! Der Feind trommelt schon!« Da schmeckte der Jackli, der dicht hinter dem Schulzen ging, einen übeln Geruch und rief: »Wohl, wohl! Etwas ist vorhanden! Ich schmecke schon das Pulver!« Da nahm der Herr Schulz Reißaus, ließ den Spieß fahren und sprang über einen Zaun, kam aber gerad auf die Zinken eines Rechens zu springen, und da fuhr ihm der Stiel ins Gesicht und gab ihm einen ungewaschnen Schlag. Schulz vermeinte, der Feind haue auf ihn ein, und schrie: »Gib Gnade! Ich ergeb mich!« Die andern sechs waren nachgesprungen über den Zaun, und da sie ihren Anführer also schreien hörten, so schrien sie alle: »Gibst du dich, so geb ich mich auch! Gibst du dich, so geb ich mich auch!« Aber es war niemand vorhanden, der die sieben Schwaben gefangen nehmen wollte,

* Jacke.

und da sie das merkten, schämten sie sich ihrer wenigen Herzhaftigkeit, und verschwuren sich, diese ihre erste Heldentat nicht weiter zu erzählen.
Weiter so kamen die sieben Schwaben auf ihrem Zuge in einen Hohlweg, und wie sie so tapfer darauf los marschierten, merkten sie nicht, dass ein großmächtiger Bär im Wege lag, bis der Allgäuer ganz nahe an ihm war. Als der den Bären sah, war er hin vor Schreck, stolperte und stieß mit dem Spieße geradezu auf den Bären los, wozu er aber nichts konnte, und schrie dazu gottsjämmerlich: »Ein Bär! Ein Bär!« Vermeinte, sein letztes Brot wäre gebacken und bereits verzehrt. Doch rührte sich der Bär nicht, dieweil er maustot war. Des war der Allgäuer hoch erfreut, schaute um nach seinen Brüdern, und sah mit neuem Schreck, dass alle für tot mäusleinstill auf dem Boden lagen, meinte, er habe sie gar mit dem Spieße hinterrücks erstochen, und erhub ein Wehegeschrei. Als die am Boden Liegenden vermerkten, dass der Bär den Allgäuer nicht aufgefressen, denn sie waren nur vor Schreck dahin gepurzelt, lugten sie vorsichtig in die Höh, und wie sie sahen, dass der Bär tot war, erhoben sie sich frisch und gesund, traten um den Bären herum und auf ihn, und untersuchten, wie tief wohl die Wunde sei, die der Spieß ihm beigebracht, fanden aber keine, und der Blitzschwab sagte: »Potz Blitz! Der Bär ist verreckt und schon lange tot!« – »O ja«, sprach der Jackli: »Man schmeckt den Braten.« Wurden eins, dem Bären das Fell abzuziehen, und als Siegeszeichen mitzuführen, das Aas aber liegen zu lassen. »Mögen den Bären nun die Schafe fressen, wie er zuvor die Schafe gefressen hat!«, sprach einer unter ihnen, und so zogen sie fürbass mit ihrem Bärenfell und ihrem Spieß.
Und da geschah es, dass die guten Gesellen auf ihrer Weiterfahrt an einen weiten blauen See kamen, so dünkete es ihnen, denn es war alleweil etwas dämmerig geworden, der schlug Wellen im Wind, und droben an seinem Abhang standen die sieben Schwaben und lugten hinunter, wie sie wohl am geschwindesten über diesen See kommen möchten. Es war aber kein Wasser da drunten, sondern ein Feld voll Flachses, der so recht in seiner schönsten blauen Blüte stand.

»Potz Blitz!«, rief der Blitzschwab, »was ist da zu tun? Über das wilde Wasser müssen wir!«
»Allgäuer, du trag uns hinüber, wie weiland St. Christoph die Pilgrimsleute!«, sagte der Seehaas. – »Bygost!«, antwortete der Allgäuer, »ins Wasser ging ich wohl, wenn's nicht tiefer ging als an den Hals.« Der Nestelschwab griff mit der Hand an seinen Hosenbund, das edle Kleidungsstück festzuhalten, dass es ihm nicht entfalle, während er mit der einen Hand schwimmen täte; dem Knöpfleschwab war das Ding gar nicht einerlei; er lugte scharf, ob kein Haifisch, Walfisch oder Krokodil im Wasser brause; und so standen auch die andern ganz verlegen da, bis der Blitzschwab sich hinter ihnen herum drückte, und ein paar hinunterstieß, indem er ausrief: »Frisch gewagt, ist halb geschwommen!« Da die nicht untersanken, fasste sich auch der Gelbfüßler ein Herz, und tat einen Hupf hinunter, ihm folgte der Blitzschwab und der Nestelschwab mit besserem Vertrauen, und zuletzt ritt der Allgäuer auf dem Spieße hinab, und plumpte drunten einer auf den andern, bis sie merkten, dass sie mit der Nase in ein grünes Gras gefallen waren, und allgemach mit etwas gequetschten Rippen sich wieder aufmachten, und an dem Spieße wiederum fürbass schritten.
Nach mehr als einem andern Abenteuer, das zu lang wäre, zu erzählen, gelangten die sieben Schwaben an einen wirklichen großen See, und da sagte der Seehaas, der ihn gleich erkannte: »Das ist der Bodensee.« An dessen Ufern sollte, wie die Sage ging, ein gefährliches Ungeheuer hausen, welches zu bekämpfen und zu erlegen die sieben tapfern Schwaben sich fest vorgenommen hatten. Da sie nun des Sees ansichtig geworden und zugleich des Waldes, in dem das Ungeheuer sich aufhielt, man wusste nicht, war's ein gräulicher Lindwurm oder ein feuerspeiender Drache, so fiel ihnen zumeist das Herz in die Kniekehle, sie machten Halt, und zündeten ein Feuerlein an, auf dass der Knöpfleschwab noch zu guter Letzt (denn wer konnte wissen, ob das Untier sie nicht allesamt mit Haut und Haar verschlingen werde, mit oder ohne ihren Spieß), eine Mahlzeit Knöpfle und Spätzle bereite, und stellten während dem Essen Todesbetrachtungen an. Und nach diesem begannen

sie ihre Schlachtordnung herzurichten, dabei gab es aber allerlei Span und Zwietracht. Der Allgäuer sagte, er sei nun bislang immer der Vorderst gewesen, wäre Zeit, dass er nun auch einmal der Hinterst sei, und es solle der Blitzschwab voran. Der meinte aber: »Kuraschi hab i gnueg im Leib, aber nit Leib genueg für die Kuraschi und das Beest von Ungeheuer.« Der Spiegelschwab wischte sich die Nase am Ärmel und tat den Vorschlag, es solle doch wohl besser sein, wenn einer für alle sterbe, und meinte, der Knöpfleschwab könne ihnen diesen kleinen Gefallen tun; der aber schrie Zetermordio, als habe das Ungeheuer ihn schon am Schlafittich. Und so sprachen und stritten sie noch eine Weile hin und her, bis sie sich friedsam einigten und hurtiglich mit ihrem Spieße vorwärtsschritten, gerade auf den Wald zu, wo das Untier hausen sollte. Ehe sie den erreichten, kamen sie an einen Rain davor, da saß ein Has und macht' ein Männlein, und streckte die langen Löffel in die Höh, das war den Schwaben grauslich anzuschauen, hemmten darum ihren Schritt, hielten Rat und besannen sich, ob sie vorwärtsrücken und aufs Untier eindringen sollten mit lang vorgestrecktem Spieß, oder ob sie sich zur Flucht wenden sollten; doch hielt jeder fest am Spieß. Da nun das Veitli hinten zumeist in Numero sicher war, schwoll ihm der Kamm und er schrie dem Schulzen zu, der voran stand:

»Stoßt zue in aller Schwabe Nama,
Sohnscht wünsch ich, dass ihr mächt erlahma!«

Der Hans, des Veitli Gelbfüßler Vordermann, Knöpfleschwab, spottete der Kurasche des Veitli, indem er sagte:

»Beim Elament, du hauscht guat schwätze
Du bischt der Letzscht beim Drachahetze!«

Dem Michel sträubte die Herzhaftigkeit das Haar empor, er blickte gar nicht hin nach dem Ungeheuer, sondern sprach mit abgewandtem Gesicht, indem er den Ärmel seinem Gesicht näherte:

»Es wird nit feihla um an Haar,
So ist es wohl der Teufel gar!«

Jergli luegte dem Michel ins Gesicht, und schaute auch gar nicht hin nach dem Büster von Ungeheuer, indem er zaghaft beistimmte:

»Blitz! Ist ersch nit, so ischt sei Mutter,
Oder des Teufels sein Stiefbruder!«

Dem Marli Nestelschwab, der sich schon ziemlich weit vorn am Spieß befand, daran die Schwaben gingen, wie ein Wiedle gespießter Lerchen, gefiel sein Platz nicht, und er hatte einen guten Einfall; er kehrte sich auch um, da er nicht für nötig fand, das Ungeheuer anzusehen, und rief dem Veit zu:

»Gang Veitli, gang, gang du voran,
I will dahinda vor dir stahn!«

Veitli drückte aber seine Ohren auf, und tat, als hörte er nicht; worauf der Marli zu Jackli sagte:

»Gang Jackli, gang, gang du voran!
Du hascht Sporn und Stiefel an,
Dass dich der Drach nit beiße kann!«

Aber Jackli fand seinen Trost darinnen, dass der Allgäuer an der Spitze des Spießes, der sieben Schwaben und des zu bestehenden Abenteuers stand, und sagte:

»Herr Schulz, der muss der Erschte sein,
Denn ihm gebührt die Ehr allein.«

Schulz Allgäuer fasste sich ein Herz und sprach mutig, da es nun einmal in die unvermeidliche Gefahr ging:

»So zieht dann herzhaft an den Streit
Hieran erkennt man tapfre Leut!«

Und so ging es in Gottes Namen und im Sturmschritt auf das Ungeheuer los, und als dem Schulzen das Herz boperte, konnte er sich seiner Angst nicht erwehren und schrie: »Hau hurlehau! Hau! Hauhau!« Da erschrak der Has und gab spornstreichs Fersengeld querfeldein, und lief was er laufen konnte. Jetzt rief Schulz Allgäuer freudiglich:

»Potz Veitli, luag, luag, was ischt dahs?
Das Ungeheuer ischt nur an Haas!«

»Haschtu gesehn? Haschtu gesehn?«, fragten sich nun die andern untereinander. »Potz Blitz! Ein Ding, wie ein Kalb!«, rief der Blitzschwab. Der Nestelschwab tät seinen größten Fluch: »Mit Verlaub! Dass dich das Mäusle beiß! Ein Tier wie ein Mastochs!« – »Oho!«, rief der Knöpfleschwab: »Ein Helifant ist nur ein' Katz gegen das Untier.« – »Bygost«, erwiderte der Allgäuer, »wenn das kein Has gewesen, so weiß ich keinen Dreimännerwein vom Rachenputzer zu unterscheiden!«
»Nu nu!«, vermittelte der Seehaas: »Has her, Has hin! Ein Seehaas ist halt größer und grimmiger, als alle Hasen im heiligen römischen Reich.« – »Wie der Seewein saurer und herber als alle Weine im heiligen römischen Reich«, spottete hinten der Gelbfüßler, und über diese Anzüglichkeit hätte ihm der Seehaas fast ein paar Watschen gegeben, denn er fühlte sich in seinem Nationalgefühl verletzt.
Da nun das Abenteuer mit dem Ungeheuer von den sieben Schwaben so glückhaft bestanden war, wurden sie eins, nunmehr von ihren Taten auszuruhen, und wieder friedlich heimzuziehen. Zuvor aber tue not, ein Siegeszeichen zu errichten, das der Mit- und Nachwelt ihren Triumph auf ewige Zeiten vermelde. Da nun unmöglich war, wie vorzeiten tapf-

re Ritter getan, die Drachenhaut in einer Kirche aufzuhängen, dieweil kein Drache sein Fell zu Markte getragen und der Has in seinem Balg wohlbehalten entkommen war, so wurden die guten Gesellen dahin eins, ihr Bärenfell und ihren Spieß als eine Trophäe in die nächstgelegene Kapelle zu stiften, die hieß man hernach die Kapell zum schwäbischen Heiland. Dort wird wohl der Spieß noch hängen, das Bärenfell aber haben die Motten verzehrt, und die Sperlinge haben die Haare in ihre Nester getragen.

Die verzauberte Prinzessin

(Nach mündlicher Überlieferung.
In Grimms Kinder- und Hausmärchen Band I. Seite 108.
»Die weiße Schlange« – nur annähernd.)

Es war einmal ein schlichter Handwerksmann, der hatte zwei Söhne, die hießen Hellmerich und Hans; dieser ging einst aus seinem Dörflein in die nahe Stadt, um Geschäfte mancherlei Art abzutun. Als er am Abend, schon auf dem Heimweg begriffen, in der äußern Schenke noch einen stärkenden Trunk tat, machte ihn ein höchst lebhaftes Gespräch, das einige junge zechende Männer führten, aufmerksam; er lauschte mit Augen und Ohren, denn die Rede jener Leute ging von nichts Geringerem als davon, dass ein herrliches Schloss mit unermesslichem Gold und Gütern zu gewinnen sei. In diesem Schlosse schmachte eine holde Prinzessin verzaubert nach Erlösung, welche Prinzessin dem Glücklichen, der sie durch pünktliche Erfüllung dreier Proben, die ihm auferlegt würden, erlösen würde, die königliche Hand reiche und ihn zu ihrem Gemahl erhebe. Derjenige, dies war aber der Zusatz, der die drei Aufgaben nicht löse, so er doch die Prinzessin begehrt, müsse das Leben lassen und kehre nimmer wieder.

Nachdenklich und mit hochschlagendem Herzen schritt der ehrliche Meister über die vom Abenddämmer umsponnene Heimatflur seinem Dörflein zu. Schon sah er in Gedanken seinen ältesten Sohn, Hellmerich, den er ungleich mehr liebte als seinen andern, Hans, im Königschloss, und die holde Prinzessin als seine hochverehrteste Schnur.

Daheim teilte er nun seinem lieben Weibe und seinen Söhnen die goldene Neuigkeit mit, und alle waren ganz erstaunt über diese Mär. Der Vater gebot nun gleich seinem Lieblingssohn Hellmerich, sich aufzumachen, und das Wagestück zu bestehen; die Sache litt keinen Aufschub; sollte Hellmerich das schöne Schloss gewinnen und die Prinzessin einnehmen, so musste das Werk rasch unternommen und ausgeführt werden, denn es leuchtete dem klugen Meister als ganz natürlich ein, dass viele andere sich auch daran wagen könnten und würden. Und Hellmerich war auch so entzückt und begierig, und bereits in seinem stolzen Herzen des Sieges so gewiss, dass er schon mit Hoffart und verächtlichen Blicken die kleinliche Welt um sich her maß, und ungeduldig der Stunde entgegen harrte, da er auf einem schön gezäumten Ross davonfliegen und dem ihm bestimmten Glück in die Arme eilen sollte. Endlich schlug die ersehnte Stunde. Scheidend verhieß Hellmerich, schon im Gefühl seiner Königswürde voll unaussprechlicher Huld und Güte, seinen armen Eltern, deren ganzes Vermögen sich in das stolze Ross verwandelt hatte, er wolle sie, samt seinem dummen Bruder Hans, in einem sechsspännigen Wagen abholen lassen, sobald er die Prinzessin erlöset habe.

Hans weinte, denn er fühlte sich gar sehr zurückgesetzt und gekränkt. Indessen, er arbeitete treulich und bald wieder fröhlich für den Unterhalt seiner lieben Eltern.

Hellmerich reisete stattlich von Ort zu Ort, des Sommers blumenreiche Gefilde breiteten sich immer lieblicher und erquickender vor seinen Blicken aus; je mehr er sich dem herrlichen Ziele näherte, je zauberischer und prächtiger gestaltete sich die Natur; rauschende Wälder und trauliche Bäche, klarduftende Wiesen, spiegelnde Teiche, anmuti-

ge Höhen und wogende Saatfelder wechselten auf das Angenehmste miteinander ab; hier schien es so paradiesisch, dass Hellmerich keinen Zweifel hegte, das zu gewinnende Königsgebiet bereits betreten zu haben. Und wirklich schimmerte endlich in der sonnenlichten Ferne ein goldglänzender Punkt. Da zitterte die wildeste Freude durch Hellmerichs Herz. Er jauchzte laut und schlug mit der Reitgerte weit um sich. So trabte er am Saume eines frischen Laubwäldchens hin und scheuchte die Vöglein, die goldgefiederten, harmlosen Sänger von den Zweigen. Bald kam er an einen großen Ameisenhügel, der im Wege lag, und er ließ ihn mutwillig von seinem Ross zertreten und zerstampfen, sodass die erzürnten Geschöpfe an sein Pferd und an ihn selbst krochen und ihre Rache mit schmerzerregenden Bissen ausließen, bis Hellmerich wütend sie alle zerschlug und zertrat. Und weiter kam er an einen silberhellen Teich, da schwammen zwölf weiße Entchen. Der böse Hellmerich lockte sie ans Ufer und trat sie tot; nur ein einziges entkam. Dann kam er an einen schönen Bienenstock, und tötete aus purem Frevelmut auch die kleinen fleißigen Künstler. So übte er an allem, was ihm aufstieß, die Tücke eines bösen Herzens.
Immer herrlicher erhob sich in der Ferne das Königsschloss, sein Dach war gülden, auf den zierlichen Türmen wehten hellschimmernde Fahnen. Das Gebäude war von Marmor aufgeführt, die hohen Fenster blinkten wie Flammenspiegel, und rings war es umrauscht von schattenden Myrtenbäumen, umblüht von den herrlichsten Blumen und Rosenbüschen. Doch immer geheimnisvoller wurde das Schweigen, das sich über diesem Zauber verbreitete.
Hellmerich stand jetzt an der hohen Pforte und klopfte ungeduldig, bis ein altes Mütterlein, mit spinnenwebfarbigem Gesichte und schreckendem Gespensterputz, erschien, und mit Widerwillen nach seinem Begehren fragte. »Nun, die Prinzessin will ich erlösen«, war Hellmerichs kecke Antwort, »sage, was soll ich tun, altes Weib?« – »Da musst du morgen früh neun Uhr wieder kommen«, sprach das Mütterlein, »wo ich dich hier erwarten, und das Weitere mit dir vornehmen werde.«

Zur bestimmten Zeit stellte sich Hellmerich ein; das Mütterlein erschien, und trug ein kleines Fass voll Leinsamen, den sie bald auf einer schönen Wiese ausstreute, und zu Hellmerich sagte: »Lese alle Körner wieder zusammen, auf dass nicht eins fehle, in einer Stunde komme ich wieder, mein Sohn, da muss diese Aufgabe gelöst sein.« Aber der hochfahrende Hellmerich mochte sich nicht bücken in seinem modisch engen Gewande und spottete der albernen Aufgabe. Er spazierte auf und ab, bis das Mütterlein wieder kam, und mit hohnlächelnden Mienen das leere Fässlein anblickte. Nun hatte sie zwölf goldene Schlüssel, die sie in den nahen spiegelnden Teich warf, und sie sagte zu Hellmerich: »Diese Schlüssel sollst du wieder herausholen, auf dass kein einziger fehle, in einer Stunde komme ich wieder, mein Sohn, da muss diese Aufgabe gelöst sein.«

Hellmerich spähte hinein in das Wasser, er schnitt Baumzweige ab und häkelte hinein, aber er brachte keinen einzigen Schlüssel heraus. Er stieg selbst ins Wasser, und kam nur mit Mühe wieder ans Ufer, ohne einen Schlüssel gefunden zu haben. Mütterlein kam, und Hellmerieh hatte seine Aufgabe nicht gelöst. Da führte sie ihn die schöne Marmortreppe hinan und öffnete des Schlosses hohe goldene Pforte, dann schritt sie weiter voran durch herrliche Zimmer und Säle, bis sie endlich in ein anmutiges Gemach traten, wo tiefschweigend drei verschleierte Frauen saßen. Eine war wie die andere gekleidet. »Nun wähle dir eine von diesen Frauen«, sprach das Mütterlein, »zwei davon sind böse und eine ist gut; wählst du die gute, so bist du ewig glücklich, wählst du aber eine böse, so befiehl deine arme Seele. In einer Stunde komme ich wieder, mein Sohn, da muss diese Aufgabe gelöst sein.«

Nun stand Hellmerich schwankend und unschlüssig, bis es zwölf Uhr schlug, und Mütterlein hereintrat. Da deutete er flugs nach der Rechten. Die Zaubergestalten erhoben sich, und die Schleier rauschten zur Erde. Die Mittelste war ein holdseliges Mägdlein, ihr schöner Liliennacken war umwallt von reichen Locken, ihre Hände und Brust waren mit funkelndem Geschmeide behangen, und auf dem Haupte trug sie eine goldene Krone. Ihr wehmütiger, tränender Blick haftete eine kurze Minute auf Hellmerichs Angesicht, dann senkte sie das Tränenauge, und der Schleier sank wieder leise über die zarte, holde Gestalt hin. Die beiden aber zur Rechten und Linken waren hässliche Furien, ihre Augen sprühten feurige helle Flammen, ihre Zähne schlugen knirschend aneinander und an ihren Häuptern wuchsen Hörner hervor und an den Händen abscheuliche Krallen. So stürzten sie mit höllischer Freude nach dem Unglücklichen, und schleuderten ihn zum Fenster hinaus, wo er in einem dunklen Abgrund auf immer verschwand. Und dann verschwand auch alles Übrige, Schloss, Prinzessin und Zauberhain.

Ein Jahr war verflossen, und wieder schmückten des Frühlings rosige Blüten die Erde, aber bei dem armen Handwerksmann war noch kein sechsspänniger Wagen angekommen, und auch keine Kunde, dass die Prinzessin erlöst sei. Die Eltern gaben schmerzlich ihren Sohn Hellmerich auf. Und Hans fühlte heimlich eine herzliche Lust, auch einmal sein Glück zu versuchen, wiewohl er dies Vorhaben sorglich vor seinen Eltern verbarg. In einer hellen Mondnacht schlich er sich davon, ohne Ross und ohne Reisegeld, und wanderte wohlgemut durch Länder und Städte. Er nährte sich von Waldbeeren und Wurzeln, trank aus der klaren Quelle, sang mit den frommen Vögeln, und schlief sorglos und harmlos auf dem weichen Moose des dunkeln Waldes. So wanderte er fröhlich fort, bis er eines Mittags an ein schattiges Laubwäldchen kam; dort begann das Gebiet des Zauberschlosses. Wie selig schlug sein Herz, als er dieses paradiesische Land überschaute. Verklärt von rötlichem Schimmer lag es vor seinen Blicken ausgebreitet, und von mächtigem Zauberreiz war er also ergriffen, dass er trunkenen Sinnes auf seine Knie sank. Es umflog ihn ein süßer Schlummer, und er träumte lange, auf dem kühlen Waldmoose ruhend. Eine holde Frau, umwallt von hellschimmerndem Gewande, stieg zu ihm hernieder und reichte ihm eine Schale voll süßen Wassers, das er trank, und welches ihn himmlisch erquickte; und weiter taten sich goldene Herrlichkeiten vor seinem Traumblicke auf, liebliche Mägdlein in blumigen Gewändern umtanzten ihn und trugen ihn empor auf einen goldenen Thron, wo die holde Frau saß, die ihm lächelnd und liebeseligen Blickes eine blitzende Krone überreichte.

Also ward Hansens gutes, frommes Herz im Traume von Seligkeiten erquickt.

Als er erwachte, trat die Morgensonne in rosigem Schimmer aus den dunkeln Pforten der Nacht; er wanderte rasch von dannen, und kam bald an einen großen Ameisenhügel, der halb zertreten und zerrissen im Wege lag, und er blickte sinnend den fleißigen Tierchen zu, wie sie emsig zusammentrugen und an ihrem Bau arbeiteten. Er selbst wollte helfen; allein bald krochen die Tierchen an ihn und bissen ihn. Da las er sie alle von sich herunter und tötete keines.

Weiterwandernd kam er an einen schönen Teich, und es schwammen abermals zwölf weiße Entchen darauf; ihre Federn glänzten wie Silber. Und sie schwammen ans Ufer, und er streute ihnen Futter, hatte so seine herzliche Freude an ihnen.

Bald auch kam er an einen großen Bienenstock, und freute sich über den Fleiß der Tierchen und über ihre Kunst. Still betrachtend pries er die Größe, Weisheit und Güte des liebevollen Schöpfers.

In goldener Klarheit lag nun das wundersam herrliche Schloss vor ihm, seine Augen vermochten kaum den Glanz zu ertragen, der es rings umstrahlte. Zagend schritt er näher und zweifelte gänzlich an der Erfüllung seines vermessenen Vorhabens; doch stärkte ihn mächtig der Gedanke an seinen wundersamen Traum, und es trieb ihn vorwärts, ob er auch zagte und zitterte. So stand er an der Pforte des Schlosses und klopfte leise, bis das Mütterlein erschien und nach seinem Begehr fragte. Bescheiden sprach er: »O Mütterlein, glaubst du, dass ich die Prinzessin erlösen kann? Sieh, ich bin ein armer Knecht, so du meinst, ich sei zu geringe, will ich das schöne Schloss nur anschauen und wieder heim wandern.« Mütterlein aber nahm freundlich des Jünglings Hand und strich ihm mit ihren kalten knöchernen Fingern die Locken von der Wange, und musterte seine schöne Gestalt und bescheidene Kleidung. »So du drei Proben bestehst«, sagte sie, »ist die Prinzessin und das

reiche schöne Schloss dein, und du bist König über dieses holde Land. So du sie nicht bestehst, da du sie doch begehrt, wird es dich dein Leben kosten.«
Mit dem Mute eines reinen Herzens blickte Hans empor und sprach: »Wohlan, Mütterlein, sage was ich tun soll.« Und die Alte brachte das Fässlein voll Leinsamen, und streute ihn rings auf die grünende Wiese aus, und sprach: »Lese alle Körnlein wieder zusammen, auf dass nicht eines fehle, in einer Stunde komme ich wieder, mein Sohn, da muss diese Aufgabe gelöst sein.«
Wie unendlich fleißig las Hans die Körnlein von der Wiese; aber es schlug schon dreiviertel und er hatte das Fässlein nicht halb voll. Da verzagte er schier, doch erwartete er das gestrenge Urteil mit Ergebung. Aber siehe, plötzlich kroch eine Schar schwarzer Ameisen heran, die trugen alle Körnlein zusammen in das Fass, dass es in wenigen Minuten so voll war wie vorher. Das Mütterlein kam; o wie freudig trug ihr Hans das Fässlein entgegen! Darauf warf sie die zwölf Schlüssel in den nahen Teich und sprach: »Diese Schlüssel sollst du wieder herausholen, auf dass kein einziger fehle, in einer Stunde komme ich wieder, mein Sohn, da muss diese Aufgabe gelöst sein.« Nun gab sich Hans die größte Mühe, brachte aber keinen einzigen Schlüssel aus der Tiefe. Verzagend saß er am Ufer und sahe schon das furchtbare Gericht über sich ergehen. Und siehe, da schwammen zwölf silberweiße Entchen heran, und ein jedes trug einen goldenen Schlüssel in seinem Schnäbelein, und warfen sie an das frischgrüne Ufer. – Glückselig trug Hans die goldenen Schlüssel dem Mütterchen entgegen und sandte still ein Dankgebet zum Himmel empor, dass ihm so wunderbare Hülfe widerfahren.
»Nun kommt die letzte Probe, mein Sohn, doch auch die schwerste«, sagte das Mütterlein und führte den Jüngling in das Zauberschloss, durch hohe herrliche Säle und Zimmer, bis sie in das Gemach der drei Schleierfrauen gelangten. »Nun wähle dir eine von diesen Frauen«, sprach das Mütterlein, »zwei davon sind böse, und eine ist gut; wählst du die gute, so bist du ewig glücklich, wählst du aber eine böse, so be-

fiehl deine arme Seele. In einer Stunde komme ich wieder, mein Sohn, da muss diese Aufgabe gelöst sein.«

Wie zitternd und zagend blickte Hans die drei schweigsamen Zaubergestalten an! Eine wie die andere saß ruhig und geheimnisvoll. – Sein Auge verdunkelte sich, seine Seele schwebte zwischen Todesangst und glückseliger Hoffnung. Da sank er auf die Knie und betete. Ein leises Summen um sein Haupt – unterbrach die angstvolle Totenstille, es umflüsterte ihn eigentümlich, wie Geisterstimmen. Da blickte er empor und sahe unzählige Bienen sein Haupt umkreisen, und es schwirrte ganz leise aus jeglichem Bienenmund: »Die Mitt'le, die Mitt'le, die Mitt'le.« Da trat Mütterlein herein, und Hans deutete auf die mittelste Zaubergestalt.

Rauschend fielen die Schleier der Frauen zu Boden. Zu beiden Seiten standen die hässlichen Furien, und mitten innen das holdselige Mägdlein. Ein Donnerschlag erschütterte die Luft, durchbebte die Erde; und die scheußlichen Furien stürzten heulend zum Fenster hinaus, in den furchtbaren Abgrund.

Aber die Prinzessin voll unaussprechlichem Liebreiz umfing den glücklichen Jüngling, und lispelte wonneselig: »Habe Dank, du Teurer! Siehe, dein reines, frommes Herz, hat mich befreiet, und nur ein reines, frommes Herz konnte mich befreien. Du bist nun mein und ich bin dein, mein süßer Bräutigam!«

Darauf hatte Hans in seiner Freude nichts Eiligeres zu tun, als einen goldnen Wagen mit sechs Pferden bespannt in seine Heimat zu senden, und seine Eltern holen zu lassen. Und alle lebten glücklich in dem Zauberschloss bis an ihr Ende.

Die Königskinder

(Nach mündlicher Überlieferung; erinnert mit einem Zug an das Märchen vom Hänsel und Gretel.)

In einem Walde stand ein kleines, einsames Häuschen, darinnen eine Mutter mit ihrer Tochter, welche Letztere schon ziemlich erwachsen war, wohnte. Die Alte war ein sehr böses und listiges Weib, sie trieb allerlei geheimnisvolle Dinge. Ihr Ansehen erregte bei fremden Menschen, die sie sahen, Schauder und Furcht. Sie war von Gesicht über alle Maßen hässlich, ihre Augen waren rot wie Feuer und blitzten unstet und unheimlich, um den Kopf trug sie stets ein schwarzes Tuch, über welchem die starren grauen Haare niederhingen. Im Sommer war ihr gebräunter Nacken, Brust und Arme unbedeckt, ein schwarzes Mieder mit großen Knöpfen umschloss den vorgebeugten Leib; ein roter Rock stach sehr grell ab von den nackten dunkelbraunen Beinen und dem schneeweißen Sack, den sie an der Achsel hangen hatte. Doch das Unheimlichste war noch ein Ring, den sie am Zeigefinger der rechten Hand trug, der war von Gold und mit roten Flammensteinen besetzt; er glänzte, dass er die Augen verblendete. So schlich die böse Alte stets im Walde umher. Sah sie einen Wanderer oder einen Reisewagen, so drang sie sich den Leuten auf; sagte ihnen wahr, gar wunderliche Dinge, und bettelte dabei. Und fand sie Kinder im Walde, so lockte sie diese in ihre Wohnung und schlachtete sie. Dagegen war ihre Tochter ein gar gutherziges Mädchen, das oft im Stillen über die bösen Taten der Mutter bitterlich weinte und den lieben Gott bat, ihr doch von der argen Mutter zu helfen. Doch diese hatte, so schien es, das ewige Leben, sie wurde nie krank, und obgleich ihre Glieder alt und steif und ganz abgezehrt waren, so besaß sie doch eine Kraft wie der stärkste Mann. Dies alles hatte sie nur ihrem Zauberring zu danken; und noch viel mehr, denn die Hand, an welcher sie den Reif trug, war immer unsichtbar, daher sie, wo sie nur einen fremden Menschen draußen im Walde ansprach, allemal zugleich in dessen Tasche griff, die Börsen, und was sie drinnen fand herauszog, ohne dass es derselbige nur im Geringsten merkte. Auch machten die roten Flammenstrahlen der Ringsteine die Tiere stille stehend, wo sie denselben in die Augen blinkten, da mussten die Tiere starr in die Strahlen sehen, bis die Alte den Ring am Finger drehte. So schlich sie denn oft im Walde herum, trug einen großen Topf; ließ die Ringsteine in die Augen der Hirschkühe blinken, dass sie still stehen mussten, und molk sie dann.

Einmal des Abends saß sie daheim bei ihrer Tochter und trank auch solche Hirschkuh-Milch, als es an ihr Fensterlein klopfte; und als sie darauf hinaussah, standen zwei bildschöne und köstlich gekleidete Kinderchen draußen und weinten, und das größte, ein Knäblein sprach: »Ach wir haben uns verirrt, und nun wird es Nacht, alt Mütterchen, sei so gut und lass uns diese Nacht in deinem Häuschen schlafen, morgen wollen wir suchen, unsere Heimat wieder zu finden.« Die Alte grinste vor teuflischer Freude, machte schnell die Haustüre auf und ließ die Kinderchen ein. Aber sie ging gleich sehr böse mit ihnen um, sie zog ihnen ihre schönen Kleider aus, sodass sie ganz nackend waren, und steckte sie in einen finstern Stall. Dann nahm sie einen alten Tiegel, goss Milch darein, setzte ihn hin vor die Kinder und sprach: »Hier, esst die Milch, dass ihr bald fett werdet, dass ich euch schlachten kann, ihr seid doch nichts nütze auf der Welt, ihr Bälge.«

Ach, wie sehr weinten die armen Kinder! Sie konnten vor Kummer nichts essen; doch überfiel sie bald ein Schlaf, der sie ihrem Herzeleid entrückte. Sie träumten, dass sie daheim wären bei der lieben Mutter und dem Vater und dass sie gar schön spielten. Aber wie sie erwachten und ihre traurige Lage wieder gewahr wurden, fingen sie von Neuem an zu weinen und zu klagen. Endlich hörten sie die Stalltüre aufgehen, es kam jemand, und sie fürchteten sich sehr und meinten, jede Minute geholt und geschlachtet zu werden. Diesmal kam aber die Tochter, denn die Alte war schon hinaus in den Wald. Dem guten Mädchen taten die lieben Kinder herzlich leid, sie wollte ihnen gerne helfen, allein sie selbst musste sich sehr vor der bösen Mutter fürchten. Sie fragte liebreich die Kinder: »Wie heißet ihr denn?« Da antwortete das Knäblein schluchzend: »Ich heiße Irmin und mein Schwesterchen heißt Elmine, wie heißest du denn?« Sie sagte: »Ich heiße Käthe. Aber wer ist denn euer Vater? Wo seid ihr denn her?« – Das Knäblein sprach: »Mein Vater trägt einen goldenen Mantel und eine Krone und unsre Heimat ist so schön, Du solltest nur einmal zu uns kommen.«

Käthe sprach: »Ich will suchen, euch zu befreien, aber jetzt gleich kann es nicht geschehen; seid nur ruhig und geduldig, ich lasse euch nimmermehr schlachten. Esset eure Milch, ich will euch auch Erdbeeren und Brot bringen, seid nur ruhig, liebe Kinderchen. Und so lange ich noch keinen Plan zu eurer Rettung gefunden, so lange nehmt diese zwei Hölzchen, und wenn meine Mutter kommt und spricht: Haltet einmal eure Finger heraus, ich will sehen, ob ihr fett seid, so haltet diese Hölzchen hin, dass sie euch noch nicht für fett genug befindet, und nicht schlachtet.«

Die Kinderchen fühlten sich getröstet von Käthes Worten, sie hörten auf zu weinen, aßen und tranken und freuten sich schon herzlich, dass sie nach Hause kommen sollten. Des Abends, wenn die Alte heimkam, ging sie allemal zum Stall und rief den Kindern zu: »Steckt eure Finger heraus«, aber die Kinder hielten ihre Hölzchen hin, die Alte schnitt hinein mit einem scharfen Messer und sprach jedes Mal: »Ihr seid noch dürre!«, und ging wieder fort. Und am Morgen, wenn die Alte fort war, dann kam die gute Käthe zu den Kindern, brachte ihnen Speise und tröstete sie.

Aber einmal, als die Alte abends zu den Kindern kam, hatten diese ihre Hölzchen verloren und mussten ihre zarten Fingerchen hinausreichen, und die Alte schnitt hinein, und schrie voll Freude: »Nun seid ihr fett, morgen schlachte ich euch!« – O welches Herzeleid für die armen Kinder! Am Abend noch musste Käthe Wasser beitragen, dass die Kinder nach dem Schlachten damit gebrüht würden. Und die Käthe weinte heimlich und sann und sann, wie sie noch die armen Kinder befreien könnte. In der Nacht schlich sie ganz leise von ihrem Lager, spuckte darauf und sprach mit leiser Stimme:

»Liebes, liebes Bette, sprich,
Wenn die Mutter ruft, für mich.«

Dann spuckte sie auf ihre Lade, auf die Treppe, und in die Küche, und bat allemal so. Dann machte sie den Stall auf, ließ die Kinder heraus und entfloh mit ihnen.

Am Morgen rief die Alte: »Käthe, steh gleich auf und schüre Feuer an«, und es antwortete: »Ich bin schon auf!« Nach einer Weile, als Käthe nicht kam, rief die Alte wieder: »Käthe, kömmst du noch nicht?« Da antwortete es: »Ich sitze schon auf meiner Lade und ziehe Strümpfe an!« Aber es verging wieder eine Weile und Käthe kam nicht, und die Alte rief: »Käthe, wo bleibst du denn?« Da tönte es: »Ich bin schon auf der Treppe!«

Die Alte schlief wieder ein, und als sie endlich abermals erwachte, und draußen alles ganz ruhig war, schrie sie zornig: »Käthe, faule Strunze, wo bleibst du denn?« Da sprach es: »Ich bin ja in der Küche.« Aber die Alte hörte nicht das geringste Geräusch, da fuhr sie endlich vom Lager auf, und wollte Käthe tüchtig ausschelten und durchprügeln, aber siehe da, keine Käthe war zu finden und auch die Kinder waren fort. – Nun war die Alte außer sich vor Wut, und schritt flugs von dannen, um ihre Tochter und die Kinder zu suchen und fürchterliche Rache zu nehmen.

Vermöge ihres Zauberrings hatte sie sogleich die Spur der Flüchtlinge entdeckt, und machte so hastige Schritte, dass sie gar bald die dreie in einiger Entfernung gewahrte. Auch die Kinder hatten sich umgesehen, und das alte böse Weib mit Schrecken bemerkt, und sie wussten nicht wo nur hinaus und hinan vor Angst, dass sie der Alten schnell genug entwichen, denn diese kam mit Riesenschritten herbei. Da saß ein gar großer schwarzer Adler am Weg, zu dem riefen die Kinder voller Angst:

»O lieber Adler, trag uns geschwind
Hin wo unsre guten Eltern sind.«

Und der Vogel machte seine Flügel breit und trug pfeilschnell die kleinen Flüchtlinge samt Käthen durch die Lüfte, und setzte sie vor einem herrlichen Schloss nieder. Da kam ein Mann, angetan mit einem goldgestickten Mantel und auf dem Haupte trug er eine Krone, und mit ihm kam eine schöne Frau heraus, die begrüßten und empfingen in der größten Freude ihre lieben Kinder, welche vor einiger Zeit verloren worden waren. Und die gute Käthe musste immerdar bei den Kindern bleiben und wurde sehr gut gehalten. Aber der Adler war wieder hinweggeflogen und als er den Fingerreif mit den roten Flammensteinen am Finger der nacheilenden Alten erschaut hatte, war er gierig auf sie niedergestoßen, hatte sie mit seinen Krallen emporgerissen und dann so lange an ihren Finger gepickt, bis er den Ring in seinem Schnabel hatte, dann ließ er die Zeter schreiende Alte los. Diese stürzte vor dem schönen Schloss nieder – aber in einen Teich, und in demselben Augenblick schnalzte ein mächtiger Fisch empor und verschlang sie.

Die drei dummen Teufel

(Mündlich im Werratale.)

In der Hölle war einmal großes Wunder, dass nur lauter Männer und keine Weiber in die Hölle kämen und von Herzen hätten sie doch auch gerne Weiber darinne gehabt. Da warf sich ein ganz junger Teufel auf und sprach: »Was gilt's, ich schaffe eine her!« Die andern Teufel freuen sich zwar, aber sie glauben dem, was jener junge spricht, doch noch nicht recht. Der Teufel fährt sofort ab und die andern wünschen ihm großes Glück. Er kömmt also auf die Erde und trifft ein schönes junges Mädchen; zu diesem spricht er: »He, Jungfer! Hat Sie nicht Lust zu heiraten?« – »Warum nicht, wenn Er Geld und Brot für mich hat?« – »Das habe ich.« – Nun wird Hochzeit gehalten, und das Leben oben auf der Erde geht herrlich und in Freuden. Eh aber der Küssmond vorüber, verlangt die junge Frau Geld, Kleider und das aber schöne, und der Teufel kann kaum das Brot verdienen, muss oft über seinem Maul sparen und es seiner Frau lassen und dadurch wird er dürr und mager und ist lange nicht mehr so guten Mutes als zuvor. Die Frau hatte sich mehr von diesem Galan versprochen – viel Geld, schöne Kleider und so recht innig geliebt zu werden. Sie fängt daher an und wird kalt gegen ihren Teufel. Er gibt gute Worte; – er schlägt. – Sie zankt aber arg und drohet ihm mit Schlägen. Das lächert dem Teufel und er denkt: ich werde dich doch zwingen können. Zankt er aber ein Wort, so zankt sie zehne, und das geht ein und alle Tage so fort. Was geschieht? Der Teufel bekommt zuletzt derbe Schläge. Da denkt der Teufel: ei, was sollst du dich mit der Frau plagen, gehe doch hübsch heim, und – da ging er heim. Wie er in die Hölle kömmt und bringt *kein* Weib mit, da lachten ihn die Teufel tüchtig aus, und überall rufen sie: »Dummer Teufel! Dummer Teufel!« Er aber antwortete: »Ich will keine wieder und wenn ich die ganze Hölle geschenkt kriegte. Seid froh, dass ich sie nicht mitgebracht habe, die hätte uns allen die Hölle erst recht heiß gemacht!« Da spricht ein andrer etwas älterer Teufel: »Nun will ich fort, ich will schon eine herschaffen!« Er reiset ebenfalls ab, kömmt auf einen Erbsenacker, dort trifft er eine alte Jungfer. Da denkt er: warte, diese ist nicht so ein junger Lecker, die willst du nehmen. Er spricht also zu ihr: »He da, Jungfer! Hat Sie nicht Lust zu heiraten?« – »O ja! Wenn Er Geld und Brot für mich hat?« – »O ja!«, spricht der Teufel. Die Hochzeit wird gehalten. Der Küssmond ging ganz gut vorüber. Die Vermählten verzehrten anfangs das Vermögen der Frau und weil der Teufel ihr sehr wohl gefiel, so hat sie ihr Gut gerne hergegeben. Als dieses aber nun vertan war, sollte der Teufel sein Gut auch hergeben; da er jedoch keins hatte, so machte ihm die Frau die bittersten Vorwürfe und begehrte so auf, dass dem Teufel Arme und Beine zitterten. Sie gibt ihm nun nichts zu essen und er hat doch mächtigen Hunger. Und wenn ihm vor Hunger gleich der Bauch grimmt, und ihm die Zunge ellenlang zum Halse heraushängt, so erbarmt sie sich seiner doch nicht. Will der Teufel etwas essen, so muss er fort und muss Kartoffeln stopfeln. Kömmt er abends und hat kein großes Säckchen voll, so kriegt er auch noch Schläge, und das geht so einen und alle Tage. Endlich wird das der arme Teufel doch müde und spricht zu sich: »Ei was, sollst du dich mit der Frau plagen? Ich gehe fort, das ist ja ein bitterböses Tier!« Er geht und kömmt in die Hölle zurück. Hier wird er gleich gefragt, wo er seine Frau habe? – »Ja, Frau! Hat sich was! Ich will keine! Ich will in meinem Leben an die, die ich droben hatte, gedenken! Die nimmt man auch noch mit in die Hölle! Bin froh, dass sich sie wieder los bin.« – Da hieß es nun überall: »Dummer Teufel! Dummer Teufel!«

Nun spricht aber ein ganz alter Teufel: »Jetzt will ich fort; ich will's den Weibern wohl anstreichen!« – Der alte Teufel reiset ab und kömmt auf die Erde; da geht er durch einen jungen Birkenwald und sieht von Weitem ein Frauenzimmer. Er geht darauf zu, betrachtet sich die Dame lange und spricht sie endlich ganz freundlich an: »He! Schöne Jungfer! Hat Sie nicht Lust zu heiraten?« – »O ja! Wenn Er eine Probe ablegen kann?« – »Worin besteht die?« – »Ja, das ist eine schwere und eine Hauptprobe.« Der Teufel spricht: »Nur her damit, ich kann alles!« – »Ja, so hat mein erster Mann auch schon gesagt.« – Der Teufel fragte ganz verwundert: »Hat Sie denn schon einen Mann gehabt?« – »Ja wohl!«, sprach sie, »ich war recht mit ihm angeführt.« – »Wieso denn?«, fragte der Teufel. Sie sagte bloß: »Ach!« Der alte Teufel war pfiffig, fragte nicht weiter, sondern begab sich an die Probe. Was dies für eine Probe war, hat man nicht erfahren können. Aber die Frau war mit dem Teufel zufrieden und hielt mit ihm Hochzeit. Es geht herrlich und in Freuden, aber diese Frau war ebenfalls eine recht geizige Xanthippe. Dem Teufel wurden alle Stückchen Brot zugeschnitten und alle Tröpfchen Suppe abgemessen. Er wurde nach und nach klapperdürre, verlor alle Kraft, und die Frau wurde immer unzufriedener mit ihm. Sie schilt und zankt; er bittelt und bettelt. – Das hilft alles nichts; er soll seine Pflichten tun, arbeiten in jeder Art; und er kann's doch nicht, aus Hunger und Schwäche. Sie misshandelt ihn und prügelt ihn, und er kann sich für Schwäche nicht einmal wehren; – und da steckt ihn die Frau gar unter

die Ofenbank und spricht zu ihm: »Wenn du Brot haben willst, so siehe zu, wo du welches herkriegst!« Jetzt macht sich der betrogene Teufel in seiner Mattigkeit auf und schleppt sich in den Wald, pflückt Beeren und ernährt sich davon kümmerlich; abends geht er nach Hause und kriecht wieder unter die Ofenbank. Die Frau tritt ihn und pufft ihn, und er weiß in der Welt seiner Angst keinen Rat.
Zu einer Zeit war dieser Teufel wieder einmal in den Beeren, und kam zu einem Köhler, diesem klagte er seine Not und bat um etwas zu essen. Da sprach der Köhler: »Ja, lieber Alter, ich habe selbsten sieben Kinder und oft keinen Bissen Brot.« Der Teufel antwortete: »Du Köhler, schwarzer Kerl, gib mir einen Rat, wie ich das böse Weib bändige. Ich bitte dich um alles in der Welt, hilf mir!«
Der Köhler antwortete darauf:

»Ein böses Weib, eine herbe Buß
Und weh dem, der ein haben muss.«

Der Teufel denkt: ach wenn das Ding so klingt, so gehst du lieber wieder heim. Wäre ich doch vom Anfang an zu Hause geblieben! – Er sinnt auf Rache gegen die Weiber – und spricht zum Köhler: »He! Bruder! Du bist auch arm, ich will dich reich machen, du musst mir aber folgen.« Der Köhler spricht: »O ja, reich wäre ich gerne und ich will tun, was du nur haben willst.« Da spricht der Teufel: »Höre, Bruder Köhler, ich weiß einen König, der hat zwei Prinzessinnen, da will ich in die Jüngste fahren und du sollst der Doktor sein. Wenn ich in die Prinzessin gefahren bin, so wird der König einen Aufruf ergehen lassen nach einem Doktor, der Knall und Fall Teufel austreiben kann. Da gehst du nun hin zu diesem König und sprichst: ›Herr König! ich will der Prinzessin helfen, aber ich muss mit ihr in einer Stube ganz allein sein, versteht sich in allen Ehren.‹ Wenn du dann bei der Prinzessin eingelassen wirst, so sprichst du zu mir: ›Donner und Teufel, fahr aus!‹ – öffnest ein Fenster, und ich hebe mich von dannen. Das darfst du aber nur zweimal tun, wenn du es dreimal tust, muss ich dir den

Hals brechen!« – Der Köhler fragte: »Auch wenn ich dir eine schöne gute Frau schaffe?« – Darauf erwiderte der Teufel: »Wir wollen sehen.« – An einem Abende kam der Köhler aus dem Walde, da sagte ihm seine Frau: »Du Mann, der reiche König hat ausgeschrieben, dass seine Prinzessin totsterbenskrank ist, ja sehr krank; wer ihr hilft, der soll das halbe Königreich von ihm bekommen oder so viel Gold, als wie der König und der Doktor beide schwer sind. Wenn du nur, Alter! ein gutes Hausmittel wüsstest und könntest der Prinzessin helfen, dass wir auch einmal aus unsrer Armut kämen!« – Hierauf sagte der Köhler zu seiner Frau: »Ich will einmal eine Probe machen, vielleicht bin ich glücklich«, und reisete ab. Als er zum König kam, so fragte dieser: »Alter, getrauest du dir, meine Prinzessin gesund zu machen?« – »O ja, Herr König!«, antwortete der Köhler. »Ich muss erst etliche Species aus der Apotheke haben und die muss ich selber holen und dann muss ich ganz allein bei der Prinzessin sein.« Darauf sprach der König: »Alter! Wie du es verlangst, so soll es geschehen. Machst du meine Prinzessin gesund, so bekommst du mein halbes Königreich oder so viel Gold, als ich und du schwer sind.« – Der Köhler tat nun, wie ihm der Teufel anbefohlen hatte, und die schöne Prinzessin war auf der Stelle gesund. Der König stellte dem Köhler die Wahl frei: Gold oder Land – und der Köhler nahm das Gold.

Binnen Kurzem wurde nun die andere Prinzessin von dem Teufel besessen. Der König lässt den Köhler wieder kommen und spricht zu ihm: »Alter, du hast meine erste kranke Tochter gesund gemacht, hilf auch dieser!« – Der Köhler sagte: »Ich will's versuchen, Herr König!« Und siehe, er half der zweiten Prinzessin auch wieder und der König gab dem Köhler wieder ebenso viel Gold.

Der Köhler war nun sehr reich, grämte sich aber dennoch, weil er den Teufel nicht dreimal austreiben durfte, der sich vorgenommen hatte, die Frauenzimmer recht zu plagen. Die zwei ersten Male war es ausgemacht, das dritte Mal musste er den Teufel in der Prinzessin lassen, sonst wollte ihm der Teufel den Hals brechen; und konnte er den Teufel nicht das dritte Mal austreiben, so musste er wagen, dass ihn der Kö-

nig ums Leben bringen ließ; er sann nach, ob nicht beim dritten Mal es ihm gelingen werde, den Teufel anzuführen?
Nun wurde die erste Prinzessin wieder krank, weil der Teufel zum zweiten Mal in sie gefahren war. Wiederum ließ der König den alten Köhler kommen und sprach zu ihm: »Du, Alter, deine erste Kur hat keinen Bestand gehabt! Hilfst du meiner Prinzessin nicht, so lass ich dich aufhenken!« Darauf antwortete der Köhler: »Mein allergnädigster Herr König! Ich will eine Probe machen, aber dazu ist nötig, dass alle Mädchen in der ganzen Stadt morgen frühe in weißen Kleidern, mit roten Schärpen und Haarlocken, auch alle Eure Geistlichen in ihrer Amtstracht und die Prinzessin inmitten derselben vor dem Schlosse stehen und unter Gesang der Jungfrauen und Geistlichen ich neben der Prinzessin den Berg hinaufbegleitet werde. Wenn wir dann auf der höchsten Höhe sind, dann will ich eine Probe machen.« Der König ließ schleunigst alle Anstalten treffen, dass diese Bedingung erfüllt werde. Den kommenden Morgen war die große Versammlung vor dem Schloss. Der Zug bewegte sich bergan, und auf der höchsten Höhe sprach der Köhler:

»Donner und Teufel, fahr aus!«

Da fuhr der Teufel zwar aus, rief aber dem Köhler zu: »Spitzbube, hältst du so dein Wort! Warte, nun breche ich dir den Hals!« Der Köhler aber verantwortete sich und sagte: »Halt! Ich habe mir doch auch erst etwas vorbehalten, weißt du nicht, dass ich zu dir sagte: wenn ich dir nun ein anderes gutes Weib schaffe? Dieses kannst du doch nicht in Abrede stellen? Hier hast du nun die Wahl unter allen den schönen unschuldigen Mädchen; nimm, welche du willst!« – Der Teufel aber sagte: »Lump! Über diese habe ich keine Gewalt, von ihnen darf ich keine nehmen! Und zu meinem Höllendrachen will ich nicht wieder! Da will ich lieber gar keine haben, und heimgehen!«
Und da ist der Teufel wieder heim in die Hölle gegangen und wie er kam, fragten ihn alle seine Kameraden, ob er kein Weib mitbrächte?

Und wie er sagte: er bringe keine mit, da hieß es wieder: »Dummer Teufel, dummer Teufel«, und war ein Höllenspaß und Spektakel und Teufelsgelächter, dass es krachte und prasselte, und die ganze Hölle wie eine alte Wand wackelte und platzte. Und sind noch immer keine Weiber in der Hölle drin, ausgenommen den Teufel seine alte Großmutter.

NEUES DEUTSCHES MÄRCHENBUCH

1856

Vorwort

Der deutschen Jugendwelt übergebe ich ein *neues Märchenbuch*, *neu* nach der Auswahl der Stoffe, *neu* und völlig selbstständig in der Behandlung.

Über den endlich festgestellten Begriff des Wortes *Märchen* habe ich schon öfter Anlass gehabt, mich zu äußern, so in den Vorreden zur ersten und zur zwölften (ersten illustrierten) Ausgabe meines Deutschen Märchenbuches, Leipzig, bei Georg Wigand, 1844 und 1853 – in der Abhandlung »Das Märchen und seine Behandlung in Deutschland«, in der Zeitschrift *Germania, die Vergangenheit, Gegenwart und Zukunft der deutschen Nation,* Leipzig, Avenarius und Mendelssohn, 1852, Band 2, Lieferung 5, und endlich in meinem Buche »*Mythe, Sage, Märe und Fabel im Leben und Bewusstsein des deutschen Volkes*«. Leipzig, T. O. Weigel, 1854. 3 Teile. Seitdem habe ich dennoch fortwährend über die Form und die Natur des eigentlichen Märchens weiter nachgedacht und habe gefunden, dass ein großer Teil der Märchen, selbst in den besten Sammlungen, *keine* Märchen, sondern häufig nur Fabeln, Anekdoten oder kleine Erzählungen (Novellen) sind. Das eigenste Element des Märchens ist das *Wunderbare*, wo dieses fehlt, ist ein wenn noch so gut erzählter und dichterisch bearbeiteter Stoff kein Märchen. Es muss im Märchen etwas geschehen, das im gewöhnlichen Leben *nicht* geschieht, z. B. dass Tiere *reden*, dass Menschen und Tiere sich *verwandeln* oder verwandelt werden, dass Verstorbene wieder erscheinen, dass mythische Wesen oder auch Gespenster, Tode usw. in den Kreis der Handelnden treten, dass der Teufel eine Rolle spielt, dass die Begabungen mit ungeheurer Kraft, mit Unsichtbarkeit und allem, was in das Gebiet der Wunschdinge gehört, vorkommen. Das Märchen leiht gerne vom heidnischen Mythus seinen Schmuck; bisweilen auch vom christlichen, und im letzteren Falle gewinnt es dann legendenartige Färbung, ohne deshalb selbst Legende zu werden.

Hauptsache ist beim Märchen, mindestens nach meiner Ansicht: dass es jede Namhaftmachung einer bestimmten geografischen Örtlichkeit *vermeide*, es wäre denn eine ganz allgemeine, wie Indien, Welschland, oder eine erdichtete, nicht vorhandene; denn durch diese oder durch Namennennung einer bekannten Persönlichkeit tritt es alsbald in das Gebiet der *Sage* über. Auch die Sage verwebt sich oft sehr innig mit dem Elemente des Wunderbaren und mit dem Mythus, aber das ist eben der Hauptunterschied zwischen ihr und dem Märchen, dass sie diese Elemente auch missen kann, die Örtlichkeit aber kann die Sage kaum missen. Nennt aber das Märchen, wie deren viele tun, Jesus, Maria und einzelne Apostel, so wird es dadurch nicht zur Sage, denn wenn das Märchen sich dieser Personen aneignend bedient, so benutzt es nur Züge aus dem christlichen Mythus, womit jedoch keineswegs gesagt sein soll, die heiligen Überlieferungen des Christentums seien Mythen. Vielmehr sind diese vom Märchen benutzten Züge aus dem deutschen Volkstum hervorgegangen, und wurden in aller kindlichen Unschuld erzählt, wie anderseits in altüberkommenen magischen Formeln gegen Krankheiten deren Hunderte beginnen: Jesus und Maria, oder Jesus und Sankt Petrus, u. a. gingen einmal miteinander in einen Garten, und dergl. Ich habe indes aus guten Gründen weder in mein erstes Märchenbuch noch in dieses zweite einen der letzterwähnten mehr parabelartigen Stoffe aufgenommen, ebenso in dieses neue keinen einzigen Stoff der in meiner früheren Sammlung enthaltenen, und endlich verzichtete ich jetzt auf eine nur zu häufig begegnende Richtung im Kindermärchen: auf *böse Stiefmütter*, und zwar aus einem vielleicht beachtungs- und empfehlenswerten ethischen Grunde. Nichts lesen Kinder lieber als Märchen, und unter den vielen tausend Kindern, in deren Hände alljährlich Märchenbücher gelangen, sind gewiss sehr viele sogenannte *Stiefkinder*. Fühlt nun ein solches Kind, nachdem es eine Menge Märchen gelesen hat, darin böse Stiefmütter auftreten (die Stiefmütter der Märchen sind durchgängig alle böse), sich irgend von der eigenen Stiefmutter – einerlei, ob verdienter- oder unverdienterweise – verletzt und gekränkt, so setzt sich in der jungen Seele durch Vergleiche die Abneigung gegen seine Pflegerin fest, und diese Abneigung kann so mächtig wachsen, dass sie den Frieden und das Glück der Familie trübt, und

die Herzen lebenslänglich einander entfremdet. Es wird also gut sein, dergleichen Ideen durch Märchen nicht zu wecken und zu nähren.
Kein einziges der vorliegenden Märchen habe ich selbst erfunden; ich entnahm die Stoffe teils mündlicher Überlieferung, teils Schriftquellen, bearbeitete sie aber alle selbstständig. Jeder Märchenstoff bedingt seinen eigenen Erzählungston, der bisweilen ernst und traurig, selbst schaurig und erschütternd sein muss, bisweilen heiter, humoristisch, ja ausgelassen lustig werden darf. Dies gut zu treffen ist Sache des Erzählers, des Dichters. Man begegnet auch in den besseren Quellensammlungen nicht selten trefflichen Märchenstoffen, die jedoch matt erzählt sind, und denen es zuletzt noch obendrein an einem rechten Schluss und Ende gebricht. Der innigen Verwandtschaft zu- und miteinander begegnet man überall; häufig klingt ein Märchen aus dem andern heraus, geht eins in das andere über. Das Märchen ist in steter Wandlung begriffen; bald verliert es Einzelzüge oder lässt sie fallen, bald nimmt es neue an, wie auch Ton und Farbe charakteristischer Heimat; so z. B. klingen in echten Volksmärchen Tirols eine Menge derer wieder, die in der Sammlung der »Kinder- und Hausmärchen« der Brüder Jacob und Wilhelm Grimm stehen, aber sie sind dort selbstständig und tragen den nationalen Typus des Landes zur Schau, dem sie angehören.
Ich nenne im Nachfolgenden meine Quellen, denen ich die Stoffe dieser Sammlung entnahm, und will auch in Kürze die Verwandtschaft zu andern nachweisen, wo sie lebhaft hervortritt.

QUELLENANGABEN

1. *Aschenpüster mit der Wunschelgerte.* »Jahrbücher des Vereins für Meklenburgische Geschichts- und Alterthumskunde. Herausgegeben von G. C. F. *Lisch.*« 5. Jahrgang 1840. Man könnte glauben, dieses Märchen deute nach der bekannten *Aschenbrödel* hin, es ist dies aber kaum mit einem Zuge der Fall, eher könnte der Eingang entfernt an das »Nusszweiglein« denken lassen.

2. *Das Natterkrönlein.* Aus bekannter überall lebender Volkssage vom Otterkönig hervorgegangen, hier mit Benutzung von Ignaz und Josef *Zingerle*: »Kinder- und Hausmärchen aus Süddeutschland.« Innsbruck und Regensburg 1852 und 1854. II. S. 106. »Die Krönlnatter«. Dort ohne rechten Schluss. Ich habe es erweitert und abzurunden gesucht.
3. *Das klagende Lied.* Nach Th. Haupts »Zeitschrift für deutsches Alterthum.« III. S. 35. Dieses schaurige Märchen hat Verwandtschaft mit dem: »Der singende Knochen«, bei Grimm: K. u. H. M. 28, und zum »Machandelbaum«, ist aber dennoch völlig selbstständig.
4. *Schneider Hänschen und die wissenden Tiere.* Nach J. W. Wolf: »Deutsche Märchen und Sagen«, Leipzig 1845, Nr. 4. Das verratene Geheimnis. Erinnert an K. u. H. M. 107, Die Krähen, ist aber durchdachter und abgerundeter wiedergegeben.
5. *Sonnenkringel.* Vielfach mündlich umgehend; bei Grimm, K. u. H. M. II. »Die klare Sonne bringt's an den Tag.« Verwandt in seiner ethischen Beziehung mit »Das Rebhuhn« in meinem D. M. B.
6. *Der starke Gottlieb.* Nach mündlicher Überlieferung aus dem obern Saaltale – begegnet in mannigfaltiger Veränderung, es ist der Zug des Sieges der Roheit und der ungeschlachten Kraft gegen die Verfeinerung, aber auch des Natursinnes gegen Ränke, Falschheit und Arglist.
7. *Gevatterin Kröte.* Mündlich im Vogtlande; dort mit örtlichem Anklang, halb Sagen- halb Märchenstoff.
8. *Seelenlos.* Keineswegs, wie der Titel vermuten lassen könnte: »Der Mann ohne Herz«. Nach J. W. Wolf, a. a. O. No. 20 »Ohneseele«; verwandt im Eingange mit dessen 23. »Die dankbaren Tiere«. Ich dichtete es völlig um.
9. *Der undankbare Sohn.* Aus gleicher Quelle, 35. »Die Schlange am Halse«. Wolfs Schluss ist matt, ich gab ihm Rundung und Vollendung.
10. *Das Hellerlein.* Volksmündlich; in Thüringen und Hessen. Bei Grimm: »Der gestohlene Heller«. Wie der ethische Zug der Reue,

der durch dieses Märchen klingt, verbreitet ist, zeigt eine Sage aus Vachdorf im Werratale. Dort nahm ein Bauer heimlich aus dem Klingelbeutel einen Dreier, nahm sich aber diese Tat dann so zu Herzen, dass er schwermütig wurde, nur immer seufzte und nichts weiter sprach als: »Ach das Dreierlein! Ach das Dreierlein!«, bis er sich aus Melancholie in einen Brunnen stürzte.

11. *Der schwarze Graf.* Aus den oben angeführten Meklenburg. Jahrbüchern a. a. O. Steht selbstständig und eigentümlich als echtes Schauermärchen da.

12. *Vom Büblein, das sich nicht waschen wollte.* Findet sich auch bei den Br. Zingerle, am oben a. O. 1. S. 41. 7. »Der höllische Thorwartl«. Dort völlig ohne Pointe. Ähnelt dem M. bei Grimm, K. M. 100. »Des Teufels rußiger Bruder«, welches aber mehr ausgesponnen ist.

13. *Das winzige, winzige Männlein.* Nach mündlicher Mitteilung aus dem Saaltale. Die gemeinsame Wanderschaft von dreien begegnet häufig in den Märchen, ebenso ist ein wahres Element derselben das einsame Waldhäuschen, nicht minder der fast unvermeidliche Menschenfresser. Vergleiche *Wolf*, a. a. O. 13. Trotz dem Vorhandensein aller dieser Züge ist dieses Märchen dennoch selbstständig.

14. *Die schlimme Nachtwache.* Bei Br. Zingerle II. 350. »Die schlimme Wirtin«.

15. *Der gastliche Kalbskopf.* Nach d. Meklburg. Jahrb. a. a. O., wo es aber keinen rechten Schluss hat.

16. *Die scharfe Schere.* Volksmündlich in Franken, und zwar mit lokaler Färbung; es ist dieser Sagenstoff aber so echt märchenhaft, dass ich denselben gern in die vorliegende Form umdichtete.

17. *Das tapfere Bettelmännlein.* Bei d. Br. Zingerle, II. 2. Scheint Nachhall des »tapfern Schneiderlein«, ist aber völlig umgebildet und der Tiroler Bergnatur angepasst. Ich habe in meiner Niederschrift ihm volle Selbstständigkeit zu gehen versucht.

18. *Zwergenmützchen.* Bei Wolf a.a.O. 13. »Der Zwergenberg«. Die unsichtbar machende Tarnkappe der Zwerge begegnet häufig, sowohl in Märchen als auch in Sagen. Bei Wolf ist der Stoff etwas

dürftig, ohne Not töten die Zwerge zwei der Brüder, und der Schluss fehlt völlig; von der Tochter des Müllers, die doch am Eingange ihres Vaters Augapfel genannt wird, ist gar nicht wieder die Rede. Ich habe das Märchen erweitert und ihm einen passenden Schluss gegeben.

19. *Der Wandergeselle.* Mündlich aus dem Saaltale. Es hat Verwandtschaft mit »Die drei Hunde« in meinem D. M. B. und mit andern, doch ist der Zug mit der zu erlösenden Königstochter ganz verändert, die Namen der Hunde sind andere, und der Stoff ist offenbar ursprünglich, ja man könnte dieses Märchen ein *Doppelmärchen* nennen. Auch ein Zug vom »Schmied von Jüterbogk« findet sich darin vor. Wenn jemand Lust hat, zu tadeln, dass ich den Schluss launig hielt und in etwas ihn modernisierte, mag er's tun. Kein Märchen ist an eine bestimmte *Zeit* gebunden, es kann in ältester, wie in neuester Zeit spielen, je nach des Dichters Belieben, nur muss, so weit dies möglich, der Ton der Erzählung ein der gewählten Zeit angepasster sein.

20. *Marien-Ritter.* Nach v. der Hagen: *Gesammtabenteuer.* Stuttgart und Tübingen. 1850, III. 74. Mittelhochdeutsches Gedicht von legendenhafter Färbung, das ich in Prosa umwandelte.

21. *Vom Knaben, der das Hexen lernen wollte.* Aus den Meklenb. Jahrb. a.a.O. Es hat viel Eigentümliches, doch erinnern die Züge der mannigfachen Verwandlung an mehr als ein verwandtes Märchen.

22. *Die drei Wünsche.* Verwandt mit einem mittelhochdeutschen Gedichte in den bei 20. angeführten Gesamtabenteuern; II. 37. geht aber auch volksmündlich in Thüringen und Hessen um. Bei Grimm K. u. H. M. ist es 87. »Der Arme und der Reiche«, dort sind der Armen zwei, Mann und Frau. Ich habe in meine Darstellung die Züge des mittelhochdeutschen Gedichtes eingewebt, und dem ganzen selbstständige Behandlung angedeihen lassen.

23. *Die Kuhhirten.* Nach den Meklenb. Vereins-Jahrb. a. a. O. Auch bei Grimm: K. M. 173. »Rohrdommel und Wiedehopf«. Dort sehr kurz.

24. *Das Unentbehrlichste.* Bei d. Br. Zingerle a. a. O. Th. I. 31. »Notwen-

digkeit des Salzes«. Man tut nicht wohl, das, was das Geheimnis eines Rätsels ist, seine Lösung, dem Leser gleich als Titelüberschrift vorzusetzen. Ich habe gesucht, dem Märchen mehr dramatisches Leben zu geben, als die Erzähler meiner Quelle getan.

25. *Der Fischkönig.* Jahrb. d. Meklenb. Vereins, a. a. O., bei Grimm: K. M. 172. »Die Scholle«. An beiden Orten fast allzu kurz.

26. *Die Schlange mit dem goldenen Schlüssel.* Vielfach abgewandelt im Volksmunde, wie in Büchern.

27. *Die goldene Schäferei.* Volksmündlich im Orlagau, und zwar dort mit örtlichem Anklang. Es ist aber offenbar mehr romantisches Märchen als Sage. W. *Börner* teilt es zuerst, aber sehr ausgeschmückt mit in seinen *»Volkssagen aus dem Orlagau etc.«*, Altenburg, 1838, und da mir daran lag, zu erfahren, was er hinzugedichtet, so fragte ich brieflich deshalb bei ihm an, und er schrieb mir: »In der Sage von der goldenen Schäferei ist alles Volksüberlieferung bis auf die Ausschmückung des Heimchenreiches und die vorkommenden Zwiegespräche. Sie können die Sage noch allenthalben in der Umgegend erzählen hören.« Ich musste bei meiner Umdichtung der Sage in ein Märchen die vielen örtlichen Beziehungen hinweglassen, und tat dies umso lieber, als mir manche äußerst zweifelhaft erschienen.

28. *Die verwünschte Stadt.* Eigentlich Alpensage aus der Nähe des Matterhorns; aber angehaucht vom Zauber der Märchenpoesie. In meinem Deutschen Sagenbuche Nr. 18. Hier von mir erweitert und in düsterer Färbung gehalten.

29. *Schab den Rüssel.* Der Name eines Hauses in Wien, daher dort volksmündlich; Andeutung des märchenhaften Elementes in: *Emil*: »Romantisch historische Skizzen aus Österreichs Vorwelt«, Wien, 1837, aber dort äußerst dürftig, matt und ohne Spitze.

30. *Der redende Esel.* Ein Rübezalmärchen, dem alten Buche: *»Der etc. Schlesische Rübezahl«* etc., Breslau und Leipzig, 1728, entnommen. Ich habe es ein wenig erweitert, dramatischer gehalten, und die örtliche Beziehung zugleich mit dem Namen des Berggeistes hinweggelassen.

31. *Der fromme Ritter.* Volksmündlich, begegnet auch als Lokalsage, Ich behandelte den Stoff schon früher als Romanze, in m. *Gedichten*, Frankfurt, Sauerländer 1836, unter gleicher Überschrift.

32. *Der wandernde Stab.* Diesen echten ernsten Märchenstoff fand ich in einer Nummer des *Morgenblattes* 1856, als Schleswig Holsteinische örtliche Sage nebst Bruchstücken eines Volksliedes, aber ohne die Beziehung auf Ahasver, die ich hinzutat, um dem Stoffe mehr Gewicht und Haltung zu geben.

33. *Die Wünschdinge.* Nach Wolf a. a. O. 26. »Von vier Wunschdingen«. Der Wunsch und das Wünschelwesen sind geheimnisvolle Elemente in vielen Märchen, ich möchte sagen: mythische Elemente, da Wuotan selbst *Wunsch* heißt. Das Wünschtüchlein erinnert an das Märchen von »Rolands Knappen«, an das Märchen vom »Tischgen decke Dich« und dergleichen. Ich habe versucht, einigen Humor einzuweben, zu welcher Behandlung der Stoff sich ungesucht bot, den Wolf etwas sehr trocken gibt.

34. *Das blaue Flämmchen.* Nach J. W. Wolf: »Hessische Sagen«. Göttingen, 1843. Nr. 145. »Erlöste Seele«. Hat keine Verwandtschaft mit dem Grimmschen K. M. 116. »Das blaue Licht«.

35. *Undank ist der Welt Lohn.* Mündlich, aus dem obern Saaltale. Dasselbe Märchenelement, was in dem K. M. 27. »Die Bremer Stadtmusikanten« enthalten ist, nur dass dort der Hauptträger des meinigen, der Bäckergeselle, fehlt und die Füchse Räuber sind.

36. *Der fette Lollus und der magere Lollus.* Diesen echten und ganz eigentümlichen Märchenstoff entnahm ich Wolfs Hessischen Sagen. 229. Lollus. Dieser Lollus dürfte kaum Bezug zu dem angeblichen Gotte der Franken gleichen Namens haben, wie der Verfasser, indem er in den Anmerkungen auf meinen »*fränkischen Sagenschatz*« hinweist, zu vermuten scheint.

37. *Die Adler und die Raben.*

38. *Vom Hasen und dem Elefantenkönige.*

39. *Von einem Hasen und einem Vogel.*

40. *Von einem Einsiedel und drei Gaunern.*

41. *Der listige Rabe.*

42. *Der Dieb und der Teufel.*

43. *Die verwandelte Maus.*

44. *Der Raben Arglist und Rache,* bilden zusammen eine Tiermärchenkette, wie ich deren in meinem oben erwähnten deutschen Märchenbuche auch einige gegeben habe. Die Quelle ist das alte treffliche Buch: »Der alten Weisen Exempel« etc. das hervorgegangen ist aus indischen Überlieferungen und seit undenklichen Zeiten seine reiche Stofffülle der späteren Benutzung darbot. Der ursprüngliche Verfasser soll ein Bramine, des Namens *Sindbad* oder *Sendabar* gewesen sein.
Ich habe mit Beibehaltung der Eigentümlichkeit der alten deutschen Bearbeitung, die so schlicht und einfach und allverständlich ist, und mit Hinweglassung einiger für Kinder nicht passenden Erzählungen sehr wenig abgeändert, nur hier und da gekürzt und den Stil ein wenig geglättet.

45. *Die beiden Brüder.* Nach mündlicher Überlieferung im Saaltale. An die Stelle des Wunderbaren, welches in diesem Märchen eigentlich unvertreten ist, tritt die Großartigkeit der Dummheit, mit ihrer komischen Wirkung. Dummheit, in das fantastische Gebiet übergetrieben, vermag völlig überraschend und wunderbar zu wirken.

46. *Schlange Hausfreund.* Mündlich umgehend, doch auch in Büchern begegnend; als örtliche Sage in *Lauingen* heimisch, s. m. Deutsches Sagenbuch, 961. »Die Schlange als Gast«. Ich entnahm der Sage den rein märchenhaften Zug, dass die Schlange mit der Katze Freundschaft schließt, wodurch sich die folgenden Märchen verbinden ließen.

47. *Die Schlangen-Amme.* Mündlich und auch in Büchern. Von mir unter gleichem Titel als Gedicht bearbeitet. (Gedichte. 1836. S. 180 u. f. In Schwaben begegnet derselbe Stoff als Lokalsage. D. S. B. 942). Er ist aber so völlig märchenhaft, dass ich ihn gern in den Kreis dieser Märchen gezogen habe.

48. *Klare-Mond.* Nach einigen Motiven in J. W. Wolfs D. S. u. M. da-

rin Hexensagen mit Vorliebe behandelt sind; es wurden Züge von 151, »Die Katzenlinde« und von 154, »Klaren Mondschein trinken«, miteinander verbunden. Der Schluss erinnert an »Des Bischofs Katze«. D. S. B. 421.

49. *Siebenhaut.* Nach einem Tiroler Märchen, das die Brüder Zingerle mündlich in *Absam* hörten. (Kinder- und Hausmärchen aus Süddeutschland. 2. Sammlung. S. 173.) »Die Schlange«. Ich habe es in etwas gekürzt und die Verwandlungsszenen lebendiger gehalten. Der letzte Zug erinnert unter andern an »Das blaue Flämmchen«, Nr. 34 dieser Sammlung. Die Märchen 46 bis 49 habe ich zu einer kleinen Kette verbunden.

50. *Das Dukaten-Angele.* Mündlich im Saaltale, völlig originell, und echtes Kindermärchen; ich habe nur einige allzu drastische derbvolkstümliche Züge tilgen oder mildern müssen, dafür andere erweitert, und es völlig zu meinem Eigentum gemacht, auch die Namen gab ich dazu. Das Angele deutet nach den Wunschdingen, wie der Heckepfennig, das Galgenmännlein u. dgl., aber ohne grausigen dämonischen Beischmack, den das Letztere hat.

Das *moralische Element*, welches unsern deutschen Volks- und Kindermärchen zum größeren Teil innewohnt, will ich hier nicht des Breiteren auseinanderlegen. Verständige Eltern und Erzieher werden dessen auch in dieser Sammlung in Fülle finden. Schon die Weisheit der ältesten Völker hüllte tief eindringliche ethische Lehren in das Gewand des harmlosen Märchens. Ich schließe auch diese Sammlung mit dem Wunsche, dass sie nützend wie erfreuend wirken möge.

Meiningen, im September 1856
Ludwig Bechstein

Aschenpüster mit der Wünschelgerte

Es war einmal ein reicher Mann, der hatte eine einzige schöne Tochter, welche er über alle Maßen liebte. Seine Frau war gestorben. Die Tochter war außerordentlich schön und was sie nur immer wünschte, das gab ihr der Vater, weil er kein größeres Glück kannte, als sein Mägdlein zu erfreuen, vielleicht auch, weil sie ein Wünschelfräulein war, dem jeder Wunsch ausging. – »Schenke mir ein Kleid Vater, das von Silber steht, ich will dir auch einen Kuss dafür geben!«, sprach eines Tages die Tochter zum Vater, und sie empfing bald das Kleid, und der Vater empfing seinen Kuss.

»Schenke mir ein Kleid lieber Vater, das vom Golde steht!«, sprach die Tochter bald darauf, »und ich will dir zwei Küsse geben.«

Auch diesen angenehmen Tauschhandel ging der Vater ein.

»Schenke mir ein Kleid, das von Diamanten steht, liebster Vater und ich will dir drei Küsse geben!«, bat wiederum die Tochter, und der Vater sagte ihr: »Du sollst es haben, aber du machst mich arm.«

Der Vater schaffte das Kleid und die Tochter fiel ihm dankend um den Hals und küsste ihn dreimal und rief: »Nun, herzgoldener, herzallerliebster Vater, schenke mir eine Glücksrute und Wünschelgerte, so will ich stets dein Goldkind sein, und alles tun, was ich dir an den Augen absehen kann!«

»Mein Kind«, sprach der Vater, »eine solche Gerte habe ich nicht, auch wird sie schwer zu bekommen sein, doch will ich mein Glück versuchen, dich ganz glücklich zu machen.«

Da verreisete der Vater und nahm sein letztes Vermögen mit und forschte nach einer Wünschelgerte, aber kein Kaufmann hatte dergleichen feil. So kam der Mann weit in ein fernes Land, da fand er von ohngefähr einen alten Zauberer, und hörte, dass dieser eine Wünschelgerte besitze. Diesen Zauberer suchte der nur zu gute Vater auf, und trug ihm sein Anliegen vor, und fragte, was die Gerte kosten solle?

Der alte Zauberer sprach: »Wenn die Menschen Wünsehelgerten mit

Gelde kaufen könnten, so würde es auf Erden bald keinen Wald mehr geben, und wenn auch jedes Bäumelein und jedes Zweigelein eine solche Rute wäre. Der eine solche Gerte empfängt, opfert seine Seele, und stirbt drei Tage nachher, wenn er sie aus der Hand gegeben, es wäre denn, er gäbe sie jemand, der auch seine Seele dafür zu opfern gebot und bereit ist. Dann geht die Seele des Besitzers frei aus.«

»Gut«, sprach der Vater jener Tochter. »Meinem Kinde zuliebe scheue ich das verlangte Opfer nicht. Gib mir die Gerte!« – Der alte Zauberer ließ den Mann seinen Namen in ein Buch schreiben und erfüllte sein Verlangen. Die weite Reise nach der Gerte zehrte den letzten Rest des Vermögens des reichen Mannes auf, der alles an die Tochter gewendet, aber es war ihm einerlei. Sie nur durch Erfüllung aller ihrer Wünsche glücklich zu sehen, war sein einziger Wunsch und Gedanke. Es ist gut, dachte er: wenn ich sterbe, denn sie würde doch noch mehr wünschen, und wenn ich ihr nun keinen Wunsch mehr erfüllen könnte, würde ich selbst sehr unglücklich sein.

Mit größter Freude empfing die Tochter aus ihres Vaters Hand, den sie mit Sehnsucht zurückerwartete, die Wünschelgerte, und wusste nicht, wie sie ihm danken sollte.

Aber nach drei Tagen hatte die Tochter einen neuen Wunsch. Sie hatte von einem überaus schönen Prinzen gehört, der in einem fernen Lande wohne, sehr reich und aller Liebe würdig sei. Den wollte sie gern zum Gemahl haben.

Der Vater aber sprach: »Meine geliebte Tochter, ich gab dir alles, was ich besitze, und für deine Wünschelgerte gab ich Leib und Leben, ja meine Seele dahin. Ich scheide von dir; schaffe du dir den Prinzen selbst, den du dir wünschest, lebe glücklich und denke mein in Liebe.«

Mit diesen Worten neigte der Vater sein Haupt und verschied. Seine Tochter beweinte ihn aufrichtig und schmerzlich und sprach: einen bessern Vater hat es nie gegeben! – Und darin hatte sie sehr recht.

Als nun der Vater dieser Tochter zur Erde bestattet war, blieben ihr nicht Verwandte, nicht Geld und Gut. Da tat sie ein Alltagskleid an, das war ein Krähenpelz, nahm ihr Silberkleid, ihr Goldkleid und ihr

Diamantkleid, und hing alle drei über ihre Schulter, dann nahm sie die Wünschelgerte in die Hand und schwang sie, und wünschte sich in die Nähe des Schlosses, darin der gerühmte Prinz wohnte. Da war es, als ob ein Wind sie sanft erhebe, und sie schwebte, von der Luft getragen, eilend zur Ferne, und war bald in einem Parkwalde, in dessen Nähe sie das Prinzenschloss durch die dicken Eichbaumstämme schimmern sah. Sie schlug mit der Gerte an die dickste dieser Eichen und wünschte, dass da drinnen ein Schrein wäre, in dem sie ihre Kleider aufhängen könne, und ein Stübchen, sich darin umzukleiden, und das geschah auch gleich alles. Sie verstellte nun ihre Gestalt in die eines Knaben, und trat, mit dem Krähenpelze angetan, in das Prinzenschloss. Der Geruch feiner Speisen führte sie der Küche zu; dort bot sie dem Koch ihre Dienste an, als ein eltern- und heimatloser Knabe.

»Wohlan«, sprach der Koch, »du sollst mein Aschenpüster werden, sollst früh die Feuer anschüren, und am Tage unterhalten, und sorgen, dass keine Asche umherfalle, dafür sollst du dich alle Tage satt essen. Musst aber auch des gnädigsten Herrn Prinzen Röcke ausbürsten und seine Stiefel putzen und glänzend machen.« – Das Mädchen wartete als Knabe ihres Amtes, und sahe nach einigen Tagen den Prinzen, der von der Jagd kam, dem Küchengang entlang schritt, und einen Vogel, den er geschossen, in die Küche warf, damit derselbe gebraten werde. Der Prinz war so schön und herrlich von Gestalt und Ansehen, dass Aschenpüster alsbald eine heftige Liebe zu ihm fühlte. Gar zu gerne wäre sie ihm genaht, doch wollte sich das nicht schicken. Da hörte sie, drüben auf einem Nachbarschlosse werde eine fürstliche Hochzeit gehalten, die daure drei Tage lang, und da sei der Prinz der vornehmste Gast, und fahre täglich hinüber zum Tanze. Alles Volk und wer vom Schlossgesinde nur immer konnte, lief hinüber, die Pracht der Festlichkeiten mit anzusehen. Da bat Aschenpüster den Koch, ihr doch auch zu erlauben, hinüberzugehen, und dem Tanze zuzusehen, denn die Küche sei in Ordnung, jedes Feuer gelöscht, jedes Fünklein tot, und die Asche wohl verwahrt. Der Koch erlaubte seinem Diener, sich das erbetene Vergnügen zu gewähren. Aschenpüster eilte nach ihrer Eiche, kleidete sich in das silberne Kleid, und verwandelte ihre Knabengestalt in die eigene, dann schlug sie an einen Stein mit ihrer Wünschelgerte, da wurde ein Galawagen daraus, und rührte an ein Paar Rosskäfer, daraus wurden stattliche pechschwarze Rosse, und ein Grasfrosch wurde zum Kutscher und ein grüner Laubfrosch zum Livreejäger. In den Wagen setzte sich Aschenpüster, und heidi, ging es fort, als flögen wir davon. In den Tanzsaal trat die stattliche Jungfrau und von ihrer Schönheit war alles geblendet. Der Prinz gewann sie gleich lieb und zog sie zum Tanze auf; sie tanzte entzückend, und war sehr glücklich, aber nach einigen Reigen schwand sie aus dem Saale, bestieg ihren draußen harrenden Wagen, schwang ihre Gerte, und rief:

»Hinter mir dunkel, und vor mir klar,
Dass niemand sehe, wohin ich fahr!«

Es sah es auch niemand, wohin sie fuhr, aber der Prinz war über das schnelle Verschwinden seiner schönen Tänzerin sehr unruhig, und da auf alle seine Fragen, wer sie gewesen, und woher sie sei? niemand Auskunft geben konnte, so verbrachte er die Nacht in großer Unruhe, die sich am Morgen in einen schrecklichen Missmut und in die üble Stimmung verwandelte, von der selbst Prinzen bisweilen befallen werden können.
Der Koch brachte des Prinzen Stiefel in die Küche und klagte über dessen Misslaune, indem er die Stiefel Aschenpüster zum Putzen und Wichsen übergab. Sie übernahm diese Arbeit, und wichste die Stiefel so schön, dass der Kater sich mit Wohlgefallen darin spiegelte, und seinem Ich im Spiegel einen Kuss gab; davon verschwand an der Stelle, wo der Kater sich geküsst, der Glanz.
Als Aschenpüster nun in ihrer Knabengestalt und im Krähenpelze in des Prinzen Zimmer trat, und die Stiefel hineinstellte, sah der Prinz gleich den matten Fleck, nahm den Stiefel, warf ihn ihr an den Kopf, und schrie: »Du Bengel von Aschenpüster! Wirst du wohl besser Stiefel putzen lernen?!«

Aschenpüster hob den Stiefel auf und machte ihn wieder durchweg glänzend und schwieg.

Abends fuhr der Prinz abermals zum Tanze, und Aschenpüster erbat noch einmal Urlaub. Da Aschenpüster am vorigen Abende bald wieder gekommen, und nicht über die Zeit ausgeblieben war, wie manches Dienstgesinde gerne tut, so gewährte der Koch wiederum die Bitte – und nun ging Aschenpüster zu ihrem Schrein und Kämmerlein in der Eiche, und tat das goldene Kleid an, schuf sich mit der Wünschelgerte einen neuen Wagen, neue Rosse, neue Bedienung, und fuhr zum Schlosse hinüber. Dort war bereits der Prinz, aber verstimmt. Alles fehlte, weil sie fehlte. Da trat sie ein, strahlend wie eine Königin. Er eilte auf sie zu und führte sie zum Tanze. O wie glücklich machte ihn ihr holdes Lächeln, ihr sinniges Gespräch, ihre heitere schelmische Neckelust! Viel hatte er heute zu fragen, unter andern, wo sie her sei? Lachend antwortete Aschenpüster: »Aus *Stiefelschmeiß*!«

Eine kurze Stunde weilte Aschenpüster beim Tanze – mit einem Male war sie aus dem Saale verschwunden, rasch saß sie wieder in ihrem Wagen, und sprach ihr Zauberwort:

»Hinter mir dunkel, und vor mir klar,
Dass niemand sehe, wohin ich fahr!«

Des Prinzen Blick suchte vergebens die geliebte Gestalt. Nach ihr fragend, wandte er sich an diesen und jenen der Hochzeitgäste, niemand kannte sie. Er fragte seinen Geheimrat, der mit ihm als sein Begleiter gekommen war: »Sagen Sie mir doch, mein lieber Geheimrat, wo liegt der Ort oder das Schloss *Stiefelschmeiß*?«

Der Geheimrat machte eine tiefe Verbeugung und antwortete: »Durchlauchtigster Prinz! Höchstdieselben geruhen? Stiefelschmeiß – o ja, das liegt – das liegt – in – in fatal, nun fällt es mir im Augenblicke nicht ein, wo es liegt. Sollte es wirklich einen Ort oder ein Schloss dieses seltsamen Namens geben? Wo sollte selbiges liegen, Eure Durchlaucht?«

Der Prinz drehte dem Sprecher den Rücken zu und murmelte ärgerlich durch die Zähne: »Ich lasse diesem Geheimerat jährlich dreitausend Taler Gehalt auszahlen, und nun weiß er nicht einmal, wo Stiefelschmeiß liegt! – Es ist schauderhaft!«
Daraus erklärte sich von selbst, dass, als die Morgenröte des nächsten Tages rosig emporstieg, die Laune des Prinzen dennoch keine rosenfarbene war. Er hatte keine Ruhe, wollte früh schon ausgehen, zog seinen Rock an, den Aschenpüster rein gebürstet hatte, entdeckte darauf einige Stäubchen, rief nach einer Bürste, und stampfte mit dem Fuße. Eilend lief Aschenpüster im Krähenpelze mit der Bürste herbei, der Prinz war aber so schrecklich böse, dass er ihr die Bürste aus der Hand riss, sie ihr an den Kopf warf, und ihr zuschrie, sie solle ein anderes Mal gleich besser bürsten.
Am letzten Abende des nachbarlichen Hochzeitfestes lief wieder alles hinüber zum Schlosse, und auch der Prinz fuhr wieder hin. Da bat Aschenpüster zum dritten Mal um Erlaubnis, auch zusehen zu dürfen, darüber schüttelte der Koch sehr den Kopf, dass der Junge so neugierig sei, doch dachte er: Jugend hat nicht Tugend, und sagte: »Es ist heute das letzte Mal, laufe hin!«
Aschenpüster lief geschwinde in den Park in die Eiche, zog das Demantkleid an, zauberte sich wieder Rosse und Wagen, Kutscher und Lakaien, und erschien wie ein lebendiger Schönheitsstrahl beim Feste. Der Prinz tanzte vor allem mit ihr, und nur mit ihr, und fragte sie zärtlich, wie sie denn heiße? Aschenpüster lächelte schelmisch und antwortete: »*Cinerosa Bürstankopf*«.
Den Vornamen, der auf Rosa ausging, fand der Prinz, zumal er kein Latein verstand, sehr schön, den Zunamen aber befremdlich – er hatte diese gewiss reiche und angesehene Familie noch nie nennen hören, doch sprach der, von Liebe bezwungen, indem er ihr seinen Ring an einen Finger schob: »Wer du auch sein magst, schönste Cinerosa! Mit diesem Ringe verlobe ich mich dir!« – Mit hoher Schamröte auf den Wangen blickte Aschenpüster zur Erde und zitterte. Gleich darauf entfernte sie sich, als der Prinz nur einen Augenblick seine Augen anderswohin

wandte. Schnell saß sie im Wagen, aber der Prinz hatte soeben Befehl gegeben, den seinen dicht hinter dem ihren aufzufahren, damit er ihr folgen könne. Aschenpüster schwang ihre Wünschelgerte und sprach:

»Hinter mir dunkel, und vor mir klar,
Dass niemand sehe, wohin ich fahr!«

Und da rollte sie hin – rasch saß jetzt auch der Prinz in seinem Wagen, und rollte ihr nach, aber da war ihr Wagen nicht mehr zu sehen, gleichwohl hörte man dessen Räder rollen, und so folgte der Wagenlenker des Prinzen diesem Schall. Der Tanz hatte dieses Mal am längsten gedauert, schon zog der frühe Morgen dämmernd heran; die Stunde war bereits da, in der die Küchenarbeit begann, Aschenpüster zauberte schnell ihren Wagen und ihre Bedienung fort, und hatte nicht Zeit, sich erst umzukleiden, sie verbarg daher eiligst ihr Demantkleid unter dem Krähenpelze und eilte in die Küche. Der Prinz aber, welcher dem Wagen des herrlichen Mädchens nachgefahren war, sah sich mit Verwunderung dicht vor seinem eigenen Schlosse, und wusste nicht, wie ihm geschah, war daher wieder sehr missmutig und dazu sehr unmustern und übernächtig.
»Unser Prinz ist gar nicht wohl auf!«, sagte zu Aschenpüster der Koch. »Er muss ein Kraftsüpplein haben oder eine Chocolade – zünde rasch Feuer an.« – Der Morgenimbiss wurde schnell bereitet, Aschenpüster warf des Prinzen Ring hinein, der Koch trug die Tasse auf. Der Prinz trank und fand am Boden mit Erstaunen seinen Ring und fragte hastig: »Wer war so früh schon in der Küche?«
»Euer Durchlaucht, niemand als ich und der Aschenpüster«, antwortete der Koch.
»Schicke mir diesen Burschen gleich einmal herein!«, gebot der Prinz, und als Aschenpüster kam, sah ihn der Prinz ganz scharf an, aber der Krähenpelz verhüllte alle Schönheit.
»Komme her, tritt näher, Aschenpüster!«, gebot der Prinz. »Komm, kämme mich, mein Friseur liegt noch in den Federn!«

Aschenpüster gehorchte; sie trat ganz nahe an den Prinzen heran und strählte ihm mit elfenbeinernem Kamme das volle weiche Haar. Der Prinz befühlte den Krähenpelz; derselbe war an einigen Stellen abgetragen, daher etwas mürb und fadenscheinig, und durch die abgeschabten Fäden blitzte es so funkelklar wie Morgentau, das war der Demantglanz des Prachtgewandes, das Aschenpüster noch unter ihrem Krähenpelze trug.

»Jetzt kenne ich dich, o Liebe!«, rief voll unaussprechlicher Freude der Prinz. »Jetzt bist du mein, jetzt bin ich dein! Auf ewig!« Und schloss die Braut in die Arme und küsste sie.

Kurz vor der Hochzeit bat die schöne Braut sich von ihrem geliebten Bräutigam noch eine Gnade aus. Der gute Koch, der Aschenpüster so wohlwollend aufgenommen und so freundlich und gütig sie behandelt hatte, empfing von dem Prinzen den Ritterschlag und wurde zum *Erbtruchsess* erhoben. Das war ihm recht, da brauchte er das Essen nicht mehr zu kochen, wie sonst, sondern konnte es an der fürstlichen Tafel in aller Ruhe selbst mit verzehren helfen, und als die Hochzeit prachtvoll gefeiert wurde, da trug er im vollen Glanze seiner neuen Würde, geschmückt mit Stern und Orden, dem prinzlichen Paare mit eigener Hand die Speisen auf.

Das Natternkrönlein

Alte Großväter und Großmütter haben schon oft ihren Enkeln und Urenkeln erzählt von schönen Schlangen, die goldene Krönlein auf ihrem Haupte tragen; diese nannten die Alten mit mancherlei Namen, als Otterkönig, Krönleinnatter, Schlangenkönigin und dergleichen mehr, und sie haben gesagt, der Besitz eines solchen Krönleins bringe großes Glück.

Bei einem geizigen Bauer diente eine fromme, mildherzige Magd, und in dessen Kuhstalle wohnte auch eine Krönelnatter, die man zuweilen des Nachts gar wunderschön singen hörte, denn diese Nattern haben die Gabe, schöner zu singen als das beste Vögelein. Wenn nun die treue Magd in den Stall kam und die Kühe molk oder sie fütterte und ihnen streute, was sie mit großer Sorgfalt tat, denn ihres Herrn Vieh ging ihr über alles, da kroch manchmal das Schlänglein, welches so weiß war wie ein weißes Mäuschen, aus der Mauerspalte, darin es wohnte, und sah mit klugen Augen die geschäftige Dirne an, und dieser kam es immer vor, als wolle die Schlange etwas von ihr haben. Und da gewöhnte sie sich, in ein kleines Untertässchen etwas euterwarme Kuhmilch zu lassen, und dem Schlänglein dieses hinzustellen, und das trank die Milch mit gar großem Wohlbehagen, und drehte und wendete dabei ihr Köpfchen, und da glitzerte das Krönlein wie ein Demant oder ein Karfunkelstein, und leuchtete ordentlich in dem dunkeln Stalle.

Die gute Dirne freute sich über die weiße Schlange gar sehr und nahm auch wahr, dass, seit sie dieselbe mit Milch tränkte, ihres Herrn Kühe sichtbarlich gediehen, viel mehr Milch gaben, stets gesund waren und sehr schöne Kälbchen zur Welt brachten, worüber sie die größte Freude hatte.

Da traf sich's einmal, dass der Bauer in den Stall trat, als just die Krönleinnatter ihr Tröpfchen Milch schleckte, das ihr die gute Dirne hingestellt, und weil er geizig und happig über alle Maßen war, so begehrte er gleich so wild auf, als ob die arme Magd die Milch eimerweise weggeschenkt hätte.

»Du miserable nichtsnutze Dirn, die du bist!«, schrie der böse Bauer. »So gehst du also um mit Hab und Gut deines Herrn? Schämst du dich nicht der Sünde, einen solchen giftigen Wurm, der ohnedies den Kühen zur Nacht die Milch aus den Eutern zieht, auch noch zu füttern und in den Stall zu gewöhnen? Hat man je so etwas erlebt? Schier glaub ich, dass du eine böse Hexe bist und dein Satanswesen treibst mit dem Teufelswurm!«

Die arme Dirne konnte diesem Strome harter Vorwürfe nur mit reichlich geweinten Tränen begegnen, aber der Bauer kehrte sich nicht im Mindesten daran, dass sie weinte, sondern er schrie und zankte sich mehr und mehr in den vollen Zorn hinein, vergaß alle Treue und allen Fleiß der Magd und fuhr fort zu wettern und zu toben: »Aus dem Hause, sag ich, aus dem Hause! Und auf der Stelle! Ich brauche keine Schlangen als Kostgänger! Ich brauche keine Milchdiebinnen und Hexendirnen! Gleich schnürst d' dein Bündel, aber gleich! Und machst, dass du aus dem Dorfe fortkommst, und lässt dich nimmer wieder blicken, sonst zeig ich dich an beim Amt, da wirst d' eingesteckt und kriegst den Staubbesen, du Malefiz-Wetterdirn!«
Laut weinend entwich die so hart gescholtene Magd aus dem Stalle, ging hinauf in ihre Kammer, packte ihre Kleider zusammen und schnürte ihr Bündlein, und dann trat sie aus dem Hause und ging über den Hof. Da wurde ihr weh ums Herz, im Stalle blökte ihre Lieblingskuh. – Der Bauer war weitergegangen; sie trat noch einmal in den Stall, um gleichsam im Stillen und unter Tränen Abschied von ihrem lieben Vieh zu nehmen, denn frommem Gesinde wird das Vieh seiner Herrschaft so lieb, als wäre es sein Eigen, daher pflegt man auch zu sagen, im ersten Dienstjahre spricht die Magd: meines Herrn Kuh, im zweiten: unsere Kuh, und im dritten und in allen folgenden: meine Kuh.
Und da stand nun die Dirn im Stalle und weinte sich aus und streichelte noch einmal jede Kuh, und ihr Liebling leckte ihr noch einmal die Hand – und da kam die Schlange mit dem Krönlein auch gekrochen.
»Leb wohl, du armer Wurm, dich wird nun auch niemand mehr füttern.« Da hob sich das Schlänglein empor, als wollte es ihr seinen Kopf in die Hand legen, und plötzlich fiel das Natterkrönlein in des Mädchens Hand, und die Schlange glitt aus dem Stalle, was sie nie getan, das war ein Zeichen, dass auch sie aus dem Hause scheide, wo man ihr fürder nicht mehr ein Tröpflein Milch gönnen wollte.
Jetzt ging die arme Dirne ihres Weges und wusste nicht, wie reich sie war. Sie kannte des Natterkrönleins große Tugend nicht. Wer es besitzt

und bei sich trägt, dem schlägt alles zum Glücke aus, der ist allen Menschen angenehm, dem wird eitel Ehre und Freude.
Draußen vor dem Dorfe begegnete der scheidenden Magd der reiche Schulzensohn, dessen Vater vor Kurzem gestorben war, der schönste junge Bursche des Dorfes, dem entbrannte gleich in Liebe das Herz zu der Dirne, und er grüßte sie und fragte sie: Wohin sie gehe und warum sie scherze? (aus dem Dienst scheide). Da sie nun ihm ihr Leid klagte, hieß er sie zu seiner Mutter gehen, und sie solle dieser nur sagen, er sende sie. Wie nun die Dirne zu der alten Frau Schulzin kam und ausrichtete, was der Schulzensohn ihr aufgetragen, da fasste die Frau gleich zu ihr ein großes Vertrauen und behielt sie im Hause, und als am Abende die Knechte und die Mägde des reichen Bauern zum Essen kamen, da musste die Neuaufgenommene das Tischgebet sprechen, und da deuchte allen, als flössen des Gebetes Worte von den Lippen eines heiligen Engels, und wurden alle von einer wundersamen Andacht bewegt, und gewannen zu der Dirne eine mächtig große Liebe. Und als abgegessen war, und die fromme Dirne wieder das Gebet und den Abendsegen gesprochen hatte, und das Gesinde die Stube verlassen, da fasste der reiche Schulzensohn die Hand der ganz armen Dirne, und trat mit ihr vor seine Mutter und sagte: »Frau Mutter, segnet mich und die – denn die nehm ich mir zur Frau oder keine. Sie hat mir's einmal angetan!«
»Sie hat's uns allen angetan«, antwortete die alte Frau Schulzin. »Sie ist so fromm als sie schön ist, und so demütig als sie makellos ist. In Gottes Namen segne ich dich und sie und nehme sie von Herzen gern zur Schnur.«
So wurde die arme Magd zu des Dorfes reichster Frau und zu einer ganz glücklichen noch dazu.
Mit jenem geizigen Bauern aber, der um die paar Tröpflein Milch sich so erzürnt und die treueste Magd aus dem Hause getrieben, ging es baldigst den Krebsgang. Mit der Krönleinnatter war all sein Glück hinweg. Er musste erst sein Vieh verkaufen, dann seine Äcker, und alles kaufte der reiche Schulzensohn, und seine Frau führte die lieben Kühe,

die nun ihre eigenen waren, mit grünen Kränzen geschmückt, in ihren Stall, und streichelte sie und ließ sich wieder die Hände von ihnen lecken und molk und fütterte sie mit eigener Hand. Auf einmal sah sie bei diesem Geschäfte die weiße Schlange wieder. Da zog sie schnell das Krönlein hervor und sagte: »Das ist schön von dir, dass du zu mir kommst. Nun sollst du auch alle Tage frische Milch haben, so viel du willst, und da hast du auch dein Krönlein wieder, mit tausend Dank, dass du mir damit so wohl geholfen hast. Ich brauch es nun nicht mehr, denn ich bin reich und glücklich durch Liebe, durch Treue und durch Fleiß.«

Da nahm die weiße Schlange ihr Krönlein wieder und wohnte in dem Stalle der jungen Frau, und auf deren ganzem Gute blieb Friede, Glück und Gottes Segen ruhen.

Das klagende Lied

Es war einmal ein König, der starb und hinterließ seine Frau, die Königin, und zwei Kinder, einen Sohn und eine Tochter. Die Tochter war aber ein Jahr älter als der Sohn. Und eines Tages stritten die beiden Königskinder miteinander, welches von ihnen beiden König werden sollte, denn der Bruder sagte: »Ich bin ein Prinz, und wenn Prinzen da sind, kommen die Prinzessinnen nicht zur Regierung«; die Tochter aber sprach dagegen: »Ich bin die Erstgeborene und Älteste, *mir* gebührt der Vorrang.« Beides, was die Kinder da sagten, sagten sie in aller Unschuld und hatten die Worte nur so aufgeschnappt von dem Hofgesinde, ohne den Sinn so recht eigentlich zu verstehen. Da sie nun über ihren Streit nicht einig wurden, so gingen sie miteinander zur Mutter und fragten diese: »Sage, liebe Mutter, welches von uns beiden wird dereinst König werden?« – Diese Frage betrübte die Mutter, denn es blickte der

Keim der Herrschsucht durch dieselbe, die nicht wurzeln soll im Gemüte eines Kindes, und sie antwortete: »Liebe Kinder! Seht einmal hier das schöne Blümlein recht genau an, und dann gehet in den Wald und suchet. Wer von euch beiden dieses Blümchen *zuerst* findet, der wird dereinst König werden.« – Die Kinder sahen sich voll Aufmerksamkeit das Blümchen an; sein Stängel war gestaltet wie ein Zepterlein und endete in eine halbaufgeschlossene Lilie. Und die Kinder gingen ganz harmlos zusammen in den Wald, und begannen zu suchen, und wie sie so suchten, so kamen sie bald auseinander, dass eins das andere aus den Augen verlor. – Und da fand die kleine Prinzessin zuerst das Blümchen, und freute sich darüber und sah sich nach dem Bruder um, der war aber nicht da. Und da dachte das Kind: er wird wohl bald kommen, ich will hier auf ihn warten, und legte sich auf den weichen Rasen und in den kühlen Baumschatten, und es war so still im Walde, Käfer und Bienen summten bloß, und eine nahe Quelle murmelte leise, und der Himmel blickte tiefblau durch die grünen Baumwipfel herab auf den grünen Waldesrasen. Die kleine Prinzessin hatte ihr Blümchen in die Hand genommen und weil es so still und sie ein wenig müde war, so entschlummerte sie in Gottes Namen.

Es dauerte nur eine kleine Weile, so kam der Bruder an die Waldstelle, wo seine Schwester schlief; er hatte aber das Blümchen, welches er suchte, nicht gefunden; und da sah er die Schwester am Boden liegen, süß schlummernd, und die hatte das Blümchen in ihrer Hand.

Da stiegen in des Prinzen Seele schwarze Gedanken auf; und Schreckliches kam ihm in den Sinn.

Ich muss König werden, *ich*! dachte er, und die Schwester soll es nicht werden! Lieber will ich sie töten, und will die Blume nehmen und damit heimgehen, und dann werde *ich* König.

Ach, da hieß es recht: gedacht und getan. Der Prinz ermordete sein unschuldiges Schwesterlein im Schlafe und verscharrte es im Walde, und deckte Erde darauf und Rasen auf die Erde, und kein Mensch erfuhr etwas von dieser bösen Tat, denn wie der Prinz nach Hause kam, so sagte er, seine Schwester sei im Walde von ihm hinweg und ihren eigenen Weg gegangen. Wie er die Blume gefunden gehabt, habe er den Rückweg nach Hause angetreten und geglaubt, sie sei auch schon nach Hause.

Und da sind viele Jahre hingegangen und die alte Königin hat fort und fort getrauert über die verlorene Tochter, die sie im ganzen Walde fruchtlos suchen ließ, und hat sich den Tod gewünscht, weil sie selbst die geliebte Tochter fortgeschickt hatte, und als ihr Sohn nun die Jahre seiner Mündigkeit erreicht hatte, so ward *er* König.

Und nach manchem manchem Jahre kam ein Hirtenknabe in jenen Wald, der hütete dort seine Herde, und stocherte zum Zeitvertreibe und aus langer Weile mit seiner Schippe in dem Rasen herum, wie die Hirten öfter tun, die manches Mal Herzen und Namen und Kreuze in den grünen Rasen graben, und da grub er von ohngefähr ein Totenbeinlein aus von der getöteten Prinzessin, das war so rein und weiß wie Schnee. Und der Hirtenknabe machte ein paar Löchlein in das Beinlein, so wurde daraus eine kleine Flöte, und diese setzte der Hirtenknabe an seine Lippen und blies. Da quollen klagende Töne aus dem Totenbeine, ach, so unendlich traurig, und es war ordentlich, als singe in demselben eine weinende Kindesstimme, dass der Hirtenknabe selbst weinen musste, und konnte doch nicht aufhören zu blasen. Es lautete aber das klagende Lied also:

»O Hirte mein, o Hirte mein,
Du flötest auf meinem Totenbein!
Mein Bruder erschlug mich im Haine.
Nahm aus meiner Hand
Die Blum, die ich fand,
Und sagte, sie sei die seine.
Er schlug mich im Schlaf; er schlug mich so hart
Hat ein Grab gewühlt, hat mich hier verscharrt
Mein Bruder – in jungen Tagen.
Nun durch deinen Mund
Soll es werden kund,
Will es Gott und Menschen klagen.«

Und immer war nur das eine und immer das eine Lied aus der beinernen Flöte zu bringen, und immer blies es der junge Hirte wieder, während ihm jedes Mal die hellen Tränen über die Wangen herabrollten.
Wenn das klagende Lied im Walde erklang, da wurden alle Vögelein stumm und traurig, hingen Köpflein und Flügel und schwiegen; auch die Käfer und Bienen summten nicht mehr, und selbst das Murmeln der plätschernden, geschwätzigen Quelle war nicht mehr zu hören – es wurde so recht, was man sagt: totenstill.
Schallte das klagende Lied über eine Trift, so hingen die Tiere der Weide wehmütig die Häupter, und keines gab einen Laut; auch der Hund bellte nicht mehr und sprang nicht, wie sonst, fröhlich umher, vielmehr duckte er sich und winselte ganz leise, denn es war für alle Kreatur etwas Herzzerschneidendes in dem klagenden Liede. Aber der Hirtenknabe konnte nicht müde werden, dieses Lied zu flöten, bis einst ein Rittersmann am Hag vorüberkam, der hörte auch das Lied und fühlte, dass seine Augen tropften, und hielt, und ließ nicht nach, bis der Hirtenknabe ihm, dem Ritter, die kleine Flöte käuflich abtrat. Und nun zog der Ritter im ganzen Lande herum, und blies das Lied, und brachte mit demselben alle Welt zu Tränen.
So kam dieser auch an den Hof, wo der junge König auf dem Throne saß, von dem das Lied sang und klagte, und die alte Königin Mutter lebte auch noch, und es wurde ihr Kunde gebracht von dem ritterlichen Spielmanne, der ein Lied flöte, von dessen Melodei alle Herzen erzitterten und alle Seelen mit tiefer Trauer erfüllt würden.
Die alte Königin aber, die stets traurig war, sprach: »Was könnte es in der Welt geben, das trauriger wäre, als *meine* Trauer? Ich wüsste nichts, mich wird das klagende Lied des Spielmannes nicht trauriger machen, als ich ohnehin bin. Lasset ihn immerhin kommen.«
Der ritterliche Spielmann kam und blies:

»O Ritter mein, o Ritter mein,
Du flötest auf meinem Totenbein!
Mein Bruder erschlug mich im Haine.«

Kaum hatte die alte Königin diese wenigen Worte vernommen, so schoss schon ein Tränenstrom aus ihren Augen – aber als es weiter tönte:

»Nahm aus meiner Hand
Die Blum, die ich fand
Und sprach, sie wäre die seine«,

da stieß die Königin einen gellenden Schrei aus und fiel in eine tiefe Ohnmacht. Der Spielmann erschrak darüber und wollte absetzen, aber das konnte er nicht – das Lied wollte jedes Mal, wenn es begonnen war, zu Ende gespielt sein und als der letzte Ton mit tiefer Klage verzitterte, da erwachte die Königin aus ihrer Ohnmacht und rief: »Mir, *mir* die Flöte! Um alle meine Schätze – *mir* diese Flöte!«
Und der ritterliche Spielmann ließ der Königin die beinerne Flöte und sagte, er begehre keine Schätze – und nahm nichts an und zog weiter.
Und die Königin schloss sich ganz allein in ihre tiefsten Gemächer und blies das Lied und weinte so lange, bis sie fast keine Tränen mehr hatte.
Der König aber war ein lebenslustiger froher Herr geworden, der hatte seine Freude an Sang und Klang, und feierte gern heitere Feste, und freute sich seines Lebens. Einst geschah es, dass er auch ein Fest zu feiern beschlossen hatte, und waren zahlreiche Sänger und Spielleute bestellt, und zahlreiche Gäste eingeladen worden. Der Sitte gemäß, hatte der junge König nie unterlassen, seine Mutter auch jedes Mal einzuladen zu seinen Festen, aber sie hatte niemals teilgenommen, weil sie, wie sie dem Sohne dankend sagen ließ, zu viele Trauer im Herzen habe. Als aber dieses Mal die Einladung wiederum an sie gelangte, da ließ sie sagen, sie werde teilnehmen. Dies wunderte den König und befremdete ihn, und er wusste nicht, ob er sich darüber freuen sollte.
Da nun alle Gäste in bunter Pracht versammelt waren, und alle Sänger und Spielleute bereit, und der Hof eintrat in den herrlich geschmückten Königssaal, darin das Fest stattfand, so erregte es fast eine bange Verwunderung, die alte Königin zu sehen in langem schleppenden, schwarzen Trauergewande und im Witwenschleier – der Jubel der In-

strumente, der Harfen und Pauken, Flöten und Cymbeln aber brach los, und die Chöre der Sänger begannen in erhabenen Weisen eine Hymne zum Preise des Königes.
Was aber tut die alte Königin? Sie setzt sich nicht, sie steht starr wie ein Marmorbild. Was hält sie denn für ein seltsames kleines Zepter in der Hand? Das ist ja kein Zepter, das ist ein Totenbein. Und warum hebt sie denn dies Totenbein zum Munde? Warum hält sie es so, wie Spielleute ihre Flöten halten?
Horch! Ein Ton – und es verstummen alle Pauken und Harfen und Cymbeln – noch ein Ton, und jeder Sängermund wird stumm.
Dort aber sitzt der König und blickt entsetzt, von ungeheuerem Grauen durchrieselt, auf seine Mutter, und alle, alle blicken auf die alte Königin.
Die alte Königin spielt ein Flötensolo.

»O Mutter mein, o Mutter mein
Du flötest auf meinem Totenbein!«

Da erheben, erzittern schon alle Herzen, da bleibt schon kein Auge trocken, Hofstaat und Gäste, Sänger und Spielleute, alle weinen.

»Mein Bruder erschlug mich im Haine.«

»Ha!«, schreit der König, und das Zepter entsinkt seiner Hand, und er fasst mit beiden Händen nach seiner Krone.

»Nahm aus meiner Hand
Die Blum, die ich fand,
Und sagte, sie sei die seine.«

Da rollte die Krone von des Königes Haupte herab, fiel auf den Marmorboden und zerschellte. Es klang, als ob ein Totenschädel auf dem Marmor rasselte.

»Er schlug mich im Schlaf – er schlug mich so hart
Hat ein Grab gewühlt, mich im Walde verscharrt.«

Da stürzte der König selbst vom Throne herab und fiel auf sein Angesicht und stöhnte und wimmerte.

»Mein Bruder – in jungen Tagen.«

Der König wand sich in Todeszuckungen und bäumte sich – und schrie: »Ende! Mutter – ende!«
Aber die alte Königin konnte nicht von selbst das klagende Lied beendigen, es tönte fort:

»Nun durch deinen Mund
Soll es werden kund,
Will es Gott und Menschen klagen.«

Da flohen, während diese Worte entsetzlich und zermalmend, und doch gar nicht laut, vernommen wurden, alle Gäste, Spielleute, Sänger und Hofdienerschaft zu allen Türen des Saales hinaus – darüber Instrumente und Sessel viele zerbrachen, und die Kerzen löschten aus, bis auf zwei und als das Lied zu Ende geklungen war, war niemand mehr im weiten Saale, als nur die alte Königin im Trauergewande, und ihr sterbender Sohn in seinem bunten Flitterstaate, reich besetzt mit Gold und Perlen. Und sie kniete neben dem noch immer am Boden liegenden Sohne nieder, und hielt sein Haupt in ihren Händen, und weinte heiße Tränen darauf. Da löschte langsam die eine der beiden noch brennenden Kerzen aus.
Die alte Königin aber weinte und betete noch bis Mitternacht – dann verlöschte sie selbst die letzte Kerze und zerbrach die Flöte, auf dass niemand mehr das klagende Lied vernehme.

Schneider Hänschen und die wissenden Tiere

Ein Schuhmacher und ein Schneider sind einmal miteinander auf die Wanderschaft gegangen. Der Schuster hatte Geld, der Schneider aber war ein armer Schwartenhans. Beide hatten ein und dasselbe Mädchen lieb, welches Lieschen hieß, und jeder gedachte, es zu heiraten, wenn er sich ein gutes Stück Geld verdient habe und Meister geworden sei. Der Schuster, Peter genannt, war aller Tücke voll und hatte ein schwarzes Herz, das Schneiderlein war gutmütig und leichtfertig, und sein Name war Hänschen. Erst hatte Hänschen nicht mit dem Peter zusammen wandern wollen, weil es kein Geld hatte, aber Peter, der auf eitel Bosheit gegen das Schneiderlein sann, weil jenes Lieschen das Hänschen gern sah und nicht den Peter, sann auf des Schneiderleins Verderben und sprach: »Komm nur mit mir, ich habe Batzen, ich halte dich frei, auch wenn wir keine Arbeit bekommen. Alle Tage wollen wir uns dreimal tüchtig satt essen und satt trinken. Ist dir das nicht recht?«

»Von satt essen und satt trinken bin ich ja ein Freund!«, antwortete Hänschen, und beide schnürten ihre Ränzel und traten ihre Wanderschaft an. Neun Tage lang gingen sie und fanden nirgend Arbeit, zumal Peter keine finden mochte, und wenn auch Hänschen Arbeit hätte haben können, diesen immer verlockte, sie nicht anzunehmen, sondern mit ihm zu wandern. Nun, nach den neun Tagen sprach Peter: »Hänschen, mein Geld nimmt ab, soll es noch eine Weile reichen, so dürfen wir von jetzt an des Tages nur zweimal essen und trinken.«

»O weh!«, seufzte Hänschen, »wird schon jetzt Schmalhans unser Wandergeselle? Wär ich doch nicht mit dir gegangen! Hungern konnt ich auch daheim! Dort hatt ich doch was Liebes, was mir den Hunger versüßt hätte!«

Peter, der während des Weitermarsches stets die Speisen kaufte, aß sich heimlich dicksatt, denn er hatte Geld genug dazu, aber Hänschen gab er täglich nur zweimal, und hatte seine Freude daran, wenn seinem Ge-

fährten der Magen murrte und knurrte, und sich nach dem Sprüchwort, die Betteljungen in Hänschens Leibe prügelten.
So gingen abermals neun Tage hin, und noch immer fand sich keine Arbeit, da sprach Peter: »Liebes Hänschen, mit meinem Gelde wird es bald Matthäi am Letzten sein – es langt wahrlich nimmerzu, zu vier Mahlzeiten täglich, zwei für dich, zwei für mich. Mein Geldbeutel hat die galoppierende Schwindsucht. Schau her, er ist so dünn wie ein Spulwurm. Wir können von jetzt an uns nur einmal täglich sättigen.«
»Ach, ach, Peterlein!«, klagte Hänschen. »In welches Unglück hast du mich gebracht! Das halt ich ja nicht aus! Sieh mich doch nur an, ich bin ja schon so dünne und durchsichtig, dass ich schier kaum noch einen Schatten werfe. Wo soll denn das zuletzt hinaus?«
»Schnalle einen Schmachtriemen um!«, lachte Peter. »Übe dich in der Tugend der Enthaltsamkeit. Tritt in einen Mäßigkeitsverein!«
»Hat sich was einzutreten«, jammerte das Schneiderlein: »Ich meint wir wären schon mitten in der Mäßigkeit!«
Was half aber nun alles, es musste gut tun, wohl oder übel; Hänschen hungerte tapfer, dass er aber nicht zunahm an Leibesfülle, kann sich jeder denken. Er wurde rasseldürr, und sein Angesicht bekam eine Farbe, wie Hauszwirn. Und immer gab es keine Arbeit, und nun zumal erst recht nicht, denn die Meister sprachen: »Reise mit Gott, Bruder Mondschein! Wie kann so ein Kerlchen etwas Dauerbares nähen, dem sein ganzes eigenes Gestelle aus der Naht reißt? Schneider dürfen von Natur dünn sein, aber nur was recht ist so dünn, dass man sie statt Nähgarns einfädeln kann, dürfen sie doch nicht sein!«
Hänslein weinte heiße Tränen, wenn er solche lose Reden zu hören bekam, und der schlechte Peter frohlockte heimlich und innerlich darüber, und als wiederum neun Tage vergangen waren, und Hänschen vor Hunger fast am Wege liegen blieb, da sprach der falsche Peter: »Bruderherz – es tut mir leid, und schneidet mir in die Seele, dass ich's sagen muss, aber mein Geldbeutel ist jetzt ganz auf den Hund – mit Essen und Trinken bei Bäcker und Wirt ist es nun ganz und gar vorbei.«

»Dass's Gott erbarm!«, schrie Hänschen. »Gar nicht mehr essen und trinken? Da steht mir der Verstand stille! Wer kann das aushalten? O wehe, wehe mir! Dass ich dir folgte! Wehe dir, dass du mich so verlockt hast!«
»Mein Himmel, wie du gleich außer dir geraten kannst, Hänschen!«, rief Peter. »Als ob es nicht zu trinken vollauf gäbe!«
»Wo? Wo?«, rief Hänschen mit lechzender Lunge.
»Überall! Wasser, Bruderherz! Wasser!«, lachte Peter. »Wasser ist sehr gesund, es verdünnt Blut und Säfte, es heilt die meisten Krankheiten, es stärkt die Glieder. Siehst du, ich muss ja auch Wasser trinken.«
»Aber Wasser ist kein Essen!«, klagte Hänschen. »Von Luft kann ich nicht leben, also schaffe mir zu essen, oder ich muss ins Gras beißen und Erde kauen. Etwas muss ich zu kauen haben.«
»Nun, ich will zum Bäcker gehen, und für das letzte Geld ein Brötchen kaufen, das will ich redlich mit dir teilen!«, sagte der falsche Peter, hieß Hänschen auf einen Stein sitzen und ging zu einem Bäcker, kaufte dort vier Brötchen, aß drei davon gleich auf, und trank einen Schnaps dazu – dann kam er wieder zu Hänschen.
»Aber Peter!«, sprach das hungrige Schneiderlein: »Du bleibst sehr lange aus. Gib mir zu essen, die Ohnmacht wandelt mich an.«
»Ich habe erst warten müssen, bis das Brot sich abgekühlt hatte«, verteidigte sich Peter, »warmes Brot ist nicht gut in einen leeren Magen. Hier hast du deine Hälfte.« – »Peter, du riechst nach Schnaps!«, sprach Hänschen. »So?«, fragte Peter, »kann schon sein, drinnen trank einer, der stieß an mich und schüttete mir aus Ungeschick ein paar Tropfen auf mein Gewand.«
Hänschen verschlang sein halbes Brötchen mit Wolfshunger, stillte mit Wasser seinen Durst und wanderte weiter mit seinem treulosen Gefährten. Beide sprachen fast nichts mehr miteinander.
Als es bald Abend wurde und beide wieder durch ein Dorf kamen, ging Peter wieder zu einem Bäcker, aß sich satt und kam mit einem Brötchen aus dem Laden. Hans dachte, jener werde das Brötchen mit ihm teilen, aber Peter schob es in die Tasche.

Nach einer Weile sprach Hänschen, als sie das Dorf im Rücken hatten, und in einen Wald gelangt waren: »Nun, Peter! Rücke heraus mit deinem Brötchen! Mich hungert äußerst.«
»Mich nicht«, antwortete Peter ganz kurz.
»Nicht?«, schrie Hänschen erschrocken und blieb stehen, und seine Beine zitterten. »Unmensch, der du bist!«
»Vielfraß, der du bist!«, höhnte Peter. »Bei dir trifft doch recht zu, was ich immer habe sagen hören: je dürrer ein Kerl ist, eine umso bessere Klinge schlägt er. Das Brötchen, das ich noch bei mir trage, ist, wie du sehr richtig bemerktest, *mein* Brötchen, und du bekommst nicht eine Krume davon, weil du gesagt hast *Unmensch*.«
»So muss ich ja hungers sterben!«, schrie Hänschen in Verzweiflung.
»Stirb in Gottes Namen!«, antwortete Peter. »Die Leichenträger werden sich an dir keinen Schaden heben.«
»Aber ich bitte dich um Gottes willen!«, jammerte Hänschen.
»Um was?«, fragte Peter lauernd.
»Um die Hälfte deines Brötchens!«, stammelte Hänschen.
»Umsonst ist der Tod – es hat mich mein allerletztes Geld gekostet. Wie vieles Geld könnte ich noch haben, hätte ich mich nicht mir dir geschleppt und dich gefüttert!«, sprach Peter aufs Neue.
»Aber du selbst hast mich ja beredet, mit dir zu gehen!«, warf Hänschen ein, doch machten Ärger und Hunger ihm schon schwer, die Worte hervorzuwürgen. Seine Zunge klebte am Gaumen.
»Gibst du mir, so geb ich dir«, nahm Peter wieder das Wort. »Mir ist mein Brötchen so lieb wie meine Augapfel, folglich ist es zwei Augäpfel wert. Gib mir einen deiner Augäpfel für die Hälfte.«
»Gott im Himmel! Wie strafst du mich, dass ich diesem folgte!«, wimmerte Hänschen, denn schreien konnte das arme Schneiderlein schon vor Schwäche nicht mehr – doch streckte es die Hand nach dem halben Brötchen aus, und sättigte sich, und dann stach ihm Peter den einen Augapfel aus.
Am andern Tage wiederholte sich alles Traurige des vorigen Tages bei den zwei Wandergesellen. Peter kaufte wieder ein Brötchen und gab

Hänschen nichts davon, und wollte das andere Auge Hänschens für dessen Hälfte haben.

»Aber dann bin ich ja stockblind!«, jammerte das Schneiderlein. »Dann kann ich ja nicht mehr arbeiten! Ohne *ein* Auge mindestens kann ich doch nicht einfädeln!«

»Wer blind ist«, tröstete der hart- und schwarzherzige Peter mit heimlichem Hohne, »der hat es gut. Er sieht nicht mehr, wie böse, falsch und treulos die Welt ist; er braucht nicht mehr zu arbeiten, denn er hat eine triftige Entschuldigung, und einem armen Blinden gibt auch der Geizigste zur Not noch eine Gabe. Du kannst noch reich werden als blinder Bettler, während ich mich armselig durch die Welt schleppen muss. Sollte dies eintreten, so werde ich zu dir kommen, und du wirst mich noch als deinen besten Wohltäter segnen und deinen Reichtum mit mir teilen, wie ich bisher meine Armut mit dir geteilt habe.«

Hänschen vermochte auf diese teuflische Rede gar nichts mehr zu erwidern – er ließ alles mit sich geschehen, und gab, um nur nicht hungers zu sterben, dem treulosen Gefährten auch den zweiten Augapfel preis. Und als das geschehen war, und Hänschen hoffte, dass der Peter ihn nun leiten und führen werde, sprach dieser: »Nun gehabe dich recht wohl, mein gutes dummes Hänschen! Hier habe ich dich haben wollen. Hier ist Bettelmanns Umkehr. Jetzt wandre ich wieder heim, und heirate unser Lieschen. Ätsch! Siehe du zu, wohin du kommst!«

Fort ging Peter und Hänschen schwanden vor Körper- und Seelenschmerz eine Zeit lang völlig die Sinne, sodass er umsank und wie tot am Wege lag.

Da kamen drei Wanderer des Weges daher, aber keine zweibeinigen, sondern zufällig vierbeinige, das waren ein Bär, ein Wolf und ein Fuchs. Sie berochen den Ohnmächtigen und der Bär brummte: »Dieses Manntier ist tot! Mögt ihr ihn? Ich mag ihn nicht!«

»Ich habe vor einer Stunde erst ein frisches Schaf verspeist, habe justement jetzt keinen Hunger, auch ist ja der Kerl so dürr und so hart wie ein Baumast!«, sprach der Wolf. »Da wäre mir leid um meine Zähne, die ich weiter brauche.«

»Dieser Held muss ein Schneider gewesen sein!«, spöttelte der Fuchs. »Mir ist eine fette Gans lieber wie ein dürrer Schneider. Wäre er ein Kürschner gewesen, so würde ich ihm die Nase abbeißen – so aber liegt er mir gut. Er ist ja blind gewesen, der hat gewiss nie einen Fuchs geschossen.«

Das arme Schneiderlein kam wieder zu sich, merkte seine Gesellschaft und hielt den Odem an sich, so gut es ging, während die drei Tiere sich gar nicht weit von ihm behaglich ins Grüne lagerten.

»Blind zu sein, ist ein großes Unglück«, sprach der Fuchs, »sowohl für uns edle Tiere, als für die schlechten zweibeinigen Gabeltiere, die sich Menschen nennen, und sich so klug dünken, und so fürchterlich dumm sind, dass sie gar nichts wissen. Wüssten sie, was *ich* weiß, so gäb es keine Blinden mehr.«

»Oho!«, rief der Wolf. »Ich weiß auch, was ich weiß. Wüssten das die Manntiere in der nahen Königsstadt, so litten sie nicht den gebrannten Durst, den sie leiden, und kauften nicht ein Schnapsgläschen voll Wasser um eine Krone.«

»Hm hm!«, brummte der Bär. »Unser einer ist auch nicht auf den Kopf gefallen. Auch mir ist ein Geheimnis kund. Sagt ihr mir das eure, sage ich euch das meine, aber bei Leib und Leben darf keiner von uns den andern verraten.«

»Nein das dürfen und wollen wir nicht tun!«, gelobte der Fuchs.

»Es muss einer dem andern feierlich die rechte Pfote darauf geben!«, bekräftigte der Wolf.

»Topp, es gilt!«, sprach Petz und hielt seine haarige Tatze hin, und wie die andern einschlugen, so drückte und schüttelte der Bär zum Spaß ihre Pfoten so, dass sie vor Schmerz laut aufheulten, davon dem blinden Schneiderlein angst und bange wurde.

»Ich weiß«, begann der Fuchs, als der Bär ihn ob seines Zartgefühles ausgelacht und wieder begütigt hatte, »dass heute eine besonders heilige Nacht ist; in dieser fällt Himmelstau auf Gras und Kraut. Wer blind ist, darf nur mit dem Tau seine Augen salben, so wird er wieder sehend, und selbst wenn er keine Augäpfel mehr hat, so bekommt er neue.«

»Das ist ein schönes Geheimnis«, sprach der Wolf, »meins ist aber auch nicht zu verachten. In der Königsstadt ist das Wasser ausgeblieben, und die Leute dort leben jetzt fast nur vom Geist, wenigstens sagen sie so, wenn es aber noch ein Weilchen sofort geht, so werden sie ihren Geist ganz aufgeben müssen. Gleichwohl haben sie Wassers die Fülle unter sich, und wissen's nur nicht. Auf dem Markte mitten im Pflaster liegt ein Grauwackenstein, wenn der aufgehoben wird, so wird ein Wasserpütz turmhoch aus dem Boden springen. Ach wie froh würden die Residenzstädter sein, und wie heilsam wär es ihnen, wenn sie wieder Wasser hätten. Dass aber keiner von euch es ihnen sagt, sonst beiße ich jedem die Zunge im Maule ab!«

»Nichts wird gesagt, Bruder Isegrimm!«, sprach Herr Braun und brummelte: »Was ich weiß, ist dieses: Seit sieben Jahren kränkelt des Königs einzige Tochter und kein Doktor kann ihr helfen, weil keiner weiß, was ihr fehlt, wie wunderklug sich auch alle dünken. Gar manchen Rat gaben schon insgeheim des Königs Geheimräte, aber es ist nichts Rätliches davon an Tag gekommen. Die Krankheit der Königstochter ist so gestiegen, dass der König verheißen hat, sie dem zur Gemahlin zu geben, der ihr hilft, um sie nur beim Leben erhalten zu sehen; es kann aber *keiner* helfen, der das nicht weiß, was ich weiß.«

»Du machst uns neugierig, hochgnädiger Herr König Braun!«, sprach der Wolf, und Petz brummte, »nur Geduld, es kommt schon noch. Werdet doch ein wenig warten gelernt haben?« – Darauf schnaubte der Bär erst einmal gehörig aus und fuhr dann fort: »Die Prinzessin Königstochter sollte in der Kirche ein Goldstück in den Opferstock werfen, sie war aber noch sehr jung und befangen und ängstlich, und schämte sich vor den vielen Leuten in der Kirche, und warf das Goldstück etwas ungeschickt, dass es daneben und in eine Spalte fiel. Darauf wurde sie von ihrer Krankheit befallen, die nicht enden wird, bis man das Goldstück hervorzieht und in die Ritze des Opferstockes einwirft. Solche Kur ist kinderleicht, es dürfte nur einer hingehen, und das Goldstück suchen.«

Als die Tiere sich einander so ihre Geheimnisse mitgeteilt hatten, erhoben sie sich aus ihrer Ruhe und gingen weiter; Hänschen aber war

heilfroh über das, was er gehört hatte. Er bestrich sich eilend mit dem bereits gefallenen Himmelstau die Augen, da wuchsen ihm neue klare Augäpfel, und er sahe die goldenen Sterne am Himmel blinken und die dunkeln Wipfel der Waldesbäume. Bald brach der Morgen an und Hänschen sah nun Weg und Steg, und wanderte neu gestärkt der Straße entlang. In einigen Dörfern, durch die er kam, erfocht er so viel, dass er seinen neuerwachten Hunger und Durst stillen konnte, und endlich kam er in die Stadt, in welcher der Wassermangel so groß war, dass alle Leute Wein und viele Schnäpse tranken, welche sie Likör nannten. Hänschen hatte kein Geld zu Likören; er trat zu einer Wirtin und bat, ihm ein großes Glas Wasser zu reichen. Die Wirtin sah ihn dafür sehr groß an und schalt: »Seh mir einer den Lump! Hat nicht einmal Geld, einen Likör zu bezahlen, und will Wasser zechen! Meint der Mosjö, Herr von Fadenschein, das Wasser quelle nur so für nichts und wieder nichts? Es koste kein Geld? O weit gefehlt. Wisch Er sich das Maul von wegen dem Wasser; Wein oder Likör kann Er haben, mit Wasser kann ich nicht dienen, zumal in so großer Menge nicht.«
»Liegt man hier wirklich so krank an der Wassersucht, wie ich draußen vernommen?«, fragte Hänschen. »Ei, wozu habt ihr denn hier Magistrat und Gemeinderat? Ist kein Moses im Stadtrate, der Wasser aus dem Felsen schlüge? Eure Krankheit wollte ich bald kuriert haben; ich bin ein *Brunnenarzt.*«
Diese Worte vernahmen einige junge Ratsherren, welche bei der Wirtin teils auch Liköre, teils Champagnerwein tranken; sie taten dies nur aus Ermangelung des Wassers, sonst würden sie es gewiss nicht getan haben, denn sie nannten den Champagner *Gift* und *Äquinoktialsäure*, und ohne die äußerste Not wird sicherlich niemand Gift und solcherlei Säuren zu sich nehmen. Diese jungen Herren umringten Hänschen und fragten hastig, wie er es anstellen wolle, dem Mangel abzuhelfen?
»Meine hochverehrtesten Herren«, sprach Hänschen, »wenn ich sotanen Mangel allhier abstellen soll, so tut nötig sein, dass ich erst angestellt werde. Soll ich euch geheimen Rat erteilen, so würde eine mir zugeteilte kleine Geheimratsbesoldung – so ein vier- bis sechstausend

Tälerchen alljährlich mich zu Dank vergnügt machen. Dann solltet ihr Herren aber auch sehen, dass ich *etwas leiste*, was sich nicht von *allen* Geheimräten rühmen lässt.«

Die jungen Ratsherren gaben dem Schneiderlein zu verstehen, es möge nicht sticheln und nicht so anzüglich reden, das könne man in der geistreichen Residenz nicht vertragen.

»Nanu!«, entgegnete Hänschen. »Wenn ein Kleiderkünstler nicht mehr *sticheln* und *anzüglich* reden soll, da hört alles auf.«

Die Sache wurde nun im Gemeinderate und vom Magistrate reiflich erwogen, und alle Stimmen einigten sich in dem Rufe: »Wasser um jeden Preis – ehe wir im Sande totaliter vertrocknen!«

Der Magistrat stellte hierauf die Not gemeiner Stadt dem Könige vor und auch das Mittel zu deren Abhülfe, und bat Seine Majestät in Gnaden zu geruhen, für den fremden Brunnenarzt ein Geheimratsdekret ausfertigen zu lassen, die Besoldung solle aus städtischen Mitteln gern bestritten werden. Der König willfahrete mit väterlicher Huld diesem Gesuche und ließ das Dekret ausfertigen, jedoch – durch Erfahrungen gewitzigt, – mit dem Vorbehalte, dass selbes nicht eher in Kraft trete, bis hinlängliches Wasser geschafft sei – außerdem solle es nichts gelten, da schon so viele Versprechungen von auswärts her gewanderter Fremdlingen zwar zu Wasser geworden seien, aber zu keinem nutzbaren. Hänschen begab sich nun in Begleitung einer schnell ernannten Wasserkommission auf den Markt, sah schon von Weitem den grauen Quader – sprach zu den Technikern der Kommission: diesen Stein lasset ausbrechen, ihr Herren! – und als dies geschah, so rauschte plötzlich der Strahl eines Springbrunnes stark und mächtig und turmhoch in die Luft, und quoll so viel Wasser aus, dass auf der Stelle in allen Kaufläden der Residenz die Preise der wasserdichten Zeuge um das Doppelte in die Höhe gingen.

Laut erscholl durch die ganze Königsresidenz das Lob des Wasserdoktors; fast hätte man ihn, wie den Schneider Hans Bockhold von Leiden, zum Propheten gemacht, und ihn in Opern voll Pomp und Unsinn verherrlicht.

Noch desselben Tages wurde der neue Herr Geheimrat, der sich indessen mit Staatskleidern, Staatswagen und Dienerschaft versehen hatte, an den Hof gerufen, und fuhr stolz in den Palast. Der König sagte ihm vieles Freundliche und schenkte ihm in Anerkennung seines Verdienstes um die Haupt- und Residenzstadt einen schönen Orden, am gewässerten Bande zu tragen. Sehr bald lenkte sich das Gespräch auf die Krankheit der Königstochter, und der König fragte den neuen Geheimrat, ob er als geschickter Wasserdoktor vielleicht für die Prinzessin eine Brunnenkur heilsam finde? »Nein, Euer Majestät«, erwiderte der Geheimrat. »Einmal mit Wasser mich befasst, und nicht wieder. Lasse mich Eure Majestät der Gnade teilhaft werden, Allerhöchstdero Prinzessin Tochter zu sehen, so hoffe ich zuversichtlich, den Sitz ihrer Krankheit zu ergründen.« – Darüber war der König über alle Maßen froh, und führte den Doktor selbst zu der kranken Prinzessin. Der fühlte ihr den Puls und sahe, dass sie sehr schön war. Dann sprach er: »Großmächtigster König, wenn die allerdurchlauchtigste Prinzessin genesen soll, so kann dies nicht durch irdische Medizin geschehen, sondern durch göttliche Hülfe; gestatten Allerhöchstdieselben, dass wir die Kranke in die Hofkirche tragen lassen; dort wird sie wohl genesen.« Dieser Vorschlag ward vom Könige alsbald gut geheißen, denn er war sehr fromm, und freute sich, einen so frommen neuen Geheimrat gewonnen zu haben. In der Kirche ließ sich der Heilkünstler von der Prinzessin den Opferstock zeigen, suchte nach, und fand in einer Ritze das Goldstück. Dieses gab er der erlauchten Kranken in die Hand und ersuchte sie, dasselbe nun richtig in den Stock zu werfen. Selbiges tat die Prinzessin und alsbald wurde sie völlig gesund, und begann wie eine Rose aufzublühen. So führte sie nun der Geheimrat zu dem Könige. Was da für eine große Freude war, ist gar nicht zu schildern. Aus dem Geheimrat wurde alsbald rasch nacheinander ein Reichsrat, ein Standesherr, ein Graf, ein Fürst – und aus diesem ein Bräutigam der genesenen Prinzessin. Nach der Hochzeit fuhren die Neuvermählten auf einer Rundreise durch das Land, da kamen sie auch durch das Dorf, aus welchem der Fürst jüngst als Hänschen gewandert war. Da stand am

Wirtshaus ein Scherenschleifer und schliff und seine Frau drehte ihm das Rad – und da war's der Peter und das Lieschen, die den Peter erst durchaus nicht haben wollte, ihn aber am Ende doch nahm, weil er ihr zuschwur, Hänschen werde sie nie wieder *sehen*. Hänschen kannte gleich den Peter am falschen Gesicht, rief dem Kutscher zu: »Halt!«, und jenem rief er zu: »Peter!«

Peter horchte hoch auf – und fragte, was der Herr befehle?

»Nichts befehlen will ich, Peter«, sprach Hans, »als dass du das Hänschen in mir wiederkennen sollst, dem du zu so hohem Glücke verholfen hast. Dort im Walde fand ich armer augenloser, durch dich augenlos – das blinde Glück, wie manche blinde Taube ihre Erbse. Dort unter einem Baume, an dem ich lag, suchte mich es heim. Hier hast du vieles Geld vom blinden Bettler, der wieder sehend und reich geworden ist! Fahre wohl, und fahr zu, Kutscher!«

Peter stand wie aus den Wolken gefallen, lange starrte er dem Prachtwagen nach, dann gab er seiner Frau das Geld aufzuheben, und sagte: »Dorthin muss ich auch – muss auch das blinde Glück finden.« Und alsbald rüstete sich Peter und wanderte so rasch er wandern konnte, an jenen Ort, wo er am armen Hänschen die letzte treulose Tat beging. Ein Fuchs lief lange vor ihm her – an jenem Orte stand der Fuchs. Da kam von Weitem ein Wolf entgegengesprungen. Rasch wandte Peter sich um, da trabte ein Bär des Weges daher. Voll Entsetzen klomm jetzt Peter am Baume empor, unter dem er Hänschen den letzten Augapfel ausgestochen hatte.

»Verräter! Verräter! Verräter die ihr seid!«, bellte der Fuchs, heulte der Wolf, brummte der Bär, und jeder beschuldigte den andern, das Geheimnis verplaudert zu haben, auf dessen Behütung sie einander doch alle drei die Pfote gegeben hatten, waren sehr bissig gegeneinander, und gaben einander schlechte Titel. Endlich nahmen Bär und Fuchs gegen den Wolf Partei, der sollte zunächst der Verräter sein, und dafür gehenkt werden, und alsbald drehte der Fuchs ein Seil und eine Schlinge aus Tannenreisig, der Bär hielt den Wolf fest, der Fuchs warf Letzterem die Schlinge um den Hals, und zog den Zappelnden in die Höhe. Der

Wolf starrte stieren Auges empor, da sah er Peter im Gezweige des Baumes sitzen, und heulte: »O falsche ungerechte Welt! Da droben sitzt er, der unser Geheimnis verraten hat!«
Jetzt sahen die andern beiden Tiere auch in die Höhe, ließen den Wolf fallen, und der Bär kletterte auf den Baum und holte den Peter herunter. Drunten empfing ihn der Fuchs, der so fuchswild war, dass er ihm gleich beide Augen auskratzte. Dann würgte ihn der Wolf, und der Bär drückte ihn mausetot, darauf haben sie ihn zu dritt aufgefressen, dass kein Knöchelchen von ihm übrig geblieben ist.

Sonnenkringel

Es war ein Mann auf der Wanderschaft, der war aller Zehrung bar und allen Zehrgeldes, und wusste nicht, wovon er in der nächsten Herberge die Zeche zahlen sollte. Und da kamen ihm böse Gedanken in den Sinn – wenn einer käme, der am Gelde etwas zu schwer trüge, so wollte er ihm wohl seine Last erleichtern. Und wo der Wald recht tief war, sah dieser Wanderer einen anderen Wanderer vor sich her gehen, beeilte seine Schritte, und holte jenen bald ein und sah, dass der, den er einholte, ein Jude war. Da dachte er gleich: Juden haben immer Geld – und schrie ihn an: »Jud! Gib mir auf der Stelle dein Geld, oder du musst sterben.«
»Soll mir Gott helfen!«, sprach der Jude, »hab ich doch nicht mehr Geld, als acht armselige Heller! Was tut Ihr damit? Wollt Ihr vor Gott die große Sünde begehen, und einen Menschen totschlagen um acht Heller?«
»Jud du lügst! Ohne Geld reist kein Mauschel. Heraus mit dem Gelde – oder –!«
»Wehe mir! Wehe geschrien!«, rief voll Angst der Jude. »Habe ich doch

nicht mehr, als ich Euch sage!« – aber jener hörte schon nicht mehr in seiner tollen Raubsucht und schlug den armen Juden nieder, und dieser rief im Sinken: »Wehe geschrien über dich, du Mörder! Die klare Sonne soll an den Tag bringen deine Missetat, das allsehende Auge des Firmamentes!«
Mit diesen Worten verschied der Jude, und nun suchte sein Mörder ihm alle Taschen aus, er fand aber nur ein kleines schlaffes Lederbeutelchen, und darin in der Tat nicht mehr und nicht minder als acht rote Heller. Da war es ihm doch leid, dass er den schnöden Mord verübt – und als er in die Sonne sah, erschrak er, denn sie stand ganz blutrot und er rannte eilend von dannen – im Walde aber sammelten sich die Rotkehlchen, und trugen Blumen herbei, und legten sie sanft auf das Angesicht des Erschlagenen, damit das Schrecknis der Menschheit nicht des Waldes heiligen Frieden störe. Der Mörder aber wanderte so weit er nur vermochte von jener Stelle fort, und konnte nicht mehr in die Sonne sehen. Am andern Morgen war es ihm, wie ein böser, böser Traum – aber der Traum verfolgte ihn lange, und die Sonne erinnerte ihn fort und fort an den Todesruf des erschlagenen Juden. Endlich ward er ruhiger in seinem Gemüte, arbeitete fleißig, und gewann, da er sonst ein leidlicher Geselle war, und sich sehr still und zurückhaltend hielt, die Neigung einer Meisterstochter, mit der er eine Zeit lang in glücklicher Ehe lebte. Nicht häufig dachte er mehr an seine Untat, nur vor der Sonne hatte er eine gewisse Scheu, doch fragte er sich endlich selbst: »Wie soll sie's denn anfangen, die liebe Sonne, es an den Tag zu bringen? Der Jude ist längst vergessen, ich bin viele Meilen fern von jenem Lande – reden kann die Sonne nicht, schreiben kann sie auch nicht. Ich habe mich für nichts so lange vor ihr gefürchtet und geängstigt.«
Eines Morgens brachte die Frau ihrem Manne seine Tasse Kaffee; er goss einen Teil desselben aus der Obertasse in die Untertasse, und zufällig schien die Sonne hell hinein, da bildeten sich von der bewegten Flüssigkeit schräg über an der Stubendecke bewegte, zitternde Lichtkringel in Folge der Abspiegelung, und des Mannes Blicke fielen zur

Decke empor. Er glaubte, er sei allein, und sprach vor sich hin: »Meinst du Sonne, du könnest es an Tag bringen, weil du dort hinauf die zitternden Kringel zeichnest?«

»Was soll die Sonne an den Tag bringen wollen, Mann?«, fragte laut die Frau – und der Mann erschrak heftig. Lebhaft drang sie in ihn, es ihr zu sagen, als er stockte und nichts bekennen wollte. Aber die Frau ruhte nicht eher, bis er, nachdem sie das tiefste Schweigen ihm angelobt, ihr erzählte, dass er einst einen Juden im Walde erschlagen habe, der habe im Sterben gerufen: »Die klare Sonne soll an den Tag bringen deine Missetat, das allsehende Auge des Firmamentes!«, und nun habe die Sonne doch nichts an den Tag gebracht; sie könne nichts als leuchten und wärmen und Kringel an der Wand oder an der Decke machen.

Die Frau hörte das, schauderte und schwieg; aber das unselige Geheimnis drückte ihr fast das Herz ab, beunruhigte sie Tag und Nacht, und stets aufs Neue erinnerte sie die Sonne daran. Sie konnte es nimmermehr auf dem Herzen behalten, sie erzählte es unter dem heiligsten Siegel der Verschwiegenheit ihrer liebsten Freundin – diese trug es weiter, bald vernahmen es die Richter. Da wurde der Mörder festgenommen und gestand alsbald alles; er war recht froh, als es heraus war, und empfing, nachdem er zum Schwert verurteilt war, mit Fassung den Todesstreich. In derselben Stunde aber lief seine schwatzhafte Frau auf den Boden und knüpfte sich an einem Balken auf.

Der starke Gottlieb

Es war einmal ein reicher Rittergutsbesitzer, dem dienten viele Knechte, und einer von diesen wollte sich verheiraten. Wie nun derselbe seinen Herrn um die Heiratserlaubnis bat, so sagte dieser: »Heirate nur zu in Gottes Namen! Ich wünsche dir einen recht starken Sohn, und wenn du einen solchen hast, so will ich ihn dir zuliebe gern auch in meinen Dienst nehmen.« Also heiratete der Knecht und wurde Vater eines kräftigen Sohnes, dem er den Namen *Gottlieb* gab. Dem Vater blieb das Versprechen seines Herrn unvergessen, und er war darauf bedacht, Sorge zu tragen, den Jungen recht stark werden zu lassen. Zu diesem Zwecke dünkte dem Vater notwendig, dass sein Kleiner recht lange Muttermilch trinke. Erst stillte ihn daher seine Mutter in ihren Armen, dann ließ sie ihn auf ihrem Schoße sitzen, dann lernte der kleine Gottlieb laufen, und trug sich, wenn er trinken wollte, ein Hützschchen bei, auf das er trat, weil er der Mutter auf dem Schoße schon zu schwer wurde, und trank sehr flott, und trank sieben Jahre lang Muttermilch, und wurde groß und stark. Nach Verlauf der sieben Jahre nahm der Knecht seinen Gottlieb mit zum Gutsherrn und sagte: »Schaut Herr, den kapitalen Jungen! Er kann schon etwas tun für sein Alter.« Da stand im Garten, wo Vater und Sohn den Gutsbesitzer angetroffen hatten, ein junger Baum, und da sprach der Herr: »Reiße dies Bäumchen heraus, Gottlieb!«

Der Knabe versuchte seine Kraft an dem Bäumchen, aber er vermochte nicht, dasselbe auszureißen, und der Herr sprach: »Der Kleine ist noch zu jung und zu schwach. Es wäre auch zu viel von ihm verlangt, jetzt schon schwere Arbeit zu tun.«

Da ging der Knecht mit seinem Gottlieb hinweg und ließ ihn noch sieben Jahre Muttermilch trinken, und als die sieben Jahre um waren, führte der Vater seinen Sohn wieder zum Rittergutsbesitzer, dem Gottlieb nun groß und stark genug schien, um ihn in seine Dienste zu nehmen; er sollte daher einen Tag zur Probe dienen. Der Gottlieb war aber von Natur und durch die Muttermilch schreckbar stark geworden, und riss gleich als Probestück einen ziemlich dicken Baum mit dem kleinen Finger heraus, sodass alles erschrak, absonderlich die Gutsherrin, und ihm gleich abgeneigt wurde. Nun ging es an die Arbeit, die Gottlieb nur ein Spiel war; dann kam die Essenszeit; die Magd trug eine Schüssel voll Kartoffeln nebst Buttermilch auf, und ging, die übrigen Knechte zu rufen; Gottlieb, der zuerst mit seiner Arbeit fertig geworden, war schon da, und begann einstweilen allein zu speisen.Er zeigte, dass er nicht nur von Muttermileh, sondern auch von Buttermilch sich trefflich zu nähren verstehe, und mit den Kartoffeln den Magen zuspitzen könne. Als die übrigen Knechte kamen und essen wollten, und murrten, dass das Essen noch nicht aufgetragen sei, trat Gottlieb hinter dem Ofen hervor, allwo er sich ausgeruht, kraute sich hinter den Ohren, und sagte: »Es war etwas da, aber nicht viel, ich hab gemeint, es sei für mich, und hab's derweil gegessen.« – Da kam die andern ein Grauen an vor Gottliebs Appetit, und sie verwünschten einen Mitgenossen, der nicht mit ihnen, sondern der alles allein genoss.

Nach dem Essen ging es an das Dreschen. Als neuem Ankömmling schenkte der Gutsherr dem Gottlieb einen neuen Dreschflegel, der war in Gottliebs Hand wie eine Feder, er warf ihn in die Luft und fing ihn wieder, wie Knaben mit leichten Stöckchen tun, und dann warf er ihn gar weg, riss sich einen Baum aus und drasch darauf los, dass die Körner gleich zu Mehl wurden, und das Stroh klein wie Häckerling, und schlug alles in Grund und Boden hinein. Das war dem Gutsherrn doch zu bunt – er erschrak vor dem gefährlichen Knechte und sann darauf, denselben mit einer guten Manier wieder loszuwerden. Er fragte daher den Gottlieb, welchen Lohn er begehre, wenn er wirklich in den Dienst trete? Gottlieb trat nahe zu dem Herrn heran und sagte ihm etwas ins Ohr. Darauf wurde der Herr rot und sagte: »Es ist gut, aber stille davon« – und nahm Gottlieb zum Knechte an, darob sich die andern Knechte nicht im Allerentferntesten freuten.

Als der Gutsherr mit seiner Frau allein war, verlangte diese zu wissen, welchen Lohn Gottlieb sich ausbedungen habe; der Herr wurde wieder rot und wollte es erst nicht sagen, wodurch seine Frau umso mehr in ihn drang, mit der Sprache herauszurücken. Der Rittergutsbesitzer war sehr geizig, gab gar zu gern so wenig Lohn als nur möglich, und das hatte Gottlieb erwogen, dem gar nichts daran gelegen war, dass er hatte so stark werden müssen, um für andere sich zu plagen und zu arbeiten. So sagte jetzt der Gutsherr etwas verlegen zu seiner Frau:

»Siehe, mein Schatz, es hat damit seine eigene Bewandtnis. So billig bekomme ich nie einen so kräftigen Arbeiter. Der Gottlieb verlangt *gar keinen Lohn.*«

»Gar keinen Lohn? Das ist nicht menschenmöglich!«, rief ganz erstaunt die Gutsherrin. »Dahinter steckt etwas! Mann, du belügst mich!«

»Nun beruhige dich nur, liebe Frau«, besänftigte der Gutsherr, »– *etwas* verlangt er schon, und ich hab's ihm zugestanden, in Betracht, dass es uns nichts kostet – doch bleibt das geheim, unter uns.«

»Unter uns!«, erwiderte die Frau. »Das heißt, ich muss darum wissen!«

»Der Gottfried will *mir* etwas geben, wenn das Jahr herum ist«, stammelte der Gutsherr.

»Dir? Das wäre! Was kann der Sohn deines Knechts *dir* geben?«, fragte die Frau.

»Eine *Feige*«, antwortete der Mann, »will er mir geben.«

»Eine Feige? Mann, du lügst, oder es rappelt bei dir!«, schrie die Frau und wurde zornig. »Wo sollen denn auf unserem Gute Feigen herkommen?«

»Oh«, versetzte der Gutsherr, »– die gibt's, es regnet bisweilen derselben – der Gottlieb meint eine *Ohrfeige.*«

Wenig hätte gefehlt, so hätte der Gutsherr schon jetzt eine solche Frucht zu schmecken bekommen, aber starrer Schreck lähmte einige Minuten lang der Edelfrau Hand und Mund – bis sie endlich kreischte: »O du Tropf! Das ist wieder ein Stückchen deines Geizes! Du willst dich lieber entehren lassen, als einem Knechte Lohn zahlen. Totschlagen wird dich der Gottlieb, denn so viel habe ich gemerkt, wo der hinschlägt, da wächst kein Gras! Nein, einen solchen Vertrag einzugehen, ist himmelschreiend. Doch, lass mich nur machen, ich wende das Unglück von dir – er muss fort – ich duld ihn nicht!«

»Wenn *du* ihn fortbringen kannst, liebe Frau«, versetzte kleinmütig der Gutsherr, »so habe ich nichts dagegen.«

Die Gutsfrau machte sich gleich ein Plänchen. Auf dem Gute befand sich eine Mühle, in der es furchtbar spukte. Vielen war in derselben von dem Spukgeiste der Hals umgedreht worden. I – dachte sie, der kann den Gottlieb den Hals auch umdrehen, das ist ein Aufwaschen, und da sind wir ihn los.

»Gottlieb! Heute trägst du ein halbes Malter Korn in die Mühle und mahlst es!«
»Zu Befehl, gnädige Frau!«, antwortete Gottlieb, holte einen großen Maltersack, fasste ein oder zwei Malter Korn hinein und warf sich ihn über die Schulter, ging und pfiff das Lied:

»Da droben auf jenem Berge,
Da steht ein Mühlenrad.«

Als er an die Mühle kam, war deren Türe verschlossen. Gottlieb klopfte höflich an, einmal, zweimal, dreimal. Da noch immer niemand auftat, so tat er einen sanften Tritt an die Türe, dass sie aufsprang und nebenbei entzwei krachte. Mitten im Wege zum Werke lagen eine Menge Mühlsteine; Gottlieb schob sie sanft mit den Füßen nach rechts und links, und gelangte nun an das Werk. Bevor er aufschüttete und das Werk anließ, schürte er sich ein Feuerlein und kochte sich eine Morgensuppe, in die er einen kleinen Schinken steckte, dass sie besser geschmelzt sei. Da kam eine große Katze mit feurigen Augen, die riss ihr Maul auf, starrte den starken Gottlieb an und schrie: »Miau!« – »Hui Katz!«, schrie Gottlieb und gab ihr einen Tritt, dass sie eilend kehrtmachte. Jetzt schüttete er auf, setzte das Mühlwerk in Gang, und verzehrte sein Frühstück. Gleich war die Katze wieder da, fauchte und schrie abermals: »Miau!« – »Hui Katz!«, schrie Gottlieb und warf ihr den Schinkenknochen auf den Kopf, dass sie um und um zwirbelte und verschwand. Plötzlich stand ein schrecklicher Riese vor dem starken Gottlieb, und brüllte. »Mehlwurm! Wer heißt dich hier mahlen?« Gottlieb nicht faul, nahm einen Mühlstein, warf damit den Riesen an die Stirne, und schrie: »Mühlwurm, wer heißt dich hier prahlen?« – Da stürzte der Riese hinterrücks nieder und tat einen Brüller, dass das ganze Werk wackelte. Gottlieb aber sackte das Mehl ein, und in einen mitgebrachten zweiten Sack die Kleie, nahm die Säcke auf beide Schultern und ging nach Hause.
»Hilf Himmel!«, barmte die Gutsherrin. »Der Lümmel lebt und kommt wieder!« – Und bald darauf sann sie auf neue Tücke.

»Der Ziehbrunnen muss gefegt werden!«, ordnete die Frau am anderen Tage an. »Das Wasser schmeckt ganz schlecht und schlammig. Gottlieb kann hinuntersteigen.« Und zu den andern Knechten sagte sie heimlich: »Wenn er drunten ist – nehmt euch ja in Acht, dass dem Presser, der euch alles wegfrisst – kein Stein vom Brunnenrande von ohngefähr auf den Kopf fällt!« – Die verstanden den bösen Wink und lasen ihn aus dem höhnischen Lächeln der Gutsfrau. Und wie Gottlieb drunten im Brunnen war, schoben sie, indem sie sich über den Rand bogen, die oberen Steine hinunter. Gottliebs Vater war nicht dabei, der war vor Kurzem gestorben. Die Steine polterten und plumpten in den tiefen Brunnen und fielen auf den starken Gottlieb, der aber schrie herauf: »Dummheit da droben! Wer schüttet denn Streusand in das Tintenfass? Wartet, wenn ich hinaufkomme, will ich euch ledern!« – Da liefen die Knechte erschrocken vom Brunnenrande hinweg und versteckten sich, und Gottlieb stieg heraus wie ein Schornsteinfeger aus dem Schlot, nur weniger trocken, aber mit ebenso vielem Durst.
Kaum wusste nun die Edelfrau, was sie anfangen sollte mit dem starken Gottlieb, oder vielmehr, wie sie es anfangen sollte, ihn vom Hofe zu bringen. Da fiel ihr ein, dass ja in der Nähe sich ein verwünschtes Schloss befinde, das auf dem Berge, an dessen Fuße das neue Schloss des Rittergutsbesitzers stand, in Trümmern lag. In diesem verwünschten Schlosse war es, wie schon diese Bezeichnung ausdrückt, gar nicht geheuer; es ging darin um, und es spukte in ihm der Geist eines alten Riesen, der vor urgrauen Zeiten darin gehaust und schlimme Taten genug verübt hatte, weshalb er denn auch da hinauf verwünscht und gebannt war. Eine der schlechten und schlimmen Taten des alten Riesen war die gewesen, dass er die Vorfahren des jetzigen Rittergutsbesitzers, denen er das Gut verkaufte, um eine große Summe Geldes betrogen hatte, und war das zugleich auch wieder mit ein Grund, weshalb der Riese im alten Schlosse so greulich spuken musste.
Die Edelfrau ließ Gottlieb zu sich rufen, verstellte sich und verbarg ihre Abneigung gegen den Knecht, und sprach zu ihm: »Höre mein guter Gottlieb! Unser Herr wird dir nächstens eine ganz besondere Be-

lohnung dafür geben, dass du so fleißig bist und so viel schaffst, dabei vertraut er dir auch ganz allein. Droben auf dem alten Schlosse, weißt du, da wohnt der alte Rittergutsbesitzer, dem mein Mann das Gut abgekauft hat; das ist ein geiziger Hund, und ist uns noch vieles Geld schuldig, zahlt es aber im Guten nicht aus, so gehe du einmal hinauf, Gottlieb, und sprich im Unguten mir dem alten Spuk, denn du bist stark und herzhaft – alle andern sind Hasenfüße und Hasenherzen und fürchten sich. Wenn du uns das Geld bringst, so sollst du auch ein gutes Teil davon haben, und dir etwas Rechts dafür zugute tun.«

»Die Sache wird sich machen, gnädige Frau!«, antwortete Gottlieb. »Ich will gleich gehen, und wenn Geld da droben zu holen ist, so bringe ich's, darauf verlasst Euch.«

Bald war Gottlieb droben auf dem Berggipfel und wunderte sich. »Mm, hm!«, machte er. »Immer haben sie drunten gesagt, da oben stände ein altes, verfallenes Schloss, hab deswegen mir auch noch nie die Mühe genommen, hier heraufzuklettern, und nun sehe ich ein nagelneues, schönes Haus, viel schöner als das untere Schloss. Da gibt es ganz sicher Geld genug.«

Gottlieb kam an die Eingangspforte des prächtigen Gebäudes, und da kein Klingelzug daran war, so klopfte er, aber die Türe blieb, gleich jener der Mühle, fest verschlossen. – »Dumm!«, brummte Gottlieb, »da muss ich schon wieder der Schlosser sein und meinen Dietrich gebrauchen.« Trat daher ein wenig an die Pforte, doch schütterte davon das ganze Torgewände und die Türe sprang mit Donnerkrachen auf. Aber wie Gottlieb in den inneren Raum trat, umschwebten ihn gleich eine Legion Geister, und an ihrer Spitze stand der gräuliche Riese, welchem Gottlieb in der Mühle den Mühlstein an den Kopf geworfen hatte.

»Aha! Ein alter Bekannter!«, rief Gottlieb. »Bist du vielleicht der Herr von Zahlungern, der andern Leuten ihr Geld aufhebt? Dann rücke heraus! Mein Herr braucht's, und meine Frau, das heißt, meines Herrn Frau, will's haben!«

»Menschenwurm!«, brüllte der Riese und schnitt ein entsetzliches Gesicht. »Was wagst du zu wagen? Wer ist so frech, von dem Besitzer eines alten Schlosses Geld zu verlangen? Was geht mich Geld an? Hab Acht, wie ich mit dir umspringen werde, du Knirps!«

»Holla, hoh! Da werd ich auch dabei sein!«, rief Gottlieb, riss einen Türflügel ab, und warf ihn dem Riesen an die Stirne, wo man noch die Schramme vom Mühlsteine sah, dann den zweiten – und da machte sich der alte Riese eilend aus dem Staube und warf mit einem Sacke voll Geld nach Gottlieb, den dieser sogleich aufraffte, und sich auf die Schulter lud. So kam er im untern Schlosse wieder an, und wenn der Edelfrau auch Gottliebs Kommen nicht recht war, so war doch dem Edelmann das Kommen des Geldes äußerst recht, und er lobte den Gottlieb und sagte: »Einen so braven Knecht findet man selten.« Heimlich aber wünschte er doch den Gottlieb zum Kuckuck, denn bei dessen Kraft graute ihn furchtbar vor der unvermeidlichen Ohrfeige. Er nahm daher Rücksprache mit seinem Schäfer, und traf ein Übereinkommen mit diesem, dass der gegen ein gutes Stück Geld die bewusste Ohrfeige in Empfang nehmen wollte, dann rief er seine Knechte zusammen, ohne den Gottlieb, und sagte ihnen, er werde sie morgen in den Wald schicken, Holz zu holen, da möchten sie Sorge tragen, dass sie zeitig wieder hereinkämen, denn wer zuletzt komme, der komme vom Dienst. Und er werde es nicht ungern sehen, wenn Gottlieb der Letzte sei. Solches geschah, alles eilte nach dem Holze, und niemand weckte Gottlieb, und als er endlich noch ziemlich schlaftrunken erschien, und sich die Augen rieb, schrie ihn sein Herr an: »Ei du fauler Geselle! Alles ist schon zu Holze, und wer zuletzt nach Hause kommt, kommt vom Dienst.«

»Ah!«, rief Gottlieb, und streckte die Arme hoch in die Höhe, und dehnte sich, und gähnte, und sagte: »Das ist mir etwas ganz Neues.«

»Schönen Dank, dass du mich nicht verschlungen hast, wie du dein Maul so aufrissest!«, spottete der Gutsherr. »Neu oder nicht, es bleibt dabei.«

»Wohl, hin!«, sagte Gottlieb, nahm sein Beil, und ging nach dem Walde zu. Da waren seine Mitgesellen schon mit der Arbeit fertig und er sah sie von Weitem sich entgegenkommen. Da ging er nach einem nahen großen Teiche, über dessen Abfluss ein Steg führte, über den einzig und

allein der Weg vom Walde nach dem Gute führte, riss die Schleusen auf, dass die volle Flut sich in den breiten Abflusskanal ergoss, trat mit dem Fuße den Steg in Stücken und ließ die Balken vom Wasser fortfluten, dann ging er seinen Mitknechten gemachsam entgegen, die ihn tüchtig auslachten und froh waren, ihn heute noch aus dem Dienste gejagt zu sehen; er aber rief: »Eilet nicht zu sehr, wartet ein wenig auf mich, ich komme bald wieder!«, und ging nach dem Walde – jene aber eilten, was sie eilen konnten, nach dem Schlosse zu kommen, da kamen sie an die rauschend vorbeischießende Wasserflut ohne Steg und Brücke, und hätten sie den Teich umgehen wollen, hätten sie Stunden gebraucht. Sie *mussten* also warten, bis Gottlieb wieder kam, der sein Tagewerk leicht und schnell im Verlauf einer kleinen Stunde vollbracht hatte. Und wie er nun kam, brachte er einen Heubaum mit, den stemmte er in den Fluss, wie einen Turnerspringstock und schwang sich an das andere Ufer hinüber, dann warf er den Heubaum wieder über den Fluss, und schrie seinen Kameraden zu: »Macht's wie ich!« – aber von diesen hatten an dem Heubaume zwei zu heben, und sie mussten sitzen bleiben, bis der Teich alle sein Wasser vorübergeschickt hatte, welches mehr als einen Tag dauerte. Immer lebhafter wurde der Wunsch der Gutsherrschaft den starken Gottlieb los zu sein, und daher machte ihm der Rittergutsbesitzer den Vorschlag, ihm seinen Lohn zu gewähren; er habe einen Ersatzmann als Ohrfeigenempfänger, der solle die Zahlung erhalten, und dann soll Gottlieb gehen, wohin er Lust habe und bleiben, wo er wolle.
Gottlieb sagte: »Es kommt auf eine Probe an; ich habe ja auch proben müssen.«
Jetzt stellte sich der Schäfer als Ersatzmann, Gottlieb sah ihn mit mitleidigem und spöttischem Blicke an, und sagte: »Du? Wahrlich du dauerst mich! –«, nahm ihn, hob ihn leicht, wie einen Nussknacker in die Höhe und schlug ihm eine so derbe Ohrfeige ins Gesicht, dass der Schäfer in die Luft flog wie der Spielball eines Knaben, aber gar nicht wieder herunterkam. Der Gutsherr und seine Frau kreuzigten und segneten sich, und waren froh, dass *er* nicht diese Ohrfeige bekommen hatte, und sagten: »So, nun kannst du gehen.«

»Nä«, sagte Gottlieb. »Gehen? Nä – selbes kann ich nicht. Es war nicht der rechte; mit *Euch*, gnädiger Herr, hab ich gedingt. Ich liebe nicht Zichorien oder Runkelrüben statt Kaffee, ich bin kein Freund von Ersatzmannschaften. Ihr habt gesagt: ich solle gehen, wohin ich Lust habe, und bleiben, wo ich wolle. Habt Ihr nicht so gesagt?«

»Ja, allerdings, ich sagte so –«, antwortete verdrüßlich der Gutsherr.

»Nun –«, versetzte Gottlieb, »so gehe ich in mein Bette, und bleibe hier auf dem Gute.«

Da wurde der Gutsherr sehr böse und rief: »So bleibe in des Kuckucks Namen, du Kobold! So gehe *ich*! Mit dir will ich nicht leben und zuletzt noch wie der arme Schäfer als Luftballon oder als Sternschnuppe am Himmel herumfahren. Nimm alles und helfe dir der böse Feind hausen und wirtschaften!«

»Nun, wenn Ihr denn nicht anders wollt, gnädiger Herr!«, sprach Gottlieb sehr sanftmütig, »so bedank ich mich fein recht schön, und wünsche Euch und der gnädigen Frau recht viel Liebes und Gutes! Ihr könnt auch Eure Sachen mitnehmen, und ich will Euch bis in die nächste Stadt in *meiner* Kutsche und mit *meinen* Pferden fahren lassen.«

»Fahre du selbst zur Hölle!«, schrien außer sich der gewesene Gutsherr und seine Ehehälfte, und enteilten. Gottlieb aber nahm die Knechte und Mägde in seinen Dienst, und ließ seine alte Mutter, an der er vierzehn Jahre getrunken hatte, in das Schloss ziehen, und gab ihr ein goldenes Bette und seidene Kissen und Bettdecken, und alle Tage den besten Wein zu trinken und alles Gute zu essen.

Ein Jahr danach, es war just Heuerntezeit, und die Knechte und die Mägde waren auf der Wiese mit Heumachen beschäftigt, kam etwas aus der Luft heruntergefallen, das war der Schäfer, der hatte so lange oben herumgezwirbelt, und war über alle Wasser und Weltteile weggeflogen; er lebte noch und blieb auch am Leben, denn er fiel auf einen großen Heuhaufen, und das war sehr gut für ihn, sonst hätte das alte Lied auf ihn gepasst, welches anhebt:

»Kuckuck hat sich zu Tod gefallen.«

Gevatterin Kröte

Ein feines Bauerndirnlein ging einst an einem Weiher vorüber, da sah es am Rande eine große dicke Kröte sitzen, die guckte so recht starr und hässlich. »Na – bei dir möcht' ich auch Gevatter stehen!«, rief voll Abscheu das Mädchen. Da hob die Kröte den rechten Vorderfuß in die Höhe, als wenn sie einen Handschlag geben wollte. Dem Mägdlein gruselte und es eilte weiter.
Als Abends die Jungfer in ihre Kammer trat, saß die Kröte krötenbreit mitten auf der Diele. Das Mädchen schrie. »Schreie nicht!«, sprach die Kröte. »Hast du mir nicht versprochen, bei mir Gevatter zu stehen? Ich nehme dich beim Worte! Folge mir, oder du erlebst nicht den morgenden Tag!« In Todesangst folgte der voranhüpfenden Kröte das junge Mädchen, durchs Dorf, durch die Nacht, an den Weiher; dort war im Schilf eine Öffnung, eine Treppe führte hinunter. Die Kröte hüpfte voran, das Mädchen folgte. Drunten verwandelte sich die Kröte in eine schöne Frau, und zeigte dem erstaunten Mädchen sein Patchen, ein nettes niedliches Nixenkind. »Der Dienst soll dich nicht reuen!«, sprach sie. Und dann begann ein großes herrliches Fest in den Räumen der unterirdischen Wasserwelt, und die junge Dirne wurde hoch geehrt und bedient von den schönsten Nixen, und herumgeführt in allen Grotten, die wie eitel Eis und Silber glänzten, und empfing endlich von ihrer Gevatterin Kröte noch drei wunderbare Gaben, deren Besitz sie lebenslänglich glücklich machte, denn sie wurde wohlbehalten wieder zurückgeführt, und hätte sie nicht morgens beim Erwachen die Gaben vorgefunden, so hätte sie geglaubt, es sei ihr alles nur im Traume begegnet. In ihre Erinnerung aber mischte sich dem Entzücken doch auch ein geheimes Grauen, und nie in ihrem Leben vermochte sie es über sich, wieder an jenem Weiher vorüberzugehen.

Seelenlos

Es war einmal ein Menschenfresser, der verspeiste nichts lieber als junge Mädchen, und war so gewaltig und gefürchtet im Lande, dass niemand es wagte, ihn zu bekämpfen und ihm diesen Appetit zu vertreiben, vielmehr musste ihm, sobald er ein Mägdelein verspeist hatte, ein anderes geliefert werden, und um bei der Wahl unparteiisch zu verfahren, mussten alle Mädchen des Landes bis zu einem gewissen Alter (nicht *über* achtzehn Jahre), das Los ziehen, ohne Unterschied des Ranges und Standes ihrer Eltern; denn *Seelenlos*, so war der Name jenes mädchenfressenden Ungeheuers, sagte stets, er liebe nächst dem Mädchenfleische, vor allem die Gleichberechtigung.

Nun geschahe es, dass eines Tages abermals das Los gezogen wurde, welches jedes Mal für die arme Jungfrau, die es traf, ein trauriges nicht nur hieß, sondern auch war, und dass sotanes Los die Tochter des Königes traf. Zwar suchte der König durch Anerbieten vieler Schätze das Los, welches ihr drohete, von seiner Tochter abzuwenden, aber Seelenlos sprach:

»Nein! Was einem recht ist, ist dem andern billig. Mir ist es *recht*, dass das Los die Königstochter getroffen hat, denn ich habe noch keine Prinzessin gegessen, halte aber dafür, dass ihr Fleisch zart und gut sein müsse und deshalb so muss es der König *billig* finden, dass ich seiner Schätze ihn nicht berauben, sondern mich ehrlich und redlich nach meinem Grundsatze der Gleichberechtigung mit Fleische von seinem Fleische begnügen will.«

Da indessen nicht alsbald gleich nach gezogenem Lose die Königstochter ausgeliefert zu werden brauchte, so ließ der König bekannt machen, dass, wer seine Tochter von dem schrecklichen ihr drohenden Lose erlöse, diese zur Gemahlin und sein halbes Reich als Mitgift erhalten sollte. Allein es meldete sich niemand, denn mit Leuten, welche *Seelenlos* heißen oder sind, ist schlecht umzugehen, und niemand mag sich mit ihnen befassen, sollten sie auch nicht just ausschließlich Menschenfresser sein. Da hörte ein junger Soldat von des Königes Aufruf und dachte in seinem Sinn: Hm: Mir ist in meinem Dienste schon so viel Seelenloses vorgekommen, und mir ist dafür so viele Herzhaftigkeit eingekorporalt worden, dass ich's wohl mit Herrn von Seelenlos aufzunehmen mir getraue. Ging also zum Könige und bat sich die Gnade aus, sein Leben gegen Seelenlos für ihn und die Prinzessin in die Schanze schlagen zu dürfen. Darauf gab ihm der König ein schönes Handgeld, und schenkte ihm ein scharfes Vorlegemesser, um wo möglich den Mann der Gleichberechtigung damit in Stücke zu zerschneiden.

Der mutige Soldat machte sich auf den Weg und kam über einen Anger, auf selbigem lag ein toter Esel und streckte alle vier Beine von sich, und um den Esel herum saßen ein Löwe, ein Bär und ein Adler, auf der Nase aber saß eine große blaue Schmeißfliege; jedes wollte seinen Teil vom Esel haben, und alle vier konnten, wie das so häufig bei *Teilungen* der Fall ist, über die Teilung sich nicht einigen, und riefen den Soldaten an, als Unparteiischer das Teilungsgeschäft in der Voraussetzung vorzunehmen, dass er nicht etwa selbst am Esel sich beteiligen wolle, denn für diesen Fall würden sie alle viere über *ihn* herfallen.

»Nein!«, sagte der Soldat, »ich will nichts mit lebendigen Eseln zu schaffen haben, geschweige denn mit toten! Aber teilen will ich nach Recht und Überzeugung, und nach dem schönen Spruche: *Jedem das Seine*!« Zog sein Vorlegemesser, strich es hübsch auf seinem Säbelriemen ab, wie ein Barbier mit seinem Schermesser auf dem Streichriemen tut und fing an, den Esel nach Herzenslust zu zerlegen.

»Dir, dem *Löwen*«, sprach der einsichtsvolle Soldat, »gebührt vor allem der Löwenteil, der Esels*kopf*, mit dem schönen Gehirn, weil du selbst der Tiere *Haupt* und König bist, dann die breite, kräftige Eselsbrust, die stets so siegesstolz und freudig weithin jauchzet, und mit ihrem Ruhme die Welt erfüllt nebst einem Rückenstück und zwei Schinken.«

»Dir, dem beherzten heißblutigen Adler, dem Könige der Vögel, gebürt des Esels Herz samt allem edlen Eingeweide, absonderlich der starken Lunge, so wie Leber und Nieren, und ein Schinken, vom Fleische ebenfalls ein Rückenstück, und ein Lentenbraten.«

»Dir Meister Petz, kühner Nordlandsrecke, großer Brummer und in nördlichen Gegenden auch ein König der Tiere, gebührt das dritte Rückenstück, der zweite Lendenbraten, und der vierte Schinken, und was du sonst magst. Und dir endlich, blau angelaufene Schmeiße, kleiner Brummer, gebührt des Esels Schwanz, die Beine, und alles, was die drei andern nicht mögen und etwa übrig lassen zu wollen in Gnaden geruhen dürften. Du wirst dich damit umso freudiger bescheiden, da du ja viel zu delikat bist, als schnödes Eselsfleisch zu essen, vielmehr dich vom Tau und Dufte der Blumen sättigest, und nur für deine Eier und künftige Larvenbrut ein wenig faulen Fleisches bedarfst.«

Die vier Tiere waren mit dieser Teilung außerordentlich zufrieden und zollten dem klugen Soldaten den Tribut ihres Dankes. Die Brummfliege setzte sich ihm auf die Hand, küsste diese mit dem Rüssel und mit dem After zugleich, und sprach: »So oft du diese Stelle mit deinem Finger berührst, kannst du deine unförmliche und ungeschlachte Menschengestalt in eine ebenso schöne, zarte und bewunderungswürdige, auch mit reizendem Musiktalent begabte Brumm-Fliege verwandeln, wie ich eine bin.« Der Adler zog sich mit seinem Schnabel eine Schwungfeder aus dem rechten Flügel, reichte sie dem Soldaten dar, und sagte: »Mittelst dieser Feder kannst du dich, so oft du sie drehst, in einen Adler verwandeln, und als solcher große Dinge tun; auch kannst du sie schneiden und was du mit ihr unterschreibst und verbriefst oder verbriefen lässt, das hält und dauert drei Tage länger, als die aschgraue Ewigkeit.«

»Biederer Mensch«, sprach der Löwe, »ich muss dir eine Pfote geben, das wird dich stärken und großmächtig machen in der Welt!« – und der Bär sprach:

»Edelster der Edeln! Komm an mein Herz, ich muss dich umarmen und dir einen Kuss geben!«, aber der Soldat entgegnete: »Ich dank euch zwei beiden schönstens! Ihr seid gar zu gütig! Ich habe schon genug!«, denn er fürchtete die scharfen Klauennägel der Löwentatze, wie des Bären Umarmung und die Nähe von dessen Zähnen an seiner Nase. Er drehte daher sehr schnell die Feder und wurde zum Adler, als welcher er sich rasch in die Lüfte erhob, von wo aus er nach dem Hause des Herrn Seelenlos umherspähete, und dasselbe mit seinem Adlerblicke auch sehr bald entdeckte. Das war schon ein großer Gewinn für den braven Soldaten; doch musste er nun auch auf Mittel sinnen, wie dem Seelenlos beizukommen sei, welchem mittlerweile die Königstochter ausgeliefert worden war, doch hielt jener dieselbe noch eine Zeit lang gefangen. Nun verwandelte sich der Soldat erst wieder in einen Menschen, drückte mit dem Finger auf das kleine Denkmal der Fliege auf seiner Hand, und verwandelte sich dann in eine solche, und schlüpfte durch das Fenster des Gemaches, in welchem die Königstochter gefangen saß, verwandelte sich dort in seine menschliche Gestalt, und teilte der Prinzessin die Absicht mit, sie zu erlösen, nur möge sie ihm sagen, auf welche Weise er dies möglich machen könne, indem er es für eine große Kunst und schwere Aufgabe halte, jemanden zu entseelen, der Seelenlos sei und heiße. Jedenfalls müsse Herrn Seelenlos' Seele doch irgendwo sich befinden, und dieses *wo?* müsse ausfindig gemacht werden.

Die Königstochter war sehr erfreut über das Vorhaben des tapfern Soldaten, sie zu befreien, und verhieß ihm, Erkundigungen einzuziehen. Hierauf nahm der Soldat seine Verwandlung vor und entfernte sich; zu der Königstochter aber kam Seelenlos, der Menschenfresser, und brachte ihr treffliche Speisen und Getränke, damit sie sich gut nähre, bis er die Zeit ersehen würde, sie zu verspeisen. Sie fragte ihn gleich, wo denn seine Seele sei? Er aber antwortete ihr: »Dir das zu sagen, werde ich wohl bleiben lassen, denn wenn schon ich Seelenlos bin, so bin ich doch nicht hirnlos, und es könnte mir, wenn nicht an der Seele, so doch am Leibe schaden, wenn ich mein größtes Geheimnis dir, einem schwatzhaften Weibe, anvertrauen wollte.«

Aber die Königstochter ließ mit Bitten nicht nach, bis Seelenlos ihr dennoch sein Geheimnis anvertraute und ihr sagte, seine Seele sei in einer kleinen goldenen Truhe verschlossen, diese Truhe stehe auf einem gläsernen Felsen und der Felsen stehe mitten im roten Meere. Ein böser Zauberer habe das alles so angerichtet, ihn seelenlos und nächstdem mädchenfleischfressend gemacht; er könne nichts dafür; wenn er seine Seele wieder bekomme, so werde er die jungen Mädchen nicht mehr so fresslieb haben, sondern sie mit bescheidenen Augen ansehen.

Das alles sagte die gefangene Königstochter dem Soldaten wieder, als dieser sie abermals besuchte, und alsbald verwandelte derselbe sich in einen Adler, und flog nach dem Schlosse der vier Winde. Diese selbst waren ausgeflogen, aber ihre Mutter war zu Hause, und er bat Letztere um Herberge in ihrem luftigen Palaste, und erzählte ihr seine Geschichte, worauf die Windmutter gleich bereit war, ihm durch ihre Söhne Beistand zu leisten. Gegen Abend kamen der Südwind und der Ostwind nach Hause; diesen beiden stellte die Windmutter den tapfern Krieger vor, und beschenkte Letzteren mit einem Wünschelflughütchen, das ihm die Kraft verlieh, so schnell, wie der Wind zu fliegen. Am andern Morgen, als die Winde ausgeruht hatten, erhoben sie sich aufs Neue, und der Soldat flog in Adlergestalt mit ihnen und ebenso rasch wie sie, und kam an die Küste des roten Meeres; unterwegs hatte er den Winden erzählt was er wünsche, und die Winde fuhren nicht über das Meer, damit es ruhig bleibe. Dann geboten sie den Fischen, das Kästchen zu suchen, in dem sich die Seele des Herrn Seelenlos befand. Das taten auch die Fische, und sie fanden wohl den gläsernen Felsen, darauf die kleine Truhe stand, konnten aber nicht hinauf. Endlich kam eine krumme Gadde oder Weißling, die schnellte sich in die Höhe, und ergatterte das Trühlein mit einem Satze, fasste es in ihr Maul und brachte es dem Adler. Dieser schlug mächtig mit seinen Schwingen, wackelte mit dem Schwanze, und tanzte vor Freude, worüber die Winde sehr lachen mussten, denn sie hatten noch keinen Adler possierliche Sprünge machen sehen, so viel sie auch schon gesehen hatten. Hierauf drückte der Adler erst den Winden, dann dem Weißling seinen verbindlichsten Dank aus, und flog, immer noch das Wünschelflughütlein auf dem Kopfe, nach der Heimat zurück, und geradewegs nach dem Schlosse des Herrn Seelenlos, auf welchem er sich wieder in einen Menschen verwandelte. Er ließ sich sofort anmelden, als ein Handelsmann aus dem Morgenlande, der ein Kleinod

anzubieten habe. Seelenlos war sehr ungnädig über solchen zudringlichen Besuch, und ließ den Angemeldeten nur deshalb eintreten, um ihn mit Grobheiten zu beköstigen, die jedermann anzutun er sich zu jeder Zeit gleich berechtigt glaubte, fuhr ihn auch alsbald trutziglich an, denn ein Mensch ohne Seele kann nicht anders sein als ungeschliffen und patzig.
Der Soldat und verstellte Handelsmann kehrte sich indessen nicht an des Herrn Seelenlos grimmiges Gesicht und an sein Anschnauzen, sondern war umso höflicher, je gröber jener war, der sich nicht anders gebärdete, als wolle er ihn ebenfalls fressen.
»Ich habe einen Schatz, der für Euer Gnaden von unschätzbarem Werte ist«, sprach der Fremde, »und biete denselben Ihnen zum Tausche an.«
»Wird ein rechter Bettel sein, Sein Schatz!«, murrte Seelenlos. »Was kann so ein Lump mir bieten? Bildet Er sich ein, ich könne Ihn nicht mit barem Gelde bezahlen, dass Er sich erfrecht, vom Tausche zu reden? Was hätte ich, das Ihm ansteht? Gleich will ich's wissen!«
»Eure Gnaden halten gnädigst zu Gnaden!«, antwortete der Fremde. »Hochdieselben halten ein Juwel in Verwahrung, das ist die schöne Königstochter, und der Bettel, nach Hochdero eigener Taxation, den ich gegen dieses Kleinod anzubieten mich unterfange, ist Euer Gnaden – gnädige *Seele.*«
»Meine Seele!«, rief Seelenlos mit namenlosem Erstaunen. »Meine Seele hast du? Bei meiner armen, leider verlorenen und mir abhandengekommenen Seele schwöre ich dir, dass du, wenn ich hundert Königstöchter gefangen hielt, alle hundert bekommen solltest, wenn ich nur meine Seele wieder hätte.«
»Ich bescheide mich mit der einen«, erwiderte der Handelsmann, »hundert dürften mir zu viele werden. Aber schließen wir den Vertrag schriftlich ab!« Mit diesen Worten zog der Soldat ein beschriebenes Blatt Papier hervor, darauf schon alles kurz und bündig stand, und reichte Seelenlos die Adlerfeder dar, mit ihr zu unterzeichnen, welches Seelenlos auch tat; dann ließ er auf der Stelle seine schöne Gefangene

herbeiführen, die eine große Freude hatte, den Soldaten bei dem Menschenfresser zu finden, welcher bereits den Fremden sich auf das Kanapee hatte niedersetzen lassen, indem schon die Nähe seiner Seele begann, ihn menschlicher zu stimmen. Die Königstochter aber hatte geglaubt, sie solle in die Küche geführt und dort abgeschlachtet werden wie eine arme Taube. Jetzt nahm der Soldat das kleine goldene Trühelein aus seiner Tasche, welches mit einer Schraube verschlossen war, und gab es in Seelenlos' Hand. Dieser öffnete geschwind die Schraube, hielt die Öffnung an seinen Mund, und sog mit Wohlgefühl seine Seele in sich ein. Da war mit einem Male der schlimme Zauber gelöst. Die Königstochter war nicht mehr gefangen und Seelenlos war nicht mehr seelenlos, sondern vielmehr ganz selig; er umarmte den Soldaten unter einem Strome von Freudentränen, und hätte gern auch die Königstochter umarmt, aber eine ehrfurchtvolle Scheu hielt ihn davon zurück, der beste Beweis, dass er wieder eine Seele gewonnen hatte, doch bat er beide um ihre Freundschaft. Hierauf zog der Soldat mit der Königstochter von hinnen, ward vom Könige, ihrem Vater, in den Prinzenstand erhoben, heiratete als neuer Prinz die junge Prinzessin, und der gewesene Seelenlos verspeiste keine jungen Mädchen mehr, ward vielmehr der artigste Kavalier von der Welt.

Der undankbare Sohn

Eine alte Mutter hatte einen Sohn, der wollte heiraten, und bat die Mutter, sie möge ihm doch ihr Häuschen und ihr Gütchen geben, er und ihre zukünftige Schnur wollten es auch gar gut mit ihr meinen, sie bei sich hegen und pflegen, und sie sozusagen auf den Händen tragen. Die alte Mutter war vom Herzen gut und vom Hirn etwas einfältig; sie kannte das Sprüchwort nicht: Ziehe dich nicht eher aus, bis du dich

schlafen legst, und gab her, was sie hatte. Zum Danke wurde sie sehr übel gehalten, war über nichts mehr Herrin und jeder Bissen Brot wurde ihr erst schmal genug vorgeschnitten, dann vorgerechnet und jeder Tropfen Trankes ihr vergällt; aber Sohn und Schnur ließen sich's ganz gütlich und wohl sein.
Einst speisten Letztere beiden miteinander und mit Knecht und Magd ein gebratenes Truthuhn, ohne die Mutter dazu einzuladen; zufällig kam diese aber dennoch, musste jedoch anklopfen, denn die Türe war zugeschlossen. »Holla! Die Alte kommt, fort mit dem Huhn! Setze es derweil in die Ofenröhre und mache deren Türe zu!«, gebot der Sohn dem Knechte, und dieser vollzog alsbald den erhaltenen Befehl. Jetzt wurde die Stubentüre aufgerissen von dem Sohne und die arme Alte angefahren: »Nun, was soll es denn? Hat der alte Drache etwa schon wieder Hunger? Ei so wollt ich doch! Da, nehmt, hier ist Brot, und nun trollt Euch von hinnen!«
Weinend wankte mit dem trockenen Stückchen Brot die alte Mutter aus der Stube; der böse Sohn warf hinter ihr die Türe in das Schloss, dass es krachte, und eiferte: »Keinen Bissen kann man doch in Ruhe und ohne Ärger genießen! Ich möchte nur wissen, ob die Alte ewig leben will?« – »Bringe das Huhn wieder her!«, gebot die Sohnesfrau dem Knechte – dieser öffnete die Ofentüre und sprang mit einem lauten Schrei des Schreckens drei Schritte vom Ofen zurück, und verfärbte sich.
»Nun, was hat denn der tölpelhafte Narr? Er ist wohl verrückt?«, rief der Mann, und gebot der Magd, das Huhn aus der Röhre zu holen. Diese ging und griff in die Röhre, und kreischte alsbald vor Entsetzen auf, indem auch sie zurücksprang. »Was soll das heißen, ihr dummes Volk?«, schalt der Herr. »Und wenn der lebendige Teufel drinnen säße, so würde ich nicht solchen Lärm aufschlagen!« – »Geh du hin, Frau.« – »Ich?«, fragte die Frau, »nicht um die Welt, ich tu's nicht – ich danke; ich bin satt.« – »Ei so muss ich selbst nachsehen, und will es, und wenn der Donner drinnen säße!«, rief der Mann, stieg auf, und ging an die Röhre. Hu! Da schoss eine armsdicke und klafterlange Schlange heraus, und

schnellte gegen ihn, und ringelte sich um seinen Hals, eiskalt, und als er sie abzuwenden strebte, riss sie ihren Rachen gräulich auf und zeigte ihre Giftzähne und ihre Gabelzunge, und weder er noch sonst jemand anders durfte sie berühren, und wenn man Miene machte, sie von Weitem zu beschädigen, so zog sie sich gleich fester um den Hals, dass der Mann zu ersticken Gefahr lief, und ängstlich schrie, man solle die Schlange unberührt und ungeschädigt lassen.
Und die Schlange wich nicht von ihm; sie um seinen Hals legte er sich schlafen, sie um seinen Hals stieg er wieder auf. Ehe er einen Becher Getränk zum Munde führte, trank erst die Schlange aus demselben Becher, jeden Bissen, den er aß beleckte sie, oder biss Stücken davon ab, ach und dabei roch sie, so wie sie nur den Rachen aufriss, fürchterlich aus dem Halse, dass dem Mann eine Ohnmacht um die andere anstieß, und niemand es in seiner Nähe aushalten konnte. Wer zuerst von ihm weglief, das war seine Frau, die doch die meiste Schuld daran trug, dass er die Schlange des Undanks gegen seine betagte Mutter in seinem Herzen getragen, die schlimmer und scheußlicher ist, als jener Wurm, den er jetzt am Halse tragen musste, zur quälenden Strafe. Knecht und Magd liefen auch davon; Hund und Katze wanderten aus; der Vogel im Käfig krepierte; Motten und Mücken starben, die Spinnen machten sich hinweg, die Mäuse entflohen so schnell sie nur konnten; die Wanzen zogen in langen Zügen langsam an den Türpfosten nieder und schlüpften zwischen Türe und Angel hinaus – nicht das armseligste Läuschen bewies dem Undankbaren, von Gottes Strafgericht hart Heimgesuchten noch freudige Anhänglichkeit und Treue – alles, was lebte, floh ihn, Nur *ein* Wesen, welches lebte, floh ihn nicht, hielt treu bei ihm aus, und das war seine arme alte Mutter – *sie* pflegte sein, *sie* betete zu Gott um Erlösung für ihren undankbaren Sohn, und da diese nicht erfolgte, so griff sie endlich furchtlos mit ihrer zitternden Hand und doch kräftig die drohende, zischende, Zähne zeigende, Gift hauchende Schlange an, und in dem Augenblicke, wie die alte Mutter das tat, fiel die Schlange ab vom Halse des Sohnes, und – verschwand.

Der Sohn aber stürzte nieder zu den Füßen seiner Mutter und küsste ihr die Füße und ihres Kleides Saum, und weinte heiße Reuetränen auf die treuen Mutterhände, und begann fortan ein neues Leben voll Demut gegen sie, voll Sorgfalt, voll Liebe, voll Gehorsam, voll Zuvorkommenheit, und sie lebte noch lange glücklich mit dem durch ihre starke Mutterliebe ihr und sich selbst geretteten Sohne bis in das höchste Greisenalter.

Das Hellerlein

Ein fremder Wandergast trat in ein Bauernhaus und fand allda die Familie, den Vater mit Frau und Kindern in trüber Stimmung und in Trauerkleidern, denn ihnen war vor wenigen Wochen ein liebes und schönes Kind, ein Mädchen gestorben. Die Leute ließen den Fremden, der ihnen jedoch verwandt war, an ihrem Mittagsmahle Anteil nehmen. Man setzte sich nach gesprochenem Gebete zu Tische, da schlug es zwölf Uhr. Und mit dem letzten Schlage der Uhr ging ganz leise die Stubentüre auf, und es trat ein bleiches Kind herein in die Stube, grüßte niemand, sah sich nicht um, sprach kein Wort, sondern ging schwebenden Ganges in die Kammer. Niemand sprach ein Wort, und auch der Fremde fragte nicht, aber es überlief ihn ein Schauer.

Geschäfte hielten den Verwandten noch einen und den andern Tag im Orte und bei den Leuten, die ihn aufgenommen, fest, sonst wäre er lieber gegangen, denn am zweiten Tage zeigte sich dieselbe Erscheinung; das bleiche Kind kam zur Stubentüre herein und ging schweigend in die Kammer – ohne dass die Leute es nur zu gewahren schienen. Dasselbe geschah am dritten Tage, da hielt der Fremde nicht länger an sich, sondern fragte: »Ei saget doch, was ist das für ein Kind, das jeden Mittag Glock zwölf so still durch die Stube und in die Kammer geht?«

»Ich weiß von keinem solchen Kinde, ich sah noch keins«, antwortete der Vater, die Mutter aber begann zu weinen. Jetzt ging der Fremde zu der Kammertüre, öffnete sie ein wenig und blickte in die Kammer. Da gewahrte er das Kind. Es saß an der Erde und grub mit den Fingern in einer Ritze zwischen zwei Dielen gar emsiglich, und wühlte und seufzete leise: »Ach das Hellerlein! Ach das Hellerlein!«, als aber die Kammertüre ein wenig knarrte, fuhr das Kind erschrocken zusammen und verschwand. Nun sagte der Gast den Leuten an, was er gesehen, und beschrieb des Kindes Gestalt, da rief die Mutter schluchzend aus: »Ach Gott, ach Gott! Das war unser Kind, das wir vor vier Wochen begraben haben! Warum nur hat es keine Ruhe im Grabe?« Nun gab der Gast den Rat, die Diele aufzubrechen, und als das geschah, so fand sich darunter ein armseliges Hellerlein, das hatte das Kind in der Kirche in den Klingelbeutel legen sollen, hatte es aber behalten, bis es noch eines zweiten habhaft würde, dann hatte es sich wollen eine Pfennigsemmel kaufen. Zu Hause aber hatte das Kind das Hellerlein fallen lassen, und es war zwischen den Dielen in die Ritze gefallen. Deshalb hatte das Kind keine Ruhe im Grabe. Am Tage darauf warf des Kindes Mutter das Hellerlein in den Klingelbeutel, und von nun an kam das Kind nicht wieder.

Der schwarze Graf

Einst zog ein Ritter durch den Wald, sein Knappe folgte ihm; es wurde Nacht, doch der Ritter kannte keine Furcht. Verrufen war die Gegend, gemieden der Weg durch den wilden Wald, den der Ritter mit seinem Knappen ritt. Der Weg führte beide vorüber am Schlosse eines befreundeten Ritters, dessen Tochter gerade Hochzeit hielt, und er sprach als Gast dort eine kurze Zeit zu. Die Freunde wollten ihn länger halten, er sollte mit seinem Knappen im Hochzeithause übernachten, aber den Ritter trieb Eile, er lehnte alle freundlichen Einladungen zum Bleiben ab. Man warnte ihn, man sagte ihm, im Walde, den er noch zu durchreisen habe, hause der »schwarze Graf«, ein gespenstiger Ritter, der allen, auf welche er stieße, namenlose Schrecknisse bereite. Selbst die Braut verschwendete ihre Bitten an den Freund ihres Vaters; sie führte ihm das Sprüchwort zu Gemüte: »Die Nacht ist keines Menschen Freund.« Unaufschiebbares Geschäft schützte der Gast vor und entritt. Weg und Wald waren sehr finster. Der Ritter und der Knappe ritten schon drei Stunden lang, noch war ihnen nichts begegnet, der Ritter ritt im Panzer seines Mutes und guten Gewissens gegen den Angriff feindlicher unterirdischer Mächte, gegen Feindesangriff irdischer Art schirmte ihn die eiserne Rüstung, die starke Faust, das blanke Schwert.

Jetzt drängte plötzlich der Knappe sein Ross vor, neben das seines Herrn und flüsterte ängstlich: »Herr! Es reitet einer hinter uns – hohl klingt der Hufschlag seines Rosses – und schaut Euch um, Herr – seht wie Feuerschaum dem Rosse vom Gebisse träuft, seht, wie seine Nüstern Funken sprühen.«

Schnell war der schwarze Reiter, der ihnen folgte, an den beiden. »Hollah! Gesellschaft! Wackere Kumpane!«, rief eine tiefe, hohle Stimme.

»Gott zum Gruß!«, antwortete der Ritter, und der Rappe des Fremden stieg bäumend in die Höhe, und schnaubte Ströme Feuers aus den Nüstern – von dessen Schein des schwarzen Ritters Eisenrüstung rot erglühete.

»Für solchen Gruß dank Euch der Teufel, nicht ich!«, versetzte wild der riesige Nachtgesell und hieb wild auf den bäumenden Rappen. »Doch wisst, Ihr seid verirrt! Kommt mit mir auf mein Schloss, ganz nahe liegt's, dort seht Ihr schon die Fenster schimmern.«

»Ich danke, hab nicht Zeit zur Einkehr!«, antwortete der Ritter – doch jener rief gebietend: »Zeit wird sich finden!«, und lachte, dass es weit im Walde gellte. Eine lange schwarze Mauer zog quer über den Weg, in der Mauer war ein halbverfallenes Tor – der Weg führte gerade hinein,

und im Ring der Mauer lag das Schloss, ein gewaltiger vielgetürmter Bau. Droben im Gewirre der Türme und Türmchen kreischten Eulen. Am Tore des Hauses ringelten sich steinerne dickleibige Drachen mit weit vorgestreckten dünnen Hälsen um die Säulen. Nur wenige Fenster waren erhellt – schwarz ragte der ganze übrige Bau empor zum dunkeln Himmel.
Der schwarze Graf schwang sich vom Ross – und dieses Ross sank hinter ihm in die Erde.
»Folget mir hinein!«, rief der schwarze Graf seinen gezwungenen Gästen zu.
»Nicht hinein! Um des Himmels willen nicht hinein!«, flüsterte der treue Knappe seinem Herrn ins Ohr.
»Schweige Knecht!«, schrie der schwarze Graf diesem gebieterisch zu. »Hier herrscht nicht des Himmels Wille, sondern *mein* Wille! Bleibe in Blendung!«
Da schwand vor des Knappen Augen das Schloss, er stand auf öder einsamer Heide, neben einem alten Gemäuer, drei Türme ragten daraus empor – das war nicht mehr des schwarzen Grafen Schloss, das war ein anderes Haus.
Der Ritter folgte seinem Führer voll Mut die Stufen einer Wendeltreppe hinan. Von Zeit zu Zeit streckte sich eine Greifenklaue aus der Wand, die hielt eine brennende Kerze, die Kerzen waren schwarz und weiß. Die Wände waren kohlschwarz. Des schwarzen Grafen Rüstung war auch ganz schwarz, und ganz nach uralter Art, ein Kettenpanzer umkleidete ihn völlig, nur auf dem Haupte trug er einen Helm seltsamer Form; der Kamm dieses Helmes war nicht gegossen oder geschmiedet, er war lebendig und ward gebildet von einem kleinen salamandergleichen Drachen, der seine Klauen fest an den Helm geklemmt hielt, den Kopf bisweilen drehte und dessen schwarze Funkelaugen wie Demantspitzen blitzten. Lang hing des Drachen Schwanz vom Helme abwärts bis in den Nacken und schlenkerte bald hinüber, bald herüber. Droben stand am Ende der Treppe der schwarze Graf, und wandte sich seinem Gaste zu. Bleich war sein Antlitz, bleich und

abgezehrt, seine Augen lagen tief in ihren Höhlen und blickten Mord, sie waren ohne Wimpern und über ihnen wölbten sich keine Brauen. Der schwarze Graf keuchte schwer und sein Atem glühte wie der Hauch der afrikanischen Wüste, feuerheiß.

»Nun folge mir, und schaue, was ich tat und wie ich leide!«, sprach zu dem Ritter der schwarze Graf. »Einem jeden, der mitternachts meinen Weg reitet, muss ich zeigen meine Missetat. Brauchst nicht für mich zu beten, Mann! Meine Tat sühnt nicht Reue, nicht Fürbitte, nicht Gebet.«

Die Türe eines Saales, mit fantastischem Bildwerke verziert, sprang donnernd auf – kalter Eishauch, wie von einem Gletscher, wehete aus dem Saale entgegen. Der große weite Saal war auch ganz schwarz und war ganz leer – nur in der Mitte – da stand etwas, beleuchtet von einer matten trüben Ampel, die darüber von der Decke niederhing. Und was dort stand, das war ein Sarg, und in dem Sarge lag eine Leiche, die Leiche einer alten kleinen Frau, ganz weiß gekleidet, die Hände aneinander gelegt, wie zum Gebete über den Händen aber, aus der Brust, ragte der schwarze Griff eines Dolches.

»Hier meine *Mutter*!«, rief der schwarze Graf. »Hier ihr Mörder!«, rief er noch einmal, dass es schaurig im Saale hallte, und brach am Sarge in die Knie. Da hob sich plötzlich die Leiche im Sarge empor und wuchs und wuchs, so riesengroß – so ungeheuer, ein grauser Spuk, und deckte sich über den schwarzen Grafen und füllte mehr und mehr den Raum, und der Ritter wich zurück, bis die Wand ihn hemmte – immer grausiger wurde die entsetzliche Gestalt, immer höher – ihr weißes Antlitz war schon so groß wie der Vollmond im Aufgehen, und ihr Gewand wallete wie Nebel – ihre Hände aber gruben in der Brust des schwarzen Grafen, und gruben ihm das Herz aus der Brust.

Dem Ritter flirrte es vor den Sinnen, wie Nachtflöre einer Ohnmacht! Er zog sein Schwert und schrie: »Unholde! Weicht im Namen des Gekreuzigten!« Da gellte ein entsetzlicher Schrei, da krachte das Gebälk, wankte das Haus, sank Sarg und Wand, sank Graf und Gräfin, sank der

Boden samt dem Ritter tief, tief hinab in undurchdringliche Nacht. Aus einer Betäubung erwachte der Ritter. Sein treues Schwert hielt er noch in der Hand. Schwarze Nacht war rings um ihn her, sein Fuß trat auf Moorgrund, seine Hand ertappte Mauerwerk und feuchtes Gras, Nachtluft umwehte ihn kühl und schauernd.

Was war das? Und wo bin ich?, fragte sich der Ritter, und unruhevoll klopfte ihm sein sonst so mutiges Herz. Er rief laut den Namen seines Knappen. Horch! Ein Antwortruf, aber aus weiter Entfernung. Der Ritter rief wieder – der Knappe kam näher – er führte noch die beiden Rosse an den Zügeln.

»Herr, wo seid Ihr?«, rief von Weitem der sich nähernde Knappe.

»Hier! Hier im Moor und unter Trümmern«, rief der Ritter.

Mit Mühe half durch Zusammenknüpfen von Riemen und Strängen der Knappe seinem Herrn aus dem Sumpfe, darüber begann der Morgen zu dämmern – und nun sahen Herr und Diener allmählich, wo sie waren. Auf sumpfiger Heide, neben einem ganz verfallenen Bau am Ende eines Waldes – und eine Strecke davon im Nebeldämmer jenes Gebäu, an dem der Knappe gerastet – ein Galgenrundbau; was drei Türme geschienen, waren drei hohe Steinpfeiler, die verbindenden Balken waren längst verfault und herabgefallen.

Kühl wehte es vom Osten her – feucht schlug der Nebel sich nieder. Still ritten der Ritter und sein Knappe ihres Weges weiter. Nie vergaß der Ritter sein gespenstiges Abenteuer und das Schloss des schwarzen Grafen.

Vom Büblein, das sich nicht waschen wollte

Es ist einmal ein Büblein gewesen, das wollte sich schon als ganz kleines Kind immer nicht waschen lassen, und als es größer wurde, so hat sich's vor dem Wasser über alle Maßen gegruselt, und hat sich vor dem Nasswerden ärger gefürchtet als vor dem Feuer. Und da hat der unsaubere Geist, der Teufel, Macht genommen über das Büblein, und hat zu ihm gesagt, er wolle es an einen Ort führen, wo es sich sein Lebtag nicht zu waschen brauchte, und wenn es ihm sieben Jahre diene, dann solle es ein gutes Leben haben.

Das war dem Büblein recht, und ging mit dem Teufel und der führte es fort, dass keine Seele mehr von ihm weder hörte noch sah, und wurde ganz und gar vergessen.

Nach sieben Jahren aber erschien in des Bübleins Heimat ein Geselle, der sah aus wie des Teufels rußiger Bruder. Seine Haut war schwarz, sein Haar wirr und ungekämmt, sein Wesen war schweigsam. Aber wenn er Kinder sah, so warnte er sie vor Unreinlichkeit und ermahnte sie, dass sie sich ja recht fleißig sollten waschen lassen. Nachher geschah es wohl auch, dass er erzählte, wie er am Höllentore im Dienste des unsaubern Geistes habe Wache halten müssen, weil er selbst so unsauber gewesen, und wer alles durch das Tor gekommen, aus dem Dorfe und der ganzen Umgegend. Wie aber die Leute von den Kindern vernahmen, was des Teufels gewesener Torwart erzählte, schalten sie ihn einen schwarzen Unhold und liefen haufenweise zu ihm und gaben ihm vieles Geld, dass er schweige und nicht sage, wessen Vater, Großvater, Mutter, Schwester, Muhme und ganze werte Verwandtschaft er in die Hölle habe einziehen sehen. Da nahm er das Geld, wenn ihn aber einer wieder zu schelten anhub, so sagte er: »Ich wasche meine Hände in Unschuld, ich kann nicht dafür, dass Eure Sippschaft und Magschaft in die Hölle spaziert ist, statt in den Himmel.« Und fing an und wusch sich fleißig, des Tages mehr als einmal, und verdiente vieles Geld mit Schweigen, während andere es mit Schwätzen verdienen müssen.

Das winzige, winzige Männlein

Es waren einmal drei lustige Gesellen, ein Schmied, ein Schneider und ein Jäger, die waren gute Freunde zueinander, kamen öfters zusammen, und besprachen sich, mitsammen in die Fremde zu gehen, weil es ihnen in der Heimat nicht mehr so recht gefallen wollte. Wie sie nun ihren Entschluss ausführten und wanderten, führte sie ihr Weg in einen tiefen Wald, aber heraus führte er sie nicht; sie verirrten sich und liefen im Walde umher, bis die Nacht einbrach, und sie weder Weg noch Steg sehen konnten. Endlich stieg der Schmied auf einen Baum und erblickte in einiger Entfernung ein Licht, merkte sich die Richtung, stieg vom Baume herab, und ging nun mit seinen Gefährten auf das Licht zu. Sie kamen alle drei an ein Haus, welches offen stand, aber leer war, wenigstens ließ sich niemand blicken, aber das Licht stand darin und schien.
»Wer hier wohnt, wird es uns nicht so sehr übel nehmen, wenn wir hier die Nacht verbringen, wir können nun einmal doch nicht weiter!«, sprachen die drei einer zum andern, und legten sich nieder, wo sich just für jeden ein geeignetes Plätzchen fand. Ohne alle Störung schliefen die drei Gesellen die ganze Nacht, und erwachten, als der Morgen da war, fröhlich und wohlgemut.
»Es ist hübsch in diesem Häuschen«, sprach der Schmied. »Ich dächte wir verließen es nicht so schnell, damit wir dem Bewohner danken für die Gastfreundschaft, die wir uns angeeignet.«
»Vielleicht kann ich ihm etwas flicken«, meinte der Schneider.
»Ich bin auch nicht dagegen, hier zu rasten«, sprach der Jäger, »aber wenn wir das wollen, so müssen wir nun etwas zu essen haben, denn hier scheint Schmalhans Küchenmeister zu sein. Ich schlage daher vor, einer von uns bleibt hier, und zweie gehen in den Wald, und fangen oder schießen etwas, damit wir zu leben haben.«
»Der Rat ist richtig«, sagte der Schmied. »Draußen springt ein Quellbrunnen; der daheim bleibt, macht indes ein Feuerlein an, und setzt Wasser bei, dass wir uns hernach eine gute Suppe kochen können.«

Der Schmied und der Jäger gingen und der Schneider blieb im Häuschen, entzündete ein Feuer, setzte Wasser bei und sich daneben. Da erschien mit einem Male ein winzig, winzig kleines Männchen und sagte:

»Schneider, Schneider, Schneiderlein,
Ich blas dir aus dein Feuerlein.«

»Ja, untersteh dich!«, rief der Schneider voller Mut, weil das Männlein so winzig war, aber das machte ft! und da war das Feuer aus und das Männlein verschwunden.
Bald kamen der Jäger und der Schmied und brachten ein Stück Wild und gute Wurzeln, der Schneider erzählte, was ihm begegnet sei, und nun mussten sie von Neuem Feuer anzünden und Wasser beisetzen.
Als das Wild verzehrt war, gingen der Schmied und der Schneider in den Wald, und der Jäger hütete das Haus, und machte ein schönes Feuer an, setzte Wasser bei und sich dazu. Da kam abermals das winzige, winzige Männchen, und wisperte:

»Jäger Jäger, Jägerlein!
Ich lösch dir aus dein Feuerlein.«

»Probier es nur! Ich drehe dir den Hals um!«, rief der Jäger, aber – ft! – und das Feuer erlosch und das Männlein verschwand.
Wie die Kameraden kamen, hatten sie kein Wild, und kein Feuer; zwar rühmte sich der Schneider, dem der Jäger sein Gewehr geliehen, er habe bald einen Bock geschossen, aber nur bald, das Gewehr habe einen Fehler, die Kugel sei links gegangen.
»Nun probiere ich's einmal!«, rief der starke Schmied. »Habt Acht, ich zahle den Knirps aus.« Nun blieb er zu Hause und der Jäger ging mit dem Schneider auf die Jagd.
Der Schmied saß noch gar nicht lange bei dem Feuer, das er angezündet, nachdem er einen Schraubstock hergerichtet, als das winzige, winzige Männlein zum dritten Male erschien, und wisperte:

»Schmied, Schmied, Schmiedelein!
Ich lösch dir aus dein Feuerlein.«

Aber anstatt zu antworten, griff der Schmied dem Männlein an den Kragen, schüttelte es tüchtig und klemmte es an den Schraubstock fest, dass es erbärmlich zappelte und heulte. Das half ihm aber nichts, denn der Schmied bearbeitete es auch noch äußerst handgreiflich, und wie nun der Jäger und der Schneider kamen, so putzte der Erstere das winzige Männchen auch noch aus, und der Schneider freute sich und flickte es ebenfalls gehörig durch.
Das Zaubermännchen im Schraubstock tat aber gar erbärmlich und sagte: »Lasst mich los, und gehe einer mit mir! Einen kann und will ich glücklich machen. Schneiderlein, geh du mit mir!«
»Männlein, ich geh nicht mit dir!«, antwortete der Schneider. – »Jäger, so gehe du mit mir!«, bat das winzige, winzige Männlein. – »Ei, der Kuckuck geh mit dir!«, antwortete der Jäger. – »Schmied, Schmied, gehe du mit mir!«, bat gar zu kläglich das Männlein, da sagte der Schmied: »Gut, ich will mit dir gehen, aber denke nicht, dass ich dich loslasse, denn du würdest mich sonst schön führen. Und die andern zwei müssen ein Stück hinter uns drein gehen.«
»Meinetwegen, ich bin alles zufrieden!«, winselte das winzige, winzige Männlein. »Macht mich nur aus dem Schraubstock los!«
Das tat denn der Schmied, hielt aber das Männlein fest am Kragen, und nun ging es durch eine Türe in der Stube und durch einen Kellergang in ein großes matt erhelltes Gewölbe. In diesem Gewölbe saß auf einem elfenbeinernen Stuhle der Menschenfresser, und hinter ihm stand seine Frau, und kämmte ihm mit einem beinernen Kamme das lange, zottelige Wirthaar.
Jetzt sprach der Menschenfresser: »Hup, hup! Es riecht nach Menschenfleisch! Hup, hup – Menschenfleisch«, und schnappte behaglich.
»Ach –«, antwortete die Frau, »wer weiß, was du riechst?«
Doppelt fest hielt der Schmied das winzige Männlein am Kragen, denn hätte er es losgelassen, so hätte dasselbe ihn und seine Gesellen dem

Menschenfresser überliefert – aber so führte er den Schmied in einen Seitengang, und die andern folgten, und da kamen sie an ein Bergloch, davor lag ein großer Stein, und da sagte das Männlein: »Wälze diesen Stein hinweg, krieche dann durch die Öffnung hinaus, und rufe: ›Vivat! Ich bin erlöst!‹«

»Zum Steinwälzen brauch ich aber zwei Arme«, sagte der Schmied; gab dem Jäger das zappelnde Männlein am Kragen fest zu halten, denn dem Schneider mocht er's nicht anvertrauen, der dünkte ihm nicht stark genug. Gleichwohl half auch der Schneider halten, er hielt das Männlein an beiden Beinchen fest. Jetzt wälzte der Schmied den Stein; da entstand im Gewölbe ein Poltern und Krachen, als wenn alles zusammenbreche, vor ihnen aber strahlte blendender Schimmer, Tageshelle, und vor aller Augen lag ein stattliches Schloss. Geschwinde krochen alle drei, eigentlich vier, heraus. Erst der Schmied, dann der Jäger mit dem Männlein, zuletzt der Schneider, der des winzigen Männleins Beine hielt, und jeder schrie: »Vivat, ich bin erlöst.«

Und siehe, das winzige Männlein schrie auch mit, und verschwand jenen unter den Händen. Aus dem Schlosse aber trat ein prächtig gekleidetes Musikkorps und spielte einen wunderschönen Tanz, dann kamen drei herrliche Prinzessinnen, die tanzten dem Schmied, dem Jäger und dem Schneider entgegen; dann ein kleiner Mann, aber angetan wie ein König, mit Krone und Zepter, im hermelinverbrämten Purpurmantel, und seine Züge waren die des winzigen Männleins. »Dank euch, die ihr uns erlöset habt!«, sprach der kleine König mit gravitätischer Würde. »Dank und Lohn!«

Hierauf erhob der König die drei muntern Gesellen in den Prinzenstand, jeder durfte eine von den drei wunderschönen Prinzessinnen heiraten, alle lebten glücklich beisammen in dem schönen Schlosse, bedient von zahlreichem Hofgesinde, und keinem wurde wieder sein Feuerlein ausgeblasen.

Die schlimme Nachtwache

Es war einmal eine Gastwirtin, die taugte sehr wenig; sie wog falsch, sie maß falsch, sie log und trog. Wer in ihr Haus kam, kam nicht ungerupft wieder heraus. Nach Geld stand all ihr Sinn, um Geld hätte sie dem Bösen ihre Seele verkauft, wenn dieser sie gemocht.

Manche Untat geschah in dem Hause dieser Wirtin, die nicht an den Tag kam. Endlich war das Maß ihrer Sünden voll.

Ein vornehmer Herr kam zugereist, der über Nacht bleiben wollte. Er aß und trank, und sagte vor Schlafengehen zur Kellnerin: »Es muss jemand vor meiner Türe wachen; ich zahle dafür hundert Gulden und mehr. Magst du die verdienen, Kellnerin?«

»Nein!«, antwortete die Kellnerin. »Zur Nacht schlaf ich, am Tage wach ich, und abends bin ich müde genug. Ich will's aber meiner Frau sagen, dass die dem Herrn jemand zur Nachtwache anschafft.«

»Denket Euch, Frau!«, sprach zur Wirtin die Kellnerin: »Der fremde Herr will hundert Gulden und mehr zahlen, wenn jemand vor seiner Türe wacht. Ich hab mich dafür bedankt.« – »So?«, sagte die Wirtin. »Nun, so gehe du schlafen, ich will schon jemand anschaffen.«

Die Wirtin gönnte aber selbiges Wachtgeld niemand als sich selbst. Sie ging zum Fremden, und sagte ihm: »Es ist niemand da, der Euch wachen will; ich muss es schon selbst tun, Ihr müsst aber noch was drauflegen.«

»Schon recht, Frau Wirtin! Ich lege noch etwas darauf. Wachet nur fein.« – Dann verschloss er sein Zimmer und die Wirtin blieb draußen auf der Flur, und wachte, und zählte in Gedanken schon das leicht verdiente, viele Geld. – Um Mitternacht war es der Kellnerin, als höre sie ein winselndes Gestöhne auf dem Vorsaal, aber es gruselte sie darob, und sie blieb hübsch unter ihrer Bettdecke.

Als es Tag war, saß die Frau Wirtin vor des Fremden Türe, und hatte einen Beutel voll Geld in der Hand; sie sah aber jämmerlich aus, und mit Entsetzen sah das Gesinde, dass nur die Kleider und die Haut der Wirtin noch da waren. Das andere hatte der Teufel mitgenommen.

Der gastliche Kalbskopf

Ein Elternpaar hatte drei Söhne, zwei waren gescheit, oder bildeten sich wenigstens ein, dies zu sein, der Dritte, Jüngste, Hans, war der Dumme, aber der Liebling seiner Mutter, daher auch oft der Gegenstand des Neides seiner Brüder. Als Letztere ziemlich herangewachsen waren, beschlossen sie, gemeinschaftlich die Welt zu sehen und draußen ihr Glück zu machen; sie sprachen daher zu ihrem Vater: »Vater, gib jedem von uns zehn Taler, wir wollen hinaus in die Welt, wollen fremde Städte und Länder sehen, und unser Glück machen.« Und zur Mutter sprachen sie: »Mutter, gib uns einen Ranzen voll Brot und Speck, wir wollen eine weite Reise tun.«

»Es ist gut, wenn die Jungen fortkommen und sich draußen etwas versuchen, wir wollen sie ziehen lassen!«, sprach die Mutter zum Vater, und so wurde der Brüder Wunsch erfüllt.

Wie die Brüder zu ihrer Reise zurüsteten, sahe es Hans, und wie er ihren Entschluss vernahm, so sagte er: »Will auch mit! Will auch zehn Taler, will auch einen Ranzen voll Speck und Brot! Auch in die Welt!«

»Du wirst etwas Rechtes draußen sehen und gewinnen, dummer Hans!«, grollte der Vater, und die Mutter schrie: »Ach, mein Goldkind! Bleibe daheim und nähre dich redlich!«

Aber der Hans wollte einmal, und da half kein Zureden; er erhielt, was die Brüder erhalten hatten, und wanderte mit ihnen von dannen.

»Dümmeres gibt es gar nicht, als dass der dumme Hans sich uns aufgepackt hat! *Der* konnte doch wahrlich daheim bleiben! Der wird was Gescheites erleben! Wir wollen tüchtig drauf losschreiten, dass er uns nicht nachkommt, da wird er schon von selbst umkehren«, sprachen die Brüder auf ihrem Wege untereinander, als bereits Hans, der Jüngste, ein Stückchen zurückgeblieben war, weil er nicht so große Schritte machen konnte, als seine zwei älteren Brüder.

Hans ließ die Brüder noch eine Strecke hinlaufen. Auf einmal schrie er: »Heida! Holla! Was ist das? Was liegt da? Ach der Schatz!«

Die Brüder, als sie den Hans so rufen hörten, blieben stehen, sahen sich um, sahen, wie ihr Bruder sich bückte, und Zeichen der Verwunderung über etwas machte, was dort lag, dann sprachen sie zueinander: »Schau, der Hans hat etwas gefunden, daran wir, ins Gespräch vertieft, vorübergingen, geschwinde zurück!«
Eilend liefen die älteren Brüder zu ihrem Hans zurück, und sahen nach dem Schatz, den Hans gefunden hatte – es lag aber nichts dort, als eine Glasschlacke, die in der Sonne blitzte.
»Einfältiger, dummer Hans!«, schalten die getäuschten Brüder. »Mein –«, sprach Hans, »ist's kein Demant? Tut mir leid!«
Nach einer Weile waren die Brüder dem kleineren und schwächeren Hans wieder eine gute Strecke vorgeschritten, und er konnte nicht nachkommen, weil er sich als bequemes Muttersöhnchen im Gehen niemals sonderlich geübt hatte. Da schrie er abermals: »Hei! Holla! Aber das ist was! He! Kommt all daher! Ach, die Pracht! Ach, die Pracht!« – und dabei machte er Freudensprünge um einen Punkt.
Die Brüder glaubten, der Hans habe jetzt wirklich etwas gefunden, und liefen zu ihm zurück. Als sie aber die Stelle erreichten, war es ein großer Schwarm Goldkäfer, die zufällig auf einen Punkt zusammengeklumpt da lagen – und schalten den Hans noch härter. – Der Hans aber machte sein dümmstes Gesicht und sagte: »Ich dachte, es wäre ein Haufen Kudaten. Ist's nichts? Tut mir leid.« – Er hatte aber beide Male nur gerufen, um wieder bei den Brüdern zu sein, ohne seine Schritte verdoppeln zu müssen, und sie einzuholen.
Leider ließ sich dieses zweimal erprobte Kunststück nicht fortsetzen. Als Hans nach einer Strecke Weges in einem Walde abermals zurückgeblieben war, und wieder bei einem vorgeblichen Funde stehen blieb, und schrie, so taten seine Brüder, als hörten sie es nicht – und gingen selbander ihres Weges, und waren bald hinter den Waldbäumen, ihrem Bruder aus dem Gesichte.
»Lauft hin!«, sprach Hans, »so kann ich desto besser ausruhen!« – Und setzte sich auf einen Stein und öffnete seinen Ranzen, und aß Brot und Speck, trank auch einmal, denn die Mutter hatte ihm vorsorglich eine

gefüllte Bulle in den Ranzen geschoben, dann legte er an einer bequemen Stelle den Ranzen unter den Kopf, und machte ein Schläfchen. Da der Hans Ausgehen nicht gewohnt, und sehr müde geworden war, so dauerte sein Schläfchen etwas lange, und als er endlich daraus erwachte, begann es schon Abend zu werden.

O weh, o weh!, dachte Hans. – Ist es schon so spät! Wo soll ich nun hin, bei der Nacht und im Walde? Räuber können kommen und mir meine zehn Taler nehmen. Wölfe können kommen, und mir mein übriges Brot samt Speck fressen, und hinterdrein mich dazu. Das wird nicht gut. Hans, Hans! Wärst du doch zu Hause bei der Mutter geblieben!

Es wurde schnell dunkel, und Hans fürchtete sich, weiterzugehen. Wo ich alleweil bin, ist außer mir niemand, sprach er zu sich selbst – und *ich* tue mir nichts. Gehe ich aber weiter, so könnte ich auf jemand stoßen, der mir was tut. Hier steht eine dicke Eiche, da will ich hinaufsteigen, und mich oben in das Geäste setzen; da sucht mich kein Räuber, und Wölfe klettern nicht.

Gedacht, getan, Hans kletterte auf den Baum, und sah sich droben ein wenig um. Siehe, da erblickte er ganz nahe ein stattliches Haus, dessen Zimmer von Lichtern erhellt waren.

»O ich dummer Hans!«, rief Hans. »Konnte ich nicht noch ein paar Schritte gehen, und in dem schönen Gasthofe einkehren? Potz Blitz! Wenn man zehn Taler in der Tasche hat, braucht man da ein Nachtquartier auf Waldbäumen zu suchen?« – Eilend kletterte Hans vom Baume wieder herab und schritt nach dem Hause zu, dessen Lichter ihm bald entgegen schimmerten. Bald stand er vor dem Hause, es war hell und groß, nur nichts Lebendes ließ sich sehen. Hans fand die Türe offen, alles hell von brennenden Kerzen, auch die Türen einer Reihe von Zimmern standen geöffnet, aber nirgend ein Mensch, auch kein Hund und keine Katze. Indessen stand in einem der Zimmer ein gedeckter Tisch, darauf standen eine Flasche voll Wein, und Teller voll Weißbrot, Pfannkuchen, kalten Braten, Butter, Käse u. dgl. In einem Zimmer gleich daneben stand eine schöne Wiege, und in der Wiege lag ein K– nein, kein Kind, sondern ein sehr schöner *Kalbskopf*, auf seide-

nen Kissen. Hans schielte hin und murmelte: »Ein prächtiger Kalbskopf! Schade, dass selbiger nicht gebraten ist. Zu dem hätt ich just Appetit.« Jetzt öffnete der Kalbskopf seine Augen und Hans erschrak, er hatte nicht gedacht, dass derselbe lebendig sei.
»Schönen guten Abend«, sagte der Kalbskopf – und ganz erschrocken stammelte Hans: »Großen Dank!«
Er war noch so unbekannt mit der Welt, der gute Hans, hatte noch nie einen Kalbskopf reden gehört.
»Sei schön willkommen!«, sprach der Kalbskopf weiter. »Mir wird die Zeit so grässlich lang. Setze dich, iss, trink, mache dir's bequem – dort steht ein Himmelbette, da kannst du schlafen, wenn du aber munter bist, da kannst du mir erzählen, wie es draußen in der Welt zugeht.«
Ich?, dachte Hans, und erschrak aufs Neue. *Ich* soll von der Welt erzählen? Das werden rührende Geschichten werden. Wenn ich nun nichts weiß, da tut mir das Ding am Ende etwas. Ob es wohl ein ganzes Kälbchen ist, oder nur ein Kopf? Ob es wohl aus der Wiege herausspringen kann? Beißen wird es doch nicht – dazu sieht es zu gutmütig aus.
Hans setzte sich und aß und ließ sich's trefflich wohl schmecken, doch quälten ihn über dem Essen Gedanken, was noch nie bei ihm der Fall gewesen war.
Wie fang ich's nur an – dachte Hans: dass ich nicht gegen die Höflichkeit verstoße? Wie tituliere ich den Kalbskopf? Ich kann nicht unterscheiden, ob es ein Er ist oder eine Sie? Ob schon verheiratet oder noch ledig? Er scheint noch ziemlich jung zu sein. Soll ich zu ihm oder zu ihr sagen: Euer oder Ihre Gnaden? Ich werde gewiss etwas Dummes machen, so oder so.
Trotz dieser schweren Gedanken ließ sich's Hans doch außerordentlich gut schmecken, und als die Mahlzeit gehalten war, kam es zu keiner Abendunterhaltung zwischen ihm und dem Kopfe, denn Hans war wieder müde und legte sich in das Himmelbette, und schlief bis in den andern Tag hinein. Der Kalbskopf nahm das nicht übel; er hatte eine bewunderungswerte Geduld. Am andern Morgen fand Hans seine

Kleider gereinigt, und sein Frühstück neben der Wiege des Kalbskopfes, der ihm freundlich guten Morgen sagte, und seine Ohren mit vieler Anmut bewegte. Nun aber sollte Hans erzählen, und machte den Versuch, und siehe, es ging besser, als er geglaubt. Er begann zunächst von sich, denn jeder Mensch ist der Mittelpunkt seiner Welt, von seiner Mutter, von dem Vater, den Brüdern, den Muhmen und Vettern und von deren Kindern; von dem Hause seiner Eltern, deren Viehstande, wie viele Ziegen, Enten, Hühner, wie viele Singvögel; dann vom Gärtchen, von dessen Bäumen, Beeten und Blumen.
Hans hatte an dem Kalbskopf den gütigsten Zuhörer. Bisweilen schien es Hans, als glänze eine Träne in dessen großen blassblauen Augen, und als atme er tiefer auf, fast wie wenn ein Mensch seufzt. Ein Wort gab das andere, nie stockte die Unterhaltung. Hans schilderte bis ins Einzelne das Dorf, in dem sein Elternhaus stand, die Häuser, die Kirche, die Schule, den Kirchhof, die Grabsteine, den Pfarrer, den Schulzen, dann die Flur des Dorfes, den Bach, die nächsten Berge.
Hans war über sich selbst verwundert, dass er so vieles wusste. Darüber verging mancher Tag. Dann fielen ihm auch alle Märchen ein, welche ihm die Großmutter, als diese noch lebte, und er noch ein kleiner Junge gewesen war, erzählt hatte, und dann die Mutter – von verzauberten Prinzen und Prinzessinnen, von Zauberfrauchen und Hexenmännlein, von verwünschten Schlössern und gläsernen Bergen. Das alles hörte der Kalbskopf mit großem Wohlgefallen an, besonders schien er sich zu freuen, wenn die Märchen schilderten, wie die verzauberten Prinzen und Prinzessinnen ihre Erlösung gefunden. Und dabei sorgte der Kalbskopf auf das Eifrigste dafür, dass es Hansen niemals an Trank und Speise mangle, und dass er sich und sein Gedächtnis durch allzu vieles Erzählen ja nicht zu sehr anstrenge. Immer mehr fiel dem Hans ein; er erzählte von den Gespenstern, die es gebe, von Feuermännern und Irrwischen, vom wilden Jäger und von dem Erdmännlein, von der Nixe im Bache und dem weißen Fräulein am alten Schlossberge in der Nähe seines Dorfes. Endlich fiel dem Hans ein, dass er ja auch musikalisch sei, und ein Instrument bei sich habe, das er zur Unterhaltung trefflich

zu spielen verstehe. Hans packte dieses Musikinstrument, das sehr sorglich verwahrt war, aus – es war eine Maultrommel, und als Hans die ersten Töne darauf anschlug, machte der Kalbskopf ganz große Augen, und drückte durch Wedeln mit den blonden Ohren seinen stillen Beifall aus.

Lange Zeit erfreute sich Hans der Gastlichkeit des Kalbskopfes und der stets unsichtbar bleibenden Bedienung des Hauses, und dachte: es ist gut, dass ich nichts von der Dienerschaft sehe, da brauche ich auch kein Trinkgeld zu geben, wenn ich wieder fortgehe – denn der Gedanke an das Fortgehen war dem Hans doch allmählich gekommen. Er kannte keine andere Welt als die kleine seines Heimatortes; sie füllte seine Seele und den Kreis seiner Ideen aus, und da er täglich nur von ihr sprach, mit allen Gedanken nur in ihr lebte, so war es kein Wunder, dass eine stille Heimatsehnsucht im Herzen Hansens erwachte.

Der Kalbskopf besaß ungleich mehr seelenkundlichen Scharfblick, als die überklugen Menschen insgemein Kalbsköpfen zutrauen und zugestehen wollen, und nahm daher eines Tages, als Hans wieder vom Daheim erzählte und dabei ein jammeriges Gesicht machte, das verständige Wort: »Mein guter Gastfreund«, sprach er: »Du sehnst dich heim; ich begreife dieses Gefühl und ehre dasselbe. Reise heim ich will dich ausstatten – aber kehre wieder. Dort steht ein Stab, schlage mit ihm auf jene Lade, und wähle dir aus den darin liegenden Anzügen den schönsten aus – dort jene Türe verschließt den Stall. Öffne sie mit dem Stabe, und wähle dir das beste Ross. Dort in jener Kiste liegt Geld und ein Zauberpfeifchen; wenn du verirrt bist, und du pfeifst darauf, so kommen Tiere gesprungen, und laufen dir voran, und zeigen dir den richtigen Weg.«

Hans staunte, und tat, wie ihm geheißen war.

Im stattlichsten Jagdjunkerkleide mit goldenen Tressen besetzt, auf stattlichem Schimmel, mit trefflichem Seitengewehr und gezogener Kugelbüchse ritt Hans von dannen, alle Taschen voll Geld, und das Pfeifchen an goldener Schnur um den Hals. Heilig und teuer versprach Hans dem Kalbskopfe, zu ihm zurückzukommen. Ob Hans dem gastlichen Kalbskopf zum Abschiede einen Kuss gegeben, weiß man nicht so ganz bestimmt.

Wie ging es unterdessen Hansens klugen Brüdern? Die waren sehr froh, dass der dumme Hans sie nicht mehr belästigte; sie ließen sich's recht gut schmecken, so lange Brot und Speck in ihren Ranzen vorhielten, und so lange in den Wirtshäusern die zehn Taler eines jeden ausreichten, was wirklich ohngefähr acht Tage dauerte. Dann aber sprachen sie zueinander: »Die Welt ist doch zu groß, als dass wir sie ganz kennen lernen könnten. Wie wär es, wenn wir umkehrten? Es ist doch überall nicht besser als daheim. Wir haben in diesen acht Tagen eine ziemliche Anzahl fremder Städte und noch mehr Länder gesehen, es sieht fast ein Land aus wie das andere. Wir haben zwar kein sonderliches Glück gemacht, aber wir hätten doch vielleicht etwas finden können. Dass uns hier außen nichts vom Glücke begegnete, ist ein Beweis der alten Wahrheit, dass nur in der Heimat eines jeglichen der wahre Schatz seines Glückes ruht. Eilen wir, diesen Schatz wieder aufzusuchen.«

Als die Brüder heimkamen, sah sie der Vater finster an, und sagte: »Ihr seid die wahren Helden, ihr Landläufer ihr! Ihr Herrgottstagediebe! Zwanzig Taler habt ihr durchgebracht, und für zehn Taler Kleider und Schuhe zerrissen. Jetzt arbeitet dafür! Nicht einen Groschen geb ich euch, bis ihr mir das an euch zum Fenster hinausgeworfene Geld ersetzt habt!«

Die Mutter aber rief: »Ihr Rangen! Wo habt ihr meinen Hans, mein Goldkind? Wie könnt ihr euch nur unterstehen, ohne meinen Hans über unsere Schwelle zu schreiten?«

Es hielt den Brüdern sehr schwer, die zürnende Mutter zu bedeuten, dass Hans mit Absicht immer hinter ihnen zurückgeblieben sei, ganz sicher, um sich abzusondern.

Die Brüder mussten fürchterlich arbeiten, denn dreißig Taler wollen verdient sein.

Nach einiger Zeit entstand gegen Abend im Dorfe ein kleiner Auflauf. Es ritt ein vornehmer Junker hindurch, angetan wie ein Prinz. Die Leu-

te dachten, es wäre der König selbst, und reise inkognito, ohne alle Bedienung.
Alles lief an die Fenster, vor die Türen, ein heller Haufe lief hinterdrein. Da fielen blanke Guldenstücke auf den Weg – nun war es der König, und alles schrie vivat! und schlug sich um die Geldstücke. Vor Hansens Elternhause hielt der schmucke junge Reitersmann und stieg vom Rosse. Eine ganze Schar von Jungen drängte sich herbei, bei dem vermeinten Prinzen Stallmeister- oder Bereiterdienste zu tun.
Hansens Eltern traten ehrerbietig vor ihr Häuslein. Was konnte bei ihnen der fremde Herr wollen? Die Brüder kamen von der Arbeit, und sahen Mistfinken ähnlicher als Goldammern. Ihre Mäuler blieben offen stehen vor Verwunderung, als der Fremde erst ihrer Mutter, dann ihrem Vater um den Hals fiel, und sie herzte und küsst; und hernach rief: »Na, Michel, na Velten! Patschhand! Ihr kennt am Ende euern Hans alle nicht mehr?«, und ihnen die Hände bot.
Es war der Hans und kein Prinz und kein König. – »Der dumme Hans ist wieder da, ist reich geworden, und wirft mit Geld um sich, der Hans Narr!«, lief die Rede durchs Dorf. Die Alten freuten sich, die Brüder zogen mit scheelem Neide Hansens schönes Pferd in den Stall, und flüsterten miteinander: »Wir müssen uns tot schinden, um dem Vater die armseligen dreißig Taler wieder zu verdienen; der Hans, der Glückspilz, der gar nicht mit Gelde umzugehen weiß, wirft es auf die Gasse. Wir wollen ihm heute Nacht das Geld wegnehmen, es ist ihm doch nicht nütze. Überhaupt ist nicht recht einzusehen, was so ein Dummer auf der Welt tut?«
In der Nacht kamen die Brüder in die Kammer, wo Hans schlief. Hans war aber nicht so dumm, als seine Brüder dachten. Als die Diebe in die Kammer brachen, schoss er dem einen ein kleines Kügelchen in das dicke Fleisch, und gab dem zweiten mit dem Hirschfänger einen hübschen Zirkumflex. Darauf wurde Lärm, und der Vater stand auf, und als er sah, was vorgegangen, nahm er im Zorne seine Peitsche, und hieb auf die verwundeten Buben los, dass sie laut aufheulten und den Himmel für eine Bassgeige ansahen, vor dem Bruder aber sich gar nicht wieder sehen ließen.

Hans letzte und labte sich mit seinen Eltern, außerdem aber gefiel es ihm nicht mehr so recht daheim; er beschenkte seine Eltern reichlich, sattelte sich selbst sein Pferd und ritt von dannen. Er wollte wieder nach dem Waldhause, zum gastlichen Kalbskopfe, da gab es nicht Neid, nicht Habsucht, nicht Verkennung, nicht Raubsucht, aber zu essen und zu trinken vollauf, und gute Unterhaltung, denn der Kalbskopf wusste auch zu sprechen, und drückte sich noch dazu außerordentlich gewählt aus, woraus Hans schloss, dass derselbe eine sehr gute Erziehung erhalten haben müsse.
Hans ritt ins Blaue hinein und bald wusste er keinen Weg mehr, aber da half das Pfeifchen trefflich. Ein Pfiff, und es kam ein Hase oder ein Fuchs, oder ein Vogel, liefen und flogen vor dem Pferde her, und als der Wald erreicht war, sprangen muntere Rehe voran, und so wurde das Schloss ohne Gefahr und Abenteuer wieder gewonnen. Der Kalbskopf rief Hans, als dieser zu ihm eintrat, ein herzliches »Willkommen!« entgegen, und drückte seine Freude aus, Hans wieder zu sehen.
»Du kommst zu rechter Zeit, mein braver Freund!«, sprach der Kalbskopf. »Mit großer Sehnsucht erwartete ich dich, denn wenn die gute Stunde, der ich entgegenharre, ungenützt verstrichen wäre, so würdest du mich nicht wieder gefunden haben, und alle meine Hoffnung wäre dann zunichte gewesen.«
Hans horchte hoch auf bei diesen ihm rätselhaften Worten, und der Kalbskopf fuhr fort: »Habe genau Acht auf das, was ich dir sage, denn von diesen Anordnungen hängt mein Glück ab, und vielleicht auch dein Glück. Gehe jetzt einmal in die Küche, dort steht ein Hackblock, und in der Speisekammer daneben liegt ein scharf geschliffenes Beil. Nimm dieses Beil und lege dasselbe auf den Hackblock – dann komme wieder zu mir herein.«
Hans befolgte dies Geheiß pünktlich. Wenn ich weiter nichts tun soll, dachte er, so hat es ja gute Wege. Bald hatte er das Gebot erfüllt, und trat wieder in das Zimmer, welches der Kalbskopf bewohnte. »Nicht wahr, mein guter Freund«, rief dieser ihm entgegen, »das war ein sehr leichtes Stück Arbeit? Aber nun kommt das schwerere.

Jetzt nimm diese Wiege, in der ich ruhe, und trage sie samt mir in die Küche, und stelle sie neben den Hackblock.«
»Auch das, mit Vergnügen!«, sagte Hans, und trug die Wiege in die Küche. Sie war zwar etwas schwerer, als Hans dem Anscheine nach geglaubt hatte, aber Hans hatte Kraft.
»Jetzt aber, bester Freund«, sprach wieder der Kalbskopf, »jetzt kommt das schwerste Stück – jetzt erschrick nicht. Jetzt decke mich auf.«
Hans räumte die seidenen Kissen hinweg – o weh – da endigte der Hals des Kalbskopfes in einen armsdicken Schlangenleib, der hing am Kopf wie ein scheußliches Gewächs, und war blau, wie ein Darm voll Blut.
»Jetzt hebe mich aus der Wiege auf den Block, und haue mir mit dem Beile diesen abscheulichen Wurmzopf ab, der an mir hängt.«
Hans schauderte und stammelte: »So soll ich dich töten, du guter, einziger Kalbskopf? Deinesgleichen lebt zum zweiten Male in der Welt nicht mehr!«
»Mache nur frisch zu!«, versetzte der Kalbskopf. »Es wird dir gut gelohnt.«
Hans gehorchte, nicht ohne Scheu und Zagen. Er legte den Kopf, er hob das Beil, er zielte gut, er führte den Hieb – und siehe, es floss kein Tropfen Blut, der Schlangenleib schwand, der Kalbskopf verwandelte sich in ein holdes Mädchenantlitz, und aus der Wiege hob sich's, eine Feengestalt von bezaubernder Anmut, und stieg heraus, und fiel Hans um den Hals. »Du hast mich erlöst, du Guter, Reiner, Treuer! Nun nimm dir, was du willst! Das Schloss und die Schätze, und mich dazu, wenn ich dir gefalle.«
Jetzt wimmelte das Schloss von Dienerschaft, alle diese war verzaubert gewesen, alle jubelten über ihr neugeschenktes Dasein.
»Meine gnädigste Prinzessin!«, nahm der erstaunte Hans das Wort. »Du bist mir schon als Kalbskopf äußerst appetitlich erschienen, so aber bist du mir noch tausendmal lieber. Ich nehme dich!«
Hans wurde sehr glücklich – er begabte seine Eltern, verzieh seinen Brüdern, heiratete die schöne erlöste Prinzessin, und lebte mit ihr in einer frohen und genussreichen Einsamkeit – weder er noch seine Ge-

mahlin sehnten sich in die sogenannte große Welt, und falls sie beide nicht gestorben sein sollten, so dürfte mit einiger Wahrscheinlichkeit zu vermuten sein, dass sie heute noch leben.

Die scharfe Schere

In einem kleinen Städtchen war einmal ein frommes Schneiderlein, das wartete gar fleißig seiner Arbeit und rührte sich vom Morgen bis zum Abend mit Nähnadel und Fingerhut, Schere und Bügeleisen, brachte es aber gar nicht weit damit und kam zu nichts Rechtem. Alles was man von seinem Glücke sagen konnte, war: dass sotanes Schneiderlein sich leidlich und ehrlich durchflicke. Die Familie, aus Frau und mehreren Kindern bestehend, welche erhalten sein wollte, schwere Zeit und durch sie manche Sorge, erpressten dem Schneiderlein manchen Seufzer. Hätte es gerne etwas besser gehabt, wusste aber nicht, wie dies anfangen; hätte gerne noch mehr gearbeitet, konnte aber doch nicht mehr tun, als zu tun ihm aufgetragen wurde, und konnte keine Kundschaft herbeizaubern, so sehr er dies auch manches Mal wünschte.

Aber die Zeit wurde immer schlechter, und es gedieh dahin, dass das arme Schneiderlein keinen einzigen Gesellen mehr halten konnte, und als sein letzter Lehrling losgesprochen war, und das Ränzel geschnürt hatte, und in die Fremde gewandert war, so meldete sich kein anderer Knabe zum Lehrling, denn die Leute sagten dem Schneiderlein nach, es sei weiter nichts als ein Flickschneider, welches Wort nicht viel mehr sagen will, als ein Lump.

Da klopfte eines Tages schon gegen die Abenddämmerung endlich einmal wieder ein Schneidergeselle an, grüßte das Handwerk und bat um Arbeit. Dem klagte das arme Meisterlein gleich seine Not und sprach, es wollte ihm von Herzen gerne Arbeit geben, so es deren nur hätte. Der

Schneidergeselle aber antwortete, der Meister solle ihn nur annehmen; wo *er* arbeite, da sei das Glück, da gebe es genug zu schaffen.
»Nun wohl! Wir wollen es auf acht Tage probieren«, sagte der Schneider, der leicht Hoffnung schöpfte, und wäre es auch nur ein Fingerhut voll gewesen. Einiges fand sich noch zu flicken vor, und am andern Morgen begann die Arbeit; Meister und Geselle saßen einander gegenüber, und dem Ersten stand die Nadel still, als er sah, wie flink und fertig der neue Geselle nähete. Dessen Nadel flog nur so, man sah kaum die arbeitende Hand.
Nun betrachtete sich der Meister seinen neuen Gesellen auch weiter, und verwunderte sich über dessen Gestalt. Derselbe war schier so dünn wie ein Zwirnsfaden; das nichts weniger als wohlbeleibte Schneiderlein war gegen jenen, was ein starker Stamm ist gegen eine dünne Gerte; das Gesicht des Gesellen war dem Meister nicht angenehm; es ähnelte jenes Physiognomie aufs Haar der eines Ziegenbockes, und nebenbei hing der Geselle an alles was er sprach, ein seltsam kicherndes Gelächter, das akkurat wie Meckern klang.
Kaum hatte die Arbeit begonnen, als es an die Türe klopfte, und ein fremder Herr eintrat, welcher ein neues Gewand bestellte, und das Geld für das Tuch gleich auf den Arbeitstisch legte. Zitternd vor Freude hüpfte das Schneiderlein um den Fremden herum und nahm das Maß. Ach, es hatte so lange nicht das wonnige Gefühl einer Schneiderseele empfunden, ein Maß zu einem nagelneuen Gewande zu nehmen. Der Fremde empfahl Eile und ging, und die Frau Meisterin sollte geschwind in den Tuchladen gehen, das Tuch zu holen, konnte sich nicht schnell genug anziehen.
»Sieht der Meister, dass ich recht hatte?«, fragte der Geselle. »Mit mir kommt das Glück ins Haus, mähähähä!«
»Freut mich, freut mich sehr!«, antwortete schmunzelnd das Schneiderlein.
»Zehn Taler hat der Herr zu Tuch da gelassen?«, fragte der Geselle weiter. »Da schickt man achte in den Tuchladen, und zweie behält man – mähähähä!«

»Gott soll mich behüten und bewahren!«, rief erschrocken das Schneiderlein! »Nein, das wäre eine Sünde, das wäre unrechtes Gut, das bringt kein Gedeihen!«
»Lasse mich der Meister aus mit – und Sünde – solche Worte kenn ich nicht – mähähähä!«, erwiderte mit einem ungemein spöttischen Gesichte der Geselle, immerfort fleißig arbeitend. »Man riecht dem Meister recht das kleine Stadtnest an, darin wir sitzen – da sollte einmal der Meister in einer großen Stadt leben, und ein Kunde so dumm sein, wie der unsrige, das Geld zum Tuche voraus zu bezahlen! Dort müsste man von zehn Talern gleich fünfe behalten, weil so gar viele andere Kunden das Tuch, das die Schneider zum Gewande tun, nie und niemals bezahlen, und Auslagen nebst Macherlohn zum – zum Teufel sind – mähähähä!«
Das fromme Schneiderlein fädelte einen neuen Faden in seine Nadel, zog diesen recht lang aus, hielt ihn dem Gesellen unter die Nase, und sagte: »Sieht Er, Mosjö! Ehrlich währet am längsten!«
»Eine gute Zehrung, mit der man weit kommt!«, spottete der Geselle mit seinem steten unausstehlichen Meckerlachen.
Das Tuch wurde gebracht, es war fein und gut; der Schneider spitzte die Kreide und schickte sich zum Zuschneiden an. Der Geselle blickte in die Camera obscura, die sich an den Arbeitstischen der Schneider befindet, um Abfälle von Tuch, Futter und dergleichen aufzunehmen, und scharrte mit dem Fuße darinnen umher, es lag aber gar nichts darin, als einige Fasern von der letzten Flickarbeit – dann folgte des Gesellen lauernder Blick jeder Handbewegung des Meisters – dann sagte er: »Nun Meister! Euer Ältester braucht notwendig ein Röcklein, oder die Frau Meisterin könnte eine Sonntagsjacke wohl brauchen. Schneidet hübsch mit Verstande zu – werft die Lappen her – in die Hölle – mähähähä!«
»Beim Teufel ist die Hölle – nicht bei mir! Nicht ein Flecklein zu einem Haubenläppchen für meine Frau behalte ich!«, versetzte der ehrliche Schneider.
»Pah!«, rief der Geselle und zog sein Bockgesicht zu einer gräulich flet-

schenden Grimasse. »Wozu ist denn die Hölle da? Wozu hat sie ein Loch – mähähähä?«

»Es heißt eigentlich gar nicht *Hölle*, es heißt *Höhle*, weil es ein dunkler hohler Raum ist – mit der Hölle hat kein ehrlicher Schneider was zu schaffen«, versetzte der das Tuch mit größter Gewissenhaftigkeit zuschneidende Kleiderkünstler.

»Schulmeister! Oh! Deutscher Sprachmeister!«, spottete der Geselle und warf einen Blick voll des grimmigsten Hohnes auf den redlichen Mann. Dieser aber ließ sich nicht irren, und die neue Arbeit wurde begonnen. Im Laufe desselben Tages gingen noch andere Bestellungen ein – eine nach der andern; bereits war Arbeit auf eine ganze Woche vorhanden.

Dem Schneidermeister gefiel sein neuer Geselle gar nicht; er hätte ihn gern am Morgen des ersten Arbeitstages schon wieder Feierabend gegeben, aber er hatte ihn nun einmal auf eine Woche lang angenommen; der Geselle schien in der Tat das Glück mitgebracht zu haben, und schickte er ihn aus der Arbeit, so konnte er allein nicht in zwei Wochen alles fertigen, was bestellt war. Und einen zweiten Arbeiter, wie dieser Geselle war, gab es gar nicht.

Am folgenden Tage setzte sich die Arbeit rührig fort, unter manchem Zwiegespräch, unter mancher Spötterei und manchem den Meister verhöhnenden Bockgelächter, daran sich dieser jedoch wenig kehrte. Er dachte: spotte, höhne du nur immerzu, stichle so viel du willst, arbeite nur so fort; dein Spott beißt mich nicht, dein Hohn sticht mich nicht – der heiße Bögelstahl deiner Zunge brennt mich nicht.

So kam der Schneider mit Geduld und gutem Gewissen viel weiter, als wenn er fort und fort mit dem Gesellen gezankt und gehadert hätte.

Zwischen die Arbeittage fiel jetzt ein Sonntag. Meister und Meisterin schliefen eine Stunde länger, es war ja Ruhetag. Am Abende vorher hatte die Meisterin die Werkstätte recht schön ausgekehrt und aufgewaschen, war aber nicht wenig erstaunt, als sie am Sonntagmorgen hineinschaute, den Boden rings umher wieder voll Tuchschnitzel, Zwirnstücke und Futterfetzen liegen zu sehen, und auf seinem Platze den

Gesellen in voller Arbeit; er hatte ein reines Hemde an, welches vorn aufstand, und mit Entsetzen gewahrte die Meisterin, dass des Gesellen Brust über und über voll schwarzer Haare war.
Sie zog sich zurück und drückte ihrem Manne ihre Verwunderung aus, dass er den Gesellen am lieben Sonntage arbeiten lasse, was doch eine Sünde sei – und sie habe doch erst abends zuvor die Werkstatt so schön gefegt.
»Wie? Er *arbeitet*?«, fragte ganz verwundert der Meister. »Mir ist nicht eingefallen, ihm das zu heißen. Das soll er gleich bleiben lassen!«
Rasch trat der Meister in die Werkstatt: »Schönen guten Morgen auch! Aber was soll das heißen? Weiß Er nicht, dass heute Sonntag ist?«
»Großen Dank, Meister! Nä, mähähähä!«
»Hör Er! Lasse Er Sein dummes Lachen! Ich verbitt es mir!«, sagte der Meister und warf sich in die Brust. »Heute ist Sonntag, heute wird ein für allemal nicht schneideriert. Sonntag ist Ruhetag!«
»Halte mir doch der Meister meine Arbeiten nicht für ungut!«, verteidigte sich der Geselle mit scheinbarer Demut. »Für *wen* arbeite ich denn? Für *Ihn* oder für mich? Doch ohne Zweifel für *Ihn*. Ich bin nun einmal an stete Tätigkeit gewöhnt, ich muss mir stets was zu tun machen – ich kenne keine Ruhe und keinen Müßiggang. Kennt Ihr nicht das schöne Sprüchlein: Müßiggang ist des Teufels Ruhebank, und aller Laster Anfang? Mähä –«
»Mag sein –«, antwortete der Meister, einigermaßen verwirrt. »Jetzt höre Er auf zu arbeiten. Frühstücke Er und ziehe Er sich an. Er täte auch wohl, sich zu rasieren; schau Er einmal in den Spiegel – Er hat ja einen Bart justement wie ein Ziegenbock.«
»Mähähähä!«, lachte der Geselle überlaut. »Verzeih mir's der Meister – ich muss lachen – mähähähä! dass *Ihr* einen solchen Vergleich braucht. Nun Euer Wille soll geschehen.«
Der Geselle ging in seine Kammer, rasierte sich und zog sich an, und sah mit dem Barte, den er sich hatte stehen lassen, wie eine lebendige Satyre auf die ganze löbliche Schneiderzunft aus.
Er hatte einen kohlschwarzen Frack von glänzendem Sommerzeug an,

dessen Schöße bis auf die Erde hingen, und in der Tasche des einen bauschte etwas, als wenn eine lange Schlangengurke drinnen stake, vermutlich eine Tabakspfeife, denn es hing eine Art schwarzer Quaste heraus. Unter dem Fracke trug der Schneidergeselle eine Weste von feuerfarbigem Berkal, und seine Sommermodesten waren von echtem Nankin. Einen Hut besaß der Geselle nicht, sondern bloß ein flottes barettähnliches Käpplein von schwarzem Sammet, mit rotem Rande und mit Goldschnur baspoliert. In der Hand trug er einen wunderlich knorrigen Stock von Wachholderholz, dessen Griff eine Art Drachenkopf bildete, welcher als ein Spiel der Natur so gewachsen war.

»Ei – Er hat sich ja recht stattlich herausgeputzt, Schwarzburger!«, rief der Meister den Gesellen an, der wie das Wanderbuch auswies, aus dem Schwarzburgschen stammte. »Nur Sein Bart gefällt mir nicht, und Sein Käpplein auch nicht, es hat vorn so seltsame Ecken, just als ob ein Paar Bockshörnlein darunter steckten!«

»Ei dass Euch der Bock stieße, Meister!«, rief der Geselle. »Erst soll ich armer Schwartenhans einen Bocksbart, dann gar Bockshörnlein haben! Wisset, wenn Ihr so seid, so kann ich auch hocken, kann auch Feierabend machen.«

»Friede am lieben Sonn- und Feiertage!«, gebot der Meister. »Wir wollen einander nicht gegenseitig ins Bockshorn jagen. Hier Geselle, hat Er ein Gesangbuch – wir gehen in die Kirche.«

Vergebens hielt der Meister dem Gesellen das Buch hin – jener berührte es nicht – und lachte verlegen:

»Mähähähä, Meister! Legt's hin – legt's hin – ich muss – ja zu meiner Schande muss ich's Euch gestehen – ich kann nicht – ich kann nicht *lesen*.«

»Hm! Hm!«, brummte das Schneiderlein verwundert und sprach: »Das nimmt mich wunder, dass bei den zahllosen trefflichen Schulanstalten, deren Deutschland sich zu erfreuen hat, und bei der Überzahl von Lehrern, welche rings die wahre Bildung und Aufklärung verbreiten, irgendwo der Unterricht noch so mangelhaft beschaffen sein sollte, dass ein deutscher Schneider nicht lesen könnte – indessen nehme Er nur

das Buch, lege Er es in der Kirche vor sich hin, und tue Er, als sähe Er hinein – das machen viele Tausende so, die recht gut lesen können. Es sieht doch aus wie Andacht.«
»Ich kann wahrhaftig nicht, verschone mich der Meister damit!«, lehnte der Geselle beharrlich ab. »Ich kann nicht in die Kirche gehen – die kühle Luft beklemmt mir meine schwache Brust – ich will ein wenig spazieren gehen, die Natur ist mein Tempel – und hier ist eine schöne Gegend, nicht wahr Meister?«
»O ja«, mischte sich die Meisterin in das Gespräch. »Wenn er zum untern Tore hinaus ist, führt gleich links der Weg in ein Felsental; man heißt diesen Weg nur den Drachengraben, und weiter hinten steht ein schöner Steinfels, den heißt man die Teufelskanzel.«
»Ah! Das ist schön! Da will ich hingehen! Küsse die Hand, Frau Meisterin! Wünsche allerseits gute Andacht! Mähähähä!«
Am Sonntage nach der Nachmittagskirche ging das ehrsame Schneiderlein mit seiner Familie auch spazieren; das Wetter war sehr einladend, und an einem nahen Vergnügungsorte, allwo es gutes Bier gab, wurde es sehr voll. Die Kinder fanden Spielgenossen, die Frau Meisterin fand Freundinnen und Gevatterinnen, und der Meister fand einen ihm wohlwollenden geistlichen Herrn, mit dem er sich noch ein wenig in der Nähe des Lustgartens in guten Gesprächen erging. Da begegnete ihnen der Geselle.
»Mein, was ist das für eine Figur? Die hab ich doch hier noch nicht gesehen!«, fragte der geistliche Herr. »Schaut, Meister, diese verzwickte Gestalt, diese miserable Physiognomie, und wie der Kerl hinkt!«
»Wahrhaftig, er hinkt, das habe ich noch gar nicht wahrgenommen!«, erwiderte der Schneider.
»Wie? Ihr kennt ihn, Meister?«
»Es ist mein neuer Geselle«, antwortete mit einer gewissen Wichtigkeit und betonend, das Schneiderlein; denn es schmeichelte ihm doch, der Mann zu sein, welcher einen Gesellen hielt. Dieser Geselle aber schlug einen Nebenweg ein, und bug links ab, um den beiden, die von ihm sprachen, nicht zu begegnen.

Der geistliche Herr schien ebenso neugierig als argwöhnisch, er richtete Frage auf Frage an den Meister, und machte dem guten Manne, der so ehrlich war, keine Hölle haben zu wollen, dennoch die Hölle heiß.
»Was sagt Ihr mir da alles, Meister?«, rief der geistliche Herr. »Wie ein Bock sieht er aus – meckert wie ein Bock – scheint Hörnlein unter der Kappe zu haben – hinkt – fasste das Gesangbuch nicht an – kann die Kirchenluft nicht vertragen? O du Erzbock, du Sündenbock! Du Bock aller Böcke! Meister, um des Himmels willen, welch einen Bock habt Ihr geschossen, *diesen* Bock in Euer christliches Haus aufzunehmen! Dankt dem Himmel, der Euch heute mich hier finden ließe. Euer Geselle – das ist der helle Teufel!«
Das Schneiderlein stieß einen Schrei aus und war nahe daran, in Ohnmacht zu fallen – ja – ja – alles wurde ihm klar – die plötzlich sich häufende Arbeit, der schlimme verführerische Rat, vom Tuchgelde zu behalten, Tuch zu ganzen Jacken in die Hölle zu werfen – des Gesellen Hohn, den er stets gegen alles aussprach, was hehr und heilig war, jetzt stand alles im fürchterlichen Zusammenhange da. Wenn das Tischgebet gesprochen wurde, hatte der Geselle Nasenbluten bekommen, und war zur Tür hinausgelaufen – weder zum Fleisch noch zu den Kartoffeln hatte der Geselle sich *Salz* genommen, das Ding in seiner langen Rocktasche hatte sich bisweilen wunderlich bewegt, als zapple ein Aal darin, und die Quaste, die manchmal herausbaumelte, war nicht von schwarzem Kamelgarn, sondern es waren Haare.
»Meister!«, begann aufs Neue sehr ernst der geistliche Herr: »Ihr seid ausersehen zu einer großen Tat, wie noch nie ein Schneider eine verrichtete – vollbringt Ihr sie, so tragt Ihr ewigen Ruhm davon; unterlasst Ihr, sie zu vollbringen, so seid Ihr mit Leib und Seele, mit Weib und Kindern verloren zeitlich und ewiglich. *Ihr* habt jetzt den Schwarzen im Hause, Euch dient er, auf Spekulation, Eure Seele zu verderben, der Seelenfänger. Habet Acht, wie wir ihn bannen und ihm das Wiederkommen verleiden, denn das wisst Ihr doch, dass eine Katze nicht wieder das Haus besucht, darin man ihr den Schwanz abhackte oder die Ohren abschnitt. Lasst vom Schleifer Eure Schere schärfen

und habt sie zur Hand – das Weitere will ich Euch dann schon noch sagen.«

An diesem Abende gab es an dem Vergnügungsorte, nächst dem Städtchen, wo das Schneiderlein sesshaft war, zwischen Schneidergesellen und Schuhmachergesellen fürchterliche Prügel. Ein Schuhmachergeselle hatte über die unförmigen Stiefel gespottet, welche der fremde Schneidergeselle trug, es waren erst witzige, dann grobe Worte gefallen, dann die Schläge hageldicht, erst mit Stöcken, dann mit Stuhlbeinen, und noch nie hatte es so viele zerschlagene Nasenbeine, Beulen, Löcher in den Köpfen und dergleichen gegeben. Alle Leute kamen in dem Urteil überein, der Teufel sei völlig los gewesen.

Am andern Tage ging kein Geselle an die Arbeit. Die ganze Gesellenschaft war aufgeregt, keiner mochte arbeiten, man feierte blauen Montag, zog rauchend und singend sich Arm in Arm führend, gassenbreit durch das Städtchen, zu den Schneidern gesellten sich Barbierer-, Drechsler-, Glaser-, Tuchmacher- und Färber-Gesellen, zu den Schustern aber Gerber-, Tischler-, Schmiede-, Maurer- und Zimmergesellen. Der Schwarzburger war der Führer der erstgenannten Partei – er hatte eine rote Hahnenfeder auf sein Barettlein gesteckt, und als abends die Gesellenschlacht entbrannte, zu der man sich den ganzen Tag über durch manches Glas Branntwein gehörig vorbereitet hatte, floss vieles Blut, und was noch nie da gewesen war, die Schneiderpartei behauptete siegreich den Kampfplatz, indes kam am Abende dieses blauen Montags kaum einer ohne blaue Flecken oder Blutrünste heim.

Nur der Schwarzburger zeigte keine Spur einer Verwundung, auch keine Ermüdung, sondern arbeitete am Dienstag früh wieder flott und rüstig, zog aber ein sehr schiefes Gesicht, als jener geistliche Herr in die Werkstätte trat, und rückte unruhig hin und her. Der Meister empfing denselben mit vieler Reverenz, zeigte hinter dem Rücken des Gesellen auf die frischgeschliffene scharfe Schere, und der geistliche Herr begann allerlei Fragen an den Gesellen zu richten, so zum Beispiel: »Wie ist dein Taufname?« – Da stank es schon in der Fechtschule. »Ich bin nicht getauft«, antwortete der Geselle.

»So bist du vielleicht ein Jude?«, fragte der geistliche Herr.
»Ich bin kein Jude.«
»Oder ein Türke? Oder ein Heide?« – ging das Fragen fort.
Der Geselle tat, als höre er nicht wohl, und antwortete: »Ja, ich bin ein Schneider. Mähähähä!«
»Der Teufel bist du, unsauberer Geist!«, donnerte der geistliche Herr. *»Exorciso te, creatura daemonica!«*
Da begann der Teufel zu zittern, und bekam den Krampf in seine dürren Waden, und der Schneider hatte sich mittlerweile unter den Sitz des Teufels gebückt und die rechte Stelle ersehen, und schnitt jetzt mit einem kühnen Griffe dem Teufel rupps und kahl den bisher so sorglich verwahrten Schwanz ab. Der Teufel tat ein Höllenbrüll und fuhr auf und davon und kam niemals wieder. Den Schwanz ließ er fallen, und der geistliche Herr hob denselben auf, um ihn zu andern Seltenheiten der Natur und Kunst zu legen, die man in der Reliquienkammer aufbewahrte.
Das Schneiderlein aber wurde gefeiert als ein Held, bekam vielen Zuschlag, und hatte später zwölf Gesellen und sechs Lehrburschen sitzen. Litt aber nicht, dass einer gute und große Lappen in die Hölle warf. Die scharfe Schere wurde zu keiner andern Arbeit mehr verwendet, sie blieb ein Angedenken und Kleinod in der Familie, und als der Schneider im Rufe eines frommen Christen verstorben war, meißelte man das treue Abbild derselben in den Grabstein, und mauerte diesen an die Außenwand der Kirche, just da, wo innen die Reliquienkammer sich befand.
Seitdem geht nun der Teufel ohne Schwanz umher, und der große Dienst, den der Schneider der Welt durch seinen kecken Schnitt zu leisten vermeinte, bleibt noch sehr in Frage gestellt; denn als der Teufel seinen Schwanz noch hatte, den er allerdings gern auf alles legte, konnte man ihm besser aus dem Wege gehen als jetzt, wo er ohne Schwanz umherstolziert; seit er so gestutzt und stattlich erscheint, kam der Name *Stutzer* auf, für Leute, die geschniegelt, gebiegelt und gestriegelt sich sehen lassen, sich in die Brust werfen, hochnäsig und hochmütig, und dabei doch nichts als arme oder dumme Teufel sind.

Das tapfere Bettelmännlein

Es war einmal ein gar armer Schlucker, der stand in nächster Verwandtschaft mit dem allbekannten Herrn von Habenichts, und war ein Gevatter zum Herrn von Tuenichts, und die Arbeit war ihm äußerst verhasst. Alles was er tat, war, dass er gern schöne Märchenbücher las, darinnen so viele Märchen stehen, in denen die Menschen reich werden sonder Mühe, und der Weg beschrieben ist, der zum Schlaraffenlande führt. Das liebste Märchen aber von allen war dem armen Schlucker doch das »vom tapfern Schneiderlein«. Solch ein Held, meinte er, könnt er auch sein – was gälte es – wenn sich nur die gute Gelegenheit böte! Und siehe – selbige Gelegenheit bot sich. Der junge Bettler ging durchs Hochgebirge und kam auf eine Alme und bettelte da. Was konnte der Senn ihm reichen? Da gibt es keine Pfennige und Kreuzer, keine Semmeln und keine Würsteln. Ein Stück Schabzieger (Käse) das war alles, was er bekam, und etwa als Draufgabe noch ein paar liebenswürdige Redensarten von jungem Tagedieb, Taugenichts, Landstreicher und Tunichtgut – deren so viele, dass sich der Bettler förmlich schüttelte, als er von der Kaserhütte wegging.

Als der junge Gergänger von der Alme niederstieg, sagte er: »Da droben ist Dürrhof, da hinauf bringen mich zehn Pferde nicht wieder!« – Zog das Stück Schabzieger hervor, legte es neben sich auf einen Stein, ruhete aus, und betrachtete sich die Welt mit weit offenem Maule, als warte er, dass eine gebratene Taube geflogen kommen und stracks hineinfliegen solle. Selbe Taube blieb aus, aber auf den Schabzieger setzte sich, vom guten Geruch angelockt, eine Menge Fliegen, und da dachte das Bettelmännlein an den Apfel und die Fliegen im Märchen vom tapfern Schneiderlein – nahm seinen Hut, schlug drauf – und schrie alsbald erfreut: »I hub's, i hub's! Sieb'n auf anen Streich!«

Alsbald schrieb er auf einen Zettel mit großen Buchstaben in vornehmer, hochdeutscher Schrift, ganz wie das tapfere Schneiderlein getan:

»Sieben auf einen Streich!«, befestigte selben Zettel am Hute, und stolzierte nun in das erste Dorf hinein. In diesem Dorfe war große Verlegenheit und Furcht. Im ganz nahen Walde hauste ein gräulich großer, starker und wilder Bär, der vielen Schaden tat am Vieh, an Bienenstöcken und den niemand zu fangen oder zu fällen vermochte. Da zog auf einmal der Held durchs Dorf, der an seinem Hute die prahlende Schrift trug: *»Sieben auf einen Streich!«*

»Was gilt's, der ist unser Mann, Held, Retter und Befreier!«, sprachen die tapfern Bäuerlein. »*Sieben* auf *einen* Streich? Da kann er auch *einen*, einen Bären nämlich, auf sieben Streiche fällen, das kann er ganz nach seinem Belieben halten.« Und boten dem Bettelmann ein gutes Stück Geld, so er des Bären mächtig würde, und das Fell sollte auch sein gehören, und vom Bärenbraten sollte er mitessen dürfen.

»Mir schon recht!«, sagte das Bettelmandl, »mit dem Viech werd ich kurzen Prozess machen. Hui! Hui! So ist er tot.«

Die Bäuerlein staunten über die Kuraschi des Helden und zeigten ihm den Weg nach dem Walde, hüteten sich aber gar wohl, selbst mit hineinzugehen. Der Held aber schwitzte Angstschweiß, als er so mutterseelenallein im finstern Walde war, und das Herz sank ihm in die Kniekehle, als er von Weitem ein Gebrumme hörte, dass gar keinen Zweifel aufkommen ließ, ob es etwa *nicht* das Gebrumme des Bären sei.

Hilf Himmel, was gibst du, was hast du! Wie zog das hasenherzige Fliegentöterlein aus, durch dick und dünn, in banger, keuchender Flucht, und der Petz zottelte gemütlich hinter ihm her, und begriff gar nicht, warum der Mensch da vor ihm so schrecklich laufe. Da stand eine Hütte am Wege, in die sprang der Bettler, und drückte sich hart an die Türe, die er aufließ – gleich darauf kam der Bär auch hinein, und lief nach der entgegenstehenden Wand – schwuppdich! sprang der Bettler bei der Türe wieder heraus, warf die Hüttentüre in das Schloss, zog den Schlüssel ab, sorgte, dass der Bär nicht durch ein Fenster entfliehen konnte, und ging wieder nach dem Dorfe.

Die Bäuerlein, die ihn von Weitem stolzierend kommen sahen, sprachen untereinander: »Schaut, gefressen hat ihn der Bär nicht, das ist schon ein gutes Zeichen. Von uns wäre keiner wiedergekommen. Ob er ihn aber erlegt hat? Das ist die große Frage.«

Bald war das Bettelmännlein umringt, und warf sich in die Brust wie ein Volksredner, räusperte sich und sprach: »Freuet euch Freunde: Der Sieg ist unser! Ich habe das wilde Ungeheuer gefangen, für den Fall, dass ihr ihm vielleicht wollt Tanzstunde gehen, und es dann für Geld sehen lassen, dann werdet ihr mir für das zugesicherte Fell billige Vergütung leisten.«

»Ach was Tanzstunde? Was um Geld sehen lassen? Totgeschlagen wollen wir ihn sehen!«, riefen die Bäuerlein, bewaffneten sich, und rückten unter Anführung des tapfern Bettelmännleins nach der Waldhütte, in welcher Bruder Petz gefangen war, und dabei durch sehr starkes Brummen Zeugnis von äußerst übler Laune ablegte, sodass alle Bäuerlein eine Gänsehaut überlief. Sie kannten und vermochten auch keinen Rat zu ersinnen, was nun anzufangen, denn schlossen sie die Türe auf, und gingen hinein, so biss der Bär sie tot, und gingen sie nicht hinein, so ging der Bär heraus, und die alte Not ging von Neuem an.

»Ihr seid halt Helden!«, spottete das tapfere Bettelmännlein, ließ sich eine doppelt geladene Flinte reichen, und schoss durchs Fenster den Brummbär tot – worauf alle Bäuerlein schrien:

»Vivat! Er lebe! Nämlich nicht der Petz, sondern der Held, Retter und Befreier.«

Wie das Bettelmännlein sein Geld und den Bärenpelz hatte, den es gleich wieder an einen reichen Bärenhäuter des Dorfes verkaufte, fiel den Bäuerlein noch etwas ein, und sie sprachen: »Tapferer Held, Retter und Befreier! Uns drückt noch ein Leiden. Droben im Gebirge haust ein wilder Mann, mit einer wilden Fangga, die ist seine Frau. Die plagen uns allewege gar zu sehr, und wir müssen ihnen zinsen und zehnten über alle Gebühr, und tun wir's nicht, so werfen sie uns Mühlsteine auf unsere Dächer und schicken uns Schlaglawinen und Wildbäche und Schlammbäche auf den Hals, dass wir noch tausendmal übler daran sind.«

Da schnitt das tapfere Bettelmandel schier ein zorniges Gesicht, und schnauzte die Bäuerlein an, wie ein Landrichter: »Warum habt ihr das nicht gleich gesagt? Sakra! Da hätt ich mich nicht brauchen erst mit dem lumpigen Bären aufzuhalten, den ich, was mir etwas ganz Leichtes war, mit den Händen fing, und an seinen Ohren in die Waldhütte zog. So ein Ries, so ein wilder Mann, ha, das ist mir rein gar nichts. Werdet's schauen, wie ich *dem* heimleuchte mitsamt seiner wilden Fangga, dem z'nichten Weibsbild!«
Die Bäuerlein erschraken fast vor der übergroßen Kuraschi des Bettelmännleins; sie zogen ihre Mützen vor ihm ab, und standen voller Ehrfurcht um den Gewaltigen. Sie beratschlagten und sagten, wenn er sie von dem wilden Manne und der wüsten Fangga befreie, so wollten sie ihm aus dem Gemeindevermögen ein Bauerngut kaufen, und wollten ihm das Nachbarrecht schenken, und ihn zum Bürgermeister auf Lebenszeit wählen, und er solle niemals wieder von ihnen wegziehen. Ob er das zufrieden, und ob es ihm genug sei?
»Ja, selbes bin ich wohl zufrieden, und ist mir genug!«, anwortete das Bettelmandl. »Und jetzt drauf! Gott sei dem Riesen gnädig, wenn ich über ihn komme!«
Die Bäuerlein zeigten ihrem Helden den nächsten Fußpfad hinauf ins Gebirge, und er schritt tapfer fürbass, und war froh, als er allein war, und keiner mehr um ihn. »Kriegt die Kränk mit euern Riesen!«, rief er. »Ich hab genug am Geld für den Bärenfang und das Bärenfell. Ich gang über's Gebirg, mich seht ihr nimmermehr!«
Aber der Held ging nicht übers Gebirge, denn auf der Höhe, wo der letzte Wald aufhörte, stieß er auf den wilden Mann. Ach, wie ward ihm da so angst und bange, wie war es aus mit Herzhaftigkeit und Heldentum! Flinke Beine, das war die einzige Hülfe. Das Bettelmännlein läuft rasch zurück, der wilde Mann hinter ihm her. Wie der Riese im besten Rennen ist, wendet sich das Mandl um, und kommt dem Riesen, der das gar nicht gewahr wird, zwischen die Beine, da stürzt der Riese hin, so lang er ist, und fällt in eine Klamm (Felsschlucht), und kann nicht wieder heraus. Da schreit er dem Mandl zu:

»Ich will dir nichts tun, aber lauf auf zu meiner Frau, und lass dir einen Keil geben!« – »Gleich –«, sagt das Mandl und läuft zur wilden Fangga, und begehrt den Geldsack; ihr Mann hab es so befohlen. Die Fangga glaubt es nicht, und schreit zur Klamm hinunter: »Soll ich ihn geben?« – »Freilich! Nur geschwind!«, schreit der Riese, da gibt die Fangga dem Bettelmandl den Geldsack, und der macht sich damit über die Höh.

Der wilde Mann brüllt immer noch – die Fangga kommt und befreit ihn, und bekommt viele Keile, dass sie den Geldsack hergegeben, statt eines Keils, darauf rennt der Riese dem Räuber nach. Der ist unterdessen bei Schäfern vorbeigekommen, hat ein Lamm genommen, hat es unters Hemde versteckt, und im Laufen dem Lamm den Bauch aufgeschnitten, und die Gedärme herausgeworfen – welches Letztere die Schäfer mit Grausen gesehen haben.

Jetzt kommt der wilde Mann und fragt die Hirten, ob sie keinen Mann hätten vorbeilaufen sehen? – »O ja –«, sagten diese; »er hat sich ein Messer in den Bauch gestoßen, und seine Gedärme herausgeworfen, damit er desto schneller laufen konnte.«

»Selbes Kunststück hätt *ich* eher wissen sollen!«, brüllte der wilde Mann, zog sein Messer, schnitt sich den Bauch auf, lief, stürzte hin und war tot. Das Männlein stand nicht weit davon und sah ihn stürzen. Nun ging es zurück zu den Bäuerlein, noch ganz blutig, schwang sein Messer, und rief: »Das war ein schwerer Sieg! Das ging auf Tod und Leben. Droben liegt er! Mit diesem kleinen Messer hab ich ihm den ganzen Leib aufgeschlitzt.« – Da jubelten die Bäuerlein, und schrien ein Vivat übers andre dem Helden, Retter und Befreier.

Zwergenmützchen

Es war einmal ein Müller, der hatte drei Söhne und eine Tochter. Die Tochter liebte er sehr, aber die Söhne konnte er gar nicht leiden, war stets unzufrieden mit ihnen und machte ihnen das Leben sauer, denn sie konnten ihm nie etwas recht machen. Darüber waren die Brüder sehr bekümmert, und wünschten sich weit weg von ihrem Vaterhause, und saßen oft beisammen klagend und seufzend, und wussten nicht, was sie anfangen sollten.

Eines Tages, als die drei Brüder auch so betrübt beisammen saßen, seufzte der eine von ihnen: »Ach, hätten wir nur ein *Zwergenmützchen*, da wäre uns allen geholfen!«

»Was ist's damit?«, fragte der eine von den beiden andern Brüdern.

»Die Zwerge, die in den grünen Bergen wohnen«, erläuterte der Bruder, »haben Mützchen, die man auch Nebelkäpplein nennt, und damit kann man sich unsichtbar machen, wenn man sie selbst aufsetzt. Das ist gar eine schöne Sache, liebe Brüder; da kann man den Leuten aus dem Wege gehen, die nichts von einem wissen wollen und von denen man nie ein gutes Wort empfängt. Man kann hingehen, wohin man will, nehmen, was man will, niemand sieht einen, so lange man mit dem Zwergenmützchen bedeckt ist.«

»Aber wie gewinnt man solch ein rares Mützchen?«, fragte der Dritte und Jüngste der Brüder.

»Die Zwerge«, antwortete der Älteste, »sind ein kleines, drolliges Völklein, das gern spielt. Da macht es ihnen große Freude, bisweilen ihre Mützchen in die Höhe zu werfen. Wupps! sind sie sichtbar, wopps! fangen sie das Mützchen wieder, setzen es auf und sind wieder unsichtbar. Nun braucht man nichts zu tun, als aufzupassen, wenn ein Zwerg sein Mützchen in die Höhe wirft, und muss dann rasch den Zwerg packen, und das Mützchen geschwind selbst fangen. Da muss der Zwerg sichtbar bleiben, und man wird Herr der ganzen Zwergensippschaft. Nun kann man entweder das Mützchen behalten, und sich damit unsichtbar machen, oder von den Zwergen so viel dafür fordern, dass man für sein Leben lang genug hat, denn die Zwerge haben Macht über alles Metall in der Erde, kennen alle Geheimnisse und Wunderkräfte der Natur; sie können auch durch ihre Lehren aus einem Dummen einen Klugen machen, und aus dem faulsten Studenten einen hochgelahrten Professor, aus einem Barbuzius einen Doktor, und aus einem Advokatenschreiber einen Minister.«

»Ei, das wäre!«, rief einer der Brüder: »So gehe doch hin, und verschaffe dir und uns solche Mützchen, oder mindestens dir eins, und hilf dann auch uns, dass wir von hier fortkommen!«

»Ich will es tun«, sagte der Älteste der Brüder und bald war er auf dem Wege nach den grünen Bergen. Es war ein etwas weiter Weg, und erst gegen Abend kam der gute Junge bei den Zwergenbergen an. Dort legte er sich in das grüne Gras an eine Stelle, wo im Grase die Kringelspuren von den Tänzen der Zwerge im Mondenscheine sich zeigten, und nach einer Weile sah er schon einige Zwerge ganz nahe bei sich übereinander purzeln, Mützchen werfen und spaßige Kurzweil treiben. Bald fiel ein solches Mützchen neben ihm nieder, schon haschte er danach – aber der Zwerg, dem das Mützchen gehörte, war ungleich behänder als er, erhaschte sein Mützchen selbst und schrie: »Diebio! Diebio!« Auf diesen Ruf warf sich das ganze Heer der Zwerge auf den armen Knaben, und es war, als wenn ein Haufen Ameisen um einen Käfer krabbelt, er konnte sich der Menge nicht erwehren, und musste es geschehen lassen, dass die Zwerge ihn gefangen nahmen, und mit ihm tief hinab in ihre unterirdischen Wohnungen fuhren, davon sie auch selbst »Unterirdische« heißen und genannt werden.

Wie nun der älteste Bruder nicht wieder kam, so bekümmerte und betrübte das die beiden jüngeren Brüder gar sehr, und auch der Tochter war es leid, denn sie war sanft und gut, und es betrübte sie oft, dass der Vater gegen ihre Brüder so hart und unfreundlich war, und sie allein bevorzugte. Der alte Müller aber murrte: »Mag der Galgenstrick von einem Jungen beim Kuckuck sein, was kümmert's mich? Ist ein unnützer

Kostgänger und Fresssack weniger im Hause. Wird schon wieder kommen, ist ans Brot gewöhnt! Unkraut verdirbt nicht.«
Aber Tag um Tag verging, und der Knabe kam *nicht* wieder, und der Vater wurde gegen die beiden Zurückgebliebenen immer mürrischer und härter. Da klagten die zwei Brüder oft gemeinsam, und der Mittlere sprach: »Weißt du was, Bruder? Ich werde jetzt selbst mich aufmachen und nach den grünen Bergen gehen, vielleicht erlange *ich* ein Zwergenmützchen. Ich denke mir die Sache gar nicht anders, als so: unser Bruder hat solch ein Mützchen erlangt, und ist damit in die weite Welt gegangen, erst sein Glück zu machen, und darüber hat er uns vergessen. Ich komme gewiss wieder, wenn ich glücklich bin; komme ich aber nicht wieder, so bin ich nicht glücklich gewesen, und für diesen Fall lebe du wohl auf immer.«
Traurig trennten sich die Brüder, und der Mittlere wanderte fort nach den grünen Bergen. Dort erging es ihm in allen Stücken genau so, wie es seinem Bruder ergangen war. Er sah die Zwerge, haschte nach einem Mützchen, aber der Zwerg war flinker als er, schrie »Diebio! Diebio!«, und der helle Haufen der Unterirdischen stürzte sich auf und über den Knaben, umstrickte ihn, dass er kein Glied regen konnte, und führte ihn tief hinab in die unterirdische Wohnung.
Mit der sehnsüchtigsten Ungeduld harrte der jüngste Bruder daheim in der Mühle auf des Bruders Wiederkehr, aber vergebens, und wurde dann sehr traurig, denn er wusste ja nun, dass sein mittlerer Bruder nicht glücklich gewesen war, und die Schwester wurde auch traurig, der Vater aber blieb gleichgültig, und sagte nur: »Hin ist hin. Wem es daheim nicht gefällt, der wandere. Die Welt ist groß und weit. In meinem Hause hat der Zimmermann ein Loch gelassen. Wenn dem Esel zu wohl ist, geht er aufs Eis, tanzt und bricht ein Bein. Lasst den Gigk in die Welt nur laufen, was grämt ihr euch um den Schlucker? Ich bin froh, dass er mir aus den Augen ist. Aus den Augen, aus dem Sinn!«
Der jüngste Bruder hatte im Ertragen gemeinsamen Leides bisher den Trost gefunden, den solches Ertragen gewährt, als aber nun seine bei-

den älteren Brüder fort waren, fand er seine Lage ganz unerträglich, und sagte zu seiner Schwester: »Liebe Schwester, ich gehe nun auch fort, und schwerlich werde ich wieder kommen, wenn es mir ergeht, wie unsern Brüdern. Der Vater liebt mich einmal nicht, und ich kann nichts dafür. Die Scheltworte, die früher auf uns drei niederfielen, fallen jetzt auf mich allein, das ist mir denn doch eine zu schwere Last. Lebe du wohl und lasse dir es wohl ergehen!«

Die Schwester wollte ihren jüngsten Bruder erst nicht fort lassen, denn sie hatte ihn am allermeisten lieb, allein er ging dennoch heimlich von dannen, und überlegte sich unterwegs recht genau, wie er es anfangen wollte, sich ein Zwergenmützchen zu verschaffen. Als er auf die grünen Berge kam, erkannte er bald an den grünen Kringeln im Grase den Ort der nächtlichen Zwergentänze und ihren Spiel- und Tummelplatz, und legte sich in der Dämmerung hin, und wartete ab, bis die Zwerglein kamen, spielten, tanzten und Mützchen warfen.

Eins derselben kam ihm ganz nahe, warf sein Mützchen, aber der kluge Knabe griff gar nicht danach. Er dachte, ich habe ja Zeit. Ich muss die Männlein erst recht sicher und kirre machen. Der Zwerg nahm sein Mützchen, das ganz nahe bei dem Knaben niedergefallen war, wieder. Es dauerte gar nicht lange, so fiel ein zweites Mützchen neben hin – ei dachte der Knabe: – da regnet's Mützchen – griff aber nicht danach, bis endlich ein drittes ihm gar auf die Hand fiel; wupps dich, hielt er's fest, und sprang rasch empor. »Diebio! Diebio! Diebio!«, schrie laut der Zwerg, dem das Mützchen gehörte, mit feiner, gellender Stimme, die durch Mark und Bein drang, und da wimmelte das Zwergenvolk herbei, und wurde ihm der Knabe unsichtbar, weil er das Mützchen hatte, und konnte ihm gar nichts anhaben. Und allesamt erhoben sie ein klägliches Jammern und ein Gewinsel um das Mützchen, er solle es doch um alles in der Welt wieder hergeben.

»Um alles in der Welt?«, fragte der kluge Knabe die Zwerge. »Das wär mir schon recht! Aus dem Handel könnte etwas werden. Will aber erst sehen und hören, worin euer ›Alles‹ besteht. Vorerst frage ich: Wo sind meine beiden Brüder?«

»Die sind drunten im Schoß des grünen Berges!«, antwortete der Zwerg, dem das Mützchen gehört hatte. – »Und was tun sie da?« – »Sie dienen!«
»So? Sie dienen – und ihr dient nun mir. Auf! Hinab zu meinen Brüdern! Ihr Dienst ist aus, und eurer fängt an!«
Da mussten die Unterirdischen dem irdischen Menschen gehorsam sein, weil er Macht über sie erlangt hatte durch das Mützchen. Welche Macht in und unter manchen Mützen und Mützchen steckt, ist ganz unbeschreiblich.
Die bestürzten und bekümmerten Zwerglein führten nun ihren Gebieter an eine Stelle, wo sich eine Öffnung in den grünen Berg fand, die tat sich klingend auf, und es ging rasch hinein und hinunter. Drunten waren herrliche und unermessliche weite Räume, große Hallen und kleine Zimmer und Kämmerchen, je nach des Zwergenvolkes Bedarf, und nun verlangte der Knabe gleich, ehe er sich nach etwas anderem umsah, nach seinen Brüdern. Die wurden herbeigebracht, und der Jüngste sah, dass sie in Dienertracht gekleidet waren, und sie riefen ihm wehmütig zu: »Ach, kommst auch du, lieber guter Bruder, unser Jüngster! So sind wir drei nun doch wieder beisammen, aber in der Gewalt dieser Unterirdischen, und sehen nimmermehr wieder das himmlische Licht, den grünen Wald, und die goldenen Felder!«
»Liebe Brüder«, erwiderte der Jüngste: »Harret nur, ich vermeine, das Blättlein soll sich wohl wenden.«
»Herrenkleider und Prunkgewande für meine Brüder und mich!«, herrschte er den Zwergen zu, hielt aber wohlweislich das werte Mützchen in der Hand fest, als seinem Befehle augenblicklich gehorsamet wurde, und das Umkleiden vor sich ging. Nun befahl der Zwergengebieter eine Tafel mit auserlesenen Speisen und trefflichen Weinen, dann Gesang und Saitenspiel nebst Ballet und Pantomime, in welchen Künsten die Zwerge das Ausgezeichnetste leisten, was einer nur sehen kann, dann kostbare Betten zum Ausruhen, dann Illumination des ganzen unterirdischen Reiches, dann eine gläserne Kutsche mit prächtigen Pferden bespannt, um in den grünen Bergen überall herumzufahren,

und alles Sehenswerte in Augenschein zu nehmen. Da fuhren die drei Brüder durch alle Edelsteingrotten, und sahen die herrlichsten Wasserkünste, sahen die Metalle als Blumen blühen, silberne Lilien, goldene Sonnenblumen, kupferne Rosen, und alles strahlte von Glanz und Pracht und Herrlichkeit. Dann begann der Gebieter Unterhandlung mit den Zwergen über die Zurückgabe des Mützchens, und legte ihnen schwere Bedingungen auf. *Erstens* einen Trank aus den köstlichsten Heilkräutern, die mit allen ihren Kräften den Zwergen nur zu wohl bekannt sind, für seines Vaters krankes Herz, dass es sich umkehre und Liebe zu den drei Söhnen gewinne. *Zweitens* einen Brautschatz, so reich wie für eine Königstochter für die liebe Schwester. *Drittens* einen Wagen voll Edelsteine und Kunstgeräte, wie sie nur die Zwerge zu verfertigen verstehen, einen Wagen voll gemünztes Geld, weil das Sprüchwort sage: Bares Geld lacht, und die Brüder gern auch lachen wollten, und endlich noch einen Wagen für die drei Brüder, höchst bequem eingerichtet, mit Glasfenstern, und zu diesen drei Wagen alles Nötige, Kutscher, Pferde, Geschirre und Riemenzeug.

Die Zwerge wandten sich und krümmten sich bei diesen Forderungen, und taten so erbärmlich, dass es einen Stein erbarmt haben würde, *wenn* ein Stein ein Menschenherz hätte; es half ihnen aber alle ihr Gewinsel nichts.

»Wenn ihr nicht wollt«, sagte der Gebieter, »so ist es mir auch recht, so bleiben wir da; es ist ja recht schön bei euch; ich nehme euch allesamt, wie ihr seid, eure Mützchen; dann *seht*, was aus *euch* wird, wenn man *euch sieht* – tot werdet ihr geschlagen, wo sich nur einer von euch blicken lässt. Noch mehr! Ich fahre hinauf auf die Oberwelt und sammle Kröten, die geb ich euch dann, jedem eine, vor Schlafengehen, mit ins Bette.«

Wie der Gebieter das Wort *Kröten* aussprach, stürzten alle Zwerge auf ihre Knie nieder und riefen: »Gnade! Gnade! Nur das nicht! Um alles in der Welt! Nur das nicht!«, denn die Kröten sind der Zwerge Abscheu und Tod.

»Ihr Toren!«, schalt der Gebieter: »Ich verlange gar nicht ›alles in der

Welt‹, ich habe euch die allerbescheidenste Forderung gestellt, ich könnte ja unendlich mehr verlangen, allein ich bin ein grundguter Knabe. Ich könnte ja alles nehmen, und das Mützchen und die Herrschaft über euch fort und fort behalten, denn so lange ich das Mützchen hätte, würde ich ja, das wisst ihr wohl, nicht sterben. Also ihr wollt meine drei kleinen Bedingungen gewähren? Nicht?«

»Ja, ja, hoher Herr und Gebietet!«, erseufzeten die Zwerglein, und gingen ans Werk, alles Begehrte herbeizuschaffen, und alle Gebote zu vollziehen.

In der Mühle des alten gräulichen Müllers droben war nicht gut sein. Als der jüngste Bruder auch davongegangen war, grisgrämelte der Müller: »Nun – der ist auch fort – bleibt auch aus, wie das Röhrenwasser – so geht es – das hat man davon, wenn man Kinder großzieht – sie wenden einem den Rücken zu. Nun ist nur noch das Mädchen da, mein Augapfel, mein Liebling.«

Der Liebling aber saß dort, und begann zu weinen.

»Weinst schon wieder!«, murrte der Alte. »Denkst, ich soll denken, du weinst um deine Brüder? Um den Gauch weinst du – um den Liebhaber, der dich freien will. Ist so leer und ausgebeutelt, wie ein Mehlsack – *er* hat nichts, *du* hast nichts, ich habe nichts, haben wir alle dreie nichts. Hörst du was klappern? Ich höre nichts. Die Mühle steht, schlechter kann es nicht stehen um eine Mühle, als wenn sie steht. Ich kann nicht mahlen, du kannst nicht heiraten, oder wir halten Bettelmanns Hochzeit. Wie?« – Solcherlei Reden hatte die Tochter täglich anzuhören, und verging fast im stillen Leid.

Da kamen eines schönen Morgens Wagen gefahren, einer, zwei, drei, und hielten vor der Mühle, kleine Kutscher fuhren, kleine Lakaien sprangen vom Tritt, und öffneten den Schlag des ersten Wagens, drei junge hübsche Herrchen stiegen aus, fein gekleidet, wie Prinzen.

Dienerschaft wimmelte um die andern Wagen, lud ab, packte ab, schnallte ab, Kisten, Kasten, Kassetten, Toiletten, schwere Truhen, trugen alles in die Mühle. Stumm standen und staunend der Müller und seine Tochter.

»Guten Morgen Vater! Guten Morgen Schwester! Da wären wir wieder!«, riefen die drei Brüder. Jene starrten sie verwundert an.
»Trink uns den Willkommen zu, lieber Vater!«, rief der Älteste, und nahm aus eines Dieners Hand eine Flasche, und schenkte einen überaus künstlich gearbeiteten Goldpokal voll edlen Trankes, und hieß den Vater trinken. Dieser trank und gab den Pokal weiter, und alle tranken. Dem Alten strömte Wärme in das kalte Herz, und die Wärme wurde zum Feuer, zum Feuer der Liebe. Er weinte und fiel seinen Söhnen in die Arme und küsste sie, und segnete sie. Und da kam der Geliebte der Tochter, und durfte auch mittrinken und auch küssen.
Darüber fingen vor Freude die Mühlräder, die so lange still gestanden, an, sich rasch zu drehen, um und um, um und um.

Der Wandergeselle

Es lebte einst die Witwe eines Metzgers, die nur einen einzigen Sohn hatte, der bereits begonnen, das Handwerk seines Vaters zu erlernen, als der Vater ihm starb. Die Mutter ließ den Sohn vollends auslernen, und sandte ihn dann in die Fremde, da sollte er drei Jahre lang reisen, sich die Welt besehen, und etwas Tüchtiges draußen lernen. Sie stattete den Sohn aus, so gut sie konnte, und gab ihm ihren besten Hund mit, der hieß Fass'an.
Auf der Wanderschaft kam der junge Metzgergeselle in einen dichten Wald, darinnen Räuber hauseten, die ihn anfielen und ihn berauben oder gar töten wollten. Der junge Geselle aber wehrte sich kräftig, und sein Fass'an stand ihm wacker bei und verwundete die Räuber mit wütenden Bissen, darüber geriet der eine der Räuber so in Zorn, dass er den treuen Fass'an totschoss. Der junge Metzger aber entrann den Räubern, und lief immer tiefer in den Wald hinein, der sehr groß war,

und verirrte sich völlig, und wusste nicht mehr, wo er war. Endlich erblickte er von fern ein kleines Häuschen mitten in dem Walde, auf welches er zueilte, und in das er, nachdem er angeklopft, eintrat. Da saß ein altes graues Mütterlein drinnen, das regte sich nicht und bewegte sich nicht, aber der junge Geselle begann frischweg, der Alten zu erzählen, was ihm alles begegnet, und bat, ihm den Weg aus diesem Walde zu zeigen, dabei klagte er sehr um den armen Fass'an, den die Räuber ihm erschossen. Da sprach das alte Mütterlein: »Hab auch schöne Hunde, kannst dir einen aussuchen und mitnehmen.« Dabei rief sie: »Reißebeiß!«

Auf diesen Ruf trat ein großer Hund in das Häuschen, und das Mütterlein fragte: »Gefällt dir der?«

»Es ist ein schöner Hund«, antwortete der Geselle, »aber der meine war schöner.«

Da rief die Alte abermals: »Sprengalleband!« Und da kam wieder ein noch größerer und noch schönerer Hund herein, und die Alte fragte: »Wie gefällt dir der?«

»Er gefällt mir recht gut«, antwortete der junge Metzger, »aber meiner war mir halt doch noch lieber.«

Da rief die Alte abermals: »Hurtigundgeschwind!«, und jetzt sprang ein ganz großer und mutiger, sehr schön gebauter Hund herein – da wartete der Geselle gar nicht erst die Frage des Mütterleins ab, ob dieser ihm gefalle? – sondern rief alsbald: »Den lass ich mir gefallen! Gerade so, wie der, hat mein Hund ausgesehn, und hätten sie den guten Fass'an nicht vor meinen Augen totgeschossen, so schwür ich drauf, der sei es selbst.«

»Ich will dir etwas sagen, mein junger Wandersmann«, sprach die Alte, »ich will dir die braven Hunde alle drei schenken, du musst aber, wenn du ihnen einst dein Glück dankst, auch an mich arme alte Waldfrau denken, und dich meiner Armut nicht schämen.«

Da der junge Bursche dies versprach, so zog die Alte auch noch ein Pfeifchen hervor und gab ihm dies, und sagte: »Dieses Pfeifchen verwahre recht gut, denn damit kannst du die drei Hunde zu deiner Hülfe herbeirufen, sie mögen sich befinden, wo sie wollen; dies wird besonders nötig sein, wenn du selbst in Not gerätst.«

Mit vielem Danke schied der Wandergeselle von der guten Alten und von ihrem Häuschen, und ging den Weg, den jene ihm als den richtigen bezeichnet hat, wohlgemutet fort, und die drei schönen Hunde sprangen munter bald vor bald hinter ihm, und hetzten sich und spielten miteinander, daran der Geselle eine große Freude hatte.

Als der Abend zu dunkeln begann, erreichte der Reisende mit den drei Hunden ein einsames Wirtshaus, das auch noch in dem großen Walde lag, der gar kein Ende nehmen zu wollen schien. Vor dem Hause fand der Metzger eine junge Magd, welche hölzerne Gefäße scheuerte, und als diese den hübschen jungen Gesellen erblickte, so schien sie zu erschrecken und machte ihm eine abwehrende Gebärde; sie winkte ihm gleichsam, zurückzugehen und hier nicht einzutreten, ja sie öffnete schon den Mund zu einem warnenden Zuruf, als die Türe aufging, und der Wirt heraustrat, und den späten Wanderer einlud, doch ja bei ihm einzukehren, zumal er, der Wirt, auch ein Metzger sei.

Dem Jüngling kam ein argwöhnisches Gefühl in das Herz, allein er war einmal da, hatte Hunger und Durst, und die Nacht war vor der Türe. Sonach setzte er sich in der Stube nieder, und seine drei Hunde lagerten sich um ihn her, und nun bestellte er sich etwas zu essen. Darauf musste er gar nicht lange warten, es kam ein großes Stück Fleisch in einer fetten Brühe, und gutes Brot dazu.

Der Wandergeselle aß, und der Wirt hatte sich auf die Ofenbank gesetzt, und sah zu, wie es seinem einzigen Gaste schmeckte, denn es war niemand von Fremden weiter im Hause.

Es schmeckte aber dem Gaste nicht, das sah jetzt der Wirt, und sprach: »Gesell, ich vermeine es schmecket dir nicht! Du bist von daheim wohl eitel Gebratenes gewohnt?«

»Das nicht, Meister«, antwortete der Gast. »Aber ich habe schon Schweinefleisch gegessen, und dieses Fleisch in meiner Schüssel ist keins; ich habe Hammelfleisch gegessen, und dies ist keins; ich habe Rindfleisch und Kalbfleisch gegessen, und das ist keins. Auch weiß ich, wie jede Art von Wildpret schmeckt, und das ist keins. Von irgendeinem Vogel ist's auch nicht – das dünkt mich ein seltsam Essen!«

Der Wirt lachte und antwortete: »Mein guter Wanderbursche, du wirst in deinem Leben noch gar vieles hören, sehen, riechen, schmecken und fühlen, was du doch nie gehört, gesehen, gerochen, geschmeckt und gefühlt hast. In der Welt gehet es gar wunderlich her.«

Auf diese empfangene Belehrung aß der Geselle schweigend weiter, obschon es ihm nicht schmeckte, und schöpfte sich auch noch etwas Brühe heraus, da fiel ein Knöchlein aus dem Löffel, und als er das recht ansah, war es ein Finger. Da erschrak der arme Jüngling bis zum Tode, und wurde ihm sehr übel ob sotaner Mahlzeit, und gerade ging die Türe auf, und die Wirtin trat herein, die trug einen Teller, darauf Fettbrote lagen, vielleicht ihr eigen Abendessen, und der Wirt stand auf von der Bank, und sprach leise mit seiner Frau, und da setzte der Geselle geschwinde seinen Teller und seine Fleischschüssel seinen Hunden hin, die leerten sehr rasch alles ab.

»Wünsche guten Appetit gehabt zu haben!«, sprach die Wirtin zum Wanderburschen, und dieser antwortete: »Großen Dank, Frau Wirtin, ich hatte welchen«, ist mir aber vergangen, setzte er in Gedanken hinzu.

»Nun wollen wir Ihm seine Schlafkammer zeigen!«, sprach die Wirtin, und gab ihrem Mann ein Licht in die Hand. »Die Hunde kommen in den Stall.«

»Ich wünsche, dass meine Hunde bei mir bleiben«, versetzte darauf der junge Metzger.

»Das wird sich finden«, erwiderte die Frau.

Der Wirt öffnete jetzt ein Nebenzimmer, indem er mit dem Lichte voranging, und hinter dem Gaste ging die Wirtin und trug immer noch die drei Fettbrote, und zeigte sie heimlich den Hunden des Fremden, und reizte so deren Verlangen nach diesen Broten.

Man trat in ein Zimmer, das hing voller Waffen, Gewehre, Pistolen, Karabiner, Pallasche, Hirschfänger usw., daneben hingen auch Ketten,

Stricke, Handschellen und solcher Dinge mehr, womit man die Leute wehrlos macht.
»Das sind ja gar viele Waffen«, sprach verwundert der Gast.
»Ja, man wohnt hier im Walde so einsam«, erinnerte der Wirt, »man muss sich vorsehen; ich habe auch meine Leute, welche mit diesen Waffen gut umgehen können.«
Während dieser Worte öffnete der Wirt eine zweite Türe, und schritt durch dieselbe voran, die Wirtin aber warf eins der Fettbrote auf den Boden, Reißebeiß schnappte danach, aber indem der Hund das Brot fraß, warf die Frau die Türe in das Schloss, und Reißebeiß war in der Waffenkammer eingesperrt.
Das zweite Zimmer war herrlich ausgestattet; das eine Licht, welches der Wirt trug, reichte gar nicht aus, dessen Pracht vollständig zu beleuchten; es standen Fässer voll Geld darin, und an den Wänden hingen kostbare Kleider, und in Glasschränken starrte alles von Schmuck, von Gold- und Silbergeräten und edeln Steinen. So etwas hatte der junge Metzger noch nie gesehen, und konnte sich gar nicht genug darüber verwundern, noch sich zusammenreimen, wie das alles hierher in die einsame Waldherberge komme? Der Wirt erschloss jetzt ein drittes Gemach, und die Wirtin warf das zweite Fettbrot hin, da schnappte Sprengalleband gleich hastig danach, und wie er noch daran kaute, warf die Frau die Türe in das Schloss und Sprengalleband war in der Schatzkammer gefangen. Der Herr der drei Hunde aber merkte nicht, dass nur noch einer von den dreien bei ihm war. Er folgte, neugierig, noch mehr Wunderbares zu sehen, dem Wirte in das dritte Gemach, aber da sah es ganz abscheulich und schauderhaft aus. Die Wände waren mit Blut bespritzt; mitten im Zimmer stand ein Block, auf dem ein scharfes Metzgerbeil lag, man sah zerstückte Gliedmaßen von Menschen umherliegen, an der Wand hingen aufgeblasene Gedärme, um Wurst einzufüllen, auch standen Wiegemesser und kupferne Fülltrichter, für dieses Geschäft bereit – und den Gesellen schauderte, der Wirt aber sprach mit harter Stimme: »Mein Bursche, hier ist die Werkstätte. Hier wirst du dein Meisterstück machen, und bei mir bleiben, wo nicht, wirst

du hier selbst massakriert, dass du es weißt. Entweder du zerhackst hier, und schneidest Griefen und wiegst, oder du wirst selbst zerhackt, zerschnitten und zu Wurst gewiegt.«
Dem armen Gesellen ward in der Seele bange bei dieser ihm gelassenen Wahl, doch fasste er Mut und sprach: »Lieber will ich sterben, als Euer Genosse sein!«
»Wie du willst!«, sagte der Wirt. »Folge mir!« – Und er öffnete wieder eine Türe, und jetzt warf die Frau das dritte Fettbrot hin, danach sprang hastig und hungrig der Hurtigundgeschwind, und schnapp, war die Türe im Schloss, und der gute Hund in der Blutkammer gefangen, während der Wirt mit dem Gesellen in eine düstere Halle trat, und zu ihm sprach: »Jetzt sind wir im Schlachthaus, und jetzt schicke dich an, mein Wanderbursche, zur weiten Wanderschaft in die andere Welt.«
Der Geselle erschrak, denn er merkte wohl, dass der Wirt nicht spaße, und sah sich nach seinen drei Hunden um, die waren aber alle drei hinweg, und er war allein und hülflos.
»Willst du stehend oder liegend sterben?«, fragte der Wirt, und hob ein blinkendes, schweres Beil. Der Geselle antwortete: »Ich will stehend sterben, vergönne mir nur so viele Zeit, ein Vaterunser zu beten.«
»Meinetwegen, so bete!«, antwortete gefühllos der schlimme Wirt.
Und der Geselle betete mit rechter Andacht, und da fiel ihm mitten im Beten das Pfeifchen ein, das die gute Alte ihm gegeben, die ihm die drei Hunde geschenkt, und gesagt hatte, er solle, wenn er in Not sei, und die Hunde nicht bei ihm wären, nur darauf pfeifen, bedachte sich daher auch keinen Augenblick, sondern pfiff, zu des Wirtes und der Wirtin großer Verwunderung.
»Heißt das gebetet, Bursche?«, schrie der Wirt voller Wut, und hob sein Mordbeil, aber ehe er den tödlichen Streich führte, hatte ihn Hurtigundgeschwind, der wie ein Blitz ins Schlachthaus fuhr, im Nacken und riss ihn nieder und Sprengalleband und Reißebeiß waren nun auch schon da, und alle drei zerrissen den Wirt in tausend Stücken.
Die Wirtin aber fiel auf ihre Knie, und schrie: »Gott Lob! Gott Lob! Nun bin ich erlöst!«

»Nein Weib!«, rief jetzt zornig der Gesell. »Deine Stunde hat auch geschlagen, Helfershelferin des Menschenmetzgers, die meine Hunde heimlich fing, auf dass ich wehrlos in eurer Gewalt sei, ihr Teufelsbraten!«
»O seid barmherzig!«, rief flehend die Wirtin. »Ich musste ja den Willen des Wüterichs tun, der mich auch einst gefangen und hier fortwährend gefangen gehalten hat. O lasst mich leben! Ich will Euch auch eine goldene Dose schenken!«
»Ich danke, ich schnupfe nicht!«, versetzte der Geselle.
»Ist auch nicht notwendig«, erwiderte die Wirtin. »Aber jeder, der aus dieser Dose schnupft, wenn Ihr den Deckel nach rechts gedreht habt, muss so lange machtlos stehen, liegen oder sitzen bleiben, bis Ihr den Deckel nach links gedreht. Lasst mich leben, guter Geselle, um Gottes und um Eurer selbst willen, denn noch seid Ihr nicht außer aller Gefahr. Ich allein kenne den Aufenthaltsort der Spießgesellen meines Mannes, einer ganzen Bande Räuber, Mörder und Menschenfresser, vor denen Ihr trotz Eurer Hunde nicht sicher wäret.«
»Nun denn, ich will Euch leben lassen, Meisterin«, sprach der Jüngling, »doch hütet Euch wohl, mich hintergehen zu wollen!«
Die Wirtin dachte in der Tat nicht daran, den jungen Gesellen zu täuschen, da sie ihm wirklich ihre Befreiung dankte, sie und ihr Gesinde, das ebenfalls eine große Freude hatte, nicht mehr die entsetzliche Last zu tragen, dem Menschenschlächter untertan zu sein. Die Frau des Hauses zeigte nun ihrem Befreier den Eingang zu dem verborgenen Schlupfwinkel der Mörderbande, in welchen man durch eine Falltüre gelangte. Diese Falltüre öffnete der junge Metzger und ließ seine drei Hunde hinein, welche unwiderstehlich waren, und der ganzen Raub- und Mordgenossenschaft die Hälse abbissen, daher sie mit sehr blutigen Schnauzen wieder herauskamen. Der Gesell zeigte sich nun als Herr und betrachtete die Waldherberge als seine Eroberung. Er gab der Dienerschaft, insonderheit der mitleidigen Magd, die ihn gewarnt, von den Schätzen, sandte einen Knecht mit reichem Gute an die alte Waldmutter, welche ihm die drei Hunde geschenkt, ebenso viel schickte er

nach Hause zu seiner eigenen Mutter, der Wirtin ließ er nehmen, was und so viel sie wollte, die Falltüre zu der Mördergrube ließ er vermauern und die Waldherberge bis auf den Grund niederbrennen; darauf nahm er Abschied von der Frau Wirtin und zog mit seinen drei Hunden seine Straße. Eigentlich hätte er heimkehren können, denn er hatte genug an Gut und Geld, und die Metzgerei hatte er verredet auf Zeitlebens – aber er hatte seiner Mutter versprochen, drei Jahre in der Fremde zu wandern, und wollte nun auch ferner die Welt sehen, und etwas Tüchtiges lernen.

Da nun der gute Geselle mit seinen drei Hunden Reißebeiß, Sprengalleband und Hurtigundgeschwind seiner Straße weiterzog, und ein gutes Stück in die Welt hinein gewandert war, da begegnete ihm eines Tages eine Kutsche, die war ganz mit schwarzem Flor überhangen, und der Kutscher desgleichen und die Pferde ebenso, was sehr traurig aussah. Und da blieb der Wandergeselle stehen, und sein Herz bewegte sich voll Trauer, und er sann, was das wohl möge zu bedeuten haben, dass ihm ein solches Fuhrwerk begegne? Der Kutscher aber war ein grober Schroll, der rief dem Gesellen zu: »Na Schlingel, was gibt es hier zu gaffen? Wirst du wohl aus dem Wege gehen, wenn eine Prinzessin gefahren kommt?« – Dieser unhöfliche Zuruf verdross den guten Gesellen, und er rief Hurtigundgeschwind, dem Kutscher einigermaßen Mores (sind gute Sitten), zu lehren. Darauf sprang Hurtigundgeschwind, dem kein Mensch, auch der stärkste nicht, widerstehen konnte, hinauf auf den Bock, kriegte den Kutscher beim Kragen, schüttelte ihn wie einen Karnickel, riss ihn vom Bocke herab, und titschte ihn um und um in einer großen Pfütze am Wege, davon er dreckig und triefend wurde, und setzte ihn dann wieder fein säuberlich auf den Kutscherbock. Davon wurde der Kutscher so geschmeidig, wie ein Ohrwurm, und hätte gern seinen Tressenhut vor dem Gesellen abgezogen, wenn selbiger nicht drunten in der gelben Pfütze liegen geblieben wäre. Der Wanderbursche hielt nun dem Kutscher eine kleine Rede über die Regeln der Höflichkeit, welche Leute seinesgleichen nie aus den Augen setzen sollten und dürften gegen Personen, die zu Fuße gehen, weil möglicherweise eine oder die andere Person solcher Art sich statt *eines* – *zehn* Kutscher halten könne, und sich für jede Kutschergrobheit eigentlich ein solches Bad in der Pfütze nebst einigen fühlbaren Rippenstößen gebühre. Als diese Rede, die dem Kutscher gar nicht zusagte, wie vielsagend sie auch war, gehalten worden, sah der Geselle in den florumhangenen Glaswagen, und sah darin eine ganz schwarzgekleidete Prinzessin sitzen, die hatte sehr geweint, und da er sie darum ganz bescheidentlich fragte, so erzählte ihm die Prinzessin ihr Schicksal.

»Ich bin«, begann die ganz schwarzgekleidete Dame, »die Tochter des Königes dieses Landes, über welches der Teufel eine große Teurung und Hungersnot gebracht hat, und als man denselben befragte, ob er beides nicht unter irgendeiner Bedingung wieder von dem Lande nehmen wollte, so machte er die Bedingung, dass ich sein Eigen werden solle. Da nun mein Herr Vater sein Land und Volk mehr liebt als mich und sich selbst, so hat er in diese entsetzliche Bedingung gewilligt, und du findest mich Ärmste jetzt auf dem Wege, schnurstracks zum Teufel zu fahren.«

»Aber schöne Prinzessin, warum seid Ihr denn so ganz allein?«, fragte der Wandergeselle.

»Ja – mein guter Jüngling«, antwortete die Prinzessin, »das kommt daher, dass kein Mensch mit wollte, obschon meine Dienerschaft mir immerfort Treue bis zum Tode beteuert hat, das sind aber nur leere Redensarten gewesen. Nur der Kutscher war bereit mich zu fahren, weil derselbe schon des Teufels ist.«

»Habe das an seiner Grobheit gemerkt, meine schöne Prinzessin«, sprach der Wanderbursche; »und Euer Herr Vater, erlaubt mir diese Bemerkung, ist nicht so recht gescheit, andere täten so etwas nicht. Wolltet Ihr mir aber erlauben, Euch Anstandes halber als einen diensttuenden Kammerherrn zu begleiten, so kann ich Euch vielleicht in Wahrheit den besten Dienst tun, und Euch aus den Klauen des Teufels losmachen.«

»Ach, das höre ich sehr gerne!«, antwortete die Prinzessin. »Ja, du sollst mein lieber Kammerherr sein, steige nur zu mir herein, es reist sich ohnehin besser zu zweien, als einsam.«

Darauf stieg der Wandergeselle zu der schönen Prinzessin in den schwarzen Wagen, und unterhielt sie gut, und machte, dass sie lachte, und fuhren miteinander ganz lustig zum Teufel. Dieser saß auf einem Holzblock und wartete schon eine geraume Zeit, und war sehr erstaunt, zu sehen, dass die Prinzessin nicht allein kam. Der Jüngling sagte: »Hochverehrtester Herr Teufel, ich hoffe, Ihr werdet ein vernünftiges Wort mit Euch reden lassen. Mich dauert diese arme und schöne Prinzessin sehr, gebet sie frei, und nehmet dafür meine Seele an.«

Der Teufel schlug einige Male rechts und einige Male links mit seinem Schweife um sich, als wenn er sich die Mücken wegwedeln wollte, und sagte: »Für dieses Mal könnte sich die Sache machen« – er dachte aber in seinem Sinne, übers Jahr hole ich mir doch die Prinzessin – »also Topp!«

»Topp!«, sagte der Geselle. »Und da nichts zu trinken da ist, so schnupfen wir einmal darauf!« Damit zog er seine goldene Dose, drehte den Deckel nach rechts, schnippte mit dem Finger auf den Deckel, öffnete sie und bot sie dem Teufel dar.

»Eigentlich schnupfe ich nicht!«, sagte der Teufel.

»Nun so schnupfe einmal uneigentlich! Es ist Doppelmops!«, entgegnete der Geselle, und sein Herz lachte innerlich vor Freude, als der Teufel wirklich mit seiner haarigen Kralle in die Dose fuhr und eine tüchtige Prise nahm.

»So mein werter Herr Teufel!«, nahm nun wieder der Geselle das Wort, indem er die Dose wieder mit ihrem Deckel verschloss und in die Tasche schob, »jetzt können wir ein verständiges Wort miteinander reden, denn Ihr seid nun ein vollkommen gesetzter Mann.«

»Wieso *gesetzt*?«, fragte der Teufel.

»Weil Ihr *sitzt*, und nicht mehr und nicht eher wieder aufstehen könnt, bis es mir beliebt!«, erhielt er zur Antwort.

»Weiter fehlte mir nichts! Du Dummkopf!«, schrie der Teufel und wollte auffahren und dem Sprecher an das Genicke, aber er konnte nicht, er musste auf dem Holzblocke fest wie angenagelt sitzen bleiben.

»Wie lange soll der dumme Spaß dauern?«, fragte der Teufel in außerordentlicher Übellaune. »Ich bin das Sitzen schon müde. Mach es kurz – das halte der Teufel aus, wenn er's kann!«
»Ich will dir etwas sagen, aber sei stät, hochwohlgeborener Herr Teufel!«, spottete der Geselle. »Es kann dir bald geholfen werden. Du gibst diese Prinzessin frei, wie sich von selbst versteht; du gibst auch mich frei, und entsagst dem Anrecht auf meine Seele; du gelobest niemals wieder im Lande des Herrn Vaters dieser schönen Prinzessin Teurung und Hungersnot, Aufruhr oder sonst dergleichen Teufeleien anzustiften und anzuzetteln, und niemals eine Seele als Lösegeld dagegen zu verlangen, vielmehr dich mit den Seelen zu begnügen, die dir von selbst und freiwillig in deinen Höllenrachen gelaufen kommen. Endlich gibst du mir das alles eigenhändig und schriftlich, denn der Teufel traue dem Teufel, und sorgst dafür, dass ich dich niemals wieder zu Gesichte bekomme.«
Der Teufel ächzte und krächzte, schwitzte und krümmte sich, es half ihm aber dieses alles nichts. Immer gewohnt, stets los zu sein, quälte es ihn schrecklich, jetzt einmal nicht los sein zu können, und so bequemte er sich, in die Forderungen des Befreiers der Prinzessin einzuwilligen, worauf dieser nun wieder die goldene Dose hervorzog, den Deckel nach links aufdrehte, und höflich fragte: »Beliebt noch ein Prieschen? Es ist Marokko.« – Der Teufel aber schlug hin, dass aller Schnupftabak in die Luft flog und erhob sich von seinem Holzblock, und brauste wie ein Sturmwind von hinnen.
Darauf stiegen die Prinzessin und ihr Befreier wieder in ihren Wagen, und die Prinzessin war so sehr von Dank erfüllt, dass sie zu dem Gefährten sagte: »Höre du, ich will dich heiraten, weil du mich errettet hast!«
»Ist mir sehr angenehm zu hören«, versetzte der Jüngling, »nur wünschte ich noch ein Weilchen damit zu warten, weil ich erst in die Welt, und draußen etwas Tüchtiges lernen muss. Deshalb entlasset mich jetzt, meine schönste Prinzessin, in Zeit von einigen Jahren komme ich wieder, darauf verlasset Euch.«

Das musste nun so der Prinzessin recht sein, obwohl es ihr gar nicht recht war, und als der erste Kreuzweg kam, stieg ihr Befreier aus, gab ihr seine Hand und küsste die ihrige, und sagte: »Wir sind verlobt und bleiben es! Trauet fest, schöne Prinzessin, auf Euern Bräutigam.«
Der Kutscher, der die Prinzessin fuhr, hatte alles, was er sah, mit Missmut und Ärger gesehen. Er besaß eine ganz nichtsnutze Seele. Den König hätte er am liebsten tot gesehen, und wäre gern selbst König gewesen; da man aber die Kutscher, und wenn sie die schönsten Staatskutschen noch so schön lenken zu können, sich einbilden, nicht zu Königen macht, so freute sich sein schwarzes Herz darüber, dass wenigstens die unschuldige Königstochter untergehen sollte, und da dies nicht geschehen war, so war er mindestens auf seinen Vorteil bedacht, daher hielt er an, stieg vom Bock, öffnete den Kutschenschlag und sprach hinein zur Prinzessin:
»Mein allergnädigstes Prinzesschen! Sintemal und alldieweil Höchst-Dieselben nun befreit sind, so hätte ich auch eine kleine Bitte, bitte dahero nichts für ungut zu nehmen, wenn ich so mit der Türe ins Haus falle; ich möchte gar zu gerne heiraten!«
»Dagegen habe ich gar nichts einzuwenden, mein lieber Kutscher. Aber will Ihn denn jemand?«
»Die schätzbare Person, welche ich zu heiraten wünsche, sagte mir, sie habe nichts dagegen einzuwenden!«, antwortete der Kutscher.
»Nun gut, so nehme Er sie!«, versetzte die Prinzessin.
»Nun gut, so nehme ich *Sie*!«, erwiderte der Kutscher.
»Wen denn eigentlich?«, fragte die Prinzessin.
»Nun denn *Sie*! Sie haben es ja gesagt!«, entgegnete der Kutscher.
»Ich glaube, Er ist verrückt!«, schrie die Prinzessin außer sich vor Entsetzen.
»I Gott bewahre!«, versetzte der Kutscher. »Im Gegenteil, Prinzesschen, ich glaube dies nicht im Entferntesten. Wozu viele Worte? Sie sagen zu Hause, dass *ich* es war, der Sie befreite, und heiraten mich! Wollen Sie das nicht, so fahre ich Sie nicht nach Hause, sondern wieder zum Teufel. Und damit Punktum!«

Da gab die arme Prinzessin klein bei und weinte wieder, und fuhr nach Hause. Da war aber ein Jubel über ihre Heimkunft, der war grenzenlos, und als es nun vollends laut wurde, der Kutscher habe die Prinzessin befreit und werde von ihr zum Danke gefreit werden, da kannte der Jubel keine Grenzen mehr. Eine so herablassende volkstümliche Prinzessin hatte es noch nie gegeben, weder die alte noch die neue, weder die heilige noch die Profangeschichte lieferten ein Seitenstück zu solchem Bündnis – Paläste und Hütten wurden illuminiert, die Vivats nahmen kein Ende, und viele Personen, die in Kutschen fuhren, wurden damals umgeworfen, denn alle Kutscher hatten sich vor Freude betrunken und ihre Köpfe so hell illuminiert, dass sie die Prallsteine für glatte Fahrgleise ansahen.

Nun wurden die Vorbereitungen zur Hochzeit getroffen, welche jedoch die Prinzessin immer von einer Zeit zur andern hinausschob. Sie verdarb ihre Brautkleider, sie wurde krank, sie erfüllte fromme Gelübde, sie wartete auf einen Schmuck, der erst vom Morgenlande kommen sollte, und hoffte mit sehnender Seele stärker und stärker auf die Wiederkehr ihres geliebten wahren Bräutigams. Der Kutscher aber wurde sehr ungeduldig und klatschte viel aus Ungeduld mit seiner Peitsche. Endlich musste ein Tag der Hochzeit doch festgesetzt werden, und schon kam dessen Vorabend und der Wandergeselle kam nicht. Herzeleid und Wehklagen. Die Prinzessin ließ im Hoftheater das rührende Drama *Lenore* aufführen, und vergoss viele Tränen bei dem herzbrechenden Liede:

Es flammen am Altare
Die Kerzen wundersam;
Der Brautkranz schmückt die *Haare*,
Wo bleibt der Bräutigam?

Während aber selbiges herzbrechendes Lied gesungen wurde, war der wahre Bräutigam schon da, und war in Begleitung seiner drei Hunde im Gasthofe ersten Ranges der Residenz abgetreten, freilich aber nicht

wie ein Gast ersten Ranges, vielmehr als zerlumpter Bettler und Strolch, und der Wirt hatte nahezu Lust, ihn von seinen Kellnern zur Türe hinausschmeißen zu lassen, als der anscheinende Bettler einen Dukaten auf den Tisch legte, und dem Wirte zuflüsterte: »Mein guter Freund, ich bin ein Hochzeitgast! Schaffet mir einen Barbuzium und einen Schneider. Morgen am Hochzeittage verhoffe ich, so Gott es will, die Ehre zu haben, mit der jungen Königin ein Glas Wein zu trinken.« Der Wirt maß mit seinen Blicken den Lumpazivagabundus, den er vor sich sah, vom Kopfe bis zur Zehe, und sprach: »Nichts für ungut, guter Freund! Du scheinst mir aus einem Lande zu kommen, wo man keine Hundesteuer zahlt, und wo die Hunde von der Luft leben. Ich unterfange mich nicht, schlechte Witze zu machen, und zu sagen, du seist sehr auf den Hund. Gleichwohl besticht mich dein armseliger Dukaten nicht; Gott mag wissen, auf welcher grünen Wiese du den gefunden hast; indessen zu einem Abendimbiss für dich und die drei Hunde, und auch noch zu einem Nachtlager reicht er aus. Du wirst aber morgen so wenig Wein mit der königlichen Prinzessin Braut trinken, als ich, ja noch viel weniger, denn ich bin doch der Hofweinlieferant, ich *kann* daher eher den nämlichen Wein trinken – darauf wette ich all mein Hab und Gut, samt Gasthaus und Schenkgerechtigkeit.«
»Wirt, schwatze nicht zu viel! Besorge hübsch meine Befehle! Die Wette steht!«, sprach ganz kurz der Gast, forderte Velinpapier und feines Siegellack, schrieb und siegelte rasch einen Brief an die Prinzessin, hielt dem erstaunten Wirte die Aufschrift unter die Augen, schlug den Brief in ein Zeitungsblatt, und gab ihn dem Hurtigundgeschwind ins Maul, der damit fortschoss.
Jetzt kamen der Barbier und der Schneider. Der Fremde ließ sich sauber scheren und zwagen, und vom Schneider in Samt und Seide kleiden, und legte bloß Goldstücke auf den Tisch mit dem stummen Bedeuten, jeder möge sich nehmen, was er glaube, dass ihm gebühre. Der Schneider glaubte, ihm gebühre viel, folglich nahm er viel, der Barbier aber wollte gerne wieder auf das Goldstück herausgeben, er hatte jedoch kein einzelnes, und da winkte der Gast wieder, er möge es nur unge-

wechselt behalten. Am andern Morgen wurde die ganze Residenzstadt voll von der Kunde, dass ein Herr im ersten Gasthofe wohne, der viel freigebiger sei wie der König, wozu – im Vertrauen sei dies gesagt – nicht viel gehörte.
Wie froh war aber die gute Prinzessin geworden, als sie Hurtigundgeschwind in den Saal springen und ihn einen Brief in ihren Schoß legen sah, während alles vor dem großen und seltsamen Briefpostcourier erschrak, zumeist aber der falsche Bräutigam, der Kutscher. Er dachte sich: wo *der* ist, da ist sein Herre auch nicht weit, und verzog sich ganz leise, woran er sehr wohl tar, sonst hätte ihn der Hund zerrissen.
Am andern Morgen hielt eine königliche Kutsche vor dem Gasthofe; ein Hoflakai öffnete den Schlag, ein besternter Kammerherr stieg aus und fragte nach dem fremden Herrn, der gestern gekommen sei, und dem Wirte fiel das Herz in die Kniekehle, denn er hatte sein Hab und Gut, samt der Schenkgerechtigkeit verwettet. Der fremde Herr aber fuhr zur Rechten des Kammerherrn im Wagen sitzend nach Hofe.
Bei Hofe war nun große Freude; der wahre Bräutigam gefiel dem volkstümlichen Könige noch besser wie der Kutscher, da derselbe sich sehr gut zu benehmen wusste, und sich schon durch die Befreiung der Prinzessin am besten benommen hatte. Die Hochzeit hatte daher ihren ungestörten Fortgang. Dem Wirte schenkte der glückliche Bräutigam die an ihn verlorene Wette, und den Kutscher, den er durch Reißebeiß, Sprengalleband und Hurtigundgeschwind sehr leicht hätte einfangen und holen lassen können, wobei derselbe sehr übel gefahren wäre, ließ der edle Bräutigam laufen.
Mit abermaliger reicher Gabe aber bedachte er die alte Waldmutter, und seine eigene Mutter ließ er in einer goldenen Kutsche holen und behielt sie bei sich bis an ihr Ende. Als alles zu einem guten Ziele gelangt war, verschwanden die drei Hunde, und niemand wusste, wohin sie gekommen waren, und auch das Pfeifchen war fort, sodass man die Hunde auch nicht wieder herbeirufen konnte, welches auch nicht nötig wurde, da sich kein Teufel mehr um das Land des alten und des jungen Königs bekümmerte.

Marien-Ritter

Vor Zeiten lebte ein freisamer frommer Rittersmann, der hatte zu seiner Schutzpatronin die heilige Jungfrau Maria erkoren, und diente ihr mit einem gottseligen Herzen immerdar.

Da wurde zu einer Zeit von dem Könige ein großes Turnei ausgeschrieben, zu dem zog die gesamte Ritterschaft des ganzes Landes, alldort Lanzen und Speere zu brechen, und Danke zu gewinnen. Zu diesem Turnei zog auch der fromme Ritter, und sein Weg führte ihn an einem Münster vorüber, das der Jungfrau Maria geweiht war, und gar nicht weit von dem Plane lag, auf welchem das Turnei gehalten werden und bald beginnen sollte. Man konnte schon von ferne die Trommeten schmettern hören. Im Münster aber war viel hohe Geistlichkeit versammelt, und wurde feierliches Hochamt gehalten, da stieg der Ritter vom Ross und gab das seinem Knappen zu halten, und sprach: »Mir ziemet bass, dass ich mich in Marien Schutz befehle, dass ihre Hand mir zu einem ehrlichen Siege verhelfe« – nahm seinen Helm vom Haupt und trat in das Gotteshaus. Schon war eine Messe fast zu Ende gelesen, dann aber hob man eine andere an, die wollte der fromme Ritter ganz hören, und dann begann wieder eine neue, und der Ritter wollte keine unterbrechen, und wohnte allen andächtiglich bei und betete mit im Stillen, und segnete sich.

Und darüber, über solcher Andacht, ging der halbe Tag hin, das Turnei hatte längst seinen Anfang und Fortgang genommen, das Ringelrennen, das Lanzenstechen und manches andere ritterliche Kampfspiel war schon vorüber, dem Ritter aber hatte die Zeit, so er im Münster verweilt, eine ganz kurze gedeucht, und meinte, es sei noch früh am Tage und er komme noch rechtzeitig genug. Wie er aber ankam, da sah er nur noch etwas vom *Buhurt*, das ist der letzte Tummelkampf, wo viele gegen viele reiten und streiten und einander bekämpfen mit kurzen Schwertern oder mit Kolben, bis die Herolde mit Trompetenstößen das Zeichen zum Ende des Buhurts geben lassen.

Da nun der fromme Ritter an die Schranken kam, erscholl ihm von vielen ein froher Zuruf, gleichsam als dem Helden des Tages; seine Freunde boten ihm glückwünschend die Hände, andere gaben ihm Ringe und Kleinode, die sie ihm, wie sie sagten, im Lanzenrennen schuldig geworden, und alle rühmten laut, dass solch ein männlicher Kämpe, wie er, noch niemals beim Tschost, das ist das Lanzenrennen, und beim Forest, das ist der Preiswettkampf, gesehen worden, und die Herolde nahten ihm, grüßten ihn ehrfurchtsvoll und geleiteten ihn zum Throne, auf welchem sitzend, des Königes schöne Tochter die Ehrendanke verteilte, und ihm unter süßen Worten voll hohen Lobes den ersten Dank zuteilte.

Der Ritter aber wusste nicht wie ihm geschah, und sagte offenkundig, dass weder Lob noch Dank ihm gebühreten. Er komme soeben an, und habe in der Kirche weilend, das Turnier versäumt. Die Ritter aber und die jungen Edelknappen schwuren alle, er sei da gewesen, habe sie alle überwunden, und in allen Arten der Turneikämpfe das Beste getan.

Da ahnete der Ritter das Wunder, das Maria an ihm getan, dieweil er sie im Münster verehret. Und ritt von hinnen in das Kloster, das neben dem Marienmünster erbaut war, und sprach: »Ich will fortan keines andern Ritter sein, als nur Marien Ritter, mit stetem Gebete und mit steter Treue.«

Gelobet sei Maria, die Himmelskönigin!

Vom Knaben, der das Hexen lernen wollte

Es war einmal ein Knabe, der hatte vieles gehört von der Hexenkunst, wollte sie auch gern lernen. Wen er aber darum fragte, der sagte, dass er solche Kunst nicht kenne und nicht könne, und auch nichts von ihr wissen wolle. Da ging der Knabe ganz allein in einen dunkeln Wald

und rief mehr denn einmal recht laut: »Wer lehrt mich das Hexen?« – und da schallte es wie antwortend an mehreren Stellen des tiefen Waldes: »Hexen! Hexen!«
Und nach einer Weile kam ein uraltes Weiblein durch das Gebüsche gekrochen, das keinen Zahn mehr im Munde und schrecklich rote Augen hatte. Ihr Rücken war gekrümmt, ihr Haar war weiß, und hing ihr wild um den Kopf herum, und wehete im Winde. Ihre Stimme klang wie die Stimme des Vogels Kreideweiß, wenn er ruft: »Komm mit!«, und geradeso rief auch das alte Weib dem Knaben zu, und winkte ihm zu folgen, sie wolle ihm das Hexen lehren. Der Knabe folgte ihr und sie führte ihn immer tiefer in den Wald hinein, und zuletzt auf ein sumpfiges Erlenmoor, darauf eine graue, unscheinbare, halbverfallene Waldhütte stand. Die Wände waren von Torfziegeln aufgeführt, und mit Moos austapeziert; das Dach war mit Schilf gedeckt. In der Waldhütte war niemand als ein hübsches junges Mädchen, welche Lieschen hieß; die Alte sagte aber nicht, ob es ihre Tochter oder ihre Enkelin sei; außerdem waren nur noch drei große Kröten vorhanden, und über dem niedern Herde hing ein Kessel, darinnen eine Brühe kochte, wie Gänseschwarz, Hasenpfeffer, oder sonstiges Schwarzsauer mit Fleischknöchlein darin. Die Alte setzte eine Kröte vor die Türschwelle, dass sie Wache halte, die zweite Kröte schickte sie auf den Boden, dass sie dem Knaben eine Lagerstatt bereite, und die dritte Kröte stellte sie auf den Tisch, dass sie leuchte. Diese Kröte tat ihr Bestes im Leuchten, doch wie auch ihre Äugelein im grünlichen Schimmer flammten, so brachte sie es kaum dahin, so hell zu leuchten wie ein Glühwurm, daher auch der Hass kommt, den die Kröten gegen die Glühwürmer haben. Nun aßen die Alte und das Lieschen aus dem Kessel ihre Abendmahlzeit, und der Knabe sollte auch essen, aber er grauelte sich, denn es kam ihm vor, als ob die Knöchlein Finger und Zehen von Kindern wären. Er klagte, dass er sehr müde sei, und wurde auf sein Strohlager gewiesen, wo er bald mit dem Gedanken einschlief, am andern Morgen werde nun seine Lehrzeit in der Hexenkunst angehen, und dass es sehr hübsch sein werde, wenn das kleine Lieschen ihm darin Unterricht ge-

ben wolle. Die alte Hexe aber zischelte dem Mädchen zu: »Wieder einen gefangen! Ein hübscher Braten, morgen wecke mich recht früh, ehe die Sonne aufgeht, da wollen wir ihn schlachten und was wir nicht gleich braten, einpökeln.«

Jetzt gingen die beiden auch schlafen, aber Lieschen fand keinen Schlaf, der schöne Knabe dauerte sie gar sehr, dass er auch sterben sollte, und sie stand von ihrem Lager auf und trat an das seine, und sah, wie schön rot seine Wängelein waren, und wie blond sein gelocktes Haar, und dass seine Augen blau waren, wie Vergissmeinnicht, das hatte Lieschen nicht vergessen. Und es graute ihr vor ihr selbst, dass sie gezwungen war, der alten bösen Hexe zu dienen, die sie schon lange, als sie noch ein ganz kleines Kind war, ihren Eltern geraubt und in den tiefen Wald geschleppt hatte, und hatte das Hexenwerk lernen müssen, wie man pfeilschnell durch die Luft eilt, wie man sich unsichtbar macht, wie man sich in andere Gestalten verwandelt, und als sich nun Lieschens Herz in voller Zuneigung zu dem Knaben bewegte, so beschloss das Mädchen, ihn wo möglich zu erretten. Sie weckte ihn daher ganz leise und flüsterte ihm zu: »Lieber Knabe, erhebe dich und folge mir! Hier wartet deiner nur der Tod.«

»Soll ich denn hier nicht das Hexen lernen?«, fragte der Knabe, welcher Friedel hieß.

»Besser ist dir, wenn du es nimmermehr lernst; außerdem hast du noch Zeit genug dazu«, antwortete Lieschen, »jetzt säume nicht – fliehe, und ich will mit dir fliehen.«

»Mit dir gehe ich gerne, liebes Mädchen«, sprach der Knabe, »und bei der hässlichen Alten mit ihren garstigen Kröten möchte ich nicht bleiben.«

»So komm denn!«, sprach Lieschen, und öffnete leise das Häuschen, und sah nach, ob die Alte schlief; die schlief noch, denn es war noch halb Nacht, und lange nicht Morgen.

Jetzt trat Lieschen mit Friedel aus dem Häuschen, und Lieschen spuckte auf die Schwelle, worauf sie beide rasch von dannen eilten. Durch das Öffnen und Wiederschließen der Türe war aber doch ein kleines Geräusch entstanden, und weil alte Leute sehr leise schlafen, so erwachte die Hexe und rief: »Lieschen! Stehe auf! Ich glaube, es wird bald Tag.« Da rief der Speichel auf der Schwelle vermittelst eines Hexenzaubers, den Lieschen verübt: »Ich bin schon auf! Ruhe nur noch, bis ich das Hüttchen gekehrt, und Laub und Holz zum Feuer zusammengelesen habe.« – Nun blieb die Alte noch ein Weilchen liegen, während die Fliehenden unaufhaltsam von dannen eilten; jene konnte aber nicht wieder einschlafen und rief abermals: »Lieschen, brennt das Feuer?«

Da antwortete abermals der Speichel auf der Schwelle: »Es brennt noch nicht, das Laub ist feucht – das Holz raucht – ruhe noch ein Weilchen, bis ich das Feuer angeblasen habe.«

Die Alte ruhte noch eine kurze Zeit, während die Fliehenden immer mehr sich von ihrer Hütte entfernten. Unterdes ging die Sonne auf, da fuhr die Alte, die ein wenig eingenickt war, mit beiden Beinen zugleich aus dem Bette, und schrie: »Satanskind! Die Sonne geht auf, und du hast mich nicht geweckt. Wo steckst du?«

Auf diese Frage bekam die Alte keine Antwort, denn die Sonne hatte den Speichel auf der Schwelle vertrocknet und nun fuhr die Hexe im Hause herum, wie ein Wirbelwind. Der Knabe war fort, und Lieschen war fort, und die Hütte war nicht gefegt, es lag nicht Laub, nicht Holz auf dem Herde. Die Alte war wütend. Sie ergriff einen Besenstiel, und rannte aus dem Hause. Sie schlug mit dem Besen an die Türe, da ward das Häuschen unsichtbar; sie trat auf einen Bovist, da wallte eine Wolke empor; sie setzte sich auf ihren Besenstiel und fuhr als Wolke in die Luft. Da sah sie, nach welcher Richtung die Flüchtlinge flohen, und mit Windeseile flog die Wolke ihnen nach. Lieschen aber sah sich auf der Flucht beständig um, denn sie kannte die Künste der alten Hexe, und sprach jetzt zu Friedel: »Siehst du dort am hohen Himmel die braune Wolke? Das ist die Hexe, die uns nachfährt; wir können nicht weiter fliehen, sie wird uns bald einholen. Jetzt lasse mich meine Kunst brauchen. Ich will ein Dornstrauch werden, und dich als eine Schlehe tragen.«

Plötzlich war Lieschen ein Schlehendorn, der viele Früchte trug, und an einem Raine stand, und die unterste Beere, das war Friedel.
Die Hexe bekam auf ihrer Luftfahrt großen Durst, und als sie den Schlehendornstrauch mit den vielen Früchten sah, sprach sie zu sich selbst: die Luft ist trocken und zehrt – ich muss mich herablassen und ein paar Schlehen essen. Dieses tat sie dann, und pflückte eine Beere nach der andern, und sagte: »Sauer macht lustig.« Jetzt waren die Beeren alle verzehrt, bis auf die letzte, welches der Friedel war, und das wusste die schlimme Alte recht gut, sie krallte mehrmals darnach, aber der Dornbusch stach sie tüchtig in ihre langen, dürren Finger – aber sie kehrte sich nicht daran, sie gab sich rechte Mühe, die in Dornen ganz versteckte letzte Schlehe zu erhaschen, da fiel die Schlehe ab, und rollte den Rain hinab, und da wurde plötzlich der Dornbusch zu einem Wasser, und die Beere zu einem kleinen Entrich, alles durch Lieschens Zauberkunst, die sie von der Alten gelernt hatte. Da warf die Alte einen ihrer Pantoffel in die Luft, der wurde alsbald ein großer Raubvogel und stieß auf den Entrich, dieser tauchte schnell unter, und sowie der Raubvogel mit seinem Schnabel das Wasser berührte, schlug dieses eine Welle, die ihn fasste und ersäufte, worauf der Entrich wieder auftauchte. Wütend schleuderte die Alte ihren zweiten Pantoffel in das Wasser, der wurde ein Krokodil, und schoss nach dem Entrich hin, ihn zu erschnappen, da flog der Entrich in die Luft, und ließ sich an einer andern Stelle wieder in das Wasser nieder; das Wasser aber, welches dem Krokodil in den Rachen drang, wurde zu Stein, da wurde das Krokodil so schwer, dass es untersank. Jetzt legte sich die alte Hexe platt an den Rand des Wassers, um dasselbe wegzutrinken, denn ohne das Wasser hatte der verzauberte Entrich keinen Boden mehr. So wie er das Land berührte, musste dieser Entrich die vorige Gestalt wieder annehmen. Nicht lange aber hatte die Alte getrunken, da verwandelte sich das Wasser in ihrem Leibe in Feuer, und da tat es einen Knall, als ob die Hölle platze. Die Hexe war zerplatzt, der Entrich war wieder der schöne Knabe, das Feuer wurde zum Lieschen, und dann blieben beide miteinander treu verbunden. Wie der Knabe das Lieschen fragte, ob es ihm

das Hexen lehren wollte – lachte Lieschen und sagte: »Du kannst es ja schon, du hast ja mich behext.«

Die drei Wünsche

Zu den Zeiten, als der liebe Gott bisweilen noch sichtbarlich auf Erden wandelte, um die Menschen zu prüfen, und niemand weiß, ob er dies nicht noch heute tut, kam derselbe einmal in Gestalt eines armen, alten und gebrechlichen Mannes in ein Dorf und vor das Haus eines Reichen, und bat um ein wenig Trank und Speise und um ein Nachtlager, denn der Abend war da und die Nacht nicht fern, und das Wetter war wild und stürmisch.
Da trat der Reiche spottend aus seinem stattlichen Hause und sprach zum lieben Gott: »Dumm bist du nicht, Alter! Hast etwa auf einer hohen Schule studiert? Meinst, hier sei ein Wirtshaus oder ich ein Garkoch, oder meinst, hier sei ein Spittel? Denkst etwa, hier sei eine Bettelmannsherberge? Nein, ich sage dir, hier ist Bettelmannsumkehr. Allons marsch! Gleich packe dich vom Hofe, oder ich pfeife dem Hunde, du alter Tagedieb, du Strolch und Stromer, und untersteh dich nicht, noch einmal in meinen Hof hereinzutreten!«
Mit einem Seufzer wendete sich der Arme vom Hofe des reichen, geizigen und hartherzigen Mannes hinweg und wankte weiter. Da rief ihn von drüben aus einem kleinen Häuslein die Stimme eines Mannes an. »Na Alterchen! Wo willst denn du hin?«, fragte der Häusler, voll Mitleid im Tone, und der Arme antwortete: »Ach, nach Nirgendheim! Nirgend hab ich ein Heim! Aber Hunger hab ich und Durst hab ich, und müde bin ich auf den Tod!«
»So komme doch herüber, Alter, zu mir!«, rief wieder der Häusler. »An dem, was dir mein Nachbar da drüben gegeben hat, wirst du doch nicht

zu schwer zu tragen haben. Ich bin freilich selbst ein armer Hach, aber ein Stück Brot hab ich noch, und einen Schluck Schnaps kannst du auch haben, und einen Sack voll Waldmoos zum Nachtlager, wenn du damit zufrieden bist!«

»Ihr seid sehr gütig! Ich nehm es an, und Gott gesegnet's Euch!«, sagte der liebe Gott und schlich hinüber zu dem Häusler, und aß mit ihm, und trank mit ihm, und ruhete sich aus, und weil es noch nicht Schlafenszeit war, so setzten sich die beiden Männer vor das Haus, denn der liebe Gott hatte das wilde Wetter schnell vergehen lassen, und hatte eine klare milde Mondnacht geschaffen, und ließ das Firmament leuchten, und seine Sternenheere, die ihn ewig preisen, voll Pracht über der dunkeln Erde wandeln.

Und da saßen die beiden Männer, der Alte und der Junge, der liebe reiche Gott und der arme Häusler, beieinander auf der steinernen Bank vor dem Häuslein, und sprachen miteinander.

Drüben aber, im Schatten, sah der reiche Mann zum Fenster heraus, plätzte aus einer großmächtigen Tabakspfeife, und murmelte und grämelte: »Da hat der Lump, mein Nachbar, da drüben, richtig den alten Strolch aufgenommen und gibt ihm Quartier, und hat doch selbst nichts zu beißen und zu brechen. So was Dummes lebt nicht! Aber ich sage es ja immer: Gleich und gleich gesellt sich gern; gleiche Lumpen, gleiche Lappen. Eigentlich gehört sich's gar nicht, so einen hergelaufenen Landstreicher aufzunehmen, denn man weiß nicht, was hinter ihm steckt und ob nicht so ein Stromer das Dorf mit Feuer anstößt, dass dann seine Bande aus dem Walde bricht und plündert. Wie sie schwatzen, die beiden Taugenichtse! Ich will doch ein wenig zuhören.«

»Du bist so gut und so fromm«, sprach der liebe Gott zu seinem Wirte: »Du wärest wert, dass dir geschähe, wie vor Zeiten manchem frommen Manne, dass du drei Wünsche tun dürftest zu deinem Heile und zum Heile deiner Seele. Aber du müsstest das Letztere ja nicht vergessen, damit es dir nicht ergehe, wie dem Schmied von Jüterbock.«

»Und wie erging es diesem?«, fragte der Häusler.

»Kennst du das Märchen nicht?«, fragte der liebe Gott zurück. »Zu diesem Schmiede kam der heilige Apostel Petrus geritten und bat ihn, seinen Esel mit neuen Hufeisen zu beschlagen, dafür solle er drei Wünsche tun dürfen. Da wünschte sich der Schmied, dass seine Schnapsbulle niemals leer werden solle, ferner, dass, wer auf seinem Birnbaume sitze, darauf so lange sitzen müsse, bis der Schmied ihm abzusteigen erlaube, und dass endlich niemand ohne Erlaubnis in seine Stube kommen dürfe, außer etwa durchs Schlüsselloch. Damit gewann der Schmied zwar dem Tode ein langes Leben ab, weil er diesen überlistet, sich auf seinen Birnbaum zu setzen, und tat dem Teufel eine Drangsal an, weil dieser durch das Schlüsselloch in des Schmiedes Stube gewischt war, aber den besten Wunsch, die ewige Seligkeit, hatte der Schmied nicht getan, und nun starb er nicht, und Sankt Petrus ließ ihn nicht in den Himmel, und der Teufel fürchtete sich vor ihm, und schnappte vor ihm das Höllentor zu, und verriegelte es von innen – und nun muss der Schmied ewiglich unselig umherwandeln.«

»Ach du lieber Gott!«, rief der Häusler, ohne zu wissen, wer neben ihm saß. »Das ist schlimm – das war gefehlt – da wollt ich schon gescheiter wünschen – wenn zu mir so ein heiliger Nothelfer oder Apostel käme! Selbiges wird aber nicht sein!«

»Man kann das nicht wissen«, erwiderte der Gast. »Nur muss der Mensch nicht töricht wünschen, wie jenes Ehepaar, zu dem der Engel Gottes kam, und ihm drei Wünsche bescherte.«

»Was geschahe da?«, fragte der Häusler.

»Ein Mann und eine Frau«, erzählte der Gast: »lebten in großer Armut, und baten Gott Tag und Nacht, ihre Armut zu bessern, und ihnen zu helfen. Weil sie nun fromm und redlich waren, so wollte Gott ihr Flehen erhören, und sandte ihnen seinen Engel. Der Engel sprach: ›Drei Wünsche dürft ihr tun zu eurem Heile, aber es darf nicht der Wunsch nach Geld und Gut dabei sein, denn wenn euch solches beschieden und nütze und zuträglich wäre, so besäßet ihr dessen längst, so aber ist es euch nach Gottes weisem Ratschlusse versagt.‹ Der Mann aber sprach: ›Was sollen mir drei Wünsche helfen, wenn ich nicht wünschen dürfen soll, was mir zu meinem Glücke dienlich scheint? Was ist der Mensch ohne Geld? Da spricht man von ihm just wie von einem falschen Groschen: Er gilt nichts.‹ Darauf sprach der Engel: ›Nun so wünsche denn in Gottes Namen, doch trage selbst die Schuld, so du dir selber Unheil wünschest.‹ Nun sprach der Mann mit seinem Weibe, wie sie beiderseits die Wünsche wohl erwägen wollten. ›Was wünschen wir?‹, fragte er das Weib. ›Was brauchen wir zunächst? Ich dächte, einen ganzen Berg von Gold, und eine dicke Mauer rund herum, dass kein Vieh darauf grast, und kein Dieb danach gräbt – oder aber lieber ein Trühelein Immervoll, daraus man stetig Geldes nehmen mag, so viel man just bedarf?‹ – ›Ich dachte‹, nahm das Weib das Wort: ›du wärest vor allen Dingen so gütig, und schenktest oder überließest einen der drei Wünsche *mir*, denn ich habe genug danach geseufzt und mich wund gekniet, dann kannst du dir noch immer wünschen, was du willst.‹ – ›Nun wohl‹, antwortete der Mann, ›Frauen sind oft klüger als die Männer, so wünsche denn.‹

›Ich wünsche‹, sprach die Frau: ›für mich das allerschönste Kleid, wie nie ein Weib der Welt eins getragen, schöner wie das Kleid der größten Kaiserin!‹ – Kaum hatte die Frau den Wunsch ausgesprochen, so war sie angetan mit dem herrlichsten Kleide, das war überreich besetzt mit Diamanten, Perlen, Gold und Silber, dass es nur so davon starrte.

›Ist das nicht ein dummer, unüberlegter Wunsch!‹, rief voll Unwillen der Mann. ›Du konntest damit *allen* Frauen Gewande wünschen, da wäre tausendfacher Segen auf dein Haupt vom Himmel von den Dürftigen herabgefleht worden, so hast du nur einen Wunsch des hoffärtigen und übermütigen Eigennutzes getan!‹

›Ei dass dich!‹, schrie die Frau. ›Pfui dich an, Mann, dass du mich also schiltst! Gefalle ich dir nicht in diesem schönen Kleide, so wette ich traun, dass ich andern desto besser gefallen werde. Lauf hin, du Hans Narr!‹

›Gauklerin!‹, schrie voller Zorn der Mann. ›Dass dir doch gleich das Kleid in deinen hoffärtigen Leib fahre!‹

›Wehe mir!‹, schrie die Frau – denn im Augenblicke verschwand das Kleid, das sie bedeckt hatte, und zog in ihren Leib, und schmerzte sie,

dass sie laut aufheulte, und durchs Dorf lief, und allen Bauern ihr Leid klagte, wie sie durch ihres Mannes Schuld so schrecklich leiden müsse. Darauf liefen die Bauern in hellen Haufen zu dem Manne und riefen ihm drohend zu, er solle seinem Weibe von ihrem Weh helfen, oder sie wollten ihn gleich erwürgen. Und da zückten sie schon ihre Messer und Schwerter gegen ihn.
Wie der Mann solchen großen und grimmigen Bauernzorn sah, und sahe wie sein Weib litt, da sprach er: ›Ich wünsche in Gottes Namen, dass sie ihrer Schmerzen wieder ledig werde.‹
Darob wurde das Weib heilfroh, und all ihr Schmerz war hinweg, denn der dritte Wunsch war nun getan, aber das Kleid kam nicht wieder zum Vorschein, und nun hatte der Mann keine gute Stunde mehr auf Erden, und war der Spott aller Welt, und starb bald genug vor Gram und Kummer. Darum merket wohl, mein werter Gastfreund, wenn Ihr Wünsche tut, dass Ihr nicht auf den Wegen der Toren wandelt.«
»Und welche Wege meinst du?«, fragte wieder der Häusler.
»Der Toren Sitte«, sprach des Häuslers Gast, »ist Unrechtes begehren, Unrechtes trachten und nach dem Verluste Unrechtes klagen. Die Toren sind dreierlei Schlages. Toren, die nichts wissen und nichts können; Toren, die nichts wissen wollen, die wissen und können verachten, und Toren, die wissen und können, und dennoch nicht das tun, was das Rechte ist, das sie doch einsehen sollten, und ihre Seele bewahren.«
»Nun denn, dürfte ich wünschen«, sagte der Häusler, »so wünschte ich mir vorerst und vor allen andern Schätzen die ewige Seligkeit; hernach Gesundheit und Zufriedenheit bis zu meinem Tode, und dann – wenn es nicht gegen Gottes Willen wäre, möchte ich wünschen, dass mein den Einsturz drohendes Häuslein wieder in guten Stand gesetzt wäre.«
»Diese Eure Wünsche sind Gott genehm«, sagte der Gast, »und ich will Euch den Hauptwunsch dazu tun, dass sie alle drei in Erfüllung gehen!«
Nach diesem guten Gespräche verließen die beiden Männer, der arme Alte und der arme Häusler, ihren Steinsitz und gingen in die Hütte, sprachen ihr Nachtgebet, und legten sich zur Ruhe nieder.

Der Reiche drüben hatte jedes Wort gehört, das jene sprachen, und machte seine Glossen darüber. »Man sollte nicht meinen«, brummelte er vor sich hin, »dass so ein alter Mann noch so kindisches Zeug auf die Bahn bringen könnte, so läppischen Märchen-Schnickschnack aber freilich, das Alter macht kindisch und Alter schützt nicht vor Torheit. O ihr Wünschelnarren!«
Soeben wollte der Reiche sich nun auch zur Ruhe begeben, als er wahrnahm, dass ein eigentümlicher Lichtschimmer das Häuschen des Armen umfloss, während alle andern Häuser dunkel da lagen, und doch war es kein Feuerschein, auch nicht Wirkung des Mondlichtes, sondern ein reines Ätherlicht – dann schienen auch lichte Gestalten um das Häuschen zu schweben, und deren wurden mehr und mehr, die bewegten sich wundersam, ab und auf, als ob sie auf unsichtbaren Leitern schwebten; sie glitten um das Dach und um die Wände, und dabei war alles feierlich und tief still.
Dem Reichen gruselte es – er meinte, es seien Gespenster, schlug sein Kreuz und suchte sein Lager, aber er konnte fast die ganze Nacht nicht schlafen, und am frühen Morgen, als kaum der Tag graute, war er von einer innern Unruhe getrieben, schon wieder am Fenster – da sah er just den armen Alten an seinem Hause vorübergehen, der sich mithin früh aufgemacht hatte.
»Hm!«, murmelte der Reiche, »der ist bald auf den Beinen, das hat sicher einen Haken. Und er trägt einen Sack – gestern trug er keinen. Der hat gewiss da drüben etwas mitgehen heißen, und ist durchgebrannt, derweil der Nachbar noch schläft. Geschieht dem Nachbar schon recht! Was geht es mich an?«
Unter dieser Betrachtung wurde es draußen heller, des Reichen Weib war auch aufgestanden, und sah aus dem Fenster nach dem Wetter, der Nebel verzog sich, und beide trauten ihren Augen nicht, als sie gegenüber ein ganz stattliches neues Bauernhaus stehen sahen, das zwar noch die Gestalt des alten hatte, aber in allen Teilen größer und schöner war.
»Träum ich denn oder wach ich?«, fragte der Reiche. »Ist denn wirklich der Wunsch in Erfüllung gegangen – wer war denn der Alte? Hilf

Himmel! Sicherlich Sankt Petrus, oder gar der liebe Gott selbst. Dummkopf, der ich war, ihn gestern so schnöde abzuweisen.«

»Ja wohl, Dummkopf!«, rief die Frau. »Spute dich, reite nach, bitte ihm ab, gib ihm gute Worte. O Himmel, wie ist doch unsereins übel daran, wenn man so einen dummen Mann hat!«

»Holla! Knecht! Pferd satteln! Ausreiten!«, rief der Reiche stürmisch, steckte Geld zu sich und Esswaren, und galoppierte durchs Dorf, die Straße entlang – und bald genug holte er den Alten ein, tat aber nicht, als habe er ihn gestern gesehen.

Gar freundlich rief er vom Pferde herunter: »Grüß Gott, Alter! Wie geht's? Ist das Leben noch frisch? Wo hinaus denn so früh? Was trägst du denn da im Sack?«

»Dank dem Gruß! Nach Gottwalte!«, antwortete der Wanderer.

»Bist wohl ein recht armer Schlucker! Da hast du ein Geld!«

»Danke! Danke!«

»Aber was du im Sacke trägst, möcht ich wissen!«

»Ach«, schien der Alte zu scherzen: »Es ist ein Sorgenbürdlein, lieber Herr, hab's einem armen Schlucker abgenommen.«

»So, so!«, lachte der Reiter. »Ich will nicht wissen, was darin ist – ich wünschte bloß –«

»Aha! Ihr seid auch ein Wunschfreund«, unterbrach der arme Alte. »Das trifft sich gut – ich trage in diesem Sacke just drei Wünsche, die sich dem erfüllen, der sie tut. Er muss aber den Sack dazu nehmen.«

»Gib her! Gib her!«, rief habgierig der reiche Mann und langte nach dem Sacke. »Da – hast du auch ein Stück Brot und eine ganze Wurst! Du siehst, dass ich nicht geizig bin, wie mich meine Feinde und Neider ausschreien. Ich bin ein rechtlicher Mann, der auf Ordnung sieht und das Seinige zu Rate hält, aber ich gebe gerne den Armen, die der Gaben würdig sind. Allen kann man freilich nicht helfen.«

»Allen? – Nein, das ist bei Gott unmöglich!«, sagte der Alte.

»Ich habe doch immer sagen hören«, widersprach der Reiche, der den Sack bereits in der Hand hatte, »bei Gott sei kein Ding unmöglich, und sein Wille sei es, dass allen geholfen werde?«

»O mein lieber Herr«, erwiderte der Arme, »das ist geistlich zu verstehen, nicht weltlich!«

Der Reiche wendete sein Ross und sprengte wieder heimwärts. Der Kopf war ihm voller Wünschegedanken, es ging ihm darin herum, wie Windmühlenflügel. Was sollte er nur alles wünschen? Geld brauchte er eigentlich nicht, das hatte er vollauf, folglich gutes Leben die Fülle, gesund war er ebenfalls und zufrieden – ach Zufriedenheit sich zu wünschen, deuchte ihm nicht der Mühe wert, denn der Mensch ist doch nie zufrieden – dachte er, und ritt immer hastig darauf los, und spornte das Pferd, das schon keuchte, und jetzt stolperte es, dass es beinahe seinen Reiter abgeworfen hätte.

»Ei, so wollt ich, dass du den Hals brächst! Aas vermaledeites!«, rief zornig der reiche Mann – und o weh, da knickte das Ross zusammen, stürzte und brach den Hals. Ein Wunsch war dahin, und der Reiche war wütend. Er schnallte von dem toten Tiere Sattel und Zeug los, und trug das eine Strecke, aber gar nicht weit, da ward es ihm zu schwer, und wurde ihm furchtbar heiß, und da wünschte er wieder: Wenn nur das verdammte Gepäck daheim wär, und mein Weib, die mir diesen Ritt geraten, auf dem Sattel säße!

Zwei Wünsche waren dahin, der Sattel und Zaum nebst Gebiss und Steigbügel und Schabracke – alles war fort – und der Geizige atmete freier; ein Glück, dass er nicht noch einmal wünschte, und dass seine Frau kein Wünschelweiblein war, denn daheim saß sein Weib fest im Sattel, und hatte die Reitpeitsche in der Hand, wusste nicht, wie ihr geschah und wünschte ihren Mann, seinen Gaul und sein Sattelzeug alles zum bösen Voland.

Wollte der Reiche wohl oder übel, so musste er sein Weib wieder frei und ledig wünschen, da war auch der dritte Wunsch dahin.

Des Nachbars nagelneues Haus drüben stand hell glänzend im Sonnenschein, und war das schönste des Dorfes.

Neugierig öffnete der Reiche den Sack – hätte er nur das nicht getan. Im Sacke stak – des Nachbars *Armut*, die kam jetzt über ihn, wie ein gewappneter Mann.

Die Kuhhirten

Einst ging ein Wanderer über eine Wiese. Da hörte er von Weitem im Geröhrig einen seltsamen dumpfen Ruf, der oft hintereinander ausgestoßen wurde, als ob ein Rind brülle, und konnte sich gar nicht erklären, von wem das Getöne herrühre und was es zu bedeuten habe? Nach einer Weile kam der Wanderer zu zwei alten Kuhhirten, die hüteten nachbarlich ihre Herden auf der weiten Wiese. Diese fragte der Wanderer, was das Tönen bedeute?

Da antwortete der eine alte Kuhhirt: »Ich will es Euch sagen. Was dort im Schilfe so schreit, das ist der Rohrtumb, auch Rohrtrummel genannt.«

»Oh, er hat gar viele Namen«, setzte der andere alte Kuhhirte hinzu. »Er heißt auch Ur-Rind, Moor-Rind, und Mooskuh. Vor Zeiten ist selber Brüller ein Hirtenknecht gewesen, aber ein schrecklich fauler, deshalb ist er in einen Vogel verwandelt worden, und das ärgert ihn so sehr, dass er immerfort brüllt, absonderlich des Nachts, da stößt er seinen Schnabel in das Wasser, und brüllt wie ein Stier, dass man es eine Stunde weit hören kann, damit zeigt er Regen an.«

»Selt ist richtig«, nahm wieder der erste Kuhhirte das Wort, »aber mit dem Knecht wird es anders erzählt. Es waren der Kuhhirten zwei, wie unserer auch zwei sind, sie waren aber nicht alle zwei beide beisammen. Der eine hütete seine Kühe auf den grünen fetten Wiesen im Tale, der andere aber auf einem hohen und dürren Berge. Daher wurden die Kühe des Ersteren auf den blumigen Wiesen sehr munter und mutig und gaben viele Milch – die Kühe des Hirten auf dem Berge aber, wo der Herr zwar Gras wachsen lässt, das aber auch danach ist – wie jener Schulmeister in der Kollekte sang – und wo der Wind mehr mit dem Sande als mit Blumen spielt, die wurden sehr matt und sehr mager, und gaben wenig und nur himmelblaue Milch, wie sie mehr blauen Himmel, als grünes Gras sahen.

Eines Abends, als beide Kuhhirten nach Hause treiben wollten, da

hatten die muntern und mutigen Kühe auf der fetten Wiese keine Lust nach Hause, und war unter ihnen eine bunte Kuh, die lief in entgegengesetzter Richtung davon, und die andern Kühe alle folgten ihr, da schrie der Kuhhirte, so laut er schreien konnte: ›Bunte h'rum! Bunte h'rum!‹, aber es half ihm all sein Schreien nichts. Die magern Kühe des Hirten droben auf dem Berge hingegen, die hatten sich vor Hunger und Ermattung hingelegt, und mochten nicht aufstehen, oder vermochten's zuletzt auch nicht, da schrie der Kuhhirte aus Leibeskräften: ›Up! up! up! up!‹, meinte damit, sie sollten aufstehen, standen aber doch nicht auf; dieweil sie nicht konnten, und nun schrien die Hirten drunten und droben um die Wette, der eine ›Bunte h'rum, Bunte h'rum‹ – der andere ›up! up! up!‹ und Nacht und Tag und Tag und Nacht, bis ihnen der Odem ausging und die Seele aus dem Halse fuhr, und da sind sie beide zu Vögeln geworden, der Wiesenhirte zum Rohrtumb und der Berghirte zum Wiedehopf, und schreien nun noch immer so fort.«
So erzählte der Kuhhirte dem Wanderer, und der wusste nun, was das Gebuller im Geröhrig zu bedeuten habe, und wenn er von einem Berge herab den Ruf up! up! up! vernahm, da wusste er auch, was das für ein Vogel war, der also schrie, nämlich der ohnehin verrufene Kuckuckslakai und Kuckucksküster, der Vogel Wiedehopf.

Das Unentbehrlichste

Vor Zeiten hat einmal ein König gelebt, der hatte drei gute und schöne Töchter, die er sehr liebte und von denen er auch herzlich wieder geliebt wurde. Prinzen hatte er nicht, aber es war in seinem Reiche herkömmlich, dass die Thronfolge auch auf Frauen und Töchter überging, und da des Königs Gemahlin nicht mehr am Leben war, so stand dem

Könige frei, eine seiner drei Prinzessinnen zu seiner Nachfolgerin auf dem Throne zu bestimmen, und es brauchte gerade nicht die Älteste zu sein. Da aber nun derselbe König seine Töchter alle drei gleich liebte, so fiel ihm die Entscheidung schwer, und er ging mit sich zu Rate, diejenige zu wählen, die den meisten Scharfsinn offenbare. Diesen Entschluss teilte er seinen drei Töchtern mit und bestimmte seinen nahe bevorstehenden Geburtstag zur Entscheidung. *Die* sollte Königin werden, welche ihm »das Unentbehrlichste« bringen werde.

Jede der Prinzessinnen sann nun darüber nach, was wohl das Unentbehrlichste sei?, und als der Geburtstag da war, nahete zuerst die Älteste, brachte ein feines purpurnes Gewand getragen, und sprach: »Gott der Herr lässt den Menschen nackend in die Welt treten, aber er hat ihnen das Paradies verschlossen, darum ist ihm *Gewand und Kleidung* unentbehrlich.«

Die zweite Tochter brachte auf einem goldenen gefüllten Becher liegend ein frisches Brot, das sie selbst gebacken und sprach: »Das Unentbehrlichste ist dem staubgeborenen Menschen *Trank und Speise*, denn ohne diese vermag er nicht zu leben, darum schuf Gott Früchte des Feldes, Obst und Beeren und Weintrauben und lehrte die Menschen Brot und Wein zu bereiten, die heiligen Symbole seiner Liebe.«

Die jüngste Tochter brachte auf einem *hölzernen Tellerchen* ein Häufchen *Salz* dar und sprach: »Als das Unentbehrlichste mein Vater, erachte ich das Salz und das Holz. Darum haben schon alte Völker den Bäumen göttliche Ehre erwiesen und das Salz heilig gehalten.«

Der König war über diese Gaben sehr erstaunt und nachdenklich, und dann sprach er: »Am unentbehrlichsten ist dem Könige der *Purpur*, denn hat er den, so hat er alles Übrige, geht er seiner verlustig, so ist er König gewesen, und ist gemein, gleich andern Menschenkindern. Darum, dass du das erkannt, meine älteste geliebte Tochter, soll dich nach mir der königliche Purpur schmücken; komm an mein Herz, empfange meinen Dank und meinen Segen!«

Als der König nun seine älteste Tochter geküsst und gesegnet, sprach er zu der zweitältesten: »Essen und trinken ist nicht allerwege notwen-

dig, mein gutes Kind, und es zieht uns allzu sehr in das Gemeine herab. Es zeigt gleichsam die mittelmäßige Menge an, den großen Haufen. Gefällst du dir darin, so kann ich es nicht hindern, wie ich dir auch nicht danken kann für deine übel gewählte Gabe, doch für den guten Willen sollst du gesegnet sein.« Und der König segnete seine Tochter, aber er küsste sie nicht.
Dann wandte er sich der dritten Prinzessin zu, die bleich und zitternd stand, und ahnete, nach dem was sie gesehen und gehört, was kommen werde.
»Du hast wohl Salz auf deinem hölzernen Teller, meine Tochter«, sprach der König, »aber im Gehirn hast du keins, lebst aber doch, und folglich ist das Salz nicht unentbehrlich. Salz braucht man nicht, Du zeigst mir Bauernsinn mit deinem Salze an, nicht Königssinn, und am steifen hölzernen Wesen habe ich kein Wohlgefallen. Darum kann ich dir nicht danken und dich nicht segnen. Gehe von mir, so weit dich deine Füße tragen, gehe zu den dummen und rohen Völkern, welche anstatt den lebendigen Gott, alte Holzklötze und Baumstöcke anbeten, und das verächtliche Salz für heilig halten!«
Da wandte sich die jüngste Königstochter weinend ab dem harten Vater und ging hinweg vom Hofe, und aus der Königsstadt, weit, weit hinweg, so weit sie ihre Füße trugen.
Und kam an ein Gasthaus, und bot sich der Wirtin an, ihr zu dienen, und die Wirtin ward gerührt von ihrer Demut, Unschuld, Jugend und Schönheit, und nahm sie als eine Magd in das Haus. Und als die Königstochter sich sehr anstellig erwies in allen häuslichen Geschäften, so sagte die Wirtin: »Es ist schade um das Mädchen, wenn es nichts Ordentliches lernt, ich will ihr das Kochen lehren.« – Und da lernte die Königstochter das Kochen und begriff es sehr leicht, und kochte bald manches Gericht noch besser und noch schmackhafter als ihre Lehrmeisterin selbst. Darob bekam das Wirtshaus vielen Zuschlag, bloß weil darin so vortrefflich gekocht wurde, und der Ruf der guten Köchin, die noch dazu so jung und so schön sei, ging durch das ganze Land.

Nun trug sich's zu, dass die älteste Prinzessin Tochter des Vaters dieser Köchin sich vermählte und eine königliche Hochzeit ausgerichtet werden sollte, da wurde man Rates, die weit berufene Köchin an den Hof zu berufen, dass sie mit ihrer Kunst dem Feste die Krone aufsetze, denn die Herren am königlichen Hofe, Marschälle, Erbschenken, Erbtruchsesse, Zeremonienmeister, Kammerherren und sonstige Exzellenzen teilten sämtlich nicht jene Ansicht, die einst ihr allergnädigster Herr, der König, ausgesprochen hatte, dass essen und trinken nicht allerweg notwendig sei, und dass es in das Gemeine herabziehe, vielmehr lobten sich alle gute Schmäuse neben feinen Weinen, und huldigten, im Stillen mindestens, dem alten wahren Sprichworte: Essen und Trinken hält Leib und Seele zusammen.
Das Hochzeitmahl war köstlich bereitet, auch fehlte dabei nicht das Lieblingsgericht des Königes, welches der Erbtruchsess ganz besonders bestellt hatte, und als das Mahl gehalten ward, kam eine Speise nach der andern auf den Tisch, und wurde hoch belobt.
Endlich kam auch die Leibspeise des Königes, und ward ihm zuerst dargeboten. Aber als er sie kostete, fand er sie völlig unschmackhaft, seine heiteren Mienen verfinsterten sich, und er sprach zum hinter seinem goldenen Armstuhle stehenden ersten Kämmerlinge: »Dieses Gericht ist ganz verdorben! Das ist sehr – fatal, lasse die Schüssel nicht weitergeben und rufe mir die Köchin herein!«
Die Köchin trat in den prachtvollen Saal, und der König redete sie unwillig an: »Du hast mir mein Lieblingsgericht verdorben, meine Freude hast du mir versalzen, weil du meine Leibspeise ganz und gar nicht gesalzen hast!«
Da fiel die Köchin dem Könige zu Füßen und sprach demütig: »Übet Gnade Majestät, mein königlicher Herr und verzeihet mir! Wie hätt ich wagen dürfen, Euch Salz unter die Speise zu mischen? Hab ich doch vordessen aus eines hohen Königes höchsteigenem Munde die Worte vernommen: Salz braucht man nicht, Salz ist nicht unentbehrlich! Salz zeigt nur Bauernsinn an, nicht Königssinn!«
In diesen Worten erkannte der König beschämt seine eigenen, und in

der Köchin seine Tochter, und hob sie vom Boden auf, darauf sie kniete und zog sie an sein Herz. Allen Hochzeitgästen erzählte er die Mär, und ließ die jüngste Tochter wieder an seiner Seite sitzen. Und die Hochzeit wurde nun erst recht fröhlich begangen, und der König war wieder ganz glücklich in seiner Töchter Liebe.
Das Salz ist heilig.

Der Fischkönig

Alle Kinder kennen das Märchen, wie die Vögel sich einen aus ihrer Mitte zum Könige wählen wollten, wie *der* König sein sollte, der am höchsten fliegen könne, und wie darauf der Reiher am höchsten flog, aber der kleine Schalk, der Zaunschlüpfer, sich dem Reiher auf den Rücken gesetzt hatte, und als derselbe, der am höchsten flog, nicht höher fliegen konnte, sich das Zaunschlüpferlein erst auf eigenen Flügeln aufschwang und sich selbst zum Könige ausrief: »König bin ich! König bin ich!«
Auch wie das die großen Vögel alle sehr verdrossen hat, und wollten ihn wieder herunter haben, und sagten, *der* solle König sein, welcher am *tiefsten* falle, der Zaunschlüpfer nun herab und in ein Mausloch fiel, und heraus piepte: »König bin ich! König bin ich!«, und die Vögel ihn hernach nur spottweise *Zaunkönig* riefen.
Auch die kluge Königswahl der *Frösche* ist allbekannt, ebenso, dass der *Löwe* der König der vierfüßigen Tiere ist, und dass Bienen und Ameisen *Königinnen* haben.
Aber das die *Fische* auch einmal auf die Gedanken einer Königswahl gekommen sind, das ist weniger bekannt, und das kommt hauptsächlich daher, dass die Fische, mindestens für das Menschenohr, *stumm* sind, und keinen Lärmen verführen und kein unnützes Geschwätze auf die Bahn bringen, wenn sie Kaiser oder Könige wählen.

Die Fische waren alle versammelt und riefen in ihrer Sprache: »Wenn wir uns in der belebten Welt umsehen, so erblicken wir rechts und links, dass alles seinen König hat, und regiert wird, Tiere und Vögel, Insekten und Amphibien. Nur *wir* haben noch keinen Regenten! Lasset uns daher einen wählen, der Recht bei uns spricht, und dem Schwachen hilft gegen die Starken, und lasset uns den wählen, welcher der schnellste und gewandteste Schwimmer ist.
Wer *allen* andern *voran* ist, der hat das natürliche Recht, unser König nicht nur zu heißen, sondern auch zu sein.«
Dieser Vorschlag gefiel den meisten Fischen, fast alle stimmten ihm bei, wer am schnellsten schwimme, solle König der Fische heißen und sein. Das Ziel wurde bestimmt, und das Volk bildete eine lange Gasse, um die Wettschwimmer an sich vorüberzulassen, wobei die Schwert- und Sägefische eilig auf- und abschwammen, und Ordnung hielten; wer sich zu weit vordrängte, bekam mit der flachen Klinge eins auf das Maul.
Die fliegenden Fische schnellten sich in die Luft empor, um dem Königsrennen aus der Vogelperspektive zuzusehen, plumpten aber immer wieder in das Wasser. Die geharnischten Messerfische stellten sich in Parade auf, um dem Sieger ein Vivat auszubringen und ihm zu huldigen, wozu ein starkes Chor Knurrhähne oder gepanzerte Gropfische Tusch knurren wollte. Die Sternseher, auch eine Fischart, prophezeiheten, dass aus der Königswahl, wie bei so mancher in der Menschenwelt, nichts Gescheites herauskommen werde; die Rüsselfische und Murmelbrassen hielten sich abseits und waren der Meinung, ein König sei ganz unnötig, und sie müssten von vornherein seine Regierungsweise äußerst missbilligen, er möge regieren, wie er wolle. Die kleinen Stichlinge endlich machten schlechte Witze über alle Parteien und parodierten unter sich die Schnellschwimmerei mit großem Humor.
Jetzt gab ein alter Zitterrochen durch einen Schlag seines elektrischen Schwanzes das allen zugleich fühlbar werdende Zeichen des Rennens, und da schossen nun die Fische hin, Hecht und Schleie, Barsch und

Karpfen, Lachs und Steinbutte, Scholle und Neunauge, alles durcheinander – die Scholle blieb zuerst hinter den andern zurück und sagte: »Was plag ich mich? Langsam kommt man auch weit.« Allen voran war der Hecht, der schoss zu wie ein Pfeil, plötzlich rief neben ihm eine spöttische Stimme: »Eile mit Weile, guter Hecht!«, und wie der Blitz fuhr ein kleiner Fisch an ihm vorüber – und kam als der Erste an das Königsziel.

Jetzt schrie alles: »Der Häring ist vor! Der Häring ist vor! Vivat hoch, der Häring soll leben! Vivat!«

Da präsentierten die Messerfische das Gewehr, und die Knurrhähne pullerten einen Parademarsch.

Das war eine Freude unter dem Fischvolke, aber die Scholle, die ganz langsam hinter dem Zuge drein schwamm, hörte nicht ganz deutlich, wen man so weit vorn als Sieger und König ausrief, und fragte einen Flunder, der ihr im Langsamschwimmen Gesellschaft leistete: »Was schreien sie? – Wer ist vor?«

»›Der Häring ist vor‹, schreien sie!«, rief die Hellbütte oder der Flunder der Scholle etwas laut ins Ohr, worauf diese erwiderte, indem sie aus lauter Ärger und Missgunst ein schiefes Maul zog: »Na, schreie man nicht so, ich höre ja! – Der nackte Häring also? Der Lump, der nackte Häring!« – Von dieser Zeit an steht der Scholle das Maul immer schief.

Aber die Sternseher hatten recht gehabt: dem neuen Könige wurde das Regiment sehr schwer gemacht; und er vermochte sich nicht so recht zu behaupten; es gibt gar zu viele Königsfresser.

Die Schlange mit dem goldnen Schlüssel

In einem Dorfe diente eine ehrliche Magd, die wartete gar fleißig und getreulich ihres Viehes; im Stalle aber, darin die Kühe ihres Herrn standen, wohnte eine Unke, so heißen in manchen Orten die Schlangen oder Nattern. Manche Leute glauben, sie saugten Milch von den Kühen und töten sie, andere aber halten sie hehr, und glauben, dass sie Glück und Segen bringen, wenigstens dem Vieh.

Eines Tages kam die Schlange gekrochen, und hub an zu sprechen: »Maid, du bist fromm und gut, und rein von groben Sünden. Du kannst mich erlösen, und tust du das, so wirst du sehr glücklich, und ich werde es auch.«

»Wie kann und soll ich dich erlösen?«, fragte die Magd.

»Wenn du nach drei Tagen wieder in den Stall kommst«, antwortete die Schlange, »so wirst du mich sehr lang gewachsen finden, und da musst du dich nicht vor mir graueln, vielmehr dich bücken, dass ich mich dir dreimal um den Hals schlingen kann, und ich werde dir ein goldnes Schlüsselchen in den Mund legen, das musst du festhalten mit den Lippen, und mich darfst du nicht abzuschütteln versuchen, sonst wäre es gefehlt, dann hätte ich umsonst gehofft.«

Alles geschahe so, wie die Schlange gesagt hatte, aber leider auch das letzte. Am dritten Tage kam die Maid in den Stall, da war die Unke gräulich groß und lang, kroch der Magd zweimal um den Hals und war so schwer und eiskalt, und so ekelig – da grauelte es der Dirne, die doch erst Mut gezeigt hatte, fürchterlich – und sie schrie laut auf und schüttelte die Schlange, die ein goldenes Schlüsselchen im Maule hatte, von sich ab. Dieser entfiel alsbald das goldene Schlüsselchen und sie sprach: »Unselige! Um meine Erlösung hast du mich, um dein Glück hast du dich gebracht. Ich muss nun wieder hundert Jahre als Unke im Stalle wohnen, und die dir beschert gewesenen großen Schätze, die ich hüte, sind dir verloren.« – Traurig verkroch sich die Schlange, und die zaghafte Dirne weinte.

Die goldene Schäferei

Es war einmal eine schöne Jungfrau, *Ilsa* geheißen, eines rauen Ritters einzige Tochter, die liebte den Wald mit seinem Vogelsang, seinen Blumendüften und Quellenrieseln, und lustwandelte nur zu gerne mit ihrer alten Amme, der einzigen Pflegerin ihrer Jugend, da Ilsas Mutter früh gestorben war, oder auch allein, denn es drohte ihr keine Gefahr, und sie fürchtete keine, weil sie nicht wusste, was Gefahr ist. Eines Tages erging sich Ilsa nun auch ganz allein im grünen Haine, der um ihres Vaters Burg sich zog, und in welchem uralte Bäume, malerische Felsen geschmückt mit hohen Fahrenkrautstängeln und seltenen Pflanzen und Blumen gar anmutig wechselten; da gelangte die jugendliche Maid an eine Felsengrotte, welche ihr neu war, indem sie sich nicht erinnern konnte, dieselbe schon früher einmal gesehen zu haben, oder ihr nahe gekommen zu sein. Aus dem Innern dieser Grotte klang ein melodisches Summen, wie von Windharfen, und dieses lockte Ilsa, immer weiter nach hinten in den trockenen Höhlengang hineinzuschreiten, der freilich immer enger und enger wurde, und folglich auch immer dunkler. Doch just da, wo der Grottengang am engsten und düstersten war, zeigte sich durch eine Spalte hindurch eine sanfte Helle, und manches funkelnde Licht, und Ilsa widerstand nicht dem Drange, diesem Schimmer nachzugehen – sie zwängte sich durch die Felsenspalte hindurch und sah sich mit Staunen plötzlich in einer ganz andern Welt. Die Töne schwollen und rauschten mächtiger an ihr Ohr, der Schimmer wurde klarer, Blumenglanz leuchtete auf, aber alle Blumen waren von funkelnden Edelsteinen, und von andern grünen Steinen in mannigfaltiger Schattierung, waren die Blätter. Kleine, höchstens zwei Fuß hohe Wesen, wimmelten auf einer Wiese, ein zahlloses Völklein, und bald sah sich Ilsa von einer Schar derselben umringt und willkommen geheißen, denn zutraulich, vielleicht zudringlich sogar naheten ihr die kleinen Geschöpfe.

»Wer seid ihr?«, fragte Ilsa voller Verwunderung. »Nie sah ich, nie hörte ich von euch!«

»Wir sind das Bergvolk, die *Heimchen*!«, antwortete eines der niedlichen Wesen mit feinem schrillenden Stimmchen, das in der Tat dem Laute einer Grille glich. »Dass du uns nicht kennst, lass dich nicht wundern. Nicht jeden Tag sind unsere Grotten aufgetan, nicht einmal zu jeder Stunde des Tages, an welchem ein Menschenauge sie zu erblicken vermag.«

»Nie hörte ich von einem Bergvolke, nie von Heimchen«, sprach Ilsa, die wie von einem Traume befangen stand.

»Lerne uns kennen, und du wirst uns lieben!«, versetzte der Sprecher dieser Unterirdischen. »Und liebst du uns, so wirst du eine der unsern werden, vielleicht unsere Königin!«

»Königin!«, wie dies Wort durch Ilsas junges Mädchenherz zuckte. Von Königinnen hatte Ilsa wohl gehört auf der Burg ihres Vaters, dass sie sehr reich und meist auch sehr schön seien, dass ihnen alles diene und gehorche, ja davon hatte ihr die Amme viel erzählt. Warum hätte Ilsa nicht auch eine Königin werden sollen oder können? – Daher ließ sie sich willig leiten von ihren niedlichen neckischen neuen Bekannten, und durchwandelte mit ihnen das unterirdische Reich, das mit allem Zauber sie umgab, mit aller Prachtfülle sie blendete, durch melodische Töne ihre Seele mit Entzücken füllte. Dazu das leise Gemurmel rollender Bäche, das ferne Rauschen von Wasserfällen, deren Flut nach dem Lichte der Oberwelt hindrängte, die milde Dämmerung, heller als Mondlicht und doch nicht so hell wie Sonnenlicht, alles befing Ilsas Sinne, die ja noch halb ein Kind war, und die Freundlichkeit der Heimchen, mit denen sich so allerliebst spielen ließ, wie Ilsa glaubte, alles erregte ihr den Wunsch, immerdar in diesem unterirdischen Reiche zu bleiben, denn nach oben zog sie keine Liebe. Ihr Vater war ein rauer und finsterer Ritter, der sich niemals sonderlich um sie bekümmert hatte, und ihre Amme war alt und konnte sterben, dann hätte Ilsa ihre Tage ganz allein und freudenlos auf der einsamen, von den Menschen gemiedenen Burg ihres Vaters vertrauern müssen.

Und zu diesen Gedanken gesellte sich noch der Heimchen verlockendes Wispern und Flüstern: »Bleibe bei uns, so alterst du nimmer! Im-

merdar blühst du im Jugendschimmer. Jeder Tag wird dir zum neuen Feste! – Was du dir wünschest – dein wird das Beste!«
So bestrickt und hingerissen erblickte Ilsa jetzt eine Herde Schafe, die freilich nicht größer wie Lämmer waren, aber jedes derselben trug ein goldenes Vlies, und auch der kleine muntere Hund, der diese Herde umsprang, hatte Goldhaar. Einen Schäfer erblickte Ilsa nicht, wohl aber lag ein goldener Schäferstab am Boden.
Und da regte sich in Ilsa der Wunsch, diese Herde zu hüten, und sie dachte, da kannst du ja die Heimchen sogleich auf eine Probe stellen, und sprach: »Wenn ich nun bei euch bliebe, ihr guten Heimchen, und wünschte, dass diese goldene Herde mein sei, und ich selbst sie hüten dürfte – würdet ihr das mir wohl gewähren und erfüllen?«
Da scholl es: »Ja, ja!«, von vielen hundert zarten Stimmchen, und nur das bedingten die Heimchen, dass Ilsa mit keinem Schritte wieder die Oberwelt betrete, und der goldenen Schäferei mit Sorgfalt vorstehe, auf dass keines der unschätzbaren Schäflein verloren gehe. Dann übergaben sie ihr den goldenen Hirtenstab, schmückten ihn mit silbernen Bändern, und hießen sie mit lautem Jubel als nunmehr die ihrige willkommen.
Ilsa nahm nun in dem Reiche ihrer unterirdischen Unschuldwelt nichts mehr wahr von den vorübergleitenden Tagen, Monden und Jahren auf der Oberwelt, von der Jahreszeiten Wechsel und der Geschicke mächtiger Wandlung, welche die Herzen der Menschen bewegen. Droben war sie vermisst, verloren geglaubt, betrauert und dann vergessen worden – ihre Amme war gestorben, ihr Vater war in einer Fehde gefallen, seine Feinde hatten seine Burg verheert und zerstört; diese Letztere starrte nur noch als eine einsame Trümmer empor auf dem Bergesscheitel, den der Hain umgrünte, aber längst nicht mehr der alte Hain; dessen Bäume waren alle abgeschlagen worden und jetzt grünte ein neuer Wald, und doch auch schon mit ziemlich starken Stämmen. Ilsa hütete immer noch ihre goldene Herde, spielte mit den kindlichen Heimchen, lernte von ihnen viel Heimliches aus der Natur und dem unterirdischen Reiche, und die Erinnerung an eine andere Welt, in der

sie früher gelebt, war ihr wie ein Traum. Dennoch entschlief nicht diese Erinnerung, vielmehr begann sie mächtiger zu erwachen – zur Sehnsucht zu werden. Ilsa hatte allmählich wahrgenommen, dass dieses und jenes Heimchen auf der Oberwelt sich zu tun gemacht, während man ihr den Verkehr mit jener streng untersagt hatte – und allmählich gelangte sie dahin, Betrachtungen anzustellen, die ihr das bisher genossene harmlose Glück zerstörten.
Was nützt mich meine Herde?, dachte Ilsa. Ich hüte sie, aber sie ist doch nicht *mein*; ich kann nichts mit ihr beginnen. Eine *Königin* des Heimchenvolkes sollte ich werden, so wurde mir vorgespiegelt, und das schroffe Gegenteil einer solchen bin ich geworden, eine arme *Hirtin*. Alles drängt nach oben, zum schönen herrlichen Sonnenlicht! Die Wurzeln sammeln nur Kraft im Erdenschoße, um diese hinaufzudrängen und zu treiben bis in der Bäume höchste Wipfelkronen. Die Quellen, die unterirdischen Wasser, nach außen hin drängen sie alle, brechen sie sich Bahn mit Ungestüm. Wo ist der blaue Himmel hin, den einst ich sah? Wo ist das Fächeln der Frühlingsluft? Wo ist der Kirchenglocken feierlicher Klang? Die Heimchen haben keinen Gott, keine Kirche und keinen Himmel. Ich aber will den Himmel wieder sehen – ich will, ich will!
Und nun offenbarte Ilsa den Heimchen ihre Wünsehe. Diese ließen ihre Köpfchen traurig hängen, sie ahneten alles, was und wie es kommen werde.
»Du versprachest uns, immer bei uns bleiben zu wollen!«, wandten die Heimchen ein.
»Ihr verspracht mir Erfüllung aller meiner Wünsche«, entgegnete Ilsa.
»Wir machten aber zur ersten Bedingung, dass du nicht zur Oberwelt zurückkehrest«, erinnerten die Heimchen.
»Ich will auch nicht auf sie zurückkehren!«, sprach Ilsa: »Ich will sie nur wiedersehen, sie und den blauen Himmel, und ihre wundersamen Frühlingsdüfte atmen.«
»Dann bist du keine der unsern mehr«, warfen die Heimchen ein. »Berührt dich nur der Lufthauch der Oberwelt, so verfällst du auch dem

Lose der sterblichen Menschen, welche dahinfahren wie der Wind; du verblühst, wirst alt und stirbst. Nur in unserem Reiche blüht ewige Jugend.«

Ilsa schwieg – aber sie trauerte – ihre Sehnsucht wurde immer stärker – sie achtete ihrer goldenen Schäferei nicht mehr, nichts war mehr, was sie erfreute, sie sprach mit keinem Heimchen mehr, und die Heimchen klagten: »Sie ist für uns verloren so oder so – lasst uns daher ihre Wünsche erfüllen.«

Ilsa trat in die hochgelegene Grotte, durch welche sie eingegangen war in das Reich der Unterirdischen, an das sonnige Licht des schönen Erdentages. Ach, wie mächtig war dessen Strahl! Weithin flogen entzückt ihre Blicke über einen Teil des Gaues, in dem sich ihre väterliche Burg erhob – doch ward es ihr bald seltsam zu Sinne. Der Sonnenstrahl zitterte goldgrün durch die Baumwipfel, der Himmel lachte saphirblau durch sie herab; die alten Felsen waren noch die alten, aber die Bäume waren die alten nicht mehr – der gebahnte Weg, der Ilsa einst nach der Grotte geführt, war nicht mehr; auf dem Waldboden des Haines war alles *eine* Rasendecke voll hohen Grases.

Ilsa blickte zur Höhe, auf der sie das stattlich erbaute Vaterhaus mit Zinnen, Türmchen und Erkern stehen wusste, empor – und erschrak, denn da war nichts, gar nichts mehr zu erblicken, als ein Rest der Umfassungsmauer, überragt von einer hohen grauen Warte, um deren zerbröckelte Zinnen Mauerfalken schwebten und kreischten.

»Was ist das?«, fragte sich Ilsa. »Dünkt mein Verweilen drunten mich doch nur eine ganz kurze Zeit, und so viele Zeit ist darüber vergangen! Wie alt bin ich wohl dann?«

Ilsa blickte weiter; sie sah neu entstandene Ortschaften, neue Burgen in der Ferne, und andere, deren Lage sie sich genau erinnerte, waren nicht mehr.

Ilsa wagte nicht, ihren Fuß weiter zu setzen. Sie blieb in der Grotte, denn das hatte sie dem Volke der Heimchen gelobt, als ihr endlich mit Widerstreben erlaubt wurde, die Oberwelt wieder zu sehen, und weilte manchen Tag ernst und sinnend in derselben. Auch die kleine gol-

dene Herde herauszuführen und sie auf der Matte vor der Grotte weiden zu lassen, wurde ihr gestattet, doch nur zu gewissen Tagen und Stunden, am ersten Tage des Maimondes, am Himmelfahrttage, am Pfingstsonntage, am goldenen Sonntage und am Johannistage, zur Mittagszeit, wann am höchsten die Sonne stand, oder in den Mitternachtstunden der Vorabende dieser geweihten Festtage. An diesen Tagen wandelten gern ein Teil der Bewohner jener Gegend auf die Berghöhen, wie es Sitte war schon aus alten heidnischen Zeiten her, und suchte Heilkräuter und grub zauberkräftige Wurzeln. Da geschahe es bisweilen, dass Ilsa von den Menschen erblickt wurde, sie, die den Menschen fremd geworden war, eine bleiche, ruhige und ernste Erscheinung, im schneeweißen, nimmer alternden Kleide, und manche sahen auch ihre goldene Herde, vermochten aber nie, wie gern sie es getan, ein Stück derselben zu erhaschen, denn der Hund hütete die Schafe mit den goldenen Vliesen gar wachsam, und sowie er den leisesten Laut gab, hob Ilsa ihren goldenen Hirtenstab, worauf augenblicklich Hund und Herde unsichtbar wurden.
Wenn gute und reine Menschen Ilsa erblickten und ihr furchtlos nahe traten, gab sie ihnen wohl auch auf Fragen, die an sie gerichtet wurden, Antwort, doch nur auf ernste und die Ernstes bezweckten, bisweilen auch doppelsinnig lauteten, oder warnend und abmahnend, oder prophetisch; da erinnerte sich das Volk, dass vor grauen Zeiten schon in altheiligen Götterhainen weissagende Priesterinnen gewohnt, und nannte Ilsa nach jener Gesamtnamen eine *Allrune*. Solche Allrunen waren alle die weißen Jungfrauen, welche nach alten Sagen um verfallene Schlösser und in den Hainen der Burgberge wandeln und auf ihre Erlösung hoffen. Auch Ilsa hoffte auf ihre Erlösung aus dem Bann und Zauber der unterirdischen Welt und der unheimlichen Heimchen, in den sie selbst sich gegeben, sie wusste aber nicht, dass ihre Erlösung aus dem Heimchenbanne an schier Undenkbares geknüpft war.
Einst als Ilsa wieder im Dämmerlicht ihrer Felsengrotte saß und ihre Herde vor derselben weiden ließ, trat ein irdisches Weib auf die

Matte, das war eine *Bilbze* oder böse Hexe, ein Weib, welches durch heimliche Zaubermittel Schaden tat an Menschen und Vieh. Die rief Ilsa an und sprach: »Was weilest du ewig einsam in deiner Höhle hier oben, hohe Allrune? Geselle dich doch wieder dem Geschlechte der Menschen zu! Fühle menschlich und teile mit ihnen Lust und Leid! Liebe und werde geliebt!« – Trauervoll antwortete Ilsa: »Mich bin-det mein Wort – sonst zög ich gerne durch den Gau mit meiner Herde!«

»Du darfst nur wollen! Die Macht ist dein!«, rief die Bilbze. »Schlage mit deinem Hirtenstabe gegen den Höhlenspalt in der Tiefe deiner Grotte nur ein Kreuz, so schließt er sich alsbald für immer zu. Keines der Heimchen kann dir folgen, und du bist völlig frei.«

Noch zögerte Ilsa, ihres Wortes eingedenk, den Zauber zu üben, als ein Jüngling von großer Schönheit sich zeigte und sie ansprach: »Vertraue dich mir an, schöne Jungfrau! Droben sollst du thronen, in deiner Väter Burg, die ich neu erbaue. An meiner Seite sollst du herrschen über diesen ganzen blühenden Gau. Diese Frau, welche zu dir sprach, ist meine Mutter, und groß ist unsere Macht.« Ilsa schlug mit dem Stabe das Kreuz gegen den Höhlenspalt. Drinnen erscholl nicht mehr das sanfte Tönen, sondern ein klagendes Gewimmer des um seine goldene Herde betrogenen Heimchenvolkes. Die Bilbze stieß ein widrig gellendes Jubelgeschrei aus, und ihr Sohn stürzte sich mit Heftigkeit auf Ilsa zu, und wollte sie in seine Arme schließen. Solches Tun war Ilsa fremd – ernst hielt sie dem Bilbzensohne ihren Stab entgegen, und schlug mit ihm auch gegen den Jüngling ein Kreuz – das brach allen Zauber, und jener brach zusammen und zeigte hässliche, abscheuliche Gesichtszüge, er, der so schön geschienen. Und auch die Bilbze stürzte nieder, wandte sich in Zuckungen, und erschien ganz als ein hässliches grässliches Hexenweib.

»Harre nur deines Lohnes, du Verruchte! Harre nur!«, schrie die Bilbze, indem sie sich wütend vom Boden aufraffte, rannte dann an Ilsa vorüber nach dem Grottengrunde und hielt die Springwurz an die Felsenspalte. Alsbald öffnete sich wieder das Reich der Unterirdischen,

und die Bilbze schrie: »Heraus, ihr Heimchen! Holt eure Herde wieder, straft diese Wortbrüchige und Treulose! Straft sie mit ewiger Sehnsucht und ewiger Täuschung.«
Schon umwimmelten die Heimchen Ilsa in Scharen und drängten sich zahllos zwischen sie und die Bilbze samt deren Sohn.
»Du bist und bleibst die unsere!«, sprach der Älteste des Heimchenvolkes. »Wann dereinst keine Glocke mehr klingt, keine Kirche mehr steht, und böse Menschen wie diese Bilbze nicht mehr sind, dann schlägt dir die Stunde der Erlösung; früher nicht! So lange harre und hüte. Den Erdentag schaust du bis dahin nicht wieder, außer einmal je nach sieben Jahren! Da darfst du außerhalb unseres Berges dich samt deiner Herde zeigen.«
Und so geschah's; noch immer wird, alle sieben Jahre zur Mittagsstunde, auch diese so hart verwünschte Jungfrau samt ihrer Herde erblickt, einsam, bleich und traurig, im schneeweißen Kleide. Böse Menschen leben noch, und den guten rufen noch die Kirchenglocken in die Tempel Gottes.

Die verwünschte Stadt

Auf hohem Alpengebirge lag eine große blühende Stadt, umgeben von hochragenden Bergzackenhörnern, die ewiger Schnee bedeckte, die Stadt aber lag auf einer weithingebreiteten sonnigen Matte, auf welcher zahlloses Vieh weidete, denn das Volk, das jene Alpenstadt bewohnte, war ein Hirtenvolk, das fast ganz abgesondert lebte von den Bewohnern der tieferen Gegenden. Selten zog ein Wanderer oder ein Saumross die Gebirgspfade, die über jene Hochalpen hinweg nach Welschland führten, selten sahen die Bewohner jener Gebirgsstadt einen Fremdling.

Eines Tages aber sahen sie einen fremden Wanderer durch ihren Ort schreiten, eine hohe ernste Gestalt; sein Gesicht war bräunlich von Farbe, aber bleich, mit langem Barte, sein Haar schwarz mit grau gemischt, sein Gewand ein langer brauner Talar, mit einem Strick umgürtet, seine Fußbekleidung starke Schuhe mit Riemen um die Knöchel befestigt. Müde schien der Mann und der Ruhe sehr bedürftig, aber er trug einen Fluch, dass er sich nicht setzen und weilen durfte, bevor ihn jemand sitzen und verweilen hieß. Die Bewohner der Hochgebirgsstadt sahen den fremden Mann mit einer eigenen Scheu an und er flößte ihnen ein seltsames Grauen ein. Und der Mann ging von Haus zu Haus, und stand vor jeder Türe, und harrte, dass jemand zu ihm sage: »Sitze nieder und raste«, aber niemand sprach solche Worte, wohl aber sammelte sich des Volkes mehr und mehr, und gaffte ihn neugierdevoll an. Und der müde Mann stand und seufzete.
Da trat der Stadtälteste heran, der zugleich ein Priester war, der sprach zu ihm: »Höre du fremder Mann, wer du bist, das wissen wir, und sehen es dir an. Du bist kein anderer als der *ewige Jude*. Du bist verdammt zu wandern ewiglich, weil du den Heiland der Welt auf seinem Gange zum bittern Kreuzestode die kurze Ruhe auf der Steinbank vor deinem Hause zu Jerusalem versagt hast – darum so hebe dich von hinnen aus unserer Stadt, denn du kannst allda nicht weilen und darfst nicht weilen, und wir können und dürfen dich nicht hegen und herbergen, zu unserem eigenen Leid. Gehe mit Gott!«
Da öffnete der ewige Jude seine bleichen Lippen und sprach: »Ich werde gehen jetzt und ihr bleibt, ihr aber werdet vergehen und ich werde bleiben. Wann ich werde wieder kommen an diesen Ort, so werde ich hier finden zwar eine Stätte, aber keine Stadt – und wann ich werde kommen zum dritten Male, so werde ich auch nicht mehr finden die Stätte, da eure Stadt gestanden hat.«
Alle, die das Wort hörten, erschraken, und traten scheu zur Seite, als der finstere Mann seinen Stab schüttelte und durch ihre gedrängten Reihen schritt, und müden Ganges aus dem Orte wanderte, hoch hinauf in das unwirtbare Gebirge. Keiner von allen sah ihn wieder.

Seit diesem Tage wurde kein neues Haus mehr errichtet in jener Stadt – keine Herde mehrte sich – kein Kindlein wurde geboren – manches Haus starb bald aus – nach einer Reihe von Jahren standen viele Häuser ganz leer und verfielen.
Von den Bergen stürzten Lawinen herab und zerschmetterten die Häuser. Bergstürze ereigneten sich und mächtige Felsblöcke lagen jetzt da, wo früher in den Straßen der Stadt ein reges fröhliches Leben war. Die große weite Stadt war noch fünfzig Jahr ein Alpendorf mit weit und zerstreut voneinander liegenden Häusern, mit dürftiger Nahrung, magern Herden, siechen Bewohnern. Sie kamen nicht mehr herab zu den tiefer gelegenen Ortschaften, und niemand stieg aus Letzteren zu ihnen hinauf – und so wurde endlich alles drüben wüst und leer – und über die letzten Toten wölbte sich kein Grabeshügel, sondern die brechenden Häuser begruben sie unter Trümmern, dann begruben Steinrutschen, welche im Alpenlande Muren heißen, wiederum jene Trümmer, oder Schlammbäche von den Berggipfeln quollen nieder und deckten alles zu.
Nach hundert Jahren kam der Wanderer wieder; an der Lage der Bergzacken umher erkannte er die Stätte, hohe Bäume waren gewachsen aus den Trümmern, hie und da stand noch ein Mauerrest, man konnte aber nicht mehr recht unterscheiden, ob es Felsen war oder Werke von Menschenhand. Mächtige Sträucher mit bunten Alpenblumen waren da emporgeschosst, wo vordessen Straße war, und Gras stand da, wo sonst der Menschen friedliche Wohnstätte gewesen.
Und der ewige Jude seufzete und sprach: »Was hat gesungen einst David, der König über Israel? Er hat gesungen: ›Wenn Du nach des Gottlosen Stätte sehen wirst, wird er weg sein.‹«
Und hob den Fuß und wandelte wieder rast- und ruhelos über das Hochgebirge.
Und die Stätte jener Stadt blieb nicht dieselbe, wie sie gewesen, sie wurde immer öder, kahler, schauriger, doch ganz allmählich, und so langsam, Jahr um Jahr. Die Alpenblumensträucher gingen aus, das Gras verdorrte, es fiel in dieser hohen Bergregion kein Regen mehr, es fiel

nur Schnee, und der schmolz am Ende nicht mehr hinweg, auch wenn die Sommersonne am höchsten stand. Die Quellen, die von den höheren Spitzen des Gebirgs früher als reizende Wasserfälle niederrauschten, gefroren, und bildeten über sich Decken von grünlichem Eis; sie wurden zu Gletschern, und diese Gletscher wurden größer und größer und schoben sich vor über die einst so herrlich grünen sonnigen Matten mehr und mehr, und bedeckten sie ganz.
Und als der ruhelose Wanderer, nachdem abermals hundert Jahre vergangen waren, wieder hinaufkam auf das Gebirge, da fand und erkannte er die Stätte nicht mehr, auf welcher einst die blühende Stadt gestanden hatte, und tat seinen Mund auf und sprach: »Erfüllt ist nun das Wort des Herrn Herrn, das er tat durch den Mund des Propheten, seines Knechts: ›Ich will meine Hand über sie ausstrecken und das Land wüste und öde machen.‹«
Sprach es und wanderte weiter.

Schab den Rüssel

In einer großen deutschen Stadt war einmal eine fürstliche Hochzeit, die herrlich ausgerichtet wurde, da gab es Aufzüge und Festlustbarkeit aller Art, Gaukler und Springer und Bettelleute über alle Maßen viel. Unter Letzteren befand sich auch ein Bettler, der sein Almosenheischen als förmliches Gewerbe trieb, gleichwohl hatte er an diesem Festtage kein absonderliches Glück, denn jeder hatte mit sich zu tun; man lief, man rannte, man stieß und wurde gestoßen, drängte und wurde gedrängt, gaffte und schaute, und hatte keine Zeit, den Säckel zu ziehen, war auch selbiges gar nicht angeraten, denn wenn eine freche Hand den Säckel wegriss, so war er da gewesen. Das wurmte aber den Bettler über die Maßen, dass er an dem Tage, an welchem er sich just eine große

Ausbeute an reichlich fallenden Almosen versprochen hatte, so gar nichts erhielt, und er murrte unwillig vor sich hin: »Ist denn die ganze Stadt ein Dürrhof geworden? Da muss der Donner hineinfahren und der Teufel drin sitzen! Ei so wollt ich doch lieber den Teufel um ein Almosen angehen, als euch Geizrachen und Hungerleider! Wie viele Gebete habe ich nicht schon heute gesprochen, wie viele Litaneien heruntergehaspelt, und nicht einmal Gelegenheit gehabt, zu sagen: ›küss' die Hand Euer Gnaden, vergelt's Gott!‹«

Während der Bettler so murrte, ging ein kleines hinkendes Männlein in einem grünen Samtröcklein an ihm vorüber, das trug einen schwarzen spanischen Hut, und darauf eine rote Feder, und schaute sich halb um nach dem Bettler, wobei ein scharfblitzendes Auge und eine sehr stattliche, stark gebogene Adlernase sichtbar wurde. Der Bettler vergaß auf der Stelle seinen Vorsatz, niemanden an diesem Tage ferner anzusprechen, schritt vielmehr dem kleinen Grünrock nach, drängte sich an ihn, hielt ihm seinen Schlapphut vor, und begann seinen Bettlersermon in Form eines Stoßgebetes. Der Grünrock zog ein grimmiges Gesicht und rief mit heiserer Stimme dem Bettler zu: »Halte gleich dein Maul, du Lump! Mit solcherlei Redensarten gewinnst du mir nichts ab. Du weißt nicht, *Wen* du um ein Almosen angehst, und hast's doch vorhin gelobt!«

Mit diesen Worten schritt der Grünrock in einen Straßenwinkel, in welchem man freier stehen konnte, weil das Volksgewimmel in der Straße rastlos vorüber wogte, und der Bettler folgte ihm, weil er sah, dass der Grüne in die Tasche griff, auf alle Fälle, um aus derselben eine Gabe für ihn hervorzuholen. Dieses tat Letzterer denn auch, er zog eine kleine eiserne Raspel mit kurzem Holzstiel hervor und sagte: »Dies kleine Werkzeug kann und wird all deiner Not ein Ende machen, wenn du meinem Rate folgen willst. Du brauchst damit nur einmal über die Lippen zu streichen, und zu sagen: ›Schab den Rüssel‹, so fällt dir ein Goldstück vom Maule. Da aber umsonst nur der Tod nach dem Sprüchwort ist, und das Sprüchwort zumal ein Lug, denn der Tod kostet das Leben, so wirst du es billig finden, dass ich auch von dir einiges begehre.«

»Was Eure Gnaden nur befehlen! Ich stehe zu Dienst!«, rief vor Freude zitternd der Bettler und blickte unverwandt nach der neuen eisernen Raspel.

»Du darfst erstens keine Reimgebetlein mehr sprechen, überhaupt hinfüro weder beten noch betteln, darfst in keine Kirche gehen, darfst nicht heiraten, und nach sieben Jahren muss deine Seele *mein* sein. Wenn dich jemand mit Schimpfreden antastet, wenn ein Richter einen dir ungünstigen Spruch fällt, wenn einer dir was nachredet, das dir übel gefällt, dann ziehe nur diese Raspel aus der Tasche und sprich, ohne sie an deine Lippen zu bringen: ›Schab den Rüssel‹, so wird sie jenen dir übelwollenden dermaßen über das Maul fahren, wie ein stets recht habender Amtmann dem armen Bäuerlein, und sie werden selbiges dann ganz sicherlich halten.«

Obwohl der Bettler nun merkte, wer dieser gewisse Grünrock war, und ihn eine Gänsehaut bei dieser Wahrnehmung überlief, so erschien ihm das Anerbieten doch so übel nicht, denn Geld war ihm das Höchste, und um seine Seele hatte er sich nie sonderlich bekümmert. Gebet und Kirchengehen zu meiden, fiel ihm auch nicht schwer, denn bei seinen Gebeten, die er beim Betteln mechanisch herleierte, hatte er sich niemals etwas gedacht, und sein Kirchenstand war immer *außen, vor* den Kirchentüren gewesen. Er sagte also zu, und der Grünrock sagte, er wolle am andern Morgen zu ihm kommen und die Verschreibung mitbringen, zur Unterschrift – um Lebens und Sterbens willen, denn etwas rot auf weiß *müsse* er haben, und wenn der Bettler den Pakt nicht gewissenhaft halte, so verfalle die Seele dem Grünen dann alsbald. »Das Kunststück mit dem Schab den Rüssel, um Geld zu erzielen«, setzte der Grüne noch hinzu, »kann des Tages nur einmal, und zwar bloß früh nüchtern ausgeübt werden.«

Der Grünrock hinkte hinweg und verlor sich bald unter dem Volksgewimmel, der Bettler aber hielt beständig die Hand auf seiner linken Hosentasche, in welche ihm jener die Raspel gesteckt hatte, dass nicht etwa ein Taschendieb sie ihm stibitze, ging gegen seine Gewohnheit diesen Abend in kein Wirtshaus, und konnte vor Erwartung die ganze

Nacht nicht schlafen. Er hatte die Raspel in ein Tüchlein gebunden und sich um den Hals, um ja nicht darum zu kommen.

Mit dem Morgengrauen war er schon auf, holte eine Schüssel, zog die Raspel hervor, strich sie über sein breites Maul, und sprach: »Schab den Rüssel!« – Plautz, plumpte ein funkelnagelneuer Kremnitzer klingend in die Schüssel – indes fuhr zugleich etwas Haut von der Lippe. Aber der Strolch achtete nicht den Schmerz; er arbeitete wie ein Schlosser mit der Feile auf seinem Maule herum; »Schab den Rüssel, schab den Rüssel, schab den Rüssel!«, das ging ganz flott, und es fiel förmlich ein goldener Regen wie in der heidnischen Götterfabel, als Zeus der Danaë seine Aufwartung machte, nur wissen die Gelehrten leider nicht so recht eigentlich zu sagen, ob es jenesmals auch Kremnitzer regnete, oder ob es vielleicht Regenbogenschüsselchen gewesen sind.

Jetzt blutete dem Raspelkünstler das Maul ziemlich arg, und da kam der Grünrock, und hatte ein Pergament und eine frisch, aber verkehrt geschnittene Feder, die dunkte er auf seines Mannes blutende Lippen wie in ein rotes Tintenfass, und jener musste seinen Namen unter den Vertrag setzen – worauf alsbald der Grüne wieder verschwand, und den Pakt mit sich hinwegnahm, zuvor aber ließ er ein Büchschen mit Lippenpomade zurück, die mehr nach Schwefel als nach Rosenöl roch, um die kleinen Wunden zuzuheilen, und fügte noch die Warnung hinzu, nicht gar zu häufigen Gebrauch von der Raspel zu machen, sonst werde der Raspler stetig ein böses Maul haben, und mit nichts mehr, als mit einem solchen, mache man sich der Polizei verdächtig und werde gar nicht gut angeschrieben.

Des andern Tages hatte der Kremnitzer Goldmund einen gräulichen Grind auf seinen Lippen, aber er hatte, seiner Meinung nach, noch lange nicht genug Kremnitzer, fing daher aufs Neue an, seinen Rüssel zu schaben, dass es nur so in die Schüssel prasselte; er litt freilich dabei abscheuliche Schmerzen, und die Lippen schwollen ihm auf wie zwei braune teilweise beim Braten zerplatzte Bratwürste, aber er gewann doch vieles Gold. Er konnte nur mit verbundenem Munde ausgehen, ging indessen doch abends in ein Zechhaus, und ließ einige seiner Goldvögelein fliegen, schlemmte und war fröhlich mit seinen vormaligen Bettelbrüdern, gleichwohl spotteten diese ihn aus über sein Schwartenmaul; er müsse des Teufels Großmutter geküsst haben!, sagten sie, und als ihn das ärgerte, so zog er die Raspel hervor, sprach heimlich und leise »Schab den Rüssel«, und plötzlich tanzte unsichtbar die Raspel dem Zechgesellen, der den Witz gerissen, auf den Lippen herum, ohne dass aber Gold herunterfiel, dass derselbe vor Schmerz laut aufschrie, worauf sich jener zurückzog und sich selbst das Wort gab, fortan solche gemeine Gesellschaft zu meiden. Er ließ nun die Raspel so viel er's irgend aushalten konnte, auf seinem Maule fleißig arbeiten, und begann den Aufbau eines neuen Hauses, den er eifrig betrieb. Über die Türe ließ er schreiben »Zum Schab den Rüssel«, und nahm den vornehmen Namen *Chrysostomus* an, welcher zu deutsch *Goldmund* lautet.

Herr Chrysostomus zum Schab den Rüssel wurde immer reicher und reicher, und es war nur schade, dass er stets mit verbundenem Munde ging, weshalb sich die Mär im Volke verbreitete, sein Mund sei kein Mund, sondern ein kleiner Saurüssel, aber von Golde, davon schabe er immer fort ab, und daher rühre sein Reichtum. Weil er nun keinem Armen etwas gab, so kam die Redensart auf, die sich hernachmals im ganzen deutschen Reiche verbreitete, die jeden geizigen Reichen einen *schäbigen* Mann nennt.

Herr Chrysostomus zum Schab den Rüssel lebte herrlich und in Freuden; wer ihm was zuwider tat oder sagte, den ließ er tüchtig von der Raspel bearbeiten, sodass alle auf der Stelle das Maul hielten, und selbst die Polizei, als sie ihm ob seines eigenen bösen Maules zum ersten Male zu Leibe wollte, wurde derartig geraspelt, dass sie sich nimmer wieder an Herrn von Chrysostomus zum Schab den Rüssel zu vergreifen wagte.

So gingen die sieben Jahre herum, und da kam der Grünrock wieder, willens, nun die verfallene Seele in Empfang zu nehmen. Der Türsteher des Herrn Grafen Chrysostomus von und zum Schab den Rüssel

wollte den Grünen nicht zu seinem Herrn lassen, weil er ihn für einen vazierenden Jäger hielt, der kleine Grünrock aber unterstellte dem großen Türsteher ein Bein, dass er hinplumpte wie ein Nusssack.
Seine Erlaucht, der Herr Graf lagen auf dem Sofa, lasen die Zeitung, hatten neben sich etwelche Fläschchen Ungarwein stehen, und rauchten türkischen Tabak, als der Grünrock in das herrlich ausgeschmückte Spiegelzimmer trat.
»Was gibt's? Was soll es?«, fragten der Herr Graf in übler Laune, dass jemand sich unterfing, unangemeldet einzutreten. »Man wende sich an den Kammerdiener!«
»Habe mit dir selbst zu sprechen, mein Wertester!«, entgegnete der Grünrock. »Deine Zeit ist um! Hier ist der Pakt. Auf, zum Abmarsch! Jetzt heißt es nicht mehr Schab den Rüssel, sondern *Schab ab*!«
Seine Erlaucht, der Herr Graf von und zum Schab den Rüssel fitzten ein viereckiges Lorgnettenglas, das an einer Schnur hing, vor das rechte Auge, und blinzten damit nach dem Grünrocke hin, indem Hochdieselben einmal gähnten und dann sprachen: »Was? Zeit? Pakt? Abmarsch? Schab den Rüssel! – Dummheit!«
So wie des Herrn Grafen Erlaucht das Wort Schab den Rüssel aussprachen, fuhr die Raspel dem Grünrock über das Maul und raspelte dieses, dass ihm Hören und Sehen verging. Der dumme Teufel, kein anderer war der Grünrock, hatte vergessen, die Eigenschaft des Rüsselschabers diesem nicht als eine allgemeine zu verleihen – der Herr Graf trommelten mit den Fingern der linken Hand auf dem Tisch einen Schottischen im Zweivierteltakt und brummten dazu:

»Schab den Rüssel, schab den Rüssel, schab den Rüssel! Hopsasa!
Schab den Rüssel, schab den Rüssel, schab den Rüssel! Trallalla!«,

und dem Teufel wurde übel und weh bei diesem Tanze, er schrie, dass das ganze Haus zum Schab den Rüssel erbebte, und endlich fiel er auf die Knie und bat des Herrn Grafen erlauchte Gnaden fußfällig um Gnade und Einhalt.

Des Herr Grafen Erlaucht bliesen dem Teufel eine Wolke von türkischem Tabakdampf in das Gesicht und streckten, ohne ihre liegende Stellung zu verändern, ihre Hand aus, indem sie nur die zwei Worte sagte: »Meinen Pakt!«, worauf der Teufel den Pakt hinreichte. Der Herr Graf überzeugten sich, dass es der rechte sei, und nicht etwa ein untergeschobener, dann zerrissen Hochdieselben ganz gemächlich das Pergament mit ihrer roten Namensunterschrift und sprachen: »So mag es gut sein! Sei so gut, wische dir das Maul, und triff das Loch. Die Raspel aber lässt du mir zum Andenken, ich will sie bei löblicher Polizei –« – »Halte dein Maul, alberner Narr!«, unterbrach ihn der Teufel, »das hättest du eher sagen müssen. Der Pakt ist zerrissen, und die Raspel ist wieder mein.
Für solch ein unschätzbares Werkzeug, wie sie, bekomme ich ganz andere Seelen, wie die deine ist, du Lump! O dass ich an dich könnte! Aber harre nur, und wehe dir, wenn du einst doch zu mir kommst – da will ich auch sagen, an dem Orte, wo Heulen und Zähneklappern ist: ›Schab den Rüssel.‹«

Der redende Esel

Auf einem hohen waldreichen Gebirge hauste ein mächtiger Berggeist, der gerne die Menschen neckte, die Bösen häufig tückte, und ihnen allerlei schlimmen Schabernack spielte, guten Leuten aber hülfreich war, wenn auch seine Hülfe einen absonderlichen Beischmack hatte, und allerlei Schrecken oder Angst vorherging, ehe die Hülfe eintrat. So schritt einst ein armer Händler mit vielen Glaswaren, die er in einer auf dem Gebirge gelegenen Glashütte zum Weiterverkauf eingehandelt hatte, von den Bergen zu Tale, und berechnete, wie jenes Milchmädchen in der Fabel, den Gewinn, den er aus seinen Gläsern ziehen wollte. So viel aus den Kolben und Retorten, die ein Apotheker bestellt hatte, der das Doppelte des Einkaufpreises bezahlen sollte, so viel an den runden Lichtkugeln für die Werkstätten der Schuhmacher, so viel an Wein- und Wasserflaschen, wie die Gastwirte bedürfen, und da kam ein hübsches Gewinnsümmchen heraus; auch war der Glaser klüger, wie jenes Milchmädchen, er hüpfte nicht bei dem Gedanken an seinen Gewinn in die Höhe, sondern achtete auf seinen Weg, der ziemlich steil und uneben war, und auf seine Last, die nicht leicht war.

Unsichtbar begleitete den Glasmann der Berggeist, und hörte dessen im Selbstgespräche laut ausgesprochene Gedanken; da nun der Mann auf etwas mehr Gewinn sann, als ihm eigentlich gebührte, so war der Geist gleich darauf bedacht, ihm einen Possen zu spielen und einen Schrecken in die Glieder zu jagen. Er verwandelte sich eine Strecke voraus in einen sichtbaren alten, glatt abgesägten Baumstrunk unterhalb einer recht steilen Wegstelle, die man mit Recht eine Kniebreche nennen konnte, in einen Strunk, der so recht einladend zum Ausruhen dicht am Wege stand. Der Glasmann wandelte vorsichtig an der steilen Stelle nieder, und es wurde ihm dieses Abwärtssteigen mit seiner Last ungleich beschwerlicher, als wenn er bergan hätte steigen müssen, daher tat ihm not, ein wenig auszuruhen, und da erblickte er den alten Baumsturzel, und setzte sich samt seiner Glaskraxe darauf. In diesem Augenblicke verschwand der in den Strunk verwandelte Berggeist, und der Glasmann stürzte hart zu Boden samt seiner Last, und Letztere zerklirrte in tausend Scherben. Nicht *ein* Stück blieb ganz.

»Ach Gott! Ach Gott!«, schrie der Glashändler und geriet ganz außer sich. Welch ein Schrecken, welch ein Verlust! Der Mann gebärdete sich, als ob er sich das Leben nehmen wollte. Anderes Glas holen konnte er nicht, denn er hatte kein Geld mehr, und auf Borg gaben sie ihm nichts in der Glashütte, und sein sauer verdientes bisschen Geld, das er in neuen Glaswaren angelegt hatte – hier lag es in Scherben.

Da ritt ein junger Gesell auf einem Esel pfeifend und singend vom Gebirge nieder, der stieß auf den jammernden Mann, und fragte ihn, warum er so weine und klage? Dem erzählte nun jener das ihm widerfahrene Unheil und der Wanderer fragte ihn, wie hoch er seinen Verlust und Schaden anschlüge?

»Ach, acht bis neun Taler zuversichtlich samt dem, was ich an der zerbrochenen Ware hätte verdienen können!«, rechnete jener seufzend aus.

»Ich möchte dir gern helfen, armer Tropf«, sprach der Eselreiter, »aber ich habe selbst kein Geld. Doch weißt du was, da drunten im Tale wohnt ein Müller, der ist ein Schalk, und zugleich ein Gastwirt, er misst, dass den Kunden die Augen übergehen, und ebenso unchristlich misst und schnürt er auch, wenn jemand bei ihm einkehrt. Er ist die Habsucht und Gewinnsucht selbst, und zur Strafe soll *der* dir dein Glas ersetzen.«

»Wie wäre das möglich, dass ein geiziger und habsüchtiger Mann dies von freien Stücken täte?«, fragte der Glashändler, indem er neben dem Reitenden weiterschritt, und gefällig da, wo es steil hinabging dessen Esel am Zaume führte.

»Von freien Stücken?«, fragte mit höhnischem Lächeln der Reisende. »Nein, mein guter Geselle! Von freien Stücken tut es der Müller nicht, des bin ich sicher. Aber er muss es dennoch tun. Wir wollen ihm meinen Esel verkaufen, der ist unter Brüdern seine zehn bis zwölf Taler wert, wenn er nun für neun Taler den Esel bekommt, so schlägt er freudig auf den Handel ein und gibt uns noch obendrein freie Zeche.«

»Ja – aber – lieber Herr«, fragte der Glasmann kleinlaut, »– Ihr wollt doch nicht – Euern Esel – *mir* zuliebe –? –«

»Dem Müller verkaufen?«, ergänzte der Reiter. »Ei warum denn nicht, mein guter Geselle? Darauf kommt es mir nicht an; ich weiß noch mehr Esel.«

Der Glasmann gab sich nicht sogleich dem Glauben an das in Aussicht gestellte Glück hin. Es schien ihm ganz unglaublich, dass ein Mensch, der, wie er selbst gesagt, kein Geld hatte, zu seinen Gunsten sich eines schätzbaren Esels berauben werde – er wusste freilich nicht, dass der Eselbesitzer kein anderer war, als der neckische Berggeist, der ihn erst zu Fall gebracht und seinen Schaden verursacht hatte.

Bald war die Mühle erreicht, der Müller stand schon in der Türe und freute sich, die Fremden kommen zu sehen, auch blickte er mit Wohlgefallen auf den stattlichen, äußerst gut genährten Esel hin. So glatt und kräftig wie dieser, sahen die Esel in seiner Mühle keineswegs aus. Die Gäste ließen sich Brot und Wurst und Bier geben, ein Wort gab das andere, der Glaser erzählte sein Unglück und der Müller wollte sich vor Schadenfreude tot darüber lachen; er lachte, dass er sich seinen kugelrunden Bauch halten musste, und dass er förmlich stäubte.

Das verdross und ärgerte den Glasmann über alle Maßen, doch bedeutete ihn ein Blick des Reisenden, sich ganz ruhig zu verhalten.

Als der Müller genug gelacht hatte, iahte der draußen vor der Türe angebundene Esel des Fremden, worauf der Müller das Gespräch alsbald auf diesen lenkte. »Ein hübscher Kerl, fürwahr, Euer Esel! Wie alt?«

»Vier Jahre!« – »Wie teuer?« – »Nicht feil!«

»Schade! Ich hätt ihn brauchen können; vorige Woche ist mir einer krepiert.«

»Werdet ihn zu gut gefüttert haben, Müller!«, stichelte der Fremde.

»Oho – justement das Gegenteil!«, verschnappte sich der Müller.

»So? Da sollte mich mein Esel dauern, wenn er in Eure Hände käme. Mein Esel ist gewohnt, *gut* zu essen.«

»Ja doch!«, verbesserte sich der Müller. »Bei mir soll es ihm auch nicht fehlen. Ich wollte nur sagen, dass der meine nicht mehr fressen wollte, und deshalb drauf ging. Ich geb Euch sieben Taler.«

»Oho! Weiter fehlte mir nichts!«, spottete der Eselbesitzer. »Wo denkt Ihr hin, Müller? Solch ein prachtvoller Esel und sieben Taler? Pfui! Nicht um zwölf Taler ist er mir feil.«

Im Müller erwachte eine wahre Eselhabsucht. »Acht Taler geb ich!«, rief er, fuhr in die Tasche und klingelte mit hartem Gelde.

»Gebt elfe, und der Handel ist gemacht!«

»Nein! Neun!«, schrie der Müller. »Das ist mein letztes Wort.«

»Und mein letztes ist zehn, dabei bleibt es, und freie Zeche!«, sprach der Eselbesitzer.

Der Müller kraute sich hinter den Ohren, wollte noch abdingen, aber der Fremde blieb unerschütterlich.
»Freie Zeche und zehn Taler, nicht einen Groschen, nicht einen Pfennig, nicht einen Heller weniger!«
»Ihr seid ein Mann von Stein!«, klagte der Müller.
»O ja, sagt doch lieber gleich von einem ganzen Gebirge!«, höhnte der Fremde.
Der Müller *musste* den Esel haben, und zählte ächzend und krächzend zehn Taler auf den Tisch, aber keinesweges in harten Talern, sondern in eitel Groschen und verschimmelten dünnen Zweigroschenstücken, sogenannten Blechkappen, an denen Mehl und Grünspan hingen. Vergnügt strich der Fremde, nachdem es einige Male überzählt war, das Geld ein, tat es in ein ledernes Beutelchen, und legte dasselbe in die Hand seines Begleiters, als der Müller voller Freude bereits hinausgerannt war, seinen Esel in den Stall zu führen. Der Glasmann war ganz überrascht über die Gabe – wollte danken, aber der Fremde sprach: »Spar allen Dank. Neun Taler war ich dir schuldig, den zehnten nimm für deinen Schreck. Jetzt gehe in den Stall und schaue, was der Müller treibt, und fahre wohl! Wenn der Müller fragt, wo ich hin sei, so sage ihm nur, ich sei über die Höhe.«
Der hoch erfreute Glasmann nahm seine Scherben-Kraxe auf den Rücken, und verfügte sich über den Hof nach dem Stalle, wo der neugekaufte Esel bereits abgezäumt an der Krippe stand; mit eigener Hand hatte der Müller diesem frische Heide untergestreut, und trug jetzt ein großes Bündel duftiges zartes Gebirgsheu im Arme, das er dem Esel in der Krippe ausbreitete.
Wie wunderte sich aber der Glasmann, und wie heftig erschrak der Müller, als der Esel den Letzteren mit einem unaussprechlichen Blicke ansah, mit dem Kopfe schüttelte und mit den langen Ohren bedenklich wackelte, heißen Odem ausstieß, und endlich das breite Maul auftat, und mit tiefer Stimme sprach: »Du juder Mensch, juder Müller – es tut mir leid, aber ich esse kein Hahaheu! Ich esse nur Gebibobackenes und Gebribrobratenes!«

Voll Entsetzen stürzte der Müller aus dem Stalle, rannte den Glasmann an der Türe fast über den Haufen, und schrie: »Der Teufel ist im Stalle! Wo ist der nichtsnutze Kerl, der mir einen Spuk verkaufte?«

»Der ist über die Höhe!«, rief der Glasmann und lachte jetzt so sehr, als vorhin der Müller über ihn gelacht hatte.

Der Müller rief alle seine Leute zusammen und schrie immerfort vom redenden Esel, denn da er nicht weit in der Welt herumgekommen war, er auch nicht zu den Genossen einer jüngeren Zeitperiode zählte, so war es ihm etwas ganz Unerhörtes, einen Esel reden zu hören; seine Leute aber glaubten, er sei übergeschnappt. Jetzt führte er sie alle nach dem Stalle, den Esel zu zeigen, aber siehe, an dessen Stelle hing eine Schütte Stroh an der Halfter vor der Eselskrippe, und der Müller versicherte nun hoch und teuer, dass er selbst ein geschlagener Esel sei.

Der Glasmann aber ging seine Wege, segnete den Berggeist und gönnte von Herzen dem schadenfrohen Müller den eigenen Schaden und Ärger.

Der fromme Ritter

Es war einmal ein tapfrer Rittersmann, der war gar ehrbar und fromm, mannlich im Streite, gottesfürchtig daheim. Wenn er von seiner Burg ausritt, oder zu ihr hinritt, führte ihn der Weg jedes Mal über einen großen Leichenacker, auf welchem schon in uralten Heidenzeiten die Toten aus dem ganzen Gau verbrannt worden waren, deren Asche man dann in hohen Hügeln beisetzte; später war dort eine Schlacht geschlagen worden, und man hatte die in derselben Gefallenen ebenfalls an Ort und Stelle beerdigt; in der christlichen Zeit war eine Gottesackerkirche dorthin gebaut worden, und eine Anzahl nahe liegender Dorfgemeinden begrub nahe derselben, wo auch der Weg nach des Ritters Burg vorüberführte, ihre Verstorbenen. – So oft nun der fromme Ritter zum Kampfe ritt oder wenn er heimkehrte, sprach er jedes Mal, wenn er an der Totenkirche vorüberkam, ein Gebet für die Ruhe der Toten.

So ritt er furchtlos und gottgetrost zu jeder Tages- oder Nachtzeit über den stillen Leichenacker, im Dunkel der Nacht oder im klaren Mondscheine, der die weißen Grabsteine hell beleuchtete, und mit seinem Silberschimmer die seitwärts gelegenen, uralten grünen Hünenhügel überspann.

Eines Tages war der fromme Ritter auch ausgezogen und hatte seine Geschäfte verrichtet, als ihm gegen Abend eine feindliche Schar auf seinem Heimwege in einem Hinterhalte auflauerte, und ihn plötzlich mit Macht angriff. Zwar fürchtete er sich keineswegs, zog vielmehr seine gute Wehre und verteidigte sich tapfer gegen seine Widersacher, allein er war nur ein Mann und jener waren viele, daher blieb ihm nichts übrig, als Flucht, zu der er rasch sein treues Ross wendete. Aber alsbald war die ganze Schar seiner Verfolger hinter ihm her, mit wildem Geschrei und Toben, und der fliehende Ritter musste auf Tod und Leben reiten; es war eine wilde Jagd. Da erreichte der Fliehende das Totenfeld, darüber reitend er so oft gebetet hatte: »Aus der Tiefe rufe ich Herr zu Dir!«, die Worte des einhunderteinunddreißigsten Psalms, den man für die Ruhe und den Frieden der Toten betet, und zur Vergebung der Sünden. Dieses Mal aber vermochte der Ritter nicht, den ganzen Psalm zu sprechen, er sprach nur in seiner Angst: »Aus der Tiefe – aus der Tiefe –«

Und siehe, da stieg es aus der Tiefe – aus den Männergräbern, scharenweis, die bleichen Gerippe, die hohen Hünen, die entschlafenen Mannen, und hoben bewehrte Arme, und standen zwischen dem fliehenden Ritter, und zwischen seinen Feinden und Verfolgern, eine beinerne Mauer, und jenen ergrausete die Seele und die Rosse scheuten und sprangen sich bäumend zurück.

Sicher kam der fromme Ritter zurück nach seiner festen Burg, und nie wieder wagten seine Feinde, ihm aufzulauern. Die Toten, für die er gebetet, hatten ihn dankbar und treu geschirmt.

Der wandernde Stab

In ein Wirtshaus auf einsamer Heide im Norden trat eines Tages ein Mann von ernstem Aussehen. Sein Gesicht war fahl und grau wie Asche, und sein Gewand war braun, wie frische Graberde. In der Hand trug er einen Stab von festem dunkeln Holze. Diesen Stab stellte er in eine Ecke der Wirtsstube. Im Wirtshause wohnte nur eine alte Frau mit einem Knaben von etwa vierzehn Jahren, nebst einem Knechte und einer Magd. Diese beiden Leute waren draußen beschäftigt; in der Wirtsstube war niemand als die Wirtin und ihr junger Sohn.

Der düstere Wanderer heischte einen kleinen Imbiss, und die Wirtin ging, diesen herbeizuholen. Der Wanderer blieb allein mit dem Knaben, aber er beachtete den Letzteren nicht, sondern trat an ein Fenster, das gen Morgen gerichtet war, und seufzte, und stand lange daran, und starrte hinaus, über die öde Fläche des Heidelandes.

Der Knabe betrachtete unterdes mit Neugier den Stab des Fremden. Am Handgriffe dieses Stabes war mit Silberstiften die Figur eines Kreuzes also eingeschlagen

❍
❍ ❍ ❍
❍
❍
❍

diese Stifte glänzten gar hell wie neu, und dieser Stock reizte den Knaben; seine Neugier wandelte sich in Habgier um. Scheu blickte er nach dem Fremden, der unbeweglich an dem Fenster stand – scheu streckte Jacob, so hieß der Wirtin junger Sohn, die Hand nach dem Stabe aus. Gleich daneben stand eine alte, hohe Wanduhr mit braunem, geschnitztem Gehäuse. Leise drehte Jacob am Türgriffe des Uhrgehäuses, leise öffnete er dessen Türe, leise fasste er den Stab, und es zitterte seine Hand, als er ihn berührte, aber er nahm ihn, und stellte ihn in das Uhrgehäuse, und schloss die Türe wieder. Der Stab war weg.

Jetzt trat die Wirtin, Jacobs Mutter, ein, und brachte was der Fremde begehrt hatte. Hinter ihr schlüpfte Jacob aus der Stube.
»So – hier wäre es!«, sagte die Wirtin zu ihrem einzigen Gaste. »Gesegne es Euch Gott! Setzt Euch doch!« – Der Fremde neigte sein Haupt zum Zeichen des Dankes, er nahm das Glas, netzte seine bleichen Lippen, aber er setzte sich nicht. Der alten Frau kam ein Grauen an vor dem Manne; draußen begann schon die Abenddämmerung.
Die Wirtin wünschte nicht, dass der Fremdling unter ihrem Dache weile, gleichwohl fragte sie: »Wollt Ihr hier nachten? Schier ist's Abend! Seid Ihr nicht müde, da Ihr Euch nicht setzt?«
»Kann nicht bleiben, muss weiter, muss wandern – wer fragt, ob ich *müde* bin? Oh!«, war die dumpfe Antwort.
Der Wirtin grausete noch mehr. Der Fremde legte ein Stück Geld auf den Tisch – die Wirtin griff nicht danach.
Jetzt ging jener nach der Türe zu, griff in die Ecke und fragte: »Wo ist mein Wanderstab?«
»Hattet Ihr einen Stab?«, fragte die Wirtin.
»Ich hatte einen Stab, und stellte ihn in diese Ecke!«, antwortete der hohe dunkle Mann mit hohler Stimme.
»Mein Gott! Wo könnte er denn hin sein?«, rief das erschrockene Weib. »Sucht ihn – vielleicht irret Ihr Euch? Stelltet den Stock anderswo hin?«
»Er ist hinweg. Er bringt der Hand dessen, der ihn nahm, kein Glück!«, sprach darauf jener dumpf und gepresst. »Genommen?«, rief die Wirtin heftig. »Wer sollte ihn genommen haben? Es war ja niemand hier als Ihr und ich und –«, da stockte sie.
»Und Euer Sohn!«, ergänzte der Fremde.
»Gott im Himmel!«, schrie die Frau auf – und lief alsbald aus der Stube, und rief, dass es durch das ganze Haus gellte: »Jacob! Jacob!«
Jacob antwortete nicht – er hatte sich versteckt und wusste, weshalb ihn die Mutter rief, und fürchtete sich.
Atemlos kam diese zurück und sprach: »Ich höre und sehe nichts von dem Jungen – ich weiß nicht, tat er's oder tat er's nicht? Doch harret nur noch einen Augenblick!«

Die Wirtin ging in die Kammer, und kam gleich darauf mit einem zwar alten aber schönen Stabe zurück, den sie dem Fremden reichte. »Da – nehmt einstweilen den Gehstock meines seligen Mannes – Ihr sprecht doch wohl einmal wieder hier ein! Findet sich der Eure, so gebt Ihr mir diesen dagegen zurück.«
»Ich dank Euch, Wirtin!«, sprach der fremde Mann und ging. Es war schon sehr düster, Nebel schwebten über den Heidestrecken – in sie hinein schritt der bleiche Wanderer.
Der Wirtin ward leichter um das Herz, als dieser unheimliche Gast ihr Haus verlassen hatte. Sie nahm das von ihm zurückgelassene Geld – es war eine uralte kleine Silbermünze; die Frau kannte weder Schrift noch Gepräge; sie *konnte* nicht wissen, dass die Münze unter der Regierung des Römerkaisers Tiberius geprägt worden war, desselben Kaisers, welcher Jerusalem zerstörte.
Leise ging jetzt die Türe auf – schüchtern drehte Jacob sich in die Stube herein. »Unglückssohn!«, kreischte ihm die Mutter entgegen. »Sprich, nahmst du des Fremden Stock?«
Jacob schwieg – halb aus Trotz und halb aus Angst vor seiner Mutter Zorn und ihrer strengen Strafe.
»Du schweigst – also nahmst du ihn, du gottvergessener Bube!«, schalt die Wirtin. »Wo ist der Stock? Wohin schlepptest du ihn? Gleich nimm ihn und springe damit dem Fremden nach, und lass dir von ihm deines seligen Vaters Sonntagsstock wiedergeben, mit dem er in die Kirche ging, und den ich dem Fremden lieh, damit er nicht sage, dass er in meinem Hause *bestohlen* worden sei, durch *mein* Kind bestohlen!«
Jacob war ein verstockter Knabe – er blieb stumm, er regte kein Glied, er sagte kein Wort, seine Mutter mochte schelten wie sie wollte, bis sie in Zorn geriet, ihn heftig schlug und ohne Abendbrot ihn zu Bette gehen ließ.
Am andern Tage, als die Wirtin in der Küche beschäftigt war, drehte Jacob am Riegelgriff des Uhrgehäuses und öffnete die Türe und langte hinein und zog den Stab heraus. Mit Wohlgefallen betrachtete er ihn, und doch auch mit Scheu, denn die sieben Silberstifte funkelten gar so

sonderbar, und der Stab war so eiskalt wie eine starre Schlange, und gleichwohl war es, als *lebe* der Stab. Unwillkürlich zog es Jacob, an diesem Stabe zu gehen, und er ging mit ihm und ging – und ging – weit, weit von hinnen – über die Heiden hin – längst sah er nicht mehr sein Vaterhaus. Rastlos regte sich der Stab in Jacobs Hand – gegen seinen Willen – und Schauer des Todes durchrieselten den Knaben. Wohin, wohin führte, wohin zwang ihn der Stab? *Gehen, gehen* musste er fort und fort, nicht ruhen noch rasten konnte er, an keiner Stelle, an keiner Quelle.

Endlich als der Tag sich neigte, als die Nebel wieder über den öden menschenleeren Heiden schwebten, da stand im grauen Nebeldämmer schier gespenstig vor Jacobs Blick ein düsteres Gehöft, auf das er zuschritt, und endlich ganz verwundert gewahrte, dass er zu Hause sei.

Übel und missgelaunt empfing ihn seine Mutter; sie hatte geglaubt, er sei davongelaufen, hatte sich sehr geängstigt, hatte Knecht und Magd ausgesendet, ihn zu suchen, und fast alle Arbeit eines Tages war versäumt worden. Dergleichen sieht niemand gern in einem fleißigen Haushalte. Jacob aber war so müde, o so müde; er wankte auf sein Bette zu und fiel halbohnmächtig darauf nieder; der Stab entsank seiner Hand, ohne dass Jacob es wahrnahm, die Mutter hob den Stab nicht auf, ihr graute vor demselben.

Eine Woche verging; der Stab stand still im Gehäuse der alten Wanduhr. Jacob entsann sich nicht, ihn wiederum dort hinein verborgen zu haben, und hütete sich wohl, ihn wieder anzurühren, doch sah er ihn von Zeit zu Zeit an, und Schauer überrieselten ihn bei dem Anblick. Im Dunkel des braunen Uhrgehäuses leuchteten hell wie Diamanten die sieben ein Kreuz bildenden Punkte.

Ein Freitag war's, gleich jenem Tage, an welchem Jacob des fremden Wandersmannes Stab heimlich genommen und versteckt hatte, und siehe da, mit einem Male war der Stab in Jacobs Hand, ohne dass Letzterer sie nach Ersterem ausgestreckt, und Jacob musste wieder wandern, wandern wie das vorige Mal, rastlos, ruhelos, bis am Himmel die Sternlein zu leuchten begannen. Und dann kam Jacob schlager-

denmüde wieder nach Hause, matt und zitternd, bleich im Gesichte, und redete nicht. Und wenn er redete, so war es schaurig zu hören. Durch Dörfer sei er gekommen, und habe allen Leuten, die ihm in denselben begegnet, gleich ansehen können, ob sie noch selben Jahres sterben würden oder nicht; den Häusern habe er es angesehen, dass nächstens Feuersbrünste sie verzehren, Fluren, dass der Hagel sie treffen werde.
Jeden Freitag musste Jacob wandern – der Stab zwang ihn, musste sehen alles kommende Weh und Leid aller Orten, wohin der Stab ihn führte, und dann kündete er es daheim der Mutter, der Magd und dem Knechte, und diese kündeten es den einkehrenden Gästen.
Jacob und seine Mutter verwünschten tausend und abertausendmal den wandernden Stab. Die Mutter sann auf Rat, wie der Sohn des Stabes sich entledigen solle, und Jacob befolgte den Rat. Auf einer der nächsten Wanderungen trat Jacob in ein Gasthaus, stellte den Stab in eine Ecke, verzehrte etwas, zahlte, und ging hinweg – ohne den Stab mitzunehmen. Er war aber noch nicht dreißig Schritte gegangen, so kam ihm der Wirt nachgelaufen, schrie überlaut: »Ho! Ho! Halt!«, und als er näher kam rief er: »Ihr habt Euern Stecken vergessen!«, und warf Jacob den Stab nach, der sich alsbald von selbst in dessen Hand verfügte.
Jacob stand am rauschenden Bach! Ha, jetzt hab ich's dachte Jacob erfreut – und da flog vom Steg der Stab in die rollende Flut. Es war, als winde sich in dieser der Stab wie eine braune Schlange.
»Der läuft mir nun nicht wieder nach!«, rief Jacob, und erleichterten Herzens kehrte er heim.
Nicht lange war Jacob das Herz leicht; nicht länger bis er im Dunkel des Uhrgehäuses das Siebengestirn des Kreuzes unheimlich blinken und funkeln sah.
Jetzt gab – denn mehr und mehr wurde Jacobs Unglück besprochen – die Magd auch einen Rat. »*Vernagelt* den Rumpelkasten!«, riet sie, »so ist der Gais gestreut. Ob die Uhr geht oder nicht, ist all eins.«
Das war ein recht guter Rat, schade nur, dass er vergeblich war. Als der

nächste Freitag kam, war der Stab in Jacobs Hand, dieser wusste gar nicht wie? Aber er musste wandern – wandern – wandern – vom Morgen bis zum Abend – und kam nach Hause, müder und elender denn je zuvor.

»Wenn *mir* solches Hexenunglück zustieße«, sprach Velten, der kluge Knecht, »ich wüsste lange, was ich täte. Ich hieb den Stecken in Stücke, Punktum!«

Auch dieser Rat wurde versucht, ob er sich vielleicht erprobe. Leider tat er das nicht – in Stücke zersprang allerdings etwas, aber nicht der Stab, sondern nur die Axt, mit welcher Jacob Hiebe auf Ersteren führte, und wie gelähmt sank seine Hand, die den Stiel der Axt machtlos zu Boden fallen ließ.

Wandern, wandern! Jeden und jeden Freitag, den Gott werden ließ – körperschwach, seelenkrank, der Verzweiflung nahe. Wandern und voraussehen alles Übermaß des menschlichen Elends, das sonst wohltätig dem Auge der Sterblichen eine allweise Gottheit verbirgt. Kriegerscharen, welche die Ortschaften verheerten, Ströme, die sie überfluteten, Herden mit deren Leichnamen die Pest die Fluren düngte, alles Grauenvolle, was die nächste Zukunft bringen sollte, sah Jacob voraus. Einst kam er in ein Dorf, darin ein Brand lohete, Haus um Haus wurde von der Flamme eergriffen, von einem Dache sprang sie zum andern Dache. Wieder durchblitzte ein Gedanke Jacobs Seele. In die Flammenlohe den Stab! Und da flog der Stab – blieb hängen an einem brennenden Dachsparren und wurde rotglühend, dann weiß, und die Silberstifte des Kreuzes flammten bläulich. Jacob ging ohne Stab nach Hause.

Da schnarrte die Wanduhr, da ging ihre Türe von selbst auf, spottend der Nägel, mit denen sie zugeschlagen war – da stand der Stab – unversehrt. Ohnmächtig sank Jacob in die Arme seiner Mutter – er war vernichtet, und sie sank mit der teuern Last, die sie nicht aufrecht zu halten vermochte, auf ihre Knie nieder, und betete heiß und innig, und schrie jammernd zum Himmel auf.

Jacob wanderte, *musste* wandern, weit aber konnte er nicht mehr wan-

dern – seine Kraft war erschöpft, der matte Quell seines Lebens begann zu versiechen.
Zweiundfünfzig Male hatte Jacob wandern müssen, *müssen*, ob er stand oder lag, es riss der Stab ihn von dannen, ob er die ganze Woche über todesmatt kein Glied zu rühren vermochte – am Freitag erfolgte die Wanderschaft. Doch war der Stab barmherzig, er führte auf kürzern und immer kürzern Wegen ihn um das Vaterhaus; zuletzt war Jacob so sterbensmatt, dass er zu einem Gange von einer Stunde einen vollen Tag brauchte, denn rascher sich fortzuschleppen, war ihm unmöglich, er glich einem zitternden Greise von neunzig Jahren, und die Farbe seines Angesichts glich der Asche.
Jacob glaubte, dass er endlich sterben werde, und seine Mutter und alle, die ihn sahen, glaubten das nämliche, Jacob hoffte es.
Da kam am Tage vor den dreiundfünfzigsten Freitag ein Traum über Jacob. Er sah ganz lebhaft, als ob es wirklich geschähe, die Türe der alten Wanduhr aufgehen, den Stab heraus, und an das Bette treten, darin Jacob lag.
Und da hub der Stab an zu sprechen.
»Jacob«, sprach er, »ich bin ein sehr alter Stab. Mit mir in seiner Hand ging der Erzvater, nach dessen Namen du genannt bist, über den Jordan. Ich ruhete in Mosis Hand, da Moses mit Gott sprach, und ward zur Schlange und wiederum zum Stabe. Ich ruhete in Aarons Hand, und ward wieder zur Schlange und verschlang die Schlangenstäbe der Zauberer Pharaonis. Und wieder ward ich aufgehoben von Mosis Hand und das rote Meer teilte sich unter mir. Zweimal schlug Moses mit mir an den dürren Fels, und es sprang Wasser aus dem Felsen der Wüste und tränkte die Verdürstenden, beide, Menschen und Tiere. Wessen Stab ich nun bin, das kannst du, Knabe, nicht fassen. Du hast große Sünde getan, dass du dem armen Wanderer seinen Stab und seine Stütze heimlich entwendet hast, dafür hast du wandern müssen im finstern Tale, und hast kosten müssen des Lebens Bitterkeit. Aber fortan wird der Herr deine Seele erquicken, und dich führen auf rechter Straße, um seines Namens Willen. Des *Herrn* Stecken und Stab wird dich trösten.«

Als der Stab also gesprochen hatte, war es, als umweheten Jacob Flügel der Engel mit Himmelsruhe. Er fühlte keine Ermüdung mehr, er schlummerte ein, er erwachte, wie neugeboren.
Da brach der Freitagmorgen an – es war ein *Karfreitag*. Jacob glaubte jeden Augenblick, er werde die Wanderung wieder beginnen müssen, aber der Stab kam nicht in seine Hand.
Gegen Abend sprach Jacob sanft und fromm mit seiner Mutter, von erhabenen und göttlichen Dingen, die Kinder noch nicht verstehen. Da ging die Türe auf, und ein hoher dunkler Wanderer trat ein, und grüßte: »Friede sei mit euch!«
Schauer durchbebten Mutter und Sohn, beide kannten den Wanderer. Und da tat sich die Türe des Wanduhrschrankes auf, und der Stab schwebte heraus und in des Fremdlings Hand. Hell durch die abendliche Düsternis leuchtete das Kreuz am Stabe. Der Fremdling aber sprach noch einmal: »Friede sei mit euch!«, und wandte sich und ging. In die Seelen von Mutter und Sohn zog heiliger Friede. Der Stab *Wehe* war wieder von ihnen genommen.

Die Wünschdinger

Es war einmal am Nordlandsmeere ein Seekönig, der gebot über vieles Land und viele Schiffe, und hatte drei Söhne, die zu ihren Jünglingsjahren gekommen waren, die sollten nun hinaus in die See, tapfere Taten tun, Mut erproben, und Gut erwerben. Da ließ der König drei neue, große, stattliche Schiffe bauen und wohl bemannen und ausrüsten, schenkte jedem seiner Söhne eines dieser Schiffe, und fragte nun den ältesten Sohn: »Was gedenkst du zu beginnen mit dem Schiffe, das ich dir schenkte?«
»Damit, mein Herr Vater«, antwortete der älteste Seekönigssohn, »ge-

denke ich weit über Meer nach Osten zu fahren, und Schätze zu gewinnen von fernen Küsten und Inseln.«
»Wohl getan!«, sprach der König. »Fahre hin und fahre wohl!«
Hierauf fragte er seinen zweiten Sohn: »Was gedenkest *du* mit dem Schiffe zu tun, das ich dir schenkte?«
»Damit, mein Herr Vater«, antwortete der mittelste Seekönigssohn, »gedenke ich weit über Meer gen Westen zu fahren, neue Lande und Inseln zu entdecken, und von ihren Schätzen ein gutes Teil heimzuführen.«
»Wohl getan!«, sprach auch zu diesem Sohne der König: »Fahre auch du hin, und fahre wohl!«
Nun wandte sich der König zu seinem dritten Sohne und fragte: »Was gedenkst *du* mit dem Schiffe zu tun, das ich dir geschenkt habe?«
»Ich gedenke, mein gnädiger König, Herr und Vater«, antwortete der jüngste Seekönigssohn, »damit auf Abenteuer auszuziehen, und mich Eures hohen Namens und Eurer Liebe würdig zu zeigen, wohin mich auch mein Fahrzeug trage, sowie immerdar.«
Diese Antwort überraschte den König, weil er sie nicht so erwartet hatte, doch ließe sich nichts dagegen sagen, er sprach daher: »Soll mich freuen! Fahre hin und fahre wohl!«
Nun wurde ein Abschiedbankett gehalten, und darauf gingen die drei Königssöhne zur See. Eine Zeit lang fuhren sie mit ihren drei Schiffen gemeinschaftlich zusammen, als sie aber in die hohe See kamen, da trennten sie sich – nach Osten, Westen und Süden. Der nach Osten fuhr, kam in das Silberland, allwo es Rubel schneite, und füllte sein Schiff mit Silber, so viel es zu tragen vermochte. Der Zweite, der nach Westen gesegelt war, hatte eine ungleich längere Fahrt, kam aber in das Goldland, das man Eldorado nannte, und es gelang ihm, sein ganzes Schiff mit Golde zu befrachten, so viel es immer tragen konnte. Beide Brüder fuhren der eine mit seinem Silberschiffe, der andere mit seinem Goldschiffe wieder heimwärts nach ihres Vaters Schlosse, allwo sie wohlbehalten wieder anlangten und freudig empfangen wurden.

Der dritte Bruder, der nach Süden zu gesteuert war, fand weder ein Silberland noch ein Goldland, überhaupt schier gar kein Land, und schon gingen auf seinem Schiffe die Nahrungsmittel aus. Endlich gewahrte er von fern einen kleinen dunkeln Punkt, auf den er lossteuerte, und hoffte mit Zuversicht, dort mindestens ein Brotland zu finden, aber als er näher kam, sah er, dass es eine wüste Insel war, von Korallenriffen umgeben, voll steiler schroffer Klippen und unwirtbarer Felsen; es war das Hungerleiderland, mindestens, wenn es auch nicht so hieß, denn es schien von gar niemand bewohnt zu sein, stand auch auf keiner Land- oder Seekarte, nannte der Königssohn diese unwirtbare Insel so, nachdem er drei Tage auf derselben herumgeirrt war, für sich und seine Mannschaften Nahrung zu entdecken und nichts gefunden hatte. Vor Hunger fiel er am dritten Tage um und lag in Ohnmacht. Aus dieser erwachend, sah er eine holde Jungfrau vor sich stehen, die ihn mit Anteil betrachtete, und ihn fragte: »Wer bist denn du, und wo kommst denn du hierher?«

»Ach!«, ächzte der Königssohn, »wäre ich doch lieber nicht hierher gekommen. Ich bin ein Prinz, der nichts zu essen hat, und komme um vor Hunger!«

»Ei, wenn dir sonst nichts fehlt, dafür kann ich schon tun! Folge mir, mein Prinz!«, sprach das Mädchen und dem Königssohne klangen dessen Worte wie Musik.

Seine junge Führerin brachte ihn zu einem Häuschen, in welches beide eintraten, da saß ein altes Spinnfrauchen und war fleißig am Rocken, und das Mägdlein sprach zu der Alten: »Liebes Mütterlein, hier ist ein junger Prinz, der Hunger hat; wollen ihn essen und trinken lassen!«

»Mitnichten, denke nicht daran!«, entgegnete die Alte. »Wünschtüchlein ist wohl im Schreine verschlossen. Geb's nicht heraus, nicht heraus!«

Aber da fing die Tochter der Alten an zu weinen und sich kläglich zu gebärden, und rief: »Ich hab's ihm doch *versprochen*! Ich *muss* ihm Wort halten! Bitte, bitte, bitte schön, gib das Wünschtüchlein heraus!« – Darauf schloss die Alte einen Schrein auf und brachte ein leinen Tüchlein hervor, das war wundersam künstlich ausgenäht nach uralter Art, und hatte gesteppte Fransen. Das breitete die Alte auf den Tisch und murmelte die Worte:

»Decke dich, mein Wünschtüchelein
Für einen Mann mit Speis und Wein.«

Kaum hatte sie das gesagt, so stand und lag auf dem Wünschtüchlein Brot und Salz, Beizbraten und anderer Braten, gekochter Blaukohl und anderer Kohl, und eine Flasche Wein nebst Glas, und Messer und Gabel. – So gut, wie es ihm dieses Mal schmeckte, hatte es dem Königssohne selbst in seines Vaters Schlosse noch nie geschmeckt. Als er satt war, trank er unter Worten des Dankes die Gesundheit seiner beiden Wohltäterinnen und ging nach seinem Schiffe zu, um ehebaldigst weiterzufahren. Da kam ihm das junge Mädchen nach und rief: »Nimm mich mit – ich sterbe ohne dich!« Er aber antwortete: »Liebes, gutes Kind – mitnehmen kann ich dich nicht, ich würde dich nur ins Verderben führen, geht es mir aber wieder gut, so komme ich und hole dich ab.«
»Nun, so halte dein Wort!«, sprach das Mädchen, »und nimm zum Andenken das Wünschtüchlein, und brauche es so, wie du es meine Mutter hast brauchen sehen! Verwahre es gut, und vergiss mein nicht!«
Der Königssohn nahm hocherfreut das werte Wünschding in Empfang, und ging auf sein Schiff, wo die Mannschaft klägliche Gesichter schnitt, vor eitel Hunger, und schon davon murmelte, das Los zu werfen und einen aus ihrer Mitte in Braten und Kochwildpret zu verwandeln. Der Königssohn aber lachte, ließ eine große Tafel auf das Verdeck schaffen, breitete das Tüchlein darauf und sprach:

»Decke dich, mein Wünschtüchelein
Für alle die Meinen mit Speis und Wein.«

Da machte die Mannschaft einmal Augen, wie die Tafel sich füllte mit

Schweinebraten und anderem Braten, Gartensalat und Gurkensalat, Kuhkäse und anderem Käse, Portwein und anderem Wein. Das war ein wahres Festessen, und fröhlich stach man wieder in See. Gegen Abend wurde an einer anderen Insel angelandet, welche der Königssohn ebenfalls untersuchte. Er fand sie gleichfalls unbewohnt und unwirtbar, wurde vom Umherwandern hungrig und müde, setzte sich daher an einen passenden Ort auf den Rasen, breitete sein Wünschtüchlein aus und nahm eine Mahlzeit ein. Da kam auf einmal ein Mann gegangen, der blieb verwundert stehen, und sprach: »Wie? Ihr speiset hier vollauf, und ich, der ich vom Sturm an diese Hungerinsel verschlagen bin, falle vor Hunger fast um!«

»Seid mein Gast!«, sprach freundlich der Königssohn und ließ sich das Tüchlein von frischem decken, erzählt' auch dem Manne, wie er zu demselben gekommen sei.

»Ach ja«, sagte der Fremde, »es gibt solche Wünschdinger, nicht alle helfen einem aber etwas. Sehet hier meinen Stab, das ist auch ein Wünschding. Drehe ich den Knopf ab und sage: Hundert – oder tausend – oder hunderttausend Mann, zu Fuß oder zu Pferde, so sind sie da, und tun, was ich will, und drehe ich den Knopf wieder auf, so sind sie hinweg. Was hab ich aber davon? Was nützen mir Kriegsmannschaften, wenn ich sie nicht ernähren kann? Soldaten wollen auch leben – und wenn man selbst nichts hat, wie dann? Da lob ich mir so ein braves Wünschtüchlein, um das gäb ich gleich den Wünschelstab.«

»Nun, da könnten wir ja tauschen, wenn es Euch recht wäre!«, sprach der Königssohn.

»Ihr kommt in der Tat meinem heimlichen Wunsche zuvor, edler Freund!«, rief erfreut der Fremde und der Tausch erfolgte auf der Stelle, worauf die beiden sich trennten. Aber nach einer kleinen Weile drehte der Königssohn den Stockknopf ab und rief: »Hundert Mann zu Pferde!« Da rasselten die Reiter heran. »Holt mir schnell mein Wunschtüchlein!«, gebot der König, und wie der Wind vollzog die Mannschaft seinen Befehl, wie der Wind war sie zurück, und schwenkte das Tüchlein als Standarte. Da breitete der Prinz das Kleinod aus und rief:

»Decke dich, mein Wünschtüchelein
Für hundert Mann mit Speis und Wein«,

und ließ die Mannschaft sich satt essen und satt trinken, wofür sie ihn hoch und abermals hoch und noch einmal hoch leben ließ. Hierauf bedankte sich der Prinz recht schön und schraubte seinen Stockknopf wieder auf, und alsbald verschwand die Mannschaft.

Hierauf begab sich der glückliche Besitzer der zwei Wünschdinger wieder auf sein Schiff, und fuhr weiter, und landete am nächsten Tage an einer dritten Insel, auf welcher er wieder umherging, Abenteuer zu suchen. Auf dieser Insel begegnete ihm ein altes Frauchen, das war in einen bunten Mantel von lauter einzelnen Lappen zusammengesteppt gehüllt, und sah sehr elend aus, und ächzte: »Ach, ich falle bald um vor Hunger und Durst, ich habe seit zwei Tagen nichts genossen. Habt Ihr nicht etwas Brot bei Euch?«

»Nein, altes Mütterlein«, antwortete der Prinz. »Mit Brot trage ich mich nicht. Möchtet Ihr nicht sonst etwas haben von Nahrung? Ich kann Euch geben, was Ihr wünscht!«

»Ei du meine Güte!«, rief das Frauchen: »Wenn ich doch nur ein Schälchen Kaffee hätte! Es ist mir gar zu hohl im Leibe!«

Da zog der Königssohn sein Kleinod hervor, breitete es aus und sprach:

»Decke dich, mein Wünschtüchelein
Für uns zwei mit Kaffee, Frühstück und Wein.«

Da deckte sich das Tüchlein mit Tassen und Tellern, mit Kaffeekännchen, Sahnekännchen und Milchkännchen, alles warm, mit Semmeln und Kuchen, Brottorte und Biscuittorte, mit Rohrzucker und Kandiszucker, mit Butter und Honig, mit westfälischem Schinken und pommerscher Gänsebrust, mit Malagawein und Cyperwein. Da lachte das alte Frauchen im ganzen Gesicht und schleckte was das Zeug hielt, und wurde ganz lustig, und warf ihren Mantel in die Höhe; da flogen alle Läppchen einzeln auseinander und fielen rings umher auf die Insel, und wo ein gelbes oder rotes Läppchen hinfiel, da stand ein stattliches Schloss oder eine Villa, wo ein grünes lag, wurde ein Park, wo ein blaues, ein schöner See, da war auf einmal die öde Insel in ein Paradies verwandelt. Das gefiel dem Königssohn über die Maßen wohl, und er sprach zu dem Frauchen: »Um dieses Kleinod, wie Euer Mantel ist, könnte ich Euch fürwahr beneiden.«

»Ja ja – er ist recht hübsch«, erwiderte die Alte, »was hilft mir aber der schönste See, wenn nichts weiter darin ist als Wasser, was der größte Park, wenn das Wild darin nicht gebraten ist, und was das herrlichste Schloss, wenn man in selbigem keinen Kaffee und nichts zu schnabulieren bekommt? Euer Wünschtüchlein wäre mir traun fast lieber.«

»So lasst uns die Wünschdinger tauschen!«, schlug der Prinz vor, und das war die Alte gleich zufrieden, klatschte in die Hände, da wurden die Schlösser, die Parke, die Seen alle wieder bunte Läppchen, und setzten sich als Mantel zusammen, den gab das Frauchen in des Prinzen Hand und nahm erfreut aus der seinen das Wünschtüchlein.

Sie war noch nicht weit, so schraubte jener wieder den Knopf von seinem Wünschelstabe ab, befahl hundert Mann und sein Tüchlein wieder, und auf der Stelle wurde sein Befehl vollzogen. Hierauf begab sich der Königssohn wieder auf sein Schiff und segelte weiter. Am nächstfolgenden Tage wurde abermals eine südliche Insel entdeckt, auf welcher der Königssohn umherstrich. Er fand keine Schätze darauf, ging sich jedoch müde, und schlummerte an einer schönen Stelle in einem Wäldchen ein.

Da weckten ihn wundersamschöne Violinsaitenklänge, er erhob sich und sahe über sich auf einem Felsen einen Geigenspieler sitzen, den er grüßte und ihm seinen höchsten Beifall bezeugte. Der Violinist nahm die Anerkennung des Königssohnes als eine wohlverdiente Huldigung sehr artig auf. Er sagte: »Ich freue mich, dass Ihr ein so richtiges Urteil und einen so guten Geschmack habt. Die Geige ist die Königin aller

Instrumente; wer nicht geigen kann, ist ein Tropf, und ich bin hinwiederum der König aller Geigenspieler; alle Violinisten der ganzen Welt sind nur Stümper gegen mich; wenn ich auf einer einzigen Saite nur streiche, man nennt sie die G-Saite, so werden die Menschen verrückt und verzückt, schließen die Augen, fallen vor Wonne um und werden hin. Wenn ich aber die A-Saite streiche, so kommen sie wieder zu sich, und schreien alle Ah! ah! und werden wütend vor Entzücken und Narrheit, und gebärden sich, als ob die Erde und die gesamte Menschheit nichts Edleres, Besseres und Erhabeneres hervorbringen könne, als solch ein bisschen Ohren- und Sinnenkitzel, weshalb ich auch die Narren alle tief verachte, und mich mit meiner Geige, nachdem ich mit Gold und Schätzen von dem dummen Volke überhäuft worden bin, in diese Einöde zurückgezogen habe, wo ich nur mir selbst lebe, mich selbst höre und mich anbete, denn eigentlich bin ich ein Gott, mindestens ist mir das, als ich mich früher vor den Völkern hören ließ, häufig zugeschrien worden, absonderlich von verzückten Weibern, die nicht wussten, dass meine Geige eine Wünschelgeige ist, auf welcher sich alles, was ich im Sinne habe, das Erhabenste, Kühnste, Zarteste, Fantastischste und Tollste von selbst abspielt, sobald ich es nur wünsche.«

»Das *lässt sich* in jeder Beziehung *hören*!«, sprach der Prinz. »Fürwahr, ich verehre Euch und Eure Geige, doch würdet Ihr mich sehr zu Danke verpflichten, wenn Ihr mir einen Imbiss reichen wolltet; ich bin hungrig und durstig, und fand auf dieser Insel nicht das mindeste Genießbare.«

»O Mann des Erdentumes!«, rief der Geiger. »Also meine Töne zu hören, war Euch *kein Genuss*? Nach Irdischem nur steht Euer Sinnen und Begehren? Wahrhaftig, Ihr tut mir leid. Zu essen und zu trinken gibt es hier kaum hinreichend so viel, als mein schwacher irdischer Leib selbst bedarf. Gar zu gern möchte ich einmal wieder ein Glas Champagner trinken, der sonst an meiner Künstlertafel in Strömen floss, wenn die, welche mich bewirtet, mich vergötterten – davon ist *hier* keine Rede.«

»Hm, hm!«, machte bedenklich der Königssohn. »So ist es doch gut, dass es außer der Euren auch noch andere schöne Künste gibt, dieweil zwar die Virtuosen, aber nicht die Menschheit von Tönen zur Genüge satt werden. Ich zum Beispiel bin ein Esskünstler, ein Koch, und da es Euch hier an guten Sachen gebricht, und Ihr mich so schön erquickt habt, so will ich Euch nun auch *meine* Kunst sehen lassen, und lade Euch bei mir zu Gaste.«
»Wo denn?«, fragte der Geiger. »Gleich hier zur Stelle!«, antwortete der Prinz, zog sein Kleinod, breitete es aus und sprach:

»Decke dich mein Wünschtüchelein
Für zwei Künstler mit Frühstück und bestem Wein.«

Da entwickelte das Tüchlein eine Tugend, wie noch nie; da kamen Lachs und Kaviar, Sardinen und Anchovis, Bremer Bricken und frische Matjes Häringe, Hummern und Austern auf den Tisch, und Silleri-Champagner, feinster Burgunder, Xeres und Syrakuser kamen zum Vorschein, und die beiden ließen sich's über die Maßen schmecken, und der Geiger wurde ganz fidel, schenkte sein Glas voll Champagner, dass es stark überschäumte, stieß mit dem Prinzen an, und jauchzte: »Sollst leben, Koch! Sollst mein Bruder sein! – Bruder! – Du bist *auch* ein Gott!«
»Das kann ich alle Tage haben«, lachte der Königssohn. »Alle Tage?«, lallte der Virtuose. »Höre – Bruder – lass uns tau – tauschen, gib mir das Wünschtüchlein – gebe dir meine Geige dafür – schlag ein, Bruderherz! Alle Tage! Juhu! Alle Tage – ein Gott! – Ein Götterleben!«
Der Königssohn ging den Tausch ein, nahm die Geige, gab das Tüchlein und ging. Der Geiger nahm das Tüchlein, verwechselte es in seiner Götterseligkeit mit einem Nastuch, schneuzte sich hinein, stolperte, fiel und entschlief, und es war an einem einzigen Manne genug, den der Königssohn sandte, das Tüchlein wieder von ihm zu holen.
Jetzt beschloss nun der Prinz die Heimreise anzutreten. Dieselbe ging ganz glücklich vonstatten, und nach langer Fahrt wurde die Küste, die

zum Lande des Seekönigs gehörte, erreicht, und der Prinz gelangte in die Nähe des Schlosses seines Vaters. Da es aber bereits Nacht geworden war, so wollte er keine Störung veranlassen, sondern suchte sich im Wildparke nahe dem Schlosse ein schönes Plätzchen, allwo er sich niederlegte und schlief.

Am nächsten Morgen hatte der König eine Jagd im Wildparke anberaumt, um für seine Tafel einen Hirsch, einiges Dammwild und einige Fasanen, die sich überflüssig vermehrten, zu schießen. Da witterten die Jagdhunde im Parke einen Fremden und stürmten kliffend und klaffend nach dem Baume, unter dem der Schläfer lag, da sie aber nahe kamen, rochen sie ihm gleich an, dass er der Königssohn war, ein Kunststück, das nur Hundenasen möglich ist, und schweifwedelten, schlugen Burzelbäume vor Freude, und wälzten sich im Grase, und trieben ein tolles Wesen. Der König hörte den Hundelärm und kam nun selbst zum Baume, und fand, dass sich alldort sein jüngster Prinz vom Schlummer erhob, von den Hunden auf das Freudigste bewillkommnet. Aber der König war keineswegs erfreut über das Aussehen seines jüngsten Prinzen, vielmehr sagte er: »Ei siehe, da bist du ja wieder, und schaust aus wie einer, dem die Hunde das Brot genommen. Ich vermeine nicht, dass du Schätze erworben und mitgebracht, und lebte doch zeither der frohen Hoffnung, dass du, indem dein ältester Bruder in das Silberland, der Zweite in das Goldland gekommen, in das Diamantenland gelangt seiest, und von dort mit reicher Fracht zurückkommen würdest, was mir Freude gemacht, und dem Lande zum Nutzen gedient hätte, denn ich bin in einen schändlichen Krieg verwickelt mit dem Nachbar meines Reiches, der mich hart bedrängt, und mir bereits viele Orte und Schlösser zerstört hat. Alles Silber und alles Gold, welches deine älteren Brüder mit zur Heimat gebracht, ist aufgegangen für Rüstung und Erhaltung meines Kriegsheeres, und dieses Kriegsheer ist in mehreren Schlachten schon geschlagen worden, sodass die nächste Aussicht *die* ist, dass unser Feind mein Reich ganz erobert und uns vom Thron und Lande jagt.«

»Solches wird nicht sein, mein gnädigster König, Vater und Herr!«, erwiderte der jüngste Prinz. »Wir werden diesen Dingen eine neue Wendung geben, lasset uns nur gleich aufbrechen nach dem Lager des Feindes, ohne alle Mannschaft!«

»So?«, sagte der König und seine älteren Söhne. »Wir sollen uns selbst dem Leuen in den Rachen liefern? Du bist wohl unter die Mittagslinie gefahren, und die Äquatorsonne hat dir dein Hirn verbrannt? Etwas weniges verrückt bist du jedenfalls geworden.«

»Selbiges wird sich zeigen«, sprach der jüngste Königssohn. Indem so kamen Eilboten mit der Nachricht, dass der Feind mit starker Heeresmacht von drei Seiten zugleich eingefallen sei und im raschen Anmarsch begriffen, und da meinte der König und seine beiden älteren Prinzen, es bliebe somit nur die vierte Seite zur Flucht übrig. Davon wollte aber der jüngste Prinz nichts hören, vielmehr bat er jene, sie möchten nicht so sehr eilen, schraubte den Stockknopf ab und gebot: »Hunderttausend Mann zu Ross und zu Fuß! Treibt den Feind zu Paaren und reibt ihn auf wie Schnupftabak.« Da wurde die ganze Gegend von streitbarer Mannschaft überwimmelt, dass der König sich nicht genug wundern konnte, und nach einer Stunde war nicht nur kein Feind mehr im Lande, sondern auch das Land des feindlichen Nachbars völlig erobert. Hierauf breitete der Königssohn sein Wünschtüchlein aus und sprach: »Nun feiern wir das Siegesmahl!

Decke dich, mein Wünschtüchelein
Für hunderttausend Mann mit Speis und Wein.«

Da wurde abermals gehörig eingehauen, und das Traubenblut floss in Strömen. »Zur Festfreude gehört nun auch Musik!«, rief der Prinz, »man veranstalte ein großes Konzert, ich werde mich populär machen, und mich selbst hören lassen, und zwar zum *Besten der Armen*!« Solches geschah, der Prinz gab ein Violin-Solo zum Besten, erst spielte er etwas Allgemeines, wodurch er allgemeinen Beifall errang, dann etwas Besonderes, das ihm ganz besonderen Beifall erregte, dann auf der g-Seite, davon alles hin wurde, dann auf der a-Saite, dadurch alles ah!

und bravo schrie. Der König, seine ältern Prinzen und sein ganzer Hofstaat kamen vor Erstaunen und vor Verwunderung gar nicht zu sich selbst. Desto mehr blieb der jüngste Prinz bei sich, er sagte: »Lasset uns was der Feind zerstört hat im Lande, schöner wieder herstellen, lasset uns unser tapferes Heer in guter Kriegsbereitschaft erhalten, lasset uns auf Landesverschönerung denken, dadurch heben wir des Landes Flor!« – Und zog den Wünschmantel hervor und warf ihn in die Luft, da wurde das ganze Land voll neuer Schlösser und Villen und Parke und Seen, und dann wurden aus einigen Schlössern schöne Kasernen gemacht, da kamen die Soldaten hinein und in die Villen die Obersten und Hauptleute, und hernach gab sich alles Übrige von selbst. Mit dem Wünschtüchlein schaffte der Prinz dem Lande Nahrung und Wohlstand, mit dem Wünschelstabe, den er Generalstab nannte, schaffte er ihm eine selbstbewusste Macht und zugleich Respekt von Seiten der Nachbarn, mit dem Wünschelmantel hob er das Land zur Blüte, beförderte den Luxus und dadurch Handel und Gewerbe und dadurch nun ein wohlhabendes Bürgertum, und mit der Geige förderte er die schönen Künste und hob den Geschmack, indem er zugleich dem einseitigen und einsaitigen Ungeschmaek steuerte. Zugleich fuhr er hinweg, holte jenes Mägdlein von der einsamen Insel, die ihm zuerst sich so gut und hülfreich erzeigt, und erhob sie zu seiner Gemahlin, indem er sagte: »Sie hielt mir Wort, und mir ziemet, auch ihr Wort zu halten.« – Ach, wenn doch alle Prinzen solche Wünschdinge hätten, und für diesen Fall, so guten Gebrauch von ihnen machten, wie dieses Muster vom Sohne eines Seekönigs! – Schade, dass selbiger nicht ein Landkönigssohn war!

Das blaue Flämmchen

Einst lebte ein einzelner alter Herr in einem uralten Hause, bei dem blieb selten ein Gesinde lange, und alle die Dienstboten, die er gehabt, erzählten, es sei nicht recht geheuer in dem Hause; man höre Gespenster rumoren, sehe Flämmchen an dunkeln Orten und werde auch auf sonstige Weise von Spukdingern geschreckt. Nun geschah es, dass bei diesem Herrn abermals eine neue Magd anzog, welche Anna hieß, und nach der ersten Nacht fragte der Herr die Dienerin, wie sie geschlafen habe?, denn er besorgte sich, schon wieder Klage über Geisterspuk im Hause zu vernehmen. Die muntere Dirne aber antwortete ihm, sie habe ganz gut geschlafen. Eine gleiche Antwort auf die gleiche Frage erfolgte auch am zweiten Morgen. Am dritten Morgen aber verschlief sich die Magd, war denn verlegen, und sagte: »Mir war die ganze Nacht, als tanze um mein Bette herum ein bläuliches Lichtlein, und das flüsterte fort und fort: ›Geh Ann, geh Ann!‹, sodass ich nicht eher einschlafen konnte, als gegen Morgen beim ersten Hahnschrei.«

Wie nun einige Nächte hintereinander diese Beunruhigung fortdauerte, so zeigte das Mädchen Neigung, den neuangetretenen Dienst wieder zu verlassen; das war dem Herrn leid, und er sagte zu der Anna: »Weißt du was, Anna, sprich doch einmal mit dem Herrn Pfarrer darüber, vielleicht kann dieser dir einen guten Rat erteilen!«

Der Geistliche sagte nun zur Anna, als diese ihn fragte: »Wenn das blaue Licht ein Geist ist, und dich ruft, so ziehe dich schnell an und folge ihm, sei aber dabei sorglich auf deiner Hut, dass du nichts von ihm annimmst, nichts ergreifst, was er dir bietet, nichts tust, was er dir heißt, und dass er dir stets vorangehe. Tust du genau nach diesem Rate, so kann es dein Glück sein.«

Abends war die Dirne kaum ins Bette, so tanzte das blaue Flämmchen wieder um dasselbe herum und flüsterte wieder: »Geh Ann, geh Ann!«

»Wenn es denn sein muss«, sagte Anna, indem sie aus dem Bette und rasch in die Kleider fuhr, »so gehen wir.«

»Geh Ann!«, flüsterte das Flämmchen. »Geh du voran!«, sprach Anna, und da flackerte das Flämmchen vor ihr her, über einen Gang, die Treppe hinunter, bis vor die Kellertüre. Dort flüsterte das Flämmchen wieder: »Schließ auf, Ann!«

»Schließ du auf!«, sagte Anna, »ich habe keinen Schlüssel.«

Da schien das Flämmchen die Gestalt eines kleinen weißen Weibleins zu gewinnen, das hauchte gegen das Schlüsselloch und da ging die Kellertüre auf. Jetzt schwebte die bläulich schimmernde Gestalt die Kellertreppe hinunter vor Anna her, nach des Kellers hinterster Ecke. Dort lehnte eine Hacke an der Mauer, und das Weibchen, dessen bläulicher Lichtschimmer den Keller leidlich hell machte, deutete auf das Werkzeug, und flüsterte: »Hacke hier ein Loch, Ann!« – »Hacke du ein Loch!«, sprach Anna, »ich brauche keins.«

Und da ergriff das Weiblein wirklich die Hacke und arbeitete tüchtig darauf los; nach kurzer Weile kam ein Kesselchen zum Vorschein, darinnen lagen allerhand schöne Sachen, alte Goldmünzen und Schmuck von guten Perlen und Edelsteinen. »Heb Ann! Heb heraus Ann!«, flüsterte der Geist, aber Anna sprach ganz ruhig: »Hebe du heraus, ich könnte mir Schaden tun.« Da hob auch das Weiblein das Kesselchen aus dem Boden, und setzte es vor Anna hin, dass es klang und klirrte, das viele Gold und Silber, welches darinnen lag.

»Trag's h'nauf Ann, in deine Kammer!«, flüsterte das Frauchen – doch Anna sagte: »Trag's selber h'nauf. Mir ist's zu schwer.« Da hob das Weiblein das Kesselchen und flüsterte wieder: »Geh Ann, geh Ann!«, und Anna erwiderte: »Geht nicht an! Der Leuchter geht voran!« So ging denn auch das Weiblein wieder aufwärts voran, aber langsam, denn es trug schwer an dem Kesselchen und ächzte und stöhnte alle die Treppen hinauf bis in Annas Bettkammer. Da setzte es das Kesselchen hin, und Anna legte sich wieder in ihr Bette, und um das Bette tanzte wieder das bläuliche Licht. Da schlug Anna ein Kreuz und sprach: »Hast du mir geholfen, so helfe dir Gott Vater, Gott Sohn, Gott heiliger Geist in das ewige Himmelreich, Amen!«

Da stand noch einmal das weiße Weiblein in klarer Gestalt vor Anna, und sein Gesicht leuchtete im Schimmer reinster Freude – dann verschwand es plötzlich. Anna schlief ruhig ein, und als sie am Morgen erwachte, glaubte sie, es habe sie das alles nur geträumt. Aber siehe da – das Kesselchen war noch vorhanden und ein ansehnlicher Schatz war ihr beschert. Nie spukte wieder ein Geist im Hause des alten Herrn.

Undank ist der Welt Lohn

Es war einmal ein armer Bäckergeselle, der kam mit seinem Herrn in Streit, weil der Geselle immer die Semmeln und Fastenbrätzeln dem Herrn zu groß machte, und der Herr dieselben stets unchristlich klein haben wollte. Der Geselle war der bravste und ehrlichste Bursche von der Welt, und hatte durch seine Heiterkeit und durch seinen Fleiß seinem Meister vielen Zuschlag verschafft, allein das half ihm alles nichts, und der Meister sprach: »Ich bin der Meister und vor der Tür ist dein.« Da seufzte der Bursche: »Ja wohl Meister!

Die Semmeln bleiben klein,
Und vor der Tür ist mein«,

schnürte darauf sein Bündel und zog von dannen.
Da der Bäckergeselle eine Weile gewandert war, sah er einen Wanderer schwerfälligen Schrittes und gebeugten Ganges sich entgegenkommen, grüßte ihn, und fragte ihn, was er sei und wohin er gedenke? Der Wanderer hatte so vielen Freimut, das offen zu bekennen, was so mancher Mann um keinen Preis der Welt von sich sagen würde, indem er sprach: »Ach Freund! Ich hin ein armer alter Esel. Lange Zeit habe ich meinem Herrn, einem Müller, treu gedient, die schweren Säcke fort und

fort geschleppt, Korn in die Mühle, Mehl aus der Mühle, habe viele Schläge bekommen hin und viele Schläge her, und bin darüber alt und kraftlos geworden, und darum hat mich der Müller fortgejagt, denn: Undank ist der Welt Lohn.«

»Ging mir's doch kaum besser als dir, armer Langohr!«, sagte der Bäckergeselle. »Komm, lass uns zusammen wandern, Müllerlöwe. Bäcker und Müller gehören zusammen und zu zweit trägt sich leichter ein Leid.«

Die beiden Reisegefährten waren noch nicht weit miteinander fortgegangen, als ihnen ein Hund aufstieß, der ganz erbärmlich winselte, denn ihn fror und hungerte zu gleicher Zeit. Er lag am Wege, konnte kaum fort, und blickte aus matten, doch treuherzigen Augen die beiden Wanderer an.

»Dir scheint es auch nicht zum Besten zu gehen, alter Sultan, oder wie du sonst heißen magst, scheinst fürwahr ein kranker Mann zu sein; siehst aus, als wäre dir schon dein letztes Brot gebacken!«, sprach der Bäcker zum Hunde.

»Ach, wenn du doch wahr sprächst!«, seufzte der Hund, »wenn doch nur ein Stückchen Brot für mich gebacken wäre, möcht es immerhin mein letztes sein, dass ich nur nicht hungers sterben müsste! – Lange Jahre bewachte ich meines Herrn Haus und Hof, rettete ihn mit Gefahr meines eigenen Lebens das seine von der Hand eines Raubmörders, aber nun, da meine Stimme schwach und heiser geworden ist von vielem Bellen, und meine Zähne stumpf sind, und meine Morgenstunde nicht mehr Gold im Munde hat, sondern Schlaf, so hat mich mein Herr mit Prügeln von seinem Hause und Hofe hinweggejagt, denn: Undank ist der Welt Lohn!«

»Du armer Hund, du armer Schlucker!«, bedauerte der Bäckergeselle, indem er ihm ein Stück Brot reichte, den Hund. »Komm, geselle dich zu uns, denn gleich und gleich gesellt sich gern.«

Mit neubelebter Kraft durch das Brot schloss sich der Hund den beiden Wanderern an.

Wie nun alle drei weiterschritten, erblickten sie auf einem Seitenwege, der von einem andern Orte her nach der Hauptstraße zog und in diese ausmündete, ein seltsames Pärchen daher geschritten kommen, und blieben vor Verwunderung alle drei stehen. Es war eine alte Katze und ein alter Göckelhahn, der fast nur noch eine Feder in seinem Schweife hatte. Beide Wanderer waren sehr ermattet, und vermochten nicht rasch zu gehen.

Als die drei Wanderer mit den zweien, die ihnen jetzt aufstießen, die Grüße der Höflichkeit gewechselt hatten, klagte die Katze, welche sehr dürr aussah, und nicht bloß so aussah, sondern auch wirklich äußerst dürr war, dass sie mit der größten Tätigkeit und voller Fleiß und Eifer die Mäuse im Hause einer Frau weggefangen habe, aber nun, da die Mäuse alle seien und sie, die Katze, alt geworden sei, habe die Frau sich eingebildet, eine Katze lebe stets nur von Mäusen, und habe ihr nicht das Mindeste zu essen gegeben. Da nun sie, die Katze, vollends aus Hunger und schrecklichem Durst den Versuch gewagt habe, etwas weniges aus einem Milchtopf zu naschen, worüber, da die Frau sie bei sotanem Versuche ertappt habe, durch ihren Schrecken und ganz ohne Vorsatz der Milchtopf umgefallen, so sei die Frau wie eine Furie auf sie, die arme unschuldige Katze, losgefahren und habe auf sie losgeschlagen, erst mit dem Besen, hernach mit der Ofengabel und mit der eisernen Feuerzange, sodass Frau Mienz nur dadurch ihr Leben habe retten können, dass sie durch eine Fensterscheibe hindurchgebrochen, wobei sie sich Nase, Ohren und Füße an dem Glase jämmerlich zerschunden habe. »Ach!«, so schloss die Katze mit einem tiefen Seufzer: »Undank ist der Welt Lohn!«

Als nun die Katze mit der Erzählung ihres letzten traurigen Schicksals zu Ende war, begann der Hahn zu sprechen und berichtete, wie er allezeit munter und wachsam, auch tapfer, furchtlos und treu auf seinem Hofe gewesen, weil aber das Hühnervolk aus Faulheit und Auflehnungssucht, und ganz ohne sein, des Gückels, Verschulden, nicht mehr recht Eier legen wollen, und das faule Gesinde, wenn es sich verschlafen gehabt, die Schuld auf ihn geschoben, und gesagt, er wecke sie nicht mehr durch sein Krähen, er schlafe selbst zu lange, so sei ein junger

Hahn voll Kraft und Mut und Feuer angeschafft worden, der habe ihn alsbald vom Hofe und von den Hennen weggebissen, und die Köchin habe gesagt: »Den alten Gückel kann man nun schlachten; sein Fleisch wird zwar nicht zwischen die Zähne taugen, vielmehr zu zäh sein, aber eine gute Hühnersuppe gibt es doch noch.« – »Als ich das hörte«, schloss der Hahn betrübt seine Erzählung, »beschloss ich auszuwandern, und stieß unfern des Dorfes, wo ich wohnte, auf meine Gefährtin, die Katze. Wir klagten uns unser gemeinsames Leiden und seufzten oft: ›Undank ist der Welt Lohn!‹«

Den guten Bäckergesellen rührte gar sehr das traurige Schicksal dieser Tiere, das mit dem seinigen einige Ähnlichkeit hatte, und er beschloss, ihre Gesellschaft beizubehalten, und zu sehen, ob ihm vielleicht Gelegenheit würde, zu prüfen, ob die Tiere nicht dankbarer seien als die Menschen, denn er hatte einmal ein Märchen gelesen, betitelt: »Die dankbaren Tiere«, dessen er sich noch gar wohl erinnerte, und worin die Dankbarkeit mehrerer Tiere gegenüber der des Menschen geschildert war.

Da nun die kleineren Tiere sehr schlecht auf den Beinen waren, der Hahn als bespornter Ritter große Märsche nie gemacht hatte, der Katze die zerschundenen Pfoten, in denen noch einige Glassplitterchen steckten, heftig schmerzten, und dem Hunde alle Knochen im Leibe wehtaten, so redete der Bäcker dem Esel liebreich zu, er möge doch den Hund auf sich reiten lassen, und der Esel sagte: »Iah – meinetwegen. Der Hund ist noch lange nicht so schwer, als drei Säcke Korn, auch nicht so schwer als einer, auch rühmte mein Müllermeister stets, wenn er frühmorgens, nachdem er abends vorher zu viel getrunken, den Katzenjammer hatte, man müsse Hundshaare auflegen, Hundshaare seien sehr heilsam.«

Also sprach der Esel, der Hund kletterte auf seinen Rücken, setzte sich fest und lachte seit langer Zeit zum ersten Male wieder und sprach: »Daheim schlief ich immer bei dem Pferde, jetzt trifft an mir das Sprichwort zu: Er ist vom Pferde auf den Esel gekommen.«

»Nun aber wirst du die Katze tragen«, sagte der Bäckergeselle zum

Hunde; dies war dem nicht ganz lieb; er schabte sich mit seiner rechten Vorderpfote hinter dem linken Ohre und antwortete:
»Fürchtest du nicht, dass wir uns miteinander vertragen werden, wie Hund und Katze?«
»Nein!«, meinte der Bäckergeselle. »Ihr müsst euch gut und anständig betragen, denn das Sprichwort sagt: Die Katz kommt über den Hund.«
Darauf tat die Katze zwei Sätze, einen auf den Esel, und den zweiten auf den Hund, lachte und rief: »Das Sprichwort sagt: Kommt man über den Hund, so kommt man auch über den Schwanz!«
Nun wollte der Hahn auch aufsitzen, und zwar auf die Katze, die machte aber einen garstigen Katzenbuckel und sagte: »Es steht nirgend davon geschrieben, und es ist auch kein Sprichwort darüber vorhanden, das den Hahn mit der Katze in Verbindung bringt.«
»Tue es nur, und – wär es mir zuliebe!«, redete der Bäcker zu.
»Gut, ich will es tun, aber unter folgenden drei Friedensbedingungen: Erstens muss er sich ganz anständig aufführen, da ich ein Tier bin, welches die Reinlichkeit über alles liebt; zweitens darf er mich nicht krallen, sonst kralle ich ihn wieder, denn es steht geschrieben: Wie du mir, so ich dir. Drittens darf er sich nicht einfallen lassen, zu krähen, denn sein Gesang beleidigt mein Zartgefühl und verletzt meine Nerven. Ein ganz anderes wäre es, wenn er, der Hahn, so wonnevoll und wunderschön zu singen verstände, wie ich, zumal in März- und Maimondnächten, in denen vor meinem melodischen Gesange selbst die hoch gepriesenen Nachtigallen verstummen und mir bewundernd zuhören, was eine allbekannte Sache ist.«
»Iah!«, schrie der Esel! »Dieses hat seine Richtigkeit. Anch' io sono – auch ich bin ein Gesangvirtuose, aber die Nachtigall ist ein neidischer Vogel, das hat schon ein berühmter deutscher Dichter, des Namens Bürger, ausgesprochen, denn dieser schrieb:

Es gibt viel Esel, welche wollen
Dass Nachtigallen tragen sollen,
Des Esels Säcke hin und her;

Ob nun mit Recht, fällt mir zu sagen schwer.
Dies weiß ich: Nachtigallen *wollen*
Nicht, dass die Esel singen sollen.

Und so werden sie es ohne Zweifel mit den Katzen auch halten.«

Nach diesen Wechselreden kam der Friedensvertrag zu Stande, nach dem Sprichworte: Eintracht macht stark, dass der Esel den Hund, der Hund die Katze, die Katze den Hahn tragen solle, doch nur auf ihrem Buckel, nicht auf dem Kopfe, und es war lustig anzusehen, wie sich die viere nun so *einträchtig betrugen*.

Mittlerweile stellte sich die Nacht ein; Hunger und Durst hatten sich indessen schon früher bei den vier Wandergefährten eingestellt, aber weit und breit zeigte sich kein wirtliches Dach zur Einkehr und Labung; der Weg führte durch einen unwirtbaren Wald. Endlich spitzte die Katze die Ohren und rief: »Ich höre von ferne einen Lärm, der fast wie der Jubel eines Gelages klingt.« Da schnoperte der Hund mit seiner Nase in die Luft und sprach: »Ich rieche schon den Braten!«, und der Esel stimmte bei: »Ich schmecke schon im Voraus die gute Abendmahlzeit und die Süßigkeit der Nachtruhe!« – »Freunde!«, rief der Bäckergesell: »Das ist alles recht schön und gut, ich fühle ganz eure angenehmen Empfindungen, allein der Katze *Hören*, des Hundes *Riechen*, des Esels ahnungsvolles *Schmecken* und mein *Fühlen* hilft uns nichts, wenn wir nicht *sehen*, wohin wir uns wenden sollen.«

Als der Hahn diese Rede vernahm, flog er vom Rücken der Katze hinweg auf einen Baum, freute sich, wieder einmal krähen zu dürfen, und krähete fröhlich. »Kikerikih! Ich *sehe* ein Haus, darin alle Fenster lichthell sind, und darin sicherlich ein Schmaus gehalten wird! Kikerikih!«

»Wohlan!«, rief der Bäckergeselle, »dorthin wollen wir uns wenden!«, und rasch nahm der Hahn die bisher behauptete hohe Stellung auf dem Rücken des Katzenbuckels, wie ein Affe auf dem Kamel, wieder ein, und Meister Baldewein, der Esel, trabte sachte mit seiner tierischen Pyramide nach jenem Hause, das der Hahn gesehen hatte, zu, welches mitten in einer tiefen und trostlosen Einöde lag, von rauem Wald und steilen Felsen umgeben, und allwo es grausig und unheimlich war.

Dieses Haus war ein einsames Waldwirtshaus, nur von einem Wirte bewohnt, und man wusste darin, was man bisweilen nicht weiß, sehr genau, nämlich wer Koch oder Kellner sei, weil der Wirt beide Würden in seiner eigenen Person vereinigte.

Wenn aber jemand ernstlich Hunger hat, so fragt er weder nach Heimlichkeit noch nach Unheimlichkeit eines Hauses, sondern geht geradezu. Nun wurde in diesem Hause wirklich ein Fest gefeiert: Die Füchse hielten allda eine Hochzeit, und auf dieser ging es hoch her; es fehlte nicht an allerhand Braten und sonstigen guten Sachen, und auch nicht an allgemeiner Heiterkeit. Welch ein Schreck entstand aber, als die Wandergesellschaft plötzlich in die Festhalle trat, und mitten unter die Generalversammlung der Beisassen des Hochzeitsmahles! – Durch Fenster und Türen gab alles Fersengeld, selbst der Wirt entfloh, denn derselbe dachte, der Teufel käme leibhaftig in Gestalt eines grotesken Monstrums oder Wundergeschöpfes und den Bäckergesellen hielten die Füchse für einen wilden Jäger.

Hinter dem Hause war eine recht schaudervolle Stelle, an welcher die Füchse insgemein einander gute Nacht sagten, dies taten sie denn nun auch heute ganz besonders betrübt, und zerstreuten sich in die Büsche; der Wirt aber wusste gar nicht, was er außerhalb seines Hauses beginnen sollte – umso besser aber wussten seine fünf ungebetenen Gäste, was sie innerhalb desselben beginnen sollten, nämlich sich's sattsam gut schmecken und vergnüglich wohl sein zu lassen, und als sie zur Genüge getrunken und gegessen hatten, suchte jeder Gast die für ihn geeignete Schlafstätte. Der Bäckergeselle legte sich in das Bette des Wirtes, die Katze wählte die Ofenbank, der Hund die Türschwelle vor der Kammer, in welcher sein Schutzherr schlief, der Hahn klomm die Stiege des Hühnerhauses hinan, und der Esel trabte bedächtig dem offenen Stalle zu; alle befanden sich, jedes an seinem Orte, völlig wohl.

Nun aber kam der Wirt geschlichen, der wollte doch sehen, wie es um sein Hauswesen stehe, ob es überhaupt noch stehe, und ob sich mit dem bösen Feinde, der darin Besitz genommen, nicht ein Abkommen und Übereinkommen treffen lasse. So wie der Wirt aber in seinen Hof trat, krähte der Hahn; davon erwachte der Hund, und als der Wirt in die Flur des Hauses trat, biss ihn der Erstere tüchtig in das Bein; der Wirt flüchtete in die Stube, da fuhr die Katze fauchend auf ihn ein und kratzte ihn – eiligst entfloh der Wirt und suchte im Stalle Schutz, da stand der Esel und feuerte hinten hinaus und schlug den Wirt, dass ihm gar wehe ward, er wieder von dannen rannte und den letzten Füchsen in des Häuschens Nähe sein Leid klagte.
Als es nun Tag geworden war, so erwachte der Bäcker und die Tiere erzählten ihm, was es in der Nacht noch zwischen dem Wirt und ihnen für ein Spektakel gegeben habe, und wie schlimm jenem von ihnen mitgespielt worden sei. Der Bäcker tadelte dieses feindselige Benehmen gegen den rechtmäßigen Besitzer des Waldhäuschens, und entsandte den Hund, den Wirt zu suchen, und herbeizubringen. Da nun der Wirt mit Zittern und Beben wieder erschien, so entschuldigte der Bäckergeselle sich höflich über das Vorgefallene und sagte, er sei mit seinen Tieren gar nicht in feindseliger Absicht gekommen, es hätte niemand davonzulaufen gebraucht. Der Wirt solle die Wirtschaft in dem stillen Waldhäuschen nur auf Rechnung des Bäckers fortführen, aber, des Hahnes wegen, den Füchsen das Haus fernerhin verbieten, denn der Hahn müsse gänzlich in Ruhe bleiben, krähen oder nicht krähen dürfen, wie es ihm als wohlbestallten Emeritus gefalle. Der Esel solle im Stalle Gnadenheu und Gnadenhafer erhalten, und gutes Stroh zur Streu, falls er sich wälzen wolle, oder auch zum Spaziergang eine grüne Wiese. Die Katze solle durch ihre würdige Haltung Mäuse und Ratten in gehöriger respektvoller Entfernung vom Hause halten, und alle Tage Weck und Milch speisen. Der Hund aber solle und dürfe, so lange es ihm beliebe, in der Sonne liegen, und mit dem Monde sprechen. Der Bäcker aber wolle für alle arbeiten, das Brot backen, dem Wirte beim Bierbrauen und Biertrinken helfen, auch den Küchengarten be-

stellen, und mit gekochtem Essen umgehen. Das waren alle Beteiligten wohlzufrieden. Zum Andenken ihrer Wanderung und des neugeschlossenen Bündnisses pflanzte der Bäckergeselle in den Haus- und Küchengarten *Schmackedusen-* und *Löffelkraut*, *Hahnen*kamm, *Katzen*pfötchen, *Hunds*zunge und *Esels*gurken, und alle lebten fortan vergnüglich beisammen, und vergaßen den schnöden Lohn der Welt, den schnöden Undank.

Der fette Lollus und der magere Lollus

Es starb ein reicher Mann, welcher zwei Söhne hinterließ und ein hübsches Vermögen und Erbe. Der eine der Söhne erwählte den geistlichen, und zwar den Mönchs-Stand, der Zweite einen sehr weltlichen, er wurde ein Gastgeber, das heißt, er gab seinen Gästen so wenig als möglich und nahm dafür von ihnen so viel als möglich. Er heiratete nach Geld und strebte fort und fort nach Geld. Seinem Bruder borgte er dessen Erbanteil ab, da dieser als Mönch kein Geld bedurfte, und wucherte damit, aber nicht zu des Bruders, sondern zu seinem eigenen Nutzen. Seine Biergemäße waren falsch, und seine Weinflaschen ließ er auf der Glashütte so klein blasen, dass man beim Anblick einer ganzen Flasche sehr in Zweifel geriet, ob es nicht eine halbe sei, und seine halben Flaschen schienen alle nach der schlanken Körperbildung eines Bleistifts hinzustreben, daher hießen sie auch bei den Gästen dieses Wirtes nie anders als Stifte. Wenn der Stallknecht dem Pferde eines Reisenden Hafer vorgeschüttet hatte, so trat der Wirt, wenn er sich unbemerkt glaubte, an die Krippe, kripste ganze Hände voll Hafer wieder dem armen Tiere vor dem Maule weg und schob ihn in seine Tasche. Er sagte sich, deshalb heiße die Krippe so, weil man aus ihr kripsen könne. Es war ein durchtriebener Schalk, dieser Wirt, und an ihm lag es nicht, dass er nicht reich wurde, denn Anlagen dazu hatte er, aber das Bibelwort sagt nicht vergebens: die da reich werden wollen, fallen in Versuchung und Stricke. Des Wirtes Tun segnete nicht. Was half es ihm, wenn er fremden Pferden von deren Futter ein paar Hände voll Hafer stahl – und eins seiner eigenen Pferde krepierte? Wenn er durch sein zu knappes Gemäß nach und nach einen Anker Wein langsam gewann, und durch Nachlässigkeit seiner Leute, die er ohne Aufsicht ließ, ihm ein ganzes Ohm in den Keller lief? Er kam nicht vorwärts, dieser betriebsame Wirt, sondern er kam zurück in allen Dingen, nur nicht von seiner Prellerei und Habsucht, diese trieb er immer ärger und ärger, bis die Gäste wegblieben und das Weinstüblein leer stand, die Karten und Würfel ruhten, der Bratofen kalt blieb und der Schornstein sich das Rauchen abgewöhnte.

Als es so weit schon mit dem Krebsgange dieses Wirtes gediehen war, schlug ihm ein neuer Schrecken in die Glieder; sein Bruder, der fromme Mönch, kam und sprach zu ihm: »Lieber Bruder, gib mir das dir geliehene Kapital heraus, ich habe meinem heiligen Schutzpatrone in unserer Klosterkirche einen kostbaren Altar mit herrlicher Malerei, Schnitzwerk und Vergoldung gelobt, den will ich davon herstellen, und was übrig bleibt, wenn etwas übrig bleibt, davon will ich Seelenmessen für unsere lieben Eltern, für dich und mich auf ewige Zeiten stiften.«

»Großer Gott!«, schrie der Wirt. »Bruder, wie kannst du so unsinnig handeln! Ich kann dir dein Geld jetzt nicht herausgeben, denn ich habe es nicht – ich bin zu Grunde gerichtet; und wenn du auf der Zahlung bestehst, so wird mir Haus und Hof über dem Kopfe angeschlagen, ich muss mit Weib und Kindern betteln gehen, und du bekommst erst recht nichts, und dein heiliger Schutzpatron bekommt auch keinen neuen Altar. Höre mich an und sei vernünftig, mein lieber gottseliger Bruder! Lasse mir noch das Geld, gönne mir Zeit, mich zu erholen! Du weißt, wir haben eine schlimme Zeit durchgemacht, in welcher niemand auf einen grünen Zweig hat kommen können, außer die Bauern, die haben ihr Schäfchen geschoren und lachen uns jetzt aus. Dein Heiliger ist gewiss ein edeldenkender Menschenfreund gewesen, und hat er einige Jahrhunderte in deiner Klosterkirche keinen Pracht-Altar gehabt, so wird es ihm darauf, einige Jahre früher oder später einen solchen zu erhalten, auch nicht ankommen. Gott der Herr weiß, dass ich mir es gehörig sauer werden lasse – ich plage mich über alle Maßen, Geld zu erschwingen – aber es geht nicht – ich komme zu nichts.«

»Das höre ich sehr ungern von dir, lieber Bruder«, sprach mit Teilnahme der Mönch. »Du hast den schlechtesten Gast in dein Gasthaus aufgenommen, den es geben kann.«

»Wer wäre das?«, fragte der Wirt.

»Das ist der fette Lollus!«, entgegnete der Mönch.

»Der fette Lollus?«, fragte verwundert der Wirt. »Du scherzest entweder, Bruder, oder du faselst. In meinem Fremdenbuche steht kein Gast solchen Namens, und nie hörte ich diesen Namen nennen, wahrlich, in meinem ganzen Leben nicht!«

»Das ist wohl möglich«, sagte der Mönch, »dennoch ist dieser schlimme Gast vorhanden und die alleinige Ursache deines Vermögensverfalles und deines Zurückkommens.«

»Den möcht ich sehen! Ich wollt ihn –«, fuhr der Wirt auf.

»Du wirst ihm nicht gleich etwas anhaben, lieber Bruder«, sprach lächelnd der Mönch, »allzu lange hast du ihn treulich gehegt und gepflegt – doch sehen sollst du ihn, den fetten Lollus. Er befindet sich in deinem Keller, gehe mit mir hinunter.«

Verwundert nahm der Wirt den Kellerschlüssel und eine Lampe und dachte: Aha, mein Bruder meint den Wein – er will andeuten, ich sei mein bester Gast selbst, doch da irrt er sich sehr.

Im Keller hieß der Mönch seinen Bruder die Lampe auf ein Fass setzen, dass ihr Strahl in eine leere Ecke fiel, hieß den Wirt hinter sich treten, zog ein kleines schwarzes Buch hervor, und murmelte daraus, gegen die Ecke gekehrt, eine Beschwörungsformel. Da wallete der Boden, da hob sich etwas Dickes heraus, da glühten ein Paar feurige Augen, und dem Wirte gerann das Blut in den Adern vor Furcht und Grauen.

»Lölle, gehe ganz herzu!«, rief der Mönch, da hob sich dem dickgeschwollenen Kopfe ein unförmlich dicker Leib nach, und kurze, plumpe Füße patschten auf dem Boden des Kellers, und ein unförmliches, scheußliches Tier, dessen Haut so fett und speckig glänzte wie die einer Robbe, hockte in der Ecke.

»Schaust du deinen werten Gast, mein Bruder?«, fragte der Mönch zu diesem gewendet, sehr ernst. »Ich vermeine, er habe sich in deiner Herberge nicht übel gemästet! Siehst du, Bruder – alle und jede Frucht deines Truges hat nicht *dir* angeschlagen, sondern diesem Lollus. Was du den Fremden und deren Vieh abgezwackt, *der* hat sich davon genährt, den durch zu kleines Gemäß und durch zu kleine Flaschen trüglich gewonnenen Wein oder sonstiges Getränke – alles hat der Lollus geschluckt. – Unrechtes Gut gedeihet nicht, und Untreue schlägt ihren eigenen Herrn. Soll sich's mit dir und deinem Wesen bessern, so übervorteile niemand mehr, betrüge niemand, übernimm niemand. Fordere was recht ist, denn was recht ist, lobt Gott. Halte ehrliches, gerechtes Maß und Gewicht, siehe selbst zu deinen Sachen, täglich, stündlich, vom Keller bis zum Kornboden. Bediene, so viel du es kannst, selbst deine Gäste, verlasse dich nicht allzu viel auf Oberkellner und Unterkellner, auf Hausknecht und Stallknecht, auf Koch und Büttner. Je mehr du Gesinde hältst, je fetter füttert sich der Lollus.«

Nach dieser Vermahnung wurde der Wirt sehr nachdenklich und sagte: »Ich danke dir, mein Bruder; ich will tun nach deinen Worten, die du mir gesagt hast.« Da beschwor der Mönch den Lollus wieder und sagte: »Lölle, kreuch ein«, und schwerfällig kroch der Lollus hinterwärts wieder in die Erde zurück, und die Kellerecke war wieder leer und glatt, wie zuvor.

»Mein Geld will ich dir noch *vier* Jahre lassen«, sagte der Mönch, »dann aber muss meinem Heiligen Wort gehalten werden.« Darauf schied er von seinem Bruder hinweg.

Der Wirt befolgte mit Eifer seines Bruders treuen Rat, änderte seine Wirtschaft ganz und gar, richtete alles besser ein, sparte am rechten

Orte, veruntreuete aber nichts mehr. Seine Frau musste in der Küche selbst zum Rechten sehen, was sie früher nicht getan – richtiges Gemäß wurde hergestellt, auf der Glashütte wurden gerechte und vollkommenen Weinflaschen geblasen, und die kleinen liliputanischen verschwanden. Dafür stellten sich die verschwundenen Gäste wieder ein, der Bratofen wurde nicht mehr kalt, und der Schornstein rauchte wieder, trotz einem deutschen Professor schier Tag und Nacht.

Des Wirtes ganzes Wesen besserte sich in jeder Weise; sein Wohlstand nahm mit seiner Rechtlichkeit sichtbarlich zu; sein guter Ruf und der seines Hauses breitete sich weit aus, und die Gastwirte in den Nachbarstädten begannen, ihn zu beneiden, denn die Reisenden fuhren lieber noch ein paar Stunden in die Nacht hinein, um nur in das gute Gasthaus zu gelangen, und nicht selten war dieses so von Gästen überfüllt, dass der fröhliche Wirt dennoch eine traurige Miene annehmen und die überzähligen Gäste abweisen musste.

Als nach dem Ablaufe von vier Jahren der Mönch, des Wirtes Bruder, wieder kam, seinen Erbanteil zu begehren, empfing ihn der Wirt auf das Freundlichste, setzte ihm ein herrliches Weinchen von der schönsten Farbe vor und allerlei schmackhaften Konfekt, Nonnen-Plätzchen und dergleichen, und legte ihm starke Geldrollen auf den Tisch, indem er sagte: »Hier, mein lieber Bruder, ist mit meinem besten Dank dein Kapital samt allen Zinsen, redlich berechnet bei Heller und Pfennig«; der Mönch aber sagte: »Lieber Bruder, die Zinsen nehme ich nicht, solches ziemet mir nicht nur nicht als einem Priester, sondern es stehet auch geschrieben: Du sollst nicht Wucher nehmen von deinem Bruder. Aber ich freue mich, dass du des *fetten* Lollus ledig bist, und hast nur noch den *magern.*«

»So?«, sagte der Wirt. »Wohnt der auch im Keller? Den möcht ich auch sehen.«

»Den sollst du sehen!«, antwortete der Mönch, hieß den Wirt voran in den Keller gehn und hob drunten seine Beschwörung wieder an. Da bewegte sich ganz langsam hinten in der Ecke die Erde und allmählich lugte ein schmales Köpfchen heraus, mit ganz matten Augen.

»Lölle, gehe ganz herzu!«, sprach der Mönch. Da wand sich der Lollus matt und mühsam aus dem Boden, und erschien äußerst abgemagert; seine Haut glänzte nicht mehr wie Speckschwarte, sondern war verrumpfelt und verschrumpfelt wie eine Baumrinde, und sah äußerst hinfällig aus. »Nun ist's gut, das freut mich!«, sprach der Mönch. »Lölle, kreueh ein!« – Da kroch der Lollus wieder hinterwärts, aber ganz langsam, in den Kellerboden zurück, und in der Ecke war nichts zu sehen.
»Hab Acht, Bruder!«, sagte der Mönch, »wenn du bleibst, wie du jetzt bist, so hält es der Lollus kein Vierteljahr mehr bei dir aus, entweder er verkommt, oder er geht ein Haus weiter und sucht sich einen Herrn, der ihn besser nährt wie du.« – Dieses Trostes war der Wirt über alle Maßen froh und segnete seines weisen Bruders Rat tausendfach.

Die Adler und die Raben

Auf einem großen Gebirge lagen zwei weite Wälder nachbarlich einander gegenüber, fern den Gegenden, welche Menschen bewohnten, und in einem dieser Wälder horsteten eitel Adler, im andern aber nisteten bloß Raben, und jedes dieser Vogelgeschlechter stand unter einem Könige von demselben Stamme, welche über ihr Volk als Alleinherrscher regierten.
Da geschah es, dass alter Hass aufs Neue rege ward unter den Adlern gegen die Raben, und in einer Nacht der Adlerkönig sich mit einer Schar der Seinen erhob, hinüberflog nach dem Rabenwalde, dort die schlafenden und keines feindseligen Angriffes sich versehenden Raben überfiel und ihrer eine große Anzahl tötete, ohne dass der Rabenkönig nur etwas von diesem Überfall erfuhr, bis am Morgen, als er erwachte und sich von seinem Neste erhob. Da vernahm er den Schaden und

großen Verlust der Seinen mit ernster Betrübnis und versammelte all seine Räte, und gedachte mit ihnen zu beratschlagen, wie man am besten diese untreue Tat der Ader rächen könne und solle. Da die Raben, wie die Naturgeschichte lehrt, merklich gute Redner sind, so fehlte es auch dem Rabenkönige nicht an der rechten Redegabe, und er sprach zu seinem versammelten Rate also:

»Meine lieben Getreuen! Euch ist kund geworden, wie ohne vorherige Absagung und Kriegserklärung zuwider allem Völkerrechte die Adler, unsere Nachbarn, uns heimlich bei nächtlicher Weile überzogen und viele der unsern gemordet haben, ohne dass wir zur Zeit noch erfahren können, warum sie solches getan haben? Werden wir das dulden und es ohne Wiedervergeltung geschehen sein lassen, so wird es mehrmals geschehen, darum lasst uns ratschlagen, auf welchen Wegen wir das tun, was für uns und unser Staat das Beste ist. Übereilt euch nicht mit eurem Rate, sondern überleget ihn wohl, denn unser aller Wohl oder Wehe hängt davon ab, ob wir weisen oder unweisen Rat schöpfen. Sinne ein jeder eine gute Weile nach über den unerhörten Fall, der unsers Reiches bisherige Wohlfahrt stört, ja sie mit Vernichtung bedroht, wenn wir nicht Mittel finden, dem feindseligen Tun der Adler zu steuern.«

Auf diese Rede des Königs erfolgte eine geheime Sitzung bei verschlossenen Türen, welcher nur die fünf Geheimräte des Königs beiwohnten, den König an ihrer Spitze. Diese Raben waren mehrenteils von Alter ganz grau, einige waren sogar weiß befiedert, mancher hatte einen völlig kahlen Kopf, und fast alle gingen gebeugt einher, unter der Last ihrer Jahre, die, wenn man sie zusammen zählte, sich auf eine hohe Summe beliefen. Der König war weit jünger als sie alle. Als der Letztere nun das geheime Conseil eröffnete, so nahm der Erste, der Vorsitzende im Geheimen Staatsrat, als Minister-Präsident das Wort, und sprach: »Großmächtigster König und Herr! Die alten Weisen haben schon ausgesprochen, was ich zu raten mir gestatte: Wenn ein Feind dir an Macht überlegen ist, und du nicht vermagst, ihm zu widerstehen, so weiche ihm, und vermiss dich nicht mit einem eitlen und

stolzen Herzen mit ihm zu kämpfen, sonst wirst du des Schadens noch mehr von ihm erleiden, denn zuvor.«
Der König fasste den Sinn dieser Rede vollkommen wohl, äußerte seine Meinung aber nicht, sondern wendete sich an seinen zweiten Geheimrat und fragte: »Was sagest du?«
»Allergnädigster König und Herr!«, antwortete der Gefragte, »meiner ohnmaßgeblichen Meinung nach kann ich die Absicht meines geehrten Freundes, der vor mir gesprochen, nicht teilen. Sollte es wohlgetan sein, so ohne Weiteres uns als besiegt zu erklären und unsere Heimat ohne den mindesten Versuch einer Verteidigung aufzugeben? Nein, lasset uns in Eintracht bereit sein zu mannhaftem Widerstande, wehrhaft gerüstet und allewege wachsam. Hüter und Späher lasset uns aussenden, die uns alles künden, was sie vom Beginnen der Adler gewahren, und kommen sie wieder, uns feindlich anzufallen, so lasst uns ihnen tapfer entgegenziehen mit aller Macht. Vielleicht entweichen sie, wenn sie wahrnehmen, dass wir mit gleicher Münze ihnen zu zahlen bereit sind, wie sie uns. Schimpflich wäre uns Flucht mit Weibern und Kindern, und das Verlassen dieses unseres durch unsere Väter geheiligten Waldes und Wohnsitzes. Den lasst uns behaupten und verteidigen auf Tod und Leben; zu schimpflicher Flucht bleibt immer noch Zeit, wenn im Kampfe wir unterliegen.«
Schweigend hörte der König auch diesen Rat und gab dem Dritten seiner Geheimräte das Wort. Dieser erhob mit Würde sein ernst gesenktes Haupt und öffnete seinen Schnabel bedachtsam. »Allergnädigster König und Herr! Die verehrten Vorredner haben gewiss nach ihrer beiderseitigen, wenn auch entgegenstehenden Überzeugung gesprochen. Mir scheint es schwierig zu sein, gegen die Adler mit Hoffnung auf Sieg zu streiten, denn offenbar sind sie stärker, streitbarer und mächtiger, aber auch ich rate nicht schimpfliche Flucht und freiwilliges Exil an. Sende, o König, einen weisen, redekundigen Mann deines Vertrauens zu den Adlern hinüber, der ihren König als dein Gesandter in deinem Namen frage, ob er Kenntnis von dem Überfalle gehabt, was dessen Grund sei, und womit wir denselben verschuldet? Vielleicht lässt

sich das Geschehene als ein Missverständnis sühnen und auf dem Wege der Verhandlung gütlich beilegen. Vielleicht lässt sich auch von unserer Seite der Friede mir den Adlern *erkaufen*, damit wir ruhig im Schoße unserer Heimat verbleiben, denn das ist das Wort der alten Weisen: Besser ist Friede denn Krieg, und nicht schimpflich ist es, Tribut zu entrichten dem unbesiegbaren Feinde!«

Der Sprecher schwieg, und schweigend gab der König dem vierten Rate das Wort. Dieser, minder hochbetagt wie seine Vorredner, hob sein Haupt mit kühner Bewegung und sprach mit männlicher Kraft. »Keiner der verehrten Ratgeber hat ausgesprochen, was uns in Wahrheit frommen mag! Ich stimme gegen das gänzliche Aufgeben und Verlassen unseres heimatlichen Wohnsitzes, ich stimme gegen den ungleichen Kampf, der nur mit unserer schmählichen Niederlage und Knechtung enden würde, ich stimme gegen Verhandlung mit jenen nichtswürdigen Adlern, und vor allen stimme ich gegen einen Tribut, der uns ihnen gleichsam unterordnet. Mein unmaßgeblicher Rat ist, eine *Zeit lang* zu weichen, uns draußen Bundesgenossen zu werben, und dann unversehens mit Heeresmacht zurückzukehren, den Adlern zu tun, wie sie uns getan, um unsern Wohnsitz uns wieder zu gewinnen. Die alten Weisen sagten: Wer sich seinem Feinde unterwürfig macht, der hilft ihm wider sich selbst.«

Der König wiegte bedächtig sein Haupt hin und her; er fasste und wog den Sinn aller vernommenen Worte in seinen Gedanken, und winkte dem Fünften seiner Räte, zu sprechen. Dieser begann: »Meinem Bedünken nach frommt uns keiner von allen den bisher gegebenen Ratschlägen vollkommen. Ich kann zwar ebenfalls nicht dafür stimmen, gegen einen uns überlegenen Feind zu streiten. Ich fürchte die Aaren. Niemand soll seinen Feind allzu gering achten! Ich kann aber auch nicht zu schimpflicher Flucht raten, ebenso wenig zu schimpflichem Tribut, und noch minder möchte ich den Adlern die Ehre einer Gesandtschaft unsererseits angetan sehen, denn einer solchen würden sie sicherlich spotten. Die alten Weisen geben den Rat: Niemand nahe sich seinem Feinde, so er nicht eigenen Vorteil gewahrt. Mein Rat und

Vorschlag ist der, abzuwarten mit List und Vorsicht, was weiter von Seiten der Adler gegen uns vorgenommen werden will, keine Furcht zu zeigen, aber auch keine Herausforderung, keine Demütigung, aber auch keinen Übermut. Ein Weiser sieht seinen Schaden voraus, und bewahrt sich vor ihm, bevor er ihm naht. Denn unwiderruflich ist, wenn es nahe schon kam, uns das Unheil. Mit sanfter Gewalt durch List und Verstand vermeiden wir vielleicht den Krieg und die Unterjochung.«

Jetzt nahm der König fragend das Wort: »Wie meinst du das? Welche List willst du brauchen gegen die Adler? Sprich es ganz aus, was du im Sinne hast.«

Der Sprecher erwiderte: »Höre mich, mein König und Herr! Wenn ein König seine Räte befragt, die er als Weise erkannt, und welche Kenntnis von allen Dingen besitzen, so wird sein Reich wohl bestehen und seine Macht wird gemehrt und gestärkt. Verschmäht aber ein König den Rat seiner Weisen und folgt, selbst wenn es ihm an eigener Klugheit und Einsicht nicht mangelt, nur seinem eigenen Willen und Vorsatz, der wird selten ein glückhaftes Ende seiner Ratschläge sehen, und sein Reich wird nicht zur Blüte gelangen. Lasset uns unser aller Rat so lange prüfen und weislich durchdenken, bis wir das finden, was das gemeinsame Beste ist. Mein Rat ist dieser: Zum ersten, dass wir uns des Eindrucks entschlagen, den der Schreck des unvermuteten feindlichen Überfalles in unsere Herzen goss, und mit gestärktem herzhaften Gemüte Beschlüsse fassen. Zweitens, dass wir uns völlig klar werden über die Ursache des Überfalles und die Feindseligkeit der Adler gegen uns, eine Ursache, die im geschichtlichen Boden wurzelt. Ohne diese Ursache zu kennen und reiflich zu erwägen, ist unsererseits ein vernunftgemäßer Entschluss nicht möglich.«

»Aber wie sollen wir diese Ursache ergründen?«, fragte der König.

»Sie ist ergründet, ich kenne sie, mein König«, antwortete der Sprecher.

»So sage sie!«, gebot der König.

»Sie ist ein *Geheimnis*, mein königlicher Gebietet!«, entgegnete der weise Ratgeber. »Die alten Weisen gaben aber das schöne Rätsel auf:

Was ist für *einen* zu wenig, für *zwei* genügend, für *drei* zu viel? Das Geheimnis, und was ich dir zu sagen habe, ist nur für zwei Zungen und für vier Ohren tauglich. Wie weise auch mancher Herrscher sei, alles kann er doch nicht wissen, darum heißen der Herrscher vertraute Räte Geheime, dass er ihnen seine Heimlichkeit anvertraue und sie ihm hinwiederum mitteilen, was nicht ein jeder andere zu wissen braucht.«

Auf diese Worte hob der König die Sitzung seines Geheimratskollegiums auf und hieß den weisen Rat ihm in ein abgesondertes Gemach folgen, und fragte ihn dort: »Was weißt du von der Ursache des gegen uns offenbar gewordenen Hasses der Adler.«

»Die ganze Ursache wurzelt in einer *Rede*, mein König, die einmal ein Rabe gehalten hat«, antwortete der Geheimrat.

»Setze dich nieder und erzähle mir das!«, sprach der König und ließ sich ebenfalls nieder, um aufmerksam zuzuhören, und der Ratgeber erzählte.

Vom Hasen und dem Elefantenkönige

»Es kamen einmal alle Geschlechter der Vögel zusammen, gemeinsam einen neuen König zu küren, denn ihr bisheriger König war gestorben, und sie waren bereits unter sich einig, den Aar zum Könige zu wählen. Schon sollte die Wahl erfolgen und bestätigt werden, so sahe die Versammlung von Weitem den Raben geflogen kommen, der sich verspätet hatte, und da sprachen einige der Versammelten: ›Es ist gut, dass der Rabe auch kommt, auf dass wir seinen Rat ebenfalls vernehmen‹, und als der Rabe sich niederließ, sprachen sie zu ihm: ›Es ist recht, dass du kommst, dein Stimmrecht auszuüben, wie jeder von uns befugt und berufen ist; gern hören wir deine Meinung, doch sind die meisten

Stimmen für den Adler als unsern künftigen König.‹ Darauf antwortete der Rabe: ›Wenn über die Wahl bereits entschieden ist, so bleibe ich in der Minderheit und bin von vornherein überstimmt, aber dennoch gebe ich mein Nein zu diesem euern Beschluss. Und selbst wenn es keine edlen Geschlechter unter uns Vögeln mehr gäbe, keine Königsgeier, Edelfalken, Reiher und heilige Ibisse, Schwäne und Paradiesvögel, sondern nur Tauben, Spatzen, Nachteulen und Rohrdommeln und dergleichen, so würde ich dennoch nicht für den Adler als unser gemeinschaftliches Oberhaupt stimmen, denn er wird von bösen Sitten beherrscht, seine Farbe ist ein unentschiedenes geflecktes und getigertes Braun, seine Zunge trägt er verkehrt im Schnabel, schöne Reden zu halten, wie wir weise Raben, vermag er gar nicht, und doch kommt so unendlich viel darauf an, dass ein Herrscher gut zu sprechen und Reden zu halten wisse. Der Adler ist ein halber Tor – in seinem ganzen Wesen und Gebärden ist kein Adel, nicht das, was wir noble Haltung nennen. Vernunft besitzt er gar keine, desto mehr aber Grimm und Grausamkeit, jähen Zorn und gnadenlose, unbarmherzige Tyrannei. Sein ganzes Geschlecht ist von jeher übel berühmt; hat stets auf Schlimmes gesonnen und ist arglistigen, tückischen Herzens auf anderer Schaden bedacht gewesen, ist so voll Bosheit, dass ich es gar nicht auszusprechen vermag. Darum sage ich euch, wählt keinen Adler zu unserm Könige, suchet euch einen andern, wenn er auch vielleicht minder klug und scharfsichtig ist; edle Einfalt der Gemütsart ist besser als behände allüberlistende Klugheit. Denn wäre einer König, und immerhin etwas beschränkten Verstandes, wenn er weise Minister hat und fromme Räte und Beisassen, so wird sein Reich wohl bestehen, wie wir ein Beispiel haben an dem Könige der Hasen. Dieser war nicht besonders klug und weise, aber er folgte weisen Ratschlägen und das kam ihm zugute.‹

Auf diese Rede fragten alle Vögel, welche so aufmerksam zuhörten wie du jetzt mir, mein allergnädigster König und Herr«, fuhr der weise Ratgeber zu erzählen fort, »was denn der Hasenkönig getan und vorgehabt? Worauf der Rabe antwortete:

›Es war einmal ein überteures Jahr, und dabei so trocken, dass die Früchte des Landes verdorrten und alle Quellbrunnen versiegten; das fiel allen Tieren zu ertragen sehr schwer, am schwersten aber denen, welche vieler Pflanzennahrung bedürfen, folglich den größeren und größten, nämlich den Elefanten. Diese traten zusammen und klagten ihrem Könige ihre große Not und sprachen: ›Uns gebricht es täglich mehr an Wasser und Weide. Wäre es dir genehm, so wollten wir Boten aussenden, eine andere Wohnstätte zu suchen, dass wir unser Leben erhalten.‹ – ›Ich habe nichts dagegen, tut nach eurem Rat und Gefallen!‹, antwortete der Elefantenkönig. Darauf ernannten die Elefanten einen Ausschuß und schickten dessen Mitglieder aus, umher zu lugen und zu suchen, wo sich ein besserer wasserreicher Wohn- und Weideplatz böte. Davon gelangten einige in das Königreich der Hasen; das war ein lustiger Ort, mit einem Brunnen, welcher dem Monde heilig war, wie denn auch die Hasen dem Monde heilig waren vor alten Zeiten. Dort rings um den Brunnen waren die unterirdischen Höhlen der Hasen. Den ausgesandten Spähern gefiel Ort und Gelegenheit gar zu wohl, sie kehrten heim und erstatteten Bericht über den neuen Wohnsitz. Von den Hasen hatten sie nichts wahrgenommen, denn der Kleine fürchtet den Großen und die Weisen behaupten, es sei von Seiten Kleiner nicht gut Kirschen essen mit den Mächtigen. Auf die gute Botschaft hin brach das Elefantenvolk samt seinem Könige auf, und zertrampelten den armen Hasen Wohnungen, Höhlen und Ansitze in Grund und Boden samt einem Teile des zaghaften Völkleins. Da war des Jammers kein Ende, und die Hasen liefen haufenweise zu ihrem Könige und klagten ihm ihr Herzeleid, und wollten Rat und Hülfe von ihm. Aber da war guter Rat teuer und Hülfe fern, denn was vermag das schwache Häslein gegen den mächtigen Elefanten? Der Hasen-König aber berief dennoch seine Räte und sprach zu ihnen: ›Ich fühle wohl, dass ich nicht weise genug bin, meinem zertretenen Reiche zu helfen, darum ratet ihr, was uns zu tun ziemt, redlich und getreulich, mir und euch und der gesamten Hasenheit zu Nutz und Frommen.‹ Da sprach ein alter Hase, welcher weise und gelehrt war, und in großer Achtung stand: ›Wenn es dir gefällt, so sende mich, mein König, und noch einen deiner Getreuen, der meine Werbung vernehme und dir darüber berichte, zum Könige der Elefanten.‹

Der König erwiderte auf diese Rede: ›Mich will bedünken, du seiest getreu und weise genug, und ich vertraue dir sonder allen Argwohn ganz allein. Vollziehe die Sendung und melde, was du ausgerichtet. Sage auch dem Könige der Elefanten meinen Gruß, und außerdem in meinem Namen alles was dir gut dünkt, denn ein Botschafter muss wissen, wie er sich verhalte, und alles beobachten und in Anwendung bringen, was ihm nützlich erscheint.‹ – Hierauf machte sich der alte Hase in einer hellen Vollmondnacht auf und ging nach dem Mondbrunnen, doch überlegte er mit Vorsicht, dass er von zarter Leibes- und Gliederbeschaffenheit sei, und dachte der alten Sprichwörter: Wer sich mutwillig in Gefahr begibt, der kommt darin um, und wer unter die wilden Tiere geht, den zehren sie auf. Ich will diesen Berg besteigen und mit dem Elefantenkönige Zwiesprache pflegen.

Der alte Hase tat, wie er gesagt, und kam vor den Elefantenkönig und sagte zu ihm: ›An dich, großmächtigster Herr und König, sendet mich der Mond, mein nachtbeherrschender Gebieter. Höre seine Botschaft durch mich an in deiner Weisheit und lass mich nicht etwa Missfälliges entgelten, denn ein Abgesandter ist nur ein Werkzeug.‹

Der Elefantenkönig sprach: ›Sage mir an, was ist es, das der Mond wünscht und gebeut?‹, und der alte Hase erwiderte:

›Also entbietet dir durch meinen Mund der Mond: Der Mächtige, der seiner Macht vertraut, lässt sich leicht durch diese bewegen, zu streiten gegen den, der noch mächtiger und stärker ist und sein Kampfgelüst wird ihm leicht zu einem Strick um seine Füße. Du o König, lässest dir damit nicht genügen, dass du der Mächtigste und Größte bist unter allen Tieren, nein, du hast deinen Zug unternommen gegen mein armes Volk, das Volk der Hasen; hast mit den Deinen ihrer und ihrer unschuldigen Kindlein Weide zertreten, und meinen und ihren Brunnen. Tue dies nicht mehr, hebe dich mit den Deinen anderswohin von dannen, oder ich will eure Augen trübe machen, spricht der Mond, und euch von dannen bringen mit meinem grimmigen Zorn. – Und so du, o König, meinen Worten nicht glaubst, so soll ich dir des Mondes zornvolles Antlitz zeigen.‹

Da erschrak der Elefantenkönig und ging mit dem Hasen zu dem Mondbrunnen, und der Letztere ließ ihn in das Wasser sehen, und sagte: ›Schmecke mit deiner langen Nase hinab, so schmeckst du den Mond.‹ Da stieß der Elefant seinen Rüssel in den Mondbrunnen, und da bewegte sich alsbald das Wasser, und das widerspiegelte klare Antlitz des Mondes verzerrte sich. ›Siehest du – o mächtiger König!‹, rief der Hase, ›wie grimmig der Mond dich anschaut, und seinen ganzen Zorn dir verkündet durch seine Mienen über das Arge, das du ihm und seinem Volke getan!‹

Darauf sprach der Elefantenkönig: ›O Herr, der Mond! Nimmermehr will ich oder soll einer der Meinen wider dich und die Deinen sein! Gern wollen wir weichen von deinem Heiligtume.‹ Und tat also und zog ab mit den Seinen weit hinweg von dem Mondbrunnen, und die Hasen nahmen wieder Besitz und bauten ihre Wohnungen aufs Neue, und wohnen noch heute in Frieden an ihrem Orte.

›Dieses‹, sprach der zu dem Volke der Vögel redende Rabe, ›habe ich euch als ein Beispiel gesagt, dass ihr einen verständigen König euch wählt, der, wie jener König der Hasen, auf verständigen Rat achtet, und nicht stets selbstherrisch immer oben hinauswill wie der Adler, und auf der Irrigkeit eines starken Kopfes beharrt, oder der auch, weil Weisheit ihm mangelt wie dem Elefantenkönige, leicht zu überlisten ist. Es ist auch ganz gegen des gesamten Vogelreiches Satzung, dass *alle* ein gemeinsames Oberhaupt haben. Mögen die Adler einen Adler zum Könige wählen, dagegen lässt sich nichts sagen, die Geier ihren Geierkönig und die Zaunhüpferlinge ihren Zaunkönig, jedes Volk seinen eigenen, dafür sind die Geschlechter unterschieden. Was soll, um nur ein Beispiel euch zu sagen, dem Taubengeschlechte ein Adler zum Könige? Er wird seine Krallen in ihrem Blute baden und sie fressen. Wahrlich, welches Geschlecht sich einen andern Gebieter erwählt und dem falschen Fremdling vertraut, dem geschieht billig wie dem Hasen und dem Vogel, die in einer Streitsache einen unbekannten Mann über sich zum Richter erkoren.‹ ›Wie war das?‹, fragten die Vögel. – ›Ich will es, mit eurer Erlaubnis, euch vortragen‹, erwiderte der Rabe, der Sprecher in der befiederten Nationalversammlung.«

Von einem Hasen und einem Vogel

»›Ich hatte einst‹, sprach der Rabe«, so erzählte der weise Ratgeber des Rabenköniges – »zu den aufhorchend um ihn versammelten Vögeln: ›einen guten Freund, auch einen Vogel; sein Name gehört nicht zur Sache. Derselbe hatte die Gewohnheit, wenn er sein Nest verließ, das in der Nachbarschaft des meinen in einer Felskluft sich befand, oft sehr lange wegzubleiben, sodass ich manches Mal glaubte, er sei in der Fremde verunglückt oder gestorben, oder gefangen, oder habe sich anderswo häuslich niedergelassen. Da geschah es, dass ein Hase jene Felskluft fand, und in ihr das weiche warme Vogelnest, und sich hinein bettete. Ich hielt nicht für weise, mich in fremde Angelegenheiten zu mischen, und gedachte bei mir, weshalb solltest du dem Hasen die Wohnung wehren, da doch vielleicht der Vogel nicht wiederkehrt? Auf einmal vernahm ich ein Gezänk unter mir, denn der Baum, welcher mein Nest trug, stand dicht neben dem Felsen. Mein Nachbar, der Vogel, war wieder da, saß außen vor dem Felsloche und kreischte: ›Das ist mein Nest! Packe dich gleich heraus!‹ Drinnen aber saß der Hase und rief: ›Ich bin im Besitze dieser Wohnung und schon eine geraume Zeit. Da könnte jeder kommen, dem sie anstünde, und könnte sagen: Ziehe aus!‹

›Du bist ein ehrvergessener, schlechter Hase!‹, schrie der Vogel. ›Ein Räuber bist du! Das Nest ist mein und du wirst es räumen!‹

›Nein – ich werde es nicht räumen!‹, erwiderte der Hase. ›Schimpfe und schwatze du so viel du willst! Glaubst du eine gerechte Sache zu haben, so verklage mich! Vor dem Richter will ich dir Rede stehen, hier aber nicht.‹

Hierauf verwahrte der Hase seine Türe und zog sich in das Innere der Felskluft zurück.

Eine Zeit darauf kam der Vogel wieder und sagte zum Hasen: ›Ich weiß einen frommen, redlichen Alten, der soll Recht sprechen zwischen dir und mir! Folge mir zu ihm.‹ – ›Wer ist es? Wie heißt er?‹, fragte der Hase. – ›Ich habe ihn noch nicht gesprochen‹, antwortete der Vogel. ›Er lebt noch nicht lange in dieser Gegend, er ist ein frommer Einsiedler, welcher den ganzen Tag fastet und betet, und voll ehrbaren Wesens sich zeigt. Er soll früher ein Maushund gewesen sein, hat sich aber längst der Katzennatur abgetan, und aller Üppigkeit der Welt, allen schnöden Mäusefraßes. Er vergießt kein Blut, nährt sich von Wurzeln, Gras und Kräutern, sein Getränk ist nur klares Wasser. Er wird ganz gewiss unparteiisch über uns Urteil sprechen.‹

›Eine Katze? Ein alter Maushund?‹, fragte misstrauisch der Hase. ›Dem traue ich nicht sonderlich. Das Sprichwort sagt: Die Katze lässt das Mausen nicht.‹

Aber der Vogel hörte nicht auf, in den Hasen zu dringen, bis dieser mit ihm ging. Ich folgte von ferne nach, zu sehen, wie das ablaufen werde. Die Katze, eigentlich ein großer wilder Kater, saß, wie ich von Weitem sah, vor ihrer Wohnung und sonnte sich, dehnte sich behaglich aus, beleckte sich die Pfoten und strich den Bart, plötzlich, wie sie den Vogel und den Hasen kommen sah, huschte sie in ihr Gemach, und als die beiden Gefährten zu ihr eintraten, fanden sie dieselbe in ein härenes Büßergewand gehüllt, in betender Stellung auf den Knien liegen. Da gewann auch der Hase Zutrauen und freute sich, einen so heiligen Mann kennen zu lernen, und nun entschuldigten beide um die Wette die Störung in der Andacht, und baten, ihrem Anliegen ein geneigtes Ohr zu leihen.

›Liebe Freunde!‹, sprach der Maushund mit leiser und heiserer Stimme, indem er die Augen frömmelnd verdrehte, ›ich bin alt, meine Augen sind trübe und dunkel, um mein Gehör stehet es sehr übel, gebet nahe herzu, und redet recht laut, dass ich ja alles richtig vernehme.‹

Nun erzählten Vogel und Hase, wie sie miteinander ob des von einem verlassenen, vom andern in Besitz genommenen Nestes in Streit und Hader gekommen, und sich dahin vereinigt, sich seinem unparteiischen Urteilsspruche zu unterwerfen. Als sie beiderseits schwiegen, sprach der wilde Maushund wieder ganz heiser: ›Hab euch wohl verstanden, liebe Kinder, wohl verstanden. Ich will euch gut beraten und euch weisen die Wege der Gerechtigkeit. Oh, dass mich der Himmel erleuchte, ein rechtes und richtiges Urteil in dieser eurer so überaus wichtigen Sache zu fällen, und in diesem schwierigen Falle die Wahrheit zu finden! Denn besser ist es, eine Sache geht verloren durch die Beleuchtung mit der Fackel der Wahrheit, als dass sie durch Lug und Trug und Unwahrheit fälschlich gewonnen werde. Ach – ach! Was haben wir denn hienieden? Keine bleibende Stätte! Nur das eine nehmen wir mit hinüber in die zukünftige Welt, die Werke, die wir vollbracht haben zu unserer Seelen Heil oder zur Verdammnis. Gönnte doch ein jeglicher seinem Nächsten hienieden Gutes! Tretet getrost näher, liebe Kinder, und ruhet euch aus, derweil ich im Gebet um Erleuchtung in eurer Sache flehe.‹

Hase und Vogel vertrauten diesen heuchlerischen Worten des falschen heimtückischen wilden Katers, ich aber, der ich nahe geflogen war, und jedes Wort vernommen hatte, hörte nur noch, wie die Katze ihre Türe zuwarf, und wie der Vogel drinnen jämmerlich schrie. Das ungetreue Tier hatte Vogel und Hasen erwürgt, verspeiste beide, und bezog dann jene verlassene Wohnung, welche besser gelegen und eingerichtet war, als die armselige des Maushundes, worauf ich alsbald von dort auswanderte.

Sehet hier ein Beispiel wie blindes Vertrauen, das man auf unbekannte Leute setzt, die sich, gleich den Adlern, uns durch ihre Arglist und Bosheit nähern, sich bestraft. Der Adler ist unter den Vögeln gerade das, was der Wolf unter den vierfüßigen Tieren. Und ich bleibe dabei, und wiederhole es euch dringend und warnend, ja warnend: wählt nimmer den Adler zum König!«

»Mit erhobener Stimme«, fuhr der alte Geheimrat Rabe dem Könige, seinem Herrn, zu erzählen fort, »endete der gewandte Volksredner seinen Vortrag, und was war die Folge? Kein Vogel wollte nun den Adler zum Könige haben, es wurde nichts aus der ganzen Königswahl, die Rednergabe des Raben feierte einen glänzenden Sieg, wenig fehlte, so hätte man *ihn* zum Könige ausgerufen.«

»Und was sagte der Adler dazu?«, fragte der König.

»Das soll mein gnädigster König und Herr sogleich erfahren«, erwiderte der Geheimrat. »Der Adler sprach zum Raben: ›Sprich Rabe, was habe ich dir jemals zu Leide getan? Aus welchem Grunde wälzest du so viele Schmach auf mich? Nie habe ich etwas wider dich verschuldet, und du mit deinen giftigen und verleumderischen Worten raubst mir heute eine herrliche Krone, die ich schon nahe ob meinem Haupte schweben fühlte! Aber bei aller Wahrheit schwöre ich dir heilig und teuer, du Lästerredner: ein Baum, in den ein Mensch mit der Axt haut, wächst wieder zusammen, und eine Schwertwunde durch Fleisch und Bein mag wieder heilen. Aber die Wunden, welche die Zunge schlägt, die heilen nicht, und ihr Schade gewinnt kein Ende. Deine Worte sind mir ein glühendes Schwert, das mir immerdar im Fleische wütet. Feuer mag durch Wasser gelöscht werden, und der Brand des Haders durch Schweigen; der Schlangen Giftbiss heilt durch Theriak, und die Wunde der Traurigkeit durch Hoffnung. Aber das Feuer der Feindschaft, in das die Zunge Öl gießt, das brennt sonder Ende. Heute hast du, o weiser Redner Rabe, einen Dornbusch gepflanzt zwischen dein Geschlecht und mein Geschlecht, der soll dauern und grünen von Welt zu Welt, bei unserm und unserer Kinder und spätesten Enkel Leben, und soll euch die bitterste Frucht des Hasses tragen! Das sei dir zugeschworen bei Jovis Blitzen!‹

Als die Vögel die Zornworte des Adlers vernahmen, erschraken sie, und hoben ihre Schwingen, und flogen davon nach allen vier Winden, und der Adler flog auch davon, und keiner sagte weiter ein Wort, und nur der Rabe saß einsam und verlassen auf dem Steine, der ihm als Rednerkanzel gedient hatte, und wurde sehr nachdenklich und sprach zu sich selber: Nun habe ich auch geredet. Weiser wäre gewesen, wenn ich geschwiegen hätte. Die alten Weisen sagten: Reden ist Silber, Schweigen ist Gold. Jetzt habe ich durch meine Warnung mir und meinem Geschlechte der Aaren ewigen Hass heraufbeschworen. Der Adler hat mich mit Machtworten niedergeschmettert, und keiner der andern Vogel hat auch nur den Schnabel aufgetan, das Wort für mich zu nehmen, trotz ihrem vorherigen tollen Zujauchzen. Sie waren klug, sie haben das Gold des Schweigens gefunden; sie haben nicht Neigung gehabt, ihre Zungen zu verbrennen, wie ich getan, ich alter Narr und alberner Schwätzer. Jene gedachten der Zukunft, ich hatte nur die Gegenwart im Auge. Stütze sich doch kein weiser Mann auf seine Weisheit, und kein Starker auf seine Stärke, und belade sich nicht, um andern zu nützen, mit Feindschaft, sonst ist er der Tor, der Gift genießt, um hernach dessen Wirkungen mit Theriak zu hintertreiben; solches Tun kann leicht fehlschlagen. Für den unweisesten und allerdümmsten aller Vögel muss ich mich von heute an und immerdar selbst halten. Konnte ich nicht dessen eingedenk sein, was die alten Weisen sagten: das ist der schädlichste Verlust, den sich einer durch Worte zuzieht – bevor ich mit meinem dummen Schnabel die ewige Feindschaft der Adler gegen mein Geschlecht entzündete!

So klagte der Rabe, und nahm sich seine unweise Rede dermaßen zu Herzen, dass er bald darauf erkrankte und starb.

»Siehe, mein König«, endete der Geheimrat seine Mitteilung, »das ist die Ursache des Adlerhasses gegen uns.«

»O wehe!«, seufzte der König: »Wollte der Himmel, dass jener unweise Rabe nie aus dem Ei gekrochen wäre, statt uns in diese Not zu bringen. Jetzt werden uns noch die Zähne von den sauern Träublein stumpf, die unsere Väter gegessen haben. Aber nun rede weiter, – was soll es werden, was sollen wir tun?«

Von einem Einsiedel und drei Gaunern

»Ein kluger Mann vollbringt durch Einsicht und überlegten Entschluss, was manchem stärkeren misslingt!«, sagte der weise Rabe, des Rabenkönigs Ratgeber, zu diesem Letzteren. »Ich muss dabei jener Gauner gedenken, die mit ihrer List und Schlauheit einen Einsiedel also täuschten, dass er das nicht mehr glaubte, was doch seine Augen sahen.«

»Wie geschahe das?«, fragte der König, und der Rabe antwortete:

»Es war einmal ein Einsiedel, der ging und kaufte sich eine Geiß, sie bei seiner Hütte zu halten und ihre Milch zu genießen. Das sahen von Weitem drei Diebe und besprachen sich untereinander, wie sie sonder Gewalt den Waldbruder um die Geiß betrügen möchten. Sie verteilten sich alsbald so, dass einer nach dem andern dem Einsiedel begegnete, in kurzen Fristen hintereinander. Der Erste, welcher zu ihm kam, bot ihm die Zeit, und sagte spöttisch: ›Waldbruder! Ihr sorget Euch gewiss, dass die Diebe Euch Eure Schätze stehlen wollen, weil Ihr Euch einen Hund gekauft habt. Was wollt Ihr mit dem Hunde tun?‹ – ›Es ist kein Hund, es ist eine Ziege!‹, sagte der Einsiedel gelassen, aber jener behauptete steif und fest, es sei ein Hund, bis der zweite Gauner hinzukam, und auch grüßte, und ebenfalls fragte, was der fromme Waldbruder mit dem Hunde tun wolle? ›Ein heiliger Mann‹, sagte er, ›muss sich nicht mit einem so unreinen Tiere befassen; ich täte mich seiner sicherlich und ohne Säumen ab. Eines Hundes Gebell stört Gebet und Andacht, und nirgend steht geschrieben, dass die heiligen Apostel Hunde geführt oder sich gar mit solchem Getier getragen hätten!‹

Jetzt kam der dritte Schalk hinzu, als jene drei noch über den vorgeblichen Hund stritten, und sprach: ›Aha! Ihr habt hier einen Hundehandel! Was soll der Köter gelten? Ich suche just ein solches Vieh zu kaufen.‹

Jetzt glaubte der Einsiedel allen Ernstes, seine Geiß sei ein Hund, und der sie ihm verkauft, habe ihn betrogen, und da warf er im Zorn die

Geiß hin, und eilte von dannen, seiner Klause zu, wo er sich wusch und säuberte. Die drei Gauner aber nahmen die Geiß, trugen sie heim, schlachteten und brieten sie, und ließen sich den Braten gut schmecken, indem sie des Einsiedels Einfalt noch lange belachten.

»Dieses sagte ich dir, mein König«, fuhr der weise Rabe fort, »auf dass du erwägest, dass, wie klug und mächtig auch die Adler sind, wir mit List und Schlauheit uns ihrer dennoch entledigen können.

Und nun, o König, sage ich dir erst mein eigentliches Geheimnis, denn die Ursache der Feindschaft zwischen den Adlern und den Raben ist vielen kundig und von unserer Väter Überlieferung her noch manchem Alten im Gedächtnis. Mein Rat, den ich dir jetzt gebe, muss zwischen dir und mir das tiefste Geheimnis bleiben. Erstens überschütte mich vor den andern mit der scheinbaren Zornschale deiner Ungnade; tue, als habe ich dir falschen und böslichen Rat gegeben, hacke auf mich vor dem ganzen Hofhalte, verwunde mich und lass mich auf der Erde liegen, dann erhebe dich mit deinem gesamten Volke, flieget von dannen so weit, dass man keinen Raben mehr ringsum erblicke, und haltet euch an einem andern Orte so lange still, bis ich wieder zu dir zurückkehre, und dir gute Botschaft ansage.«

Diesen Rat befolgte der König der Raben. Und als die Kundschafter der Adler wahrgenommen, dass das Volk der Raben samt seinem Könige sich von dannen gehoben, so kamen sie in Scharen samt ihrem Könige nach dem Rabenwalde und zerstörten der Raben Nester, und einer unter ihnen sah den verwundeten Raben unter einem Baume liegen und flog zu ihm nieder.

Der listige Rabe

Der Adler, welcher zu dem am Boden scheinbar elend da liegenden Raben flog, fragte nun diesen alsbald: »Wer bist du? Wie kommst du hierher? Wohin sind deine Brüder gezogen?«

Mit matter Stimme antwortete der Rabe: »Was quälst du mich mit Fragen? Siehst du nicht meinen elenden Zustand? Lass mich ruhig liegen und sterben! Ich vermag dir nichts zu sagen, könnte ich aber ein Wort mit deinem Könige reden, so würde ihm daraus kein Schade entspringen.« Da rief der Adler den Adlerkönig herbei, und als der Letztere den Raben erblickte, sprach er: »Diesen kenne ich wohl! Er ist des Rabenkönigs vertrauter Geheimrat, und ein Abkömmling jenes elenden Schwätzers, der meinen Ahnherrn um die allgemeine Reichskrone des gesamten Geflügels brachte. Mich wundert äußerst, dass wir ihn in solcher Lage finden.«

Darauf fragte der Aarenkönig den alten Raben: »Was hat denn dich in solche Widerwärtigkeit gebracht?« – »Ach, großmächtiger Herr und König!«, antwortete der Rabe: »Böser Rat und närrisches Verständnis!«

»Wieso?«, fragten die Adler – und jener antwortete: »Nachdem ihr den Raben also tatet, wie ihr getan, und viele getötet, berief unser König seinen geheimen Rat, und fragte uns, seine Ratgeber, ob er wider euch streiten solle? Da sprach ich: ›Mich bedünket mitnichten, gegen die edlen Aaren zu streiten, denn sie sind mächtiger wie wir, und frischeren Herzens. Mein Rat ist, uns mit ihnen zu vertragen, Ruhe und Frieden zu halten, ihnen vielmehr, statt ihnen uns widerspenstig zu zeigen, einen jährlichen Tribut zu entrichten, in ihren Schutz uns zu begeben‹ – da kam ich aber sehr übel an, denn alle anderen Räte rieten unserem Könige, gegen euch zu streiten und zu kämpfen auf Tod und Leben, es falle wohl oder übel aus. Ich blieb dagegen fest auf meiner Meinung und rief: ›Niemand wird leichter von seines Feindes Hand erlöset, als wer sich ihm unterwürfig macht. Sehet die Saat auf dem Felde und die

Halme der Wiesengräser, wie sie sich beugen vor dem Winde. Dem hohen und harten Baum bricht der Wind die Krone ab, weil der Baum sich bedünken lässt, er dürfe nicht weichen und wanken, aber das schlanke schwache Rohr bleibt ungebrochen, weil es Demut gelernt hat. Demut schützt vor Wehmut!‹ Als ich so redete, schrien alle, die mich hörten: ›Du bist ein treuloser Ratgeber! Du hältst zur Schar unserer Feinde! Du förderst unsern Verlust, um dir drüben Gunst zu machen, du ehrloser Verräter, der du bist!‹ – und fielen über mich her und schlugen mich, bissen mich, kratzten mich und traten mich mit Füßen, sodass ich halb tot hier liegen blieb und mich nur wundert, dass ich noch atme.«

Auf diese Rede wandte sich der Adlerkönig an seinen ersten Geheimrat mit der Frage: »Was bedünket dich, dass wir mit diesem Raben beginnen sollen?«

»Nichts, mein König«, antwortete der Premier, »bedünket mich, als dass wir diesen Raben alsobald erwürgen, denn er ist ungleich klüger als wir, er ist einer der Listigsten und Verschlagensten unter dem ganzen Rabengeschlechte; mit seiner Vertilgung bereiten wir dem Rabenkönige und den Raben den empfindlichsten Verlust, und uns ungleich größere Sicherheit, denn jene haben keinen Zweiten, der ihnen so wohlüberdachten, klugen und schlauen Rat zu ersinnen vermöchte, wie eben dieser. Die alten Weisen sagten: Wem Gott etwas Großes und Gutes in die Hand gibt, und er verliert es, der findet es selten wieder, und wer einen Feind hat, den das Glück ihm in die Hand sendet, und er achtet das nicht, und lässt den Feind wieder entgehen, der ist ein Tor, dem alle Weisheit der Welt nicht frommen mag.«

»Was meinst du?«, fragte auf diese Rede der Adlerkönig seinen zweiten Geheimrat. Dieser Letztere war minder mordsüchtig und sagte: »Mein Rat ist, dass du den Raben nicht töten lässt. Es ziemet, dem Demütigen und Hülflosen Barmherzigkeit zu erzeigen. Ist dieser Rabe auch unser Feind, so ist er doch zugleich unser wehrloser Gefangener. Wir haben ihn nicht im Streite gegen uns ergriffen, sein Unglück hat ihn in unsere Hand und Macht gegeben. Mancher fand Hülfe von seinem

Feind, die der Freund ihm versagte, und ward damit des Feindes Freund und des Freundes Feind.«

»Was sagst du dazu?«, fragte nun der Adler seinen dritten Geheimrat, und dieser erwiderte: »Auch ich, mein allergnädigster König und Herr, kann nicht für die Tötung dieses, unseres Gefangenen stimmen, vielmehr wäre mein Rat, guten Nutzen von ihm zu ziehen. Seine Freunde und sein König haben ihn misshandelt und schmählich in seiner Not ihn verlassen. Er kann uns und wird es auch, alle Heimlichkeit unserer Feinde offenbaren, und das kann uns nur zugute kommen, wenn einer unserer Feinde gegen die seinen steht. Seine Feinde zu entzweien und dann über sie zu triumphieren, haben die alten Weisen für die beste Kunst zu kriegen und zu herrschen erklärt, wie es ging mit dem Dieb, dem Teufel und dem Einsiedel.«

»Wie war denn das?«, fragte der Adlerkönig, und sein dritter Geheimrat erzählte das nachfolgende Märchen.

Der Dieb und der Teufel

»Es war einmal ein Einsiedler, dem schenkte ein frommer Mann aus Barmherzigkeit und um Gottes Willen eine Kuh. Ein Dieb erfuhr das und gedachte, diese Kuh sich anzueignen. Als er zur Nachtzeit sich auf den Weg machte nach der Klause des Einsiedlers, welcher einige Pilgrime bei sich beherbergte, was dem Dieb ebenfalls bekannt war, stieß er auf einen Mann, welcher auf dem gleichen Wege auf und ab ging. Der Dieb vermutete, es möge ein andrer Dieb sein, der dieselbe Absicht habe wie er, und fragte: ›Wer bist du? Was hast du hier zu schaffen? Was führst du im Schilde?‹ Darauf antwortete jener: ›Wenn du es wissen musst, will ich dir es sagen. Ich bin der Teufel und will dem Einsiedel in dieser Nacht das Genick brechen, denn ich hasse ihn schon lange, und habe nun heute endlich Macht über ihn gewonnen, denn er beherbergt in heutiger Nacht einen Missetäter. Darum warte ich nur hier, bis dieser mit seinen Gefährten sich schlafen gelegt habe. Und was suchst du hier?‹ – ›Ich?‹, fragte der Dieb. ›Ich habe es nicht so schlimm im Sinne, wie du. Solche schwarze Pläne hege ich keineswegs. Ich will dem Einsiedel nur aus Mitleid eine Kuh wegführen, denn ihr Gebrüll stört die Andacht des frommen Mannes, auch weiß er nicht mit einer Kuh umzugehen, und sie könnte ihn mit ihren Hörnern schädigen.‹

Nun gingen der Dieb und der Teufel miteinander nach der Klause des Einsiedels, welcher seine Kuh angebunden, und sich zur Ruhe niedergelegt hatte. Jetzt dachte der Dieb bei sich selbst, du musst eilen, dass du erst die Kuh gewinnst, denn wenn der Teufel an den Einsiedel kommt, und ihn erwürgen will, so wird derselbe aufwachen und schreien, davon werden die Pilgrime ebenfalls aufwachen, ihm zu helfen gedenken, und dann finden und fahen sie zuletzt dich. Darum besser ist besser – erst die Kuh, dann den Hals. Sprach daher zu dem Teufel: ›Höre und halte einmal. Lass mich erst meine Kuh holen, hernach mache mit dem Einsiedel was du willst.‹ – ›Mitnichten!‹, sprach der Teufel. ›Erst erwürge ich ihn, dann nimm du dir, was dir gefällt.‹

›Nicht also!‹, widersprach der Dieb. ›Ich muss zuerst in die Klause.‹

›Wagst du mir Trotz zu bieten?‹, zischte der Teufel leise und rollte seine glühenden Augen wild im Kopfe.

›Ich habe mich noch nie vor einem dummen Teufel gefürchtet!‹, antwortete der Dieb. Darauf krallte ihm der Teufel nach dem Halse – und da schrie der Dieb: Mordjo! Mordjo! Einsiedel! Holla! Der Teufel will uns an den Kragen! Hülfe! Hülfe!‹ – Indem so erwachte der Einsiedel aus dem Schlafe und die Pilgrimme wachten auch auf, und der Einsiedel eilte aus der Klause mit einem Kruzifix – vor diesem entwich spornstreichs der Teufel und die Pilgrimme hatten ihre harten und langen Stecken, vor diesen fürchtete sich der Dieb und lief was er laufen konnte. So rettete der Einsiedel seinen Hals und seine Kuh, weil sich seine beiden Feinde entzweit hatten. Darum ist das ein weiser

Mann, der seiner Feinde Zwietracht nützt und sie ausbeutet zu seinem Vorteil.«

Auf diese Rede des dritten Rates des Adlerköniges hub der erste Rat wieder an zu sprechen: »Traue, o König, nicht diesem Redner und seinen glatten Worten, wenn du nicht dich selbst, und alles was dein ist, verlieren willst. Folge meinem Rat, und lasse diesen Raben töten, denn ich befahre, dass wenn er am Leben und bei uns bleibt, so wird unser Ende ein schmähliches sein. Ein vernünftiger Mann lässt sich mit Worten nicht betrügen, wenn ihm Gott seinen Feind in die Hand gibt. Ein Unweiser aber wird mit schmeichelnden Worten getäuscht und betrogen. Glaube doch ja nicht den Worten des wunden Raben, denn in ihm ist keine Treue, er stammt aus einem falschen diebischen Geschlechte. Bis jetzt haben die Raben uns noch nicht überlistet, was aber weiter geschehen wird, und ob dieses Raben Gesellschaft uns nützlich und förderlich sein wird, lässt sich nicht voraussehen, ich aber bezweifle äußerst, dass er sich hier habe zu unserm Heil oder Vorteil finden lassen. Ich wiederhole meinen Rat: Tötet ihn! Ihr wisst, dass ich die Raben nie gefürchtet habe, aber dieser erweckt mir ein ahnungsvolles Bangen, dass er uns allen Unheil brüten werde.«

Der Adlerkönig hörte diese Worte an, aber er fühlte sein Herz von königlicher Großmut schwellen, und wollte auch zeigen, dass er herrsche und dass seine Räte nicht Reichsregenten seien, obschon das zu sein, mancher vielleicht sich einbildete, darum sprach er: »Ich gebe dem Unglücklichen Gnade, er soll leben. Man warte und pflege seiner wohl und heile seine Wunden.«

Mit Schmerz schwieg der treue Warner des Adlerkönigs, und dachte sein Teil. Der Rabe aber, der mit hoher Einsicht begabt war, und der Rede so mächtig wie sein Ahnherr, aber besser wie dieser, geübt in der Kunst, zu rechter Zeit zu reden und zu rechter Zeit zu schweigen, machte sich bald Gunst und Gönnerschaft am Hofe des Königs, und am meisten bei diesem selbst. Gar manche schöne Mär wusste er zu erzählen, die zur Lehre wie zur Erheiterung diente; er wusste fein zu scherzen und anmutig zu huldigen. Er durfte des Adlerköniges jungen Prinzen und Prinzessinnen Unterricht erteilen und ihnen Vorträge halten, der König ernannte ihn zum Kammerherrn, und hatte ihn stetig gern um sich. Dafür versicherte der Rabe dem Könige unausgesetzt seine Treue, und seinen Hass gegen die Raben, und in einer Versammlung sprach er laut aus: »Wollte Gott, dass ich zu einem Aaren werden könnte, müsste ich die Wandlung selbst, dem Vogel Phönix gleich, mit dem schmerzenden Flammentode erkaufen! Wie wollte ich mich dann an meinen Feinden rächen, und meine Rache in ihrem Blute kühlen!« – Da sprach der alte, strenge, erste Rat des Adlerkönigs: »O du Gleisner! Du herber Essig in unserm goldenen Becher! Und wenn du dich tausendmal selbst verbrenntest, und ein anderer Vogel – wäre dies möglich – aus dir würde, so würde es doch immer wieder ein hässlicher, falscher, tückischer Rabe werden, wie es jener Maus erging, von der ein Märlein aus India meldet.« Auf diese Rede begehrten die Aaren das Märlein zu hören, und der scharfsichtige Adler erzählte.

Die verwandelte Maus

»Es war einmal ein frommer Mann, der diente der Gottheit betend und büßend in einer Wildnis, und Gott war ihm ob seiner Frömmigkeit und fleckenlosen Tugend also gnädig, dass er jeden Wunsch des Büßers erhörte und erfüllte. Einst saß der Fromme am Strande eines Baches, versunken in andächtige Gedanken, da flog ein Sperber über ihn hin, der hatte ein Mäuslein gefangen, das er noch in den Krallen trug, das Mäuslein aber zappelte und entfiel dem Sperber und fiel herab in des frommen Mannes Schoß. Da erbarmte sich der Fromme des Mäusleins, band es lind in ein Tüchlein und trug es nach seinem Hause, um es allda zu pflegen und aufzuziehen. Da gedachte er aber, dass seine Diener daran einen Anstoß nehmen würden, dass er, der reine Mann, mit einem unreinen Tiere sich abgehe, und würden sich scheuen, und da bat er Gott, das Mäuslein doch lieber in ein Maidlein zu verwandeln. Und siehe, Gott erhörte die Bitte, und verwandelte alsbald das Mäuslein in ein schönes Maidlein. Das führte nun der Fromme fröhlich in sein Haus, und erzog es, und hatte an ihm sein väterliches Wohlgefallen, und seine Diener glaubten, ihr Gebieter habe es in der Wildnis gefunden, oder es sei ihm von Anverwandten übergeben worden. Da nun das Maidlein, das als des Frommen Tochter galt, herangewachsen war, so gedachte er daran, es an einen guten Mann zu verheiraten, und fragte die Maid, ob sie Neigung habe, zu heiraten, und was für einen Mann sie sich wünsche? Die Maid aber trug hohen und herrischen Sinn, und antwortete: ›Ja – aber nur den höchsten Herrscher!‹

Der Pflegevater erwiderte darauf: ›Der höchste Herrscher, mein Kind, das ist der mächtige Sol; er beherrscht die ganze Welt, erleuchtet und durchwärmt sie mit seinen Strahlen, ich will ihn bitten, sich mit dir zu verbinden; dann wird man dich Frau Sonne nennen.‹ – Der Fromme läuterte sich durch Gebet und Abwaschung, und trug dem Sol sein Anliegen vor; dieser aber sprach: ›Gern gehorchte ich dir, dem die Gottheit jeden Wunsch erfüllt, o frommer Büßer! Aber der Mächtigste bin ich nicht. Siehe, der Lenker der Wolken ist mächtiger denn ich; ein Hauch von ihm wird zur Wolke, die meinem Schein mir nimmt, dass es finster wird auf der Erde.‹ Da ging der Büßer bis an das Meeres Ufer, aus dem die Wolken sich emporheben, und bat deren mächtigen Lenker, wie er den Sol gebeten hatte. Da hob sich auf seinem Wolkenthrone der Wolkenlenker aus des Meeres Schoße aufsteigend wie ein großer Rauch empor und sprach: ›O du Frommer und Gottseliger! Wohl hat mir die Gottheit mehr Gewalt gegeben, als selbst den Engeln in seinem Himmel, aber einer ist doch, der mächtiger ist als ich bin. Das ist der Vater der Winde. Wenn er sich erhebt und stark haucht, so fahren meine Gewölke auseinander und verschwimmen in ein wesenloses Nichts, oder fliegen und fliehen vor ihm und seinem Grimme von einem Ende der Welt zum andern, und ich bin nichts gegen ihn, und vermag ihm nicht zu widerstehen.‹

Da machte sich der Büßer auf zum Vater der Winde, der in einer großen und weiten Berghöhle wohnte, in der er die Winde verschlossen hielt, und nur zu Zeiten einem oder dem andern zu wehen gestattete – und trug nun diesem seine Bitte vor. Aber auch der Vater der Winde erklärte, dass er sich nicht für den mächtigsten Herrscher erachten könne. ›Siehe du Frommer, Reiner, Makelloser‹, sprach er, ›diesen mächtigen *Berg*, wie er da steht in stolzer Ruhe! Mag ich mit alle den meinen sausen und brausen, so stark wir immer können und wollen, er bleibt unerschüttert, weicht und wankt nicht vor meinem Grimm, darum ist er mächtiger als ich, und darum wende dich an ihn.‹

Darauf wandte sich der gläubige Büßer an den Berg, und trug diesem seinen Wunsch vor, und der Berg sprach: ›Du nennst mich den Mächtigsten, und es ist wohl wahr, ich bin groß und mächtig, die Sonne dient mir und lässt meinen Scheitel grünen, die Wolken müssen meine Wiesen und Wälder mit Tau und Regen tränken, der Wind fächelt mich, wie ein Sklave sein Gebieter, aber der Mächtigste ist doch nur der, der nichts erdulden muss. Ich will dir jemand zeigen, der mächtiger ist als ich, denn ich muss ihn dulden, ich mag nun wollen oder nicht wollen.‹

›Wer wäre das?‹, fragte ganz verwundert der Büßer. ›Es ist‹, sprach der Berg, ›ein winzig kleines, graues Männchen, das wühlt in mir und gräbt, und baut sich Wohnung und Gemächer, und fragt mich nicht, ob ich's ihm gestatte.‹

›Was wäre das für ein winzig kleines graues Männchen?‹, fragte der Fromme. – ›Es ist die Maus!‹, antwortete der Berg. – Hierauf wendete sich jener mit seinem Wunsch und Antrag an den Mausmann und dieser antwortete: ›Ich bin der, von dem der Berg gezeuget hat. Kann ich aber, auch wenn ich wollte, ein Menschenmaidlein freien, und in meine niedere Wohnung führen? Darüber ersinne du selbst dir weisen Rat, Gottseliger!‹ – Nun ging der Einsiedel wiederum zu seiner Tochter und sprach zu ihr: ›Ich habe dir lange den Mächtigsten zum Manne gesucht, willst du diesen, so muss ich von der Gottheit erflehen, dass sie dich wieder zu einer Maus werden lässet, welche du vordem schon einmal gewesen bist, dann kann dein Wille in Erfüllung gehen.‹ Und da die Tochter auf ihrem Sinne beharrte, weil ihr ihr Pfleger darlegte, wie immer ein Mächtiger ihn an einen noch Mächtigeren gewiesen, so wurde sie auf sein Flehen wieder in eine Maus verwandelt und dem Mausmännlein zum Gemahl gegeben, denn gleich und gleich gesellt sich gern, was zum Heller geschlagen ist, wird kein Taler, und aus einem verräterischen Raben wird nimmermehr ein Phönix, wenn er sich auch, gleich diesem Wundervogel, verbrennte. Aber wohlan, lasse dich verbrennen, Verräter, und lass uns schauen, was aus deiner Asche emporsteigt.«

Der Adlerkönig und seine Umgebung hörten diese Rede nicht ohne ernste Erwägung an, und mehrere teilten die Meinung des treuen Ratgebers, der Rabe aber spottete fein über seinen heftigen Gegner und sagte:

»Trage doch Holz, du Edler, zu meinem Scheiterhaufen! Schichte ihn empor aus Adlerfarrn, und fache die Funken mit deinen eigenen Fittigen zu heller Flamme an. Du trägst dann unsterblichen Ruhm davon, und man wird dich als Rabentöter noch lange in Heldenliedern verherrlichen.«

»Du sollst nicht brennen!«, sprach der Adlerkönig, »weder dass du unser einer werdest, denn wir haben allein Macht genug, dich an deinen und unsern Feinden zu rächen, noch dass wir uns an dir rächen wollen. Haltet Friede!«

Der Raben Arglist und Rache

Lange lebte am Hofe des Adlerkönigs der alte Rabe; er wurde Mitglied des geheimen Kabinetts und vernahm alle Beschlüsse der Adler gegen die Raben, und erlauschte alle Heimlichkeiten der Ersteren. Der erste Rat des Adlerkönigs aber schied von seinem Posten; er nahm seine Entlassung, denn, sagte er: »Wem nicht zu raten ist, dem ist nicht zu helfen. Wer mit sehenden Augen blind sein will, der sei es. Ich habe gesprochen und gewarnt in aller Treue und habe meine Seele bewahrt. O betörter König, leichtgläubiger König! Wie wirst du meiner Warnung gedenken, wann es zu spät ist!« Und schied ab, und flog in ein fernes Gebirge, um auf einem stillen Landsitze weit vom Königshofe und von dessen Unruhe seine Tage friedlich zu beschließen.

Der Rabenkönig harrte still und lange seines Getreuen, während seine Umgebung diesen längst tot glaubte, denn der König hütete sein Geheimnis sorglich vor allen, und ließ selbst seinem Vertrautesten nichts davon ahnen. Da kam eines Abends der Rabe geflogen, und alle erstaunten und verwunderten sich hoch, und wussten nicht, ob sie ihren Augen trauen sollten, dass ihn der König, der ihn vor aller Augen mit Ungnade überhäuft und ihn sogar tätlich misshandelt hatte, so freundschaftlich, ja selbst herzlich empfing.

Der alte weise Rabe aber sprach zu seinem Könige: »Ich bringe gute Botschaft und verkündige Sieg und Freude! Der Himmel gibt unsere Feinde in unsere Hand. Die Adler haben jetzt eine Felsenkluft entdeckt, die unersteigbar ist, in dieser schlafen sie gemeinsam, denn sie ist innen weit und geräumig, luftig und trocken, gedeckt gegen Regen und Sonnenbrand, der Eingang aber ist enge, und sonder Wache, weil weder Tiere noch Menschen ihr nahe kommen können. Wir aber können ihnen nahen, darum auf mein König, auf all ihr mutigen und getreuen Raben! Jeglicher fasse ein Stück dürren Holzes, so groß er solches zu tragen vermag mit Krallen und Schnabel, und ich will einen Feuerbrand tragen und voran fliegen.«

Rasch wurde dieser Rat nach des Königs Zustimmung vollzogen, die ganze Schar der Raben flog dem Führer nach, jeder warf sein Holz auf den Ausgang der Aarenhöhle, und der alte Rabe legte sein glimmendes Holz hinein, dann wehten sie mächtig mit den Flügeln, und bald brannte das Holz in lichter Lohe.
Tödlicher Schrecken ergriff die aus dem ersten Schlummer erwachenden, sich sicher wähnenden Adler samt ihrem Könige. Sie rauschten wild durcheinander, stießen aneinander, sie kreischten verzweifelnd; die kühnsten flogen durch die Flamme, nur um draußen tot niederzufallen, indessen mehrten sich innen Dampf und Hitze, dass einer nach dem andern sterbend mit zuckendem Flügelschlage hinsank, und auch der König mit allen den Seinen, der noch klagend ausrief: »Welch ein Tor ist der Mann, der den Fremdling beschirmt, und den treuen Warner verachtet!«
So gewann das Reich der Aaren und ihre Feindschaft gegen die Raben ein Ende, und wenn nicht jener weise Ratgeber mit den Seinen sich in jenes Gebirge zurückgezogen hätte, so gäbe es gar keine Adler mehr, deren Geschlecht selten geworden ist, der Raben aber sind viele geworden, haben sich überallhin verbreitet, sind auch jeweilig noch große Redner, und hassen die Aaren immer noch.

Die beiden Brüder

Es waren einmal zwei Brüder, von denen der eine klug war und der andere unklug, und beide waren Schäfer, welche wechselweise Tag um Tag die Schafe eines reichen Metzgers hüteten. Jedes Mal, wenn der eine hütete, blieb der andere zu Hause, besorgte das Essen, und trug es hinaus auf die Schafweide, wo dann das Mahl von beiden gemeinschaftlich verzehrt wurde.

Nun traf einmal die Reihe des Hütens den Klugen, und die des Kochens den Dummen, und nachdem Letzterer das Essen gekocht hatte, trug er es zu seinem Bruder auf die Trift hinaus. Auf dem Wege aber kam er an eine alte wackelige Brücke, die über einen Bach führte, und die viele Spalten hatte, unter denen das Wasser hinfloss, und da dachte der Dumme in seinem Sinne: Das ist ein gefährlicher Steg, da kann zuletzt ein Schaf oder ein Mensch durchfallen; da ist schwer, über hin zu kommen, willst doch die Brücke bessern. Und da begann der Dumme die Spalten mit den Klösen, die er gekocht hatte, auszustopfen, hart genug waren sie ohnehin, und in die schmalen Ritzen stopfte er Sauerkraut, dann ging er getrosten Mutes über die Brücke, die nun recht fest und haltbar aussah, und als ihn sein Bruder fragte: »Wo hast du denn das Essen?«, so lachte der Dumme und antwortete: »Essen habe ich nicht, aber ich hatte einen klugen Gedanken; ich habe den Brückensteg ausgebessert, dass er wieder hält. Ich habe die Klöse in die Klunsen gestopft und in die Ritzen das Sauerkraut, dass wir und unsere Schafe nicht durchfallen.«
»Ei, was du für ein Pfiffidunkus bist!«, spottete der kluge Bruder über den dummen. »Es ist nur gut, dass du morgen hütest und ich koche, sonst gäbe es für uns zwei Fasttage hintereinander. Aber das sage ich dir: wenn du morgen hütest, so sei so gut, und habe nicht wieder kluge Gedanken nach deiner Art. Du hast dich um nichts zu bekümmern, als dass die Schafe hübsch nach der Reihe liegen bleiben. Wenn du so tust, machst du nichts Dummes.«
»Will so tun«, sagte der Dumme.
Am andern Tage, als der Kluge zu Hause blieb und kochte, und der Dumme die Schafe auf die Weide trieb, wollten die Schafe sich nicht nach der Reihe hinlegen, und da hatte der Dumme mit ihnen recht seine Not und Plage, bis er rackrig wurde und schrie: »Wartet, ich will euch – wenn ihr nicht wollt wie ich will!«, und nahm einen Knüttel und schlug sie alle mausetot, und legte sie hübsch nebeneinander in Reihen. Wie nun der Bruder mit dem Kessel voll Essen kam, wunderte er sich, dass die Schafe so schön lagen, und rief:

»Ei, die liegen ja prächtig nach der Reihe!«
»Gelt?«, antwortete der Dumme mit großer Selbstzufriedenheit, »erst wollten sie freilich nicht, hab Mühe genug gehabt, hab sie tot geschlagen, die Nösser, nun muckt keins mehr.«
»Um des Himmels willen!«, schrie der kluge Bruder: »Was hast du getan! Jetzt sind wir beide verloren!«
»Ach geh weg!«, antwortete der Dumme mit großer Gemütsruhe. »Verloren? Das wäre! Wer uns findet, wird schon ein ehrlicher Finder sein, wird uns wiederbringen.«
»Dummkopf!«, schrie der Bruder erbost. »Der Metzger schlägt uns tot wie du seine Schafe totgeschlagen hast! Packe auf! Wir müssen auf der Stelle fliehen!«
Und da flohen die beiden Brüder und liefen so sehr sie laufen konnten, und kamen in einen dichten finstern Wald, und als die Nacht kam, stiegen sie auf einen Baum, droben zu schlafen, und nahmen ihren Kessel, darin noch ihr Essen, Brühe und Brocken war, auch mit hinauf, denn der Hunger war ihnen über Schreck und Furcht vergangen, und wollten droben zu Nacht speisen.
Aber da sind zwei Räuber gekommen, die hatten einen Sack voll Nüsse und einen Sack voll Geld, beide Säcke schleppten sie unter den Baum, darauf die beiden Brüder saßen, setzten sich hin und wollten das Geld teilen. Da schwippte der Kessel etwas über, und der eine Räuber sprach zum andern: »Du – es tröpfelt!«, und da fielen aus dem schwippenden schwappenden Kessel auch Graupen und Brocken, und der andere Räuber rief: »Du – es graupelt und hagelt!«
Die Brüder droben aber fürchteten sich und zitterten, und vermochten den Kessel, der auf dem runden Aste nicht standhalten wollte, nicht zu erhalten – und da stürzte der ganze Kessel hinunter. – »Herr Gott! Ein Wolkenbruch! Der Himmel fällt ein! Da kommt schon eine Pauke! Das ist eine schöne Musik!«, schrien die Räuber, und liefen davon, und ließen ihren Geldsack und ihren Nusssack im Stiche.
Die Brüder aber stiegen vom Baume herab und fanden die Säcke, und da sprach der kluge Bruder zu dem dummen: »Sieh, da sind zwei Sä-

cke, in einem ist hartes Zeug, und ist klein, der andere ist groß und sind Nüsse darinnen. Es fragt sich nun, welchen Sack du willst, denn du bist der Ältere, und hast die Vorhand.«

»Richtig!«, antwortete der Dumme. »Ich habe die Vorhand, mir gebührt der große Sack, der mit den Nüssen. Die Nüsse kann ich essen, das harte Zeug aber kann man nicht essen.«

So nahm jeder seinen Sack, und so wanderten sie miteinander. Der Dumme aß aus dem seinen fort und fort Nüsse, und gab auch seinem Bruder ein paar, sodass er immer leichter zu tragen hatte, bis der Sack ganz leer war, den andern aber dünkte sein Geldsack immer schwerer zu werden, sodass er zuletzt nicht vermochte, ihn weiter zu tragen.

»Du kannst jetzt meinen Sack auch eine Strecke tragen!«, sagte der Kluge zu dem Dummen. »Er wird mir gar zu schwer.«

»Nä! So haben wir nicht gewettet!«, antwortete der Dumme. »Du hast ja meinen Sack auch nicht getragen. Ich habe dir noch dazu Nüsse gegeben, du aber hast mir nichts gegeben. Willst du's leicht haben, so teilen wir, du die Hälfte von dem harten Zeug, ich die Hälfte, das ist brüderlich, da trägt keiner zu schwer.«

Erst wollte der Kluge davon nichts hören, er probierte, ob er nicht dennoch den Geldsack allein fortbringen könnte, war dies aber nicht im Stande. Und so teilten sie denn, und kauften sich Schafe für das Geld, und hüteten sie, und fingen ihr Wesen wieder von vorn an.

Schlange Hausfreund

Es war einmal ein altes Ehepaar, das war sehr arm, wenn noch so fleißig, und der Mann nährte sich und seine Frau, mit der er ein kleines Häuschen nahe einem Walde bewohnte, von Waldarbeit. Er half Bäume fällen, Holz einfahren, Holz zersägen und spalten, und so sammelte er auch das Holz, das er zu seinem eigenen Gebrauche nötig hatte, im Walde und führte es auf einem Schiebekarren jede Woche ein oder einige Male heim. Das darf aber nach den Forstgesetzen nur mit dürrem Holze geschehen, frisches, noch grünendes dürfen die armen Leute nicht von den Bäumen abhauen oder mit ihren Hippen abreißen, sonst werden sie in die Waldbuße geschrieben und gestraft, und das ist ein sehr weises Gesetz, denn ohne dasselbe gäbe es schon lange keine grünenden Wälder mehr. Wie nun einmal der arme Holzhauer in den Wald kam, sah er mit großer Freude schon von Weitem, dass ein starker Sturmwind in der Nacht auch von einer stattlichen Eiche einen großen dürren Ast abgebrochen und herabgeworfen hatte, und wollte sich alsbald dieses Astes bemächtigen. Aber näher kommend, gewahrte der Mann mit Schrecken, dass vom Baume her nach dem Aste sich eine große Schlange ringelte, daher er zur Seite wich und sich anderes Holz sammelte. Am folgenden Tage ging der Mann wieder in den Wald, und wollte nun den Ast mit sich nehmen, aber da hatte die Schlange denselben mehrfach umschlungen, und hob ihr Köpfchen auf dem schlanken Halse ihm ganz munter entgegen, als wenn sie ohne Furcht vor ihm seine Bekanntschaft machen wollte. Leicht hätte der Mann die Schlange töten können, er durfte ihr ja nur mit dem scharfen Holzbeile, das er mit sich führte, den Kopf abhauen, allein dieser Mann war einer von den wenigen verständigen Landleuten, die in ihrem schlichten Sinne es für eine Sünde erachten, ohne Not und ohne Bedürfnis ein Geschöpf Gottes zu töten, aus reinem Frevel und Lust am Morde, wie so viele aus Unverstand, und was noch viel schlimmer und ärger ist, aus Bosheit tun. Er gab lieber den Ast auf, und suchte sich kleineres Leseholz zusammen.

Wie nun der Mann mit seinem Reisigbündel nach Hause kam, sagte er zu seiner ihm im Hofe behülflichen Frau, indem er das Holz abwarf: »Ich bringe leider den schönen Ast wieder nicht mit, von dem ich dir gestern schon erzählt habe, die Schlange hatte sich ganz darum herum geringelt.«

»Geh mir mit deiner Schlange!«, sprach die Frau. »Ich bin froh, dass ich sie nicht gesehen habe, ich wäre des Todes gewesen.«
Kaum hatte des Holzhauers Frau dies gesagt, so stieß sie einen gellenden Schrei aus, und sprang entsetzt zurück, denn aus dem Reisigbündel hervor kroch plötzlich die Schlange, und ihr Anblick jagte der Frau einen tödlichen Schreck ein.
»Aber liebe Frau!«, rief der Mann. »Wie du dich gleich stellen kannst! Was erschrickst du denn? Es ist ja keine giftige Schlange, es ist eine unschuldige Unke, die Frösche und Mäuse frisst. Man sagt, Unken bringen Glück ins Haus, vielleicht bringt diese es uns, Zeit dazu wär' es, denn des Elendes haben wir lange genug gehabt. Man hat auch Beispiele, dass Menschen in solche Lindwürme verwandelt worden sind, welche Schätze vergruben, und nun in Schlangengestalt das gleißende Gold hüten müssen, vielleicht ist uns ein solcher Schatz beschert, wir wollen daher der Schlange kein Leid zufügen.«
Der Frau zitterten lange die Glieder, sie vermochte kaum, ihrem Manne etwas zu antworten, denn es besteht ein Widerwille der Frauen gegen die Schlangen vom Anbeginne her, die Schlange aber war gleich in das Haus geschlüpft, und hatte dort im Vorflur die Katze angetroffen, und ihr guten Tag gesagt. Die Katze hatte einen hohen Buckel gemacht und angefangen zu fauchen, die Schlange aber hatte gezischt und den Rachen aufgerissen, was die Katze bewog, nicht feindselig gegen die Schlange vorzugehen.
»Was issest du?«, fragte die Schlange. – »Ich esse Mäuse«, antwortete die Katze.
»Ich esse auch Mäuse«, sagte die Schlange.
Dieser zarte Zug übereinstimmender Neigung begütigte die Katze, und sie fragte nun die Schlange: »Was trinkst du?«
»Ich trinke Milch, wenn ich deren haben kann!«, antwortete die Schlange.
»Ei ich trinke auch Milch!«, sagte die Katze. »Das ist ja schön! Da passen wir eigentlich gut zusammen.«
Darauf schlossen die Katze und die Schlange Frieden und Freund-

schaft miteinander, und die Hausfrau gewöhnte sich allmählich an die Letztere, und wenn sie der Katze Milch gab, so trank die Schlange, die sehr wenig bedurfte, mit der Katze aus einem Näpfchen, und die Mäuse fingen beide gemeinschaftlich weg, die Schlange die im Stalle und im Keller, und die Katze die auf dem Boden und in der Stube.
In dem Waldhäuschen aber kehrte Segen ein, seit die Schlange bei dem alten Ehepaare lebte und geduldet ward; der Tagelohn wurde dem Manne erhöht, die Waldbeeren, essbaren Schwämme und Heilkräuter, welche die Frau sammelte und in die Stadt zum Verkaufe trug, wurden ihr viel besser als sonst bezahlt, und so lebten die armen Leute in glücklicher Zufriedenheit, die ihnen vielmehr zum Besten gedieh, als wenn sie unversehens reich geworden wären. Am Abende, wenn die Arbeit ruhete, saßen die beiden Alten bisweilen sommers vor der Türe und winters am warmen Ofen, und die Frau spann, neben ihr saß die Katze und spann auch, aber leider keinen Faden, und die Schlange hatte Schlupfgänge, welche die Mäuse ausgearbeitet hatten, und kam herauf, und da hörten Mann und Frau zu, wie die beiden Tiere einander Geschichten erzählten, in denen Katzen oder Schlangen stets die Hauptrollen spielten. Die Schlange insonderheit war schon ziemlich alt und sehr erfahren, und konnte sehr vieles erzählen, teils was sie selbst erlebt hatte, teils was sie von ihrer Mutter und Großmutter gehört.
»Ich weiß nicht, ob du die Geschichte von jener Frau kennst«, sprach eines Abends die Schlange zu ihrer Freundin, der Katze, »welche lange Zeit eine Schlange an ihrer Brust trug?«
»Nein, die kenne ich nicht; ich werde dir sehr dankbar sein, wenn du sie mir erzählst«, antwortete die Katze und strich sich mit ihrer rechten Pfote über den Kopf, worauf die Schlange das folgende Märchen erzählte.

Die Schlangenamme

»Es war einmal eine arme Frau«, erzählte die Schlange, »die ging eines Morgens auf die Wiese, Gras zu mähen, und trug mit sich ihr kleines Kind, das noch an ihrer Brust trank. Sie legte das Kindlein, als sie dasselbe gestillt hatte und es eingeschlafen war, sanft auf den Rasenrain, wo sie es weich und sorglich bettete, unter den Schatten einer alten Weide, welche hohl war. Im Stamme dieser Weide aber wohnte eine Schlange.

Die Frau wartete fleißig ihrer Arbeit, bis zur Stunde des Mittags, in der sie ihre Sense niederlegte, und hin zu ihrem lieben Kinde ging, ihm wieder Nahrung zu geben, so wie auch selbst ihr Mittagsbrot zu genießen. Als Letzteres geschehen war, legte sie ihr Kindlein an ihre Brust und summte ihm ein Schlummerlied, und da der Tag sehr heiß war, und die Arbeit des Grasmähens die Frau auch ermüdet hatte, so entschlummerte sie selbst, und das Kind ließ ab von der Brust der Mutter und schlief in ihren Armen sanft ein.

Das alles hatte die kleine Schlange gesehen, die im Stamme der alten Weide wohnte, weil sie hervorgekrochen war, sich zu sonnen und zu sömmern in der heißen Mittagsluft, und weil wir Schlangen gerne Milch trinken, so schlich sie sich sachte herbei, und saugte sich an der Brust der jungen Mutter an, und trank mit großem Behagen die süße Muttermilch. Aber groß war der Schrecken jener Frau, als sie aus ihrem Schlummer erwachte, und nun gewahrte, welch einen ungebetenen Gast sie ernährte. Da erwachte die alte Feindschaft zwischen den Weibern und der Schlange auf das Höchste, aber der Schlange gefiel es allzu wohl da, wo sie war, und die Frau durfte sie nicht mit Gewalt wegreißen, denn gleich beim ersten Versuche hielt sich die Schlange so fest, dass es schmerzte, und die junge Mutter musste gewärtigen, dass die Schlange sie beißen würde, wenn sie ihr Gewalt antue.

Da blieb nun der Frau für ihr Kindlein nur die eine Brust, und die andere behauptete die Schlange, die nicht mehr abließ, zumal die Milch ihr wundersam zum Wachstume gedieh, und dem Kindlein schadete es auch nicht im Mindesten, dass es an der Schlange eine Milchschwester hatte, es gedieh ebenfalls und wuchs mit der Schlange um die Wette. Die Frau hätte ganz zufrieden sein können, denn wo Schlangen wohnen, kehrt Glück und Segen ein, wenn nicht das blöde Vorurteil und die Furcht gewesen wäre, die Schlange würde sie stechen, als ob wir Schlangen einen Stachel im Maule hätten. Auch nennen die Menschen uns hässlich, während sie sich für schön halten, und so beschränkt in ihrem Verstande sind, nicht einsehen zu können, dass die ganze Schöpfung kein so vollendet schönes Geschöpf aufzeigt, als eine Schlange ist; Rundung und Fülle, frei von der Unzier hässlicher Haare und Borsten, Anmut in jeder Bewegung, Vollkraft im tadellosen Wellenbau unseres Körpers, der unentstellt ist durch eckige, krallige Glieder oder Stelzbeine. Da sich nun aber fort und fort jenes Weib abhärmte, und die Schlange sich fort und fort an ihr ernährte, und bereits die Dicke eines Menschenarmes erreicht hatte, so musste das Kind entwöhnt werden. Aber die Schlange ließ sich nicht entwöhnen, die wuchs und wuchs, und die Frau musste einen Tragbeutel anfertigen, in welchem sie den schweren Schlangenleib trug, während der Schlangenrachen fest an ihre Brust geheftet blieb. Zum Unglück hatte die Frau auch noch den Hohn ihrer Nachbarn, die ihr den Namen Schlangen-Amme beilegten.

Schon zehn Monate trug jene Frau die Schlange, da kam von ohngefähr ein Fremder in das Dorf, der hörte die Märe, von der alle Welt sprach, und ging zu der Frau, und sah den Gast, und ihre sich abzehrende Gestalt, und ihren Jammer, dass die Schlange nicht von ihr abließ – und sagte ihr: ›Frau, ich will Euch wohl von dieser Schlange helfen, wenn Ihr mir im Vertrauen nach dem Walde folgen wollt, und Euch nicht fürchten, wenn Ihr der Schlangen noch mehr seht. Dass Euch keine ein Leid zufügt, dafür stehe ich.‹

Dieser Mann war ein Schlangenbeschwörer, die Frau folgte ihm vertrauungsvoll in den nahen Wald, darin er an einer baumfreien Stelle mit seinem Stabe einen Kreis zog, und auf einem kleinen Pfeifchen gellend pfiff. Da rischelte und raschelte es bald darauf durch Gras und Waldlaub und Büsche und es kamen von allen Seiten Schlangen herbei, große und kleine, dass der Frau angst und bange ward, und sie aus dem Kreise entspringen wollte, aber der Zauberer winkte ihr, und bedeutete ihr ruhig zu stehen, und blies wieder, und da begannen alle Schlangen ihre Köpfe und Oberleiber kerzengerade in die Höhe zu richten und zu tanzen, und mit einem Male wurde auch die Schlange an der Brust der Frau unruhig, machte mit ihrem Leibe sanfte Bewegungen, ihr Kopf ließ die Brust fahren und rasch schlüpfte sie aus dem Tuche, glitt zum Boden nieder und ringelte sich auf die andern Schlangen zu, um mit ihnen zu tanzen, während der Zauberer auf seinem Pfeiflein lustige Stücke spielte.

Da fühlte jenes Weib sich mit einem Male erlöst, und war ganz glücklich; sie konnte nun wieder ungehindert arbeiten, war nicht mehr der Gegenstand eines unvernünftigen Abscheues ihrer Mitmenschen, welche wunders glaubten, womit die arme Frau sich versündigt habe, weil sie den Lindwurm tragen musste und erzog mit Liebe und Sorgfalt ihr munteres Kindlein.

Als das Kind mehrere Jahre alt geworden war, lief es eines Tages mit Nachbarskindern in den nahen Wald, dort Beeren zu suchen. Es war schon gegen Abend, und die Kinder waren noch nicht wieder nach Hause gekommen. Die Mutter saß mit einer Arbeit an ihrer Türe, und sahe von Zeit zu Zeit nach dem Ausgange des Waldes hin. Auf einmal hörte die Frau von dorther ein grässliches Geschrei der Kinder durcheinander, und sah das Häuflein in eiligster Flucht aus dem Walde hervorstürzen, und nach dem Dorfe zu, aber ihr eigenes kleines Kindlein, das noch nicht so laufen konnte, wie die größeren, war nicht darunter. Und da schrie ein Knabe: ›Ein Wolf! Ein Wolf!‹, und ein zweiter schrie: ›Ein Bär! Ein großer Bär!‹, und ein dritter: ›Eine Schlange, eine gräuliche Schlange!‹, dass der Mutter das Herz erschrak und sie aufsprang und nach dem nahen Walde hin eilte.

Vergebens fragte sie die Kinder, die in Hast an ihr vorübereilten, nach ihrem eigenen Kinde, keines stand ihr Rede, die Angst jagte alle vorbei.

Kaum war das geschehen, so sah die Frau einen großen Wolf; der noch einige wunderliche Sprünge machte, aber dann vor ihren Augen zusammenbrach, und alle viere von sich streckte. Voll Entsetzen eilte die Frau am Wolfe vorüber, und erreichte den Saum des Waldes, da bot sich ihr ein schrecklicher Anblick. Ein lautbrüllender Bär bäumte sich, aber nicht gegen die Frau, sondern im Kampfe mit einer großen Schlange, die ihn eng umringelt hatte, und ihm die Kehle zuschnürte – und kaum hatte jene ihn aufrecht gesehen, so stürzte er nieder, und neben der Stelle, wo er am Boden sich ausatmend und zuckend lag – o Wunder, da lag unversehrt und süß schlummernd das Kind der Frau, auf welches diese sich mit einem lauten Freudenschrei stürzte. Jetzt aber ringelte sich die Schlange vom Halse und Leibe des Bären los, und kaltes Entsetzen übergoss die Frau aufs Neue – sie kannte diese Schlange. Die Schlange aber sprach zu ihr: ›Du brauchst dich vor mir nicht zu fürchten. Die Schlangen sind nicht falsch und nicht undankbar, wie ihr Menschen euch einbildet und euch einredet, und uns zu Sinnbildern eures Hasses stempelt. Du bist es, die mich so groß und stark gesäugt, dass ich im Stande war, den Wolf und den Bär zu entseelen, die deinem Kinde Gefahr drohten. Ich habe Gutes mit Gutem gelohnt! Fahre wohl!‹ – Und ringelte sich in die Büsche.«

Klare-Mond

Mit Vergnügen hörte die Katze die Erzählung ihrer Freundin, der Schlange, und als diese geendet hatte, sagte sie: »Kein Tiergeschlecht hat vom Undanke der Menschen so viel zu leiden, als wir armen Katzen. Wie diese Menschen euch Schlangen zu Sinnbildern der Falschheit, des Undankes und der Bosheit machen, so auch uns, deshalb tun wir beide wohl, uns zusammen und Freundschaft miteinander zu halten. Da heißt es immer: die falsche Katze, Katzenfalschheit, und solcher Ehrentitel mehr, die wir erhalten. Eines ihrer zahlreichen Laster, den Diebstahl, haben die Menschen nach unserem vom Schöpfer in uns gelegten Beruf und Nahrungstrieb, Mäuse zu fangen, das Mausen genannt, was doch recht schändlich von ihnen ist, und endlich haben sie die Lügenmäre ersonnen, dass ihre bösen Hexenweiber und Teufelsbündnerinnen sich in ein so edles und schönes Geschöpf, wie eine Katze ist, verwandeln könnten; das hat dann wieder dahin geführt, dass viele Menschen jede Katze für eine Hexe halten, durch welche heilige Einfalt schon viele Tausende unseres Geschlechtes den grausamsten Tod erlitten haben. Ich könnte dir bis an das Ende meines Lebens solche Märlein erzählen, in denen wir als Hexen eine Rolle gespielt haben sollen, und würde doch nicht mit allen fertig.

Ich will dir nur *ein* solches Märchen erzählen, welches nicht so grausame Züge vom Pfoten- oder Kopfabhacken hat, wie so viele andere, in welchem vielmehr unsere Begabung mit wunderschönem Gesang, und unsere Freude an Betrachtung des schönen gestirnten Himmels Erwähnung geschieht. Ich glaube fest, dass die *Sirenen* des Altertumes nur singende Katzen waren, welche im Meere lebten, also echte *Meerkatzen*, während die tückischen Menschen diesen Namen eines nicht mehr vorhandenen schönen Tiergeschlechtes der hässlichsten Affenart beigelegt haben. Auch ist es bei uns eine bekannte Sage und Sache, dass der bei Nacht leuchtende Glanz unserer Augen nichts anderes ist, als Sternenlicht, das wir vom ersten Offenwerden unserer Augen in uns einsaugen; daher sehen wir auch bei Nacht, und es gibt für uns, die bevorzugtesten Geschöpfe auf der ganzen Erde, kein Dunkel, und wenn wir schon durch die Nacht schleichen, so schleichen wir doch nie im Finstern, und es würde ebenso abgeschmackt von den Menschen sein, uns als Sinnbilder geistiger Finsternis zu bezeichnen, als sie dies mit den Eulen tun, die jene Begnadigung steten Hellsehens mit uns teilen. Doch ich bin weit entfernt, mich und mein Geschlecht selbst zu loben, ich bedarf in Wahrheit nicht des Eigenlobes. Mein Märchen lautet:

Es lebte einmal ein Mann, der hatte auf seinem Hause einen schönen geräumigen Söller, von welchem aus man sich einer herrlichen Aussicht über die Stadt, in welcher er wohnte, und in deren ganze Umgegend erfreute. Nahe diesem Söller war im Sommer des Mannes Schlafgemach, und es führte aus diesem eine Glastüre heraus auf das mit Blumentöpfen und kleinen Bäumen in Eschen geschmückte Belvedere.

In einer wunderherrlichen Sommernacht, in welcher der volle Mond prachtvoll schien, und der Himmel voll Sterne stand, erwachte jener Mann von himmlischen Tönen, die ganz in seiner Nähe erklangen. Er erhob sich von seinem Lager und sah durch eine Scheibe des Glasfensters hinaus auf seinen Söller, da erblickte er mit großem Erstaunen eine zahlreiche Gesellschaft schöner Damen, teils in weißen, teils in farbigen und dunkeln Kleidern, alle vom angenehmsten Äußern, die saßen um eine Tafel herum, welche gewöhnlich auf dem Söller stand, und sangen mit den lieblichsten Stimmen einen Rundreim, welcher lautete:

›Wir trinken hier viel süßeren Wein,
Als Burgunderwein,
Als Champagnerwein,
Wir trinken den klaren Mondenschein.‹

Indessen schien diese zarte Gesellschaft auch einige leibliche Erquickung nicht zu verschmähen, mindestens sahe der Mann, dass sotane Frauengesellschaft auch irdischen Wein und niedliche Speisen genoss. Er konnte sich, da er ein Hagestolz war, und außer alter Dienerschaft sein Haus ganz allein bewohnte, gar nicht denken, wer diese vielen Frauen und Fräulein waren, und woher sie in aller Welt gekommen seien, und weshalb gerade zu ihm herauf? Es deuchte ihm endlich ein hübscher Traum zu sein, aber dagegen stritt, dass er sich dennoch lebhaft wachend fühlte, und so gedachte er bei sich: Ich bin doch der Herr des Hauses, ich habe ein Recht, in diese Gesellschaft zu treten, da werde ich ja gleich hören, welche seltsame Veranlassung sie zu mir heraufführt. So klinkte der Mann die Glastüre auf, und trat unbefangen mit freundlichem Gruße zu den Damen heraus. Diese erhoben sich bei seinem Anblick alsbald alle von ihren Sitzen, und ein ganz artiges junges Mädchen in einem schneeweißen Kleide, mit blondem Haar und rosenrotem Mäulchen und Händchen trat auf ihn zu, und sprach: ›Verzeihet gütigst, edler Herr, die Freiheit, die wir uns genommen, diese schöne wonnevolle Mainacht auf Euerm Söller zu feiern, und nehmt es nicht für ungut, wenn vielleicht unser Gesang Euern Schlummer gestört hat. Gesellet Euch zu uns, nehmt Platz, nehmt Kuchen, nehmt Wein!‹

Der Mann wusste nicht, wie ihm geschah, des kleinen holdseligen Fräuleins liebliches Geplauder schnitt ihm alle Fragen vom Munde ab, er setzte sich mit an die runde Tafel, ließ sich nicht ungern ein Gläschen Sekt kredenzen, und da er mit ihnen trank, sangen jetzt die Damen ihren Reim ein wenig verändert:

›Wir trinken den allerköstlichsten Wein,
Burgunderwein!
Champagnerwein!
Und den klaren, klaren Mondenschein!‹

Das weißgekleidete Mägdlein schmiegte sich mit so großer Zutraulichkeit an den Mann, wie eine junge Tochter an einen Vater, den sie liebt, und bot ihm nun auch von dem Kuchen an; auch von diesem nahm er, doch wollte er ihm nicht recht munden, es fehlte ihm etwas, und er sagte daher: ›Verehrte Damen! Dürfte ich Sie wohl in Gottes Namen um ein wenig Salz bitten?‹

Kaum waren diese Worte gesprochen, als plötzlich der Mann an der Stelle des lieblichen Gesanges ein wildes Durcheinander von Katzenstimmen hörte, für deren zarten, melodischen und unvergleichlichen Wohllaut den plumpen Menschen das Ohr gänzlich verschlossen ist, und ihnen kein Sinn innewohnt – und nicht minder erblickte er die ganze Gesellschaft zu lauter Katzen geworden, darunter seine eigene, welche eben das schöne weiße Fräulein gewesen war, welches heute seinen eigenen Geburtsabend feierte. Der Mann sah aber die Katzen nur noch nach allen Seiten hin vom Söller auf die Dächer springen, schnell über die Firste laufen, und ehe er sich's versah, war alles, samt Gläsern, Tellern, Wein und Kuchen verschwunden, bis auf das Stückchen Kuchen – das er in der Hand hielt, und das nichts war, als ein Restchen altbackener Matzen. Seine eigene Katze war durch das Fenster der Söllertüre in sein Schlafgemach geflüchtet, in das er nun ebenfalls sehr erbost zurück schritt, und nach einem spanischen Rohre griff, um die so schön geübte Gastfreundschaft mit Undank zu vergelten. Als nun der Mann mit dem Prügel unter sein Bette fuhr, fauchte und schrie die weiße Katze furchtbar, sprang unter dem Bette hervor, und abermals durch das Fenster, wobei eine zweite Scheibe in Trümmer ging, hinaus auf den Söller, auf ein Dach und kam niemals wieder. Als der Mann, was ihm mit den Katzen begegnet war, nun häufig seinen Freunden erzählte, dazu ihnen den Reim jedes Mal vorsang und allen Katzen Vertilgung zuschwur, so lachten die Freunde viel über ihn, und nannte ihn spottweise *Klare-Mond* und *Katzen-Herodes* bis an sein Ende.«

Siebenhaut

Als die Katze ihre Märchen-Erzählung geendet hatte, nahm die Frau des Holzhackers, welche aufmerksam mit zugehört hatte, das Wort, und sagte: »Solcher Geschichten wüsste ich auch genug. Ob sie alle wahr sind, will ich nicht behaupten. Und was deine Geschichte betrifft, meine gute Schlange, von einer Frau, die eine deiner Verwandtinnen an ihrer Brust nährte und groß zog, so weiß ich eine noch viel schönere, von einer Frau, die sogar eine Schlange zur Welt brachte, und sie als ihr Kind stillen musste.« Da wollten Katze und Schlange dieses Märchen auch gern vernehmen, und baten die Frau, es ihnen zu erzählen.

»Es war einmal ein Graf«, begann hierauf die Frau, »der war sehr reich und hatte auch eine sehr schöne und liebevolle Gemahlin, die ihn mit Zärtlichkeit liebte, aber sie hatten kein Kind, und deshalb liebte der Graf seine Frau um vieles weniger wie sie ihn, und er war überhaupt von etwas rohen und rauen Sitten, wenn er es auch nicht eigentlich böse meinte. So nannte er seine Frau, die ihn durch Freundlichkeit, Demut und schweigsames Wesen bei Gutem zu erhalten strebte, stets eine Aalhaut, eine Schmeichelkatze, eine glatte Schlange und dergleichen, und bisweilen weinte die arme Frau darüber, und sagte: ›Du versündigst dich, dass du mich einer Schlange vergleichest, wenn dich Gott nur nicht einmal dafür straft!‹ – Darüber lachte der Graf. Da geschah es nach Jahr und Tag, dass Aussicht auf ein Kindlein dieser beiden Ehegatten vorhanden war, da wurde der Graf in seinem Benehmen wie umgewandelt, und wusste nicht, wie gut er es jetzt mit seiner Gemahlin meinen sollte – aber da kam ein schweres Verhängnis über beide – die Frau Gräfin brachte statt eines Kindes – eine *Schlange* zur Welt. Der Graf war außer sich vor Wut und Grimm und die Frau fast des Todes. ›Bist du nun eine Schlange, Schlangenmutter, oder bist du keine?‹, brüllte er. ›Eine Hexe bist du, eine Teufelsbuhle, eine falsche Katze! Sterben musst du und dein Schlangenbalg, den du geboren hast, dazu!‹ – Indes durch Bitten und Flehen brachte die Gräfin es dennoch dahin, dass er sie und die Schlange nicht töten ließ, und dem Grauen, womit sie die Schlange ansah, mischte sich doch auch Mutterliebe bei. Der Graf aber kümmerte sich kaum noch um sie, und betrachtete sie nicht mehr als seine Gemahlin; sie durfte auch nicht aus ihren abgesonderten Gemächern, und außer der nötigsten Bedienung durfte kein Mensch zu ihr. Die Gräfin legte in ihrer Abgeschiedenheit die Schlange an ihre Brust und nährte sie mir ihrer Milch, und gewöhnte sich allmählich an sie und hatte sie lieb wie ein Kind. Auch

hatte sie zum öftern einen häufig in gleicher Weise wiederkehrenden Traum: die Schlange sei ein schöner Knabe, und habe deshalb Schlangengestalt angenommen, weil sie sich so oft darüber entsetzt und geweint habe, wenn ihr Gemahl sie eine Schlange genannt. Daher pflegte sie die Schlange sorglich und treu, und sah zuletzt mit Freude, dass sie groß ward und gedieh, bald still auf ihrem Schoße lag, bald den schlanken Hals mit dem kleinen Köpfchen und den klugen blitzenden Augen emporhob bis zu ihrem Munde, und diesen wie küssend berührte, wobei stets ein wonnevoller Schauer sie überlief, wenn die Schlange ihr schnelles Zünglein zwischen ihre Lippen auf Augenblicke gleiten ließ – bald fröhlich im Zimmer herumringelte und tanzende Bewegungen machte, wie ein fröhliches spielendes Kind.
Einförmig genug ging der eingesperrten Gräfin die Zeit hin, es waren schon zwanzig Jahre vergangen, die Schlange war längst ausgewachsen, und mit Ernst dachte die Gräfin an ihren Tod, und was dann aus der Schlange werden sollte? Da tat eines Abends die Schlange, die in dieser ganzen langen Zeit noch nie ein Wort geredet, ihren Mund auf und sagte zur namenlosen Überraschung der Gräfin: ›Verehrteste Frau Mutter! Ich habe nun bereits mein zwanzigstes Lebensjahr zurückgelegt, und wünschte mich zu verheiraten. Ihr würdet mich zu größtem Danke verpflichten, wenn Ihr mir eine Braut verschaffen wolltet, mir einerlei aus welchem Stande, wenn sie nur überhaupt standhaft und brav ist.‹ Die Gräfin versprach, den Wunsch ihres Sohnes zu erfüllen, und sandte nun Werbeboten aus, aber sie empfingen aller Orten und Enden her ablehnende und oft spöttische Antworten. Schlanke Freier, hieß es, seien gern gesehen, aber Schlangen als Freier wären nicht in der Tagesordnung. Eine solche Verbindung sei doch allzu ungleich – einen goldenen Schlangenring um den Finger lasse man sich noch gefallen, auch eine goldene Schlange als Armband, aber eine Schlange um den ganzen Leib – das sei nicht zu tragen. Das machte die Gräfin sehr betrübt, und da sich gar keine Heiratspartie fand, der Sohn aber sein Gesuch wiederholte, so verfiel die Gräfin auf ihre Hühnerwärterin, ein junges frisches Dirnlein, und suchte dieses zu der Verbindung zu über-

reden. Die Dirne sagte aber: ›Was kann mir mit einem Schlankel gedient sein? Solch einer frisst nur, und arbeitet nicht! Ich finde wohl noch einen Freier, der Händ und Füß hat!‹
Doch die Gräfin stellte der jungen Hühnerwärterin vor, dass vom Arbeiten keine Rede mehr sei, wenn sie den Grafensohn heirate, dass sie reich werde, und in goldenen Kleidern einhergehen könne. Wenn sie klug sei, wie die Schlangen, so nähme sie die Schlange, und wenn sie bei den Hühnern bleiben wolle, so sei sie eine Gans.
Zureden hilft – sagt das Sprichwort, und die Hühnerwärterin sagte, sie wolle sich besinnen, und sich die Sache beschlafen. Guter Rat käme über Nacht. Und der kam auch. Nach einem frommen Abendsegen entschlief das Mägdlein, und hatte alsbald einen Traum, in welchem ein Engelchen erschien, das flüsterte ihr zu: ›Nimm ihn, nimm ihn, bekommst keinen bessern! Bist berufen, ihn zu erlösen.‹ Und flüsterte ihr zu, was sie tun solle am Hochzeitabend. Dieses merkte sich das Mädchen genau, und gab am andern Morgen der Gräfin ihren Entschluss kund, auf deren heißen Wunsch einzugehen. Darüber hatte die Mutter der Schlange eine große Freude und traf alle Voranstalten, doch sollte – aus Gründen – die Verheiratung in aller Stille gefeiert werden. Wie nun das junge Pärchen beisammen war, so sprach die Schlange zur Braut: ›Zieh dich aus!‹ – ›Nein!‹, sprach die Braut, ›zieh du dich zuerst aus!‹ Da hüpfte die Schlange, schlang einen Kreis, biss sich in den Schweif und fuhr aus der Haut, hatte aber eine viel schönere darunter; die alte war braun gewesen, die neue war grün, und die Schlange sprach: ›Ich hoffe! Nun ziehe dich aus!‹ – ›Nein, ziehe du dich aus!‹, rief die Braut. Da tat die Schlange wie das vorige Mal, schlüpfte aus dem grünen Balge und erschien himmelblau und sagte: ›Ich vertraue! Nun ziehe dich aus!‹
›Nein, ziehe du dich aus!‹, rief die Braut, denn das war das Geheimnis, welches ihr im Traume das Engelchen vertraut hatte, und abermals gehorchte die Schlange, und legte dadurch die besten Hoffnungen an den Tag, ein guter, nachgiebiger Ehemann zu werden. Es fiel die blaue Haut von ihr, und eine neue rosenrote kam zum Vorschein, und die Schlange sprach: ›Ich liebe dich, und nun ziehe dich aus!‹

›Nein, ziehe du dich aus!‹, sprach die Braut.
›Du verlangst sehr viel, mein Kind!‹, antwortete die Schlange, aber sie häutete sich zum vierten Male und erschien jetzt ganz silbern. ›Mein Herz ist rein, wie Silber! Ziehe dich nun aus!‹, sagte die Schlange, aber die Braut tat dies wiederum nicht, sondern sagte abermals: ›Nein! Ziehe du dich aus.‹
Darauf streifte die Schlange auch ihre Silberhaut ab, und kroch mit einer herrlich glänzenden Goldhaut aus der silbernen und sprach: ›Mein Herz ist treu, wie Gold! Nun endlich ziehe dich aus!‹
›Nein! Ziehe du dich aus!‹, sprach zum sechsten Male die Braut, und wiederum gehorchte die Schlange, und kam aus der Goldhaut, die sie abwarf, hervor wie ein lebendiger Regenbogen, in allen Farben glänzend und glühend, dass kaum ein Auge den Glanz ertragen konnte: ›Mit dir und mir sei Friede!‹, rief die Schlange, ›aber ich bitte dich, ziehe nun dich aus!‹
›Nein! Ziehe du dich aus!‹, sprach unerbittlich die Braut. Da schnellte die Schlange hoch empor und in welcher Haut erschien sie nun? Das ratet einmal.«
»Das kann ich nicht raten«, sagte die Schlange. »Ich häute mich jährlich nur einmal.«
»Und ich noch weniger«, fügte die Katze hinzu; »ich häute mich niemals, ich häre mich nur.«
»Pah! In einer *Menschenhaut*!«, rief die Erzählerin. »Und verwandelte sich auch zugleich in einen Menschen, und zwar in einen schönen und jungen, und schloss die Braut in seine Arme, und küsste sie, und rief: ›Dank dir, du hast mich erlöst!‹
Und das war es gewesen, was das Engelchen der Braut im Traume zugeflüstert hatte, *siebenmal* musste sie sein Ansinnen weigern und ihm dasselbe zurückschieben und nun stand er vor ihr als der liebreichste Grafensohn, als der schönste Ritter, und sie sank liebebewegt an sein Herz. Dass die Gräfin über die Verwandlung höchst glücklich war und dass auch ihr Gemahl sich wieder mit ihr versöhnte und des Sohnes sich freute, versteht sich von selbst.«

So erzählte immer eins um das andere, der Bewohner jenes Waldhäuschens, bald die Frau, bald auch der Mann, oder die Schlange, oder die Katze, und den beiden Eheleuten ging es immer gut, sie erreichten ein hohes Alter, und starben kurz nacheinander. Darauf starb auch die Katze, und die Schlange verließ das Häuschen, darin es ihr so wohl gefallen hatte.

Das Dukaten-Angele

Es waren einmal drei Schwestern, die auf dem Lande lebten, von denen war die eine, Namens Hannele (Hannchen), sehr geschickt, die zweite Schwester aber war unklug, und die dritte war noch ein ganz kleines Kind. Die kluge Schwester war in die Schule gegangen und hatte mancherlei gelernt, die unkluge war zwar auch in die Schule gegangen, hatte aber nichts gelernt, und es war ihr nichts einzutrichtern gewesen. Daher nahm die Kluge, da die Eltern nicht mehr lebten, sich des kleinen Hauswesens an, kochte und wusch, und die Unkluge musste ihr Dienste leisten, aufwaschen, scheuern, Holz spalten, Gänge tun, das Kind tragen und in allem Aschenbrödel sein, aber ohne Aussicht, eine Prinzessin zu werden.
Eines Tages schickte die kluge Schwester die unkluge nach der nahen Stadt, und gab ihr Geld mit, um Brot zu kaufen. Nun war in der Stadt just Jahrmarkt, und die unkluge Maid hatte noch nie einen Jahrmarkt besucht, wandelte daher mit offenem Munde und gaffenden Augen zwischen allen den Buden voll Jahrmarktsherrlichkeiten umher, und da kam sie an einen Stand, der war eitel voll und übervoll von Puppen und Püppchen und Dockenköpfen und Bälgen, immer eine Puppe schöner wie die andere, ach da hätte das Mägdlein gar zu gern ein Paar oder wenigstens nur eins von den Püppchen gehabt, und da rief die Verkäufe-

rin ganz freundlich: »Nun, mein liebes, schönes Kind! Kommen Sie näher! Nehmen Sie sich ein Püppchen! Suchen Sie sich das schönste heraus!«

»Das heiß ich eine gute Frau!«, dachte die Unkluge, dass sie mir eins zu nehmen erlaubt, und nahm sich gar ein schönes Döckchen, dankte und wollte davongehen, aber da hielt die Verkäuferin sie am Rocke fest und rief: »Na! Was ist denn das? Das wäre mir! So haben wir nicht gewettet, mein sauberes Jungferchen! Man bezahlt auch, wenn man kauft, oder ist Sie etwa eine Weißkäuferin, die findet, wo niemand was verloren hat. Geld heraus! Oder ich rufe die Polizei!«

Über diese harte Rede erschrak das unkluge Mädchen mehr, als es jemals in seinem ganzen Leben erschrocken war, und gab vor Schreck alles Geld hin, für welches sie doch Brot kaufen sollte, und die Dockenverkäuferin nahm das Geld und schrie: »He! Der Bettel langt noch lange nicht!«, und riss dem armen Mammele – so wurde die Unkluge aus Spott gerufen, weil sie klein und untersetzt von Wuchs war, und einem alten Mamachen ähnlich sah – die schöne Puppe aus der Hand und gab ihm eine andere, weit geringere, die alt, und nur ein bisschen wieder frisch aufgeputzt war, und schrie: »Nachdem das Geld, nachdem die Ware! Nachdem der Mann, nachdem brät man die Wurst! Lauf kleiner Balg! Mach dass du fortkommst! Sei froh, dass du für deine paar lumpigen Heller noch so eine schöne Docke gekriegt hast!«

Trotz dieser übeln Behandlung von Seiten der Marktfrau, war das arme kleine Mammele doch froh, dass es ein Döckchen hatte, herzte es und küsste es, und nannte es »Angele«, das ist Engelchen, und »mein Kindchen, mein Kindchen!« Aber ach, wie das Mammele heimkam vom Jahrmarkt, und statt Brotes eine Docke brachte, da wurde das Hannele sehr böse und schlug das arme Mammele, dass es bitterlich weinen musste, und redete den ganzen Rest des Tages kein Wort mehr mit ihm. Doch behielt das Mammele zu seinem Trost sein Angele, und hätschelte es, und nahm es mit zu Bette, legte es neben sich, und schlief bald tief und fest ein, denn es war müde vom Wege, müde von Schlägen, und matt vom Hunger, denn das Hannele hatte ihm auch noch zur Strafe nichts zu essen gegeben. Neben Mammeles Bette stand das kleine Bettchen der jüngsten Schwester, welche Annele (Annchen) hieß, und an der Wand gegenüber stand Hanneles Bette.

Mitten in der Nacht nun – es war heller Mondschein, erwachte die kluge Schwester von einer seltsamen Stimme, die drüben aus dem Bette ihrer Schwester kam, und lautete: »Mamma gacka! Mamma gacka!«, und Hannele merkte, dass diese Stimme von der kleinen Puppe kommen müsse, denn ihre Schwestern hatte andere Stimmen. Da nun die unkluge Schwester fest schlief und nichts hörte, so rief zu dem kleinen Kinde hinüber das Hannele: »Annele! Weck einmal das Mammele! Das Angele will eine Gackele (Eichen) legen!«

Auf diesen Zuruf ermunterte sich das kleine Annele und weckte das Mammele, und das stieg auf, und nahm sein Angele, und setzte es auf ein Tassenköpfchen.

Da tat es gleich einen klingenden Klang in dem Tassenköpfchen, und wie das Mammele das Angele wieder davon herunterhob, so hatte Letzteres ein goldenes Gackele gelegt, das einem Dukaten so ähnlich sah wie ein Ei dem andern.

Da war große Freude bei den Schwestern; die Kluge wurde wieder ganz gut mit der unklugen, und sie küssten und herzten gemeinschaftlich das gute Angele, und hüllten es in seidene Läppchen, und für den Dukaten kauften sie Brot und Kuchen, Zucker und Kaffee und allerhand schöne Sachen. Und was die schönste Sache war, das war die: dass in jeder Nacht das Annele »Mamma gacka!«, rief, und jede Nacht ein goldenes Gackele legte. Da kaufte die kluge Schwester nach und nach hübsche Kleider, und ließ das Häuschen, darin sie mit ihren Geschwistern wohnte, neu decken, und von außen neu anstreichen, und inwendig ließ sie die Stube tapezieren, und kaufte auch Hühner, Gänse, Enten und Tauben auf den Hof, und schaffte eine Ziege an, später auch eine Kuh und für das Annele ein Kinderwägelchen, in dem fuhr das Mammele das Annele spazieren, und das Annele hatte das Mammele auf dem Schoße, und nebenher lief ein junges Lämmchen, welches

Lammele gerufen wurde, und am Halse an einem roten Bändchen ein klingendes Schellchen trug. Da wunderten sich die Nachbarsleute, dass die Schwestern es so gut hatten, und sich immer besser betaten, und jene konnten nicht begreifen, woher und wovon? Denn obschon die kluge Schwester sehr fleißig war, so wussten jene doch, dass der redliche Fleiß nicht hilft zu schnellem Reichtum.

Nun hatten die Schwestern ein Ehepaar zu nahen Nachbarn, das war selbst reich, aber gerade dieses Paar beneidete die Schwestern am allermeisten, und Mann und Frau redeten miteinander über sie: »Wenn wir nur in aller Welt wüssten, woher drüben das Hannele und das Mammele mit ihrem Annele so gar reich werden? Wo sie nur das Geld hernehmen? Es muss nicht mit rechten Dingen zugehen!«

»Warte, mein lieber Mann!«, sagte die Frau, »ich will das bald erfahren und herausbekommen; ich will das dumme Mammele fragen, die sagt mir in ihrer Einfalt ganz sicher alles.«

Als nun bald darauf einmal das Mammele sein Annele mit dem Angele spazieren fuhr, und das Lammele klingelnd neben her lief, da trat ihnen die Nachbarsfrau in den Weg, und sagte: »Ei schönen guten Tag, liebes Mammelchen! Wie geht es denn mitsammen? Was macht denn mein gutes Hannelchen? Das ist gewiss recht fleißig zu Hause! Ach das liebe, brave Mädchen! Und das herzallerliebste Annelchen da! Ach das Zuckerkind! Ei – und was es für ein schönes Püppchen da auf dem Schoße hat! Und das schöne Lammele! Wie das springt! Und das goldige Schellchen, wie das klingt! Und das saubere Wägelchen, so schön buntig gemalt! Ja da sieht man's recht, was das Sprichwort sagt: Schöne Leute haben schöne Sachen! O ihr herzigen Goldkinder, ihr!«

Mit diesem scheinbar so freundlichen und liebreichen Geschwätze betörte die Nachbarsfrau das Mammele, und es sagte: »Ja wohl, Frau Nachbarin, es geht uns ganz leidlich, wir sind zufrieden.«

»Freut uns gar zu sehr, mich und meinen Mann, mein liebwertes Mammele!«, schmeichelte die Frau. »Ihr seid aber auch gar gut, *zu gut*, zu brav, und verdient, dass es euch gut geht, denn das Sprichwort sagt: Was der Mensch wert ist, widerfährt ihm. Wer's nur auch so gut haben könnte, wie ihr! Aber das Sprüchwort sagt: Den Seinen gibt's der liebe Gott im Schlafe!«

»Freilich, Frau Nachbarin«, antwortete darauf das unkluge Mammele. »Jede Nacht gibt es uns der liebe Gott! Jede Nacht einen goldenen Dukaten.«

»Ei du meine liebe Güte! Ei Herr Jehchen! Ei woher denn, du goldiges Herzenskind, du gar braves, liebes, gescheites Mammele du?«, rief und schmeichelte die listige Nachbarin.

»Das Angele tut's, was da das Annele auf dem Schoße hat!«, plauderte das unkluge Mammele aus. »Jede Nacht einmal ruft es ›Mamma gacka!‹, und da setz ich's auf ein Tassenköpfchen, und da fällt der Dukaten hinein.«

»'s ist die Möglichkeit!«, schrie die Nachbarin außer sich, und griff hin, und wollte das Püppchen an sich reißen, aber das Annele hielt es mit beiden Händen fest, und erhob ein Geschrei als stäk es am Spieße und strampelte sehr mit den Füßen.

»Na, kleiner Narr, behalte nur deine Docke! Ich werde sie dir nicht nehmen! Ich brauche keine!«, sagte begütigend die Nachbarsfrau und ließ ab. »Wenn man den kleinen Kindern den Willen tut, so greinen sie nicht, sagt das Sprüchwort. Passt auch auf große Kinder! Nun Adjes, auf Wiedersehen, gutes Mammele! Grüße schön das liebe Hannele, und bleib fein gesund mit dem Annele und dem Lammele« – (du dummes Hammele, du Schaf!) – setzte sie noch in Gedanken hinzu, und eilte freudig zu ihrem Manne, und verabredete mit diesem einen Plan, wie sie durch Trug und Täuschung um Aufnahme für eine Nacht in dem Häuschen der Schwestern bitten, und den Schwestern das gute, nutzbare Püppchen, das Dukaten-Angele, entführen wolle.

Als es Nacht geworden war und Zeit, schlafen zu gehen, vernahmen die Kinder drüben im Nachbarhause einen gräulichen Lärm. Es klitschte und klatschte, es schmizte und patschste drüben, dass alles krachte und platzte, und man hörte die Frau kläglich heulen und den Mann gräulich fluchen und schelten, es war aber alles nur List und

Verstellung, und endlich fuhr drüben die Haustür auf, und die Frau fuhr heraus mit fliegenden Haaren, ringenden Händen, nur halb bekleidet, und geradewegs hinüber zu den Schwestern, in einem fort schreiend: »Ach, dass's Gott erbarm! Ach der böse Mann! Ach ach ach! Ei ei ei! Ach ach ach! Ei ei ei!«, und wollte sich gar nicht zufriedengeben. Endlich brachte sie unter erheuchelten Tränen und vielem Schluchzen die Lüge vor, dass ihr schlimmer Mann sie gottesjämmerlich geprügelt und aus dem Hause geworfen habe, und um keinen Preis ginge sie wieder hinüber, und die Schwestern möchten doch um Gottes willen sie nur eine einzige Nacht bei sich behalten, weil es schon Nacht sei; morgen in aller Frühe wolle sie dann weiter fort, in ihr Heimatdorf, zu ihren Leuten.

Die gutmütigen Schwestern hatten Mitleid mit dem falschen Weibe, und bereiteten ihm in ihrer eigenen Schlafkammer ein Lager, denn das kleine Häuschen bot keine Gaststube und Gastkammern dar. Als nun alle sich zur Ruhe gelegt hatten, nahm die Nachbarin aus dem Bettchen des schlafenden Mammele das Dukaten-Angele, öffnete das Fenster, stieg hinaus, sprang in das Gärtchen vor dem Hause, zertrat der Schwestern schönste Blumen, und eilte hinüber nach ihrem Hause, wo ihr Mann sie an der offenen Türe empfing, und beide hatten eine Hexenfreude, und wollten sich miteinander scheckig lachen, dass der Raub so gut gelungen war.

Und da sagte gleich darauf, als beide in der Stube waren, das Angele: »Mamma gacka! Mamma gacka!«, das freute die Frau von Herzen, sie nahm gleich statt eines Tassenköpfchens die Suppenschüssel, stellte diese dem Angele unter und sagte: »Mach's gut; mach's nicht so einzeln! Mach gleich einen Haufen, denn das Sprichwort sagt: Vorrat ist Herr – und viel hilft viel!« Und das Angele tat auf dieses Zureden sein Möglichstes, in der Schüssel aber tat es keinen klingenden Klang, sondern einen tritschenden Tratsch, und wie der Mann die Bescherung sah, so glaubte er, seine Frau habe ihn vor einen Narren, wurde jetzt im Ernst so böse, als er kurz zuvor sich gestellt hatte, nahm die Suppenschüssel samt der Puppe und warf beide durch's Fenster hinaus auf den

Mist, hernach aber nahm er einen Stecken, und prügelte seine Frau nun ernstlich windelweich, da schrie sie nun auch im Ernste Zeter mordio! »Ach ach ach! Ei ei ei! Ach du liebes Ei!«, und der Mann schrie: »Ich will dich be-eiern, dass du die Kränk kriegen sollst! Schmeckst du was? Schmeckst du, wie diese faulen Eier stinken? Das Sprichwort sagt: Viel hilft viel! Wart, ich will dir helfen!«, und schlug drauf und drein auf sie los, bis sie kaum noch piepsen konnte.

Am andern Morgen merkten die Schwestern, dass das Angele fort war, und hatte in dieser Nacht nicht auf das Tassenköpfchen begehrt, und waren darüber sehr betrübt.

Unterdessen lag die Docke, das Angele, auf dem Mist, und die Suppenschüssel lag über ihr, und nur ein Stückchen Lappen von ihren bunten Röckchen guckte unter dem Rande heraus; da kam ein Lumpensammler vorbei, der sah das Läppchen, stieß mit seinen Stock die Schüssel zur Seite, und freute sich, dass er eine Puppe fand; gedachte gleich, dieselbe seinem kleinen Mädchen mitzubringen, hob sie auf, und da sie, zufolge der Umstände, nicht sauber war, so ging er an den nächsten Brunnen, und wusch das Angele gar schön rein. Indem so kam von ohngefähr das Mammele an den Brunnen, nach seiner Gewohnheit Wasser zu holen, die sah ihre Puppe in des fremden Mannes Hand und rief voller Freude: »Ei mein Angele! Wo bist du denn gewesen?« Und die Puppe rief gleich: »Mamma gacka! Mamma gacka!«, und tat einen Schneller und hüpfte somit dem Manne aus der Hand, und dem Mammele an den Hals und schlüpfte ihm unters Halstuch, und hatte sehr notwendig, und legte geschwind ein Gackele, das wieder einem Dukaten so ähnlich sah wie ein Ei dem andern. Diesen Dukaten nahm das Mammele und schenkte ihn dem Lumpensammler und sagte: »Lieber Mann, dieses Püppchen, mag Er es gefunden haben, wo Er will, gehört mir. Hier hat Er aber zum Finderlohn ein schönes Trinkgeld, einen Dukaten, weil Er mein Angele gefunden und so schön sauber gewaschen hat!« – und sprang eilend nach Hause und zeigte es voller Freude den Schwestern und herzte und küsste das Angele und die ältere Schwester wie die jüngere, das Hannele und das Annele, freuten sich, dass das Mammele das Angele zum zweiten Male in das Haus brachte, und hatten eine große Herrlichkeit, hüpften vor Freude, wobei auch das Lammele mit hüpfte, kochten einen doppeltgemoppelten Kaffee und buken Waffelkuchen.

Und das Angele behielt seine Tugend bei, und legte fortwährend jede Nacht sein gelbes Eichen mit einem klingenden Klang in das Tassenköpfchen. Davon wurden die Schwestern sehr reich, aber sie blieben gar gut und einträchtig beisammen, erzogen das Annele und ließen es was Ordentliches lernen, denn das begibt sich gar wunderselten, dass kleine Mädchen, die nichts gelernt haben und unklug sind, wie das Mammele war, ein Dukaten-Angele finden, denn das Sprichwort sagt: da hat sich was zu angeln.

THÜRINGISCHE VOLKSMÄRCHEN

1823

Selinde

Hast du, freundlicher Leser, schon auf deinen Reisen die 3 Gleichen berührt, und ihre Merkwürdigkeiten besehen, oder hast du des vortrefflichen *Musäus* ergötzliche Volksmärchen, und vor allen *Melechsala*, gelesen, dann wird die Gegend dir nicht fremd sein, in welche dich diese kleine Erzählung versetzen soll, und eine heitre Erinnerung führe das schon einmal gesehene Bild in einem andern Kolorit dir vor die Augen. – Dorthin, wo die alten Burgen liegen, die aus einer längst vergangenen Zeit recht ernst herüberschauen in das jetzige bunte oft so wunderliche Leben; Denkmale, die sich ehrwürdig erhalten haben den spätern Geschlechtern, (obgleich hie und da zu einer Scheuer oder einem Schafstall solche alte Steine recht gut zu brauchen sind) wo deutscher Biedersinn und deutsche Kraft einst walteten, dorthin folge uns im Geist, wohlwollender Leser.

Unter der Anhöhe, auf welcher die Trümmer des Schlosses Mühlberg noch immer dem nagenden Zahn der Zeit Trotz bieten, liegt der freundliche Marktflecken gleiches Namens, und in dem Orte selbst befindet sich eine Quelle, von den Einwohnern der Spring genannt. Friedlich blickt von dem mildheiterm Himmel die Sonne ihr Spiegelbild in der smaragdnen Flut an, denn spiegelrein ist die Quelle und nur der sanfte Westhauch kräuselt sie; weiße Wasser-Rosen* erheben ihre Blumenkronen aus dem dunkeln Grunde, auf welchem des Hahnenfußes** goldne Blumensterne heraufschimmern. Wenn die Sonne ihre Strahlen auf die kristallhelle Quelle sendet, da flimmert und leuchtet in derselben ein wunderbarer milder Glanz, nur den Grund, nicht das Wasser erblickst du, und so weit der Blick hinunterreicht, goldgrüne und silberne Farben; auch die Steine, die am Boden liegen, schimmern mit, und wenn du eine Scherbe auf die ebne Wasserfläche legst, sinkt

* Nymphaea alba L.
** Ranunculus aquaticus und Sceleratus.

sie langsam, in sanften Schwingungen zu Boden und glänzt und schimmert augenblicklich mit.

Wenn an stillen Sommerabenden die Sterne heraufziehen und sich spiegeln in dem klaren Gewässer, da säuselt es oft melodisch in den Bäumen umher; bald tönt es an der Quelle wie leises Wimmern, bald wie verhallender ferner Gesang oder sterbende Flötenklänge, dann lauscht der Dorfbewohner mit bedenklichem Gesicht und schüttelt das Haupt, er kann nicht unterscheiden, ob aus der Luft, ob aus der Quelle die Klagelaute dringen.

Wie sie entstanden sind, soll dir freundlicher Leser, dies Märchen kundtun, nur mit etwas poetischem Schmuck, wollen wir dir wieder erzählen, was in den Burgruinen des Mühlberger Schlosses, ein redseliger Alter, der die Goldwurzel* dort suchte und Allermanharnisch** und den mir den heilsamen Waldmeister*** kennen lehrten uns erzählte.

Damals als Graf Ernst von Gleichen mit der reizenden Sarazenin, die seine Fesseln gelöst und ihm andere schönere dafür angelegt hatte, aus dem heiligen Lande heimkehrte in das schöne Thüringen, und der heilige Vater in Rom nach langer Weigerung das Band der Ehe höchst eigenhändig um die Liebenden geschlungen hatte, fand er zu Hause sehnsüchtig seiner harrend, sein treues Eheweib, Elisabeth, die ihn und die Fremde mit ungeheuchelter Freude empfing, wie das alles schöner und ausführlicher in dem Märchen Melechsala**** zu lesen ist. Wir kennen viele Weiber, die in ähnlichen Fällen den lieben Mann ganz anders bekomplimentiert haben würden, auch wenn sie nicht so einsam, wie Frau Elisabeth auf ihrer Burg, so viele Jahre verlebt hätten, tempora mutantur etc.

Da ward des Grafen Herz von Dank und Freude erfüllt, und er sandte Herolde in alle benachbarte Gauen, auf seine Burg zu laden alle mann-

* Lilium martagon L.
** Allium victorialis
*** Asperula odorara
**** Volksmährchen der Deutschen. 5ter Band.

lichen Ritter, wo er mit Turnieren und Freudenfesten seine zweite Vermählung feiern wollte.

Zu jenen Zeiten geschah es häufig, dass Ritter, denen daheim die Zeit zu lang wurde, Irrfahrten unternahmen, und nach Kampf und Abenteuern auf gut Glück in die Welt hineinritten; so auch Herr *Alfred von Tannenwörth*, dessen Burg in einer wilden Gegend auf der Insel Rügen, ohnweit des Gestades der Ostsee, von schwarzgrünen Föhren umgipfelt, sich aus der dunkeln Umgebung noch dunkler und düstrer erhob. Der junge Ritter, der kurz zuvor seinen Vater in der Gruft seiner Ahnen beigesetzt hatte, und müde des Kampfes mit den Tieren der Wildnis und den scheuen Räuber in den Schluchten und Felsenklüften seiner Waldungen, denn kein Ritter wagte ihm Fehde zu bieten, schiffte, nachdem er Burg und Gebiet der Obhut eines treuen Freundes übergeben hatte, mit einem einzigen Knappen, welcher ihn durchaus nicht verlassen wollte, über die See, und landete wohlgemut an Preußens Küste. Längst hatte der Ruf ihm Deutschlands Ritterschaft als herrlich blühend und grünend geschildert, und er fand, dass man ihm nicht zu viel erzählt hatte. Herrlich ragte aber auch in jedem Turnier der kühne schlanke Nordlandsheld hervor, der in der Blüte der Jugend und Kraft, er hatte vierundzwanzigmal den Eichbaum sich belauben gesehn, den Kampf mit keinem Ritter scheute, und wenn er in der dunkeln Stahlrüstung, von schwarzen Federn den Helm umwallt, die Rennbahn durchflog, oder im Lanzenstechen jeden Gegner in den Sand streckte, da weilte manches schöne Auge länger auf ihm, und mancher Dank, von zarten Händen freudig dargereicht, ward dem stattlichen Sieger zuteil. Es hatten aber der Liebe goldne Sonnen sein Herz mit ihrer Seligkeit noch nicht durchglüht, und er hatte den Zaubertrank noch nicht gekostet, welcher den Jüngling, nippt er nur erst einmal davon, auf immer zu Amors Sklaven macht.

Auf des Ritters Schilde war mit köstlichen Farben sein Wappen gemalt; von einem roten Querbalken in zwei Hälften geteilt, zeigte die Obere eine schwarze Lanze auf goldnem Grund, Tapferkeit und Mut, für Recht, Unschuld und Tugend zu streiten, andeutend, in der untern

Hälfte des Wappens stiegen im blauen Feld zwei grüne Tannen empor, auf seinen Namen anspielend, zugleich ein Bild der Hoffnung und der Treue.

Wohl verdient neben dem Bilde des Ritters, sein treuer Schildknappe Siegismar mit einigen Zügen dem günstigen Leser dargestellt zu werden; in unsern Tagen fällt es freilich niemandem ein, wenn er den Herrn beschreibt, an den Knecht zu denken; man begnügt sich mit dem Sprichwort: Wie der Herr, so der Diener. Der wackre Siegismar hing an seinem Herrn mit ganzer Seele, war übrigens ein einfältig-treuherziges Gemüt, weder pfiffig noch verschlagen; wenn er seines Herrn Befehle vollzogen hatte, dann unterhielt er sich am liebsten mit dem Wein- oder Bierkrug, denn das edle Kräutlein Nicotiana tabacum, der süße Zeitvertreib hoher und niedrer Schildknappen, war damals noch nicht in Europa kultiviert. Siegismar hatte seinem jungen Herrn schon einmal das Leben gerettet, und Alfred war nicht undankbar und vergaß dieses nicht, wie man dermalen eine Kleinigkeit zu vergessen pflegt; Siegismar war mehr des Ritters Freund und Gefährte, als sein Diener, allein eben dadurch, dass ihn Alfred mit einer gewissen Achtung behandelte, kettete er die treue Seele mit festen Banden an sich; denn es liegt im menschlichen Charakter, dem freundlichen Herrscher gern und freudig zu gehorchen, hingegen dem polternden, tobenden Befehlshaber, oder der kreischenden, Gift und Galle speienden Herrin stoischen Gleichmut und Verachtung entgegenzusetzen.

Von Land zu Land, von Burg zu Burg, von einem Turnier zum andern flog der jugendliche Held; oft übten an ihm die minniglichen Zuschauerinnen ihrer Augen Zaubermacht, jedoch vergebens; Alfred kannte, wie schon gesagt, die Liebe noch nicht. Just zu jener Zeit kam er nach Thüringen, als Graf Ernst von Gleichen die Einladung an alle Ritter ergehen ließ; zwar lächelte unser Ritter im Stillen über des Grafen Torheit, wie er es nannte, der ersten Frau noch eine zweite zuzufrein, und meinte, dass mancher gute Mann mehr als zu viel an der einen hätte, und wir meinen es auch; doch kam ihm die Kunde von den

Freudenfesten, die da veranstaltet werden sollten, nicht ungelegen; Siegismar hatte keinen andern Willen als den seines Herrn, und da zum Überfluss die Hoffnung auf gute Leibespflege in seiner Seele ein wohltätiges Feuerlein unterhielt, so folgte er mit Freuden dem Ritter. – Aus weiter Ferne sahen sie die drei Nachbarburgen liegen; wie Sterne schimmerten die Fenster das Bild der untergehenden Sonne zurück. Als sie jetzt den Burgberg von Gleichen hinanritten, begrüßte sie schon freudig schmetternder Trompetenton, und als Siegismar dem Turmwärtel seines Ritters Herkunft und Namen genannt hatte, senkte sich die Zugbrücke nieder, geschäftige Knappen flogen mit den Willkommenbechern herbei, und bald nahte der Burgherr selbst, und begrüßte mit edlem Anstand den fremden Gast, während Siegismar mit den Knappen Kameradschaft machte, und bald mit dem flinken Kurt sich in ein heimliches Gespräch vertiefte. Mit Bedauern bedeutete Graf Ernst dem Ritter, dass er sich auf Schloss Mühlberg verfügen müsse, da es in der sehr geräumigen Burg Gleichen schon an Raum gebrach, denn die fremden Damen konnte man nicht wohl auf die andern Burgen weisen. Nachdem nun mit Speis und Trank die beiden hinlänglich erquickt worden waren, auch Ritter Tannenwörth mit einigen thüringischen Rittern Bekanntschaft gemacht hatte, musste der flinke Kurt satteln und mit einem Schreiben des Grafen an den Burgvogt auf Mühlberg versehen, die Gäste hinübergeleiten. Während der Ritter die schöne Gegend bewunderte, hatte Siegismar Zeit, das begonnene Gespräch mit Kurt fortzusetzen, dessen Inhalt nichts weniger war, als eine ausführliche Erzählung aller ausgestandenen Fata des Letztern, und der Abenteuer seines Herrn.

Noch hatten die Festlichkeiten auf Burg Gleichen nicht begonnen, und die Gäste vergnügten sich einstweilen mit Musik, Spielen und Trinkgelagen, allein dabei wollte es unserm Ritter nicht gefallen, denn um deswillen hätte er können zu Hause bleiben; seine Seele durstete nach Kampf und Siegen, daher streifte er tagelang in der Gegend umher, und immer allein, denn Siegismar der Wackere, lobte sich, wenn Alfred seine Begleitung nicht begehrte, den vollen Humpen. – Oft

irrte Alfred umher in des Eichwaldes dunklen Schatten, oder in den sonnenhellen Fluren, prangend in des Lenzes schönstem Blumenschmuck; mehr und mehr fühlte er sein Herz beengt und es war nicht mehr die Sehnsucht nach Kampf allein, die ihn durchglühte, sondern andre Gefühle, für welche er keinen Namen hatte, bemächtigten sich seines ganzen Wesens. Es trieb ihn hinaus in die Natur, aber nirgend fand er Ruhe, nirgend vermochte er lange zu weilen, rastlos weiter und weiter jagte er, bis er am Abend ermüdet heimkam, und mit den frühsten Morgen wieder hinausstürmte, ehe noch des Taues glänzende Perlen von der Morgensonne goldnen Strahlen in blitzende Diamanten verwandelt wurden. Da traf sich's einst, dass er in der Dämmerung von einem solchen Ritt heimkehrend, an der Quelle vorbeireiten wollte, als aus dem tiefen Nachsinnen, in welches er verfallen war, ein Seitensprung seines Rosses ihn weckte. Vergebens spornte er das Ross, das sonst gute und kluge Tier war nicht von der Stelle zu bringen; der Ritter blickte auf und siehe – von einem magischen Silberschimmer wie von einem wallenden Schleier umgehen, saß an dem Quellenrande eine wunderliebliche Jungfrauengestalt; da ging es hell auf in seinem Innern, verschwunden war sein Sehnen, es ward ihm klar, dass er hier das unbewusste Ziel desselben gefunden hatte. Lange hatte er mit unverwandten Blicken auf der Jungfrau, die ihn gar nicht zu bemerken schien, verweilt, endlich fasste er sich und fragte mit sanfter Stimme:
»Wer bist du Jungfrau, die du geschmückt mit allen Reizen, gleich einer Königin, am Rand der kühlen Quelle sitzest? Antworte mir, wenn anders meine Frage dich, du Holdselige, nicht beleidigt.«
Alfred schwieg, so bange, so beklommen, und doch so freudig war ihm nie zu Mute gewesen.
Und sie erhebt sich – um der Locken Fülle rankt sich ein Kränzchen von Vergissmeinnicht, des zarten Körpers zartere Bedeckung scheint aus Luft und Duft gewebt und lilienweiß, wie das Gewand, ist das sanfte ausdrucksvolle Gesicht. Jetzt schlägt sie die seidnen Wimpern auf zu dem Ritter, und es geht ein wunderbarer Klang durch die Bü-

sche. Mit dem Anstand einer Königin tritt sie ihm näher, und lispelt mit einer Silberstimme, welche den Ritter alles um sich her vergessen machte:
»Wer bist du Ritter, der so ruhelos durch Flur und Wiesen reitet, und von seines Rosses Hufen meine Blumen knicken lässt? Drückt dich vielleicht geheime Last?, und hast du niemand, der dir deine Schmerzen heile?, denn sieh – ich weiß es, dass du Schmerzen hast!«
Ihre Rede klang wie Gesang, er fühlte keine Schmerzen, er sah und hörte nur sie, und lauschte noch immer ihrer Rede, als sie schon lange geschwiegen hatte; endlich stammelte er mühsam heraus: »Wenn du mir ansiehst, dass ich Schmerzen empfinde, so wirst du sie wohl auch lindern können; ich will dir meine Heilung gerne danken. Recht inständig bitte ich dich, du wollest mir verzeihen wegen der zertretenen Blümlein und Grashälmchen; künftig will ich hübsch auf den Wegen bleiben, auch erfreue mich mit der Nennung deines süßen Namens.«
Alfred wurde über und über rot, er fühlte, dass es nicht viel Kluges war, was er gestottert hatte; aber mit gesenkten Blicken entgegnete die liebliche Erscheinung:
»Willst du so gerne wie ich heiße wissen? Wohlan, ich will es heimlich dir vertraun. Doch musst du noch drei Tage dich gedulden, und von mir schweigen gegen jedermann; so kehre denn am Abend des dritten Tags zu dieser Stunde an diesen Ort, bis dahin – lebe wohl!«
Als sie diese Worte sprach, wurde immer leiser und leiser ihre Stimme; ihre Gestalt verschwand, und als die Umrisse derselben das Lebewohl hervorgehaucht hatten, säuselte es wieder melodisch durch der Bäume Laub, und Alfred starrte in den blauen Himmel, an welchem hell und freundlich der Mond aufgegangen war; aber verlassen und öde schien ihm die Gegend, nur *Sie* konnte ihr Reiz verleihen; Alfred fühlte in seiner Brust, in welcher bisher alle zartern Regungen geschlummert hatten, der süßen Minne seliges Auferstehn.
Angekommen auf der Burg vermochte weder das Läuten der Pokale und der frohe Gesang im Speisesaal den Ritter zu locken, noch der redselige, etwas weniges trunkene Siegismar ihm Rede abzugewinnen. An

das offne Fenster getreten, warf er sehnsüchtige Blicke, bald hinauf zu der silbernen Mondscheibe, bald in das Tal, in welchem ätherische Blumengeister den luftigen Reigen tanzten. Als er endlich ermüdet einschlief, gaukelte das Wunderbild Entzücken in seine Träume.
Ehe noch hinter der Wachsenburg die Morgenröte aufdämmerte, war er schon erwacht; Siegismar musste satteln, und fort ging es wieder, als der Sonne erste Strahlen auf die Gleichen fielen, ihr Bild im Herzen, das aus jedem Tautropfen ihn anzulächeln schien, ritt er den ganzen Tag in der Gegend umher. So trieb er es auch den zweiten Tag. Siegismar wusste gar nicht, wie es kam, dass sein Herr einsilbig war und doch aus seinem Gesicht eine stille Freude strahlte. Da aber der Gute nichts zu tun hatte, so brachte er eine ganze Stunde mit Nachsinnen zu, und die Frucht desselben war, dass er, sozusagen den Nagel auf den Kopf traf. »Mein Herr ist eigentlich in Minne befangen«, brummte er mit zufriednem Gesicht, und labte seinen durch das angestrengte Denken abgematteten Geist mit einem Krügelchen Weines, mit welchem er die aufsteigende Frage: in wem? hinabschwemmte, denn Neugier war seine Sache nicht, aber er beschloss doch, sich auf Kundschaft zu legen.
Als er am dritten Morgen abermals von dem Ritter aus dem süßen Rausch geweckt wurde, murrte er halblaut vor sich hin: »Auf der andern Seite kann ich gar nicht schlafen, wenn das so fort geht«, und als er den Herrn wappnete, und diesem seinen schönsten Schmuck anlegen musste, da fragte er mit einfältiger Miene:
»Befehlt Ihr Herr Ritter, dass Euer Knecht Euch einmal begleite?«
»Nein«, war Alfreds kurze, aber sanfte Antwort. »Wo gedenkt Ihr eigentlich hin, Herr Ritter?«

»Nach Ost und West, nach Nord und Süd,
Wo meines Lebens Blume blüht.«

»Was ist das eigentlich für eine Blume Herr Ritter«, fragte der Knappe höchlich erstaunt über seines Herrn poetische Antwort.

»Die Lilie ist es, weiß wie Schnee,
Die Rose ist es, an dem See,
Das Veilchen ist es, auf der Au
Und das Vergissmeinnicht, himmelblau.«

»Seid Ihr ein Minnesänger geworden, Herr Ritter? Euer Liedlein müsste eigentlich gar anmutig zur Harfe klingen; aber sagt mir nur, warum Ihr auf der einen Seite erst nur eine Blume nanntet, und jetzt einen ganzen Strauß. Des Grafen von Gleichen flinker Leibknappe, der mit ihm in der Sklaverei gewesen ist, und auf der andern Seite Sand in des Sultans Garten gefahren hat, hat mir von einer Blume erzählt, die, glaube ich, eigentlich Mischurumi hieß, und mit welcher sich viel Wunderbares zutrug, da dachte ich, Ihr meintet diese Blume?, und da –«
»Eile, eile!«, unterbrach Alfred den Frager. »Siehst du nicht, wie die Sonne schon am Himmel emporsteigt? Und ich bin noch hier!«
Schweigend vollendete der treue Knappe sein Geschäft, und zwei Minuten darauf hatte Alfred die Burg hinter sich: kopfschüttelnd sah ihm der Gute nach und murmelte: »Was meinem Ritter nur eigentlich fehlen mag?«
Als des Abendrotes erste Rosenwölkchen sich in der Quelle spiegelten, stieg unser Held schon ab, und ließ sein Ross weiden auf den grasreichen Wiesen, welche damals die Quelle noch umgaben. Er harrte lange; dunkler glühten die Abendwolken, bis ihr Schimmer allmählig in Dämmerung und Nachtgrau sich auflöste. Ringsum herrschte Grabesstille, die Sänger auf den Zweigen schwiegen, das müde Ross streckte sich ins hohe Gras; schon trat hinter einer dunkeln Wolke der Abendstern hervor und immer dunkler und immer stiller wurde es rings umher.
Am Nachmittage hatte Siegismar, der Vieltreue, den hohen Wartturm des Schlosses Mühlberg bestiegen, von welchem man die entzückendste Aussicht in die Umgegend hat, da er noch bis heute steht; wohlverproviantiert saß er da oben, und spähte nach dem Ritter, um zu sehen,

wo er herkäme; lange hatte er vergeblich nach ihm umgeschaut, da endlich, als die Sonne untergegangen war, sah er ihn hastig fernher gejagt kommen, und an der Quelle absteigen; schnell war der Entschluss des Wackern gefasst, noch einen Blick auf den Ritter, ob er es wirklich sei, noch einen Becher Wein zur Stärkung, und langsam und bedächtig, wie er immer war, stieg er die Leitern herab.

Unmutig wandelte Alfred von Tannenwörth auf und ab an der Quelle, kein lebendes Wesen zeigte sich, er entschloss sich zu gehen, noch einmal wandte er sich nach der Quelle, ihm dünkte, in den Büschen ein leises Geräusch vernommen zu haben – es war nichts; jetzt trat er vor, um sein Ross zu suchen; da stieg hinter den hohen dunkeln Mauern der Burg der Vollmond empor, und warf sein magisches Silberlicht auf die Quelle, zugleich begann im Gebüsch eine Nachtigall ihr süß klagendes Minnelied; es schwebte ein Lautenton vorüber und »Alfred« klang es in die Ohren des Erstaunten. Er sah sich um, da saß am Quellenrande, die schöne Ruferin, in einen wasserblauen Schleier gehüllt, um die Locken war ein Kranz von weißen und roten Rosen geschlungen. Eine goldne Lyra ruhte auf ihrem Schoße und die Quelle daneben schimmerte in den köstlichsten Regenbogenfarben. Die Jungfrau winkte und als der Ritter sich neben ihr niedergelassen hatte, lispelte sie, indem sie ihm die Hand zärtlich drückte, mit traulichen Liebesworten:

»Sei willkommen mein tapfrer Nordlandsheld, sei willkommen; nun kann dir ganz vertrauen die liebende Jungfrau. – Was du hier siehst«, fuhr sie fort, »diese Wiesen; die Quelle hier und dort der Murmelbach, der Schattenhain mit seinen heitern Sängern, sind alle mein und meinem Willen gehorsam. Mich grüßen die Sänger des Waldes, wenn Aurora in meiner Quelle sich spiegelt, die Blumen neigen ihr Haupt vor mir und bieten sich wetteifernd dar zu Kränzen für mich; mir trägt der Zephyr Melodien zu – ich bin die Quellenkönigin *Selinde.* O staune nicht, mein Alfred«, bat sie schmeichelnd den fast erschrocknen Ritter: »Was ist Leben, was ist der Herrscher süßgeträumtes Glück, wenn nicht die Liebe es verherrlichet und mit ihren glühenden Farben einer ewigen Sonne gleich, durchstrahlt? Nur Liebe empfinden, und sie erwidern, ist die höchste Seligkeit; wem Liebe und Treue ihre Rosenkronen flechten, dem wird zum flüchtigen Augenblick die Stunde, dem strahlt der Äther himmlisch rein, den wiegen lächelnde Genien in entzückende Träume.« – So sprach sie und streichelte ihm die Wangen und blickte ihn mit den blauen feuchten Augen schmachtend an. Ihm war, als brause durch seine Adern ein glühender Feuerstrom. Jetzt griff sie in die zarten Saiten der Laute und besänftigt war die wilde Glut in seinem Innern, es löste sich sein Herz in Harmonien auf; die Seele verschwamm in den schmelzenden Himmelsakkorden, denn um und unter und über ihm klang und tönte es in seltsamen herrlichen Weisen. Nicht die Worte der Sängerin verstand er, aber er fühlte, dass sie die Freuden der Liebe sang; er sah die Sterne goldne Kreise ziehen, die Wellen schienen sich zum Tanze zu heben, und alle Knospen erschlossen sich in dem Rosenkranze Selindens, die im Silberschimmer des Mondlichts wie ein Engel aus bessern Welten dem Ritter erschien.

Und wie sie schwieg, da war er hingesunken zu ihren Füßen, und blickte, noch immer den verhallenden Klängen lauschend, sie flehend und sehnsüchtig an; sie aber, indem sie ihn sanft aufhob, lispelte: »O knie nicht vor mir, in meines Busens tiefster Tiefe glüht der Liebe heilge Flamme nur für dich, o lass uns tauschen Liebe um Liebe, Leben um Leben!« – Da drückte Alfred in heiß auflodernder Liebesglut den ersten Wonnekuss auf der holdseligen Ondine entgegenschwellende Granatlippen. Die Saiten der Laute rauschten das süßbetörende Liebeslied noch immerfort, reine Kristallklänge zitterten durch die Lüfte. »O welche himmlischen Töne!«, rief wonnetrunken der Ritter, und Küsse um Küsse tauschend hielten sich glühend, selig die Liebenden umfangen, und in die Klänge rund umher schienen tausend Nachtigallen ihre Brautlieder zu jubeln.

Endlich machte mit leisem Beben Selinde sich aus des Ritters Glutumarmung los. »Ach Alfred«, flüsterte sie mit weicher klagender Stimme – »wir müssen uns trennen, und nur der Gedanke kann mich trösten, dass du mich nicht vergessen, dass du wiederkehren wirst an meine Quelle.«

»O wolle doch nicht zweifeln, holdselige Jungfrau, die aus des ewigen Frühlings Blütenreichen mir erschienen, dass ich nicht morgen wieder, sehnsuchtsvoller wie heute, deiner harren werde!« So der Ritter; sie aber sprach traurig: »Nicht morgen, lieber Ritter, auch übermorgen nicht; heut ist Vollmond, erst in acht Tagen, wenn das letzte Viertel eintritt, kannst du mich wieder sehen. Dann sollst du schauen mein herrliches Kristallschloss, wo auf silberschimmerndem Grunde Blumen von köstlichen Perlen sprießen, und durch die saphirne Decke goldstrahlende Sterne leuchten. Bis dahin lebe wohl; doch dass du immer bebend mein gedenken mögest, so nimm diesen Ring als ein Unterpfand meiner Liebestreue. Er ist gefegt, ihn schmiedeten aus sieben Metallen im Mittelpunkte der Erde kunstreiche Gnomen. Wenn du ihn in die Tiefe dieses Wasserspiegels senkst, dann erscheine ich dir augenblicklich. Noch andre Eigenschaften hat der Ring, welcher dir mehr sein kann als der treueste Freund.« – »Nicht mehr als du, o meine herrliche Selinde!«, fiel rasch der Ritter ein, doch sie fuhr fort: »Wenn du o Alfred im Geräusch der Feste auf jener Burg mein vergessen könntest, wenn du zu lange dort verweilst und die sehnende Geliebte länger als bis Mitternacht harren lässt, dann ist zerrissen das Zauberband unsrer Herzen und nie – nie siehst du mich wieder.«

Mit trauriger Stimme sagte sie das und als auf des Ritters Lippen Beteurungen des Gegenteils schwebten, küsste sie ihn schnell noch einmal, flüsterte noch ein leises Lebewohl und zerfloss in; nur leichte Luft hielt er umfangen, doch klangen noch liebliche Töne aus der Tiefe der Quelle empor und in leichten Ringen bewegte sich die Wasserfläche.

Vom Boden erhob sich jetzt Alfreds treues Ross und trug im schnellen Lauf ihn nach der Burg zurück. In seinem Zimmer angekommen, trat Siegismar bleich und entstellt herein, seine Hände zitterten heftig, als er den Herrn entkleidete. – »Was fehlt dir Siegismar?«, fragte mit mitleidigem Ton der Ritter, vor dessen innerm Auge noch der Angebeteten holdes Bild, lebendig stand.

Da drängten sich Tränen unter den Wimpern des Mannes hervor; er stürzte dem Ritter zu Füßen. »Was soll das? Was ist das?«, fragte Alfred befremdet.
»Vergebt mir, Herr Ritter! Zieht doch nur gleich Euer blankes Schwert und haut mich zusammen, ich habe Euch belauscht; straft mich dafür, martert mich, quält mich, gern will ich's dulden – nur gebt Eure verderbliche Liebe auf!«
»Bist du von Sinnen? Sprichst du im Fieber?«, fragte Alfred wieder, und gebot dem Knienden aufzustehen. »Ach Herr Ritter, wollt doch vertrauen und glauben Eurem treuen Knecht, der Euch von Kindesbeinen an ergeben war, Eure Geliebte ist doch eigentlich ein schnöder Nix, der Euch hinabziehn will in sein verfluchtes Wasser, und auf der einen Seite Euch bestrickt hat mit höllischen Zauberbanden. Hört mich an; ich sah Euch absteigen an der verrufenen Quelle, ich lief den Berg hinunter, durchs Dorf und hinaus in die Büsche; ich hielt mich verborgen, Ihr gewahrtet mich nicht, Ihr ward bestrickt in des Teufels Netzen. Als die Sirene in Euren Armen lag, da wollte ich hervortreten und mit einem kräftigen Segen den Zauber vertreiben, konnt ich denn? Musste ich nicht auf der einen Seite stockstille stehen? Konnte ich mich denn rühren? Konnte ich denn schreien bis es endlich bei Euch zum Abschied kam, da lief ich, was ich konnte, hinauf nach der Burg, um Euch zu empfangen.«
»Stehe auf und lass es gut sein, ich weiß, dass du mich lieb hast«, sagte besänftigend der Ritter; aber Siegismar: »Ich stehe nicht auf, bis Ihr mir versprecht, nicht wieder zu der Hexenquelle zu gehen. Ist das eigentlich die Blume des Lebens, von der Ihr heute sagtet? Ihr habt wohl gar die sehr niedlichen Krötenbeinchen und Schlangenschwänzchen, von welchen das Nixenbild sich ein Kränzlein gewunden hatte, für eitel schöne Blümelein gehalten?«
»Entweder willst du mich betören, oder du warst als Zuschauer betrunken und bist es noch; lasse doch einmal das übermäßige Saufen«, grollte der Ritter.
»Ach Herr Alfred«, schluchzte der Knappe, »ist denn der Schutz aller

Heiligen von Euch gewichen, hat Euch der Teufel allzu sehr betört? – Als das Quinkeliren, das Unken, Krächzen und Querecken eigentlich losging in dem Sumpf, in den Büschen und Bäumen, glaubtet Ihr da nicht schöne Musik zu hören? Rieft Ihr nicht, o welche himmlischen Töne!? Glaubt Ihr nicht mehr Eures treuen Dieners Worten, so helfe Euch Gott!« – und außer sich sprang er auf und warf sich mitten in der Stube auf die Knie und rief mit tränenden Augen, mit aufgehobenen Händen zum Himmel empor:

»O du gerechter Gott! den Tobias hast du sehend gemacht, als ihn die Schwalbe beschmeißt hatte, und dein heiliger Geist hat die Jünger erleuchtet, dass sie eigentlich mit Zungen redeten, erbarme dich doch über meinen armen Herrn, und tue ihm die Augen auf, und wende sein Herz ab von dem Teufelsgespenst, und nimm lieber mich zum Opfer dahin, wenn seine Seele damit zu retten ist! Amen.« So betete Siegismar und gerührt hob der Ritter den treuen Knecht auf und zog ihn an seine Brust.

»Versprecht, was ich Euch bat!«, flehte dieser wieder.

»Versprechen kann ich nichts, ich gab mein Wort, das andre wird sich finden«, erwiderte Alfred.

»Ja finden«, meinte Siegismar, »finden wird sich nach neun Tagen Euer Leichnam; wenn sie denselben mit langen Haken aus der Quelle häkeln, da wird sich's finden – finden.« Und damit ging er hinaus.

Unruhig, geteilt zwischen Furcht und Liebe, wälzte sich der Ritter auf seinem Lager lange schlaflos umher, und als er am andern Morgen spät erwachte, kam ihm alles vor wie ein lieblicher Traum, an welchen eine schlimme Deutung sich geknüpft zu haben schien. – – Noch ein Tag und das letzte Viertel war da. Da schmetterten Trompeten vor dem Burgtor, bekränzte Herolde, geschmückt mit köstlichen Wappen und Kleinodien ritten ein, und als die Ritter versammelt waren, rief einer mit starker Stimme: »Dass der morgende Tag der erste sei von denen, an welchen des Herrn Grafen von Gleichen Hochzeitfeier gehalten werde, und dass an demselben ein feierliches Lanzenstechen um zwölf Kleinode stattfinden, nach geendigten Turnier aber ein frohes Mahl, und darauf ein festliches Bankett den Tag beschließen sollte, wozu die geladenen Gäste sowohl, als auch jeder andere ebenbürtige, untadeliche und turnierfähige Ritter eingeladen sei.« – Die Herolde zogen von dannen, und nun regte Freude und Erwartung unter den Rittern und Knappen ein neues Leben an.

Sollte nun Alfred hinziehen? Morgen war ja das letzte Viertel, wo er die Geliebte wieder sprechen sollte; sollte er hinziehn, und sie vergebens seiner harren lassen, und sie nie wieder sehen? Oder sollte er wegbleiben von des Festes erstem Tag, um dessentwillen er so lange in dieser Gegend verweilt hatte? Was dachten denn von ihm die Ritter, wenn er wegblieb?

Diese und ähnliche Fragen warf sich selbst Alfred auf und quälte sich mit Nachsinnen, wie das zu machen sei. Den Knappen durfte er nicht fragen, dessen Rat wusste er schon voraus. Da half ihm der Geist, denn Liebe macht erfinderisch. Ich kann ja, sprach er zu sich selbst, gegen Abend hinüberreiten nach Mühlberg, dabei kann ich doch im Turniere mich zeigen; o wie glücklich werde ich sein, wenn ich die errungenen Preise der Holden zu Füßen legen kann. – –

Auf dem hohen Balkon im Burghofe des Schlosses von Gleichen prangten im schönsten Schmucke des Thüringerlandes Kronen, viel herrliche Frauen, viel wunderholde Jungfrauen, wie aber die orientalischen Blumen an Pracht und Farbenschmuck die unsrigen übertreffen, weil des Südens glühender Hauch sie malt, so strahlte auch unter jenen die schönste Blume der Frauen, Melechsala, hervor, welche mit eigner Hand die Preise verteilen wollte.

Herrlich zeichnete sich Alfred aus unter den stattlichen Rittern, und zog die Augen der Schönsten auf sich, aber von *einer* Liebe nur das Herz erfüllt, blickte er nicht hin nach den Huldgestalten; hell glänzte sein Harnisch im Sonnenschein, ungeduldig wieherte sein kräftiges hohes Streitross, und aus den Augen blitzte dem Ritter das neuerwachte Heldenfeuer.

»Selinde! Sieg!«, war sein kurzer Wahlspruch; an seinem Helme bildete ein blaues mit Silber durchwirktes Band zwei Schleifen um eine ro-

te Rose. – So, glühende Kampflust im Herzen, harrte er des Zeichens zum Einreiten in die Schranken.
Die Posaunen schmetterten, die Pauken wirbelten, weiße Stäbe hielten die Herolde in die Höhe, und das Turnier begann. Paar an Paar rannten die Ritter gegeneinander, Lanzen splitterten, Kämpfer wankten, und mancher derselben fiel in den Sand. Nicht so Alfred, geübt in diesen Spielen, war ihm hier das Siegen zwar nicht leicht, denn es teilten tapfere, männliche Ritter den Sieg mit ihm; doch obgleich viele waren, die er nicht besiegte, so unterlag er doch auch keinem einzigen. Geendet ist das Turnier; den Burgherrn an der Spitze, ziehen die Ritter nach dem Saale, wo Melechsala die Preise verteilt; jetzt öffnen sich die Flügeltüren, und rings umher erwidern die Damen der Ritter ehrerbietigen Gruß; Blumen, Kränze und Bänder fliegen herab auf die Sieger. – Als den Dritten von diesen ruft der Herold unsern Alfred mit Nennung seines Vaterlandes laut auf, und mit schüchternen Erröten, mit heißen Wangen naht er sich, gleich den Übrigen, dem goldverzierten Thron, auf welchem die schönste aller Sultanstöchter im reichen orientalischen Prachtkleide, himmlische Milde in dem reinen Gesicht, ein Kettlein von purem Golde, und ein gutes Schwert ihm zum Danke reicht, der kaum wagt, den Blick aufzuschlagen zu der Blume der Welt, welche der glückliche Graf von Gleichen aus dem ägyptischen Sandboden in das Rosengärtlein seiner Ehefreuden verpflanzte, und wo dieselbe auch recht gut gedeihte, obgleich der Graf keine Sprösslinge von ihr erhalten konnte.
Trompetenstöße riefen zum Mahle, wo auf endlosen Tafeln alles, was in jener Zeit für leckerhaft und wohlschmeckend gehalten wurde, aufgetischt war, obgleich ein Gutschmecker unsrer Tage manches zu tadeln gefunden haben würde; aber hochvergnügt waren die Ritter, und leerten oft die kreisenden Pokale auf das Wohl der Frauen und Jungfrauen.
Was hier oben die Ritter taten, machten in den untern Gemächern die Knappen nach; es fehlte zur Erhöhung der Freude nicht an Harfnern, Gauklern und Possenreißern; auch horchte ein großer Teil den Erzäh-

lungen des flinken Kurt, dessen Steckenpferd nun einmal war, zu den wirklich ausgestandenen Abenteuern noch hundert und aber hundert hinzuzulügen, und sie mit den echten an Mann zu bringen, worin er es zu einer solchen Vollkommenheit gebracht haben soll, dass die Zuhörer ihm alles wirklich glaubten. Dieses angenehme Talent hat sich in spätern Zeiten auf viele Personen vererbt; es sind dies meistens gutmütige harmlose Leutchen, welche man sich leicht geneigt machen kann, wenn man ihren lustigen Erzählungen Glauben beizumessen scheint. – An einer andern Tafel thronte unser Siegismar, auf dessen Nase schon die Abendröte des Weinrausches, eine Vorbotin süßer Ruhe, aufging, und mit der hereinbrechenden wirklichen, wetteifern zu wollen schien. Seinerseits hatte er zur Erheiterung und Unterhaltung der respektabeln Tischgenossenschaft redlich das Seinige beigetragen, und tat es noch, indem er, in allerlei fremdartigen Tönen durcheinander singend und predigend, und dies mit sehr unterhaltenden Gestikulationen begleitend, einen weiten Kreis von Lachern um sich versammelt hatte.
Es würde dich, sehr geduldiger Leser, ungemein langweilen, wenn wir dir erzählen wollten, was die Ritter speisten, was für Weine sie tranken und dergl. Auch könnten wir dir ein Verzeichnis aller Anwesenden mitteilen; allein unser einfaches Märchen soll nicht historische Glaubwürdigkeit verlangen, so wie auch unser treuherziger Erzähler dies mit Stillschweigen überging. – Der Ball ist unterdes angegangen; schauen wir ein klein wenig in das bunte durcheinanderwogende Gewühl hinein. Wer ist denn der schöngeschmückte stattliche, junge Ritter, welcher, dort am Ende des hellerleuchteten, mit Blumengehängen geschmückten Saales, sein Ohr dem leisen Flüstern eines holden Fräuleins hinneigt, auf deren Wangen Unschuld und Fröhlichkeit, die trauten Himmelsschwestern thronen?
Ei! Das ist ja kein andrer, als eben unser Held, der in des traulichen Gesprächs heitrem Lauf die Honigworte von den Rosenlippen der Plaudererin abzustehlen, und für den Augenblick Hain, Bach und Quellenkönigin vergessen zu haben scheint. Wer das Fräulein in dem

lichtblauen Kleide, mit dem silbergestickten Schleier, und den Wasserrosenkranz im Haar, war? – Wir wissen's nicht. – Jetzt beginnen die Geigen einen herrlichen Tanz, die Flöten fallen ein, dort fliegt der Ritter in wonnigem Taumel: Wie des Mädchens dunkle Locken über den blendenden Nacken wallen, wie Entzücken aus den Augen des Tänzers strahlt und röter die Wangen der beiden glühen! – Schon ist die letzte Stunde des Tages gekommen, und hinter trüben Wolken steigt des Mondes letztes Viertel empor, lustiger wirbeln die Pauken, schmettern die Posaunen, jubeln Schalmeien und Flöten, munter wälzt sich noch der Reigen in dem vollen Saal; noch drückt feurig und heimlich der freudetrunkene Ritter die Hand seines scherzenden Fräuleins, eben will er mit zarter Bitte ihren Namen erfragen – doch siehe – was ist denn das? Der Ritter wird blass – seine Hand zuckt nach dem Ring an der andern, als empfände er dort einen heftigen Schmerz; er lässt plötzlich des Fräuleins Hand los, die ihn verwundert anblickt, und stürzt zum Saale hinaus, hinab in den Kreis der lärmenden, jauchzenden und taumelnden Knappen. »Siegismar«, ruft er, als wollte er die Toten aus ihren Gräbern rufen; entsetzt weichen die Knappen zurück, seine Augen blitzen aus dem totbleichen Gesicht unheimlich umher. »Siegismar!«, ruft er noch einmal; da zeigen mit stummer Gebärde die Knappen auf den Boden. Ja, da lag der Würdige, auf der einen Seite unter dem Tische, mit einigen andern Zechbrüdern um die Wette schnarchend. Hastig reißt ihn der Ritter empor, und schüttelt ihn. »Wo ist mein Pferd!«, ruft er dem Erwachenden donnernd ins Ohr, der aber reibt sich die Augen, und lallt mit gebrochener Stimme: »Das weiß ich – eigentlich – nicht.« Da lässt ihn der Ritter unsanft fallen, nimmt selbst eine Leuchte, eilt nach dem Stalle, findet bald sein Pferd, zieht es hervor, schwingt sich darauf, ruft mit lauter Stimme dem Torwächter zu, das Tor zu öffnen, es geschieht, und wild sprengte der Ritter, aller Waffen bar, ohne Sattel, auf dem Haupt nur das leichte Federbarett, von dannen.

So braust der Sturm entzügelt durch die Fluren, so stürzt sich rauschend und schäumend der Waldbach von Klippe zu Klippe herab; so

fliegt der Wolkenschatten spurlos über die Felder, kaum lässt des flüchtigen Rosses Huf eine Spur im betauten Grase zurück.
Schon sieht er des Mondes Bild schimmern in der nicht mehr fernen Quelle, er spornt das Ross, es schäumt, es stöhnt, und plötzlich stürzte es kraftlos mit dem Ritter zur Erde nieder, nicht Zeit hat er jetzt, sich um das gute Tier zu kümmern, zu Fuße eilt er vorwärts. So jagt mancher einem Schatten nach, und achtet es nicht, wenn sein bestes Gut darüber zugrunde geht, mancher freit um eine reiche Frau, und glaubt, mit ihr gute Tage zu haben, aber ach, wenn er es bei Lichte beschaut, d. h. wenn er ein Mandel Jahre mit ihr gelebt hat, denn hat er eine Megäre, der Satanin Großmutter vergleichbar, vorzüglich, wenn die Jungfrau schon etwas bejahrt war, als sie in den heiligen Ehestand trat, der leider nur zu bald für den lieben Mann ein Wehestand wird. Schon hat der Ritter das Dorf erreicht, einem hellen Sterne gleich, schimmert etwas an der Quelle, näher kommt er und erkennt Selinden, auf dem goldgelockten Haupt trägt sie einen lichtschimmernden Lilienkranz. – »So soll ich doch noch schauen die Geliebte, so schloss sich mir noch nicht die Pforte des Himmels zu!«, so jauchzt er freudig: da tönen vom Glockenturm langsam und traurig zwölf Schläge durch die Nacht; Schreck bannt ihn fest, mit offnem Munde lauschend, bleibt er stehen. Das Bild bewegt sich, beide Arme strecken sich nach ihm aus, ein Klageseufzer dringt bis hin zu ihm, erfassen will er die Geliebte, da sinkt sie vor seinen Augen hinab in die feuchte Wohnung. Alfred wusste gar nicht, wie ihm geschehen war, lange besann er sich, er glaubte zu träumen. »Selinde!«, ruft er endlich schmerzzerrissen aus, »Selinde« gibt ihm das Echo zurück. »Soll ich Geliebte dich auf ewig missen?« – »Missen«, spottete eine helle Stimme in dem Berge. »Erscheine mir, Geliebte! Hörst du? – Kehre wieder! – Kehrst du nimmer?« – »Nimmer!«, klang es traurig, wie Alfred gerufen hatte, zurück. Da klagte er laut und jammerte, doch wie er sie hundertmal ruft, sie hört nicht; dahin, das fühlt er, ist alles, was ihn beglücken konnte; doch – lacht ihm nicht eine Hoffnung noch rosig hell? Ihr Ring. – Kaum hat er das gedacht, da sinkt der Ring schon in die Tiefe hinab; und es beginnt zu säuseln und zu flüstern in den Bäumen ein

sanft verschwebender Ton, dem einer Äolsharfe gleich, rührt an sein Ohr, das Wasser kräuselt sich in kleine Wellen und eine Stimme lässt sich also rein und klar, wie Silbertöne, singend vernehmen:

»O Tannenwörth, Du hast getötet
Ein Dir so treu ergebnes Herz;
Selindens Dasein ist verödet,
Sie klagt den Blumen ihren Schmerz;
Wenn sich der Abend lieblich rötet,
Und Sterne funkeln niederwärts
Dann denk ich Dein, der mich verließ,
Und träume mir ein Paradies.

Es steht im Schicksalbuch geschrieben,
Das seinen Spruch, ach streng vollzieht;
›In hundert Jahren darf ich lieben,
Nur *einmal*, wenn die Rose blüht;
Ist der Geliebte treu geblieben,
Wohl ihm und mir, Selinde zieht
Dann ewig aus dem Schoß der Flut
Und lohnt ihm mit dem höchsten Gut.‹

Es ist vorbei, Du wirst nicht wieder,
Die sehn, die liebend Dich umfing;
Sie zieht Dich nicht zu sich hernieder,
An der Dein Blick so trunken hing.
Vergebens klagen meine Lieder,
Behalte Alfred meinen Ring
Er schützt Dich vor Gefahr und Not,
Und bleibt Dir treu bis in den Tod.«

Die Stimme schwieg, die Flötenklänge verzitterten leise in die säuselnde Nachtluft; einer Bildsäule gleich stand der Ritter, sein Geist scheint mit den dahinschwebenden Tönen entfliehen zu wollen. Und plötzlich ist der Ring freiwillig aus dem nassen Grabe an Alfreds Finger zurückgekehrt.

»Er bleibt dir treu bis in den Tod!«, seufzte er endlich aus gepresster Brust hervor, »o warum blieb ich ihr nicht so treu? Und hätte ich, wie Siegismar sagt, die Liebe büßen müssen mit dem Leben, wäre es nicht ein süßer Tod gewesen, in ihren Armen zu sterben?« – Sein Schmerzgefühl löste sich auf in milden Tränen, still weinend, an einen Baum gelehnt, nur dem unendlichen Trennungsschmerz Raum gebend, blickt er starr hinab in die klare ruhige Flut.

Unterdes hat sein schnelles Hinwegeilen Aufsehen erregt, zugleich ist das fremde Fräulein, mit welcher er getanzt hat, verschwunden, man eilt dem Ritter nach, man fragt die Knappen, was vorgefallen, in undeutlichen, verworrenen Worten berichten sie das Geschehene. Auch Siegismar, der Treue, ist plötzlich ziemlich nüchtern geworden; als er sich aber besinnt und erfährt, dass sein Herr fort, in die Nacht hinausgeritten sei, da bricht er in einen Tränenstrom aus, und will fort, seinem Herrn nach; man hält ihn, da gebärdet er sich sehr ungestüm, flucht, weint, betet, man dringt in ihn, zu erzählen, was seinem Herrn fehle, von allen Seiten umringt, bedrängt, geängstet, erzählt er endlich, was er von seines Herrn Minne weiß. Ungläubig blickt man sich einander an, man staunt, lächelt, einer nach dem andern wendet sich von ihm weg. Als ihn keiner mehr aufhält, stürzt er zum Burgtor hinaus, den Berg hinab, und geradewegs nach der Quelle zu. Als er eine Strecke gelaufen war, sieht er eine hohe dunkle Gestalt mitten im Wege stehen, welche auf seltsame Weise mit dem Kopfe nickt. »Alle gute Geister!«, ruft er laut, und schlägt drei Kreuze an seine Brust, da wiehert der Geist, und springt auf ihn zu: der Herzhafte fällt zu Boden, als er aber keine Krallenfaust in seinem Nacken verspürt, die ihm mit einem sanften Griff den Hals umdreht, so fasst er Mut, rafft sich empor und siehe da, es ist Alfreds Ross, das sich von seinem Sturz wieder erholt hat. Aber neue Schrecken durchschaudern seine Seele, denn nun ist es ja gewiss, sein Herr ist verschwunden aus dem Reiche der Lebendigen, hinabgezogen in den unterirdischen Palast des graulichen Liebchens, und Siegismar ist nun verlassen, allein in einem fremden Lande, weit, weit von der lieben Heimat. – Trostlos überlässt er sich dem herben Schmerz; mit gesenktem Haupt steht das gute Tier, und scheint voll Mitgefühl seine Trauer zu teilen. Einmal will Siegismar doch noch hin zu der Quelle, um einige Blumen auf seines Herrn nasses Grab zu streuen, und ein Kreuz dort errichten zu lassen. Das Ross an der Hand führend geht er auf die Quelle zu. Der Nacht düstre Schauer umwehen ihn, der Mond ist hinter Wolken versteckt, die in die Felskluft rückkehrende Eule rauscht mit dunkeln Fittigen über ihn dahin, und aus einem verfallenen Gemäuer krächzt ein Käuzlein sein einförmiges Komm mit. Aber festen Mutes schreitet Siegismar vorwärts, er hat seine Seele Gott befohlen. Jetzt ist sein Ziel erreicht; er steht an der unheimlichen Tiefe. »O Alfred, Alfred von Tannenwörth«, seufzt er laut – da wacht aus einem Traum der eingeschlummerte Ritter auf, zum Silberbogen wird der Rand der düstern Wolke und der Mond tritt hellstrahlend hervor; mit dem lauten Ausruf der innigsten Freude stürzt sich der Treue zu des erstaunten Ritters Füßen.

»So hat Euch Jungfer Wassergrün doch nicht in ihren sehr niedlichen Krallen; Gott sei gepriesen!«, spricht der Entzückte; doch mit ernstem Schweigen blickt Alfred ihn an, und winkt ihm, mit hinwegzugehen.

»Gehe hinauf nach Mühlberg«, spricht er nach einer Weile zu Siegismar, »und rüste dich zur Reise. Morgen, geliebt es Gott, will ich die Gegend verlassen, wo jeder Bach, jede Blume mich an ein verlornes Glück schmerzlich erinnert; ich will noch einmal nach Gleichen, bald treffe ich bei dir ein.« – Hiermit schwang er sich aufs Ross, und sprengte nach Gleichen zu; das Freudenfeuer auf dem Wartturm zeigte ihm den Weg. Siegismar aber, obgleich es ihn auch schmerzte, von den Orten Abschied zu nehmen, wo die Quellen seiner schönsten Freuden unversiegbar schienen, wandelte wohlgemut den Berg hinauf, und sang vor sich hin:

»Mein Herr ist ein Ritter, sein Knappe bin ich,
Mein Herr liebt das Fechten, das Trinken lieb ich,
Mein Herr bricht die Lanzen, die Flaschen brech ich,
Mein Herr ist am Leben, zufrieden bin ich.«

Als Alfred in den Saal trat auf Burg Gleichen, richteten sich aller Blicke auf ihn, und es ging ein Flüstern und ein Zischeln durch die Versammlung; verstohlen blickten die Damen nach ihm, und einige Male stahl sich das sehr leise ausgesprochene Wort *Nixenritter*, in seine Ohren, worüber er die Lippen in stummem Unwillen zusammenbiss. Mit wenigen Worten entschuldigte er bei dem Burgherrn seinen schnellen Weggang, dankte ihm für die bewiesene Gastfreundschaft und nahm förmlich Abschied von ihm, der vergebens mit freundschaftlichen Worten ihn zu halten sich bemühte. Es binde ihn ein Gelübde, sagte er, empfahl sich sittig den Gemahlinnen, schüttelte einigen Rittern die Hände, verbeugte sich noch einmal schweigend gegen alle – und ging. Wir lassen die Zurückbleibenden ihre Glossen über ihn machen und folgen unserm Helden noch eine kleine Weile. Als er auf Mühlberg angekommen war, gönnte er sich nur kurze Rast; die dritte Stunde nach Sonnenaufgang des folgenden Tages sah ihn schon den Burgberg hinabreiten, stumm und in sich gekehrt; von seinem Schilde wehte ein Trauerflor. Siegismar, auch ein wenig verstimmt, warf noch oft sehnsüchtige Blicke zurück nach den drei Gleichen, wo er sich's so wohl hatte sein lassen. Zu beiden Seiten seines starken Turnierpferdes hatte der Sorgsame große Körbe mit Viktualien gehängt, welche er nie vergaß. So zogen sie schweigend, ohne bestimmtes Ziel, der aufgehenden Sonne entgegen.

Nun bleibt nichts übrig, als dir, lieber Leser, für die Geduld zu danken, mit welcher du das alles gelesen hast; hat ein oder der andre Gegenstand dir ein freundliches Lächeln abgewonnen, so soll es uns von Herzen freun, und vielleicht erzählen wir dir, wenn du es wünschest, ein andermal, was sich ferner mit Alfred von Tannenwörth zutrug, und wie er endlich von seinem Liebesgram um die verlorne Wasserbraut geheilt und getröstet wurde, und die Erinnerung an sie mehr und mehr verschwand.

Vom Quelle aber tönt's noch immer leise,
In stiller Nacht, bei hellem Vollmondschein,
Wie Harfenklänge, und wie Trauerweise,
Und leichte Schatten schweben um den Rain;
Und auf dem Wasser ziehen Wellenkreise,
Mild schimmern in der Flut die Sternelein;
Selinde klagt, Selinde singt die Lieder,
Umsonst, umsonst, der Ritter kehrt nicht wieder!

Harald von Eichen

Eine Skizze aus der 2ten Hälfte des 12ten Jahrhunderts

In dem hohen gewölbten Rittersaal, auf dem von seinem Vater, Ludwig III. erbauten Schloss Wartburg, stand am 3ten des Herbstmonats im Jahr 1165, Landgraf Ludwig der 4te, als Landgraf der 2te dieses Namens. Vor ihm kniete auf einem sammetnen Kissen Harald von Eichen, rings um ihn her standen viele Grafen, Edle und Ritter, Ludwigs Freunde und Vasallen; der Landgraf hob das Schwert empor, gab dem Knienden drei leichte Schläge auf die Achsel und sprach:
»Wir Ludwig der Zweite, Landgraf zu Thüringen und Herr zu Hessen, schlagen Euch, Harald von Eichen, zum Ritter im Namen Gottes, des Vaters, des Sohnes und des heiligen Geistes, und außer diesen drei Schlägen sollt Ihr keinen mehr dulden; Ihr sollt auf Ritterehre halten, wie auf Euer Leben; Ihr sollt schützen die verfolgte Unschuld, Witwen und Waisen zur Ehre Gottes; Ihr sollt beschirmen und ehren

die Damen zur Ehre der heiligen Jungfrau Maria; Ihr sollt treu sein dem Kaiser, Eurem Oberherrn, und Eurem Landesfürsten, gleich als ihm, und sollt Uns das zu halten geloben auf Ritterwort mit einem Handschlag.«

Harald gelobte und stieg auf; Ludwig küsste ihn auf die Stirne, und viele Ritter traten herzu und schüttelten ihm treuherzig die Hände.

Oben auf dem Balkon stand mit ihren Dienerinnen der Landgräfin Jutta Hoffräulein, Adelgundis von Eschilbach, und sah der Feierlichkeit zu. Mit besonderm Wohlgefallen weilte Adelgundens Blick auf des neuen Ritters schöner Jünglingsgestalt. Und als er hinaufblickte zu ihr, die wie die Rose die Blumen, wie der Mond die Sterne, wie der Diamant die Edelsteine, an Schönheit alle Damen, die er je gesehen, überstrahlte, da ward sein Herz wunderbar bewegt, und in seiner Seele keimte der Wunsch auf, dass diese ihn lieben möge. Doch war jetzt nicht die Zeit, verliebten Träumen nachzuhängen, denn die Ritter brachen auf, und wie er wieder empor sah zu dem Himmel, wo seine Sonne ihm erschienen war, da war sie verschwunden. Zwei Ritter standen nicht weit von ihm, die heimlich flüsterten, und ihre spöttischen Blicke dabei fest auf ihn hefteten; schnell regte sich in ihm der Geist des Unmuts, und er wollte schon die Ritter fragen, ob sie von ihm sprächen, da ergriff der Landgraf seinen Arm und führte ihn aus dem Saale; paarweise folgten ihnen die versammelten Ritter in den geräumigen Speisesaal. Eppo von Heineck und Hugo von Brandenfels waren die Ritter, die über Harald leise spöttelten, und jetzt den Zug beschließend, das heimliche Zwei-Gespräch lauter fortsetzten.

»Wie sich das neugebackne Ritterlein aufbläht«, sagte Hugo von Brandenfels – »und wunder denkt, was er für Rittertaten schon getan, dass er einen Eber fällte, der unsern ehrenfesten, mannhaften Landgrafen abgesattelt hatte, welcher überhaupt ein gar gewaltiger Jäger ist.«

»Unser Landgraf«, nahm Eppo von Heineck das Wort, »bleibt sich überall gleich. Habt Ihr in Eurem ganzen Leben noch jemanden so zum Ritter schlagen sehen? Wahrlich, das Gastmahl, das er uns, seinem Günstling zu Ehren, heute gibt, muss sehr ausgezeichnet sein, wenn sich's der Mühe verlohnen soll, dass wir uns auf die Wartburg bemühet haben.«

»Vergesst nicht, dass auch getanzt wird, und das Fräulein von Eschilbach auch mittanzen wird«, erwiderte Hugo lächelnd und fixierte den Mürrischen.

»Nun ja«, meinte er zerstreut und verbarg die Freude, die ihn bei diesen Gedanken durchbebte, »bloß Trinkens halber, wäre ich auch nicht hergekommen.« – »Etwas habt Ihr doch nicht gesehen«, sprach Hugo mit einigermaßen höhnischem Ton. – »Und das wäre?«, fragte Eppo gespannt und blieb stehen vor der Türe des Speisesaals.

»Dass Herr Ritter Harald von Eichen recht absonderliche Blicke auf den Balkon warf, auf dem Eure Angebetete in ihrem schönsten Schmucke stand, und dass sie ihn auch recht scharf ins Auge zu fassen schien.«

»Hölle und Teufel!«, fluchte Eppo. »Ich breche dem Kerl den Hals! Sie schien ihn scharf ins Auge zu fassen, sagt Ihr?«

»Ja«, war die Antwort, »und das Schlimmste ist, dass Ihr es ihr nicht wehren könnt, so wenig wie ihm, da Ihr auf das Fräulein kein Näher-Recht habt!«

»Seid Ihr ein Advokat geworden, Ritter von Brandenfels?«, zürnte der Eifersüchtige. »Was schwatzt Ihr da von Recht? Hier in der Scheide steckt mein Recht«, rief er, an das Ritterschwert schlagend, »und mit diesem Recht will ich jedem bündig beweisen, was Recht und Unrecht ist.«

»Ereifert Euch nicht«, lenkte Hugo wieder ein; »ich habe ja den neuen Ritter so lieb wie Ihr, habe auch den Landgrafen so lieb wie Ihr, und denke, wir kennen uns zu gut, um uns über diese Kleinigkeiten zu entzweien; für jetzt müssen wir schweigen, und wollen zur Tafel gehen, wir sprechen schon weiter darüber.« Drinnen wirbelten und schmetterten jetzt Trompeten und Pauken, und der Posaunen lang gehaltne Töne, und die weingefüllten Becher klangen hell aneinander. »Es lebe unser gnädigster Landgraf hoch!«, riefen die Ritter, als die beiden eintraten, und mit freundlicher Huld im Blick erhob sich Lud-

wig von seinem Sitz und rief: »Unsre Freunde und Getreue! Des ganzen Thüringerlandes Ritterschaft lebe hoch!«, und leerte den Pokal bis auf die Nagelprobe und die Pauken donnerten wieder in der fröhlichen Ritter Jubelruf. Mit Freude auf den Gesichtern, mit Groll und Unmut im Herzen, setzten sich Eppo und Hugo auf die für sie leergelassnen Plätze.
Als nach der Tafel der Geigen und Flöten reine Silbertöne zum Tanze riefen, da nahte sich schüchtern Harald dem Fräulein von Eschilbach, die die Ritter beim Mahl bedient hatte, und bot ihr den Arm; sie neigte sich errötend und folgte ihm; hatte ihr doch eine dunkle Ahnung ihres Herzens gesagt, dass der schöne Jüngling sie auffordern werde. Da standen Eppo und Hugo und sahen einander an. Die Ritter gingen in den mit Eichenlaub und Tannenreisern schön ausgeschmückten Saal, wo sich aus der Stadt Eisenach viel schöne Bürgerfrauen mit ihren Töchtern, der Einladung des Landgrafen zufolge, eingefunden hatten. Der muntre Reigen, von dem Landgrafen eröffnet, begann und die Freude, das mildlächelnde Himmelkind, schlug auf allen Gesichtern ihren Rosensitz auf.
»Habt Ihr nun gesehen?«, fragte Hugo triumphierend seinen Freund, dem das Erstaunen keine Worte finden ließ; »ist das das wilde Mädchen, die sonst fast mit unerträglichem Stolz jeden Ritter behandelte, der sich in ihre Nähe wagte? Gab sie mir neulich nicht einen Korb, weil sie sich vorgenommen hatte, nicht mit mir zu tanzen, und tanze lieber den ganzen Abend nicht? Lachte sie Euch nicht neulich unbändig aus, als Eure steife Stute Euch abwarf, und als Ihr der tollen Reiterin den Wettritt anbotet, überholte sie Euch nicht auf der Hälfte der Bahn und kam eine ganze Minute eher zum Ziele als Ihr? Und jetzt? So jungfräulich verschämt, so sanft errötend, wie sie der junge Ritter zum Tanze führt! Wisst Ihr was das ist? – Das ist die Liebe, die Wurzel gefasst hat in ihrem Herzen, und auf die Ihr nimmermehr das Zweiglein Eurer Minne werdet propfen können.«
Hugo schwieg, Eppo stand noch immer in dumpfem Nachsinnen, des Freundes Rede war ihm verloren gegangen, er hatte wenig oder nichts

davon gehört. Unwirsch ergriff er, ohne zu antworten, Hugos Arm, und ging mit ihm dem Tanzsaale zu. Sie traten ein, aber da war für sie keine Tänzerin mehr und Ludwig, als er vor ihnen vorüberging, sagte mit einem Zug von Ironie: »Wie es scheint, kommt ihr heute überall ein wenig zu spät, liebe Ritter.«
Nach mehreren vergeblichen Versuchen Eppos, gelang es ihm doch, Fräulein Adelgundis auf einen Tanz zu überkommen, und er hatte kaum einige Male mit ihr gedreht, so fragte er schon, seines Verdrusses nicht mehr Meister: »Was hat Euch denn der neue Rittersmann Zärtliches zugeflüstert, mein holdes Fräulein?«
»Weit zärt're Dinge«, war die Antwort, »als in Eurer Frage liegen, Ritter von Heineck!«
»Kann denn der Eberwürger auch wilde Tauben fangen und zähmen?«, fragte der Unhöfliche weiter. »Da kann er ja alles Mögliche!«
»Seit wenn geht denn Ritter Eppo darauf aus, Damen zu kränken? Ich wenigstens hatte seitdem von Euch eine bessere Meinung, als Ihr mir durch Eure beleidigenden Reden an den Tag legt«, entgegnete empfindlich Adelgundis, »sucht Euch eine andre Dame, die Ihr dergleichen nicht zu fragen habt.« Sie riss sich los von ihm. »Fräulein Eschilbach!«, bat der erschrockene Ritter, aber sie hörte ihn nicht und mit vor Scham und Zorn glühenden Wangen stürzte sie aus dem Saale. Aus einer Fenstervertiefung hatte Harald müßig dem Tanze zugesehen, und kein Auge von der wunderholden Adelgundis verwandt, jetzt sah er Eppos eindringliche Fragen, er sah, wie sie den Blick zu Boden senkte, sah das Hohnlächeln in des Ritters Gesicht, und wie sie sich von ihm losreißend, den Saal verließ. Unbemerkt stahl er sich durch der Tanzenden frohes Getümmel ihr nach, und fand sie auf einem Bogengang weinend stehen. Teilnehmend nahte er ihr und fragte mit zärtlicher Besorgnis nach ihres Kummers Ursache, und schwur zu rächen an jedem wer es auch sei, jegliche ihr zugefügte Unbilde. Aber sie schwieg hartnäckig auf alle Fragen und suchte ihnen auszuweichen, und nun, als er flehentlich bat, ihm wieder zum Tanz in den Saal zu folgen, und ihr der Gedanke kam, dass sie so am besten des groben Ritters Übermut de-

mütigen könnte, trocknete sie ihre Tränen und trat mit stolzem Schritte, auf ihren Wangen das erzwungene Lächeln der Fröhlichkeit, an Haralds Arm in den Saal und als sei nichts vorgefallen, schwebte sie an Eppo mit kalten Blicken vorüber, der zähneknirschend, ein veraltetes Fräulein mühsam durch die Reihe der Tanzenden fortschleppte und so toll und regellos mit ihr herumwirbelte, dass die Atemlose ihn nur mit Mühe aufhalten konnte und um Gottes willen bitten musste, auszuruhen, wobei ein starker Husten sie überfiel, der auch nicht eher nachließ, als bis der Tanz zu Ende war.

»Wo werdet Ihr nun hinziehen, Herr von Eichen?«, fragte Adelgundis ihren Tänzer. »Da Ihr nun nicht mehr in dem Gefolge des Herrn Landgrafen bleiben werdet?«

»Unser gütiger Herr«, erwiderte Harald, »wollte mir eine Burg bauen lassen, aber als ich ihn inständig bat, mich bei sich zu behalten, und mich den ersten seiner Diener sein zu lassen, gab der Mildherzige meinen Bitten nach, und so ist es mir denn vergönnt, Euch, mein angebetetes Fräulein, täglich auf Schloss Wartburg zu sehen und zu sprechen, und so Ihr es Eurem treuen Diener vergönnen wollt, Euch ritterlich zu minnen in Zucht und Ehren?«

Adelgundis, die letzte ihr schmeichelnde Frage, ganz mit Stillschweigen übergehend, erwiderte auf die erste: »Lange wird Euch, Herr Ritter, diese Freude nicht zuteilwerden, denn ich ziehe in den nächsten Tagen wieder zur Frau Landgräfin auf Schloss Neuenburg.«

»Und für den andern Teil meiner Frage habt Ihr keine Antwort?«, flüsterte er leise mit einem sanften Händedruck. »Es wird mir angenehm sein, Euch bald in Gesellschaft des Herrn Landgrafen dort den Willkommenbecher auf Neuenburg zu reichen«, sprach sie ausweichend, doch mit schüchternem zu Boden gesenktem Blick. Harald hatte sie in eine Fenstervertiefung gezogen, dort wo die Ohren neidischer Späher seine Worte nicht vernehmen konnten, sah er ihr bittend in die schwarzen Augen, drückte ihre Hand stürmisch an seine Lippen und sprach hastig: »Ich liebe Euch Fräulein, wie mein Leben. Als Ihr da oben standet in der Glorie Eurer unendlichen Schönheit, da wagte ich kühne

Blicke hinaufzusenden nach Euch und laut sprach es in meinem Innern: *Diese oder keine.* Ihr seid meine erste Liebe; ich kann nicht lange in die Tiefe der Brust verschließen, was ich fühle, sprecht, darf ich Euch lieben, darf ich hoffen auf Euer Herz und Eure Hand?«

»Ihr überrascht mich Ritter«, sprach sie bebend und der dunkle Karmin ihrer Wangen wetteiferte mit dem Purpurgewölk des westlichen Himmels. »Dieser Augenblick soll nicht entscheiden über mein künftiges Los; nehmet einstweilen das Geständnis, dass ich Euch nicht abhold bin, bis wir uns an einem schicklicheren Ort näher erklären können.« – »Wenn und wo?«, rief der Überfrohe, und wäre im Gefühl der Freude fast vor ihr niedergesunken.

»Der Landgraf veranstaltet eine Jagd in wenig Tagen, so lange bleibe ich noch, da will ich mit Euch reden«; und das Fenster öffnend kühlte sie in der heitern Abendluft der Wangen Glut und trat dann wieder mit Harald zum Tanze an.

Bis Mitternacht dauerte der Ball, und wie er geendet war, lud der Landgraf alle Ritter, die zugegen waren, zu einer großen Jagd in den Wäldern des Inselberges ein, und schied von allen mit freundschaftlichem Händedruck. Harald wälzte sich unruhig auf seinem Lager umher, des vergangenen Tages Freudengenüsse schwebten im bunten Festreigen vor seiner Seele vorüber, und durch die schweigende Nacht schienen ihm noch immer der Tanzmusik heitre Klänge zu tönen.

Eppo und Hugo trabten auf ihren Rossen am andern Morgen früh der Heimat zu; der Erste missmütig und verstimmt, der Zweite zwar unbefangener als sein Freund, doch auch mit heimlichem Groll gegen den Landgrafen erfüllt. »Dieses Herrn Diener mag ich nicht länger sein«, brach endlich Eppo los, »bald wird er noch seine Stallbuben zu Rittern schlagen. Was sollen wir uns jedem hergelaufnen Laffen hintangesetzt sehen? Wer ist denn dieser Eichen? Wo wohnen seine Eltern? Wo ist sein Stammbaum? Und diese Eschilbach, die der Landgräfin, zu der auch nicht viel sein mag, sonst hätte sie den weibischen Gemahl nicht genommen, die, sage ich, der Landgräfin Gnadenbrot isst, was hat man gehört von ihren Ahnen und deren Taten? Ich kenne sie nicht, aber

gleich und gleich gesellt sich gern, das mag man wahrnehmen an diesen beiden.«
»Wie Ihr denkt, so denke auch ich und Robert von Brandenburg, Hans von der Kyburg und mehrere, die alle den Landgrafen nicht leiden können«, war Hugos Gegenrede, »weil er doch gar nicht männlich ist, und über so viel tapfre Grafen und Ritter die Oberherrschaft nicht zu führen versteht, auch nicht verdient. Doch müsst Ihr auch bedenken, dass ein strenger Herr sich weit mehr in unsere Angelegenheiten mischen würde, und manches nicht dulden, was wir, ohne ihn um seinen Konsens zu befragen, unternehmen.«
»Werdet Ihr Euch einfinden zur großen Jagd, Ritter von Brandenfels?«
»Dem kecken Fräulein zum Trotz, die sonst glauben möchte, man reiße sich um ihre Huld, will ich dabei sein; kann ich es verhindern, so spricht sie ihren Trauten nicht allein«, sprach scheidend Eppo und sprengte seine Straße fort. Hugo aber ritt gemachsam weiter und sang die erste Strophe des damals neuen Liedes:

»Über die Berge,
Über die Quellen;
Unter den Gräbern,
Unter den Wellen;
Unter Tiefen und Seen,
In der Abgründe Steg;
Uber Felsen, über Höhen
Findet Liebe den Weg.«

Die Jagdhörner klangen, die Rosse stampften wiehernd im Hofe und vor Freude winselnd sprangen an den Jägern die Rüden ungeduldig in die Höhe; auf den schneeweißen Zelter hatte sich schon Adelgundis geschwungen; in der Rechten den Jagdspieß, in der Linken leicht des Rosses Zügel haltend, glich die Virago mit dem wehenden Reiherfederschmuck des glänzenden Helms einer hochherzigen Diana. Der Silberhelm vermochte nicht, des Haares reiche Fülle zu fassen, sie wallten in langen Locken über Brust und Schultern hinab. Trunken hingen Haralds Blicke an ihr; der Blitz ihrer dunkeln Augen schlug in die seinen und zündete die Purpurglut der Freude auf seinen Wangen; sie hatten sich verstanden.

Jetzt trat mit freundlichen Mienen der Landgraf im grünen Jagdkleid, im einfachen Federbarett heraus; ein spöttisches Lächeln flog über Eppos Gesicht und er beugte sich über seines Rosses Hals hinüber zu Hugo, und flüsterte diesem lächelnd zu: »Schau den stattlichen Herrn, wer ihn nicht kennt, wird ihn kaum von den Trossbuben unterscheiden, die unsre Hunde führen müssen«; und Beifall nickend der hämischen Rede, entgegnete dieser: »Er wird sich auch heute bass hervortun auf der Jagd; ich sehe schon die Hirsche und Sauen, die er nicht erlegen wird, wenn ihm nur nicht ein Eber wieder aufstößt.« – Lautes Schmettern der Hörner und der Jäger fröhlicher Ruf unterbrach das Gespräch. Der Jagdzug setzte sich in Bewegung, voran der Landgraf mit Adelgundis, zunächst nach ihnen Harald von Eichen, Ottokar von Mönch, Albert von Hörselgau, zwei neue Freunde Haralds, dann folgten die Ritter von Brandenfels, Brandenburg, Heineck, Kyburg und andere, dann der Jäger, Knappen und Jagdgehülfen endloser Zug.

Dorthin, wo der Inselberg hoch in die Luft über des Thüringer Landes Berge sein Haupt erhebt, ging es; nach mehreren Stunden war der Wald, der von allen Seiten sich um ihn herumzieht, erreicht, und die Jagd begann.

Adelgundis sprengte wild an Harald vorüber, diesem einige Worte zuflüsternd; er nickte fröhlich lachend, und aus seinen Augen strahlte der Freude rosiger Widerschein.

Mit lautem Halloh, zerstreuten hiehin und dahin sich die Jäger; es war festgesetzt, dass auf Schloss Tenneberg bei Waltershausen, der Landgraf übernachten wollte; dorthin zogen sich bald die mehr trink- als jagdlustigen Ritter zurück. Ludwig jagte noch mit einem Knappen durch den Fichtenwald; da zeigte sich ein feister Hirsch mit stattlichem Geweih seinen Blicken, stärker spornte er sein Ross, es keuchte dem fliehenden Hirsch nach; vergebens bemühte sich der Knappe, dem

jagdlustigen Fürsten zu folgen, bald verlor er ihn aus dem Gesicht; nach einer Viertelstunde fand er des Landgrafen totes Ross – von ihm selbst keine Spur.
Die Hörner gaben die Signale zur Heimkehr, das Halali verhallte, die Jäger fanden sich zusammen, und eilten in einzelnen Haufen dem gastlichen Tenneberg zu, vermeinend, dass Ludwig schon dort sei; als aber ein Haufen nach dem anderen ankam und den Landgrafen nicht mitbrachte, als der Herbstabend seine Nebelflöre über Wald und Wiesen breitete, und der Knappe, der ihn zuletzt begleitet hatte, die Nachricht brachte, dass er ihn verloren habe, da wurde es doch ängstlich seinen wenigen Getreuen; noch wurde Harald und Adelgundis vermisst, aber über der Sorge um den Landgrafen vergaß man ihrer. Unterdessen kümmerten sich Hugo und Eppo mit den ihnen Gleichgesinnten wenig um den vermissten Ludwig, sie ließen sich's wohl sein beim vollen Humpen, und kosten traulich zusammen und ergossen sich in ziemlich lauten Schmähungen gegen den Landgrafen, während die Jäger sich wieder zerstreuten, um durch die Nebelnacht den Herrn zu suchen. Hunde bellten durch den Wald, Hörner klangen in langen verhallenden Tönen, und durch den Nebel schimmerte das Licht vieler Fackeln; die Jäger fanden sich, und trennten sich wieder, ohne den Landgrafen gefunden zu haben. Bange Ahnungen erfüllten mit Angst und Sorge um ihn die Herzen seiner Getreuen.

Emsig arbeitete noch spät in der Nacht Meister Näbeling, der Hammer- und Eisenschmied in dem Dorfe Ruhla; seine funkensprühende Esse leuchtete durch die Nacht, seines Hammers Schläge hallten vernehmbar durch die Stille, während die Nachbarhäuser am Ende des Dorfes, in Dunkel eingehüllt standen, und tiefer Schlaf über ihre Bewohner seine Flügel gebreitet hatte.
Da ging die Tür auf, und herein trat im grünen Jagdkleid, im einfachen Federbarett, ein Mann, mit freundlichen Blicken guten Abend bietend. »Kann ich«, begann er, zu dem nach ihm umschauenden fleißigen Arbeiter, »ein Nachtlager bei Euch bekommen, lieber Mann? Und zuvor

ein Abendbrot?« – »Warum nicht?«, entgegnete dieser, den Eingetretenen vom Kopf bis zu den Füßen mit finstern Blicken messend. »Wenn Ihr mit dem, was ich habe, vorliebnehmen wollt; wenn Ihr kein Schmecker und Lecker seid, der gemeine Kost verachtet.« – Ohne die Antwort abzuwarten, ging er über einen Schrank, und holte heraus, was seine Küche vermochte, schwarzes Brot, Butter und Käse und ein Stück Speck.

»Setzt Euch hieher auf die Bank und esst«, sagte er, indem er wieder nach der Stange des Blasebalgs griff, dass die Kohlen hell erglühten. Der Jäger tat, wie ihm geheißen wurde, und ließ sich die frugale Mahlzeit wohlschmecken; nach einer kleinen Weile fragte der Schmied: »Wer seid Ihr, und wo kommt Ihr her?«

»Ich bin«, war die Antwort, »ein Jäger des Landgrafen Ludwig, habe mich beim Nachsetzen eines Stück Wildes verirrt, und mich von meinen Kameraden verloren; da hat der helle Schein Eures Feuers mich in Euer gastliches Haus geführt.«

»Des barmherzigen Landgrafen Jäger?«, spöttelte der Schmied: »Wer ihn nennt, soll allemal das Maul wischen. Glaubt nicht«, sprach er heftiger zu dem staunenden Jäger, »dass ich um Eures barmherzigen Herrn willen, Euch Obdach und Herberge gebe. Doch im Stall ist Stroh und Heu genug, da mögt Ihr schlafen. Ihr mögt vielleicht ein guter Mann sein, aber um Eures Landgrafen willen solltet Ihr mir nicht über die Schwelle schreiten.«

Höher und höher stieg das Erstaunen des Jägers bei dieser Rede, sein Blick senkte sich zu Boden, seine Wangen glühten. »Was tat Euch der Landgraf?«, lispelte er kaumn hörbar.

Aber der Schmied würdigte ihn keiner Antwort, ein Stück Eisen stieß er in die Kohlen, dass es in wenig Minuten über und über glühte, holte es dann heraus mit der Zange, ergriff den gewichtigen Hammer, legte das Eisen auf den Amboss, und nun mit kräftiger Hand Schlag auf Schlag darauf führend, sprach er laut vor sich hin: »Werde hart, wie das Eisen, du barmherziger Landgraf. Was nützt dein Leben deinen armen Untertanen? Deine Ratgeber streuen dir Sand in die Augen, dass du der

Armen Elend nicht siehst; sie füllen dein Ohr mit Geigen und Flötenspiel und mit dem Lärm der Jagd, dass du der Armen Klagen nicht hörest; sie schalten und walten frei im Lande, und drücken das Volk in den Staub.«

Und wieder stieß er das Eisen in die Kohlen und zog den Blasbalg; hell loderte die blaue Kohlenflamme in die Höhe, und wieder brachte er es glühend heraus, und fing an zu hämmern und zu reden:

»Werde hart, wie das Eisen, du barmherziger Landgraf. Wie der Hammer auf das Eisen fällt, so fällt auf deine Untertanen, deiner Vasallen Gewalttat Schlag auf Schlag. Der arme Jörge, des Brandenburgers Dienstmann, konnte die Abgaben nicht erschwingen, die auf seiner Hütte lasteten; er arbeitete Tag und Nacht, bis er krank wurde; da lag er hülflos auf dem Stroh, vier nackte Kindlein um ihn her, so bleich und krank wie er; mit trüben Blicken schlich sein Weib umher, da kam der Vogt, nahm alles, was er fand, das Häuslein auch; die Armen mussten fort, und in zwei Tagen war der arme Jörge tot.« Mit tonloser hohler Stimme hatte das der Schmied gesprochen; der Jäger saß noch immer lautlos auf der Bank; Tränen des Gefühls für Menschenelend traten ihm in die großen blauen Augen, aber er schwieg. Von Neuem zog der Schmied den Blasebalg, frische Kohlen zulegend, ein anderes Eisen ergreifend, und als er es glührot auf den Amboss brachte, setzte er unter dem Takt des Hammers seine Rede fort:

»Werde hart, wie das Eisen, du barmherziger Landgraf. Mein Gevatter Rößner war ein braver Mann; er nährte sich mit seiner Hände Arbeit redlich. Einst fuhr er Steine, ich weiß nicht mehr wohin; da begegnete ihm in einer Hohlgasse mit einem leichten Wagen ein Edelmannsknecht, der forderte trutziglich, dass Rößner seinen schweren Karren zurückschieben und ihm ausweichen sollte; er tat es nicht; von Worten kam es zu Schlägen, der Knecht entlief, wohl durchgebläuet. Drei Tage darauf hieß es, der Rößner sei in die Welt gegangen, er sitzt aber krumm geschlossen im untersten Gefängnis auf Schloss Brandenfels, und nie werde ich ihn wieder sehen.«

»Das war hart«, sprach der Jäger, indem er rasch von der Ruhebank aufsprang. »Ja wohl hart«, entgegnete der Schmied; »wäre Euer Landgraf minder weich, so geschähe des Harten manches nicht in diesem Lande.« – Und wieder trat er zu seiner Arbeit und fachte die Kohlen zu lichter Glut an, und begann zu hämmern und zu schmieden unter diesen Worten:

»Werde hart, wie das Eisen, du barmherziger Landgraf. Ich ging in den Wald am Inselberge, wo heute der Landgraf Jagd gehalten hat, mir Brennholz zu holen, und als ich so meinen Schiebekarren belastete, da hörte ich von Weitem ein klägliches Heulen und Winseln, das mir mit schneidenden Tönen das Herz zerriss, und näher mit Windeseile kamen die Töne und es rauschte in den Büschen, da brach aus ihnen mit rasenden Sätzen ein stattlicher Hirsch hervor, weißer Schaum bedeckte ihn über und über; mit fest an das Geweih gebundenen Händen und mit Ketten geschmiedet an den Hirsch, saß auf ihm ein Mann, der die Klagetöne laut durch die Luft brüllte; sein Kleid war abgerissen, und hing in Fetzen um ihn herum; sein Gesicht war unkenntlich von Blut, das unaufhaltsam aus hundert Wunden strömte; ein Auge hatten ihm die Äste der Bäume schon ausgerissen; sein Haar flatterte wild um das blutende Haupt, seine Haut war zerschunden, in hellen Bächen rieselte das Blut an ihm herab. Ich stand starr vor Entsetzen, doch schnell gefasst, schleuderte ich mein scharfes Beil nach dem Sechzehnender; ich fehlte ihn, er raste wild durch das Buchengebüsch mit dem Unglücklichen von dannen; noch lange hörte ich diesen aus weiter Ferne jammern.«

»Haltet ein, um Gottes willen!«, rief der Jäger. »Mein Herz blutet bei Eurer entsetzlichen Schilderung.« – Doch der Schmied, als höre er ihn nicht, fuhr fort:

»Es war ein armer Bauer aus einem nahen Dorfe, der den Edeln von Heineck heimlich einen Hirsch, der sein kleines Kornfeld verwüstete, erlegt hatte, und nun für diese Tat also büßen musste.«

»Und von allen dem erfuhr ich kein Wort!«, fuhr der Jäger heraus, unwillig auf den Boden stampfend, und sein Auge brannte dunkel, wie die verglimmenden Kohlen.

»Was hätte es auch geholfen«, lachte der Schmied, »so Ihr es erfahren hättet? Ihr würdet den armen Jörge seinen Kindern nicht erhalten, den Rößner nicht erlösen, und den unglücklichen Wildschützen nicht haben befreien können. Euer Mund würde gegen den Landgrafen geschwiegen haben, wie der Mund aller, die um ihn sind, gegen ihn schweigt. Und kommt auch seiner Diener einer, den Rittern Befehl zu bringen von ihrem Fürsten und Herrn, so spotten sie seines Willens und nennen ihn Landgraf Metze, und tun, was ihnen gut dünket. – Wollt Ihr Euch nicht zur Ruhe begeben?«, unterbrach sich plötzlich in seiner Rede der eifernde Schmied. »Kommt mit, ich will Euch einen schicklichen Platz anweisen.«
»Ich danke Euch«, sprach der Jäger, der in Gedanken versunken dagestanden hatte; »der Morgen graut schon, ich will mich nun schon zurechtfinden. Gott lohn Euch Eure Gastfreundschaft. Lebt wohl.«
Der Jäger schied, der Schmied betete den Abendsegen und legte sich zur Ruhe.
Heller und heller wurde es auf des Inselberges höchster Spitze, auf welcher Harald und Adelgundis des Sonnenaufgangs harrten; in einiger Entfernung unter ihnen ließ des Ritters Knappe die Rosse weiden.
»Auf diesen Höhen und zu dieser Stunde«, scherzte das Fräulein, »mag wohl noch nie ein Stelldichein gehalten worden sein.« – Die Leichtbekleidete zitterte in der kühlen Morgenluft am ganzen Körper.
»Wohl mir denn«, sprach Harald und hüllte die Frierende in seinen Sammetmantel, »wenn ich der Erste bin, der selig in Liebeslust und Glück der Morgensonne von diesen Höhen entgegen jubelt; mag mich dann, wie rings noch Dunkel herrscht in den Tälern unter uns, meiner Feinde Neid und Rachsucht umlagern; frei hebe ich mein Haupt nach den Strahlen Eurer Milde, und glühen auch Eure Wangen, wie die Wolken in Osten glühn; Zeugin ist mir diese Glut von Eurer Liebe, so werdet Ihr doch auf mich am Ende die Sonnenblicke Eurer Huld werfen, wie die Sonne zuerst des Berges Gipfel bestrahlen wird.«
»Ihr schwärmt in Fieberschauern«, sprach die errötende Jungfrau, »und

wenn Ihr nicht nachlasst mit Euern Schmeichelreden, so werde ich meinen Schleier fallen lassen, wie die herbstliche Flur verschleiert liegt in Nebelflören.«
»Seht wie die Schleier in die Täler sinken!«, rief der Jüngling; ein frischer Wind blies von Ost und jagte die Nebel in die Niederungen, und ein Berg nach dem andern hob unter ihren Füßen das Haupt empor, und heller und immer heller wurde es rings umher.
»Harald«, sprach Adelgundis, »Ihr wisst, ich bin Euch gewogen, das beweist schon das Vertrauen, mit welchem ich mich von Euch durch die Nacht auf dieses Berges Gipfel geleiten ließ; Ihr wisst aber auch, dass ich nicht von mir abhänge, sondern dass die Frau Landgräfin, meine zweite Mutter, sich durch tausendfache Wohltaten ein Recht auf mich erworben hat, was ich der geliebten Frau um alles Heil der Welt nicht streitig machen möchte.
Bittet den Landgrafen um meine Hand – dieser mag sich bei seiner Gemahlin für Euch verwenden.«
Der junge Tag war angebrochen, im reinsten Hellblau, mit Rosenstreifen hie und da durchwebt, lächelte der unermessliche Himmelsbogen; da blitzte der aufgehenden Sonne erster Glutstrahl empor hinter den fernen Bergen, die den weiten Horizont begrenzten, und schweigend standen Harald und Adelgundis, in den herrlichen Anblick versunken.
»Sei mein! Du Herrliche«, rief plötzlich Harald, und stürzte zu den Füßen der schönen Jägerin. »Sei mein, ich flehe dich an, bei diesem reinen Himmelslicht, rein wie das Feuer, das in meiner Brust ewig für dich brennen wird, ich flehe dich an, bei diesem reinen Blau des Himmels, treu will ich dich lieben und unwandelbar!«
Und als die Tageskönigin höher emporgestiegen war, und die goldne Kugel der Erde scheinbar entfliehen wollte, hinauf in die saphirne Wohnung, da schwankten die Reiherfedern von Adelgundens Helm niederwärts, und sie bog sich mit verschämten Lächeln zu dem Knienden, und zog ihn an die wogende Brust und lispelte: »Auf ewig dein!«
»Auf ewig dein!«, jauchzte der Glückliche, und hielt sie fest umschlun-

gen, und sah die herrliche Sonne nicht mehr, noch des Himmels Azurbläue; in Adelgundens Augen war sein Himmelblau, auf ihren Wangen sein Morgenrot.
Schweigend standen die Liebenden, und tranken die erfrischende Morgenluft, und würzten sie mit tausend Küssen; das Fräulein fror nicht mehr.
Jetzt war es auch Tag geworden unter ihren Füßen; in unermesslichen Weiten schweiften die Blicke; wie Silberfäden schlängelten sich die Flüsse durch die Gefilde; wunderbar stach des Laubwaldes buntes Herbstkleid gegen die dunkeln Tannen und Fichtenwaldungen ab. Dort lag die Wartburg, hochragend über die Nachbarburgen, und ihre Fenster blitzten im Strahl der Morgensonne; gleich unter ihr der stattliche Matilstein, dort die Brandenburg, die Kyburg und Burg Heineck; dort der Brandenfels, und dort nach Nordost Schloss Gleichen, Mühlberg und Wachsenburg. Am äußersten Horizont verschwand in das Blau des Himmels der Harz und auf der andern Seite die ferne Rhön, während unter ihnen und in der Nähe des Thüringerwaldes Bergkette sich ausbreitete, aus welcher des Schneekopfs weißer Gipfel hervorragte.
»Es ist Tag geworden, Harald«, brach endlich Adelgundis das süße Schweigen, »wir müssen uns trennen; so lebe denn wohl, mein treuer Ritter, und vergiss nicht diese Stunde.«
»Wie sollte ich die Stunde meines höchsten Erdenglückes so schnell vergessen!«, sprach er liebetrunken und küsste die Purpurwangen, und hielt sie fest an beiden Sammethändchen; sie aber drückte ihm noch einen flüchtigen Kuss auf die Lippen, riss sich los, und hinab zu den Rossen schwebte die Huldgestalt, ergriff den Jägerspieß, und ehe Harald ihr nachkam, saß sie schon bügelfest, und noch ein Lebewohl dem Geliebten zurufend, ritterlich den Spieß zum Scheidegruß senkend, trabte sie auf dem herrlich gebauten schneeweißen Rösslein von dannen. Auch Harald schwang sich zu Ross und schlug mit seinen treuen Knappen einen entgegengesetzten Weg ein.
Er war noch nicht fünf Minuten fortgeritten, da schlugen seine Hun-

de an, und ganz in der Nähe klang ein Jagdhorn, und Hundgebell und Pferdetrappel kam immer näher. Bald kamen im ruhigen Trappe Ottokar von Münch und Albert von Hörselgau, Haralds Freunde.

»Willkommen! Willkommen!«, riefen sie, »wir suchen den Landgrafen und Euch; hoffentlich wisst Ihr uns anzugeben, wo wir den gnädigen Herrn finden; wir haben gestern bis spät in die Nacht den ganzen Wald nach ihm durchstrichen.«

»Wird der Landgraf vermisst?«, unterbrach sie Harald erschrocken. »Heiliger Gott, dann lass mich ihn finden!« Er setzte dem Pferd die Sporen in die Seiten, und jagte von dannen.

»So wartet doch, wir wollen ja mit Euch«, riefen die Freunde – aber er hörte sie nicht; schon war er hinter den Bäumen ihren Blicken entschwunden.

»Wenn der Landgraf«, nahm gegen Ottokar Albert das Wort, »lauter solche Freunde unter Thüringens Ritterschaft hätte, wie unser Harald und wir, es stände traun besser um ihn.«

»Und wenn er«, setzte Ottokar dazu, »mit der Milde des Landesvaters die Strenge und Gerechtigkeit des Richters zu verbinden verstände, dieser Heineck und Brandenfels sollten weniger trotzig und ungescheut das Land bedrücken.«

»Es wird noch ein schlimmes Ende nehmen mit diesen unbeugsamen Starrköpfen; sie werden die Früchte ihrer Saaten ernten, ehe sie an ihre Reife glauben«, prophezeihte Albert von Hörselgau. »Wenn nur nicht der fromme Landgraf ein Opfer wird seiner Gutmütigkeit und ihrer Heimtücke; sein allen trauendes Herz vermag nicht den treuen Freund von dem Heuchler zu unterscheiden, der seine Gunst erschlich«, sprach besorglich Ottokar, da klang aus der Tiefe ein lustiges Jagdstück herauf in die frische Bergluft, und ein froher Gesang vieler Männerstimmen begleitete die Waldhornklänge, dass es fernhin hallte, und das Echo der Berge den Jubelruf vielfach zurückgab.

»Der Landgraf ist gefunden!«, riefen beide Ritter wie aus einen Munde. »Das verkündet uns der frohe Morgengesang«, und sie eilten waldeinwärts dem Ton des Liedes nach und antworteten mit den

Hörnern. Bald sahen sie von Weitem den fröhlichen Jagdzug sich fortbewegen. Rechts neben dem Landgrafen ritt die hohe Adelgundis, zur linken Harald, ihnen folgten die übrigen Jäger und Jagdgehülfen; in ziemlicher Entfernung folgten noch Eppo und Hugo, im eifrigen Gespräch, und als Ottokar und Albert bei ihnen, freundlich guten Morgen rufend, vorbeijagten, zeigte ihnen der finstre Blick und der halbverschluckte Dank der Ritter, dass sie von nichts Erfreulichem sprachen.

Im blanken Stahlharnisch, auf dem silbernen Helm die goldne Grafenkrone, saß auf dem Fürstenstuhl im Rittersaal, auf Schloss Wartburg mit ernstem Gesicht Landgraf Ludwig. Rings um des Thüringer Landes Ritterschaft und alle seine Vasallen, erwartungsvoll standen die Ritter und blickten auf den Landgrafen, der sie zusammen berufen hatte, ohne dass sie wussten, zu welchem Zweck. Noch nie hatten sie so finster ihren Herrn gesehn, dessen Gesicht sonst immer den Stempel freundlicher Huld und Milde unverkennbar trug.

Als der Letzte der Ritter eingetreten war, gebot ein Wink des Fürsten seinen Dienern die Türen zu schließen. Und er erhob sich von seinem erhabenen Sitz und winkte, da schwiegen die flüsternden Fragen und der Ritter lautwerdende Vermutungen; tiefe Stille herrschte im geräumigen Saale.

»Edle Ritter und Freunde, treue Lehnsmänner und Vasallen, Unsre Lieben und Getreuen«, begann er mit lauter kräftiger Stimme, »wir haben Euch versammelt in das Haus, das Unser glorreicher Herr Vater erbaute, Wir haben Euch berufen in diesen Saal, wo Sie Recht und Gerechtigkeit sprechen im Namen des allerheiligsten Gottes. Unsrer Untertanen Stimme schreit laut zu Uns um Rache gegen die Bedrückungen, die sich viele von Unsern Rittern und Lehnsmännern gegen sie erlauben, und Wir haben geschworen einen heiligen und teuren Eid auf das Kreuz unsers Herrn und Heilandes, dass Wir hören wollen die Klagen Unsrer armen Untertanen, dass Wir rächen wollen das Blut der Geringsten unter ihnen, wenn es unschuldig geflossen ist, durch Uns-

rer unredlichen Vasallen Schuld, damit sie uns nicht verklagen vor dem Richterstuhl des ewigen Gottes.«
Die Ritter staunten, so hatten sie den Landgrafen noch nicht sprechen hören, einige von ihnen, die sich getroffen fühlten, erbleichten; des Landgrafen Augen flammten, seine zürnenden Blicke glitten durchbohrend im Saal umher und mancher Blick suchte den Boden; der Landgraf fuhr fort:
»Was verdient der Ritter, welcher zulässt, dass sein Vogt den kranken Mann mit Weib und Kindern nackt und bloß auf die Straße wirft und ihre geringe Habe gierig an sich reißt? – Ihr schweigt, Ihr antwortet nicht? Wir erklären ihn für ehrlos und unwürdig Unser Untertan zu sein; und fragen Euch im Namen des Allerhöchsten, ist dieses Unser Urteil gerecht?«
»Es ist gerecht«, murmelte es halblaut durch die Reihen der überraschten Ritter, von denen mancher mit zitternder Stimme sein eigenes Urteil sprach.
Der Landgraf winkte und in den Saal wurde, begleitet von einer starken Wache, Ritter Robert von Brandenburg geführt, Staunen ergriff die Ritter umher, Staunen ergriff auch den Ritter, welcher mit großen Augen bald den Landgrafen, bald die versammelten Edlen ansah.
»Hier steht der Ritter, über welchen Ihr Unser Urteil gerecht geheißen habt«, begann der Landgraf wieder: »Robert von Brandenburg, Ihr seid eine Geißel der armen Leute, deren Glück und Wohlfahrt in Eure Hände gegeben ist. Eure Vögte rauben Unsern Untertanen, auch wenn sie krank und hülflos die Gaben nicht geben können, die letzte Habe und werfen sie nackt und bloß auf die Straße.«
Aber des Zornes dunkle Flamme stieg auf, auf Roberts Gesicht und er sprach männlich, doch bescheiden: »Herr Landgraf, hat mein Diener sich das erlaubt, so erlaubt mir, ihn zu züchtigen, ich bin auf Rinterehre nicht schuldig an seinem Vergehn.«
Da stand der Landgraf und suchte vergebens nach Worten; der Gedanke, zu übereilt gesprochen zu haben, beschämte ihn, doch schnell fasste er sich wieder, und sprach mit ernster Stimme. »Ihr liefert den

Vogt gebunden auf Schloss Wartburg, wo Wir seine Strafe selbst über ihn verhängen wollen, und kommt noch einmal eine ähnliche Klage vor Unsre Ohren, so seid Ihr verlustig Eures Lehngutes, so ruft der Herold durch Unsre Lande Euren Namen aus, und der Henker zerbricht Euer Wappenschild an der Grenzmarke. Ihr seid entlassen.« – Der Ritter ging; der Landgraf winkte wieder, und herein trat mit kleinen funkelnden Augen, mit verbissenem Grimm, der Ritter Hugo von Brandenfels, und warf unruhige Blicke in der zahlreichen Versammlung umher.

»Herr Hugo von Brandenfels«, nahm der Landgraf von Neuem das Wort, »liegt nicht in Eures Schlosses Gefängnissen ein armer Bauer in Ketten, weil er einen Eurer Knechte geschlagen hatte?«

Hugos Mienen verzogen sich zum höflichen Lächeln, er beugte ein Knie vor Ludwig und sprach:

»Gnädigster Fürst und Herr, von Gottes Gnaden Landgraf von Thüringen und Herr zu Hessen, es ist mir nicht bekannt, dass ein solcher Mann bei mir gefangen liege.«

»Sendet augenblicklich«, herrschte der Landgraf zürnend seinen Burgvogt zu, »auf des Ritters Burg und lasst die geheimsten Gewölbe durchsuchen, findet Ihr einen Mann, namens Rößner, so bezahlt ihm Ritter von Brandenfels zwölf Goldgulden, und meidet von Stund an Unser Angesicht, Unser Schloss und Land.« Sehr schlecht verbarg der Bedrohte sein Erschrecken. »Es könnte vielleicht«, hub er an, »der Fall sein, dass mein Burgvogt ohne mein Wissen und Erlaubnis –«

»Ha!«, unterbrach ihn der Landgraf. »Kommt schon die Fürbitte? Ihr tragt die Schuld Eures Burgvogts, der ohne Euren Willen nichts unternehmen kann, ist er nicht schon im Voraus der Einwilligung seines Herrn gewiss! Wir kennen Euch, wir kennen sie alle, die unruhigen aufrührerischen Köpfe. Wir werden sie zu finden wissen und in Schranken zu halten.« Und mit erhöhter Stimme fuhr er fort, als ein Wink von ihm durch seinen Diener den Ritter Eppo in den Saal gerufen hatte: »Um ein entsetzliches schreckliches Beispiel zu geben dem ruchlosen Wilddieb, ersannen die Väter die grausamste Strafe des

Anschmiedens auf lebendige Hirsche, die entsetzliche Qual für das schuldlose Tier, die schrecklichste Todesmarter für den Unglücklichen, mit welchem es die Wälder rasend und rastlos durcheilt, bis es entkräftet mit ihm zur Erde sinkt, wo auch denn noch der Elende, wenn er nicht früher seine Seele aushauchte, sich nicht losmachen kann von den Eisenbanden, und verblutend am Boden liegen bleiben muss.«

Weiß wie die getünchte Wand, war Eppos Gesicht bei dieser Einleitung geworden, sein Herz klopfte, vergebens suchte er sich zu ermannen, er konnte das Zittern seiner Glieder nicht hindern. Der Landgraf fuhr fort:

»Ist es ritterlich, ist es christlich, ist es menschlich, um eines getöteten Hirsches willen den armen Bauer, der sein Feld schützt, die grausamste Todesstrafe zuzufügen? Habt Ihr mich verstanden, Ritter von Heineck?« Der Gefragte verstummte, ein Murmeln des Unwillens flog durch die Reihen der versammelten Ritter, die meisten wussten, dass Eppos Grausamkeit und Härte keine Grenzen kannte.

»Seid Ihr darum Unser Lehnsmann«, zürnte ihm der Landgraf von Neuem zu, »dass Ihr Eure Gewalt so schändlich missbrauchen sollt?«

»Wer verklagt mich?«, stotterte er endlich heraus, eine Miene des Zorns annehmend und sich in die Brust werfend, welches ihm schlecht genug gelang.

»Wir verklagen Euch vor dieser Edlen Versammlung, Wir erklären Euch unwürdig der Ehre Unser Vasall zu sein.«

»Eine gewaltige Ehre eines Milchbarts Vasall zu sein«, murmelte er vor sich hin, und ein Zug spöttischen Lächelns überflog das finstre Gesicht.

»Was sagt Ihr?«, rief entrüstet der Landgraf, der es bemerkt hatte.

»Wenn mein Kläger auch mein Richter und als Landesherr der mächtige Vollstrecker seines Urteils ist, so kann ich mir mein Urteil schon im Voraus denken, das habe ich gesagt, gestrenger Herr Landgraf. Richtet mich nach Eurem Gutdünken«, sprach er mit zurückkehrendem Stolze, »schließt mich aus von der überschwänglichen Ehre, Euer Vasall zu

sein, nehmt mir meine Güter. Auch Euch wird einst der Rächer zu finden wissen«, setzte er drohend hinzu.
»In den Kerker mit dem Rebellen!«, donnerte der Landgraf; und die Knechte traten herzu und griffen und banden ihn. Grässliche Drohungen und Flüche ausstoßend wurde er abgeführt.
»So strafen Wir die Bedrücker Unsrer Untertanen, und die, welche es wagen sich aufzulehnen gegen Uns und Unsre Herrschaft«, sprach der Landgraf und schloss vor heute die Versammlung.

Der Bauer in Hugos Burgverlies war gefunden worden, an diesem die angedrohte Strafe vollzogen, Ritter Eppo ließ seine Wut an den Eisenschellen aus, die ihm seiner Unbändigkeit halber angelegt worden waren, und der Landgraf war auf die Neuenburg bei Naumburg gezogen, wohin ihn die süßeste Vaterfreude rief, denn Jutta, sein treues und kluges Eheweib, eine Bruderstochter Kaiser Konrads des Dritten, hatte ihm einen Sohn geboren. Alle seine Freunde in dortiger Gegend mussten teilnehmen an den Festen, die des Kindes Taufe begleiteten, und acht Tage tönte unaufhörlicher Jubel auf der Neuenburg; Turnier und Ringelrennen, festliche Jagden, Tanz und frohe Gelage wechselten ohne Aufhören.
»Werde wie dein Vater«, sprach Pater Wilhelm, Ludwigs Burgkaplan, als er den kleinen Ludwig, seines Vaters Ebenbild, auf den Armen schaukelte, »fromm und milde, gerecht und strenge, nie verschließe dein Ohr den Klagen der Armen; wenn du Tränen des Elends trocknest, dann werden der Dankbarkeit und Liebe Freudenzähren zu schönen Perlen in deiner Fürstenkrone werden.«
Die Festlichkeiten waren zu Ende, es war wieder stiller geworden in der Neuenburg, und Ludwig saß eines Tages bei der Landgräfin, welche den schlummernden Säugling an der Brust hatte, im treulichen Gespräch, ihr traulich erzählend, was vorgefallen und ihm begegnet war, so lange er von ihr getrennt geblieben; während sie ihm mit der Erzählung der kleinen Begebenheiten und Vorfälle, die sich auf der Neuenburg unterdes zugetragen hatten, angenehm unterhielt.

»Eine Bitte«, sprach Ludwig, indem er die schöne Frau umschlang und zärtlich küsste, »hätte ich an meiner guten Gemahlin Herz zulegen, die ich sehr gern erfüllt hätte.«

»Und die ich, so es in meinen Kräften steht, meinem Herrn und Gemahl, mit Freuden erfüllen werde«, entgegnete sie mit freundlichem Lächeln.

»Es war gerade, denn ich muss mit meiner Erzählung beginnen«, fing der Landgraf an, »am letzten des Erntemonds, dass mir gemeldet wurde, wie sich ein Eber von ungeheurer Größe in der Gegend meines Schlosses Wartburg sehen lasse; meine Jagdlust war entflammt, schnell wurden Jäger, Knappen und Bauern aufgeboten, und schon am Nachmittag desselben Tages zog ich an ihrer Spitze dem Walde, wo er sich aufhalten sollte, zu. Der Wald war umstellt, die Hunde spürten, nichts ließ sich sehen. Mit einem Male tönen an der entferntesten Ecke die Hörner, Peitschen knallen, Hunde bellen, bald darauf ein lautes Geschrei, dann ward es wieder stiller. Ich sandte schnell einen Boten nach der Gegend, aber es kam ihm schon ein andrer entgegen, der des Schreckens Spuren noch im bleichen Gesichte tragend, atemlos berichtete, wie der Eber, so groß fast wie ein feister Ochse, hervorgebrochen sei, sechs Hunde zerfleischt, zwei Männer auf den Tod verwundet habe, und begrüßt von Pfeilen, Bolzen und Spießen sich umgewandt und wieder in das Dickicht hineingerennt sei. Wir hielten auf einem etwas freien Platz, der Bote hatte seine Erzählung noch nicht ganz vollendet, so rauschte und schnaubte es in den Büschen, und ehe wir es uns versahen, stürzt das Untier wie rasend heraus und auf uns zu.

Die Hunde, die ihm entgegenkamen, flogen rechts und links beiseite, als der Eber näher kam, flohen mit furchtsamer Hast Bauern und Knechte von dannen. Mein Ross zitterte und ging rückwärts. Ich spornte es und hielt dem wütenden Tier den Jagdspieß entgegen, und wie ich diesen ihm zu dem schweißtriefenden Rachen hineinstoßen will, bäumt sich das Ross hoch in die Höh, und mein Stoß ging fehl, da schlitzten auch schon die scharfen Hauer des Pferdes Unterleib, und es stürzt mit mir zu Boden, mein Spieß zerbrach, und mit funkelnden Augen wandte sich der Eber –«

»Heiliger Gott! Halt ein«, rief den Gemahl unterbrechend die Landgräfin, die mit steigender Angst ihm zugehört hatte, und sprang von ihrem Sitz, und umschlang ihn mit beiden Armen, als wollte sie ihn schützen gegen des Tieres mordende Wehr.

Sanft lächelte Ludwig über diesen unzweideutigen Beweis treuer Liebe; strich ihr beruhigend über die blühende Wange, und fuhr in seiner Erzählung fort:

»Wandte sich der Eber zum neuen Stoße gegen mich, den der Fall eine Strecke fortgeschleudert hatte; da sprang ein rettender Engel, der Einzige meiner Knappen, der nicht mit entlaufen war, Harald von Eichen herzu, und mit kräftigem Stoß trieb er den Spieß tief in des Ebers Schlund, bohrte schnell den Hirschfänger in seine Eingeweide, und als ich mich vom Falle wohl gestaucht, mühsam erhob, hatte er ihn schon abgefangen. Jetzt kamen auch die übrigen Ritter, Jäger und Knechte herbei, gerufen durch das Angstgeschrei meiner fliehenden Diener, sie kamen zu spät. Der Eber röchelte und schnaubte nur noch in Todeszuckungen, streckte weit von sich die riesenmäßigen Glieder, zog sie wieder krampfhaft zusammen, streckte sie wieder von sich und hatte es überstanden.«

Die Landgräfin holt tief Atem, ein leises »Gottlob!«, entschlüpfte mit einem Freudenblick gen Himmel ihren Lippen; Ludwig erzählte weiter. »Jetzt betrachtete ich meinen Retter genauer, ein Vorbild von Jünglingsschönheit, schlank wie die Tanne, kräftig wie die Eiche, stand er vor mir, und senkte die schwarzen Augen errötend zu Boden, als aller Anwesenden lauter Beifall über diese Tat ihm zuteilwurde. Ich wunderte mich, dass dieser Jüngling mir noch nicht aufgefallen war, dankte ihm laut und ungeheuchelt für meines Lebens Rettung und ließ ihn auf dem Heimweg neben mir reiten. Hier erzählte er mir auf mein Befragen, wie er ein Waise sei, wie seine Eltern verarmt und außer den unbescholtenen Namen ihm nichts zurückgelassen hatten, und er sich in meine Dienste begeben hätte. Wie er dem Burgvogt, der ihn in meinem

Namen angenommen habe, schwören müssen, mir treu zu dienen, bei mir auszuhalten in Freud und Leid, für mich zu wagen Blut und Leben, und dafür empfangen sollte tägliche Kost, Kleidung, und am Schlusse des Jahres, wenn keine Klage über ihn einliefe, drei Goldgülden; wie seine Seele hocherfreut sei, mir einen geringen Dienst, wie er meines Lebens Rettung nannte, erwiesen zu haben, und dergleichen Reden mehr. Die Dankbarkeit nicht allein, sondern eine plötzliche Zuneigung, die ihn mir unentbehrlich zu machen schien, gebot mir ihn nach Kräften zu belohnen.

Ich schlug ihn auf Schloss Wartburg zum Ritter, fügte seinem Wappen den schwarzen Kopf eines Ebers im grünen Felde bei, und verhieß ihn zu halten, wie meinen Bruder, wie ich ihn denn wirklich brüderlich liebe, wenn er bei mir bleiben wollte.«

»Warum habt Ihr ihn nicht mitgebracht, dass auch ich ihm für Eures teuren Lebens Rettung danken konnte?«, fragte teilnehmend Frau Jutta.

»Der Burgvogt auf Wartburg wird alt; ich ließ ihn dort als Wächter, denn ich habe über einige von Adel ein etwas strenges Gericht ergehen lassen, was manchen wurmen wird, daher ich auf einen etwaigen Aufstand gefasst sein muss. Und so weit meine Erzählung«, endete Ludwig.

»Nun und Eure Bitte an mich, mein lieber Herr Gemahl?«, fragte die Landgräfin wieder und sah den geliebten Bittsteller mit forschenden Augen an.

»Da täte es fast not, ich fing eine neue Erzählung an, und die Länge der vorigen wird Euch schon sattsam gelangweilt haben«, scherzte der Landgraf.

»Erzählt, erzählt ohne Einleitung«, bat die aufmerksame Zuhörerin und stillte den munter gewordenen künftigen Stammhalter des Landgräflichen Hauses.

»Ihr erlaubtet Eurem jagdlustigen Pflegekind, dem Fräulein Adelgundis von Eschilbach, mich auf die Wartburg in Gesellschaft einiger Dienerinnen zu begleiten; wenn es aber von dort aus auf die Jagd ging,

dann blieb die weibliche Dienerschaft zu Hause, und nie war sie heiterer, als wenn sie an meiner Seite unter dem Schall der Jagdhörner und dem lauten fröhlichen Getöse hinausritt in die frische Morgenluft; oft mischte sie ihre reine Silberstimme in die Jagdlieder, mit welcher Ritter und Jäger den Morgen begrüßten.
Hörtet Ihr schon Ritter Eppo von Heinecks Namen nennen?«
»Ich entsinne mich dessen nicht«, antwortete die Gefragte.
»Es ist auch einer von denen, die ich leider strafen musste«, seufzte leise der Landgraf und fuhr dann lauter fort, »dieser machte sich die ersten Tage viel um das Fräulein zu schaffen, trug ihre Farbe, huldigte ihr ritterlich, und ließ sich einfallen, sie allen Ernstes zu minnen. Sie nahm aber kein Bemerkens von ihm und begegnete ihm kalt und höhnisch. Ein andrer Ritter, der an meiner Seite ritt, trug auch ihre Farbe und blickte oft schüchtern nach der Dame seines Herzens, und Fräulein Adelgundis nahm es nicht für ungut.
Der Ritter war mein Harald. Hatte ihn meine Gunst und Freundschaft schon den Neid und Hass mancher andern zugezogen, so hatte nun Eppo doppelt Gelegenheit, ihn zu hassen. Was mir in jener Nacht, ohne dass er mich kannte, der Schmied entdeckte, das habe ich Euch schon erzählt; Ritter Eppo war der Grausame, der mit der Strafe des Wilddiebstahls einen unglücklichen Bauer heimsuchte.
Er sitzt im Kerker auf der Wartburg; mit seinen Gütern will ich den Harald belohnen. Dieser hat mir seine reine Liebe zu Fräulein Adelgundis gestanden; das Fräulein, als ich sie scherzend um das Geheimnis ihrer Minne fragte, ist mir mit Lachen und Leugnen ausgewichen, obschon ich die bejahende Antwort in ihren leuchtenden Augen las; so bitte ich Euch denn, mein trautes Ehegemahl, wollet nicht meinem Freunde und mir Eure Einwilligung zu seiner Verbindung mit der von Eschilbach versagen.«
»Wenn der junge Ritter Eurer Beschreibung und der Vorstellung, die man sich nach dieser von ihm machen muss, entspricht, und Adelgundis wirklich geneigt ist, sich mit ihm zu verbinden, so segne der Himmel ihren Bund, wie ich ihn segnen werde; das Fräulein ist ja auch ei-

ne Waise, und ich habe ihrer sterbenden Mutter versprochen, Mutterstelle an ihr zu vertreten; doch darum muss ich erst den Ritter sehen, muss ihn prüfen, ob er Adelgundis verdient, so wie ich auch mit ihr erst Rücksprache nehmen muss.«

»Es sei, wie Ihr begehrt, mein holdes Gemahl«, sprach der Landgraf, sie freudig küssend; da rief ein Diener den Herrn aus ihren Armen.

Frau Jutta aber schellte, und als die aufwartende Dienerin eintrat, und nach ihren Befehlen fragte, sprach sie: »Fräulein Adelgundis von Eschilbach.«

Die Landgräfin hatte mit dem Fräulein, die auf ihren Wink erschienen war, nur noch wenige Worte gesprochen, da begann es laut zu werden in der Burg; sie hörten Knechte durcheinanderlaufen, und dazwischen des Landgrafen Stimme. Eben malte die jungfräuliche Scham Adelgundens Wangen mit dem schönsten Purpur, sie blickte schweigend zu Boden, die Landgräfin hatte sie bei den Händen gefasst, und sah sie forschend an. Da trat schnell mit verstörtem Gesicht der Landgraf ein, und störte die Gruppe; beide blickten erschrocken nach ihm um.

»So muss ich denn das Schwert ziehen gegen meine Vasallen; Gott weiß, wie ungern ich es tue«, begann er. »Ein Eilbote Haralds berichtet mir, dass die Ritter von Brandenfels, Kyburg, Brandenburg und andere sich gegen mich verbunden und ihre Untertanen aufgewiegelt hätten, um entweder mit ihrem Heer gegen mich zu Felde rücken, oder die Wartburg stürmen, und Eppo von Heineck befreien, oder beides zugleich tun würden. Und Harald hat kaum 150 streitbare Männer in der Veste; er muss unterliegen, wenn ihm nicht schleunige Hülfe kömmt.«

Adelgundens Wangen wurden bleich, die Rosenglut, welche Scham und Liebe über sie gegossen hatten, wich dem Lilienschnee der Angst um den Geliebten; sie vermochte kein Wort zu sprechen, sondern heftete nur starr die großen Augen auf den Landgrafen. Die Landgräfin blickte nach ihr, flüsterte schnell dem Gemahl ins Ohr: »Seht Adelgundis, dies ist mehr als Geständnis«, und eilte schnell auf sie zu, damit sie nicht umsinke.

Jetzt trat ein Diener in das Gemach und meldete, dass die Rosse bereitstünden, und Boten nach allen Seiten geschickt wären, zusammenzurufen alle Freunde und Lehnsmänner Ludwigs in dortiger Gegend.
»So lebt denn wohl, mein liebes treues Weib«, sprach Ludwig, breitet die Arme aus sie zu umfangen. »Betet für mich um Heil und Sieg.«
Frau Jutta schwieg, der Schmerz ließ ihr keine Worte finden, sie gab sich stillweinend des Gatten Umarmung hin. Aber Adelgundis bekam plötzlich Leben und Sprache wieder. »Geht Ihr schon heute, Herr Landgraf?«, fragte sie mit einem Blick, der ihren Entschluss deutlich aussprach.
»Jetzt gleich in zwei Augenblicken«, war die Antwort.
»Ich ziehe mit Euch, was soll ich daheim, gebt mir Euern leichten Panzer, und den Flammberg, den Ihr als Knabe getragen, ich will an Eurer Seite streiten.«
»Nicht also, mein Fräulein«, entgegnete Ludwig, »wenn Ihr mir weit voran sprengtet auf der Jagd, wenn Euer Spieß den Sechzehnender fällte, wenn Ihr alles Ungemach dieses Vergnügens mit männlicher Beharrlichkeit ertrügt, da habe ich Euch wohl mit Vergnügen zugeschaut. Aber nicht für zarte Jungfrauen ist das Getümmel der Ritterschlacht. Bleibt hier bei meinem Weib, pflegt mit ihr meinen Erstgebornen, und Ihr verbindet Euch mir dankbarer, als wenn Ihr Euer Leben mutwillig den Gefahren des Kriegs bloß gebt. Ich verspreche auch auf Ritterehre und Fürstenwort den Geliebten Eures Herzens, um dessentwillen Ihr doch nur mitziehen wolltet, zu schützen nach meinen Kräften, und wie mich selbst.« – »Glück und Heil Euren Waffen, haltet Euer Fürstenwort«, rief sie, ihrer Gefühle nicht mehr mächtig und stürzte aus dem Gemach. Noch einmal küsste Ludwig segnend sein holdes Knäblein und sein treues Weib und ging.
Eine Viertelstunde darauf hob sich hinter den letzten seiner Mannen die Zugbrücke rasselnd in die Höhe.

Ludwigs Bruder, Ludwig der Jüngere, war von seiner Residenz Thomasbrück zu ihm gestoßen, bei Jena hatte sich mit seinen Häuflein der

Herr von Gleißberg an ihn geschlossen, und er rückte nun rasch vorwärts.
Gegen Abend kam dem Herzog wieder ein Eilbote mit verhängtem Zügel entgegengesprengt, welcher dem Landgrafen Haralds Gruß entbot und ihm meldete, dass der rebellische Haufen gegen ihn rücke, um seine Hülfe der Wartburg abzuschneiden. Ludwig ließ seine Scharen haltmachen, schlug ein Lager auf, stellte, als es Nacht geworden war, ringsum Wachen, und begab sich mit schwerem Herzen in sein Zelt, wo er in stiller Einsamkeit Gott um Schutz anflehte und um seine allmächtige Hülfe, dass er des Blutes seiner ungetreuen Untertanen nicht zu viel vergießen müsse.
Die Kerzen waren tief herabgebrannt, Ludwig saß noch immer, den Kopf in die Hand gesenkt, auf dem Feldbette, und der wohltätige Schlaf schien ihn zu fliehen.
Draußen rauschte der Herbstwind in den entlaubten Zweigen der Bäume und führte das dürre Laub in die Gräben, und aus dem nahen Wald scholl von Zeit zu Zeit das dumpfe Gebrüll der Hirsche durch den pfeifenden Wind herüber. Tief in den Mantel eingehüllt, stand der wachhabende Lanzenknecht vor des Landgrafen Zelt; der Oktoberwind durchrieselte fröstelnd seine Gebeine, und schloss die Augen des Ermüdeten. Auch auf Ludwigs Augenlieder senkte sich jetzt der Schlummer, aber nicht erquickend und wohltätig, sondern unruhig und erschreckend. Verworrene Traumbilder tanzten in ewigem Wechsel vor seiner Seele; bald lag er gefangen im tiefen Burgverlies, bald kämpfte er in wilder Schlacht, und wie er auch mit Riesenkräften einhieb auf seine Gegner, seine Streiche fruchteten nichts, sein Mühen war vergebens. Eben hatte ihn im Traum ein Schwertstreich Eppos hart getroffen; erschrocken erwachte er und sprang unwillkürlich in die Höhe; da stand in lange Flöre gehüllt eine schwarze Gestalt, in der Hand einen blinkenden Dolch, vor ihm. Ludwig, noch halb im Traum, packte mit beiden Händen den Verhüllten, da fuhr das blanke Eisen blitzschnell nach seiner Brust, prallte aber ab an dem Eisenpanzer, den Ludwig beständig heimlich unter seinen Kleidern trug; jetzt des Ver-

räters Absicht durchschauend, der einen Augenblick verwirrt und unschlüssig nach verfehltem Streiche da stand, warf er ihn zu Boden und rief laut nach seinen Dienern. Durch den Lärm ermuntert, stürzte der Lanzenknecht in das Zelt; ihm folgten mehrere, und vergebens bot der Meuchelmörder alle Kräfte auf, sich durchzuschlagen; schon lag er mit zusammengeschnürten Beinen da, und man wollte ihm die Hände auf den Rücken binden, da machte er eine rasche Bewegung mit dem rechten Arm, ergriff den Dolch, der ihm entfallen war, wehrte damit die ihn Haltenden ab, und drückte sich denselben tief in die Brust. Das ganze Lager kam in Bewegung; alle drängten sich um den Toten, aber keiner kannte das wildfremde Gesicht – keiner der Krieger erinnerte sich, diesen Mann je gesehen zu haben. Schnell wurde ein Galgen errichtet, und zwei Stunden nach dem Mordversuch, als der Hahn die dritte Nachtwache verkündete, baumelte der Leichnam zwischen Himmel und Erde.

Von der Zeit an hieß der Landgraf Ludwig der Eiserne im ganzen Land, darum, dass er stets der Sicherheit halber einen eisernen Panzer trug.

Als der Morgen graute, brachten ausgesandte Späher die Nachricht, der Feind sei im Anzuge; da stellte Ludwig sein kleines Heer in Schlachtordnung, legte ein Fähnlein Reiter in den Hinterhalt, und erwartete die Rebellen. Ein unordentlicher roher Haufe, Bauern und liederliches Gesindel, deren zerlumpter Anzug gegen ihrer staatsmäßig aufgeputzten Anführer Prachtkleider gar mächtig abstach, ward nur mühsam von den zusammengerafften Söldnern in Zaum gehalten, und als nun die Sonne ihre ersten Strahlen auf Ludwigs Panzer warf und der silberne Löwe im blauen Feld mit den vier roten Querbalken seine Tatzen gegen sie auszustrecken schien, und die Waffen und Harnische der wohlgeordneten Schar des Landgrafen im Morgenschein recht helle glänzten, da entsank den meisten der Mut, und sie bereuten bitter ihr törichtes Unternehmen.

Jetzt gab der Fürst das Zeichen zum Angriffe. »Ludwig und Recht!«, schrien seine Scharen und rückten gegen die Feinde. »Drauf und

dran!«, riefen Hugo von Brandenfels und der Brandenburger, und mit wildem Geschrei stürzten sich ihre Haufen jenen entgegen.
Der Kampf war heiß und kurz; keine Stunde stritt man, da floh von den noch lebenden Bauern, was fliehen konnte. Wütend kämpften noch die aufrührerischen Ritter mit ihren Söldnern, deren Zahl den landgräflichen Streitern überlegen war. Da tönte von der Höhe von Weimar her Trompetenklang; eine grüne Fahne mit einem schwarzen Eberkopf in der Mitte, flatterte hoch in der Luft, und 200 Reiter, an ihrer Spitze Harald von Eichen, sprengten auf das Schlachtfeld zu. Und wieder schmetterten Trompeten vom Walde her, und heraus brach Ludwigs kampflustige Reiterschar; umringt wurde der Rebellenhaufen, und was sich widersetzte, niedergehauen; da warfen die Knechte die Waffen weg und riefen laut um Gnade. Die Ritter wurden mit Gewalt von den Rossen herabgerissen und mit Stricken gebunden; ihre Flüche verhallten unter dem lauten Jubel und Siegsgeschrei der freudigen Scharen. Ludwig und Harald hielten nebeneinander, der Erstere überschaute das Schlachtfeld, und die Siegesfreude trübte ihm der Gedanke, dass so vieles Blut um nichts durch jener Ritter bösliches Anstiften hier geflossen sei, und sein Grimm entbrannte heftig gegen sie. Harald aber warf sehnsüchtig Blicke nach der Gegend der Neuenburg, wo seines Herzens süße Freude wohnte; sieh, da schimmerte von Weitem etwas Blendendes, und bald erkannte des Jünglings Falkenblick Adelgundens weißes Rösslein, und den schimmernden Silberhelm und sie selbst, wie sie vom flüchtigen Ross getragen, flügelschnell des Wegs daher eilte. Weit, weit hinter ihr kamen zwei Diener nachgejagt. Da hielt sich der Freudige nicht länger; er gab seinem Ross die Sporen und eilt ihr entgegen. »Harald!« – »Adelgundis!«, tönte es herüber und hinüber, und zu gleicher Zeit waren sie herab von den keuchenden Rennern, und hielten einander fest umschlungen.
Jetzt führte man die gefangenen Ritter gebunden vor den Landgrafen, der ihnen der Zornworte flutenden Strom entgegendonnerte.
»Nichtswürdige Rebellen«, so schloss er, »wollte ich euch richten nach dem Recht und eurem Verdienst, so würdet ihr den von euch gedunge-

nen Meuchelmörder, den ihr dort hängen seht, Gesellschaft leisten, und des Nachrichters Hand würde euch auf dem Rad eine Ehrenstelle anweisen. Aber man könnte sagen, Ludwig mordet seine Untertanen. Ich könnte euch sämtlich eurer Güter berauben, eure Schlösser zerstören, aber ich würde weder Nutzen noch Lob davon haben, und strafe ich euch nicht, so werdet ihr mich so gering achten wie zuvor, und nach eurem Gutdünken handeln wie zuvor. Eure Strafe erwartet euch, eine Strafe, die ihr unter allen am wenigsten erwarten werdet.« – Der Landgraf befahl den Rückzug, und Harald und Adelgundis ritten ihm zunächst, ihnen folgten die Reiterscharen, dann kamen die Gefangenen wohl bewacht, und den Beschluss machte das Fußvolk.

Jetzt kam der Zug auf ein großes Brachfeld; plötzlich gebot Ludwigs Ruf, halt! Er winkte etliche Hauptleute zu sich heran und erteilte heimliche Befehle; darauf sprang er vom Pferde, während das ganze Heer sich rund herum aufstellte. Auf dem Acker stand ein Pflug, da traten die Diener herzu, und stellten ihn auf, und im bloßen Hemde, mit auf den Rücken gebundenen Händen, führten sie die Gefangenen herbei; sie schäumten vor Wut, als ihnen die Absicht des Landgrafen klar wurde. Vergebens war ihr Widerstreben; Ludwig ließ die vier Ersten in den Pflug spannen, hielt in einer Hand die Stange, in der andern eine lange Peitsche, hüben und drüben gingen bewaffnete Lanzenknechte. Nun gings rasch vorwärts unter dem lauten Gelächter des ganzen Heeres; dazu bliesen die Trompeter lustig drein, während die widerspenstigen Zugpferde vor Scham in die Erde, die sie pflügten, hätten sinken mögen. Als er eine lange Furche gepflügt hatte, spannte er vier andere ein, und pflügte so ein ganzes Stück Acker mit ihnen, und wenn ihrer einen der gekränkte Stolz überwältigte, und er ungeduldig zerrte und riss, und die Stricke zu zerreißen strebte, da traf ihn des erbitterten Fürsten Geißelhieb, dass mancher sich bog und über die Schollen stolperte. Als er fertig war, ließ er den Acker mit hohen Steinen bezeichnen, und machte ihn zu einer Freistatt für Verbrecher, dass jeder, der einen hieher Geflüchteten, er sei wer er wolle, fangen und kränken würde, des Halses verlustig sein sollte. Und der Acker ist bei Naumburg noch zu sehen, und heißt der Edelacker bis auf diesen Tag.

Die gedemütigten Ritter leisteten auf der Neuenburg den neuen Lehnseid; schreckliche Drohungen des Landgrafen begleiteten sie, als sie wieder ihres Wegs nach Thüringen zogen, wenn sie es wieder wagten, etwas gegen das Leben ihres Herrn als auch gegen seine Freunde und Untertanen zu unternehmen. Sie schieden mit einstimmigem Rufe: »Es lebe Landgraf Ludwig der Zweite und sein erlauchtes Haus! Hoch!« Manchem mochte es wohl nicht recht ernst sein mit dem Rufe.

Vor der Landgräfin knieten gegen Abend Harald und Adelgundis; er im stattlichen Ritterkleid, im silbergestickten Koller, darüber eine grüne Schärpe und den blauseidenen Mantel, sie im einfachen Brautschmuck, im reichen Lockenhaar die zierliche Myrthenkrone.

»Ritter Harald«, sprach die schöne Frau mit unendlicher Anmut, »ich bin Euch noch den Dank schuldig für meines Gemahls Rettung; möge Euch dies an ihn und mich erinnern«, und von ihrem Halse nahm sie eine schwere goldne Kette, an welcher in einer mit Brillanten besetzten Einfassung Ludwigs Bild hing, und schlang sie ihm um den Nacken, und als sich dabei das Bild herumdrehte, gewahrte der Glückliche auf der andern Seite Adelgundis im Jägerschmuck, wie sie neben ihm gestanden hatte auf des Inselberges höchster Spitze. Im Übermaß der Freude drückte er erst der Landgräfin Hand, dann das liebliche Bild an die Lippen.

»Werdet so glücklich, wie Ihr es verdient«, sprach sie dann leiser, »die Gnade Gottes sei mit Euch immerdar.« – Und der Landgraf stand am Fenster und drückte in hoher Vaterfreude sein Knäblein an die Brust, und der untergehenden Sonne letzte Strahlen fielen durch die hohen Bogenfenster in das Gemach und übergossen es mit magischem Schimmer. Das Brautpaar erhob sich, und wie die Liebenden sich in die Arme sanken, einander ewige Treue gelobend, da reichte in seliger Erinnerung schwelgend, das Fürstenpaar sich lächelnd die Hände, und herein trat des Burgkaplans Meßner, und meldete, dass der Priester ihrer harre am Altar des Herrn.

Die Böhlershöhle

Volksmärchen

Dürftig lebte um die Mitte des sechszehnten Jahrhunderts der Schuhmacher, Meister Jonas, in Arnstadt in Thüringen. Von seiner Geburt an hatte ihn ein ungünstiges Geschick bis in das reifere Alter verfolgt; früh der Eltern beraubt, die ihm nichts hinterlassen hatten, war er als Schustergeselle in die Fremde gegangen, hatte in Nürnberg, Augsburg, Frankfurt und andern großen und freien Reichsstädten in Arbeit gestanden; doch, da er sich immer zurücksehnte nach seiner Vaterstadt, so ergriff er, mit dem was er erspart, den Wanderstab, und pilgerte der Heimat zu. Bald war ein kleines Häuschen gekauft, die Meisterschaft erlangt, Werkzeug angeschafft, und nun sah sich Meister Jonas nach einem tugendhaften Mädchen um, und fand in der Tochter seines Paten, der tugendsamen Jungfrau Elise Barbara Schildeknerin, was er suchte. Das Mädchen war fromm und sittsam, arbeitsam und gut, aber auch sie war nicht mit äußern Glücksgütern gesegnet, und brachte dem jungen Anfänger gar wenig mit; beide hofften jedoch durch ihrer Hände Fleiß sich ehrlich und redlich ernähren, und die Kinder, die ihnen Gott schenken würde, zur Gottesfurcht und zu einem tugendhaften Leben erziehen zu können. Durch den Ankauf des Häuschens, die Hochzeit, die Einrichtung der neuen Wirtschaft, schmolzen des Meister Jonas Sparpfennige gar sehr zusammen, doch er ließ den Mut nicht sinken, arbeitete unverdrossen, und sein Lieschen stand ihm treulich bei; mit kunstfertiger Hand nähte sie Schuhe für Frauen, während ihr Mann die gröbere Arbeit fertigte; bald sollte noch ein schöneres Familienglück sie erfreuen, emsiger arbeitete Meister Jonas, und bat oft sein holdes Weibchen, sich zu schonen, doch ihre freundlichen Blicke scherzten seine Besorgnisse hinweg. Elise wurde Mutter, ein zarter Knabe, ganz der Mutter Ebenbild, lachte von ihrem Schoß den Vater an. Schneller ging die Arbeit vonstatten, wenn der rosenwangige Kleine zu der Eltern Füßen saß, und mit alten Stiefeln und Pantoffeln spielte. So schwand ein Jahr ruhig hin; Überfluss war zwar nie in das kleine Haus gekommen, aber Liebe und Gesundheit hatten die Bewohner nicht verlassen, Zufriedenheit und froher Sinn oft das kärgliche Mahl gewürzt. Ein zweites Kind, ein Mädchen, hatte den kleinen Familienkreis und die Freuden des Ehepaars vermehrt; da kam ein bösartiges Fieber unter die Kinder der Stadt; es ergriff auch die Kleinen des Meister Jonas, und raffte schnell das Mädchen hinweg. Vier Wochen beteten am Krankenlager des Knaben die bekümmerten Eltern, denen schon der Tod des ersten Kindes das Herz gebrochen hatte; doch vergebens war ihr Flehen, des Todes Engel führte den Knaben zum Himmel empor, wo das Schwesterseelchen, auf Rosenwölkchen schwebend, ihm entgegenkam. Sanfte Blässe überzog des Knaben Gesicht, sein Auge war geschlossen wie zum Schlummer, und wie von einem schönen Traum umgaukelt, lächelte er noch im Tode; jetzt strich der besorgten Mutter Hand über die kleine Wange; sie war totenkalt. Da fiel mit lautem Angstruf die Arme ohnmächtig nieder neben dem Lager des entseelten Lieblings.

Kaum waren acht Tage verflossen, nach des Kindes Begräbnis; stumm saßen die unglücklichen Eltern spät am Abend in dem einsamen Stübchen, draußen heulte der Sturm und zog pfeifend durch die Fensterritzen, dass die Flamme der Lampe unstet hin und her flatterte, und seltsame Schatten sich an der Wand zu bewegen schienen. Müde von der Arbeit, waren Frau Elisens Hände in den Schoß gesunken und ihre Augen schlossen sich allmählich, da legte Meister Jonas die Arbeit beiseite, langte vom Kannrück die Bibel herunter und rückte den mit künstlichen Schnitzwerk gezierten, lederbepolsterten Großvaterstuhl sich näher zum Tisch; immer wilder raste draußen der Sturm und klapperte an den Läden und warf Ziegeln von den Dächern; da zog Meister Jonas das schwarzlederne Mützchen vom Haupte, faltete die Hände und las aus der aufgeschlagenen Bibel andächtig die Verse des 90sten Psalms:

»Herr Gott, du bist unsere Zuflucht für und für. Ehe denn die Berge worden, und die Erde und die Welt geschaffen worden, bist du Gott von Ewigkeit.

Der du die Menschen lässest sterben, und sprichst: Kommt wieder Menschenkinder. Denn tausend Jahre sind vor dir wie der Tag, der gestern vergangen ist, und wie eine Nachtwache.
Du lässest sie dahin fahren wie einen Strom, und sind wie ein Schlaf, gleich wie ein Gras, das doch bald welk wird. Das da frühe blühet, und bald welk wird, und –« – »Feuer! Feuer!«, tönte es angstvoll über die Straße, »Feuer! Feuer!«, rief es wieder, Menschen liefen über die Gassen, Trommeln rasselten und die Glocken heulten mit, dem Sturm in die Wette den grausigen Weheruf; entsetzt stieß Meister Jonas den Laden auf, da fiel des Himmels blutroter Schein in das kleine Stübchen.
»Ach Herr Jesus!«, klagte Frau Jonas mit gerungenen Händen und wankte zitternd umher, da hob sich die Flamme über die Nachbarhäuser empor, und leckte gierig an den Dächern und zündete die dürren Giebel, und wuchs unermesslich, vom Sturmwind bald über zwei, drei Straßen hinweg gepeitscht, bald wieder zum Himmel auflodernd; jetzt krachte es dumpf, und ein lautes Geschrei von vermischten Menschenstimmen wurde gehört, ein ausgebranntes Haus war zusammengebrochen, und hatte einige Arbeiter erschlagen. Schon brannten fünf Häuser, und die Flammen schlugen herüber auf das kleine Haus, Frau Jonas packte die wenigen Betten in ein Leilach, einige Freunde, die zur Hülfe herbeigeeilt waren, trugen die eichene Lade, in welcher des Ehepaars Sonntagskleider lagen, aus dem Hause, Meister Jonas nahm die Bibel und führte seine Frau durch das ungeheure Gedränge fort, jetzt brach das zweite und dritte Haus krachend zusammen, und das Häuschen des Meister Jonas brannte bald lichterloh.
Ein Vetter der Frau Elise nahm aus Barmherzigkeit die Geflüchteten in seine Wohnung, und räumte ihnen eine Stube ein.
Frau Elise Jonas war 22 Jahre alt und blühte noch in voller Schönheit, welche denn auch verursachte, dass der barmherzige Vetter, welcher schon eine Frau zu Tode gequält hatte, eine zärtliche Neigung zu ihr fasste, welche er durch eine überaus große Freundlichkeit an den Tag legte, und dem jungen Weibchen nicht undeutlich merken ließ, was er im Schilde führte. Meister Jonas war ihm ein Dorn im Auge, dieser sah

sich gezwungen, bei andern Meistern um Lohn zu arbeiten, und kam bloß mittags und abends nach Hause. Wenn er nun da war, so schnitt Vetter Jost, seines Handwerks ein Leinweber, grimmige Gesichter, brummte über dies und jenes, und schmiss die Türe zu, dass es krachte. Frau Elise durchschaute ihn bald, verschwieg es aber ihrem Manne, um ihn nicht zu bekümmern. Tag für Tag, wenn Jonas abwesend war, marterte der Vetter das treue Weib mit zudringlichen unverschämten Reden, und wenn sie drohte, es ihrem Manne zu entdecken, drohte er, sie aus dem Hause zu weisen, da könnten sie, meinte er, auf der Gasse schlafen. Einmal vergaß er sich so, dass er zu Tätlichkeiten schritt, und sie *herumreißen* wollte, aber es bekam ihm schlecht, Frau Elise ballte die kleine, niedliche Faust, und gab ihm einen so derben Schlag ins Gesicht, dass Mund und Nase bluteten, und er eilig von ihr abließ. Er tat, als nähme er es für Scherz, schwur ihr aber Rache in seinem Herzen. Schon damals gab es Leute, denen man das, was man bekannt machen wollte, nur unter dem Siegel der Verschwiegenheit vertrauen durfte, wenn auch nicht so häufig wie jetzt. Gegen solche rühmte er sich heimlicher Gunstbezeugungen der jungen Frau, aber er beschwor sie, nichts davon laut werden zu lassen.

Ehe drei Tage ins Land gingen, trug schon ein Freund die nagelneue Mär zu Meister Jonas, und die Weiber und Mägde brachen an dem Brunnen, über die unschuldige Frau, den Stab. Mehr fehlte nicht, um die halbverwelkte Blume der Liebesfreuden des armen Schuhmachers auf einmal zu knicken. Seine Kinder tot, sein Häuschen abgebrannt, ohne Geld, ohne Aussicht auf bessre Tage, und die treugeliebte Hausfrau untreu, konnte ein härterer Schlag des Schicksals ihn treffen? Mit schadenfrohem tückischen Lächeln empfing ihn, als er abends spät nach Hause kam, der Vetter, mit schuldlos heitern Blicken Lieschen, aber er begrüßte sie kaum, und doch stiegen Zweifel in seiner Seele auf, als er in die klaren blauen Augen ihr gesehen hatte. Er ging missmutig, ungewiss, was er tun sollte, zu Bette. Da träumte ihn, er ging spazieren, und fiel von einem hohen Felsen hinab, aber ein wunderschöner Knabe hielt ihn auf und führte ihn weit fort auf eine Wiese, und der Knabe setzte sich ins Gras und spielte, und er musste mitspielen. Der Knabe hatte viele Goldstücke, die warf er ins Gras, und Jonas musste sie suchen, und was er fand, war sein. Auf einmal war Frau Elise auch dabei und spielte mit dem Knaben, da fuhr eine große Schlange aus dem Grase und umringelte die Frau und stach nach ihrem Herzen, aber der Knabe schlug mit einer goldenen Rute die Schlange, da fiel sie tot nieder. Meister Jonas erschrak und wie die Schlange tot hinfiel, wachte er auf. Es war noch finstere Nacht, er schlief wieder ein, und so fest, dass am andern Morgen, es war ein Sonntag, sein Weibchen lange an ihm rütteln musste, bis er sich ermunterte. Er dachte nicht mehr an seinen Traum.

Jetzt kam der Vetter und kündigte mit erzwungener mitleidiger Miene dem Ehepaare an, dass es ausziehen sollte, auch fehlte es ihm nicht an nichtigen Vorwänden, warum er solches tue. Da standen die beiden Unglücklichen und sahen einander an; Elise mit dem Blick der Wehmut und Angst, denn sie hatten nicht, wo sie ihr Haupt hinlegen sollten, Jonas mit stillem Ingrimm biss die Zähne zusammen, nahm den Hut, sagte kein Wort, und ging.

Der Tag war heiter und schön. Meister Jonas ging in das anmutige Tal, wo auf allen Seiten sich Weinreben um die Pfähle rankten. Er ging sinnend fort, tausend Gedanken durchkreuzten sich; bald stand er auf einem hohen Felsen, der senkrecht abgeschnitten in eine schaudervolle Tiefe blicken ließ. Noch ein Schritt und Jonas lag zerschmettert im Tale. Da trat unsichtbar der Versucher zu ihm und flüsterte: »Was zauderst du, mach deiner Not ein Endc, Gott hat dich doch verlassen«; und die bessere Stimme im Innern sprach dagegen: »Soll ich freventlich mein Leben endigen, und mein Weib in des Verführers Händen lassen?« – und wieder sprach der Versucher: »Dein Weib wird sich zu trösten wissen, oder willst du als Bettler von Land zu Lande ziehn, und fremde Kinder ernähren obendrein?« Da überwältigte die Stimme des Bösen das bessre Gefühl.

»Vergib mir o Gott! meine Missetat und nimm dich meines Weibes an!«, so betete Meister Jonas, trat vor den schrecklichen Abgrund, schloss die Augen und – lag in demselben Augenblick, von kräftiger Hand zurückgerissen, unsanft am Boden. Zugleich fühlte er auf seinem Backen eine derbe Schelle; da raffte er sich empor, zürnend sich nach dem Schellenspender umsehend, aber er war doch froh in seinem Herzen, dass er noch oben auf dem Berge war. Da stand ein kleines Männchen auf der Felsklippe über ihm, in sonderbarer ungewöhnlicher Tracht, das wollte sich totlachen. Jetzt dachte Meister Jonas an seinen Traum.

»Wer bist du?«, fragte er mit halber Stimme das Männchen, denn ein Schauer von Furcht rieselte ihm über den ganzen Körper.

Jener konnte vor Lachen nicht zur Antwort kommen. Mit einem Satz war er von der hohen Klippe herab, und stand neben dem Erstaunten, drehte sich lachend im Kreise herum und sprach: »Komm mit mir, wir wollen spazieren gehen.« Dann fragte er, warum er sich hätte den Fels hinabstürzen wollen, und schnitt dabei lauter lächerliche Gesichter. Meister Jonas, der sich wieder etwas ermutigt hatte, erzählte dem Männchen sein ganzes Herzeleid. »Du bist ein Narr«, sagte der Kleine, als jener seine Jammergeschichte geendigt hatte, und weiter sagte er nichts, sondern humpelte immer voran.

Jetzt fasste ihn Jonas genauer ins Auge; es war ein kleiner Kerl, seine Füße waren von ungewöhnlicher Plumpheit gegen den Körper, und seine Beine glichen den halbmondförmigen Türkensäbeln; er hatte einen schwarzen Rock an, mit Tellerknöpfen, ging im bloßen Hals und hatte Augen, wie ein Paar Brillengläser; die Farbe seines Haares näherte sich dem Mäusefahlen, und auf dem Haupt trug er ein schwarzes spitziges Mützchen. Noch nie war Meister Jonas ein solches Männlein vorgekommen; er fasste sich ein Herz, zupfte den Kleinen am Rockschoß und fragte, als dieser sich rasch umdrehte, und seine starren Blicke auf ihn heftete: »Wie heißt du?«, da warf sich der Kleine in die Brust, trat auf die Zehen, und sprach: »Ich heiße Hügelpatsch, was kümmert's dich?«, und als er ihn so mit durchdringlichen Blicken ansah, ward es Meister Jonas ganz unheimlich zu Mute, und er schwieg nun ganz stille. Immer öder und einsamer wurde der Pfad, kahle Berge auf beiden Seiten; die Mittagssonne brannte glühend heiß. Allmählich fing Meister Jonas an, es zu bereuen, dass er dem sonderbaren Führer gefolgt war. Jetzt stand dieser stille, pfiff, und aus dem verdorrten Gras unter einer Schlehendornhecke sprangen drei grüne Eidechsen und liefen an ihm hinauf, er nahm sie, brummelte einige Worte vor sich hin, und ließ sie dann laufen. Jetzt ging der Weg aus dem Tale in die Höhe, einen steilen Berg hinauf, dass Meister Jonas kaum nachklimmen konnte; als man oben war, ging es wieder seitwärts bergein, mit beständiger Gefahr, den Hals zu brechen; aber immer schneller ging der kleine Kauz, endlich hielt er stille. Als Meister Jonas nachgekeucht kam und ihn erreicht hatte, stand er vor einem Loch, welches in den Felsen hineinführte. »Hier wohne ich«, sprach Herr Hügelpatseh, »gehe mit mir hinein«, und wie der Blitz fuhr er durch die schmale Öffnung.

Meister Jonas folgte mit Zittern und Zagen; er musste eine Strecke auf dem Bauche fortkriechen, endlich erweiterte sich die Höhle, man konnte aufrecht stehen, und des Zwerges Telleraugen schufen Licht in dem finstern Raum. »Bald sind wir«, sagte dieser, »am Ziel unsrer Wanderung, und sie soll dich nicht gereuen.«

Dreimal klopfte der Zwerg an eine große Felsenspalte, diese schob sich zurück, Hügelpatsch fasste den vor Angst stumm gewordenen Jonas bei der Hand, und führte ihn hindurch, und schnell schloss sich das enge Pförtchen wieder; Jonas hielt sich kaum aufrecht, denn nun war er ja abgeschnitten von der Welt, lebendig begraben; aber sein Führer leitete ihn sicher eine zahllose Menge Stufen hinunter, immer tiefer und tiefer.

Sanfte Dämmerung herrschte auf der weiten Ebene, die sie jetzt betraten; die Farbe des Himmels war nicht zu erkennen, grün und blau und grau ineinander vermischt, keine Sonne schien, kein Mond. Üppiges Moos bedeckte den Boden, von silberhellen Murmelbächen durchschnitten; tiefe Stille herrschte ringsum, nur zuweilen klang es aus unsichtbarer Ferne wie Saitentöne; sehen konnte man nicht weit, silbergraue Nebelflöre hüllten alle Gegenstände in ein magisches Dämmerlicht.

»Fürchte dich nicht«, sprach Hügelpatsch zum Jonas, »du bist im unterirdischen Reiche des Zwergenkönigs Bohelier, welcher der Gute genannt wird, und dir soll kein Leid widerfahren.« Jetzt trat ein stattliches Gebäude aus dem Nebel hervor, dickköpfige Zwerge schlüpften an ihnen vorbei, und eine sanfte Musik ließ sich hören.
Sie traten ein in den Palast; alles wich ehrerbietig zurück, wo Hügelpatsch mit dem Fremden sich zeigte. Welche Pracht herrschte in diesem Palaste! Aus metallnen Spiegeln bestanden die Wände und der Boden war bedeckt mit köstlichen Marmorplatten, in welche von bunten Edelsteinen mannigfaltige schöne Bilder eingelegt waren. Jetzt öffneten zwei Diener die Türen eines hohen Saales; tausend und aber tausend Lichter strahlten von den schimmernden Kronleuchtern und den Spiegelwänden den Ankommenden entgegen; an einer Tafel in des Saales Mitte, saß mit seinem ganzen Hofstaat der König auf einem reichverzierten Alabasterstuhl, seine Gemahlin, eine kleine wunderliebliche Zwergin, neben ihm; beide trugen künstlich gearbeitete, mit Perlen und Diamanten geschmückte goldne Kronen, und in ihre Kleider war die feinste Stickerei gewebt. Neben der Linken des Königs war noch ein Platz leer, Hügelpatsch neigte sich vor Bohelier dreimal tief und setzte sich neben den König, und alle Herren und Damen des Zwergenhofes neigten sich vor dem ersten Minister des Königs, denn der war Hügelpatsch. Alle waren prächtig gekleidet; sie trugen schwarze Baretts mit Silber gestickt, diamantne Agraffen und farbige Schwungfedern daran, kurze schwarze Röckchen nach der neuesten Mode jener Zeit und weite Pumphosen, feine genähte Handschuh von Rattenfellen, und kleine Halbstiefelchen von den Pelzen schwarzer Hamster. Vierundzwanzig Harfner saßen rund herum im hellen Saal, vierundzwanzig Diener trugen die Speisen auf und ab, und vierundzwanzig allerliebste Zwergenmädchen schenkten die kleinen Kristallbecher unaufhörlich wieder voll. Auch Meister Jonas musste sich setzen; da ihn alle freundlich anlachten, verschwand seine Fureht, er trank wohlgemut von dem köstlichen Wein. Jetzt winkte der König, da rauschten im harmonischen Ein-

klang die vierundzwanzig Harfen, und mit silberreinen Stimmen sangen die Harfner:

»Tief im dunkeln Erdenschoße, wohnen wir im Dämmerlicht,
Schauen nicht die goldne Sonne, Lunas sanften Schimmer nicht,
Aber stiller Frieden weilet, wo kein Hader uns entzweit;
Unterwelt ist immer ruhig, Oberwelt liegt stets im Streit.
Schön ist's auf der hellen Erde, wo die bunten Blumen blühn,
Schön auch ist es in der Erde, wo die Erzkristalle glühn.
Wenn der Geiz der Erdenbürger, Schätze in die Tiefe senkt,
Sind sie uns anheimgefallen, sind dem Zwergenvolk geschenkt.
Was sie suchen unermüdlich, in der Erde tiefem Schacht:
Edelsteine, Gold und Silber, alles wird von uns bewacht;
Doch dem frommen Bergmann schaden wir mit Spuk und Tücke nie,
Nur den Böswicht zu bestrafen uns ein Gott die Macht verlieh.
Wer verfolgt vom Hass und Neide, flieht das menschliche Geschlecht,
Suche Schutz in unsrer Mitte, und wir schaffen ihm sein Recht.
Heil Bohelier, dem König! Freude werde ihm zuteil.
Heil dem Guten! dem Gerechten! unserm großen König Heil.«

Der Klang der Saiten verhallte, aber die feinen künstlichen Kristallbecher, die auf des Königs Wohl angestoßen wurden, gaben ein noch melodischer Geläute, endlich ward es still. Da trat Hügelpatsch auf, verneigte sich dreimal sittiglich, und erzählte der aufhorchenden Versammlung des Meister Jonas ganze Schmerzensgeschichte; dieser stellte indes Betrachtungen an über die Physiognomien der kleinen Leutchen, und lachte im Stillen darüber, denn einer hatte kleine Augen, ein spitziges Näschen, das man hätte in eine Nähnadel einfädeln können, und einen ansehnlichen Verdruss auf der rechten Schulter; der andere hatte ein breites Gesicht, eine platte Nase, und die Unterlippe hing anderthalb Zoll unter der obern hervor; ein andrer hatte eine Nase, die bis auf die Lippen herabhing; alle hatten sie aber krumme Beine und watschelten wic dic Enten.

Jetzt schwieg Hügelpatseh, und neigte sich vor dem König, und dieser rief: »Spendemännchen! Führe den armen Jonas in unsre Schatzkammer, gib ihm Goldstangen, sieben Silberbarren, sieben Diamanten und siebenmal sieben Perlenreihen«, – und der Großschatzmeister gehorchte. Wie staunte Jonas, als er eintrat in den königlichen Schatz! Tausendfarbiger Glanz von hellgeschliffnen Brillanten, Rubinen, Saphiren, und allen Edelsteinen strahlte ihm entgegen, und er konnte sich nicht satt sehen an all den kostbaren Gefäßen und Gerätschaften, die hier aufgehäuft standen. Wie ward ihm zu Mute, als der Großschatzmeister Spendemännchen, ein kleiner freundlicher Zwerg, mit Silberlocken, ihm lächelnd mit den köstlichsten Edelsteinen, mit Gold und Silber die Taschen füllte, und dann wieder mit ihm eintrat in den Speisesaal. Bohelier, der gute König, erhob sich, winkte Jonas zu sich hinan und sprach, als dieser sich auf ein Knie vor ihm niederließ: »Du hast jetzt alles, was der Mensch sich wünschen kann. Du könntest ein Fürst sein, willst du aber meinem Rat folgen, so bleibe was du bist, und ich werde immer dein Freund bleiben. Stecke dir ein Stück Feld ab, am Fuße dieser Berge, ich schenke es dir, es soll reichliche Früchte tragen. Dein Weib ist dir treu geblieben; es wartet auf dich eine fröhliche Zukunft. Sage niemandem, wie du zu dem Glück gekommen bist; bleibe ein braver Mann, und lebe wohl. Nimm noch zum Andenken meinen Mundbecher, und denke an Bohelier, wenn du daraus trinkest.«

Da trat herzu Orselia, die liebliche Zwergenkönigin, und sprach: »Nimm diesen Ring, und bringe ihn deiner Liebsten, und grüße sie von mir; wenn sie irgend Hülfe bedarf, soll sie ihn nur am Finger drehen«; jetzt berührte Bohelier den glücklichen Jonas mit seinem Zepter, einer künstlichen Lilie, und er sank in einen tiefen Schlaf.

Als er erwachte, befand er sich am Fuße des Felsens, wo er hatte hinabspringen wollen; die Glocken in der Stadt schlugen zwölfe, und er glaubte, er hätte geträumt, doch die Schwere seiner Taschen überzeugten ihn eines andern. Froh, mit erleichtertem Herzen, eilte er nach Hause, bezahlte dem staunenden Vetter den Mietzins, mietete schnell eine schöne Wohnung, und zog mit seiner treuen Elise aus. Er war nicht vorsichtig genug, sein Glück zu verbergen, und zog Neider in Menge auf sich. Am meisten suchte ihm der Vetter zu schaden, der die schändlichsten Gerüchte ausstreute, während er mit kriechender Schmeichelei den reichen Schuhmacher täglich umgab, und mit erheuchelter Teilnahme nach der Quelle der Wohlhabenheit des Meister Jonas forschte. Um den Überlästigen loszuwerden, entdeckte endlich dieser, unter dem Siegel der Verschwiegenheit, einen Teil der Geschichte, und schon derselbe Abend fand den Meister Jost, der nicht länger hinter dem Webstuhle spulen, sondern ohne Mühe reich werden wollte, auf dem Wege nach dem Jungfernsprunge, so heißt nämlich der Felsen, wo Meister Jonas den gefälligen Hügelpatseh fand. Jost glaubte zwar, dass ihm niemand erscheinen würde, doch trieb es ihn unaufhaltsam hin. Er stand kaum oben, so wuchsen zwei unförmliche Gnomengestalten aus der Erde; er vor Schrecken totenbleich, gewann kaum so viel Fassung, sich tief zu verneigen; die Unholde liebten jedoch die Komplimente nicht; mit entsetzlichem Hohngelächter ergriffen sie den Sträubenden, und schleuderten ihn hinab in den Abgrund. Die Sinne vergingen ihm. Andre fingen ihn auf, und zerrten und rissen ihn aus seiner Ohnmacht wieder ins Leben zurück. Und nun ging es mit ihm über Stock und Stein, über Dornen und Disteln das Tal entlang, den Berg hinauf zu der Felsenöffnung hin. Dort empfingen ihn wieder andre, immer ungestalteter und hässlicher, die legten ihm silberne Ketten an, und setzten ihm eine goldne Krone auf, deren Last ihn fast zu Boden drückte. Jetzt ging es wieder heraus, der Zwerge zahllos Heer folgte ihm mit ihrem König. Leise schwebten sie alle über den Boden hin. Jost hörte im weiten stillen Tale nichts als das helle Klirren seiner Ketten und seine eigenen Fußtritte; die Zwerge waren alle schwarz gekleidet, trugen kurze Schwerter, und in der Hand trug jeder einen blühenden Stängel astloses Spinnenkraut*, dessen silberweiße Blumen im Mondenschein helle glänzten. Der Zug ging nach der Stadt zu; auf ei-

* Anthericum Liliago. Linn.

nem hohen Berg setzte sich Bohelier, der Gerechte, seine Diener zu beiden Seiten neben ihn, und bis in den Talgrund, und so weit das Auge sah, wimmelte es von Zwergen.
Unterdes ahnete Meister Jonas nichts Gutes; er bat sein Weibchen, ohne Sorgen um ihn zu sein, da er bald wiederkehren würde, und ging in das stille, von sanftem Mondenschein erhellte Tal. Wie staunte er, als er das ganze Zwergenvolk versammelt fand, und auf hohem Throne den König und den treulosen Vetter in Ketten. Er eilte hinauf. »Er ist des Todes schuldig«, sprach mit ernster Stimme ein Richter. »Stürzt ihn hinunter«, ein zweiter, und geharnischte Zwerge traten herzu und ergriffen den Verzagenden; da stürzte Jonas zu des Königs Füßen hin und flehte: »Gnade! König, Gnade!«, und die Wolken des Zorns auf der Stirn des Königs zerstreuten sich; er lächelte mild und sprach: »Weil du für ihn bittest, der dich verderben wollte, so sei ihm verziehen; doch glaube nicht«, fuhr er gegen den, neues Leben schöpfenden Jost fort, »uns entgehen zu können, und wieder aufs Neue Tücken zu ersinnen. Du hast dich selbst in unsere Macht gegeben, wir finden dich überall, wir können dich strafen überall.« Der König schwieg, leise Harfentöne erklangen und sanfte Töne säuselten, vom Hauche des Abendzephyrs getragen:

»Heil, Bohelier, dem König, Freude werde ihm zuteil;
Heil dem Guten, dem Gerechten, unserm großen König Heil.«

Und plötzlich waren König, Richter und Zwerge verschwunden; ein silberglänzender Nebelstreif schwamm durch das Tal, und verschwand endlich in der Ferne. Da fiel der Vetter Jost dem Meister Jonas weinend zu Füßen und gestand ihm seine Übeltaten, und dankte ihm für seines Lebens Rettung, und bat ihn flehentlich um Verzeihung, und gern verzieh ihm der Glückliche.
Als einige Tage später Jonas hinausging auf sein Feld, und dessen Lage besehen wollte, fand er es schon geackert und bestellt, aber keiner der gutmütigen Zwerge ließ sich sehen.

Im glücklichsten Wohlstande lebte Meister Jonas hinfort mit seiner treuen Elise; nur einmal in Kindesnöten, rief sie in stiller Nacht durch Umdrehung des Rings die freundliche Zwergin zu Hülfe, und diese stand ihr treulich bei, und sie genas eines lieblichen Mädchens; später erfreute sie den geliebten Mann nach und nach mit sechs Kindern, und alle wurden groß und glücklich. Oft saß Jonas im Kreise seiner Kinder und Enkel, und erzählte ihnen von den guten Zwergen, die ihn vom Untergange retteten, und dankbar tranken dann alle aus dem zierlichen Becher des guten Königs Gesundheit. Viele, die von der Geschichte hörten, gingen hinaus in das Tal, um ihr Glück zu machen, aber es ließ sich nichts sehen noch hören. Meister Jonas starb im vierundachtzigsten Jahr, betrauert von vielen, geschätzt von allen seinen Mitbürgern; denn er war fromm und arbeitsam, wohltätig und gefällig. Nach ihm heißt noch bis heute das schöne Tal bei Arnstadt, das Jonastal, und ein hoher Felsen in demselben, derselbe, wo Bohelier zu Gericht saß, der Königsstuhl, den Namen Bohelier, welcher durch die Geschichte des Meister Jonas bekannt geworden war, zog man später zusammen; so entstand erst Baelier, woraus dann später Boeler wurde, und das Bergloch hinten im Tale heißt noch das Böhlersloch oder die Böhlershöhle, aber die Felsenplatten schieben sich nicht mehr auseinander.

Alte Leute erzählen viel von den sogenannten Böhlersmännchen; manche wollen sie sogar im Mondenschein ackern gesehen haben, jetzt zeigt sich nichts mehr. Nur zuweilen begegnet es einem Bauern, wenn er zu lange vor dem Schönenbrunnen verweilt, und zu tief in das Weizenbierglas gesehen hat, dass er im Nachhausewandeln, wenn er an das kleine Hölzchen kömmt, welches dem Eingang in die Zwergenhöhle gegenüber liegt, sich von hinten ergriffen fühlt, und niederpurzelt, oder dass ein pfeifender Wind ihm die Dohle entführt, und er halbe Stunden lang hinter diese herlaufen muss, oder dass sich ihm eine Last aufhockt, welche er beinahe bis an das nächste Dorf Espenfeld, huckepack tragen muss. Schon manchen hat es dort hinten geneckt, irregeführt usw., denn man ist in dem stillen Tale wie abgeschnitten von der Welt. Ob nun die drolligen Gnomen noch immer ihr Wesen treiben, oder ob sie sich einen andern Aufenthaltsort gewählt haben, da sie nicht mehr erscheinen, wollen wir an seinen Ort gestellt sein lassen.

Der Riesenlöffel

Ein Märchen

Wild schüttelte der Sturm die beschneiten Wipfel tausendjähriger Eichen und Buchen ineinander, dass Schnee und zackiges Eis klingend niederfielen auf des Bodens hart gefrorne Decke; hungrige Raben und Krähen flogen mit heisern Krächzen durch die nebelumflorte Waldung; mühsam schaufelte das Renntier den Schnee hinweg, um mit kärglichem Moose das Leben zu fristen, und der Büffel schritt brummend durch den Urwald, an stämmigen Bäumen der kleinen Hörner Spitzen wetzend. Finster schritt der Riese Atahulf auf unwegsamen Pfaden durch das Dickicht; ein böser Traum hatte ihn aufgejagt vom Lager weicher Bärenfelle, und weder Tuck, sein treues Weib, noch Egil, seine liebliche, in blühender Jugendfülle prangende Tochter, vermochten, ihm den finstern Unmut zu verscheuchen; seines Hauses Untergang war nach dem Rate der Asen beschlossen – so war es ihm kund geworden im Traum, und darum irrte er finster umher in dem öden Walde; zürnend schmetterte er mit gewaltiger Keule Hecken und junge Bäume nieder, welche den Pfad ihm sperrten; immer tiefer senkten sich die Nebelschleier, immer düstrer und unwegsamer wurde es um ihn her. Schon beschloss er, die Nacht im Walde zuzubringen, denn ein undurchdringliches Dunkel ließ ihn den Weg nach seinem Felsenpalast nicht wiederfinden, und wollte sich nach einer bequemen Lagerstelle umsehen, da schimmerte blutrot durch den Nebel ein fernes Licht, und uneins mit sich selbst, schritt er gedankenlos darauf zu. Heller wurde es um ihn her; jetzt stand er vor dem Eingang der Höhle, in welcher ein Feuer loderte, und wie er hineinzuschreiten sich anschickte, tönte eine hohle Stimme aus der Höhle ihm entgegen:

»Wer wagt zu nahen
Der Wohnung Swindas?
Wer stört die Ruhe
Der Hünenjungfrau?
Strafe dem Frechen,
Strafe und Tod!«,

und hinein rief der Riese:

»Zürne nicht, Jungfrau,
Flammenumleuchtete
Seherin Wodans,
Dem kühnen Wandrer,
Und nur ein Obdach
Gewähre ihm!«,

da rief es wieder hervor aus der hellerleuchteten Grotte:
»Dir sei es gewährt, kühner Wanderer!«.
Gebückt schritt nun Atahulf einen langen Gang hindurch nach dem Feuer zu. Groß und geräumig war die Höhle, auf hohem Sitz saß eine Jungfrau, scharfblickend wie Wöra, die allerforschende Göttin; schön wie der Valkyrien eine, die auf schnaubenden Flügelrossen einherziehe im Getümmel der Schlacht, durch ihren Zauberreiz die tapfren Helden begeisternd, dass sie den Schlachtentod nicht fürchten, und sie dann einführen in Walhallas Kampfspiele und Siegesmahle.
Rund umher lagen um das Feuer und den Thron der Jungfrau, Schädel und Knochen zu seltsamen Bildern zusammengefügt, und in großen, in

Fels eingehauenen Tafeln waren der Runenschrift wunderliche Zeichen gegraben. Leise murmelte Swinda Beschwörungen und Runensprüche, die Bilder im Kreis schienen sich zu regen, und die Flammen des Feuers neigten sich gegen sie. In einem Kessel, der über dem Feuer hing, rührte sie langsam; die Dampfwolken, die aus diesem in die Höhe stiegen, gestalteten sich wunderbar; regungslos starrte Atahulf bald die Trute, bald den Kessel an; da verstummte plötzlich das Brausen, heller loderte die Flamme empor, der Höhle weiten Raum erleuchtend. Von ihrem Sitz erhob sich Swinda, und mit Erstaunen sah Atahulf, dass sie ihm gleichkam an Größe; des blonden Haares wallende Ringellocken fielen weit an der ernsten, hohen Gestalt hinab; auf ihrem Haupte schimmerte eine Krone, und in der Hand hielt sie einen großen Löffel von Stein, mit welchem sie im Kessel gerührt hatte. Ein Wink von ihr gebot dem Riesen, in diesen zu schauen, er gehorchte; aber kaum hatte er einen Blick in den Zauberkessel geworfen, da schauderte er entsetzt zurück; einen blutigen Jüngling sah er mit zerschmettertem Haupte liegen, doch ehe er noch dessen Züge ins Auge fassen konnte, war er verschwunden.

Ein anderes Bild stellte sich dem Erstaunten dar. Es war ein hohes schönes Schloss, das vom magischen Licht umflossen sich erhob, aber alsbald auch wieder in Trümmern zusammenfiel.

Darauf sah er eines Sees rauschende Wogen dahinbrausen; ein zartes Frauenbild, aber blutbesprützt und mit wild zerstreuten Haaren, kämpfte mit den tobenden Wellen, und ehe er sich tiefer hinabbog, näher das Bild zu schauen, war sie hinabgesunken in die finstere Tiefe. Da ward es trübe, und die klare Flüssigkeit im Kessel schäumte und brauste wieder.

Da öffnete Swinda die Korallenlippen und sprach ernst zu dem Riesen gewandt: »Atahulf, ich kenne dich, du aber wirst mich nimmer wiedersehen. Was du erblickst in diesem Zauberkessel, das wirst du noch einmal in der Wirklichkeit sehen, und was du nicht sehen wirst, das wird in der Stunde deines Todes geschehen; wenig nur darf die Seherin enthüllen. – Wir trennen uns jetzt; ich will dir einen Führer geben, der dich geleiten soll in dein Haus; doch hüte dich, ihn zu erzürnen.«

»Unkoo!«, rief die Jungfrau, und aus dem Hintergrunde der Höhle kroch ein zwerghaftes Ungetüm mit feuersprühenden Augen, das sich der Herrin zu Füßen legte, die ihm sanft mit dem Löffel über den zottigen Rücken fuhr, und unverständliche Worte, ein wenig zu ihm hinabgebeugt, leise murmelte, dann sich wieder zu Atahulf wendend, diesem den schweren Löffel, welchen sie wie leichtes Holz in kräftiger Rechte schwang, reichte, und dazu sprach:

»Nimm, was Dir die Rune bot,
Hungloff heißt er: Riesentod;
Der beim Mahle Dich erfreut,
Sich im Kampf als Waffe beut.«

Verwirrt über das alles, stand Atahulf schweigend da. Er nahm den Löffel, jetzt öffnete er den Mund zum Dank, und zur Frage um nähere Auskunft, da verlosch das Feuer, die Jungfrau verschwand, düstres Grauen herrschte rings um ihn, nur Unkoos blitzende Augen, der jetzt voranzottelte, zeigten ihm den Ausgang der Höhle, nachdem er sich, da er in der Finsternis überall anstieß an den zackigen Felsen, bald den harten Schädel eingestoßen hatte. Das bärenhafte Gnomenwesen tappte immer fort, kein Stern, kein Mondlicht erhellte die finstre, cimmerische Nacht, denn ewige Nebel deckten zur grauen Hünenzeit den undurchdringlichen Urwald; schweigend folgte Atahulf, vergebens sich bemühend, den Rückweg zur Höhle zu merken. Die tiefen Spuren im Schnee, die sein Riesenfuß zurückließ, verwehte bald der furchtbar einherbrausende Sturmwind. Kein Ende nahm der mühsame Pfad; dem Riesen schien es, als führe sein gespenstiger Führer ihn im Zickzack herum, um ihn zu äffen, bis der Morgen anbrechen würde; er entbrannte im Zorn, ging mit weitausholendem Schritt ihm nach, und schwang, als er ihn erreichen zu können glaubte, hoch über ihn den Löffel, um ihn in unsinniger Übereilung, zum gewaltigen Todesstreich auf Unkoo niederfallen zu lassen, da sprang, ohne sich umzusehen, der Unhold pfeilschnell in die Büsche, und grunzte vernehmlich:

»Hungliff heißt er: Riesentod,
Der Dich, Neidhardt, selbst bedroht!«

Atahulf hieb wild in die Büsche, sie brachen zusammen unter seinen gewaltigen Streichen; Unkoo war verschwunden.
Er stand vor der Tür seines Palastes.

Lange schon liebte Ingomar, der Sohn des Riesen und mächtigen Zauberers Frotho, heimlich Atahulfs schöne Tochter Egil, aber die Väter, Nachbarn zwar, hassten sich schon lange, und nimmer durfte der liebende Ingomar seiner sehnlichen Wünsche Erfüllung hoffen.
Schön war der Hünensohn, wie Tyr, Odins Erzeugter, der unerschrocken dem Feind begegnet, und das Feuer rasender Schlachten entzündet, kräftig und blühend, wie Uller, des Donnergottes Sohn; ihm hatte Wale selbst den Bogen spannen gelehrt; mit leichter Mühe schleuderte er ein zentnerschweres Felsstück von der Höhe; wo sein Vater wohnte, auf den Nachbarberg, wo Atahulfs Kristallburg stand, die in ihrem Schoß sein Liebstes barg. – Während sein Vater tief unten in den Höhlen finstern Zauberwerken oblag, und der Natur tiefste Geheimnisse zu schädlichen Zwecken zu erforschen strebte, durchstrich er rastlos Wald und Flur, und manchen riesigen Eber, manchen grimmigen Bär erlegte seine tapfere Hand, oft auch erreichte sein Pfeil den stattlichen Aar, der auf dem höchsten Felsengipfel horstete.
Zwischen den beiden Nachbarbergen sprang eine Quelle, hellsprudelnd wie der Mimerborn, am Fuße der Esche Ygdrasil, die ihre Zweige breitete durch die ganze Welt; oft kam Egil zu der von heiligen Eichen umschatteten Quelle, und rastete auf üppig grünendem, schwellenden Moose in den heiligen Schatten. – Mit Wohlgefallen blickte sie in die kristallene Fläche, wo sich ungestört, ungetrübt, ihr wunderliebliches Bild abspiegelte.

Oft schlich auch Ingomar zu der einsamen Quelle, um die liebliche Egil zu sehen, aber sie anzureden wagte er nicht, nur aus dem Gebüsche, hinter welches er sich zu verstecken pflegte, warf er reine Blicke auf die reine Jungfrau. Einst stand Egil zur gewohnten Stunde unter den heiligen Eichen, ihr blühendes Gesicht in die kleine Hand gestützt, und blickte nachdenkend in die helle Wasserfläche, da gewahrte sie, nahe der Eiche, unter welcher sie stand, in dem reinen Kristall, nicht ferne von ihr ein Bild, das in starken Zügen bald hervortrat, bald von dem bewegten Erlengebüsch überdeckt wurde. Jungfräulich verschämt blickte sie umher, und erschrocken, weil sie sich allein an dem Orte wähnte, und eine hohe Jünglingsgestalt, im goldnen Lockenhaar, trat ihr entgegen. Sie wollte fliehen, aber der Jüngling bat so süß, seine Stimme war so wohllautend, wie sie noch nie gehört hatte, er war so schön, und sein treues, blaues Auge sprach mehr noch als sein Mund, seine Gefühle aus. Unsichtbar schwebte Siöna über ihnen, und weckte der ersten Jugendliebe wonnigliche Empfindungen in des Mädchens reinem Busen, in welchem Gesione, der Keuschheit züchtige Göttin ihren Thron behauptet, und welchen Suotra mit der Sittsamkeit und Unschuld Rosenschleier verhüllt hatte. Schüchtern stammelte Ingomar seine Liebe, wie er sie oft belauscht, oft an ihrem Anblick sich geweidet habe, und wie ihr schönes Bild sich tief in sein Herz eingeprägt hätte.

Egil hatte noch nie geliebt, hatte noch nie einen solchen Jüngling gesehen, wohl aber hatte eine heimliche Sehnsucht ihrer sich immer bemächtigt, wenn sie im Sommer dem Murmeln des Quells lauschte, und der Hain vom Gesange der Vögel ertönte, und die Blumen freudig ringsum erblühten; dann wünschte sie wohl, jemanden zu haben, dem sie traulich sich nahen könnte, denn sie hatte keine Freundin, kannte nur ihrer Mutter herrisches Walten im häuslichen Kreise, und ihres Vaters wilden, wüsten Sinn, und die Gefährten, die ihn zuweilen heimsuchten, waren ganz wie er selbst, roh und finster; darum musste ihr der schöne, freundliche Jüngling gefallen; doch trat sie zaghaft zurück, und wollte nach Hause eilen, aber Ingomar, im Glutfeuer der ersten Liebe,

hielt sie fest umfangen, und ließ sie nicht eher, bis sie gelobt hatte, bald wiederzukehren, bis er die süßesten Küsse, als Pfänder unwandelbarer Liebe, empfangen hatte.
Öfter ging nun Egil nach dem Brunnen, wo der Geliebte ihrer schon harrte. Da saßen sie, und hielten einander umschlungen, und lauschten den Sängern des Haines, und freuten sich der duftenden Blumen; was sie sprachen, erzählt die Sage nicht, aber lieber und lieber wurde dem Jüngling die herrliche Jungfrau, lieber und lieber gewann auch Egil den kräftigen Ingomar.
Einst hatten sie auch der reinen Liebe selige Stunden in stiller Einsamkeit gefeiert und Walhallas Wonnen hienieden schon in treuer Gegenliebe gefunden, entdeckt hatte endlich Ingomar der Geliebten, dass er ein Sohn sei, des Todfeindes ihres Vaters, und besprochen hatten sie, alles zu versuchen, der Väter feindselige Gesinnung zu mildern, und wenn dies unmöglich wäre, in eine entfernte Gegend zu entfliehen, wo sie des ungestörten Glückes ihrer Liebe sich furchtlos erfreuen könnten; jetzt brachen sie auf und Ingomar begleitete sie bis an den Fuß des Berges. Sie waren herausgetreten aus dem verbergenden Gebüsch, sie hatten im langen Abschiedskuss sich unwandelbare Liebe gelobt, noch zögerte Ingomar in die Büsche zurückzutreten, da sauste ein ungeheures Felsstück nieder, und mit zerschmettertem, blutenden Haupte, sank der schöne, blühende Ingomar lautlos zu der erstarrenden Egil Füßen hin; zugleich ertönte ihres Vaters fürchterlicher Ruf, der sich an den Bergen wie rollender Donner brach. – Gesehen hatte der Wilde vom Gipfel seines Berges, wie ein Jüngling seine Tochter umfasste, und kaum erkannte sein Adlerblick in diesem den Sohn des feindlichen Nachbars, als er, entrüstet über den Frevler, von welchen er seine Tochter überfallen glaubte, aus kräftiger, sicherer Faust nach des Jünglings Haupte den tödlichen Stein schleuderte. – Er stürzte herbei und riss mit roher Gewalt die zitternde Egil mit sich fort in seine Wohnung.
Unheilbrütend saß Frotho, Ingomars Vater, in seinen Zauberkammern, die er tief im Schoße der Erde, unter seiner Wohnung sich gewölbt hat-

te, glühende Kohlen sprühten mit hellem Knistern um ihn herum, er spitzte und schärfte ein Werkzeug seiner Erfindung, ein metallenes Schwert; denn noch kannten die Riesen nur die mächtige Keule, und den fernhintreffenden Bogen, und die Streitaxt von Stein. Da drang Atahulfs Zorngebrüll bis in die Tiefe hinab zu ihm, dem des Feindes Stimme wohl bekannt war; er stieg empor und schaute von seines Hauses höchstem Gipfel nach dem Sitz des Feindes hinüber, sein finsterer Blick senkte sich tiefer und fiel – auf seines einzigen Sohnes blutige Leiche. Furchtbare Wut folgte dem ersten, schrecklichen Augenblick des Entsetzens, er ahnete schnell den Täter, raste hinab zum Quell, und hin, wo der geliebte Tote lag, und trug ihn in sein Haus, alles, was er vermochte, anwendend, den Erschlagenen wieder ins blühende Leben zurückzurufen, da aber fruchtlos alles blieb, überließ er sich ganz dem ungeheuern Schmerz, und schwur Rache, glühende Rache dem Todfeind, dem Mörder seines Sohnes, bei Hela, der Tochter Lokes, des Argen, die eine Schwester ist der Schlange Jormungandur, welche den ganzen Erdkreis umringelt. In Helas Wohnung, im düstern Niflheim, wohnt der Schmerz, die Not, die Reue und alle Plagen des Menschengeschlechts, und sie herrscht über alle.
Sorgenlos lag Atahulf in seinem Haus von schimmerndem Kalkstein, sein Auge ruhte mit Wohlgefallen auf Egil, die durch die stille Trauer um den Geliebten nur noch schöner ihm erschien; er ließ sich das Mahl wohlschmecken, das Tuck, sein treues Weib ihm bereitet hatte; er fürchtete nicht, dass Frotho schnell des Sohnes Tod entdecken, und ihn für den Mörder halten würde; auch wich er nicht dem Gegner an Kraft und Körpergröße, nur des Zaubereres übernatürlicher Gewalt musste er weichen, darum vermied er auch weislich jedes Zusammentreffen mit demselben. Jetzt hatte er sich ruhig an einen kolossalen Steintrog gelagert, Egil und Tuck neben ihn, und sich des schweren Steingeschenks der jungfräulichen Trute als heutigen Potagenlöffel bedienend, löffelte er munter den Trog voll Auerochsen-Fleischbrühe aus, seiner großen Heldentat, die seiner armen Tochter das Herz brach, sich freuend. – Da zitterte der Boden unter ihren Füßen, und stärker und im-

mer stärker, und die Schädel erschlagener Feinde, die an den Wänden hingen, zitterten mit, und fielen herab, und rollten umher im Gemach; krachend stürzten des Hauses Tore zusammen, mächtige Streiche durchsausten die Luft, wie wenn Niord, der Stürme Gott, auf brausenden Fittigen einherzieht, dass des Himmels Grundfesten erschüttern – und in Atahulfs Ohr drang seiner Diener Todesgeschrei; auf sprang er vom Mahle, in diesem Augenblicke fiel vom mächtigen Fußtritt ineinander brechend, des Gemaches Steintüre zusammen, und hin vor Atahulf trat, im funkelnden Auge des Zornes und der Rache Wutblick, der entsetzliche Frotho in seiner furchtbaren Zauberrüstung; des Hauptes eherne Bedeckung umzingelten drei ineinander geschlungene Schlangen, die ihrer Zungen giftige Pfeile dem Gegner entgegenstreckten, der einen Augenblick lautlos stand, indes schon des wütenden Frotho blitzendes Schwert sich tief in Tucks Alabasterbrust senkte, dass sie stöhnend niedersank; da hob mit beiden kräftigen Armen Atahulf den gewichtigen Löffel hoch in die Höhe, zum zermalmenden Todesschlag, aber grässlich lachend hielt der rächende Zauberer ihm den ungeheuern Schild entgegen, und das bärenhafte Ungetüm aus der Runenhöhle schoss aus dem Schilde seiner Augen flammende Blitze gegen ihn, und krächzte wie damals:

»Hungliff heißt er: Riesentod –«,

aber Atahulf wartete des Spruches Ende nicht ab, der Löffel entsank seinen Händen, eilend floh er durch eine Seitentüre hinaus. Frotho ergriff den entfallenen Hungliff, ließ bei der blutenden Mutter die weinende Egil, welche neben jener auf die Knie gesunken war, und stürmte dem Fliehenden nach, der indes Schild und Keule ergriffen hatte, um den Verfolger im offenen Kampfe zu begegnen. Doch ehe noch der Fliehende sich wandte, fuhr ihm des Löffels Zentnergewicht ins Genick, dass er lautbrüllend niederstürzte; alle Adler und Geier, die in den rauen Felsen horsteten, flogen erschreckt, mit wildem Geschrei aus ihren Nestern, und sein Fall erschütterte die Erde meilenweit; stromweis ergoss sich das Blut aus dem aufgesperrten Riesenrachen und färbte die Erde des Berges rot, und sie ist es noch bis auf den heutigen Tag.

Der rasende Frotho aber stürzte zurück in des Gemordeten Wohnung, wo Tuck in Todeszuckungen lag, dass die Kalkfelsen bebten, gab ihr mit mächtigen Streichen den Todesstoß, und riss die zagende Egil hinweg vom Leichnam der Mutter, zerstörte dann des Riesen ganzes Haus, und warf einen Teil des Berges über die Trümmer und die Leichen. An der Stelle aber, wo sein Sohn ohnweit der Quelle gefallen war, stieß er den Löffel tief in die Erde zum ewigen Denkmal, schleuderte dann, von der Höhe seines Berges die unglückliche Riesentochter weit durch die Lüfte in die Fluten eines kleinen Sees, welche schäumend der Ufer Fesseln durchbrachen, und weit umher das Gefilde überschwemmten. Er begrub nun, nach gestilltem Rachedurst, den gerächten Ingomar an der Stelle, wo er gefallen war, und starb bald darauf vor Gram, und Hela begrüßte ihn im finstern Niflheim.

Die Seelen der beiden Liebenden aber, führte Freya, der zarten Liebe wunderholde Göttin, in die Gefilde des Lichts, über die siebenfarbige Brücke Bifrost, nach Asgard, wo der seligen Götter Wohnung ist. Schimmernder Lichtschein und blühender Frühling umgeben die liebliche Göttin; Nossa und Gersemi, ihre mit Anmut und Liebeszauber geschmückten Töchter, begleiteten sie; die goldgelockte Fylla, ihre Vertraute, und Hlyn, der Freundschaft sanfte Göttin, ihre Dienerin, folgten ihr; vor ihr her aber, auf den goldnen Sonnenstrahlen ihrer unendlichen Schönheit, Huld und Milde, flog Gna, ihre Botschafterin, der Göttinnen Ankunft in Asgard zu verkünden. Vorüber an Walhallas blutigen Kriegermahlen schwebten die Himmlischen in den Palast der Freundschaft und Liebe; Wingolf, und die wiedervereinten Liebenden waren glücklich im Gladheim-Saal, wo die Freude thront, und ruhten oft im Haine Glasoor unter goldnen Bäumen, auf schwellenden Ruhebetten, des ungestörten Genusses ihrer jetzt unsterblichen Liebe sich freuend.

Swinda, die Rune in der dunkeln Waldhöhle, war eine Schwester des Zauberers Frotho gewesen; Zauberin wie er, war ihr noch die Gabe, der

Zukunft Geheimnisse in ihrem Zauberkessel sehen zu lassen, und einverstanden mit dem finstern Bruder, war sie ihm behülflich zu Atahulfs Untergang, als aber der Riese gefallen war und Frotho gestorben, und nach und nach das Geschlecht der Riesen unterging, da versenkte sie den Zauberkessel in die Tiefe der Quelle, verschloss sich in ihre Höhle und ward nicht mehr gesehen. Der Kessel aber soll in spätern Zeiten zuweilen auf der Oberfläche des Wassers, mit glänzendem Metall gefüllt, sichtbar geworden sein, aber auch schnell wieder in die Tiefe hinabgesunken sein, wenn irgendjemand die Hand darnach ausgestreckt hätte.

Die dunkle Sage ist längst verhallt, aber ohnweit einer gesunden, kühlenden Quelle, welche der Kesselbrunnen genannt wird, steht noch der hohe Stein, von Alt und Jung im Volke der Riesenlöffel genannt. Wer durch das schöne Thüringen eine Reise macht und ihn schauen will, gehe über Arnstadt, nordwestlich auf den Weg, welcher nach Gotha führt, da sieht er auf einer hügelartigen Erhöhung den Stein, links nach Westen sieht der Beschauer den Kalgberg, wo Atahulf unter den Steinmassen begraben liegt; rechts liegt der Arnsberg, sonst Arenberg, als noch in Deutschlands dichten Waldungen und unersteiglichen Felsenklippen die Adler heimisch waren; keine Spur ehemaligen Bewohntseins ist auf diesen Bergen zu finden, doch liegt noch hinter dem Arnsberg ein kleiner Weiher, und eine Wiese, und die rings sie umgebenden alten Weiden bezeugen, dass hier einst Wasser rauschte, wo jetzt nur leise säuselndes Schilfrohr im Westwind flistert; dies war der kleine See, in welchem Frotho die unglückliche Egil schleuderte und noch jetzt heißt der Ort der Egil- oder Egel-See.

Sollte nicht auch die, über dem steinernen Bogen, im Innern des Haupteinganges der Lieben Frauen-Kirche in Arnstadt angebrachte, mächtig große Ribbe, die der Volksglaube für die Ribbe eines Riesens hält*, das Dasein eines starkem Geschlechts, einer in Dunkelheit ge-

* Siehe des Herrn Hofrat von Hellbach gelehrtes und gründliches Werk: Nachricht von der sehr alten Lieben Frauen Kirche etc. etc.: zu Arnstadt. Seite 26.

hüllten Vorwelt bezeugen? – Wenn dies auch nicht der Fall ist, so gibt sich doch gerne die schöpferische Fantasie solchen kindlichen Träumen hin, und ergötzt sich an den bunten Freskogemälden einer lieblichen Märchen- und Feenwelt, die bald schauererregend, finster und grausig, bald hell und anmutig, freundlich und blühend, den Bildern einer magischen Laterne gleich, im ergötzlichen Wechsel vorüberziehen.

ALPHABETISCHES VERZEICHNIS SÄMTLICHER MÄRCHEN